HEYNE <

Das Buch

Die Welt in fünfundzwanzig Jahren. Ein verheerender Krieg hat weite Teile des Planeten in Schutt und Asche gelegt. Nur in den gigantischen U-Bahn-Netzen der Städte haben die Menschen überlebt. Dort unten, in der Tiefe, haben sie eine neue, einzigartige Zivilisation errichtet. Eine Zivilisation jedoch, deren Existenz bedroht ist. Artjom, ein junger Mann Anfang zwanzig, lebt seit seiner Kindheit im Untergrund der Moskauer Metro. Ein sicheres, behütetes Leben an der Seite seines Stiefvaters. Doch obwohl Artjom weiß, dass in den Tunneln tödliche Gefahren lauern, zieht es ihn unaufhaltsam in die Ferne. Und so zögert er nicht lange, als sich ihm die Gelegenheit bietet, seine Heimatstation zu verlassen. Es ist der Beginn einer fantastischen Reise durch das weit verzweigte Netz der Moskauer Metro – eine Reise, die über das Schicksal der gesamten Menschheit entscheidet … Dieser einzigartige Band versammelt erstmals die beiden Kultromane aus Russland *Metro 2033* und *Metro 2034*, mit denen Dmitry Glukhovsky eine einzigartige fantastische Welt erschaffen hat. Eine Welt, die von anderen Autoren inzwischen weitergeführt wurde – gemeinsam mit Dmitry Glukhovsky schreiben sie im atemberaubenden METRO 2033-UNIVERSUM.

Der Autor

Dmitry Glukhovsky, geboren 1979 in Moskau, hat in Jerusalem Internationale Beziehungen studiert und arbeitete als TV- und Radio-Journalist unter anderem für den Fernsehsender Russia Today und die Deutsche Welle. Mit seinem Debütroman *Metro 2033* landete er auf Anhieb einen Bestseller. Er gilt als einer der neuen Stars der jungen russischen Literatur. Der Autor lebt und arbeitet in Moskau. Bei Heyne sind von Dmitry Glukhovsky außerdem die Romane *Sumerki* und *Futu.re* erschienen.

DIE GROSSE HEYNE SCIENCE-FICTION JUBILÄUMSEDITION

Ursula K. Le Guin: *Die linke Hand der Dunkelheit*
Joe Haldeman: *Der ewige Krieg*
William Gibson: *Die Neuromancer-Trilogie*
Iain Banks: *Bedenke Phlebas*
Dmitry Glukhovsky: *Metro 2033 / Metro 2034*
Sascha Mamczak: *Die Zukunft – Eine Einführung*

Dmitry Glukhovsky

# Metro 2033
# Metro 2034

Zwei Romane in einem Band

**diezukunft.de**

WILHELM HEYNE VERLAG
MÜNCHEN

Titel der russischen Originalausgabe
МЕТРО 2033
МЕТРО 2034
Deutsche Übersetzung von David Drevs

Verlagsgruppe Random House FSC® N001967
Das für dieses Buch verwendete FSC®-zertifizierte Papier
*Salzer Alpin* wird produziert von UPM, Schongau
und geliefert von Salzer Papier, St. Pölten, Austria.

2. Auflage

Printed in Germany 2014
Umschlaggestaltung: Stardust, München
Umschlagillustration: Valentina Montagna
Karte: Herbert Ahnen
Satz: KompetenzCenter, Mönchengladbach
Druck und Bindung: GGP Media GmbH, Pößneck

ISBN: 978-3-453-31593-8

Götzendienst ist schlimmer als Gemetzel.
Liebe Moskauer und Gäste der Hauptstadt!
Die Moskauer Metro ist ein Verkehrsunternehmen,
bei dem mit erhöhter Gefahr zu rechnen ist.

AUSHANG IN EINEM U-BAHN-WAGEN

Wer kühn und beharrlich genug ist,
ein Leben lang in die Finsternis zu blicken,
der wird darin als Erster
einen Silberstreif erkennen.

KHAN

# DIE METRO

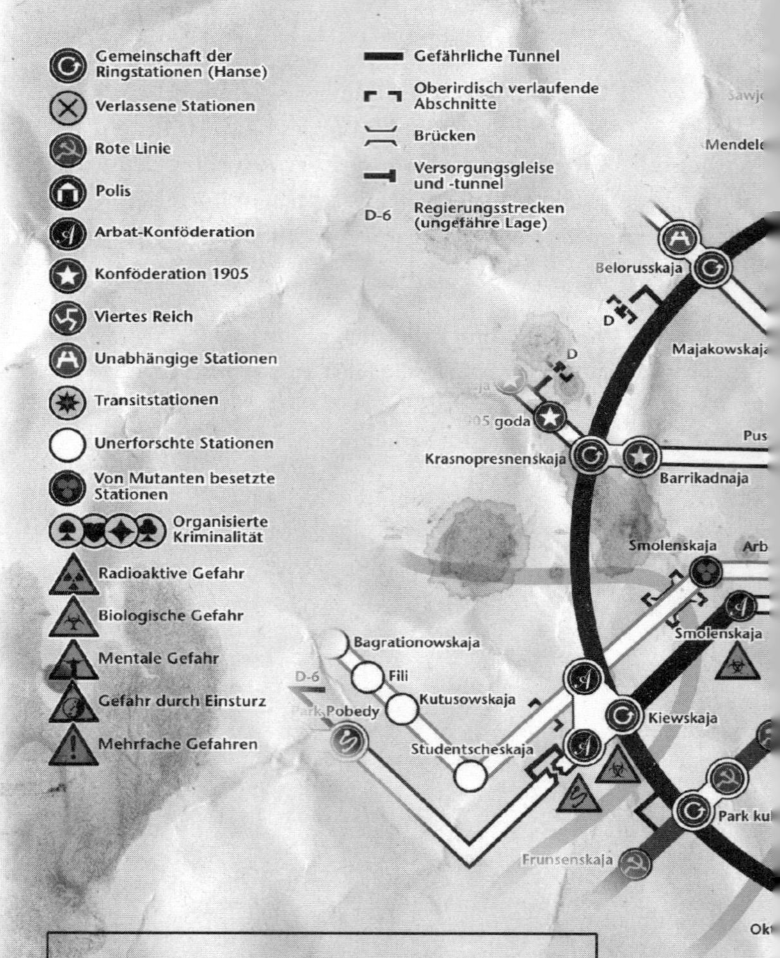


Die Karte zur Gesamtübersicht der Metro finden Sie auf
**www.diezukunft.de**

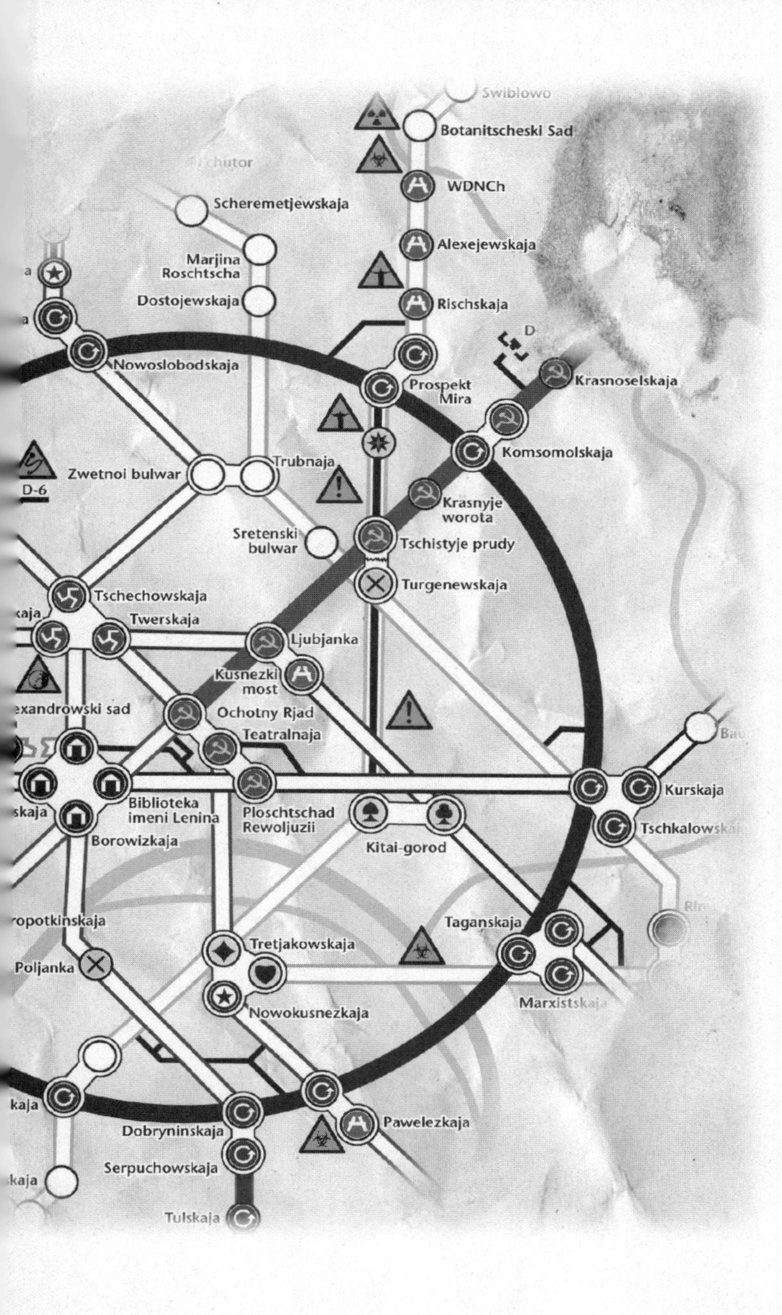

Swiblowo
Botanitscheski Sad
WDNCh
Scheremetjewskaja
Alexejewskaja
Marjina Roschtscha
Dostojewskaja
Rischskaja
D
Nowoslobodskaja
Krasnoselskaja
Prospekt Mira
Komsomolskaja
Zwetnoi bulwar
Trubnaja
D-6
Krasnyje worota
Sretenski bulwar
Tschistyje prudy
Turgenewskaja
Tschechowskaja
Twerskaja
Ljubjanka
Kusnezki most
Ochotny Rjad
Teatralnaja
Kurskaja
Biblioteka imeni Lenina
Ploschtschad Rewoljuzii
Tschkalowsk
Borowizkaja
Kitai-gorod
Taganskaja
Tretjakowskaja
Poljanka
Marxistskaja
Nowokusnezkaja
Pawelezkaja
Dobryninskaja
Serpuchowskaja
Tulskaja

# Metro 2033

# 1
# Am Rand der Welt

»Wer war das? Artjom, sieh nach!«

Unwillig erhob sich Artjom von seinem Platz beim Feuer, rückte sein Sturmgewehr nach vorne und ging auf die Dunkelheit zu. Am äußersten Rand des beleuchteten Bereiches blieb er stehen, entsicherte geräuschvoll und rief heiser: »Stehen bleiben! Parole!«

Eine Minute zuvor hatten sie aus dem Dunkel ein seltsames Rascheln und dumpfes Murmeln vernommen. Nun hörte man eilig trippelnde Schritte. Jemand zog sich in die Tiefe des Tunnels zurück, aufgeschreckt von Artjoms krächzender Stimme und dem Klicken der Waffe. Hastig kehrte Artjom zum Feuer zurück und rief Pjotr Andrejewitsch zu: »Ist einfach so abgehauen, ohne sich zu erkennen zu geben.«

»Schlafmütze! Du kennst doch den Befehl: Wenn einer nicht antwortet, sofort schießen! Woher willst du wissen, wer das war? Vielleicht sind die Schwarzen im Anmarsch!«

»Nein, ich glaube, das war kein Mensch ... Diese Geräusche ... Und diese seltsamen Schritte. Ich werde ja wohl noch die Schritte eines Menschen erkennen? Sie wissen doch selbst, Pjotr Andrejewitsch, die Schwarzen stürmen ohne Vorwarnung heran – neulich haben sie einen Posten mit bloßen Händen überfallen, aufrecht sind sie auf das MG-Feuer zugegangen.

Aber der hier hat sofort Fersengeld gegeben ... Wahrscheinlich ein verängstigtes Tier.«

»Na schön, Artjom! Bist mal wieder ein ganz Schlauer. Aber wenn du Anweisungen hast, halte dich gefälligst daran, und überleg nicht lange. Vielleicht war es ein Kundschafter. Hat gesehen, dass wir nur wenige sind, leicht zu überrumpeln ... Am Ende machen die uns alle kalt, jedem ein Messer in den Hals, und dann massakrieren sie die ganze Station, so wie bei der *Poleschajewskaja*, und das nur, weil du das Schwein nicht rechtzeitig umgelegt hast ... Pass bloß auf! Nächstes Mal schick ich dich durch den Tunnel hinterher!«

Artjom schauderte. Er stellte sich den Tunnel vor, jenseits der 700-Meter-Grenze. Schon der Gedanke war furchterregend. Weiter als 700 Meter nach Norden wagte sich keiner raus. Die Patrouillen fuhren mit der Draisine bis Meter 500, leuchteten den Grenzpfosten mit dem Projektor an, und sobald sie sich überzeugt hatten, dass nichts Abartiges dahergekrochen kam, machten sie schleunigst kehrt. Selbst die Aufklärer – gestandene Männer, ehemalige Marineinfanteristen – blieben bei Meter 680 stehen, verdeckten die Glut ihrer Zigaretten mit der Hand und starrten durch ihre Nachtsichtgeräte. Dann zogen sie sich zurück, langsam, leise, ohne den Tunnel aus den Augen zu lassen oder ihm gar den Rücken zuzukehren.

Der Wachposten, an dem sie standen, befand sich bei Meter 450, etwa fünfzig Meter vom Grenzpfosten entfernt. Die Grenzkontrolle erfolgte einmal pro Tag, und die letzte Begehung war bereits einige Stunden her. Sie waren jetzt also auf dem äußersten Posten, und seit der letzten Kontrolle hatten sich die Kreaturen, die die Patrouille vielleicht noch abgeschreckt hatte, bestimmt genähert. Es zog sie zum Feuer, zu den Menschen.

Artjom setzte sich und fragte: »Wie war das denn an der *Poleschajewskaja*?«

Eigentlich kannte er diese Geschichte, bei der einem das Blut in den Adern gefror, bereits. Fahrende Händler hatten an seiner Station davon berichtet. Dennoch reizte es ihn, sie noch einmal zu hören, so wie Kinder es lieben, wenn man ihnen schaurige Märchen von kopflosen Mutanten erzählt oder von Vampiren, die kleine Babys entführen.

»An der *Poleschajewskaja*? Hast du das noch nicht gehört? Eine seltsame Geschichte war das. Seltsam und schrecklich. Zuerst verschwanden ihre Aufklärungstrupps, einer nach dem anderen. Gingen in die Tunnel und kehrten nicht mehr wieder. Die Aufklärer dort sind zwar Stümper, nicht so wie unsere, aber ihre Station ist ja auch kleiner, und es leben nicht so viele Menschen dort. Besser gesagt, lebten. Jedenfalls verschwanden die plötzlich. Ein Trupp marschierte los – und weg war er. Zuerst dachte man, sie sind aufgehalten worden, der Tunnel macht bei denen ja auch so Schleifen wie bei uns« – Artjom wurde unheimlich bei dem Gedanken – »und weder von den Wachposten noch von der Station aus ist was zu sehen, da kannst du leuchten, so viel du willst. Auf jeden Fall ist der Trupp weg, einfach so, eine halbe Stunde, eine, zwei Stunden. Nur: Wohin konnten sie denn verschwinden? Die waren doch höchstens einen Kilometer entfernt, weiter hatte man ihnen verboten, und es waren ja keine Idioten. Schließlich schickte man einen Suchtrupp hinterher. Die suchten lange herum und riefen – alles umsonst. Verschwunden. Dass keiner was gesehen hatte, war ja noch normal. Das wirklich Schreckliche war: Niemand hatte auch nur irgendwas gehört – keinen Laut. Und Spuren gab es auch nicht.«

Artjom bereute es bereits, dass er Pjotr Andrejewitsch zum Erzählen aufgefordert hatte. Denn der war entweder besser informiert oder hatte eine blühende Fantasie, jedenfalls wusste er viel mehr Einzelheiten zu berichten als die fahrenden Händler, die eigentlich berüchtigt waren für ihre leidenschaftliche Fabulierkunst. Artjom lief eine Gänsehaut über den Rücken, am Feuer wurde es ungemütlich, selbst das harmloseste Rascheln im Tunnel strapazierte seine Nerven.

»Na ja, also dachten sie erst mal, dass die Aufklärer wahrscheinlich einfach abgehauen waren – vielleicht waren sie unzufrieden gewesen und hatten sich deshalb vom Acker gemacht. Zum Henker mit ihnen! Wenn sie unbedingt ein leichtes Leben wollen, sollen sie doch mit all dem Abschaum rumhängen, den ganzen Anarchisten und so. Diese Vorstellung war jedenfalls leichter zu ertragen. Aber nach einer Woche verschwand ein weiteres Aufklärungsteam. Dabei durften sie nicht weiter als einen halben Kilometer von der Station weg. Und wieder dieselbe Geschichte: Kein Mucks und keine Spur. Wie vom Erdboden verschluckt. Jetzt wurden die an der Station unruhig. Wenn innerhalb einer Woche zwei Trupps verschwinden, ist irgendwas nicht in Ordnung. Da muss man was unternehmen. Maßnahmen ergreifen und so. Also haben sie bei Meter 300 eine Sperre aufgebaut. Sandsäcke rangeschleppt, ein Maschinengewehr aufgestellt, einen Scheinwerfer – nach allen Regeln der Befestigungskunst. Zur *Begowaja* schickten sie einen Eilboten – die sind ja in einer Konföderation mit der *Uliza 1905 goda*. Früher war *Oktjabrskoje pole* noch dabei, aber dann passierte da irgendwas, keiner weiß genau was, irgendein Unfall, jedenfalls wurde sie unbewohnbar, die Leute flüchteten von dort – aber das spielt jetzt keine Rolle. Sie schickten also jemanden zur *Begowaja*, zur Warnung, nach dem Motto: Da ist irgendwas im Busch, und ob sie im Notfall helfen würden. Der erste Bote war noch gar nicht richtig angekommen, nicht mal ein ganzer Tag war vergangen – die von der *Begowaja* dachten noch über die Antwort nach –, da kommt schon ein zweiter, schweißnass, und berichtet: Die gesamte Besatzung des Außenpostens ist tot, nicht mal einen

Schuss konnten sie abgeben. Alle erstochen. Das Unheimliche dabei: Es war, als hätte man sie alle im Schlaf erwischt! Aber wie konnten sie so einfach einschlafen, nach allem, was schon passiert war, ganz abgesehen von ihren Instruktionen? Die von der *Begowaja* haben sofort kapiert, dass sie was unternehmen mussten, damit ihnen nicht dasselbe blüht. Also haben sie einen Stoßtrupp aus Veteranen gebildet – gut hundert Mann, MGs, Granatwerfer. Natürlich dauerte das einige Zeit, anderthalb Tage, aber schließlich schickten sie ihn los. Doch als die bei der *Poleschajewskaja* ankamen, gab es dort keine lebende Seele mehr. Auch keine Leichen – nur Blut überall. So war das. Der Teufel weiß, wer das angerichtet hat. Ich für meinen Teil glaube nicht, dass Menschen zu so was überhaupt fähig sind.«

»Und was ist aus der *Begowaja* geworden?«, fragte Artjom mit belegter Stimme.

»Nichts. Nachdem sie die ganze Chose gesehen hatten, jagten sie den Tunnel, der zur *Poleschajewskaja* führte, in die Luft. Jetzt ist er, hab ich gehört, auf gut vierzig Metern Länge zugeschüttet, das kriegst du ohne Maschinen nicht weg. Und woher willst du die nehmen? Die rosten doch schon seit fünfzehn Jahren vor sich hin …« Pjotr Andrejewitsch schwieg und blickte ins Feuer.

Artjom räusperte sich. »Tja … Natürlich hätte ich schießen sollen … Was bin ich bloß für ein Idiot gewesen!«

Aus südlicher Richtung, von der Station her, hörten sie jemanden rufen: »He, ihr da, Meter 450! Alles in Ordnung bei euch?«

Pjotr Andrejewitsch formte ein Sprachrohr mit seinen Händen und rief zurück: »Kommt her! Es gibt was zu bereden!«

Durch den Tunnel, den Weg von der Station mit Taschenlampen ausleuchtend, näherten sich ihnen drei Gestalten, Wachleute von Meter 300. Als sie beim Feuer ankamen, löschten sie ihre Lampen und setzten sich neben sie.

»Pjotr, bist du das? Ich hab mich schon gefragt, wen sie wohl heute an den Rand der Welt geschickt haben«, sagte der Ranghöchste der drei, ein Mann namens Andrej, lächelnd und klopfte sich eine Papirossa aus dem Päckchen.

»Hör mal, Andrjucha! Der Junge hier hat was Auffälliges bemerkt. Hat's nur nicht geschafft zu schießen. Es hat sich im Tunnel versteckt. Er glaubt, es war kein Mensch.«

»Kein Mensch? Was denn dann?«, fragte Andrej Artjom.

»Ich konnte es nicht sehen. Als ich nach der Parole fragte, hat es sich sofort davongemacht, nach Norden. Aber seine Schritte waren nicht die eines Menschen – zu leicht und zu schnell, als hätte es nicht zwei, sondern vier Beine gehabt ...«

»Oder drei!«, entgegnete Andrej augenzwinkernd und zog eine furchterregende Grimasse.

Artjom musste plötzlich husten, denn ihm fielen die Geschichten von den dreibeinigen Menschen an der Filjowskaja-Linie ein. Dort befand sich ein Teil der Stationen an der Oberfläche, und der Tunnel verlief in geringer Tiefe, sodass er praktisch keinen Schutz vor der Strahlung bot. Von dieser Linie drangen lauter dreibeinige, zweiköpfige und sonstige Missgeburten in das Netz der Metro ein.

Andrej zog an seiner Papirossa und sagte zu seinen Leuten: »Na gut, Jungs, wenn wir schon mal da sind, warum sollen wir nicht eine Weile hier sitzen bleiben? Und falls wieder irgendwelche Dreibeiner ankommen, helfen wir. He, Artjom! Habt ihr einen Teekocher?«

Pjotr Andrejewitsch stand selbst auf, goss aus einem Kanister Wasser in eine zerbeulte, völlig verrußte Kanne und hängte sie über das Feuer. Ein paar Minuten später fing sie an zu dampfen und zu pfeifen, und dieses vertraute Geräusch beruhigte Artjom etwas. Er musterte die Menschen, die um das Feuer saßen: alles kräftige Männer, gestählt von dem harten Leben hier. Ihnen konnte man glauben, sich auf sie verlassen. Ihre Station hatte schon immer als eine der wohlhabendsten der ganzen Linie gegolten – und das nur, weil es dort Menschen wie diese gab. Sie hatten ein tief empfundenes, fast brüderliches Verhältnis zueinander.

Artjom war schon über zwanzig. Zur Welt gekommen war er noch dort, oben. Aus diesem Grund war er nicht ganz so hager und blass wie jene, die in der Metro geboren waren und sich nie an die Oberfläche gewagt hatten, nicht nur aus Angst vor der Strahlung, sondern auch vor der sengenden Kraft der Sonne, die alles unterirdische Leben vernichtete. Artjom selbst war, seit er denken konnte, nur ein einziges Mal dort oben gewesen, und auch nur für einen Augenblick – die Hintergrundstrahlung war so hoch, dass allzu Neugierige innerhalb weniger Stunden verbrannten, noch bevor sie sich an der wunderlichen oberirdischen Welt sattgesehen hatten.

An seinen Vater erinnerte er sich nicht. Seine Mutter war bis zu seinem fünften Lebensjahr bei ihm gewesen, damals, als sie noch an der *Timirjasewskaja* wohnten. Sie hatten es gut, das Leben floss gleichmäßig und ruhig dahin – bis zu dem Tag, als die Ratten die Station stürmten.

Riesige, graue, nasse Ratten wogten eines Tages ohne Vorwarnung durch einen der dunklen Seitentunnel heran. Dieser Tunnel tauchte an einer unscheinbaren Abzweigung von der nach Norden führenden Hauptstrecke tief hinab, um sich in einem komplizierten Geflecht aus Hunderten von Korridoren, in Labyrinthen voller Grauen, Eiseskälte und abscheulichem Gestank zu verlieren. Der Tunnel führte ins Reich der Ratten, einem Ort, den nicht einmal die mutigsten Abenteurer zu betreten wagten. Selbst wenn ein Wanderer die Tunnel- und Wegekarten falsch gelesen hatte und aus Versehen an den Rand dieser Welt gelangte, so spürte er instinktiv die schwarze Gefahr, die von dort ausging, und schreckte vor dem gähnenden Loch des Eingangs zurück wie vor dem Tor einer pestbefallenen Stadt.

Niemand hatte die Ratten aufgeschreckt. Niemand war in ihr Reich hinabgestiegen. Niemand hatte es gewagt, ihre Grenzen zu verletzen.

Sie waren von selbst gekommen.

Viele Menschen starben an jenem Tag, als ein Strom gigantischer Ratten, so groß, wie sie noch nie jemand gesehen hatte, erst die Absperrungen überwand und dann die ganze Station überflutete. Es waren so viele, dass sie die Menschen unter sich begruben und die Todesschreie in der Masse ihrer Körper erstickten. Sie fraßen alles, was ihnen in den Weg kam: tote und lebende Menschen ebenso wie erschlagene Artgenossen – blindlings, unerbittlich, getrieben von einer unbegreiflichen Macht, strebten sie vorwärts, weiter und weiter.

Am Leben blieben nur wenige. Nicht Frauen, Alte oder Kinder, nicht die, die gewöhnlich als Erste gerettet werden, sondern fünf starke Männer, die dem todbringenden Strom zuvorgekommen waren. Die ihm nur deshalb entrinnen konnten, weil sie im südlichen Tunnel mit einer Draisine auf ihrem Posten standen. Als sie die Schreie von der Station hörten, rannte einer von ihnen los, um zu erkunden, was geschehen war. Die *Timirjasewskaja* befand sich bereits im Todeskampf, als er die Station am Ende des Streckenabschnitts erblickte. Er sah, wie Ströme von Ratten auf den Bahnsteig schwappten, und begriff augenblicklich, was geschehen war. Schon wollte er wieder kehrtmachen, denn ihm war klar, dass er denen, die die Station verteidigten, nicht würde helfen können, als ihn plötzlich jemand von hinten am Arm packte. Er drehte sich um, und die Frau, die ihn hartnäckig am Ärmel zog, rief, das Gesicht vor Angst verzerrt, das vielstimmige, verzweifelte Schreien mühsam übertönend: »Rette ihn, Soldat! Hab Mitleid!«

Er erblickte eine Kinderhand, ein paar kleine, angeschwollene Finger, die sich ihm entgegenstreckten. Er ergriff die Hand, ohne darüber nachzudenken, dass er jemandes Leben rettete, sondern weil man ihn Soldat genannt und um Mitleid gebeten hatte. Und während er das Kind hinter sich herzog, es sich schließlich einfach unter den Arm klemmte, lief er mit den ersten Ratten um die Wette, ein Wettlauf mit dem Tod – vorwärts, durch den Tunnel, dorthin, wo die Draisine mit den anderen wartete. Schon von Weitem, aus fünfzig Metern Entfernung, rief er ihnen zu, sie sollten den Motor anlassen. Es war die einzige motorisierte Draisine im Umkreis von zehn Stationen. Sie fuhren los, durchquerten mit höchster Geschwindigkeit die verlassene *Dmitrowskaja*, auf der sich nur ein paar Einsiedler zusammengedrängt hatten. Im Vorbeifahren riefen sie ihnen zu: »Lauft! Die Ratten!«, doch war ihnen klar, dass jene sich nicht mehr würden retten können. Als sie sich den Vorposten der *Sawjolowskaja* näherten, mit der sie damals glücklicherweise in Frieden lebten, drosselten sie die Geschwindigkeit, damit man sie nicht für Angreifer hielt und von Weitem auf sie schoss. Aus Leibeskräften brüllten sie den Wachen zu: »Die Ratten! Die Ratten kommen!« Sie waren bereit, die *Sawjolowskaja* hinter sich zu lassen und weiter zu fliehen, die ganze Serpuchowsko-Timirjasewskaja-Linie entlang, immer wieder um Durchlass flehend, solange es eben noch ein Ziel gab, wohin sie fliehen konnten – bis die graue Lava schließlich die ganze Metro überfluten würde.

Doch zum Glück befand sich an der *Sawjolowskaja* etwas, das ihnen und der ganzen Station, ja vielleicht sogar der gesamten Linie das Leben rettete. Kaum hatten sie den Wachleuten in rasender Eile die drohende Todesgefahr geschildert, da machten sich jene bereits ans Werk und enthüllten eine eindrucksvolle Maschine: Ein Flammenwerfer, von begabten Technikern zwar aus einzelnen Fundstücken zusammengebaut, aber äußerst leistungsstark.

Schon waren die ersten Ratten zu sehen, und das Rascheln und Kratzen Tausender Pfoten ertönte aus der Dunkelheit immer lauter, da warfen die Wachleute die Maschine an und schalteten sie erst wieder ab, als ihnen der Brennstoff ausging. Eine orangefarbene, meterlange Flamme schoss mit Gebrüll in den Tunnel und brannte, verbrannte Ratten, unaufhörlich, zehn, fünfzehn, zwanzig Minuten lang. Der Tunnel füllte sich mit dem ekligen Gestank versengten Fleisches und dem wilden Kreischen der Ratten ... Und im Rücken der Wächter der *Sawjolowskaja*, die später für ihre Heldentat auf der gesamten Linie gerühmt wurden, kam die Draisine zum Stehen, bereit für einen weiteren Sprung. Auf ihr befanden sich die fünf Flüchtlinge von der *Timirjasewskaja* – und das Kind, das sie gerettet hatten. Ein Junge. Artjom.

Die Ratten zogen sich zurück. Eine der letzten Erfindungen menschlicher Kriegskunst hatte ihren blinden Willen gebrochen. Der Mensch war schon immer ein besserer Mörder gewesen als jedes andere Lebewesen.

Die Ratten wogten davon und kehrten in ihr Riesenreich zurück, dessen wahre Ausmaße niemand kannte. All diese Labyrinthe in unvorstellbarer Tiefe waren geheimnisvoll und, wie es schien, völlig bedeutungslos für das Funktionieren der Metro. Trotz der Beteuerungen ehemaliger Metro-Angestellten war es kaum vorstellbar, dass diese Gebilde von ganz gewöhnlichen Bauarbeitern errichtet worden waren.

Von diesen Leuten, die früher in der Metro gearbeitet hatten und als echte Autoritäten galten, war kaum noch jemand übrig, weshalb sie umso höher geschätzt wurden. Sie waren als Einzige nicht in Panik ausgebrochen, damals, als die Menschen plötzlich die sichere Kapsel des Zuges verlassen mussten und sich in den dunklen Tunneln der Moskauer Untergrundbahn, dem felsigen Schoß der Metropole, wiederfanden. Alle Bewohner der Station brachten diesen Autoritäten größten Respekt entgegen und erzogen ihre Kinder in diesem Sinne. Vielleicht blieb der einzige Mann dieser Art, den Artjom je kennengelernt hatte, ein ehemaliger Hilfszugführer, ihm gerade deshalb für immer im Gedächtnis: ein ausgemergelter, hagerer Mann, verkümmert durch die jahrelange Arbeit unter der Erde, in der abgewetzten und ausgeblichenen Uniform eines Metro-Angestellten, die schon lange ihren Schick verloren hatte, aber immer noch mit demselben Stolz getragen wurde, mit dem ein Admiral a. D. sich seinen Paraderock anlegt. Artjom, damals noch ein junger Bengel, glaubte in der gebrechlichen Figur des Hilfszugführers eine unaussprechliche Größe und Kraft zu erkennen …

Kein Wunder: Die ehemaligen Mitarbeiter der Metro waren für die anderen Bewohner das, was eingeborene Führer für Teilnehmer wissenschaftlicher Dschungelexpeditionen waren. Man glaubte ihnen aufs Wort, verließ sich vollkommen auf sie, denn von ihrem Wissen und Können hing das Überleben der anderen ab. Als die einheitliche Führung der Metro zerfiel, sich dieses umfassende Zivilschutzobjekt, dieser riesige atombombensichere Luftschutzbunker, in eine Vielzahl einzelner Stationen aufsplitterte und mangels gemeinsamer Machtstrukturen in Chaos und Anarchie versank, übernahmen viele von ihnen die Leitung einer Station. Die Stationen wurden unabhängig und selbstständig. Es entstanden seltsame Zwergstaaten mit eigenen Ideologien, Regimen, Führern und Armeen. Sie bekriegten einander, schlossen sich zu Föderationen und Konföderationen zusammen. Heute noch aufstrebende Reiche, wurden sie schon am nächsten Tag von den ehemaligen Freunden oder Sklaven unterworfen und kolonisiert. Kurzfristig schlossen sie Bündnisse gegen gemeinsame Gefahren, doch sobald diese vorüber waren, fielen sie mit gleicher Heftigkeit wieder übereinander her. Blindwütig stritten sie sich um alles: Lebensraum, Lebensmittel – also Eiweißhefekulturen, lichtlose Pilzplantagen, Hühnerhöfe und Schweinefarmen, wo blasse, unterirdisch gezüchtete Schweine und schwindsüchtige Küken mit farblosen Pilzen gemästet wurden. Und natürlich um Wasser – das heißt, um die Filter. Die Barbaren unter ihnen, die ihre untauglich gewordenen Filteranlagen nicht reparieren konnten und an ihrem radioaktiv kontaminierten Wasser zugrunde gingen, rannten mit animalischer Wut gegen die Bollwerke der Zivilisation an – jene Stationen, wo Dynamomaschinen und kleine selbstgebaute Wasserkraftwerke ordnungsgemäß funktionierten, wo die Filter regelmäßig repariert und gereinigt wurden, wo sich, von sorgsamen Frauenhänden gezüchtet, weiße Champignonhüte durch feuchten Grund bohrten und die Schweine satt in ihren Koppeln grunzten.

Getrieben wurden die Menschen in diesem endlosen, verzweifelten Kampf von ihrem Selbsterhaltungsinstinkt und dem ewig revolutionären Prinzip: »Nimm und teile!« Die Verteidiger der wohlhabenden Stationen, von ehemaligen Berufssoldaten zu schlagkräftigen Verbänden ausgebildet, hielten den Angriffen der Vandalen bis zum letzten Blutstropfen stand, gingen zum Gegenangriff über, kämpften um jeden Meter Tunnel zwischen den Stationen. Sie bauten militärisches Potenzial auf, um auf Überfälle mit Strafexpeditionen reagieren zu können, um ihre Nachbarn – sofern sie nicht in Frieden miteinander lebten – von lebenswichtigen Abschnitten zu verdrängen, und nicht zuletzt, um dem Bösen Widerstand zu leisten, das aus allen Löchern und Tunneln hervorkam. Jene seltsamen, missgestalteten und gefährlichen Geschöpfe, von denen jedes einzelne Darwin zur Verzweiflung gebracht hätte, so wenig entsprach es den Gesetzen der Evolution. Mag sein, dass die Strahlung aus harmlosen Vertretern der urbanen Fauna Ausgeburten der Hölle gemacht hatte; vielleicht hatten sie aber auch schon immer in jenen Untiefen gehaust und waren nun durch den Menschen aufgestört worden. Und so sehr sich diese Kreaturen von den bekannten Tierarten unterschieden, sie waren doch ein Teil des Lebens auf der Erde. Sicherlich, ein entstellter, verkommener Teil, aber doch ein Teil des Lebens. Und wie alle Organismen auf diesem Planeten wurden sie von einem einzigen Impuls beherrscht: zu überleben. Und zwar um jeden Preis …

Artjom nahm einen weiß emaillierten Becher entgegen, in dem Tee schwappte, ihr Tee, der Tee seiner Station. Eigentlich war es nur ein Sud aus getrockneten Pilzen mit irgendwelchen Zusätzen, denn echten Tee gab es so gut wie nicht mehr, weshalb man ihn nur an großen Feiertagen trank, zumal er um ein Vielfaches teurer war als der Pilzaufguss. Trotzdem mochten die Leute von der Station ihr Gebräu, waren stolz darauf und nannten es »Tee«. Fremde spuckten es anfangs angewidert aus, doch dann gewöhnten sie sich daran. Bald wurde ihr Tee über die Station hinaus bekannt, selbst fahrende Händler kamen deshalb zu ihnen. Zuerst waren es einige wenige, die ihre Haut dafür riskierten, doch dann verbreitete sich der Tee auf der gesamten Linie, sogar die Hanse begann sich dafür zu interessieren, und große Karawanen zogen nun zur *WDNCh*, um diesen Zaubertrank zu erwerben. Geld begann zu fließen. Und wo Geld ist, da sind auch Waffen, da sind Holz und Vitamine. Da ist Leben. Der Beginn der Teeproduktion an der *WDNCh* markierte den Anfang vom Aufstieg dieser Station. Von den umliegenden Stationen und Streckenabschnitten zogen Geschäftsleute hierher, und allmählich stellte sich Wohlstand ein. Auch auf ihre Schweine waren die Leute von der *WDNCh* stolz, ja man erzählte sich, sie seien von hier aus überhaupt erst in die Metro gekommen: Angeblich hätten sich ganz zu Anfang ein paar Draufgänger zur halb zerstörten Schweinezuchthalle auf dem Messegelände durchgeschlagen und die dort verbliebenen Tiere zur Station getrieben.

»Hör mal, Artjom. Wie geht's Suchoj?«, fragte Andrej, der ebenfalls mit kleinen, vorsichtigen Schlucken an dem heißen Tee nippte.

»Onkel Sascha? Alles in Ordnung. Ist erst vor Kurzem von einem Erkundungsgang mit unseren Leuten zurückgekommen. Einer Expedition. Aber Sie wissen sicher Bescheid.«

Andrej war gut fünfzehn Jahre älter als Artjom. Eigentlich war er Aufklärer und selten näher als bei Meter 450 zu finden, und wenn, dann nur als Kommandeur. Diesmal war er jedoch für Meter 300 eingeteilt worden, zur Absicherung. Trotzdem zog es ihn in die Tiefe, und er nutzte den erstbesten Vorwand, den kleinsten Fehlalarm, um näher an die Dunkelheit zu kommen, näher an das Geheimnis. Er liebte den Tunnel, kannte all seine Verzweigungen. Auf der Station hingegen, unter Bauern, Arbeitern, Kaufleuten und Verwaltungsbeamten, fühlte er sich unwohl – wahrscheinlich, weil er dort nicht gebraucht wurde. Er hätte sich nie überwinden können, dünne Erdschichten für die Pilzzucht umzugraben. Oder, noch schlimmer, diese Pilze dann, bis zu den Knien im Mist stehend, an fette Schweine zu verfüttern. Auch der Handel lag ihm nicht – schon von Kindheit an hatte er die Krämer nicht ausstehen können. Er war stets Soldat und Krieger gewesen, überzeugt, dass nur dieser Beruf eines Mannes würdig war. Er war stolz, sein ganzes Leben nichts anderes getan zu haben, als die stinkenden Bauern, die nervösen Händler, die oft unerträglich geschäftigen Verwalter sowie die Kinder und Frauen zu schützen. Den Frauen gefielen seine herablassende, kraftvolle Art, seine vollkommene Selbstsicherheit, seine Unbesorgtheit in Bezug auf sich selbst und diejenigen, die bei ihm waren, war er doch stets in der Lage, sie zu beschützen. Die Frauen versprachen ihm Liebe und Geborgenheit, doch geborgen begann er sich erst ab Meter 50 zu fühlen, wenn die Lichter der Station hinter einer Kurve verschwanden. Dorthin kamen die Frauen jedoch nicht mit …

Offenbar hatte ihn der Tee angeregt, denn nun setzte er sein altes, schwarzes Barett ab, wischte sich mit dem Ärmel über den feuchten Schnurrbart und begann Artjom nach den letzten Neuigkeiten auszufragen, den Gerüchten, die Artjoms Stiefvater Suchoj – Onkel Sascha genannt – von seiner Expedition mitgebracht hatte. Onkel Sascha war jener Mann, der neunzehn Jahre zuvor an der *Timirjasewskaja* den kleinen Buben vor den Ratten gerettet und später selbst dessen Erziehung übernommen hatte, da er es nicht übers Herz brachte, ihn fortzugeben.

»Kann sein, dass ich ein bisschen was weiß«, sagte Andrej, »aber ich hör's mir gern noch ein zweites Mal an. Oder bist du dir zu schade dazu?«

Lange musste Andrej Artjom nicht überreden. Er gab die Geschichten seines Stiefvaters nur allzu gerne zum Besten – schließlich würden ihm dann alle gebannt zuhören.

»Also, wohin sie gegangen sind, wisst ihr wahrscheinlich …«, begann Artjom.

»Ich weiß nur: nach Süden. Die machen ja ein Riesengeheimnis aus allem, eure Gesandten.« Andrej grinste und zwinkerte einem seiner Leute zu. »Sonderaufgaben der Administration, schon klar!«

Artjom winkte ab. »Ach was, das war diesmal überhaupt nichts Geheimes. Sie sollten einfach die Lage sondieren und Informationen einholen – und zwar verlässliche Informationen. Dem Geschwätz irgendwelcher Handelsreisender, die an unserer Station haltmachen, darf man nicht glauben. Manchmal sind das ja Provokateure, die gezielt falsche Informationen verbreiten.«

»Händlern sollte man überhaupt nie glauben«, brummte Andrej. »Es sind habgierige Menschen. Wie will man sich da sicher sein? Heute verkauft er deinen Tee an die Hanse und morgen dich selbst an irgendwen, und zwar mit allem, was du hast. Vielleicht wollen sie auch nur an unsere Informationen ran. Ehrlich gesagt, nicht mal unseren eigenen Händlern vertraue ich so richtig.«

»Also, da liegen Sie aber falsch, Andrej Arkaditsch. Die sind in Ordnung. Ich kenne fast alle persönlich. Ganz normale Menschen. Sie lieben nun mal das Geld, wollen es besser haben als andere, was erreichen.«

»Sag ich doch. Sie lieben das Geld. Wollen es besser haben als die anderen. Weißt du denn, was die tun, sobald sie im Tunnel verschwinden? Kannst du mir garantieren, dass sie an der nächstbesten Station nicht von irgendwelchen Agenten angeworben werden? Kannst du das oder nicht?«

»Was für Agenten? Wem sind unsere Händler in die Hände geraten?«

»Siehst du, Artjom! Du bist noch jung und weißt vieles nicht. Hör mal lieber den Alten zu – wirst sehen, du lebst länger.«

»Aber irgendjemand muss diese Arbeit doch machen! Gäbe es keine Händler, säßen wir hier ohne Munition. Mit alten Berdanflinten würden wir Salz auf die Schwarzen feuern und unser Teechen trinken.«

»Schon gut, du Möchtegern-Ökonom … Erzähl mir lieber, was Suchoj dort gesehen hat. Was ist bei den Nachbarn los? An der *Alexejewskaja*? Der *Rischskaja*?«

»An der *Alexejewskaja*? Nichts Neues. Die züchten weiter ihre Pilze. Ist doch nur ein Kaff, weiter nichts. Es heißt« – Artjom senkte die Stimme – »dass sie sich uns anschließen wollen. Und die *Rischskaja* hätte auch nichts dagegen. Die kriegen zunehmend Druck aus dem Süden. Die Stimmung ist mies. Ständig munkelt man von irgendwelchen Gefahren, alle haben Angst vor irgendwas, aber wovor, weiß keiner. Mal soll irgendwo ein neues Reich entstanden sein, mal fürchten sie sich vor der Hanse, mal ist es wieder was anderes. Und all diese unbedeutenden Nester kratzen jetzt an unserer Tür.«

»Was wollen sie denn?«

»Dass wir mit ihnen eine Föderation bilden. Ein gemeinsames Verteidigungssystem aufbauen, die Grenze auf beiden Seiten verstärken, in den Verbindungstunneln eine ständige Beleuchtung einrichten, eine Miliz organisieren, die Seitentunnel und -korridore zuschütten, Transportdraisinen in Betrieb nehmen, Telefonkabel verlegen, auf freien Flächen Pilze züchten … Na ja, eben so eine Art gemeinsames Wirtschaftssystem, mit Zusammenarbeit und gegenseitiger Hilfe im Fall des Falles.«

»Und wo waren sie vorher?«, knurrte Andrej. »Wo waren sie, als vom Botanischen Garten, von der *Medwedkowa* all diese Kreaturen daherkamen? Als die Schwarzen uns angriffen, wo waren sie da?«

»He, Andrej, mal nicht den Teufel an die Wand«, mischte sich Pjotr Andrejewitsch ein. »Noch sind keine Schwarzen da – zum Glück! Aber besiegt haben wir sie nicht. Irgendwas muss dort passiert sein, in ihren eigenen Reihen, und deswegen halten sie jetzt still. Vielleicht sammeln sie aber auch nur ihre Kräfte. Jedenfalls käme uns ein Bündnis schon recht. Noch dazu mit unseren direkten Nachbarn. Das ist doch für beide Seiten von Nutzen.«

»Und dann haben wir endlich Freiheit, Gleichheit und Brüderlichkeit«, giftete Andrej und zählte demonstrativ mit den Fingern mit.

»Die Geschichte interessiert euch wohl nicht mehr?«, sagte Artjom leicht gekränkt.

»Aber nein, erzähl nur«, erwiderte Andrej. »Pjotr und ich streiten nachher weiter. Das ist zwischen uns beiden ein ewiges Thema.«

»Na gut. Jedenfalls soll unser Vorsitzender angeblich einverstanden sein. Nur die Details müssen noch diskutiert werden. Bald wird es eine Versammlung geben. Und dann ein Referendum.«

Andrej verzog den Mund. »Ja, ja. Ein Referendum. Wenn das Volk ›ja‹ sagt, ist alles klar. Sagt es aber ›nein‹, hat es nur schlecht nachgedacht. Und soll sich die Sache bitte schön noch mal überlegen.«

»Und an der *Rischskaja*, was tut sich da?«, fragte Pjotr Andrejewitsch weiter, ohne auf Andrej zu achten.

»Na ja, was kommt denn dahinter? Der *Prospekt Mira*, unsere Grenze zur Hanse. Bei der Hanse, sagt mein Stiefvater, hat sich nichts geändert: Der Frieden mit den Roten gilt noch immer. An den Krieg erinnert sich da niemand mehr ...«

Hanse – so hieß die Gemeinschaft der Ringstationen. Die Ringlinie verband alle Metrolinien miteinander. Jede ihrer Stationen lag im Schnittpunkt mit einem der Handelswege. Somit waren sie von Anfang an zu Treffpunkten für Kaufleute aus dem gesamten Metronetz geworden. Da sie sehr schnell reich wurden und schon bald begriffen, dass dieser Reichtum viele Begehrlichkeiten weckte, beschlossen sie sich zusammenzuschließen. Die offizielle Bezeichnung war viel zu umständlich, und so nannte man die Gemeinschaft bald nur noch Hanse, nach dem mittelalterlichen Bund deutscher Handelsstädte. Anfangs umfasste die Hanse nur einen Teil der Ringstationen – die Vereinigung vollzog sich erst allmählich. Zuerst gab es da den Abschnitt zwischen der *Kiewskaja* und dem *Prospekt Mira*, den sogenannten Nördlichen Bogen, dem sich die Stationen *Kurskaja, Taganskaja* und *Oktjabrskaja* angeschlossen hatten. Später kamen die *Pawelezkaja* und die *Dobryninskaja* hinzu, und es bildete sich ein zweiter Bogen: der Südliche. Das größte Problem und wichtigste Hindernis auf dem Weg zur Vereinigung der beiden war jedoch die Sokolnitscheskaja-Linie.

»Die Sache ist nämlich so«, hatte Artjoms Stiefvater einmal erzählt, »die Sokolnitscheskaja-Linie war schon immer etwas Besonderes. Wenn du auf den Plan siehst, bemerkst du das sofort. Zum einen ist sie gerade wie ein Pfeil. Zum anderen tiefrot, und zwar auf allen Plänen. Die Stationsnamen sprechen ja für sich. Da ist zum Beispiel die *Krasnosselskaja*, benannt nach dem ›Roten Dorf‹, das 1944 aus faschistischer Besatzung befreit wurde. Dann *Krasnyje Worota*, das ›Rote Tor‹, die *Komsomolskaja*, die *Biblioteka imeni Lenina*, die Lenin-Bibliothek, und dann noch die *Leninskije gory*, die Leninberge …«

Vielleicht waren es diese Namen, oder aber irgendein anderer Grund, dass sich mit der Zeit auf dieser Linie all jene Menschen versammelten, die sich nach der ruhmreichen sozialistischen Vergangenheit zurücksehnten. Verschiedene Pläne, einen Sowjetstaat wiederzuerrichten, fielen dort auf besonders fruchtbaren Boden. Als sich die erste Station offiziell zu den Idealen des Kommunismus und einer sozialistischen Regierungsform bekannte, schloss sich alsbald die daneben gelegene an. Dann ließen sich die Leute am anderen Ende des Tunnels von der revolutionären Begeisterung anstecken, stürzten ihre Administration, und nun war kein Halten mehr: Die letzten noch lebenden Kriegsveteranen, ehemalige Komsomol-Mitarbeiter und Parteifunktionäre und natürlich das »Proletariat« – alle liefen sie zu den revolutionären Stationen über.

Sie gründeten ein Komitee, das für die Verbreitung der neuen Revolution und der kommunistischen Ideologie in der gesamten Metro verantwortlich sein sollte, mit dem leninisch anmutenden Namen »Interstationale«. Dieses Komitee bildete Einheiten von Berufsrevolutionären und -propagandisten aus und ließ sie ins Lager der Feinde ausschwärmen. Insgesamt verlief alles ohne viel Blutvergießen, da sich die ausgehungerten Menschen der wenig produktiven Sokolnitscheskaja-Linie nach der

»Wiederherstellung von Gerechtigkeit« sehnten – was nach ihrer Überzeugung nur durch Angleichung der Verhältnisse erreicht werden konnte. Und so loderte schon bald auf der gesamten Linie die purpurne Flamme der Revolution. Die U-Bahn-Brücke über den Fluss Jausa war wie durch ein Wunder unversehrt geblieben, sodass die Verbindung zwischen den Stationen *Sokolniki* und *Preobraschenskaja ploschtschad* funktionierte. Zuerst war der kurze Abschnitt an der Oberfläche nur nachts und mit Draisinen in voller Fahrt zu bewältigen gewesen. Doch dann wurde die Brücke von Kriegsgefangenen und Verurteilten – unter Einsatz ihres Lebens – eingemauert und mit einem Dach versehen. Die Stationen bekamen ihre alten, sowjetischen Namen wieder: Die Station *Tschistyje prudy* hieß wieder *Kirowskaja*, die *Ljubjanka* wieder *Dserschinskaja* und der *Ochotny Rjad* wieder *Prospekt Marksa*. Stationen mit neutralen Namen wurden schnell mit ideologisch eindeutigeren Bezeichnungen versehen: Die *Sportiwnaja* wurde zur *Kommunistitscheskaja*, die *Sokolniki* zur *Stalinskaja*, und die *Preobraschenskaja ploschtschad* – von wo aus alles begonnen hatte – zur *Snamja Rewoljuzii*, dem »Banner der Revolution«. Und so wurde diese Linie, die ehemals Sokolnitscheskaja geheißen hatte, von den Moskauern aber schon immer als »rote Linie« bezeichnet worden war, ganz offiziell zur Roten Linie.

Das war es dann aber auch. Denn kaum hatte sich die Rote Linie komplett formiert, da begann sie auch schon erste Forderungen an die anderen Strecken zu stellen. Doch damit war das Maß für die anderen Stationen voll. Zu viele Menschen hatten noch in guter Erinnerung, was das Wort »Sowjetmacht« bedeutete; zu viele sahen in den Agit-Trupps, die von der Interstationale in die gesamte Metro ausschwärmten, Metastasen eines Geschwürs, das den ganzen Organismus zu vernichten drohte. Und so sehr die Propagandisten der Interstationale auch die

Elektrifizierung der Untergrundbahn versprachen und behaupteten, dies in Kombination mit der Sowjetmacht ergebe den Kommunismus (kaum jemals war diese so schamlos usurpierte Lenin'sche Devise aktueller gewesen) – die Menschen jenseits der Roten Linie ließen sich von den Verheißungen nicht verführen. Die interstationären Schönredner wurden überall abgefangen und zurück in ihren Sowjetstaat geschickt.

Nun ordnete die rote Führung an, es sei Zeit, entschlossen zu handeln: Wenn der Rest der Metro das fröhliche Feuer der Revolution nicht selbst entfachen wolle, müsse man eben etwas nachhelfen. Die benachbarten Stationen, beunruhigt von verstärkter kommunistischer Propaganda und subversiven Aktionen, kamen zu einem ähnlichen Schluss. Die historische Erfahrung hatte klar gezeigt: Es gab keinen besseren Überträger der kommunistischen Bazille als das Bajonett.

Der Sturm brach los. Eine Koalition antikommunistischer Stationen, angeführt von der zweigeteilten Hanse, die danach trachtete, den durch die Roten zerschlagenen Kreis zu schließen, nahm die Herausforderung an. Letztere hatten nicht mit organisiertem Widerstand gerechnet und ihre eigenen Kräfte überschätzt. Ein leichter Sieg, wie sie ihn erwartet hatten, war nicht abzusehen.

Tatsächlich wurde es ein langer und blutiger Krieg. Für die ohnehin nicht gerade zahlreiche Bevölkerung der Metro geriet er zur Zerreißprobe. Knapp anderthalb Jahre zog er sich hin und bestand im Wesentlichen aus Positionskämpfen, jedoch, wie in solchen Fällen üblich, mit Partisanenausfällen und Diversionsakten, mit der Zerstörung von Tunneln, der Erschießung von Kriegsgefangenen und anderen Gräueltaten auf beiden Seiten. Es gab Truppenbewegungen, Einkesselungen und Durchbrüche, Heerführer, Helden und Verräter. Das Besondere an diesem Krieg war jedoch, dass keiner der Gegner es schaffte, die Frontlinie auch nur um eine halbwegs bedeutsame Distanz zu verschieben. Manchmal, so schien es, hatte die eine Seite ein Übergewicht erreicht und eine Verbindungsstation besetzt – doch sogleich strengte sich der Gegner an, mobilisierte zusätzliche Kräfte, und die Waagschale neigte sich wieder in die andere Richtung.

Doch der Krieg verbrauchte Ressourcen. Er forderte die besten Leute. Er rieb die Menschen auf.

Schließlich hatten die Überlebenden genug. Still und heimlich ersetzten die Revolutionsführer die anfänglichen Aufgaben durch bescheidenere. War es zu Beginn das erklärte Ziel gewesen, die sozialistische Macht und kommunistische Ideologie in der gesamten Metro zu verbreiten, so wollten die Roten jetzt wenigstens ihr Allerheiligstes unter Kontrolle bringen: die Station *Ploschtschad Rewoljuzii*. Zum einen wegen des Namens, »Platz der Revolution«, zum anderen aber auch, weil sie sich näher als jede andere Station beim Roten Platz und beim Kreml befand, auf dessen Türmen noch immer rubinrote Sterne prangten (zumindest wenn man den wenigen ideologisch gefestigten Draufgängern glauben konnte, die sich nach oben gewagt hatten, um einen Blick darauf zu werfen). Und dann stand dort, an der Oberfläche, neben dem Kreml, in der Mitte des Roten Platzes, natürlich das Mausoleum. Ob sich Lenins Leiche noch darin befand, wusste niemand, und es spielte auch keine Rolle mehr. In den langen Jahren der Sowjetherrschaft hatte sich das Mausoleum verselbstständigt, war von einer pompösen Grabstätte zu einem sakralen Symbol für die Kontinuität der Macht geworden. Von seinem Balkon aus hatten die großen Führer der Vergangenheit die Paraden abgenommen. Kein Wunder also, dass dieser Ort auf die jetzigen Führer die größte Faszination ausübte. Und man erzählte sich, dass von der *Ploschtschad Rewoljuzii* verborgene Gänge zu den Geheimlabors des Mausoleums und von dort zur Grabkammer Lenins führten.

Die Roten hielten die *Ploschtschad Swerdlowa*, vormals *Teatralnaja*. Sie war befestigt worden und diente nun als Aufmarschplatz für Sturmangriffe und Attacken auf die *Ploschtschad Rewoljuzii*. Mit dem religiösen Eifer von Kreuzrittern riefen die Anführer der Revolution ihre Gefolgsleute immer wieder zum Sturm auf diese Station und zur Befreiung des Mausoleums. Doch die Verteidiger begriffen nur zu gut, welche Bedeutung die Station für die Roten hatte, und standen bis zum letzten Mann. Die *Ploschtschad Rewoljuzii* verwandelte sich in eine uneinnehmbare Festung. Die grausamsten und blutigsten Kämpfe des gesamten Krieges wurden im Umkreis dieser Station ausgefochten, dort fielen die meisten Soldaten. Diese Schlachten brachten Helden hervor, die sich, wie einst der junge Alexander Matrossow, ins offene Feuer der Maschinengewehre warfen oder mit Granaten behängten, um sich mit den feindlichen Feuerstellungen in die Luft zu sprengen. Sogar Flammenwerfer wurden damals, obwohl verboten, gegen Menschen eingesetzt – ohne nennenswerten Erfolg. Hatten die Roten die Station an einem Tag erkämpft, so gelang es ihnen nicht, sich darin festzusetzen – schon am nächsten Tag erlitten sie beim Gegenangriff der Koalition herbe Verluste und zogen sich wieder zurück.

Exakt das Gleiche, nur mit umgekehrten Vorzeichen, galt für die *Biblioteka imeni Lenina*. Diese hatten die Roten besetzt, während die Streitkräfte der Koalition sie wieder und wieder zu vertreiben versuchten. Für die Koalition war die Station von enormer Bedeutung, da sie im Falle der erfolgreichen Erstürmung die Rote Linie in zwei Teile trennen würde. Außerdem gab es von dort Übergänge zu drei weiteren Linien, mit denen sich die Rote Linie sonst nirgends traf. Nur dort. Diese Station war also wie eine Art Lymphknoten: Hatte ihn die rote Pest einmal befallen, so konnte sie sich auf weitere lebenswichtige Organe ausbreiten. Um dies zu verhindern, musste die Koalition sie einnehmen, und zwar um jeden Preis.

Doch so vergeblich die Roten versuchten, die *Ploschtschad Rewoljuzii* in ihre Gewalt zu bringen, so fruchtlos blieben die Bemühungen der Koalition um die Bibliotheks-Station.

Die Menschen aber hatten allmählich genug davon. Schon gab es die ersten Deserteure, und immer häufiger kam es zu Fällen von Verbrüderung, wenn Soldaten auf beiden Seiten der Front die Waffen fortwarfen. Im Unterschied zum Ersten Weltkrieg kam dies den Roten aber nicht zugute. Der revolutionäre Eifer ebbte allmählich ab. Und der Koalition erging es nicht besser: Zermürbt von der ständigen Sorge um das eigene Leben, zogen ganze Familien von den Stationen im Zentrum in die Peripherie. Die Hanse leerte sich und verlor zusehends an Kraft. Der Krieg wirkte sich zudem auf das Geschäft aus, die Kaufleute mieden die Hanse, ehemals wichtige Handelswege lagen still und verlassen da.

Die Politiker begriffen, dass sie von ihren Soldaten immer weniger unterstützt wurden und schnell einen Weg zur Beendigung des Krieges finden mussten, bevor sich die Waffen gegen sie richteten. Und so trafen sich unter strengster Geheimhaltung und, wie in solchen Fällen üblich, an einer neutralen Station die Führer der verfeindeten Seiten: Genosse Moskwin von sowjetischer Seite sowie der Präsident der Hanse Loginow und das Oberhaupt der Arbat-Konföderation Kolpakow als Unterhändler der Koalition.

Der Friedensvertrag war bald unterzeichnet. Die Parteien tauschten Stationen aus. Die Rote Linie bekam den halbzerstörten Platz der Revolution zur vollen Verfügung und trat dafür die Lenin-Bibliothek an die Arbat-Konföderation ab. Für keine der Seiten war dies ein leichter Schritt. Die Konföderation verlor eines ihrer Mitglieder und damit weitere Besitzungen im Nordosten. Die Rote Linie dagegen war nicht mehr vollständig, genau in ihrer Mitte lag nun eine Station, die nicht ihrem Befehl unterstand und sie damit in zwei Teile zerhackte. Obwohl beide Seiten einander ungehinderten Transit durch ihre ehemaligen Gebiete garantierten, bereitete das Ergebnis den Roten natürlich Bauchschmerzen. Doch das Angebot der Koalition war zu verlockend, und die Rote Linie konnte nicht widerstehen. Die meisten Vorteile hatte die Hanse, die ihren Kreis schließen konnte und so das letzte Hindernis auf dem Weg zum wirtschaftlichen Aufstieg beseitigte. Man vereinbarte, den Status quo zu respektieren sowie Agitation und Sabotage auf dem Gebiet des ehemaligen Gegners zu unterlassen. Alle Beteiligten waren zufrieden. Und nun, da Kanonen und Politiker schwiegen, war es Sache der Propagandisten, den Massen zu erklären, dass es die eigene Seite war, die einen herausragenden diplomatischen Erfolg errungen und somit den Krieg eigentlich gewonnen hatte.

Jahre waren vergangen seit jenem denkwürdigen Tag der Unterzeichnung des Friedensabkommens. Beide Seiten hielten sich daran: Die Hanse sah in der Roten Linie einen attraktiven Wirtschaftspartner, diese wiederum hatte ihre aggressiven Pläne verworfen. Genosse Moskwin, seines Zeichens Generalsekretär der Kommunistischen Partei der Moskauer W.-I.-Lenin-Untergrundbahn, hatte dialektisch die Möglichkeit bewiesen, dass man den Kommunismus auf einer Linie aufbauen könne, und die historische Entscheidung getroffen, ebenjenen Aufbau zu beginnen. Die alte Feindschaft war in Vergessenheit geraten.

Diese Lektion der jüngsten Geschichte hatte sich Artjom gut gemerkt, wie er sich überhaupt alles zu merken versuchte, was ihm sein Stiefvater erzählte.

»Gut, dass das Gemetzel damals aufgehört hat«, sagte Pjotr Andrejewitsch. »Anderthalb Jahre konnten wir keinen Fuß auf die Ringlinie setzen. Überall Absperrungen, ständig musste man seinen Pass zeigen. Ich war damals geschäftlich unterwegs. Anders als über die Hanse war kein Durchkommen. Also nahm ich diese Route. Und gleich am *Prospekt Mira* wurde ich aufgehalten. Beinahe hätten die mich an die Wand gestellt.«

»Wirklich?«, fragte Andrej neugierig. »Das hast du noch nie erzählt. Wie kam es dazu?«

Artjom ließ den Kopf hängen. Er hatte die Rolle des Erzählers offenbar endgültig eingebüßt. Die Geschichte versprach jedoch interessant zu werden, und so ging er nicht dazwischen.

»Na, ganz einfach: Die hielten mich für einen roten Spion. Komm ich beim *Prospekt Mira* aus dem Tunnel, noch auf unserer Linie, und siehe da: Unser Teil der Station wird von der Hanse kontrolliert. Ist sozusagen annektiert worden. Na gut, besonders streng geht es ja nicht zu – einen Markt haben sie aufgebaut, eine Handelszone. Ihr wisst ja, wie das bei der Hanse ist: Die Stationen auf der Ringlinie sind sozusagen ihr eigenes Haus. Die Grenze verläuft dann irgendwo in den Übergängen von den Ringstationen auf die Sternlinien, mit Zoll, Passkontrolle und so weiter …«

»Wissen wir doch alles«, unterbrach Andrej. »Halt keine Vorträge, komm endlich zur Sache!«

»Mit Passkontrolle und so weiter«, wiederholte Pjotr Andrejewitsch mürrisch und zog finster die Brauen zusammen. »Auf den Stationen der Sternlinien befinden sich dann die Märkte und Basare, da dürfen auch Fremde hin. Aber an der Grenze ist Schluss. Ich komme, wie gesagt, am *Prospekt Mira* raus, gut ein halbes Kilo Tee dabei. Ich brauche neue Patronen für mein Gewehr, also will ich tauschen. Aber die sind dort im Kriegszustand und geben keine Munition raus. Ich frag den Ersten, dann den Zweiten – aber sie schütteln nur den Kopf und verziehen sich wieder, als ob sie nichts mit mir zu tun haben wollen. Nur einer flüstert mir zu: ›Was denn für Patronen, du Idiot. Hau bloß ab, die haben dich sicher schon verpfiffen.‹ Ich bedanke mich höflich und bewege mich langsam zurück zum Tunnel. Gerade habe ich den Ausgang erreicht, da hält mich eine Patrouille auf, von der Station her pfeift es, und noch ein Trupp kommt angelaufen. ›Ihre Dokumente, bitte.‹ Ich zeig meinen Pass mit dem Stempel unserer Station. Den schauen sie sich ganz genau an und fragen: ›Und Ihr Passierschein, wo ist der?‹ Ich erstaunt: ›Was für ein Passierschein?‹ Und da stellt sich heraus, dass man ohne Passierschein die Station gar nicht betreten darf. Am Ende des Tunnels steht ein Tischchen, da haben sie ihr Büro. Zuerst wirst du überprüft, dann bekommst du, wenn alles in Ordnung ist, einen Passierschein. Einen Amtsschimmel haben sie da ... Wie ich den Tisch übersehen konnte, weiß ich nicht. Warum haben diese Idioten mich nicht aufgehalten? Aber versuch das mal der Patrouille zu erklären. Vor mir steht dieser kurz geschorene Trottel im Tarnanzug und sagt: ›Durchgeschlüpft bist du, hast dich durchgemogelt, still und heimlich!‹ Blättert weiter in meinem Pass, bis er plötzlich einen kleinen Stempel von der *Sokolniki* entdeckt. Da hab ich früher gewohnt, die *Sokolniki*. Sieht der also den Stempel, und schon schießt ihm das Blut in die Augen. Wie ein gereizter Stier reißt er seine Kalaschnikow von der Schulter und brüllt: ›Hände hinter den Kopf, Arschloch!‹ Tadellose Ausbildung, das merkt man sofort. Er packt mich am Kragen und zieht mich durch die ganze Station – zum Kontrollpunkt im Übergang, wo der Stationsvorsteher sitzt. Dann brummt er: ›Warte‹, nach dem Motto: Ich brauch nur die Erlaubnis vom Chef, dann stell ich dich an die Wand, du Aufklärer. Mir wird ganz anders. Ich versuch es mit Argumenten: ›Wieso Aufklärer? Ich bin Geschäftsmann! Da, ich hab Tee dabei, von der *WDNCh*.‹ Worauf er mir antwortet, dass er mir mit dem Tee gleich das Maul stopft und mit dem Gewehr nachschiebt, damit noch mehr reinpasst. Ich merke, dass ich nicht besonders überzeugend wirke, und wenn seine Führung ihm jetzt grünes Licht gibt, führt er mich zu Meter 200, stellt mich mit dem Gesicht zu den Rohren und macht mir zwei zusätzliche Löcher in den Kopf. Ist laut Kriegsrecht ganz legal. Blöd gelaufen, denke ich. Jedenfalls, als wir beim Kontrollpunkt ankommen, geht der Penner sich beraten. Ich schau mir seinen Vorgesetzten an – und mir fällt ein Stein vom Herzen: Das ist doch tatsächlich Paschka Fedotow, ein Klassenkamerad von mir! Wir sind nach der Schule noch lange Freunde gewesen und haben uns dann aus den Augen verloren …«

»Alter Sack! Richtig Angst gemacht hast du mir! Und ich dachte schon, das war's, die hätten dich umgelegt«, bemerkte Andrej grinsend, und alle, die um das Feuer bei Meter 450 saßen, brachen in Gelächter aus.

Pjotr Andrejewitsch warf Andrej zuerst noch einen wütenden Blick zu, doch dann konnte auch er sich ein Lächeln nicht verkneifen. Das Gelächter rollte den Tunnel entlang und brachte irgendwo in der Tiefe ein verzerrtes Echo hervor, ein kaum definierbares, reichlich unheimliches Ächzen. Sogleich verstummten alle wieder und lauschten.

Aus der Tiefe des Tunnels, von Norden her, waren nun wieder die gleichen verdächtigen Geräusche zu hören: ein Rascheln und leichte Trippelschritte.

Andrej reagierte natürlich als Erster. Er bedeutete den anderen zu schweigen. Dann griff er nach seinem Sturmgewehr und erhob sich. Langsam entsicherte er, lud durch und entfernte sich lautlos vom Feuer. An die Wand des Tunnels gedrückt, drang er immer weiter in die Tiefe vor. Auch Artjom stand auf. Er brannte darauf zu sehen, was er da vorhin hatte entwischen lassen, doch Andrej drehte sich um und zischte ihm wütend etwas zu.

Das Gewehr im Anschlag, blieb er dann an der Stelle stehen, wo sich das Dunkel zu verdichten begann, legte sich auf den Bauch und rief: »Licht her!«

Einer seiner Leute hielt einen leistungsstarken Akku-Strahler bereit, den die Elektriker der Station aus einem alten Autoscheinwerfer gebaut hatten. Er drückte einen Knopf – ein grellweißer Lichtstrahl schnitt sich durch die Dunkelheit. Eine Sekunde lang entriss er der Finsternis eine undeutliche Silhouette. Dann jagte etwas Kleines und Unscheinbares Hals über Kopf zurück Richtung Norden. Artjom hielt es nicht mehr aus und schrie aus Leibeskräften: »Nun schieß schon! Es läuft doch weg!«

Aus irgendeinem Grund schoss Andrej nicht. Jetzt erhob sich auch Pjotr Andrejewitsch, das Gewehr schussbereit, und rief: »Andrjucha! Lebst du noch?«

Die Leute, die um das Feuer saßen, flüsterten beunruhigt, man hörte, wie sie ihre Waffen entsicherten.

Endlich erschien Andrej im Licht des Scheinwerfers und klopfte sich die Jacke ab. »Klar lebe ich noch!«, rief er lachend.

»Was gibt's da zu gackern?«, gab Pjotr Andrejewitsch zurück.

»Drei Beine. Und zwei Köpfe. Mutanten! Die Schwarzen kommen. Sie stechen euch alle ab. Schieß, sonst läuft es weg ... Einen Riesenlärm macht ihr hier, ich fass es einfach nicht.«

»Warum hast du nicht geschossen?«, fragte Pjotr Andrejewitsch wütend, als Andrej beim Feuer ankam. »Bei dem Burschen hier versteh ich das ja – er ist noch jung, hat einfach nicht rechtzeitig geschaltet. Aber wie konntest *du* das verschlafen? Weißt du nicht, was an der *Poleschajewskaja* passiert ist?«

»Ach, das mit der *Poleschajewskaja* hab ich schon mindestens zehnmal gehört ... Ein Hund ist es! Ein ganz junger. Der schleicht sich eben schon zum zweiten Mal ans Feuer ran, zur Wärme und zum Licht. Um ein Haar hättet ihr ihn abgemurkst, ihr Tierquäler.«

»Woher sollte ich denn wissen, dass es ein Hund ist?«, sagte Artjom beleidigt. »Er hat so komische Laute von sich gegeben.

Und außerdem, hab ich jedenfalls gehört, sollen die hier vor einer Woche eine Ratte gesehen haben, so groß wie ein Schwein.« Er schüttelte sich. »Ein halbes Magazin haben sie ihr in den Leib gejagt, und die war immer noch quicklebendig.«

»Glaub du nur all diese Märchen! Warte, ich bring dir gleich deine Ratte«, erwiderte Andrej, schulterte sein Gewehr und verschwand wieder in der Dunkelheit.

Nach einer Minute hörte man von dort ein leises Pfeifen. Dann ertönte eine Stimme, zärtlich, lockend: »Na, komm her … Komm schon, Kleiner, keine Angst.«

Ziemlich lange, zehn Minuten vielleicht, redete Andrej so vor sich hin, rief und pfiff. Schließlich tauchte seine Gestalt erneut im Halbdunkel auf. Zurück am Feuer, lächelte er triumphierend und öffnete seine Jacke. Heraus fiel ein junges Hündchen, zitternd, jämmerlich, nass, unerträglich schmutzig, das verfilzte Fell von unbestimmbarer Farbe, die schwarzen Augen vor Schreck geweitet, die kleinen Ohren eng angelegt. Kaum fand es sich auf dem Boden wieder, da versuchte es auch schon fortzulaufen, doch Andrejs kräftige Hand packte es am Genick und hob es an seinen Platz zurück. Er streichelte das Hündchen am Kopf, zog seine Jacke aus und deckte es damit zu. »Soll sich der kleine Stinker erst mal wärmen«, erklärte er.

»Lass gut sein, Andrjucha, der ist wahrscheinlich voller Flöhe«, sagte Pjotr Andrejewitsch. »Oder vielleicht hat er Würmer. Du steckst dich noch mit was an und dann verbreitest du es auf der ganzen Station …«

»Hör auf rumzumeckern, Andrejitsch. Schau ihn dir doch erst mal an!« Andrej klappte die Jacke auf und zeigte Pjotr Andrejewitsch die Schnauze des Hündchens, das immer noch zitterte, vor Angst oder vor Kälte. »Sieh ihm in die Augen, Andrejitsch! Diese Augen können nicht lügen!«

Pjotr Andrejewitsch betrachtete den Hund skeptisch. Dessen

Augen blickten ihn zwar verängstigt, aber ohne Zweifel ganz und gar aufrichtig an. Pjotr Andrejewitsch schmolz dahin. »Na gut. Immer diese jungen Naturforscher … Warte, ich such ihm was zu beißen«, brummte er und steckte seine Hand in den Rucksack.

»Tu das. Vielleicht wird ja noch was Anständiges aus ihm. Ein deutscher Schäferhund zum Beispiel.« Andrej schob die Jacke mit dem Hündchen näher ans Feuer.

»Woher ist der denn so plötzlich aufgetaucht?«, fragte einer von seinen Leuten. »Da hinten gibt es keine Menschen mehr. Nur die Schwarzen. Und seit wann halten die sich Hunde?« Der da sprach, war ein abgezehrter, hagerer Mann mit struppigem Haar. Bisher hatte er nur schweigend zugehört. Nun blickte er misstrauisch auf das Tier, das in der Wärme vor sich hin zu dösen begann.

»Da hast du recht, Kirill«, erwiderte Andrej ernst. »Die Schwarzen halten sich überhaupt keine Tiere, soweit ich weiß.«

»Wovon leben sie dann? Was essen sie?«, fragte ein anderer, der ebenfalls mit Andrejs Gruppe angekommen war, und kratzte knisternd sein unrasiertes Kinn. Dieser war ein hochgewachsener, breitschultriger, kräftig gebauter Mann mit glattem Schädel. Er trug einen langen, stattlichen Ledermantel, was an sich schon eine Seltenheit war.

»Was sie essen? Alles Mögliche, sagt man. Aas, Ratten, Menschen. Sie sind nicht gerade wählerisch.« Andrej verzog das Gesicht vor Ekel.

»Kannibalen?«, fragte der Kahle ohne einen Anflug von Verwunderung, als hätte er schon früher mit Menschenfressern zu tun gehabt.

»Ja, Kannibalen. Es sind keine Menschen. Eher so eine Art Wiedergänger. Weiß der Teufel, was die überhaupt sind! Nur gut, dass sie keine Waffen besitzen und wir sie zurückschlagen können – noch. Pjotr, weißt du noch, wie wir vor einem halben Jahr einen von ihnen lebend gefangen haben?«

»Na klar«, sagte Pjotr Andrejewitsch. »Zwei Wochen lang ist er bei uns im Bunker gesessen, hat nichts von unserem Wasser getrunken und das Essen nicht angerührt. Am Ende ist er einfach krepiert.«

»Habt ihr ihn vernommen?«, fragte der Kahle.

»Er hat kein Wort von dem verstanden, was wir ihm gesagt haben. Du sprichst ihn ganz normal an, und er schweigt einfach. Überhaupt hat er die ganze Zeit geschwiegen. Als hätte er sich die Zunge abgebissen. Selbst als sie ihn geschlagen haben. Was zu essen haben sie ihm hingestellt – kein Wort. Nur geknurrt hat er manchmal. Und geheult, bevor er gestorben ist, dass die ganze Station davon aufgewacht ist.«

Kirill meldete sich wieder zu Wort: »Und wo kommt jetzt dieser Hund her?«

»Weiß der Geier«, erwiderte Andrej. »Kann sein, dass er vor denen weggelaufen ist. Vielleicht wollten sie ihn auffressen. Es sind ja nur gut zwei Kilometer. Wäre doch möglich, dass ein Hund es bis hierher schafft, oder? Oder er gehört irgendwem. Jemandem, der von Norden hierher unterwegs war und dann auf die Schwarzen gestoßen ist. Und der Hund hat eben rechtzeitig die Fliege gemacht. Ist doch egal, woher er kommt. Schau ihn dir an – sieht so ein Ungeheuer aus? Ein Mutant? Ein kleiner Stinker ist er, nichts weiter. Und dass es ihn zu uns Menschen zieht, heißt doch, dass er zahm ist. Warum sollte er sonst drei Stunden lang um unser Feuer schleichen?«

Kirill schwieg, wog offenbar Andrejs Argumente ab. Pjotr Andrejewitsch füllte inzwischen den Teekessel aus dem Kanister auf und fragte: »Wer will noch Tee? Eine letzte Runde, bald kommt nämlich die Ablösung.«

»Gute Idee! Ich bin dabei«, sagte Andrej erfreut, und auch die anderen lebten wieder auf.

Das Wasser im Kessel kochte. Pjotr Andrejewitsch schenkte jedem, der wollte, nach und sagte dann: »Hört mal! Redet bitte nicht so viel von den Schwarzen. Letztes Mal saßen wir auch so da, und kaum hatte jemand sie erwähnt, da kamen sie auch schon angekrochen. Andere Jungs haben mir dasselbe erzählt. Vielleicht war es Zufall, ich bin ja nicht abergläubisch, aber wer weiß? Vielleicht spüren sie das? Unsere Schicht ist fast zu Ende, was brauchen wir da jetzt noch diese Teufelsbrut, im letzten Moment?«

»Stimmt. Vielleicht sollten wir wirklich besser aufhören«, pflichtete Artjom ihm bei.

»Nur keine Panik, Junge«, sagte Andrej. »Wir packen das schon!« Er wollte Artjom aufmuntern, klang aber selbst nicht besonders überzeugt. Auch ihm lief es beim Gedanken an die Schwarzen kalt den Rücken hinunter, obwohl er es zu verbergen versuchte. Vor Menschen hatte er nicht die geringste Angst: weder vor Banditen noch vor anarchistischen Mordgesellen oder den Kämpfern der Roten Armee. Doch der Gedanke an diese Wesen war ihm unangenehm, auch wenn er sie nicht wirklich fürchtete – immer wenn er an sie dachte, überfiel ihn eine seltsame Unruhe, ganz anders als sonst, wenn er an Gefahren dachte, die von Menschen ausgingen.

Alle verstummten. Eine schwere, bedrückende Stille hüllte sie ein. Sie drängten sich noch enger um das Feuer. Die knorrigen Holzscheite knackten in den Flammen, und bisweilen flog aus dem Tunnel von ferne, von Norden, ein dumpfes, hohles Knurren heran, als wäre die Moskauer Metro der gigantische Bauch eines Ungeheuers. Ein Geräusch, das das Grauen nur noch verstärkte.

# 2
# Der Jäger

Wieder kam Artjom lauter wirres Zeug in den Sinn. Die Schwarzen. In seiner Schicht waren diese Mutanten nur ein einziges Mal aufgetaucht, aber Angst jagten sie ihm mehr als genug ein. Und das war kein Wunder.

Du sitzt auf deinem Posten und wärmst dich am Feuer. Plötzlich hörst du aus dem Tunnel, irgendwo aus der Tiefe, ein gleichmäßiges, dumpfes Pochen – erst in einiger Entfernung, leise, bald näher und lauter. Und dann ertönt auf einmal ein furchtbares Friedhofsheulen, so nah, dass dein Trommelfell fast platzt. Chaos! Alle springen auf, stapeln hastig Sandsäcke und Kisten zu einer schützenden Barriere auf, und der Kommandeur brüllt aus vollem Hals: »Alarm!«

Von der Station eilt die Reserve zur Unterstützung heran, und die Wachen bei Meter 300 enthüllen das Maschinengewehr. Hier, wo der Hauptschlag abgewehrt werden muss, werfen sich die Menschen auf den Boden, richten ihre Gewehre in den Schlund des Tunnels und legen an. Endlich, als die Bestien schon ganz nah sind, macht einer den Scheinwerfer an – und in dem Lichtstrahl sehen wir sie: seltsame Silhouetten wie aus einem Albtraum. Nackt, mit schwarz glänzender Haut, riesigen Augen und weit aufgerissenen Mündern. Gleichförmig schreiten sie vorwärts, auf die Befestigungen zu, den Menschen entgegen, in den Tod, aufrecht, nicht etwa gebückt, immer näher und näher, drei, fünf, acht Kreaturen … Und der Vorderste legt den Kopf zurück und stößt wieder dieses gespenstische Heulen aus.

Kalt läuft es dir über den Rücken, du willst aufspringen und wegrennen, das Gewehr, die Kameraden zurücklassen, soll doch alles zum Teufel gehen, nur weg hier. Der Scheinwerfer ist auf die Gesichter dieser furchtbaren Wesen gerichtet, damit das grelle Licht ihre Pupillen trifft, doch sie blinzeln nicht einmal, schützen sich nicht mit den Händen, sondern blicken mit weit aufgerissenen Augen in den Lichtstrahl und gehen weiter vorwärts, immer vorwärts. Haben sie überhaupt Pupillen?

Endlich treffen die von Meter 300 mit dem MG ein, gehen in Anschlag, Befehle fliegen hin und her. Alles bereit. Dann brüllt einer das lang ersehnte »Feuer!«. Mehrere Kalaschnikows knattern zugleich, und auch das MG kracht los. Aber die Schwarzen bleiben nicht stehen, ja, sie ducken sich nicht einmal. Aufrecht, ohne nur einen Schritt vom Weg abzukommen, gehen sie ungerührt weiter. Im Licht des Scheinwerfers sieht Artjom, wie die Kugeln ihre glänzenden Körper zerfetzen, wie sie zurückgestoßen werden, fallen – und sofort wieder aufstehen und mit erhobenem Kopf weitergehen. Und wieder ertönt das unheimliche Heulen, heiser diesmal, da aus durchschossener Kehle. Einige Minuten vergehen, bis der stählerne Hagel diesen unmenschlichen Starrsinn endlich zum Erliegen bringt. Später, als alle Bestien bereits am Boden liegen, leb- und reglos, bekommt jeder von ihnen noch einen Kontrollschuss, aus sicherer Entfernung, vielleicht fünf Meter, in den Kopf. Und selbst als alles vorüber ist und die Leichen bereits in den Schacht geworfen sind, steht dir noch lange dieses grausige Bild vor Augen – wie sich die Kugeln in die schwarzen Leiber bohren und der Lichtstrahl die weit geöffneten Augen versengt und die Kreaturen dennoch unbeirrt weitergehen …

Artjom schüttelte sich bei dieser Vorstellung. Ja, lieber nicht zu viel darüber reden, dachte er.

»He, Andrejitsch! Macht euch fertig! Wir sind gleich da!«, rief ihnen jemand von Süden aus dem Dunkel zu. »Ablösung!«

Die Männer am Feuer erwachten aus ihrer Starre, standen auf, streckten sich und warfen sich ihre Rucksäcke und Waffen über. Andrej hob den kleinen Köter auf. Pjotr Andrejewitsch und Artjom würden nun zur Station zurückkehren, Andrej und seine Leute zum Posten bei Meter 300 – ihre Schicht war noch nicht zu Ende.

Die neuen Wachleute traten zum Feuer, begrüßten alle mit Handschlag, erkundigten sich, ob irgendwas Besonderes vorgefallen sei, und wünschten gute Erholung.

Auf dem Weg durch den Tunnel nach Süden begannen Pjotr Andrejewitsch und Andrej heftig zu diskutieren, offenbar ging es um eine ihrer ewigen Streitfragen. Der kahl rasierte, muskulös gebaute Mann, der sich nach den Ernährungsgewohnheiten der Schwarzen erkundigt hatte, löste sich aus ihrer Gruppe und fiel zurück, bis er schließlich neben Artjom ging. »Du kennst Suchoj?«, fragte er ihn mit leiser Stimme, ohne ihm in die Augen zu sehen.

»Onkel Sascha? Klar, er ist mein Stiefvater. Ich wohne bei ihm.«

»Na so was«, murmelte der Kahle. »Stiefvater. Ich hatte keine Ahnung ...«

»Und wie heißen Sie?«, erkundigte sich Artjom nach kurzem Zögern. Er fand, wenn ihn der Mann schon nach seinem Verwandten ausfragte, so hatte er das Recht auf eine Gegenfrage.

»Ich? Wozu willst du das wissen?«

»Na ja ... Ich will Onkel Sascha ausrichten, ich meine Suchoj, dass Sie nach ihm gefragt haben.«

»Ach so … Hunter. Sag ihm, Hunter hat sich erkundigt. Der Jäger. Und grüß ihn von mir.«

»Hunter? Ist das Ihr Nachname? Oder nennt man Sie nur so?«

Hunter lächelte. »Nachname? Hm, warum nicht? Klingt gar nicht schlecht. Nein, mein Junge, es ist kein Nachname. Es ist, wie soll ich sagen … ein Beruf. Und wie heißt du?«

»Artjom.«

»Freut mich, dich kennenzulernen. Mir scheint, wir werden unsere Bekanntschaft schon bald vertiefen. Mach's gut!« Der Mann zwinkerte Artjom zu und blieb mit Andrej bei Meter 300 zurück.

Nun war es nicht mehr weit. Schon konnte man in der Ferne die lebhaften Geräusche der Station hören. Pjotr Andrejewitsch, der neben Artjom ging, fragte besorgt: »Hör mal, Artjom, was war denn das für ein Typ? Was hat er dir gesagt?«

»Irgendwie seltsam war der. Hat mich nach Onkel Sascha gefragt. Vielleicht ein Bekannter von ihm. Kennen Sie ihn?«

»Nicht wirklich. Er ist nur für ein paar Tage hierhergekommen, wegen irgendwelcher Angelegenheiten. Andrej scheint ihn zu kennen. Er wollte unbedingt auf den Posten mitgehen. Weiß der Teufel, wozu er das braucht. Jedenfalls kenn ich das Gesicht irgendwoher …«

»So eine Erscheinung vergisst man nicht so leicht.«

»Wo hab ich ihn bloß schon gesehen? Du weißt nicht zufällig, wie er heißt?«

»Hunter. So hat er sich zumindest genannt. Keine Ahnung, was das bedeutet.«

Pjotr Andrejewitsch runzelte die Stirn. »Hunter? Kein besonders russischer Name …«

Jetzt war bereits ein rotes Leuchten auszumachen. Wie an den meisten Stationen gab es auch an der *WDNCh* nur wenig

Strom, und so lebten die Menschen bereits das dritte Jahrzehnt mit der purpurnen Notbeleuchtung; lediglich in den »persönlichen Unterkünften« – Zelten oder Räumen – leuchteten bisweilen gewöhnliche Glühbirnen. Es gab allerdings auch einige wenige reiche Stationen, die sich den Luxus echter Quecksilberlampen leisten konnten. Man erzählte sich Legenden darüber, und manche Bewohner weitab liegender, gottverlassener Zwischenhalte wünschten sich nichts sehnlicher, als dorthin zu gelangen, um dieses Wunder mit eigenen Augen zu sehen.

Am Ausgang des Tunnels händigten sie der Wache ihre Waffen aus und meldeten sich ab. Pjotr Andrejewitsch gab Artjom die Hand und sagte: »Hauen wir uns aufs Ohr! Ich kann mich selber kaum noch auf den Beinen halten, und du schläfst wahrscheinlich auch schon im Stehen. Suchoj einen flammenden Gruß von mir. Er soll mal wieder zu Besuch kommen.«

Artjom verabschiedete sich von den anderen und schleppte sich, von plötzlicher Müdigkeit übermannt, zu seiner Unterkunft.

An der *WDNCh* lebten etwa zweihundert Menschen. Einige wenige in den Diensträumen, die meisten in Zelten. Es waren Armeezelte, alt und abgewetzt, aber handwerklich sauber gearbeitet. Wind und Regen gab es unter der Erde nicht, und man hielt sie sorgfältig in Schuss, sodass man durchaus darin wohnen konnte. Sie hielten Wärme zurück, ebenso Licht, und dämpften die Geräusche von draußen. Was wollte man mehr?

Die Zelte kauerten im Schutz der Wände, sowohl auf den Bahnsteigen als auch im Mittelgang. Dort hatte man einen breiten Durchgang gelassen, der als eine Art Straße diente. Einige große Zelte für vielköpfige Familien waren in den Rundbögen aufgestellt worden. An beiden Enden des Mittelgangs sowie im Zentrum wurden jedoch mehrere Bögen freigehalten. Unter dem Bahnsteig gab es weitere Räume, aber dort war die Decke zu niedrig zum Wohnen – an der *WDNCh* wurden sie als Vorratskammern genutzt.

Zwischen den beiden nördlichen Tunneln gab es einige Meter vor der Station ein kurzes Zwischengleis, das seinerzeit angelegt worden war, damit die Züge hier wenden und wieder zurückfahren konnten. Nun verlief einer der beiden Tunnel nur noch bis zu jener Verbindung, dahinter hatte man ihn zugeschüttet. Der andere führte nach Norden, zum Botanischen Garten und fast bis nach Mytischtschi. Man hatte ihn als Rückzugsweg für den Notfall offen gelassen, und dort hatte Artjom seinen Wachdienst gehalten. Das restliche Stück des zweiten Tunnels sowie der Verbindungsgang waren zur Pilzzucht freigegeben worden. Die Gleise hatte man abgebaut, den Untergrund gelockert und mit Abfällen aus den Müllgruben gedüngt, sodass nun überall Reihen weißer Pilzhüte hervorstanden. Auch einer der beiden südlichen Tunnel war bei Meter 300 zum Einsturz gebracht worden, und dort, ganz am Ende, so weit wie möglich von den Wohnstätten der Menschen entfernt, befanden sich die Hühnerställe und Schweinekoben.

Artjoms Unterkunft lag an der »Hauptstraße«. Dort, in einem der kleineren Zelte, wohnte er bei seinem Stiefvater. Dieser arbeitete bei der Administration, wo er für die Kontakte mit anderen Stationen zuständig war, weshalb in ihrem Zelt niemand sonst untergebracht war. Es war ihr eigenes, die höchste Kategorie. Ziemlich oft verschwand Suchoj für zwei bis drei Wochen. Artjom nahm er nie mit, er sagte, seine Geschäfte seien zu gefährlich und er wolle ihn keinem Risiko aussetzen. Stets kehrte er abgemagert und unrasiert zurück, manchmal sogar verletzt, und dann saß er am ersten Abend immer mit Artjom zusammen und berichtete ihm Dinge, die nur schwer zu glauben waren, selbst für einen Bewohner ihrer grotesken unterirdischen Welt.

Natürlich drängte es Artjom danach, selbst auf Wanderschaft

zu gehen, doch es wäre sehr unvernünftig, einfach so durch die Metro zu spazieren. Die Patrouillen der unabhängigen Stationen waren äußerst misstrauisch und ließen niemanden durch, der bewaffnet war. Sich unbewaffnet in die Tunnel zu begeben war jedoch der sichere Tod. Also war Artjom, seit er mit seinem Stiefvater von der *Sawjolowskaja* hierhergekommen war, nie sehr weit vorgedrungen. Einige Male hatte man ihn geschäftlich zur *Alexejewskaja* geschickt, nicht allein natürlich, sondern mit einer Gruppe, und ab und zu waren sie sogar bis zur *Rischskaja* vorgestoßen. Und dann gab es da noch eine Expedition, von der er niemandem ein Wort sagen durfte, sosehr es ihn auch danach verlangte.

Passiert war das alles schon vor langer Zeit, als es am Botanischen Garten noch weit und breit keine Schwarzen gab, sondern es einfach nur eine verlassene, dunkle Station war. Die Patrouillen der *WDNCh* waren damals noch viel weiter nördlich unterwegs, und Artjom selbst noch ein grüner Junge. Eines Tages riskierten er und zwei Freunde es einfach: Während eines Schichtwechsels schlüpften sie am äußersten Posten vorbei, mit Taschenlampen und einer doppelläufigen Flinte, die einer der Jungs von seinen Eltern geklaut hatte. Lange trieben sie sich an der *Botanitscheski Sad* herum. Gruselig war das schon, aber auch interessant. Überall sahen sie im Licht ihrer Lampen die Überreste menschlicher Behausungen: verbranntes Interieur, verkohlte Bücher, kaputtes Spielzeug, zerrissene Kleidung … Ratten huschten umher, von Zeit zu Zeit ertönten seltsam knarrende Geräusche. Und da hatte einer von Artjoms Freunden – wahrscheinlich Schenja, der aufgeweckteste und neugierigste von ihnen – eine Idee: Was, wenn wir versuchen, die Sperre aufzumachen und uns nach oben durchzuschlagen, die Rolltreppe hinauf? Einfach nur, um zu schauen, wie es dort oben aussieht? Was dort ist?

Artjom war von Anfang an dagegen gewesen. Zu frisch waren ihm die jüngsten Berichte seines Stiefvaters im Gedächtnis. Von Menschen, die an der Oberfläche gewesen und danach schwer erkrankt waren, und davon, welche Schrecken man dort oben zu sehen bekam. Doch die anderen beiden redeten auf ihn ein: Dies sei eine einmalige Chance, wann würden sie jemals wieder, ohne Erwachsene, in eine verlassene Station geraten? Und dazu noch die Gelegenheit haben, nach oben zu gehen und mit eigenen Augen zu sehen, wie es ist, wenn über dem Kopf *nichts ist* … Als alles Zureden nichts half, verkündeten sie, wenn er so ein Feigling sei, würden sie eben ohne ihn gehen. Und die Vorstellung, allein in der verlassenen Station zu bleiben und sich vor seinen beiden besten Freunden zu blamieren, erschien Artjom so unerträglich, dass er sich ihnen zähneknirschend anschloss.

Zu ihrem Erstaunen funktionierte der Mechanismus noch, der die Sperre zwischen dem Bahnsteig und der Rolltreppe betätigte. Ausgerechnet Artjom gelang es nach einer halben Stunde verzweifelter Bemühungen, ihn in Bewegung zu setzen. Krachend fuhr die rostige Eisenwand zur Seite, und ihren Blicken offenbarte sich eine relativ kurze Rolltreppe, die nach oben führte. Einige Stufen waren eingefallen, und durch die gähnenden Löcher sah man im Licht der Taschenlampen die riesenhaften Zahnräder, die vor Jahren für immer stehen geblieben waren. Jetzt waren sie von Rost zerfressen, und etwas Braunes überzog sie, das sich kaum merklich bewegte. Es dauerte eine Weile, bis die drei sich überwanden hinaufzusteigen. Mehrmals gab eine Stufe unter ihrem Gewicht nach und fiel nach unten durch. Die entstandenen Löcher überquerten sie, indem sie sich an den Haltern der Treppenbeleuchtung entlanghangelten. Der Weg nach oben war nicht lang, doch ihre ursprüngliche Entschlossenheit hatte sich mit der ersten durchgebrochenen Stufe verflüchtigt. Um wieder Mut zu fassen, bildeten sie sich ein, sie seien echte Stalker.

Stalker … Trotz seines fremden, seltsamen Klangs hatte dieses Wort Eingang in die russische Sprache gefunden. Ursprünglich war es eine Bezeichnung für verarmte Menschen gewesen, die sich auf verlassene militärische Versuchsgelände wagten, um übrig gebliebene Geschosse und nicht-detonierte Sprengkörper zu demontieren und die Messinghülsen bei den Sammelstellen für Altmetall abzugeben. Oder auch für alle möglichen schrägen Typen, die in Friedenszeiten durch Kanalisationen krochen und noch manch anderes taten. Eines hatten sie alle gemeinsam: Sie begaben sich stets in extreme Gefahr, wagten sich an das Unerforschte, Unbegreifliche, Unheilvolle, Unerklärliche. Wer wusste schon, was auf den verlassenen Testgeländen vor sich ging, wo die radioaktiv verseuchte, von Tausenden von Explosionen entstellte, von Gräben durchzogene und von Katakomben ausgehöhlte Erde womöglich monströse Wesen hervorgebracht hatte? Und man konnte nur vermuten, was in der Kanalisation dieser Riesenstadt herangewachsen war, seit ihre Bauherren die Luken geschlossen hatten, um für immer dieses düstere, enge, stinkende Labyrinth hinter sich zu lassen.

In der Metro bezeichnete man als Stalker jene Teufelskerle, die es wagten, an die Oberfläche zu gehen. In Schutzanzügen, Atemmasken mit abgedunkelten Sichtscheiben, bis an die Zähne bewaffnet, stiegen diese Leute hinauf auf der Suche nach Dingen, die die Allgemeinheit unbedingt brauchte: Munition, Geräte, Ersatzteile, Brennstoff. Menschen, die sich trauten, gab es Hunderte – doch nur wenige kehrten lebend wieder zurück. Ihr Gewicht wog man mit Gold auf, sie standen sogar noch höher im Kurs als die ehemaligen Mitarbeiter der Metro. Verschiedenste Gefahren lauerten dort oben, von der Strahlung selbst bis hin zu den furchterregenden Kreaturen, die durch diese entstanden waren. Ja, es gab noch Leben an der Oberfläche – aber es glich nicht mehr dem, was man gemeinhin unter Leben verstand.

Jeder Stalker war eine lebende Legende, ein Halbgott, zu dem Jung und Alt begeistert aufblickten. Wenn Kinder in eine Welt geboren werden, in der es nichts mehr gibt, wohin man schwimmen oder fliegen könnte, in der die Wörter »Pilot« und »Seemann« verblassen und allmählich ihren Sinn verlieren, so wollen sie eben Stalker werden. In glänzenden Rüstungen fortgehen, begleitet von Hunderten ehrfürchtiger, schwärmerischer Blicke, nach oben, zu den Göttern. Mit Monstern kämpfen und auf dem Rückweg unter die Erde den Menschen Treibstoff, Munition, Licht und Feuer, kurz: das Leben bringen.

Auch Artjom und seine Freunde Schenja und Witali der Nörgler wollten Stalker werden. Und während sie mit großer Überwindung die fürchterlich knarzende Rolltreppe mit den brüchigen Stufen hinaufkletterten, stellten sie sich vor, sie trügen Schutzanzüge mit Geigerzählern und hielten mächtige tragbare MGs vor sich, wie es sich für echte Stalker gehörte. Dabei hatten sie weder Geigerzähler noch irgendeine Schutzkleidung dabei, und anstelle eines ehrfurchtgebietenden Armee-Maschinengewehrs gab es nur diesen vorsintflutlichen Doppelläufer, der womöglich gar nicht mehr funktionierte.

Ziemlich bald war der Anstieg zu Ende, und sie waren fast an der Oberfläche. Zum Glück war es Nacht, sonst wären sie unweigerlich erblindet. Ihre Augen, die von den langen Jahren unter der Erde nur Dunkelheit, Lagerfeuer und rote Notlampen gewohnt waren, hätten die grellen Strahlen nicht ausgehalten. Blind und hilflos, hätten sie wohl kaum wieder nach Hause zurückgefunden.

Die Eingangshalle der Station *Botanitscheski Sad* war fast völlig zerstört, das Dach war halb eingestürzt, und durch das entstandene Loch sah man den dunkelblauen Sommerhimmel, frei von radioaktiven Staubwolken, dafür übersät mit Myriaden von Sternen. Doch was ist ein Sternenhimmel für ein Kind, das sich nicht einmal vorstellen kann, was es heißt, nichts über dem Kopf zu haben? Den Blick zu heben und nicht eine Betondecke oder ein schimmeliges Gewirr aus Kabeln und Rohren zu sehen, sondern einen dunkelblauen Abgrund, der sich plötzlich über dir auftut – was ist das für ein Gefühl? Und die Sterne! Kann sich ein Mensch, der nie Sterne gesehen hat, überhaupt vorstellen, was Unendlichkeit ist? Ist dieser Begriff doch vermutlich erst unter dem Eindruck des nächtlichen Himmelsgewölbes entstanden. Millionen gleißender Feuer, silberne Nägel, eingeschlagen in eine Kuppel aus blauem Samt …

Drei, fünf – nein, zehn Minuten standen die Jungen da, unfähig, auch nur ein Wort zu sagen. Und so wären sie wahrscheinlich noch bis zum Morgen gestanden und bei lebendigem Leibe verbrannt, wäre da nicht dieses furchtbare, markerschütternde Geheul gewesen, das plötzlich in allernächster Nähe anhob. Augenblicklich kamen sie wieder zur Besinnung, und Hals über Kopf stürzten sie zurück zur Rolltreppe, hasteten atemlos hinunter, ohne jegliche Vorsicht, sodass sie ein paar Mal fast eingebrochen und direkt auf die kantigen Zahnräder gestürzt wären. Doch stützten und zogen sie sich gegenseitig heraus und bewältigten den Weg zurück in wenigen Sekunden.

Die letzten zehn Stufen rollten sie praktisch kopfüber hinab, wobei sie ihre Flinte verloren, und stürzten sich gleich auf das Steueraggregat für die Schleuse. Doch verflucht – das rostige Eisentor verkantete und machte keine Anstalten, an seinen Platz zurückzukehren. Halb tot vor Angst, dass irgendwelche Monster von der Oberfläche sie verfolgten, rannten sie los, zu ihren Leuten am nördlichen Außenposten.

Sie wussten, es war dumm gewesen, das Tor offen zu lassen – vielleicht hatten sie damit den Mutanten einen Weg nach unten verschafft, in die Metro, zu den Menschen. Daher vereinbarten sie, ihre Zungen zu hüten und den Erwachsenen nicht zu erzählen, wo sie gewesen waren. Dem Außenposten sagten sie, sie hätten in einem Seitentunnel Ratten jagen wollen, dann aber das Gewehr verloren, es mit der Angst bekommen und seien umgekehrt.

Artjom bekam damals von seinem Stiefvater eine saftige Abreibung. Sein Hintern brannte noch lange von dem Offiziersgürtel, doch hielt er stand wie ein gefangener Partisane und plauderte das Kriegsgeheimnis nicht aus. Auch seine Kameraden schwiegen. Und man glaubte ihnen.

Aber wenn er jetzt an diese Geschichte zurückdachte, geriet Artjom ins Grübeln: Ob nicht doch jenes Abenteuer – und vor allem die von ihnen geöffnete Schleuse – in einem Zusammenhang stand mit den gespenstischen Wesen, die ihre Außenposten in den letzten Jahren vermehrt angriffen?

Artjom grüßte die Entgegenkommenden, blieb mal hier, mal dort stehen, um die neuesten Nachrichten zu hören, einem Bekannten die Hand zu drücken, ein befreundetes Mädchen auf die Wange zu küssen, den älteren Herrschaften zu berichten, wie es dem Stiefvater ging, und gelangte schließlich zu seinem Zelt. Es war niemand zu Hause, und er beschloss, nicht auf Suchoj zu warten, sondern sich schlafen zu legen. Acht Stunden Wachdienst waren schließlich kein Pappenstiel. Er zog die Stiefel aus, legte die Jacke ab und vergrub sein Gesicht im Kissen. Der Schlaf ließ nicht lange auf sich warten.

Einer der Zeltflügel hob sich, und lautlos schlüpfte eine kräftige Gestalt nach innen, deren Gesicht nicht zu erkennen war. Ein kahler Schädel reflektierte unheilvoll die rote Notbeleuchtung. Eine dumpfe Stimme ertönte: »Siehst du, wir haben uns wieder getroffen. Dein Stiefvater ist nicht da. Kein Problem. Wir kriegen ihn schon noch, früher oder später. Er läuft uns nicht weg. So lange kommst du mit mir. Wir haben etwas zu bereden. Das mit der Sperre am Botanischen Garten zum Beispiel …« Artjom erstarrte. An der Stimme erkannte er den Mann, der sich als Hunter ausgegeben hatte. Langsam näherte er sich, lautlos, sein Gesicht war nicht zu sehen, das Licht fiel irgendwie seltsam … Artjom wollte um Hilfe rufen, doch eine große Hand, kalt wie die eines Toten, hielt ihm den Mund zu. Endlich gelang es ihm, seine Taschenlampe zu ertasten, sie einzuschalten und dem Mann ins Gesicht zu leuchten. Und was er erblickte, raubte ihm für einen Moment den Atem: Anstelle eines menschlichen Gesichts, mochte es auch grob und streng sein, sah er vor sich eine schwarze Fratze mit zwei riesigen, sinnentleerten, pupillenlosen Augen und weit aufgerissenem Maul. Artjom sprang auf, riss sich los, rannte zum Zeltausgang. Plötzlich erlosch das Licht, die Station lag völlig dunkel da, nur in weiter Ferne war der schwache Widerschein eines Feuers zu sehen. Ohne lange nachzudenken, stürzte Artjom auf dieses Licht zu. Der Menschenfresser sprang hinter ihm her aus dem Zelt und brüllte: »Bleib stehen! Du kannst nirgendwohin!« Er brach in ein furchtbares Gelächter aus, das nach einer Weile in ohrenbetäubendes Friedhofsgeheul überging. Artjom lief, ohne sich umzudrehen. Hinter sich hörte er das Stampfen schwerer Stiefel, nicht schnell, sondern ruhig und gemessen, als wüsste sein Verfolger, dass er sich nicht beeilen musste, er würde Artjom ohnehin kriegen, früher oder später. Als er sich dem Feuer näherte, bemerkte Artjom, dass dort ein Mann mit dem Rücken zu ihm saß. Schon wollte er ihn an der Schulter packen und um Hilfe bitten, da kippte dieser plötzlich rücklings auf den Boden. Artjom erkannte, dass der Mann schon lange tot war – sein Gesicht war aus irgendeinem Grund mit Raureif überzogen. Und dann erkannte er in diesem gefrorenen Menschen seinen Stiefvater, Onkel Sascha …

»He, Artjom! Genug geschlafen! Los, aufstehen! Du pennst schon sieben Stunden am Stück. Steh auf, du Schlafmütze! Wir haben Besuch!«

Das war Suchojs Stimme.

Artjom setzte sich im Bett auf und starrte seinen Stiefvater verblüfft an. Nachdem er eine Minute lang vor sich hin geblinzelt hatte, fragte er schließlich: »Onkel Sascha … Du … Dir ist nichts passiert?«

»Nein, wie du siehst«, erwiderte Suchoj. »Nun komm schon, was liegst du noch herum? Ich stelle dir einen Freund vor.«

Von draußen war eine gedämpfte Stimme zu hören, die Artjom bekannt vorkam – ihm trat kalter Schweiß auf die Stirn, denn er musste an den Albtraum von eben denken.

»Wie, ihr kennt euch schon?«, wunderte sich Suchoj. »Na, Artjom, du kommst ja ganz schön rum!«

Der Gast zwängte sich ins Zelt. Artjom zuckte zusammen und drückte sich gegen die Zeltwand – es war Hunter. Wieder zog der Albtraum vorüber: die leeren, dunklen Augen, das Trampeln der schweren Stiefel im Rücken, die erstarrte Leiche beim Feuer …

»Ja, wir haben uns schon kennengelernt«, presste Artjom hervor und reichte Hunter widerwillig die Hand.

Die Hand des Mannes war warm und trocken. Artjom machte sich klar, dass es nur ein Traum gewesen war. Dieser Mensch hier war nicht böse. Es war seine Fantasie, die ihm, angefacht von den Ängsten, die er während acht Stunden Tunnelwache ausgestanden hatte, im Schlaf einen Streich gespielt hatte.

»Hör mal, Artjom, koch uns bitte etwas Wasser für den Tee.« Suchoj zwinkerte dem Gast zu. »Hast du schon unseren Tee probiert? Ein starkes Kraut!«

Hunter nickte. »Ich weiß. Ein guter Tee. Am Bahnhof *Petschatniki* machen sie auch welchen. Nichts als Spülwasser. Eurer dagegen – kein Vergleich.«

Artjom ging Wasser holen und dann zum Gemeinschaftsfeuer, um den Kessel aufzusetzen. Unterwegs musste er daran denken, dass *Petschatniki* am anderen Ende der Metro lag. Weiß der Teufel, wie lange man bis dahin ging! So viele verschiedene Linien, Übergänge, Stationen, durch die man sich nur durchschlagen konnte, wenn man trickste, kämpfte oder Beziehungen spielen ließ. Und der da sagte ganz lässig: ›Dort machen sie auch welchen.‹ Ja, ohne Frage ein interessanter Typ, wenn auch etwas beängstigend. Und Pranken hatte er wie Schraubstöcke, dabei war Artjom selbst nicht unbedingt schwach gebaut und nutzte gern den Händedruck, um seine Kraft mit seinem Gegenüber zu messen.

Als das Wasser kochte, nahm er den Kessel und ging zum Zelt zurück. Hunter hatte bereits seinen Mantel abgelegt, unter dem ein schwarzer Rollkragenpullover zum Vorschein kam, der eng an seinem kräftigen Hals und dem muskelbepackten Oberkörper anlag und in einer Militärhose steckte. Darüber trug er eine Mehrzweckweste mit einer Vielzahl von Taschen, und unter der Achsel hing in einem Schulterhalfter eine brünierte Pistole von eindrucksvoller Größe. Erst als Artjom genauer hinsah, begriff er, dass es sich um eine Stetschkin mit aufgeschraubtem Schalldämpfer handelte, auf der zudem eine weitere Vorrichtung angebracht war, vermutlich ein Laserzielgerät. Ein solches Monster musste ein Vermögen kosten; schließlich handelte es sich hier nicht um eine einfache Waffe zur Selbstverteidigung, das war klar. Artjom fiel ein, dass Hunter, als er seinen Namen nannte, noch hinzugefügt hatte: Der Jäger.

»Na los, Artjom, schenk dem Gast ein«, polterte Suchoj los. »Setz dich, Hunter. Lass hören! Weiß der Teufel, wie lange ich dich nicht gesehen habe.«

»Von mir später. Da gibt es nicht viel Interessantes zu berichten. Aber bei euch geschehen, wie man hört, seltsame Dinge. Irgendwelche Wesen sollen im Anmarsch sein. Von Norden. War so eine Geschichte, die ich am Posten draußen gehört habe. Was ist das?« Hunter sprach in seiner typischen Art, mit kurzen, abgehackten Sätzen.

Suchojs Gesicht verfinsterte sich schlagartig. »Das ist der Tod, Hunter. Das ist unser aller Tod, der da näher kommt. Unser Schicksal kriecht heran. Das ist es.«

»Wieso der Tod? Ich habe gehört, dass ihr sie sehr erfolgreich zurückschlagt. Sie sind ja unbewaffnet. Aber woher kommen sie, und wer sind sie? An anderen Stationen habe ich noch nie davon gehört. Das bedeutet, dass es so etwas sonst nirgends gibt. Ich will wissen, was das ist. Ich spüre eine große Gefahr. Ich will wissen, wie groß sie ist und welcher Art. Deshalb bin ich hier.«

»Die Gefahr muss beseitigt werden, richtig?« Suchoj lächelte traurig. »Du bist immer noch derselbe Cowboy. Die Frage ist nur: Ist das überhaupt möglich? Das ist der Haken. Die Geschichte ist viel komplizierter, als du denkst. Das sind nicht nur irgendwelche Zombies, wandelnde Leichen, wie im Kino. Da ist es ja ganz einfach: Du lädst deinen Revolver mit silbernen Patronen« – er hob eine Hand und formte eine Pistole –, »und piff-paff, die Mächte des Bösen sind besiegt. Aber das hier ist etwas anderes. Etwas Furchtbares. Und mir macht man so leicht nicht Angst, Hunter, das weißt du.«

»Du und Angst?«, fragte Hunter verwundert.

»Ihre stärkste Waffe ist der Schrecken. Die Leute halten es an ihren Posten kaum noch aus. Sie liegen da, MPs und Maschinengewehre im Anschlag, und dann kommen die auf sie zu, völlig unbewaffnet. Und obwohl sie wissen, dass sie in der Überzahl und besser ausgerüstet sind als diese Kreaturen, würden sie am liebsten davonlaufen. Sie drehen fast durch vor Angst. Und einige von ihnen sind tatsächlich reif für die Klapsmühle, das sag ich dir im Vertrauen. Es ist nicht nur einfach Angst, Hunter!« Suchoj senkte die Stimme. »Ich weiß gar nicht, wie ich dir das erklären soll … Es wird mit jedem Mal stärker. Irgendwie beeinflussen sie deinen Kopf. Du spürst sie schon von ferne, und dieses Gefühl nimmt immer mehr zu, eine scheußliche Art von Unruhe, dass dir die Knie zu zittern beginnen. Dabei ist am Anfang überhaupt nichts zu hören, geschweige denn zu sehen, aber du weißt, dass sie in der Nähe sind. Und dann kommt dieses Heulen – da würde man am liebsten gleich Reißaus nehmen. Schließlich fängst du am ganzen Leib an zu zittern. Und danach, wenn es vorbei ist, siehst du sie noch lange vor dir, wie sie mit offenen Augen auf den Scheinwerfer zugehen …«

Artjom zuckte zusammen. Also quälten diese Albträume nicht nur ihn. Bisher hatte er es vermieden, darüber mit jemandem zu sprechen – aus Angst, man würde ihn für einen Feigling oder einen Irren halten.

»Sie bringen deine Psyche aus dem Gleichgewicht, diese Kreaturen«, fuhr Suchoj fort. »Sie stellen sich sozusagen auf deine Wellenlänge ein, damit du sie mit jeder Faser spürst. Und das ist mehr als Angst. Ich weiß, wovon ich spreche.«

Hunter saß unbeweglich da und blickte Suchoj prüfend an. Offenbar dachte er über das Gehörte nach. Dann trank er einen Schluck von dem heißen Aufguss und sprach langsam und leise: »Diese Gefahr droht allen, Suchoj. Der ganzen beschissenen Metro, nicht nur eurer Station.«

Erst schien es, als wolle Suchoj nicht antworten, doch plötzlich brach es aus ihm heraus: »Der ganzen Metro, sagst du? Nein, nicht nur der Metro. Der gesamten fortschrittlichen Zivilisation, die es mit ihrem Fortschritt ein bisschen zu weit getrieben hat. Jetzt müssen wir dafür zahlen! Es ist ein Kampf ums

Dasein, Hunter. Ein Kampf ums Überleben unserer Art. Diese Schwarzen sind keine Gespenster oder Vampire. Sie sind der Homo novus, die nächste Stufe der Evolution, besser an die Umwelt angepasst als wir. Sie sind die Zukunft! Der Sapiens wird vielleicht noch ein paar Jahrzehnte oder ein halbes Jahrhundert vor sich hin faulen in diesen gottverdammten Löchern, die er sich selbst gebuddelt hat, als noch zu viele von seiner Art da waren und man die Armen tagsüber unter die Erde stopfte. Wir werden bleich und verkümmert sein wie die Morlocks bei Wells, du weißt schon, in der *Zeitmaschine*. Auch die gehörten irgendwann mal zur Gattung Homo sapiens … Natürlich, wir sind Optimisten, wir wollen nicht einfach so verrecken! Wir züchten Pilze auf unserer eigenen Scheiße, und das Schwein ist heute der beste Freund des Menschen, sozusagen unser Partner im Überlebenskampf. Wir schlucken Multivitamintabletten, die unsere Vorfahren hier in weiser Voraussicht tonnenweise gebunkert haben. Ab und an kriechen wir nach oben, um uns schnell einen Benzinkanister zu schnappen oder alte Klamotten von irgendwem oder eine Handvoll Patronen, wenn's gut läuft. Dann stehlen wir uns schleunigst wieder davon, zurück in unser stickiges Kellerloch, immer auf der Hut, dass uns niemand bemerkt. Denn dort oben sind wir nicht mehr zu Hause. Die Welt gehört uns nicht mehr, Jäger. Die Welt gehört uns nicht mehr.« Suchoj verstummte und sah zu, wie der Dampf von seinem Teebecher aufstieg und sich im Zwielicht des Zelts auflöste.

Hunter entgegnete nichts, und Artjom wurde plötzlich klar, dass er seinen Stiefvater noch nie so hatte reden hören. Nichts war mehr übrig von seiner alten Gewissheit, dass sicher alles gut werde, von seinem »Mach dir nicht ins Hemd, wir schlagen uns schon durch!«, seinem ermutigenden Augenzwinkern. Oder hatte er das alles nur gespielt …

»Du schweigst, Jäger? Komm schon, streite mit mir! Wo ist

dein Optimismus? Als wir zuletzt miteinander gesprochen haben, hast du noch behauptet, dass die Strahlung abnimmt und die Menschen irgendwann einmal an die Oberfläche zurückkehren werden. Ach, Jäger! ›Die Sonn' erhebt sich überm Wald, aber nicht für mich …‹ Wir werden uns in dieses Leben verbeißen, werden es mit aller Kraft festhalten, denn vielleicht kommt danach ja doch nichts mehr, was immer die Philosophen und Sektierer auch sagen. Du willst es nicht glauben, aber irgendwo tief im Innern weißt du doch, dass es so ist. Dabei gefällt uns dieses Leben doch so sehr, nicht wahr, Jäger? Wir beide hängen daran. Wir beide werden durch dieses stinkende Labyrinth kriechen, uns neben den Schweinen schlafen legen, Ratten fressen – aber wir werden überleben! Nicht wahr? Wach auf, Jäger! Niemand wird über dich ein Buch mit dem Titel *Der wahre Mensch* schreiben, niemand wird deinen Lebenswillen besingen, deinen Selbsterhaltungstrieb. Wie lange wirst du durchhalten mit Pilzen, Multivitaminen und Schweinefleisch? Gib auf, Homo sapiens! Du bist nicht mehr der Herrscher über die Natur! Nein, du musst nicht gleich verrecken, wir wollen nicht so sein. Kriech noch ein wenig herum in deinem Todeskampf, und ersticke an deinen Exkrementen. Aber eines solltest du wissen, Sapiens: Du hast genug gelebt. Die Evolution, deren Gesetze du so gut begriffen hast, hat bereits eine weitere Stufe erklommen. Du bist keineswegs die Krone der Schöpfung. Du bist ein Dinosaurier. Es ist an der Zeit, neuen, vollkommeneren Geschöpfen Platz zu machen. Sei kein Egoist, das Spiel ist aus, lass jetzt andere ran. Sollen sich doch künftige Generationen darüber den Kopf zerbrechen, woran der Homo sapiens zugrunde gegangen sein mag – obwohl das kaum mehr jemanden interessieren wird.«

Während Suchojs Monolog hatte Hunter in aller Ruhe seine Fingernägel studiert. Nun endlich hob er den Blick, sah Artjoms Stiefvater an und sagte mit schwerer Stimme: »Du hast ganz schön nachgelassen, seit ich dich das letzte Mal gesehen habe. Ich weiß noch, wie du mir sagtest: Wenn wir unsere Kultur bewahren, wenn wir nicht den Mut verlieren, Russisch nicht verlernen, und wenn wir unseren Kindern Lesen und Schreiben beibringen, dann steht es gar nicht so schlecht um uns, vielleicht halten wir es dann auch unter der Erde aus. Hast du mir das gesagt, oder nicht? Und jetzt auf einmal: Gib auf, Sapiens … Was soll das?«

»Ich habe einfach ein paar Dinge kapiert, Jäger. Ich habe begriffen, was du vielleicht auch noch begreifen wirst, vielleicht aber auch nicht: Wir sind Dinosaurier, und dies sind unsere letzten Tage. Egal, ob es noch zehn oder hundert Jahre sind …«

»Widerstand zwecklos, ja?«, unterbrach Hunter. Ein unheilvoller Ton lag in seiner Stimme. »Darauf willst du hinaus?«

Suchoj schlug die Augen nieder. Ihm, der bisher niemals und niemandem seine Schwäche eingestanden hatte, fiel es schwer, seinem alten Freund dies alles zu sagen, und dann auch noch in Artjoms Anwesenheit. Es tat ihm sichtlich weh.

»Nein, darauf kannst du lange warten«, sagte Hunter langsam und erhob sich zu voller Größe. »Und die da auch. Neue Arten? Evolution? Unabwendbare Auslöschung? Da habe ich schon ganz andere Sachen erlebt. Das hier macht mir keine Angst. Verstehst du? Ich werde mich nicht ergeben. Selbsterhaltungstrieb? Nenn es von mir aus so. Ja, ich werde mich in dieses Leben verbeißen, und deine Evolution kann mich mal. Sollen doch andere Arten sich in die Schlange stellen, ich jedenfalls bin kein Stück Vieh, das man so einfach zum Schlachter bringt. Bitte, gib doch auf und lauf zu deinen vollkommeneren, angepassteren Kollegen über, räum ihnen deinen Platz in der Geschichte. Wenn du das Gefühl hast, genug gekämpft zu haben, hau doch ab, desertiere – ich werde dich nicht dafür verurteilen. Aber versuch nicht, mir Angst einzujagen. Und wage es ja nicht, mich mit ins Schlachthaus zu zerren. Wozu hältst du mir Predigten? Weil du dann nicht so allein bist, dich im Kollektiv ergeben kannst – damit es nicht ganz so demütigend ist? Oder haben dir die Feinde etwa einen Napf mit warmer Grütze versprochen für jeden Kameraden, den du in die Gefangenschaft mitbringst? Mein Kampf ist aussichtslos, sagst du? Wir stehen am Rande des Abgrunds? Scheiß auf deinen Abgrund! Wenn du glaubst, dass dein Platz da unten ist, hol tief Luft – und vorwärts! Aber hier trennen sich unsere Wege. Wenn der vernunftbegabte Mensch, der hochgebildete und zivilisierte Homo sapiens die Kapitulation wählt, so verzichte ich gerne auf diesen Ehrentitel und werde lieber zum Tier. Und wie ein Tier werde ich mich an das Leben klammern und jedem anderen an die Kehle springen, um zu überleben. Und ich werde überleben. Hast du das verstanden? Ich werde überleben!«

Hunter setzte sich wieder und bat Artjom leise, ihm noch etwas Tee nachzuschenken. Nun erhob sich Suchoj und ging hinaus, düster und schweigsam, um Wasser nachzufüllen und den Kessel erneut aufzusetzen. Artjom blieb mit Hunter allein im Zelt zurück. Bei dessen letzten Worten, voll klirrender Verachtung und zornigem Überlebenswillen, hatte Artjom Feuer gefangen. Lange zögerte er, ob er ihn ansprechen sollte. Doch da wandte sich Hunter selbst an ihn: »Und was denkst du, Junge? Sprich ruhig, nur keine falsche Bescheidenheit. Wärst du auch lieber eine Pflanze? Oder ein Dinosaurier? Wirst du auch auf deinen Sachen sitzen und warten, bis sie dich abholen? Kennst du die Geschichte von dem Frosch in der Milch? Fielen einmal zwei Frösche in einen Milchtopf. Der eine dachte eher rational und begriff sofort, dass es keinen Sinn hatte, sich zu widersetzen, das Schicksal kann man ohnehin nicht betrügen. Wer weiß, vielleicht gibt es ja ein Leben nach dem Tod, wozu sich also noch anstrengen und irgendwelche vergeblichen Hoffnungen hegen? Also rührte er sich nicht und ging unter. Der zweite Frosch war wahrscheinlich blöde. Oder Atheist. Jedenfalls fing er an, wie wild zu strampeln. Man hätte sich fragen können, wozu eigentlich, wenn sowieso alles bereits vorbestimmt war? Aber er strampelte und strampelte immer weiter. Bis er die Milch zu Butter getreten hatte. Und dann ist er rausgeklettert … Und jetzt eine Schweigeminute für seinen Kollegen, der im Namen des philosophischen Fortschritts und der rationalen Denkweise sein Leben ließ.«

Artjom räusperte sich. »Wer sind Sie?«

»Wer ich bin? Das weißt du schon. Ein Jäger.«

»Aber was heißt das, ein Jäger? Was machen Sie? Jagen Sie?«

»Wie soll ich dir das erklären … Weißt du, wie der menschliche Organismus aufgebaut ist? Er besteht aus Millionen winziger Zellen. Die einen übertragen elektrische Signale, die anderen speichern Informationen, wieder andere nehmen Nährstoffe auf oder transportieren Sauerstoff. Aber sie alle, selbst die wichtigsten unter ihnen, würden innerhalb eines Tages sterben, der ganze Organismus käme um, wenn es nicht noch bestimmte Zellen gäbe, die für die Immunabwehr zuständig sind. Sie heißen Makrophagen. Sie arbeiten methodisch und gleichmäßig, wie eine Uhr oder ein Metronom. Sobald irgendwelche Erreger in den Körper eindringen, spüren sie sie auf, wo immer sie sich auch verstecken, früher oder später erreichen sie sie und« – Hunter tat mit den Händen so, als ob er jemandem den Hals umdrehte, und machte dabei ein unangenehm knacksendes Geräusch – »beseitigen sie.«

»Aber was hat das mit Ihrem Beruf zu tun?«

»Stell dir vor, dass die ganze Metro eine Art menschlicher Organismus ist. Ein komplexer Organismus, der aus vierzigtausend Zellen besteht. Und ich bin so ein Makrophage. Ein Jäger. Das ist mein Beruf. Jegliche Bedrohung, die ernsthaft genug ist, dem gesamten Organismus zu schaden, muss beseitigt werden. Das ist meine Arbeit.«

Suchoj kam mit dem Teekessel zurück und goss ihnen einen frischen Aufguss in die Becher. Offenbar hatte er sich wieder gefasst. Er wandte sich Hunter zu. »Was wirst du denn unternehmen, um den Gefahrenherd zu beseitigen, Cowboy? Dich auf die Jagd machen und sämtliche Schwarzen erschießen? Das wird dir kaum gelingen. Es ist zwecklos, Hunter. Zwecklos.«

»Es bleibt immer noch ein Ausweg, der letzte. Euren Nordtunnel sprengen. Ihn komplett verschütten. Und so deine neue Art abzuschneiden. Sollen sie sich doch da oben vermehren, aber uns Maulwürfe gefälligst in Ruhe lassen. Der Untergrund ist jetzt unser Lebensraum.«

»Ach ja? Ich erzähl dir etwas, das weiß kaum jemand hier. Den zweiten Tunnel haben wir ja schon gesprengt. Es ist nur so: Über uns, über den nördlichen Tunneln verlaufen Grundwasserströme. Und schon damals hätte es fast eine Überschwemmung gegeben. Wäre die Sprengladung nur ein wenig stärker gewesen – auf Wiedersehen, geliebte *WDNCh*. Das heißt, wenn wir den zweiten Nordtunnel auch in die Luft jagen, ersaufen wir entweder oder werden von einer radioaktiven Brühe verseucht. Das ist dann das Ende, und nicht nur für uns. Das ist die eigentliche Gefahr für die Metro. Wenn du dich in den Überlebenskampf auf diese Weise einmischst, verliert unsere Art. Schach.«

»Und was ist mit dem hermetischen Tor? Kann man nicht einfach das Tor schließen?«

»Diese Tore haben vor gut fünfzehn Jahren irgendwelche Schlauberger auf der ganzen Linie abmontiert und für die Befestigungsanlagen irgendeiner Station verwendet, keiner weiß mehr so genau, welcher. Wusstest du das etwa nicht? Na dann, noch mal Schach.«

»Haben die Angriffe in letzter Zeit zugenommen?«

»Und wie! Es ist kaum zu glauben, dass wir bis vor Kurzem noch überhaupt nichts von ihnen wussten. Und nun sind sie auf einmal die Hauptgefahr. Glaub mir, der Tag ist nicht fern, an dem sie uns einfach wegfegen werden, mitsamt unseren Befestigungen, Scheinwerfern und Maschinengewehren. Schließlich kann man nicht der gesamten Metro befehlen, irgendeine nutzlose Station zu schützen. Sicher, wir machen einen ganz guten Tee, aber kaum jemand wird dafür sein Leben aufs Spiel setzen. Und es gibt ja noch das Konkurrenz-Gebräu von der *Petschatniki*. Also erneut Schach.« Wieder trat das traurige Lächeln auf Suchojs Gesicht. »Uns braucht niemand. Wir werden bald nicht mehr in der Lage sein, dem Druck aus eigener Kraft standzuhalten. Sie abzuschneiden, den Tunnel einstürzen zu lassen, funktioniert nicht. Nach oben zu stürmen und sie dort auszumerzen, dazu sind wir nicht in der Lage, aus ersichtlichen Gründen. Also matt. Du bist schachmatt, Jäger! Und ich bin es auch. Wir alle sind schon bald komplett schachmatt, wenn du verstehst, was ich meine.«

»Das werden wir noch sehen«, erwiderte Hunter scharf. »Wir werden sehen.«

Sie saßen noch eine Weile zusammen und sprachen über dies und jenes. Oft erwähnten sie Namen, die Artjom unbekannt waren, und Bruchstücke von Geschichten. Bisweilen kamen alte Streitfragen wieder auf, von denen Artjom wenig begriff und die sich offenbar schon über Jahre hinzogen, in den Phasen der Trennung an Bedeutung verloren hatten, um immer dann, wenn die beiden sich begegneten, erneut aufzuflammen.

Schließlich erhob sich Hunter und sagte, er müsse jetzt schlafen, da er sich im Gegensatz zu Artjom nach der Wache nicht hingelegt habe. Er verabschiedete sich von Suchoj, doch bevor er das Zelt verließ, wandte er sich noch zu Artjom um und flüsterte ihm zu: »Komm bitte kurz mit raus.«

Artjom schlüpfte gleich nach ihm aus dem Zelt, ohne auf den verwunderten Blick seines Stiefvaters zu achten.

Hunter wartete draußen. Er knöpfte seinen Mantel zu und stellte den Kragen auf. »Gehen wir ein bisschen spazieren?«, schlug er vor und schlenderte ohne Hast zu dem Gästezelt hinüber, in dem er untergebracht war.

Artjom folgte ihm unschlüssig. Er versuchte zu erraten, worüber dieser Mann mit ihm sprechen wollte. Er war doch noch ein grüner Junge, der bisher nichts wirklich Bedeutendes oder auch nur Nützliches geleistet hatte.

»Was hältst du von dem, was ich tue?«, fragte Hunter.

»Ich finde es großartig«, murmelte Artjom verlegen. »Wenn Sie nicht wären … na ja, und die anderen so wie Sie, wenn es noch solche gibt … dann wären wir schon lange …« Es wurde ihm heiß vor Scham, als er merkte, wie ungeschickt er sich ausdrückte. Gerade jetzt, da ihm jemand etwas Persönliches sagen wollte, ihn sogar um ein Gespräch unter vier Augen gebeten hatte, wurde er rot wie ein Mädchen und stotterte vor sich hin.

Hunter schmunzelte. »Du weißt es zu schätzen? Na, wenn es das Volk zu schätzen weiß, dann brauche ich auf die Fatalisten nicht zu hören. Deinem Stiefvater geht die Muffe, das ist es. Dabei ist er ein wirklich mutiger Mann. Zumindest war er das. Etwas Schlimmes ist bei euch im Gange, Artjom. Etwas, das so nicht bleiben darf. Dein Stiefvater hat recht: Es sind nicht irgendwelche Geister, wie an Dutzenden anderer Stationen, nicht einfach nur Vandalen oder Degenerierte. Das hier ist etwas Neues. Etwas Unheilvolles. Und dieses Neue verbreitet Kälte. Es verbreitet Grabesfäule. Ich bin erst seit zwei Tagen hier, und schon beginne auch ich zu spüren, wie diese Angst nach mir greift. Je mehr du über diese Wesen weißt, je mehr du sie erforschst, sie siehst, desto stärker wird diese Angst. So verstehe ich das. Du zum Beispiel hast sie noch nicht oft gesehen, nicht wahr?«

»Einmal bisher. Ich bin erst seit Kurzem im Nordtunnel auf Wache … Aber, ehrlich gesagt, das eine Mal hat mir gereicht. Ich habe immer noch Albträume deswegen. Erst heute wieder. Dabei ist seither schon einige Zeit vergangen.«

»Albträume, sagst du? Du auch?« Hunter runzelte die Stirn. »Das sieht nicht nach Zufall aus. Würde ich hier einige Zeit leben, ein paar Monate vielleicht, und regelmäßig mit euch Wache schieben, nicht ausgeschlossen, dass auch ich den Mut verlieren würde. Nein, Junge, in einer Sache irrt dein Stiefvater. Nicht er sagt das, nicht er denkt so. Die da denken für ihn, und sie sind es, die aus seinem Mund sprechen. Ergebt euch, sagen sie, Widerstand ist zwecklos. Dein Stiefvater ist nur ihr Sprachrohr. Was er selbst gar nicht begreift. Sieht so aus, als könnten sie wirklich unsere Psyche beeinflussen, diese Mistkerle. Was für eine Höllenbrut! Sag, Artjom« – Hunter sah ihm nun direkt in die Augen, nannte ihn beim Namen, und Artjom begriff, dass der Mann ihm etwas wirklich Wichtiges mitteilen wollte – »hast du ein Geheimnis? Etwas, was du niemandem hier an der Station sagen würdest, einem Fremden aber anvertrauen könntest?«

»Na ja …«, stammelte Artjom. Jeder geübte Beobachter hätte sofort begriffen, dass es ein solches Geheimnis sehr wohl gab.

»Auch ich habe eines. Lass uns tauschen. Ich muss jemandem mein Geheimnis mitteilen, aber ich will sicher sein, dass dieser Jemand es nicht ausplaudert. Deshalb gib mir deines – nur bitte nicht irgendwelche Mädchengeschichten, sondern was Ernsthaftes, das sonst niemand wissen darf. Das ist wichtig für mich. Sehr wichtig, verstehst du?«

Artjom schwankte. Er platzte fast vor Neugier – und doch hatte er Angst davor, diesem Menschen sein Geheimnis zu verraten. Hunter war ein interessanter Gesprächspartner mit einem abenteuerlichen Leben, aber allem Anschein nach auch ein kaltblütiger Killer, der, ohne mit der Wimper zu zucken, sämtliche

Hindernisse auf seinem Weg beseitigte. Und wenn sich herausstellte, dass Artjom tatsächlich eine Mitschuld am Vordringen der Schwarzen hatte …

Hunter sah ihn ermutigend an. »Vor mir brauchst du keine Angst zu haben. Ich verspreche dir, dass du nicht bestraft wirst.«

Sie kamen bei Hunters Zelt an, blieben aber draußen stehen. Artjom dachte ein letztes Mal nach, dann fasste er seinen Entschluss. Er holte tief Luft und erzählte hastig, in einem Zug, die Geschichte von seinem Abenteuer am Botanischen Garten.

Als Artjom geendet hatte, schwieg Hunter eine Weile. Dann sagte er mit rauer Stimme: »Eigentlich sollte ich dich dafür umbringen. Aber ich habe dir ja ein Versprechen gegeben. Das gilt jedoch nicht für deine Freunde …«

Artjoms Herz krampfte sich zusammen. Er spürte, wie er vor Angst erstarrte. Stumm erwartete er die Fortsetzung der Anklage.

»Doch will ich euer Alter und die allgemeine Hirnlosigkeit zum Zeitpunkt der Tat berücksichtigen. Außerdem ist sie vermutlich inzwischen verjährt. Also seid ihr hiermit begnadigt.« Als wolle er Artjom aus seiner Starre befreien, zwinkerte Hunter ihm zu. »Aber du bist dir hoffentlich im Klaren darüber, dass du von deinen Stationsgenossen keine Gnade zu erwarten hast. Somit hast du mir aus freien Stücken eine Waffe gegen dich selbst in die Hand gegeben. Und jetzt erzähle ich dir mein Geheimnis.« Während Artjom seine Geschwätzigkeit bereits bereute, fuhr Hunter fort: »Ich habe nicht ohne Grund die gesamte Metro durchquert, um zu dieser Station zu gelangen. Und ich werde mein Ziel nicht aufgeben. Gefahren müssen beseitigt werden, und diese Gefahr wird beseitigt werden, dafür werde ich sorgen. Dein Stiefvater hat Angst. Ich vermute, dass er sich allmählich in ihre Waffe verwandelt. Er wehrt sich kaum noch dagegen und versucht sogar, mich rumzukriegen. Wenn das mit dem Grundwasser stimmt, kommt eine Sprengung des Tunnels nicht infrage. Aber dank deinem Bericht sehe ich nun etwas klarer. Wenn die Schwarzen wirklich erst auftauchten, nachdem ihr dort oben wart, kommen sie vom Botanischen Garten. Irgendetwas Schlimmes muss dort entstanden sein. Und das bedeutet, dass wir sie dort blockieren können, näher an der Oberfläche, ohne das Risiko eines Wassereinbruchs. Doch wer weiß schon, was jenseits von Meter 700 im nördlichen Tunnel vor sich geht. Dort endet eure Macht. Und es beginnt die Macht der Finsternis, die den größten Teil der Moskauer Metro beherrscht. Ich werde dorthin gehen. Aber davon darf niemand wissen. Suchoj sagst du, dass ich dich über die Lage hier ausgefragt habe, was ja auch stimmt. Vielleicht wirst du auch niemandem etwas erklären müssen. Und wenn alles glatt läuft, kann ich es den Leuten selbst erklären. Es ist allerdings gut möglich …« – Hunter schwieg einen Moment lang und blickte Artjom aufmerksam in die Augen –, »dass ich nicht zurückkehre. Ob es nun eine Explosion gibt oder nicht, wenn ich morgen nicht zurückkomme, muss jemand dafür sorgen, dass meine Freunde erfahren, was mit mir passiert ist und was sich in eurem Nordtunnel abspielt. Ich habe heute mit allen gesprochen, die ich hier kenne, deinen Stiefvater eingeschlossen. Und ich spüre, ja ich sehe es beinahe, wie sich der Wurm des Zweifels und des Schreckens durch das Hirn all derer frisst, die mit diesen Kreaturen zu tun haben. Ich brauche aber einen gesunden Menschen, dessen Verstand sie noch nicht besetzt haben. Kurz gesagt: Ich brauche dich.«

»Mich? Womit kann ich Ihnen denn helfen?«, fragte Artjom verwundert.

»Hör gut zu. Wenn ich nicht zurückkomme, musst du um jeden Preis – um jeden Preis, hörst du – zur Polis gelangen. Dort suchst du einen Mann namens Melnik auf. Ihm erzählst du die ganze Geschichte.« Hunter öffnete das Hängeschloss am Eingang und schlug einen Zeltflügel zurück. »Komm mit hinein.

Ich gebe dir etwas, das du Melnik überbringst – als Beweis dafür, dass ich dich geschickt habe.« Er ließ Artjom ins Innere eintreten.

Es war kaum noch Platz in dem Zelt, da auf dem Boden ein riesiger tarnfarbener Tornister und ein Reisesack von beeindruckenden Ausmaßen standen. Im Schein der Lampe sah Artjom den Lauf einer mächtigen Waffe, der im Inneren der geöffneten Tasche düster glänzte. Offenbar handelte es sich um ein zerlegtes tragbares Armee-Maschinengewehr. Neben der Waffe bemerkte Artjom mehrere mattschwarze Kisten mit Patronengurten, die dicht an dicht aufgestapelt waren, sowie kleine grüne Infanteriegranaten.

Ohne dieses Arsenal zu kommentieren, öffnete Hunter eine Seitentasche des Tornisters und entnahm ihr eine kleine, aus einer Patronenhülse gefertigte Metallkapsel. Am vorderen Ende, wo sich normalerweise das Projektil befand, war ein Verschluss auf die Kapsel aufgeschraubt. Er gab sie Artjom. »Da, nimm. Warte nicht länger als zwei Tage auf mich. Und keine Angst. Du wirst überall Menschen finden, die dir helfen. Du musst es zur Polis schaffen. Du weißt, was von dir abhängt, ich muss es dir nicht noch einmal erklären, oder? Gut, dann wünsch mir Glück, und zieh Leine. Ich muss Schlaf nachholen.«

Verlegen presste Artjom ein paar Abschiedsworte hervor, drückte Hunters mächtige Pranke und kehrte zu seinem Zelt zurück, gebückt unter der Last der ihm auferlegten Mission.

# 3
# Wenn ich nicht zurückkomme

Zu Hause angekommen, war sich Artjom sicher, er werde einer peinlichen Befragung nicht entgehen – sein Stiefvater würde ihn ausquetschen, worüber er und Hunter gesprochen hätten. Aber zu seiner Überraschung wartete dieser keineswegs mit dem Spanischen Stiefel auf ihn, sondern schnarchte friedlich vor sich hin; er war mehr als vierundzwanzig Stunden auf den Beinen gewesen.

Da Artjom in der Nacht Wache gestanden und tagsüber geschlafen hatte, stand ihm nun erneut eine Nachtschicht bevor – in der Teefabrik.

In den Jahrzehnten des Lebens unter der Erde, im Dunkeln, mit der spärlichen, trübroten Notbeleuchtung als einziger Lichtquelle, war den Menschen das Gefühl für Tag und Nacht allmählich abhandengekommen. Nachts drehte man das Licht an der Station zurück, wie einst in den Nachtzügen, damit die Menschen schlafen konnten. Ganz erlosch es jedoch – abgesehen von Notfällen – nie. Und so sehr sich das Sehvermögen der Menschen in den Jahren der Dunkelheit auch geschärft hatte, war es doch nicht zu vergleichen mit dem jener Kreaturen, die die Tunnel und verlassenen Übergänge bevölkerten.

Die Einteilung in »Tag« und »Nacht« wurde also eher aus Gewohnheit denn aus Notwendigkeit beibehalten. Eine »Nacht«

zu haben war insofern sinnvoll, als es für die meisten Bewohner der Station praktischer war, zur selben Zeit zu schlafen. Auch das Vieh ruhte sich dann aus, das Licht wurde heruntergedreht, und es war verboten, Lärm zu machen. Die genaue Zeit konnten die Bewohner an den beiden Stationsuhren ablesen, die zu beiden Seiten über dem Tunneleingang angebracht waren. In ihrer Bedeutung standen diese Uhren so strategisch wichtigen Objekten wie Waffenkammer, Wasserfiltern und Stromgenerator in nichts nach. Sie wurden ständig beobachtet, selbst kleinste Defekte wurden unverzüglich beseitigt, und jegliche Versuche, ihre Funktionsfähigkeit zu beeinträchtigen, sei es in offener Sabotageabsicht oder nur aus Lust am Randalieren, wurden aufs Strengste geahndet, bis hin zur Vertreibung von der Station.

Es gab ein eigenes Strafgesetzbuch, nach dem die Administration der *WDNCh* Verbrecher im Schnellverfahren aburteilte, und da sich die Station im ständigen Ausnahmezustand befand, galt dieser Kodex nun immer. Diversionsakte gegen strategische Objekte wurden mit der Höchststrafe geahndet. Auf Rauchen oder Feuermachen auf dem Bahnsteig außerhalb des eigens dafür vorgesehenen Bereichs sowie unsachgemäßen Umgang mit Waffen oder explosiven Stoffen stand unverzügliche Verbannung von der Station sowie Beschlagnahme des gesamten Vermögens.

Diese drakonischen Maßnahmen erklärten sich dadurch, dass bereits mehrere Stationen bis auf die Grundmauern abgebrannt waren. Das Feuer breitete sich in Windeseile über die Zeltlager aus und verschlang alles ohne Unterschied. Die wahnsinnigen Schreie der Opfer tönten noch viele Monate nach der Katastrophe in den Ohren derjenigen, die an den benachbarten Stationen lebten, und die verkohlten Leichen, verklebt mit geschmolzenem Plastik und Resten von Zeltplane, bleckten ihre von der enormen Hitze geborstenen Zähne im Lampenschein vorbeifahrender Händler oder zufälliger Passanten.

Damit sich dieses düstere Schicksal an anderen Stationen nicht wiederholte, hatten die meisten von ihnen den fahrlässigen Umgang mit Feuer zum Kapitalverbrechen erklärt.

Ebenfalls mit Vertreibung bestraft wurden Diebstahl, Sabotage und böswillige Arbeitsverweigerung. Da die Bewohner der *WDNCh* einander jedoch fast ständig sehen konnten und hier nur etwas mehr als zweihundert Menschen lebten, wurden solche Verbrechen, ja Verbrechen überhaupt, nur selten begangen, und wenn, dann meist von Fremden.

Auf der Station herrschte Arbeitspflicht, und jeder, alt oder jung, hatte eine bestimmte Tagesnorm zu erfüllen. Ob Schweinefarm, Pilzzucht, Teefabrik, Fleischkombinat, Feuerwehr, Technischer Dienst oder Waffenfertigung – jeder der Bewohner hatte einen, manchmal sogar zwei Arbeitsplätze. Die Männer waren zudem verpflichtet, alle zwei Tage in einem der Tunnel Wache zu halten. Kam es zu Konflikten oder tauchten aus den Untiefen der Metro irgendwelche neuen Gefahren auf, so wurden die Posten verstärkt, und auf den Gleisen stand rund um die Uhr eine kampfbereite Reserve.

So streng war das Leben nur an sehr wenigen Stationen organisiert, und der gute Ruf, den die *WDNCh* genoss, zog eine Vielzahl von Menschen an, die sich hier niederlassen wollten. Einen ständigen Wohnsitz gewährte man Fremden jedoch nur sehr selten und ungern.

Bis zur Nachtschicht in der Teefabrik blieben noch einige Stunden, und da Artjom nicht wusste, was er mit seiner Zeit anfangen sollte, schlenderte er bei seinem besten Freund Schenja vorbei – eben jenem Schenja, mit dem er sich seinerzeit an die Oberfläche gewagt hatte.

Schenja war gleichen Alters, lebte aber im Unterschied zu Artjom mit seiner wirklichen Familie: seinem Vater, seiner Mutter und seiner jüngeren Schwester. Dass sich eine ganze Familie ohne Verluste hatte retten können, war ein höchst seltener Fall, und insgeheim beneidete Artjom seinen Freund darum. Natürlich liebte er seinen Stiefvater und hatte großen Respekt vor ihm, selbst jetzt noch, da dieser kurz davor war, die Nerven zu verlieren. Aber er wusste nur zu gut, dass Suchoj nicht sein Vater, ja, in keiner Weise mit ihm verwandt war, weshalb er ihn auch nie Vater genannt hatte.

Suchoj hatte Artjom anfangs selbst gebeten, ihn Onkel Sascha zu nennen. Nun bedauerte er dies. Die Jahre zogen dahin, ohne dass der alte Tunnelwolf es schaffte, sich eine richtige Familie zuzulegen. Er hatte nicht einmal eine Frau, die auf ihn wartete, wenn er von seinen Fahrten zurückkam. Sein Herz krampfte sich zusammen, wenn er Mütter mit kleinen Kindern sah, und er träumte von jenem Tag, an dem er nicht mehr in die Dunkelheit würde gehen müssen, immer im Bewusstsein, für lange Wochen, ja vielleicht für immer aus dem Leben der Station zu verschwinden. Dann, so hoffte er, würde sich eine Frau finden, die bereit wäre, *seine* Frau zu werden, und es würden Kinder auf die Welt kommen, die ihn nicht mehr Onkel Sascha, sondern Vater nennen würden.

Doch Alter und Schwäche rückten immer näher, es blieb immer weniger Zeit. Allmählich musste er sich ranhalten, aber irgendwie gelang es ihm einfach nicht, einen Schlussstrich zu ziehen. Ein Auftrag kam nach dem anderen, und bisher hatte sich niemand gefunden, dem er einen Teil seiner Arbeit hätte übergeben, seine Beziehungen hätte anvertrauen, seine Berufsgeheimnisse hätte verraten können, um endlich selbst eine weniger schmutzige Arbeit zu übernehmen. Er dachte schon ziemlich lange über eine ruhigere Beschäftigung nach und wusste auch, dass er aufgrund seiner Autorität, seiner makellosen Personalakte und seiner freundschaftlichen Beziehungen zur Administration durchaus mit einer leitenden Stellung rechnen konnte. Doch noch sah er keinen würdigen Nachfolger am Horizont, und so lebte er, getröstet von dem Gedanken an eine glückliche Zukunft, von Tag zu Tag, schob die Entscheidung immer wieder auf und ließ weiter Schweiß und Blut auf dem Granit fremder Stationen, dem Beton ferner Tunnel zurück.

Artjom wusste, dass sein Stiefvater ihn trotz aller Liebe nicht als seinen Nachfolger ansah, ja, ihn – zu Unrecht natürlich – für einen Taugenichts hielt. Auf längere Erkundungen nahm er Artjom nie mit, auch als dieser immer mehr heranwuchs und man sich nicht mehr damit herausreden konnte, er sei noch zu klein, die Schwarzen würden ihn mitnehmen oder die Ratten auffressen. Aber Suchoj begriff nicht, dass er gerade mit diesem Misstrauen Artjom zu jenen tollkühnen Abenteuern trieb, deretwegen er ihn anschließend verprügelte. Offenbar hätte er es gerne gesehen, wenn Artjom, anstatt durch sinnlose Herumtreiberei sein Leben zu riskieren, so lebte, wie Suchoj selbst zu leben träumte: mit einer ruhigen und sicheren Arbeit und mit Kindern, die er großziehen würde. Doch er vergaß dabei, dass er als junger Mann selbst durch Feuer und Wasser gegangen war, Hunderte von Abenteuern erlebt und nun einfach genug davon hatte. Nicht Weisheit und Erfahrung sprachen aus ihm, sondern Alter und Müdigkeit. Artjom hingegen strotzte vor Kraft. Er stand erst am Anfang seines Lebens, und die Vorstellung, nur so dahinzuvegetieren, Pilze klein zu schneiden und zu trocknen, Windeln zu wechseln und niemals über Meter 500 hinauszugehen, schien ihm völlig absurd. Mit jedem Tag wuchs in ihm der Wunsch, die Station zu verlassen, denn er begriff immer deutlicher, welches Schicksal sein Stiefvater für ihn bereithielt. Eine Karriere als Teefabrikant und eine Rolle als mehrfacher Vater waren für Artjom das Schlimmste auf dieser Welt. Diese Abenteuerlust, diesen Wunsch, sich von der Zugluft der Tunnel ins Unbekannte treiben zu lassen, hatte Hunter in ihm erkannt, als er ihn um jenen extrem riskanten Gefallen bat. Er, der Jäger, hatte ein feines Gespür für Menschen, und schon während ihres kurzen Gesprächs hatte er begriffen, dass er sich auf Artjom verlassen konnte.

Schenja war zum Glück zu Hause, sodass Artjom sich bei starkem Tee die Zeit mit den neuesten Gerüchten und Gesprächen über die Zukunft vertreiben konnte.

»Du bist heute Nacht in der Fabrik?«, sagte sein Freund, nachdem sie sich begrüßt hatten. »Toll! Mich haben sie auch eingeteilt. Ich wollte schon fragen, ob ich tauschen kann, aber mit dir in der Schicht werd ich's aushalten. Hast du heute Wache geschoben? Am Außenposten? Erzähl! Ich hab gehört, bei euch ist etwas vorgefallen. Was war los?«

Artjom schielte vielsagend zu Schenjas jüngerer Schwester hinüber, die vom Gespräch der beiden jungen Männer so fasziniert war, dass sie sogar aufgehört hatte, ihre aus Stofflappen zusammengenähte Puppe mit Pilzresten vollzustopfen. Mit angehaltenem Atem und runden Augen sah sie aus der Ecke des Zelts herüber.

»Hör mal, Kleine«, wandte sich Schenja mit strengem Blick an sie, als er begriff, was Artjom meinte. »Hol deine Sachen und geh zu den Nachbarn rüber zum Spielen. Ich glaube, Katja wollte sowieso, dass du sie besuchst. Du weißt doch, zu den Nachbarn muss man immer nett sein. Also klemm dir deine Schnuffis unter den Arm und raus hier!«

Schicksalsergeben begann das Mädchen ihre Sachen zu packen, wobei sie immer wieder auf ihre Puppe einredete, die mit ihren halb verwischten Augen dümmlich zur Decke starrte. »Was die bloß glauben, wie wichtig sie sind! Ich weiß sowieso alles. Ihr redet wieder über eure Giftpilze«, warf sie ihnen zum Abschied verächtlich hin.

»Und du, Lenka, bist noch zu klein, um über Giftpilze zu

reden. Werd erst mal trocken hinter den Ohren!«, wies Artjom sie zurecht.

»Wieso?«, fragte das Mädchen verständnislos und prüfte unverzüglich nach, ob Artjoms Behauptung stimmte. Zu weiteren Erklärungen ließ sich jedoch niemand herab, und so blieb die Frage in der Luft hängen.

Nachdem Lena gegangen war, verschloss Schenja von innen den Zelteingang und sah Artjom an. »Also, was war los? Pack schon aus! Ich hab bereits einiges gehört. Die einen sagen, dass eine riesige Ratte aus dem Tunnel gekommen ist, andere, dass ihr einen Kundschafter der Schwarzen abgeschreckt und sogar verletzt habt. Wem soll ich glauben?«

»Niemandem«, erwiderte Artjom. »Alles Geschwätz. Es war ein Hund. Ein ganz kleiner. Andrej, der Marineinfanterist, hat ihn eingefangen. Er will einen deutschen Schäferhund aus ihm machen.« Er musste bei dem Gedanken lächeln.

»Aber dabei hat mir Andrej selber gesagt, dass es eine Ratte war. Hat er mich absichtlich belogen, oder was?«

»Weißt du das etwa nicht? Das ist doch seine Lieblingsstory – mit den Ratten, die so groß sind wie Schweine. Ist eben ein Witzbold. Und was gibt's bei dir Neues? Was hört man von den Jungs?«

Schenjas Freunde waren fahrende Händler, sie lieferten Tee und Schweinefleisch auf den Markt am *Prospekt Mira*. Zurück kamen sie mit Vitamintabletten, Klamotten und allem möglichen Krempel. Manchmal brachten sie auch speckige Bücher mit, oft mit fehlenden Seiten. Diese waren am *Prospekt Mira* aufgetaucht, nachdem sie die halbe Metro durchlaufen hatten, aus einer Tasche in die andere, von einem Händler zum nächsten, um schließlich ihre endgültigen Besitzer zu finden.

An der *WDNCh* war man stolz darauf, dass es trotz der Entfernung zum Zentrum und den wichtigsten Handelswegen nicht einfach nur ums Überleben ging – unter sich täglich verschlechternden Bedingungen –, sondern dass man sich eine Kultur der Menschlichkeit bewahrt hatte, die in der übrigen Metro mit erschreckender Geschwindigkeit verloren ging.

Die Stationsleitung selbst legte größten Wert darauf. Man war verpflichtet, seinen Kindern das Lesen beizubringen. Die Station verfügte über eine kleine Bibliothek, in die all jene Bücher gelangten, die man auf den Märkten hatte erhandeln können. Das Problem dabei war: Mangels Auswahl wurde angeschafft, was nur zu kriegen war, und so hatte sich auch reichlich Schund angesammelt.

Das Verhältnis der Stationsbewohner zu Büchern war jedoch so, dass selbst aus der wertlosesten Schmonzette niemals auch nur eine Seite herausgerissen wurde. Man betrachtete Bücher als etwas Heiliges, als die letzte Erinnerung an eine in Vergessenheit geratene, wunderbare Welt. Die Erwachsenen genossen jede Sekunde der Erinnerung, die ihnen das Lesen verschaffte. Und diesen engen Bezug zu Büchern gaben sie an ihre Kinder weiter, auch wenn diese sich natürlich nicht an jene Welt erinnern konnten.

In der Metro gab es nur wenige Orte, an denen das gedruckte Wort so verehrt wurde, und die Bewohner der *WDNCh* empfanden ihre Station mit Stolz als eines der letzten Bollwerke der Kultur, den nördlichen Außenposten der Zivilisation an der Kaluschsko-Rischskaja-Linie.

Auch Artjom und Schenja waren begeisterte Leser. Schenja wartete jedes Mal gespannt darauf, dass seine Freunde von den Märkten zurückkehrten, und rannte ihnen als Erster entgegen, um herauszufinden, ob sie etwas Neues an Land gezogen hatten. In diesem Fall gelangte das Buch nämlich erst zu Schenja und dann in die Bibliothek.

Auch Artjoms Stiefvater brachte bisweilen Bücher von seinen

Missionen mit, die auf das Regal in ihrem Zelt wanderten. Dort standen, vergilbt, manchmal von Schimmel oder Ratten etwas angefressen, mitunter auch mit braunen Blutflecken bedeckt, Werke, die an ihrer Station, ja vielleicht in der gesamten Metro, niemand sonst besaß: Marquez, Kafka, Borges, Vian, einige klassische russische Autoren.

»Diesmal hatten sie nichts dabei«, berichtete Schenja. »Aber Ljocha sagt, einer der Händler dort bringt in einem Monat eine Lieferung Bücher aus der Polis mit. Er hat versprochen, uns ein paar zurückzulegen.«

Artjom winkte ab. »Ich meine doch nicht Bücher. Was hört man so? Wie ist die Lage?«

»Die Lage? Offenbar nicht schlecht. Klar sind alle möglichen Gerüchte im Umlauf, aber das ist doch nichts Neues. Du weißt ja, bei den Händlern geht es nicht ohne. Die brauchen das. Anstatt ihnen Essen zu geben, frag sie lieber nach irgendwelchen Geschichten. Ob man ihren Märchen glauben kann, ist eine andere Frage. Aber momentan scheint alles ruhig zu sein. Verglichen mit damals natürlich, als die Hanse sich mit den Roten bekriegte. Ach ja, am *Prospekt Mira* ist es jetzt verboten, *dur* zu verkaufen. Wenn ein Händler damit ertappt wird, nehmen sie ihm alles weg, und er selbst fliegt von der Station und kommt auf eine Liste. Findet man zum zweiten Mal was bei ihm, sagt Ljocha, darf er ein paar Jahre lang die Hanse nicht mehr betreten. Die gesamte Hanse! Für einen Händler ist das der Tod.«

»Ach komm! Das sollen die einfach so verboten haben? Was haben die denn plötzlich?«

»Es heißt, sie hätten beschlossen, dass es sich um eine Droge handelt, weil man davon Halluzis kriegt. Und dass das Hirn langsam abstirbt, wenn man zu lange *dur* schluckt. Also eine reine Vorsorgemaßnahme.«

»Ach, auf einmal liegt ihnen unsere Gesundheit so am Herzen? Die sollen sich mal lieber um ihre eigene kümmern!«

»Weißt du was?«, sagte Schenja mit gedämpfter Stimme. »Ljocha sagt, dass das mit der Gesundheitsgefahr überhaupt eine Täuschung ist. Er ist nämlich einmal weiter als bis zum *Prospekt Mira* gegangen. Bis zur *Sucharewskaja* ist er gekommen. Wegen irgendwelcher Geschäfte. Und da hat er einen interessanten Typen getroffen: einen Magier.«

»Wie bitte?« Artjom konnte sich ein Lachen nicht verkneifen. »Einen Magier? An der *Sucharewskaja*? Der trägt ja dick auf! Und, hat ihm der Magier einen Zauberstab geschenkt? Oder eine Wunderblume?«

»Idiot«, erwiderte Schenja beleidigt. »Du denkst wohl, dass du alles weißt? Wenn du noch keine Magier gesehen und noch nicht von ihnen gehört hast, bedeutet das nicht, dass es sie nicht gibt. An die Mutanten von der *Filjowskaja* glaubst du ja schließlich auch, oder?«

»Wieso nicht? Dass es die gibt, ist doch klar. Hat mir mein Stiefvater erzählt. Aber von Magiern habe ich noch nie gehört.«

»Entschuldige, aber dein Suchoj weiß auch nicht alles. Oder er wollte dir nur keine Angst einjagen. Egal, wenn du's nicht hören willst, dann geh zum Teufel.«

Artjom grinste. »Komm schon, Schenja, erzähl. Ist doch interessant. Obwohl es recht komisch klingt …«

»Also. Sie übernachteten da am Lagerfeuer. Die *Sucharewskaja* ist ja nicht bewohnt. Nur Händler von anderen Stationen bleiben da über Nacht, denn am *Prospekt Mira* werden sie jeden Tag nach Marktschluss von den Behörden der Hanse vor die Tür gesetzt. Na ja, und dann hängen da noch alle möglichen Typen rum: Scharlatane, Diebsgesindel, und die machen sich wohl immer an die Händler ran. Auch Reisende ruhen sich da aus, bevor sie weiter nach Süden ziehen. Aber was in den Tunneln hinter der *Sucharewskaja* abgeht, ist echt der Wahnsinn. Eigentlich lebt da ja niemand mehr, weder Ratten noch Mutanten, und trotzdem passiert es oft, dass Leute, die versuchen, da durchzukommen, verschwinden. Einfach verschwinden, spurlos. Hinter der *Sucharewskaja* kommt ja gleich die *Turgenewskaja*, und die grenzt an die Rote Linie. Früher war da ein Übergang zur Station *Tschistyje Prudy*, die die Roten wieder in *Kirowskaja* umbenannt haben, nach irgend so einem alten Kommunisten. Aber keiner wollte neben dieser Station wohnen. Also haben sie den Übergang zugemauert. Und jetzt ist die *Turgenewskaja* leer. Verlassen. Das heißt, von der *Sucharewskaja* zur nächsten bewohnten Station ist es ein ziemlich langer Weg. Und deshalb verschwinden die Leute dort. Vor allem, wenn sie allein unterwegs sind, kommen sie so gut wie garantiert nicht mehr raus. Nur in der Karawane, also mit mehr als zehn Leuten, kommen sie durch. Und die sagen dann, dass es ein ganz normaler Tunnel ist, sauber, ruhig und leer, auch keine Abzweigungen, in denen man verschwinden könnte. Nicht eine lebende Seele, nichts raschelt, keine Tiere. Und das hört am nächsten Tag wieder einer, also wie sauber und angenehm es dort ist, pfeift auf den ganzen Aberglauben, geht in den Tunnel – und weg ist er, wie vom Erdboden verschluckt. Als hätte es ihn nie gegeben.«

»Du wolltest doch von dem Magier erzählen.«

»Zu dem komme ich gleich, warte. Also, die Leute trauen sich nicht allein durch diesen Tunnel. Also suchen sie sich an der *Sucharewskaja* irgendwelche Kameraden, um sich gemeinsam durchzuschlagen. Aber wenn nicht gerade Markt ist, sind da nur wenige Leute, und manchmal muss man tage- oder sogar wochenlang sitzen und warten, bis man genügend beisammen hat. Denn je mehr Leute man zusammenkriegt, desto sicherer ist es. Ljocha sagt, manchmal begegnet man da sehr interessanten Menschen. Natürlich ist auch einiges Gesindel darunter, da brauchst du schon Menschenkenntnis. Aber manchmal hat man Glück, und dann bekommst du Dinge zu hören … Jedenfalls hat Ljocha dort einen Magier getroffen. Nein, nicht das, was du jetzt denkst, nicht irgend so einen alten Glatzkopf aus der Wunderlampe …«

»In der Lampe sitzt der Dschinn, nicht der Magier«, verbesserte Artjom.

Schenja ignorierte die Bemerkung und fuhr fort: »Der Mann ist Okkultist. Sein halbes Leben hat er damit verbracht, mystische Literatur zu studieren. Ljocha erwähnte einen Castaneda oder so. Der Typ jedenfalls kann offenbar Gedanken lesen, in die Zukunft sehen, Sachen finden und Gefahren voraussagen. Er sagt, dass er Geister sehen kann. Stell dir vor, er wandert sogar unbewaffnet durch die Metro! Nur ein Klappmesser hat er, um Lebensmittel zu schneiden, und einen Wanderstab aus Plastik. Und jetzt kommt's: Er sagt, dass alle, die *dur* herstellen oder die es schlucken, völlig auf dem falschen Dampfer sind. Denn das ist gar nicht das, was wir denken. Das ist gar kein *dur*, und die Giftpilze sind in Wahrheit gar keine. Die hat es in unseren Breiten nie gegeben. Mir ist übrigens auch mal ein Pilzbuch unter die Finger gekommen, da waren sie auch nicht drin. Nicht mal irgendwas entfernt Ähnliches war da zu finden. Es ist ein Irrtum, dass das nur Halluzinogene sind, mit denen man sich ein paar Filme reinziehen kann – zumindest behauptet das der Magier. Er sagt, wenn man die Dinger ein bisschen anders zubereitet, kann man damit in einen Zustand geraten, in dem man Ereignisse in der realen Welt steuern kann … Am Ende hat er dann Ljocha noch geraten, er soll am nächsten Tag besser nicht durch den Tunnel gehen – Ljocha hatte tatsächlich genau das vor. Er hat auf den Magier gehört und ist nicht gegangen. Zu seinem Glück! Genau an dem Tag haben nämlich irgendwelche Irren eine Karawane im Tunnel zwischen der *Sucharewskaja* und dem *Prospekt Mira* überfallen, obwohl der ja eigentlich als sicherer Tunnel gilt. Die Hälfte der Händler ist dabei umgekommen, die anderen konnten sich gerade so durchschlagen. Was sagst du jetzt?«

Artjom dachte einen Augenblick nach. »Nun, wer weiß. Es kann alles Mögliche passieren. Onkel Sascha hat mir erzählt, dass an den entferntesten Stationen die Menschen völlig verwildern und wieder zu Primitiven werden. Allmählich gerät dort in Vergessenheit, dass der Mensch ein vernünftiges Wesen ist, und es geschehen seltsame Dinge, die wir uns logisch nicht erklären können. Er hat allerdings nicht genau gesagt, was das für Dinge sind. Eigentlich hat er es gar nicht mir persönlich erzählt, ich habe es nur zufällig mitgehört.«

»Ha, ich sag's ja! Manchmal berichten die hier Sachen, das würde ein normaler Mensch nie im Leben glauben. Ljocha hat mir letztes Mal noch eine Geschichte erzählt. Soll ich? So was kriegst du wahrscheinlich nicht mal von deinem Stiefvater zu hören. Ljocha hat es von einem Händler von der Serpuchowskaja-Linie, und der hat es ihm auf dem Markt erzählt … Glaubst du an Geister?«

Artjom konnte nur mit Mühe ein Grinsen unterdrücken. »Tja, jedes Mal, wenn ich mit dir rede, frage ich mich anschließend, ob ich an sie glaube oder nicht. Aber wenn ich dann allein bin und mich mit normalen Leuten unterhalte, geht es wieder vorbei.«

»Und im Ernst?«

»Hm … Ich habe natürlich schon so einiges gelesen. Und Onkel Sascha hat ein bisschen was erzählt. Aber ehrlich gesagt, glaube ich nicht an diese Geschichten. Überhaupt verstehe ich dich nicht, Schenja. Hier haben wir sowieso ständig Stress mit den Schwarzen, so einen Albtraum gibt es vermutlich in der ganzen Metro kein zweites Mal. Irgendwo an den zentralen Stationen erzählen die Eltern ihren Kindern Horrorstorys über unser Leben und fragen sich gegenseitig: ›Glaubst du an diese Märchen oder nicht?‹ Aber dir reicht das nicht. Du weißt wohl nicht, was Angst ist?«

»Sag bloß, du interessierst dich nur für das, was du siehst und fühlst? Du glaubst doch wohl nicht wirklich, dass sich die Welt darauf beschränkt? Ein Maulwurf zum Beispiel sieht nichts, er ist von Geburt an blind. Aber das bedeutet doch nicht, dass all die Dinge, die der Maulwurf nicht sieht, nicht existieren. Du bist genauso.«

»Ist ja gut. Was für eine Geschichte wolltest du denn erzählen? Da war also dieser Händler von der Serpuchowskaja-Linie.«

»Der Händler? Ja, genau. Einmal hat Ljocha auf dem Markt einen Typen kennengelernt. Der ist eigentlich nicht wirklich von der *Serpuchowskaja*, sondern vom Ring. Ein Bürger der Hanse, wohnt an der *Dobryninskaja*. Aber da gibt es einen Übergang zur *Serpuchowskaja*. Ich weiß nicht, ob dir dein Stiefvater das erzählt hat: Jenseits des Rings ist diese Linie völlig verlassen, das heißt, eigentlich erst ab der nächsten Station, der *Tulskaja* – ich glaube, da stehen noch Patrouillen der Hanse. Die sichern sich da ab, nach dem Motto: Die Linie ist unbewohnt, da weiß man nie, was dort auftauchen kann. Also haben sie eine Art Pufferzone eingerichtet. Aber weiter als bis zur *Tulskaja* geht niemand. Es heißt, da gibt es nichts zu suchen. Die Stationen sind komplett leer, die Anlagen kaputt. Eine tote Zone – weder Tiere noch irgendwelche Monster, nicht mal Ratten kommen da vor. Leer. Aber der Händler hatte einen Freund, einen Herumtreiber, der sich einmal über die *Tulskaja* hinaus gewagt hat. Ich weiß nicht, was er da suchte. Jedenfalls hat er danach dem Händler erzählt, dass mit der Serpuchowskaja-Linie etwas nicht stimmt. Er sagte, man kann sich überhaupt nicht vorstellen, was da vor sich geht. Kein Wunder, dass nicht mal die Hanse versucht, die Linie zu kolonisieren, nicht mal für Plantagen oder Schweineställe …« Schenja verstummte. Er merkte, dass Artjom seinen Zynismus nun offenbar verloren hatte und ihm wie gebannt lauschte. Innerlich triumphierend, setzte er sich etwas bequemer hin. »Aber all dieses Zeug interessiert dich wahrscheinlich gar nicht. Alles Weibergeschwätz. Noch Tee?«

»Hör auf mit deinem Tee! Sag mir lieber, warum die Hanse diesen Abschnitt nicht kolonisieren will. Das ist doch wirklich komisch. Onkel Sascha sagt, die Hanse hat in letzter Zeit ein riesiges Problem mit der Überbevölkerung. Wie können sie sich dann so eine Gelegenheit entgehen lassen? Das sieht ihnen wirklich nicht ähnlich.«

»Aha, es interessiert dich also doch! Also gut, dieser Wanderer ist ziemlich weit gekommen. Er sagte, dass man dort ewig geht, ohne eine Menschenseele zu treffen. Nichts und niemand, wie in dem Tunnel hinter der *Sucharewskaja*. Stell dir vor, nicht mal Ratten! Nur Wasser tropft. Verlassene Stationen liegen da, dunkel, als hätte sie nie jemand bewohnt. Und ständig hat man das Gefühl einer drohenden Gefahr. Richtig bedrückend. Er ging schnell, in gut einem halben Tag hatte er vier Stationen hinter sich gelassen. Muss ein ziemlicher Draufgänger gewesen sein, sich allein in so eine Wildnis zu wagen! Jedenfalls ist er bis zur *Sewastopolskaja* gekommen, wo der Übergang zur Kachowskaja-Linie ist. Na ja, du kennst ja die *Kachowskaja*, die ist nur drei Stationen lang. Eher ein Versehen, ein Wurmfortsatz. An der *Sewastopolskaja* wollte er übernachten. Die ganze Anspannung, er war wohl zu erschöpft. Er hat Späne aufgeklaubt und sich ein Feuerchen gemacht, damit es nicht ganz so unheimlich ist. Dann ist er in seinen Schlafsack gekrochen und hat sich im Mittelgang schlafen gelegt. Und in der Nacht …« An dieser Stelle stand Schenja auf, streckte sich und sagte mit leicht sadistischem Lächeln: »Nein, weißt du, ich brauch jetzt erst mal einen

Tee!« Und verließ mit dem Kessel das Zelt, ohne Artjoms Antwort abzuwarten.

Natürlich ärgerte sich Artjom über diesen Unfug, aber er beschloss, bis zum Ende der Geschichte auszuharren und Schenja erst danach zu sagen, was er von ihm hielt. Plötzlich musste er an Hunter und dessen Bitte denken. Oder besser: dessen Befehl …

Als Schenja zurückkam, schenkte er Artjom etwas frischen Aufguss in ein geschliffenes Glas, das in einer Metallhalterung steckte – so, wie man es früher in Zügen verwendet hatte. Dann setzte er sich und fuhr fort: »Also, er legt sich neben dem Feuer schlafen. Um ihn herum nichts als Stille, als ob er sich Watte in die Ohren gestopft hätte. Aber mitten in der Nacht wacht er plötzlich von einem seltsamen Geräusch auf – einem völlig irren, unmöglichen Geräusch. Sofort bricht ihm der kalte Schweiß aus. Was er da hört, ist ein Kinderlachen. Das perlende Lachen eines Kindes. Es kommt von den Gleisen. Und das vier Stationen von den letzten Menschen entfernt! Wo nicht mal Ratten leben. Klar, dass ihm das einen Wahnsinnsschrecken eingejagt hat. Er springt auf, läuft auf den Bahnsteig und sieht – wie sich ein Zug der Station nähert. *Ein echter Metrozug!* Mit strahlenden Scheinwerfern, dass das Licht nur so blendet. Der Kerl hätte erblinden können, wenn er sich nicht rechtzeitig den Arm vor das Gesicht gehalten hätte. Die Fenster leuchten gelb, innen drin Menschen, und das Ganze in totaler Stille! Kein Mucks! Weder das Heulen des Motors noch das Rattern der Räder sind zu hören. In völliger Lautlosigkeit fährt der Zug in die Station ein und verschwindet langsam wieder im Tunnel. Der Typ musste sich setzen, sein Herz hielt den Stress nicht aus. Die Leute im Zug waren nämlich lebendig, sie unterhielten sich lautlos über irgendetwas … Der Zug fährt also Wagen für Wagen an ihm vorbei, und dann sieht er: Am hintersten Fenster des letzten Waggons steht ein Junge, vielleicht sieben Jahre alt, und blickt ihn an. Deutet mit dem Finger auf ihn und lacht. Und dieses Lachen hört er! Eine Stille, dass der Typ sein eigenes Herz schlagen hört, und dann dieses Lachen … Der Zug taucht in den Tunnel ein, und das Lachen ertönt immer leiser, bis es in der Ferne verklingt. Und wieder Leere. Und absolute, furchtbare Stille.«

»Und dann ist er aufgewacht?«, fragte Artjom ironisch, doch mit einer gewissen Hoffnung in der Stimme.

»Von wegen! Er ist losgerannt zu seiner inzwischen erloschenen Feuerstelle, hat in rasender Eile sein Zeug gepackt und ist ohne Halt zurückgelaufen, bis zur *Tulskaja*. Eine Stunde hat er gebraucht für den ganzen Weg. Es muss der Horror für ihn gewesen sein.«

Artjom schwieg, erschüttert von dieser Geschichte. Stille breitete sich im Zelt aus. Endlich riss er sich zusammen, räusperte sich, damit seine Stimme nicht den Kloß im Hals verriet, und fragte Schenja so gleichgültig wie nur möglich: »Und, glaubst du daran?«

»Nun, das war nicht die erste Geschichte dieser Art, die ich über die Serpuchowskaja-Linie gehört habe. Ich erzähle es dir nur nicht jedes Mal weiter. Mit dir kann man darüber ja nicht reden, du machst immer gleich deine Scherze … Aber gut, genug gesessen, wir müssen gleich zur Arbeit. Packen wir unsere Sachen. Wir können ja dort weiterreden.«

Artjom erhob sich unwillig, streckte sich, verließ das Zelt und ging nach Hause, um etwas Proviant einzupacken. Sein Stiefvater schlief noch immer, und auf der gesamten Station war es sehr still. Vermutlich hatte die Polizeistunde bereits begonnen, also blieb bis zum Beginn der Nachtschicht nur wenig Zeit. Er musste sich beeilen. Als er auf dem Weg zur Teefabrik an dem Gästezelt vorbeikam, in dem Hunter untergekommen war, sah er, dass einer der Zeltflügel aufgeklappt war. Der Innenraum war leer. Etwas in Artjoms Brust krampfte sich zusammen. Allmählich begann er zu begreifen, dass das, worüber er mit Hunter gesprochen hatte, kein Traum, sondern Wirklichkeit war, und dass die weitere Entwicklung der Ereignisse ihn unmittelbar betreffen konnte. Ja vielleicht würde sie sogar sein Schicksal bestimmen …

Die Teefabrik befand sich in der Sackgasse des sogenannten »neuen« Ausgangs der Station, der noch vor der Rolltreppe nach oben durch eine Sperre abgeriegelt war. Eigentlich war die Bezeichnung Fabrik völlig unpassend, denn die Arbeit wurde ausschließlich von Hand verrichtet – Strom war zu wertvoll, um ihn für die Teeproduktion zu verschwenden.

Hinter den eisernen Wänden, die die Fabrik von der restlichen Station trennten, waren von einer Seite zur anderen Metalldrähte gespannt, an denen die geputzten Pilzhüte zum Trocknen hingen. Bei hoher Feuchtigkeit entzündete man darunter kleine Feuer, damit sich kein Schimmel bildete. Unter den Drähten standen Tische, an denen die Arbeiter die getrockneten Pilze zunächst grob zerschnitten und dann weiter zerkleinerten. Der fertige Tee wurde darauf in Papier- oder Plastiktüten gepackt – je nachdem, was gerade vorhanden war –, wobei bestimmte Extrakte und Pulver hinzugefügt wurden, deren Zusammensetzung nur dem Fabrikleiter bekannt war. Damit war der schlichte Produktionsprozess auch schon abgeschlossen. Hätte man sich während der Arbeit nicht unterhalten können, die acht Stunden Pilzeschneiden und -reiben wären äußerst zermürbend gewesen.

Für diese Nachtschicht war neben Artjom und Schenja noch der Struwwelkopf Kirill eingeteilt, den Artjom bereits von der gemeinsamen Wache im Tunnel kannte. Als Kirill Schenja erblickte, wurde er ganz lebhaft und begann sofort, eine Geschichte weiterzuerzählen, die er offenbar vor Kurzem nicht zu

Ende gebracht hatte. Artjom fand es langweilig, einer halben Story zuzuhören, und so vertiefte er sich in seine Gedanken. Wieder tauchte das Gespräch mit Hunter in seiner Erinnerung auf.

Was, wenn dessen Plan fehlschlug? Hunter hatte sich zu einem völlig wahnwitzigen Schritt entschlossen, hatte sich ins Lager des Feindes vorgewagt, mitten in die Hölle. Die Gefahr, der er sich aussetzte, war enorm, niemand kannte ihr wahres Ausmaß. Er konnte nur vermuten, was ihn jenseits von Meter 500 erwartete, dort, wo der Widerschein des Grenzfeuers – der vielleicht letzten menschengemachten Flamme nördlich der *WDNCh* – endgültig verlosch. Was er über die Schwarzen wusste, wusste jeder Bewohner der Station. Und es war reine Spekulation, dass sich das Loch, durch das diese Kreaturen in die Metro eindrangen, beim Botanischen Garten befand.

Die Wahrscheinlichkeit war also hoch, dass Hunter seine Mission nicht würde erfüllen können. Andererseits war die Gefahr aus dem Norden so groß und nahm so schnell zu, dass er nicht mehr zögern durfte. Ja, möglicherweise wusste Hunter etwas darüber, was er weder Suchoj noch Artjom gegenüber preisgegeben hatte.

Mit Sicherheit war er sich des Risikos bewusst, begriff, dass diese Aufgabe über seine Kräfte gehen konnte. Wozu hätte er sonst Artjom auf eine solche Wendung der Ereignisse vorbereitet? Hunter war nicht der Typ, der sich ständig absicherte. Folglich war es durchaus realistisch, ja mehr als wahrscheinlich, dass er nicht zur *WDNCh* zurückkehrte.

Doch wie würde Artjom es anstellen, die Station zu verlassen, ohne es jemandem zu sagen? Hunter selbst hatte davor zurückgeschreckt, andere einzuweihen, aus Angst vor wurmstichigen Köpfen, wie er sich ausgedrückt hatte. Wie würde Artjom allein zur Polis gelangen, der legendären Polis, allen bekannten und unbekannten Gefahren zum Trotz, die einen in den dunklen, öden Tunneln erwarteten? Auf einmal bereute er, dass er dem herben Charme und hypnotisierenden Blick des Jägers erlegen war, ihm sein Geheimnis mitgeteilt, den gefährlichen Auftrag angenommen hatte …

»He, Artjom! Artjom! Schläfst du? Warum antwortest du nicht?« Schenja schüttelte ihn an der Schulter. »Hörst du, was Kirill sagt? Morgen Abend macht sich eine Karawane auf zur *Rischskaja*. Es heißt, unsere Administration will sich mit ihnen zusammenschließen. Einstweilen schicken wir ihnen humanitäre Hilfe, als Zeichen, dass wir zum Schulterschluss bereit sind. Die Jungs dort haben offenbar ein Lager mit Kabeln aufgetan. Die sollen verlegt werden, um eine Telefonverbindung zwischen den Stationen herzustellen. Oder zumindest einen Telegrafen einzurichten. Kirill sagt, dass jeder, der morgen nicht arbeitet, mitgehen kann. Was meinst du?«

Augenblicklich erkannte Artjom den Wink des Schicksals. Ihm bot sich eine Möglichkeit, seinen Auftrag auszuführen – falls es nötig sein würde. Schweigend nickte er.

»Super!«, rief Schenja freudig. »Ich will auch mit. Kirill, trag uns ein. Um wie viel Uhr geht es morgen los, um neun?«

Bis zum Ende der Schicht sagte Artjom kein Wort mehr, unfähig, seine düsteren Gedanken abzuschütteln. Er fuhr mechanisch fort, Pilze zu hobeln und dann zu Staub zu zermahlen, neue Hüte von den Drähten abzunehmen, erneut zu hobeln und wieder zu mahlen, und so unendlich weiter.

Die ganze Zeit sah er dabei Hunters Gesicht vor sich – wie dieser ihm sagte, er werde möglicherweise nicht mehr zurückkehren. Das ruhige Gesicht eines Mannes, der gewohnt war, sein Leben zu riskieren. In Artjoms Herzen jedoch breitete sich ein schwarzer Fleck aus: eine Vorahnung nahenden Unheils.

Nach der Arbeit kehrte er in sein Zelt zurück. Suchoj war

nicht da, offenbar in irgendwelchen Angelegenheiten unterwegs. Artjom legte sich auf sein Bett, bohrte das Gesicht ins Kissen und schlief sofort ein, obwohl er eigentlich vorgehabt hatte, seine Situation noch einmal in Ruhe zu überdenken.

Ein Traum, schmerzhaft und wirr nach all den Gesprächen, Gedanken und Erlebnissen des Tages, hüllte ihn ein, zog ihn immer tiefer hinab. Artjom sah sich, wie er neben Schenja und einem wandernden Magier namens Carlos an der Station *Suchareswkaja* am Lagerfeuer saß. Carlos brachte ihm und Schenja bei, wie man aus Giftpilzen richtiges *dur* machte, und erklärte, wie sie die Pilze an der *WDNCh* verwendeten, sei geradezu kriminell, denn es gehe dabei gar nicht um Pilze, sondern um eine neue Form vernünftigen Lebens auf der Erde, die eines Tages vielleicht sogar den Menschen ersetzen werde. Diese Pilze seien nicht selbstständige Wesen, sondern Teilchen eines durch Neuronen verbundenen einheitlichen Ganzen, eines über die gesamte Metro hinweg verzweigten Myzels. Und jeder, der *dur* schlucke, nehme nicht einfach nur ein Psychopharmakon zu sich, sondern trete mit dieser neuen vernunftbegabten Lebensform in Kontakt. Ja, wenn man alles richtig mache, könne man sich mit ihr anfreunden, und dann werde sie demjenigen helfen, der über *dur* mit ihr kommuniziert.

Doch plötzlich tauchte Suchoj auf, drohte mit dem Finger und sagte, man dürfe das Kraut überhaupt nicht zu sich nehmen, denn von allzu intensivem Genuss würde das Hirn wurmstichig. Artjom beschloss, das zu überprüfen: Er sagte laut, er wolle etwas frische Luft schnappen, stellte sich aber stattdessen heimlich hinter den Magier mit dem spanischen Namen und sah, dass bei diesem der Hinterkopf fehlte und man das Gehirn erkennen konnte, schon ganz schwarz vom Wurmfraß. Lange, weiße Maden ringelten sich darin, bohrten sich ins Gewebe, hinterließen ihre Spuren, während der Magier weitersprach, als wäre nichts. Artjom wurde es unheimlich, er beschloss, fortzulaufen, und begann, Schenja am Ärmel zu zupfen, damit dieser aufstand und mitkam, aber Schenja winkte ungeduldig ab und bat Carlos weiterzuerzählen, während Artjom zusah, wie die Würmer aus dem Kopf des Magiers über den Boden auf Schenja zukamen, an seinem Rücken hinaufkletterten und ihm in die Ohren zu kriechen versuchten.

Da sprang Artjom auf das Gleis und rannte aus Leibeskräften von der Station fort. Doch dann fiel ihm ein, dass dies genau der Tunnel war, in den man nicht allein gehen durfte. Er wandte sich um und lief zurück Richtung Station, kam aber aus irgendeinem Grund einfach nicht bei ihr an.

Plötzlich flammte hinter ihm ein Licht auf, und er sah mit erstaunlicher Präzision seinen eigenen Schatten auf dem Tunnelboden. Er drehte sich um – aus dem Inneren der Metro kam ein Zug unerbittlich näher, mit teuflischem Quietschen und laut ratternden Rädern, ein ohrenbetäubender Lärm in grellem Scheinwerferlicht.

Artjom versagten die Beine, sie knickten ein wie Strohhalme. Dann, nur wenige Meter von ihm entfernt, verlor die Erscheinung an Realität, verblasste, verschwand.

Dafür erschien nun etwas Neues, völlig anderes. Artjom erblickte Hunter, schneeweiß gekleidet, in einem leeren Zimmer mit ebenso blendend weißen Wänden. Er stand dort mit gesenktem Kopf, sein Blick bohrte sich in den Boden. Dann hob er die Augen und sah Artjom direkt an. Ein merkwürdiges Gefühl war das, denn bisher hatte Artjom in diesem Traum seinen Körper nicht gespürt, sondern gleichsam von außen das Geschehen betrachtet. Und während er in Hunters Augen blickte, stieg eine rätselhafte Unruhe in ihm auf, als ob ihm etwas sehr Wichtiges bevorstand, etwas, das jeden Augenblick eintreten konnte.

Als Hunter dann sprach, kamen Artjom die Ereignisse so unglaublich real vor, dass ihn dieses Gefühl schier überwältigte. Bei früheren Albträumen war er sich immer bewusst gewesen, dass er schlief, dass alles, was ihm passierte, nur die Frucht seiner aufgewühlten Fantasie war. In dieser Vision jedoch fehlte das völlig, er hatte nicht das Gefühl, er könne jeden Moment aufwachen.

Mit langsamer, schwerer Stimme sagte Hunter: »Es ist Zeit. Du musst erfüllen, was du mir versprochen hast. Du musst es tun. Denk daran, dies ist kein Traum! Es ist kein Traum!«

Artjom riss die Augen auf. Ein weiteres Mal hörte er ganz deutlich die dumpfe Stimme: »Es ist kein Traum ...«

»Es ist kein Traum«, wiederholte Artjom. Die Einzelheiten – die Würmer, der Zug – verschwanden bereits aus seinem Gedächtnis, aber an dieses letzte Bild erinnerte er sich in aller Klarheit. Die seltsame Kleidung des Jägers, das rätselhafte weiße Zimmer und die Worte ›Du musst erfüllen, was du mir versprochen hast‹ – all das ging ihm nicht aus dem Kopf.

Sein Stiefvater betrat das Zelt und fragte besorgt: »Sag mal, hast du Hunter seit unserem Gespräch gesehen? Es wird langsam Abend, aber er ist wie vom Erdboden verschluckt, und sein Zelt ist leer. Ist er etwa fortgegangen? Hat er dir gestern irgendetwas von seinen Plänen erzählt?«

»Nein, Onkel Sascha, er hat mich nur über die Situation hier ausgefragt«, log Artjom.

»Ich mache mir Sorgen um ihn. Hoffentlich stellt er nichts Dummes an, bringt sich in Gefahr, und am Ende kriegen wir auch noch was ab. Wenn er wüsste, mit wem er es zu tun hat ... Sag mal, arbeitest du heute nicht?«

»Schenja und ich haben uns für die Karawane zur *Rischskaja* angemeldet. Wir bringen Hilfsgüter hin, außerdem sollen Telegrafenkabel von dort zu uns verlegt werden.« Artjom merkte plötzlich, dass er bereits eine Entscheidung getroffen hatte. Und bei diesem Gedanken spürte er, wie etwas in ihm riss, er empfand eine seltsame Erleichterung und zugleich eine Art innere Leere, als hätte man ihm aus der Brust ein Geschwür entfernt, das auf sein Herz gedrückt und ihn beim Atmen behindert hatte.

»Für die Karawane? Du solltest besser zu Hause bleiben, anstatt durch irgendwelche Tunnel zu streifen. Eigentlich sollte ich mitgehen, es gibt nämlich an der *Rischskaja* etwas zu tun für mich, aber ich fühle mich heute nicht so besonders. Du gehst noch nicht gleich, oder? Um neun? Na, dann verabschieden wir uns später. Pack einstweilen deine Sachen.« Damit ließ Suchoj Artjom allein.

Dieser begann hektisch, einige Dinge in seinen Rucksack zu stopfen, die er unterwegs vielleicht brauchen würde: eine Taschenlampe, Batterien, noch mal Batterien, Pilze, ein Päckchen Tee, Schweinsleberwurst, ein irgendwann einmal geklautes, volles Kalaschnikow-Magazin, einen Plan der Metro, wieder Batterien … Den Pass nicht vergessen! Natürlich nicht für die *Rischskaja,* doch dahinter brauchte ihn nur die erstbeste Patrouille einer souveränen Station ohne Pass zu erwischen – sie würden ihn zur Rückkehr zwingen oder gleich an die Wand stellen, je nach politischer Lage … Und Hunters Kapsel. Das war's.

Er warf sich den Rucksack über die Schulter, ließ ein letztes Mal den Blick durch seine Wohnstatt schweifen und trat dann entschlossen aus dem Zelt.

Die Karawane sammelte sich bereits am Südtunnel. Auf dem Gleis stand eine handbetriebene Draisine, auf die man Kisten mit Fleisch, Pilzen und Tee gestapelt hatte sowie obenauf einen komplizierten Apparat, den die hiesigen Techniker zusammengebaut hatten – vermutlich der Telegraf.

Neben Kirill und Schenja bestand die Gruppe noch aus einem weiteren Freiwilligen und einem Offizier der Administration, der für die Beziehungen zur *Rischskaja* zuständig war. Alle außer Schenja waren schon da und vertrieben sich die Zeit bis zum Aufbruchsignal mit Dominospielen. Die Sturmgewehre, die man ihnen für den Marsch zugeteilt hatte, hatten sie neben sich zu einer Pyramide aufgestellt – jede Waffe verfügte über ein Ersatzmagazin, das mit blauem Isolierband am Hauptmagazin festgemacht war.

Endlich kam auch Schenja, der vor dem Aufbruch seiner Schwester noch etwas zu essen gemacht und sie dann zu den Nachbarn geschickt hatte, wo sie bleiben würde, bis die Eltern von der Arbeit zurückkamen.

Im allerletzten Augenblick fiel Artjom ein, dass er sich gar nicht von seinem Stiefvater verabschiedet hatte. Er entschuldigte sich, versprach, sofort wiederzukommen, warf den Rucksack ab und rannte nach Hause. Im Zelt war niemand. Also hastete Artjom zu den ehemaligen Betriebsräumen, in denen nun die Stationsverwaltung untergebracht war. Dort saß Suchoj dem Diensthabenden – dem gewählten Oberhaupt der *WDNCh* – gegenüber und unterhielt sich lebhaft mit ihm. Artjom klopfte gegen den Türstock und räusperte sich leise. »Guten Tag, Alexander Nikolajewitsch. Könnte ich Onkel Sascha einen Moment sprechen?«

»Na klar, Artjom. Komm herein. Willst du Tee?«, erwiderte der Diensthabende freundlich.

Suchoj rückte mit dem Stuhl vom Tisch weg. »Na, geht ihr schon? Wann seid ihr wieder zurück?«

»Ich weiß nicht genau«, murmelte Artjom. »Mal sehen …« Er begriff plötzlich, dass er seinen Stiefvater vielleicht nie wiedersehen würde, und wollte ihn – den einzigen Menschen, der ihn wirklich liebte – auf keinen Fall anlügen, dass er morgen oder

übermorgen wiederkommen und alles wie früher sein werde …
Er spürte ein Brennen in den Augen und bemerkte zu seiner Scham, dass sie feucht geworden waren. Er machte einen Schritt nach vorn und umarmte Suchoj fest.

»Na, was denn, Artjomka, was denn … Ihr seid doch morgen wieder da, hm?«, sagte dieser verwundert und beruhigend zugleich.

»Morgen Abend, wenn alles nach Plan läuft«, bestätigte Alexander Nikolajewitsch.

»Bleib gesund, Onkel Sascha. Mach's gut!«, krächzte Artjom heiser, drückte dem Stiefvater die Hand und ging schnell hinaus – zu peinlich war ihm seine eigene Schwäche.

Suchoj blickte ihm verwundert hinterher. »Warum ist der Junge denn nur so durcheinander? Der geht doch nicht zum ersten Mal zur *Rischskaja*.«

»Lass gut sein, Sascha, mit der Zeit wird dein Junge schon zum Mann werden. Du wirst dich noch zurücksehnen nach solchen Tagen, an denen er sich vor einem Marsch über zwei Stationen mit Tränen von dir verabschiedet hat … Also, wie war das, was halten die von der *Alexejewskaja* von regelmäßigen Tunnelpatrouillen? Das würde uns sehr helfen …«

Nachdem Artjom im Laufschritt zur Gruppe zurückgekehrt war, händigte der Kommandeur jedem gegen Unterschrift ein Gewehr aus und sagte: »Also dann, Männer. Erst noch mal kurz hinsetzen, das bringt Glück für die Reise.«

Er ließ sich auf einer alten, von vielen Jahren intensiven Gebrauchs blank polierten Holzbank nieder. Die Übrigen folgten schweigend seinem Beispiel.

»So, gehen wir mit Gott!« Der Kommandeur erhob sich wieder, sprang schwer auf das Gleis hinab und nahm seinen Platz an der Spitze des Trupps ein. Artjom und Schenja, die Jüngsten, kletterten auf die Draisine, bereit für ihre nicht gerade leichte

Aufgabe. Kirill und der andere Freiwillige bildeten den Abschluss.

»Vorwärts!«, rief der Offizier. Artjom und Schenja legten sich auf die Hebel, und Kirill schob die Draisine von hinten an, sodass sie quietschend anfuhr und sich langsam vorwärtsbewegte. Bald war die Gruppe im Schlund des Südtunnels verschwunden.

# 4
# Die Stimme des Tunnels

Das schwache Licht der Lampe in der Hand des Kommandeurs wanderte als fahlgelber Fleck über die Wände des Tunnels, leckte den feuchten Grund und verschwand spurlos, sobald die Lampe in die Ferne gerichtet wurde. Nicht einmal zehn Schritte vor ihnen verschlang die tiefe Finsternis gierig die Strahlen. Monoton quietschend rollte die Draisine vor sich hin ins Nichts, und genauso einförmig waren der schwere Atem und das gleichmäßige Stampfen der beschlagenen Stiefel.

Sie hatten die südlichen Wachen hinter sich gelassen, längst war der letzte Widerschein des Feuers weit hinten im Tunnel erloschen. Das Gebiet der *WDNCh* lag nun hinter ihnen. Und obwohl die Strecke bis zur *Rischskaja* in letzter Zeit aufgrund der guten Nachbarschaft und des belebten Verkehrs zwischen beiden Stationen als ungefährlich galt, war es Vorschrift, stets auf der Hut zu bleiben.

Die Gefahr kam nämlich durchaus nicht immer aus Norden oder Süden. Sie konnte sich über ihnen verbergen, in den Belüftungsschächten, links oder rechts, in den unzähligen Verzweigungen, hinter den verriegelten Türen ehemaliger Betriebsräume und geheimer Ausgänge. Sie lauerte unter ihnen, in geheimnisvollen Schächten, die die Erbauer der Metro zurückgelassen und die Reparaturkommandos vergessen oder aufgegeben hatten. Dort, in einer Tiefe, die selbst bei kühnsten Abenteurern Beklemmung hervorrief, war schon früher, als die Metro nichts weiter als ein Verkehrsmittel war, Furchtbares gewachsen.

Darum wanderte der Schein der Kommandeurslampe so unruhig die Tunnelwände entlang, strichen die Finger der Nachfolgenden ständig über die Sicherungshebel ihrer Gewehre, stets bereit, auf Dauerfeuer zu gehen und den Abzug zu betätigen. Und darum waren alle, die da marschierten, so wortkarg: Gespräche hätten ihre Aufmerksamkeit gestört, sie daran gehindert, dem Atem des Tunnels zu lauschen.

Obwohl Artjom bereits müde wurde, legte er sich weiter ins Zeug – der Hebel hob und senkte sich unablässig, monoton knarrte das Getriebe, wieder und wieder drehten sich die Räder. Ohne etwas zu sehen, blickte er nach vorne, und in seinem Kopf kreiste zum Takt der klopfenden Räder ebenso schwer und depressiv jener Satz, den er tags zuvor von Hunter gehört hatte: dass die Macht der Finsternis den größten Teil der Moskauer Untergrundbahn beherrschte.

Er versuchte sich zu überlegen, auf welche Weise er sich zur Polis durchschlagen würde, doch der stechende Schmerz, der sich langsam über all seine Muskeln verteilte, und die Müdigkeit, die von den halb eingeknickten Beinen über das Kreuz hinaufkroch und seine Hände erlahmen ließ, verdrängten sämtliche halbwegs komplexen Gedankengänge aus seinem Kopf. Der heiße, salzige Schweiß, der anfangs nur in winzigen Tröpfchen auf seiner Stirn erschienen war, floss nun in Strömen über sein Gesicht, brannte in den Augen, und er konnte ihn nicht fortwischen, denn auf der anderen Seite des Antriebs stand Schenja, und den Hebel loszulassen hätte bedeutet, die ganze Last auf ihn abzuwälzen. In Artjoms Ohren pochte das Blut immer lauter, und er musste daran denken, wie er als kleiner Junge gerne irgendeine unbequeme Körperhaltung eingenommen hatte, um dieses Pochen in den Ohren zu spüren, denn so hatte er sich den Exerzierschritt der Soldaten bei einer Parade vorgestellt. Wenn er dann die Augen schloss, konnte er sich ausmalen, dass er der Marschall war, der die Parade abnahm, während die treuen Divisionen mit knallenden Stiefeln an ihm vorübermarschierten, die Äußersten in jeder Reihe die Augen auf ihn gerichtet – das alles wusste er aus Zeichnungen, die er in Büchern über die Armee gesehen hatte …

Schließlich sagte der Kommandeur, ohne sich umzudrehen: »Gut, Jungs, steigt ab. Tauscht die Plätze mit den anderen. Wir haben die Hälfte geschafft.«

Artjom und Schenja sahen sich an, sprangen von der Draisine und setzten sich beide wie auf ein Kommando auf die Gleise, obwohl sie eigentlich ihre Plätze vor und hinter der Draisine hätten einnehmen müssen.

Der Kommandeur betrachtete sie aufmerksam und sagte mitleidig: »Weicheier!«

»Stimmt«, gab Schenja bereitwillig zu.

»Aufstehen, aufstehen, hier gibt's nichts zu sitzen. Vorwärts, marsch! Ich erzähl euch auch was Nettes.«

»Wir können Ihnen auch so manches erzählen«, erklärte Schenja, während er sich unwillig erhob.

»Eure Geschichten kenn ich. Von Schwarzen und Mutanten und so weiter. Und von euren Pilzen natürlich. Aber es gibt da ein paar Dinge, von denen habt ihr noch nichts gehört. Ob das nur Schauermärchen sind, lässt sich nicht so genau sagen, jedenfalls konnte es bisher niemand nachprüfen. Das heißt, es gab schon Leute, die es versucht haben – nur können die uns garantiert nicht mehr berichten, was sie herausgefunden haben.«

Artjom genügte diese Einleitung, um wieder zu Kräften zu kommen. Für ihn war es jetzt entscheidend, alles darüber zu erfahren, was jenseits der Station *Prospekt Mira* vor sich ging. Er erhob sich von den Gleisen, nahm sein Sturmgewehr vor die Brust und setzte sich auf seinen Platz hinter der Draisine.

Ein kurzer Stoß, dann sangen die Räder wieder ihr eintöniges Lied. Die Gruppe bewegte sich vorwärts. Der Kommandeur starrte angestrengt vor sich in die Dunkelheit, während er zu sprechen begann. »Ich frage mich, was eure Generation überhaupt über die Metro weiß. Ihr erzählt euch wahrscheinlich alle möglichen Märchen. Der eine war mal irgendwo, ein anderer hat sich irgendetwas ausgedacht, der Nächste erzählt einem alles falsch, was ihm ein Dritter zugeflüstert hat, der wiederum aber nur eine Geschichte als die eigene ausgegeben und natürlich noch ausgemalt hat, die er mal beim Tee von einem Vierten gehört hat … Das ist nämlich das große Problem der Metro: Es gibt keine zuverlässige Kommunikation. Keine Möglichkeit, schnell vom einen Ende zum anderen zu gelangen. An der einen Stelle wird man nicht durchgelassen, an der nächsten ist der Weg verbarrikadiert, wieder woanders passieren irgendwelche verrückten Sachen, und die Lage ändert sich jeden Tag. Glaubt ihr etwa, dass die Metro insgesamt groß ist? Mit dem Zug bräuchtest du von einem Ende zum anderen gerade mal eine Stunde. Heute dagegen marschieren die Leute wochenlang und kommen oft gar nicht ans Ziel. Denn du weißt wirklich nie, was dich hinter der nächsten Kurve erwartet. Wir zum Beispiel bringen jetzt Hilfsgüter zur *Rischskaja*. Aber niemand – weder ich noch der Diensthabende – können hundertprozentig garantieren, dass wir, wenn wir dort ankommen, nicht mit einem Kugelhagel empfangen werden. Oder dass wir nicht eine völlig ausgebrannte Station ohne eine einzige lebende Seele antreffen werden. Oder dass sich nicht herausstellt, dass die *Rischskaja* jetzt zur Hanse gehört, und wir deshalb keinen Zugang mehr zur restlichen Metro haben – und zwar für immer. Es gibt keine genauen Informationen. Hast du in der Früh irgendwelche Erkenntnisse gewonnen, so sind sie noch am selben Abend veraltet, und am nächsten Tag kannst du dich überhaupt nicht mehr darauf verlassen. Als würdest du dich mit einer hundert Jahre alten Karte durch ein Treibsandgebiet schlagen. Die Kuriere brauchen so lange, dass ihre Nachrichten, wenn sie endlich ans Ziel kommen, entweder nicht mehr benötigt werden oder nicht mehr stimmen. Die Wahrheit wird entstellt. Für die Menschen ist das eine völlig neue Situation. Nicht auszudenken, was passieren würde, wenn uns der Brennstoff für die Generatoren ausgeht und wir keinen Strom mehr haben. Habt ihr mal *Die Zeitmaschine* von Herbert Wells gelesen? Da gibt es diese Morlocks …«

Diese Geschichte kannte Artjom bereits, also brachte er die Unterhaltung entschlossen in ihr ursprüngliches Fahrwasser zurück: »Und was wissen die Menschen Ihrer Generation über die Metro?«

»Hm … Über all das Teufelszeug in den Tunneln zu sprechen ist ein schlechtes Omen. Über die Metro-2 und die Unsichtbaren Beobachter? Nein. Aber wisst ihr eigentlich, dass dort, wo früher die Station *Puschkinskaja* war – mit dem Übergang zu den Stationen *Tschechowskaja* und *Twerskaja* –, dass das alles die Faschisten besetzt haben?«

»Was für Faschisten?«, fragte Schenja.

»Richtige Faschisten. Die gab es damals schon, als wir noch dort lebten.« Der Kommandeur deutete mit dem Finger nach oben. »Mit rasierten Schädeln liefen die rum. Sie waren gegen die Einwanderung von Fremden. Alle möglichen Gruppen gab es, ich weiß gar nicht mehr, wie die alle hießen. Eine richtige Mode. Dann waren sie auf einmal verschwunden. Nichts war mehr von ihnen zu hören oder zu sehen. Und plötzlich, vor einiger Zeit, tauchten sie an der *Puschkinskaja* wieder auf. ›Die Metro den Russen!‹ Schon mal gehört? Oder: ›Eins, zwei, drei –

halt die Metro frei!‹ Oder: ›Wir lassen keine Fremden rein, die Metro soll stets sauber sein!‹ Alle Nichtrussen flogen aus der *Puschkinskaja* raus, dann aus der *Tschechowskaja*, und schließlich aus der *Twerskaja*. Am Ende rasteten sie völlig aus, veranstalteten richtige Massaker. Und jetzt haben sie dort ihr ›Reich‹ errichtet. Das vierte oder fünfte, schätze ich mal. Weiter hinaus wagen sie sich derzeit nicht, aber trotzdem fühlen sich die Menschen meiner Generation an die Geschichte des 20. Jahrhunderts erinnert. Andererseits, was sind schon die Faschisten? Diese Mutanten von der Filjowskaja-Linie existieren ja wirklich. Dann unsere ›Schwarzen‹. Und schließlich gibt es noch verschiedene Sektierer, Satanisten, Kommunisten … Ein richtiges Panoptikum.«

Sie passierten eine leere Türöffnung, die offenbar in verlassene Diensträume führte. Vielleicht war es früher ein Abtritt gewesen, vielleicht aber auch ein Schutzbunker. Die Einrichtung – zweistöckige Eisenpritschen oder grobe Armaturen – war längst fortgeschleppt worden, und nun wagte sich niemand mehr in die leeren, dunklen, überall in den Tunneln vorhandenen Räume. Auch wenn bekannt war, dass sich dort eigentlich nichts befand. Aber wer konnte das schon genau wissen …

Ein schwaches Flackern war nun zu sehen. Sie näherten sich der *Alexejewskaja*. Diese Station war wenig bevölkert – es gab nur einen Posten bei Meter 50, mehr konnte man sich dort nicht leisten. Etwa vierzig Meter vom Patrouillenfeuer entfernt gab der Kommandeur den Befehl zum Anhalten. Dann knipste er seine Lampe mehrmals in einer bestimmten Reihenfolge ein und wieder aus. Vor dem Feuer zeichnete sich eine schwarze Gestalt ab – jemand kam auf sie zu, um sie zu kontrollieren. Schon von Weitem rief er: »Bleibt, wo ihr seid! Nicht näher kommen!«

War es tatsächlich im Bereich des Möglichen, fragte sich Artjom, dass man ihnen an einer Station, die stets als freundschaftlich gegolten hatte, eines Tages feindlich begegnen würde?

Der Mann näherte sich ihnen ohne Hast. Er trug eine abgewetzte Tarnhose und eine wattierte Jacke mit dem fett gedruckten Buchstaben A darauf. Seine eingefallenen Wangen waren unrasiert, seine Augen funkelten misstrauisch, und seine Hände strichen nervös über den Lauf des Sturmgewehrs, das um seinen Hals hing. Er musterte ihre Gesichter, dann lächelte er, als er sie erkannte, und schob als Zeichen des Vertrauens die Waffe auf den Rücken. »Hallo, Jungs! Wie geht's? Ihr seid zur *Rischskaja* unterwegs? Wissen wir, man hat uns unterrichtet. Kommt!«

Der Kommandeur begann den Wachmann nach etwas auszufragen, doch er sprach so, dass er kaum zu hören war. Artjom murmelte Schenja zu: »Irgendwie ausgezehrt kommt er mir vor. Ich glaube ja nicht, dass die sich uns anschließen wollen, weil es ihnen so gut geht.«

»Na und?«, erwiderte sein Freund. »Wir haben auch unsere Interessen. Wenn unsere Administration sich darauf einlässt, bedeutet das, dass sie uns nützlich sein können. Schließlich wollen wir sie nicht aus lauter Nächstenliebe durchfüttern.«

Die Draisine passierte das Feuer bei Meter 50, wo ein zweiter Posten saß, der genauso gekleidet war wie der erste, und fuhr dann in die Station ein. Die *Alexejewskaja* war schlecht beleuchtet, und ihre Bewohner machten einen verzagten Eindruck – den Gästen von der *WDNCh* begegneten sie jedoch mit freundlichen Blicken. Die Gruppe machte in der Mitte der Station halt, der Kommandeur gestattete ihnen eine Zigarettenpause. Artjom und Schenja mussten bei der Draisine Wache halten, die anderen lud man ein, ans Feuer zu kommen.

»Von den Faschisten und dem ›Reich‹ höre ich zum ersten Mal«, sagte Artjom zu seinem Freund.

»Mir hat schon mal jemand erzählt, dass es in der Metro Faschisten gibt. Aber der meinte, sie seien an der *Nowokusnezkaja*.«

»Wer hat das gesagt?«

»Ljocha.«

Artjom verzog das Gesicht. »Der hat dir ja auch sonst eine Menge interessanter Sachen erzählt.«

»Aber die Faschisten gibt es wirklich! Na gut, den Ort hat er durcheinandergebracht. Aber gelogen hat er nicht!«

Artjom schwieg, versank in Gedanken. Die Zigarettenpause an der *Alexejewskaja* würde eine ganze Weile dauern. Der Kommandeur hatte irgendetwas mit dem hiesigen Vorgesetzten zu bereden – vermutlich ging es um den bevorstehenden Zusammenschluss. Danach würden sie wieder aufbrechen, um einige Stunden später bei der *Rischskaja* anzukommen. Nach einer Übernachtung würden sie, sobald alle Fragen geklärt und die Kabel begutachtet waren, einen Kurier zurückschicken müssen, um weitere Anweisungen einzuholen. Wenn das Kabel so weit brauchbar war, um die Kommunikation zwischen drei Stationen zu gewährleisten, musste es ausgerollt und verlegt werden; stellte es sich aber als ungeeignet heraus, würden sie unverzüglich zur *WDNCh* zurückkehren.

Artjom hatte also höchstens zwei Tage zur Verfügung. In dieser Zeit musste er sich einen Vorwand einfallen lassen, um die Außenposten der *Rischskaja* zu passieren, die noch misstrauischer und pedantischer waren als die der *WDNCh*. Ihr Argwohn war durchaus verständlich: Dort, im Süden, begann die »große« Metro, und die südlichen Stellungen waren viel häufiger Opfer von Angriffen. Die Risiken, denen die Bewohner der *Rischskaja* ausgesetzt waren, mochten nicht so geheimnisvoll und furchterregend sein wie die Gefahren an der *WDNCh*, dafür waren sie vielfältiger, und ihre Wachleute mussten immer auf alles gefasst sein.

Von der *Rischskaja* zum *Prospekt Mira* führten zwei Tunnel. Aus unerfindlichen Gründen war es unmöglich, einen davon zuzuschütten, sodass beide bewacht werden mussten. Dies zehrte an den Kräften der Station, weshalb ihre Administration sehr darauf bedacht war, sich wenigstens Richtung Norden zuverlässig abzusichern. Wenn es gelänge, sich mit der *Alexejewskaja* und – vor allem – der *WDNCh* zusammenzutun, würde sie die Last der Nordabsicherung auf deren Schultern übertragen und lediglich für Ruhe in den Tunneln dazwischen sorgen müssen.

Nicht zuletzt also aufgrund der bevorstehenden Vereinigung legten die Außenposten der *Rischskaja* erhöhte Wachsamkeit an den Tag. Sie mussten den künftigen Bündnispartnern beweisen, dass man sich in puncto Verteidigung der südlichen Grenzen auf sie verlassen konnte. Und so war es kein leichtes Unterfangen, an den Kontrollpunkten sowohl in der einen als auch in der anderen Richtung vorbeizukommen. Dieses Problem musste Artjom innerhalb von einem, maximal zwei Tagen lösen.

Das eigentliche Problem jedoch bestand darin, was er *danach* tun würde. Wenn er die südlichen Grenzposten überwunden hatte, musste er einen einigermaßen sicheren Weg zur Polis finden. Zu Hause hätte er einige Händler über mögliche Gefahren ausfragen können. Aber seine Abreise war zu schnell gekommen, und so hatte er keine Ahnung, welche Route er nehmen sollte. Schenja oder jemand anderen aus der Karawane nach dem Weg zur Polis zu fragen war ausgeschlossen – Artjom war klar, dass sie Verdacht schöpfen würden. Vor allem Schenja würde sofort begreifen, dass sein Freund etwas im Schilde führte. Bekannte oder Freunde hatte er weder an der *Alexejewskaja* noch an der *Rischskaja*, und sich jemand Fremdem in dieser Frage anzuvertrauen kam nicht infrage.

Als Schenja sich kurz entfernte, um ein Mädchen anzusprechen, das unweit von ihnen saß, nutzte Artjom die Gelegenheit und zog den Metroplan aus seinem Rucksack. Der Plan war auf der Rückseite eines am Rand verkohlten Handzettels abgedruckt, der einen längst nicht mehr existenten Flohmarkt bewarb. Mit einem Bleistiftstummel fuhr Artjom mehrmals im Kreis um die Polis.

Der Weg dorthin schien so einfach. In jenen mythischen, alten Zeiten, von denen der Kommandeur gesprochen hatte, als die Menschen in der Metro noch keine Waffen mit sich führen mussten, als die Fahrt von der einen Endhaltestelle bis zur anderen nicht einmal eine Stunde dauerte, als die Tunnel nur von donnernden Zügen befahren wurden – in jenen Zeiten hätte man die Strecke zwischen der *WDNCh* und der Polis zügig und ungehindert überwunden.

Einfach die Linie entlang bis zur *Turgenewskaja*, dort umsteigen zur Station *Tschistyje Prudy* – den »Sauberen Teichen«, wie es auf dem alten Plan noch hieß –, dann die rote Linie, die *Sokolnitscheskaja*, entlang direkt bis zur Polis. In der Ära der Züge und Tageslichtlampen hätte diese Fahrt nicht einmal dreißig Minuten gedauert. Doch seit die Rote Linie wieder mit großem R geschrieben wurde, hing das kommunistische Banner über dem Durchgang zu den »Sauberen Teichen«, und die Station hatte als solche zu existieren aufgehört. Sich hier einen Weg zur Polis zu suchen war nicht einmal mehr einen Gedanken wert.

Die Führung der Roten Linie hatte es zwar aufgegeben, die Bevölkerung der Metro durch Machtausdehnung der Sowjets zu ihrem Glück zu zwingen. Aber trotz allem Anschein der Friedfertigkeit hatte sich der paranoide Charakter des Regimes kein bisschen geändert. Noch immer beobachteten Hunderte von Agenten des Geheimdienstes, den man aus Gewohnheit – mancher sogar mit einer gewissen Nostalgie – KGB nannte, unablässig das Leben der glücklichen Bewohner der Roten Linie, und ihr Interesse an Gästen von anderen Linien war wahrhaft grenzenlos. Ohne Sondergenehmigung konnte kein Mensch auf eine ihrer Stationen gelangen. Ständige Passkontrollen, totale

Beobachtung sowie allgemeines, pathologisches Misstrauen sorgten dafür, dass sowohl verirrte Reisende wie auch speziell beauftragte Spione sofort aufflogen. Die einen wie die anderen erwartete ein betrübliches Schicksal.

Nun, der Weg ins Herz der Metro – zur Polis – konnte ja wohl auch nicht einfach sein! Die Polis … Wenn dieser Name in einem Gespräch fiel, verstummte Artjom ehrfürchtig – und so erging es den meisten Menschen. Artjom erinnerte sich genau daran, wie er dieses unbekannte Wort zum ersten Mal in der Erzählung eines Gastes seines Stiefvaters gehört hatte. Und als er Onkel Sascha später vorsichtig danach fragte, hatte der mit einem Anflug von Wehmut in der Stimme erwidert: »Dies, Artjomka, ist wahrscheinlich der letzte Ort auf der Erde, wo die Menschen noch wie Menschen leben. Wo sie noch nicht vergessen haben, was das Wort ›Mensch‹ bedeutet, und wie es genau klingen muss.« Und traurig lächelnd hatte der Stiefvater hinzugefügt: »Es ist eine Stadt.«

Die Polis befand sich am größten Übergang der Moskauer Untergrundbahn, am Schnittpunkt von vier verschiedenen Linien, und nahm ganze vier Metrostationen ein: die *Alexandrowski Sad*, die *Arbatskaja*, die *Borowizkaja* und die *Biblioteka imeni Lenina*. Sowie die Verbindungsgänge dazwischen. Dieses riesige Gelände war der letzte wirkliche Hort der Zivilisation, der letzte Ort, wo so viele Menschen lebten, dass alle Provinzler, die einmal dort gewesen waren, ihn nur als »die Stadt« bezeichneten. Irgendjemand hatte dann das griechische Wort für Stadt ins Spiel gebracht: Polis. Und vielleicht lag es daran, dass in diesem Wort das ferne Echo einer mächtigen antiken Kultur mitschwang, die den Ansässigen gleichsam Schutz gewährte – jedenfalls bürgerte sich der fremde Name ein.

Die Polis war ein einzigartiges Phänomen in der Metro. Dort und nur dort traf man noch Hüter des alten Wissens an, das in der harten neuen Welt mit ihren völlig anderen Gesetzen keine Anwendung mehr fand. Während die Metro in einem Strudel aus Chaos und Ignoranz versank, fanden die Träger des nutzlosen, alten Wissens in der Polis ihre Zuflucht, dort wurden sie mit offenen Armen empfangen, denn dort herrschten ihre Brüder im Geiste. Nur in der Polis lebten noch tatterige Professoren, einst Inhaber von Lehrstühlen an berühmten Universitäten, nur dort lebten noch Künstler, Schauspieler und Dichter, Physiker, Chemiker und Biologen – Menschen, die in ihren Köpfen all das bewahrten, was die Menschheit in Jahrtausenden erreicht und erfahren hatte. Menschen, mit deren Tod all das für immer verloren gehen würde.

Die Polis befand sich an jener Stelle, wo früher einmal das Zentrum der Stadt gewesen war. Direkt über ihr ragte das Gebäude der Lenin-Bibliothek auf, das umfangreichste Wissensarchiv einer vergangenen Epoche. Hunderttausende von Büchern in Dutzenden von Sprachen, die wahrscheinlich alle Gebiete umfassten, auf denen der menschliche Geist jemals tätig gewesen war. Hunderte von Tonnen Papier, verziert mit Buchstaben, Zeichen, Hieroglyphen, die zum Teil schon niemand mehr verstand – und doch konnte noch eine enorme Zahl von Büchern gelesen und verstanden werden, und ihre vor Jahrhunderten verstorbenen Autoren konnten den Lebenden noch vieles erzählen.

Von allen Stationen, die überhaupt in der Lage waren, Expeditionen an die Oberfläche durchzuführen, war die Polis die einzige, die ihre Stalker nach Büchern aussandte. Nur dort hatte das Wissen an sich einen solchen Stellenwert, dass man seinetwegen das Leben Freiwilliger riskierte, Söldnern sagenhafte Summen zahlte, auf materielle Güter verzichtete, um geistige Werte zu erringen.

Und trotz ihrer scheinbaren Lebensferne und des Idealismus

ihrer Führung hielt die Polis Jahr um Jahr stand, wurde von Katastrophen verschont, ja wenn etwas ihre Sicherheit zu gefährden drohte, schien es, als wäre die gesamte Metro bereit, wie ein Mann zu ihrem Schutz zusammenzustehen. Der Widerhall der letzten Schlachten des Krieges zwischen der Roten Linie und der Hanse war verklungen, und die Polis umgab nun wieder eine magische Aura der Unverletzlichkeit und des Wohlstands.

Wie Artjom also über diesen wunderlichen Ort nachdachte, erschien es ihm keineswegs seltsam, dass der Weg dorthin nicht leicht war, ja er *musste* geradezu labyrinthisch sein, voller Gefahren und Prüfungen – andernfalls hätte das Ziel der Fahrt selbst einen Teil seiner Rätselhaftigkeit und seines Zaubers eingebüßt.

Erschien der Weg über die *Kirowskaja* die Rote Linie entlang zur *Biblioteka imeni Lenina* unmöglich und zu riskant, so konnte er versuchen, die Patrouillen der Hanse zu passieren und über die Ringlinie zu gehen. Artjom sah sich den Plan genauer an. Würde er es schaffen, auf das Gebiet der Hanse zu gelangen, dann wäre der Weg zur Polis relativ kurz. Er fuhr mit dem Finger über die Linien auf dem Plan. Wenn er am *Prospekt Mira* auf den südlichen Abschnitt der Ringlinie abbog, käme er schon nach zwei Stationen der Hanse bei der *Kurskaja* raus. Dort würde er auf die Arbatsko-Pokrowskaja-Linie wechseln und wäre nur noch einen Katzensprung entfernt von der Station *Arbatskaja*, die zur Polis gehörte. Natürlich stand ihm noch der Platz der Revolution im Weg, den die Rote Linie im Tausch für die Lenin-Bibliothek bekommen hatte, aber schließlich garantierten die Roten jedermann freien Transit, das war eine der Hauptbedingungen des Friedensvertrags gewesen. Und da Artjom nicht beabsichtigte, die Station selbst zu betreten, sondern nur an ihr vorbei wollte, mussten sie ihn eigentlich ungehindert passieren lassen.

Nach kurzer Überlegung beschloss er, es einstweilen bei diesem Plan zu belassen und zu versuchen, unterwegs mehr über die Stationen zu erfahren, die auf seinem Weg lagen. Sollte irgendetwas nicht klappen, sagte er sich, würde er immer eine Ersatzroute finden. Während er das Geflecht der Linien und die Fülle an Umsteigemöglichkeiten betrachtete, kam es ihm vor, als habe der Kommandeur doch etwas übertrieben, als er die Schwierigkeiten selbst bei kürzesten Reisen durch die Metro beschrieb. Schließlich konnte man ja vom *Prospekt Mira* aus nicht nur über den südlichen Flügel der Hanse, sondern auch über den nördlichen gehen – Artjom fuhr mit dem Finger den Ring ab –, bis zur *Kiewskaja*. Von dort waren es entweder auf der Filjowskaja- oder auf der Arbatsko-Pokrowskaja-Linie nur zwei Bahnhöfe bis zur Polis. Die Aufgabe erschien Artjom jedenfalls nicht mehr unlösbar. Diese kleine Übung mit dem Plan hatte ihm Selbstvertrauen eingeflößt, nun wusste er, was er zu tun hatte, und zweifelte nicht mehr: Wenn die Karawane bei der *Rischskaja* ankam, würde er nicht mit der Gruppe zur *WDNCh* zurückkehren, sondern seine Reise zur Polis fortsetzen.

»Du machst Pläne?«, ertönte direkt über seinem Ohr Schenjas Stimme.

Artjom war so sehr in Gedanken versunken gewesen, dass er die Rückkehr seines Freundes nicht bemerkt hatte. Überrascht sprang er auf und versuchte verlegen den Plan zu verbergen. »Nein, nein … Ich … wollte mir nur die Stationen ansehen, wo sich dieses ›Reich‹ befindet, von dem uns der Kommandeur erzählt hat.«

»Und, hast du sie gefunden? Nein? Na, gib her, ich zeig sie dir.« Schenja kannte die Metro wesentlich besser als Artjom, worauf er sehr stolz war. Auf Anhieb fand er mit dem Finger den Dreifach-Übergang, der die Stationen *Tschechowskaja, Puschkinskaja* und *Twerskaja* verband. Artjom seufzte erleichtert, was

Schenja für ein neidisches Schnauben hielt, weshalb er tröstend sagte: »Na, irgendwann wirst du dich sicher auch so gut auskennen wie ich.«

Artjom machte ein dankbares Gesicht und wechselte schnell das Thema: »Wie lange bleiben wir noch hier?«

»Jungs, auf die Beine!«, ertönte in diesem Moment die kräftige Bassstimme des Kommandeurs. Die Rast war zu Ende – und Artjom hatte es nicht einmal geschafft, eine Kleinigkeit zu essen.

Er und Schenja kletterten auf die Draisine, die Hebel quietschen los, die Ersatzlederstiefel hämmerten über den Betonboden – und schon hatte sie der Tunnel wieder.

Diesmal bewegte sich der Trupp schweigend voran. Lediglich der Kommandeur hatte Kirill zu sich gerufen und beriet sich leise mit ihm, während sie gingen. Artjom hatte weder den Wunsch noch die Kraft, ihnen zu lauschen – die verdammte Draisine beanspruchte all seine Energie.

Der Schlussmann ging allein und fühlte sich sichtlich unwohl dabei. Immer wieder blickte er ängstlich über seine Schulter. Artjom stand mit dem Gesicht zu ihm auf der Draisine und sah deutlich, dass von hinten keinerlei Gefahr drohte – er selbst jedoch verspürte seinerseits einen unwiderstehlichen Drang, sich umzudrehen und nach vorne zu schauen. Diese Angst und Unsicherheit verfolgten ihn ständig, und nicht nur ihn. Jedem einsamen Wanderer in der Metro war dieses Gefühl bekannt, es gab sogar ein eigenes Wort dafür: Tunnelangst. Wenn du einen Tunnel entlanggehst, besonders mit einer schlechten Lampe, glaubst du ständig, dass die Gefahr direkt hinter deinem Rücken lauert. Wer weiß, wer oder was dort ist und wie es die Welt wahrnimmt … Schließlich wird die Anspannung so unerträglich, dass du dich blitzartig umdrehst, die Schwärze mit dem Lichtstrahl durchfährst – aber dort ist nichts. Stille. Leere. Anscheinend alles ruhig. Doch während du nach hinten blickst, in die Finsternis starrst, bis dir die Augen schmerzen, verdichtet sie sich schon wieder hinter deinem Rücken, und du spürst erneut das Verlangen, dich herumzureißen und mit der Lampe in die andere Richtung zu leuchten – könnte ja sein, dass sich inzwischen jemand angeschlichen hat. Hier ist das Wichtigste, nicht die Selbstbeherrschung zu verlieren, sich dieser Angst nicht hinzugeben, sich klarzumachen, dass das alles nur eine Täuschung ist, dass es keinen Grund zur Panik gibt, schließlich war nichts zu hören.

Aber genau das ist die Schwierigkeit: Sich selbst in den Griff zu bekommen. Vor allem, wenn man allein unterwegs ist. Manche haben auf diese Weise schon den Verstand verloren. Konnten sich einfach nicht mehr beruhigen, nicht einmal, nachdem sie eine bewohnte Station erreicht hatten. Später kamen sie natürlich wieder etwas zu sich, aber sie konnten sich nicht mehr überwinden, den Tunnel erneut zu betreten. Sofort wurden sie von dieser erdrückenden Panik erfasst, die jeder Bewohner der Metro kannte, die für sie jedoch zu einer gefährlichen Anwandlung geworden war.

»Keine Angst, ich schaue!«, rief Artjom dem Schlussmann zu. Dieser nickte, doch nach ein paar Minuten hielt er es nicht mehr aus und sah sich erneut um. Das Unbehagen war einfach zu stark ...

»Einer von Serjogas Bekannten ist auf diese Weise irre geworden«, sagte Schenja leise, als er begriff, was Artjom meinte. »Er hatte allerdings einen ernsthaften Grund dafür. Stell dir vor, der wollte tatsächlich allein den Tunnel bei der *Sucharewskaja* durchqueren, von dem ich dir erzählt habe. Der Typ hat's überlebt. Und weißt du, warum?« Schenja grinste. »Weil er sich weiter als bis Meter 100 nicht getraut hat. Als er losging, war er ein mutiger, entschlossener Mann. Ha, ha. Nach zwanzig Minuten kommt er wieder zurück, die Augen aufgerissen, die Haare stehen ihm zu Berge vor Angst, und er bringt kein menschliches Wort heraus. Sie haben dann auch nichts weiter aus ihm herausgekriegt. Seither spricht er nämlich völlig zusammenhangloses Zeug, eigentlich blökt er meistens. Und setzt keinen Fuß mehr in irgendeinen Tunnel. Er hängt an der *Sucharewskaja* rum und bettelt. Dort ist er jetzt der Narr in Christo. Alles klar?«

»Ja«, erwiderte Artjom unsicher.

Eine Zeit lang bewegte sich der Trupp in völliger Stille. Artjom arbeitete weiter vor sich hin, während er versuchte, sich eine glaubhafte Argumentation zurechtzulegen, mit der er beim Posten am Ausgang der *Rischskaja* durchkäme – als er plötzlich begriff, dass ihn ein langsam anwachsendes Geräusch beim Denken störte. Das Geräusch, das aus dem Tunnel vor ihnen kam, war zunächst kaum vernehmbar gewesen, irgendwo an der nicht fassbaren Grenze zwischen der hörbaren Frequenz und dem Ultraschallbereich. Fast unmerklich wurde es stärker, und Artjom hätte gar nicht zu sagen vermocht, ab welchem Augenblick er es zu hören begonnen hatte. Inzwischen war es bereits relativ laut und kam ihm wie ein pfeifendes Flüstern vor, unverständlich und unmenschlich.

Er sah die anderen an. Alle bewegten sich gleichmäßig und schweigend. Der Kommandeur unterhielt sich nicht mehr mit Kirill, Schenja dachte an irgendetwas, und der Schlussmann blickte ruhig nach vorne – er hatte aufgehört, sich immer wieder nervös umzudrehen. Keiner von ihnen zeigte auch nur ein Anzeichen von Beunruhigung. Offenbar hörten sie nichts. Nichts! Artjom bekam es mit der Angst. Die Ruhe und das Schweigen des gesamten Trupps waren völlig unbegreiflich, ja, geradezu furchterregend. Er ließ den Draisinenhebel los und richtete sich auf.

Schenja sah ihn verwundert an. »Was ist los? Bist du müde?

Hättest ja auch was sagen können, anstatt einfach so aufzuhören.«

»Hörst du nichts?«, fragte Artjom ungläubig, und etwas in seiner Stimme ließ Schenjas Gesicht ernst werden.

Dieser horchte nun auch, während er mit den Armen weiterarbeitete. Die Draisine verlangsamte ihre Fahrt, denn Artjom stand mit verlorenem Gesichtsausdruck da und lauschte dem rätselhaften Geräusch.

Der Kommandeur wandte sich um. »Was ist da hinten? Sind eure Batterien schon alle?«

»Hören Sie nichts?«, fragte Artjom. Und in diesem Moment beschlich ihn der fürchterliche Verdacht, dass es in Wirklichkeit gar kein Geräusch gab – weshalb es auch niemand hörte. Er war einfach übergeschnappt, vor lauter Angst hatte er Halluzinationen.

Der Kommandeur befahl anzuhalten, damit das Quietschen der Draisine und das Stampfen der Stiefel nicht störte, und verharrte reglos. Seine Hände tasteten nach dem Gewehr. Angespannt horchte er in den Tunnel hinein.

Das seltsame Geräusch war noch immer da. Artjom konnte es jetzt deutlich hören, und je stärker es wurde, desto aufmerksamer beobachtete er das Gesicht des Kommandeurs. Nahm dieser wahr, was Artjom mit zunehmender Unruhe erfüllte? Doch die Gesichtszüge des Kommandeurs glätteten sich allmählich, und ein Gefühl brennender Scham erfasste Artjom: Er hatte die Gruppe aufgehalten, war ausgetickt, ja, hatte die anderen auch noch nervös gemacht.

Auch Schenja konnte offenbar nichts hören, obwohl er angestrengt lauschte. Er grinste Artjom spöttisch an und fragte: »Gaga?«

»Hau doch ab!«, erwiderte Artjom gereizt. »Seid ihr alle taub oder was?«

»Gaga«, schloss Schenja befriedigt.

»Es ist nichts. Wahrscheinlich Einbildung«, sagte der Kommandeur und fügte taktvoll hinzu: »Mach dir nichts draus, Artjom, das kommt vor. Nimm dich zusammen, und lass uns weiterfahren.«

Mit diesen Worten ging er wieder nach vorne, und Artjom blieb nichts anderes übrig, als an seinen Platz zurückzukehren. Er versuchte sich einzureden, dass er sich das alles nur eingebildet hatte, versuchte an nichts zu denken, in der Hoffnung, dass er zusammen mit seinen wirren Gedanken auch dieses teuflische Geräusch würde verscheuchen können. Für eine Zeit lang gelang es ihm tatsächlich, seinen Kopf zu leeren – doch hallte das Geräusch darin nur noch mehr wider, wurde immer lauter und klarer, je weiter sie nach Süden kamen, und als es so stark wurde, dass es die ganze Metro zu füllen schien, bemerkte Artjom plötzlich, dass Schenja nur mehr mit einer Hand arbeitete, während er sich mit der anderen am Ohr rieb.

»Was machst du?«, flüsterte ihm Artjom zu.

»Ich weiß nicht«, murmelte Schenja. »Sie sind zu … Mich juckt es.«

»Und du hörst noch immer nichts?«

»Nein, aber es drückt irgendwie.« Von Ironie war in Schenjas Stimme nichts mehr zu spüren.

Dann, als das Klingen seinen Höhepunkt erreichte, begriff Artjom, woher es kam. Eines der Rohre, die entlang der Tunnelwand verliefen, war an einer Stelle geplatzt, und der schwarze Schlund, umrandet von zerrissenen, nach verschiedenen Seiten ragenden Metallfetzen, brachte das grässliche Geräusch hervor. Es kam also aus der Tiefe des Rohres, und Artjom fragte sich gerade, warum keine Leitungen darin zu sehen waren, nur Leere und Schwärze, als der Kommandeur stehen blieb und langsam, angestrengt sagte: »Leute … lasst uns hier Rast machen ... Mir ist gerade nicht gut ... Irgendwie fühle ich mich benebelt.«

Schwankend ging der Kommandeur auf die Draisine zu, um sich auf den Rand zu setzen, doch einen Schritt davor sackte er plötzlich zu Boden. Schenja sah ihn verwirrt an, rieb seine Ohren nun mit beiden Händen und rührte sich nicht vom Fleck. Kirill ging weiter, als wäre nichts geschehen, ohne auf Artjoms Rufe zu reagieren. Der Mann hinter der Draisine setzte sich aufs Gleis und fing plötzlich an zu weinen, hilflos wie ein Kind. Der Strahl der Taschenlampe stieß gegen die Tunneldecke. Von unten beleuchtet, sah die Szene noch unheimlicher aus.

Artjom geriet in Panik. Offenbar hatte er als Einziger in der Gruppe nicht den Verstand verloren. Das Geräusch war nun jedoch völlig unerträglich geworden, sodass er keinen vernünftigen Gedanken fassen konnte. Verzweifelt hielt er sich die Ohren zu, was ihm ein wenig Erleichterung verschaffte. Dann verpasste er Schenja, der immer noch mit tumbem Gesicht dasaß, eine schallende Ohrfeige, und ohne daran zu denken, dass nur er den Lärm hörte, brüllte er ihn an: »Heb den Kommandeur auf und leg ihn auf die Draisine! Wir dürfen hier nicht bleiben!«

Artjom griff nach der Lampe und rannte Kirill hinterher, der wie ein Schlafwandler blindlings weitermarschierte, ohne in der Dunkelheit auch nur irgendetwas zu sehen. Glücklicherweise ging er nicht allzu schnell. Mit ein paar langen Sprüngen hatte Artjom ihn eingeholt und klopfte ihm auf die Schulter, doch Kirill stapfte ungerührt weiter. Artjom lief nach vorn und richtete den Lichtstrahl auf Kirills Augen. Diese waren zwar geschlossen, doch Kirill runzelte die Stirn und kam aus dem Tritt. Ohne zu wissen, was er tat, öffnete Artjom mit einer Hand eines von Kirills Lidern und leuchtete ihm direkt in die Pupille. Kirill schrie auf, blinzelte, schüttelte den Kopf, kam in Sekundenbruchteilen zu sich und blickte Artjom verständnislos an. Der Lichtstrahl hatte ihn geblendet, sodass er kaum etwas sehen konnte und ihn Artjom auf dem Rückweg hinter sich herziehen musste.

Auf der Draisine lag der reglose Körper des Kommandeurs, daneben saß Schenja, noch immer mit demselben dumpfen Gesichtsausdruck. Artjom ließ Kirill bei der Draisine zurück und lief zu dem Schlussmann, der weinend auf dem Gleis hockte. Als er ihm ins Gesicht sah, erkannte Artjom Schmerz und Leid in seinem Blick, und dieses Gefühl war so stark, dass er zurückwich. Er spürte, wie auch ihm unwillkürlich Tränen in die Augen traten.

»Sie sind alle umgekommen … Es hat ihnen furchtbar wehgetan«, konnte Artjom aus dem Schluchzen heraushören. Er versuchte den Mann hochzuziehen, doch dieser riss sich los und schrie plötzlich mit böser Stimme: »Schweine! Unmenschen! Niemals gehe ich mit euch, ich will hierbleiben! Sie sind so allein hier, es tut ihnen so weh, und ihr wollt mich von hier fortholen? Ihr seid doch an allem schuld! Ich geh nirgendwohin. Nirgendwo! Lass mich!«

Zuerst wollte Artjom auch ihm eine verpassen, um ihn zur Besinnung zu bringen, doch dann fürchtete er, dass der Mann in seiner Erregung zurückschlagen könnte. Also kniete er sich vor ihm hin und sprach sanft, nur mit Mühe gegen den Lärm in seinem Kopf ankommend, und ohne zu verstehen, worum es überhaupt ging: »Aber du willst ihnen doch helfen? Du willst doch, dass sie nicht mehr leiden müssen?«

Aus tränennassen Augen blickend, lächelte der Mann verzagt und flüsterte: »Natürlich … natürlich will ich ihnen helfen.«

»Dann musst du zuerst mir helfen. Sie wollen, dass du das tust. Geh zur Draisine und stell dich an die Hebel. Du musst mir helfen, zur Station zu kommen.«

Der Mann sah Artjom misstrauisch an. »Das haben sie dir gesagt?«

»Ja.«

»Und danach lässt du mich wieder zurück, zu ihnen?«

»Ich gebe dir mein Wort. Wenn du zurückkehren willst, lasse ich dich gehen«, versicherte Artjom und zog den Mann zur Draisine, bevor dieser es sich anders überlegen konnte.

Kirill, den Schlussmann und den mechanisch gehorchenden Schenja stellte er an die Fahrhebel, den noch immer bewusstlosen Kommandeur hievte er in die Mitte der Draisine und selbst ging er voran, das Gewehr in die Dunkelheit gerichtet. Zu seiner Erleichterung hörte er, wie die Draisine hinter ihm losfuhr. Ihm war klar, dass er ein unzulässiges Risiko einging, indem er die Rückseite unbewacht ließ, doch kam es ihm vor allem darauf an, so schnell wie möglich von hier wegzukommen.

Nun standen drei Männer an den Hebeln, sodass sich die Gruppe schneller fortbewegte als vorher, und Artjom stellte fest, dass der scheußliche Lärm allmählich abnahm, sich das Gefühl unmittelbarer Gefahr verflüchtigte. Immer wieder rief er den anderen zu, sie sollten das Tempo halten, als er plötzlich von hinten Schenjas völlig nüchterne und erstaunte Stimme vernahm: »Was kommandierst du hier rum?«

Artjom begriff, dass sie die Gefahrenzone verlassen hatten. Er gab ein Zeichen zum Halt, sank entkräftet zu Boden, lehnte sich mit dem Rücken gegen die Draisine. Nach und nach kamen die anderen wieder zu sich. Der Schlussmann hatte aufgehört zu weinen, rieb sich nur noch die Schläfen und blickte verwundert um sich. Auch der Kommandeur erhob sich wieder mit dumpfem Stöhnen und begann sich sogleich über stechende Kopfschmerzen zu beschweren.

Nach einer halben Stunde fuhren sie weiter. Außer Artjom erinnerte sich niemand mehr richtig an den Vorfall.

»Weißt du, plötzlich spürte ich so eine Schwere«, sagte der Kommandeur. »In meinem Kopf verschwamm alles, und dann … war ich weg. Mir ist das schon einmal passiert, weit weg von hier, da war Gas im Tunnel. Aber wenn das hier Gas war, hätte es doch uns alle treffen müssen … Du sagst, da war ein geplatztes Rohr? Und daraus kam dieses Geräusch? Weißt du, Artjom, vielleicht sind wir ja auch nur taube Hohlköpfe. Du hast wahrscheinlich ein besonderes Gespür für diesen Scheiß. Da hast du Glück, mein Junge!«

Es war nicht mehr weit bis zur *Rischskaja*, in der Ferne flackerte bereits der Widerschein des Grenzfeuers auf. Der Kommandeur drosselte das Tempo und gab mit der Lampe das vereinbarte Zeichen. Am Wachposten ließ man sie schnell und ohne Komplikationen durch, und sie fuhren in die Station ein.

Die *Rischskaja* war in einem weitaus besseren Zustand als die *Alexejewskaja*. Vor langer Zeit hatte sich am Ausgang der Station ein großer Markt befunden, und so waren unter denen, die sich damals hier in die Metro gerettet hatten, etliche Händler gewesen, Menschen mit Unternehmergeist. Auch die Nähe zum *Prospekt Mira* und somit zur Hanse und den wichtigsten Handelswegen förderte den Wohlstand der Station. Beleuchtet wurde sie, wie die *WDNCh*, von elektrischen Notlampen. Die Patrouillen trugen alte, abgetragene Tarnkleidung, die jedoch eindrucksvoller aussah als die bemalten Wattejacken der *Alexejewskaja*.

Die Gäste wurden in ein eigenes Zelt einquartiert. An eine baldige Rückkehr war nun nicht zu denken – es war unklar, was für eine Gefahr dort im Tunnel lauerte und wie man sie bekämpfen sollte. Die Administration der Station zog sich mit dem Kommandeur der *WDNCh*-Gruppe zur Beratung zurück, sodass die anderen etwas Zeit zur freien Verfügung hatten. Artjom, mit den Nerven am Ende, plumpste sofort vornüber auf seine Liege. Schlafen konnte er nicht, doch war er völlig entkräftet. In ein paar Stunden war für die Gäste ein feierliches Abendessen geplant, dem vielsagenden Augenzwinkern und Flüstern der Gastgeber nach zu urteilen, konnte man sogar auf Fleisch hoffen. Einstweilen blieb ihnen jedoch nichts anderes übrig, als sich auszuruhen und möglichst an nichts zu denken.

Hinter der Zeltwand wurde es lauter. Neugierig sah Artjom nach draußen. Das Festmahl würde in der Mitte des Saales stattfinden, wo das Hauptfeuer brannte. Einige Menschen säuberten den Boden und legten Zeltplanen aus; nicht weit entfernt, auf den Gleisen, wurde ein geschlachtetes Schwein zerlegt; und jemand schnitt mit einer Zange kurze Stücke von einer Drahtrolle ab – es würde also Schaschlik geben. Die Wände hier waren ungewöhnlich: nicht aus Marmor wie an der *WDNCh* oder der *Alexejewskaja*, sondern gelb und rot gefliest. Dieser ehemals wohl fröhliche Eindruck wurde allerdings getrübt durch eine dicke Schicht aus Ruß und Fett, die inzwischen die Fliesen und den Deckenputz überzog. Trotzdem hatte die Station etwas von ihrem anheimelnden Charakter bewahrt. Und das Wichtigste: Auf dem anderen Gleis befand sich, halb im Tunnel verborgen, ein echter Zug, wenn auch die Fenster herausgeschlagen waren und die Türen offen standen.

Züge gab es keineswegs auf jeder Strecke oder an jeder Station. Im Laufe von zwei Jahrzehnten waren viele – besonders diejenigen, die in den Tunneln stecken geblieben und daher als Behausung ungeeignet waren – in ihre Teile zerlegt und diese dann fortgeschafft worden, denn Räder, Scheiben oder Polster wurden überall gebraucht, für die unterschiedlichsten Zwecke. Artjoms Stiefvater hatte erzählt, dass in der Hanse eines der Gleise eigens von Zügen befreit worden war, um den Güter- und Passagierdraisinen freie Fahrt zwischen den Haltestellen zu ermöglichen; ebenso war man Gerüchten zufolge auf der Roten Linie vorgegangen.

Jetzt versammelten sich allmählich die Bewohner der Station, auch der verschlafene Schenja verließ das Zelt. Nach einer halben Stunde kam die Stationsleitung mit dem Kommandeur der *WDNCh*-Gruppe hinzu, und die ersten Fleischstücke wurden auf die Kohlen gelegt. Der Kommandeur und die Stationsvorsteher lachten und scherzten, offenbar waren sie mit dem Ergebnis ihrer Verhandlungen zufrieden. Jemand brachte eine große Flasche mit irgendeinem jenseitigen Gebräu, es folgten Trinksprüche, und schließlich waren alle in bester Stimmung. Artjom nagte an einem Fleischspieß, leckte sich das heiße Fett von den Händen und blickte in die glühenden Kohlen, von denen nicht nur Wärme ausging, sondern auch ein Gefühl der Geborgenheit und Ruhe.

»Warst du das, der sie aus der Falle gezogen hat?«, wandte sich plötzlich ein Unbekannter an ihn, der neben ihm saß und ihn seit ein paar Minuten aufmerksam beobachtet hatte.

Artjom schreckte hoch. »Wer hat Ihnen das erzählt?« Er musterte den Unbekannten. Dieser war kurz geschoren und unrasiert, unter einer groben, aber stabil aussehenden Lederjacke sah man ein warmes Marinehemd. Artjom konnte nichts Verdächtiges an ihm entdecken – äußerlich ähnelte sein Gegenüber einem fahrenden Händler, von denen es an der *Rischskaja* jede Menge gab.

»Wer? Na, euer Brigadier da drüben.« Mit einem Kopfnicken deutete der Mann auf den Kommandeur, der sich in einiger Entfernung angeregt mit seinen Kollegen unterhielt.

»Ja, stimmt«, gab Artjom unwillig zu. Obwohl er noch vor Kurzem geplant hatte, an der *Rischskaja* nützliche Kontakte zu knüpfen, fühlte er sich jetzt, da sich ihm eine Gelegenheit bot, plötzlich unwohl.

»Ich heiße Bourbon. Und du?«

»Bourbon? Was ist denn das für ein Name?«

»Das weißt du nicht? So eine Art von Alkohol. Feuerwasser, verstehst du? Soll bei den Leuten für gute Laune gesorgt haben. Na, und dein Name?«

»Artjom.«

»Hör mal, Artjom, wann fährst du wieder zurück?«

»Weiß ich nicht«, erwiderte Artjom misstrauisch. »Momentan kann das keiner so genau sagen. Wenn Sie gehört haben, was mit uns da passiert ist, müssten Sie das eigentlich selbst kapieren.«

»Du kannst mich ruhig duzen, ich bin nicht so viel älter ... Jedenfalls, warum ich frage: Ich will dir ein Geschäft vorschlagen. Nicht euch allen, sondern nur dir, ganz persönlich sozusagen. Ich brauche nämlich deine Hilfe, verstehst du? Zumindest vorübergehend.«

Artjom begriff überhaupt nichts. Der Typ redete wirres Zeug, und etwas in seiner Aussprache ließ Artjom innerlich verkrampfen. Er wollte dieses Gespräch so schnell wie möglich beenden.

»Entspann dich«, beeilte sich Bourbon, Artjoms Zweifel zu zerstreuen, als hätte er sie gespürt. »Kein Risiko, alles sauber – na gut, fast alles ... Es geht um Folgendes: Vorgestern sind unsere Leute zur *Sucharewskaja* aufgebrochen, du weißt ja, immer die Linie entlang. Sie sind aber nicht angekommen. Nur einer ist zurückgekehrt. Er erinnert sich an nichts mehr. Er ist beim *Prospekt Mira* rausgekommen, Rotz und Wasser hat er geheult, wie der, von dem euer Brigadier erzählt hat. Die anderen sind nicht mehr aufgetaucht. Vielleicht sind sie ja später doch bei der *Sucharewskaja* angekommen, vielleicht aber auch nicht, denn schon seit drei Tagen ist niemand mehr von dort beim *Prospekt Mira* aufgetaucht. Und vom *Prospekt* aus will jetzt natürlich keiner mehr dorthin. Ist ihnen einfach zu gefährlich. Mit einem Wort, ich glaube, das war der gleiche Mist wie bei euch. Wie ich euren Brigadier gehört habe, habe ich das gleich ... kapiert, sozusagen. Na ja, ist ja dieselbe Linie. Und über die Rohre …« Bourbon blickte über die Schulter, offenbar um zu prüfen, ob jemand lauschte, dann fuhr er leise fort: »Aber du reagierst nicht auf dieses Zeug. Verstehst du?«

»So halbwegs«, erwiderte Artjom unsicher.

»Jedenfalls muss ich da hin. Und zwar unbedingt. Unbedingt! Aber es ist gut möglich, dass ich auf dem Weg durchdrehe, so wie unsere Männer und wie eure Brigade – außer dir.«

»Du …« Artjom sprach zögerlich, probierte gleichsam den Geschmack dieses Wortes und spürte, wie unangenehm es war, jemanden wie diesen da zu duzen. »Du willst, dass ich dich durch den Tunnel zur *Sucharewskaja* führe?«

»So ungefähr.« Bourbon nickte erleichtert. »Ich weiß nicht, ob du davon gehört hast, aber der Tunnel hinter der *Sucharewskaja* ist noch übler als der hier, ein richtiges Drecksloch, und da muss ich dann auch noch durch, irgendwie. Doch jetzt, nach diesem Mist mit den Jungs … Aber keine Panik, wenn du mich da durchführst, werde ich mich schon erkenntlich zeigen. Ich muss zwar weiter nach Süden, aber an der *Sucharewskaja* habe ich meine Leute, die bringen dich zurück und sorgen dafür, dass dir kein Härchen gekrümmt wird.«

So sehr ihm dieser Bourbon mit seinem Angebot zuwider war, begriff Artjom doch plötzlich, dass dies seine Chance war, ohne Kampf, ja überhaupt ohne jegliche Probleme die südlichen Kontrollpunkte der *Rischskaja* zu passieren. Und sogar noch weiter zu kommen. Bourbon hatte angedeutet, dass er von der *Sucharewskaja* noch weiter südlich, also bis zur *Turgenewskaja* gehen wollte. Von dort hätte Artjom die Möglichkeit, sich durchzuschlagen. *Turgenewskaja, Trubnaja, Zwetnoi Bulwar, Tschechowskaja* … dann war es nur noch ein Katzensprung bis zur *Arbatskaja* – zur Polis. »Womit zahlst du?« Artjom wollte sich noch etwas bitten lassen.

»Womit du willst. Eigentlich mit Devisen.« Bourbon sah Artjom zweifelnd an, als fragte er sich, ob dieser verstand, was er meinte. »Mit Patronen für die Kalaschnikow. Aber wenn du willst, auch mit Fressalien, Alkohol oder *dur*.« Er zwinkerte ihm zu. »Lässt sich alles einrichten.«

»Nein, Patronen sind in Ordnung. Zwei Magazine. Und das Essen für den Hin- und Rückweg. Ich lasse nicht mit mir handeln.« Artjom versuchte, so entschlossen wie möglich zu wirken und Bourbons prüfendem Blick standzuhalten.

»Ah, ein Geschäftsmann«, bemerkte dieser mit einem schwer zu deutenden Unterton in der Stimme. »Na gut. Zwei Hörner für die Kalaschnikow. Und die Fressalien. Macht nichts, das ist es wert … Gut, Artjom, geh jetzt schlafen. Ich komme dich dann holen, wenn sich dieser ganze Haufen hingelegt hat. Und pack deine Sachen. Wenn du schreiben kannst, hinterlass eine Nachricht, damit sie uns am Ende nicht noch hinterherlaufen. Und sieh zu, dass du fertig bist, wenn ich komme.«

# 5
# Für eine Handvoll Patronen

Zum Glück hatte Artjom seine paar Habseligkeiten noch nicht ausgepackt. Die Frage war nur, wie er sein Gewehr transportieren würde, ohne dass es jemandem auffiel. Man hatte ihnen, wie immer bei solchen Expeditionen, riesige Armee-Sturmgewehre zugeteilt: Kaliber 7.62, mit Holzkolben.

Artjom lag da, den Kopf unter der Decke, und reagierte nicht auf Schenjas verwunderte Fragen, warum er jetzt schlafe, wo es doch draußen so toll sei, und ob er vielleicht krank sei. Im Zelt war es heiß und schwül, besonders unter der Decke. Der Schlaf wollte einfach nicht kommen, sosehr sich Artjom auch bemühte, und als er endlich einnickte, hatte er undeutliche Visionen, als blicke er durch trübes Glas. Er lief irgendwohin, sprach mit jemandem ohne Gesicht, lief weiter. Wieder war es Schenja, der ihn an der Schulter schüttelte und flüsterte: »Hör mal, Artjom, da ist so ein Typ … Hast du Probleme? Ich wecke am besten unsere Leute.«

»Nein, alles in Ordnung«, erwiderte Artjom leise und zog sich die Stiefel an. »Ich muss nur mit jemandem reden. Schlaf weiter. Ich bin gleich wieder da.«

Er wartete, bis Schenja sich wieder hingelegt hatte. Dann trug er vorsichtig seinen Rucksack und das Gewehr zum Zeltausgang und wollte gerade hinausschlüpfen, als Schenja, der das metallische Klappern gehört hatte, erneut besorgt fragte: »Bist du sicher, dass alles in Ordnung ist?«

Artjom musste sich etwas einfallen lassen. Er sagte, er wolle nur einem Bekannten etwas zeigen, es sei alles in Ordnung, und so weiter.

»Du lügst«, gab sein Freund zurück. »Na gut, wann soll ich anfangen, mir Sorgen zu machen?«

»In einem Jahr«, murmelte Artjom und hoffte, dass Schenja seine Worte nicht verstanden hatte. Er schlug den Zeltflügel auf und trat hinaus.

»Mann, du lässt dir vielleicht Zeit«, zischte Bourbon gereizt. Er trug dieselbe Kleidung wie zuvor, nur hatte er jetzt einen hohen Rucksack auf dem Rücken. Er deutete auf Artjoms Sturmgewehr: »Heilige Fresse! Du willst dich doch nicht etwa mit diesem Teil an den Posten vorbeischleichen?« Artjom bemerkte verwundert, dass Bourbon keine Waffe trug.

Das Licht an der Station war heruntergedreht worden. Vom Festmahl erschöpft, lagen offenbar alle auf ihren Pritschen. Artjom hastete vorwärts, denn er befürchtete, auf jemanden aus seiner Gruppe zu treffen, doch am Eingang zum Tunnel hielt ihn Bourbon an und bedeutete ihm, langsamer zu gehen. Die Wachleute auf den Gleisen hatten sie bemerkt und fragten von Weitem, wohin sie um halb zwei Uhr nachts noch wollten. Bourbon sprach einen von ihnen mit Namen an und sagte, sie seien geschäftlich unterwegs. Dann schaltete er seine Taschenlampe ein und sah Artjom an. »Hör gut zu. Bei Meter 100 und 250 gibt es Wachen. Du hältst die Klappe, ich erledige das. Schade, dass deine Kalaschnikow so alt ist wie meine Oma – die kann man wirklich nirgends verstecken. Wo hast du bloß diesen Schrott aufgetrieben?«

Bei Meter 100 lief alles glatt. Hier gab es ein kleines Lagerfeuer, an dem zwei Männer in Tarnanzügen saßen. Einer der beiden döste vor sich hin, der zweite drückte Bourbon freundschaftlich die Hand. »Geschäftlich? Alles kla-ar«, sagte er gedehnt und grinste verschwörerisch.

Bis Meter 250 verlor Bourbon nicht ein Wort. Mürrisch schritt er voran. Er war irgendwie aggressiv, ein unangenehmer Typ – und Artjom begann bereits zu bereuen, dass er sich mit ihm zusammengetan hatte. Er ließ sich etwas zurückhängen, überprüfte seine Waffe und legte einen Finger auf die Abzugssicherung.

Beim letzten Posten kam es zu einer Verzögerung. Entweder kannten sie Bourbon dort nicht so gut, oder aber zu gut, jedenfalls ließ ihn der Kommandeur seinen Rucksack beim Feuer abstellen, führte ihn zur Seite und befragte ihn lange.

Artjom blieb beim Feuer stehen und antwortete einsilbig auf die Fragen der Wachleute. Diesen war offenbar langweilig, und sie hätten nichts gegen eine kleine Unterhaltung gehabt. Artjom wusste aus eigener Erfahrung, dass es ein gutes Zeichen war, wenn die Wachleute gesprächig waren. Hatten sie Langeweile, war alles ruhig. Taten sich dagegen seltsame Dinge – kam irgendetwas aus der Tiefe gekrochen, versuchte jemand von Süden durchzubrechen oder waren verdächtige Geräusche zu hören –, so saßen sie dicht gedrängt am Feuer, schwiegen angespannt und wagten es nicht, den Tunnel aus den Augen zu lassen. Heute war also alles in Ordnung, sie konnten unbesorgt weitergehen – zumindest bis zum *Prospekt Mira*.

Die Wachleute musterten Artjoms Gesicht. »Du bist nicht von hier. Kommst du von der *Alexejewskaja*?«, erkundigten sie sich.

Artjom dachte an Bourbons Anweisung und murmelte etwas Unverständliches, was man auf beliebige Weise verstehen konnte. Schließlich gaben die Wachleute auf und gingen dazu über, die Erzählung eines gewissen Michaj zu diskutieren, der dieser

Tage am *Prospekt Mira* gehandelt und mit der dortigen Administration Probleme bekommen hatte.

Erleichtert, dass man ihn nun in Ruhe ließ, saß Artjom da und blickte durch die Flammen in den Südtunnel. Es schien derselbe endlose, breite Korridor zu sein wie nördlich der *WDNCh*, wo Artjom noch vor Kurzem genauso auf dem Posten bei Meter 450 gewesen war. Äußerlich unterschied er sich durch nichts. Doch war etwas an ihm – ein besonderer Geruch, den der Zug im Tunnel herbeitrug, oder eine eigene Stimmung, eine Aura, die nur ihm zu eigen war, ihm eine Art Individualität verlieh, ihn anders sein ließ als alle anderen. Artjoms Stiefvater hatte immer gesagt, in der Metro gebe es keine zwei gleichen Tunnel, ja sogar auf demselben Abschnitt unterscheide sich eine Richtung von der anderen. Ein derart extremes Gespür bekam man nur, wenn man viele Jahre in der Metro unterwegs war. Suchoj nannte es »den Tunnel hören«, er selbst war stolz auf sein besonders feines »Gehör« und hatte Artjom mehrmals davon berichtet, wie er dank dieses bei ihm so ausgeprägten Sinns eine gefährliche Situation heil überstanden hatte. Bei vielen anderen hatte sich trotz langjähriger Wanderungen durch die Metro keine derartige Sensibilität entwickelt. Einige befiel eine unerklärliche Angst, andere hörten Geräusche oder Stimmen, wieder andere verloren den Verstand, doch in einem waren sich alle einig: Selbst wenn sich in einem Tunnel keine Menschenseele befand, so war er doch nicht leer. Etwas Unsichtbares, kaum Spürbares floss langsam und zäh dahin, füllte die Tunnel mit seinem eigenen Leben, wie schweres, kaltes Blut in den Venen eines steinernen Leviathans.

Nun, da er die Gespräche der Wachen nicht mehr vernahm und vergeblich versuchte, jenseits des Feuerscheins etwas zu erkennen, begriff Artjom, was sein Stiefvater gemeint hatte. Weiter als bis hierher hatte er noch nie gehen müssen, und obwohl er wusste, dass hinter der flackernden Grenze noch Menschen lebten, schien ihm das in diesem Moment völlig unwahrscheinlich. Es schien, als wäre das Leben zehn Schritte von hier zu Ende, als sei dort vorne nichts weiter als tote Finsternis, die ein trügerisches Echo von sich gab.

Doch dann, während er so dasaß, veränderte sich etwas. Er hörte auf, in die Tiefe zu starren, als hoffte er dort etwas Besonderes zu entdecken. Sein Blick schien sich nun in der Dunkelheit auflösen zu wollen, mit dem Tunnel zu verschmelzen, Teil dieses Leviathans zu werden, eine Zelle dieses Organismus. Artjom merkte, dass er sich die Ohren zuhielt, doch durch seine Finger hindurch, die den Geräuschen der äußeren Welt den Zugang versperrten, vorbei an den Hörorganen, gleichsam direkt ins Gehirn, begann eine leise Melodie zu strömen – das unwirkliche Raunen des Erdinnern, gedämpft und undeutlich. Nicht der erschreckende, grelle Lärm, der aus dem geplatzten Rohr zwischen der *Alexejewskaja* und der *Rischskaja* gekommen war, nein, etwas anderes, rein und tief.

Nachdem er eine Zeit lang in den ruhigen Fluss dieser Melodie eingetaucht war, erkannte er plötzlich – weniger mit dem Verstand als mit einer Intuition, die jenes Geräusch aus dem Rohr offenbar geweckt hatte – das Wesen dieser Erscheinung: Der Strom, der wild aus der Leitung hervorgebrochen war, und dieser Äther, der gemächlich durch den Tunnel waberte, waren ein und dasselbe. In dem Rohr war er eitrig und infiziert gewesen, hatte unruhig gebrodelt, bis er dort, wo die angeschwollenen Leitungen geplatzt waren, stoßweise in die Außenwelt hinaussprudelte und bei allen lebenden Geschöpfen Schwermut, Übelkeit und Wahnsinn hervorrief …

Es schien Artjom, als stehe er kurz davor, etwas sehr Wichtiges zu begreifen, als hätte sich in der letzten halben Stunde, da sein Geist im stockfinsteren Tunnel umherschweifte, im Zwielicht des eigenen Bewusstseins jener Schleier ein wenig gelüftet, der alle vernunftbegabten Kreaturen davon abhielt, die wahre Natur dieser neuen Welt zu begreifen.

Zugleich ergriff ihn große Furcht, als hätte er durch eine Art Schlüsselloch geblickt und von der anderen Seite der Tür wäre ihm nur unerträglich helles, die Augen versengendes Licht entgegengeschlagen. Und wenn er diese Tür öffnete, würde das Licht unaufhaltsam herausbrechen und den tollkühnen Eindringling in Staub und Asche verwandeln. Dieses Licht jedoch war ... Erkenntnis.

Der Wirbel dieser Gedanken und Gefühle überwältigte Artjom. Etwas derart Heftiges hatte er in keiner Weise erwartet ... Aber nein, es war nur Einbildung gewesen: Er hatte nichts gehört und nichts gerochen. Erneut hatte ihm die Einbildung einen Streich gespielt. Mit einer Mischung aus Erleichterung und Enttäuschung beobachtete er, wie die unbeschreibliche Perspektive, die sich ihm für einen Augenblick in seinem Innern eröffnet hatte, von Sekunde zu Sekunde verblasste, dahinschmolz, und sich seinem geistigen Auge wieder das gewohnte undeutliche Bild zeigte. Er war vor jener Erkenntnis zurückgeschreckt, und der schon fast gelüftete Schleier fiel nun wieder schwer herab – vielleicht für immer. Der Orkan in seinem Kopf hatte ebenso schnell nachgelassen, wie er ausgebrochen war. In Artjoms Verstand jedoch hatte er genug Verwüstung angerichtet, um ihn völlig auszulaugen.

Erschüttert saß Artjom da, versuchte zu verstehen, wo die Einbildung endete und die Wirklichkeit begann, sofern man diese Empfindungen überhaupt als wirklich bezeichnen konnte. Nach und nach machte sich in seinem Herzen die bittere Befürchtung breit, dass er einen kleinen Schritt von einer Erleuchtung – ja tatsächlich einer Erleuchtung – entfernt gewesen war, sich aber nicht hatte entschließen können, nicht den Mut gehabt hatte, sich vom Strom des Tunneläthers mitreißen zu lassen, und dass er nun sein ganzes restliches Leben im Dunkeln tappen würde. Was ist Wissen?, fragte er sich immer wieder und versuchte zu ermessen, was er sich da so überhastet und feige hatte entgehen lassen. In Gedanken versunken, merkte er nicht, wie er diese Worte einige Male sogar laut aussprach.

»Wissen, mein Junge, ist das Licht, und Unwissenheit die Finsternis«, erklärte ihm einer der Wachleute. »Stimmt's?« Er zwinkerte seinen Kameraden fröhlich zu.

Artjom starrte den Mann verblüfft an. Doch in diesem Moment kam Bourbon zurück, half ihm auf und begann sich von den Wachleuten zu verabschieden – sie würden ja gerne noch bleiben, aber sie hätten es eilig …

»Pass bloß auf!«, rief ihnen der Wachhauptmann hinterher und deutete auf Artjoms Kalaschnikow. »Ich lasse dich mit der Waffe gehen. Aber auf dem Rückweg kommst du mir damit nicht mehr rein. Ich habe meine Anweisungen.«

»Ich hab's dir ja gesagt, du Idiot«, zischte Bourbon wütend, während sie sich schnell vom Lagerfeuer entfernten. »Jetzt probier mal, da wieder durchzukommen. Da kannst du dich gleich auf einen Kampf einstellen. Ich wusste es doch, ich wusste, dass es so kommen würde, verdammt!«

Artjom schwieg. Er hörte kaum, wie Bourbon ihn abkanzelte. Stattdessen erinnerte er sich wieder an seinen Stiefvater und an dessen Worte, dass jeder Tunnel eine eigene Melodie habe und man lernen könne, sie zu hören. Vielleicht hatte Suchoj sich mit dieser Formulierung ja nur gewählt ausdrücken wollen, doch Artjom glaubte, dass ihm genau das vorhin gelungen war: Er hatte die Melodie des Tunnels gehört. Aber die Erinnerung daran verblasste schnell, und nach einer halben Stunde war sich Artjom gar nicht mehr so sicher, ob das alles nicht nur eine vom Flammenspiel erzeugte Fantasie gewesen war.

Unterdessen hatte sich Bourbon wieder beruhigt. »Na, sei's drum«, sagte er. »Du meinst es ja nicht böse, hast einfach keine Ahnung. Entschuldige, wenn ich manchmal ein bisschen grob bin. Mein Job ist ziemlich stressig. Immerhin sind wir rausgekommen, das ist schon mal was. Jetzt latschen wir bis zum *Prospekt* immer geradeaus, ohne Halt. Dort machen wir Rast. Wenn alles ruhig ist, wird es nicht lange dauern. Ab dann wird's allerdings problematisch.«

»Und das macht nichts, dass wir so gehen?«, fragte Artjom und blickte nach hinten. »Ich meine, an der *WDNCh* gehen wir immer mindestens zu dritt, mit Schlussmann und so ...«

»Klar, das hat Vorteile. Aber es gibt auch einen Nachteil. Den kapiert man nicht gleich. Muss man erst am eigenen Leib spüren. Früher hab ich auch Angst gehabt. Wir sind sogar mindestens zu fünft unterwegs gewesen, ja manchmal zu sechst oder mehr. Glaubst du vielleicht, das hilft? Von wegen! Einmal waren wir mit einer Ladung unterwegs und hatten deshalb Begleitschutz dabei: zwei vorn, drei in der Mitte und ein Schlussmann, richtig wie aus dem Lehrbuch. Von der *Tretjakowskaja* gingen wir in Richtung ... na ja, früher hieß sie jedenfalls *Marksistskaja*. Der Tunnel war so lala. Mir hat er nicht sonderlich gefallen. Roch irgendwie faulig. Und dunstig war er. Die Sicht war beschissen, keine fünf Schritte weit, die Lampe brachte so gut wie nichts. Wir haben dem Schlussmann ein Seil an den Gürtel geknotet, es durch den Riemen von einem in der Mitte gezogen und das andere Ende an der Spitze der Gruppe beim Kommandeur festgemacht. Damit keiner im Nebel zurückbleibt. Wir laufen also so dahin, alles in bester Ordnung, keine Eile, und zum Glück kommt uns niemand entgegen, also denk ich mir, das schaffen wir in weniger als vierzig Minuten. Wir sind sogar noch schneller gewesen.« Bourbon schüttelte sich und schwieg eine Weile, bevor er fortfuhr. »Irgendwo auf der Hälfte des Weges fragt

Tolja, der in der Mitte geht, unseren Schlussmann etwas. Der schweigt. Tolja wartet und fragt noch mal. Wieder Schweigen. Tolja zieht an dem Seil und hat das lose Ende in der Hand. Durchgebissen. Wirklich durchgebissen, sogar irgendein feuchtes Zeugs hing da noch dran … Und der Typ ist verschwunden. Dabei hat niemand was gehört. Nichts! Ich selbst war ja mit Tolja in der Mitte. Er zeigt mir das Ende des Seils, und ihm zittern die Knie dabei. Wir haben dann noch mal gerufen, der Ordnung halber, aber es hat natürlich keiner geantwortet. Da war nämlich niemand mehr. Wir haben uns angeschaut – und sind losgerannt. Bei der *Marksistskaja* waren wir in null Komma nix.«

»Vielleicht hat er sich einen Scherz erlaubt?«

»Einen Scherz? Vielleicht. Aber es hat ihn wirklich niemand mehr gesehen. Ich jedenfalls habe Folgendes kapiert: Wenn du an der Reihe bist, bist du eben an der Reihe, da hilft dir kein Begleitschutz und gar nichts. Da kommt man nämlich nur langsamer voran. Seither gehe ich immer nur zu zweit – außer in einem Tunnel, von der *Sucharewskaja* zur *Turgenewskaja*, aber der ist ein eigenes Kapitel … Wenn was ist, bringt mich der andere eben raus. Dafür sind wir schneller. Kapiert?«

»Kapiert. Aber werden die uns am *Prospekt Mira* denn reinlassen? Ich habe ja das hier dabei.« Artjom deutete auf sein Sturmgewehr.

»Auf unserer Linie schon. Doch am Ring ganz bestimmt nicht. Dort würden sie dich auch ohne Waffe nicht reinlassen. Aber wir müssen ja auch nicht dort rein. Und überhaupt dürfen wir dort nicht lange rumhängen. Wir machen nur eine kurze Rast und weiter. Du … warst du überhaupt schon mal am *Prospekt*?«

»Nur als kleiner Junge. Sonst nicht.«

»Dann spitz mal schön deine Ohren. Es gibt dort keine

Grenzwachen. Es ist hauptsächlich ein Marktplatz, dort lebt niemand so richtig. Aber der Übergang zum Ring ist da, zur Hanse also. Die Station auf der Sternlinie ist Niemandsland, aber die Soldaten der Hanse patrouillieren dort, damit Ordnung herrscht. Das bedeutet, dass wir uns still verhalten müssen, verstanden? Sonst jagen sie uns zum Teufel, verbieten uns den Zugang zu ihren Stationen, und wir schauen in die Röhre. Deshalb, sobald wir dort ankommen, kletterst du auf den Bahnsteig und bleibst da sitzen, und zwar ohne mit deiner Höllenmaschine« – Bourbon nickte in Richtung der leidgeprüften Kalaschnikow – »groß rumzuwedeln. Ich muss da … was mit jemandem bereden, das heißt, du wirst auf mich warten müssen. Dann sehen wir weiter, wie wir die verdammte Strecke bis zur *Sucharewskaja* schaffen.«

Bourbon verstummte, und Artjom blieb sich selbst überlassen. Der Tunnel war eigentlich nicht schlecht, nur etwas feucht – und neben den Gleisen strömte ein kleines dunkles Rinnsal. Nach einiger Zeit vernahmen sie jedoch ein leises Rascheln und Piepsen, das Artjom vorkam wie ein Nagel, der über Glas kratzt, und ihn vor Ekel erschaudern ließ. Die kleinen Kreaturen waren noch nicht zu sehen, aber ihre Anwesenheit wurde zunehmend spürbar.

»Ratten!« Artjom spie das abscheuliche Wort hervor, während es ihm kalt den Rücken hinunterlief. In nächtlichen Albträumen suchten sie ihn noch immer heim, obwohl die Erinnerung an jenen furchtbaren Tag, als seine Mutter und die ganze Station *Timirjasewskaja* im Strom der Ratten umkamen, schon fast erloschen war. Erloschen? Nein. Die Erinnerung daran war nur tiefer eingedrungen, wie eine Nadel tiefer in den Körper eindringt, wenn man sie nicht rechtzeitig herauszieht. Wie ein Splitter weiterwandert, den ein ungeschickter Chirurg übersehen hat. Zuerst verbirgt er sich und verharrt reglos, ohne

Schmerzen zu erzeugen oder sonst irgendwie aufzufallen. Doch irgendwann beginnt er, von einer unbekannten Kraft in Bewegung gesetzt, seine zerstörerische Reise durch Arterien und Nervenknoten, reißt lebenswichtige Organe auf und setzt seinen Wirt unerträglichen Qualen aus. Genauso war die Erinnerung an jenen Tag, an die blinde Raserei und sinnlose Grausamkeit der unersättlichen Tiere tief in Artjoms Unterbewusstsein vergraben. Nachts suchte sie ihn heim, peitschte ihn mit elektrischen Stößen, ließ seinen Körper beim Anblick, ja schon beim Geruch dieser Wesen reflexartig zusammenzucken. Bei Artjom und seinem Stiefvater und vielleicht auch bei den anderen vier Männern, die sich damals mit der Draisine gerettet hatten, riefen Ratten unvergleichlich mehr Panik und Ekel hervor als bei anderen Metro-Bewohnern.

An der *WDNCh* gab es fast keine Ratten. Überall standen Klappfallen, und es wurde Gift gestreut, daher hatte Artjom schon lange keine mehr zu Gesicht bekommen. In der restlichen Metro jedoch wimmelte es nur so davon – was Artjom vergessen oder verdrängt hatte, als er sich auf die Reise machte.

»Haben sie dich etwa erschreckt?«, erkundigte sich Bourbon spöttisch. »Du magst sie nicht? Bist du aber empfindlich. Gewöhn dich besser dran. Ratten gibt's hier auf Schritt und Tritt. Was aber auch sein Gutes hat: So muss man nie hungern.« Er grinste. »Aber mal ohne Scherz: Du solltest dir eher Sorgen machen, wenn keine Ratten da sind. Wo nicht mal Ratten leben wollen, musst du mit dem Schlimmsten rechnen. Und wenn dieses Schlimme keine Menschen sind, Mann, dann solltest du dich wirklich fürchten. Dort, wo Ratten rumlaufen, ist dagegen alles in Ordnung. Kapiert?«

Diesem Typen wollte Artjom nun wirklich nicht seine innersten Ängste anvertrauen, und so nickte er nur schweigend. Viele Ratten gab es hier ohnehin nicht, sie mieden den Schein der

Taschenlampe und machten sich kaum bemerkbar. Eine jedoch kam Artjom unter die Füße, sein Stiefel trat plötzlich auf etwas Weiches und Glitschiges, und ein durchdringendes Kreischen schmerzte in den Ohren. Vor lauter Überraschung verlor Artjom das Gleichgewicht und wäre beinahe mit seiner ganzen Ausrüstung auf die Gleise gefallen.

»Keine Panik, Junge«, sagte Bourbon aufmunternd. »Das geht ja noch. In diesem Schweinestall hier gibt es ein paar Gänge, wo sie nur so aufeinander hocken, da musst du einfach über sie drübergehen. Manchmal knackst es dann richtig schön unter deinen Füßen.« Er lachte laut auf, zufrieden mit dem erzielten Effekt.

Artjom schüttelte es. Er schwieg weiter, aber seine Finger ballten sich zu Fäusten. Wie gerne hätte er Bourbon jetzt eins in die grinsende Fresse gegeben.

Von Weitem war plötzlich ein undefinierbares Raunen zu hören, sodass Artjom augenblicklich die Kränkung vergaß, den Griff seines Gewehrs packte und Bourbon fragend ansah.

Dieser klopfte ihm väterlich auf die Schulter. »Entspann dich, alles im Lot. Wir sind schon am *Prospekt*.«

Für Artjom war es ungewohnt, einfach so, unmittelbar, eine fremde Station zu betreten, ohne zuvor den Schein des Feuers zu sehen, das die Stationsgrenzen markierte, und ohne dabei auf irgendwelche Hindernisse zu treffen. Als sie sich dem Ausgang des Tunnels näherten, nahm der Lärm zu, und ein schwaches Licht machte sich bemerkbar.

Endlich kam linkerhand ein gusseisernes Treppchen in Sicht sowie eine kleine Brücke mit Geländer, die an der Tunnelmauer klebte und es ermöglichte, von den Gleisen auf die Ebene des Bahnsteigs zu kommen. Bourbons beschlagene Stiefel knallten auf die Eisenstufen, nach ein paar Schritten machte der Tunnel plötzlich einen Knick nach links – und sie waren an der Station angelangt.

Sogleich schlug ihnen ein greller, weißer Lichtstrahl ins Gesicht. Vom Tunnel aus unsichtbar, stand seitlich ein kleiner Tisch, an dem ein Mann in unbekannter und seltsam grauer Uniform und mit einer alten Schirmmütze mit verziertem Rand saß.

»Willkommen!«, begrüßte er sie und lenkte den Lichtstrahl zur Seite. »Handel, Transit?«

Während Bourbon das Ziel ihres Besuchs darlegte, ließ Artjom seinen Blick über die Station schweifen, die den Namen *Prospekt Mira*, also Prospekt des Friedens, trug. Am Bahnsteig bei den Gleisen herrschte Halbdunkel, aber durch die Rundbögen schien ein schwaches, gelbes Licht, bei dessen Anblick sich Artjoms Herz plötzlich zusammenkrampfte. Nun wollte er die Formalitäten möglichst schnell hinter sich bringen, um herauszufinden, was sich an der Station tat, dort, hinter den Bögen, aus denen dieses schmerzlich bekannte, heimelige Licht kam. Und obwohl Artjom überzeugt war, dergleichen noch nie gesehen zu haben, transportierte ihn der Anblick dieses Rundbogens für einen Moment zurück in die ferne Vergangenheit, und vor seinem inneren Auge sah er ein seltsames Bild: ein kleines Zimmer, durchströmt von warmem, gelbem Licht. Darin eine breite Liege, auf der eine junge Frau, deren Gesicht nicht zu erkennen war, halb sitzend, halb liegend ein Buch las. In der Mitte der mit pastellfarbener Tapete beklebten Wand war das dunkelblaue Quadrat eines Fensters zu erkennen … Einen Augenblick später löste sich die Vision wieder auf und ließ Artjom überrascht und beunruhigt zurück. Was hatte er da gerade gesehen? Hatte das gelbe Licht etwa eine irgendwo im Unbewussten verwahrte Folie mit einem Bild seiner Kindheit auf einen unsichtbaren Bildschirm projiziert? War jene junge Frau, die auf der bequemen Liege friedlich ein Buch las, seine Mutter?

Ungeduldig hielt er dem Zollbeamten seinen Pass hin, gab – trotz aller Einwände Bourbons – für die Dauer seines Aufenthalts das Sturmgewehr bei der Aufbewahrungsstelle ab und eilte, von dem Licht gelockt wie eine Motte, durch die Säulen dorthin, von wo der Marktlärm kam.

Der *Prospekt Mira* unterschied sich sowohl von der *WDNCh* als auch von der *Alexejewskaja* und der *Rischskaja*. Die prosperierende Hanse konnte sich eine weitaus bessere Beleuchtung leisten als jene Notlampen, die an den Artjom bekannten Stationen in Betrieb waren. Zwar waren es nicht wirkliche Leuchter wie die, die der Metro damals Licht gaben, sondern Niedrigleistungs-Glühlampen, die alle zwanzig Schritt von einem Kabel an der Decke herabhingen – Artjom jedoch, der das trübrote Notdämmern gewohnt war, das unsichere Flackern der Lagerfeuer, den schwachen Schein winziger Glühbirnen aus Taschenlampen, kam die Beleuchtung beinahe wie ein Wunder vor. Es war das gleiche Licht, das seine frühe Kindheit beleuchtet hatte – dort oben. Es bezauberte ihn, erinnerte ihn an etwas, das schon lange vorüber war. Anstatt wie die anderen Menschen die Handelsreihen abzugehen, stand Artjom an eine Säule gelehnt da, schützte seine Augen mit der Hand und sah diese Lampen an, wieder und wieder, bis ihm die Augen schmerzten.

»Sag mal, bist du verrückt geworden?«, ertönte Bourbons Stimme von hinten. »Was starrst du so, willst du deine Augen ruinieren? Am Ende tappst du noch wie ein blinder Welpe herum, und was mach ich dann mit dir? Wenn du ihnen schon deine Knarre dalässt, könntest du dir wenigstens anschauen, was hier so läuft … Was gibt's denn an den Lampen zu sehen?«

Artjom blickte Bourbon unfreundlich an, folgte ihm aber doch. Es waren nicht unbedingt viele Menschen an dieser Station, aber sie sprachen so laut durcheinander, handelten, lockten, forderten, versuchten einander zu übertönen, dass ein beträchtlicher Geräuschpegel herrschte. Auf beiden Gleisen standen ein paar Waggons, die man zu Wohnräumen umfunktioniert hatte. Im Mittelgang befanden sich zwei Reihen von Verkaufsständen, an denen – mal ordentlich sortiert, mal in schlampigen Haufen – verschiedene Gerätschaften feilgeboten wurden. Auf der einen Seite schnitt ein eiserner Vorhang die Station ab – dort hatte sich einmal der Ausgang nach oben befunden –, während am anderen Ende, hinter einer Linie von tragbaren Absperrgittern, graue Säcke aufgehäuft waren, offenbar Feuerstellungen. Unter der Decke hatte man eine weiße Leinwand aufgespannt, auf die ein brauner Kreis gezeichnet war, das Symbol der Ringlinie. Hinter der Absperrung führten vier Rolltreppen nach oben, zum Ring – dort begann das Territorium der mächtigen Hanse, die jeglichen Fremden den Zutritt verwehrte. Sowohl hinter den Sicherheitszäunen als auch auf der Station schritten Grenzposten der Hanse auf und ab. Sie waren in gute, wasserdichte Overalls gekleidet, die das übliche Tarnmuster hatten, aber aus irgendeinem Grund grau waren. Dazu trugen sie Kappen in der gleichen Farbe und Maschinenpistolen über der Schulter.

»Warum haben sie eine graue Tarnung?«, erkundigte sich Artjom bei Bourbon.

»Denen geht's zu gut, darum«, erwiderte dieser verächtlich. »Also, geh du erst mal hier spazieren, ich habe was mit jemandem zu besprechen.«

Besonders interessante Dinge konnte Artjom auf den Auslagen nicht entdecken: Es gab Tee, Dauerwurst, Akkus für Taschenlampen, Jacken und Mäntel aus Schweinsleder, zerfledderte Bücher und Hefte – meist pornografischen Inhalts – sowie Halbliterflaschen mit irgendwelchen verdächtig aussehenden Substanzen und der Bezeichnung »Selbstgebrannter« auf schief geklebten Etiketten. Tatsächlich gab es keinen einzigen Laden, wo *dur* verkauft wurde – was man früher hier ohne Probleme bekommen hatte. Sogar das dürre Männchen mit der blau angelaufenen Nase und den tränenden Augen, der jenes obskure Gebräu feilbot, scheuchte Artjom mit heiserer Stimme fort, als dieser sich erkundigte, ob er nicht ein bisschen »was« habe. Natürlich gab es dort auch einen Stand mit Brennholz: Die knorrigen Scheite und Zweige, die die Stalker von der Oberfläche brachten, brannten erstaunlich lange und entwickelten fast keinen Rauch. Bezahlt wurde mit matt glänzenden, spitz zulaufenden Patronen für die Kalaschnikow, die einst beliebteste und am weitesten verbreitete Waffe der Welt. Hundert Gramm Tee kostete fünf Patronen, eine Dauerwurst fünfzehn, eine Flasche Selbstgebrannter zwanzig. Meist bezeichnete man diese Währung als Kugeln: ›Hör mal, Mann, sieh her, was ich hier für eine tolle Jacke habe, gar nicht teuer, 300 Kugeln, und sie gehört dir! Na gut, 250, schlag ein!‹

Während er die exakten Reihen von Kugeln auf den Ladentischen betrachtete, fielen Artjom die Worte seines Stiefvaters ein: ›Ich habe mal gelesen, dass Kalaschnikow stolz darauf war, dass sein Sturmgewehr das beliebteste auf der ganzen Welt ist. Er sagte, er sei glücklich, dass dank seiner Konstruktion die Grenzen Russlands sicher seien … Ich weiß nicht. Hätte ich diese Maschine erfunden, ich hätte vermutlich den Verstand verloren. Allein der Gedanke, dass mit deiner Erfindung die meisten Morde auf dieser Welt begangen werden! Das ist doch noch furchtbarer, als der Erfinder der Guillotine zu sein.‹

Jede Patrone ein Tod. Das geraubte Leben eines Menschen. Hundert Gramm Tee sind fünf Menschenleben. Eine Wurst? Bitte, äußerst günstig: nur fünfzehn Leben. Eine gut gearbeitete Lederjacke, heute im Angebot, anstatt 300 nur 250, Sie sparen also fünfzig Leben … Der Tagesumsatz dieses Markts wog vermutlich die gesamte verbliebene Bevölkerung der Metro auf.

»Und, hast du was gefunden?«, fragte Bourbon, als er zurückkam.

Artjom schüttelte den Kopf. »Hier gibt es nichts Interessantes.«

»Mhm, stimmt, nichts als Schrott. Mann, es gibt Örtchen in diesem Schweinestall, wo du alles kriegen kannst, was du nur willst.« Bourbon seufzte verträumt. »Du gehst, und man ruft dir um die Wette zu: ›Waffen, Drogen, Mädchen, gefälschte Dokumente.‹ Aber diese Idioten« – er deutete mit dem Kopf auf die Flagge der Hanse – »haben aus dem Markt hier einen Kindergarten gemacht: Dies darfst du nicht, jenes auch nicht … Egal, holen wir deine Knarre, wir müssen weiter. Auf uns wartet der verfluchte Tunnel.«

Nachdem Artjom sein Sturmgewehr zurückerhalten hatte, setzten sie sich auf eine Steinbank vor dem Eingang zum Südtunnel. Hier herrschte nur noch Zwielicht. Bourbon hatte diesen Platz eigens gewählt, damit sich ihre Augen an das Dunkel gewöhnten.

»Folgendes, Artjom: Ich kann für mich nicht garantieren. Mir ist noch nie so was passiert, deshalb weiß ich nicht, was ich tun werde, wenn wir auf das Zeugs da stoßen. Dreimal auf Holz geklopft natürlich, aber wenn wir wirklich drauf stoßen … Also, wenn ich plötzlich zu heulen anfange oder nichts mehr höre, ist das noch in Ordnung. Aber soweit ich das verstehe, wird dort jeder auf andere Weise gaga. Unsere Jungs sind jedenfalls nicht mehr zum *Prospekt* zurückgekehrt, und ich glaube, wir werden heute noch irgendwo da drin über sie stolpern. Also mach dich auf was gefasst, du bist ja ziemlich zart besaitet! Aber wenn ich anfange durchzudrehen, zu schreien oder dich plötzlich abmurksen will – dann haben wir ein Problem, verstehst du? Ich weiß gar nicht …« Bourbon dachte kurz nach. »Na gut! Du bist, scheint mir, kein schlechter Kerl. Wirst mir schon nicht in den

Rücken schießen. Ich gebe dir meine Kanone, solange wir durch den Tunnel gehen. Aber pass bloß auf!« Er sah Artjom fest in die Augen. »Mach keine Scherze! Mit Humor sieht's bei mir nämlich mau aus.« Bourbon schüttelte einen Stofffetzen aus seinem Rucksack und legte eine abgenutzte Plastiktüte mit einem Karabiner frei. Es war ebenfalls eine Kalaschnikow, jedoch eine Kurzversion wie bei den Grenzern der Hanse, mit abklappbarer Schulterstütze und kurzer, konisch zulaufender Mündung anstelle des langen Schafts mit dem offenen Visier wie bei Artjom. Bourbon nahm das Ersatzmagazin heraus, steckte es zurück in den Rucksack und bedeckte es mit Wäschestücken. Dann gab er Artjom die Waffe. »Nimm. Und pack sie nicht allzu tief ein, vielleicht können wir sie brauchen. Obwohl der Tunnel ja eigentlich ruhig ist …« Er sprang aufs Gleis. »Also gut, gehen wir! Dann haben wir es schneller hinter uns.«

Es war schrecklich. Als sie von der *WDNCh* zur *Rischskaja* gegangen waren, hatte Artjom zwar gewusst, dass alles Mögliche passieren konnte, aber durch diese Tunnel waren jeden Tag Menschen in beide Richtungen unterwegs, und außerdem war ihr Ziel eine bewohnte Station gewesen, wo man sie erwartete. Es fühlte sich einfach nur unangenehm an, wie wenn man einen beleuchteten, ruhigen Ort verlässt. Und selbst auf dem Weg von der *Rischskaja* zum *Prospekt Mira* hatte er sich trotz aller Zweifel mit dem Gedanken trösten können, dass vor ihnen eine Station der Hanse lag. Sie hatten gewusst, wohin sie gingen, und hatten gefahrlos Rast machen können.

Aber das hier war einfach schrecklich. Der Tunnel vor ihnen war völlig dunkel, es herrschte eine ungewöhnliche, vollkommene Finsternis, so dicht, dass man sie förmlich spüren konnte. Porös wie ein Schwamm, sog sie gierig die Strahlen ihrer Taschenlampe auf, die kaum ausreichten, um ein Stückchen Boden einen Schritt voraus zu beleuchten. Artjom lauschte mit höchster Anspannung, um vielleicht einen ersten Anflug jenes seltsamen, schmerzhaften Geräuschs zu erhaschen, doch vergebens. Die Geräusche durchdrangen dieses Dunkel ebenso zäh und langsam wie das Licht. Selbst Bourbons beschlagene Stiefel, die den ganzen Weg über laut geknallt hatten, klangen in diesem Tunnel schwach und gedämpft.

Plötzlich erschien rechts von ihnen ein Durchbruch in der Wand. Der Strahl der Taschenlampe versank in einem schwarzen Fleck. Artjom begriff nicht gleich, dass hier einfach ein Seitenzweig des Haupttunnels begann, und sah Bourbon fragend an.

»Keine Angst. Das war eine Verbindungsstrecke«, erklärte dieser. »Um von hier aus direkt zum Ring zu kommen, für die Züge. Die Hanse hat sie aber zugeschüttet. So blöd sind sie nicht, hier einfach einen Tunnel offen zu lassen.«

Daraufhin gingen sie lange schweigend weiter, aber die Stille bedrückte Artjom immer mehr. Schließlich hielt er es nicht mehr aus und platzte heraus: »Hör mal, Bourbon, stimmt das, dass hier vor Kurzem irgendwelche Arschlöcher eine Karawane überfallen haben?«

Bourbon antwortete nicht gleich. Artjom dachte sogar, er habe die Frage nicht gehört, und wollte sie schon ein zweites Mal stellen, als Bourbon unvermittelt sagte: »Ich hab auch so was gehört. Ich war aber damals nicht hier, genau kann ich es nicht sagen.«

Auch diese Worte klangen dumpf, und Artjom begriff nur mit Mühe den Sinn des Gehörten. Er versuchte die Bedeutung der Wörter von seinen Gedanken zu trennen, die sich schwer um die Frage wälzten, warum hier alles so schlecht zu hören war. »Wie bitte, hat sie etwa niemand gesehen? Hier ist doch am einen Ende eine Station und am anderen auch eine. Wohin sind sie gegangen?« Artjom redete weiter, nicht weil es ihn besonders interessierte, sondern um seine eigene Stimme zu hören.

Es vergingen wieder ein paar Minuten, bevor Bourbon antwortete, doch diesmal verspürte Artjom nicht mehr den Wunsch, ihn aufzumuntern. In seinem Kopf ertönte das Echo seiner eigenen, soeben gesprochenen Worte, und er war zu beschäftigt, diesem Widerhall zu lauschen.

»Hier soll irgendwo … eine Art Luke sein«, sagte Bourbon mit unnatürlichem Ärger in der Stimme. »Getarnt. Man sieht sie nicht … Aber in dieser Dunkelheit erkennst du ohnehin nie was.«

Artjom brauchte einige Zeit, um sich zu erinnern, worüber sie eben gesprochen hatten. Gequält versuchte er sich an einem Häkchen Sinn festzuhalten und die nächste Frage zu stellen – wieder nur, um das Gespräch fortzusetzen. So unbeholfen und zäh es auch war, es rettete sie doch vor der Stille. »Und hier ist es immer so … dunkel?« Artjom bemerkte mit Schrecken, wie leise seine Worte klangen, als habe er Druck auf den Ohren.

»Dunkel? Hier immer … Überall dunkel«, ließ sich Bourbon vernehmen. Er machte nun seltsame Pausen. »Es wird … eine große Finsternis kommen … und sie wird die Welt einhüllen … und ewig herrschen.«

»Was ist das, ein Buch?«, stieß Artjom hervor. Er musste sich immer mehr anstrengen, um seine eigenen Worte zu hören. Auch fiel ihm auf, dass sich Bourbons Sprache auf beunruhigende Weise verändert hatte. Doch er hatte keine Kraft, darüber nachzudenken.

»Ein Buch … Fürchte … die Wahrheit in alten … Folianten, wo … die Wörter mit Gold geprägt sind und das Papier … schwarz wie Schiefer … nicht zerfällt«, brachte Bourbon schwer hervor, und Artjom erschrak darüber, dass sein Begleiter, wenn er zu ihm sprach, sich nicht mehr umdrehte wie früher.

»Sehr schön!« Artjom schrie nun fast. »Woher ist das?«

»Und die Schönheit … wird gestürzt und mit Füßen getreten«, fuhr Bourbon mit dumpfer, hohler Stimme fort. »Und … den Propheten werden vergehen ihre vergeblichen Bemühungen, Weissagungen zu sprechen … Denn der künftige … Tag wird … schwärzer sein als ihre unheilvollsten … Ängste, und was sie sehen … wird ihre Vernunft vergiften …« Plötzlich blieb er stehen, drehte den Kopf so heftig, dass Artjom hören konnte, wie seine Halswirbel knackten, und blickte dem jungen Mann direkt in die Augen.

Artjom wich zurück. Instinktiv tastete er nach dem Sicherungshebel seiner Waffe. Bourbon sah ihn mit weit aufgerissenen Augen an, doch seine Pupillen waren seltsam verengt, hatten sich in zwei winzige Punkte verwandelt, obwohl sie sich im Stockfinstern eigentlich hätten weiten müssen, um so viel Licht wie möglich aufzunehmen. Sein Gesicht war unnatürlich ruhig, nicht ein Muskel war angespannt, selbst von den Lippen war das ewig spöttische Lächeln verschwunden. »Ich bin tot«, stieß er hervor. »Mich gibt es nicht mehr.« Steif wie ein Brett fiel er um, mit dem Gesicht nach unten.

Sogleich brach über Artjom wieder jener furchtbare Klang herein, diesmal jedoch ohne allmählich anzuschwellen wie zuvor, nein, diesmal donnerte er sofort mit voller Kraft los, so betäubend, dass es ihn augenblicklich von den Füßen riss. Hier war das Geräusch noch viel mächtiger als das letzte Mal, und während Artjom gleichsam von einer tonnenschweren Kraft flach auf den Boden gedrückt wurde, fehlte es ihm lange an Willenskraft, um sich wieder zu erheben. Schließlich hielt er sich die Ohren zu, schrie, so laut er nur konnte, riss sich hoch und stand auf. Dann griff er nach der Taschenlampe, die Bourbon aus der Hand gefallen war, und begann fieberhaft die Wände abzuleuchten, auf der Suche nach der Quelle des Geräuschs. Die Rohre hier waren jedoch völlig unversehrt – das Geräusch kam von oben.

Bourbon lag noch immer reglos da. Artjom drehte ihn auf den Rücken und sah, dass seine Augen geöffnet waren. Mühsam versuchte Artjom sich daran zu erinnern, was man in einer solchen Situation tun musste. Schließlich griff er nach Bourbons Handgelenk, um den Puls zu fühlen, wenigstens ein schwaches, unregelmäßiges Pochen … Nichts! Er packte Bourbon an den Händen und begann den schweren Leib vorwärts zu ziehen, fort von diesem Ort. Ein schweißtreibendes Unterfangen, denn er hatte vergessen, seinem Begleiter den Rucksack abzunehmen.

Nach einigen Schritten stieß Artjom plötzlich mit dem Fuß gegen etwas Weiches. Zugleich stieg ihm ein ekelerregender, süßlicher Geruch in die Nase. Sofort fiel ihm ein, was Bourbon gesagt hatte. »Wir werden heute noch über sie stolpern.« Artjom versuchte nicht nach unten zu schauen, verdoppelte seine Kräfte – und ließ die Leichen auf den Gleisen hinter sich.

Immer weiter zog er Bourbon mit sich. Dessen Kopf hing leblos herab, und die kalten, erstarrenden Hände entglitten immer wieder Artjoms verschwitzten Fingern. Doch Artjom achtete nicht darauf, wollte nicht darauf achten, er musste Bourbon von hier fortschaffen, er hatte es versprochen, sie hatten es schließlich abgemacht!

Allmählich nahm der Lärm ab und verschwand plötzlich ganz. Wieder herrschte Totenstille. Erleichtert sank Artjom auf die Gleise, um Atem zu schöpfen. Bourbon lag reglos neben ihm. Verzweifelt und noch immer keuchend, blickte Artjom in sein bleiches Gesicht. Dann, nach vielleicht fünf Minuten, zwang er sich aufzustehen, nahm Bourbon an den Handgelenken und stolperte rückwärts weiter. Sein Kopf war leer, er war völlig beherrscht von einer rasenden Entschlossenheit, diesen Mann um jeden Preis zur nächsten Station zu schleppen.

Seine Beine knickten ein, er fiel auf die Schwellen, doch nach ein paar Minuten packte er Bourbon wieder am Kragen und kroch weiter. »Ich schaffe es, ich schaffe es, ichschaffes schaffesschaffes«, murmelte er vor sich hin, obwohl er schon fast nicht mehr daran glaubte. Völlig entkräftet zog er sein Gewehr von der Schulter, schaltete auf Einzelfeuer, richtete den Lauf nach Süden, gab einen Schuss ab und rief: »Ist da jemand?« Doch das Geräusch, das er hörte, war nicht die Stimme eines Menschen, sondern das Huschen von Rattenpfoten und hungriges Fiepen.

Er wusste nicht, wie lange er so gelegen hatte, mit der einen Hand an Bourbons Kragen, mit der anderen krampfhaft den Griff der Kalaschnikow umklammernd, als ihn plötzlich ein Lichtstrahl blendete. Über ihm stand ein unbekannter, älterer Mann mit Taschenlampe und einem seltsamen Gewehr in der Hand.

»Mein junger Freund«, sagte der Mann mit einer angenehm vollen Stimme. »Du kannst deinen Begleiter loslassen. Er ist tot wie Ramses der Zweite. Willst du hierbleiben, um dich mit ihm im Himmel zu vereinen, oder soll er noch ein wenig auf dich warten?«

»Helfen Sie mir, ihn zur nächsten Station zu tragen«, bat Artjom mit schwacher Stimme, eine Hand schützend vor den Augen.

»Ich fürchte, diesen Gedanken werden wir verwerfen müssen«, erwiderte der Mann betrübt. »Ich bin entschieden dagegen, die *Sucharewskaja* in eine Gruft zu verwandeln, sie ist ohnedies nicht besonders wohnlich. Außerdem, selbst wenn wir den leblosen Körper deines Freunds dorthin bringen, so wird sich dort kaum jemand finden, der bereit ist, ihm standesgemäß das letzte Geleit zu geben. Ist es denn von Belang, ob dieser Körper hier zerfällt oder an der Station, wenn seine unsterbliche Seele bereits zum Schöpfer aufgefahren ist? Oder in einem anderen Körper Platz gefunden hat, je nach Glaubensrichtung? Obschon alle Religionen hier in gleichem Maße irren.«

»Ich habe es ihm versprochen«, stöhnte Artjom. »Wir hatten eine Abmachung …«

Der Unbekannte runzelte die Stirn. »Mein Freund! Meine Geduld ist allmählich am Ende. Es gehört nicht zu meinen Regeln, den Toten zu helfen, denn es gibt genug Lebende auf der Welt, die der Hilfe bedürfen. Ich kehre jetzt zur *Sucharewskaja* zurück, ein allzu ausgedehnter Aufenthalt im Tunnel verschlimmert nur mein Rheuma. Wenn du deinen Freund möglichst bald wiedersehen willst, rate ich dir, hier zu bleiben. Die Ratten und andere freundliche Geschöpfe werden dir dabei helfen. Übrigens: Was die rechtliche Seite dieser Frage angeht, so gilt jeglicher Vertrag als beendet, sobald eine der beiden Parteien das Zeitliche segnet, sofern in diesem Vertrag nichts anderes vereinbart ist.«

»Aber wir können ihn doch nicht einfach zurücklassen. Er war doch ein lebendiger Mensch. Sollen wir ihn etwa den Ratten überlassen?«

Der Mann betrachtete Bourbons Leiche mit skeptischem Blick. »Allem Anschein nach ist dies tatsächlich ein lebendiger Mensch gewesen. Aber jetzt ist er ohne Zweifel tot. Und das ist nicht dasselbe. Na gut, wenn du unbedingt willst, kannst du ja später wiederkommen, um dein Totenfeuer anzuzünden, oder was immer ihr in solchen Fällen sonst zu tun pflegt. Aber jetzt steh auf!«

Artjom erhob sich widerwillig.

Trotz aller Proteste nahm der Unbekannte mit entschlossenen Bewegungen Bourbon den Rucksack ab, warf ihn sich über die Schulter, packte Artjom am Arm und marschierte schnell los. Anfangs fiel Artjom das Gehen schwer, doch mit jedem neuen Schritt schien sich ein Teil der überschäumenden Energie des Mannes auf ihn zu übertragen. Der Schmerz in den Beinen nahm ab, sein Verstand lichtete sich allmählich. Er betrachtete das Gesicht des anderen. Er war sicher über fünfzig, hatte aber ein erstaunlich frisches und lebhaftes Aussehen. Die Hand, mit der er Artjom stützte, war fest und zeigte während des gesamten Weges keine Anzeichen von Ermüdung. Die schon etwas ergrauten, akkurat geschnittenen Haare und der kurze, exakt rasierte Kinnbart ließen Artjom zweifeln – der Mann machte irgendwie einen zu gepflegten Eindruck für einen Bewohner der Metro, insbesondere für jenen verlorenen Ort, an dem er offenbar lebte.

»Was ist deinem Freund passiert?«, fragte der Unbekannte nach einer Weile. »Nach einem Überfall hat es nicht ausgesehen, höchstens, wenn er vergiftet wurde. Ich hoffe sehr, dass es nicht das ist, woran ich jetzt denke.«

»Nein. Er ist von selbst gestorben.« Artjom wusste nicht, wie er die Umstände von Bourbons Tod anders beschreiben sollte. Er selbst begann erst jetzt allmählich zu ahnen, was der Grund gewesen war. »Eine lange Geschichte.«

In diesem Moment weitete sich der Tunnel plötzlich, und sie standen in der Station. Etwas hier erschien Artjom merkwürdig, ungewohnt, und es vergingen ein paar Sekunden, bis er begriff, was es war. »Gibt es hier etwa … kein Licht?«, fragte er verzagt.

»Hier gibt es keine Macht. Es ist niemand da, der den Bewohnern Licht geben könnte. Deshalb muss jeder, der Licht braucht, es sich selbst beschaffen. Einige sind dazu in der Lage, andere nicht. Aber keine Angst, glücklicherweise gehöre ich zur ersten Gruppe.« Geschickt schwang sich der Mann auf den Bahnsteig und reichte Artjom die Hand.

Durch den ersten Bogen betraten sie den Mittelgang. Es war ein langer Saal mit Säulen und Bögen zu beiden Seiten und der üblichen Metallwand, die den Weg zu den Rolltreppen versperrte. An einigen Stellen warfen kleine Lagerfeuer ein verzagtes Licht, doch ansonsten war die *Sucharewskaja* in völlige Dunkelheit getaucht – ein trostloser Anblick. An den Feuerstellen tummelten sich kleine Häuflein von Menschen, manche schliefen auf dem Boden, und zwischen den Feuern irrten seltsame, in Fetzen gehüllte Gestalten gebückt umher. Sie alle drängten sich in der Mitte des Saals zusammen, möglichst weit von den Tunneln entfernt.

Das Feuer, zu dem der Mann Artjom führte, brannte merklich heller als die anderen und fand sich etwas abseits.

»Irgendwann wird diese Station bis auf den Grund abbrennen«, murmelte Artjom, während er niedergeschlagen den Gang betrachtete.

»Ja, in vierhundertzwanzig Tagen«, erwiderte sein Begleiter ruhig. »Du solltest sie also besser vorher wieder verlassen. Ich jedenfalls habe genau das vor.«

»Woher wissen Sie das?«, fragte Artjom verblüfft. Augenblicklich musste er an alle die Geschichten von Magiern und Geistheilern denken. Er musterte das Gesicht seines Gegenübers, suchte darin nach Spuren überirdischer Weisheit.

Der Mann lächelte. »Das sehende Mutterherz ist unruhig ... Du musst jetzt schlafen. Dann lernen wir uns kennen und reden weiter.«

Bei diesen Worten überkam Artjom wieder jene ungeheure Müdigkeit, die sich im Tunnel vor der *Rischskaja,* in seinen Albträumen und nach dieser letzten Willensprüfung angestaut hatte. Außerstande, sich zu widersetzen, sank er auf ein Stück Segeltuch neben dem Feuer, legte sich den Rucksack unter den Kopf und fiel in einen langen, schweren, leeren Schlaf.

# 6
# Das Recht des Stärkeren

Die Decke war so verrußt, dass von der Tünche nichts mehr zu sehen war. Artjom starrte sie an und begriff nichts. Wo war er?

»Aufgewacht?«, hörte er eine bekannte Stimme sagen. Sogleich setzte sich aus den vielen verstreuten Gedanken- und Ereignisschnipseln wieder das Bild des gestrigen Tages zusammen. War es tatsächlich der gestrige gewesen? Alles erschien ihm unwirklich. Die trübe Nebelwand des Schlafs stand zwischen der Realität und seinen Erinnerungen. Man braucht nur einmal einzuschlafen und wieder aufzuwachen – und schon verblasst das Geschehene. Wenn du zurückdenkst, kannst du Einbildung und wirkliche Ereignisse kaum noch voneinander trennen, diese sind auf einmal ebenso fahl wie Träume oder Gedanken an die Zukunft.

»Guten Abend«, grüßte ihn der Mann, der ihn gefunden hatte. Er saß auf der anderen Seite eines Lagerfeuers, und das Spiel der Flammen verlieh seinem Gesicht etwas Geheimnisvolles. »Nun ist es wohl an der Zeit, dass wir uns einander vorstellen. Ich habe einen gewöhnlichen Namen, so ähnlich wie die Namen, die dich in deinem Leben umgeben. Er ist aber zu lang und sagt nichts über mich aus. Ich bin die letzte Inkarnation Dschingis Khans, also kannst du mich Khan nennen. Das ist kürzer.«

»Dschingis Khan?« Artjom sah sein Gegenüber ungläubig an. Seltsamerweise wunderte er sich am meisten darüber, dass der Fremde sich als die letzte Inkarnation Dschingis Khans bezeichnet hatte – wo er doch angeblich nicht an die Wiedergeburt glaubte.

»Mein Freund, es lohnt sich nicht, die Form meiner Augen sowie meine Verhaltensweise mit so unverhohlenem Zweifel zu studieren. Ich habe so manche anständige Verkörperung erlebt. Aber Dschingis Khan ist noch immer der bedeutendste Meilenstein auf meinem Weg, obwohl ich gerade an jenes Leben – zu meinem tiefsten Bedauern – absolut keine Erinnerungen habe. Und wie heißt du?«

»Ich? Artjom. Leider weiß ich nicht, wer ich in meinem früheren Leben war. Vielleicht hatte ich ja auch mal einen klangvolleren Namen.«

»Freut mich«, sagte Khan, ganz offensichtlich zufrieden mit dieser Antwort. »Ich hoffe, du teilst mit mir mein bescheidenes Mahl.« Er erhob sich und hängte einen zerbeulten Stahlkessel, ähnlich wie der bei der Nordwache der *WDNCh*, über das Feuer.

Artjom stand ebenfalls auf, griff in seinen Rucksack und zog eine Stange Wurst hervor, die er noch an der *WDNCh* eingepackt hatte. Mit seinem Federmesser schnitt er ein paar Stückchen ab und verteilte sie auf einem sauberen Stück Stoff, das er ebenfalls im Rucksack hatte. »Hier.« Er schob die Wurst seinem neuen Bekannten hin. »Zum Tee.«

Den Tee erkannte Artjom sofort. Er stammte von seiner Station, der *WDNCh*. Während er ihn aus dem emaillierten Blechbecher schlürfte, ließ er noch einmal schweigend die Ereignisse des letzten Tages Revue passieren. Sein Gastgeber war offenbar auch in Gedanken versunken und ließ ihn einstweilen in Ruhe.

Der Wahnsinn, der in den Tunneln über sie hereingebrochen

war, hatte offenbar unterschiedliche Auswirkungen. Während Artjom ihn einfach nur als Geräusch empfunden hatte, das die Konzentrationsfähigkeit beeinflusste, das Denken behinderte, den Verstand jedoch verschonte, hatte Bourbon dem gewaltigen Angriff nicht standhalten können und war dadurch ums Leben gekommen. Dass dieses Geräusch töten konnte, hatte Artjom nicht erwartet. Er hätte sonst keinen Schritt in diesen Tunnel gemacht.

Diesmal hatte es sich unbemerkt angeschlichen. Artjom war überzeugt, dass es zunächst ihre Sinne betäubt hatte. Alle anderen Geräusche hatte es gedämpft, ohne selbst hörbar zu sein. Danach hatte es den Strom ihrer Gedanken gebremst, bis diese stockten, gelähmt waren, wie von Raureif überzogen. Und erst dann hatte es zum letzten, vernichtenden Schlag ausgeholt …

Warum hatte er nicht gleich bemerkt, dass Bourbon plötzlich Worte sprach, die er so niemals hätte wiedergeben können, selbst wenn er sämtliche apokalyptischen Prophezeiungen gelesen hätte? Sie waren immer weiter vorgedrungen, auf seltsame Weise berauscht, ohne eine Vorahnung der Gefahr. Auch Artjom hatte wirres Zeug gedacht, er war besessen gewesen von einem Gedanken: nicht schweigen zu dürfen, immer weiterreden zu müssen. Doch sich klarzumachen, was mit ihnen vor sich ging, dazu war er nicht in der Lage gewesen – etwas hatte ihn daran gehindert.

Am liebsten hätte er die ganze Geschichte aus seinem Bewusstsein verbannt, vergessen. Es ging ihm einfach nicht in den Sinn. In all den Jahren an der *WDNCh* hatte er solche Ereignisse nur vom Hörensagen gekannt – es war leichter gewesen zu glauben, dass Derartiges in dieser Welt unmöglich war, dass es einfach keinen Platz darin hatte … Er schüttelte den Kopf und blickte sich erneut um.

Ringsum herrschte noch immer dasselbe bedrückende Zwielicht. Artjom hatte den Eindruck, als könne es hier gar nicht heller werden, sondern nur noch dunkler, nämlich dann, wenn die Karawanen kein Holz mehr für das Lagerfeuer brachten. Die Uhren über den Tunneleingängen waren längst erloschen. Hier gab es keine Stationsleitung, niemand kümmerte sich, und Artjom fragte sich, warum Khan ihm einen guten Abend gewünscht hatte, wenn es doch nach Artjoms Berechnungen Morgen oder sogar schon Mittag sein musste.

»Ist es denn jetzt Abend?«, fragte er verwundert.

»Bei mir schon«, erwiderte Khan nachdenklich.

»Was wollen Sie damit sagen?«

»Nun, Artjom, du kommst offenbar von einer Station, wo die Uhren richtig gehen, wo man sie mit Respekt behandelt, wo man die eigenen Uhren nach den roten Ziffern über dem Tunneleingang stellt. Bei euch gibt es eine Zeit für alle, genauso wie das Licht. Hier ist es umgekehrt, niemand kümmert sich um die anderen. Niemand braucht uns, die es hierher verschlagen hat, mit Licht zu versorgen. Versuch mal, das den Leuten hier vorzuschlagen – sie werden es für eine absurde Idee halten. Jeder, der Licht braucht, muss es selbst mitbringen. Und genauso verhält es sich mit der Zeit: Wer Zeit braucht, weil er das Chaos fürchtet, bringt seine Zeit mit. Jeder hat hier seine eigene, und jeder eine andere, je nachdem, wer wann aus dem Takt gekommen ist. Aber alle haben gleichermaßen recht. Jeder glaubt an seine eigene Zeit und richtet seinen Rhythmus danach aus. Bei mir ist es jetzt Abend, bei dir Morgen – na und? Jemand wie du bewahrt auf seiner Reise seine Uhr genauso vorsichtig auf wie die Urmenschen ein glühendes Stück Kohle in einem verrußten Schädel, um daraus vielleicht wieder Feuer hervorzuholen. Es gibt aber auch solche, die ihr Kohlestück verloren oder sogar weggeworfen haben. In der Metro ist ja, wie du weißt, eigentlich immer Nacht, und deshalb hat Zeit keinen Sinn, wenn man sie nicht genau befolgt. Zerschlage deine Uhr, und du wirst sehen, wie sich die Zeit verwandelt. Eine höchst interessante Erfahrung. Sie verändert sich, bis du sie nicht mehr wiedererkennst. Sie ist nicht mehr zerstückelt, aufgeteilt in Abschnitte, Stunden, Minuten, Sekunden. Die Zeit ist wie Quecksilber: Sobald du versuchst, sie in kleine Stücke zu teilen, wächst sie augenblicklich wieder zusammen, wird erneut ganz und gestaltlos. Die Menschen haben sie gezähmt, sie an ihre Taschen- und Stoppuhren gekettet, und für jene, die die Zeit noch in Ketten halten, fließt sie gleich. Doch lass sie frei, und du wirst sehen: Sie fließt für jeden anders. Für den einen langsam und zäh, und er misst sie in gerauchten Zigaretten oder Atemzügen. Für den anderen dagegen rast sie dahin, und ihre Einheit sind gelebte Menschenleben. Du glaubst, jetzt ist Morgen? Es besteht eine gewisse Wahrscheinlichkeit, dass du recht hast. Sagen wir fünfundzwanzig Prozent. Dennoch hat dieser Morgen keinen Sinn, denn er ist dort, an der Oberfläche, wo es kein Leben mehr gibt. Zumindest kein menschliches mehr. Hat das, was sich da oben abspielt, eine Bedeutung für diejenigen, die dort niemals sind? Nein. Deshalb sage ich zu dir ›Guten Abend‹, und du kannst mir, wenn du willst, gerne mit ›Guten Morgen‹ antworten. Und was diese Station betrifft, so hat sie überhaupt keine Zeit, außer einer höchst seltsamen: Jetzt sind es vierhundertneunzehn Tage, und gezählt werden sie rückwärts.« Khan verstummte und trank seinen Tee weiter.

Artjom schmunzelte bei dem Gedanken daran, dass die beiden Stationsuhren der *WDNCh* geradezu wie Heiligtümer verehrt wurden. Was würde die Stationsleitung von der Idee halten, dass es genau genommen gar keine Zeit mehr gab – dass die Existenz der Zeit ihren Sinn verloren hatte!

Nach einer Weile sagte Khan: »Wolltest du mir nicht erzählen, was mit deinem Freund passiert ist?«

Artjom zögerte, ob er diesem Mann von Bourbons Tod und dem geheimnisvollen Geräusch erzählen sollte. Doch dann begriff er, wenn er überhaupt jemandem diese Dinge anvertrauen konnte, so nur einem Menschen, der sich für die letzte Inkarnation Dschingis Khans hielt und glaubte, die Zeit existiere nicht mehr. Also begann er verworren und nervös, ohne auf die Reihenfolge der Ereignisse zu achten, mehr auf seine eigenen Empfindungen als auf Tatsachen achtend, seine bisherigen Abenteuer zu schildern.

Als er geendet hatte, sagte Khan leise: »Das sind die Stimmen der Toten.«

»Wie bitte?«

»Du hast die Stimmen der Toten gehört. Du sagtest, anfangs habe es sich wie Flüstern oder Rascheln angehört? Ja, das sind sie.«

»Welche Toten?«

»All jene, die in der Metro gestorben sind. Deshalb bin ich auch die letzte Verkörperung Dschingis Khans. Es wird keine Wiedergeburten mehr geben. Es geht alles zu Ende, mein Freund. Ich weiß nicht, wie es genau dazu gekommen ist, aber diesmal hat sich die Menschheit übernommen. Es gibt kein Paradies mehr, und auch keine Hölle. Kein Fegefeuer. Wenn die Seele den Körper verlässt – ich hoffe doch, dass du wenigstens an die Unsterblichkeit der Seele glaubst –, findet sie keine Zuflucht mehr. Wie viele Megatonnen brauchte es, um die Noosphäre in Staub aufzulösen? Dabei war sie genauso real wie dieser Teekessel hier. Wie auch immer, wir haben nicht gegeizt – wir haben das Paradies und die Hölle zugleich zerstört. Und nun müssen wir in einer sehr seltsamen Welt leben, einer Welt, in der die Seele nach dem Tod dort bleiben muss, wo sie sich befindet. Verstehst du mich? Du stirbst, aber deine gequälte Seele verwandelt sich nicht mehr, und da es kein Paradies mehr gibt, findet sie keine Ruhe. Sie ist verdammt, dort zu bleiben, wo du dein ganzes Leben verbracht hast – in der Metro. Ich kann dir vielleicht keine exakte theosophische Erklärung geben, warum dies so ist, aber ich weiß genau: In unserer Welt bleibt die Seele nach dem Tod in der Metro. Ziellos irrt sie in diesen unterirdischen Gewölben umher bis zum Ende aller Zeiten. Die Metro vereint in sich das materielle Leben und die beiden Hypostasen des jenseitigen, sowohl den Garten Eden als auch die Unterwelt. Wir leben unter den Seelen der Verstorbenen, sie haben einen dichten Ring um uns geschlossen. All jene, die vom Zug überfahren, erschossen, erstickt, von Monstern gefressen, verbrannt oder eines anderen seltsamen Todes gestorben sind. Ich habe mich lange gefragt, wohin sie verschwinden, warum ihre Präsenz nicht jeden Tag zu spüren ist, warum man diesen leichten, kalten Blick aus der Dunkelheit nicht immer bemerkt. Du weißt, was Tunnelangst ist? Früher dachte ich, dass die Toten uns durch die Tunnel blind hinterher irren, Schritt für Schritt, und dass sie sich in der Dunkelheit auflösen, sobald wir uns umdrehen. Augen nützen da nichts, mit ihnen erkennst du einen Toten nicht. Aber wenn es dir kalt über den Rücken läuft, dir die Haare zu Berge stehen, dein Körper von Schüttelfrost erfasst wird – dann wirst du von unsichtbaren Wesen verfolgt. So dachte ich früher. Doch durch deine Erzählung ist mir vieles klarer geworden. Auf unerfindlichen Wegen geraten sie in die Rohre, die Versorgungsleitungen. Vor langer Zeit, bevor mein Vater und sogar mein Großvater geboren waren, floss ein kleiner Fluss durch diese Stadt, die jetzt tot da oben liegt. Die Bewohner der Stadt vermochten es, den Fluss zu bändigen und unter die Erde zu leiten, wo er wahrscheinlich auch heute noch fließt. Nun, wie es aussieht, hat diesmal jemand den Fluss der Toten in die Rohre verbannt. Dein Kamerad sprach fremdartige Worte, und tatsächlich war es nicht er, der sprach. Es waren die Stimmen der Toten, er hörte sie in seinem Kopf und wiederholte sie – und schließlich führten sie ihn mit sich fort.«

Artjom starrte sein Gegenüber an. Während der Geschichte hatte er kein einziges Mal den Blick von ihm abgewandt. Über Khans Gesicht liefen undeutliche Schatten, in seinen Augen brannte ein höllisches Feuer. Offenbar war der Mann wahnsinnig. Wahrscheinlich hatten die Stimmen aus den Rohren auch ihm etwas zugeflüstert. Und obwohl Khan ihm das Leben gerettet und ihn so freundlich aufgenommen hatte, war Artjom der Gedanke, länger bei ihm zu bleiben, unheimlich. Er musste überlegen, wie er weiterkam, durch den wohl unheilvollsten aller Tunnel – von der *Sucharewskaja* zur *Turgenewskaja*. Und dann noch weiter.

»Verzeih mir bitte diese kleine Lüge«, fügte Khan nach einer kurzen Pause hinzu. »Die Seele deines Freundes ist nicht zum Schöpfer aufgefahren, wie ich sagte, sie hat sich nicht verwandelt und ist nicht in neuer Form auferstanden. Nein, sie hat sich jenen unglücklichen Seelen in den Rohren angeschlossen.«

Nun fiel Artjom ein, dass er zu Bourbons Leiche zurückkehren und sie zur Station schaffen wollte. Bourbon hatte gesagt, er habe hier Freunde, die Artjom zurückbringen würden, wenn ihr Marsch erfolgreich endete. Artjom musste auch an den Rucksack denken, den er noch nicht geöffnet hatte und in dem sich außer den Magazinen für Bourbons Kalaschnikow womöglich noch so manches Nützliche befand. Er zögerte, darin herumzuwühlen – er war ein wenig abergläubisch –, also sah er nur kurz hinein, ohne etwas zu berühren.

»Du brauchst dich vor ihm nicht zu fürchten«, sagte Khan, als habe er seine Zweifel gespürt. »Das da gehört nun dir.«

»Was Sie gemacht haben, ist für meine Begriffe Leichenfledderei«, erwiderte Artjom leise.

»Hab keine Angst, er wird sich nicht rächen. Er wird nie wieder einen Körper haben … Weißt du, ich glaube, wenn die Toten in diese Rohre geraten, verlieren sie sich. Sie werden Teil des Ganzen, ihr Wille löst sich in dem Willen der übrigen auf, und ihr Verstand trocknet aus. Sie sind keine eigenständigen Personen mehr. Falls du jedoch die Lebenden fürchtest, brauchst du nur den Rucksack mitten in der Station auf dem Boden auszuleeren. Dann wird dich keiner des Diebstahls beschuldigen, und dein Gewissen ist rein. Du hast aber doch versucht, diesen Menschen zu retten, und er wäre dir sicher dankbar dafür. Also kannst du davon ausgehen, dass dieser Rucksack die Belohnung für das ist, was du getan hast.«

In Khans Worten lag so viel Selbstsicherheit und Überzeugung, dass Artjom es wagte, in den Rucksack zu greifen und dessen Inhalt im Schein des Lagerfeuers auf einem Stück Zeltplane auszubreiten. Er beförderte noch vier weitere Magazine zutage – zwei hatte Bourbon ihm ja bereits mit der Waffe ausgehändigt. Erstaunlich, wozu Bourbon, den Artjom für einen Händler gehalten hatte, ein derart eindrucksvolles Arsenal brauchte! Fünf Magazine wickelte Artjom sorgsam in ein Stück Stoff und packte sie in seinen Rucksack, das letzte steckte er in Bourbons Waffe. Sie war in hervorragendem Zustand: sorgfältig geölt, aus glänzendem, brüniertem Stahl. Der Abzug ließ sich leicht bewegen und gab am Ende ein dumpfes Klicken von sich, während der Sicherungshebel sich etwas schwer zwischen den Betriebsarten hin und her schalten ließ – all das sprach dafür, dass die Waffe so gut wie neu war. Der Griff lag gut in der Hand, und der Vorderschaft war sorgfältig poliert. Dieses Gewehr vermittelte einem ein Gefühl der Zuverlässigkeit, verströmte Ruhe und Selbstsicherheit. Artjom wusste sofort: Wenn er etwas von Bourbons Sachen mitnahm, dann war es diese Waffe.

Die versprochenen Magazine des Kalibers 7.62 für seine »Höllenmaschine« fand er allerdings nicht. Er fragte sich, wie

Bourbon ihn hatte bezahlen wollen – und kam zu dem Schluss, dass dieser womöglich gar nicht vorgehabt hatte, ihm etwas zu geben, sondern ihn, sobald sie die gefährliche Stelle passiert hatten, mit einem Genickschuss umgelegt, in einen Schacht geworfen und für immer vergessen hätte.

Außer einigen Klamotten, einem Metroplan voller Kritzeleien, die nur sein verstorbener Besitzer hätte entziffern können, und hundert Gramm *dur* fanden sich am Boden des Rucksacks noch einige Stücke geräuchertes Fleisch, eingewickelt in Plastiktüten, sowie ein Notizbuch. Letzteres wollte Artjom nicht lesen, und im Übrigen war er vom Inhalt des Rucksacks enttäuscht. Insgeheim hatte er gehofft, etwas Geheimnisvolles oder Wertvolles zu finden – den Grund, weshalb Bourbon so unbedingt durch den Tunnel zur *Sucharewskaja* hindurch wollte. Er war überzeugt, dass Bourbon ein Kurier war, vielleicht auch ein Schmuggler oder etwas Ähnliches. Zumindest erklärte dies seine Entschlossenheit, den Tunnel zu passieren, und seine Bereitschaft, dafür zu bezahlen. Doch als Artjom das letzte Paar Wechselwäsche aus dem Rucksack hervorgeholt hatte und trotz intensiver Suche nichts mehr außer alten, trockenen Krümeln darin fand, war klar, dass der Grund für Bourbons Beharrlichkeit ein anderer war. Artjom zerbrach sich den Kopf darüber, was Bourbon an der *Sucharewskaja* eigentlich gesucht hatte, doch ihm fiel nichts Plausibles ein.

Seine Spekulationen wurden bald von dem Gedanken verdrängt, dass er den Unglücklichen im Tunnel bei den Ratten zurückgelassen hatte, obwohl er ja vorgehabt hatte, zurückzukehren und sich um die Leiche zu kümmern. Allerdings hatte er keine besonders deutliche Vorstellung davon, wie er dem Händler die letzte Ehre erweisen und was er mit der Leiche anfangen sollte. Verbrennen? Dazu brauchte man gute Nerven, und der stickige Rauch sowie der Gestank versengten Fleisches und brennender Haare würden sicherlich bis zur Station dringen, was Ärger bedeutete. Andererseits: Die Leiche bis zur Station zu schleppen war beschwerlich und unheimlich. Es war eine Sache, einen Menschen am Handgelenk zu ziehen in der Hoffnung, dass er noch lebte, und die klebrigen Gedanken zu verscheuchen, dass er nicht mehr atmet und kein Puls mehr zu fühlen ist. Etwas ganz anderes war es dagegen, die Hand eines Toten anzufassen. Und was dann? Wenn Bourbon schon bei der Frage der Entlohnung gelogen hatte, konnte er die Freunde, die ihn hier angeblich erwarteten, ebenso gut erfunden haben. Dann wäre Artjom, wenn er plötzlich eine unbekannte Leiche heranschaffte, in einer noch schlechteren Lage. Nach langem Grübeln fragte er Khan: »Was macht ihr hier mit denen, die sterben?«

»Was meinst du, mein Freund? Sprichst du von den Seelen oder von ihren vergänglichen Körpern?«

»Ich meine die Leichen«, brummte Artjom, dem das ganze Geschwätz vom Jenseits allmählich auf die Nerven ging.

»Zwischen dem *Prospekt Mira* und der *Sucharewskaja* gibt es zwei Tunnel, aber nur durch einen kommt man hindurch. Im zweiten Tunnel hat sich nämlich unweit unserer Station die Erde gesenkt, der Boden ist eingebrochen, und jetzt ist dort ein tiefer Abgrund, in den, wie es heißt, einmal ein ganzer Zug gestürzt sein soll. Steht man an diesem Abgrund, so ist der gegenüberliegende Rand nicht sichtbar, und selbst das Licht der stärksten Taschenlampe reicht nicht bis auf den Grund. Deshalb verbreiten einige Schwätzer gerne das Gerücht vom bodenlosen Abgrund. Das ist unser Friedhof. Dorthin schaffen wir all die ›Leichen‹, wie du sie nennst.«

Artjom gefiel der Gedanke nicht, dorthin zurückkehren zu müssen, wo Khan ihn aufgefunden hatte, Bourbons schon leicht angenagte Leiche herzuschleppen, durch die Station zu tragen und bis zu diesem Abgrund zu schaffen. Er redete sich ein, es sei doch einerlei, ob er den Toten in ein Loch werfe oder im Tunnel zurücklasse – von einer Beisetzung könne man sowieso nicht sprechen. Doch als er schon fast überzeugt war, dass er am besten alles so ließ, wie es war, sah er plötzlich mit erschütternder Deutlichkeit Bourbons Gesicht vor sich, wie er sagte: »Ich bin tot.« Artjom spürte, wie ihm der Schweiß ausbrach. Mühsam erhob er sich, warf sich das neue Gewehr über die Schulter und sagte: »Ich gehe dann jetzt. Ich habe es ihm versprochen. Wir hatten eine Abmachung. Es muss sein.« Mit steifen Beinen stakste er durch die Halle zu der Eisenleiter, die vom Bahnsteig auf die Gleise führte.

Noch vor dem Abstieg musste er seine Lampe einschalten. Nachdem er die Stufen hinabgepoltert war, verharrte er einen Augenblick unentschlossen. Ein schwerer, nach Fäulnis riechender Luftzug wehte ihm ins Gesicht. Einen Moment lang weigerten sich seine Muskeln zu gehorchen, sosehr er sich auch bemühte, den nächsten Schritt zu machen. Dann, als er schließlich Angst und Ekel überwand und losgehen wollte, spürte er, wie sich ihm eine schwere Hand auf die Schulter legte. Vor Überraschung schrie er auf und fuhr herum. Etwas in ihm krampfte sich zusammen, er wusste, er würde es nicht schaffen, seine Kalaschnikow von der Schulter zu holen, nichts würde er mehr schaffen ...

Es war Khan.

»Hab keine Angst«, sagte er beruhigend zu Artjom. »Ich habe dich nur geprüft. Du musst nicht mehr dorthin. Der Körper deines Kameraden ist nicht mehr da.«

Artjom sah ihn verständnislos an.

»Während du schliefst, habe ich einen Bestattungsritus zelebriert. Es gibt keinen Grund mehr für dich, dorthin zu gehen. Der Tunnel ist leer.« Khan drehte Artjom den Rücken zu und ging langsam wieder zurück zu den Rundbögen.

Zutiefst erleichtert beeilte sich Artjom ihm zu folgen. Mit zehn Schritten hatte er ihn eingeholt und fragte erregt: »Aber warum haben Sie das getan und mir nichts gesagt? Sie meinten doch, es sei egal, ob er im Tunnel bleibt oder zur Station gebracht wird.«

Khan zuckte mit den Schultern. »Für mich ist es tatsächlich bedeutungslos. Aber für dich war es wichtig. Ich weiß, dass deine Reise ein Ziel hat und dass dein Weg lang und steinig ist. Ich weiß nicht, was genau deine Mission ist, aber diese Bürde ist zu schwer für dich allein, und deshalb habe ich beschlossen, dir wenigstens bei einer Sache zu helfen.« Er blickte Artjom lächelnd an.

Als sie an das Feuer zurückkamen und sich auf der zerknitterten Zeltplane niederließen, hielt es Artjom nicht länger aus. »Was meinen Sie mit Mission? Habe ich im Schlaf gesprochen?«

»Nein, mein Freund, du hast im Schlaf geschwiegen. Aber ich habe eine Erscheinung gehabt. Ein Mann hat mich darin um Hilfe gebeten. Mir wurde dein Kommen angekündigt, und deshalb bin ich dir entgegengegangen und habe dich aufgehoben, als du mit der Leiche deines Freundes durch den Tunnel gekrochen bist.«

»Wirklich deshalb? Ich dachte, Sie hätten den Schuss gehört.«

»Habe ich auch. Hier gibt es ein starkes Echo. Aber du glaubst doch nicht ernsthaft, dass ich jedes Mal, wenn im Tunnel geschossen wird, dort hineingehe? Da hätte mein Lebensweg ein viel früheres und sicher ruhmloses Ende gefunden.«

»Und was war das für ein Mann?«

»Ich kann nicht sagen, wer es war. Ich habe ihn nie zuvor gesehen oder mit ihm gesprochen. Aber ich habe sofort seine enorme Kraft gespürt. Er wies mich an, einem jungen Mann zu helfen, der sich im Nordtunnel zeigen würde, und dann erschien dein Bild vor mir. Es war nur ein Traum, aber das Gefühl der Wirklichkeit war so groß, dass ich, als ich aufwachte, nicht gleich die Grenze zwischen Vision und Realität erfasste. Es war ein hünenhafter Mann mit glänzendem, kahl geschorenem Schädel, ganz in Weiß gekleidet. Kennst du ihn?«

Artjom zuckte zusammen. Alles verschwamm vor seinen Augen, und er sah das Bild, das Khan beschrieb, genau vor sich. Es war Hunter. Die gleiche Vision. »Ja, ich kenne ihn.«

»Er ist in meine Träume eingedrungen. Üblicherweise verzeihe ich das niemandem. Aber bei ihm war es anders. Er brauchte meine Hilfe genauso wie du. Er befahl mir nichts, forderte nicht, ich solle mich seinem Willen unterwerfen. Es war eher eine nachdrückliche Bitte. Er versteht es nicht, den Willen eines Fremden zu beeinflussen oder durch fremde Gedanken zu wandern. Er war einfach in einer schweren, sehr schweren Lage, er dachte verzweifelt an dich und suchte eine freundlich gesinnte Hand, eine Schulter zum Ausruhen. Ich habe ihm diese Hand gereicht und ihn an meiner Schulter ruhen lassen. Und dann bin ich dir entgegengegangen.«

Über Artjom schlug eine Woge von Gedanken herein, sie brodelten, wurden einer nach dem anderen an die Oberfläche seines Bewusstseins gespült, lösten sich wieder auf, bevor er sie in Worte übersetzt hatte. Seine Zunge war wie erstarrt. Lange brachte er kein Wort hervor. Hatte dieser Mann tatsächlich von seiner Ankunft gewusst? Hatte Hunter ihn wirklich auf irgendeine Weise informiert? War Hunter am Leben, oder hatte nur sein Schatten zu ihnen gesprochen? Wenn er Khan glaubte, musste er auch an die albtraumhaften Bilder eines jenseitigen Lebens glauben, die dieser ihm vorgezeichnet hatte. Dabei war es doch so viel bequemer, sich einzureden, dass er einfach verrückt war … Aber was noch viel wichtiger war: Sein Gegenüber wusste etwas von der Aufgabe, die Artjom zu erfüllen hatte. Er nannte es Mission, und obwohl er deren Sinn nicht ganz erfasste, begriff er doch die Schwere und Bedeutung, fühlte mit Artjom, wollte ihm sein Schicksal erleichtern.

»Wohin gehst du?«, fragte Khan leise, als habe er seine Gedanken gelesen. Dabei blickte er Artjom ruhig in die Augen. »Sag mir, wohin dein Weg führt, und ich helfe dir, den nächsten Schritt zu machen, wenn dies in meiner Macht steht. Er hat mich darum gebeten.«

»Die Polis«, stieß Artjom hervor. »Ich muss zur Polis.«

»Und wie willst du von dieser gottverlassenen Station aus dorthin gelangen? Mein Freund, du hättest vom *Prospekt Mira* aus den Ring entlanggehen sollen, bis zur *Kurskaja* oder zur *Kiewskaja*.«

»Das ist das Gebiet der Hanse. Ich kenne dort niemanden. Ich wäre nicht durchgekommen. Egal, jetzt kann ich ohnehin nicht mehr zum *Prospekt Mira* zurück – ein zweites Mal würde ich es nicht durch diesen Tunnel schaffen. Ich will zur *Turgenewskaja*. Auf einem alten Plan habe ich dort einen Übergang zum *Sretenski Bulwar* gesehen. Von dort führt eine nicht fertig gestellte Linie, über die man bis zur *Trubnaja* kommt.« Artjom zog das verkohlte Blatt mit der Karte auf der Rückseite hervor. »Auf der Karte gibt es eine Verbindung zum *Zwetnoi Bulwar*, und wenn alles gut läuft, komme ich von dort direkt zur Polis.«

Khan schüttelte traurig den Kopf. »Nein, so kommst du nicht zur Polis. Diese Pläne lügen. Sie wurden lange bevor das alles passierte gedruckt. Sie sprechen von Linien, die niemals fertig gebaut wurden, Stationen, die eingefallen sind und unter sich Hunderte unschuldiger Menschen begraben haben. Sie erzählen nicht von den furchtbaren Gefahren, die auf dem Weg lauern und viele Routen unpassierbar machen. Dein Plan ist dumm und naiv wie ein dreijähriges Kind. Gib ihn mir.« Er streckte die Hand aus.

Folgsam gab ihm Artjom das Blatt. Khan zerknüllte es und warf es verächtlich ins Feuer. Dann sagte er: »Und nun zeig mir den Plan, den du im Rucksack deines Begleiters gefunden hast.«

Als Artjom ihn nach einigem Suchen hervorholte, zögerte er ihn aus der Hand zu geben – den wollte er nicht auch noch verlieren. Khan bemerkte das. »Ich werde nichts damit anstellen, keine Angst«, beschwichtigte er. »Und glaub mir, ich tue nichts umsonst. Es mag dir scheinen, dass manche meiner Taten sinnlos oder sogar verrückt sind. Aber es liegt ein Sinn darin, der dir nicht zugänglich ist, denn deine Wahrnehmung und dein Verständnis der Welt sind begrenzt. Du bist erst am Anfang des Weges. Du bist noch zu jung, um manche Dinge zu verstehen.«

Außerstande, dem etwas entgegenzusetzen, händigte Artjom Khan den Plan aus, den er bei Bourbons Sachen gefunden hatte: ein quadratisches Stück Pappe, so groß wie eine Postkarte – etwa so wie die alte Glückwunschkarte, vergilbt, mit wunderschön schillernden Kugeln darauf, mit gemaltem Raureif und der Aufschrift Ein gutes Neues Jahr 2007, die er einmal mit Witalik gegen einen abgewetzten gelben Stern von einem Schulterstück getauscht hatte, den er bei seinem Stiefvater in der Tasche gefunden hatte.

»Wie schwer sie ist«, sagte Khan heiser, und Artjom bemerkte, dass Khans Hand nach unten gedrückt wurde, als wöge der Plan ein ganzes Kilogramm oder mehr. Eine Sekunde zuvor, als er selbst die Karte noch in der Hand gehabt hatte, war ihm nichts Ungewöhnliches aufgefallen – ein Stück Karton, mehr nicht. »Dieser Plan ist viel weiser als deiner. Es sind Kenntnisse darin verborgen, die mich zweifeln lassen, dass er dem Mann gehörte, der mit dir ging. Ich meine gar nicht so sehr all diese Anmerkungen und Zeichen, die überall zu finden sind, obwohl auch diese viel erzählen können. Nein, dieser Plan trägt etwas in sich …« Kahn verstummte plötzlich. Artjom blickte auf und musterte ihn aufmerksam. Khans Stirn durchzogen tiefe Falten, und das Feuer von vorhin brannte wieder in seinen Augen. Ja, sein Gesicht hatte sich so sehr verändert, dass Artjom es mit der Angst bekam und erneut das Verlangen verspürte, so schnell wie möglich von dieser Station zu verschwinden – wenn es sein musste, sogar zurück in den unheilvollen Tunnel, aus dem er mit solcher Mühe lebend herausgekommen war.

»Lass ihn mir«, sagte Khan, nicht bittend, sondern vielmehr befehlend. »Ich schenke dir einen anderen, du wirst den Unterschied gar nicht merken. Und ich gebe dir noch etwas anderes dazu – was immer du dir auch wünschst.«

»Bitte, er gehört Ihnen«, willigte Artjom erleichtert ein. Er spie diese Worte hervor, als hätten sie seinen Mund verstopft und die Zunge belegt. Sie hatten dort in demselben Augenblick gewartet, als Khan »Lass ihn mir« gesagt hatte, und als Artjom sie endlich losgeworden war, hatte er das Gefühl, es seien nicht seine eigenen Worte gewesen, sondern fremde, diktierte …

Khan rückte plötzlich vom Feuer ab, sodass sein Gesicht in der Dunkelheit verschwand. Artjom erriet, dass der andere versuchte, den inneren Kampf seiner Gefühle vor dem jungen Mann zu verbergen.

»Verstehst du, mein junger Freund« – die Stimme aus der Dunkelheit klang auf einmal schwach, unentschlossen, hatte nichts mehr von jener Macht und Willensstärke, die Artjom einen Augenblick zuvor so große Angst eingejagt hatte – »das ist kein Plan, besser gesagt: nicht nur ein Plan. Es ist der Wegweiser durch die Metro. Oh ja, kein Zweifel, das ist es. Wer ihn zu deuten weiß, kann damit das gesamte System in zwei Tagen durchqueren, denn dieser Plan … lebt sozusagen. Er sagt dir, wohin und wie du gehen sollst, warnt dich vor Gefahren, mit einem Wort: Er zeigt dir den Weg. Deswegen nennt man ihn auch

*Mentor.*« Khans Gesicht näherte sich wieder dem Feuer. »Ich habe von ihm gehört. Es gibt nur wenige davon in der gesamten Metro, vielleicht ist sogar nur dieser hier übrig geblieben. Ich habe noch einen gewöhnlichen Linienplan, wenn du willst, trage ich alle Anmerkungen des *Mentors* darauf ein und gebe ihn dir dafür. Und außerdem …« – er kramte eine Zeit lang in seinen Säcken – »kann ich dir dies hier anbieten.« Er zog eine kleine, seltsam geformte Taschenlampe hervor. »Sie braucht keine Batterien. Hier ist so eine Vorrichtung, wie ein Trainingsgerät für die Hände, siehst du die beiden Hebel? Die muss man zusammendrücken, das Gerät erzeugt von selbst Strom, und die Lampe brennt. Recht schwach natürlich, aber es gibt Situationen, in denen selbst dieses schummrige Licht heller scheint als die Quecksilberlampen der Polis. Sie hat mich schon mehrmals gerettet. Ich hoffe, sie wird auch dir nützen. Nimm sie, sie gehört dir. Los, nimm schon – es ist trotzdem ein ungleicher Tausch, ich stehe in deiner Schuld.«

Artjom fand dagegen, dass er bei diesem Tausch selten gut weggekommen war. Was brauchte er die mystischen Eigenschaften dieses Plans, wenn er selbst sie nicht spürte? Er hätte ihn wahrscheinlich fortgeworfen, nachdem er ihn ein paar Mal hin und her gewendet und vergeblich versucht hätte, die Kritzeleien darauf zu entziffern.

»Die Route, die du gewählt hast, führt dich in den Abgrund«, fuhr Khan fort, noch immer die Karte vorsichtig in der Hand haltend. »Nimm meinen alten Plan und sieh es dir noch mal an.« Er hielt Artjom einen winzigen Plan hin, der auf der Rückseite eines alten Taschenkalenders abgedruckt war. »Du hast von dem Übergang von der *Turgenewskaja* zum *Sretenski Bulwar* gesprochen. Weißt du denn nichts von dem schlechten Ruf dieser Station und von dem langen Tunnel von hier bis zum *Kitaigorod?*«

»Na ja, man hat mir schon gesagt, dass man da allein nicht hineingehen darf, nur in der Karawane ist es sicher. So habe ich es mir auch gedacht – in der Karawane bis zur *Turgenewskaja*, und dann hau ich ab in den Übergang. Die würden mich doch nicht verfolgen, oder?« Artjom spürte, wie sich in seinem Kopf ein undeutlicher Gedanke regte, ihn juckte, in Erregung versetzte. Was war das bloß?

»Dort gibt es keinen Übergang. Die Bögen sind zugemauert.«

Ja, wie hatte er das nur vergessen können! Natürlich hatte man ihm früher davon erzählt, aber es war ihm entfallen. Die Roten hatten aus Angst vor irgendwelchem Teufelszeug im Tunnel den einzigen Zugang zur *Turgenewskaja* versperrt. »Aber gibt es dort denn keinen anderen Ausgang?«, fragte Artjom vorsichtig.

»Nein. Die Pläne sagen jedenfalls nichts darüber aus. Aber selbst wenn dort ein offener Übergang wäre, glaube ich nicht, dass du genügend Mut hättest, dich von der Gruppe zu lösen und dort hineinzugehen. Besonders wenn du den letzten Tratsch über dieses entzückende Fleckchen hörst, während du wartest, bis eine Karawane zusammenkommt.«

»Aber was soll ich dann tun?« Mutlos starrte Artjom auf den kleinen Kalender in seiner Hand.

»Du kannst nach *Kitai-gorod* gehen. Das ist eine interessante Station, und die Sitten dort sind überaus unterhaltsam, aber wenigstens kann man dort nicht spurlos und für immer verschwinden. An der *Turgenewskaja* ist das nämlich sehr wohl möglich. Von *Kitai-gorod* aus, schau« – Khan fuhr mit dem Finger über den Plan – »sind es nur zwei Stationen bis zur *Puschkinskaja*, dort wechselst du zur *Tschechowskaja*, dann einmal noch durch den Tunnel, und du bist in der Polis. Das ist sogar noch kürzer als der Weg, den du ursprünglich vorhattest.«

Artjom bewegte die Lippen, zählte die Stationen und Übergänge der beiden Routen ab. Ja, wie man es auch drehte und wendete, der von Khan aufgezeigte Weg war wesentlich kürzer. Artjom war schleierhaft, warum er nicht selbst darauf gekommen war. Aber wie es aussah, hatte er jetzt ohnehin keine andere Wahl mehr. »Sie haben recht«, sagte er schließlich. »Machen sich denn oft Karawanen dorthin auf?«

»Leider nicht. Es gibt da ein kleines, aber ärgerliches Detail: Wenn jemand über unseren Halt nach *Kitai-gorod*, also durch den südlichen Tunnel gehen möchte, muss er uns ja zunächst aus nördlicher Richtung erreichen. Und nun denk mal nach, ob das so einfach ist.« Khan deutete in Richtung des Tunnels. »Allerdings ist schon wieder einige Zeit vergangen, seit sich die letzte Karawane nach Süden aufgemacht hat. Es ist also gut möglich, dass sich seither eine neue Gruppe gebildet hat. Sprich mit den Leuten, frag sie aus, aber rede nicht zu viel, hier sind auch Banditen unterwegs, denen man sich keinesfalls anvertrauen sollte ... Na gut, ich gehe besser mit, damit du keine Dummheiten anstellst.« Artjom griff bereits nach seinem Rucksack, doch Khan unterbrach ihn mit einer Geste. »Sorge dich nicht um deine Sachen. Die Leute hier haben so viel Angst vor mir, dass niemand von diesem Gesindel es wagen würde, sich meinem Lager zu nähern. Solange du hier bist, stehst du unter meinem Schutz.«

Den Rucksack ließ Artjom am Feuer zurück, aber das Sturmgewehr nahm er doch mit – zu wertvoll war ihm dieser neue Schatz. Dann lief er Khan hinterher, der sich mit großen Schritten, aber ohne Hast den Feuern näherte, die am anderen Ende des Saals brannten. Erstaunt beobachtete Artjom, wie die ausgezehrten, in stinkende Fetzen gehüllten Landstreicher vor ihnen zurückschreckten. Sie schienen sich tatsächlich vor Khan zu fürchten. Warum nur?

Sie passierten das erste Feuer, ohne dass Khan seinen Schritt verlangsamte. Es war ein winziges Feuerchen, das kaum brannte, an dem eng aneinandergedrückt zwei Menschen saßen, ein Mann und eine Frau. Leise, raschelnde Worte in einer unbekannten Sprache waren zu hören, zerfielen jedoch, bevor sie Artjoms Ohr erreichten. Neugierig verrenkte er sich den Hals, konnte sich kaum von diesem seltsamen Paar losreißen.

Das nächste Feuer war groß und hell, daneben befand sich ein ganzes Lager. Um das Feuer herum saßen hünenhafte Männer von ziemlich wildem Aussehen. Lautes Lachen ertönte, und die kräftigen Flüche, die die Luft zerrissen, schüchterten Artjom ein. Khan jedoch trat ruhig und selbstbewusst ans Feuer, grüßte und nahm Platz, sodass Artjom nichts anderes übrig blieb, als seinem Beispiel zu folgen und sich daneben zu hocken.

»... schaut sich an und sieht, dass er den gleichen Ausschlag auf den Händen hat, und unter den Achseln ist irgendwas Hartes angeschwollen, und es tut ihm wahnsinnig weh. Stell dir vor, was für ein Horror! Die Leute reagieren ja unterschiedlich auf so was. Einer schießt gleich los, ein anderer wird wahnsinnig, wirft sich auf die anderen, versucht jemanden anzufassen, um nicht allein zu verrecken. Ein Dritter läuft in irgendeinen gottverlassenen Tunnel, außerhalb des Rings, um niemanden anzustecken. Jeder ist da anders. Jedenfalls, als er das alles sieht, fragt er unseren Arzt: Gibt es eine Chance, dass ich wieder gesund werde? Der Arzt sagt rundheraus: nicht die geringste. Sobald dieser Ausschlag da ist, hast du noch zwei Wochen. Ich sehe, wie der Bataillonskommandant schon mal seine Makarow locker macht, für den Fall, dass der ausflippt ...« Der da mit vor Aufregung überschnappender Stimme sprach, war ein kleiner, hagerer und struppiger Mann in einer wattierten Jacke. Aus wässerigen grauen Augen sah er die Versammelten an.

Obwohl Artjom nicht recht verstand, worum es ging, hatten ihn der Geist dieser Erzählung und die Stille dieser Gesellschaft, die noch vor Kurzem laut gelacht hatte, in ihren Bann gezogen. Um keine Aufmerksamkeit zu erregen, erkundigte er sich leise bei Khan: »Wovon spricht er?«

»Von der Pest«, erwiderte Khan schwermütig.

Bei diesen Worten stieg Artjom der Gestank zerfallender Körper und brennender Leichen in die Nase. Er konnte förmlich die Alarmglocken läuten und die Sirenen heulen hören.

An der *WDNCh* und Umgebung kannten sie keine Epidemien. Die wichtigsten Überträger – die Ratten – waren vernichtet worden, zudem gab es an der Station einige fähige Ärzte. Von tödlichen Ansteckungskrankheiten hatte Artjom nur in Büchern gelesen. Einige davon waren ihm schon in ganz jungen Jahren unter die Finger gekommen, hatten sich tief in sein Gedächtnis eingebrannt und als Kind die Welt seiner Träume und Ängste beherrscht. Wie er nun das Wort »Pest« hörte, bedeckte kalter Schweiß seinen Rücken, und ihn begann zu schwindeln. Er fragte nicht weiter, sondern lauschte mit brennender Neugier dem Bericht des Hageren in der Wattejacke.

»Aber der Rote war nicht so ein durchgeknallter Typ. Vielleicht eine Minute steht er da, dann sagt er: ›Gebt mir ein paar Patronen, dann gehe ich. Ich darf nicht bei euch bleiben.‹ Der Kommandeur hat vor Erleichterung richtig aufgeatmet, das konnte sogar ich hören. Klar, den eigenen Mann erschießen zu müssen ist kein Vergnügen, selbst wenn er krank ist. Die Jungs haben zusammengelegt und dem Roten zwei ganze Hörner mitgegeben. Er ist dann Richtung Nordosten gegangen, hinter die *Awiamotornaja*. Wir haben ihn nie wiedergesehen. Der Kommandeur hat noch den Arzt gefragt, wie lange es dauert, bis die Krankheit ausbricht. Der sagte, die Inkubationszeit ist eine Woche. Wenn du eine Woche nach dem Kontakt nichts hast, hast du dich nicht angesteckt. Der Kommandeur hat dann entschieden: Wir gehen zur Station, bleiben dort eine Woche und lassen uns dann untersuchen. Ins Innere des Rings dürfen wir jetzt nicht – wenn die Krankheit ausbricht, stirbt die ganze Metro. Und so haben wir eine Woche lang dort ausgehalten. Wir hatten kaum miteinander Kontakt – es wusste ja keiner, wer von uns ansteckend war und wer nicht. Und außerdem gab es noch einen Typen dort, den haben sie immer ›Becher‹ genannt, weil er ziemlich gerne trank. Vor dem hatten sie so richtig Schiss, weil er der Kumpel vom Roten war. Wenn er jemandem zu nahe kam, rannte der bis ans andere Ende der Station. Oder jemand zog gleich die Knarre, nach dem Motto: Zieh Leine. Als ihm das Wasser ausging, haben die Jungs schon mit ihm geteilt, aber sie haben es ihm irgendwo hingestellt und sind dann gegangen. Zu sich hat ihn keiner gelassen. Nach einer Woche ist er verschwunden. Es gab verschiedene Ansichten, einige meinten sogar, dass ihn sich irgendeine Kreatur geschnappt hatte. Aber dort sind die Tunnel sauber. Ich persönlich glaube, er hat einfach einen Ausschlag an sich bemerkt, oder unter den Achseln ist ihm was angeschwollen. Also ist er weggelaufen. Ansonsten hat sich von unserer Gruppe niemand angesteckt. Wir haben noch gewartet, dann hat uns der Kommandeur untersucht. Wir waren alle gesund.«

Artjom bemerkte, dass die anderen Männer trotz der Enge am Feuer von dem Erzähler abgerückt waren.

»Bist du lange hierher unterwegs gewesen, Bruder?«, fragte ein knorriger, bärtiger Mann in einer Lederweste leise.

»Es sind gut dreißig Tage, seit wir von der *Awiamotornaja* aufgebrochen sind«, erwiderte der Hagere.

»Tja, da habe ich Neuigkeiten für dich. An der *Awiamotornaja* ist die Pest ausgebrochen. Die Pest, hast du verstanden? Die Hanse hat sowohl die *Taganskaja* als auch die *Kurskaja* geschlossen. Quarantäne nennt sich das. Ich hab da Bekannte, Bürger der Hanse. Sowohl an der *Taganskaja* als auch an der *Kurskaja* stehen Feuerwerfer in den Tunneln. Jeder, der sich bis auf Reichweite nähert, wird verbrannt. Desinfiziert, sozusagen. Sieht so aus, als ob bei manchen die Inkubationszeit eine Woche beträgt, bei anderen mehr, denn die Seuche ist trotzdem dorthin gekommen.«

»Was soll das, Jungs? Ich bin doch gesund! Schaut doch selbst!« Das Männchen sprang auf und begann sich krampfhaft die Jacke und dann das unvorstellbar schmutziges Hemd vom Leib zu reißen. Seine Bewegungen waren hastig, als ob er fürchtete, nicht rechtzeitig den Beweis führen zu können.

Die Anspannung stieg. Alle drückten sich auf der anderen Seite des Lagerfeuers zusammen, sprachen nervös durcheinander, und Artjom hörte leises Klicken. Fragend blickte er Khan an, nahm sein neues Sturmgewehr von der Schulter und hielt es kampfbereit vor sich.

Khan schwieg, hielt Artjom jedoch mit einer Geste zurück. Dann erhob er sich schnell, trat lautlos vom Feuer zurück und zog den Jungen hinter sich her. Nach etwa zehn Schritten blieb er stehen und beobachtete weiter das Geschehen.

Die hastigen Bewegungen des sich entkleidenden Mannes erschienen im Licht des Lagerfeuers wie ein verrückter, primitiver Tanz. Das Murmeln der Menge war verebbt, und die Handlung vollzog sich nun in unheilvoller Stille. Endlich hatte er sich aus seiner Unterwäsche geschält und rief triumphierend: »Da, seht her! Ich bin sauber! Ich bin gesund! Es ist nichts da! Ich bin gesund!«

Der Bärtige mit der Weste zog aus dem Feuer ein Brett, das an einem Ende brannte, näherte sich vorsichtig dem Hageren und begann ihn angeekelt zu mustern. Die Haut des allzu redseligen Mannes war dunkel vor Schmutz und glänzte fettig, aber Spuren eines Ausschlags konnte der Bärtige trotz penibler Untersuchung offenbar nicht entdecken, weshalb er kommandierte: »Nimm die Arme hoch!«

Der Unglückliche riss eilig die Arme nach oben. Dem Blick der Menge zeigten sich spärlich bewachsene Achseln. Der Bärtige hielt sich demonstrativ die Nase mit der freien Hand zu und trat noch näher heran, besah sich alles genau, suchte nach Beulen, konnte aber auch dort keinerlei Symptome finden.

»Ich bin gesund! Gesund! Glaubt ihr mir jetzt?«, schrie der Mann mit schon fast hysterischer Stimme.

In der Menge begann man feindselig zu flüstern. Der Bärtige nahm die allgemeine Stimmung auf und erklärte: »Na gut, vielleicht bist du ja selber gesund. Aber das bedeutet noch nichts!«

»Wie, das bedeutet nichts?«

»Ganz einfach: Kann sein, dass du nicht krank bist. Vielleicht bist du ja immun. Aber die Infektion kannst du trotzdem in dir tragen. Du hast doch mit diesem Roten Kontakt gehabt? Bist in einer Einheit mit ihm gewesen? Hast mit ihm geredet, vielleicht aus derselben Flasche getrunken? Ihm die Hand gegeben? Hast du doch, Bruder, sei ehrlich.«

»Na und? Ich bin doch nicht krank …«, krächzte der andere verloren. Kraftlos stand er da, starrte in die Menge.

»Das heißt nicht, dass du nicht infiziert bist, Bruder. Tut uns leid, aber das Risiko ist zu hoch. Vorbeugung muss sein, verstehst du?« Der Bärtige knöpfte seine Weste auf, unter der ein braunes Lederhalfter sichtbar wurde. Aus der Menge auf der anderen Seite des Feuers ertönten zustimmende Rufe, und wieder hörte man das Klicken von Waffen.

»Halt, Jungs! Ich bin doch gesund! Ich hab mich nicht angesteckt. Schaut her!« Wieder hob der Hagere seine Arme, doch diesmal rümpften alle nur verächtlich und mit deutlicher Abscheu die Nase.

Der Bärtige zog seine Pistole und richtete sie auf den Mann. Dieser schien einfach nicht zu begreifen, was mit ihm passierte, und murmelte immer weiter, dass er gesund sei. Dabei drückte er sich die zerknüllte Jacke an die Brust. Es war kühl, und er begann allmählich zu frieren.

Artjom hielt es nicht mehr aus. Er entsicherte seine Waffe und machte einen Schritt auf die Menge zu, ohne wirklich zu wissen, was er da tat. Er spürte ein quälendes Ziehen im Bauch, und ein Kloß im Hals hinderte ihn am Sprechen. Aber etwas an diesem Mann, etwas in seinen leeren, verzweifelten Augen, dem sinnlosen, mechanischen Gemurmel, nagte an Artjom und trieb ihn zu diesem Schritt. Wer weiß, was er nun getan hätte – doch wieder senkte sich eine Hand auf seine Schulter, und wie schwer sie diesmal war!

»Bleib stehen«, befahl Khan mit ruhiger Stimme. Artjom erstarrte, er spürte förmlich, wie seine Entschlusskraft am Granit dieses fremden Willens zerbrach. »Du kannst ihm nicht helfen. Du wirst nur selbst umkommen oder ihren Zorn auf dich ziehen. Deine Mission bleibt in beiden Fällen unerfüllt, denk daran!«

In diesem Augenblick zuckte das Männchen plötzlich zusammen, schrie auf, die Jacke an sich gedrückt, sprang mit einem Satz auf die Gleise und rannte mit erstaunlicher Geschwindigkeit und fast animalisch kreischend auf die schwarze Öffnung des südlichen Tunnels zu. Der Bärtige stürzte ihm anfangs hinterher und zielte auf seinen Rücken, doch dann winkte er ab. Es war nicht mehr nötig – alle, die auf dem Bahnsteig standen, wussten das. Unklar war nur, ob der gehetzte Mann begriff, wohin er lief, ob er auf ein Wunder hoffte oder ob er vor Angst einfach nichts mehr wahrnahm.

Nach einigen Minuten hörten sowohl sein Heulen als auch der Widerhall seiner Schritte mit einem Schlag auf – als hätte man einfach die Lautstärke abgedreht. Sogar das Echo erstarb augenblicklich, und dann herrschte Stille. So seltsam und ungewöhnlich war dies für Verstand und Gehör der Anwesenden, dass sie in ihrer Einbildung die plötzlich entstandene Lücke zu füllen versuchten und es ihnen schien, als wäre in der Ferne noch ein Schrei zu hören. Doch alle begriffen, dass dies nur eine Illusion war.

»Ein Rudel Schakale wittert ein krankes Tier genau, mein Freund«, sagte Khan, und Artjom schrak zurück, als er das raubtierartige Feuer in seinen Augen erblickte. »Ein Kranker ist eine Last für das Rudel und eine Gefahr für die Gesundheit aller. Deshalb beißen sie ihn tot, zerreißen ihn in Fetzen.«

Artjom brauchte eine Weile, bis er den Mut aufbrachte, ihm zu widersprechen. »Aber diese Leute sind doch keine Schakale.« Plötzlich begann er tatsächlich zu glauben, dass er es hier mit einer Wiedergeburt von Dschingis Khan zu tun hatte. »Es sind Menschen!«

»Die Menschheit degradiert. Unsere Medizin befindet sich gerade noch auf dem Niveau der Schakale. Und Menschlichkeit besitzen wir ebenso viel. Deshalb ...«

Artjom wusste, was er darauf entgegnen würde, doch mit seinem einzigen Beschützer an dieser wilden Station einen Streit anzufangen, schien ihm nicht unbedingt klug.

Khan wechselte das Thema: »Und jetzt, da unsere Freunde einstweilen unter dem Eindruck des Erlebten stehen und eine Verbreitung von Infektionskrankheiten fürchten, müssen wir das Eisen schmieden, solange es heiß ist. Sonst dauert es noch Wochen, bis sie sich zum Aufbruch entschließen. Gerade jetzt könnte es vielleicht gelingen durchzukommen.«

Die Menschen am Feuer sprachen erregt über das Geschehene. Alle waren angespannt und verwirrt, eine furchtbare Gefahr hatte ihren gespenstischen Schatten auf sie geworfen, und nun versuchten sie zu entscheiden, was weiter zu tun war – doch ihre Gedanken drehten sich im Kreis wie Versuchsmäuse in einem Labyrinth, stießen hilflos gegen Mauern, rasten sinnlos vor und zurück, unfähig, einen Ausgang zu finden.

»Unsere Freunde sind drauf und dran, in Panik auszubrechen«, sagte Khan zufrieden und sah Artjom belustigt an. »Außerdem ahnen sie, dass sie soeben einen Unschuldigen gelyncht haben, und eine solche Tat fördert das vernünftige Denken nicht gerade. Wir haben es jetzt nicht mit einer Gruppe von Menschen, sondern mit einem Rudel zu tun. Ein hervorragender mentaler Zustand für psychische Manipulationen! Die Umstände fügen sich besser als erwartet.«

Khans triumphierende Miene rief bei Artjom erneut Unwohlsein hervor. Er versuchte mit einem Lächeln zu antworten – immerhin wollte Khan ihm helfen –, doch heraus kam dabei nur etwas Klägliches und wenig Überzeugendes.

»Das Wichtigste ist jetzt Autorität. Macht. Ein Rudel respektiert Macht, nicht logische Argumente«, fuhr Khan fort und nickte Artjom zu. »Bleib stehen und sieh zu. In weniger als einem Tag wirst du deine Reise fortsetzen können.« Er machte ein paar große Schritte und stand mitten in der Menge. »Wir dürfen hier nicht bleiben!«, ertönte seine donnernde Stimme.

Augenblicklich erstarb das Raunen der Menge. Die Männer hörten Khan mit vorsichtiger Neugier zu. Er hatte eine machtvolle, beinahe hypnotische rhetorische Begabung, die er nun einsetzte. Schon bei seinen ersten Worten übermannte Artjom ein heftiges Gefühl der Gefahr, die nun über jedem hing, der weiter an dieser Station blieb.

»Er hat die ganze Luft hier verpestet! Wenn wir sie noch länger atmen, sind wir am Ende! Diese Bakterien sind überall, und je länger wir hierbleiben, desto größer ist die Gefahr, dass wir etwas aufschnappen. Wir werden sterben wie die Fliegen, verrotten werden wir hier, mitten im Saal. Hier kommt niemand durch, um uns zu helfen, macht euch da keine Hoffnungen. Wir können uns nur auf uns selbst verlassen. Also müssen wir fort von dieser verfluchten Station. Wenn wir jetzt losgehen, alle zusammen, wird es nicht schwer sein, durch den Tunnel zu kommen. Aber wir dürfen nicht mehr warten!«

Die Leute gaben zustimmende Laute von sich. Wie Artjom konnten die meisten von ihnen Khans enormer Überzeugungskraft nicht widerstehen. Artjom empfand, von Khans Worten geleitet, all jene Zustände und Empfindungen, die dessen Rede enthielt: Gefahr, Angst, Panik, Ausweglosigkeit, dann schwache Hoffnung, die immer mehr wuchs, je mehr Khan von jener Lösung sprach, die er vorschlug.

»Wie viele seid ihr?«

Gleich mehrere Leute begannen die Gruppe abzuzählen. Außer Khan und Artjom standen acht weitere Personen am Feuer.

»Was warten wir dann noch? Wir sind zu zehnt, das können wir schaffen! Packt eure Sachen, in spätestens einer Stunde müssen wir los …« Khan wandte sich um und flüsterte Artjom zu: »Schnell, zurück zum Feuer, nimm du auch deine Habseligkeiten. Wichtig ist jetzt, dass wir ihnen keine Zeit zum Überlegen lassen. Wenn wir jetzt zögern, beginnen sie zu zweifeln, ob sie wirklich mit uns zur *Tschistyje Prudy* gehen sollen. Einige von ihnen sind eigentlich in der anderen Richtung unterwegs, und ein paar leben auf dieser Station und wissen nicht, wohin sie sollen. Ich werde dich also bis nach *Kitai-gorod* begleiten müssen, sonst werden sie, fürchte ich, im Tunnel ihre Zielstrebigkeit schnell verlieren oder überhaupt vergessen, wohin und wozu sie da eigentlich unterwegs sind.«

Hastig warf Artjom diejenigen von Bourbons Sachen, die er sich ausgesucht hatte, in seinen Rucksack. Khan rollte seine Zeltplane zusammen und löschte das Feuer. Währenddessen beobachtete Artjom aus den Augenwinkeln, was sich am anderen Ende des Saales tat. Waren die Leute zu Beginn noch eifrig damit beschäftigt gewesen, ihre Siebensachen zusammenzupacken, waren ihre Bewegungen jetzt viel langsamer und unkoordinierter. Einer setzte sich ans Feuer, ein anderer schlenderte aus irgendeinem Grund in die Mitte des Raums, wo sich zwei weitere trafen und sich zu unterhalten begannen. Artjom ahnte, was dort vor sich ging. Er zog Khan am Ärmel. »Sie sprechen miteinander«, sagte er warnend.

»Leider ist der Umgang mit seinesgleichen ein unverrückbarer Charakterzug menschlicher Geschöpfe«, gab Khan zurück. »Selbst wenn ihr Wille gebrochen ist und sie eigentlich hypnotisiert sind, sehnen sie sich doch danach, miteinander in Kontakt zu treten. Der Mensch ist ein soziales Wesen, da kann man nichts machen. In jedem anderen Fall würde ich solche menschlichen Regungen als gottgegeben hinnehmen – je nachdem, mit wem ich mich unterhalte. Diesmal müssen wir uns einmischen, mein junger Freund, und ihre Gedanken in das richtige Fahrwasser leiten.«

Mit diesen Worten hievte Khan sich seinen enormen Reisesack auf den Rücken. Das Feuer erlosch, und dichte, beinahe spürbare Finsternis stürzte von allen Seiten auf sie ein. Artjom holte die Taschenlampe, Khans Geschenk, aus der Tasche und drückte auf den Griff. Im Inneren begann etwas zu surren, die Glühbirne erwachte zum Leben. Sie verströmte ein ungleichmäßiges, flackerndes Licht.

»Drück weiter«, ermunterte ihn Khan. »Das geht noch besser.«

Als sie die anderen erreichten, hatten diese bereits allen Glauben an Khans Wahrheit verloren. Wieder trat der bärtige Kraftprotz nach vorne, der zuvor die eigenwillige medizinische Untersuchung vorgenommen hatte. »Hör mal, Bruder«, wandte er sich salopp an Khan.

Artjom musste nicht einmal hinsehen, um zu merken, wie sich die Atmosphäre um Khan herum gleichsam elektrisch auflud. Offenbar trieb ihn jegliche Kumpanei zur Weißglut. Von allen Menschen, die Artjom bisher kennengelernt hatte, wollte er Khan am wenigsten wütend erleben.

»Wir haben uns beraten«, sagte der Bärtige, »und finden, dass du völligen Nonsens redest. Mir zum Beispiel passt es überhaupt nicht, Richtung *Kitai-gorod* zu gehen. Und auch die Jungs sind dagegen. Stimmt's, Semjonytsch?« Er drehte sich zur Menge um und suchte nach Zustimmung. Jemand nickte, allerdings ziemlich scheu. »Wir wollten eigentlich zum *Prospekt Mira*, zur Hanse, solange dort in den Tunneln noch alles normal ist. Also werden wir noch etwas warten und dann weiterziehen. Uns wird hier nichts passieren. Seine Sachen haben wir verbrannt, und erzähl uns keine Märchen wegen der Luft, es ist ja keine Lungenpest. Und wenn wir uns schon angesteckt haben, können wir sowieso nichts machen. Die Infektion in der Metro zu verbreiten, ist verboten. Aber wahrscheinlich gibt es gar keine Infektion, also mach dich vom Acker mit deinen Vorschlägen!«

Dieser heftige Widerstand brachte Artjom kurzzeitig aus dem Konzept. Doch als er seinen Begleiter anblickte, begriff er, dass der Bärtige schon bald bitter würde büßen müssen: In Khans Augen glomm wieder jenes orangefarbene Höllenfeuer. Eine derart animalische Wut und Kraft ging von ihm aus, dass auch Artjom plötzlich zu zittern begann, ihm die Haare zu Berge standen – und er selbst die Zähne zeigen und losbrüllen wollte.

»Warum bist du dann so grob zu ihm gewesen, wenn er gar nicht infiziert war?«, fragte Khan schmeichelnd, mit betont weicher Stimme.

»Als vorbeugende Maßnahme.«

»Nein, mein Freund, das hatte mit Medizin nichts zu tun. Eher mit Ganoventum. Mit welchem Recht hast du ihn so behandelt?«

»Nenn mich gefälligst nicht ›Freund‹, verstanden? Mit welchem Recht? Dem Recht des Stärkeren! Schon mal gehört? Und du mach jetzt mal halblang, sonst pusten wir dich und deinen Rotzlöffel gleich weg. Als vorbeugende Maßnahme. Kapiert?« Mit der Bewegung, die Artjom bereits kannte, knöpfte der Bärtige seine Weste auf und legte seine Hand aufs Halfter.

Diesmal gelang es Khan nicht rechtzeitig, Artjom aufzuhalten. Noch ehe der Bärtige sein Halfter aufgeknöpft hatte, blickte er schon in den Lauf eines Sturmgewehrs. Artjom atmete schwer, er hörte sein Herz klopfen, in seinen Schläfen pochte das Blut, sein Kopf schwirrte vor sinnlosen Gedanken. Nur eines begriff er: Wenn der Bärtige noch ein Wort sagte oder seine Hand sich auf den Griff der Pistole legte – er würde sofort abdrücken. Artjom hatte nicht die Absicht, vor die Hunde zu gehen wie der Hagere von vorhin. Er würde es nicht zulassen, dass ihn das Rudel zerriss.

Der Bärtige erstarrte mitten in der Bewegung und blitzte wütend mit seinen dunklen Augen. Und dann geschah etwas Unbegreifliches. Khan, der bis dahin unbeteiligt daneben gestanden hatte, machte einen großen Schritt nach vorne, sodass er direkt vor dem Gesicht seines Kontrahenten stand, blickte ihm in die Augen und sagte leise: »Lass es sein. Du gehorchst mir. Oder du stirbst.«

Der bedrohliche Blick des Bärtigen trübte sich, seine Arme fielen kraftlos wie Zöpfe zu beiden Seiten herab. Dies vollzog sich so unnatürlich, dass Artjom keinen Augenblick zweifelte: Wenn etwas auf den Mann gewirkt hatte, so nicht sein Gewehr, sondern Khans Worte.

»Sprich nie vom Recht des Stärkeren. Du bist zu schwach dafür«, sagte Khan und kehrte zu Artjom zurück, der sich wunderte, dass Khan nicht einmal versucht hatte, seinen Feind zu entwaffnen.

Der Bärtige stand reglos da und blickte sich verwirrt nach allen Seiten um. Das Gerede verstummte – die Leute warteten darauf, was Khan als Nächstes sagen würde. Die Kontrolle über die Situation war wiederhergestellt.

»Ich gehe davon aus, dass die Diskussion beendet ist und wir uns einig geworden sind. In fünfzehn Minuten gehen wir los«, erklärte Khan. Dann wandte er sich Artjom zu. »Du sagst, es sind Menschen? Nein, mein Freund, es sind Tiere. Ein Rudel Schakale. Sie wollten uns zerreißen. Und hätten es auch getan. Aber eines haben sie nicht bedacht: Sie mögen Schakale sein, ich aber bin ein Wolf. Es gibt Stationen, wo man mich nur unter diesem Namen kennt.«

Artjom schwieg, überwältigt von dem, was er soeben gesehen hatte. Endlich wusste er, an wen Khan ihn die ganze Zeit erinnert hatte.

»Und wie mir scheint, bist du … ein Wolfsjunges«, fügte dieser nach einer Weile hinzu, ohne sich umzudrehen. Und in seiner Stimme glaubte Artjom einen warmen Unterton zu vernehmen.

# 7
# Das Khanat der Finsternis

Er war tatsächlich absolut leer und sauber, dieser Tunnel. Der Boden war trocken, ein angenehmer Luftzug strich ihnen ums Gesicht, und keine einzige Ratte weit und breit. Nirgends gab es verdächtige Abzweigungen oder schwarz gähnende Stollen, nur ein paar verschlossene Seitentüren von Diensträumen. Hier würde man wahrscheinlich nicht schlechter leben als an jeder beliebigen Station … Diese vollkommen unnatürliche Ruhe und Sauberkeit kam keinem von ihnen verdächtig vor. Jegliche Befürchtungen, die die Leute zuvor gehegt hatten, waren im Nu vergessen. Die Geschichten von spurlos verschwundenen Reisenden erschienen ihnen hier wie Lügenmärchen, und Artjom fragte sich bereits, ob die wilde Szene mit dem vermeintlich pestbefallenen Unglücksraben sich tatsächlich zugetragen hatte, oder ob es nur ein Traum gewesen war, den er auf der Zeltplane beim Feuer des wandernden Philosophen geträumt hatte.

Khan und er bildeten den Abschluss des Zuges, denn dieser befürchtete, die Leute würden einer nach dem anderen zurückbleiben, und dann würde niemand bis nach *Kitai-gorod* kommen. Er ging mit federndem Schritt neben Artjom, als wäre nichts passiert. Die tiefen Falten, die sein Gesicht während des Konflikts an der *Sucharewskaja* durchzogen hatten, hatten sich geglättet. Der Sturm hatte sich gelegt, und vor Artjom stand nicht mehr ein wild gewordener, durchtriebener Wolf, sondern wieder der weise, verhaltene Khan. Eine Rückverwandlung war jedoch jederzeit in wenigen Sekunden möglich, das spürte Artjom.

Da er ahnte, dass sich so bald keine Möglichkeit mehr bieten würde, den Schleier von einigen Geheimnissen der Metro zu lüften, konnte er es sich nicht verkneifen zu fragen: »Wissen Sie, was in diesem Tunnel vor sich geht?«

»Das weiß niemand, auch ich nicht«, erwiderte Khan. »Oh ja, es gibt Dinge, über die sogar mir rein gar nichts bekannt ist. Ich kann dir nur eines sagen: Es ist ein Abgrund. Wenn ich mit mir selbst spreche, nenne ich diesen Ort Schwarzes Loch. Du hast wahrscheinlich noch nie die Sterne gesehen? Doch, einmal? Weißt du denn über das Weltall Bescheid? Also: Ein sterbender Stern kann sich in ein solches Loch verwandeln, wenn er erlischt und sich unter dem Einfluss seiner eigenen, unvorstellbar hohen Gravitation selbst zu verschlingen beginnt, Materie von der Oberfläche in sein Zentrum zieht und somit immer kleiner, aber auch immer dichter und schwerer wird. Und je dichter er wird, desto höher wird seine Schwerkraft. Dieser Prozess ist unumkehrbar und ähnelt einer Schneelawine: Mit steigender Gravitation wird eine immer größere Menge Materie immer schneller ins Innere des Monsters gesogen. Ab einem bestimmten Moment ist seine Kraft so groß, dass er beginnt, seine Nachbarn in sich hineinzuziehen – die gesamte Materie, die sich in seinem Wirkungsbereich befindet, und schließlich auch die Lichtwellen. Seine berserkerhafte Kraft ermöglicht es ihm sogar, die Strahlen anderer Sonnen zu verschlingen. Der Raum um ihn herum ist tot und schwarz, und nichts, was sich in seinem Besitz befindet, kann sich jemals wieder losreißen. Er ist der Stern der Finsternis, die schwarze Sonne, die um sich nur Kälte und

Dunkelheit verbreitet.« Khan verstummte und lauschte den Gesprächen derjenigen, die vor ihnen liefen.

Fünf Minuten lang gingen sie schweigend, dann brach es wieder aus Artjom heraus: »Aber was hat das alles mit dem Tunnel zu tun?«

»Wie du weißt, bin ich hellsichtig. Manchmal kann ich in die Zukunft oder in die Vergangenheit sehen oder mich geistig an andere Orte versetzen. Manches ist mir jedoch verborgen, so etwa kann ich noch nicht sehen, wie deine Reise enden wird, und überhaupt ist deine Zukunft mir ein Rätsel. Es ist ein Gefühl, als ob man in trübes Wasser blickt und nichts erkennen kann. Aber wenn ich versuche, mit meinem Blick zu erfassen, was in diesem Tunnel vor sich geht, die Natur dieses Ortes hier zu begreifen, blicke ich in tiefstes Schwarz, und der Strahl meiner Gedanken kehrt aus der absoluten Finsternis dieses Tunnels nicht zurück. Deswegen nenne ich ihn Schwarzes Loch, wenn ich mit mir selbst spreche. Mehr kann ich dir nicht darüber sagen.« Wieder verstummte Khan, doch einige Augenblicke später fügte er plötzlich hinzu: »Und deswegen bin ich hier.«

»Das heißt, Sie wissen nicht, warum der Tunnel manchmal völlig ungefährlich ist und dann wieder die Menschen, die ihn durchqueren, einfach verschluckt? Und warum es immer einsame Wanderer trifft?«

»Ich weiß darüber nicht mehr als du, obwohl ich nun schon das dritte Jahr versuche, diese Geheimnisse zu entschlüsseln. Vergeblich.«

Das Echo trug ihre Schritte weit hinaus. Die Luft hier war irgendwie durchsichtig, es atmete sich erstaunlich leicht, und die Dunkelheit machte einen weniger furchterregenden Eindruck. Nicht einmal Khans Worte machten Artjom misstrauisch oder besorgt, sodass er zu der Überzeugung kam, der Grund für die düstere Stimmung seines Begleiters wären nicht die Geheimnisse und Gefahren dieses Tunnels, sondern die Ergebnislosigkeit seiner Suche. Khans Besorgnis erschien Artjom übertrieben, ja geradezu lächerlich. Diese Strecke war doch völlig ungefährlich, sie verlief geradeaus, und der Tunnel war leer. In Artjoms Kopf begann eine muntere Melodie zu erklingen. Ohne sein Zutun schien sie sich auch äußerlich bemerkbar zu machen, denn Khan blickte ihn plötzlich spöttisch an und fragte: »Na, so frohgemut? Toll geht's uns hier, was? Ruhig ist es und sauber, stimmt's?«

»Mhm«, stimmte Artjom fröhlich zu. Er fühlte sich ganz leicht und frei, weil Khan seine Stimmung nachvollzogen hatte und sich nun selbst davon erfassen ließ. Weil er nun ebenfalls lächelte und nicht mehr mürrisch dreinblickte in schweren Gedanken. Weil er nun auch an den Tunnel glaubte.

Khan ergriff Artjom sanft am Handgelenk. »Schließ die Augen, ich nehme dich an der Hand, damit du nicht stolperst. Siehst du etwas?«

Artjom kniff gehorsam die Lider zusammen und erwiderte enttäuscht: »Nein, nichts. Nur das Licht der Taschenlampen sehe ich flackern.« Doch plötzlich schrie er leise auf.

»So, jetzt hat es dich gepackt«, bemerkte Khan befriedigt. »Schön, nicht wahr?«

»Überwältigend … Es ist wie damals. Keine Decke, und alles so blau … Mein Gott, wie schön das alles ist. Und die Luft, so frisch!«

»Das ist der Himmel, mein Freund. Interessant, nicht? Viele von denen, die hier die Augen schließen und sich entspannen, sehen ihn. Das ist natürlich seltsam, keine Frage. Sogar die, die noch nie an der Oberfläche waren. Ein Gefühl, als wäre man oben. Und zwar bevor …«

»Und Sie? Sehen Sie es auch?«, fragte Artjom selig. Er wagte nicht, die Augen zu öffnen.

»Nein. Fast jeder kann es sehen, nur ich nicht. Ich sehe nur eine dichte, fast schon blendende Schwärze um den Tunnel herum, wenn du verstehst, was ich meine. Schwärze oben, unten, an den Seiten, und nur ein winziger Lichtstrahl zieht sich durch den Tunnel – der Lichtstrahl, an dem wir uns festhalten, wenn wir durch das Labyrinth gehen. Vielleicht bin ich blind. Aber vielleicht sind es auch alle anderen. Na gut, mach die Augen auf, ich will nicht bis *Kitai-gorod* deinen Blindenhund spielen.« Khan ließ Artjoms Handgelenk los.

Artjom versuchte, mit zusammengekniffenen Augen weiterzugehen, doch er stolperte über eine Schwelle und wäre beinahe mit seinem Gepäck zu Boden gestürzt. Unwillig hob er die Lider und ging noch eine ganze Weile schweigend und dümmlich lächelnd weiter. Schließlich fragte er: »Was war das?«

»Fantasien«, erwiderte Khan. »Träume. Stimmungen. Alles zusammen. Aber es wechselt häufig. Es sind nicht deine Stimmungen und Träume. Wir sind viele, also wird einstweilen nichts passieren, doch diese Stimmung kann jeden Moment umschlagen. Du wirst es schon noch erleben. Schau, dort ist schon die *Turgenewskaja*. Das ging aber schnell. Allerdings dürfen wir keinesfalls dort haltmachen, nicht einmal für eine kurze Rast. Die Leute werden sicher um eine Verschnaufpause bitten, aber sie spüren den Tunnel nicht. Die meisten von ihnen spüren nicht einmal das, was du spürst. Wir müssen weiter, auch wenn uns das jetzt immer schwerer fallen wird.«

Sie betraten die Station. Der helle Marmor, mit dem die Wände verkleidet waren, unterschied sich kaum von dem am *Prospekt Mira* oder an der *Sucharewskaja*, aber dort waren die Wände und Decken so verrußt und verschmutzt gewesen, dass man den Stein kaum noch sah. Hier hingegen hatte er sich in all seiner Schönheit gehalten, und es fiel schwer, sich von dem Anblick loszureißen. Die Menschen hatten diesen Ort vor so langer Zeit verlassen, dass nichts mehr auf ihre einstige Anwesenheit hinwies. Auch sonst war die Station in erstaunlich gutem Zustand – offenbar hatte sie nie Überschwemmungen oder Brände erlebt. Wäre da nicht die absolute Dunkelheit und die dicke Staubschicht auf Boden, Bänken und Wänden gewesen, man hätte den Eindruck haben können, dass in jedem Moment ein Strom von Passagieren um die Ecke biegen oder ein Zug mit melodiösem Warnsignal aus dem Tunnel einfahren konnte. In all den Jahren hatte sich hier fast nichts verändert; schon Artjoms Stiefvater hatte ihm ehrfürchtig davon berichtet.

An der *Turgenewskaja* gab es keine Säulen – die niedrigen Bögen hatte man in großen Abständen in die dicke Marmorwand geschnitten. Die Lampen der Karawane waren nicht stark genug, um durch die Dunkelheit des Saals hindurch zur gegenüberliegenden Wand zu schneiden, daher entstand ein Gefühl, als ob hinter diesen Bögen überhaupt nichts sei, nur schwarze Leere. Als stünde man am Rande des Universums, an dem Abgrund, wo das Weltengebilde aufhörte.

Entgegen Khans Befürchtungen äußerte niemand den Wunsch, hier haltzumachen, und bald waren sie ans andere Ende der Station gelangt. Die Männer sahen besorgt aus und erwähnten immer häufiger, dass sie so schnell wie möglich an einen bewohnten Ort gelangen wollten.

»Spürst du es, die Stimmung schlägt um«, bemerkte Khan leise. Er hielt einen Finger in die Höhe, als ob er die Windrichtung prüfen wollte. »Wir müssen wirklich schnell fort von hier. Sie spüren das mit ihrer eigenen Haut genauso gut wie ich mit meiner Intuition. Doch irgendetwas hindert mich daran weiterzugehen. Warte kurz …« Vorsichtig zog er aus seiner Innentasche den Plan heraus, den er *Mentor* nannte, wies die anderen an, nicht von der Stelle zu weichen, löschte aus irgendeinem

Grund seine Lampe, machte ein paar Schritte und verschwand in der Dunkelheit.

Als er fort war, löste sich einer von der vorderen Gruppe und näherte sich Artjom langsam, fast widerstrebend. Und als er ihn ansprach, lag so viel Schüchternheit in seiner Stimme, dass Artjom in ihm nicht gleich jenen knorrigen, bärtigen Streithals erkannte, der ihnen an der *Sucharewskaja* gedroht hatte. »Hör mal, Junge, es ist nicht gut, hier stehen zu bleiben. Sag ihm, dass wir uns fürchten. Klar, wir sind viele, aber wer weiß … Es liegt ein Fluch auf diesem Tunnel, und auf der Station hier auch. Sag ihm, dass wir weitergehen müssen. Hörst du? Sag es ihm … bitte.« Der Mann wandte den Blick ab und eilte zurück.

Dieses letzte »Bitte« überraschte Artjom auf unangenehme Weise, ja es erschütterte ihn. Er machte ein paar Schritte nach vorn, um näher bei der Gruppe zu sein und ihre Gespräche zu hören. Plötzlich merkte er, dass seine gute Stimmung verflogen war. In seinem Kopf, wo ein kleines Orchester eben noch Marschmusik geschmettert hatte, war es nun bedrückend leer und still. Nur der Widerhall des Winds war zu hören, der trostlos im vor ihnen liegenden Tunnel vor sich hin wimmerte. Artjoms ganzes Wesen erstarrte in beklemmender Erwartung, in dem Vorgefühl unabwendbarer Veränderungen. Im Bruchteil eines Augenblicks schien sich ein unsichtbarer Schatten über ihn zu legen, er fühlte sich kalt und unwohl. Die Ruhe und Sicherheit, die er seit seinem Eintritt in den Tunnel ständig empfunden hatte, waren auf einmal verschwunden. Er erinnerte sich an Khans Worte, dass dies nicht seine eigenen Stimmungen seien – nicht seine eigene Freude – und dass Veränderungen seines Zustands nicht von ihm abhingen. Nervös fuhr er mit dem Lichtstrahl umher, denn er hatte das unangenehme Gefühl, dass jemand in der Nähe war. Trüb flammte der verstaubte weiße Marmor auf, doch der dichte schwarze Vorhang zwischen den Bögen blieb trotz Artjoms panischem Hin- und Herleuchten undurchdringlich, wodurch sich die Illusion, dass dahinter die Welt zu Ende war, nur noch verstärkte. Schließlich hielt es Artjom nicht mehr aus und hetzte schon fast im Laufschritt zu den anderen.

»Komm zu uns, komm, Junge«, sagte jemand zu ihm, dessen Gesicht er nicht erkennen konnte. Offenbar versuchten sie Batterien zu sparen. »Keine Angst. Du bist ein Mensch wie wir. Und in so einer Situation müssen wir Menschen zusammenhalten. Spürst du es auch?«

Artjom gestand nur zu gerne, dass irgendetwas in der Luft hing. Die Angst machte ihn schwatzhaft, und so begann er seine Gefühle mit den anderen eifrig zu diskutieren. Seine Gedanken jedoch kreisten ständig um die Frage, wohin Khan gegangen und warum schon seit über zehn Minuten nichts von ihm zu sehen und zu hören war. Doch kaum hatte er begonnen, darüber nachzudenken, als jener lautlos neben ihm auftauchte und auch die anderen Männer wieder auflebten.

»Sie wollen nicht mehr hierbleiben«, sagte Artjom bittend. »Sie haben Angst. Gehen wir weiter. Ich spüre es auch.«

»Das ist noch keine Angst, was sie da spüren«, versicherte Khan und blickte sich um. Dann, als er fortfuhr, schien es Artjom, als ob die ansonsten so feste, etwas heisere Stimme ein wenig schwankte. »Und auch du kennst noch keine Angst, also lohnt es sich nicht, deswegen die Luft zu erschüttern. Angst ist das, was *ich* spüre. Und mit solchen Worten werfe ich nicht einfach so um mich. Ich bin in die Finsternis auf der anderen Seite der Station eingedrungen. Der *Mentor* verbot mir, den nächsten Schritt zu machen, sonst wäre ich unweigerlich verloren gewesen. Wir können nicht weiter. Dort verbirgt sich etwas. Aber mein Blick dringt nicht tiefer, ich weiß also nicht, was uns dort genau erwartet. Schau!« Er hielt Artjom mit schneller Bewegung den Plan vor die Augen. »Siehst du? Nun leuchte schon her! Sieh dir den Tunnel von hier nach *Kitaigorod* an. Bemerkst du nichts?«

Artjom starrte angestrengt auf den winzigen Abschnitt des Schemas, bis ihm die Augen schmerzten. Er konnte nichts Ungewöhnliches erkennen, wagte aber nicht, es zuzugeben.

»Blindes Huhn!«, zischte Khan. »Siehst du wirklich gar nichts? Er ist völlig schwarz! Das ist der Tod!« Ungeduldig riss er Artjom den Plan wieder aus der Hand.

Artjom musterte ihn argwöhnisch. Wieder kam ihm Khan wie ein Wahnsinniger vor. Er musste an Schenjas Geschichte von dem Mann denken, der allein in den Tunnel gegangen war – er hatte zwar überlebt, war aber vor Angst verrückt geworden. War es möglich, dass Khan dasselbe widerfahren war?

»Aber zurück können wir auch nicht mehr«, flüsterte Khan. »Wir haben bei unserer ersten Etappe einen Augenblick erwischt, in dem günstige Stimmung herrschte. Doch jetzt ballt sich dort Finsternis zusammen, und ein Sturm zieht auf. Das Einzige, was wir tun können, ist vorwärts zu gehen – aber nicht durch diesen Tunnel, sondern durch den daneben. Vielleicht ist er noch frei.« Er wandte sich den anderen zu. »He! Ihr habt recht. Wir müssen weitergehen. Aber nicht auf diesem Weg. Da vorne wartet der Tod.«

»Wie dann?«, fragte einer von ihnen zaghaft.

»Wir müssen durch den Paralleltunnel auf der anderen Seite der Station. Und zwar so schnell wie möglich.«

»Oh nein«, erwiderte ein anderer. »Das weiß doch jeder: Durch den Gegentunnel gehen, wenn der eigene frei ist – das ist ein schlechtes Omen, das bringt den Tod! Durch den linken gehen wir nicht!«

Ein zustimmendes Murmeln ertönte. Füße stampften auf den Boden.

»Wovon spricht er?«, fragte Artjom verwundert.

Khan runzelte die Stirn. »Offenbar ein Aberglaube. Teufel! Wir haben jetzt keine Zeit, sie zu überreden, und meine Kräfte schwinden … Hört her! Ich gehe durch den Paralleltunnel. Wer mir glaubt, kann mitkommen. Von den anderen verabschiede ich mich. Für immer. Gehen wir!« Er warf seinen Rucksack auf den Bahnsteig, zog sich mit den Armen hoch und kletterte auf den Rand.

Artjom verharrte unschlüssig. Einerseits ging das, was Khan über diese Tunnel und über die Metro insgesamt wusste, weit über die Grenzen des menschlichen Verstands hinaus, und offenbar konnte man sich auf ihn verlassen. Doch war es andererseits nicht unverbrüchliches Gesetz, dass man stets mit der größeren Anzahl von Menschen mitging, da nur dies Erfolg versprach?

Khan sah Artjom an. »Was ist denn los? Keine Kraft mehr? Ich helfe dir!« Er kniete sich mit einem Bein hin und streckte seine Hand herab.

Artjom vermied es, ihm in die Augen zu sehen, denn er fürchtete darin wieder dieses wahnsinnige Funkeln zu erkennen, das ihn jedes Mal so sehr erschreckte. Wusste Khan eigentlich, was er tat, wenn er nicht nur die Leute in der Gruppe, sondern auch das Wesen des Tunnels herausforderte? Wusste er wirklich Bescheid darüber? Spürte er es? Der Abschnitt auf dem Linienplan – dem *Mentor* – war nicht schwarz gewesen. Artjom hätte schwören können, dass er blassorange gewesen war wie die gesamte Linie. Die Frage war nur: Wer von ihnen beiden war der Blinde?

»Komm schon! Was wartest du noch? Verstehst du nicht, jedes Zögern kann uns das Leben kosten. Deine Hand! Gib mir endlich deine Hand!« Khan schrie bereits, doch Artjom ging langsam und mit kleinen Schritten von ihm weg. Er sah immer noch zu Boden, während er auf die Gruppe zustolperte.

»Komm, Junge«, hörte er von dort, »komm mit uns. Lass dich lieber nicht mit diesem Verrückten ein. Ist gesünder.«

»Dummkopf!«, rief Khan ihm nach. »Du wirst umkommen mit ihnen! Wenn dir schon dein eigenes Leben nichts bedeutet, denk wenigstens an deine Mission!«

Endlich wagte es Artjom aufzuschauen. Er blickte in Khans weit aufgerissene Augen. Nicht ein Fünkchen Wahnsinn war darin zu erkennen, nur Verzweiflung und Müdigkeit. Er hielt inne – doch in diesem Augenblick legte sich eine Hand auf seine Schulter und zog ihn sanft mit sich. »Gehen wir! Soll er lieber allein verrecken, anstatt dich mit ins Grab zu ziehen.« Nur mit Mühe erfasste Artjom den Sinn dieser Worte, das Denken fiel ihm schwer, und nach einem Augenblick des Zögerns ließ er sich mitziehen.

Die Gruppe setzte sich in Bewegung, näherte sich dem schwarzen Schlund des südlichen Tunnels. Dabei bewegten sie sich erstaunlich langsam, als kämpften sie gegen einen Widerstand, als gingen sie unter Wasser.

Plötzlich sprang Khan mit überraschender Leichtigkeit vom Bahnsteig auf die Gleise, überwand mit zwei Sätzen die Entfernung zur Gruppe, streckte den Mann, der Artjom festhielt, mit einem Faustschlag zu Boden, packte den Jungen quer am Rumpf und zog ihn mit aller Macht zurück.

Artjom erlebte den ganzen Vorgang wie in Zeitlupe. Khans Sprung – der mehrere Sekunden zu dauern schien – hatte er mit stummer Verwunderung beobachtet, und mit der gleichen tumben Verblüffung hatte er zugesehen, wie der schnauzbärtige Mann in der Segeltuchjacke neben ihm schwer zu Boden sackte.

Doch in dem Augenblick, als Khan ihn mit sich riss, beschleunigte sich die Zeit wieder, und die Reaktion der anderen, die sich nach dem Schlag umgedreht hatten, erschien ihm fast blitzartig. Schon machten sie erste Schritte auf Khan zu, legten ihre Gewehre an, während sich dieser mit weichen Schritten seitwärts gehend zurückzog, wobei er mit dem einen Arm den noch immer bewegungslosen Artjom an sich drückte, ihn hinter sich hielt, mit seinem Körper schützte. In der anderen, nach vorn ausgestreckten Hand schwankte Artjoms neues, matt schimmerndes Sturmgewehr.

»Geht weg«, rief Khan heiser. »Ich sehe keinen Sinn darin, euch umzubringen. In weniger als einer Stunde seid ihr ohnehin tot. Lasst uns in Ruhe. Geht!« Schritt für Schritt wich er in die Mitte der Station zurück, bis die Männer unentschlossen zurückblieben und ihre Silhouetten in der Dunkelheit zu verschwimmen begannen.

Einige hastige Bewegungen waren zu hören – offenbar hoben sie den Schnauzbärtigen vom Boden auf –, dann begab sich die Gruppe zum Eingang des Südtunnels. Sie wollten wohl nichts riskieren.

Erst jetzt senkte Khan das Gewehr und wies Artjom in scharfem Ton an, auf die Plattform zu steigen. »Noch ein wenig, und ich verliere die Lust daran, dich zu retten, mein junger Freund«, zischte er ihn mit unverhohlenem Ärger an.

Gefügig kletterte Artjom nach oben, dicht gefolgt von Khan. Nachdem dieser seinen Reisesack geholt hatte, trat er durch einen der schwarzen Bögen und zog Artjom hinter sich her.

Der Mittelgang der *Turgenewskaja* war nicht lang. Linker Hand endete er an einer Marmorwand, während ihn am anderen Ende – soweit dies im Schein der Taschenlampen zu erkennen war – eine Sperre aus Wellblech abschloss. Leicht vergilbter Marmor bedeckte alle Wände, nur die drei großen Bögen, unter denen sich der Durchgang zur Station *Tschistyje Prudy* befand – zur *Kirowskaja,* wie die Kommunisten sagten –, waren mit groben grauen Betonblöcken zugemauert. Die Station war völlig leer, nicht ein einziger Gegenstand lag herum. Weder von Menschen noch von Ratten oder Kakerlaken gab es hier eine Spur. Während sich Artjom umsah, fielen ihm Bourbons Worte ein: Vor den Ratten selbst brauchte man keine Angst zu haben – erst wenn keine da waren, stand die Sache schlecht.

Khan packte ihn an der Schulter und zog ihn hastig durch den Saal, wobei Artjom sogar durch die Jacke spürte, dass Khans Hand zitterte, als habe er Schüttelfrost. Dann, als sie ihr Gepäck am Rand des Bahnsteigs ablegten, um auf die Gleise zu springen, traf sie plötzlich ein Lichtstrahl im Rücken. Wieder staunte Artjom, wie schnell sein Begleiter auf Gefahren reagierte. Innerhalb von Sekundenbruchteilen lag Khan flach auf dem Boden und hatte die Lichtquelle ins Visier genommen. Das Licht war nicht besonders stark, schien ihnen aber direkt in die Augen, weshalb sie nicht erkennen konnten, wer sie verfolgte. Mit einer gewissen Verspätung ließ sich auch Artjom wie ein Sack zu Boden fallen. Er kroch zu seinem Rucksack und band seine alte Waffe los. Auch wenn sie groß und unhandlich war, so schlug sie doch einwandfreie Löcher vom Kaliber 7.62, und kaum jemand war mit solchen Lücken im Organismus noch funktionsfähig.

»Was ist?«, donnerte Khan.

Artjom dachte, wenn jemand sie hätte umbringen wollen, so hätte derjenige es schon längst getan. Er stellte sich ziemlich plastisch vor, welches Bild er abgab: wie er sich am Boden krümmte, im Schein der Lampe und im Fadenkreuz des Angreifers. Wie sinnlos er sich hin und her wand, wie eine Schnecke unter einem Stiefel. Ja, wenn man ihn hätte umbringen wollen, würde er schon längst in einer Blutlache liegen.

»Nicht schießen!«, ertönte eine Stimme.

»Licht aus!«, forderte Khan, der die kurze Pause genutzt hatte, um sich hinter einem Bogen zu verbergen und seine eigene Lampe hervorzuholen.

Endlich hatte auch Artjom den Draht abgerissen. Den Vorderschaft fest in der Hand, rollte er seitlich aus der Schusslinie und verschanzte sich ebenfalls hinter einem Bogen. Nun konnte er sich von der Seite an den Unbekannten heranschleichen und diesen mit einer Salve niederstrecken, falls er das Feuer eröffnete.

Doch der ungebetene Gast fügte sich, und nun befahl ihm Khan mit sanfterer Stimme: »Gut. Jetzt die Waffe auf den Boden, schnell!«

Etwas klapperte auf die Granitplatten. Artjom trat mit vorgehaltenem Lauf seitwärts in den Saal hinaus. Er hatte sich nicht getäuscht: In fünfzehn Schritt Entfernung stand, von Khans Taschenlampe angestrahlt, die Arme erhoben, jener Bärtige, mit dem sie an der *Sucharewskaja* aneinandergeraten waren.

»Nicht schießen«, bat dieser wieder mit zitternder Stimme. »Ich will euch nichts Böses. Lasst mich mit euch gehen. Ihr sagtet doch, dass sich euch anschließen kann, wer will. Ich … ich glaube dir. Ich spüre auch, dass da etwas ist, in dem rechten Tunnel. Sie sind schon weg, sie sind alle weg. Nur ich bin geblieben. Ich will es mit euch versuchen.«

»Du hast einen guten Instinkt«, sagte Khan, während er den Mann aufmerksam musterte. »Aber Vertrauen erweckst du bei mir nicht. Ich weiß auch nicht, warum. Jedenfalls werden wir dein Angebot prüfen – unter der Bedingung, dass du mir unverzüglich dein gesamtes Arsenal aushändigst. Im Tunnel gehst du uns voraus. Und keine dummen Scherze, sonst geht es dir schlecht.«

Der Bärtige schob Khan mit dem Fuß seine Pistole zu und legte vorsichtig ein paar Magazine neben sich.

Artjom erhob sich und ging auf ihn zu, die Waffe im Anschlag. »Ich kontrolliere ihn!«, rief er.

»Vorwärts, und die Hände immer schön oben lassen«, donnerte Khan. »Los, spring auf die Gleise. Bleib stehen, mit dem Rücken zu uns!«

Etwa zwei Minuten nachdem sie den Tunnel betreten hatten und sich mit schnellen Schritten in Dreiecksformation bewegten – der Bärtige, der Tus hieß, fünf Schritte voraus, dahinter Khan und Artjom –, hörten sie plötzlich von rechts, durch die sicherlich mehrere Meter dicke Erdschicht, ein gedämpftes Heulen. Es brach genauso unvermittelt ab, wie es begonnen hatte.

Tus drehte sich verängstigt zu ihnen um und vergaß dabei sogar, den Lichtstrahl abzuwenden. Die Lampe hüpfte in seiner Hand, und sein von unten beschienenes Gesicht, das zu einer Grimasse erstarrt war, erschreckte Artjom sogar noch mehr als der soeben vernommene Schrei.

Nickend antwortete Khan auf die stumme Frage. »Die anderen haben sich getäuscht, so viel steht fest. Allerdings lässt sich noch nicht sagen, ob *wir* richtig liegen.«

Sie eilten weiter. Von Zeit zu Zeit blickte Artjom seinen Beschützer an und bemerkte zunehmend Anzeichen von Müdigkeit: zitternde Hände, ungleichmäßige Schritte, Schweißtropfen im Gesicht. Dabei waren sie noch gar nicht lange unterwegs. Offenbar war diese Strecke für Khan viel anstrengender als für ihn. Während er beobachtete, wie die Kräfte seines Begleiters schwanden, musste er unwillkürlich daran denken, dass Khan ihn gerettet hatte. Wäre Artjom mit der Karawane in den rechten Tunnel gegangen, hätte ihn unweigerlich dieser rätselhafte Tod ereilt, und er wäre spurlos verschwunden.

Dabei waren sie zahlreich gewesen – zu sechst oder so. Wenn die eiserne Regel versagt hatte, so hatte Khan dies entweder geahnt, oder der magische *Mentor* hatte es ihm eingeflüstert. Dabei war es doch nichts weiter als ein farbiges Stück Papier. Sollte es ihm wirklich geholfen haben? Der Abschnitt zwischen der

*Turgenewskaja* und *Kitai-gorod* war ganz sicher orange gewesen. Oder doch schwarz?

»Was ist das?«, fragte Tus plötzlich, blieb stehen und sah Khan beunruhigt an. »Spürst du das? Hinter uns …«

Artjom wollte schon zu einem sarkastischen Kommentar über Tus' schwache Nerven ansetzen, denn er selbst nahm rein gar nichts wahr. Sogar jenes schwere Gefühl der Beklemmung und Gefahr, das an der *Turgenewskaja* über sie gekommen war, hatte seine Klauen gelockert. Doch zu seinem Erstaunen erstarrte Khan sogleich, gebot mit einer Handbewegung Stille und drehte sich in die Richtung, aus der sie gekommen waren.

»Was für ein Gespür«, sagte er nach einer halben Minute anerkennend. »Wir sind begeistert. Die Queen ist begeistert«, fügte er aus irgendeinem Grund hinzu. »Wenn wir hier rauskommen, sollten wir uns unbedingt einmal genauer unterhalten.« Er fragte Artjom: »Hörst du nichts?«

»Nein, alles ruhig.« Schwer zu sagen, was für ein Gefühl Artjom empfand: Eifersucht? Kränkung? Ärger, dass sein Beschützer sich so lobend über diesen ungehobelten bärtigen Teufel äußerte, der sie noch vor ein paar Stunden beinahe fertiggemacht hätte?

»Seltsam. Ich dachte, dass in dir die Begabung heranwächst, den Tunnel zu hören. Nun, vielleicht hat sie sich noch nicht ganz entfaltet.« Khan schüttelte den Kopf und wandte sich Tus zu. »Du hast recht. Es kommt hierher. Wir müssen weiter, und zwar schneller.« Er lauschte, sog dabei beunruhigt die Luft ein, ganz wie ein Wolf. »Es rollt auf uns zu wie eine Welle. Wir müssen weiter! Wenn es uns erreicht, ist das Spiel aus.« Mit diesen Worten stürzte er los.

Artjom folgte ihm auf dem Fuß und war fast gezwungen zu laufen, um nicht zurückzufallen. Der Bärtige, der nun neben ihnen marschierte, machte wegen seiner kurzen Beine schnelle Schritte und atmete schwer.

So gingen sie vielleicht zehn Minuten, und die ganze Zeit über begriff Artjom nicht, warum sie so hetzten, atemlos, stolpernd. Der Tunnel hinter ihnen war leer und ruhig, es gab keine Anzeichen einer Verfolgung. Doch plötzlich spürte er es. Tatsächlich war ihnen etwas auf den Fersen, holte mit jedem Schritt auf – keine Welle, sondern eher ein Wirbel, ein schwarzer Wirbel, der Leere verbreitete. Wenn sie es nicht schafften, wenn es ihren kleinen Trupp erreichte, so würde sie das gleiche Schicksal ereilen wie jene sechs und wie so viele Draufgänger und Dummköpfe, die die Tunnel in einem Moment betreten hatten, als dort teuflische Orkane stürmten, die alles Lebende hinwegrissen. Ein Feuerstrom aus Vorahnungen jagte Artjom durch den Kopf, und beunruhigt sah er zu Khan hinüber. Dieser fing seinen Blick auf und begriff. »Na, ist es bei dir auch angekommen?«, stieß er hervor. »Das ist schlimm. Das heißt, es ist schon ganz nah.«

»Schneller!«, rief Artjom heiser. »Solange es noch nicht zu spät ist!«

Khan beschleunigte und lief nun mit weit ausholenden Schritten voran. Von der Müdigkeit, die der Junge an ihm entdeckt zu haben glaubte, war keine Spur mehr zu merken, und wieder hatten seine Gesichtszüge etwas Animalisches angenommen. Um mit ihm mitzuhalten, begann Artjom ebenfalls zu laufen. Eine Sekunde lang schien es, als könnten sie sich von ihrem unerbittlichen Verfolger lösen, doch plötzlich stolperte Tus über eine Schwelle und fiel der Länge nach auf die Gleise, wobei er sich Gesicht und Hände blutig schlug.

Sie liefen noch ein paar Schritte weiter, bis sie zum Stillstand kamen, und im selben Moment, in dem Artjom begriff, dass der Bärtige gefallen war, ertappte er sich schon bei dem Gedanken, dass er nicht stehen bleiben und umkehren, sondern ihn zum Teufel schicken wollte, diesen kurzbeinigen Schleimer mit seiner ach so wunderbaren Intuition, und weiterlaufen, solange es sie noch nicht erreicht hatte.

Der Gedanke widerte ihn an, aber der Ärger über Tus, der noch immer auf den Gleisen lag und dumpf vor sich hin stöhnte, war stärker und brachte die Stimme des Gewissens völlig zum Verstummen. Er empfand sogar eine gewisse Enttäuschung, als Khan zurückstürzte und dem Bärtigen mit einer kraftvollen Bewegung auf die Beine half – insgeheim hatte Artjom gehofft, dass Khan mit seiner Verachtung für alles fremde Leben und Sterben den Mann einfach im Tunnel zurücklassen würde.

Khan jedoch befahl Artjom mit trockener Stimme, den hinkenden Tus auf der einen Seite zu stützen, packte ihn auf der anderen am Arm und zog beide mit sich. Nun fiel das Laufen noch schwerer. Tus stöhnte und knirschte bei jedem Schritt vor Schmerz mit den Zähnen, aber Artjom empfand für ihn nichts außer wachsendem Ärger. Sein langes, schweres Sturmgewehr schlug ihm schmerzhaft gegen die Beine, denn er hatte keine Hand frei, um es festzuhalten. Außerdem bedrückte ihn ein Gefühl, als ob er irgendwohin zu spät kam. All dies zusammen erzeugte nicht etwa Angst vor dem schwarzen Vakuum hinter ihnen, sondern Wut und Trotz …

Der Tod war nun ganz nah. Artjom brauchte nur stehen zu bleiben und eine halbe Minute abzuwarten, und der unheilvolle Wirbel würde ihn erreichen, fortschleudern, in tausend Teile zerfetzen. Innerhalb weniger Sekundenbruchteile würde er aus diesem Universum verschwinden. Doch diese Gedanken lähmten ihn nicht, nein, sie gaben ihm – verstärkt durch seine Wut und seinen Ärger – neue Kraft, die sich mit jedem Schritt nur noch vergrößerte.

Und dann war es plötzlich vorbei. Verschwunden. Das Gefühl der Gefahr hörte so unmittelbar auf, dass es in Artjoms Bewusstsein einen seltsam leeren, gleichsam unbesetzten Platz zurückließ, als hätte man ihm einen schmerzenden Zahn gezogen. Er blieb stehen, wie um mit der Zungenspitze das entstandene Loch zu befühlen. Hinter ihnen war nichts mehr, einfach ein Tunnel – sauber, trocken, frei, völlig ungefährlich. All dieses Gerenne, die ganzen Ängste und paranoiden Fantasien, der überflüssige Glaube an irgendwelche besonderen Gefühle oder die Intuition kamen Artjom jetzt so lächerlich, dumm und absurd vor, dass er unwillkürlich laut loslachte. Tus, der neben ihm stand, sah ihn zuerst erstaunt an, doch dann verzog sich auch sein Gesicht zu einem Grinsen, und er lachte ebenfalls los.

Khan betrachtete die beiden unzufrieden und stieß schließlich hervor: »Na, geht's euch gut? Schön ist es hier, nicht wahr? So ruhig und sauber!« Er ging allein weiter.

Erst jetzt begriff Artjom, dass am Ende des Tunnels deutlich Licht zu sehen war und sie vielleicht noch fünfzig Schritte bis zur nächsten Station gehen mussten.

Khan erwartete sie am Eingang auf der Stahltreppe. Während Artjom und Tus immer wieder lachend und völlig entspannt die letzten fünfzig Meter zurücklegten, hatte er bereits eine aus irgendeinem Kraut gedrehte Zigarette geraucht.

Artjom empfand inzwischen so etwas wie Sympathie und Mitgefühl für den hinkenden, durch das Gelächter hindurch stöhnenden Tus. Er schämte sich seiner Gedanken von vorhin, als Tus gestürzt war. Nun war er wieder bestens gelaunt, und Khans erschöpfter, ausgemergelter Zustand und dessen seltsam verächtlichen Blicke erschienen ihm sogar ein wenig unangenehm.

»Danke!«, rief Tus, während er die Treppe zu Khan hinaufstampfte. »Wenn du … Wenn ihr nicht gewesen wärt, wäre es mit mir zu Ende gegangen. Aber ihr habt mich nicht zurückgelassen. Danke! So etwas vergesse ich nicht.«

»Nichts zu danken«, entgegnete Khan ohne jegliche Regung.

»Aber warum habt ihr mich mitgenommen?«, fragte der Bärtige.

Khan warf die Kippe zu Boden und zuckte mit den Schultern. »Du interessierst mich als Gesprächspartner. Mehr nicht.«

Kaum stand Artjom auf der Treppe, da begriff er, warum Khan nicht auf den Gleisen geblieben war. Kurz vor der Einfahrt zur Station *Kitai-gorod* hatte man auf den Gleisen einen mannshohen Haufen Sandsäcke aufgestapelt. Dahinter hockten auf hölzernen Schemeln drei Männer, deren Äußeres ihm einigen Respekt einflößte. Kurz geschorene Haare, breite Schultern unter abgewetzten Lederjacken, dazu abgetragene Trainingshosen im Uniformlook. Mit Schwung knallten sie gerade ihre Spielkarten auf einen vierten Schemel in der Mitte. Dabei fluchten sie so sehr, dass Artjom ihrem Gespräch kein einziges anständiges Wort entnehmen konnte.

Auf die Station gelangte man nur durch einen engen Gang und ein Gatter, das direkt vor ihm lag. Dort aber türmte sich ein nicht minder beeindruckender Körper auf – der vierte Wachmann. Artjom musterte ihn kurz: die Haare fast ganz rasiert, wässrig-graue Augen, eine leicht verbogene Nase, zerfetzte Ohren. Eine schwere Tokarew hatte er sich einfach in den Gürtel gesteckt. Eine Wodkafahne schlug ihnen entgegen und vernebelte die Gedanken.

»Was liegt an?«, krächzte der Mann gedehnt und musterte Khan und den dahinter stehenden Artjom von Kopf bis Fuß. »Touristen oder Händler?«

»Wir sind keine Händler«, erklärte Khan, »sondern nur auf der Durchreise. Ohne Frachtgut.«

»Durchreise, hast ne Meise«, reimte der Gorilla, wieherte los und drehte sich zu den Spielern um. »Hörst du, Kolja? Durchreise, hast ne Meise!«

Khan lächelte geduldig.

Der Bär stützte sich faul mit einem Arm gegen die Wand und versperrte so endgültig den Weg. »Wir haben hier … nen Zoll, kapiert?«, erklärte er. »Da muss die Penunze rein. Willste durch, musste zahlen. Wenn nicht, mach dich vom Acker!«

»Und warum, bitte schön?«, ereiferte sich Artjom, was er jedoch sogleich bereute.

Der Bär hatte wahrscheinlich nicht einmal verstanden, was Artjom gesagt hatte, aber schon die Intonation gefiel ihm nicht. Er schob Khan zur Seite, machte einen schweren Schritt nach vorne und blieb direkt vor Artjom stehen. Das Kinn gesenkt, fixierte er ihn. Seine Augen waren völlig leer, ja, schienen fast durchsichtig zu sein. Dummheit und Bosheit strahlten sie aus. Während Artjom versuchte, diesem Blick standzuhalten, und vor Anstrengung zu blinzeln begann, spürte er, wie in ihm zum einen die Angst aufstieg, zum anderen der Hass auf dieses Wesen, das hinter diesen trüben Linsen hockte, durch sie in die Welt hinausblickte.

»Was soll das, Mann?«, fragte der Wachmann mit bedrohlicher Stimme. Er war mehr als einen Kopf größer als Artjom und vielleicht dreimal so breit.

Dieser musste an die Sage von David und Goliath denken. Schade nur, dass er sich nicht mehr genau erinnerte, wer wer war. Jedenfalls endete die Geschichte gut für die Kleinen und Schwachen, und das machte ihn zuversichtlich. »Nichts soll das!«, erwiderte er, überrascht von seiner Kaltschnäuzigkeit.

Wie zu erwarten war, reagierte sein Gegenüber verärgert. Die kurzen, dicken Finger gespreizt, trat er auf Artjom zu und legte ihm eine Hand auf die Stirn. Die Haut auf der Handfläche war gelb, schwielig und stank nach Tabak, gemischt mit Maschinenöl. Artjom hatte keine Gelegenheit, den genauen Geruchscocktail zu definieren, denn der Stiernackige stieß ihn zurück.

Wahrscheinlich brauchte er dafür nicht einmal sonderlich viel Kraft – Artjom jedenfalls flog gut anderthalb Meter durch die Luft und warf den hinter ihm stehenden Tus um, sodass beide unbeholfen auf das Stahlgitter fielen, während der Bär ohne Hast an seinen Platz zurückkehrte. Dort wartete jedoch eine Überraschung auf ihn. Khan hatte sein Gepäck abgeworfen, stand breitbeinig da und hielt Artjoms Sturmgewehr fest in beiden Händen. Demonstrativ entsicherte er und sagte mit leiser Stimme: »Aber, aber, warum denn so grob?«

Artjom, der – brennend vor Scham – noch immer am Boden zappelte und sich zu erheben versuchte, kam diese Frage wie ein dumpfes, warnendes Knurren vor, auf das der finale Sprung folgte. Endlich war er selbst wieder auf den Beinen, riss sich sein altes Gewehr von den Schultern, richtete es auf den Hünen, entsicherte und lud durch. Nun war er bereit, jederzeit auf den Abzug zu drücken. Sein Herz schlug schneller, Hass überwog nun eindeutig die Angst, und er fragte Khan: »Darf ich ihn …«

Artjom wunderte sich selbst darüber, dass er ohne Zögern bereit war, einen Menschen zu töten, der ihn gestoßen hatte. Der verschwitzte Glatzkopf war deutlich zu sehen, und die Versuchung abzudrücken war groß. Was immer auch danach kam, jetzt war es am wichtigsten, dieses Arschloch umzulegen, ihn in seinem eigenen Blut zu baden.

»Alarm!«, brüllte der Stiernackige, als er begriff, was vor sich ging.

Mit einer blitzschnellen Bewegung riss Khan ihm die Pistole aus dem Gürtel, glitt zur Seite und nahm die herbeieilenden Zöllner ins Visier. »Nicht schießen!«, rief er dann Artjom zu, und das Bild, das soeben in Bewegung gekommen war, erstarrte erneut: Da waren der Stier auf der Brücke, der mit erhobenen

Händen stillhielt, und Khan, der auf die drei Männer zielte, die es nicht mehr zu ihren aufgestapelten Gewehren geschafft hatten. »Kein Blutvergießen«, sagte Khan ruhig, und seine Stimme bat nicht, sondern befahl. »Hier gibt es Regeln, Artjom.« Dabei ließ er die drei lebenden Kampfmaschinen nicht aus dem Auge, die ihrerseits ohne Zweifel wussten, welche Durchschlagskraft eine Kalaschnikow auf diese Entfernung entwickelte, und Khan offensichtlich nicht reizen wollten. »Diese Regeln verpflichten uns, bei Betreten der Station eine Gebühr zu bezahlen. Wie hoch ist unser Beitrag?«

»Drei Kugeln pro Nase«, sagte der auf der Brücke.

»Da geht doch noch was«, bemerkte Artjom und richtete den Lauf seiner Waffe auf die Lendengegend des Gorillas.

»Zwei«, stimmte jener zu, starrte Artjom böse an, wagte aber nicht, etwas zu unternehmen.

»Zahl ihn aus«, sagte Khan zu Tus. »Dann sind wir quitt.«

Bereitwillig wühlte Tus in den Tiefen seiner Tasche, trat an den Wachmann heran und zählte ihm sechs glänzende, spitz zulaufende Patronen in die Hand. Der Wachmann schloss eilig die Faust und schüttete die Patronen in seine ausgebeulte Jackentasche. Dann hob er die Arme wieder und sah Khan abwartend an.

Dieser hob fragend eine Augenbraue. »Ist die Gebühr damit bezahlt?«

Der Dicke nickte finster, ohne die Waffe aus den Augen zu lassen.

»Und der Vorfall damit erledigt?«

Der Gorilla schwieg. Khan entnahm dem Ersatzmagazin, das mit Isolierband am Hauptmagazin befestigt war, fünf Patronen und ließ sie in die Tasche des Mannes fallen. Das leichte Klirren glättete dessen angespannte Grimasse, sodass sie wieder ihren üblichen, trägen und herablassenden Ausdruck annahm.

»Entschädigung für den moralischen Verlust«, erklärte Khan, doch seine Worte blieben ohne jede Reaktion. Allein Geld und Gewalt schienen eine dem Hünen verständliche Sprache zu sprechen.

»Du kannst die Hände herunternehmen«, sagte Khan und hob den Lauf seines Gewehrs, mit dem er die Spieler in Schach gehalten hatte.

Artjom tat dasselbe, doch seine Hände zuckten nervös. Er war bereit, den rasierten Schädel des Gorillas jederzeit wieder ins Visier zu nehmen. Er traute diesen Leuten nicht. Aber seine Aufregung war unnötig: Der Wachmann ließ die Arme entspannt hängen und brummte den anderen zu, es sei alles in Ordnung. Dann lehnte er sich mit dem Rücken gegen die Wand und ließ mit übertrieben gleichgültiger Miene die Reisenden passieren.

Als Artjom an ihm vorbeiging, nahm er noch einmal allen Mut zusammen und blickte ihm in die Augen, doch der Gorilla nahm die Herausforderung nicht an und sah auf einen Punkt in der Ferne. Einige Schritte weiter hörte Artjom jedoch, wie jemand verächtlich »Grünschnabel« sagte und dann schmatzend auf den Boden spie. Schon wollte er sich umdrehen, doch Khan, der einen Schritt vorausging, packte ihn am Arm und zog ihn mit sich. Artjom verspürte eine Mischung aus Ärger darüber, diese Beleidigung schlucken zu müssen, und Erleichterung, dass er sich der Herausforderung nicht zu stellen brauchte.

Sie hatten bereits den Granitboden der Station betreten, als von hinten ein gedehnter Ruf ertönte: »Hee, gib mir die Kanone zurück!«

Khan blieb stehen, schüttelte die länglichen Patronen mit den abgerundeten Kugeln aus dem Magazin der TT, steckte Letzteres wieder hinein und warf dem Dicken die Pistole zu. Dieser fing sie geschickt auf und steckte sie sich routiniert in die Hose, während er verärgert zusah, wie Khan die Patronen auf dem Boden verstreute.

»Entschuldige.« Khan breitete die Arme aus. »Nur eine Vorsichtsmaßnahme. So heißt das doch, nicht wahr?« Er zwinkerte Tus zu.

*Kitai-gorod* unterschied sich von allen übrigen Stationen, die Artjom bisher gesehen hatte. Der große zentrale Saal vermittelte auf fast unheimliche Weise einen Eindruck ungewöhnlicher Weite. Nur an wenigen Stellen wurde er von herabhängenden Glühbirnen beleuchtet, Feuer gab es nirgends, offenbar war dies hier verboten. In der Mitte des Saals verströmte jedoch eine weiße Quecksilberlampe ihr großzügiges Licht, was Artjom wie ein Wunder vorkam. Aber das Getümmel, das um ihn herrschte, lenkte ihn so sehr ab, dass er nicht viel Zeit hatte, sich dieses Kuriosum anzusehen. »Was für eine riesige Station«, stieß er erstaunt hervor.

»Tatsächlich siehst du hier nur die Hälfte«, sagte Khan, während er sich umsah und die umhereilenden Menschen beobachtete. »*Kitai-gorod* ist genau genommen doppelt so groß. Oh ja, es ist einer der seltsamsten Orte in der Metro. Du hast wahrscheinlich schon davon gehört, dass sich hier verschiedene Linien kreuzen. Die Gleise dort rechts gehören bereits zur Tagansko-Krasnopresnenskaja-Linie, wo unbeschreiblicher Wahnsinn und totales Chaos herrschen. Hier trifft sie auf deine Linie, die orange Kaluschsko-Rischskaja. *Kitai-gorod* gehört zu keiner der Föderationen, also sind ihre Bewohner völlig sich selbst überlassen. Ein überaus interessanter Ort. Ich nenne ihn Babylon. Aber im positiven Sinne.«

Die Station war wirklich ein einziger Ameisenhaufen. Entfernt erinnerte sie an den *Prospekt Mira*, doch war es dort wesentlich kontrollierter und organisierter zugegangen. Artjom musste an Bourbons Worte denken, es gebe in der Metro bessere

Orte als jenen heruntergekommenen Basar, durch den sie gemeinsam gegangen waren.

Entlang der Gleise zogen sich Stände in endlosen Reihen. Der gesamte Saal war mit Zelten und offenen, zeltartigen Konstruktionen übersät. Einige davon hatte man zu Handelsständen umfunktioniert, während in anderen Menschen lebten. Auf manche war ZU VERMIETEN gepinselt, offensichtlich bot man dort Übernachtungsmöglichkeiten für Wanderer an. Während Artjom sich mit Mühe durch die Menge bewegte und sich nach allen Seiten umsah, entdeckte er auf dem rechten Gleis das graublaue Ungetüm eines Zuges, der jedoch nur aus drei Waggons bestand.

An der Station herrschte ein unbeschreiblicher Lärm, es schien, als ob keiner der Bewohner auch nur eine Sekunde schwieg, sondern alle ständig irgendetwas sagten, schrien, sangen, sich über etwas stritten, lachten oder weinten. Aus mehreren Richtungen übertönte sogar Musik das Lärmen der Menge, was eine für das Leben im Untergrund untypische Feststimmung verbreitete.

An der *WDNCh* gab es durchaus Leute, die gerne sangen, aber dort lief alles ganz gemessen und ruhig ab. Auf der Station gab es nur eine Handvoll Gitarren, und manchmal versammelte man sich bei jemandem im Zelt zur Entspannung nach der Arbeit. Mitunter auch am Posten bei Meter 300, wo man nicht ständig den Geräuschen aus dem Nordtunnel lauschen musste, bis einem die Ohren abfielen. Leise sangen sie dann zum Klang der Saiten, jedoch meistens von Dingen, die Artjom nicht recht verstand: von Kriegen, an denen er nicht teilgenommen hatte und die nach anderen, seltsamen Regeln geführt wurden, oder über das Leben dort oben, damals, bevor.

Besonders eingeprägt hatten sich ihm die Lieder über den »Afghan«, die Andrej, der ehemalige Marineinfanterist, so sehr liebte und von älteren Armeekameraden gelernt hatte. Obwohl man darin fast nichts verstand außer der Trauer um die gefallenen Kameraden und den Hass gegen den Feind.

Andrej hatte den jungen Männern einmal erklärt, der »Afghan« sei ein Land – er erzählte ihnen von Bergen, Pässen, rauschenden Bächen, von Kischlaks, der Wertuschka und Zinksärgen.

Was ein Land war, begriff Artjom recht gut, nicht umsonst hatte Suchoj ihm seinerzeit so manches beigebracht. Doch obwohl er somit ein wenig über die Staaten und ihre Geschichte wusste, blieben Berge, Flüsse und Täler für ihn abstrakte Begriffe; die Wörter riefen bei ihm nur Erinnerungen an ausgebleichte Bilder in Geografiebüchern hervor, die sein Stiefvater von seinen Unternehmungen mitgebracht hatte.

Jedenfalls hatte Artjom an der *WDNCh* nie Musik wie diese gehört. Er verglich Andrejs nachdenkliche, melancholische Balladen mit den fröhlichen und spielerischen Melodien, die ihm hier aus verschiedenen Richtungen entgegenkamen, und begriff, wie sehr Musik doch den Gemütszustand eines Menschen beeinflussen konnte.

Auf der Höhe der am nächsten stehenden Musikanten blieb er unwillkürlich stehen und fand sich in einer kleinen Gruppe von Menschen wieder. Er lauschte weniger den übermütigen Worten des Liedes, das von jemandes Tunnelabenteuern nach einer gehörigen Portion *dur* berichtete, als vielmehr der Melodie und beobachtete neugierig die beiden, die dort spielten. Der eine, dessen lange, fettige Haare auf der Stirn von einem Lederriemen zurückgehalten wurden, war in irgendwelche bunten Fetzen gekleidet und klampfte auf einer Gitarre, während der andere, ein schon älterer Herr mit einer deutlichen Glatze, einer mehrfach reparierten und mit Isolierband umwickelten Brille und einem alten, ausgebeulten Jackett ein Blasinstrument bediente, das Khan als Saxophon bezeichnete.

Artjom hatte noch nie etwas Derartiges gesehen. Die einzigen Blasinstrumente, die er kannte, waren Panflöten, die ein paar geschickte Leute an der *WDNCh* aus Isolierschläuchen verschiedenen Durchmessers zurechtschnitten, jedoch nur zum Verkauf, denn an der Station selbst mochte man sie nicht. So ähnlich wie ein Saxophon war höchstens noch das Horn, mit dem manchmal Alarm geblasen wurde, wenn die Sirene aus irgendeinem Grund streikte.

Auf dem Boden vor den Musikern lag ein offener Gitarrenkoffer, in dem sich bereits ein gutes Dutzend Patronen gesammelt hatten. Jedes Mal, wenn der lauthals singende Langmähnige etwas besonders Lustiges von sich gab und dazu komische Grimassen schnitt, reagierte die Menge mit frohem Gelächter, applaudierte, und eine weitere Patrone flog in die Hülle.

Als das Lied zu Ende war, machte der Langhaarige eine Pause und lehnte sich zurück, worauf der Saxophonist sogleich ein Artjom unbekanntes, aber hier offensichtlich sehr beliebtes Motiv zum Besten gab. Die Leute begannen erneut zu klatschen, und noch ein paar Patronen glitzerten in der Luft und landeten auf dem abgewetzten roten Samt des Koffers.

Khan und Tus standen vor der nächsten Auslage und unterhielten sich. Sie ließen Artjom in Ruhe, der wahrscheinlich noch eine ganze Stunde hier stehen und diesen einfachen Liedern hätte zuhören können, wenn nicht plötzlich alles ein abruptes Ende gefunden hätte: Den Musikern näherten sich in typischer Gangstermanier zwei kräftig gebaute Gestalten. Sie ähnelten denen, die sie am Stationseingang getroffen hatten, und waren auch so angezogen. Einer davon ging in die Hocke und begann ohne Umschweife, die Patronen aus dem Gitarrenkoffer einzusammeln und in seine Jackentasche zu befördern. Der langhaarige Gitarrist stürzte los, um ihn daran zu hindern, doch der Mann warf den Musiker mit einem Stoß gegen die

Schulter zurück, riss ihm die Gitarre aus der Hand und hob sie, als wolle er das Instrument an der Ecke einer Säule zertrümmern. Der zweite Bandit drückte den alten Saxophonisten ohne große Mühe gegen die Wand, als dieser seinem Freund helfen wollte.

Von den Umherstehenden wagte es niemand sich einzumischen. Die Menge war deutlich kleiner geworden, die wenigen, die geblieben waren, sahen weg oder betrachteten interessiert die Waren an den nächstgelegenen Ständen. Artjom empfand heiße Scham für sie und sich selbst, doch er wagte es ebenfalls nicht, sich einzumischen.

»Ihr wart doch heute schon da«, argumentierte der Langhaarige mit weinerlicher Stimme und hielt sich mit einer Hand die Schulter.

»Hör mir mal gut zu. Wenn ihr heute einen guten Tag habt, dann haben wir auch einen, kapiert? Und wie kommst du mir denn überhaupt? Lust auf ne Runde Waggon, du schwule Sau?«, brüllte der Kerl und ließ die Gitarre sinken. Offenbar hatte er sie nur zur Einschüchterung geschwungen.

Bei dem Wort »Waggon« verstummte der Langhaarige sofort und schüttelte hastig den Kopf.

»So ist's recht … Schwuchtel!« Der Muskelmann spie dem Musiker vor die Füße, was dieser schweigend ertrug. Nachdem sie sich überzeugt hatten, dass sein Widerstand gebrochen war, entfernten sich die beiden ohne Hast, bereits auf der Suche nach dem nächsten Opfer.

Artjom blickte sich verwirrt um und bemerkte, dass Tus neben ihm stand. Er hatte die ganze Szene aufmerksam beobachtet.

»Wer war das?«, fragte Artjom.

»Wonach sehen sie denn deiner Meinung nach aus? Ganoven, was sonst. In *Kitai-gorod* gibt es keine Regierung. Alles wird von zwei Gruppierungen kontrolliert. Diese Hälfte untersteht den slawischen Brüdern. Der ganze Abschaum der Kaluschsko-Rischskaja-Linie hat sich hier versammelt, alles Mörder und Banditen. Kaluger nennen sich die meisten, oder auch Rigaer, aber natürlich haben sie weder mit Kaluga noch mit Riga irgendwas am Hut. Dort, siehst du, wo die Brücke ist« – Tus deutete auf eine Treppe, die etwa in der Mitte der Station nach oben rechts führte – »da oben gibt es noch einen Saal, der haargenau so aussieht wie der hier. Dort herrscht das gleiche Chaos, aber die Herren sind dort kaukasische Moslems, hauptsächlich Aserbaidschaner und Tschetschenen. Früher herrschte hier Krieg, jeder wollte dem anderen so viel wie möglich wegschnappen. Am Ende haben sie die Station in zwei Hälften geteilt.«

Artjom fragte nicht nach, was diese schwer auszusprechenden Namen bedeuteten. Er vermutete, dass sie von ihm unbekannten Metrostationen abgeleitet waren, von denen all diese Gauner stammten.

»Derzeit geht es relativ friedlich zu«, fuhr Tus fort. »Die Banden nehmen die aus, die in *Kitai-gorod* haltmachen, um Geld zu verdienen, und verlangen Zoll von Durchreisenden. In beiden Sälen beträgt die Gebühr drei Patronen, es macht also keinen Unterschied, von wo man die Station betritt. Gesetze gibt es hier nicht, und eigentlich brauchen sie auch keine, nur das Feuermachen ist streng verboten. Willst du *dur* kaufen – bitte sehr, und auch beim Schnaps hat man reiche Auswahl. Mit Waffen kannst du dich hier eindecken, damit könnte man die halbe Metro einreißen. Auch die Prostitution läuft prächtig. Allerdings würde ich dir davon eher abraten …« Tus murmelte verlegen etwas von eigenen Erfahrungen.

»Und was ist mit dem Waggon?«, fragte Artjom.

»Der Waggon? Das ist so eine Art Hauptquartier von ihnen. Wenn jemand sich bei ihnen unbeliebt macht, nicht zahlen will, ihnen was schuldet oder so, bringen sie ihn dorthin. Sie haben ein Gefängnis dort und eine Folterkammer – eine Art Schuldturm, wenn du so willst. Ein Ort, den man unbedingt meiden sollte … Aber sag, hast du Hunger?«

Artjom nickte. Weiß der Teufel, wie lang es schon her war, seit Khan und er an der *Sucharewskaja* Tee getrunken und geredet hatten! Ohne Uhr hatte er jegliches Gespür für die Zeit verloren. Die Streifzüge durch die Tunnel und die Abenteuer, die er dabei erlebt hatte, hatten sich möglicherweise stundenlang hingezogen – oder aber nur wenige Minuten gedauert. Außerdem konnte die Zeit in den Tunneln anders laufen als normalerweise. Wie auch immer, Hunger hatte er. Er sah sich um.

»Schaschliks! Heiße Schaschliks!«, schrie ein dunkler Händler mit dichtem schwarzem Schnurrbart unter der Hakennase, der unweit von ihnen stand. Er hatte einen seltsamen Akzent, der Artjom noch nie zuvor aufgefallen war.

Schaschliks machten sie an der *WDNCh* auch oft und gerne. Aus Schweinefleisch natürlich. Das, was der Verkäufer hier vor sich schwang, hatte jedoch nur entfernt etwas mit einem echten Schaschlik zu tun. Die Stückchen auf den rußgeschwärzten Spießen identifizierte Artjom nach gewissenhafter Prüfung als verkohlte Rattenrümpfe mit verkrümmten Pfoten. Augenblicklich wurde ihm schlecht.

»Du magst keine Ratten?«, fragte Tus mitleidig und deutete auf den Händler. »Die essen dafür kein Schwein. Ist laut Koran verboten. Aber eigentlich sind Ratten halb so schlimm.« Er sah sich gierig auf dem rauchenden Kohlebecken um. »Früher fand ich es auch eklig, aber irgendwann hab ich mich dran gewöhnt. Etwas zäh freilich, ein bisschen viel Knochen, und dann stinken sie immer nach irgendwas. Aber diese Abreken können Rattenfleisch zubereiten, das muss man ihnen lassen. Sie legen es zuerst irgendwie ein, sodass es ganz zart wird, ein Gedicht. Und dann die Gewürze! Und so viel billiger!«

Artjom hielt sich den Mund zu, atmete tief ein, versuchte, an etwas anderes zu denken, doch vor seinen Augen sah er ständig diese aufgespießten schwarzen Rattenkörper. Die Eisenstange bohrte sich von hinten in den Körper und trat aus dem geöffneten Maul wieder heraus …

»Na, wie du meinst. Ich nehme mir jedenfalls was. Du solltest auch zugreifen. Nur drei Kugeln für einen Spieß!« Mit diesem letzten Argument trat Tus an das Kohlebecken heran.

Artjom blieb nichts anderes übrig, als Khan Bescheid zu sagen und sich woanders etwas Genießbares zu suchen. Er ging die ganze Station ab, schlug höflich den Selbstgebrannten aus, der ihm von aufdringlichen Händlern in den unmöglichsten Behältnissen angeboten wurde, und starrte neugierig, aber misstrauisch die verführerischen, kaum bekleideten Frauen an, die vor ihren halbgeöffneten Zelten standen und den Passanten heiße Blicke zuwarfen. Sie waren vulgär, aber zugleich unverkrampft und frei, ganz anders als die zugeknöpften, vom harten Leben gezeichneten Frauen der *WDNCh*. Auch an den Büchertischen machte er halt, sah jedoch nichts Interessantes: zumeist billige, völlig zerfledderte Groschenromane, für Frauen über die große und reine Liebe, für Männer über Mord und Geld.

Die Station war etwa zweihundert Schritt lang – etwas länger als gewöhnlich. Die Wände und die eigenartigen, an eine Ziehharmonika erinnernden Pfeiler waren mit Marmor verkleidet, meist graugelb, an einigen Stellen auch rosa. Entlang der Gleise hingen schwere, ursprünglich wohl gelbe Metallbleche, in die kaum noch erkennbar die Insignien einer vergangenen Zeit eingraviert waren.

Doch war all diese lakonische Schönheit in einem beklagenswerten Zustand, hatte nur einen traurigen Seufzer hinterlassen, die Andeutung einstiger Größe. Die Kohlefeuer hatten die Decke dunkel gefärbt, die Wände waren an vielen Stellen mit Aufschriften aus Farbe oder Ruß und primitiven, oft obszönen Zeichnungen bekritzelt. Vereinzelt waren Marmorstücke herausgebrochen worden, und die Blechornamente waren verbogen und zerkratzt.

Von der Mitte des Saals aus gelangte man rechter Hand, über eine kurze, aber breite, brückenartigen Treppe, in den zweiten Saal der Station. Artjom wollte schon hinübergehen, als er auf einen eisernen Zaun aus mehreren Absperrungselementen traf, wie er sie vom *Prospekt Mira* kannte.

Neben einem engen Durchgang stützten sich einige Männer auf den Zaun. Auf Artjoms Seite standen die bereits gewohnten Bulldozer in Trainingshosen, auf der anderen dunkelhaarige und schnauzbärtige Typen, die zwar eine weniger beeindruckende Physis hatten, jedoch ebenfalls keinen sehr spaßigen Eindruck machten. Die Banditen unterhielten sich miteinander, und man mochte kaum glauben, dass sie sich einmal feindlich gegenübergestanden waren. Einigermaßen höflich erklärten sie Artjom, dass ihn der Übergang zur Nachbarstation zwei Patronen kosten würde und er auf dem Rückweg noch mal die gleiche Summe würde abgeben müssen. Aus Erfahrung fing Artjom erst gar nicht an, über die Angemessenheit dieser Summe zu streiten, und zog sich wieder zurück.

Nachdem er einmal im Kreis gegangen war und aufmerksam die Auslagen begutachtet hatte, kehrte er an das Ende der Station zurück, an der sie angekommen waren. Dort stellte er fest, dass der Saal hier noch nicht zu Ende war. Eine weitere Treppe führte nach oben, über die er in eine kleinere Vorhalle kam, die in der Mitte ebenfalls von einem bewachten Absperrungszaun in zwei Teile getrennt wurde; offenbar verlief auch hier eine Grenze zwischen den beiden Reichen. Auf der rechten Seite erblickte er zu seinem Erstaunen ein echtes Denkmal – wie er es bisher nur auf Abbildungen gesehen hatte. Allerdings stellte es nicht einen ganzen Menschen in voller Größe dar, sondern nur seinen Kopf.

Doch wie groß war dieser! Mindestens zwei Meter hoch. Auch wenn er auf der Oberseite stark verschmutzt war – während die Nase, die offenbar häufig berührt wurde, etwas dümmlich glänzte –, flößte er Artjom doch Ehrfurcht ein, ja, erschreckte ihn sogar. Sofort musste er an einen Riesen denken, dem man im Kampf den Kopf abgeschlagen hatte und nun, in Bronze gegossen, das marmorne Foyer zu diesem Sodom schmückte, das die Menschen tief ins Erdinnere gehauen hatten, um sich vor dem allsehenden Auge des Herrn zu verbergen und der Strafe zu entkommen. Das Gesicht des abgeschlagenen Kopfes war traurig, und Artjom vermutete zuerst, es gehöre Johannes dem Täufer aus dem Neuen Testament, das er einmal durchgeblättert hatte. Doch dann entschied er, dass es sich bei diesen Ausmaßen um einen der Helden aus der Geschichte von David und Goliath handeln musste, an die er gerade erst wieder erinnert worden war. Einer der beiden war groß und stark gewesen, buchstäblich ein Riese, aber am Ende war er enthauptet worden. Keiner der umhereilenden Bewohner der Station konnte Artjom jedoch erklären, wem dieser Kopf tatsächlich gehörte, was ihn ein wenig enttäuschte.

Dafür stieß er neben dem Denkmal auf einen wunderbaren Ort – einen richtigen *kabak* in einem geräumigen, sauberen Zelt von angenehm dunkelgrüner Farbe, so wie bei ihm zu Hause. Im Inneren standen Plastikblumen mit Stoffblättern in den Ecken – warum, war unklar, aber schön sah es jedenfalls aus – und ein paar ordentliche Tische mit Öllampen darauf, die das Zelt in warmes Licht tauchten. Und das Angebot war geradezu lukullisch: zartest gebratenes Schweinefleisch mit Pilzen. Wie

Artjom feststellte, ein Gericht, das auf der Zunge zerging. An seiner Station bekam man Vergleichbares nur an Feiertagen, und selbst dann schmeckte es nicht so fein wie hier.

An den Tischen ringsum saßen einige seriös gekleidete, offenbar einflussreiche Händler. Sie schnitten das kross gebratene, nach heißem Fett duftende Fleisch in ordentliche Stücke, kauten ohne Hast, unterhielten sich leise und gepflegt über ihre Geschäfte. Von Zeit zu Zeit blickten sie Artjom mit höflicher Neugier an.

Natürlich war es ein teures Vergnügen: Artjom musste dem dicken Wirt aus seinem Ersatzmagazin ganze fünfzehn Patronen auf die breite Hand zählen. Schon bereute er es, sich der Versuchung hingegeben zu haben, doch fühlte es sich in seinem Bauch so wohlig, ruhig und warm an, dass die Stimme der Vernunft besänftigt verstummte.

Und dazu einen Krug *braschka*, diesen weichen, leicht vergorenen Wein, der so angenehmen Schwindel erzeugte, aber nicht so stark war wie der trübe Selbstgebrannte in den schmutzigen Flaschen und Glasbehältern, bei dessen Geruch einem schon die Knie weich wurden. Gut, noch drei Patronen – aber was sind schon drei armselige Patronen verglichen mit einer Schale dieses glitzernden Elixiers, das dich mit der Unvollkommenheit dieser Welt versöhnt und dir hilft, deine innere Harmonie wiederzugewinnen?

Artjom trank die *braschka* in kleinen Schlucken. Zum ersten Mal in den letzten Tagen fühlte er sich ruhig und geborgen. Er dachte an die bisherigen Ereignisse, versuchte zu begreifen, was er erreicht hatte und wohin er sich nun wenden sollte. Er war ein weiteres Stück vorangekommen – und wieder stand er am Scheideweg.

Wie der Recke aus den schon fast vergessenen Märchen seiner Kindheit ... So weit lag dies zurück, dass er gar nicht mehr wusste, wer sie ihm eigentlich erzählt hatte: Suchoj, Schenjas Eltern oder seine eigene Mutter. Am besten gefiel ihm der Gedanke, er habe sie von seiner Mutter gehört, denn dabei schien für Augenblicke ihr Gesicht aus dem Nebel aufzutauchen, und er hörte, wie ihm eine Stimme langsam und gemessen vorlas: ›Es war einmal …‹

Wie jener mythische Held stand Artjom nun vor einem Stein, an dem sich drei Wege verzweigten: zum *Kusnezki Most*, zur *Tretjakowskaja* oder zur *Taganskaja*. Genüsslich schlürfte er das benebelnde Getränk, während ihn eine selige Mattigkeit übermannte, ihm das Denken immer schwerer fiel und sich ihm im Kopf die Worte drehten: ›Gehst du geradeaus, verlierst du dein Leben. Gehst du nach links, verlierst du dein Pferd …‹

Dieser Zustand hätte ewig andauern können. Nach all der Aufregung hatte Artjom Ruhe bitter nötig. In *Kitai-gorod* lohnte es sich, eine Weile zu bleiben, sich umzusehen und die Ansässigen über die verschiedenen Wege auszufragen. Auch müsste er Khan fragen, ob dieser ihn weiter begleiten würde, oder ob sich ihre Wege an dieser seltsamen Station trennten …

Doch während Artjoms träge Fantasie sich all das ausmalte und während er erschöpft das kleine Flämmchen beobachtete, das in der Lampe auf dem Tisch tanzte, kam alles auf einmal ganz anders.

# 8
# Das Vierte Reich

Plötzlich drangen Pistolenschüsse durch das fröhliche Lärmen der Menge. Eine Frau kreischte auf, irgendwo begann eine Kalaschnikow zu knattern. Der pummelige Wirt riss mit unerwarteter Schnelligkeit ein kurzes Gewehr unter seinem Tresen hervor und stürzte zum Ausgang. Artjom ließ sein halbvolles Weinglas stehen, sprang auf und lief ihm hinterher. Während er sich den Rucksack über die Schulter warf und seine Waffe entsicherte, bedauerte er kurz, dass er im Voraus bezahlt hatte – dies wäre ein günstiger Moment gewesen, die Zeche zu prellen. Die achtzehn Patronen hätte er jetzt gut gebrauchen können.

Schon von der Treppe aus war deutlich zu erkennen, dass etwas Furchtbares vor sich ging. Getrieben von Neugier, kämpfte sich Artjom durch eine panische Menschenmenge, die die Treppe hinaufgestürmt kam.

Auf den Gleisen sah er einige Leichen in Lederjacken. Direkt vor ihm auf dem Bahnsteig lag eine tote Frau, das Gesicht nach unten, in einer hellroten Blutlache, die sich langsam nach allen Richtungen ausbreitete. Hastig schritt er über sie hinweg, vermied es hinabzuschauen, rutschte jedoch aus und wäre beinahe neben ihr hingefallen. Um ihn herum herrschte Panik, halb entkleidete Menschen sprangen aus ihren Zelten und blickten sich verwirrt um. Einer von ihnen blieb kurz stehen und versuchte hektisch in seine Hose zu steigen, doch plötzlich griff er sich an den Bauch und fiel langsam zur Seite.

Woher die Schüsse kamen, konnte Artjom nicht erkennen. Noch immer ertönten Feuersalven. Vom anderen Ende des Saals kamen muskelbepackte Jungs in Lederjacken angerannt, schleuderten dabei kreischende Frauen und verängstigte Händler zur Seite. Doch das waren nicht die Angreifer, sondern einige der Banditen, die hier das Sagen hatten. Auf dem gesamten Bahnsteig war niemand zu sehen, der dem Gemetzel Einhalt gebieten konnte.

Endlich begriff Artjom: Die Angreifer saßen in einem der Tunnel direkt neben ihm und gaben von dort ihre tödlichen Salven ab. Offenbar wagten sie es nicht, sich zu zeigen. Doch sobald sie sahen, dass der Widerstand gebrochen war, würden sie sicher die Station stürmen.

Das änderte die Lage – er musste sich so schnell wie möglich in Sicherheit bringen. Artjom duckte sich und stürzte los, das Sturmgewehr fest in der Hand. Er blickte sich mehrfach um. Wegen des Echos, das den Lärm der Schüsse über das gesamte Gewölbe der Station verteilte, war unklar, ob das Feuer aus dem rechten oder dem linken Tunnel kam.

Als er bereits ziemlich weit gelaufen war, riskierte er erneut einen Blick über die Schulter. In der Mündung des linken Tunnels erblickte er einige Gestalten in Tarnanzügen. Beim Anblick ihrer schwarzen Gesichter gefror ihm das Blut in den Adern – erst nach einigen Augenblicken kam ihm in den Sinn, dass die Schwarzen, die die *WDNCh* belagerten, keine Waffen benutzten und keine Kleidung trugen. Die Angreifer hier hatten einfach Strumpfmasken übergezogen, wie man sie bei jedem Waffenhändler kaufen konnte.

Die herbeigeeilten Kalugaer warfen sich auf den Boden und

eröffneten ihrerseits das Feuer. Sie verschanzten sich einfach hinter irgendwelchen Leichen, die auf den Gleisen lagen. Jemand brach mit einem Gewehrkolben die Spanplatten heraus, die man an die Frontscheibe des Zugwaggons genagelt hatte. Dahinter kam ein getarntes MG-Nest zum Vorschein. Schon donnerte die erste Salve los.

Artjoms Blick fiel auf das von hinten beleuchtete Tableau in der Saalmitte, das sämtliche Stationen der Linie anzeigte. Der Angriff kam von der *Tretjakowskaja* – dieser Weg war also abgeschnitten. Und um zur *Taganskaja* zu gelangen, hätte er durch die gesamte Station mitten ins Zentrum des Gefechts zurückkehren müssen. Blieb nur noch der Weg zum *Kusnezki Most*.

Das Dilemma hatte sich also von selbst gelöst. Artjom sprang auf die Gleise und rannte auf den dunklen Eingang des einzigen freien Tunnels zu. Weder Khan noch Tus waren irgendwo zu sehen. Nur einmal tauchte oben auf dem Bahnsteig eine Gestalt auf, die dem wandernden Philosophen ähnelte, doch nach kurzem Zögern begriff Artjom, dass er sich geirrt hatte.

Er war nicht der Einzige, der in dem Tunnel Zuflucht suchte – viele Menschen rannten dorthin. Ängstliche Rufe und wütendes Schreien ertönten von dort, irgendjemand heulte hysterisch. Hier und da sah man schwankende Lichtkegel von Taschenlampen und das unstete Flackern rußender Fackeln. Jeder versuchte sich seinen eigenen Weg so gut es ging zu beleuchten.

Artjom zog Khans Geschenk aus der Tasche und drückte auf den Hebel. Er richtete das schwache Licht der Lampe auf den Boden, um nicht zu stolpern, und hastete vorwärts – vorbei an kleinen Gruppen flüchtender Menschen, zum Teil ganzen Familien, zum Teil einzelnen Frauen, Alten oder auch jungen, kräftigen Männern. Diese schleppten irgendwelche Säcke, die wohl kaum ihnen gehörten.

Einige Male half er Leuten auf, die gestürzt waren. Bei einem von ihnen blieb er stehen: einem grauhaarigen alten Mann, der sich, das Gesicht schmerzverzerrt, gegen die wellige Wand des Tunnels lehnte und eine Hand auf die Herzgegend presste. Ein halbwüchsiger Junge stand daneben, an dessen plumpen Gesichtszügen und glasigen Augen Artjom erkannte, dass er kein normales Kind war. Etwas in Artjom krampfte sich zusammen, als er dieses seltsame Paar erblickte, und obwohl er jede Verzögerung vermeiden wollte, sah er sich außerstande weiterzulaufen.

Als der Alte merkte, dass jemand ihnen Aufmerksamkeit schenkte, versuchte er zu lächeln und etwas zu Artjom zu sagen, doch bekam er nicht genug Luft. Er runzelte die Stirn und schloss die Augen. Artjom beugte sich zu ihm hinab, um zu hören, was er flüsterte.

Sogleich stieß der Junge unartikulierte Drohlaute aus, und Artjom sah den Speichelfaden zwischen seinen Lippen, als er seine kleinen gelben Zähne entblößte. Außerstande, den aufkeimenden Widerwillen zu unterdrücken, stieß er den Jungen weg, sodass dieser auf die Gleise plumpste und kläglich zu greinen begann.

»Junger … Mann«, presste der Alte hervor. »Nicht schlagen … Wanetschka … begreift doch nichts.«

Artjom zuckte mit den Schultern.

»Bitte … Nitro… glyzerin … in der Tasche … ein Kügelchen … ich kann nicht«, krächzte der Alte mit letzter Kraft.

Artjom kramte in der Ledertasche, die auf dem Boden lag, fand schließlich eine neue, noch nicht angebrochene Packung, riss die Folie auf, fing das herausrollende Kügelchen im letzten Moment auf und reichte es dem Alten.

Dieser verzog mühsam den Mund zu einem schuldvollen Lächeln und stöhnte: »Ich kann nicht … Meine Hände … Unter die Zunge.« Dann schlossen sich seine Lider erneut.

Artjom betrachtete erst zweifelnd seine schwarzen Hände, doch dann legte er dem Alten das schlüpfrige Kügelchen in den Mund. Der Mann nickte schwach.

Immer wieder hasteten Flüchtende an ihnen vorbei, doch Artjom sah vor sich nur eine endlose Reihe von Schuhen und Stiefeln, schmutzstarrend und nicht selten mit klaffenden Löchern. Zuweilen stolperten sie über die schwarzen Holzschwellen, gefolgt von grobem Gefluche. Auf die drei am Rand des Tunnels achtete niemand. Der Junge saß noch immer an der gleichen Stelle und wimmerte dumpf vor sich hin. Teilnahmslos, ja mit gewisser Schadenfreude bemerkte Artjom, wie einer der Passanten ihm einen schmerzhaften Tritt versetzte, sodass er aufheulte, mit den Fäusten seine Tränen verschmierte und mit dem Oberkörper hin und her zu schaukeln begann.

Inzwischen hatte der Alte die Augen wieder geöffnet. Er seufzte tief und murmelte: »Ich danke Ihnen vielmals ... Jetzt geht es mir besser ... Bitte helfen Sie mir auf.« Während er sich mühsam erhob, stützte Artjom seinen Arm von unten, warf sich das Gewehr über die Schulter und nahm seine Tasche. Der Alte schlurfte zu dem Jungen hinüber und redete zärtlich auf ihn ein. Dieser zischte böse, als er Artjom ansah. Wieder tropfte ihm Speichel von der Unterlippe.

»Verstehen Sie, ich habe das Medikament gerade erst gekauft«, brach es aus dem Alten hervor, der nun wieder ganz zu sich gekommen war. »Nur deswegen habe ich mich auf den weiten Weg hierher gemacht. Bei uns bekommt man es nicht, wissen Sie, keiner bringt es zu uns. Mein Vorrat war schon fast zu Ende, die letzte Tablette hatte ich auf dem Weg hierher genommen, als sie uns an der *Puschkinskaja* nicht durchlassen wollten. Wissen Sie, dort sind jetzt die Faschisten, eine Zumutung sondergleichen, einfach unfassbar: Faschisten, an der *Puschkinskaja*! Wie ich gehört habe, wollen sie die Station sogar umbenennen, in *Hitlerowskaja* oder *Schillerowskaja*, wenn ich mich recht erinnere. Obwohl sie von Schiller natürlich keine Ahnung haben. Stellen Sie sich vor: Diese Kerls mit den Hakenkreuzen wollten uns nicht durchlassen und fingen an, Wanetschka zu ärgern, und was konnte er ihnen schon antworten, der arme Junge, mit seiner Krankheit? Ich habe mich furchtbar aufgeregt, und erst als mein Herz Probleme machte, ließen sie uns laufen. Warum sag ich das? Ach ja: Verstehen Sie, ich hatte es absichtlich so tief wie möglich verstaut, damit sie es nicht finden, wenn eine Kontrolle kommt. Nicht jeder weiß schließlich, wozu das Mittel dient, jemand könnte es falsch verstehen … Und plötzlich diese Schüsse! Ich bin gelaufen, so gut ich konnte, und Wanetschka musste ich auch noch mitziehen, er hatte nämlich diese Hähnchen am Spieß gesehen und wollte gar nicht mehr weg. Anfangs ging es noch ganz gut, ich dachte, vielleicht wird es besser, auch ohne Medizin – heutzutage ist sie ja so viel wert wie Gold. Doch dann ist mir klar geworden, dass daraus nichts wird. Ich wollte gerade eine Tablette herausholen, als ich zusammenklappte. Und Wanetschka versteht doch nichts. Schon so oft habe ich versucht, ihm beizubringen, dass er mir die Tabletten bringt, wenn es mir schlecht geht, aber er begreift es nicht. Entweder isst er sie selber, oder er holt sie mir, wenn ich sie gar nicht brauche. Ich bedanke mich natürlich und lächele ihn an, und er lächelt, wissen Sie, richtig glücklich, und dann lallt er fröhlich vor sich hin – aber dass er sie mir zur rechten Zeit bringt, hat noch kein einziges Mal geklappt. Stellen Sie sich nur vor, wenn mir etwas passiert. Niemand wird sich um ihn kümmern. Ich darf gar nicht daran denken, was dann aus ihm wird …«

Der Alte redete und redete. Dabei blickte er Artjom immer wieder in die Augen, dass es diesem richtig unangenehm wurde. Obwohl der Alte mit aller Kraft vor sich hin humpelte, hatte

Artjom das Gefühl, dass sie zu langsam vorwärtskamen. Immer weniger Menschen überholten sie, bald würden sie die Letzten sein. Wanetschka stapfte schwerfällig neben dem Alten her, dessen rechte Hand er fest umklammert hielt. Sein Gesicht war wieder so unbekümmert wie zuvor. Von Zeit zu Zeit streckte er die andere Hand aus und lallte aufgeregt los, wenn er einen Gegenstand entdeckt hatte, den andere auf der Flucht fortgeworfen oder verloren hatten. Manchmal rief er aber auch nur in die Dunkelheit hinein, die sich nun immer mehr verdichtete.

»Darf ich fragen, wie Sie heißen, junger Mann? Wir unterhalten uns hier einfach so, ohne uns einander vorgestellt zu haben … Artjom? Sehr angenehm, ich bin Michail Porfirjewitsch. Ja, Porfirjewitsch, ganz recht. Mein Vater hieß Porfiri, ein ungewöhnlicher Name. In der Sowjetzeit fragten uns gewisse Organisationen deswegen sogar aus. Damals waren ja andere Namen in Mode: Wladilen, Stalina und so weiter … Und woher kommen Sie? Von der *WDNCh*? Wanetschka und ich kommen von der *Barrikadnaja*, ich habe früher nicht weit von der Station gelebt.« Der Alte lächelte verlegen. »Wissen Sie, dort stand einmal so ein Hochhaus, direkt neben der Metro … Aber womöglich wissen Sie gar nicht, was Hochhäuser sind. Wie alt sind Sie, wenn ich fragen darf? Nun ja, das spielt natürlich keine Rolle. Ich hatte eine kleine Zweizimmerwohnung, ziemlich weit oben, mit wunderschönem Blick auf das Stadtzentrum. Nicht groß, aber sehr gemütlich, Eichenparkett natürlich, wie in allen Wohnungen dort, und eine Küche mit Gasherd. Mein Gott, heute denke ich, was für ein Luxus, so ein Gasherd, aber damals wollte ich unbedingt einen elektrischen haben. Allerdings reichten meine Ersparnisse nicht … Gleich wenn man reinkam, hing rechts an der Wand die Kopie eines Tintoretto-Bildes in einem schönen vergoldeten Rahmen. Und ein echtes Bett gab es da, mit Kissen und Laken, immer sauber, dazu ein großer Arbeitstisch mit so einer Stehlampe mit Federn. Wie hell die leuchtete! Und die Bücherregale gingen bis zur Decke. Ich hatte von meinem Vater eine große Bibliothek geerbt und selbst auch gesammelt, beruflich und aus Interesse … Aber was erzähle ich Ihnen das alles, das interessiert Sie doch gar nicht, dieses Geschwätz eines alten Mannes. Doch ich muss heute noch daran denken, das fehlt mir einfach sehr, verstehen Sie, besonders der Tisch und die Bücher, und in letzter Zeit sehne ich mich vor allem nach dem Bett. Hier unten muss man natürlich bescheidener sein. An der *Barrikadnaja* haben wir selbstgebaute Holzpritschen, wissen Sie. Manchmal muss ich auch auf dem Boden schlafen, auf irgendeinem Fetzen. Aber das macht nichts.« Michail Porfirjewitsch deutete auf seine Brust. »Worauf es ankommt, ist innen, nicht außen. Hauptsache, man bleibt im Inneren derselbe. Hauptsache, man hält ein gewisses Niveau. Was die Bedingungen angeht … Zum Teufel mit ihnen, den Bedingungen! Obwohl nach dem Bett, wissen Sie, besonders …« Er schwieg nicht eine Minute, und Artjom hörte interessiert zu, obwohl er sich überhaupt nicht vorstellen konnte, wie man in einem Hochhaus wohnte, und wie das war, wenn man einen Blick auf etwas hatte, oder wenn man in wenigen Sekunden oben ankam, weil man nicht die Treppe benutzte, sondern einen Aufzug.

Als Michail Porfirjewitsch für kurze Zeit innehielt, um Luft zu schöpfen, nutzte Artjom die Pause, um das Gespräch in die richtige Bahn zu lenken. Sein Weg führte jetzt wohl oder übel über die *Puschkinskaja* – oder *Hitlerowskaja*? –, von wo er auf die *Tschechowskaja* würde umsteigen müssen, um sich dann weiter bis zur Polis durchzuschlagen. Also warf er schnell ein: »Sind das an der *Puschkinskaja* denn wirklich Faschisten?«

»Was sagen Sie?«, schnaufte der Alte verwirrt. »Faschisten? Tja, wissen Sie, die sind tatsächlich richtig kahl rasiert und tragen diese Armbinden – einfach furchtbar. Über dem Eingang zur Station und auch überall sonst hängt ihr Zeichen: eine schwarze Figur in einem roten Kreis, der von einer Linie durchkreuzt wird. Früher bedeutete das: kein Durchgang. Ich dachte, das sei ein Fehler, es gab einfach zu viele von diesen Zeichen. Und als ich so unvorsichtig war, zu fragen, stellte sich heraus, dass das ihr neues Symbol ist. Es bedeutet, dass für die Schwarzen der Zutritt verboten ist, oder sie selbst sind verboten, jedenfalls irgendeine Idiotie.«

Bei den letzten Worten des alten Mannes zuckte Artjom zusammen. Er warf einen verängstigten Blick auf Michail Porfirjewitsch: »Dort gibt es wirklich Schwarze? Sind sie tatsächlich schon so weit gekommen?« In seinem Kopf wirbelten die Gedanken wie ein durchgedrehtes Karussell: Wie war das möglich? Er war noch nicht einmal eine Woche unterwegs! War die *WDNCh* etwa schon gefallen, griffen die Schwarzen bereits die *Puschkinskaja* an, war seine Mission zu Ende? Kam er zu spät, war er gescheitert? War alles umsonst gewesen? Nein, es war unmöglich, es hätte sicher Gerüchte gegeben …

Michail Porfirjewitsch sah ihn besorgt an, trat einen Schritt zur Seite und fragte vorsichtig: »Welcher Ideologie hängen Sie denn an, wenn ich fragen darf?«

»Ich, na ja, eigentlich keiner«, stotterte Artjom. »Warum?«

»Und wie stehen Sie zu anderen Völkern, den Kaukasiern zum Beispiel?«

»Was haben denn die Kaukasier damit zu tun? Jedenfalls kenne ich mich mit Nationalitäten nicht besonders gut aus. Na ja, Franzosen oder Deutsche, früher gab es noch die Amerikaner, aber von denen ist ja wahrscheinlich niemand übrig geblieben. Doch von den Kaukasiern kenne ich, ehrlich gesagt, niemanden.«

»Sie nennen die Kaukasier Schwarze«, erklärte Michail Porfirjewitsch. »Dabei sind es völlig normale Menschen – nur diese Mordgesellen glauben, dass sie sich von ihnen irgendwie unterscheiden, und machen deshalb Jagd auf sie. Einfach bestialisch! Stellen Sie sich nur vor, an der Decke über den Gleisen haben sie Haken montiert. An einem davon hing ein Mensch, aus Fleisch und Blut. Wanetschka hat sich natürlich aufgeregt, hat mit dem Finger auf ihn gezeigt und etwas gebrabbelt, und da ist er diesen Unmenschen erst aufgefallen.«

Als er seinen Namen hörte, drehte sich der Junge um und warf einen langen, trüben Blick auf den Alten. Artjom hatte den Eindruck, dass er zuhörte, ja sogar zum Teil verstand, worum es ging.

»Und da wir schon von Völkern sprechen«, fuhr Michail Porfirjewitsch fort. »Offenbar verehren sie dort besonders die Deutschen. Denn die haben ihre Ideologie erfunden, aber das wissen Sie ja sicher, wem erzähle ich das?« Artjom nickte unbestimmt, um nicht ganz so ungebildet dazustehen. »Überall hängen deutsche Adler, Hakenkreuze, irgendwelche deutschen Sprüche, Hitlerzitate von Heldenmut und Stolz und Ähnlichem. Auch Paraden halten sie ab und Aufmärsche. Als wir dort standen und ich sie zu überreden versuchte, dass sie Wanetschka in Ruhe lassen, marschierte gerade ein Trupp die Station entlang und sang deutsche Lieder dazu. Irgendwas von der Größe des Geistes und der Verachtung des Todes. Eigentlich haben sie es mit der deutschen Sprache richtig getroffen, das Deutsche ist für solche Dinge wie geschaffen. Ich spreche es nämlich ein bisschen, verstehen Sie … Schauen Sie, hier habe ich etwas aufgeschrieben …« Michail Porfirjewitsch holte aus der Innentasche seiner Jacke einen speckigen Notizblock hervor, wobei er ganz aus dem Tritt kam. »Warten Sie eine Sekunde, leuchten Sie doch bitte hierher, wenn's recht ist … Wo war es denn? Ach, hier.«

In dem gelben Lichtkreis sah Artjom hüpfende lateinische

Buchstaben, die ordentlich auf dem Notizblatt angeordnet und sogar mit einem Rahmen mit rührenden Vignetten versehen waren:

*Besitz stirbt, Sippen sterben,*
*du selbst stirbst wie sie;*
*eins weiß ich, das ewig lebt:*
*des Toten Tatenruhm*

Artjom konnte lateinische Buchstaben lesen. Er hatte es nach einem uralten Schulbuch gelernt, das er in der Stationsbibliothek ausgegraben hatte. Unruhig sah er sich um und leuchtete noch einmal auf den Block. Natürlich verstand er nichts davon.

»Was ist das?«, fragte er und zog Michail Porfirjewitsch weiter, der den Block eilig in die Tasche stopfte und versuchte, Wanetschka anzutreiben – doch dieser sträubte sich aus irgendeinem Grund und begann unzufrieden zu knurren.

»Ein Gedicht«, erwiderte der Alte leicht gekränkt, wie es Artjom schien. »Zum Gedenken an die gefallenen Soldaten. Hören Sie, wie es im Deutschen donnert: ›Des Toten Tatenruhm!‹ Da läuft es einem doch eiskalt den Rücken runter …« Plötzlich verstummte er, vielleicht weil er sich seiner Begeisterung schämte.

Einige Zeit gingen sie schweigend weiter. Artjom war wütend auf den Umstand, dass sie nun tatsächlich die Letzten waren – ohne zu wissen, was hinter ihnen geschah –, und weil sie mitten im Tunnel stehen geblieben waren, um irgendein Gedicht zu lesen. Doch gegen seinen Willen ließ er dessen letzte Worte über seine Zunge rollen und musste plötzlich an Witalik denken. Witalik der Nörgler, mit dem sie damals zum Botanischen Garten gegangen waren. Witalik, den Banditen bei einem Überfall vom Südtunnel aus erschossen hatten. Dieser Tunnel hatte immer als sicher gegolten, weshalb man Witalik dorthin abgeordnet hatte, obwohl er gerade erst achtzehn Jahre alt war und Artjom sogar erst sechzehn. An dem Abend wollten sie Schenja besuchen gehen, dem ein Händler gerade frisches, angeblich ganz besonderes *dur* mitgebracht hatte. In den Kopf hatten sie ihn getroffen. Das Loch vorne auf der Stirn war nur ganz klein gewesen, dafür hatte es ihm den halben Hinterkopf weggerissen. Mehr hatte es nicht gebraucht. ›Du stirbst ...‹ Aus irgendeinem Grund fiel Artjom das Gespräch zwischen Hunter und Suchoj ein, und er hörte seinen Stiefvater deutlich sagen: ›Vielleicht ist dort ja gar nichts ...‹ Du stirbst, und es gibt keine Fortsetzung. Schluss. Nichts bleibt mehr. Irgendjemand wird sich vielleicht noch an dich erinnern, aber auch nicht lange. ›Deine Sippen sterben‹ – oder wie hatte es geheißen? Artjom schauderte, und als Michail Porfirjewitsch nach kurzer Zeit die Stille wieder unterbrach, war er ganz froh darüber.

»Sie haben nicht zufällig den gleichen Weg wie wir? Nur bis zur *Puschkinskaja*? Sie werden dort doch nicht aussteigen wollen – ich meine, die Gleise verlassen? Das würde ich Ihnen auf keinen Fall empfehlen. Sie können sich nicht vorstellen, was dort vor sich geht. Vielleicht kommen Sie doch lieber mit zu uns, zur *Barrikadnaja*? Ich würde mich liebend gerne mit Ihnen unterhalten!«

Wieder konnte Artjom nur nicken und etwas Unverständliches murmeln. Schließlich konnte er nicht dem Erstbesten, selbst so einem harmlosen Alten, einfach das Ziel seiner Reise verraten. Auf diese Weise abgespeist, verstummte auch Michail Porfirjewitsch wieder.

Ziemlich lange gingen sie, ohne dass jemand etwas sagte. Hinter ihnen schien alles ruhig zu bleiben, sodass Artjom endlich ein wenig lockerer wurde. Bald wurden in der Ferne Lichter erkennbar, zunächst schwach, dann immer heller. Sie näherten sich der Station *Kusnezki Most*.

Die dort herrschenden Regeln waren Artjom nicht bekannt, also beschloss er seine Waffe lieber so gut wie möglich wegzupacken. Er wickelte sie in ein gestreiftes Hemd und steckte sie tief in den Rucksack.

Der *Kusnezki Most* war eine bewohnte Station, und etwa fünfzig Meter vor dem Aufgang zum Bahnsteig befand sich mitten auf dem Gleis ein durchaus ansehnlicher Kontrollpunkt. Allerdings nur ein einziger, mit einem Scheinwerfer – der jedoch nicht in Betrieb war – und einem voll ausgerüsteten MG-Posten. Das Maschinengewehr war verhüllt, daneben saß ein beleibter Mann in einer abgetragenen grünen Uniform und löffelte einen undefinierbaren Brei aus einer zerkratzten Soldatenschüssel. Zwei weitere Männer in ähnlichem Aufzug und mit groben Armeegewehren über den Schultern kontrollierten penibel die Pässe der Ankömmlinge. Vor ihnen hatte sich eine kleine Schlange gebildet – die letzten Flüchtlinge aus *Kitai-gorod*, die an Artjom vorbeigelaufen waren, während er sich mit Michail Porfirjewitsch und Wanetschka abgemüht hatte.

Die Soldaten ließen die Leute nur langsam und unwillig passieren. Einem jungen Mann hatten sie sogar den Zutritt verweigert, und nun stand er verwirrt und ratlos an der Seite und versuchte sich immer wieder dem Kontrolleur zu nähern, der ihn jedes Mal zurückstieß und den Nächsten heranrief. Jeder der Ankömmlinge wurde sorgfältig durchsucht. Bei einem Mann entdeckten die Kontrolleure eine Makarow, stießen ihn aus der Reihe, und als er versuchte zu protestieren, nahmen sie ihn in Polizeigriff und führten ihn ab.

Artjom sah sich unruhig um, denn ihm schwante Übles. Michail Porfirjewitsch blickte ihn verwundert an, worauf Artjom ihm zuflüsterte, er sei ebenfalls bewaffnet. Doch Michail Porfirjewitsch nickte beruhigend und versprach, es werde nichts passieren. Artjom sah den Alten zweifelnd an – der nur lächelte und geheimnisvoll schwieg.

Bald waren sie an der Reihe. Die Grenzer waren gerade dabei, den Plastiksack einer unglücklichen Frau von vielleicht fünfzig Jahren auszuräumen. Diese begann sofort zu schimpfen, bezeichnete sie als Ungeheuer und Schande für die Menschheit. Innerlich musste Artjom ihr recht geben. Nachdem der Wachmann eine Weile in der Tüte herumgekramt hatte, zog er mit zufriedenem Pfeifen aus einem Haufen dreckiger Unterwäsche ein paar Infanteriegranaten hervor und blickte die Frau fragend an.

Artjom war überzeugt, nun eine rührende Geschichte von einem Enkelsohn zu hören, der diese seltsamen Dinger für seine Arbeit als Schweißer brauchte oder etwas in der Art. Doch stattdessen trat die Frau einige Schritte zurück, stieß einen zischenden Fluch aus und stürzte zurück in den Tunnel, um sich in der Dunkelheit zu verbergen. Der MG-Schütze stellte den Napf beiseite und griff nach seiner Maschine, aber einer der Grenzer – offenbar der Befehlshaber des Postens – hielt ihn mit einer Geste zurück. Während der Schütze enttäuscht schnaubte und sich wieder seinem Brei widmete, trat Michail Porfirjewitsch einen Schritt vor und hielt seinen Pass bereit.

Zu Artjoms Erstaunen blätterte der Wachmann das Dokument des Alten nur schnell durch und ließ Wanetschka völlig außer Acht, als ob dieser gar nicht existierte. Dann war Artjom an der Reihe. Er hielt dem hageren, schnauzbärtigen Mann seine Papiere hin, und dieser begann jede Seite peinlich genau zu überprüfen. Besonders lange verweilte er mit seiner Taschenlampe auf den Stempeln. Mindestens fünfmal verglich er Artjoms Gesichtszüge mit dem Foto und räusperte sich dabei misstrauisch, während Artjom freundlich lächelte und versuchte, so unschuldig wie möglich auszusehen.

»Der Pass ist ein sowjetisches Muster. Warum?«, fragte der

Grenzer streng. Offenbar hatte er sonst nichts gefunden, woran er etwas hätte aussetzen können.

»Als es noch die echten Pässe gab, war ich zu klein«, erklärte Artjom. »Später hat unsere Administration dann die erstbeste Vorlage genommen, die zu finden war.«

Der Schnauzbärtige runzelte die Stirn. »Nicht ordnungsgemäß. Öffnen Sie Ihren Rucksack.«

Wenn er das Gewehr findet, muss ich bestenfalls wieder umkehren, dachte Artjom. Aber wenn sie es beschlagnahmen … Er wischte sich den Schweiß von der Stirn.

Michail Porfirjewitsch trat nah an den Wachmann heran und flüsterte ihm zu: »Konstantin Alexejewitsch, dieser junge Mann ist mein Bekannter. Ein überaus anständiger junger Mann. Ich kann persönlich für ihn bürgen.«

Der Grenzer hatte Artjoms Rucksack bereits geöffnet und zu dessen Entsetzen seine Hand hineingesteckt. Nun sagte er trocken: »Fünf«, und während Artjom noch rätselte, was er damit meinte, zog Michail Porfirjewitsch eine Handvoll Patronen hervor und zählte dem Kontrolleur fünf davon in die halb geöffnete Feldtasche an seiner Seite.

Inzwischen jedoch war Konstantin Alexejewitschs Hand weitergewandert, und sein Gesicht hatte einen interessierten Ausdruck angenommen. »Fünfzehn«, sagte er ungerührt.

Artjom nickte, zählte seinerseits zehn Patronen ab und ließ sie in ebenjener Tasche verschwinden. Kein einziger Muskel zuckte im Gesicht des Grenzers, er machte nur einen Schritt zur Seite. Der Weg zum *Kusnezki Most* war frei. Tief beeindruckt von der eisernen Haltung des Mannes ging Artjom weiter.

Die nächsten fünfzehn Minuten verbrachte er in erregter Diskussion mit Michail Porfirjewitsch, der sich standhaft weigerte, die fünf Patronen von Artjom entgegenzunehmen, da er doch viel tiefer in dessen Schuld stehe und dergleichen mehr.

Der *Kusnezki Most* unterschied sich nicht besonders von den meisten anderen Stationen, die Artjom auf seiner Reise gesehen hatte. Der gleiche Marmor an den Wänden, der gleiche Granitboden – nur die Bögen waren hier höher und breiter, wodurch die Station besonders groß erschien.

Das eigentlich Erstaunliche befand sich auf den beiden Gleisen: dort standen zwei komplette Züge, unfassbar lang und riesig, fast über die gesamte Länge der Station. Ihre Fenster wurden von einem warmen Licht erhellt, das durch verschiedenfarbige Vorhänge nach draußen drang. Die Türen standen weit geöffnet – ein einladender Anblick.

Noch nie, seit Artjom denken konnte, hatte er etwas Derartiges gesehen. Sicher, er erinnerte sich noch verschwommen an Züge mit hellen, quadratischen Fenstern, die heulend an ihm vorbeirasten. Doch dies waren weit entfernte, undeutliche Kindheitserinnerungen wie alle Gedanken an die Vergangenheit – kaum versuchte man sich etwas im Detail vorzustellen, Einzelheiten im Gedächtnis zu rekonstruieren, schon löste sich das nebulöse Bild wieder auf, zerrann wie Wasser zwischen den Fingern, und am Ende blieb nichts davon übrig. Seit damals hatte er nur den Zug im Tunnel an der *Rischskaja* und die vereinzelten Waggons in *Kitai-gorod* und am *Prospekt Mira* gesehen.

Artjom blieb wie versteinert stehen, starrte die Züge an und zählte die Waggons auf der gegenüberliegenden Seite – bis sie ganz am Ende, neben dem Übergang zur Roten Linie, im Dunkeln verschwanden. Dort hing, von einem exakten elektrischen Lichtkreis der Dunkelheit entrissen, eine rote Fahne von der Decke, unter der zwei bewaffnete Soldaten in grüner Uniform Haltung angenommen hatten. Aus der Ferne sahen sie klein und irgendwie komisch aus – wie Spielzeugsoldaten.

Artjom hatte drei davon gehabt, früher, als er noch mit seiner Mutter gelebt hatte. Der eine, ein Offizier, hielt eine winzige

Pistole gezückt und schrie etwas nach hinten – wahrscheinlich rief er seine Soldaten auf, ihm in die Schlacht zu folgen. Die beiden anderen standen stramm, das Gewehr vor die Brust gedrückt. Die Soldaten stammten wahrscheinlich aus verschiedenen Sammlungen, denn man konnte mit ihnen überhaupt nicht spielen: Der Offizier lief in die Schlacht, während seine tapferen Krieger still und steif dastanden – wie die beiden Grenzsoldaten der Roten Linie – und vom Krieg nichts wissen wollten. Seltsam: An diese Spielfiguren erinnerte er sich noch genau, das Gesicht seiner Mutter jedoch wollte ihm einfach nicht mehr einfallen.

Der *Kusnezki Most* wurde relativ gut in Schuss gehalten. Wie an der *WDNCh* war hier die Notbeleuchtung in Betrieb. Die Decke entlang zog sich eine rätselhafte Stahlkonstruktion; vielleicht hatte sie früher zur Beleuchtung des Bahnsteigs gedient. Außer den beiden Zügen war an dieser Station absolut nichts Außergewöhnliches. Artjom konnte seine Enttäuschung vor Michail Profirjewitsch nicht verbergen. »Ich habe immer davon gehört, dass es in der Metro so viele wunderschöne Stationen gibt. Aber wenn ich jetzt hinschaue, sind sie fast alle gleich.«

»Ich bitte Sie, junger Mann! Es gibt prachtvolle Stationen, das glauben Sie gar nicht! Die *Komsomolskaja* zum Beispiel, eine der Ringstationen, ist ein wahrer Palast. Dort gibt es riesige Deckengemälde, zwar mit Lenin und all diesem Zeug … Aber was sag ich da bloß!« Michail Porfirjewitsch senkte die Stimme. »Sie müssen wissen, hier wimmelt es von Schnüfflern, Agenten von der Sokolnitscheskaja-Linie, äh, der Roten natürlich – verzeihen Sie, ich bin einfach die alten Namen gewohnt. Jedenfalls sollten wir hier vorsichtig sein. Die lokalen Behörden sind zwar offiziell unabhängig, wollen sich aber mit den Roten nicht anlegen. Wenn die jemanden ausgeliefert haben möchten, kann es durchaus sein, dass sie ihn auch bekommen. Ganz zu schweigen von möglichen Anschlägen.« Er blickte sich ängstlich nach allen Seiten um. »Kommen Sie, wir suchen uns einen Platz, wo wir uns ausruhen können. Ich bin, ehrlich gesagt, furchtbar erschöpft, und auch Sie, scheint mir, könnten ein wenig Schlaf gebrauchen. Wir übernachten hier, und morgen geht es weiter.«

Artjom nickte. Dieser Tag war tatsächlich endlos lang und anstrengend gewesen. Er brauchte dringend eine Pause. Mit einem neidvollen Blick auf die Züge folgte er Michail Porfirjewitsch. Aus den Waggons drangen fröhliches Lachen und laute Gespräche. In den Türöffnungen, an denen sie vorübergingen, standen Männer, müde von der Arbeit, rauchten und unterhielten sich gepflegt mit ihren Nachbarn über die Ereignisse des vergangenen Tages. An einem Tisch saßen ein paar alte Frauen und tranken Tee unter einer kleinen Lampe, die an einem zottigen Kabel hing. Kinder tobten umher. Auch dies war für Artjom ungewohnt, denn an der *WDNCh* war die Situation immer äußerst gespannt, und die Menschen rechneten stets mit dem Schlimmsten. Zwar versammelte man sich dort abends schon auch, um gemeinsam mit Freunden in Ruhe in einem Zelt zu sitzen, doch dass alle Türen weit offen standen, dass man einander einfach so besuchte und überall Kinder herumliefen, das gab es bei ihnen nicht. Irgendwie ging es den Menschen hier zu gut. Schließlich fragte Artjom: »Wovon leben die hier?«

»Ach, das wissen Sie nicht? Dies ist der *Kusnezki Most*. Hier gibt es die besten Techniker und die größten Werkstätten der Metro. Die Sokolnitscheskaja-Linie lässt hier all ihre Geräte reparieren, und sogar vom Ring kommen sie hierher. Diese Station ist in ständigem Aufschwung. Hier sollte man leben!« Michail Porfirjewitsch seufzte verträumt. »Aber in dieser Hinsicht sind sie ganz streng …«

Vergebens hoffte Artjom, sie könnten sich in einem der Waggons schlafen legen. In der Mitte des Saals standen eine Reihe großer Zelte, ähnlich denen, die sie an der *WDNCh* hatten, und auf dem ersten war in geraden, mit Schablone gemalten Buchstaben das Wort HOTEL zu lesen. Eine lange Schlange von Flüchtlingen wartete davor, doch Michail Porfirjewitsch rief den Verwalter beiseite, klimperte mit dem Metall in seiner Tasche, flüsterte ihm irgendetwas Magisches ins Ohr, das mit »Konstantin Alexejewitsch« begann – und das Problem war gelöst.

»Hier entlang«, bedeutete der Verwalter ihnen mit einladender Geste, und Wanetschka gab ein freudiges Gestammel von sich.

Sogar Tee bekamen sie, ohne dass sie etwas zuzahlen mussten, und die Matratzen auf dem Boden waren so weich, dass Artjom, der einfach auf sein Lager geplumpst war, gar nicht mehr aufstehen wollte. Halb liegend, blies er vorsichtig auf den Aufguss in seinem Becher und hörte dem Alten aufmerksam zu, der mit brennenden Augen erzählte.

»Es ist gar nicht so, dass sie die ganze Linie beherrschen. Das traut sich zwar niemand zu sagen, und die Roten würden es niemals zugeben, aber die Universität entzieht sich ihrer Kontrolle, und alles, was dahinter liegt, auch! Oh ja, die Rote Linie verläuft nur bis zur *Sportiwnaja*. Dahinter kommt nämlich eine besonders lange Strecke, wissen Sie, vor langer Zeit gab es dort einmal eine Station mit Namen *Leninskije gory*, die dann irgendwann umbenannt wurde, aber ich halte mich lieber an die alten Namen. Jedenfalls, hinter den Leninbergen kommen die Gleise an die Oberfläche und führen auf einer Brücke über einen Fluss. Bei der Explosion wurde diese Brücke stark beschädigt und stürzte dann ziemlich bald ein. Also gab es zur Universität fast von Anfang an keine Verbindung …«

Artjom nahm einen Schluck und genoss das süße Gefühl der Erwartung. Gleich würde er etwas über das Geheimnisvolle und Außergewöhnliche erfahren, das jenseits der über den Abgrund ragenden Gleise der Roten Linie begann, weit im Südwesten der Stadt. Wanetschka kaute heftig auf seinen Fingernägeln herum, hielt dann und wann inne, um die Früchte seines Tuns zu begutachten, und setzte seine Beschäftigung sogleich fort. Artjom betrachtete ihn schon fast mit Sympathie, er merkte, dass er diesem arglosen Geschöpf dankbar war dafür, dass es schwieg.

»Wissen Sie, wir haben an der *Barrikadnaja* einen kleinen Zirkel gegründet. Wir treffen uns abends, manchmal kommen noch ein paar von der *Uliza 1905 goda* rüber. Von der *Puschkinskaja* haben sie ja alle Andersdenkenden verjagt, und so ist auch Anton Petrowitsch zu uns gezogen. Es ist natürlich nichts Besonderes, nur Gespräche über Literatur, na ja, und manchmal auch über Politik, sozusagen ... Dort an der *Barrikadnaja* mögen sie Gebildete auch nicht besonders, wissen Sie. Was man da alles hört: dass wir lausige Intelligenzler sind, oder eine fünfte Kolonne. Also verhalten wir uns ganz ruhig ... Jedenfalls behauptet Jakow Iossifowitsch, dass die Universität nicht untergegangen ist. Dass es dort gelungen sei, die Tunnel zu verbarrikadieren, und dass dort noch Menschen leben. Und zwar nicht nur einfach Menschen, sondern ... Sie müssen wissen, dort befand sich einmal die Moskauer Staatliche Universität, nach der die Station schließlich auch benannt ist. Angeblich soll es einem Teil der Professoren und Studenten dort gelungen sein, sich zu retten. Unter der Uni gibt es ja riesige Schutzbunker, gebaut noch zu Stalins Zeiten, und diese sind, soweit ich weiß, durch besondere Gänge mit der Metro verbunden. Angeblich hat sich dort eine Art intellektuelles Zentrum gebildet. Na, wahrscheinlich sind es bloß Legenden. Dass dort gebildete Menschen an der Macht sind, ein Rektor die drei Stationen bis zum Ende der Linie regiert und diese von jeweils einem gewählten Dekan geführt werden. Dass auch die Wissenschaft dort nicht stillsteht – immerhin sind es Studenten, Doktoranden,

Dozenten. Es heißt, unser kulturelles Erbe gerät dort nicht in Vergessenheit, so wie bei uns. Anton Petrowitsch sagt sogar, ein befreundeter Ingenieur habe ihm einmal insgeheim erzählt, sie hätten dort eine Methode erfunden, wie man an die Oberfläche gehen kann. Sie hätten eigene Schutzanzüge entwickelt, und manchmal tauchten ihre Kundschafter in der Metro auf. Das klingt doch unglaublich, nicht wahr?«

Michail Porfirjewitsch blickte Artjom in die Augen, und dieser bemerkte in seinem Blick etwas Sehnsüchtiges, eine schüchterne, müde Hoffnung. Also räusperte er sich kurz und erwiderte so überzeugt wie möglich: »Warum? Ich finde, das ist durchaus realistisch. Es gibt ja zum Beispiel auch die Polis. Wie ich gehört habe, sollen dort auch …«

»Oh ja, ein wunderbarer Ort, nur wie soll man dort jetzt hingelangen? Außerdem wurde mir gesagt, dass im Rat die Macht wieder den Offizieren zugefallen ist.«

Artjom hob die Augenbrauen: »In welchem Rat?«

»Die Polis wird von einem Rat regiert, der sich aus den einflussreichsten Leuten zusammensetzt. Und das sind dort die Bibliothekare und die Offiziere. Von der Bibliothek haben Sie sicher schon gehört, das brauche ich Ihnen nicht zu erzählen, aber ein anderer Eingang zur Polis befand sich früher direkt beim Gebäude des Verteidigungsministeriums, wenn ich mich recht erinnere, oder zumindest ganz in der Nähe, daher konnte sich ein Teil der Generäle ebenfalls dorthin retten. Ganz zu Anfang rissen die Offiziere die Macht an sich, und die Polis wurde lange von einer Art Junta regiert. Doch die Menschen waren mit dieser Herrschaft aus irgendeinem Grund unzufrieden, und es begannen ziemlich blutige Unruhen, allerdings schon lange vor dem Krieg mit den Roten. Damals ließen sie sich auf einen Kompromiss ein, und der Rat wurde gegründet. Und dort bildeten sich zwei Fraktionen heraus: die Bibliothekare und die Offiziere. Eine seltsame Kombination. Wissen Sie, die Offiziere hatten zuvor kaum etwas mit den Bibliothekaren zu tun gehabt. Aber nun hatte es sich eben so ergeben. Und natürlich herrscht zwischen diesen beiden Fraktionen ein ewiger Zwist: Mal sind die einen obenauf, mal die anderen. Als der Krieg mit den Roten herrschte, war Verteidigung wichtiger als Kultur, und so hatten die Offiziere mehr Gewicht. Kaum hatte das friedliche Leben begonnen, gewannen die Bibliothekare wieder an Einfluss. Und so geht es ständig, wie ein Pendel, hin und her. Seit neuestem hört man, dass die Offiziere ihre Position wieder gefestigt haben und dass jetzt dort wieder Disziplin herrscht, mit Sperrstunden und anderen Freuden des Lebens.« Michail Porfirjewitsch lächelte sanft. »Dorthin zu kommen ist jetzt genauso schwer, wie zur Smaragdenen Stadt zu gelangen – so nennen wir die Universität und die damit verbundenen Stationen im Scherz. Denn man muss entweder über die Rote Linie oder über die Hanse gehen, aber dort ist natürlich kein Durchkommen, wie Sie sich denken können. Vor den Faschisten hätte man noch über die *Puschkinskaja* zur *Tschechowskaja* wechseln können, von dort ist es bis zur *Borowizkaja* nur ein Tunnel. Zwar kein guter, aber als ich noch jünger war, habe ich ihn bisweilen benutzt.«

Artjom ließ sich die Gelegenheit nicht entgehen zu fragen, was denn so schlecht sei an dem genannten Tunnel, worauf der Alte erwiderte: »Wissen Sie, dort steht mitten im Tunnel ein ausgebrannter Zug. Wie es jetzt ist, weiß ich nicht – ich war schon lange nicht mehr dort –, aber früher lagen da drin noch verkohlte menschliche Leichen. Manche saßen sogar, es war einfach furchtbar. Ich weiß nicht, wie es dazu gekommen ist. Ich habe meine Bekannten gefragt, was dort geschehen ist, aber niemand konnte mir Auskunft geben … Jedenfalls, durch diesen Zug kommt man nur sehr schwer hindurch, und außen herum geht es gar nicht, da der Tunnel teilweise eingestürzt und alles um die Waggons herum mit Erde verschüttet ist. Im Zug selbst, in den Waggons meine ich, gehen ungute Dinge vor sich, das kann ich gar nicht beschreiben, wissen Sie, ich bin ja eigentlich Atheist und glaube nicht an diesen mystischen Quatsch, deshalb habe ich das damals auf die Ratten geschoben und auf alle möglichen anderen Kreaturen. Heute bin ich mir allerdings nicht mehr sicher.«

Diese Worte erinnerten Artjom an jenen düsteren Lärm in den Tunneln – und nun erzählte er endlich davon, was mit seiner Gruppe und später mit Bourbon passiert war. Nach kurzem Zögern versuchte er auch die Erklärung wiederzugeben, die ihm Khan gegeben hatte.

»Aber, aber, das ist doch völliger Unsinn!« Michail Porfirjewitsch zog die Augenbrauen streng zusammen. »Ich habe von solchen Dingen bereits gehört. Ich erzähl Ihnen mal etwas, das ich von Jakow Iossifowitsch weiß. Er ist Physiker und hat mir mal erklärt, dass es gewisse Störungen der Psyche gibt, bei denen sich die Menschen von Schwingungen auf extrem niedrigen, nicht hörbaren Frequenzen beeinflussen lassen. Wenn ich mich nicht täusche, um die sieben Hertz … Und dieses Geräusch kann von selbst entstehen, aufgrund von natürlichen Prozessen, etwa tektonischen Verschiebungen oder anderem, ich habe damals nicht genau zugehört. Aber die Seelen der Toten? In den Rohrleitungen? Ich bitte Sie …«

Es war höchst interessant, sich mit dem Alten zu unterhalten. Nichts von dem, was er erzählte, hatte Artjom je zuvor gehört. Dieser Mann sah die Metro aus einer anderen, altmodischen, eigenartigen Perspektive. Offensichtlich zog es ihn mit seinem ganzen Herzen nach oben – er fühlte sich hier noch genauso unwohl wie in den ersten Tagen. Artjom musste erneut an den Streit zwischen Suchoj und Hunter denken und fragte: »Was denken Sie: Wir – die Menschen, meine ich – werden wir dorthin zurückkehren? Nach oben? Werden wir überleben und zurückkehren?«

Sogleich bereute er es, gefragt zu haben, denn es war, als hätte seine Frage sämtliche Sehnen des Alten durchgeschnitten. Er sackte in sich zusammen und erwiderte gedehnt, mit leiser, lebloser Stimme: »Ich glaube nicht. Ich glaube nicht.«

»Aber es soll doch noch andere Untergrundbahnen geben, habe ich gehört. In St. Petersburg, Minsk, Nowgorod.« Artjom zählte diese Namen aus dem Gedächtnis auf, denn für ihn waren sie nichts als eine leere Hülle, eine Schale, die sich nie mit Bedeutung gefüllt hatte.

Michail Porfirjewitsch seufzte tief. »Ach, was für eine schöne Stadt war doch Petersburg! Die Isaakskathedrale … und die Admiralität, dieser spitze Turm … Welche Grazie, welche Eleganz! Und abends auf dem Newski-Prospekt: Menschen, das Lärmen der Menge, Gelächter, Kinder mit Eis in der Hand, junge, schlanke Mädchen, Musik … Im Sommer vor allem, dort ist ja selten gutes Wetter im Sommer, aber wenn die Sonne scheint und der Himmel blitzblank ist, azurblau … dann, wissen Sie, atmet es sich leicht.« Seine Augen waren auf Artjom gerichtet, doch sein Blick ging durch ihn hindurch, richtete sich auf eine geisterhafte Ferne, wo im frühmorgendlichen Nebel die halb transparenten, herrschaftlichen Silhouetten jener Gebäude auftauchten, die nun zu Staub zerfallen waren. Artjom hatte das Gefühl, wenn er sich jetzt umdrehte, würde er dieses atemberaubenden Bildes ansichtig. Der Alte seufzte wieder, und Artjom wagte es nicht, ihn aus seinen Erinnerungen herauszureißen. »Ja, es hat neben der Moskauer tatsächlich noch andere Metros gegeben. Vielleicht haben sich auch dort Menschen retten können. Aber denken Sie einmal nach, junger Mann!« Michail Porfirjewitsch hob seinen knotigen Finger. »Wie viele Jahre sind bereits vergangen, und nichts ist passiert. Keine Menschenseele! Hätte man nach so langer Zeit nicht jemanden finden müssen? Nein, ich fürchte ...« Michail Porfirjewitsch schwieg lange, und dann, nach vielleicht fünf Minuten, sagte er eher zu sich selbst als zu Artjom: »Mein Gott, welch wunderschöne Welt wir zerstört haben!«

Eine schwere Stille breitete sich im Zelt aus. Wanetschka war von ihrem leisen Gespräch müde geworden und schlief mit offenem Mund. Er schnarchte leicht und winselte von Zeit zu Zeit leise wie ein Hund. Michail Porfirjewitsch sprach kein Wort mehr, und obwohl Artjom sicher war, dass er noch nicht schlief, ließ er ihn in Ruhe, schloss die Augen, versuchte zu schlafen.

Er dachte, nach all dem, was ihm an diesem endlosen Tag widerfahren war, würde ihn der Schlaf augenblicklich übermannen, doch die Zeit verging immer langsamer, die Matratze, die vor Kurzem noch so weich schien, drückte ihm in die Seite, sodass er sich einige Male hin und her wälzen musste, bis er endlich eine bequeme Position gefunden hatte. Und in seinen Ohren pochten noch immer die letzten traurigen Worte des Alten: Nein ... Ich glaube nicht ... Wir werden sie nicht wiederbekommen, die glänzenden Prachtstraßen, die grandiosen Bauten, den leichten, erfrischenden Wind an einem lauen Sommerabend, der durchs Haar fährt und das Gesicht streichelt, und auch der Himmel wird nie wieder so sein wie früher. Nun war ihr Himmel die von verrottenden Leitungen durchzogene, nach oben hin zulaufende, gerippte Decke der Tunnel, und so würde es immer sein. Damals war er – wie gewesen? Azurblau? Rein? Ein seltsamer Himmel war das, ganz so, wie ihn Artjom gesehen hatte, am Botanischen Garten, sternenübersät, aber nicht samtblau, sondern hellblau, funkelnd, freudig ... Und die Gebäude waren tatsächlich riesig, doch erdrückten sie einen nicht mit ihrer Masse, nein, sie waren hell und leicht, gleichsam aus süßer Luft gewoben, sie schwebten, schon fast losgelöst vom Boden, und ihre Umrisse verschwammen in der endlosen Höhe. Und wie viele Menschen hier waren! Artjom hatte niemals so viele Menschen auf einmal gesehen, höchstens in *Kitai-gorod*, doch hier waren es noch mehr, der ganze Raum am Fuße dieser zyklopischen Gebäude sowie dazwischen war von Menschen besetzt. Sie wimmelten umher, und tatsächlich waren ungewöhnlich viele Kinder darunter, die etwas aßen, wohl ebenjenes Eis. Artjom wollte schon eines von ihnen bitten, ihn mal probieren zu lassen, denn er hatte selbst nie echtes Eis gegessen. Doch die kleinen Kinder, die ihre Süßigkeit leckten, liefen ständig lachend vor ihm davon, wichen ihm geschickt aus, sodass er nicht einmal eines ihrer Gesichter erblicken konnte. Artjom wusste nicht mehr, was er eigentlich wollte: ein Eis probieren oder einem Kind ins Gesicht blicken, prüfen, ob sie überhaupt eines hatten … Und plötzlich ergriff ihn Angst.

Die Umrisse der Gebäude begannen sich zu verdichten und zu verdunkeln, bis sie drohend über ihm hingen. Artjom lief immer noch hinter den Kindern her, doch es schien ihm, als klänge ihr Lachen gar nicht mehr fröhlich, sondern böse und erwartungsvoll. Da nahm er alle Kraft zusammen und packte einen Jungen am Ärmel. Dieser versuchte sich loszureißen und kratzte wie ein kleiner Teufel, aber Artjom packte ihn mit eiserner Hand an der Kehle und blickte ihm ins Gesicht: Es war Wanetschka.

Dieser brüllte los, bleckte die Zähne, wand den Hals, versuchte Artjom in die Hand zu beißen, sodass Artjom ihn panisch fortschleuderte – worauf Wanetschka sich plötzlich von den Knien erhob, den Kopf nach hinten legte und jenes entsetzliche, gedehnte Heulen ausstieß, vor dem Artjom an der *WDNCh* geflohen war. Die Kinder, die bis dahin durcheinander herumgelaufen waren, blieben nun stehen und begannen sich ihm langsam zu nähern, immer noch mit abgewandten Gesichtern und ohne ihn anzublicken. Hinter ihnen türmten sich tiefschwarze Gebäuderiesen auf, die sich ebenfalls auf ihn zuzubewegen schienen. Schließlich stimmten die Kinder, die den verbliebenen freien Raum zwischen den gigantischen Gebäuderümpfen bereits komplett ausfüllten, in Wanetschkas Heulen ein, ein Heulen, das von animalischem Hass und beklemmender Trauer zugleich erfüllt wurde. Und dann drehten sie sich zu ihm. Sie hatten keine Gesichter, nur Masken aus schwarzer Haut, mit ausgefransten Mündern und glänzenden, dunklen, pupillenlosen Augäpfeln ...

Und plötzlich hörte Artjom eine Stimme, die er nicht erkannte. Sie war nicht laut, in dem furchtbaren Heulen kaum zu verstehen, doch sie wiederholte beharrlich ein und dasselbe, und während er ihr lauschte und versuchte, nicht auf die sich nähernden Kinder zu achten, begriff er endlich, was es war: »Du musst gehen.« Und dann wieder. Und wieder. Und dann erkannte Artjom die Stimme.

Es war Hunter ...

Er öffnete die Augen und warf die Decke ab. Im Zelt war es dunkel und sehr schwül, sein Kopf war schwer wie Blei, und seine Gedanken kamen nur träge und schwerfällig in Gang. Er wusste nicht, wie lange er geschlafen hatte, ob es Zeit war, aufzustehen und sich auf den Weg zu machen, oder ob er sich wieder auf die Seite legen konnte, in der Hoffnung, einen schöneren Traum zu erleben.

Ein Zeltflügel hob sich, und in der Öffnung zeigte sich der Kopf jenes Grenzers, der sie am Eingang kontrolliert hatte. Konstantin ... wie war noch mal sein Vatersname?

»Michal Porfiritsch! Michal Porfiritsch! Steh auf, Michal Porfiritsch! Na, hat er etwa den Löffel abgegeben, oder was?« Ohne auf Artjom zu achten, der ihn erschrocken anblickte, betrat der Beamte das Zelt und begann den schlafenden Alten zu rütteln.

Als Erstes erwachte Wanetschka und maulte unzufrieden. Der Ankömmling würdigte ihn keines Blickes, und als Wanetschka versuchte, nach seiner Hand zu schnappen, verpasste er ihm eine schallende Ohrfeige. Nun wachte endlich auch der Alte auf.

»Michal Porfiritsch! Steh schnell auf!«, flüsterte der Grenzer. »Ihr müsst gehen! Die Roten wollen, dass wir dich als Verleumder und feindlichen Propagandisten an sie ausliefern. Ich hab es dir doch gesagt: Wenigstens hier, wenigstens an unserer verlausten Station sprich nicht von deiner Universität! Hast du mir nicht zugehört?«

»Mit Verlaub, Konstantin Alexejewitsch, was soll das denn?« Der Alte schüttelte verwirrt den Kopf und erhob sich ächzend von seiner Bettstatt. »Ich habe doch gar nichts gesagt, keine Propaganda, Gott bewahre, nur dem jungen Mann hier habe ich davon erzählt, aber leise, ohne Zeugen …«

»Deinen jungen Mann kannst du gleich mitnehmen! Du weißt doch, was für eine Station hier nebenan ist. Die bringen euch zur *Lubjanka* und reißen euch den Hintern auf, und den Kerl hier stellen sie gleich an die Wand, damit er nichts ausplaudert. Nun los, schneller, was wartest du noch, sie kommen gleich! Noch beraten unsere Leute, was sie für diesen Dienst von den Roten verlangen können, also beeilt euch!«

Artjom war bereits auf den Beinen, den Rucksack auf dem Rücken. Er wusste nur nicht, ob er seine Waffe herausholen sollte oder ob er auch ohne zurechtkommen würde. Der Alte beeilte sich nun auch, und eine Minute später liefen sie bereits die Gleise entlang, wobei Konstantin Alexejewitsch mit heldenhafter Leidensmiene Wanetschka den Mund zuhielt, während Michail Porfirjewitsch ihn immer wieder beunruhigt ansah, ob er dem Jungen auch nicht den Hals umdrehte.

In dem Tunnel, der zur *Puschkinskaja* führte, war die Station wesentlich besser befestigt. Hier passierten sie zwei Wachposten, bei Meter 100 und Meter 200. Der erste bestand aus einer quer über die Gleise errichteten Betonmauer, die als Brustwehr diente und nur einen engen Durchgang an der Wand freiließ, hinter dem sich links ein Telefonapparat mit direkter Verbindung zur Station – wahrscheinlich bis zum Hauptquartier – befand. Einige Kisten mit Munition standen dort herum und eine Draisine, mit der sie die hundert Meter zur Kontrolle abfuhren. Weiter draußen gab es die üblichen Sandsäcke, ein Maschinengewehr und einen Scheinwerfer, ganz wie auf der anderen Seite. Beide Posten waren besetzt, doch Konstantin Alexejewitsch führte sie ungehindert durch und brachte sie bis zur Grenze. »Kommt, ich gehe noch ein paar Minuten mit euch mit«, sagte er, und während sie sich langsam in Richtung *Puschkinskaja* bewegten, fügte er hinzu: »Ich fürchte, du kannst nicht mehr hierherkommen, Michal Porfiritsch. Sie haben dir deine kleinen Sünden von damals noch nicht verziehen. Hast du gehört, sogar Genosse Moskwin persönlich hat sich bereits erkundigt. Na, wir denken uns schon was aus. Sei an der *Puschkinskaja* bloß vorsichtig!« Dann, nachdem er stehen geblieben war und sich langsam in der Dunkelheit auflöste, rief er ihnen noch nach: »Sieh zu, dass du schnell durchkommst! Wie du siehst, fürchten wir uns vor ihnen. Mach's gut!«

Noch gab es keinen Grund zur Eile, und so gingen die drei Flüchtlinge langsam weiter.

Artjom sah den Alten neugierig an. »Was haben die denn gegen Sie?«

»Nun, ich mag sie einfach nicht, und während des Krieges … Verstehen Sie, wir haben in unserem Zirkel ein paar Texte geschrieben … Und Anton Petrowitsch, der damals noch an der *Puschkinskaja* lebte, hatte Zugang zu einer Druckmaschine – eine solche stand damals tatsächlich an der Station. Irgendwelche Verrückten hatten sie aus dem *Iswestija*-Gebäude heruntergeschleppt … Und er hat das dann gedruckt.«

»Aber die Grenze zu den Roten sieht so harmlos aus. Zwei Mann, eine Flagge, aber keine Absperrungen wie bei der Hanse.«

Michail Porfirjewitsch lächelte spöttisch. »Kein Wunder! Der größte Ansturm auf ihre Grenze kommt ja nicht von außen, sondern von innen. Dort haben sie dann auch reichlich Absperrungen – während von dieser Seite alles nur Staffage ist.«

Sie gingen schweigend weiter, und Artjom horchte in sich hinein, welche Empfindungen dieser Tunnel bei ihm auslöste. Aber seltsamerweise waren sowohl dieser als auch der vorherige Tunnel von *Kitai-gorod* zum *Kusnezki Most* völlig leer. Er spürte überhaupt nichts, das hier war nur ein lebloses Bauwerk.

Dann wanderten seine Gedanken zu dem Albtraum von vorhin zurück. Die Einzelheiten verschwammen bereits in seinem Gedächtnis, nur eine trübe, unheilvolle Erinnerung war ihm geblieben. An Kinder ohne Gesichter und sich schwarz auftürmende Häuser. Aber die Stimme …

Weiter kam er nicht. Vor ihm hörte er ein bekanntes, ekelhaftes Piepsen und das Kratzen kleiner Krallen. Der klebrig-süße Geruch verfaulenden Fleisches zog ihm in die Nase, und als das schwache Licht der Taschenlampe endlich den Ort ertastet hatte, von wo die Geräusche kamen, bot sich Artjoms Augen ein Bild, das in ihm den Wunsch weckte, so schnell wie möglich umzukehren, zur Not auch zu den Roten.

An der Wand des Tunnels lagen in einer Reihe mit dem Gesicht nach unten drei aufgedunsene Leichen, und an ihren Händen, die hinter dem Rücken mit Draht zusammengebunden waren, hatten sich die Ratten bereits gütlich getan. Artjom hielt sich den Jackenärmel vor die Nase, um den schweren, süßlich-giftigen Hauch nicht zu spüren, beugte sich hinab und beleuchtete die Leichen. Sie waren nackt bis auf die Unterwäsche, und ihre Körper zeigten keinerlei Verletzungen. Ihre Kopfhaare waren jedoch verklebt von getrocknetem Blut, besonders dicht um den schwarzen Punkt, wo die Kugel eingedrungen war.

»Genickschuss«, stellte Artjom fest. Er versuchte so ruhig wie möglich zu klingen, obwohl er spürte, wie in ihm die Übelkeit hochkam.

Michail Porfirjewitsch hielt sich die Hand vor den Mund, und seine Augen blitzten, als er erschüttert sagte: »Was tun sie bloß, mein Gott, was tun sie bloß! Wanetschka, schau nicht hin, komm her!«

Doch Wanetschka hatte sich bereits völlig ungerührt neben den erstbesten Toten gehockt und begann konzentriert seinen Finger in dessen Haut zu bohren, wobei er aufgeregt etwas Unverständliches lallte.

Der Lichtstrahl glitt nach oben und beleuchtete ein Stück grobes Einpackpapier, das etwa in Augenhöhe über den Leichen an der Wand klebte. Dort standen, von Adlern mit ausgestreckten Flügeln gesäumt, in gotischen Lettern die deutschen Worte: Viertes Reich. Darunter auf Russisch: »Kein dunkelhaariges Schwein kommt näher als dreihundert Meter an das Große Reich heran!« Und zum Abschluss ein dicker Stempel mit dem bekannten Durchgangsverbot: einer schwarzen Figur im durchgestrichenen Kreis.

»Verbrecher!«, presste Artjom hervor. »Nur weil sie eine andere Haarfarbe haben!«

Der Alte schüttelte niedergeschlagen den Kopf und zog Wanetschka am Kragen, der die Toten interessiert betrachtete und zuerst gar nicht aufstehen wollte. Dann, als sie schließlich weitergingen, bemerkte Michail Porfirjewitsch finster: »Wie ich sehe, ist unsere Druckmaschine noch in Betrieb.«

Sie gingen nun immer langsamer, sodass sie erst nach zwei Minuten den an die Wand gemalten roten Adler mit der Aufschrift »300 m« entdeckten. Beunruhigt vernahm Artjom aus der Ferne das Bellen von Hunden.

Etwa hundert Meter vor der Station schlug ihnen grelles Licht ins Gesicht. Sie blieben stehen. Aus einem Megaphon donnerte eine Stimme: »Hände hinter den Kopf! Keine Bewegung!«

Gehorsam legte Artjom beide Hände ins Genick. Michail Porfirjewitsch streckte die Arme in die Höhe. Sogleich bellte die Stimme wieder: »Ich sagte, Hände hinter den Kopf! Langsam herkommen! Keine schnellen Bewegungen!«

Artjom konnte nicht erkennen, wer da sprach, denn das Licht schien ihm direkt in die Augen, sodass er vor Schmerz nach unten blickte.

Mit kleinen Schritten gingen sie noch ein Stück weiter, dann blieben sie reglos stehen – bis der Scheinwerfer schließlich zur Seite wanderte.

Eine Barrikade war hier errichtet worden, die von zwei breitschultrigen MG-Schützen und einem Mann mit Gürtelhalfter gehalten wurde. Alle trugen sie Tarnuniform und schwarze Barette schräg auf den rasierten Köpfen. An den Ärmeln prangten weiße Binden mit einem Symbol, das so ähnlich aussah wie die deutschen Hakenkreuze, nur nicht mit vier Haken, sondern mit dreien. Etwas weiter hinten konnte man noch einige andere dunkle Gestalten erkennen, zu deren Füßen ein nervös winselnder Hund saß. Die Wände ringsum waren über und über mit Kreuzen, Adlern, Sprüchen und Flüchen gegen alle Nichtrussen beschmiert, und an deutlich sichtbarer Stelle, unter einem leicht angebrannten Stück Stoff mit der Darstellung eines Adlers mit dreibeinigem Hakenkreuz prangte dasselbe angeleuchtete Zeichen mit dem unglücklichen schwarzen Mann in einem Plastikrahmen. Vermutlich war dies eine Art Ikonenecke.

Einer der Wachleute machte einen Schritt nach vorn und schaltete eine ungewöhnlich lange, einem Schlagstock ähnliche

Taschenlampe ein, die er mit gekrümmten Fingern in Höhe seines Kopfes hielt. Ohne Hast ging er um die drei Ankömmlinge herum, musterte argwöhnisch ihre Gesichter, offenbar auf der Suche nach nichtslawischen Zügen. Doch alle drei hatten ein einigermaßen russisches Äußeres – ausgenommen Wanetschka vielleicht, dessen Gesicht von seiner Krankheit geprägt war –, sodass der Kontrolleur die Lampe herunternahm und enttäuscht mit den Achseln zuckte. »Papiere!«, forderte er.

Artjom hielt ihm bereitwillig seinen Pass hin, während Michail Porfirjewitsch erst nach kurzem Zögern begann, in seiner Innentasche herumzukramen, und endlich auch seinen Ausweis hervorzog.

Der Kontrolleur deutete angewidert auf Wanetschka. »Und die Papiere für den da?«

»Verstehen Sie, es ist so, dass der Junge …«, begann Michail Porfirjewitsch zu erklären.

»R-R-ruhe!«, blaffte der Kontrolleur, und die Lampe hüpfte in seiner Hand. »Nennen Sie mich gefälligst ›Herr Offizier‹! Und antworten Sie auf meine Fragen!«

»Herr Offizier, sehen Sie, der Junge ist krank, er hat keinen Pass, er ist ja noch so jung. Aber sehen Sie, er ist hier bei mir eingetragen …« Schmeichelnd blickte Michail Porfirjewitsch dem Kontrolleur in die Augen, versuchte dort wenigstens einen Funken Mitgefühl zu entdecken. Doch dieser stand stocksteif wie ein Felsbrocken da, das Gesicht ebenso versteinert – und erneut wuchs in Artjom das Verlangen, jemanden umzubringen.

»Wo ist das Foto?«, stieß der Offizier hervor, als er sich zu der entsprechenden Seite durchgeblättert hatte.

Wanetschka, der bis dahin brav daneben gestanden, mit großer Aufmerksamkeit die Silhouette des Hundes studiert und einige Male begeistert vor sich hin gelallt hatte, wandte sich nun dem Wachmann zu, bleckte die Zähne und knurrte böse. Und plötzlich bekam Artjom solche Angst um ihn, dass er seine eigene Abscheu vor diesem Wesen völlig vergaß, nicht mehr daran dachte, wie er selbst einige Male den Wunsch unterdrückt hatte, dem Jungen einen herzhaften Tritt zu versetzen.

Der Kontrolleur machte unwillkürlich einen Schritt zurück, starrte Wanetschka irritiert an und zischte: »Schaffen Sie ihn fort. Unverzüglich. Sonst tue ich es.«

»Verzeihen Sie, Herr Offizier«, hörte Artjom sich zu seiner eigenen Verwunderung sagen, »der Junge weiß nicht, was er tut.«

Dankbar blickte ihn Michail Porfirjewitsch an.

Der Kontrolleur blätterte Artjoms Pass schnell durch, gab ihn ihm zurück und sagte kalt: »Keine weiteren Fragen. Sie können durch.«

Artjom machte einige Schritte nach vorn und erstarrte. Seine Beine schienen ihm nicht zu gehorchen. Inzwischen hatte sich der Kontrolleur gleichgültig von ihm abgewandt und seine Frage nach dem Foto wiederholt.

»Sehen Sie, es ist so«, begann Michail Porfirjewitsch wieder. »Ich meine, Herr Offizier, es ist so, wir haben keinen Fotografen, und an den anderen Stationen ist es unglaublich teuer. Ich habe einfach kein Geld für eine Aufnahme …«

»Ausziehen!«, unterbrach ihn der Kontrolleur.

»Wie bitte?« Michail Porfirjewitschs Stimme klang plötzlich ganz fahl, und seine Beine zitterten.

Ohne darüber nachzudenken, was er tat, nahm Artjom seinen Rucksack ab und stellte ihn auf den Boden. Es gibt Dinge, die du nicht tun willst, die du dir schwörst nie zu tun, es dir verbietest, doch dann geschehen sie irgendwann von selbst. Du schaffst es nicht einmal mehr, darüber nachzudenken, dein Denkzentrum bleibt davon völlig unberührt – es passiert einfach, und dir bleibt nur noch übrig, erstaunt dich selbst zu beobachten, überzeugt davon, dass du an alldem keinerlei Schuld hast, denn es geschieht ja von selbst ...

Wenn sie diese beiden Menschen jetzt auszogen und, wie die anderen dort, in Richtung Meter 300 führten, würde Artjom sein Sturmgewehr hervorholen, in Automatikmodus gehen und versuchen, so viele von diesen Monstern in Uniform umzubringen wie möglich – bis er selbst getroffen würde. Alles andere hatte keine Bedeutung mehr. Es war unwichtig, dass er den Alten und Wanetschka überhaupt erst seit einem Tag kannte. Unwichtig, dass sie ihn töten würden ... Und was würde aus der *WDNCh* werden? Daran durfte er nicht denken. Es gab Dinge, an die man besser nicht dachte.

»Aus-zie-hen!«, skandierte der Kontrolleur erneut. »Filzen!«

»Aber gestatten Sie ...«, stotterte Michail Porfirjewitsch.

»R-R-ruhe! Los, schneller!« Wie um seine Worte zu unterstreichen, zog der Kontrolleur seine Pistole aus dem Halfter.

Hastig begann Michail Porfirjewitsch die Knöpfe seiner Jacke zu öffnen. Der Wachmann hielt die Pistole zur Seite und beobachtete schweigend, wie der Alte die Jacke abwarf, ungeschickt auf einem Bein herumhüpfte, um die Stiefel auszuziehen, und dann stehen blieb, unschlüssig, ob er den Gürtel auch noch öffnen solle.

»Schneller!«, zischte der Kontrolleur wütend.

»Aber ... es ist mir peinlich ... Verstehen Sie doch«, sagte Michail Porfirjewitsch, worauf ihm der Soldat, nun völlig außer sich, mit voller Wucht auf den Mund schlug.

Artjom sprang vor, doch sogleich packten ihn zwei kräftige Hände von hinten, und sosehr er sich auch loszureißen versuchte, es war vergebens.

In diesem Moment geschah etwas völlig Unvorhergesehenes. Wanetschka, vielleicht halb so groß wie der Mordgeselle mit der schwarzen Mütze, bleckte auf einmal die Zähne und warf sich fauchend auf den Mann. Dieser hatte eine solche Behändigkeit überhaupt nicht erwartet, sodass es Wanetschka gelang, sich in seiner linken Hand festzubeißen und ihm sogar gegen die Brust zu schlagen. Doch eine Sekunde später kam der Kontrolleur wieder zu sich, schleuderte Wanetschka fort, trat zurück, streckte die Hand mit der Pistole nach vorn und drückte ab.

Der Schuss, noch verstärkt vom Echo des Tunnels, betäubte Artjoms Trommelfell, und doch glaubte er zu hören, wie Wanetschka leise aufschluchzte, als er zu Boden sank. Er saß noch zusammengekrümmt da und hielt sich mit beiden Händen den Bauch, als ihn der Kontrolleur mit der Spitze seines Stiefels nach hinten umstieß, die Pistole mit ekelerfülltem Gesicht auf den Kopf des Jungen richtete und erneut den Abzug betätigte.

»Ich habe Sie gewarnt«, sagte der Kontrolleur zu Michail Porfirjewitsch, der wie vom Donner gerührt mit offenem Mund Wanetschka anstarrte und heisere Kehllaute von sich gab.

In diesem Augenblick wurde es Artjom dunkel vor Augen, und als er sich losriss, spürte er in sich eine solche Kraft, dass der Soldat, der ihn von hinten hielt, vor Überraschung fast zu Boden gefallen wäre. Die Zeit dehnte sich für Artjom – und dies genügte, um sein Gewehr zu packen, zu entsichern und durch den Rucksack hindurch dem Kontrolleur eine Salve in die Brust zu jagen.

Zufrieden bemerkte Artjom noch, wie sich auf dem grünen Tarnanzug allmählich ein schwarzes Punktmuster bildete.

## 9
## Du stirbst

»... durch den Strang«, schloss der Kommandant. Applaus brandete auf, gnadenlos und stürmisch.

Artjom hob mit Mühe den Kopf, um sich umzublicken. Er brachte nur ein Auge auf, das andere war zugeschwollen – seine Peiniger hatten ganze Arbeit geleistet. Auch sein Gehör war beeinträchtigt, die Geräusche drangen wie durch eine dicke Watteschicht zu ihm.

Schon wieder dieser helle, weiße Marmor, der ihn langsam anödete! Von der Decke hingen massive Eisenlüster. Früher waren es wohl elektrische Leuchter gewesen, jetzt steckten Talglichter darin, und die Decke darüber war schwarz von Ruß. Nur zwei Lichter brannten: ganz am Ende der Station, wo eine breite Treppe nach oben führte, und an der Stelle, an der Artjom jetzt stand, in der Saalmitte, auf den Stufen der Brücke, die in den seitlichen Übergang zur anderen Linie führte.

Lange Reihen von Rundbögen, kaum sichtbare Säulen, viel freier Raum ... Was war dies bloß für eine Station?

Der dicke Mann neben dem Kommandanten präzisierte: »Die Hinrichtung findet morgen statt, um fünf Uhr früh an der Station *Twerskaja*.«

Wie sein Vorgesetzter steckte auch er nicht in grüner Tarnkleidung, sondern in einer schwarzen Uniform mit glänzenden gelben Knöpfen. Beide Männer trugen kleine, schwarze Baretts.

Überall gab es Darstellungen von Adlern und dreibeinigen Hakenkreuzen. An den Wänden sah man Losungen und Sprüche in sorgfältigen gotischen Lettern. Die Wörter verschwammen vor Artjoms Augen. Er versuchte sich zu konzentrieren und las: DIE METRO DEN RUSSEN!, DIE SCHWARZEN NACH OBEN!, TOD DEN RATTENFRESSERN! Es gab auch Parolen mit eher abstraktem Inhalt: ‚! Dann noch etwas über Hitler auf Deutsch sowie das vergleichsweise neutrale: IN EINEM GESUNDEN KÖRPER WOHNT EIN GESUNDER GEIST! Besonders beeindruckte Artjom, was unter dem kunstvollen Porträt eines Kriegers mit markantem Kinn sowie einer überaus eindrucksvollen Frau geschrieben stand. Beide waren im Profil dargestellt, wobei der Mann seine Kampfgefährtin teilweise verdeckte. Der Spruch lautete: JEDER MANN IST EIN SOLDAT, JEDE FRAU DIE MUTTER EINES SOLDATEN!

Die Inschriften und Bilder interessierten Artjom viel mehr als die Worte des Kommandanten.

Direkt vor ihm stand hinter einer Absperrung ein lärmender Haufen Menschen. Viel Volk hatte sich nicht versammelt. Die Leute waren eher unauffällig gekleidet, zumeist trugen sie wattierte Jacken oder verschmierte Arbeitskleidung. Frauen sah er fast keine. Wenn dieses Bild der Wirklichkeit entsprach, würde es wohl bald keine Soldaten mehr geben. Artjom ließ den Kopf zurück auf die Brust sinken – ihm fehlte die Kraft, ihn gerade zu halten. Hätten ihn nicht seine beiden breitschultrigen Bewacher an den Armen gestützt, er wäre der Länge nach zu Boden gefallen.

Erneut rollte eine Welle der Übelkeit heran, sein Kopf drehte sich, selbst für Ironie fehlte ihm nun die Kraft – Artjom fürchtete nur, er müsse sich vor allen übergeben.

Diese dumpfe Gleichgültigkeit allem gegenüber, was mit ihm passierte, war erst allmählich in ihm aufgestiegen. Er hatte nur noch ein abstraktes Interesse an seiner Umgebung. Es war, als beträfe ihn das Geschehen nicht selbst, sondern als läse er das alles in einem Buch. Das Schicksal des Protagonisten interessierte ihn natürlich, doch wenn dieser am Ende starb, würde Artjom einfach ein neues Buch, vielleicht eines mit glücklichem Schluss, vom Regal nehmen.

Zuerst hatten ihn ausdauernde, starke Menschen lange und geduldig verprügelt, und andere kluge, besonnene Menschen hatten ihm Fragen gestellt. Der Raum, in dem das alles ablief, war vorsorglich gelb gefliest worden. Wohl damit man das Blut leicht wieder wegwischen konnte. Der Geruch jedoch war durch nichts zu vertreiben, auch nicht durch langes Lüften.

Man hatte ihm beigebracht, den hageren Mann mit den geschniegelten hellbraunen Haaren und den feinen Gesichtszügen, der das Verhör führte, mit »Herr Kommandant« anzusprechen. Dann: keine Fragen zu stellen, sondern nur zu antworten. Dann: die Fragen genau zu beantworten, kurz und zur Sache. »Kurz« und »zur Sache« hatten sie ihm jeweils separat beigebracht, und Artjom fragte sich schon länger, wie es kam, dass alle Zähne noch immer an Ort und Stelle waren, obwohl einige stark wackelten und er ständig den Geschmack von Blut im Mund hatte. Erst hatte er noch versucht sich zu verteidigen, doch man hatte ihm erklärt, er solle es lieber bleiben lassen. Dann versuchte er zu schweigen, doch musste er prompt feststellen, dass auch dies falsch war. Es tat sehr weh. Überhaupt war es ein seltsames Gefühl, von diesem starken, bulligen Mann geschlagen zu werden: Es war kein Schmerz mehr, sondern eine Art Orkan, der sämtliche Gedanken hinwegfegte und die Empfindungen in Tausende von Teilchen zersplitterte. Der wahre Schmerz begann erst später.

Erst nach einer gewissen Zeit begriff Artjom, was zu tun war. Im Grunde war alles ganz einfach: Wenn der Herr Kommandant fragte, ob man ihn vielleicht vom *Kusnezki Most* hierhergeschickt hatte, brauchte er nur mit dem Kopf zu nicken. Dazu benötigte er weniger Kraft, der Herr Kommandant rümpfte dann nicht so unzufrieden seine makellos slawische Nase, und seine Helfer fügten Artjom nicht noch mehr Körperverletzungen zu. Vermutete der Herr Kommandant, dass man Artjom mit Aufklärungs- und Sabotageabsichten hergeschickt hatte – zum Beispiel um ein Attentat auf die Führung des Reichs, also auch auf den Herrn Kommandanten selbst, zu verüben –, so brauchte er nur wieder zu nicken, um zu erreichen, dass sich sein Peiniger zufrieden die Hände rieb, und so sein zweites Auge zu retten. Einfach immer nur nicken war jedoch auch nicht richtig, denn wenn es Artjom an der falschen Stelle tat, so trübte sich die Stimmung seines Gegenübers wieder, und einer der Schergen versuchte dann zum Beispiel, Artjom eine Rippe zu brechen. Nach eineinhalb Stunden lockerer Unterhaltung spürte Artjom seinen Körper nicht mehr, sah schlecht, hörte nur noch wenig und begriff so gut wie gar nichts. Mehrmals hatte er versucht, ohnmächtig zu werden, doch hatte man ihn jedes Mal durch Eiswasser und Riechsalz wieder zur Besinnung gebracht.

Am Ende sah man in ihm einen feindlichen Spion und Saboteur, der dem Reich das Messer in den Rücken hatte stoßen wollen, indem er die Führung beseitigte, Chaos stiftete und die Invasion des Gegners vorbereitete. Endziel sei es gewesen, ein volksfeindliches kaukasisch-zionistisches Regime in der gesamten Metro einzuführen. Obwohl Artjom wenig von Politik verstand, schien ihm dieses globale Ziel durchaus ehrenwert, und so bestätigte er auch dies. Womöglich verdankte er diesem Umstand den Erhalt seiner Zähne. Nachdem die letzten Details der

Verschwörung geklärt waren, entließ man ihn endlich in die Besinnungslosigkeit.

Als er wieder erwachte, verlas der Kommandant gerade das Urteil. Kaum waren die letzten Formalitäten erledigt und das offizielle Datum seiner Entleibung der Öffentlichkeit verkündet worden, da zog man dem Verurteilten eine schwarze Mütze über das Gesicht, wodurch die Sicht deutlich eingeschränkt wurde. Es gab nichts mehr, woran Artjom sich orientieren konnte, sodass es ihn nun noch mehr würgte. Eine knappe Minute hielt er noch an sich, dann gab er den Widerstand auf, sein Körper krampfte sich zusammen, und er kotzte direkt auf seine Stiefel. Seine Bewacher machten einen vorsichtigen Schritt nach hinten, und das Publikum begann aufgeregt zu lärmen. Einen Augenblick lang war es Artjom peinlich, doch dann spürte er, wie sein Kopf irgendwohin fortschwamm und seine Knie kraftlos einknickten.

Eine starke Hand hielt ihn am Kinn, und er hörte, wie in beinahe jedem seiner Träume, eine vertraute Stimme: »Gehen wir, Artjom. Es ist vorbei. Alles wird gut. Steh auf.« Doch Artjom fehlte die Kraft dazu, ja nicht einmal den Kopf konnte er heben.

Es war sehr dunkel. Wahrscheinlich kam das von der Mütze. Doch wie sollte er sie absetzen, wenn die Hände hinter dem Rücken gefesselt waren? Und das musste er unbedingt, denn er wollte wissen, ob dies tatsächlich der Mensch war, den er vor sich zu haben glaubte, oder nur eine Täuschung.

»Die Mütze …«, lallte Artjom in der Hoffnung, dass jener ihn verstand. Der schwarze Vorhang vor den Augen verschwand, und Artjom sah Hunter vor sich stehen.

Er hatte sich nicht verändert, seit Artjom zum letzten Mal mit ihm gesprochen hatte, vor langer Zeit, einer halben Ewigkeit. Doch wie war er hierher gekommen? Artjom drehte mühsam den Kopf und blickte sich um. Er befand sich an derselben Station, wo sein Urteil verlesen worden war. Ringsum lagen Tote. Ein paar Lichter rußten noch immer an einem der Lüster vor sich hin, der zweite war erloschen. Hunter hielt die riesige Stetschkin mit dem aufgeschraubten Schalldämpfer und dem Laserzielgerät in der Hand, die Artjom damals so beeindruckt hatte.

Er sah Artjom aufmerksam an. »Wie geht es dir? Kannst du gehen?«

»Ja«, erwiderte Artjom großspurig, doch in diesem Moment interessierte ihn etwas ganz anderes. »Sie leben? Hat alles geklappt?«

Hunter lächelte müde. »Wie du siehst. Danke für deine Hilfe.«

Artjom schüttelte den Kopf, ihm wurde heiß vor Scham. »Ich habe versagt.«

»Du hast getan, was du konntest.« Hunter klopfte ihm beruhigend auf die Schulter.

»Und wie steht es zu Hause? Was ist mit der *WDNCh*?«

»Es ist alles in Ordnung, Artjom. Es ist vorbei. Ich konnte den Zugang zum Einsturz bringen, sodass die Schwarzen die Metro nicht mehr betreten können. Wir sind gerettet. Komm jetzt.«

»Und was ist hier passiert?« Artjom stellte erschrocken fest, dass fast der ganze Saal voller Leichen war. Außer ihren beiden Stimmen war nichts zu hören.

Hunter blickte ihm fest in die Augen. »Das hat keine Bedeutung. Mach dir deswegen keine Gedanken.« Er hob seinen Sack auf, aus dem das leicht rauchende Armee-Maschinengewehr herausragte. Patronengürtel waren so gut wie keine mehr zu sehen.

Dann setzte sich der Jäger in Bewegung, und Artjom blieb nichts anderes übrig, als ihm nachzulaufen. Als er sich umsah, erblickte er etwas Neues: Dort, wo der Übergang über die Gleise führte, hingen einige dunkle Gestalten von der Brücke herab.

Hunter lief schweigend und mit großen Schritten voraus, als hätte er vergessen, dass Artjom sich kaum fortbewegen konnte. So sehr dieser sich auch bemühte, der Abstand zwischen ihnen wuchs und wuchs, und Artjom fürchtete, der Jäger würde einfach verschwinden und ihn an dieser furchtbaren Station zurücklassen, deren Boden mit glitschigem, dunklem Blut bedeckt war. Bin ich das wirklich wert?, fragte sich Artjom. Wiegt mein Leben wirklich genauso viel wie all diese Leben zusammen? Natürlich war er froh, gerettet worden zu sein. Doch all die Menschen, die herumlagen wie Lumpensäcke, zum Teil übereinander, für ewig erstarrt in der Haltung, in der sie von Hunters Kugeln getroffen worden waren – waren sie nur gestorben, damit er leben konnte? Hunter hatte diesen Tausch mit einer Leichtigkeit vollzogen, wie man beim Schach ein paar unwichtige Figuren opfert, um die wichtigen zu retten. Er war ein Spieler, und die Metro war sein Schachbrett – und sämtliche Figuren gehörten ihm, denn er spielte gegen sich selbst. Aber war Artjom etwa eine so wichtige Figur, dass man um seinetwillen so viele andere umbrachte? Von nun an pulsierte dieses Blut, das über den kalten Granit floss, in seinen Adern. Er hatte es getrunken, es den anderen genommen, um seine eigene Existenz fortzusetzen. Nun würde ihm nie wieder richtig warm werden …

Er zwang sich, schneller zu laufen, um Hunter einzuholen und ihn zu fragen, ob er sich künftig an jedem noch so warmen Feuer genauso kalt und einsam vorkommen würde wie in einer klirrenden Winternacht an einem verlassenen Zwischenhalt, doch Hunter war inzwischen schon weit vorausgelaufen. Vielleicht gelang es Artjom deshalb nicht, ihn einzuholen, weil dieser auf allen vieren und mit dem Geschick eines Tieres vorwärtsstürmte. Seine Bewegungen erinnerten Artjom unangenehm an … einen Hund? Nein, eher an … eine Ratte. Mein Gott! Artjom kam ein furchtbarer Verdacht, und er erschrak zutiefst über seine Worte, die wie von selbst aus ihm herausbrachen: »Sind Sie … eine Ratte?«

»Nein«, ertönte die Antwort. »Die Ratte bist du. Du bist eine feige Ratte!«

»Feige Ratte!«, wiederholte jemand direkt über seinem Ohr und räusperte sich geräuschvoll.

Artjom schüttelte den Kopf und bedauerte sogleich, dass er dies getan hatte: War dort zuvor nur ein dumpf nagender Schmerz zu spüren gewesen, so bewirkte die heftige Bewegung, dass er förmlich explodierte. Artjom verlor die Beherrschung über seinen Körper, stürzte nach vorne – und stieß mit brennender Stirn gegen kühlen Stahl. Die Oberfläche war gerippt und drückte unangenehm gegen den Schädelknochen, doch kühlte sie das entzündete Fleisch, und Artjom verharrte eine Zeit lang in dieser Position, unfähig, sich zu etwas anderem zu entschließen. Nachdem er Atem geschöpft hatte, versuchte er vorsichtig sein linkes Auge zu öffnen.

Er saß auf dem Boden, die Stirn gegen ein Gitter gedrückt, das bis zur Decke ging und von beiden Seiten den Raum unter dem niedrigen, engen Bogen einer Station begrenzte. Geradeaus sah er in den Mittelsaal hinein, hinter ihm lag einer der Bahnsteige. Sämtliche Bögen in der Nähe – sowohl auf der gegenüberliegenden als auch, wie es schien, auf seiner Seite – waren zu Zellen umfunktioniert worden, und in jeder saßen ein paar Menschen. Diese Station war das völlige Gegenteil derjenigen, auf der man ihn verurteilt hatte. Dort hatte eine gewisse Eleganz geherrscht, die Station war leicht, luftig und geräumig gewesen, mit schlanken Säulen, breiten und hoch ausgreifenden Bögen. Trotz der düsteren Beleuchtung und den Schmierereien an den Wänden hatte sie einem Bankettsaal geglichen. Hier jedoch war alles trostlos und bedrückend: sowohl die niedrige, tunnelartig runde, gerade mal mannshohe Decke, als auch die massiven, groben Säulen, die breiter waren als ihre Zwischenräume. Zudem standen sie noch nach vorne heraus, und genau dort hatte man Gitter aus dicken, verschweißten Bewehrungsstäben angebracht. Die Decke war so niedrig, dass Artjom sie leicht mit den Händen hätte berühren können – wären diese nicht hinter dem Rücken mit Draht gefesselt gewesen.

In der winzigen Zelle befanden sich neben Artjom noch zwei weitere Häftlinge. Einer lag auf dem Boden, das Gesicht in einen Kleiderhaufen gedrückt, und gab von Zeit zu Zeit ein kurzes, dumpfes Stöhnen von sich. Der andere, ein schwarzäugiger, unrasierter Mann mit braunen Haaren, hockte daneben, an die Marmorwand gelehnt, und musterte Artjom mit lebhaftem Interesse.

Draußen schlenderten zwei kräftige Kerle in Tarnkleidung und mit den bereits bekannten Baretts auf dem Kopf entlang. Einer von ihnen hielt einen riesigen Hund an einer Leine, die er sich um die Hand gewickelt hatte, und wies ihn von Zeit zu Zeit zurecht. Sie waren es wohl gewesen, die Artjom aufgeweckt hatten.

Es war ein Traum gewesen. Ein Traum. Sie würden ihn hängen.

Artjom schielte zu dem Dunklen hinüber. »Wie spät ist es?«, lallte er mit angeschwollener Zunge.

»Halb zehn«, erwiderte der andere. Er sprach denselben kehligen Dialekt, den Artjom in *Kitai-gorod* gehört hatte. »Abends.«

Halb zehn. Zweieinhalb Stunden bis zwölf. Und dann noch fünf bis … zur Prozedur. Siebeneinhalb Stunden. Nein, während Artjom nachgedacht und gerechnet hatte, waren es bereits weniger geworden.

Früher hatte er manchmal versucht sich vorzustellen, was ein zum Tode Verurteilter in der Nacht vor der Hinrichtung fühlte, woran er dachte. Angst? Hass auf seine Henker? Reue?

In ihm war nur Leere. Sein Herz schlug schwer, die Schläfen pochten, und in seinem Mund sammelte sich immer wieder Blut. Es schmeckte nach nassem, rostigem Eisen. Oder roch das feuchte Metall nach frischem Blut?

Sie würden ihn hängen. Ihn töten. Er würde aufhören zu existieren. Es gelang ihm nicht, sich dessen wirklich bewusst zu werden, es sich vorzustellen.

Jeder weiß, dass der Tod unausweichlich ist. In der Metro war der Tod etwas Alltägliches, doch auch hier glaubte man, dass einem selbst schon nichts passieren würde, die Kugeln einen anderen treffen würden, die Krankheit einen verschonen würde. Und das Alter war noch so fern, dass jemand wie Artjom daran nicht zu denken brauchte. Man konnte schließlich nicht ständig im Bewusstsein der eigenen Sterblichkeit leben. Man musste es einfach vergessen, und wenn einem dann trotzdem solche Gedanken kamen, musste man sie vertreiben, sie ersticken, damit sie keine Wurzeln schlugen, nicht wucherten, ihre giftigen Sporen einem das Leben nicht zur Hölle machten. Man durfte nicht daran denken, dass man irgendwann sterben musste, andernfalls konnte man den Verstand verlieren. Nur eines bewahrt den Menschen vor dem Wahnsinn: die Ungewissheit. Das Leben eines zum Tode Verurteilten, der weiß, dass er in einem Jahr hingerichtet wird, oder das Leben eines Todkranken, dem die Ärzte mitgeteilt haben, wie lange ihm noch bleibt, unterscheidet sich vom Leben der normalen Menschen nur in einer Hinsicht: Die einen wissen ungefähr, wann sie sterben, während die anderen in Unwissenheit leben und daher glauben, sie könnten ewig leben, obwohl es nicht ausgeschlossen ist, dass sie schon am nächsten Tag Opfer eines Unfalls werden. Nicht der Tod ist schrecklich – schrecklich ist das Warten darauf.

In sieben Stunden.

Wie würden sie es machen? Artjom hatte keine besonders gute Vorstellung davon, wie man einen Menschen erhängte. An seiner Station hatten sie einmal einen Verräter erschossen, aber Artjom war damals noch klein gewesen und hatte sich wenig dabei gedacht. Außerdem hätten sie an der *WDNCh* eine Hinrichtung niemals öffentlich zur Schau gestellt.

Wahrscheinlich würden sie ihm ein Seil um den Hals legen und ihn dann entweder zur Decke ziehen, oder mit einem Schemel unter den Füßen ... Nein, er durfte daran nicht denken.

Er hatte Durst.

Mühsam stellte er eine verrostete Weiche um, und die Lore seiner Gedanken rollte langsam auf ein anderes Gleis – zu dem Offizier, den er erschossen hatte. Dem ersten Menschen, den er getötet hatte. Wieder sah er, wie sich unsichtbare Kugeln in die breite Brust mit dem Schulterriemen gruben, wie jede einen schwarzen Brandfleck hinterließ, der sich sogleich mit Blut füllte. Er empfand keinerlei Reue, und das wunderte ihn. Er hatte einmal gelesen, dass jeder Ermordete schwer auf dem Gewissen des Mörders lastet, ihm im Traum erscheint, ihn bis ins hohe Alter verfolgt und die Gedanken wie ein Magnet anzieht. Offenbar war dem nicht so. Kein Mitleid. Keine Reue. Nur düstere Befriedigung. Artjom war sich sicher: Sollte ihm sein Opfer jemals im Traum erscheinen, würde er sich einfach gleichgültig von ihm abwenden, und die Erscheinung würde spurlos verschwinden. Und das Alter? Nun, das Alter würde es jetzt nicht mehr geben.

Wieder war Zeit vergangen. Wahrscheinlich doch auf einen Schemel ... Nein, wenn er nur noch so wenig zu leben hatte, musste er an etwas Wichtiges denken, etwas, wofür er sich nie die Zeit genommen, was er stets aufgeschoben hatte. Daran, dass er sein Leben falsch gelebt hatte und, würde es ihm noch einmal geschenkt, alles anders machen würde … Nein, ein anderes Leben gab es für ihn nicht, und daran war nichts zu ändern. Höchstens: Als jener den Schuss auf Wanetschkas Kopf abgab, hätte er da vielleicht doch nicht zur Waffe greifen, sondern einfach zur Seite gehen sollen? Nein. Er hätte es nicht fertiggebracht. Wanetschka und Michail Porfirjewitsch hätte er niemals aus seinen Träumen verjagen können … Was wohl aus dem Alten geworden war? Teufel, nur einen Schluck Wasser!

Zuerst würden sie ihn aus der Zelle führen. Wenn er Glück hatte, würde man ihn durch den Gang zur anderen Station bringen, das brachte ihm noch etwas Zeit. Wenn sie ihm nicht wieder die verfluchte Mütze überzogen, würde er noch etwas sehen außer diesen Gitterstäben und der endlosen Reihe von Zellen … Artjom stieß sich ab, blickte seinen Nachbarn an und öffnete die ausgetrockneten Lippen. »Welche Station ist das?«

»Die *Twerskaja*«, erwiderte der Mann. »Hör mal, weswegen sitzt du hier?«

»Hab nen Offizier umgebracht.« Artjom sprach langsam, das Reden fiel ihm schwer.

»Ah …« Der Dunkle nickte anerkennend. »Geht's jetzt an den Galgen?«

Artjom zuckte mit den Schultern, wandte sich ab und lehnte sich wieder an das Gitter.

Sein Nachbar nickte erneut. »Ganz sicher.«

Ja, sicher. Schon bald. Und zwar gleich hier. Niemand würde ihn irgendwohin bringen …

Etwas zu trinken. Um den rostigen Geschmack im Mund fortzuspülen, die ausgetrocknete Kehle anzufeuchten. Vielleicht würde er sich dann länger unterhalten können als nur eine Minute. In der Zelle gab es kein Wasser, am anderen Ende stand lediglich ein übelriechender Blecheimer. Ob er die Wächter fragen sollte? Vielleicht machte man ja bei Todeskandidaten gewisse Zugeständnisse? Wenn er doch nur seine Hand aus dem Gitter strecken könnte, um sie heranzuwinken. Aber seine Hände waren hinter dem Rücken gefesselt, der Draht grub sich ins Handgelenk, die Finger waren angeschwollen und taub. Er versuchte zu rufen, doch es kam nur ein Krächzen heraus, das in einem fürchterlichen Hustenanfall endete.

Immerhin bemerkten die Wächter seine Kontaktversuche und näherten sich der Zelle. »Die Ratte ist aufgewacht«, höhnte der mit dem Hund.

Artjom kippte den Kopf nach hinten, um ihm ins Gesicht sehen zu können, und flüsterte heiser: »Trinken. Wasser.«

»Trinken?« Der Hundeführer tat verwundert. »Wozu denn das noch? Du wirst doch sowieso gleich aufgeknüpft. Nein, Wasser werden wir für dich nicht mehr verschwenden. Vielleicht verreckst du dann ja noch früher.«

Artjom schloss müde die Augen. Die Gefängniswärter jedoch hatten offenbar noch Lust weiterzureden. Der zweite fragte ihn: »Hast du jetzt kapiert, wen du auf dem Gewissen hast, du mieses Schwein? Und dann auch noch ein Russe! Wegen solcher Arschlöcher wie dir, die ihresgleichen das Messer in den Rücken rammen, werden solche wie der da« – er nickte zu dem Zellennachbarn hinüber, der sich nach hinten verzogen hatte – »bald die ganze Metro bevölkern und uns Russen die Luft zum Atmen rauben.«

Der Dunkle schlug die Augen nieder. Artjom konnte nur mit den Achseln zucken.

»Dafür haben sie die schwachsinnige Missgeburt aber richtig rangekriegt«, setzte der erste Wachmann nach. »Sidorow hat erzählt, der halbe Tunnel soll voller Blut gewesen sein. Recht so! Abschaum ist das! Solche müssen ebenfalls vernichtet werden. Die machen unser, äh, wie war das noch mal … unser Erbgut kaputt. Und den Opa haben sie auch erledigt.«

Artjom schluchzte auf. Er hatte es bereits befürchtet, aber doch gehofft, dass man Michail Porfirjewitsch nicht getötet hatte und er sich vielleicht in einer der benachbarten Zellen befand. Verzweifelt fragte er: »Wie?«

»Einfach so. Ist von selbst krepiert. Dabei haben sie ihm nur ein bisschen die Fresse poliert, der aber hat gleich den Löffel abgegeben.« Der Hundehalter schien richtig zufrieden zu sein.

Artjom dagegen zerriss es das Herz. *Sippen sterben. Du selbst stirbst wie sie* … Er sah vor sich, wie Michail Porfirjewitsch selbstvergessen im Tunnel stand, in seinem Notizblock blätterte und dann ergriffen die letzte Zeile wiederholte. Wie hieß es noch mal? *Des Toten Tatenruhm.* Nein, der Dichter irrte. Nicht einmal die Heldentaten blieben. Nichts blieb.

Er musste daran denken, wie Michail Porfirjewitsch sich nach seiner Wohnung gesehnt hatte, vor allem nach seinem Bett. Dann flossen seine Gedanken langsamer, bis sie schließlich ganz geronnen und stehen blieben. Wieder drückte er seine Stirn gegen das Gitter und blickte stumpfsinnig auf die Armbinde eines der beiden Wärter. Ein dreibeiniges Hakenkreuz. Seltsames Symbol. Wie ein Stern oder eine verkrüppelte Spinne … »Warum nur drei Beine?«, fragte er. »Warum drei?«

Erst als er mit dem Kopf in Richtung Armbinde nickte, begriffen die beiden Wächter, was er meinte.

»Wie viele hättest du denn gern?«, sagte der mit dem Hund genervt. »Für jede Station ein Bein, du Idiot. Als Zeichen der Einheit. Und wenn wir endlich die Polis drankriegen, kommt noch ein viertes dazu!«

»Ach was«, knurrte der Zweite. »Das ist doch ein altes slawisches Symbol. Nennt sich Sonnenrad. Die Fritzen haben es sich bei uns abgeguckt. Von wegen Stationen!«

»Aber es gibt doch gar keine Sonne mehr …«, presste Artjom hervor. Er spürte, wie sich erneut ein trüber Schleier auf seine

Augen legte, die Bedeutung der Worte ihm entglitt, er in Dunkelheit versank.

»Das war's. Jetzt hat er einen an der Waffel«, stellte der Hundeführer zufrieden fest. »Komm, Senja, mit dem ist nichts mehr anzufangen.«

Gedanken- und traumlos dämmerte Artjom dahin, nur selten unterbrochen von undeutlichen Bildern, die nach Blut schmeckten und rochen. Dennoch war er dankbar. Seine Denkfähigkeit war komplett außer Gefecht gesetzt – was seinen Verstand vor Selbstzerfleischung und Schwermut bewahrte.

»He, Bruder.« Sein Zellengenosse schüttelte ihn an der Schulter. »Du schläfst zu lange.«

Mühsam, als hätte er ein Eisengewicht an den Füßen, tauchte Artjom aus dem Abgrund seines Bewusstseins auf. Die Wirklichkeit kehrte nicht gleich zurück, sie zeichnete sich allmählich ab wie unklare Umrisse auf einem Film im Entwicklungsbad. Er krächzte: »Wie spät?«

»Zehn Minuten bis vier.«

Zehn vor vier. In rund vierzig Minuten würden sie ihn abholen. Und in einer Stunde und zehn Minuten … Einer Stunde und zehn Minuten … Einer Stunde und neun Minuten … Einer Stunde und acht Minuten …

»Wie heißt du?«, fragte sein Nachbar.

»Artjom.«

»Und ich Ruslan. Mein Bruder hieß Achmed, den haben sie gleich erschossen. Aber mit mir wissen sie nicht, was sie tun sollen. Mein Name ist russisch, und sie wollen keine Fehler machen.« Der Dunkeläugige war offenbar froh, dass er endlich ein Gesprächsthema gefunden hatte.

»Woher kommst du?« Nicht dass es Artjom besonders interessierte, aber das Geschwätz des Mannes half ihm, den Kopf beschäftigt zu halten, ohne an etwas anderes denken zu müssen. Nicht an die *WDNCh*, nicht an seine Mission. Auch nicht daran, was mit der Metro geschehen würde. Nein. Bloß nicht.

»Ich bin von der *Kiewskaja*. Weißt du, wo das ist? Wir nennen sie die sonnige *Kiewskaja*.« Ruslan lächelte, eine Reihe weißer Zähne wurde sichtbar. »Dort sind viele von uns, fast alle. Meine Frau ist noch dort, mit unseren drei Kindern. Weißt du, unser Ältester hat an einer Hand sechs Finger!«

Trinken. Nur einen Schluck. Von ihm aus auch warmes Wasser, das hätte er jetzt in Kauf genommen. Sogar ungefiltertes. Egal. Nur einen Schluck. Und dann wieder vergessen, bis die Henker ihn holen kamen. Damit es wieder leer wurde und ihn nichts bekümmerte. Damit in seinem Kopf nicht mehr der Gedanke rotierte, schmerzte, dröhnte, dass er einen Fehler gemacht hatte. Dass er kein Recht gehabt hatte. Dass er hätte weggehen sollen. Sich abwenden. Die Ohren verschließen. Weitergehen. Zur *Tschechowskaja*. Und von dort nur noch ein Tunnel. So einfach. Nur ein Tunnel, und es wäre geschafft gewesen, er hätte den Auftrag ausgeführt. Und würde leben …

Trinken. Seine Hände waren so angeschwollen, dass er sie nicht mehr spürte.

Wie viel leichter sterben jene, die an etwas glauben! Die überzeugt sind, dass der Tod nicht das Ende ist. Die die Welt in Schwarz und Weiß einteilen können, genau wissen, was zu tun ist, in ihrer Hand die Fackel der Ideologie oder des Glaubens tragen. Die an nichts zweifeln, nichts bereuen. Solche Menschen sterben leichten Herzens. Sie sterben mit einem Lächeln auf den Lippen.

»Früher gab es da Obst, so groß! Und was für schöne Blumen. Die hab ich den Mädchen geschenkt, und sie haben mich angelächelt.« Die Worte drangen an Artjoms Ohr, aber sie lenkten ihn nicht mehr ab.

Vom Ende des Saals her waren nun Schritte zu hören. Artjoms Herz krampfte sich zusammen, verwandelte sich in einen kleinen, unruhig pochenden Klumpen. Kamen sie, ihn zu holen? Schon? Er hätte gedacht, dass vierzig Minuten sich länger hinzogen. Oder hatte ihn der Teufelsbraten dort reingelegt? Nein, das war doch …

Direkt vor seinen Augen blieben drei Paar Stiefel stehen. Zwei davon ragten aus gemusterten Tarnhosen heraus, eines aus schwarzen Hosenbeinen. Das Schloss quietschte, und Artjom richtete sich gerade noch rechtzeitig auf, um nicht mit der zurückweichenden Gittertür nach vorne zu fallen.

»Hebt ihn auf«, ertönte eine schnarrende Stimme.

Sogleich packte man ihn unter den Achseln, und er flog zur Decke.

»Halt die Ohren steif!«, gab ihm Ruslan mit auf den Weg.

Zwei waren MP-Schützen. Der Dritte in der schwarzen Uniform trug ein kleines Barett, hatte einen steifen Oberlippenbart und wässrige hellblaue Augen. »Mir nach«, befahl er, und die beiden begannen Artjom ans andere Ende des Bahnsteigs zu ziehen.

Er versuchte selbst zu gehen, denn es gefiel ihm nicht, sich willenlos wie eine Puppe tragen zu lassen – wenn er sich schon vom Leben verabschieden musste, dann mit Würde. Doch seine Beine gehorchten ihm nicht. Sie knickten ein und scharrten ungelenk auf dem Boden.

Die Zellen nahmen nicht die ganze Länge der Station ein, sondern endeten kurz nach der Mitte, wo die Rolltreppen nach unten führten. Dort, in der Tiefe, brannten Fackeln, die in unheilvollem Purpurrot über die Wände flackerten, und von unten flogen schmerzvolle Schreie herauf. Für einen Augenblick glaubte Artjom, dies sei die Hölle, und war erleichtert, als man ihn weiterführte. Aus der letzten Zelle rief ihm jemand »Leb wohl, Kamerad!« nach, doch er achtete nicht darauf. Ein Glas Wasser tanzte vor seinen Augen.

An der gegenüberliegenden Mauer befand sich eine Absperrung, bestehend aus einem grob zusammengezimmerten Tisch mit zwei Stühlen und dem bereits bekannten, beleuchteten Verbotszeichen darüber. Ein Galgen war nirgends zu sehen, und für einen kurzen Moment flackerte in Artjom die verrückte Hoffnung auf, man habe ihm nur Angst einjagen wollen und würde ihn jetzt gar nicht aufknüpfen, sondern an den Rand der Station führen und außer Sichtweite der anderen Gefangenen freilassen …

Der Schnauzbärtige trat durch den letzten Bogen auf den Bahnsteig hinaus. Auf den Gleisen stand eine kleine Bretterbühne auf Rädern, die so gebaut war, dass ihr Boden auf gleicher Höhe war wie der Bahnsteig. Darauf überprüfte ein untersetzter Mann in gefleckter Uniform gerade die Schlinge, die von einem in die Decke geschraubten Haken herabhing. Von den anderen unterschied er sich nur durch die hochgekrempelten Ärmel, aus denen kurze, muskulöse Unterarme hervortraten, und eine Strickmütze mit Augenschlitzen, die er sich über den Kopf gezogen hatte.

»Alles bereit?«, schnarrte die schwarze Uniform.

Der Henker nickte. »Ich mag diese Konstruktion nicht«, sagte er dann. »Warum geht es nicht mit dem guten alten Schemel? Ein Tritt« – er schlug seine Faust in die Hand –, »ein Knacksen der Halswirbel, und der Kunde ist abgefertigt. Aber dieses Ding hier … Bis sie endlich krepieren, zappeln sie rum wie Würmer an der Angel. Und wenn sie dann verrecken, muss man jedes Mal wieder alles putzen. Die machen sich ja immer in die Hose und …«

»Aufhören!«, rief der Schnauzbärtige. Er zog den Henker beiseite und flüsterte ihm wütend etwas zu.

Kaum war der Offizier außer Hörweite, als die MP-Schützen ein offenbar unterbrochenes Gespräch wieder aufnahmen. »Und, was dann?«, fragte der links von Artjom ungeduldig.

»Na ja«, flüsterte der andere. »Ich hab sie an eine Säule gedrückt, bin mit der Hand unter den Rock, und sie ist sofort weich geworden, und dann …«

Weiter kam er nicht, denn der Schnauzbärtige kehrte wieder zurück. Noch immer redete er auf den Scharfrichter ein. »… obwohl es ein Russe war! Er ist ein Verräter, ein Separatist, ein Degenerat! Und Verräter müssen qualvoll sterben.«

Sie nahmen die Fesseln von Artjoms tauben Händen und zogen ihm Jacke und Pullover aus, sodass er nur noch in seinem schmutzigen Unterhemd dastand. Dann riss ihm der Henker die Hülse – Hunters Geschenk – vom Hals und sagte: »Ein Glücksbringer? Na schön, ich steck ihn dir in die Tasche. Vielleicht kannst du ihn ja noch brauchen.« Seine Stimme war gar nicht böse. Eigentlich schnurrte sie sogar auf seltsam beruhigende Weise.

Sie banden Artjom die Hände wieder hinten zusammen und stießen ihn auf den Richtplatz. Die Soldaten blieben nun zurück. Sie wurden nicht mehr gebraucht – er wäre ohnehin unfähig gewesen, wegzulaufen. Ja, er musste all seine Kraft aufbringen, um stehen zu bleiben, während der Henker ihm die Schlinge um den Hals legte und leicht anzog. Stehen bleiben, nicht fallen, schweigen. Trinken. Das war alles, woran er jetzt dachte. Wasser.

»Wasser …«, flüsterte er heiser.

»Wasser?« Der Henker hob entschuldigend die Arme. »Woher soll ich jetzt bitte Wasser für dich nehmen? Das geht nicht, mein Lieber. Wir beide sind sowieso schon spät dran, also gedulde dich noch ein bisschen.« Er sprang schwer auf die Gleise hinab, spuckte in die Hände und hob ein Seil auf, das an der fahrenden Bühne befestigt war.

Die Soldaten standen stramm, und der Hauptmann machte ein wichtiges, leicht triumphierendes Gesicht. Dann begann er:

»Als feindlichen Spion, der sein Volk heimtückisch verraten hat, sich losgesagt hat von …«

In Artjoms Kopf begannen Gedanken- und Bilderfetzen in rasendem Tempo zu kreisen. Wartet, es ist noch zu früh, ich habe noch nicht, ich muss … Dann sah er plötzlich Hunters strenges Gesicht vor sich, das sich jedoch gleich wieder im roten Halbdunkel der Station auflöste … Sanft blickten ihn Suchojs Augen an und erloschen … Michail Porfirjewitsch … *Du stirbst* … Die Schwarzen … Das dürfen sie nicht … Wartet! Und über all dem hing der Durst, legte sich über die Erinnerungen, Worte, Wünsche, umhüllte sie wie ein schwüler Dunst. Trinken …

»… ein entartetes Geschöpf, eine Schande für seine Nation …«

Aus dem Tunnel erklangen plötzlich Schreie, ein MG ratterte, dann ein lauter Knall, und alles wurde still. Die Soldaten griffen nach ihren Sturmgewehren, der Offizier blickte sich unruhig um und schloss eilig ab: »… zum Tode! Los!« Er gab dem Henker ein Handzeichen, worauf dieser ächzend seine Füße gegen die Schwellen stemmte und an dem Seil zog.

Langsam fuhren die Bretter unter Artjoms Beinen weg. Noch hielt er sich, indem er sich bewegte, auf dem Richtplatz, doch dieser fuhr immer weiter, Artjom verlor das Gleichgewicht, das Seil grub sich in seinen Hals und zog ihn nach hinten, in den Tod, aber er wollte nicht dorthin, wollte es einfach nicht … Dann entglitt ihm der Boden, und das Gewicht seines Körpers zog die Schlinge zu, sie drückte die Atemwege zusammen, blockierte sie, aus seinem Hals kam ein gurgelndes Krächzen, seine Sicht trübte sich, alles drehte sich in ihm, jede noch so kleine Zelle seines Körpers flehte um ein wenig Luft, aber zu atmen war ihm völlig unmöglich, worauf sein Körper sich zu winden begann, sinnlos, krampfhaft, während sich im Unterbauch ein widerliches Bedürfnis aufbaute …

In diesem Augenblick hüllte sich die Station plötzlich in giftigen gelben Rauch. Schüsse ertönten aus nächster Nähe.

Dann erlosch Artjoms Bewusstsein.

»He, Galgenmann! Komm schon, stell dich nicht so an. Wir haben deinen Puls, also hör auf zu simulieren!« Eine klatschende Ohrfeige brachte ihn wieder zur Besinnung.

»Ich mache ihm nicht noch mal Mund-zu-Mund-Beatmung«, sagte eine andere Stimme.

Artjom war überzeugt, dass es sich um einen Traum handelte, womöglich jene Sekunde der Bewusstlosigkeit, bevor es zu Ende ging. Der Tod war noch so nah, sein eiserner Griff um den Hals noch genauso spürbar wie in jenem Moment, als seine Beine den Halt verloren und über den Gleisen baumelten.

Die erste Stimme ließ nicht locker. »Lass das Zusammenkneifen, das kommt noch früh genug! Diesmal haben wir deinen Kopf aus der Schlinge gezogen, also genieß das Leben!«

Etwas schüttelte ihn heftig. Artjom öffnete zaghaft ein Auge und schloss es gleich wieder. War dies das Jenseits? Ein durchaus menschenähnliches Wesen war über ihn gebeugt, jedoch ein derart ungewöhnliches, dass er sofort an Khans Theorie denken musste – von der Bestimmung der Seele, sobald sie sich vom Körper gelöst hatte. Die Haut des Wesens war mattgelb, was sogar im Licht der Taschenlampe zu erkennen war, und anstelle von Augen hatte es enge Schlitze, als hätte ein Bildhauer ein Gesicht aus Holz geschnitzt, die Augen aber nur angezeichnet und dann vergessen, sie auszuführen. Das Gesicht war rund, mit ausgeprägten Wangenknochen. Artjom hatte so etwas noch nie gesehen.

»Nein, so geht das nicht«, erklärte jemand von oben.

Dann spritzte man ihm Wasser ins Gesicht.

Artjom schluckte krampfhaft und packte die Hand mit der

Flasche. Dann, nachdem er lange getrunken hatte, stützte er den Oberkörper auf und blickte sich um.

Er lag auf einer mindestens zwei Meter langen Draisine, die mit schwindelerregendem Tempo einen dunklen Tunnel entlangraste. In der Luft war ein leicht verbrannter Geruch, und Artjom fragte sich erstaunt, ob es sich um ein benzingetriebenes Fahrzeug handelte. Neben ihm saßen vier Männer und ein großer, brauner Hund mit schwarzen Flecken. Der Erste war der mit den schmalen Augen. Daneben saß ein bärtiger Kerl, der eine Ohrenpelzmütze mit aufgenähtem rotem Stern und eine wattierte Jacke trug. An seinem Rücken baumelte ein langes Sturmgewehr ähnlich dem, das Artjom getragen hatte, nur war hier noch ein Bajonett unter dem Lauf befestigt. Der Dritte war ein massiger Kerl, dessen Gesicht Artjom anfangs nicht erkennen konnte, doch als er die dunkle Haut erblickte, wäre er beinahe vor Angst auf die Gleise gesprungen. Erst nachdem er genauer hingesehen hatte, beruhigte er sich etwas: Es war kein Eindringling von oben, der Hautton war ganz anders, und auch das Gesicht war das eines normalen Menschen; nur die Lippen waren etwas nach außen gestülpt und die Nase etwas eingedrückt wie bei einem Boxer. Der Letzte der vier hatte ein relativ gewöhnliches Äußeres. Mit seinem schönen, mutigen Gesicht und dem entschlossenen Kinn erinnerte er Artjom entfernt an das Plakat an der *Puschkinskaja*. Er trug eine prächtige Lederjacke und Offiziersriemen über der Schulter, und von einem breiten, doppelt gelochten Gürtel hing ein mächtiges Pistolenhalfter. Am Heck der Draisine glänzte ein Degtjarjow-Maschinengewehr, und daneben flackerte eine rote Fahne im Fahrtwind. Als sie zufällig von einer Taschenlampe angeleuchtet wurde, erkannte Artjom, dass es kein richtiges Banner war, sondern nur ein ausgefranster Lappen mit dem rotschwarzen Porträt eines bärtigen Mannes.

All das ähnelte viel mehr einem Fiebertraum als jene Rettungsfantasie, in der Hunter ihm zu Hilfe gekommen und dann davongelaufen war.

»Er ist wach!«, rief der Schlitzäugige erfreut. »Na, Galgenmann, sag, wofür wollten sie dich hängen?«

Der Mann sprach völlig ohne Akzent, seine Aussprache war die gleiche wie die von Artjom und Suchoj. Es war merkwürdig, ein so reines Russisch von einem so ungewöhnlichen Geschöpf zu hören. Artjom wurde den Verdacht nicht los, dass dies eine Art Farce war. Wahrscheinlich machte der Schlitzäugige nur den Mund auf und zu – während der Bärtige oder der in der Lederjacke für ihn sprachen.

Artjom räusperte sich. »Ich habe … einen von ihren Offizieren erschossen.«

Der andere grinste breit bis über beide Wangen. »Bravo! Immer drauf auf sie! Ganz nach unserem Geschmack.«

Der dunkelhäutige Kraftprotz, der ganz vorne saß, drehte sich bei diesen Worten um, hob respektvoll die Brauen und sagte lächelnd: »Dann haben wir ja nicht umsonst für Chaos gesorgt.« Auch seine Aussprache war fehlerlos, worauf Artjom vollends durcheinandergeriet.

Nun sprach ihn der Gutaussehende in der Lederjacke an. »Wie heißt du denn, Held?« Dann, nachdem Artjom sich vorgestellt hatte, fuhr er fort: »Ich bin Genosse Russakow. Das hier« – er deutete auf den Schlitzäugigen – »ist Bansai, der da drüben Genosse Maxim« – der Dunkle grinste erneut – »und das da Genosse Fjodor.«

Der Hund kam als Letzter dran. Artjom hätte sich nicht gewundert, wenn auch er als »Genosse« vorgestellt worden wäre, doch nannten sie ihn nur Karazjupa.

Artjom drückte der Reihe nach Russakows starke, trockene Hand, dann Bansais schlanke, aber kräftige Finger, die schwarze

Pranke von Genosse Maxim und die fleischige Schaufel von Genosse Fjodor. Dabei versuchte er, sich ihre Namen zu merken, doch schon bald stellte sich heraus, dass sie einander ganz anders nannten. Ihren Hauptmann sprachen sie mit »Genosse Kommissar« an, der Dunkelhäutige hieß mal Maxim, mal Lumumba, der Schlitzäugige immer nur Bansai und der Bärtige mit der Mütze Onkel Fjodor.

»Willkommen in der Ersten Internationalen Roten Ernesto-Che-Guevara-Kampfbrigade der Moskauer Metro!«, schloss Genosse Russakow feierlich.

Artjom dankte ihm und schwieg. Der Name war sehr lang gewesen, das Ende hatte er gar nicht richtig mitbekommen. Auf die Farbe Rot reagierte er seit einiger Zeit wie ein Stier, und das Wort »Brigade« rief unangenehme Assoziationen hervor, seit ihm Schenja von einem Banditenüberfall irgendwo an der *Schabolowskaja* erzählt hatte. Am meisten faszinierte ihn das Gesicht auf dem im Wind zitternden Stück Stoff. »Wer ist denn das auf … eurer Fahne?«, fragte er schließlich vorsichtig.

»Das, Bruder, ist Che Guevara«, erklärte Bansai.

»Was für ein Tschegewara?« An Genosse Russakows rot anlaufenden Augen und Maxims spöttischem Grinsen erkannte Artjom, dass er in ein Fettnäpfchen getreten war.

»Genosse. Ernesto. Che. Guevara«, skandierte der Kommissar. »Der große kubanische Revolutionär.«

Jetzt verstand Artjom wenigstens den Namen, auch wenn er ihm absolut nichts sagte. Aber er zog es vor, begeistert mit den Augen zu rollen und zu schweigen. Schließlich hatten ihm diese Leute das Leben gerettet und sie jetzt mit seiner Ignoranz zu erzürnen wäre unhöflich gewesen.

Die Rippen zwischen den Tunnelsegmenten flogen mit fantastischer Geschwindigkeit vorüber. Während sich die Männer unterhielten, passierten sie eine halb verlassene Station, und in dem Halbdunkel des Tunnels dahinter hielten sie an. Hier gab es eine Abzweigung, die in einer Sackgasse endete.

»Schauen wir doch mal, ob die Faschistenschweine uns verfolgen«, sagte Genosse Russakow.

Nun mussten sie sehr leise flüstern, während Genosse Russakow und Karazjupa horchen gingen, ob irgendwelche verdächtigen Geräusche in der Ferne zu hören waren.

»Warum habt ihr das gemacht? Mich … rausgehauen?«, fragte Artjom.

Bansai lächelte geheimnisvoll. »Ein geplanter Überfall. Wir hatten Informationen bekommen.«

»Über mich?«, fragte Artjom voller Hoffnung. Nach Khans Worten über seine Mission gefiel ihm der Gedanke, dass er etwas Besonderes war.

Bansai machte eine unbestimmte Geste. »Nein, ganz allgemein. Darüber, dass sie irgendwelche Gräueltaten geplant hatten. Genosse Kommissar beschloss, das zu verhindern. Außerdem ist es unsere Aufgabe, diese Mistkerle andauernd zu ärgern.«

»Auf dieser Seite haben sie keine Barrikaden«, fügte Maxim hinzu. »Nicht mal Scheinwerfer, nur einfache Wachposten mit Lagerfeuer. Wir sind da einfach durchgefahren. Schade nur, dass wir das MG benutzen mussten. Dann haben wir eine Rauchbombe gezündet, sind mit Gasmasken rein und haben dich gerade noch rechtzeitig da runtergeholt. Mit dem Möchtegern-SS-Mann haben wir kurzen Prozess gemacht und sind wieder raus.«

Nun schaltete sich auch Onkel Fjodor ein, der bis dahin geschwiegen und irgendein Kraut geraucht hatte, von dem einem die Augen tränten. »Tja, Kleiner, dich haben sie ganz schön zugerichtet. Willst du einen Schluck?« Aus einem Metallkasten, der auf dem Boden der Draisine stand, holte er eine halbleere

Flasche mit einer trüben Brühe darin, schüttelte sie und reichte sie Artjom.

Dieser sprach sich Mut zu und nahm einen Schluck. Es rieb wie Sandpapier, doch dafür lockerte sich der innere Schraubstock ein wenig, in dem er sich seit Stunden befand. »Dann seid ihr also … Rote?«, fragte er vorsichtig.

»Wir sind Kommunisten. Revolutionäre!«, erwiderte Bansai stolz.

»Von der Roten Linie?«

»Nein, wir gehören zu uns selber. Aber das erklärt dir am besten der Genosse Kommissar. Er ist bei uns für Ideologie zuständig.«

Nach einiger Zeit kam Genosse Russakow mit zufriedenem Gesicht zurück. »Alles ruhig. Jetzt können wir Rast machen«, sagte er.

Es gab nichts, womit man ein Feuer hätte machen können. Also hängten sie einen Teekessel über einen Spirituskocher und teilten ein Stück kalte Schweinskeule miteinander. Für Revolutionäre ernährten sie sich erstaunlich gut.

»Nein, Genosse Artjom, wir kommen nicht von der Roten Linie«, erklärte Genosse Russakow ernst, nachdem Bansai ihm Artjoms Frage mitgeteilt hatte. »Dadurch, dass Genosse Moskwin auf die Revolution in der gesamten Metro verzichtet, sich von der Interstationale losgesagt und der revolutionären Tätigkeit seine Unterstützung versagt hat, hat er eine Stalin'sche Position eingenommen. Er ist ein Renegat und Opportunist. Die Genossen und ich vertreten dagegen eher die trotzkistische Linie. Auch eine Parallele zu Castro und Che Guevara lässt sich ziehen. Deshalb tragen wir ihn auch in unserem Banner.« Er deutete mit großer Geste auf den schlapp herabhängenden Lappen. »Wir sind der revolutionären Idee treu geblieben, im Gegensatz zu dem Kollaborateur Moskwin. Die Genossen und ich verurteilen seine Linie.«

»Aha, und von wem kriegst du dein Benzin?«, warf Onkel Fjodor ein, der weiter seine Selbstgedrehte paffte.

Genosse Russakow schoss in die Höhe und sah Onkel Fjodor vernichtend an. Dieser lachte höhnisch auf und vergrub sich tiefer in seiner Jacke.

Artjom begriff nichts von dem, was der Kommissar gesagt hatte, außer der Hauptsache: Mit den Roten, die Michail Porfirjewitschs Darm auf eine Stange wickeln und ihn selbst erschießen wollten, hatten diese hier wenig gemein. Das beruhigte ihn. Nun wollte er einen guten Eindruck machen. »Stalin, das ist doch der im Mausoleum, nicht?«, sagte er.

Offensichtlich hatte er es aber damit zu weit getrieben. Wütend verzerrten sich die ebenmäßige Gesichtszüge von Genosse Russakow, Bansai wandte sich empört ab, und sogar Onkel Fjodor runzelte die Stirn. Hastig korrigierte sich Artjom: »Ach nein, im Mausoleum, das ist ja Lenin!«

Die tiefen Falten auf Genosse Russakows Stirn glätteten sich wieder. »An Ihnen haben wir noch viel zu arbeiten, Genosse Artjom!«

Artjom gefiel der Gedanke gar nicht, dass Genosse Russakow an ihm arbeiten würde. Von Politik hatte er keine Ahnung – aber allmählich begann sie ihn zu interessieren. Er riskierte einen neuen Vorstoß. »Und warum seid ihr gegen die Faschisten? Also, ich bin ja auch gegen die, aber ihr seid doch Revolutionäre und …«

Genosse Russakow knirschte wild mit den Zähnen. »Das bekommen diese Schweine von uns wegen Spanien, Ernst Thälmann und dem Zweiten Weltkrieg!«

Obwohl Artjom wieder nichts verstanden hatte, verzichtete er darauf, ein weiteres Mal seine Ahnungslosigkeit unter Beweis zu stellen.

Heißes Wasser machte die Runde, und alle lebten auf. Bansai

begann Onkel Fjodor irgendwelche idiotischen Fragen zu stellen, einfach nur um ihn zu ärgern, während Maxim sich näher zu Genosse Russakow setzte und ihn mit gedämpfter Stimme fragte: »Sagen Sie, Genosse Russakow, was sagt der Marxismus-Leninismus über kopflose Mutanten? Mich beschäftigt das schon seit geraumer Zeit. Ich will ideologisch gefestigt sein, aber hier habe ich eine Lücke.« Mit schuldbewusstem Lächeln zeigte er seine blendend weißen Zähne.

Es dauerte ein wenig, bis der Kommissar antwortete. »Weißt du, Genosse Maxim, das ist keine einfache Frage.«

Auch Artjom hätte gerne gewusst, was die Mutanten aus politischer Sicht darstellten und ob sie wirklich existierten. Doch Genosse Russakow schwieg, und Artjoms Gedanken glitten wieder in jenes Fahrwasser zurück, aus dem sie dieser Tage einfach nicht herauskamen. Er musste unbedingt die Polis erreichen! Durch ein Wunder war er gerettet worden, hatte eine weitere Chance erhalten, vielleicht die letzte. Sein ganzer Körper schmerzte, das Atmen fiel ihm schwer, wenn er die Luft zu tief einsog, musste er husten, und ein Auge konnte er noch immer nicht öffnen. Wie gerne wäre er jetzt bei diesen Menschen geblieben! Bei ihnen fühlte er sich viel ruhiger und selbstsicherer, und die dichte Finsternis ringsum war nicht so bedrückend. Das Rascheln und Knarren, das aus dem Erdinneren hervordrang, beunruhigte ihn nicht, und er wünschte sich, diese Rast möge ewig dauern. Obwohl der Tod bereits seine eisernen Klauen um ihn gelegt hatte, war die klebrige Angst, die das Denken und den Körper lähmte, verflogen. Die letzten Reste, die sich unter dem Herzen und im Bauch noch verborgen hatten, hatte Onkel Fjodors höllisches Gebräu ausgebrannt. Mit Fjodor, dem unbekümmerten Bansai, dem ernsthaften Kommissar und dem hünenhaften Maxim-Lumumba fühlte er sich so leicht wie nie zuvor, seit er – vor hundert Jahren – von der *WDNCh* aufgebrochen war. Nichts von seiner früheren Habe war ihm geblieben. Das Gewehr, fast fünf volle Magazine, sein Pass, Verpflegung, Tee, zwei Taschenlampen – all das befand sich jetzt bei den Faschisten. Er besaß nur noch seine Jacke, die Hose und die Patronenhülse, die ihm der Henker in die Tasche gesteckt hatte. *Vielleicht kannst du ihn ja noch brauchen* … Was sollte er nun tun? Hierbleiben, bei den Kämpfern der Internationalen, in Gottes Namen auch Roten Che… Che… soundso Brigade? Ihr Leben teilen und das eigene vergessen?

Nein. Das durfte er nicht. Er durfte nicht eine Minute länger hierbleiben, durfte sich nicht ausruhen. Er hatte kein Recht dazu. Dies war nicht mehr sein eigenes Leben. Seit er Hunters Auftrag angenommen hatte, gehörte sein Schicksal nicht mehr ihm. Es war zu spät. Er musste gehen. Es gab keinen anderen Ausweg.

Lange saß er schweigend da und versuchte an nichts zu denken, doch mit jeder Sekunde reifte ein finsterer Entschluss in ihm heran, gar nicht so sehr in seinem Bewusstsein, vielmehr in den müden Gliedern, den gedehnten, schmerzenden Sehnen. Als hätte jemand aus einer Spielzeugpuppe die Sägespäne entfernt und den verbleibenden unförmigen Lappen auf ein steifes Drahtgestell aufgezogen. Er war nicht mehr derselbe, seine frühere Persönlichkeit war in kleinste Teilchen zerfallen, hatte sich wie die Sägespäne verflüchtigt, davongetragen von der Zugluft des Tunnels. Und in die zurückgebliebene Hülle hatte sich jemand anders eingenistet, der das verzweifelte Flehen des geschundenen, blutenden Körpers nicht hören wollte. Jemand, der jeden Wunsch aufzugeben, zu bleiben, sich auszuruhen, tatenlos zu sein, mit eisenbeschlagenem Absatz im Keim zertrat, noch bevor dieser bewusste Gestalt annahm. Dieser andere traf seine Entscheidungen auf der Ebene der Instinkte, der Muskelreflexe, des Rückenmarks, vorbei am Bewusstsein, in dem

Stille und Leere herrschten – und auf einmal brach der ewige innere Dialog mitten im Wort ab.

Es war, als löste sich in Artjom eine gespannte Feder. Mit hölzernen Bewegungen stand er auf, sodass der Kommissar ihn verwundert anblickte und Maxim sogar eine Hand auf sein Gewehr legte.

»Genosse Kommissar, können wir … reden?«, fragte Artjom mit tonloser Stimme.

Jetzt ließ auch Bansai von dem armen Onkel Fjodor ab und drehte sich beunruhigt um.

»Sprechen Sie nur, Genosse Artjom«, erwiderte der Kommissar bedächtig, »ich habe keine Geheimnisse vor meinen Kämpfern.«

»Verstehen Sie … Ich bin Ihnen allen sehr dankbar, dass Sie mich gerettet haben. Am liebsten würde ich hier bei Ihnen bleiben. Aber ich kann nicht. Ich muss weiter. Es … muss sein.«

Der Kommissar schwieg.

»Wohin musst du denn?«, fragte Onkel Fjodor.

Artjom kniff die Lippen zusammen und blickte zu Boden. Ein unangenehmes Schweigen breitete sich aus, und es schien ihm, als betrachteten sie ihn nun angespannt und misstrauisch, versuchten seine wahren Absichten zu erkennen. Ein Spion? Ein Verräter? Warum tat er so geheimnisvoll?

»Na gut, wenn du es nicht sagen willst, dann eben nicht«, sagte Onkel Fjodor versöhnlich.

»Zur Polis«, brach es aus Artjom heraus. Trotz allem wollte er nicht das Vertrauen und die Zuneigung dieser Menschen riskieren.

»Geschäfte?«

Artjom nickte schweigend.

»Dringende?«

Wieder nickte Artjom.

»Nun, sieh her, Junge. Wir werden dich nicht aufhalten. Wenn du uns nichts über deine Angelegenheiten erzählen willst, ist das deine Sache. Aber wir können dich doch nicht einfach so im Tunnel zurücklassen!« Onkel Fjodor wandte sich zu den anderen um. »Das können wir doch nicht, oder, Jungs?«

Bansai schüttelte entschieden den Kopf. Maxim nahm die Hand vom Lauf und bestätigte, auch er könne das auf keinen Fall. Genosse Russakow dagegen fragte streng: »Sind Sie bereit, Genosse Artjom, vor den Kämpfern unserer Brigade, die Ihnen das Leben gerettet hat, zu schwören, dass Sie mit Ihrer Aufgabe nicht planen, der Sache der Revolution zu schaden?«

»Ich schwöre«, erwiderte Artjom bereitwillig. Der Sache der Revolution wollte er wirklich nicht schaden. Er hatte Wichtigeres zu tun.

Genosse Russakow sah ihm lange und aufmerksam in die Augen und sprach schließlich das Urteil: »Genossen, Kämpfer! Ich persönlich glaube dem Genossen Artjom. Ich bitte um Zustimmung, dass wir ihm helfen, zur Polis zu kommen.«

Onkel Fjodor hob als Erster die Hand, und Artjom dachte unwillkürlich, dass er es gewesen war, der ihn aus der Schlinge gehoben hatte. Dann gab Maxim seine Zustimmung, und auch Bansai nickte.

»Sie müssen wissen, Genosse Artjom«, sagte der Kommissar, »unweit von hier gibt es eine weithin unbekannte Strecke, die die Samoskworezkaja-Linie mit der Roten Linie verbindet. Wir können Sie hinüber…«

Weiter kam er nicht, denn plötzlich sprang Karazjupa auf, der bis dahin friedlich zu ihren Füßen gelegen hatte, und fing ohrenbetäubend zu bellen an. Mit einer blitzartigen Bewegung zog Genosse Russakow eine glänzende TT-33 aus dem Halfter. Im gleichen Augenblick zog Bansai bereits an einem Kabel, um den Motor der Draisine anzuwerfen, nahm Maxim seine Position am hinteren Ende ein und holte Onkel Fjodor aus der Metallkiste, in der er seinen Selbstgebrannten lagerte, eine Flasche, aus deren Hals eine Lunte herausragte.

An dieser Stelle tauchte der Tunnel nach unten ab, sodass man kaum etwas erkennen konnte, doch der Hund bellte weiter aus Leibeskräften, und Artjom spürte deutlich die angespannte Stimmung.

»Gebt mir auch ein Gewehr«, bat er flüsternd.

Unweit flammte ein starker Scheinwerfer kurz auf und erlosch wieder, dann hörte man eine bellende Stimme kurze Befehle geben. Schwere Stiefel schlugen gegen Schwellen, jemand fluchte gedämpft. Karazjupa, dem der Kommissar das Maul zugehalten hatte, befreite sich und schlug wieder heftig an.

»Ich krieg sie nicht an«, murmelte Bansai gedämpft. »Jemand muss anschieben.«

Artjom stieg als Erster ab, darauf sprang Onkel Fjodor herunter, dann Maxim, und unter großer Anstrengung, die Stiefelsohlen gegen die schlüpfrigen Schwellen gestemmt, bewegten sie die Maschine vorwärts. Sie kam nur sehr langsam in Schwung – als der Motor schließlich mit einem hustenähnlichen Geräusch erwachte, waren die Stiefelschritte von hinten schon ganz nah zu hören.

»Feuer!«, ertönte das Kommando aus der Dunkelheit, und der enge Tunnelraum füllte sich mit Lärm. Mindestens vier Läufe krachten gleichzeitig los, Kugeln schwirrten ungeordnet herum, prallten funkend von der Tunnelwand ab, schlugen klingend gegen die Rohrleitungen.

Artjom fürchtete schon, sie würden nicht mehr davonkommen, doch da richtete sich Maxim, das Maschinengewehr in den Händen, zu voller Größe auf und gab eine lange Salve ab, worauf die Gewehre hinter ihnen verstummten. Nun hatte auch die Draisine Fahrt aufgenommen – am Ende mussten sie sogar laufen, um noch rechtzeitig auf die Plattform zu springen.

»Sie fliehen! Vorwärts!«, kam es von hinten, und wieder wurde von dort das Feuer eröffnet, nun mit dreifacher Kraft. Die meisten Kugeln trafen jedoch die Wände und die Decke des Tunnels.

Mit lässiger Bewegung hielt Onkel Fjodor einen Zigarettenstummel gegen die Lunte, sodass diese zischend in Brand geriet, wickelte die Flasche in einen Lappen und warf sie aufs Gleis. Einige Sekunden später leuchtete hinter ihnen alles in hellem Feuerschein auf, und es ertönte derselbe Knall, den Artjom gehört hatte, als man ihm die Schlinge um den Hals gelegt hatte.

»Noch eine! Und Rauch!«, befahl Genosse Russakow.

Eine motorisierte Draisine ist ein Wunderwerk, dachte Artjom, während ihre Verfolger sich weit hinten durch den Rauch kämpften. Die Maschine flog schnell dahin und passierte – zum Schrecken einiger Beobachter – die *Nowokusnezkaja*. Sie rasten mit solcher Geschwindigkeit vorbei, dass Artjom die Station gar nicht richtig betrachten konnte. So konnte er auch nichts Ungewöhnliches an ihr entdecken bis auf das Licht, das spärlich war, obwohl sich dort eigentlich nicht wenige Menschen befanden. Bansai flüsterte ihm zu, dies sei eine ungute Station, und die Bewohner seien sehr seltsam. Als sie das letzte Mal dort haltgemacht hatten, hätten sie es ziemlich bereut und seien gerade noch so davongekommen …

»Tut mir leid, Genosse, nun können wir dir doch nicht helfen.« Genosse Russakow war inzwischen zum »Du« übergegangen. »Wir können nun für einige Zeit nicht hierher zurück. Deshalb ziehen wir uns zu unserer Reservebasis an der *Awtosawodskaja* zurück. Wenn du willst, schließ dich uns an.«

Wieder musste Artjom sich überwinden und das Angebot

ausschlagen, doch nun fiel es ihm leichter. Eine fröhliche Verzweiflung hatte ihn gepackt. Die ganze Welt schien sich gegen ihn verschworen zu haben. Alles ging schief. Er entfernte sich vom Zentrum, vom ersehnten Ziel seiner Reise, und mit jeder Sekunde verlor dieses Ziel an Kontur, verschwand in der Finsternis, wurde unwirklich, abstrakt, unerreichbar. Diese Feindlichkeit der Welt gegenüber seiner Sache erfüllte ihn mit einer störrischen Wut, die sich auf seine Muskeln übertrug und in seinen matten Augen ein aufwieglerisches Feuer entfachte, das jegliche Angst, jegliches Gefühl für die Gefahr sowie jegliche Vernunft verdrängte. »Nein«, sagte er mit fester und ruhiger Stimme. »Ich muss gehen.«

Nach kurzem Schweigen erwiderte der Kommissar: »Dann fahren wir gemeinsam bis zur *Pawelezkaja* und trennen uns dort. Schade, Genosse Artjom. Wir können Kämpfer gebrauchen.«

Unweit der *Nowokusnezkaja* gabelte sich der Tunnel, und die Draisine bog nach links ab. Als Artjom fragte, was sich im rechten Tunnel befand, erklärte man ihm, dorthin sei ihnen der Weg versperrt: Ein paar hundert Meter weiter befand sich ein Vorposten der Hanse, eine wahre Festung. Dieser unscheinbare Tunnel führte nämlich gleich zu drei Ringstationen auf einmal: der *Oktjabrskaja*, der *Dobryninskaja* und der *Pawelezkaja*. Diese Verbindungsstrecke – ein wichtiges Ausgleichsventil – zu zerstören wäre unvernünftig gewesen. Genutzt wurde sie jedoch nur von den Geheimagenten der Hanse. Versuchte ein Fremder sich dem Vorposten zu nähern, wurde er vernichtet, bevor er noch Gelegenheit hatte, seine Absichten zu erklären.

Nach einiger Zeit kam die *Pawelezkaja* in Sicht. Artjom dachte, wie unglaublich viel schneller die Reise auf so einer Draisine doch verlief – fast wie zu Zeiten, als die Züge noch fuhren. Aber genau genommen hätte ein Fahrzeug ihm nur wenig geholfen.

Es gab ja nicht mehr viele Orte, wo man einfach so ungestört durchfahren konnte, höchstens wenn man auf dem Gebiet der Hanse war – oder eben auf dieser Strecke.

Nein, es gab keinen Anlass zu träumen. In dieser Welt kostete jeder Schritt unglaubliche Mühen, verursachte brennenden Schmerz. Jene Zeiten waren unwiederbringlich vorbei. Jene wunderbare, herrliche Welt war tot. Sie existierte nicht mehr. Und es hatte keinen Sinn, ihr ein Leben lang nachzutrauern.

Er musste auf ihr Grab spucken und durfte sich nie wieder danach umsehen.

# 10
# No pasarán!

Vor der *Pawelezkaja* waren keine Wachen zu sehen, nur ein Haufen Obdachlose saß etwa dreißig Meter vor dem Eingang zur Station auf den Gleisen. Mit respektvollen Blicken machten sie der Draisine Platz.

»Ist die Station etwa unbewohnt?«, fragte Artjom. Er versuchte seine Stimme so gleichgültig wie möglich klingen zu lassen, obwohl ihm der Gedanke gar nicht behagte, an einer verlassenen Station ohne Waffen, Verpflegung und Dokumente ausgesetzt zu werden.

Genosse Russakow sah ihn verwundert an. »Die *Pawelezkaja*? Aber nein, natürlich leben da Leute.«

»Und warum gibt es dann keine Wachposten?«

»He, das ist die *Pa-we-lez-ka-ja*«, sagte Bansai. »Die rührt doch keiner an.«

Artjom begriff, dass jener Weise aus der Antike recht gehabt hatte, der auf dem Totenbett behauptete, er wisse nur, dass er nichts wisse. Dass die *Pawelezkaja* unantastbar war, schien allen selbstverständlich zu sein und keiner weiteren Erklärung zu bedürfen.

»Du weißt nicht Bescheid?«, fragte Bansai ungläubig. »Dann kannst du dich gleich selbst davon überzeugen.«

Der Anblick der *Pawelezkaja* entfachte sofort Artjoms Fantasie. Die Decken waren hier so hoch, dass der flackernde Schein der Fackeln, die in Eisenringen an der Wand steckten, nicht bis hinauf reichte – ein einschüchterndes, schwindelerregendes Gefühl der Unendlichkeit.

Enorme Rundbögen ruhten auf schlanken Säulen, und es schien unerklärlich, wie diese ein so mächtiges Gewölbe tragen konnten. Den Raum zwischen den Bögen füllten Bronzeabgüsse, die von einer dunklen Patina überzogen waren, aber doch von einstiger Größe zeugten. Obwohl nur Hammer und Sichel darauf abgebildet waren, sahen diese halb vergessenen Symbole eines zerstörten Reiches noch genauso stolz und herausfordernd aus wie wohl zu der Zeit, als sie hergestellt wurden.

Die scheinbar endlose Säulenhalle, in zuckend blutrotes Licht getaucht, löste sich weit hinten in Dunkelheit auf, ohne dass sie dort zu enden schien. Als sei dies früher die Höhle eines Zyklopen gewesen, so riesig war alles an dieser Station.

Bansai legte den Leerlauf ein, und während die Draisine allmählich ausrollte, sog Artjom gierig den Anblick dieser absonderlichen Station auf. Was war hier los? Warum war diese Station bloß so unantastbar? Doch nicht deswegen, weil sie mehr einem unterirdischen Märchenpalast als einem Bauwerk des öffentlichen Nahverkehrs glich?

Als die Draisine schließlich zum Stillstand kam, bildete sich schnell eine Traube von ärmlich gekleideten, ungewaschenen Jungen aller Altersgruppen. Sie betrachteten die Maschine neidisch. Einer von ihnen sprang sogar auf die Gleise und berührte vorsichtig den Motor. Respektvoll schnalzte er mit der Zunge, dann jagte ihn Onkel Fjodor davon.

Der Kommissar unterbrach Artjoms Gedanken. »Hier trennen sich unsere Wege. Ich habe mich mit den Genossen beraten. Zum Abschied wollen wir dir etwas schenken.« Er hielt Artjom ein Sturmgewehr hin, das sie vermutlich einem der getöteten Wachleute abgenommen hatten. In seiner anderen Hand lag die Taschenlampe des schnauzbärtigen Faschisten. »Nimm es ruhig. Es ist alles Kriegsbeute, also gehört es dir. Wir würden gerne noch bleiben, aber wir müssen weiter. Wer weiß, wie weit uns diese Schweine noch verfolgen werden, doch weiter als bis zur *Pawelezkaja* werden sie sich nicht wagen.«

Zwar hatte Artjom seine alte Entschlossenheit und Willensstärke wiedererlangt, aber als Bansai ihm die Hand reichte und viel Erfolg wünschte, Maxim ihm freundschaftlich auf die Schultern klopfte und der bärtige Onkel Fjodor ihm die angebrochene Flasche mit seinem Gebräu hinhielt, weil er ihm nichts Besseres zu schenken wusste, krampfte sich sein Herz zusammen. »Mach's gut, Junge, wir sehen uns. Halt die Ohren steif!«, fügte Onkel Fjodor noch hinzu.

Genosse Russakow drückte ihm die Hand, dann nahm sein schönes Gesicht einen ernsten Ausdruck an. »Genosse Artjom! Zum Abschied möchte ich dir zwei Dinge sagen. Erstens: Glaube an deinen Stern. Wie Genosse Ernesto Che Guevara sagte: Hasta la victoria siempre! Und zweitens, und das ist das Wichtigste: NO PASARÁN!«

Die anderen hoben ihre rechte Faust und wiederholten die Beschwörungsformel im Chor: »No pasarán!« Artjom blieb nichts weiter übrig, als ebenfalls mit geballter Faust und in revolutionärem Brustton der Überzeugung »No pasarán!« zu rufen, obwohl ihm das ganze Ritual wie Hokuspokus vorkam. Offenbar hatte er alles richtig gemacht, denn Genosse Russakow sah ihn stolz und zufrieden an und salutierte feierlich.

Der Motor knatterte, stieß blaue Abgaswolken aus, und begleitet von einem Haufen freudig kreischender Kinder verschwand die Draisine im Dunkeln. Nun war Artjom wieder allein. Noch nie hatte er sich so weit von seiner Heimat entfernt.

Das Erste, was ihm auffiel, als er die Station entlang wanderte, waren die Uhren. Artjom zählte gleich vier. An der *WDNCh* war die Zeit eher ein Symbol gewesen: wie die Bücher oder die Versuche, eine Schule für die Kinder aufzubauen – ein Zeichen, dass die Bewohner weiterkämpften, dass sie sich nicht aufgaben, dass sie Menschen blieben. Hier jedoch schienen die Uhren eine andere, unvergleichbar wichtigere Rolle zu spielen.

Nachdem Artjom eine Weile umhergegangen war, bemerkte er weitere Besonderheiten: Zum einen sah er hier keine Wohnräume, lediglich einige aneinandergehängte Waggons, die auf dem zweiten Gleis standen. Ein Teil der Waggons verschwand im Tunnel, weshalb Artjom den Zug auch nicht gleich bemerkt hatte. Verschiedenste Händler, die seltsamsten Werkstätten, all das gab es hier zur Genüge, aber nicht ein einziges bewohnbares Zelt, nicht einmal einen Sichtschutz, hinter dem man hätte übernachten können. Nur einige wenige Bettler und Obdachlose lagen auf Pappkartons herum. Die umhereilenden Menschen hielten von Zeit zu Zeit vor den Uhren an, einige, die selbst Uhren hatten, verglichen diese mit den roten Ziffern auf der Anzeige und gingen dann wieder ihren Geschäften nach. Was wohl Khan zu alldem gesagt hätte?

Anders als in *Kitai-gorod,* wo man jedem Reisenden großes Interesse entgegenbrachte, ihm etwas verkaufen wollte oder ihn in ein Zelt zu locken versuchte, waren hier alle mit sich selbst beschäftigt. Für Artjom interessierte sich niemand, und das verstärkte nur noch das Gefühl der Einsamkeit.

Um sich von seiner zunehmenden Schwermut abzulenken, begann Artjom die Menschen genauer zu betrachten. Auf den ersten Blick hetzten, schrien, arbeiteten und stritten sich hier ganz normale Menschen, wie sonst überall auch. Doch je aufmerksamer er sie beobachtete, desto kälter lief es ihm den Rücken hinunter. Es waren viele Krüppel und Missgeburten darunter: Dem einen fehlten die Finger, die Haut des anderen war von ekelhaftem Schorf überzogen, und wieder jemand anderer hatte einen groben Stumpf, wo man ihm einen dritten Arm amputiert hatte. Den Erwachsenen fehlten oft die Haare, sie sahen kränklich aus, während gesunde, kräftige Menschen kaum zu sehen waren. Der Anblick dieser erbärmlichen, ja degenerierten Wesen kontrastierte geradezu schmerzhaft mit der düsteren Erhabenheit der Station.

In der Mitte des breiten Bahnsteigs führten zwei rechteckige Schächte in die Tiefe. Hier begann die Unterführung zur Ringstation. Doch waren weder Grenzbeamte noch irgendein Kontrollpunkt der Hanse zu sehen, wie etwa am *Prospekt Mira*. Artjom erinnerte sich: Jemand hatte erwähnt, dass die Hanse alle benachbarten Stationen in eisernem Griff hielt. Offenbar gab es hier also ein furchtbares Geheimnis.

Er ging nicht bis ganz zum Ende des Saals, sondern kaufte sich zunächst für fünf Patronen eine Schüssel gebratener Pilze und ein Glas fauligen, etwas bitter schmeckenden Wassers. Auf einer umgedrehten Plastikkiste, wie man sie früher für Glasflaschen verwendet hatte, fand er einen Platz und würgte das Zeug hinunter. Dann ging er zu dem Zug auf dem anderen Gleis in der Hoffnung, dort ein wenig ausruhen zu können. Er war mit seinen Kräften am Ende, sein Körper schmerzte noch immer von dem Verhör.

Dieser Zug war ganz anders als der in *Kitai-gorod*: Die Waggons waren leer und schäbig, teilweise sogar verbrannt und verschmort. Die weichen Lederpolster hatte man herausgerissen und weggeschafft. Überall waren vertrocknete Blutflecken zu sehen, und auf dem Boden glänzten unheilvoll Unmengen von Patronenhülsen. Dieser Ort war ein denkbar ungeeigneter Rastplatz – er erinnerte eher an eine Festung, die bereits mehrere Belagerungen überstanden hatte.

Während sich Artjom den Zug besah, war nicht viel Zeit vergangen, doch als er wieder auf den Bahnsteig hinaustrat, erkannte er die Station kaum wieder. Die Verkaufsstände waren verlassen, der Lärm abgeklungen, und außer ein paar Vagabunden, die unweit des Übergangs zur Hanse saßen, war keine Menschenseele mehr zu sehen. Auch war es deutlich dunkler geworden, nur in der Mitte des Saals brannten noch ein paar Fackeln, und in der Ferne, am gegenüberliegenden Ende, flackerte ein schwaches Lagerfeuer. Die Uhren zeigten kurz nach acht Uhr abends. Was war passiert? Artjom ging weiter, so schnell es ihm sein schmerzender Körper erlaubte. Den Übergang zur Hanse versperrten auf beiden Seiten nicht die üblichen Gatter, sondern schwere, eisenbeschlagene Tore. Das Tor an der zweiten Treppe stand ein wenig offen, und durch den Spalt konnte Artjom ein stabiles Gitter erkennen, das wie die Gefängniszellen an der *Twerskaja* aus dickem Bewehrungsstahl zusammengeschweißt war. Dahinter stand ein kleiner Tisch mit einer schwachen Lampe, an dem ein Wachmann in einer ausgeblichenen graublauen Uniform saß.

»Nach acht Uhr kein Zugang«, erwiderte er mechanisch auf Artjoms Bitte, ihn einzulassen. »Erst wieder um sechs Uhr.« Dann wandte er sich ab. Das Gespräch war beendet.

Artjom war wie vor den Kopf geschlagen. Warum gab es nach acht Uhr kein Leben mehr auf dieser Station? Was tun? Die Obdachlosen, die mit ihren Pappschachteln herumhantierten, wirkten so abstoßend auf ihn, dass er beschloss, sein Glück bei dem Lagerfeuer am anderen Ende des Saals zu suchen.

Bereits aus der Ferne jedoch erkannte er, dass es sich nicht um eine Ansammlung von Landstreichern handelte, sondern um so etwas wie einen Grenzposten: Vor dem Feuer waren kräftige männliche Gestalten zu sehen, die scharfen Umrisse von Gewehrläufen zeichneten sich ab. Aber was gab es dort zu bewachen? Einen Posten stellte man doch im Tunnel auf, je weiter draußen, desto besser, aber das hier … Wenn tatsächlich irgendetwas aus dem Tunnel gekrochen kam oder Banditen einen Überfall starteten, würden diese Wachen nichts mehr ausrichten können.

Während er sich näherte, bemerkte Artjom noch etwas: Hinter dem Feuer flammte von Zeit zu Zeit ein heller weißer Strahl auf, der zwar nach oben gerichtet, aber seltsam kurz war, als hätte man ihn abgeschnitten. Er stieß nicht gegen die Decke, sondern verschwand einfach, allen Gesetzen der Physik zum Trotz, nach ein paar Metern. Dieser Scheinwerfer leuchtete nur in bestimmten, nicht sehr häufigen Intervallen auf, weswegen ihn Artjom zuvor nicht bemerkt hatte. Was konnte das sein?

Er kam beim Feuer an, grüßte höflich, erklärte, er sei auf Durchreise und habe aus Unwissenheit das Schließen der Tore verpasst, und fragte, ob er sich hier ausruhen dürfe.

»Ausruhen?«, fragte ihn der nächstsitzende Wachmann, ein dunkelhaariger Typ mit großer, fleischiger Nase, eher klein gewachsen, aber offenbar sehr stark. »Junger Mann, von Ausruhen kann hier keine Rede sein. Sie können von Glück sagen, wenn Sie den morgigen Tag erleben.«

Auf die Frage, was denn so gefährlich sei, antwortete der Mann nicht, sondern deutete nur mit dem Kopf über seine Schulter, dorthin, wo sich der Scheinwerfer befand. Die anderen Männer waren in ein Gespräch vertieft und achteten nicht weiter auf Artjom. Also beschloss er, der Sache auf den Grund zu gehen, und ging zu dem Scheinwerfer hinüber.

Was er dort sah, versetzte ihn in Erstaunen, erklärte jedoch vieles.

Ganz am Ende des Saales stand eine kleine Kabine. Ringsum waren Sandsäcke aufgeschichtet, an einigen Stellen hatte man massive Stahlbleche montiert, und einer der Wachhabenden war gerade dabei, eine furchterregende Waffe zu enthüllen. Der andere saß in der Kabine, auf der sich der nach oben gerichtete Scheinwerfer befand. Nach oben … Hier gab es keine Sperre, keinerlei Barriere. Unmittelbar hinter der Kabine begannen die Stufen der Rolltreppen, die zur Oberfläche führten. Und genau dorthin leuchtete der Lichtstrahl des Scheinwerfers, wanderte unruhig von Wand zu Wand, als versuche er etwas in dieser absoluten Finsternis zu erkennen, doch alles, was er erfasste, waren Lampengestelle, die mit etwas Braunem überwuchert waren, und die feuchte Decke, von der der Putz in riesigen Fetzen herabhing. Dahinter … war nichts weiter zu sehen.

Nun war alles klar. Aus irgendeinem Grund gab es hier kein Stahltor, das die Station von der Oberfläche abschottete. Weder hier unten noch weiter oben. Die *Pawelezkaja* war direkt mit der Außenwelt verbunden, und ihre Bewohner lebten in der ständigen Gefahr einer Invasion. Sie atmeten kontaminierte Luft, tranken verseuchtes Wasser – wahrscheinlich hatte es deswegen so seltsam geschmeckt. Dies war auch der Grund, warum so viele junge Leute hier Mutationen hatten. Deshalb machten die Älteren einen so kränklichen Eindruck. Es war die Strahlenkrankheit, die ihre Schädel kahl und glänzend aussehen ließ, ihre Körper ausgezehrt hatte und sie langsam bei lebendigem Leib zerfraß.

Doch dies war offenbar noch nicht alles. Wie war es zu erklären, dass die gesamte Station nach acht Uhr ausstarb und dass der dunkelhaarige Wachmann am Feuer gesagt hatte, wenn er bis zum Morgen überlebe, könne er von Glück sprechen?

Nach kurzem Zögern näherte sich Artjom dem Mann in der Kabine und grüßte ihn.

»Guten Abend«, entgegnete dieser. Er war um die fünfzig, jedoch fast kahl. Die verbliebenen grauen Haare hingen wirr um die Schläfen und am Hinterkopf herab, die dunklen Augen sahen Artjom interessiert an, und unter der simplen, mit Schleifen festgebundenen kugelsicheren Weste wölbte sich ein kleiner Bauch. Auf seiner Brust hingen ein Fernglas und daneben eine Pfeife. Er deutete auf einen der Sandsäcke. »Setz dich ruhig. Die da hinten machen sich ein schönes Leben und haben mich hier ganz allein gelassen. Jetzt kann ich mich wenigstens mit dir unterhalten. Wer hat dein Auge so zugerichtet?«

Sie wechselten ein paar Worte, dann wies der Mann betrübt auf den Treppenaufgang und sagte: »Wir schaffen es einfach nicht, etwas Anständiges zusammenzubauen. Stahl hilft nicht, wir bräuchten Beton. Mit Stahl haben wir's schon probiert, ohne Erfolg. Sobald der Herbst kommt, spült das Wasser hier alles weg. Erst sammelt es sich auf der anderen Seite, und irgendwann bricht es durch ... Das war schon ein paar Mal so, und es hat viele von uns dabei erwischt. Seither versuchen wir es eben so. Bloß haben wir jetzt kein ruhiges Leben mehr. Jede Nacht warten wir, dass irgendwas angekrochen kommt. Tagsüber lassen sie uns ja in Ruhe. Entweder sie schlafen, oder sie streifen an der Oberfläche herum. Aber sobald es dunkel wird, tanzt hier der Bär ... Na gut, wir haben uns darauf eingerichtet. Nach acht gehen hier alle nach unten in den Durchgang. Dort wohnen wir auch, hier oben machen wir nur Geschäfte. Warte ...« Der Mann legte einen Schalter um, und der Scheinwerfer flammte grell auf. Erst nachdem der weiße Strahl alle drei Rolltreppen abgesucht hatte, die Decken und Wände entlanggewandert und dann wieder erloschen war, sprach der Posten mit gesenkter Stimme weiter: »Dort oben ist der Pawelezer Bahnhof. Zumindest war er dort mal. Ein verfluchter Ort. Ich weiß nicht, wohin die Gleise führen, jedenfalls tun sich da jetzt furchtbare Dinge. Manchmal hört man Geräusche, da bekommst du Gänsehaut. Und wenn welche von ihnen hier runter wollen ... Nun, wir nennen sie ›Besucher‹. Wegen dem Bahnhof. Macht das Ganze ein bisschen erträglicher. Ein paar Mal schon haben stärkere ›Besucher‹ diesen Posten hier überrannt. Hast du den halben Zug gesehen, der da auf dem Gleis steht? Bis dorthin sind sie gekommen. Die Unterführung hätte man ihnen ja niemals überlassen, da sind schließlich Frauen und Kinder drin. Wenn sie es bis dorthin geschafft hätten, wäre es aus gewesen. Unsere Männer wussten das natürlich, haben sich bis zum Zug zurückgezogen, sich dort verschanzt und einige dieser Biester erledigt. Aber auch sie selbst … Nur zwei von zehn sind damals am Leben geblieben. Einer der ›Besucher‹ hat sich in den Tunnel zur *Nowokusnezkaja* durchgeschlagen. Am nächsten Morgen wollten sie ihn aufspüren – er hatte eine dicke Schleimspur hinterlassen –, aber er ist in einen Seitentunnel nach unten abgebogen, und da gehen wir nicht rein. Wir haben schon genug Probleme.«

Artjom musste an Bansais Worte denken. »Ich habe gehört, dass die *Pawelezkaja* von anderen Stationen niemals angegriffen wird. Stimmt das?«

»Natürlich.« Der Posten nickte und setzte eine wichtige Miene auf. »Wer will uns schon was tun? Wenn wir nicht die Stellung halten, verteilen sich diese Biester von hier über die gesamte Linie. Deshalb lässt man uns in Ruhe. Die Hanse hat uns sogar den gesamten Korridor bis zur Ringstation überlassen, nur ganz am Ende haben sie einen Posten stationiert. Manchmal stecken sie uns Waffen zu, damit wir ihnen weiter Deckung geben. Selber wollen sie sich die Hände ja nie schmutzig machen, das kann ich dir sagen. Wie heißt du noch mal? Ah, Artjom. Und ich Mark. Augenblick, irgendwas raschelt da …« Hastig ließ er den Scheinwerfer aufflammen. »Nein, wahrscheinlich falscher Alarm.«

Allmählich fühlte Artjom ein beklemmendes Gefühl der Gefahr in sich aufsteigen. Gemeinsam mit Mark starrte er angestrengt hinauf, und dort, wo jener nur die Schatten zerborstener Lampen sah, glaubte Artjom die Umrisse unheilvoller Fantasiegeschöpfe zu erkennen. Zuerst dachte er, die Einbildung gehe mit ihm durch, doch als der Lichtstrahl wieder an einer dieser bizarren Silhouetten vorbeifuhr, war es ihm, als bewegte sie sich kaum merklich. »Warten Sie«, flüsterte er. »Leuchten Sie noch mal in die Ecke dort, wo dieser große Spalt ist, schnell ...«

Wie festgenagelt von dem grellen Licht, irgendwo weit weg, noch in der oberen Hälfte der Treppe, erstarrte etwas Großes, Knochiges einen Moment lang, bevor es blitzschnell abtauchte. Mit zitternden Fingern griff Mark nach der Pfeife und blies aus Leibeskräften. Im selben Augenblick sprangen die Männer am Feuer auf und rannten herbei.

Es gab noch einen zweiten Scheinwerfer, etwas schwächer, dafür aber kombiniert mit einem ungewöhnlich schweren Maschinengewehr. Artjom hatte so eine Waffe noch nie gesehen: Der lange Lauf endete in einer konischen Mündung, das Visier erinnerte an ein Spinnennetz, und die Munition kam aus einem fett glänzenden Patronengurt.

»Da ist er, neben Nummer zehn!«, rief ein hagerer Mann mit heiserer Stimme, der plötzlich neben Mark aufgetaucht war und den »Besucher« mit dem Lichtstrahl erfasste. »Gib mir das Fernglas ... Ljocha! Nummer zehn, rechte Reihe!«

»Verstanden. So, Freundchen, herzlich willkommen. Bleib nur ruhig sitzen«, murmelte der MG-Schütze und richtete die Waffe auf den geduckten schwarzen Schatten. »Bleib drauf!«

Eine ohrenbetäubende Salve donnerte los, die zehnte Lampe von unten zerbarst in tausend Splitter. Lautes Kreischen ertönte.

»Sieht aus, als hätten wir ihn«, stellte der Hagere fest. »Leuchte noch mal hin ... Da liegt er. Das war's, du alte Sau.«

Noch mindestens eine Stunde lang hörte man von oben schweres, fast menschenähnliches Stöhnen. Nach einer Weile hielt es Artjom nicht mehr aus und schlug vor, dem »Besucher« einen Gnadenschuss zu verpassen, damit er sich nicht quälte. Doch als Antwort bekam er zu hören: »Wenn du willst, geh doch selber rauf. Das hier ist keine Schießbude, junger Mann, für uns zählt jede Patrone.«

Als Mark abgelöst wurde, kehrte Artjom mit ihm zum Feuer zurück. Dort zündete sich Mark eine Selbstgedrehte an und hing seinen Gedanken nach, während Artjom dem allgemeinen Gespräch lauschte. Gerade hatte ein bulliger Mann mit flacher Stirn und mächtigem Stiernacken das Wort ergriffen: »Gestern hat Ljocha von den Krishnas erzählt, die am *Oktjabrskoje Pole* sitzen und ins Kurtschatow-Institut wollen, um dort den Atomreaktor zu sprengen und uns alle ins Nirwana zu bringen. Aber sie kriegen's wohl einfach nicht gebacken. Da hab ich natürlich gleich daran denken müssen, was mir vor vier Jahren passiert ist, als ich noch an der *Sawjolowskaja* wohnte. Einmal musste ich da nämlich wegen irgendwelcher Geschäfte zur *Belorusskaja*. Zum Glück hatte ich damals Beziehungen an der *Nowoslobodskaja*, ich konnte also direkt über die Hanse gehen. Komm ich also in null Komma nichts an der *Belorusskaja* an, treffe meinen Partner, und wir machen unseren Deal. Ich denk mir natürlich, das muss gefeiert werden. Er sagt zu mir, sei bloß vorsichtig, Betrunkene verschwinden hier oft. Darauf ich zu ihm: Ach komm, hör doch auf, so ein Geschäft muss man doch begießen. Na ja, jedenfalls haben wir dann zu zweit eine Flasche gekillt. Das Letzte, woran ich mich noch erinnere, ist, wie er auf allen vieren herumkriecht und schreit: ›Ich bin *Lunochod-1*!‹ Als ich aufwache, merke ich, mein lieber Mann, ich bin ja gefesselt und geknebelt, mein Schädel ist kahl rasiert, und ich liege in irgend so ner Kammer, wahrscheinlich nem ehemaligen Bullenzimmer. Was für ein Kreuz, denke ich. Nach einer halben Stunde kommen irgendwelche Typen und zerren mich am Kragen raus in den Saal. Wo ich bin, keine Ahnung, alle Bezeichnungen sind abgerissen, die Wände mit irgendwas beschmiert, der Boden voller Blut. Feuer brennen überall, fast die ganze Station ist umgegraben, und mittendrin führt eine riesige Grube mindestens zwanzig, dreißig Meter nach unten. Auf dem Boden und an der Decke sind so Sterne, mit einer Linie, ihr wisst schon, wie von einem Kind gemalt. Zuerst denk ich mir, ich werde doch nicht unter die Roten gekommen sein? Aber dann sehe ich mich um: Schaut nicht so aus. Die Typen bringen mich an den Rand der Grube, ein Seil führt nach unten, und ich soll da runterklettern. Von hinten schubsen sie noch mit ner AK-47 nach. Ich schau hin – ein Haufen Leute sind da unten mit Brecheisen und Schaufeln und machen die Grube noch tiefer. Die Erde holen sie mit einer Winde nach oben, kippen sie in kleine Waggons und fahren sie irgendwo hin. Es ist nichts zu machen – die Typen mit den Kalaschnikows sind total durchgeknallt, alle von Kopf bis Fuß tätowiert. Ich denk gleich an irgendwelche Kriminellen. Vielleicht bin ich ja in irgendeinem Knast gelandet, und die Typen hier wollen einen Tunnel graben, um zu fliehen. Und dafür lassen sie das junge Gemüse ackern. Aber dann denk ich mir, so ein Quatsch. Was soll denn ein Knast in der Metro, schließlich gibt es doch auch keine Bullen mehr? Ich sag ihnen, ich hab Höhenangst, ich fall den anderen da unten sicher auf den Kopf, und das bringt euch gar nichts. Sie beraten sich und verdonnern mich schließlich zu ner anderen Arbeit: Ich soll die Erde, die von unten hochkommt, in die Loren kippen. Handschellen haben sie mir angelegt, die Schweine, irgendwelche Ketten hab ich an den Füßen, und damit soll ich dann arbeiten. Dabei kapier ich noch immer nicht, was das Ganze eigentlich soll. Die Arbeit war, ehrlich gesagt, ziemlich heftig. Für mich jetzt nicht so« – der Mann bewegte seine breiten Schultern –, »aber da gab es einige, die schwächer waren. Sobald einer von denen schlappmachte, wurde er gleich zu den Treppen geschleift. Später bin ich da mal vorbeigegangen. Die haben da so eine Art Holzblock, wie früher auf dem Roten Platz, wo man den Leuten die Köpfe abhaut. Ein riesiges Beil steckt drin, überall nur Blut und ein paar aufgespießte Köpfe. Mir wäre beinahe übel geworden. Nee, denk ich mir, du musst die Beine in die Hand nehmen, solange sie dich noch nicht ausgestopft haben.«

»Sag schon, was waren das für Typen?«, unterbrach der Heisere, der den Scheinwerfer bedient hatte.

»Ich hab später die anderen gefragt, mit denen ich die Waggons beladen habe. Und weißt du was? Es waren Satanisten. Die hatten offenbar beschlossen, dass das Ende der Welt schon da ist, und die Metro ist das Tor zur Hölle. Er hat noch von irgendwelchen Kreisen gesprochen, ich weiß nicht mehr … Jedenfalls glaubten die Typen, dass die Hölle selbst direkt unter ihnen liegt und der Teufel dort auf sie wartet, man muss nur zu ihm durchdringen. Und so buddelten sie eben. Seither sind vier Jahre vergangen. Vielleicht sind sie ja schon angekommen.«

»Wo ist das?«, fragte der MG-Schütze.

»Keine Ahnung, ich schwör's dir. Schau, wie ich da rausgekommen bin: Die anderen haben mich in einen Waggon geworfen, als die Wachen gerade nicht hinguckten, und dann haben sie mich mit Erde bedeckt. Dann wurde ich lange hin und her gefahren, bis sie mich schließlich rausgeschüttet haben. Ich bin irgendwo tief runtergefallen und wurde ohnmächtig. Als ich wieder aufwachte, bin ich ein Stück weitergekrochen, kam bei irgendwelchen Gleisen an, denen bin ich dann gefolgt. Diese Gleise kreuzten sich dann mit anderen, und genau da war ich wieder weg. Irgendjemand muss mich dann aufgehoben haben, denn als ich aufwachte, war ich an der *Dubrowka*. Und der gute Mensch, der mich dahin gebracht hatte, war schon wieder verschwunden. Woher soll ich also wissen, wo das alles passiert ist?«

Dann kam das Gespräch darauf, dass Gerüchten zufolge an der *Ploschtschad Iljitscha* und an der *Rimskaja* eine Epidemie ausgebrochen war, die viele Menschen dahingerafft hatte, doch Artjom hörte nicht richtig hin. Der Gedanke, dass die Metro der Vorhof zur Hölle war, oder sogar ihr erster Kreis, hypnotisierte ihn. Vor seinen Augen sah er dieses unheimliche Bild: Hunderte von Menschen liefen umher wie Ameisen und hoben von Hand eine endlose Grube aus, einen Schacht ins Nichts. Und auf einmal drang eine der Brechstangen seltsam leicht in den Boden ein, brach durch – und nun würden Metro und Hölle endgültig eins.

Dann musste er daran denken, dass diese Station hier fast genauso lebte wie die *WDNCh*: Ständig wurde sie von wilden Kreaturen attackiert und musste diesem Ansturm ganz allein standhalten. Wenn die *Pawelezkaja* fiel, würden sich diese Monster über die ganze Linie ausbreiten. Also war das Schicksal der *WDNCh* doch kein Einzelfall, wie er immer geglaubt hatte. Wer weiß, wie viele andere Stationen in der Metro noch ihre Linien schützten, auch wenn sie eigentlich gar nicht für das Allgemeinwohl, sondern nur um ihre eigene Haut kämpften? Natürlich bestand immer die Möglichkeit, zurückzuweichen, sich ins Zentrum zurückzuziehen, die Tunnel zu sprengen. Doch dann würde ihr Lebensraum immer enger werden – bis sich die Überlebenden schließlich auf einem winzigen Fleck zusammendrängten und sich gegenseitig an die Kehle gingen.

Aber wenn die *WDNCh* gar nicht so besonders war, wenn es noch andere Zugänge zur Oberfläche gab, die man nicht schließen konnte, so hieß das ... Wie erstarrt hielt Artjom inne, verbot sich, weiter zu denken. Was sich da meldete, war nur die verräterische, schmeichelnde Stimme der Schwäche, die ihm Argumente lieferte, seine Reise abzubrechen, sein Ziel nicht weiter zu verfolgen. Dem durfte er nicht nachgeben, dieser Weg führte in die Sackgasse.

Um sich abzulenken, wandte er sich erneut dem Gespräch der anderen zu. Sie diskutierten gerade die Chancen eines gewissen Puschok auf den Sieg, dann begann der Heisere zu berichten, irgendwelche Irren hätten *Kitai-gorod* überfallen und einen Haufen Leute niedergemacht. Die herbeigeeilten Kalugaer Brüder hätten sie jedoch besiegt, und die Killer hätten sich zur *Taganskaja* zurückgezogen. Artjom wollte schon einwenden, nicht zur *Taganskaja*, sondern zur *Tretjakowskaja*, doch da mischte sich ein sehniger Typ ein, dessen Gesicht nicht zu erkennen war, und behauptete, die Kalugaer seien von *Kitaigorod* vertrieben worden und die Station werde jetzt von einer neuen Gruppierung kontrolliert, von der bisher niemand etwas gehört habe. Der Heisere fing an, sich heftig mit dem Kerl zu streiten, sodass Artjom bald wegnickte. Diesmal träumte er nichts und schlief so fest, dass er nicht einmal aufwachte, als erneut ein warnender Pfiff ertönte und alle von ihren Plätzen aufsprangen. Offenbar war es ein Fehlalarm, denn es folgten keine Schüsse.

Als Mark ihn endlich weckte, zeigten die Uhren bereits auf dreiviertel sechs.

»Aufstehen, unsere Schicht ist zu Ende!« Mark schüttelte ihn fröhlich an der Schulter. »Gehen wir, ich zeige dir den Durchgang. Hast du einen Pass?«

Artjom schüttelte den Kopf.

»Macht nichts, das kriegen wir schon hin.«

Tatsächlich waren sie bereits wenige Minuten später in besagter Unterführung – während der Wachmann mit zufriedenem Pfeifen zwei Patronen in seiner Hand rollte.

Der Gang war außerordentlich lang, länger als die Station selbst. An der einen Wand waren Schirme aus Segeltuch gespannt, darüber brannten helle Lampen. Auf der gegenüberliegenden Seite verlief ein langer, aber ziemlich flacher Zaun.

»Dies ist einer der längsten Übergänge in der ganzen Metro«, erklärte Mark stolz. »Der Zaun? Weißt du das etwa nicht? Das ist doch überall bekannt! Die meisten Leute kommen nur deswegen hierher. Jetzt ist es noch zu früh, am besten ist es abends, wenn die Station geschlossen ist und die Menschen Feierabend haben. Aber vielleicht gibt es ja heute tagsüber eine Qualifikation. Nein, du hast wirklich noch nie davon gehört? Wir machen hier Rattenrennen, mit richtigen Wetteinsätzen. Wir nennen es Hippodrom. Ist ja ein Ding, ich dachte, jeder kennt das. Spielst du gerne? Ich schon.«

Artjom wollte sich natürlich gerne das Rennen ansehen, doch er hatte Glücksspiele nie besonders gemocht. Zumal ihn jetzt, da er so lange geschlafen hatte, ein düsteres Schuldgefühl plagte. Er durfte nicht bis zum Abend warten. Er durfte überhaupt nicht mehr warten. Er musste weiter, hatte ohnehin schon zu viel Zeit verloren ... Aber der Weg zur Polis verlief über die Hanse, daran führte nichts mehr vorbei. »Ich werde wahrscheinlich nicht bis zum Abend bleiben können«, sagte er. »Ich muss weiter – zur *Poljanka*.«

Mark runzelte die Stirn. »Das geht nur über die Hanse. Und wie willst du da durch, wenn du nicht nur kein Visum, sondern nicht einmal einen Pass hast? Da kann ich dir nicht mehr helfen, mein Freund. Das heißt, eine Idee hätte ich schon. Der Chef der *Pawelezkaja* – nicht von unserer Seite, sondern vom Ring – ist ein begeisterter Anhänger unserer Rennen. Seine Ratte, sie heißt Pirat, ist hier der große Favorit. Er taucht jeden Abend auf, begleitet von seiner Leibwache und mit Glanz und Gloria. Wenn du willst, spiel gegen ihn.«

»Aber ich habe doch nichts, was ich einsetzen könnte.«

»Du kannst dich selbst als Einsatz anbieten, als Diener. Wenn du willst, tue ich es für dich.« Marks Augen blitzten leidenschaftlich. »Wenn wir gewinnen, bekommst du dein Visum. Wenn wir verlieren, kommst du auch hinüber, allerdings liegt es dann bei dir, wie du dich aus der Affäre ziehst. Wäre das nichts?«

Artjom gefiel dieser Plan überhaupt nicht. Sich selbst in die Sklaverei zu verkaufen – mehr noch, sich bei einem Rattenrennen zu verspielen –, war irgendwie unter seiner Würde. Er beschloss, sich auf anderem Wege zur Hanse durchzuschlagen.

Einige Stunden lang umschlich er die unbeweglichen Grenzsoldaten in ihrer grauen Tarnuniform – derselben wie am *Prospekt Mira* –, versuchte mit ihnen ins Gespräch zu kommen, jedoch ohne Erfolg. Als einer davon ihn schließlich als Einauge bezeichnete – was nicht fair war, denn das linke Auge tat zwar noch höllisch weh, begann sich aber bereits wieder zu öffnen – und ihm empfahl, Leine zu ziehen, ließ Artjom diese fruchtlosen Bemühungen sein und hielt nach besonders finsteren und verdächtigen Personen Ausschau, Waffen- oder Drogenhändlern, kurz: all jenen, die sich vielleicht mit Schmuggel auskannten. Doch niemand war bereit, Artjom gegen sein Gewehr und seine Lampe zur Hanse hinüberzuschleusen.

Als es Abend wurde, saß er schließlich in stiller Verzweiflung auf dem Boden herum und quälte sich mit Selbstvorwürfen. Allmählich kam Leben in den langen Gang, die Erwachsenen kehrten von der Arbeit zurück, aßen mit ihren Familien, die Kinder spielten noch ein wenig, ehe sie ins Bett gebracht wurden, und als die Tore zugesperrt wurden, kamen alle aus ihren Zelten heraus und versammelten sich an der Rennbahn. Es waren mindestens dreihundert Menschen. Man unterhielt sich darüber, wie gut Pirat heute laufen würde und ob es Puschok jemals gelingen würde, ihn zu überholen. Auch die Namen anderer Wettkämpfer wurden erwähnt, doch diese beiden waren offenbar der Konkurrenz weit voraus.

Mit wichtiger Miene trugen die Besitzer ihre wohlgenährten Schützlinge in kleinen Käfigen zum Start. Der Chef der Ringstation war noch nicht zu sehen, und auch Mark war wie vom Erdboden verschwunden. Artjom befürchtete sogar, dass sein neuer Bekannter heute wieder Wache schieben musste und deshalb gar nicht kommen würde. Wie würde er dann mitspielen können?

Schließlich zeigte sich am anderen Ende des Korridors eine kleine Prozession. Ein kahl rasierter alter Mann mit stattlichem, gut gepflegtem Schnurrbart, Brille und in einem strengen schwarzen Anzug bewegte seinen schweren Körper mit würdevollen Schritten vorwärts, begleitet von zwei finsteren Bodyguards. Einer der beiden hielt einen mit rotem Samt gepolsterten Korb, bei dem eine Wand vergittert war und in dem etwas Graues hin und her raste. Dies war offenbar der berühmte Pirat.

Der Bodyguard trug den Korb mit der Ratte zur Startlinie, während der schnauzbärtige Alte zum Schiedsrichtertisch trat. Mit einer herrischen Bewegung verjagte er den Schiedsrichterassistenten von dessen Stuhl, setzte sich ächzend auf den frei gewordenen Platz und begann ein gesittetes Gespräch mit dem Schiedsrichter. Der zweite Leibwächter stellte sich breitbeinig mit dem Rücken zum Tisch und legte die Hände auf das kurze, schwarze Automatikgewehr, das vor seiner Brust hing. Auf eine derart Respekt einflößende Person zuzugehen und erst recht ihr eine Wette anzubieten verlangte allerhand Mut.

Plötzlich sah Artjom, wie sich Mark dem Mann näherte, sich den ungewaschenen Kopf kratzte und auf den Schiedsrichter einzureden begann. Von Weitem war nur zu sehen, wie der schnurrbärtige Alte zunächst einen hochroten Kopf bekam, dann eine Grimasse schnitt und schließlich unzufrieden nickte, die Brille abnahm und sie sorgfältig zu putzen begann.

Artjom bahnte sich einen Weg durch die Menge zum Start, wo Mark bereits auf ihn wartete.

»Alles in Butter!«, rief dieser ihm zu und rieb sich die Hände. Darauf erklärte er Artjom, dass er dem Alten soeben eine persönliche Wette gegen Pirat aufgeschwatzt hatte. Er hatte behauptet, seine neue Ratte würde den Favoriten schon beim ersten Lauf besiegen. Dabei habe er Artjom als Person einsetzen müssen, im Gegenzug jedoch für ihn und sich selbst je ein Visum für die gesamte Hanse gefordert. Der Stationschef habe dieses Angebot zwar abgelehnt, da er nicht mit Arbeitskräften handelte – Artjom seufzte erleichtert –, jedoch hinzugefügt, eine derart anmaßende Frechheit müsse bestraft werden. Wenn ihre Ratte verlor, müssten Mark und Artjom ein Jahr lang die Latrinen der Ringstation reinigen. Gewann sie, so bekämen sie beide ihre Visa. Natürlich war der Stationschef überzeugt, dass diese Möglichkeit völlig ausgeschlossen war, nur deswegen hatte er sich darauf eingelassen. Sollte es diesen dahergelaufenen Schnöseln, die es gewagt hatten, seinen Liebling herauszufordern, eine Lehre sein!

»Haben Sie denn überhaupt eine Ratte?«, erkundigte sich Artjom vorsichtig.

»Natürlich«, beruhigte ihn Mark. »Ein richtiges Biest! Sie wird diesen Piraten in Stücke reißen! Wenn du wüsstest, wie sie mir heute wieder davongelaufen ist. Beinahe wäre sie mir sogar entwischt. Fast bis zur *Nowokusnezkaja* bin ich ihr hinterher gelaufen.«

»Wie heißt sie denn?«

»Wie sie heißt? Ja, wie heißt sie eigentlich? Na, sagen wir, Raketa. Klingt doch gefährlich, nicht?«

Als sich jedoch herausstellte, dass Mark seine Ratte erst an diesem Morgen gefangen hatte, platzte es aus Artjom heraus: »Und woher wollen Sie wissen, dass sie gewinnt?«

»Ich glaube an sie, mein Freund! Und überhaupt wollte ich immer schon mal eine Ratte haben. Bisher habe ich immer auf fremde gesetzt, und die haben alle verloren. Also dachte ich mir, macht nichts, eines Tages werde ich meine eigene haben, und die wird mir Glück bringen. Ich habe mich aber nie dazu entschlossen, denn das ist nicht so einfach, man braucht dazu die Genehmigung des Schiedsrichters, und das ist ein ewiges Hin und Her. Da wartet man ein halbes Leben drauf, am Ende frisst mich noch irgend so ein ›Besucher‹ auf, oder ich sterbe einfach so, ohne jemals eine eigene Ratte gehabt zu haben. Aber als du mir begegnet bist, habe ich mir gedacht: Das ist deine Chance, jetzt oder nie! Wenn du es jetzt nicht riskierst, wirst du dein ganzes Leben lang nur auf fremde Ratten setzen. Und deshalb habe ich beschlossen: Wenn schon spielen, dann gleich im großen Stil. Natürlich will ich dir helfen, aber das ist, mit Verlaub, nicht die Hauptsache.« Mark senkte die Stimme. »Weißt du, ich wollte einfach mal gegen diesen Schnauzbart da spielen. Als ich ihm das eröffnet habe, ist er so wütend geworden, dass er den Schiedsrichter gezwungen hat, meine Ratte außer der Reihe zuzulassen.« Er schwieg eine Weile, dann fügte er hinzu: »Allein dafür lohnt es sich, ein Jahr lang Latrinen zu putzen.«

»Aber deine Ratte wird sicherlich verlieren«, versuchte ihn Artjom ein letztes Mal zur Vernunft zu bringen.

Mark blickte Artjom aufmerksam an, dann lächelte er und sagte: »Und wenn nicht?«

Streng musterte der Schiedsrichter das versammelte Publikum, glättete die grau melierten Haare, räusperte sich bedeutsam und begann die Namen der Ratten zu verlesen, die an dem Rennen teilnahmen. Raketa kam zuletzt, doch Mark machte das nichts aus. Den meisten Applaus bekam natürlich Pirat, während bei Raketas Namen nur Artjom Beifall klatschte, da Marks Hände den Käfig hielten. Noch hoffte Artjom auf ein Wunder, das ihn vor dem ruhmlosen Ende in einer stinkenden Kloake bewahrte.

Dann gab der Schiedsrichter aus seiner Makarow einen Blindschuss ab, und die Besitzer öffneten ihre Käfige. Raketa rannte als Erste in die Freiheit, sodass Artjoms Herz einen Freudensprung machte, doch als schließlich auch die übrigen Ratten den Gang entlang stürmten, mal schneller, mal langsamer, machte Raketa ihrem stolzen Namen keine Ehre mehr: Bereits fünf Meter hinter dem Start blieb sie in einer Ecke stehen und rührte sich nicht mehr vom Fleck. Die Ratten anzutreiben war laut Spielregel streng verboten. Artjom sah zaghaft zu Mark hinüber, denn er glaubte, jener würde zu toben beginnen oder aber gramgebeugt zu Boden sinken. Aber mit seinem strengen, stolzen Gesicht erinnerte Mark eher an den Kapitän eines Kreuzers, der den Befehl gab, das eigene Schiff zu versenken, damit es dem Feind nicht in die Hände fiel – über einen solchen hatte Artjom einmal in einem zerfledderten Buch aus der *WDNCh*-Bibliothek gelesen.

Nach ein paar Minuten kamen die ersten Ratten am Ziel an. Es siegte Pirat, der Name des Zweiten war unverständlich, Puschok wurde Dritter. Artjom sah zum Schiedsrichtertisch. Der bärtige Alte wischte sich mit dem gleichen Lappen, mit dem er seine Brille gereinigt hatte, den schweißnassen Schädel und besprach das Ergebnis mit dem Schiedsrichter. Artjom hoffte schon, man habe sie vergessen, doch im selben Augenblick schlug sich der Alte an die Stirn, lächelte sanft und winkte Mark zu sich.

Artjom fühlte sich entfernt an jenen Moment vor seiner Hinrichtung erinnert. Dann, während er Mark zum Schiedsrichtertisch folgte, tröstete er sich mit dem Gedanken, dass ihm jetzt immerhin der Weg auf das Gebiet der Hanse offenstand. Er musste nur noch eine Möglichkeit finden, zu fliehen. Zunächst aber erwartete ihn seine Schmach.

Der Schnauzbart bat sie ausgesucht höflich, das Podium zu betreten. Dann wandte er sich an das Publikum, schilderte kurz den Inhalt der Wette und erklärte mit donnernder Stimme, dass beide Versager nun, wie vereinbart, zu einem Jahr Zwangsarbeit in den sanitären Anlagen, beginnend mit dem heutigen Tag, abgeführt würden. Gleichsam aus dem Nichts tauchten zwei Grenzer der Hanse auf, nahmen Artjom das Gewehr ab, versicherten ihm, sein Gegner für das nächste Jahr sei nicht gefährlich, und versprachen, ihm die Waffe am Ende zurückzugeben. Dann führten die Soldaten sie unter dem Pfeifen und Heulen der Menge zur Ringstation.

Die *Pawelezkaja*-Station der Hanse machte einen sehr seltsamen Eindruck: Die Decke war hier niedrig, Säulen gab es überhaupt nicht, stattdessen in regelmäßigen Abständen Durchgänge in der Wand, die genauso breit waren wie die Abstände dazwischen. Es schien, als sei die erste *Pawelezkaja* den Baumeistern leichtgefallen, als sei der Untergrund dort weich gewesen, sodass man problemlos hineingraben konnte, während man hier auf hartes, widerspenstiges Gestein gestoßen war, durch das man sich nur mit großer Mühe gefressen hatte. Dennoch herrschte hier keine so schwermütige, beklemmende Stimmung wie etwa an der *Twerskaja*, vielleicht weil es ungewöhnlich viel Licht gab, die Wände mit einfachen Ornamenten geschmückt waren und zu beiden Seiten der Durchgänge Imitationen antiker Säulen hervorstanden, wie auf den Bildern von *Die Mythen des antiken Griechenlands*, ein Buch, das er sich als Kind immer gerne angesehen hatte. Kurz, es war nicht der schlechteste Ort, um Zwangsarbeit zu leisten.

Natürlich konnte man sofort erkennen, dass diese Station zum Gebiet der Hanse gehörte. Sie war ungewöhnlich sauber, fast schon anheimelnd, und von der Decke leuchteten sanft große Lampen mit echten gläsernen Schirmen. In dem mittleren

Saal, der kleiner war als der an der Nachbarstation, gab es kein einziges Zelt, dafür aber viele Arbeitstische, auf denen Berge komplizierter technischer Teile lagen. An den Tischen saßen Menschen in blauer Arbeitskleidung, und in der Luft hing ein angenehmer Geruch von Maschinenöl. Der Arbeitstag schien hier später zu enden als bei den Nachbarn. An den Wänden hingen die Banner der Hanse – ein brauner Kreis auf weißem Grund –, Plakate, die zu mehr Leistung am Arbeitsplatz aufriefen, sowie Auszüge aus den Werken eines gewissen A. Smith. Unter der größten Standarte stand zwischen zwei strammstehenden Soldaten ein verglaster Tisch, und als Artjom vorbeigeführt wurde, blieb er kurz stehen, um zu sehen, was für Heiligtümer sich in der Vitrine befanden.

Dort, auf rotem Samt, liebevoll angeleuchtet von winzigen Lämpchen, ruhten zwei Bücher. Das erste war hervorragend erhalten. Auf dem schwarzen Einband stand in goldener Prägung: Wohlstand der Nationen von Adam Smith. Das zweite Buch war bereits ziemlich zerlesen, mit einem dünnen, eingerissenen und mit engen Papierstreifen zusammengeklebten Einband, auf dem mit dicken Buchstaben stand: Sorge dich nicht, lebe! Es war von einem Dale Carnegie.

Weder von dem einen noch von dem anderen Autor hatte Artjom jemals etwas gehört, weshalb ihn eher die Frage beschäftigte, ob dies derselbe Samt war, mit dem der Stationschef den Käfig seiner Lieblingsratte ausgepolstert hatte.

Eines der Gleise war frei, und von Zeit zu Zeit kamen hier mit Kisten beladene, handbetriebene Draisinen vorbei. Einmal jedoch machte auch eine motorisierte Draisine für eine Minute an der Station halt, und bevor sie weiterfuhr, konnte Artjom darauf durchtrainierte Soldaten in schwarzer Uniform und schwarz-weiß gestreiften Hemden sehen. Jeder von ihnen trug ein Nachtsichtgerät auf dem Kopf und ein seltsam kurzes Automatikgewehr um den Hals. Ihre Körper steckten in schweren kugelsicheren Westen. Während der Kommandeur ein paar Worte mit den Wachleuten der Station wechselte, strich er mit der Hand über einen riesigen dunkelgrünen Helm mit Visier, der auf seinen Knien lag. Dann verschwand die Draisine wieder im Tunnel.

Auf dem zweiten Gleis befand sich ein vollständiger Zug, sogar in besserem Zustand als der, den Artjom am *Kusnezki Most* gesehen hatte. Hinter einigen Fenstern waren Vorhänge zugezogen, was bedeutete, dass sich dort wahrscheinlich Wohnsektionen befanden. Es gab aber auch andere mit offenen Fenstern, durch die Artjom Tische mit Schreibmaschinen erblickte, an denen geschäftig aussehende Menschen saßen. Auf einem Schild über der Tür stand eingraviert: ZENTRALBÜRO.

Diese Station beeindruckte Artjom zutiefst. Nein, sie versetzte ihn nicht in Erstaunen wie die erste *Pawelezkaja,* denn hier fehlte jede Spur jener geheimnisvollen, düsteren Pracht, die einen an die Größe und Kraft der Erbauer der Metro erinnerte. Dafür verlief das Leben der Menschen hier so, als gäbe es jenseits der Ringlinie keinerlei Gefahren, als drohten dort nicht ständig Verfall und Wahnsinn. Alles ging seinen gleichmäßigen, wohlorganisierten Gang. Am Ende eines Arbeitstages kam der wohlverdiente Feierabend. Die Jugend zog sich nicht in die illusorische Welt des *dur* zurück, sondern ging in die Betriebe. Je früher man eine Karriere begann, desto schneller kam man vorwärts. Und die reiferen Menschen brauchten nicht zu fürchten, dass sie, sobald ihre Hände an Kraft verloren, in den Tunnel geschickt und den Ratten zum Fraß ausgeliefert wurden … Es war klar, warum die Hanse so wenigen Fremden Zutritt zu ihren Stationen gewährte – die Anzahl der Plätze im Paradies war begrenzt, nur zur Hölle stand das Tor für alle offen.

Auch Mark blickte sich nach allen Seiten um und sagte glücklich: »Endlich. Ich bin emigriert!«

Am Ende des Bahnsteigs gab es einen kleinen, rot-weiß gestreiften Schlagbaum. Daneben saß in einer Glaskabine mit der Aufschrift Diensthabender ein weiterer Grenzbeamter. Immer, wenn die Draisinen bei ihrer Durchfahrt bei ihm haltmachten, trat er mit würdiger Miene heraus, prüfte ihre Dokumente, manchmal auch die Fracht und hob schließlich die Schranke. Artjom fiel auf, dass alle Grenzer und Zöllner außerordentlich stolz auf ihre Funktion waren. Es war deutlich zu erkennen, dass sie ihre Arbeit liebten.

Man führte sie hinter die Absperrung, von der aus ein Pfad in den Tunnel führte – dort befand sich der Bereich, der ihnen anvertraut war. Langweilige gelbe Kacheln umrahmten die Sickergruben, die stolz von echten WC-Stühlen gekrönt wurden. Man händigte ihnen unbeschreiblich schmutzige Arbeitskleidung aus, Handschaufeln, die mit etwas Furchtbarem überzogen waren, und eine Schubkarre mit einem wild herumeiernden Rad. Ihre Aufgabe war es, eine Lore zu beladen und zu einem in der Nähe gelegenen Stollen zu fahren, der in die Tiefe führte. Das taten sie, umhüllt von einem ungeheueren, unvorstellbaren Gestank, der sich in die Kleidung fraß, jedes Haar von der Wurzel bis zur Spitze durchdrang, ja, bis unter die Haut ging, sodass sie glaubten, er sei bereits Teil ihres Wesens. Fortan würde wohl jeder Mensch vor ihnen zurückschrecken und die Flucht ergreifen, noch bevor er sie sah.

Der erste Tag dieser monotonen Arbeit zog sich so langsam dahin, dass Artjom glaubte, sie hätten eine endlose Schicht zugeteilt bekommen. Sie waren verflucht, in einem ewigen Zyklus immer wieder auszuschaufeln, hineinzuwerfen, zu schieben, wieder auszuschaufeln, weiterzuschieben, auszuleeren und zurückzukehren. Die Arbeit schien kein Ende zu nehmen. Immer wieder kamen neue Besucher. Weder diese noch die Wachen, die am Eingang des Raums sowie am Endpunkt ihrer Route, dem Stollen, standen, verhehlten ihren Widerwillen gegenüber den armen Arbeitstieren. Angeekelt blieben sie fernab stehen, hielten sich die Nase zu, oder – etwas taktvoller – holten tief Luft, um in Artjoms oder Marks Nähe nicht einatmen zu müssen. Am Ende des Tages, als die Hände trotz der riesigen Baumwollhandschuhe bis aufs Fleisch wundgerieben waren, glaubte Artjom das wahre Wesen des Menschen sowie den Sinn des Lebens begriffen zu haben: Er sah den Menschen nun als eine komplexe Maschine zur Vernichtung von Lebensmitteln und zur Produktion von Scheiße. Eine Maschine, die fast das ganze Leben lang störungsfrei lief und absolut sinnlos war, sofern man unter »Sinn« ein endgültiges Ziel verstand. Der Prozess war das Ziel: So viel Nahrung wie möglich zu konsumieren, diese zu verarbeiten und dann die Abfallprodukte auszustoßen, alles, was von den dampfenden Schweinekoteletts, den saftig gedünsteten Pilzen und den schmackhaften Teigfladen übrig blieb. Die Menschen, die vorbeikamen, verschwammen für Artjom zu gesichtslosen Maschinen, die nur der Zerstörung des Schönen und Nützlichen dienten, nur Stinkendes und Nutzloses erzeugten. Er wurde wütend auf diese Menschen und verabscheute sie nicht weniger als sie ihn.

Mark hingegen erduldete das alles mit stoischer Miene und versuchte Artjom von Zeit zu Zeit sogar aufzumuntern. »Halb so wild. Man hat mich schon gewarnt, dass es in der Emigration anfangs immer schwierig ist.«

Das Schlimmste war, dass sich weder am ersten noch am zweiten Tag eine Möglichkeit zur Flucht bot. Die Wachen passten gut auf, und obwohl die beiden eigentlich nur an ihrem Stollen vorbei den Tunnel entlang weitergehen mussten, um zur *Dobryninskaja* zu gelangen, schafften sie es einfach nicht. Sie schliefen in einem Nebenzimmer, das nachts sorgfältig abgesperrt wurde. Und zu jeder Tages- und Nachtzeit war die Glaskabine am Eingang zur Station mit einem Aufseher besetzt.

Der dritte Tag brach an. Und der vierte. Die Zeit kroch schleimig von Sekunde zu Sekunde, wie ein nicht enden wollender Albtraum. Artjom fand sich bereits mit dem Gedanken ab, dass ihm das Schicksal eines Ausgestoßenen beschieden war. Als habe er aufgehört, Mensch zu sein, und sich in ein unvorstellbar hässliches Geschöpf verwandelt, das die anderen nicht nur als eklig und abstoßend empfanden, sondern zugleich auch als entfernt verwandt, was sie nur noch mehr abschreckte, als könne man sich an der Hässlichkeit dieses Aussätzigen anstecken.

Zuerst schmiedete er noch Fluchtpläne, dann folgte die abgrundtiefe Leere der Verzweiflung, und schließlich war alles nur noch trüber Stumpfsinn. Die Vernunft hatte sich vom Leben zurückgezogen, sich eingeigelt, die dünnen Fäden der Gefühle und Empfindungen eingezogen und sich in einer Ecke seines Bewusstseins verpuppt. Artjom arbeitete mechanisch weiter, alles, was er zu tun hatte, war zu schaufeln, zu werfen, zu schieben, wieder zu schaufeln, wieder zu schieben, auszuleeren und schnellstmöglich wieder zurückzukehren, um erneut zu schaufeln. Seine Träume wurden immer wirrer – er lief darin, als sei er wach, lief endlos, schaufelte, schob und schob, schaufelte und lief.

Am Abend des fünften Tages fuhr Artjom mit der Schubkarre gegen eine am Boden liegende Schaufel, der Inhalt der Karre kippte aus, und er selbst fiel auch noch hinein. Und während er sich langsam erhob, machte es in seinem Kopf Klick – und anstatt eilends Eimer und Lappen zu holen, steuerte er ohne Hast auf den Tunnelausgang zu. Er empfand sich jetzt als derart ekelhaft und abstoßend, dass seine Aura einfach jeden von ihm fernhalten musste. Just in diesem Augenblick wollte es das Schicksal, dass der Wachmann, der sonst immer am Ende der Route auf ihn wartete, aus irgendeinem Grund nicht da war. Artjom verlor nicht eine Sekunde an den Gedanken, dass man ihn verfolgen würde, sondern ging einfach weiter die Schwellen entlang. Blindlings, doch nur selten stolpernd, beschleunigte er seinen Schritt, bis er zu laufen begann. Noch kehrte der Verstand nicht in seinen Körper zurück, noch immer krümmte er sich ängstlich in seiner Ecke zusammen. Hinter sich hörte Artjom weder Rufen noch Schritte, nur eine beladene Draisine, die ihren Weg mit einer schwachen Lampe beleuchtete, kam von hinten quietschend näher. Artjom drückte sich gegen die Wand und ließ sie vorbei. Die Menschen auf der Draisine hatten ihn entweder gar nicht bemerkt oder es nicht für nötig befunden, ihn zu beachten. Ihre Blicke glitten über ihn hinweg. Sie sagten kein einziges Wort.

Mit einem Mal schien es ihm, als habe ihn sein Sturz unverwundbar gemacht, machte ihn die stinkende Soße, die ihn bedeckte, gleichsam unsichtbar. Dieser Gedanke gab ihm Kraft, und allmählich kam er wieder zu Bewusstsein. Es war ihm geglückt! Auf unerklärliche Weise, allem gesunden Menschenverstand zum Trotz war es ihm gelungen, von dieser verteufelten Station zu fliehen – und niemand verfolgte ihn! Es war seltsam und verwunderlich, doch hatte er das Gefühl, wenn er auch nur versuchte, das Geschehene zu überdenken, dieses Wunder mit dem kalten Skalpell der Ratio zu sezieren, die Magie dieses Augenblicks verginge sofort, und im Nu träfe ihn von hinten der Lichtstrahl einer Patrouille …

Am Ende des Tunnels wurde es heller. Artjom lief langsamer, und nach einer Minute stand er an der *Dobryninskaja*.

Der Grenzer begnügte sich mit einem einfallslosen »Hat jemand schon den Klempner gerufen?«, und ließ ihn schnell durch. Dabei fächelte er mit der einen Hand die Luft weg und hielt sich mit der anderen den Mund zu.

Artjom musste weiter vorwärtsgehen, so schnell wie möglich das Gebiet der Hanse verlassen, solange die Wachen noch nichts gemerkt hatten, solange noch keine beschlagenen Stiefel ihm hinterherrannten, solange noch keine Warnschüsse durch die Luft hallten und … Schneller.

Ohne auf irgendetwas zu achten, die Augen zu Boden gerichtet, näherte sich Artjom dem Grenzposten der *Serpuchowskaja*. Er konnte die Abscheu, die die Umstehenden für ihn empfanden, förmlich auf seiner Haut spüren. Er hatte eine Art Vakuum um sich geschaffen, mit dem er sich sogar durch eine dichte Menge Menschen würde durchschlagen können. Was sollte er an der Grenze sagen? Wieder würden sie ihm Fragen stellen, seinen Pass sehen wollen – was sollte er antworten?

Artjom hielt seinen Kopf so tief gesenkt, dass das Kinn auf seiner Brust lag. Er sah nicht, was um ihn herum vor sich ging. Nur die sauberen dunklen Granitplatten, mit denen der Boden ausgelegt war, prägten sich ihm ein. Immer weiter ging er, wartete gebannt auf den Augenblick, da man ihm grob befehlen würde, stehen zu bleiben. Die Grenze der Hanse kam immer näher. Jetzt … gleich …

»Was ist denn das für ein Mist?«, ertönte eine erstickte Stimme über seinem Ohr.

Das war es.

»Ich … äh … habe mich verirrt … Ich bin nicht von hier …«, murmelte Artjom. Er war sich nicht sicher, ob er vor Nervosität so stammelte oder ob er eine Rolle ausprobierte.

»Mach, dass du wegkommst, hörst du, du Stinktier!« Die Stimme klang sehr überzeugend, fast hypnotisch. Artjom wollte ihr sofort Folge leisten.

»Aber ich ... Ich wollte ...« Er fürchtete schon fast, dass er das Spiel überzog.

Wieder ertönte es, diesmal bereits aus einer gewissen Entfernung: »Auf dem Gebiet der Hanse ist Betteln strengstens verboten!«

Endlich begriff Artjom. »Nur ein wenig ... Ich habe Kinder.«

»Was für Kinder? Hast du jeden Anstand verloren?«, donnerte der unsichtbare Grenzer wütend. »Popow, Lomako, zu mir! Schafft mir dieses Stück Mist aus den Augen!«

Weder Popow noch Lomako wollten sich an Artjom die Hände schmutzig machen, weshalb sie ihm nur ihre Gewehrläufe in den Rücken stießen. Von weiter hinten hörte er das ärgerliche Fluchen des Befehlshabenden. Für Artjom waren es Sphärenklänge ...

Die *Serpuchowskaja*! Die Hanse lag hinter ihm!

Endlich sah er auf, doch das, was er in den Augen der Umstehenden las, ließ ihn wieder zu Boden blicken. Er befand sich nicht mehr auf dem gepflegten Territorium der Hanse, sondern war wieder in das schmutzige, ärmliche Tollhaus hinabgetaucht, das in der gesamten restlichen Metro herrschte. Aber selbst für diese Welt war Artjom zu widerwärtig. Der wundersame Panzer, der ihn unterwegs geschützt, ja unsichtbar gemacht hatte, der die Menschen dazu gebracht hatte, sich von dem Flüchtenden abzuwenden und ihn nicht zu bemerken, ihn durch alle Posten und Wachen geschleust hatte, hatte sich nun wieder in eine übelriechende Kruste verwandelt.

Nun, da der erste Triumph abgeklungen war, verschwand mit einem Mal jene fremde, gleichsam entlehnte Kraft, die ihn trotzig die ganze Strecke von der *Pawelezkaja* zur *Dobryninskaja* hatte laufen lassen. Nun war er wieder allein mit sich selbst, hungrig, todmüde, ohne jegliche Habe, unerträglich stinkend, noch immer versehrt von den Schlägen, die er eine Woche zuvor erlitten hatte.

Auch die Bettler, neben denen er sich an die Wand setzte, da er sie nun nicht mehr zu scheuen brauchte, krochen fluchend von ihm weg. Er umfasste seine Schultern, um sich zu wärmen, schloss die Augen und saß lange so da, ohne an etwas zu denken, bis ihn der Schlaf überwältigte.

Artjom ging durch einen endlosen Tunnel. Er war länger als all jene zusammengenommen, die er bisher durchquert hatte. Der Tunnel machte Schleifen, hob und senkte sich, nirgends konnte man weiter als zehn Schritte voraus sehen. Noch wollte er nicht innehalten, dabei fiel ihm das Gehen immer schwerer. Die blutig geschlagenen Füße taten ihm weh, der Rücken schmerzte, jeder neue Schritt kostete ihn Überwindung. Aber solange er noch Hoffnung hatte, dass das Ende ganz nah war, vielleicht sogar gleich hinter dieser Ecke, fand Artjom die Kraft weiterzugehen. Plötzlich kam ihm jedoch ein einfacher, aber furchtbarer Gedanke: Was, wenn dieser Tunnel keinen Ausgang hatte? Was, wenn Eingang und Ausgang ineinander übergingen, wenn jemand, unsichtbar und allmächtig, ihn in dieses Labyrinth gesetzt hatte wie eine zappelnde Ratte, damit er sich weiter schleppte, bis er keine Kraft mehr hatte und umfiel? Und dies ohne jeglichen Sinn und Zweck, einfach nur zur Unterhaltung? Eine Ratte im Labyrinth. Ein Hamster im Laufrad. Aber wenn, so dachte er weiter, die Fortsetzung des Weges nicht zum Ausgang führte, vielleicht lag der Schlüssel zur Freiheit dann darin, die sinnlose Bewegung zu beenden? Er setzte sich auf die Schwellen, aber nicht etwa aus Müdigkeit, sondern weil sein Weg am Ende war. Da verschwanden auf einmal die Wände ringsum, und er dachte: Um dein Ziel zu erreichen, um deine Reise zu vollenden, musst du aufhören zu gehen. Dann verschwamm dieser Gedanke wieder …

Er erwachte mit einer unerklärlichen Unruhe. Zunächst begriff er gar nicht, was vor sich ging. Erst nach und nach begann er sich an Teile seines Traums zu erinnern und aus diesen Splittern ein Mosaik zusammenzusetzen, doch hielten die Teile nicht zusammen, fielen immer wieder auseinander. Er hatte nicht die Kraft, um sie richtig zusammenzufügen – dafür fehlte ihm der sinngebende Gedanke, der ihm im Traum gekommen war, der Kern, das Herzstück jener Vision, das ihr erst ihre Bedeutung verlieh. Ohne diesen Gedanken war alles nur ein Haufen zerfetzter Leinwand – mit ihm ergab sich dagegen ein herrliches Bild, voll magischen Sinns, endlose Horizonte eröffnend. Artjom biss sich in die Faust, griff sich mit seinen verschmierten Händen an den ebenso verschmierten Kopf, seine Lippen flüsterten etwas Unzusammenhängendes, sodass die Vorbeigehenden ihn ängstlich und feindselig anstarrten. Doch der Gedanke wollte einfach nicht zurückkehren. Also versuchte er ihn langsam und vorsichtig aus seinen fragmentierten Erinnerungen zu rekonstruieren, als wollte er einen im Sumpf stecken gebliebenen Menschen an einem einzigen Haar herausziehen. Und dann – oh Wunder! – bekam er tatsächlich eines der Bilder zu fassen, und plötzlich erinnerte er sich an den Gedanken in jener ursprünglichen Form, in der er in seinem Traum erklungen war.

*Um deine Reise zu vollenden, musst du aufhören zu gehen.*

Jetzt allerdings, im grellen Licht seines wachen Bewusstseins, erschien ihm dieser Gedanke banal und absurd. Um die Reise zu beenden, musste er aufhören zu gehen? Na klar! Wenn er stehen blieb, hörte seine Reise auf. Was war einfacher? Aber war das etwa der Ausweg?

»Geliebter Bruder! Unflat liegt auf deinem Körper und in deiner Seele!«

Die Stimme direkt über ihm kam so unerwartet, dass der zurückgekehrte Gedanke und das bittere Gefühl der Enttäuschung augenblicklich verschwanden. Dabei bezog er die Worte zunächst gar nicht auf sich selbst, so sehr war er bereits gewohnt, dass die Menschen vor ihm in alle Himmelsrichtungen davonliefen.

»Wir nehmen alle Waisen und Armen auf«, fuhr die Stimme fort. Sie klang so sanft, so beruhigend, so zart, dass Artjom einen schiefen Blick nach links und rechts riskierte, um festzustellen, an wen sie sich wohl richtete.

Doch es war niemand anderer in der Nähe. Man sprach also zu ihm. Artjom hob langsam den Kopf und sah in die Augen eines kleinen, lächelnden Mannes in einem weiten Gewand, mit dunkelblonden Haaren und rosigen Wangen, der ihm freundschaftlich die Hand hinstreckte. Für Artjom war jetzt jegliche Anteilnahme lebenswichtig, also lächelte er unsicher zurück und reichte dem anderen ebenfalls die Hand.

Warum schreckt er nicht vor mir zurück wie die anderen?, fragte er sich. Warum hat er mich angesprochen, wo doch sonst jeder größtmöglichen Abstand zu mir hält?

»Ich helfe dir, mein Bruder«, fuhr der Rotbackige fort. »Meine Brüder und ich werden dir Unterschlupf und deiner Seele neue Kraft geben.«

Artjom nickte nur, doch seinem Gegenüber genügte dies.

»So lass mich dich in den Wachtturm bringen, mein geliebter Bruder«, sprach der Mann mit singender Stimme, ergriff Artjoms Hand und zog ihn mit sich fort.

# 11
# Der eigene Weg

Artjom erinnerte sich nicht mehr an den Weg. Er wusste nur, dass sie ihn von der Station in einen von vier Tunneln geführt hatten, jedoch nicht, in welchen. Sein neuer Bekannter hatte sich ihm als Bruder Timofej vorgestellt. Unterwegs von der düsteren, unansehnlichen *Serpuchowskaja* durch den lautlosen Tunnel redete er ununterbrochen. »Frohlocke, oh geliebter Bruder, dass wir uns begegnet sind. Von nun an wird sich in deinem Leben alles ändern. Deine ziellose Wanderschaft durch die ewige Finsternis hat ein Ende, denn nun hast du gefunden, was du suchtest.«

Artjom begriff nicht, was der andere meinte, denn eigentlich glaubte er, dass seine Wanderschaft noch lange nicht zu Ende war. Die Worte des rosigen Timofej flossen jedoch so wohltuend und zart dahin, dass er ihm nur noch zuhören wollte. Und er wollte zu ihm in derselben Sprache sprechen, ihm dafür danken, dass er, im Gegensatz zur übrigen Welt, nicht vor ihm zurückgeschreckt war.

»Glaubst du denn an den wahren und einzigen Gott, Artjom, mein Bruder?«, erkundigte sich Timofej ganz nebenbei und sah Artjom aufmerksam in die Augen.

Artjom nickte nur unbestimmt mit dem Kopf und murmelte etwas Unverständliches, was man je nach Belieben als Zustimmung oder Ablehnung interpretieren konnte.

»Wie schön, wie wunderbar, Bruder Artjom«, gurrte Timofej. »Nur der wahre Glaube wird dich von den ewigen Höllenqualen erlösen und dir die Vergebung deiner Sünden schenken.« Er nahm eine feierliche Haltung ein. »Denn das Reich unseres Gottes Jehova wird kommen, und die heiligen Prophezeiungen der Bibel werden in Erfüllung gehen. Studierst du die Bibel, mein Bruder?«

Erneut stammelte Artjom etwas vor sich hin, und diesmal blickte ihn der rosige Bruder zweifelnd an.

»Im Wachtturm«, fuhr er fort, »wirst du dich selbst davon überzeugen, wie gut es ist, die Heilige Schrift zu studieren, und dass derjenige, der auf den Weg der Wahrheit zurückkehrt, reich beschenkt wird. Die Bibel ist das Geschenk Jehovas, des einzigen Gottes. Sie lässt sich nur mit dem Brief eines liebenden Vaters an seine Kinder vergleichen. Weißt du denn, wer die Bibel geschrieben hat?«

Artjom hielt es für sinnlos, sich weiter zu verstellen. Aufrichtig schüttelte er den Kopf.

»Dies und vieles andere wird man dir im Wachtturm erklären. Die Augen werden dir übergehen. Weißt du denn, was Jesus Christus, der Sohn Gottes, der Gemeinde in Laodizea offenbarte? Er sagte: ›Ich rate dir, dass du Augensalbe von mir kaufst, deine Augen zu salben, damit du sehen mögest.‹ Doch Jesus spricht hier nicht von einer körperlichen Krankheit. Nein, Jesus meint die geistige Blindheit, die geheilt werden muss. Du und Tausende andere wandeln in der Finsternis, denn ihr seid blind. Der Glaube an Jehova, den einen Gott, ist diese Salbe, durch die deine Augen sich öffnen und das wahre Wesen der Welt erkennen werden, denn sehend bist du nur im körperlichen Sinne, im geistigen jedoch bist du blind.«

Artjom dachte, dass er in den letzten Tagen eine echte Augensalbe gut hätte gebrauchen können. Eine Weile lang schwieg

Bruder Timofej, offenbar in der Annahme, dass Artjom seinen komplexen Gedankengang erst verarbeiten müsse.

Nach etwa fünf Minuten flackerte weit vorne ein Licht auf, und Bruder Timofej verkündete die frohe Botschaft: »Siehst du die Feuer in der Ferne? Es ist der Wachtturm. Wir sind da!«

Natürlich gab es hier keinen Turm – gemeint war ein ganz gewöhnlicher Zug, der im Tunnel stand und dessen Scheinwerfer in der Dunkelheit einen Bereich von etwa fünfzehn Metern schwach ausleuchteten. Als sich Bruder Timofej und Artjom näherten, kam ihnen aus der Fahrerkabine ein untersetzter Mann in gleichem Gewand entgegen, umarmte den Rotbackigen und begrüßte ihn mit »Mein geliebter Bruder«, woraus Artjom schloss, dass es sich wohl eher um eine rhetorische Formel handelte als um eine echte Liebeserklärung.

»Wer ist dieser Jüngling?«, fragte der Dicke und lächelte Artjom sanft zu.

»Unser neuer Bruder heißt Artjom. Er möchte mit uns den rechten Weg beschreiten, die heilige Bibel studieren und dem Satan entsagen.«

»So gestatte dem Wächter des Turmes, dich zu begrüßen, mein geliebter Bruder Artjom!«, tönte der Dicke. Artjom stellte staunend fest, dass auch dieser den unerträglichen Gestank, der von ihm ausging, gar nicht zu bemerken schien.

Während sie ohne Hast auf den ersten Waggon zugingen, gurrte Bruder Timofej: »Bevor du zum Treffen der Brüder im Königreichsaal kommst, musst du deinen Körper reinigen, denn Jehova, unser Gott, ist rein und heilig, und von seinen Jüngern erwartet er, dass auch sie geistig, sittlich und körperlich rein sind.« Mit betrübtem Gesicht betrachtete er Artjoms Kleidung, die sich tatsächlich in beklagenswertem Zustand befand. »Wir leben in einer unreinen Welt, und um vor Gottes Angesicht rein zu bleiben, müssen wir uns bemühen, mein Bruder.«

Mit diesen Worten schloss Bruder Timofej Artjom in eine mit Kunststoffplatten ausgekleidete Kammer ein, die man unweit des Waggoneingangs eingerichtet hatte. Dann bat er ihn, sich auszuziehen, drückte ihm ein übelriechendes graues Stück Seife in die Hand und begoss ihn fünf Minuten lang aus einem Gummischlauch mit Wasser.

Artjom versuchte nicht daran zu denken, woraus die Seife bestand. Immerhin ätzte sie nicht nur auf der Haut, sondern vertrieb tatsächlich auch den ekelhaften Gestank. Schließlich reichte ihm Bruder Timofej ein relativ frisches, seinem eigenen ähnliches Gewand. Missbilligend beäugte er die Patronenhülse an der Kette um Artjoms Hals, die er wohl für einen heidnischen Glücksbringer hielt, doch beschränkte er sich auf ein vorwurfsvolles Seufzen.

Es war erstaunlich, dass es in diesem seltsamen Zug, der irgendwann einmal mitten im Tunnel stecken geblieben war und nun den Brüdern als Obdach diente, fließendes Wasser gab, das auch noch mit beträchtlichem Druck aus dem Schlauch kam. Als Artjom jedoch nachfragte, was das für Wasser sei und wie es ihnen gelungen sei, eine solche Vorrichtung zu konstruieren, lächelte Bruder Timofej nur geheimnisvoll und erklärte, der Wunsch, dem Herrn Jehova gefällig zu sein, befähige die Menschen zu wahrhaft heldenhaften und ruhmvollen Taten. Mit dieser mehr als nebulösen Erklärung musste sich Artjom zufriedengeben.

Dann betraten sie den zweiten Waggon, wo zwischen den harten Bänken an der Seite lange, ungedeckte Tische standen. Bruder Timofej ging zu einem Mann, der zwischen einigen großen, verführerisch dampfenden Bottichen herumfuhrwerkte. Schließlich kam er zurück und trug einen Teller mit einem dünnflüssigen Brei, der sich als durchaus essbar erwies, auch wenn Artjom nicht herausfinden konnte, woraus er bestand.

Während er mit einem abgenutzten Löffel hastig die heiße Suppe schluckte, sah ihm Bruder Timofej gerührt zu, nutzte aber doch die Gelegenheit, noch einmal nachzufassen. »Denke nicht, dass ich dir misstraue, Bruder, aber als ich dich nach deinem Glauben an Gott fragte, klang deine Antwort etwas unsicher. Doch wie kannst du dir eine Welt vorstellen, in der es Ihn nicht gibt? Sollte diese Welt etwa von selbst entstanden sein, nicht nach Seinem weisen Plan? Sollte etwa die unendliche Vielfalt der Lebensformen, sollten all die schönen Dinge dieser Welt ein Produkt des Zufalls sein?«

Artjom sah sich im Waggon um, konnte darin jedoch keine anderen Lebensformen entdecken außer seiner eigenen, Bruder Timofejs und der des Kochs. Schließlich begnügte er sich mit einem skeptischen Grunzen und beugte sich wieder über seine Schüssel.

Bruder Timofej indes ließ nicht locker. »Das überzeugt dich nicht? Bedenke dies: Wenn in dieser Welt tatsächlich nirgends der Wille Gottes sichtbar würde, so würde das bedeuten …« Seine Stimme stockte, als habe ihn das Grauen gepackt, und erst nach einigen Augenblicken fuhr er fort: »Es würde bedeuten, dass die Menschen sich selbst überlassen sind, dass unsere Existenz keinen Sinn hat und es keinen Grund gibt, weiterzuleben. Es würde bedeuten, dass wir im Chaos versinken und es keine Hoffnung gibt auf Licht am Ende des Tunnels … In einer solchen Welt zu leben wäre furchtbar, ja unmöglich.«

Artjom erwiderte nichts, doch Bruder Timofejs Worte machten ihn nachdenklich. Bis zu diesem Augenblick hatte er sein Leben als reines Chaos erlebt, eine Verkettung von Zufällen ohne Sinn und Zusammenhang. Und obwohl ihn das bedrückte und die Versuchung groß war, irgendeiner simplen Wahrheit Glauben zu schenken, die seinem Leben Sinn verlieh, hätte er das als kleinmütig empfunden. Über alle Schmerzen und Zweifel hinweg gab ihm der Gedanke, dass sein Leben niemandem nützte außer ihm selbst, doch einen gewissen Halt. Jedes Lebewesen stand der Sinnlosigkeit und dem Chaos des Seins allein gegenüber … Allerdings wollte Artjom mit dem sanften Timofej deswegen doch lieber nicht zu streiten anfangen.

Ein sattes, tröstendes, wohliges Gefühl breitete sich in ihm aus, und er empfand tiefe Dankbarkeit für diesen Menschen, der ihn aufgenommen hatte, als er müde, hungrig und abstoßend gewesen war, der sich freundlich mit ihm unterhalten, ihn frisch eingekleidet und ihm etwas zu essen gegeben hatte. Er wollte sich erkenntlich zeigen, und so sprang er, als Bruder Timofej ihm bedeutete, er wolle ihn jetzt der Versammlung der Brüder vorstellen, bereitwillig auf.

Die Versammlung fand im nächsten, dem dritten Waggon statt. Hier hatten sich viele Menschen unterschiedlichen Aussehens versammelt, die jedoch fast alle die gleichen Gewänder trugen. In der Mitte des Waggons war ein kleines Podium. Der Mann, der darauf stand, überragte die anderen so sehr, dass er fast mit dem Kopf an die Decke stieß.

»Höre gut zu«, ermahnte Bruder Timofej Artjom, während er ihnen mit sanften Berührungen den Weg durch die Menge bahnte.

Der Redner war ein ziemlich alter Mann. Ein gepflegter grauer Bart fiel auf seine Brust herab, und die tief liegenden Augen, deren Farbe nicht zu bestimmen war, blickten weise und ruhig. Sein Gesicht war weder hager noch fett, und obwohl es von tiefen Furchen durchzogen war, machte es keinen greisenhaft hilflosen oder schwachen Eindruck, sondern verströmte eine seltsame Kraft.

»Das ist Bruder Ioann, unser Ältester«, flüsterte Bruder Timofej Artjom ehrfürchtig zu. »Du hast großes Glück, Bruder Artjom. Die Predigt beginnt gerade erst. Du wirst also mehrere Lektionen auf einmal lernen.«

Der Prediger hob die Hand. Sofort verstummte das Rascheln und Flüstern. Dann begann er mit tiefer, klangvoller Stimme zu sprechen. »Meine erste Lektion für euch, geliebte Brüder, handelt davon, wie wir herausfinden, was Gott von uns will. Beantwortet mir drei Fragen: Welche wichtigen Informationen enthält die Bibel? Wer hat sie geschrieben? Warum muss man sie studieren?«

Seine Art zu reden unterschied sich von der Bruder Timofejs. Er sprach einfach, formulierte verständlich, bildete kurze Sätze. Zuerst wunderte sich Artjom darüber, doch dann sah er sich um und erkannte, dass die meisten Anwesenden offenbar nur diese Sprache verstanden.

Inzwischen hatte der grauhaarige Prediger erklärt, dass in der Bibel die Wahrheit über Gott und seine Gebote stand. Dann beantwortete er die zweite Frage: Die Bibel sei im Laufe von eintausendsechshundert Jahren von ungefähr vierzig verschiedenen Menschen geschrieben worden, die jedoch alle von Gott inspiriert worden seien. »Deshalb«, schlussfolgerte er, »ist die Bibel nicht von Menschen geschrieben worden, sondern von Gott, dem Himmlischen, selbst. Nun antwortet mir, Brüder, warum muss man die Bibel studieren?« Noch bevor jemand reagieren konnte, gab er selbst die Antwort: »Weil die Erkenntnis Gottes und die Erfüllung seines Willens euch das ewige Leben verheißen!« Er warf einen strengen Blick in die Menge und fügte warnend hinzu: »Nicht alle werden sich darüber freuen, dass ihr die Bibel studiert. Doch lasst euch von niemandem daran hindern!« Es entstand eine kurze Pause. Der Alte nahm einen Schluck Wasser, dann fuhr er fort: »Meine zweite Lektion für euch, Brüder, handelt davon, wer Gott ist. Beantwortet mir drei Fragen: Wer ist der wahre Gott und wie lautet sein Name? Welches sind seine wichtigsten Eigenschaften? Wie muss man ihn anbeten?«

Diesmal wollte jemand aus der Menge etwas sagen, doch die anderen zischten ihn wütend an, und Bruder Ioann sagte, als wäre nichts geschehen: »Die Menschen beten vieles an. Doch in der Bibel steht geschrieben, dass es nur einen wahren Gott gibt. Er hat alles erschaffen, sowohl im Himmel als auch auf der Erde. Und da er auch uns das Leben geschenkt hat, dürfen wir nur ihn allein anbeten.« Er machte eine Pause und fragte dann mit erhobener Stimme: »Und wie heißt der wahre Gott?«

»Jehova!«, ertönte ein vielstimmiger Chor.

Artjom blickte sich nervös um.

»Der Name des wahren Gottes ist Jehova«, bestätigte der Prediger. »Er hat viele Titel, aber nur einen Namen. Merkt euch den Namen unseres Gottes und nennt ihn nicht feige bei einem seiner Titel, sondern direkt beim Namen. Und wer antwortet mir jetzt: Welches sind die wichtigsten Eigenschaften unseres Gottes?«

Ein ernst dreinblickender Jüngling hob die Hand, um die Frage zu beantworten, doch der Alte kam ihm zuvor: »Die Person Jehovas wird in der Bibel offenbar. Seine wichtigsten Eigenschaften sind Liebe, Gerechtigkeit, Weisheit und Kraft. In der Bibel steht geschrieben, dass Gott barmherzig und gut ist, sanftmütig und geduldig. Wie gehorsame Kinder müssen wir ihm in allem nacheifern.« Da diese Worte auf keinen Widerstand trafen, strich sich der Prediger über seinen mächtigen Bart und fragte: »Sagt mir: Wie müssen wir Jehova, unserem Herrn, dienen? Jehova sagt, dass wir nur ihm dienen sollen. Wir sollen keine Bilder oder Symbole verehren oder sie anbeten!« Die Stimme des Redners stieg drohend in die Höhe. »Unser Gott wird seinen Ruhm nicht mit anderen teilen! Bilder haben nicht die Kraft, uns zu helfen!«

Die Menge reagierte mit zustimmenden Rufen. Bruder Timofej wandte Artjom sein fröhlich strahlendes Gesicht zu und sagte: »Ioann ist ein großer Redner. Dank ihm wächst unsere Bruderschaft mit jedem Tag, steigt die Zahl der Anhänger des wahren Glaubens ständig!«

Artjom rang sich ein Lächeln ab. Ioanns flammende Reden beeindruckten ihn weniger als die Reaktionen der Umstehenden. Aber vielleicht lohnte es sich ja, weiter zuzuhören.

»In meiner dritten Lektion sage ich euch, wer Jesus Christus ist. Hier sind die drei Fragen: Warum nennt man Jesus Christus den erstgeborenen Sohn Gottes? Warum ist er als Mensch zur Erde herabgestiegen? Und was wird Jesus in nicht allzu ferner Zukunft tun?«

Wie sich herausstellte, war Jesus das erste Geschöpf Gottes. Vor seiner Menschwerdung auf Erden sei er geistiger Natur gewesen und habe im Himmel gelebt. Artjom musste daran denken, dass er den echten Himmel nur ein einziges Mal gesehen hatte – damals am Botanischen Garten. Und er erinnerte sich, dass ihm jemand einmal gesagt hatte, auf den Sternen könne es Leben geben. War es das, wovon der Prediger sprach?

Doch dieser rief den Versammelten bereits die nächste Frage zu: »Wer von euch kann mir sagen, warum Jesus Christus, der Gottessohn, als Mensch auf die Erde gekommen ist?« Wieder machte er eine Kunstpause.

Artjom begriff allmählich, was hier vor sich ging, erkannte, welcher der Anwesenden erst vor Kurzem bekehrt worden war und wer die Predigten schon länger besuchte. Die Veteranen versuchten erst gar nicht, auf die Fragen des Ältesten zu antworten. Die Neuen hingegen riefen ihre frisch erworbenen Kenntnisse mit naivem Eifer heraus und winkten mit den Händen – jedoch nur so lange, bis der Alte selbst zu sprechen begann.

Dieser holte weit aus: »Als Adam, der erste Mensch, das Verbot Gottes missachtete, tat er etwas, was in der Bibel als Sünde bezeichnet wird. Deshalb verurteilte Gott ihn zum Tode. Allmählich wurde Adam alt und starb, doch gab er zuvor diese Sünde an seine Kinder weiter, und deshalb werden auch wir irgendwann alt oder krank und sterben. Und Gott sandte seinen erstgeborenen Sohn Jesus, dass dieser den Menschen die Wahrheit über Gott bringe, dass er den Menschen ein Beispiel gebe und sein eigenes Leben opfere, um die Menschheit von Sünde und Tod zu befreien.«

Artjom befremdete diese Vorstellung. Warum musste Gott erst alle mit dem Tod bestrafen, um dann seinen eigenen Sohn zu opfern, damit alles wieder so wurde wie früher? War Gott nicht allmächtig?

»Jesus ist von den Toten auferstanden und in den Himmel aufgefahren. Gott hat ihn zum König ernannt. Schon bald wird Jesus alles Böse und alles Leiden von dieser Erde tilgen. Doch zunächst lasst uns beten, meine geliebten Brüder!«

Die Versammelten neigten gehorsam die Köpfe, und Artjom umhüllte ein vielstimmiges Raunen, aus dem man einzelne Wörter verstehen konnte, ohne jedoch den gesamten Sinn zu erfassen. Nach etwa fünf Minuten der Andacht begannen die Brüder sich lebhaft miteinander zu unterhalten. Offenbar fühlten sie sich geläutert. Artjom dagegen versank erneut in Schwermut. Dennoch beschloss er, noch eine Weile zu bleiben – vielleicht stand der überzeugende Teil der Predigt ja noch bevor.

Nun warf der Prediger einen finsteren Blick in die Runde und sagte mit drohender Stimme: »In meiner vierten Lektion sage ich euch, was der Teufel ist. Sind alle bereit dafür? Sind alle Brüder stark genug im Geiste, dies zu erfahren?«

Hier hätte man wohl etwas antworten sollen, doch brachte Artjom keinen Ton hervor. Woher sollte er wissen, ob er im Geiste stark genug war, wenn er nicht wusste, worum es ging?

»Die drei Fragen: Woher kam Satan? Wie betrügt Satan die Menschen? Warum müssen wir uns dem Teufel widersetzen?«

Artjom überlegte fieberhaft, wo er sich eigentlich befand und wie er hier wieder hinauskam. Er hörte, wie Bruder Ioann erläuterte, die Hauptsünde Satans sei es gewesen, die gleiche Anbetung für sich zu fordern, die rechtmäßig Gott gehörte. Außerdem habe er daran gezweifelt, ob Gott recht über die Menschen herrsche, ob Er die Interessen Seiner Untertanen berücksichtige und ob die Menschen Ihm auch in Zukunft ergeben sein würden. Die Sprache des Alten kam Artjom nun zunehmend oberlehrerhaft vor. Bruder Timofej schielte von Zeit zu Zeit zu ihm herüber, hoffte, auf seinem Gesicht wenigstens einen Funken der Erleuchtung zu erkennen, doch Artjoms Miene verfinsterte sich zusehends.

»Satan betrügt die Menschen, damit sie ihn anbeten«, verkündete Bruder Ioann. »Es gibt drei Arten von Betrug: die falsche Religion, den Spiritismus und den Nationalismus. Wenn eine Religion Lügen über Gott verbreitet, so dient sie Satans Zielen. Die Anhänger falscher Religionen mögen aufrichtig glauben, dass sie den wahren Gott anbeten, doch in Wirklichkeit dienen sie Satan. Spiritismus dagegen bedeutet, dass Menschen Geister beschwören, damit sie sie beschützen oder anderen Menschen schaden oder ihnen die Zukunft weissagen und Wunder vollbringen. Hinter alldem steht eine böse Kraft, nämlich Satan! Außerdem betrügt Satan die Menschen, wenn er sie zu übertriebenem Nationalstolz verleitet und sie verführt, sich politischen Organisationen anzuschließen.« Er hob warnend seinen Zeigefinger. »Bisweilen glauben die Menschen, dass ihr Volk oder ihre Rasse besser sind als andere. Doch das ist nicht wahr.«

Hier musste Artjom zustimmen.

»Es herrscht die Meinung, dass politische Organisationen die Probleme der Menschheit beseitigen werden. Wer das glaubt, glaubt nicht an das Reich Gottes. Nur Jehovas Königreich kann unsere Probleme lösen. Und nun sage ich euch, meine Brüder, warum wir uns dem Teufel widersetzen müssen. Um euch zu verleiten, dass ihr euch von Jehova abwendet, kann Satan zu Verfolgung und Widerstand greifen. Eure Freunde und Verwandten können euch verdammen, weil ihr die Bibel studiert. Andere können euch verlachen. Doch denkt immer daran: Wem verdankt ihr euer Leben?« Die Stimme des Predigers bekam einen stählernen Klang. »Satan will euch einschüchtern! Damit ihr aufhört, von Jehova zu lernen! Lasst! Satan! Nicht! Siegen! Wenn ihr euch dem Satan widersetzt, beweist ihr Jehova, dass Er über euch herrschen soll!«

Die Menge brüllte begeistert los, doch mit einer Handbewegung bändigte Bruder Ioann die allgemeine Hysterie und breitete die Arme aus. »Hört die fünfte Lektion: Was hat Gott mit der Erde vor? Jehova hat sie erschaffen, damit die Menschen auf ihr in Ewigkeit glücklich leben! Die Erde wird niemals zerstört werden! Sie wird ewig existieren!«

Nun hielt es Artjom nicht mehr aus. Er schnaubte verächtlich. Sogleich richteten sich wütende Blicke auf ihn, und Bruder Timofej drohte ihm mit dem Finger.

»Adam und Eva, die ersten Menschen, sündigten, indem sie Gottes Gesetz missachteten«, fuhr der Prediger fort. »Darum vertrieb Jehova sie aus dem Paradies, und das Paradies ging verloren. Doch Jehova hat nicht vergessen, wozu Er die Erde erschaffen hat. Er hat versprochen, sie in ein Paradies zu verwandeln, in dem die Menschen ewig leben würden. Wie wird Er diesen Plan in Erfüllung bringen?«

Der langen Pause nach zu urteilen, stand der entscheidende Augenblick der Predigt bevor. Artjom spitzte die Ohren, als Bruder Ioann unheilvoll verkündete: »Bevor die Erde zum Paradies wird, müssen die bösen Menschen beseitigt werden. Unseren Vorfahren wurde offenbart, dass die Reinigung im Harmageddon erfolgen wird, dem Krieg Gottes zur Vernichtung des Bösen. Sodann wird Satan für tausend Jahre in Fesseln gelegt werden. Und niemand mehr wird der Erde Schaden zufügen. Nur das Volk Gottes wird überleben. Tausend Jahre lang wird unser Herr Jesus Christus herrschen!« Der Prediger richtete seinen glühenden Blick auf die vorderen Reihen seiner Zuhörer. »Begreift ihr, was das bedeutet? Gottes Krieg zur Vernichtung des Bösen ist bereits zu Ende! Das, was mit unserer sündigen Erde geschehen ist, war bereits das Armageddon. Das Böse liegt in Staub und Asche! Gemäß der Weissagung wird nur das Volk Gottes überleben. Und wir, die wir in der Metro leben, wir sind das Volk Gottes, denn wir haben das Armageddon überlebt. Das Reich Gottes naht! Schon bald wird es weder Alter noch Krankheit noch Tod geben. Die Gebrechlichen werden wieder gesund, die Greisen wieder jung. In der Tausendjahrherrschaft Jesu werden die Gottgläubigen die Erde in das Paradies verwandeln, und Gott wird Millionen von Toten auferwecken!«

Artjom dachte an das Gespräch zwischen Suchoj und Hunter zurück. Sie hatten sich darüber unterhalten, dass die Strahlung an der Oberfläche mindestens fünfzig Jahre lang so hoch bleiben würde wie jetzt. Sie hatten auch davon gesprochen, dass die Menschheit verdammt sei und dass neue biologische Arten entstehen würden. Wie wollte Bruder Ioann da die Erde in ein blühendes Paradies verwandeln?

Artjom wollte ihn fragen, welche unheimlichen Pflanzen in diesem ausgebrannten Paradies wachsen würden und welche Menschen den Mut haben würden, nach oben zu gehen, um es zu besiedeln, und ob Artjoms Eltern Satans Kinder gewesen seien, weil sie in dem Krieg um die Vernichtung des Bösen gestorben seien. Er spürte, wie Bitterkeit und Misstrauen in ihm aufstiegen, seine Augen brannten, und schamerfüllt bemerkte er, wie eine Träne seine Wange herablief … Er holte tief Luft und stieß hervor: »Und was sagt Jehova zu den kopflosen Mutanten?«

Die Frage hing in der Luft. Bruder Ioann würdigte ihn nicht einmal eines Blickes, doch einige der Zuhörer drehten sich erschrocken und befremdet nach ihm um. Sogleich rückten sie von ihm ab, als ob von ihm erneut ein übler Gestank ausging. Bruder Timofej griff nach seiner Hand, doch Artjom riss sich los, stieß die Brüder auseinander, bahnte sich einen Weg zum Ausgang. Einige Male versuchte jemand ihm ein Bein zu stellen, einer hieb ihm sogar die Faust in den Rücken, und von hinten hörte er entrüstetes Zischeln.

Er verließ den Königreichssaal und durchquerte den zweiten Waggon. Jetzt saßen viele Menschen an den Tischen, und jeder hatte eine leere Aluminiumschüssel vor sich stehen. In der Mitte des Raumes geschah offenbar etwas Interessantes, weswegen aller Augen dorthin gerichtet waren. Ein hagerer, unansehnlicher Mann mit Hakennase stand dort und sprach: »Bevor wir mit dem Mahl beginnen, Brüder, lasst uns die Geschichte des kleinen David hören, als Ergänzung zu der heutigen Predigt über die Gewalt.«

Der Mann trat zur Seite, und seinen Platz nahm ein pummeliger, stupsnasiger Junge mit glatt gekämmten weißblonden Haaren ein. Mit einer Stimme, mit der Kinder Gedichte aufsagen, fing er an zu sprechen: »Er war wütend und wollte mich verprügeln. Wahrscheinlich nur, weil ich so klein bin. Ich bin zurückgewichen und habe gerufen: ›Warte! Schlag mich nicht! Ich habe dir doch nichts getan. Was ist los?‹« Der kleine David machte ein beseeltes Gesicht, das er offenbar gut einstudiert hatte.

»Und was hat dir der schlimme Mann geantwortet?«, fragte der Hagere aufgeregt.

»Er sagte, dass jemand sein Frühstück gestohlen hat. Er wollte nur seinen Ärger loswerden.« Etwas in der Stimme des Jungen ließ einen daran zweifeln, dass er wirklich verstand, was er da sagte.

»Und was hast du getan?«

»Ich habe ihm einfach gesagt: ›Wenn du mich schlägst, bringt dir das dein Frühstück auch nicht zurück.‹ Dann habe ich ihm vorgeschlagen, gemeinsam zu Bruder Koch zu gehen, damit wir ihm die Geschichte erzählen. Er hat von ihm ein neues Frühstück bekommen. Danach hat er mir die Hand geschüttelt und ist immer freundlich zu mir gewesen.«

»Ist derjenige, der damals den kleinen David bedroht hat, unter uns?«, fragte der Hagere mit der Stimme eines Anklägers.

Sogleich fuhr eine Hand empor, und ein mächtiger Kerl von vielleicht zwanzig Jahren mit einem tumben, finsteren Gesicht bahnte sich den Weg zu der improvisierten Bühne. Er berichtete, welch wundersame Wirkung die Worte des kleinen David auf ihn gehabt hatten. Das fiel ihm nicht leicht – der Kleine hatte offenbar weitaus mehr Talent im Auswendiglernen. Als die Vorstellung zu Ende war und man den kleinen David samt dem reumütigen Schläger unter wohlwollendem Applaus verabschiedet hatte, wandte sich der Hagere bewegt an die Versammelten. »Wahrlich, gütige Worte verfügen über eine große Macht! Wie heißt es in den Sprüchen: ›Eine sanfte Zunge zerbricht Knochen.‹ Sanftheit und Milde sind keine Schwäche, meine geliebten Brüder, dahinter steckt eine enorme Willenskraft! Und die Beispiele aus der Heiligen Schrift belegen dies.« Er blätterte in einem speckigen Büchlein nach der entsprechenden Stelle und begann ergriffen daraus zu zitieren.

Begleitet von verwunderten Blicken ging Artjom weiter und betrat schließlich den ersten Waggon. Zunächst hielt ihn dort niemand auf, doch als er aus dem Zug hinaustreten wollte, stellte sich ihm der Wächter des Turms – jener gutmütige Dicke, der ihn bei der Ankunft so herzlich begrüßt hatte – in den Weg, zog die dichten Augenbrauen zusammen und erkundigte sich mit strenger Miene, ob er eine Ausgangsgenehmigung habe. Seinem dicken Wanst auszuweichen war völlig unmöglich.

Einige Sekunden lang wartete der Wächter auf eine Erklärung, dann rieb er sich die riesigen Fäuste und bewegte sich auf Artjom zu. Dieser blickte sich gehetzt nach allen Seiten um und musste plötzlich an den kleinen David denken. Sollte er sich lieber nicht mit diesem Elefanten anlegen, sondern ihn fragen, ob man ihm heute sein Frühstück geklaut hatte?

Zum Glück eilte in diesem Moment Bruder Timofej herbei, sah den Wächter sanft an und sagte: »Dieser Jüngling kann gehen. Wir halten niemanden gegen seinen Willen auf.«

Der Wächter blickte erstaunt drein, trat aber gehorsam zur Seite.

»Lass mich dich noch ein wenig begleiten, mein geliebter Bruder Artjom«, flötete Bruder Timofej. Und als Artjom nickte, unfähig, sich der Magie seiner Stimme zu widersetzen, fuhr er beruhigend fort: »Mag sein, dass es dir auf den ersten Blick etwas ungewohnt erscheint, wie wir hier leben. Doch nun ist der göttliche Samen in dich gelegt, und meine Augen sehen, dass er auf fruchtbaren Boden gefallen ist. Lass mich dir noch ein paar Ratschläge mit auf den Weg geben – jetzt, wo das Reich Gottes so nah ist wie noch nie –, damit du nicht verstoßen wirst. Lerne, das Böse zu hassen und meide alles, was Gott verhasst ist: Unzucht, Untreue, Sodomie, Inzest, Homosexualität, Glücksspiel, Lüge, Diebstahl, Zornesausbrüche, Gewalt, Magie, Spiritismus und Trinksucht.« Während dieser hastigen Aufzählung versuchte Bruder Timofej immer wieder, Artjom in die Augen zu blicken. »Wenn du Gott liebst und ihm wohlgefällig sein willst, befreie dich von diesen Sünden. Ehre den Namen Gottes, predige sein Reich, halte dich von den Geschäften dieser sündigen Welt fern, und sage dich von allen Menschen los, die das Gegenteil behaupten, denn es ist der Satan, der aus ihrem Munde spricht …«

Artjom hörte nichts mehr – er ging immer schneller, bis Bruder Timofej nicht mehr Schritt halten konnte.

»Wo kann ich dich finden?«, rief dieser ihm atemlos nach, nun schon aus einiger Entfernung, beinahe im Halbdunkel verschwunden.

Artjom fing an zu laufen. Von hinten, aus der Dunkelheit, ertönte ein letzter verzweifelter Schrei: »Gib das Gewand zurück!«

Artjom lief weiter, stolpernd, ohne etwas vor sich zu sehen. Einige Male fiel er hin, schlug sich auf dem Betonboden Handflächen und Knie blutig, doch er durfte nicht stehen bleiben – zu deutlich sah er vor sich das schwarze Sturmgewehr auf dem Pult in der Fahrerkabine. Er war sich keineswegs sicher, ob die Brüder das sanfte Wort tatsächlich der Gewalt vorziehen würden, wenn sie ihn einholten.

Außerdem war die Polis nicht mehr weit, auf derselben Linie. Nur noch zwei Stationen lagen dazwischen. Das Wichtigste war jetzt, immer geradeaus zu gehen, keinen Schritt vom Weg abzuweichen, und dann …

Als Artjom bei der *Serpuchowskaja* ankam, vergewisserte er sich kurz, dass er in die richtige Richtung lief, und tauchte wieder in das schwarze Loch des Tunnels ein.

Da geschah etwas mit ihm.

Das bereits vergessene Gefühl der Tunnelangst überkam ihn wieder, drückte ihn zu Boden, hinderte ihn am Gehen, Denken, Atmen. Er hatte geglaubt, er sei dagegen immun geworden, wenigstens dieser Schrecken habe ihn nach all seinen Wanderungen verlassen – weder Angst noch Unruhe hatte er verspürt, als er von *Kitai-gorod* zur *Puschkinskaja* gegangen, von der *Twerskaja* zur *Pawelezkaja* gefahren und sogar ganz allein von dort zur *Dobryninskaja* gewandert war. Doch nun ging es wieder los, und mit jedem Schritt wurde es schlimmer. Am liebsten hätte er sich umgedreht und wäre Hals über Kopf zur Station zurückgerannt, wo es wenigstens etwas Licht gab, wo Menschen waren und wo er nicht ständig diesen bohrenden, boshaften Blick im Rücken spürte.

Er war zu viel unter Menschen gewesen, hatte nicht mehr gespürt, was damals, am Ausgang der *Alexejewskaja*, über ihn hereingebrochen war. Doch nun wurde ihm erneut schlagartig bewusst, dass die Metro nicht nur einfach ein ehemaliges Verkehrsunternehmen, ein Atomschutzbunker oder eine Wohnstatt für einige Zehntausend Menschen war, sondern dass sie auf eine seltsame, rätselhafte Weise lebte, über ein außergewöhnliches, für den Menschen unfassbares Bewusstsein verfügte.

Dieses Gefühl war so klar und deutlich, dass es Artjom vorkam, als sei die Panik, die er empfand, Ausdruck der Feindseligkeit dieses riesigen Gebildes gegen die Menschen, die es fälschlicherweise als ihre letzte Zuflucht betrachteten. Es hasste diese kleinen Geschöpfe, die in seinen Eingeweiden umherkrochen. Und es versperrte Artjom den Weg. Seinem Wunsch, endlich ans Ende seines Weges, ans Ziel seiner Reise zu gelangen, stellte es seinen uralten, mächtigen Willen entgegen. Und sein Widerstand wuchs mit jedem Meter, den Artjom zurücklegte …

Noch immer herrschte um ihn absolute Dunkelheit. Er konnte die eigenen Hände nicht sehen, selbst wenn er sie sich vor das Gesicht hielt. Er war gleichsam aus Raum und Zeit herausgefallen und hatte das Gefühl, dass sein Körper nicht mehr existierte – als ginge er nicht mehr einen Tunnel entlang, sondern als schwebe sein Bewusstsein durch eine unbekannte Dimension.

Artjom konnte nicht sehen, ob die Tunnelwände an ihm vorüberzogen. Es war, als käme er nicht einen einzigen Schritt voran; das Ziel seines Weges schien noch genauso unerreichbar zu sein wie fünf oder zehn Minuten zuvor. Zwar berührten seine Füße die Schwellen – und dies konnte durchaus ein Anzeichen dafür sein, dass er sich im Raum bewegte –, doch war diese Bewegung so monoton, dass er glaubte, es handele sich um eine Art Aufzeichnung, die sich in seinem Kopf ständig wiederholte, in Wahrheit aber bewege er sich gar nicht fort. Kam er seinem Ziel überhaupt näher?

Er erinnerte sich an den Traum, der eine Antwort auf diese quälende Frage gab. Er schüttelte den Kopf, versuchte diesen dummen, sinnlosen Gedanken zu verwerfen, der seine Muskeln und seinen Verstand lähmte, doch verfolgte er ihn danach nur noch hartnäckiger. Und dann plötzlich – sei es aus Angst vor dem Unbekannten, Bösen, Feindseligen, das sich hinter seinem Rücken zusammenbraute, sei es um sich zu beweisen, dass er sich doch fortbewegte – stürzte er mit dreifacher Kraft los … Und blieb gerade noch rechtzeitig wieder stehen, denn sein sechster Sinn warnte ihn vor einem Hindernis.

Vorsichtig tastete er mit den Händen über kaltes, rostiges Eisen, aus Gummidichtungen herausragende Glasscherben, stählerne Radscheiben, und erkannte, dass es sich bei dem rätselhaften Hindernis um einen Zug handelte. Er musste an die furchtbare Geschichte denken, die ihm Michail Porfirjewitsch erzählt hatte. So zog er es vor, den Zug nicht zu betreten, sondern schlich sich, eng an die Tunnelwand gedrückt, an der langen Kette von Waggons vorbei. Als er den Zug endlich passiert hatte, atmete er auf und hastete sogleich weiter.

Endlich hatten sich seine Beine daran gewöhnt, im Dunkeln zu laufen, als plötzlich vor ihm, ein wenig seitlich versetzt, das rötliche Licht eines Lagerfeuers aufflammte.

Artjoms Erleichterung war unermesslich. Nun wusste er, dass er sich noch in der wirklichen Welt befand und dass in seiner Nähe Menschen waren. Es war ihm gleich, was sie von ihm hielten. Es spielte keine Rolle, ob es Mörder, Diebe, Sektierer oder Revolutionäre waren, Hauptsache, es waren Geschöpfe wie er: aus Fleisch und Blut. Nicht eine Sekunde lang zweifelte er daran, dass sie ihn aufnehmen würden und er sich hier vor dem riesigen, unsichtbaren Geschöpf verbergen konnte, das ihn ersticken wollte, oder auch vor seinem eigenen, wild gewordenen Verstand.

Das Bild, das sich seinen Augen bot, war jedoch so seltsam, dass er nicht mit Sicherheit sagen konnte, ob er wirklich in die Realität zurückgekehrt war oder ob er noch immer durch irgendwelche Winkel seines Bewusstseins irrte.

An der Station *Poljanka* – und nur um diese konnte es sich handeln – brannte lediglich ein einziges Feuer, aber da es keine anderen Lichtquellen gab, kam dieses Feuer Artjom heller vor als elektrische Lampen. Davor saßen zwei Männer, der eine mit dem Rücken, der andere mit dem Gesicht zu ihm, doch keiner der beiden hatte ihn gesehen oder gehört – als wären sie durch eine unsichtbare Wand von der Außenwelt isoliert.

Die gesamte Station war, soweit man dies im Schein des Feuers erkennen konnte, vollgestopft mit unglaublichem Schrott: Artjom konnte die Umrisse von kaputten Fahrrädern, Autoreifen, Möbel- und Geräteresten ausmachen, sowie einen riesigen Altpapierhaufen, aus dem die beiden von Zeit zu Zeit einen Packen Zeitungspapier oder ein Buch herauszogen und ins Feuer warfen. Direkt vor dem Feuer stand auf einem Stück Stoff eine weiße Gipsbüste, neben der eine Katze zusammengerollt schlief. Sonst war keine lebende Seele zu sehen.

Der eine der Stationsbewohner war gerade dabei, dem anderen etwas mit bedächtigen Worten zu erzählen, und während Artjom näher kam, begann er ihn allmählich zu verstehen:

»… diese Gerüchte über die Universität sind völlig übertrieben. Und übrigens grundfalsch. Das klingt alles nach dem alten Mythos von der unterirdischen Stadt in Ramenki. Ein Teil der Metro-2. Natürlich lässt sich nichts mit hundertprozentiger Gewissheit ausschließen, überhaupt kann man ja nichts mehr mit absoluter Gewissheit sagen. Dies hier ist das Reich der Mythen und Legenden. Die Metro-2 wäre natürlich der zentrale, goldene Mythos, wenn mehr Menschen davon wüssten. Allein der Glaube an die Unsichtbaren Beobachter!«

Artjom war schon ganz nahe an sie herangetreten, als derjenige, der ihm den Rücken zuwandte, zu seinem Gegenüber sagte: »Es ist jemand da.«

Der Zweite nickte. »Natürlich.«

»Du kannst dich zu uns setzen«, sagte der Erste zu Artjom, ohne sich nach ihm umzudrehen. »Weiter geht es jetzt sowieso nicht.«

»Warum?«, fragte Artjom beunruhigt. »Ist dort jemand, in diesem Tunnel?«

»Natürlich nicht. Wer wird sich da schon hineinwagen? Ich sage doch, es geht nicht weiter. Also setz dich.«

»Danke.« Artjom machte einen unsicheren Schritt vorwärts und ließ sich neben der Büste auf dem Boden nieder.

Beide waren sie bestimmt über vierzig. Der eine grau meliert, mit einer quadratischen Brille, der andere blond und schlank mit einem kleinen Bart. Sie trugen abgewetzte Wattejacken, die auf irritierende Weise nicht zu ihren Gesichtern passten, und rauchten aus einem Gerät mit einem dünnen Schlauch, das so aussah wie eine Wasserpfeife und einen schwindelerregenden Geruch verbreitete.

»Wie heißt du?«, erkundigte sich der Blonde.

»Artjom«, erwiderte dieser, während er die beiden seltsamen Männer misstrauisch musterte.

»Artjom heißt er«, sagte der Blonde zu dem anderen.

»Ist doch klar«, murmelte dieser.

»Ich bin Jewgeni Dmitrijewitsch. Und das ist Sergej Andrejewitsch«, sagte der Blonde.

»Muss das denn unbedingt sein, so offiziell?«, fragte Sergej Andrejewitsch.

»Oh ja, Serjoscha«, erwiderte Jewgeni Dmitrijewitsch, »in unserem Alter sollten wir das ausnutzen. Von wegen Status und so.«

Sergej Andrejewitsch wandte sich Artjom zu: »Und, was noch?«

Eine seltsame Frage. Sie verlangte nach einer Fortsetzung, zu der es keinen Anfang gegeben hatte. Artjom war verwirrt.

Der Blonde half ihm auf die Sprünge. »Artjom, Artjom ... Das bedeutet doch überhaupt nichts. Wo lebst du, wohin gehst du, woran glaubst du, wer ist schuld und was tun?«

»Genau wie damals, weißt du noch?«, sagte Sergej Andrejewitsch auf einmal aus irgendeinem Grund.

Jewgeni Dmitrijewitsch musste lachen. »Jaja!«

»Ich wohne an der *WDNCh*, zumindest habe ich das mal ...«, begann Artjom zögerlich. Er blickte die beiden noch einmal an. Vielleicht war es besser, von hier abzuhauen, solange es noch nicht zu spät war ... Doch das, worüber die zwei gesprochen hatten, bevor sie ihn bemerkten, hielt ihn am Feuer zurück. »Was ist das für eine Metro-2? Bitte verzeihen Sie, ich habe ein wenig gelauscht.«

Sergej Andrejewitsch lächelte gönnerhaft. »Du möchtest also die größte Legende der Metro hören? Was genau willst du denn wissen?«

»Sie haben von einer unterirdischen Stadt gesprochen und von irgendwelchen Beobachtern.«

Jewgeni Dmitrijewitsch sah an die Decke, stieß ein paar

Rauchringe aus und begann gemächlich zu erzählen. »Nun, die Metro-2 ist der Rückzugsort der Götter des sowjetischen Pantheons für die Zeit des Ragnarök, wenn die Mächte des Bösen obsiegen. Die Legenden besagen, dass unter dieser Stadt, die tot dort oben liegt, noch eine weitere Metro errichtet wurde: eine Metro für Auserwählte. Wenn du so willst, ist das, was du hier ringsum siehst, die Metro für die Herde. Das, wovon die Legenden sprechen, ist für die Hirten und ihre Hunde. Am Anfang der Anfänge, als die Hirten die Macht über die Herde noch nicht verloren hatten, regierten sie von dort, doch dann erschöpfte sich ihre Kraft, und die Schafe verstreuten sich. Nur ein Tor verband die beiden Welten, und wenn man der Überlieferung glauben will, befand es sich dort, wo die Karte jetzt von einer blutroten Schramme in zwei Teile geteilt wird: auf der Sokolnitscheskaja-Linie, irgendwo jenseits der *Sportiwnaja*. Dann geschah etwas, wodurch der Durchgang zur Metro-2 für immer verschlossen wurde, die Menschen hier verloren alles Wissen darüber, was dort vor sich ging, und schließlich wurde die Existenz der Metro-2 zum Mythos. Aber« – Jewgeni Dmitrijewitsch hob den Zeigefinger – »die Tatsache, dass es keinen Zugang zur Metro-2 mehr gibt, bedeutet nicht, dass sie nicht mehr existiert. Im Gegenteil: Sie ist um uns. Ihre Tunnel sind verwoben mit den Gängen unserer Untergrundbahn, und ihre Stationen befinden sich vielleicht sogar nur wenige Schritte hinter den Mauern unserer Stationen. Beide Bauwerke sind untrennbar, sie sind wie die Blutbahn und die Lymphgefäße desselben Organismus. Und es gibt Menschen, die nicht glauben können, dass die Hirten ihre Herde einfach so dem Schicksal überlassen haben. Sie behaupten, dass jene unmerklich in unserem Leben anwesend sind, dass sie uns lenken, jedem unserer Schritte folgen, ohne dabei jedoch irgendwie in Erscheinung zu treten oder sich zu erkennen zu geben. Das ist der Glaube an die Unsichtbaren Beobachter.«

Die Katze, die sich neben der verrußten Büste zusammengerollt hatte, hob den Kopf, öffnete die riesigen, strahlend grünen Augen und sah Artjom überraschend klar und bewusst an. Ihr Blick hatte nichts mit dem eines Tieres gemein, ja Artjom war sich nicht sicher, ob nicht durch ihre Augen jemand anders ihn beobachtete. Doch schon gähnte die Katze mit herausgestreckter rosa Zunge, drückte ihre Schnauze wieder in die Unterlage und döste weiter, sodass sich die Illusion verflüchtigte. Artjom räusperte sich. »Aber warum wollen sie nicht, dass die Menschen von ihnen wissen?«

»Dafür gibt es zwei Gründe. Zum einen haben die Schafe gesündigt, denn sie verstießen ihre Hirten in einem Augenblick, als diese schwach waren. Zum anderen haben sich die Hirten, seit die Metro-2 von unserer Welt abgeschnitten ist, anders entwickelt als wir, und nun sind sie keine Menschen mehr, sondern Wesen einer höheren Ordnung, deren Logik uns unverständlich ist und deren Gedanken sich uns nicht erschließen. Niemand weiß, welches Schicksal sie für die Metro erdacht haben, jedenfalls sind sie in der Lage, alles zu verändern. Ja, sie könnten uns sogar jene wunderschöne, verlorene Welt zurückgeben, denn sie haben ihre alte Macht wieder erlangt. Aber da wir uns einmal gegen sie aufgelehnt und sie verraten haben, sind sie an unserem Schicksal nicht mehr interessiert. Jedoch: Sie sind überall, sie wissen Bescheid über jeden unserer Atemzüge, jeden Schritt, jeden Herzschlag – über alles, was in der Metro vor sich geht. Einstweilen beobachten sie nur. Und erst wenn wir unsere furchtbare Sünde gesühnt haben, werden sie uns ihren geneigten Blick zuwenden, uns die Hand reichen. Und dann beginnt die Auferstehung. So berichten es die, die an die Unsichtbaren Beobachter glauben.« Jewgeni Dmitrijewitsch sog erneut den aromatischen Rauch ein.

»Aber wie können die Menschen ihre Schuld sühnen?«

»Das weiß niemand außer den Unsichtbaren Beobachtern. Die Menschen können es nicht begreifen, denn das Tun der Beobachter ist ihnen unverständlich.«

»Dann werden die Menschen also niemals selbst ihre Schuld sühnen können?«

Jewgeni Dmitrijewitsch zuckte mit den Schultern. »Stört dich das?« Er formte zwei weitere schöne Rauchringe und blies den einen durch den anderen.

Stille trat ein. Zunächst war sie leicht und durchsichtig, doch allmählich verdichtete sie sich, wurde lauter, schwerer. In Artjom wuchs das Verlangen, diese Stille zu zerschlagen, egal womit, mit einer nichtssagenden Phrase oder einem sinnlosen Laut. Also fragte er: »Woher kommen Sie?«

»Früher habe ich an der *Smolenskaja* gelebt«, erwiderte Jewgeni Dmitrijewitsch. »Nur fünf Minuten von dort.«

Artjom blickte ihn verdutzt an. Was meinte er damit? Nicht weit von seiner Station entfernt? Im Tunnel?

»Wir mussten immer an den Ständen vorbei, wo Tschebureki verkauft wurden. Manchmal haben wir uns dort ein Bier geholt. Da standen immer die Prostituierten rum, die hatten dort ihr … äh … Hauptquartier.«

Artjom begriff, dass Jewgeni Dmitrijewitsch von einer sehr alten Zeit sprach, der Zeit davor.

»Ja … Ich habe übrigens auch nicht weit weg gewohnt«, fügte Sergej Andrejewitsch hinzu. »Am Kalinin-Prospekt, in einem der Hochhäuser. Vor etwa fünf Jahren hat mir jemand erzählt, und der hatte es von einem Stalker, dass von den Hochhäusern nur noch Schutt übrig ist. Das ›Haus des Buches‹ steht noch, und, stell dir vor, das ganze Papier liegt immer noch völlig unberührt herum. Aber von den Hochhäusern sind nichts als Staub und ein paar Betonblöcke geblieben. Seltsam.«

»Und wie war es damals?«, erkundigte sich Artjom. Er liebte es, älteren Menschen diese Frage zu stellen und zu beobachten, wie sie bereitwillig alles stehen und liegen ließen, um ihm die Frage zu beantworten. Über ihre Augen legte sich dann stets ein verträumter Schleier, die Stimme bekam eine eigenartige Färbung, und ihre Gesichter wurden um Jahrzehnte jünger. Und auch wenn die Bilder, die vor ihrem inneren Auge entstanden, vermutlich ganz anders aussahen als das, was sich Artjom vorstellte, so war es doch unglaublich spannend. Und er fühlte dabei ein seltsames, schmerzlich-süßes Sehnen in seinem Herzen …

Jewgeni Dmitrijewitsch zog wieder an der Wasserpfeife. »Na ja, wie soll ich sagen. Es war sehr schön. Damals … mhm … ließen wir es richtig krachen.«

Artjom verstand nicht, was er mit diesem Ausdruck meinte.

Sergej Andrejewitsch bemerkte seine Unsicherheit und beeilte sich zu erklären: »Wir hatten Spaß, eine gute Zeit.«

»Ja, genau. Wir ließen es krachen«, bestätigte Jewgeni Dmitrijewitsch. »Ich hatte einen grünen Moskwitsch-2141. Mein komplettes Gehalt ging dafür drauf, na ja, um ihn aufzumotzen, Ölwechsel und so. Einmal habe ich sogar einen Sportvergaser eingebaut und dann Lachgas zugemischt.« Es war offensichtlich, dass er sich in jene glücklichen Zeiten zurückversetzt hatte – als man einfach mal einen Sportvergaser einbauen konnte –, denn auf seinem Gesicht zeichnete sich genau jener träumerische Ausdruck ab, den Artjom so liebte.

Sergej Andrejewitsch jedoch unterbrach die süßen Erinnerungen seines Freundes. »Artjom weiß wahrscheinlich gar nicht, was ein Moskwitsch ist, geschweige denn ein Vergaser.«

»Wie, er weiß das nicht?« Jewgeni Dmitrijewitsch warf einen entrüsteten Blick auf Artjom.

Dieser starrte an die Decke, während er fieberhaft nachdachte, was er sagen sollte. Schließlich ging er zum Gegenangriff über. »Und warum verbrennen Sie hier Bücher?«

»Wir haben sie schon gelesen«, erwiderte Jewgeni Dmitrijewitsch, und Sergej Andrejewitsch fügte belehrend hinzu: »Im Buche steht die Wahrheit nicht. Erzähl du mal lieber, warum du diesen Aufzug trägst? Bist du vielleicht ein Sektierer?«

»Aber nein, woher denn«, beeilte sich Artjom zu beschwichtigen. »Aber sie haben mich aufgenommen und mir geholfen, als es mir sehr schlecht ging.«

Jewgeni Dmitrijewitsch nickte. »Jaja, so arbeiten sie. Ich erkenne die Handschrift. Alle Waisen und Armen … oder so etwas in der Art.«

»Ich war bei einer ihrer Versammlungen, wo sehr seltsame Dinge gesagt wurden. Zum Beispiel, dass die größte Untat Satans darin besteht, dass er auch Ruhm und Anbetung für sich wollte. Geht es also nur um Neid? Dreht sich in der Welt etwa alles nur darum, dass irgendwann einmal jemand seinen Ruhm nicht teilen wollte?«

»Keineswegs«, versicherte Sergej Andrejewitsch, nahm die Wasserpfeife aus der Hand seines Freundes entgegen und zog daran.

»Und noch etwas. Sie sagen, dass die wichtigsten Eigenschaften Gottes Barmherzigkeit, Güte und Milde sind, dass er der allmächtige Gott der Liebe ist. Aber schon beim ersten Ungehorsam hat er den Menschen aus dem Paradies vertrieben und ihn sterblich gemacht. Dann kommen unzählige Menschen um, und am Ende schickt Gott Seinen Sohn, damit er die Menschen erlöst. Doch dieser Sohn stirbt selbst einen furchtbaren Tod. Zuvor ruft er noch seinen Vater an, warum er ihn verlassen hat. Und wozu das alles? Um mit seinem eigenen Blut die Sünde des ersten Menschen zu sühnen. Damit die Menschen ins Paradies zurückkehren und wieder die Unsterblichkeit erlangen. Aber warum so umständlich? Man hätte all diese Menschen auch weniger hart bestrafen können, schließlich waren sie selbst gar nicht an der Tat beteiligt. Und überhaupt hätte man die Strafe wegen Verjährung aussetzen sollen. Wozu den geliebten Sohn opfern und ihn noch verraten? Wo ist hier die Liebe, die Milde, die Allmacht?«

»Etwas grob und vereinfacht dargestellt, aber im Großen und Ganzen korrekt«, kommentierte Sergej Andrejewitsch und reichte die Wasserpfeife zurück.

»Also, was ich dazu sagen kann ...« Jewgeni Dmitrijewitsch nahm einen tiefen Zug, lächelte selig und fuhr fort: »Selbst wenn ihr Gott bestimmte charakteristische Eigenschaften hat, so sind dies mit Sicherheit nicht Liebe, Gerechtigkeit oder Sanftmut. Angesichts all dessen, was auf der Erde geschehen ist seit ihrer Erschaffung, hat Gott nur eine Art von Liebe an den Tag gelegt: die Vorliebe für interessante Geschichten. Erst brockt er irgendwem was ein, und dann schaut er, was dabei herauskommt. Ist es zu fade, tut er Pfeffer hinein. Insofern hat der alte Shakespeare schon recht: Die ganze Welt ist ein Theater. Nur ein ganz anderes, als er meinte.«

»Allein heute Morgen«, bemerkte Sergej Andrejewitsch, »hast du dir mit deinen Reden schon wieder ein paar Jahrhunderte Hölle verdient.«

»Dann hast du wenigstens jemanden, mit dem du dich unterhalten kannst.«

»Andererseits kann man dort sicher auch eine Menge interessanter Bekanntschaften machen.«

»Zum Beispiel mit den höchsten Vertretern der katholischen Kirche.«

»Oh ja, mit denen sicher. Aber streng genommen sind unsere schon auch ...«

Die beiden glaubten offensichtlich nicht wirklich, dass sie für ihre Worte irgendwann einmal würden büßen müssen. Jewgeni Dmitrijewitschs Äußerung jedoch, das Schicksal des Menschen sei nichts anderes als eine interessante Geschichte, brachte Artjom auf einen anderen Gedanken. »Ich habe ziemlich viele Bücher gelesen. Und mich immer gewundert, warum dort nichts so ist wie im richtigen Leben. Verstehen Sie, dort sind alle Ereignisse in einer Linie angeordnet, alles hängt miteinander zusammen, das eine ergibt sich aus dem anderen, nichts geschieht einfach so. Aber in Wirklichkeit ist es doch ganz anders! Das Leben ist voller unzusammenhängender Ereignisse, die völlig unabhängig voneinander vor sich gehen. Da gibt es keine logische Reihenfolge. In Büchern dagegen schon: Es gibt einen Anfang, dann beginnt sich etwas zu entwickeln, irgendwann kommt dann die Spitze, und schließlich das Ende.«

»Der Höhepunkt, nicht die Spitze«, korrigierte Sergej Andrejewitsch gelangweilt.

»Na gut, der Höhepunkt«, fuhr Artjom etwas verunsichert fort. »Jedenfalls ist es im Leben anders: Die Abfolge der Ereignisse findet manchmal keinen logischen Abschluss, und wenn doch, ist damit noch lange nichts zu Ende.«

»Du meinst, das Leben hat keine Handlung?«

Artjom dachte kurz nach, dann nickte er.

Sergej Andrejewitsch neigte den Kopf zu Seite und musterte Artjom. »Und was ist mit dem Schicksal, glaubst du daran?«

»Nein. Es gibt kein Schicksal. Nur zufällige Ereignisse, deren Sinn wir erst im Nachhinein erfinden.«

»Na, na …« Sergej Andrejewitsch seufzte enttäuscht. »Ich werde dir jetzt eine kleine Theorie schildern. Danach kannst du selbst beurteilen, ob sie zu deinem Leben passt oder nicht. Natürlich glaube auch ich, dass das Leben eitel und sinnlos ist und dass es kein Schicksal gibt, zumindest kein bestimmtes, offenkundiges, das man schon von Geburt an kennt. Nein, das nicht. Aber wenn du eine gewisse Zeit gelebt hast – wie soll ich sagen? – kann es vorkommen, dass dir etwas passiert, was dich dazu bringt, bestimmte Dinge zu tun und Entscheidungen zu treffen. Wobei du immer die Wahl hast, das eine zu tun oder aber etwas anderes. Wenn du jedoch die richtige Entscheidung triffst, so sind die Dinge, die dir im Weiteren passieren, nicht mehr rein zufällig, sondern bedingt durch die Wahl, die du zuvor getroffen hast. Ich will damit nicht sagen, dass dein weiteres Schicksal damit vorbestimmt ist. Aber angenommen, du stehst erneut am Scheideweg, so wird dir diese Entscheidung nicht mehr ganz so zufällig vorkommen. Natürlich nur, wenn du deine Wahl bewusst triffst. Dann ist ein Leben schon bald keine Ansammlung von Zufällen mehr, sondern hat tatsächlich eine gewisse Handlung, in der alles logisch miteinander verknüpft ist, wenn es auch nicht unbedingt immer unmittelbare Verbindungen sind. Das ist dann dein Schicksal. Und wenn du deinen Weg lange genug verfolgst, wird dein Leben so sehr einer Handlung gleichen, dass auf einmal Dinge mit dir passieren, die sich mit nackter Vernunft oder deiner Theorie der zufälligen Verkettung nicht mehr erklären lassen. Dafür passen sie aber ausgezeichnet zur Logik der Handlungsstränge, nach denen sich dein Leben jetzt richtet. Ich denke, das Schicksal kommt nicht von allein zu dir, du musst schon selbst dorthin gehen. Aber wenn sich die Ereignisse in deinem Leben einmal zu einer Handlung verdichten, so kann dich das sehr weit bringen … Das Interessante dabei ist, dass man selbst mitunter gar nicht merkt, wenn es einem passiert. Oder man hat eine ganz falsche Vorstellung davon, weil man versucht, die Ereignisse nach dem eigenen Weltbild zu ordnen. Das Schicksal hat jedoch seine eigene Logik.«

Anfänglich hatte Artjom diese seltsame Theorie als völligen Humbug empfunden, aber während Sergej Andrejewitsch sie in allen Einzelheiten erklärte, veränderte sich allmählich Artjoms Blickwinkel auf das, was ihm widerfahren war, seit er Hunters Auftrag angenommen hatte.

All seine Abenteuer, seine vergeblichen, verzweifelten Versuche, ans Ziel zu gelangen – auch wenn er bisweilen gar nicht mehr begriff, warum er das eigentlich tat –, kamen ihm nun wie ein komplex aufgebautes System vor, eine zwar etwas verschnörkelte, aber doch durchdachte Konstruktion.

Wenn Artjoms Zusage tatsächlich der erste Schritt auf diesem Weg gewesen war, so waren die weiteren Ereignisse – die Expedition zur *Rischskaja*, die Begegnung mit Bourbon – der nächste gewesen. Und dann war Khan ihm entgegengegangen, obwohl er an der *Sucharewskaja* hätte bleiben können … All dies ließ sich natürlich auch auf andere Weise erklären. Khan zum Beispiel hatte ganz andere Gründe für sein Handeln genannt. Doch dann war Artjom den Faschisten in die Hände gefallen. Beinahe wäre er erhängt worden, aber aufgrund eines völlig unwahrscheinlichen Zufalls verübte die Brigade gerade an diesem Tag einen Überfall auf die *Twerskaja*. Wären die Revolutionäre nur einen Tag früher oder später gekommen, Artjoms Tod wäre unausweichlich und seine Reise zu Ende gewesen.

Konnte es wirklich sein, dass die Hartnäckigkeit, mit der er seinen Weg fortsetzte, sich auf die weiteren Ereignisse auswirkte? Waren es wirklich seine Entschlossenheit, Wut und Verzweiflung, die auf wundersame Weise die Wirklichkeit beeinflussten, aus einer chaotischen Ansammlung von Geschehnissen, Taten und Gedanken ein geordnetes System flochten und so, wie Sergej Andrejewitsch gesagt hatte, seinem Leben eine sinnvolle Handlung verliehen?

Auf den ersten Blick war das unmöglich. Aber je mehr er darüber nachdachte … Wie sonst konnte man die Begegnung mit Mark erklären, der Artjom die einzig mögliche Chance verschafft hatte, auf das Gebiet der Hanse vorzudringen? Dann, als er sich bereits mit seinem Schicksal als Latrinenputzer abgefunden hatte, war er einfach blind losgegangen, und das Unmögliche geschah: Der Wächter, der an seinem Posten hätte stehen müssen, war verschwunden, nicht einmal eine Verfolgung hatte es gegeben. War er damals also von einem krummen Seitenpfad auf seinen eigentlichen Weg zurückgekehrt? Hatte er sich wieder in den Handlungsablauf seines Lebens eingefügt und dabei die Realität so gravierend verzerrt – oder besser: korrigiert –, damit sich seine Schicksalslinie ungehindert weiterentwickeln konnte?

Wenn ja, dann konnte dies nur eines bedeuten: Sobald Artjom sein Ziel aus den Augen verlor und von seinem Weg abwich, wandte sich sein Schicksal von ihm ab, der unsichtbare Schild, der ihn vor dem Tod bewahrte, zerbrach in tausend Stücke, der Ariadnefaden, den er vorsichtig in der Hand hielt, riss – und er selbst blieb allein mit der tobenden Wirklichkeit zurück, einer Wirklichkeit, die er mit seinem dreisten Angriff auf das chaotische Wesen des Seins erzürnt hatte. Vielleicht war es ja auch gar nicht möglich, dass einer, der bereits versucht hatte, das Schicksal zu betrügen, der leichtsinnig genug gewesen war, weiterzumachen, obwohl sich unheilvolle Wolken über ihm zusammenbrauten, sich nun einfach so davonstahl. Vielleicht kam er ja ungeschoren davon. Doch dann würde sein Leben wieder durchschnittlich und grau werden, niemals mehr würde etwas Ungewöhnliches, Magisches, Unerklärliches mit ihm geschehen, denn dann würde er die Handlung seines Lebens unterbrechen und den Protagonisten begraben.

Hieß dies, dass Artjom nicht nur kein Recht, sondern gar nicht mehr die Möglichkeit hatte, seinen Weg zu verlassen? Was dies sein Schicksal? Das Schicksal, an das er nicht geglaubt hatte? An das er nicht geglaubt hatte, weil er all das, was ihm widerfahren war, nicht richtig wahrgenommen hatte, die Zeichen am Wegesrand nicht hatte deuten können und die nur für ihn bestimmte Trasse für ein Wirrwarr verlassener Pfade gehalten hatte, die in verschiedene Richtungen führten?

Also war er doch auf dem richtigen Weg gewesen. Die Ereignisse seines Lebens ergaben tatsächlich eine zusammenhängende Handlung, die den menschlichen Willen und Verstand beherrschte, sodass seine Feinde erblindeten und seine Freunde sehend wurden, um ihm rechtzeitig zu Hilfe zu kommen. Eine Handlung, die gleich einer unsichtbaren Hand die Wirklichkeit so sehr steuerte, dass sich die unverbrüchlichen Gesetze der Wahrscheinlichkeit wie Plastilin formen ließen. Und wenn es wirklich so war, dann wurde die Frage nach dem Warum, auf die er früher nur mit mürrischem Schweigen und Zähneknirschen geantwortet hatte, auf einmal hinfällig. Nun würde er sich nicht mehr eingestehen müssen, dass es keine Vorhersehung gab, dass die Welt keine Gesetzmäßigkeiten und keine Gerechtigkeit kannte – der Gedanke, dass sich hier tatsächlich ein Plan abzuzeichnen schien, war einfach zu verlockend …

»Ich kann hier nicht mehr bleiben«, sagte Artjom laut und deutlich und erhob sich. Er spürte, wie sich seine Muskeln mit neuer, pulsierender Kraft füllten. Noch einmal horchte er in sich hinein und wiederholte dann: »Ich kann nicht mehr bleiben. Ich muss gehen. Es ist meine Pflicht.«

Ohne sich noch einmal umzudrehen, sprang er auf die Gleise und ging los, hinein in die Dunkelheit. All die Ängste, die ihn zu dem Lagerfeuer getrieben hatten, waren vergessen. Die Zweifel hatten ihn verlassen, waren einer absoluten Ruhe sowie der Gewissheit gewichen, dass er nun endlich das Richtige tat. Als wäre er vom Kurs abgekommen, nun aber endlich wieder auf dem Gleis seines Schicksals gelandet. Die Schwellen, über die er lief, zogen nun wie von selbst unter ihm hinweg, ohne dass es ihn besondere Mühe kostete. Nach wenigen Augenblicken war er schon in der Finsternis verschwunden.

Sergej Andrejewitsch zog erneut an der Wasserpfeife. »Schöne Theorie, nicht wahr?«

»Man könnte meinen, du glaubst selbst daran«, brummte Jewgeni Dmitrijewitsch, während er die Katze hinter den Ohren kraulte.

# 12
# Die Polis

Es blieb nur noch ein Tunnel. Nur ein Tunnel, und Artjom würde das Ziel, das ihm Hunter gesetzt und das er hartnäckig und verzweifelt gesucht hatte, endlich erreichen. Zwei, vielleicht drei Kilometer trockenen und ruhigen Weges, und er war dort, an der *Borowizkaja*. Artjom stellte sich keine Fragen mehr. Sein Kopf war fast genauso leer und tönend wie der Tunnel selbst. Noch vierzig Minuten. Vierzig Minuten, und seine Reise war zu Ende.

Er war sich gar nicht bewusst, dass er durch absolute Dunkelheit ging. Seine Beine liefen mit traumwandlerischer Sicherheit von Schwelle zu Schwelle. Er dachte nicht mehr daran, welche Gefahren er durchgestanden hatte, dass er wehrlos war, weder Dokumente noch Taschenlampe noch Waffen mit sich trug, dass er ein absonderliches Sektierergewand anhatte. Ja, nicht einmal die Tatsache, dass er weder diesen Tunnel noch die womöglich darin lauernden Gefahren kannte, beschäftigte ihn.

Die Gewissheit, dass ihm, solange er seinem Weg folgte, nichts passieren konnte, beherrschte sein Bewusstsein. Wohin war die zuvor unvermeidliche Tunnelangst verschwunden? Wo waren Müdigkeit und Zweifel geblieben?

Es war das Echo, das alles verdarb.

In diesem leeren Tunnel hallte das Geräusch seiner Schritte nach vorne und nach hinten wider. Krachend stieß es sich an den Wänden ab und entfernte sich allmählich, bis es in ein leises Rascheln überging. Der Widerhall erklang mit einer gewissen Verzögerung, und nach einer Weile hatte Artjom das Gefühl, als ginge nicht nur er durch diesen Tunnel, sondern auch noch jemand anders. Bald war dieser Verdacht so stark, dass Artjom am liebsten stehen geblieben wäre, um zu horchen, ob das Echo der Schritte vielleicht doch ein eigenes Leben hatte.

Einige Minuten lang kämpfte er gegen die Versuchung an. Sein Schritt verlangsamte sich. Er trat nun leiser auf, horchte, ob sich dies auch auf die Lautstärke des Echos auswirkte. Schließlich blieb er stehen. Flach atmend, damit der Luftzug nicht das kleinste Geräusch in der Ferne überdeckte, stand er stocksteif in der Finsternis und wartete.

Stille.

Nun, da er sich nicht mehr bewegte, hatte er das Gefühl für den Raum wieder verloren. Als er noch ging, hatte er die Verbindung zur Wirklichkeit über seine Fußsohlen gespürt – doch während er so in der tiefen Schwärze des Tunnels stand, wusste er nicht mehr, wo er sich befand.

Dann, als er sich wieder in Bewegung setzte, glaubte er das leise Echo seines Schritts bereits zu hören, bevor sein Fuß den Betonboden berührte.

Sein Herz schlug nun lauter. Er redete sich zu, dass es dumm und sinnlos war, auf jedes kleine Scharren im Tunnel zu achten. Eine Zeit lang versuchte er das Echo zu ignorieren. Dann schien es ihm, als käme der letzte, ganz leise Widerhall allmählich näher. Er hielt sich die Ohren zu und ging weiter.

Doch nach ein paar Minuten riss er die Hände von den Ohren, ohne stehen zu bleiben, und bemerkte mit Grauen, dass das Echo im Tunnel vor ihm tatsächlich lauter ertönte. Aber kaum verharrte er auf der Stelle, da verstummten, nur wenige Sekundenbruchteile später, auch jene Geräusche.

Dieser Tunnel prüfte Artjoms Fähigkeit, der Angst zu widerstehen. Doch so leicht würde er sich nicht ergeben. Er hatte schon zu viel durchgemacht, um vor einem Echo im Dunkeln zurückzuschrecken.

War es denn ein Echo?

Es kam näher, daran bestand kein Zweifel. Als er die gespenstischen Schritte etwa zwanzig Meter vor sich vermutete, blieb Artjom ein weiteres Mal stehen. Es war so unerklärlich und unheimlich, dass er es kaum aushielt. Er wischte sich den kalten Schweiß von der Stirn. Seine Stimme überschlug sich, als er in die Leere hineinrief: »Ist dort jemand?«

Das Echo kam aus erschreckender Nähe, und Artjom erkannte seine Stimme nicht wieder. Zitternde Wortfetzen jagten einander, immer tonloser werdend, in die Tiefe des Tunnels: »... dort jemand ... jemand ... and...?«

Niemand antwortete. Doch dann geschah das Unglaubliche: Das Echo kam zurück. Es wurde lauter, nahm die verlorenen Silben wieder auf, und schließlich wiederholte jemand in vielleicht dreißig Schritten Entfernung mit ängstlicher Stimme seine Frage.

Das war zu viel. Artjom drehte sich um und lief in die Richtung los, aus der er gekommen war. Er vergaß völlig, dass man der Angst niemals nachgeben durfte.

Es dauerte nicht lange, da merkte er, dass der Widerhall seiner Schritte weiter in derselben Entfernung erklang. Das hieß, der unsichtbare Verfolger ließ ihn nicht laufen. Keuchend rannte er – bis er über ein Verbindungsstück zwischen zwei Tunnelsegmenten stolperte und fiel.

Das Echo erstarb sofort. Es verging einige Zeit, dann endlich nahm Artjom all seinen Mut zusammen, erhob sich und machte wieder einen Schritt Richtung Polis. Und nun kamen die schlurfenden Schritte wieder mit jedem Meter näher. Nur das

Pochen in seinen Ohren übertönte dieses unheilvolle Geräusch. Jedes Mal, wenn er stehen blieb, verharrte auch sein Verfolger in der Dunkelheit. Dass es sich nicht um ein Echo handelte, davon war er jetzt absolut überzeugt.

Er ging weiter, bis sich ihm die Schritte auf eine Armlänge genähert hatten … Und dann stürzte er los, schreiend und wild mit den Fäusten um sich schlagend – dorthin, wo er seinen Gegner zu finden glaubte.

Seine Fäuste pfiffen durch die Luft. Doch niemand wehrte seine Schläge ab. Er hieb ins Leere, schrie, sprang zurück, breitete die Arme aus, um den unsichtbaren Feind in der Dunkelheit zu packen. Nichts. Es war niemand da. Doch kaum war er wieder bei Atem und machte einen Schritt, als das schwere, schlurfende Geräusch erneut erklang, diesmal direkt vor ihm. Wieder schlug er drauflos, wieder vergeblich. Er glaubte den Verstand zu verlieren. Er starrte in die Dunkelheit, bis die Augen schmerzten, und versuchte verzweifelt auch nur irgendetwas zu erkennen. Er lauschte, ob er den Atem des anderen vernahm. Doch es war niemand da.

Nachdem er einige Sekunden lang vollkommen reglos gewartet und mit sich gerungen hatte, gelangte Artjom zu der Einsicht, dass diese Erscheinung, wie immer sie auch zu erklären war, für ihn keine Gefahr darstellte. Wahrscheinlich ein akustisches Phänomen. Wenn ich nach Hause komme, frage ich Suchoj, sagte er sich. Schon wollte er den nächsten Schritt machen, als ihm jemand leise ins Ohr flüsterte: »Warte. Geh noch nicht.«

»Wer ist da?«, rief Artjom. Er atmete schwer. Niemand antwortete ihm. Um ihn herum war nichts als Leere. Er wischte sich mit dem Handrücken über die Stirn, dann ging er hastig los Richtung *Borowizkaja*. Die geisterhaften Schritte seines Verfolgers entfernten sich mit der gleichen Geschwindigkeit in entgegengesetzter Richtung, wurden allmählich leiser, bis sie sich in der Ferne ganz auflösten. Erst dann blieb Artjom stehen. Er hatte keine Ahnung, was das gewesen war. Noch nie hatte er von etwas Derartigem gehört, weder von seinen Freunden noch von seinem Stiefvater bei dessen abendlichen Erzählungen am Lagerfeuer. Doch wer auch immer dort zu ihm gesprochen hatte – dessen Rat, stehen zu bleiben und zu warten, übte nun, da Artjom Zeit gehabt hatte, darüber nachzudenken, eine geradezu hypnotische Überzeugungskraft aus.

Daher kauerte er sich auf die Gleise, wo er die nächsten zwanzig Minuten wie ein Betrunkener hin und her schwankte. Er kämpfte mit einem plötzlichen Schüttelfrost, während er an die seltsame, kaum menschliche Stimme dachte. Erst als das Zittern endlich nachließ und das furchtbare Geflüster in seinem Kopf mit dem leisen Pfeifen des aufkommenden Tunnelwinds verschmolz, erhob er sich und ging weiter.

Die ganze Zeit über schritt er mechanisch voran, versuchte, an nichts zu denken. Hin und wieder stolperte er über irgendwelche Kabel am Boden. Es schien nicht viel Zeit vergangen zu sein, obwohl er nicht sagen konnte, wie viel genau, denn in der Dunkelheit waren die Minuten nicht voneinander zu unterscheiden.

Schließlich erblickte er Licht am Ende des Tunnels.

Die *Borowizkaja*. Die Polis.

Im gleichen Augenblick vernahm er lautes Rufen und Schüsse. Er schrak zurück und verbarg sich in einer Wandnische. In der Ferne hörte er ein langgezogenes Stöhnen und Fluchen. Dann donnerte, verstärkt durch das Echo, eine Maschinengewehrsalve durch den Tunnel.

Warte …

Als alles wieder ruhig war, harrte Artjom noch eine Viertelstunde in seinem Versteck aus, ehe er sich herauswagte. Er hob beide Arme und ging langsam auf das Licht zu.

Es war tatsächlich der Eingang zur Station. Vorgelagerte Posten gab es an der *Borowizkaja* nicht, offenbar verließ man sich hier auf die Unantastbarkeit der Polis. Erst fünf Meter vor der Stelle, an der das Tunnelgewölbe endete, standen die Zementblöcke eines Kontrollpunkts. Davor lag in einer Blutlache, die Arme weit von sich gestreckt, ein lebloser Körper.

Kaum war Artjom in Sichtweite der grün uniformierten Grenzer, befahlen sie ihm, näher zu kommen und sich mit dem Gesicht zur Wand zu stellen. Man durchsuchte ihn schnell, fragte nach seinem Pass, drehte ihm die Arme auf den Rücken und brachte ihn schließlich zur Station.

Das Licht. Es war die Wahrheit, alle hatten sie die Wahrheit gesagt, es waren keine Lügenmärchen gewesen. Dieses Licht war so hell, dass Artjom die Augen zusammenkneifen musste, um nicht zu erblinden. Sogar durch die geschlossenen Lider blendete dieses Gleißen seine Pupillen, und erst als ihm die Grenzer die Augen verbanden, ließ das Brennen allmählich nach. Die Rückkehr zu jenem Leben, das frühere Generationen einmal geführt hatten, war schmerzhafter, als Artjom vermutet hatte.

Erst in der Wachstube nahm man ihm die Augenbinde wieder ab. Es war ein gewöhnlicher, kleiner, mit brüchigen Fliesen ausgekleideter Dienstraum. Und es war dunkel. Lediglich eine Kerze flackerte auf einem ockerfarben angestrichenen Holztisch. Der Wachleiter, ein beleibter und unrasierter Mann in einem grünen Offiziershemd mit hochgekrempelten Ärmeln und einer Krawatte am Gummiband, sah gerade dabei zu, wie etwas flüssiges Wachs auf seinem Finger erstarrte. Er musterte Artjom lange, dann fragte er: »Woher kommen Sie? Wo ist Ihr Pass? Und was ist mit Ihrem Auge?«

Artjom sah keinen Sinn darin, sich zu verstellen. Er berichtete, wie ihm die Faschisten seinen Pass abgenommen hatten und wie er dort fast sein Auge verloren hätte.

Zu seiner Überraschung reagierte der Hauptmann wohlwollend. »Kennen wir, natürlich. Der Tunnel auf der anderen Seite führt genau zur *Tschechowskaja*. Da haben wir eine richtige Festung stehen. Noch herrscht kein Krieg, aber wohlmeinende Leute raten uns, auf der Hut zu sein. Wie heißt es so schön: *Si vis pacem, para bellum.*« Er zwinkerte Artjom zu.

Den letzten Satz verstand Artjom nicht, und nachfragen wollte er auch nicht. Eine Tätowierung in der Ellenbeuge des Hauptmanns fesselte seine Aufmerksamkeit: Es war ein Vogel mit weit geöffneten Flügeln, dem – offenbar wegen der Strahlung – zwei Köpfe mit hakenförmigen Schnäbeln gewachsen waren. An irgendetwas erinnerte ihn das, doch woran, wusste er nicht mehr. Als der Wachleiter sich zu einem der Soldaten umwandte, sah Artjom das gleiche Zeichen in klein auf seiner linken Schläfe.

»Und was verschafft uns die Ehre?«, fragte der Hauptmann dann.

»Ich suche einen gewissen Melnik. Wahrscheinlich ein Spitzname. Ich habe eine wichtige Mitteilung für ihn.«

Der Gesichtsausdruck des Grenzers veränderte sich schlagartig. Das träge, gutmütige Lächeln verschwand von seinen Lippen, und seine Augen blitzten überrascht im Licht der Kerze auf. »Sagen Sie es mir, ich richte es aus.«

Artjom schüttelte den Kopf. Entschuldigend begann er zu erklären, es handele sich um eine geheime Information, und es sei ihm aufgetragen worden, sie niemandem außer diesem Melnik selbst mitzuteilen.

Der Hauptmann musterte ihn erneut, dann gab er einem der Soldaten ein Zeichen, und dieser reichte ihm ein schwarzes Telefon, wobei er das Kabel exakt bis auf die notwendige Länge abrollte. Der Hauptmann drehte mehrmals mit einem Finger die Scheibe und sprach in den Hörer: »Hier Bor-Süd, Iwaschow. Verbinden Sie mich mit Oberst Melnikow.«

Während sie auf die Antwort warteten, bemerkte Artjom, dass auch die beiden Soldaten, die sich mit ihnen im Zimmer befanden, die gleiche Tätowierung an ihren Schläfen trugen.

Der Wachleiter klemmte den Hörer zwischen Wange und Schulter und fragte Artjom: »Wie soll ich Sie vorstellen?«

»Sagen Sie, eine Mitteilung von Hunter. Eine dringende Mitteilung.«

Der andere nickte, wechselte noch ein paar Sätze mit der Person am anderen Ende der Leitung und beendete das Gespräch. »An der *Arbatskaja*, beim Stationsvorsteher, morgen um neun. Bis dahin sind Sie frei.« Er gab einem der Soldaten ein Handzeichen, der daraufhin die Tür freigab. Dann wandte er sich noch einmal an Artjom. »Sie sind ja sozusagen unser Ehrengast und außerdem zum ersten Mal hier. Nehmen Sie die hier, aber nur geliehen!« Er hielt Artjom eine dunkle Brille mit leicht verbogenem Metallgestell hin.

Erst morgen! Artjom konnte seine heftige Enttäuschung, ja Kränkung nicht verbergen. Und dafür hatte er den ganzen Weg zurückgelegt, hatte sein Leben und das anderer riskiert? Dafür hatte er sich so beeilt, sich gezwungen, einen Fuß vor den anderen zu setzen? Wieso hatte dieser verdammte Melnik nicht einmal eine freie Minute für ihn?

Oder war Artjom einfach zu spät gekommen, und jener wusste schon alles? Vielleicht wusste Melnik ja sogar Dinge, die Artjom nicht einmal ahnte? Vielleicht hatte er sich so sehr verspätet, dass seine Mission bereits ihren Sinn verloren hatte? »Erst morgen?«, brach es aus ihm heraus.

»Der Oberst hat heute noch einen Auftrag zu erledigen. Er kommt morgen früh wieder«, erklärte der Wachleiter. »Geh schon, und ruh dich aus.« Dann begleitete er Artjom aus dem Dienstraum hinaus.

Beruhigt, aber noch immer leicht gekränkt, setzte Artjom die

Brille auf. Die Gläser waren verkratzt und verzerrten ein wenig die Sicht, doch er begriff schnell, dass er ohne sie verloren gewesen wäre. Das Licht der Quecksilberlampen war zu hell für ihn. Und nicht nur für ihn. Artjom sah, dass viele Menschen hier ihre Augen hinter dunklen Gläsern verbargen. Offenbar auch Fremde, dachte er.

Eine komplett ausgeleuchtete Metrostation war für ihn etwas völlig Neues und Befremdliches. Hier gab es überhaupt keine Schatten. An der *WDNCh* und an allen anderen Stationen, die er kannte, leuchteten die wenigen Lichtquellen, die es gab, den Raum nie ganz aus. Dafür hatte jeder Mensch dort gleich mehrere Schatten: einen blassen, kränklichen Schatten, den die Kerzen warfen, einen zweiten – blutrot – von der Notbeleuchtung, und einen dritten – schwarz und scharfkantig – von der Taschenlampe. Sie vermischten sich, verschwammen miteinander und mit fremden Schatten, fielen bisweilen mehrere Meter über den Boden, erschreckend, täuschend, Vermutungen und Ahnungen weckend. In der Polis hingegen vernichteten die Tageslichtlampen alle Schatten bis auf einen.

Artjom blieb entgeistert stehen und sah sich um. Die *Borowizkaja* befand sich in erstaunlich gutem Zustand. Weder die Marmorwände noch die getünchte Decke zeigten irgendwelche Spuren von Ruß. Überall herrschte Ordnung. Ganz hinten machte sich eine Frau in blauem Overall an einem mit der Zeit dunkel gewordenen Wandbild zu schaffen. Mit Schwamm und Reinigungsmittel schrubbte sie das Relief.

Die Wohnräume befanden sich hier in den Rundbögen. Nur zwei davon hatte man jeweils als Durchgang zu den Gleisen freigelassen, die anderen waren beidseitig mit Ziegelmauern versehen und hatten sich in richtige Wohnungen verwandelt. Jede hatte einen Eingang, einige sogar echte Holztüren und verglaste Fenster. Aus einer Wohnung drang Musik nach außen, vor manchen Türen lagen kleine Teppiche als Fußabstreifer. So etwas hatte Artjom noch nie gesehen. Diese Räume verströmten so viel Wärme und Geborgenheit, dass ihm ein Stich durch das Herz fuhr und ein Bild aus seiner Kindheit kurz vor ihm aufflackerte.

Am erstaunlichsten war jedoch, dass sich an den beiden Wänden des Mittelgangs, zwischen den Wohnungen, eine ganze Reihe von Bücherregalen entlangzog. Dies verlieh der Station ein wundersames, fast unwirkliches Aussehen. Es erinnerte Artjom an die Beschreibungen von Bibliotheken in mittelalterlichen Universitäten, von denen er zu Hause in einem Buch gelesen hatte.

Am einen Ende des Saals führten Rolltreppen zu dem Durchgang zur Station *Arbatskaja*. Das Sicherheitstor stand offen, und nur ein kleiner Posten war hier aufgestellt. Die Soldaten winkten die Passanten einfach durch, nicht einmal die Dokumente kontrollierten sie.

Dafür befand sich am anderen Ende, unterhalb des großen Reliefs, ein Militärlager. Feldzelte waren dort aufgeschlagen, und Artjom erkannte auf der Plane das gleiche Zeichen wie auf den Schläfen der Grenzsoldaten. Auf einem fahrbaren Untersatz war eine große Waffe montiert, deren langer Lauf mit trichterförmigem Aufsatz aus der Abdeckung herausragte. Bewacht wurde sie von zwei Soldaten in dunkelgrünen Uniformen, Helmen und kugelsicheren Westen. Das Lager war um eine breite Treppe herum gruppiert, die über eines der Gleise führte. Eine zweite Treppe, die ebenfalls dorthin führte, war komplett mit riesigen Zementblöcken zugemauert worden, und als Artjom auf den herabhängenden Leuchttafeln »Ausgang zur Stadt« las, begriff er den Sinn dieser Vorsichtsmaßnahmen.

In der Mitte der Station standen einige stabile Holztische, an denen Männer in langen, grauen Gewändern aus festem Stoff saßen und sich angeregt unterhielten. Als sich Artjom ihnen näherte, erkannte er verwundert, dass auch sie an den Schläfen tätowiert waren, jedoch nicht mit dem Raubvogelsymbol, sondern mit der stilisierten Zeichnung eines geöffneten Buches sowie darüber eine Reihe senkrechter Striche, die an Säulen erinnerten. Einer der Männer bemerkte Artjoms Blick, lächelte ihm zu und fragte: »Ein Besucher? Zum ersten Mal bei uns?«

Bei dem Wort »Besucher« zuckte Artjom kurz zusammen, beruhigte sich aber sogleich wieder und nickte. Der Mann, der ihn angesprochen hatte, war nicht viel älter als er, und als er sich erhob, um ihm aus dem breiten Ärmel seines Gewands heraus die Hand zu reichen, stellte sich heraus, dass sie sogar ungefähr gleich groß waren, nur war jener etwas zarter gebaut.

Artjoms neuer Bekannter hieß Danila. Er erkundigte sich bei Artjom danach, was außerhalb der Polis vor sich ging, welche Neuigkeiten es von der Ringlinie gab und was von den Faschisten und den Roten zu hören war.

Eine halbe Stunde später saßen sie in Danilas Zuhause, einer kleinen Wohnung unter einem der Rundbögen, und tranken Tee, der offenbar auf irgendwelchen Umwegen von der *WDNCh* gekommen war. Das Inventar des Zimmers bestand aus einem mit Büchern überhäuften Tisch, einem gusseisernen, bis zur Decke reichenden und ebenfalls bis obenhin mit Büchern vollgestellten Regal sowie einem Bett. Von der Decke herab hing eine matt leuchtende Glühbirne, die eine kunstvolle Zeichnung eines riesigen antiken Tempels erhellte. Erst nach einiger Zeit erkannte Artjom darin die Bibliothek, die sich irgendwo über der Polis befinden musste.

Als seinem Gastgeber schließlich die Fragen ausgingen, kam Artjom an die Reihe: »Warum tragt ihr alle diese Zeichen am Kopf?«

»Hast du etwa noch nie etwas von unseren Kasten gehört?«,

erwiderte Danila verwundert. »Und vom Rat der Polis auch nicht?«

Artjom fiel Michail Porfirjewitschs Erzählung ein. Er nickte. »Doch. Die Offiziere und die Bibliothekare. Du bist also ein Bibliothekar?«

Danila blickte ihn erschrocken an, erbleichte und musste husten. Als er sich wieder gefangen hatte, sagte er leise: »Hast du denn schon einmal einen lebenden Bibliothekar gesehen? Das möchte ich dir nicht raten! Die Bibliothekare sitzen nämlich oben. Hast du gesehen, welche Befestigungen wir hier haben? Das ist für den Fall, dass sie eines Tages herunterkommen ... Bring diese Dinge bloß nicht durcheinander. Ich bin kein Bibliothekar, sondern ein Hüter. Man nennt uns auch Brahmanen.«

»Was ist denn das für ein seltsamer Name?«

»Wir haben hier eine Art Kastensystem. Wie im alten Indien. Eine Kaste, na ja, das ist so eine Art Klasse. Es gibt die Kaste der Priester, der Wissenshüter und derer, die Bücher sammeln und mit ihnen arbeiten. Und dann gibt es die Kaste der Krieger, die für unseren Schutz und die Verteidigung zuständig ist. Das ist ganz ähnlich wie in Indien. Dort gab es außerdem noch die Kaste der Händler und die der Diener. Auch die gibt es bei uns. Daher verwenden wir die indischen Bezeichnungen: Brahmane für Priester, Kshatriya für Krieger, Vaishya für Händler und Shudra für Diener. Mitglied einer Kaste wirst du einmal für dein ganzes Leben, und das nach einem bestimmten Weiheritual, besonders bei den Kshatriyas und den Brahmanen. In Indien war das Familiensache, das wurde vererbt. Bei uns dagegen wählt man selbst, wenn man achtzehn wird. An der *Borowizkaja* gibt es hauptsächlich Brahmanen. Unsere Schule ist hier, auch die Bibliotheken und die Zellen für das Studium. Die Bibliotheksstation nebenan hat einen Sonderstatus, weil dort die Rote

Linie Transitrecht hat. Deshalb muss sie besonders bewacht werden. Vor dem Krieg gab es dort mehr von uns, die meisten davon sind zur *Alexandrowski Sad* umgezogen. An der *Arbatskaja* gibt es dagegen fast nur Kshatriyas.«

Artjom seufzte. All diese komplizierten altindischen Namen würde er sich nicht so schnell merken.

Danila fuhr jedoch unbeirrt fort: »Dem Rat gehören natürlich nur zwei Kasten an, unsere und die der Kshatriyas.« Er zwinkerte Artjom zu. »Wir nennen sie meistens nur die ›Raufbolde‹.«

»Und warum lassen sie sich diesen Vogel aufmalen? Bei euch ist es ein Buch, das ist ja klar. Aber ein Vogel?«

Danila zuckte mit den Schultern. »Das ist so eine Art Totem für sie. Ich glaube, früher war das eine Art Patron der Strahlenschutz-Streitkräfte. Ein Adler, wenn ich mich nicht irre. Die haben ja auch ihren eigenen, komischen Glauben. Wie du siehst, sind die Beziehungen zwischen unseren Kasten nicht besonders gut. Früher haben wir uns sogar gegenseitig bekämpft.«

Durch den Vorhang war zu erkennen, dass das Licht an der Station schwächer wurde; offenbar war hier die Nacht angebrochen. Artjom machte Anstalten, sich zu verabschieden. »Habt ihr hier einen Gästeraum«, fragte er, »wo ich übernachten kann? Ich bin morgen um neun Uhr an der *Arbatskaja* mit jemandem verabredet, weiß aber noch nicht, wo ich schlafen soll.«

»Wenn du willst, bleib hier. Ich schlafe auf dem Boden, das bin ich gewohnt. Ich wollte mir jetzt ohnehin etwas zu essen machen. Du kannst mir erzählen, was du unterwegs noch gesehen hast. Weißt du, ich komme ja hier überhaupt nicht raus – das Vermächtnis der Hüter gestattet es uns nicht, uns mehr als eine Station zu entfernen.«

Nach kurzem Zögern willigte Artjom ein. Das Zimmer war einladend und warm, und sein Gastgeber war ihm gleich sympathisch gewesen. Sie schienen irgendetwas gemeinsam zu haben. Eine Viertelstunde später putzte er bereits die Pilze, während Danila das Schweinefleisch in kleine Stücke schnitt.

»Hast du die Bibliothek denn jemals selbst gesehen?«, fragte Artjom kurz darauf mit vollem Mund.

»Du meinst die ›Große Bibliothek‹?«, präzisierte der Brahmane mit strengem Blick.

Artjom deutete mit der Gabel zur Decke. »Die dort oben … Sie ist doch noch dort?«

»Zur Großen Bibliothek steigen nur unsere Ältesten hinauf. Und die Stalker, die für die Brahmanen arbeiten.«

»Also sind sie es, die die Bücher aus der Bibliothek hierherbringen …« – Artjom bemerkte, dass Danila erneut die Stirn runzelte – »… ich meine, aus der Großen Bibliothek?«

»Ja, das tun sie, aber nur im Auftrag der Ältesten unserer Kaste. Wir können es nicht selbst, deshalb müssen wir uns dieser Söldner bedienen. Laut unserem Vermächtnis wäre es eigentlich unsere Aufgabe, das Wissen zu bewahren und an die Suchenden weiterzugeben. Aber um Wissen weiterzugeben, muss man es sich erst beschaffen.« Danila seufzte und hob die Augen. »Und wer von uns würde sich je dort blicken lassen?«

»Wegen der Strahlung?«

»Deswegen auch.« Danila senkte die Stimme. »Aber vor allem wegen der Bibliothekare.«

»Das verstehe ich nicht. Seid ihr denn nicht die Bibliothekare? Na ja, oder deren Nachkommen? Mir hat man das so erzählt.«

»Weißt du was? Lass uns beim Essen nicht darüber reden. Ich mag das Thema nicht besonders.«

Danila begann den Tisch abzuräumen. Plötzlich hielt er eine Sekunde lang inne, trat an sein Regal und schob einen Teil der Bücher beiseite. Zwischen zwei Bänden in der hinteren Reihe kam eine Lücke zum Vorschein, aus der eine bauchige Flasche mit Selbstgebranntem glänzte. Dazu fanden sich zwei geschliffene Gläser.

Während sie trinkend dasaßen, betrachtete Artjom interessiert das Bücherregal. Schließlich sagte er: »Wie viele Bücher du hast! Wahrscheinlich kommt unsere ganze Bibliothek an der *WDNCh* nicht auf so viel. Dort habe ich schon lange alles durchgelesen. Allein deswegen wollte ich immer mal zur Polis kommen – wegen der Großen Bibliothek. Ich kann mir gar nicht vorstellen, wie viele Bücher es da oben gibt, wenn man dafür so ein riesiges Gebäude errichten musste.« Er deutete mit dem Kopf auf die Zeichnung an der Wand.

Geschmeichelt von Artjoms Worten, beugte sich Danila vor. »All diese Bücher haben überhaupt nichts zu bedeuten. Und die Große Bibliothek wurde nicht deswegen gebaut. Nicht sie werden darin aufbewahrt.«

Artjom blickte ihn verwundert an. Der Brahmane öffnete erneut den Mund, doch plötzlich stand er auf, ging zur Tür, öffnete sie leicht und horchte. Dann schloss er sie leise, setzte sich wieder und fuhr flüsternd fort: »Die Große Bibliothek ist nur für ein einziges Buch errichtet worden. Es wird dort an einem geheimen Ort aufbewahrt. Die anderen Bücher dienen nur dazu, es zu verstecken. Nach diesem einen Buch suchen alle. Und nur dieses Buch bewachen sie dort.« Ein Schauder ergriff ihn.

»Was ist das für ein Buch?«, fragte Artjom, nun ebenfalls mit gesenkter Stimme.

»Der Alte Foliant. Auf anthrazitschwarzen Seiten ist dort mit goldenen Lettern die gesamte Geschichte niedergeschrieben. Bis zum Ende.«

»Und warum suchen sie es?«

»Verstehst du denn nicht? Bis zum Ende. Von allem. Aber das ist noch fern. Wer über dieses Wissen verfügt …«

Hinter dem Vorhang war einen Augenblick lang ein schwacher Schatten zu erkennen. Artjom bemerkte es, obwohl er Danila ansah, und gab ihm ein Zeichen. Dieser brach mitten im Satz ab und stürzte zur Tür. Artjom eilte hinterher.

Draußen war niemand zu sehen. Nur aus dem Übergang zur *Arbatskaja* hörten sie eilige Schritte sich entfernen. Die dort postierten Wachleute schliefen friedlich zu beiden Seiten der Rolltreppe.

Als sie ins Zimmer zurückkehrten, dachte Artjom, der Brahmane werde seine Geschichte fortsetzen, doch dieser war mit einem Mal nüchtern geworden und schüttelte mürrisch den Kopf. »Wir dürfen das nicht erzählen. Dieser Teil unseres Vermächtnisses ist nur für Eingeweihte bestimmt. Ich habe zu viel ausgeplaudert. Merke dir: Was du eben gehört hast, darfst du unter keinen Umständen weitererzählen. Wenn irgendjemand erfährt, dass du von dem einen Buch weißt, wirst du einen Haufen Probleme bekommen. Und ich ebenfalls.«

Plötzlich begriff Artjom, warum seine Hände zu schwitzen begonnen hatten, als Danila ihm von dem Buch erzählte. Mit pochendem Herzen fragte er: »Es gibt doch mehrere davon, nicht?«

Danila blickte ihm misstrauisch in die Augen. »Was meinst du?«

»Fürchte die Wahrheit in alten Folianten, wo die Wörter mit Gold geprägt sind und das schieferschwarze Papier nicht zerfällt …« Vor sich sah Artjom durch einen trüben Schleier Bourbons leeres, ausdrucksloses Gesicht, wie er mechanisch diese fremden, unverständlichen Worte vor sich hin stotterte.

Der Brahmane starrte ihn betroffen an. »Woher weißt du das?«

Wie gebannt blickte Artjom auf die Zeichnung der Bibliothek. »Eine Offenbarung. Es ist also nicht nur ein Buch … Was steht in den anderen?«

»Es ist nur eines übrig geblieben. Es waren drei: die Vergangenheit, die Gegenwart und die Zukunft. Vergangenheit und Gegenwart sind schon vor Jahrhunderten verloren gegangen. Nur das letzte Buch ist noch da. Das wichtigste.«

»Und wo ist es?«

»Irgendwo im Hauptmagazin. Mehr als vierzig Millionen Bände sind dort gelagert. Und einer davon ist es, ein unscheinbares Buch mit gewöhnlichem Einband. Um es zu erkennen, muss man es aufschlagen und darin blättern – laut Überlieferung sind die Seiten des Folianten tatsächlich schwarz. Aber um alle Bücher im Hauptmagazin durchzublättern, bräuchte man siebzig Jahre, ohne Unterbrechung und ohne Schlaf. Ein Mensch jedoch hält es dort nicht länger als einen Tag lang aus, und selbst wenn, wird es ihm nicht möglich sein, sich all die Bände in Ruhe anzusehen … Doch jetzt genug davon!«

Danila richtete sich einen Schlafplatz auf dem Boden, zündete auf dem Tisch eine Kerze an und löschte das elektrische Licht. Artjom legte sich ebenfalls hin, wenn auch widerwillig. Obwohl er sich schon gar nicht mehr daran erinnerte, wann er das letzte Mal geruht hatte, konnte er einfach nicht einschlafen. Danila hingegen hatte bereits zu schnarchen begonnen, als Artjom in die Leere hinein fragte: »Ob man von der Bibliothek aus wohl den Kreml sieht?«

»Natürlich«, murmelte der Brahmane. »Nur hinsehen darf man nicht. Er zieht einen an.«

»Wie denn das?«

Danila stützte sich auf dem Ellenbogen auf. Im gelben Schein der Kerze konnte Artjom sein verärgertes Gesicht erkennen. »Die Stalker sagen, wenn man da draußen ist, darf man den Kreml nicht anschauen. Vor allem nicht die Sterne auf den Türmen. Wenn du nämlich einmal hinsiehst, kannst du deinen Blick nicht mehr losreißen. Und wenn du sie länger anschaust, beginnen sie dich an sich zu ziehen. Es ist ja kein Zufall, dass alle Kremltore offen stehen. Deshalb gehen die Stalker auch nie allein zur Großen Bibliothek. Wenn einer nämlich etwas zu lange den Kreml betrachtet, bringt ihn der zweite sofort wieder auf den Teppich.«

Artjom schluckte. »Und was ist dort, im Kreml?«

»Das weiß keiner, denn dort kommt man zwar hinein, aber herausgekommen ist bisher noch niemand. Auf dem Regal steht ein Buch, wenn du mehr erfahren willst. Es gibt da eine interessante Geschichte über Sterne und Hakenkreuze, und auch über die Sterne auf den Kremltürmen.« Danila stand auf, zog das besagte Buch aus dem Regal, öffnete es an einer Stelle, reichte es Artjom und kroch wieder unter seine Decke.

Ein paar Minuten später schlief er – während Artjom die Kerze zu sich geschoben hatte und zu lesen begann.

»*… Als kleinste und unbedeutendste unter den politischen Gruppierungen, die nach der ersten Revolution in Russland um Macht und Einfluss kämpften, wurden die Bolschewiki von keinem ihrer Rivalen als ernsthafte Gegner empfunden. Es mangelte ihnen an Unterstützung bei den Bauern, und sie hatten nur wenige Anhänger aus der Arbeiterklasse sowie in der Flotte. Die stärksten Verbündeten fand Wladimir Iljitsch Lenin, der in der Schweiz in geheimen Schulen die Kunst der Alchemie und der Geisterbeschwörung erlernt hatte, jenseits der Grenze zwischen den Welten. In jener Zeit taucht erstmals das Pentagramm als Symbol der kommunistischen Bewegung sowie der Roten Armee auf.*

*Das Pentagramm ist bekanntlich die am meisten verbreitete und für Anfänger am besten geeignete Form des Portals, um Dämonen in unsere Welt zu holen. Weiß der Schöpfer des Pentagramms dieses geschickt zu nutzen, so kann er den herbeigeholten Dämon kontrollieren und sich zu Diensten machen. Um das heraufbeschworene Wesen besser kontrollieren zu können, wird eine zusätzliche Kreislinie um den Drudenfuß gezeichnet – diesen Durchmesser kann der Dämon nicht überschreiten.*

*Man weiß nicht, wie den Anführern der kommunistischen Bewegung gelang, wonach die größten Nekromanten aller Zeiten strebten: eine Verbindung zu den Dunklen Gebietern herzustellen, jenen mächtigen Dämonen, die über ganze Horden geringerer Dämonen befehlen. Einige Experten sind der Überzeugung, dass die Dunklen Gebieter die nahenden Kriege und das schlimmste Blutvergießen der Menschheitsgeschichte kommen sahen und sich ihrerseits der Grenze zwischen den Welten genähert hatten, um diejenigen zu rufen, die es ihnen ermöglichen würden, eine reiche Ernte an Menschenleben einzufahren. Im Gegenzug versprachen sie jenen Unterstützung und Schutz.*

*Die Geschichte, dass die bolschewistische Führung von der deutschen Aufklärung finanziert worden sei, ist durchaus glaubhaft, doch wäre es töricht und oberflächlich zu glauben, dass es Lenin nur dank seiner ausländischen Partner und Mitstreiter gelang, die Waagschale zu seinen Gunsten zu neigen. Der künftige kommunistische Führer hatte schon damals unvergleichlich mächtigere und weisere Förderer als den militärischen Geheimdienst des kaiserlichen Deutschlands.*

*Die Details dieses Abkommens mit den Dunklen Gebietern, den Mächten der Finsternis, sind für die heutige Wissenschaft nicht mehr zugänglich. Doch das Ergebnis liegt auf der Hand: Bereits nach kurzer Zeit schmückten Pentagramme die Banner und Kopfbedeckungen der Roten Armee sowie die Panzerungen ihrer damals noch sehr spärlichen Kriegstechnik. Jedes dieser Symbole öffnete einem Schutzdämon den Zugang zu dieser Welt, der sodann den Träger des Pentagramms vor äußeren Angriffen bewahrte. Die Bezahlung des Dämons erfolgte, wie in solchen Fällen üblich, mit Blut. Allein im 20. Jahrhundert fielen diesem Handel, vorsichtigen Schätzungen zufolge, über dreißig Millionen Bürger des Landes zum Opfer.*

*Der Pakt mit den Herrschern der beschworenen Mächte zahlte sich schon bald aus: Die Bolschewiki ergriffen die Macht und bauten sie aus, und obwohl Lenin, das Bindeglied zwischen den beiden Welten, nicht standhielt und – innerlich zerfressen von den Flammen der Hölle – im Alter von nur 54 Jahren verstarb, führten Lenins Nachfolger seine Sache ohne zu zögern fort. Bald schon kam es zur Dämonisierung des ganzen Landes. Kinder steckten sich auf dem Weg zur Schule den Drudenfuß an die Brust. Kaum jemand weiß heute, dass das Initiationsritual der Oktoberkinder ursprünglich vorsah, mit der Anstecknadel des Abzeichens in die Haut des Kindes zu stechen. So kostete der Dämon eines jeden ›Oktobersternchens‹ bereits das Blut seines künftigen Herren und ging damit für immer eine sakrale Verbindung mit ihm ein. Sobald das Kind älter wurde und in die Pionierorganisation eintrat, erhielt es ein neues Pentagramm, auf dem sich aufgeweckten Gemütern bereits das Wesen des Abkommens erschloss: Das aufgeprägte goldene Porträt Lenins wird dort von ebenjenen Flammen umspielt, die für ihn den Tod bedeuten. Auf diese Weise wurde die heranwachsende Generation an die Heldentat der Selbstopferung erinnert. Danach folgte der Komsomol, und schließlich, für einige Auserwählte, der Weg in die Kaste der Oberpriester: die Kommunistische Partei.*

*Myriaden heraufbeschworener Geister schützten alles und jeden im Sowjetstaat: Kinder und Erwachsene, Gebäude und Maschinen. Die Dunklen Gebieter selbst jedoch positionierten sich in den riesigen rubinroten Drudenfüßen auf den Kremltürmen. Freiwillig ließen sie sich einsperren, um dadurch ihre Macht noch zu vergrößern. Von hier aus nämlich verliefen unsichtbare Kraftlinien über das gesamte Land, die es vor Chaos und Zerfall schützten und seine Bewohner dem Willen des Kremls unterordneten. In gewissem Sinne verwandelte sich somit die gesamte Sowjetunion in ein gigantisches Pentagramm – mit der Staatsgrenze als äußerer Sicherheitslinie.«*

Artjom riss sich kurz von der Lektüre los und sah sich im Zimmer um. Die Kerze war fast heruntergebrannt und begann bereits zu rußen. Danila schlief fest mit dem Gesicht zur Wand. Artjom streckte seine Gliedmaßen und las weiter.

*»Die entscheidende Prüfung für die Sowjetmacht war die Auseinandersetzung mit Nazi-Deutschland. Unterstützt von nicht minder alten und gewaltigen Mächten, drangen die gepanzerten Teutonen zum zweiten Mal innerhalb eines Jahrtausends tief in unser Land ein. Diesmal trugen ihre Banner ein umgedrehtes Symbol der Sonne, des Lichts und des Wohlstands. Noch heute, nach fünfzig Jahren, kämpfen die Panzer mit den Pentagrammen auf ihren Geschütztürmen die ewige Schlacht gegen jene, die die Swastika auf ihrer Stahlhaut tragen – in musealen Panoramen, auf Fernsehbildschirmen, auf karierten, aus Schulheften herausgerissenen Blättern …«*

Die Kerze flackerte ein letztes Mal auf und erlosch.

Es war Zeit zu schlafen.

Wenn Artjom sich mit dem Rücken zum Denkmal drehte, würde er in der Lücke zwischen den beiden halb zerstörten Häusern ein Stück der hohen Mauer sowie die Umrisse spitz zulaufender Türme sehen. Sich umzudrehen und dorthin zu sehen war jedoch verboten, das hatte man ihm eingeschärft. Außerdem durfte er die Türen und die Stufen keinen Augenblick außer Acht lassen, denn im Falle des Falles musste er unverzüglich Alarm schlagen. Wenn er sich dagegen vom Anblick der Türme einfangen ließ, war es zu spät: Er selbst würde dabei draufgehen, und auch die anderen würden in Schwierigkeiten geraten.

Also blieb er stehen, wie er war, obwohl etwas ihn lockte, sich umzudrehen. Um sich abzulenken, betrachtete er das Standbild, dessen Sockel mit Moos bewachsen war. Es stellte einen alten, düster dreinblickenden Mann dar, der auf einem flachen Sessel saß und sich mit einem Arm aufstützte. Aus den tief eingekerbten Augenhöhlen tropfte langsam etwas Dickflüssiges heraus, sodass es den Anschein hatte, als ob das Monument weinte.

Lange hielt Artjom diesen Anblick nicht aus. Er ging um die Statue herum und beobachtete die Eingangstüren. Alles war ruhig, es herrschte absolute Stille, nur der Wind pfiff leicht, wenn er zwischen den abgenagten Gebäudeskeletten hindurchwehte. Seine Begleiter waren schon ziemlich lange weg. Artjom hatten sie nicht mitgenommen. Er hatte den Auftrag, hier Wache zu halten. Wenn etwas passierte, sollte er zur Station zurückkehren und die anderen warnen.

Die Zeit verging langsam. Er zählte die Schritte, mit denen er das Denkmal umkreiste: eins, zwei, drei …

Als er bei fünfhundert angekommen war, geschah es. Das Stampfen und Fauchen kam von hinten – von dort, wo er nicht hinsehen durfte. Etwas war dort, und es konnte sich jeden Moment auf Artjom stürzen. Er erstarrte, horchte, dann warf er sich zu Boden, drückte sich gegen den Sockel, das Gewehr im Anschlag.

Jetzt war es ganz nah, wahrscheinlich auf der anderen Seite des Denkmals. Artjom konnte sein heiseres, animalisches Atmen hören, während es um den Sockel herumkam und sich ihm langsam näherte. Verzweifelt versuchte er, seine zitternden Hände zu kontrollieren und die Stelle, wo das Wesen auftauchen musste, im Visier zu behalten.

Doch plötzlich begannen sich die Geräusche zu entfernen. Artjom spähte hinter der Statue hervor, um seinem unbekannten Gegner eine Salve in den Rücken zu feuern. Aber da vergaß er augenblicklich alles, was um ihn herum vor sich ging.

Der Stern auf dem Kremlturm war sogar aus dieser Entfernung noch deutlich zu sehen. Der Turm selbst war nur eine trübe Silhouette im fahlen Licht des wolkenverhangenen Monds – doch der Stern bannte die Aufmerksamkeit eines jeden, der dorthin blickte. Er strahlte. Artjom traute seinen Augen nicht. Er griff nach seinem Feldstecher.

Der Stern loderte in einem rasenden, grell roten Feuer, das einen Umkreis von mehreren Metern beleuchtete. Als Artjom näher hinsah, fiel ihm auf, dass dieses Leuchten ungleichmäßig war. Es schien, als sei in dem gigantischen Rubin ein Wirbelsturm eingesperrt: Wilde Flammen flackerten auf, etwas schien hin und her zu fließen, das Licht brodelte und zuckte. Der Anblick war von umwerfender, überirdischer Schönheit, doch aus dieser Entfernung nur schwer zu erkennen. Artjom musste näher heran.

Er warf sich das Gewehr über die Schulter, lief die Treppe hinab, sprang über den aufgesprungenen Asphalt der Straße und blieb erst an der Ecke des Gebäudes stehen, von wo aus er die gesamte Kremlmauer sehen konnte – und die Türme. Auf jedem der Türme strahlte ein roter Stern. Atemlos nahm Artjom wieder das Fernglas vor die Augen. Alle Sterne loderten in demselben brodelnden, ungleichmäßigen Licht, von dem sich Artjom einfach nicht losreißen konnte.

Er konzentrierte sich auf den am nächsten befindlichen Stern, sog das fantastische Flammenspiel in sich auf – und mit einem Mal glaubte er zu erkennen, was sich dort unter der kristallenen Oberfläche bewegte.

Um die rätselhaften Konturen besser sehen zu können, näherte er sich noch ein Stück. Ohne auf irgendwelche Gefahren zu achten, blieb er mitten auf offener Straße stehen und starrte durch den Feldstecher. Was hatte er da gesehen?

Die Dunklen Gebieter. Die Marschälle des Dämonenheers, heraufbeschworen zum Schutz des Sowjetstaates. Das Land, ja die ganze Welt war seither zu Bruch gegangen, doch die Pentagramme auf den Kremltürmen waren unversehrt geblieben. Die Herrscher, die den Pakt mit den Dämonen geschlossen hatten, waren längst tot, weshalb niemand sie befreien konnte. Niemand? Was, wenn er …

Ich muss das Tor finden, dachte er. Ich muss den Eingang finden …

»Wach auf, du musst bald los!« Danila schüttelte ihn.

Artjom gähnte und rieb sich die Augen. Er hatte gerade etwas unglaublich Interessantes geträumt, doch hatte sich der Traum augenblicklich verflüchtigt, und nun erinnerte er sich an gar nichts mehr. Die Station war hell erleuchtet, von draußen hörte man das Klappern von Putzeimern und die Stimmen gut gelaunter Putzfrauen, die sich scherzhafte Beschimpfungen zuriefen.

Artjom setzte die Sonnenbrille auf, nahm von seinem Gastgeber ein nicht besonders sauberes Handtuch in Empfang und schlurfte hinaus, um sich zu waschen. Die Toiletten befanden sich am hinteren Ende der Station, unweit des großen Wandreliefs. Artjom reihte sich in eine lange Schlange ein und versuchte, noch immer gähnend, sich zumindest einen kleinen Teil seines Traums ins Gedächtnis zu rufen.

Plötzlich wurden die Wartenden unruhig und begannen erregt miteinander zu flüstern. Artjom blickte sich um. Aller Augen waren auf die schwere Eisentür gerichtet, die nun auf einmal offen stand. Dort, in der Öffnung, stand ein hochgewachsener Mann. Als Artjom ihn erblickte, vergaß er völlig, warum er eigentlich hier war.

Es war ein Stalker.

Genauso hatte er ihn sich nach den Erzählungen seines Stiefvaters und den Geschichten der Händler vorgestellt. Er trug einen verschmutzten, an einigen Stellen sogar verschmorten Schutzanzug, und eine lange, schwere kugelsichere Weste. Über der rechten Schulter hielt er lässig ein Maschinengewehr von beeindruckenden Ausmaßen. Von der linken Schulter verlief ein glänzender Patronengurt schräg über den Oberkörper. Die Hose endete in schweren Schnürstiefeln, und auf dem Rücken trug er einen voluminösen Tornister aus reißfestem Stoff.

Der Stalker setzte seinen runden Helm ab, zog sich die Gasmaske von seinem roten, verschwitzten Gesicht und wechselte einige Worte mit dem Kommandeur der Wache. Er war nicht mehr ganz jung. Artjom bemerkte graue Bartstoppeln auf Wangen und Kinn sowie silberne Strähnen im schwarzen, kurz geschnittenen Haar. Dennoch verströmte er Kraft und Selbstbewusstsein, Härte und Konzentration, als rechne er sogar hier an dieser ruhigen und hellen Station damit, sich jederzeit der Gefahr entgegenstellen zu müssen.

Inzwischen starrte nur noch Artjom den Neuankömmling unverhohlen an. Die anderen Wartenden hatten ihn zunächst mürrisch aufgefordert weiterzugehen, nun drängelten sie sich einfach an ihm vorbei.

»Artjom!« Danila trat zu ihm. »Was machst du denn so lange? Du kommst noch zu spät.«

Als der Stalker Artjoms Namen hörte, wandte er sich ihm zu, musterte ihn aufmerksam und machte dann einen großen Schritt in seine Richtung. Mit tiefer, kraftvoller Stimme fragte er: »Von der *WDNCh*?«

Artjom nickte stumm. Er spürte, dass ihm die Knie zitterten.

»Du suchst nicht zufällig einen gewissen Melnik?«

Artjom nickte wieder.

Der Stalker blickte ihm direkt in die Augen. »Ich bin Melnik. Du hast etwas für mich?«

Hastig fingerte Artjom die Schnur mit der Patronenhülse hervor. Es kam ihm seltsam vor, sich davon zu trennen, sie war wie ein Talisman für ihn geworden. Er reichte sie dem Stalker.

Dieser zog seine Lederhandschuhe aus, schraubte den Deckel der Patronenhülse ab und schüttelte vorsichtig etwas daraus auf seine Handfläche. Ein kleines, zusammengeknülltes Stück Papier. Eine Notiz. »Gehen wir. Entschuldige, dass ich gestern nicht konnte. Der Anruf kam, als wir schon unterwegs nach oben waren.«

Artjom verabschiedete sich von Danila und dankte ihm, dann eilte er Melnik über die Rolltreppen zur *Arbatskaja* hinterher. Obwohl er kaum mit ihm Schritt halten konnte, fragte er: »Keine Nachrichten von Hunter?«

»Nichts«, erwiderte Melnik und warf Artjom über die Schulter einen Blick zu. »Ich fürchte, da müssen wir eure Schwarzen fragen. Von der *WDNCh* gibt es nämlich mehr Neuigkeiten, als uns lieb ist.«

Artjom spürte, wie sein Herz schneller schlug. »Welche?«

»Wenig Gutes. Die Schwarzen sind wieder zum Angriff übergegangen. Erst vor einer Woche hat es eine schwere Schlacht gegeben, bei der fünf Menschen umkamen. Die Schwarzen scheinen ständig mehr zu werden. Die ersten Menschen fliehen von eurer Station. Sie halten den Schrecken nicht mehr aus. Hunter hatte also recht, als er mir sagte, dass sich bei euch etwas Furchtbares zusammenbraut. Er hat es gespürt.«

»Wissen Sie, wie die Opfer heißen?«, fragte Artjom ängstlich. Er versuchte sich daran zu erinnern, wer vor einer Woche Dienst gehabt haben musste. Was war das für ein Tag gewesen? Schenja? Andrej? Bloß nicht Schenja …

»Woher soll ich das wissen? Abgesehen davon, dass diese Bestien euch bedrängen, scheint ja auch in den Tunneln um den *Prospekt Mira* etwas Teuflisches vor sich zu gehen. Menschen verlieren ihr Gedächtnis, einige sogar ihr Leben.«

»Was kann man bloß tun?«

»Heute tritt der Rat zusammen. Wir wollen die Meinung der ältesten Brahmanen und Generäle hören. Allerdings werden sie der *WDNCh* kaum helfen können. Wir schaffen es gerade mal, die Polis zu halten, und das auch nur, weil niemand sie ernsthaft anzugreifen wagt.«

Sie kamen bei der *Arbatskaja* an. Auch hier gab es Quecksilberlampen, und wie an der *Borowizkaja* waren die Durchgänge zum Bahnsteig mit Hilfe von Ziegelmauern zu Wohnräumen umgestaltet worden. Einige davon waren bewacht, überhaupt waren hier ungewöhnlich viele Soldaten zu sehen. An den weißen Wänden hingen erstaunlich gut erhaltene Paradefahnen mit aufgesticktem goldenem Adler. Und hier brodelte das Leben: Würdige Brahmanen in langen Gewändern schritten umher, während streitsüchtige Putzfrauen all jene ankeiften, die den frisch gewischten, noch feuchten Boden betreten wollten. Die Fremden, von denen es nicht wenige gab, erkannte man an ihren Sonnenbrillen oder daran, dass sie ihre Hände wie einen Mützenschirm über die zusammengekniffenen Augen hielten. An der *Arbatskaja* befanden sich nur Wohn- und Verwaltungsräume, Handelsreihen und Kneipen hatte man in die Übergänge verlegt.

Melnik führte Artjom zum Ende des Bahnsteigs, wo die Diensträume begannen, ließ ihn auf einer Marmorbank Platz nehmen, deren hölzerne Sitzfläche von Tausenden Passagieren blank poliert war, bat ihn zu warten und verschwand.

Artjom betrachtete die Stuckverzierungen an der Decke und fand, dass die Polis seine Erwartungen nicht enttäuscht hatte. Das Leben hier funktionierte tatsächlich völlig anders, die Menschen waren weitaus weniger verhärmt, gereizt oder verängstigt als an anderen Stationen. Wissen, Bücher und Kultur spielten hier, wie es schien, eine ganz besondere Rolle. Auf dem Weg von der *Borowizkaja* zur *Arbatskaja* hatten sie mindestens fünf Bücherstände passiert, und Plakate kündigten für morgen eine Shakespeare-Aufführung an. Wie an der *Borowizkaja* ertönte auch hier Musik.

Sowohl der Übergang als auch beide Stationen befanden sich in hervorragendem Zustand, und obwohl an den Wänden durchaus Risse oder feuchte Stellen zu sehen waren, konnten die Reparaturkommandos, die Artjom an mehreren Stellen im Einsatz gesehen hatte, nur bedeuten, dass Schäden so schnell wie möglich behoben wurden. Neugierig blickte er in einen der Tunnel. Auch dort herrschte absolute Ordnung: Er war trocken und sauber, und soweit man sehen konnte, leuchtete alle hundert Meter eine elektrische Lampe. Von Zeit zu Zeit kamen mit Kisten beladene Draisinen an, luden einen Passagier aus oder nahmen eine Bücherkiste auf, die die Polis in die gesamte Metro verschickte.

Doch plötzlich dachte Artjom: Das alles hier wird bald zu Ende gehen, die *WDNCh* wird dem Druck dieser Ungeheuer nicht mehr lange standhalten. »Kein Wunder«, sagte er laut zu sich. Er dachte an jene Nacht, als er einen Angriff der Schwarzen selbst mit abgewehrt hatte, und an seine vielen Albträume seither.

Stand die *WDNCh* wirklich vor dem Untergang? Wenn ja, so bedeutete das, dass er sein Zuhause verlieren würde. Mit viel Glück würden sich sein Stiefvater und seine Freunde retten können. Dann würde er sie vielleicht eines Tages irgendwo in der Metro wiedersehen. Er schwor sich, wenn Melnik ihm heute eröffnete, dass er seine Aufgabe erfüllt hatte und weiter nichts für ihn zu tun war, würde er sich sofort auf den Rückweg machen. Wenn es seiner Station bestimmt war, das einzige Hindernis auf dem Weg der Schwarzen zu sein, und wenn seine Freunde bei ihrer Verteidigung sterben mussten, so war er lieber bei ihnen, anstatt sich in diesem Paradies zu verstecken. Ja, er wollte nach Hause zurück, zu den Armeezelten, zur Teefabrik. Sich mit Schenja unterhalten, ihm von seinen Abenteuern erzählen. Wahrscheinlich würde der nicht mal die Hälfte davon glauben – wenn er noch lebte.

»Gehen wir, Artjom«, sagte Melnik. »Sie wollen mit dir sprechen.« Er hatte seinen Schutzanzug abgelegt und trug nun einen Rollkragenpullover, eine schwarze Feldmütze ohne Kokarde und eine Hose mit Taschen, ähnlich der, die Hunter getragen hatte. Überhaupt erinnerte er Artjom in seinem Verhalten sehr an den Jäger – er war in gleichem Maße konzentriert, gespannt wie eine Feder, und sprach in ähnlich kurzen, klaren Sätzen.

Sie betraten einen Raum, dessen Wände mit Eichenholz getäfelt waren. Auf beiden Seiten hing ein großes Ölbild. Auf dem einen erkannte Artjom sofort die Bibliothek, auf dem anderen war ein hohes Gebäude mit weißer Fassade zu sehen, die den Schriftzug Generalstab des Verteidigungsministeriums der RF trug.

In der Mitte stand ein großer Holztisch, um den etwa zehn Personen saßen, die nun alle Artjom prüfend ansahen. Die eine Hälfte saß unter dem Bild der Bibliothek und war in graue Brahmanengewänder gekleidet, die andere, unter dem »Generalstab«, trug Offiziers-Uniformen.

Den Vorsitz am Kopfende des Tisches hatte ein klein gewachsener, aber gebieterisch dreinblickender kahlköpfiger Mann mit einer strengen Brille. Er trug einen Anzug mit Krawatte und war zu Artjoms Erstaunen nicht tätowiert.

»Zur Sache«, sagte er, ohne sich vorzustellen. »Berichten Sie uns alles, was Sie wissen, einschließlich der Lage in den Tunneln zwischen Ihrer Station und dem *Prospekt Mira*.«

Artjom begann ausführlich vom Kampf der *WDNCh* gegen die Schwarzen zu erzählen. Dann berichtete er von Hunters Auftrag und schließlich von seiner Reise zur Polis. Als er bei den Geschehnissen in den Tunneln zwischen der *Alexejewskaja*, der *Rischskaja* und dem *Prospekt Mira* angelangt war, begannen die Offiziere und die Brahmanen miteinander zu flüstern, die einen ungläubig, die anderen lebhaft. Ein Offizier, der in der Ecke saß und Protokoll führte, fragte einige Male bei ihm nach.

Als die Diskussion wieder abflaute, gestattete man Artjom fortzufahren, doch sein weiterer Bericht rief bei den Zuhörern kaum Interesse hervor – bis er bei der *Poljanka* und ihren beiden Bewohnern angekommen war.

»Mit Verlaub«, unterbrach ihn einer der Offiziere, ein untersetzter Mann von vielleicht fünfzig Jahren mit glatt nach hinten gekämmten Haaren und einer Brille, deren Stahlgestell sich tief in den fleischigen Nasenrücken bohrte. »Es ist doch bekannt, dass die *Poljanka* unbewohnbar ist. Sie ist seit Langem verlassen. Es stimmt zwar, dass täglich einige Dutzend Menschen die Station passieren, aber leben kann dort niemand. Dort strömt ständig Gas aus, und überall sind Schilder angebracht, die vor der Gefahr warnen. Katzen oder Altpapier gibt es dort schon längst nicht mehr. Es ist ein völlig leerer Bahnsteig. Also verschonen Sie uns mit Ihren Fantasien.«

Die anderen Offiziere nickten. Artjom schwieg verwirrt. Als er an der *Poljanka* angekommen war, hatte er einen Augenblick selbst gedacht, dass die friedliche Stimmung, die dort herrschte, für die Metro ungewöhnlich war. Doch diesen Verdacht hatten die beiden – mehr als realen – Bewohner schnell zerstreut.

Die Brahmanen unterstützten den wütenden Einspruch des Offiziers offenbar nicht. Ihr Ältester, ein kahler Mann mit langem, grauem Bart, blickte Artjom mit Interesse an und wechselte einige Sätze mit seinen Kollegen in einer fremden Sprache. Dann sagte ein anderer, der rechts von ihm saß, versöhnlich: »Wie Sie wissen, hat dieses Gas in einem bestimmten Mischungsverhältnis mit Luft halluzinogene Wirkung.«

Der Offizier musterte Artjom misstrauisch. »Dann ist zu fragen, ob man ihm den Rest seiner Geschichte auch glauben kann.«

»Wir danken Ihnen für den Bericht«, unterbrach der Mann im Anzug die Diskussion. »Der Rat wird darüber befinden und Ihnen das Ergebnis mitteilen. Sie können gehen.«

Langsam verließ Artjom den Raum. Sollte die Unterhaltung mit den beiden Wasserpfeife rauchenden Herren wirklich eine Halluzination gewesen sein? Das würde bedeuten, dass die Vorstellung, er sei auserwählt und könne die Wirklichkeit formen, solange er seinem vorgezeichneten Schicksal folge, nur Einbildung gewesen war, allenfalls ein Versuch, sich selbst zu trösten. Jetzt erschien ihm auch die rätselhafte Begegnung im Tunnel zwischen der *Poljanka* und der *Borowizkaja* nicht mehr wie ein Wunder. Gas? Nun ja, Gas.

Er saß auf einer Bank neben der Tür und hörte nicht auf die entfernten Stimmen der streitenden Ratsmitglieder. Menschen gingen an ihm vorbei, Draisinen und Kleinlokomotiven passierten die Station, Minute um Minute verging, er saß da und dachte nach. Existierte seine Mission überhaupt, oder hatte er sie sich nur ausgedacht? Was sollte er jetzt tun? Wohin sollte er gehen?

Jemand berührte ihn an der Schulter. Es war der Offizier, der seinen Bericht mitgeschrieben hatte. »Die Mitglieder des Rates teilen Ihnen mit, dass sich die Polis nicht in der Lage sieht, Ihrer Station zu helfen. Sie danken Ihnen für Ihren ausführlichen Bericht über die Lage in der Untergrundbahn. Sie können jetzt gehen.«

Das war alles. Die Polis sah sich nicht in der Lage zu helfen. Alles war umsonst gewesen. Er hatte getan, was er konnte, doch es hatte nichts genützt. Nun blieb ihm nichts weiter übrig, als zur *WDNCh* zurückzukehren, um Schulter an Schulter mit jenen zu kämpfen, die die Station verteidigten. Schwerfällig erhob sich Artjom und entfernte sich langsam, ohne zu wissen wohin.

Er war schon fast beim Übergang zur *Borowizkaja* angelangt, als er hinter sich ein leichtes Räuspern hörte. Er drehte sich um und erblickte jenen Brahmanen, der bei der Versammlung zur

Rechten des Ältesten gesessen hatte. Der Mann lächelte ihn höflich an und sagte: »Bitte warten Sie einen Augenblick. Ich denke, wir sollten uns über einige Dinge unterhalten … jedoch privat. Wenn schon der Rat nicht in der Lage ist, etwas für Sie zu tun, so sind meine bescheidenen Dienste vielleicht von Nutzen.«

Er nahm Artjom am Ellenbogen und zog ihn mit sich in eine der Unterkünfte unter den Rundbögen. Hier gab es keine Fenster, auch die Lampe brannte nicht, nur die Flamme einer kleinen Kerze beleuchtete die Umrisse einiger Personen, die sich in dem kleinen Raum versammelt hatten. Artjom blieb keine Zeit, ihre Gesichter zu studieren, denn der Brahmane, der ihn hergebracht hatte, löschte eilig die Flamme, sodass der Raum in Dunkelheit getaucht wurde.

Eine heisere Stimme sagte: »Stimmt das, was du bei der Versammlung über die *Poljanka* erzählt hast?«

»Ja«, erwiderte Artjom fest.

»Weißt du, wie die *Poljanka* unter uns Brahmanen heißt? Station des Schicksals. Sollen die Kshatriyas doch glauben, dass es nur eine Fata Morgana ist, ausgelöst durch irgendwelches Gas. Uns stört das nicht, und wir werden diejenigen, die noch vor Kurzem unsere Feinde waren, nicht von ihrer Blindheit erlösen. Wir glauben, dass die Menschen an dieser Station den Gesandten der Vorsehung begegnen. Den meisten von ihnen hat die Vorsehung jedoch nichts zu sagen, und deshalb kommt ihnen die Station leer und verlassen vor. Wer jedoch dort jemanden antrifft, sollte dieser Begegnung große Bedeutung beimessen und sich sein ganzes Leben daran erinnern, was er dort erfahren hat. Erinnerst du dich daran?«

»Nein«, log Artjom. Er traute diesen Leuten nicht besonders, sie kamen ihm wie eine Sekte vor.

»Unsere Ältesten sind überzeugt, dass du nicht zufällig zu uns gekommen bist. Du bist kein gewöhnlicher Mensch, und deine besonderen Fähigkeiten, die dich nicht nur einmal auf deinem Weg gerettet haben, können auch uns von Nutzen sein. Dafür werden wir dir und deiner Station eine helfende Hand reichen. Wir, die Hüter des Wissens, verfügen über Kenntnisse, die die *WDNCh* retten können.«

»Was hat die *WDNCh* damit zu tun?«, stieß Artjom wütend hervor. »Ihr alle sprecht immer nur von der *WDNCh*. Als ob ihr nicht begreift, dass ich nicht nur wegen meiner Station hier bin. Euch allen droht Gefahr! Zuerst wird die *WDNCh* fallen, dann die ganze Linie, und am Ende wird es mit der Metro zu Ende gehen!«

Niemand antwortete ihm. Die Stille verdichtete sich, nur das gleichmäßige Atmen der Anwesenden war zu hören.

Artjom wartete – bis er es nicht mehr aushielt. »Was muss ich tun?«

»Nach oben steigen und dich in das große Magazin begeben. Dort sollst du suchen, was rechtmäßig uns gehört. Wenn du es findest, werden wir dir zeigen, wie du die Gefahr überwinden kannst. Möge die Große Bibliothek in Flammen aufgehen, wenn ich lüge!«

## 13
# Die Große Bibliothek

Artjom trat hinaus und sah sich verwirrt um. Soeben hatte er einen überaus seltsamen Vertrag abgeschlossen. Seine Auftraggeber hatten ihm nicht erklären wollen, was genau er im Magazin der Bibliothek suchen sollte – man werde ihm die Details unterwegs erklären. Natürlich musste er gleich an das Buch denken, von dem ihm Danila am Vortag erzählt hatte, doch wagte er es nicht, danach zu fragen.

Die Brahmanen hatten ihm versichert, er werde nicht allein an die Oberfläche gehen müssen. Sie hatten vor, eine Art Einsatzkommando zusammenzustellen: Mindestens ein Angehöriger ihrer Kaste und zwei Stalker sollten Artjom begleiten. Dem Hüter sollte er, wenn die Expedition erfolgreich verlief, das Fundstück unverzüglich aushändigen – dafür würde dieser ihm etwas geben, was ihn in die Lage versetzte, die Bedrohung von der *WDNCh* abzuwenden.

Jetzt, im hellen Licht der Station, erschienen ihm die Bedingungen ihres Abkommens absurd. Er fühlte sich an ein altes russisches Märchen erinnert: *Geh hin – ich weiß nicht, wohin – bring das – ich weiß nicht was.* Im Gegenzug versprach man ihm eine wundersame Rettung, ohne jedoch zu präzisieren, wie diese aussehen würde. Aber was blieb ihm übrig? Sollte er etwa mit leeren Händen zurückkehren? Was erwartete Hunter von ihm?

Als Artjom seine geheimnisvollen Gesprächspartner fragte, auf welche Weise er in den gigantischen Magazinen der Bibliothek das finden solle, was sie suchten, antworteten sie ihm, er werde an Ort und Stelle alles begreifen. Er werde es spüren. Weiter fragte er nicht nach, damit die Brahmanen nicht den Glauben an seine außerordentlichen Fähigkeiten verloren – von denen er selbst alles andere als überzeugt war. Zum Abschied ermahnten sie ihn strengstens, keinem der Offiziere etwas davon zu erzählen, sonst verliere ihr Abkommen sofort seine Gültigkeit.

Artjom setzte sich auf eine Bank in der Mitte des Saals und dachte nach. Nun hatte er die fantastische Chance, an die Oberfläche zu gehen, was ihm bisher nur ein einziges Mal gelungen war, und diesmal ohne Angst vor Bestrafung oder anderen Konsequenzen. Nicht allein, sondern in Begleitung richtiger Stalker, um einen Geheimauftrag zu erfüllen, den ihm die Kaste der Hüter erteilt hatte. Warum sie die Bezeichnung »Bibliothekar« so wenig mochten, hatte er sich nicht zu fragen getraut.

Neben ihm ließ sich Melnik schwer auf der Bank nieder. Er sah müde und angespannt aus.

»Warum hast du dich darauf eingelassen?«, fragte er tonlos und starrte vor sich hin.

»Woher wissen Sie das?«, fragte Artjom überrascht. Seit seiner Unterredung mit den Brahmanen war noch nicht einmal eine Viertelstunde vergangen.

Melnik ignorierte die Frage und fuhr mit gleichgültiger Stimme fort: »Ich werde wohl mit dir gehen müssen, denn ich bin jetzt für dich verantwortlich. Das bin ich Hunter schuldig, was immer ihm passiert ist. Außerdem ist ein Vertrag mit den Brahmanen unkündbar. Das hat noch niemand geschafft. Aber sag bloß nichts zu den Offizieren.« Er erhob sich, schüttelte den Kopf und fügte hinzu: »Wenn du wüsstest, was du dir da aufgeladen hast … Ich gehe schlafen. Heute Abend steigen wir nach oben.«

»Sind Sie etwa kein Offizier?«, rief ihm Artjom hinterher. »Ich habe gehört, wie man Sie Oberst genannt hat.«

»Oberst stimmt schon, aber meine Organisation ist eine andere«, erwiderte Melnik zögernd und verschwand.

Den Rest des Tages verbrachte Artjom damit, sich die Polis anzusehen. Ziellos schlenderte er durch dieses scheinbar unendliche Labyrinth von Übergängen und Treppen, betrachtete die majestätischen Säulenreihen, fragte sich, wie viele Menschen diese unterirdische Stadt wohl aufnehmen konnte, hörte Straßenmusikanten zu, blätterte sich durch das Angebot an den Bücherständen, spielte mit feilgebotenen Welpen, erfuhr die neuesten Gerüchte – und wurde das Gefühl nicht los, dass ihn jemand dabei beobachtete. Mehrmals drehte er sich ruckartig um und forschte nach einem aufmerksamen Blick, doch vergeblich. Um ihn herum wogte eine geschäftige Menschenmenge, niemand interessierte sich für ihn.

In einer der Unterführungen entdeckte er eine Art Hotel, in dem er einige Stunden schlief, bevor er um zehn Uhr abends, wie vereinbart, an der *Borowizkaja* bei dem Kontrollpunkt am Ausgang nach oben erschien. Melnik verspätete sich offenbar, aber der Wachposten war informiert, und man lud Artjom ein, bei einer Tasse Tee auf den Stalker zu warten.

Der alte Wachmann unterbrach die Geschichte, die er gerade erzählt hatte, um Artjom heißes Wasser einzuschenken, dann fuhr er fort: »Also, ich musste damals den Funkverkehr überwachen. Alle hofften auf irgendein Signal aus den Regierungsbunkern hinterm Ural. Natürlich umsonst, denn gerade die strategischen Objekte hatte es besonders hart getroffen. Da ging es auch Ramenki an den Kragen, genauso wie den Regierungsdatschen mit ihren dreißig Meter tiefen Kellern … Ramenki selbst hätten sie vielleicht noch verschont – die Zivilbevölkerung sollte ja, soweit es ging, geschont werden. Damals wusste noch niemand, dass dieser Krieg bis zum bitteren Ende dauern würde und sowieso alles egal war. Jedenfalls wäre Ramenki verschont worden, wenn es nicht gleich daneben einen Kommandostützpunkt gegeben hätte, und dem haben sie natürlich eingeheizt. Na ja, und die zivilen Opfer waren eben der Kollateralschaden, wie das so schön heißt. Nach dem Motto: tut uns furchtbar Leid, aber … Jedenfalls, als noch niemand etwas Genaues wusste, bekam ich den Befehl, den Funk zu überwachen. Ich saß da gleich bei der *Arbatskaja* in einem Bunker. Am Anfang kriegte ich seltsame Dinge mit. Aus Sibirien kam gar nichts, aber dafür meldeten sich die U-Boote, und zwar die strategischen, reaktorgetriebenen. Sie wollten wissen, ob sie zuschlagen sollen oder nicht. Die konnten es gar nicht glauben, dass Moskau nicht mehr existierte. Da waren Kapitäne ersten Ranges, die wie Kinder flennten, obwohl sie noch auf Empfang waren. Ist schon komisch, weißt du, wenn diese hartgesottenen Marineoffiziere dich unter Tränen bitten, nach ihren Frauen und Töchtern zu suchen. Als hätte ich auch nur irgendeine Möglichkeit gehabt, sie zu finden … Danach hat jeder von denen auf seine Weise reagiert. Die einen meinten: Auge um Auge, Zahn um Zahn, zum Teufel mit allem, nahmen Kurs auf deren Küste und feuerten alles, was sie an Sprengköpfen dabeihatten, auf die Städte dort. Andere wiederum sahen gar keinen Sinn mehr darin zu kämpfen. Warum noch mehr Menschen töten? Aber einen Unterschied machte das ohnehin nicht mehr. Die U-Boote antworteten uns übrigens noch ganz lange. Die konnten ja, wenn nötig, bis zu einem halben Jahr auf Tauchstation bleiben. Den einen oder anderen haben sie natürlich geschnappt, aber alle konnten sie nicht finden. Da hab ich schon Geschichten gehört, dass es mir noch heute kalt den Rücken runterläuft … Aber eigentlich wollte ich was anderes erzählen: Einmal hatte ich die Besatzung eines Panzers an der Strippe, die den Schlag wie durch ein Wunder überlebt hatte. Sie waren wohl gerade erst von ihrer Basis losgefahren oder so. Die neue Panzertechnik hielt die Strahlung ab, und so rasten die drei mit Volldampf los von Moskau nach Osten. Sie durchquerten brennende Dörfer, gabelten ein paar Weiber auf und fuhren weiter. Um sich mit Diesel zu versorgen, hielten sie unterwegs an irgendwelchen Tankstellen an und fuhren sofort wieder weiter. Erst als sie durch eine absolute Ödnis kamen, wo es überhaupt nichts zu bombardieren gab, ging ihnen der Treibstoff aus. Die Hintergrundstrahlung war dort natürlich noch ziemlich hoch, aber nicht so schlimm wie in der Nähe der Städte. Sie machten sich ein Lager und buddelten den Panzer bis zur Hälfte ein, als eine Art Befestigung. Dann bauten sie daneben Zelte auf, gruben sich Erdlöcher, beschafften sich von irgendwo einen Handgenerator und lebten so ziemlich lange neben diesem Panzer. Fast zwei Jahre lang habe ich mich jeden Abend mit ihnen unterhalten. Am Ende wusste ich über ihre Familiengeschichten bestens Bescheid. Erst war alles ruhig, sie richteten sich häuslich ein, zwei der Frauen bekamen sogar fast normale Kinder. Munition hatten sie auch genug. Was die dort alles sahen – die Tiere, die aus dem Wald kamen –, das konnte mir der Leutnant, mit dem wir immer Kontakt hatten, gar nicht richtig beschreiben. Eines Tages waren sie verschwunden. Ein halbes Jahr hab ich noch nach ihnen gesucht, aber da war wohl irgendwas passiert. Vielleicht war der Generator oder der Empfänger kaputt, oder die Munition war ihnen ausgegangen.«

Unvermittelt meldete sich sein Kollege zu Wort: »Wie du von Ramenki gesprochen hast, dass die ausgebombt wurden, da hab ich gedacht: So viele Jahre bin ich schon im Dienst, aber das mit dem Kreml, warum der heil geblieben ist, hat mir noch keiner erklären können. Warum haben sie ihn nicht angerührt? Ausgerechnet dort müssen doch jede Menge Bunker gewesen sein …«

»Wer hat denn gesagt, dass sie ihn nicht angerührt haben? Sie wollten ihn nur nicht kaputt machen, vielleicht wegen der Architektur. Stattdessen haben sie eben ihre neuesten Entwicklungen dort ausprobiert. Na ja, und jetzt haben wir den Salat … Hätten sie ihn doch lieber gleich plattgemacht.« Der Alte spuckte aus und verstummte.

Artjom saß still und vermied es, den Veteranen von seinen Erinnerungen abzulenken. Nur selten hatte er Gelegenheit, derart detaillierte Informationen darüber zu erhalten, was damals geschehen war. Aber der Wachmann schwieg, in Gedanken vertieft. Artjom wartete eine Weile, dann wagte er es, eine Frage zu stellen, die ihn schon seit Langem beschäftigte. »In anderen Städten gab es doch auch U-Bahnen? Haben denn sonst nirgends Menschen überlebt? Haben Sie als Funker nie irgendwelche Signale empfangen?«

»Nein, da war nichts. Aber du hast recht. In Petersburg müssen sich auch Menschen gerettet haben, die Metrostationen dort liegen sehr tief, einige sogar tiefer als bei uns. Und angelegt sind sie genauso. Ich erinnere mich, dass ich als junger Mann mal dort gewesen bin. Auf einer Linie waren die Gleise gar nicht zugänglich, sondern da waren so große Eisentore. Wenn der Zug kam, gingen die Tore gleichzeitig mit den Zugtüren auf. Ich habe damals alle möglichen Menschen gefragt, aber niemand konnte mir erklären, warum das so war. Einer meinte, das sei ein Schutz vor Überflutung, ein anderer wiederum, dass die einfach beim Innenausbau Geld sparen wollten. Aber dann hab ich einen der Metrobauer kennengelernt, der sagte mir, dass beim Bau der Linie die Hälfte seiner Brigade von irgendwem aufgefressen wurde. Und bei den anderen soll es genauso gewesen sein. Nur die abgenagten Knochen seien noch übrig gewesen und das Werkzeug. Der Bevölkerung hat man damals natürlich nichts gesagt, aber um Unannehmlichkeiten zu vermeiden, hat man auf der ganzen Linie diese Eisentüren eingebaut. Und jetzt denkt mal zurück, wann das war ... Was später dabei rausgekommen ist, mit all der Strahlung, kann man sich nur schwer vorstellen.«

In diesem Moment näherte sich Melnik dem Kontrollpunkt. Ein kleiner, gedrungener Mann begleitete ihn, mit breitem Kinn, kurzem Bart und tief liegenden Augen. Beide trugen Schutzanzüge und große Rucksäcke auf den Schultern. Melnik sah Artjom schweigend an, stellte ihm eine große schwarze Tasche vor die Füße und deutete auf eines der Armeezelte.

Artjom betrat das Zelt, öffnete die Tasche und holte einen schwarzen Overall heraus, ähnlich dem, den Melnik und sein Partner trugen. Darunter kamen eine etwas ungewöhnliche Gasmaske mit großem Sichtglas und zwei schräg angebrachten Filtern, große Schnürstiefel und vor allem eine neue Kalaschnikow mit Laserzielvorrichtung und abklappbarer Schulterstütze zum Vorschein; eine solche Waffe hatte Artjom bisher nur bei den Eliteeinheiten der Hanse gesehen, die auf der Ringlinie mit ihren Schienenfahrzeugen patrouillierten. Außerdem fand Artjom in der Tasche noch eine lange Taschenlampe und einen runden, mit Stoff bezogenen Helm.

Er hatte sich noch nicht ganz umgezogen, als der Zelteingang aufklappte und Danila hereinkam, die gleiche riesige Tasche in der Hand. Beide blickten einander verwundert an. Artjom begriff als Erster, was los war, und fragte spitz: »Ach was, du kommst mit? Das Ich-weiß-nicht-was suchen?«

»Was es ist, weiß ich schon«, parierte Danila. »Aber wie du es dort finden willst, ist mir ein Rätsel.«

»Mir auch«, gestand Artjom. »Es hieß, man würde es mir schon erklären. Ich warte noch immer.«

»Und mir haben sie gesagt, dass ich einen Hellsichtigen begleiten soll, der spüren wird, wohin wir gehen müssen.«

Artjom schnaubte. »Was, ich soll dieser Hellsichtige sein?«

»Die Ältesten glauben, dass du eine besondere Gabe hast. Irgendwo in unseren Büchern gibt es eine Weissagung, dass ein junger, vom Schicksal geführter Mann kommen wird, der die verborgenen Geheimnisse der Großen Bibliothek enträtseln kann. Er wird finden, was unsere Kaste seit einem Jahrzehnt vergeblich sucht. Die Ältesten sind überzeugt, dass du dieser Mensch bist.«

»Ist es das Buch, von dem du gesprochen hast?«

Danila schwieg lange, dann nickte er. »Du musst es erspüren. Wenn du wirklich ›der vom Schicksal Geführte‹ bist, wirst du gar nicht lange durch die Magazine streifen müssen. Das Buch wird *dich* finden.« Er blickte Artjom prüfend an. »Was bekommst du dafür?«

Geheimniskrämerei war jetzt sinnlos. Dennoch machte es Artjom stutzig, dass Danila nichts von der Gefahr für die *WDNCh* und von den Bedingungen seiner Abmachung mit dem Rat wusste. Mit kurzen Worten schilderte er ihm, worum es in dem Vertrag ging und welche Katastrophe er abzuwenden versuchte. Danila hörte ihm aufmerksam bis zum Ende zu, und als Artjom das Zelt verließ, stand er noch immer unbeweglich da; er schien über etwas nachzudenken.

Melnik und der bärtige Stalker warteten bereits in voller Montur auf sie, nur die Gasmasken und Helme hielten sie noch in der Hand. Das Maschinengewehr trug jetzt Melniks Partner, er selbst hielt die gleiche Kalaschnikow in der Hand wie Artjom und hatte ein Nachtsichtgerät um den Hals gehängt.

Als Danila herauskam, sahen sich die beiden jungen Leute mit wichtiger Miene an. Dann zwinkerte der Brahmane Artjom zu, und beide mussten lachen: Sie sahen aus wie waschechte Stalker.

»Wir haben Glück«, flüsterte Danila Artjom zu. »Normalerweise lassen die Stalker ihre Neuen erst mal zwei Jahre lang nur Holz herunterschleppen, bevor sie sie auf eine richtige Expedition mitnehmen. Wir beide dagegen sind mit einem Sprung in der obersten Klasse angekommen!«

Melnik blickte sie missbilligend an, schwieg aber. Dann bedeutete er ihnen, ihm zu folgen. Sie stiegen die Stufen hinauf und blieben bei der Betonwand vor einer kleinen gepanzerten Tür stehen, die von einer doppelt besetzten Wache gesichert wurde. Der Stalker grüßte und gab das Zeichen zum Öffnen. Einer der Soldaten erhob sich, ging zur Tür und zog an einem schweren Riegel. Die dicke Stahltür schwang leicht zur Seite. Melnik ließ die drei anderen zuerst durchgehen, salutierte vor dem Wachmann und folgte als Letzter.

Hinter der Tür befand sich eine kurze, vielleicht drei Meter lange Pufferzone zwischen der Betonmauer und dem hermetischen Tor. Dort hielten zwei weitere schwer bewaffnete Soldaten und ein Offizier Wache. Bevor Melnik den Befehl gab, den eisernen Riegel hochzuheben, instruierte er die Neulinge: »Also: Unterwegs wird nicht geredet. War jemand von euch schon mal oben? Egal.« Er wandte sich an den Offizier. »Gib mir die Karte. Gut, bis zur Eingangshalle folgt ihr exakt meinen Schritten, ohne auch nur einmal daneben zu treten. Und immer geradeaus schauen. Beim Ausgang müsst ihr einen großen Bogen um die Drehkreuze machen, sonst säbelt es euch die Beine weg. Bleibt immer hinter mir, und keine Extratouren, verstanden? Ich gehe zuerst raus, während Nummer zehn« – er deutete auf den bärtigen Stalker – »den Ausgang sichert. Wenn alles sauber ist, biegen wir gleich links ab. Noch ist es nicht besonders dunkel, deshalb lassen wir die Taschenlampen aus, um nicht aufzufallen. Das mit dem Kreml hat man euch erklärt? Er befindet sich rechts von uns, aber einer der Türme ragt über die Häuser hinaus und ist gleich zu sehen, wenn wir die Metro verlassen. Schaut unter keinen Umständen dorthin! Wer das tut, bekommt eine Abreibung von mir persönlich.«

Es stimmt also, dass man den Kreml nicht ansehen darf, dachte Artjom betroffen. Etwas in seinem Inneren rührte sich plötzlich, Gedanken- und Bilderfetzen tauchten auf, verschwanden wieder.

»Oben gehen wir sofort zur Bibliothek. Die lange Vortreppe hinauf bis zur Eingangstür. Ich gehe als Erster rein. Drinnen ist wieder eine Treppe. Wenn diese frei ist, sichert sie Nummer zehn, wir gehen hoch, dann geben wir ihm Deckung, und er kommt nach. Auf dem Weg nach oben kein Wort. Wenn ihr eine Gefahr entdeckt, gebt ein Signal mit der Lampe. Schießen nur im äußersten Notfall. Das könnte sie anlocken.«

»Wen?«, fragte Artjom.

»Wie, wen? Wen trifft man wohl in einer Bibliothek? Bibliothekare natürlich.«

Danila schluckte und wurde totenblass. Artjom sah zuerst ihn an, dann Melnik. Dies war wirklich nicht der passende Moment, so zu tun, als wisse er über alles Bescheid. »Wer sind die?«

Melnik hob erstaunt eine Augenbraue. Sein bärtiger Partner bedeckte mit der Hand seine Augen. Danila sah zu Boden.

Der Stalker ließ seinen Blick lange auf Artjom ruhen. Als er schließlich begriff, dass die Frage nicht im Scherz gestellt worden war, antwortete er gelassen: »Das wirst du schon von selbst verstehen. Merk dir nur eines: Du kannst sie daran hindern, dich anzugreifen, indem du ihnen in die Augen siehst. Direkt in die Augen, verstanden? Und lass sie nie von hinten an dich herankommen. Aber jetzt vorwärts!« Er zog sich die Gasmaske über, setzte den Helm auf und hielt den Wachleuten seinen nach oben gerichteten Daumen hin.

Der Offizier machte sich an einigen Hebeln zu schaffen und entriegelte das Tor. Langsam hob sich der eiserne Vorhang.

Die Vorstellung begann.

Oben angekommen, prüfte Melnik kurz die Situation vor der Station, ehe er ihnen mit einem Winken bedeutete, dass sie nachkommen sollten. Artjom hob das Gewehr, stieß die Glastür auf und schlüpfte hinaus. Obwohl der Stalker ihnen befohlen hatte, jedem seiner Schritte genau zu folgen und auf keinen Fall zurückzubleiben, war Artjom unfähig, dieser Anweisung zu folgen: Der Himmel war völlig anders als damals. Anstatt eines grenzenlosen, durchsichtig-blauen Raumes hingen dicke graue Wolken über ihnen, und aus dieser watteartigen Decke fielen Regentropfen. Ein kalter, böiger Wind blies ihnen entgegen, den Artjom sogar durch den Stoff des Schutzanzugs spürte.

Rechts, links, vor ihnen – überall war unermesslich, überwältigend viel Platz. Ergriffen betrachtete Artjom diese unüberschaubare Weite und fühlte zugleich eine seltsame Beklemmung. Einige Augenblicke lang wäre er am liebsten wieder in das Stationsgebäude der *Borowizkaja* zurückgekehrt, unter die Erde, geschützt von nahen Wänden, umhüllt von der Sicherheit und Geborgenheit eines geschlossenen, begrenzten Raumes. Um dieses bedrückende Gefühl loszuwerden, richtete er seinen Blick auf die umstehenden Gebäude.

Die Sonne war bereits untergegangen, die Stadt versank in schmutzigem Zwielicht. Die halb zerstörten und von saurem Regen zerfressenen Skelette der niedrigen Wohnhäuser starrten ihn durch die leeren Augenhöhlen ihrer eingeschlagenen Fenster an.

Die Stadt … Ein düsterer und doch herrlicher Anblick. Wie in Trance sah sich Artjom nach allen Seiten um, ohne auf irgendwelche Zurufe zu achten. Endlich konnte er die Wirklichkeit mit seinen Träumen und den verschwommenen Erinnerungen seiner Kindheit vergleichen.

Neben ihm stand – ebenfalls völlig reglos – Danila. Auch er war offenbar noch nie oben gewesen.

Als Letzter verließ Nummer zehn die Eingangshalle. Um Artjom abzulenken, klopfte er ihm auf die Schulter und deutete auf die in der Ferne aufragende Silhouette einer großen Kathedrale, die sich weiter rechts befand. »Schau auf das Kreuz«, tönte seine Stimme durch die Filter der Gasmaske.

Zuerst bemerkte Artjom nichts Besonderes. Nicht einmal das Kreuz auf der großen Kuppel konnte er erkennen. Erst als sich mit einem langgezogenen, markerschütternden Schrei ein riesiger Schatten von dem Querbalken löste und in die Luft erhob, begriff er, was Nummer zehn meinte. Mit wenigen Flügelschlägen stieg das Monster in die Höhe und begann in weiten Kreisen zu segeln – auf der Suche nach Beute.

»Sie haben da oben ihr Nest. Direkt auf der Christ-Erlöser-Kathedrale«, erklärte Nummer zehn.

Dicht an der Mauer entlang bewegten sie sich vorwärts zum Eingang der Bibliothek. Melnik war stets einige Schritte voraus, während Nummer zehn etwas zurückblieb und nach hinten Deckung gab. Während sie sich einer Statue – ein Mann in einem Sessel – näherten, waren beide Stalker damit beschäftigt, die Umgebung zu beobachten.

Artjom versetzte der Anblick des Denkmals einen heftigen Schlag. Plötzlich sah er völlig klar. Ein Teil seines gestrigen Traumes kam ihm wieder zu Bewusstsein, doch nun erschien es gar nicht mehr wie ein Traum. Die Säulenreihe der Bibliothek hatte in seiner Vorstellung haargenau so ausgesehen wie jetzt. Ob der Kreml ebenfalls seiner Vision entsprach?

Niemand achtete auf Artjom, nicht einmal Danila – er war weiter hinten zurückgeblieben, bei Nummer zehn.

Jetzt oder nie!

Artjoms Hals war trocken, und in seinen Schläfen pochte das Blut.

Der Stern auf dem Turm war tatsächlich hell erleuchtet …

»He, Artjom. Artjom!« Jemand schüttelte seine Schulter.

Artjoms Bewusstsein löste sich nur langsam aus der Erstarrung. Das grelle Licht einer Taschenlampe schlug ihm in die Augen. Artjom blinzelte und hielt sich die Hand vor das Gesicht. Er saß auf dem Boden, gegen das steinerne Podest des Denkmals gelehnt. Danila und Melnik beugten sich über ihn und sahen ihn besorgt an.

»Die Pupillen sind verengt«, stellte Melnik fest. Dann drehte er sich verärgert zu Nummer zehn um, der in einiger Entfernung stand und unverwandt die Straße beobachtete. »Wie konntest du das nur verschlafen?«

»Es gab hinten ein Geräusch, da musste ich aufpassen«, verteidigte sich der Stalker. »Wer hätte gedacht, dass er so schnell ist? In einer Minute fast bis zur Manege. Er wäre weg gewesen, wenn nicht unser Brahmane hier aufgepasst hätte.« Er klopfte Danila anerkennend auf den Rücken.

»Er leuchtet«, sagte Artjom zu Melnik mit schwacher Stimme. Dann blickte er Danila an. »Er leuchtet.«

»Ja, das tut er«, erwiderte dieser beruhigend.

Als Melnik sich überzeugt hatte, dass die Gefahr vorüber war, herrschte er Artjom wütend an. »Wozu habe ich euch eigentlich gewarnt, du Trottel? Tu gefälligst, was Ältere dir sagen!« Er schlug ihm unsanft ins Genick.

Der Helm dämpfte die pädagogische Maßnahme etwas. Artjom blieb sitzen und blinzelte vor sich hin. Fluchend packte ihn der Stalker an den Schultern, schüttelte ihn heftig und stellte ihn auf die Beine.

Allmählich kam Artjom wieder zu sich. Er schämte sich, dass

er der Versuchung nicht widerstanden hatte. Betreten blickte er auf seine Füße und wagte es nicht, Melnik anzusehen. Zum Glück hatte dieser keine Zeit, ihm weiter die Leviten zu lesen, denn Nummer zehn, der die Straßenkreuzung überwachte, winkte ihn mit der einen Hand zu sich, während er ihnen mit der anderen bedeutete, keinen Lärm zu machen.

Als Melnik bei Nummer zehn ankam, schien er zu erstarren. Der Bärtige deutete in die vom Kreml abgewandte Richtung, dorthin, wo die ramponierten Hochhäuser des Kalinin-Prospekts wie faule Zähne aufragten. Vorsichtig trat Artjom zu den beiden Männern, und als er über die Schulter des Stalkers blickte, begriff er sofort, was los war.

Mitten auf dem Prospekt, vielleicht sechshundert Meter entfernt, standen im dichter werdenden Zwielicht drei unbewegliche menschliche Silhouetten. Waren es wirklich Menschen? Auf diese Entfernung hätte Artjom es nicht beschwören können. Jedenfalls waren sie durchschnittlich groß und standen auf zwei Beinen, was immerhin ermutigend war.

»Wer ist das?«, flüsterte Artjom heiser. Durch das angelaufene Sichtglas der Gasmaske sah er die Gestalten nur schemenhaft. Wenn es keine Menschen waren, so vielleicht jene menschenähnlichen Ausgeburten, von denen er bereits gehört hatte.

Schweigend schüttelte Melnik den Kopf. Offenbar wusste er auch nicht mehr. Er richtete den Strahl seiner Taschenlampe auf die unbeweglichen Wesen, machte drei Kreisbewegungen und schaltete wieder aus. Als Antwort leuchtete von dort ebenfalls ein helles Licht auf, beschrieb drei Kreise und erlosch wieder.

Die Anspannung der Stalker löste sich, Melnik gab Entwarnung. »Es sind Stalker. Merk dir: Drei Kreise mit der Lampe – das ist unser Erkennungszeichen. Wenn man dir so antwortet, kannst du hingehen, man wird dir nichts tun. Wenn jemand jedoch gar nicht oder falsch zurückleuchtet, nimm die Beine in die Hand. Und zwar schnell!«

»Aber wenn sie eine Taschenlampe haben, bedeutet das doch, dass es Menschen sind und nicht irgendwelche Bestien«, erwiderte Artjom.

»Schwer zu sagen, was schlimmer ist«, bemerkte Melnik knapp und ging ohne weitere Erklärung die Treppe hinauf zum Eingang der Bibliothek.

Die schwere Eichentür, fast doppelt so hoch wie ein Mensch, gab langsam nach - die verrosteten Scharniere quietschten hysterisch. Melnik schlüpfte ins Innere, nahm das Nachtsichtgerät vor die Augen und hielt die Kalaschnikow bereit. Einen Augenblick später gab er den anderen ein Zeichen: Der Weg war frei.

Vor ihnen lag ein langer Korridor, an dessen Seiten verbogene Metallgestelle standen; früher war dies wohl einmal die Garderobe gewesen. Weiter hinten zeichneten sich im erlöschenden Tageslicht die weißen Marmorstufen einer breiten, nach oben führenden Treppe ab. Die Decke war gut fünfzehn Meter hoch, und auf etwa halber Höhe war das schmiedeeiserne Geländer der Galerie im ersten Stock zu erkennen. Eine zerbrechliche Stille herrschte in diesem Saal, sodass jeder Schritt laut widerhallte.

Die Wände der Eingangshalle waren mit Moos bewachsen. Es bewegte sich leicht – als ob es atmete. Von der Decke herab bis fast ganz auf den Boden hingen seltsame, lianenartige Pflanzen, deren armdicke Zweige im Schein der Taschenlampe glänzten. Ihre großen, abstoßenden Blüten verbreiteten einen stickigen und schwindelerregenden Geruch. Auch sie schwankten kaum merklich hin und her, und Artjom vermochte nicht zu sagen, ob es der Wind war, der durch die eingeschlagenen Fenster im ersten Stock drang, oder ob sie sich aus eigenem Antrieb bewegten.

Artjom berührte eine Liane und fragte Nummer zehn: »Was ist das?«

»Was wohl? Ein Begrünungsprojekt etwa?«, erwiderte dieser ironisch. »Zimmerpflanzen nach Bestrahlung. Toller Zuchterfolg, nicht wahr?«

Sie folgten Melnik bis zur Treppe und begannen, an die linke Wand gedrückt, mit dem Aufstieg, während Nummer zehn ihnen Deckung gab. Melnik ließ das schwarze Quadrat vor ihnen nicht aus den Augen – dort war der Durchgang zu den Sälen der Bibliothek. Die Übrigen ließen ihre Lampen über die Marmorwände und die von rostigem Moos zerfressene Decke streifen.

Die große Marmortreppe, auf der sie sich befanden, führte ins Obergeschoss der Eingangshalle. Da sie nicht überdacht war, fügten sich beide Stockwerke zu einem einzigen, riesigen Raum zusammen. Das Obergeschoss verlief hufeisenförmig um die Treppe herum. Auf den beiden Seitenflächen befanden sich niedrige Holzschränke, von denen die meisten verbrannt oder verfault waren, aber einige sahen noch so aus, als seien ihre vielen hundert kleinen Schubladen erst gestern zum letzten Mal benutzt worden.

»Die Kartei«, erklärte Danila leise und sah sich ehrfürchtig um. »Mit diesen Schubladen kann man sich die Zukunft weissagen lassen. Nur Eingeweihte können das. Nach einem bestimmten Ritual muss man blind an einen der Schränke treten, sich für eine der Schubladen entscheiden und eine beliebige Karte darin auswählen. Wenn das Ritual richtig vollzogen wurde, wird dir der Titel des Buches die Zukunft voraussagen, dich warnen oder dir Erfolg prophezeien.«

Einen Augenblick lang verspürte Artjom den Wunsch, sich dem nächstbesten Schrank zu nähern und nachzusehen, in welche Abteilung dieser Schicksalskartei es ihn verschlagen würde. Doch dann fiel sein Blick auf eines der eingeschlagenen Fenster in der hinteren Ecke. Ein riesiges Spinnennetz von mehreren Metern Durchmesser hing dort. In seinen dünnen, aber offenbar außerordentlich stabilen Fäden hatte sich ein großer Vogel verfangen. Er lebte noch, denn hin und wieder zuckte sein Körper schwach. Das Tier, das dieses ungeheuere Netz gesponnen hatte, war glücklicherweise nicht zu sehen …

Auf Melniks Zeichen hin blieben sie stehen. Der Stalker wandte sich an Artjom. »Probier mal, ob du schon etwas spürst. Aber höre nicht auf das, was außen ist, sondern was in dir, in deinem Kopf erklingt. Das Buch muss dich rufen. Die Ältesten der Brahmanen glauben, dass es am wahrscheinlichsten auf einer der Ebenen des Hauptmagazins zu finden ist. Doch es kann überall sein: in einem der Lesesäle, auf einem vergessenen Bücherwagen, in irgendeinem Korridor, auf einem Tisch der Bibliotheksaufsicht … Deshalb prüfe jetzt, ob du seine Stimme hörst, bevor wir uns ins Magazin durchschlagen. Schließ die Augen. Entspann dich.«

Artjom kniff die Augen zusammen und lauschte angespannt. In der Dunkelheit zerfiel die Stille in Dutzende winziger Geräusche: das Knarzen der Holzregale, die Luftzüge in den Gängen, undeutliches Rascheln, das Heulen des Windes draußen auf der Straße, und ein Geräusch wie das Husten eines alten Mannes, das von den Lesesälen herkam. Nichts jedoch, was wie ein Ruf, eine Art Stimme klang. So stand er da, fünf, zehn Minuten lang, und hielt zwischendrin die Luft an, damit ihn nichts dabei störte, aus all den verschiedenen Geräuschen der toten Bücher die Stimme des einen lebendigen Buches zu hören.

»Nein«, sagte er schließlich und öffnete die Augen wieder. »Hier ist nichts.«

Melnik antwortete nicht, und auch Danila schwieg, doch Artjom erhaschte seinen enttäuschten Blick, der mehr sagte als tausend Worte.

Nach einer Minute fasste der Stalker einen Entschluss. »Vielleicht ist es ja wirklich nicht hier. Gehen wir also ins Magazin. Besser gesagt: Versuchen wir dorthin zu gelangen.« Er bedeutete ihnen, ihm zu folgen.

Melnik trat über die breite Schwelle. Von den beiden Flügeltüren hing nur noch eine in den Angeln, am Rand verkohlt und mit unverständlichen Symbolen verschmiert. Dahinter lag ein kleiner runder Raum, etwa sechs Meter hoch, mit vier Ausgängen. Auch Nummer zehn wandte sich der Flügeltür zu, und in diesem Augenblick trat Danila, der sich unbeobachtet wähnte, an den nächsten Karteischrank heran, zog eine Schublade heraus und entnahm ihr eine der Karten. Hastig überflog er deren Inhalt, verzog das Gesicht, fingerte mühsam den obersten Knopf seines Schutzanzugs auf und steckte die Karte in seine Brusttasche. Als er merkte, dass Artjom alles mit angesehen hatte, hielt er verschwörerisch den Finger an seine Lippen und eilte den Stalkern hinterher.

Die Wände des runden Zimmers waren mit Zeichnungen und Aufschriften versehen, und in einer Ecke stand ein durchgesessenes Sofa mit völlig zerschnittenem Kunstlederpolster. In einer der Türöffnungen lag ein umgekipptes Büchergestell am Boden, daneben ein Haufen Broschüren.

»Nichts anfassen!«, warnte Melnik.

Nummer zehn setzte sich auf das Sofa, dessen Federn quietschten. Danila folgte seinem Beispiel. Wie in Trance starrte Artjom die auf dem Boden herumliegenden Bücher an und murmelte: »Sie liegen da völlig unberührt. Bei uns müssen sie mit Gift behandelt werden, sonst werden sie von den Ratten weggefressen. Gibt es hier etwa keine Ratten?« Er musste an Bourbons Worte denken: Wenn es nur so von Ratten wimmelt, brauchst du dich nicht zu fürchten. Dort, wo es gar keine gibt, musst du das Schlimmste befürchten …

»Was denn für Ratten? Wovon sprichst du überhaupt?« Melnik runzelte verärgert die Stirn. »Die haben sie doch schon vor hundert Jahren aufgefressen …«

»Wer?«, fragte Artjom verwirrt.

»Na wer schon? Die Bibliothekare natürlich«, erklärte Danila.

»Sind das denn nun Tiere oder Menschen?«

Melnik schüttelte nachdenklich den Kopf. »Tiere jedenfalls nicht.«

Eine massive Holztür irgendwo in einem der Durchgänge begann plötzlich laut und langsam zu knarren. Im nächsten Augenblick liefen die beiden Stalker auseinander und verschanzten sich hinter den halb aus der Wand herausragenden Säulen zu beiden Seiten des Durchgangs. Danila ließ sich vom Sofa auf den Boden gleiten und rollte zur Seite, Artjom folgte seinem Beispiel.

»Da hinten ist der Große Lesesaal«, flüsterte ihm der Brahmane zu. »Manchmal tauchen sie dort auf.«

»Ruhe!«, zischte ihn Melnik wütend an. »Du weißt doch, dass die Bibliothekare keinen Lärm vertragen. Sie reagieren darauf wie ein Stier auf ein rotes Tuch.« Er fluchte leise, wandte sich wieder Nummer zehn zu und deutete auf den Eingang des Lesesaals.

Nummer zehn nickte. An die Wand gepresst bewegten sich die Stalker langsam auf die riesige Eichentür zu. Artjom und Danila blieben dicht hinter ihnen. Mit dem Rücken gegen eine der Türen gelehnt, hob Melnik sein Gewehr an, atmete einmal tief ein und wieder aus, schob die Tür mit einer heftigen Bewegung beiseite und richtete den Lauf der Waffe in den sich öffnenden schwarzen Rachen des Hauptsaals.

Eine Sekunde später waren sie alle drin. Es war ein unglaublich großer Saal. Die Decke verlor sich irgendwo in zwanzig

Metern Höhe. Wie in der Eingangshalle hingen auch hier schwere, blühende Schlingpflanzen herab. Auf beiden Seiten gab es je sechs riesige Fenster, von denen einige sogar noch intakt waren. Dennoch kam von dort nur ein spärliches Licht: Der Mond schien schwach durch das dichte Flechtwerk glänzender Zweige.

Auf der linken wie rechten Seite hatte es früher offenbar mehrere Tischreihen für die Benutzer der Bibliothek gegeben. Ein Großteil des Mobiliars war fortgeschafft worden, einiges verbrannt oder zertrümmert, doch befanden sich dort noch etwa zehn unversehrte Tische. Diese standen in der Nähe einer Wand mit einem stark abgeblätterten Gemälde. Davor, in der Mitte, war undeutlich die Skulptur eines lesenden Menschen zu erkennen. Im ganzen Raum waren Tafeln mit der Aufschrift BITTE RUHE angeschraubt.

Die Stille war hier eine ganz andere als in der Eingangshalle. Sie war so dicht, dass man sie beinahe ergreifen konnte. Sie füllte sogar diesen Saal von zyklopischen Ausmaßen vollkommen aus, und man fürchtete sich geradezu, sie zu stören.

So ließen sie ehrfürchtig die Lichtkegel ihrer Taschenlampen durch den Raum gleiten, bis Melnik resümierte: »Wahrscheinlich war es der Wind …«

Doch in diesem Augenblick bemerkte Artjom einen grauen Schatten, der weiter vorne zwischen zwei zerbrochenen Tischen auftauchte und in einem schwarzen Durchbruch zwischen den Bücherregalen verschwand. Auch Melnik hatte ihn erblickt. Er hielt sich das Nachtsichtgerät vor die Augen, riss sein Gewehr hoch und begann langsam über den moosbewachsenen Boden auf die Stelle zuzugehen. Nummer zehn folgte ihm. Artjom und Danila taten desgleichen, obwohl man ihnen befohlen hatte zu warten. Sie fürchteten sich, allein zurückzubleiben. Dennoch konnte Artjom es sich nicht verkneifen, seine Blicke neugierig durch den Saal schweifen zu lassen, der immer noch viel von seiner einstigen Herrlichkeit erahnen ließ.

In einigen Metern Höhe verlief eine Galerie über die gesamte Wand – ein nicht sehr breiter Gang, der durch ein Holzgeländer abgesichert wurde. Von dort aus konnte man durch die Fenster sehen, außerdem befanden sich dort offensichtlich die Zugänge zu den Diensträumen. Betreten konnte man die Galerie über zwei Treppen, die jeweils zu beiden Seiten der Skulptur sowie des Saaleingangs hinaufführten.

Und über diese Treppen, genau in ihrem Rücken, glitten nun gebückte graue Gestalten langsam und lautlos hinab. Es war ein gutes Dutzend im Zwielicht kaum zu erkennende Kreaturen, von denen jede so groß war wie Artjom. Aber sie gingen stark gebückt, sodass ihre langen Vorderpfoten, die auf frappierende Weise Händen ähnelten, fast den Boden berührten. Sie liefen auf ihren Hinterpfoten, mit leicht schwankendem Gang, jedoch erstaunlich geschickt und lautlos. Von weitem erinnerten sie Artjom an die Gorillas aus dem Biologielehrbuch seines Stiefvaters.

Für all diese Gedanken hatte er allerdings nicht mehr als eine Sekunde Zeit – denn kaum hatte der Strahl seiner Taschenlampe eine der buckligen Gestalten erfasst, da ertönte von allen Seiten ein teuflisches Kreischen, und die Kreaturen stürzten die Treppen herunter, ohne sich weiter zu verbergen.

»Bibliothekare«, schrie Danila aus Leibeskräften.

»Hinlegen!«, befahl Melnik.

Artjom und Danila warfen sich auf den Boden. Sie wagten es nicht zu schießen – sie dachten an Melniks Warnung. Doch dieser zerstreute sogleich alle Bedenken. Kaum war er neben ihnen auf dem Boden gelandet, da eröffnete er auch schon das Feuer. Einige Geschöpfe fielen brüllend zu Boden, andere verbargen sich Hals über Kopf in der Dunkelheit, jedoch nur, um sich erneut von einer anderen Seite anzuschleichen. Schon nach wenigen Sekunden tauchte eines dieser Ungeheuer nur zwei Meter von ihnen entfernt auf, machte einen enormen Satz und wollte Nummer zehn an die Kehle springen. Doch dieser tauchte ab und brachte die Kreatur im Fallen mit einer schnellen Salve zur Strecke.

»Lauft!«, rief Melnik. »Kehrt zurück in das runde Zimmer, und versucht, euch ins Magazin durchzuschlagen! Der Brahmane weiß, wohin ihr müsst, man bringt es ihnen bei. Wir bleiben hier, geben euch Deckung und versuchen die hier loszuwerden.« Ohne weiter auf Artjom zu achten, robbte er zu seinem Partner.

Artjom gab Danila ein Zeichen, und beide rannten sie geduckt auf den Ausgang zu. Plötzlich sprang ihnen einer der Bibliothekare aus der Dunkelheit entgegen, doch sogleich mähte ihn eine Salve nieder – die Stalker hatten die Jungs nicht aus den Augen gelassen.

Vom Lesesaal aus rannte Danila sofort zurück in die Eingangshalle, von wo sie gekommen waren. Einen Augenblick lang dachte Artjom, die Bibliothekare hätten seinen Partner so sehr in Panik versetzt, dass dieser zu fliehen versuchte. Doch Danila lief nicht die große Treppe hinab, sondern rannte seitlich an den Karteischränken vorbei auf das gegenüberliegende Ende der Halle zu. Dort verengte sich der Raum und mündete in drei Doppeltüren, zu beiden Seiten sowie geradeaus. Danila nahm die rechte, hinter der er auf eine stockdunkle Treppe traf. Erst hier blieb der Brahmane stehen, um Atem zu holen. Nach ein paar Sekunden hatte ihn Artjom eingeholt, überrascht von Danilas Schnelligkeit. Sie verharrten reglos und lauschten. Aus dem Saal drangen Schüsse und Schreie herüber, offenbar war der Kampf noch nicht zu Ende. Es war ungewiss, wer dort die Oberhand behalten würde.

»Warum kehren wir um?«, fragte Artjom keuchend. »Wozu sind wir am Anfang in die andere Richtung gegangen?«

Danila zuckte mit den Schultern. »Ich weiß nicht, wohin er uns geführt hat, vielleicht wollten sie einen anderen Weg nehmen. Uns haben die Ältesten nur einen beigebracht, und der führt von dieser Seite der Eingangshalle direkt ins Magazin. Wir müssen ein Stockwerk die Treppe hoch, dann den Gang entlang, wieder über eine Treppe, dann durch die Reservekartei, und dann sind wir da.« Er hielt sein Gewehr in die Dunkelheit und betrat den Treppenabsatz. Mit der Taschenlampe leuchtend, folgte Artjom.

In der Mitte der Treppe verlief der Aufzugschacht, der je drei Stockwerke nach unten sowie nach oben führte. Offenbar war er einmal verglast gewesen, denn noch immer ragten Glassplitter aus dem gusseisernen Gestell heraus, matt vom Staub der Jahrzehnte. Um den quadratischen Schacht herum verliefen leicht modrige Holzstufen, übersät mit Glasscherben, Patronenhülsen und vertrockneten Kothaufen. Das Geländer war verschwunden – Artjom drückte sich gegen die Wand, um nicht in den Abgrund zu stolpern.

Oben gelangten sie in ein kleines quadratisches Zimmer. Auch hier gab es drei Durchgänge, und Artjom schwante allmählich, dass er ohne seinen Begleiter kaum wieder aus diesem Labyrinth herausfinden würde. Die linke Tür führte in einen breiten, dunklen Gang, dessen Ende sie mit ihren Taschenlampen nicht erfassten. Die rechte war verschlossen und sogar kreuzweise mit Brettern vernagelt; an die Wand daneben hatte jemand mit Asche geschrieben: Nicht öffnen! Lebensgefahr!

Danila führte Artjom geradeaus weiter, in einen abgewinkelten Durchgang, an den sich ein weiterer Korridor anschloss. Dieser war eng und voller neuer Türen. Hier bewegte sich der Brahmane weniger schnell, blieb oft stehen und horchte. Auf dem Boden war Parkett verlegt, und an den gelb gestrichenen Wänden hingen – wie überall in der Bibliothek – jene unheilvollen Schilder mit der Aufschrift Bitte Ruhe. Wo die Tür fehlte oder offen stand, blickte Artjom in völlig demolierte Arbeitszimmer. Durch die verschlossenen Türen drang mitunter ein Rascheln, und einmal schien Artjom sogar Schritte zu hören. Dem Gesicht seines Partners nach zu urteilen, verhieß das nichts Gutes – sie beeilten sich, so schnell wie möglich weiterzukommen.

Schließlich erschien, wie Danila vorausgesagt hatte, auf der rechten Seite der Durchgang zu einer weiteren Treppe. Im Vergleich zu der Dunkelheit der Säle war es hier sogar einigermaßen hell, denn jede Treppenflucht hatte ihr eigenes Fenster. Von dort aus konnte man den Innenhof mit den Wirtschaftsgebäuden und den ausgebrannten Skeletten technischer Anlagen erkennen. Doch blieb nicht viel Zeit, die Aussicht zu genießen, denn plötzlich tauchten aus einer Ecke zwei graue, gebückte Gestalten auf. Langsam bewegten sie sich über den Hof, als ob sie etwas suchten. Unvermittelt blieb eine von ihnen stehen, hob den Kopf und – so schien es Artjom – blickte genau zu jenem Fenster auf, an dem er stand. Artjom zuckte zurück und ging schnell in die Hocke.

»Bibliothekare?«, flüsterte Danila erschrocken und bückte sich ebenfalls.

Artjom nickte stumm.

Aus irgendeinem Grund rieb Danila mit der Hand über das Plexiglas seiner Gasmaske, als könne das helfen, seine vor Aufregung schweißgebadete Stirn zu trocknen. Dann schien er einen Entschluss getroffen zu haben. Er hastete die Treppe hinauf und bedeutete Artjom, ihm zu folgen. Ein weiterer Treppenabsatz, dann wieder durch verschlungene Korridore. Schließlich blieb der Brahmane unschlüssig vor einigen Türen stehen. »Daran erinnere ich mich nicht«, sagte er verwirrt. »Hier sollte eigentlich der Eingang zur Reservekartei sein. Aber dass es hier mehrere Durchgänge gibt, hat man uns nicht gesagt.« Er dachte nach, dann drückte er zaghaft eine der Türklinken. Verschlossen. Ebenso alle anderen Türen. Danila schüttelte ungläubig den Kopf, zog noch einmal an den Griffen.

Auch Artjom versuchte es, doch vergebens. »Verschlossen«, flüsterte er.

Danila begann zu zittern. Artjom blickte ihn an und trat ängstlich einen Schritt zurück. Doch Danila lachte nur. »Klopf doch mal an«, schlug er Artjom vor, schluchzte auf und fügte hinzu: »Entschuldige, ich bin wahrscheinlich schon hysterisch.«

Artjom spürte, wie auch in ihm völlig unangemessenes Gelächter emporstieg. Die Anspannung der letzten Stunde machte sich bemerkbar. Zuerst versuchte er es zu unterdrücken, doch dann brach er in sinnloses Gekicher aus. Eine Minute lang standen beide da, an die Wand gelehnt, und lachten laut.

»Klopf mal an«, wiederholte Artjom, hielt sich den Bauch und bedauerte, dass er die Gasmaske nicht abnehmen konnte, um sich die Tränen abzuwischen. Er trat an die nächste Tür und klopfte dreimal mit den Fingerknöcheln auf das Holz …

Sofort antworteten ihm drei dumpfe Schläge von der anderen Seite. Artjoms Kehle war wie ausgetrocknet, sein Herz begann wie rasend zu schlagen. Hinter der Tür stand jemand, der ihr Lachen mit angehört und gewartet hatte. Worauf? Danila starrte ihn an, vor Angst halb wahnsinnig, und wich zurück. Wieder klopfte es von hinten an der Tür, diesmal lauter und fordernder.

Da erinnerte sich Artjom an etwas, was ihm Suchoj einmal beigebracht hatte. Er stieß sich von der Wand ab und trat mit dem Fuß gegen das Schloss der daneben liegenden Tür. Er rechnete gar nicht mit irgendeinem Erfolg, doch die Tür gab mit einem lauten Krachen nach und öffnete sich. Das Stahlschloss war komplett aus dem morschen Holz herausgebrochen.

Der kleine Raum, der sich hinter dieser Tür öffnete, erinnerte in nichts an die anderen Zimmer und Korridore der Bibliothek. Aus irgendeinem Grund war es hier feucht und stickig, und im Schein der Taschenlampen sahen sie, dass er völlig von merkwürdigen Pflanzen durchwuchert war. Dicke Zweige, schwere, ölig glänzende Blätter, ein Gemisch von Gerüchen, so dicht, dass es sogar durch die Filter der Gasmaske drang, der Boden bedeckt von Wurzelgeflecht und kleinen Stämmen, Dornen, Blüten. Einige Wurzeln kamen aus alten, teilweise zerbrochenen Töpfen und Kübeln hervor. Lianen umschlangen und stützten zugleich eine ganze Reihe von Holzschränken, ähnlich denen in der Eingangshalle, jedoch komplett zerfressen von der Feuchtigkeit, wie Danila feststellte, als er eine der Schubladen zu öffnen versuchte.

»Die Reservekartei«, sagte er zu Artjom und atmete erleichtert auf. »Jetzt ist es nicht mehr weit.«

Neben ihnen klopfte es erneut an die Tür. Dann bewegte jemand vorsichtig, gleichsam zur Probe, die Klinke. Hastig durchquerten sie den unheimlichen Garten, schoben dabei mit ihren Gewehrläufen Lianen beiseite und traten vorsichtig auf die über den Boden kriechenden Wurzeln. Auf der gegenüberliegenden Seite befand sich noch eine Tür. Zum Glück war sie nicht verschlossen. Ein letzter Korridor – dann blieben sie stehen.

Sie befanden sich im Magazin, das spürte Artjom sofort. In der Luft stand der Staub unzähliger Bücher. Die Bibliothek atmete ruhig vor sich hin und raschelte kaum hörbar mit Milliarden von Seiten. Artjom sah sich um. Er glaubte, den seit seiner Kindheit geliebten Geruch alter Bücher zu spüren. Fragend blickte er Danila an.

»Wir sind da«, bestätigte dieser und fügte mit Hoffnung in der Stimme hinzu: »Und?«

»Na ja … unheimlich.« Artjom begriff nicht gleich, was der andere meinte.

»Spürst du das Buch? Hier solltest du seine Stimme besser hören können.«

Artjom schloss die Augen und versuchte sich zu konzentrieren. Sein Kopf war leer wie ein verlassener Tunnel. Nach einer Weile begann er erneut die winzigen Geräusche zu unterscheiden, die das Gebäude der Bibliothek füllten, doch so etwas wie eine Stimme, einen Ruf, vernahm er nicht. Schlimmer noch: Er spürte absolut nichts. Selbst wenn man annahm, dass die Stimme, von der die Brahmanen gesprochen hatten, eine Empfindung ganz anderer Art war, so änderte dies nichts. Er hob die Arme. »Ich höre nichts.«

Danila schwieg, dann sagte er seufzend: »Na gut … Versuchen wir eine andere Ebene. Hier gibt es insgesamt zwölf. Wir suchen so lange, bis wir es finden. Mit leeren Händen sollten wir lieber nicht zurückkehren.«

Über die Betonstufen der Diensttreppe stiegen sie mehrere Stockwerke hinauf. Der Raum dort sah genauso aus wie der erste: mittelgroß, verglaste Fenster, einige Bürotische, der bereits gewohnte Bewuchs an der Decke und in den Ecken sowie zwei in verschiedene Richtungen laufende enge Korridore mit endlosen Regalreihen zu beiden Seiten. Die Decke in diesem Raum und in den Korridoren war niedrig, etwas über zwei Meter. Nach der unglaublichen Weite der Eingangshalle und des Lesesaals hatte Artjom hier ständig das Gefühl, den Kopf einziehen zu müssen. Sogar das Atmen fiel ihm schwerer.

Die Regale waren mit Tausenden von Büchern vollgestellt. Einige davon schienen bestens erhalten zu sein – offenbar war die Bibliothek so gebaut worden, dass sie sogar in verlassenem Zustand ein besonderes Mikroklima bewahrte. Angesichts des Bücherreichtums vergaß Artjom immer wieder für Augenblicke, warum er eigentlich hier war. Er besah sich die Buchrücken, fuhr ehrfürchtig mit der Hand darüber. Danila hoffte jedes Mal, sein Partner habe endlich gefunden, weswegen man sie hierhergeschickt hatte, und störte ihn anfangs nicht. Doch sobald er begriff, was los war, packte er Artjom mit einer heftigen Bewegung am Arm und zog ihn weiter.

Drei, vier, sechs Korridore, hundert, zweihundert Regale, Tausende und Abertausende von Büchern, herausgerissen aus dem pechschwarzen Dunkel durch einen gelben Lichtfleck, die nächste Ebene, und noch eine – alles vergebens. Artjom spürte überhaupt nichts, was man für eine Stimme halten konnte. Nichts Ungewöhnliches. Er erinnerte sich, dass ihn die Brahmanen bei der Sitzung des Rats für einen Auserwählten gehalten hatten, dass sie glaubten, er besitze eine besondere Gabe und sei vom Schicksal geleitet, während die Offiziere eine ganz andere Erklärung für seine Visionen abgaben: Einbildung.

Erst in den letzten Stockwerken begann Artjom etwas zu spüren, nur leider nicht das, was er erwartete und wollte. Es war die undeutliche Ahnung, dass jemand da war, ähnlich wie die ihm hinlänglich bekannte Tunnelangst. Obwohl ihnen alle Ebenen, die sie abgesucht hatten, völlig verlassen erschienen und von den Bibliothekaren oder anderen Kreaturen nichts zu sehen war, verspürte er hier ständig den Drang sich umzudrehen, hatte er das Gefühl, dass jemand sie durch die Bücherregale hindurch aufmerksam beobachtete.

Danila beleuchtete mit der Taschenlampe seinen Stiefel. Ein langes Schnürband, das der Brahmane nicht richtig festgeknotet hatte, schleifte hinter ihm über den Boden. »Ich binde mir eben mal den Schuh«, flüsterte er Artjom zu. »Schau, ob du weiter vorne vielleicht doch noch etwas spürst.« Dann ging er in die Knie und begann sich an seinem Schuh zu schaffen zu machen.

Artjom nickte und ging langsam, Schritt für Schritt weiter.

Alle paar Sekunden sah er sich nach Danila um, der lange brauchte, denn das schlüpfrige Schnurband glitt ihm durch die dick behandschuhten Finger. Artjom leuchtete zuerst die Reihe von Regalen hinunter, die sich rechter Hand erstreckte. Dann richtete er hastig den Lichtstrahl nach links und starrte in die Tiefe, ob zwischen den Reihen staubiger und welliger Bücher vielleicht gekrümmte graue Schatten von Bibliothekaren zu erkennen waren.

Als er sich etwa dreißig Meter von seinem Freund entfernt hatte, hörte Artjom plötzlich ein ganz deutliches Rascheln vor sich, in etwa zwei Reihen Entfernung. Er drückte die Taschenlampe gegen den Lauf des Gewehrs und stand mit einem Sprung in dem Korridor, wo sich seiner Berechnung zufolge jemand verbarg.

Zwei weitere Regalreihen, von oben bis unten vollgestopft mit Büchern. Sonst nichts. Der Lichtstrahl raste nach links – vielleicht hatte der Gegner sich ja auf der anderen Seite dieser unendlichen Reihe versteckt. Nein, alles leer.

Artjom hielt den Atem an und lauschte auf das kleinste Geräusch. Nichts, nur das gespenstische Rascheln der Buchseiten. Er kehrte zurück und leuchtete in den Gang, wo Danila sich die Schuhe gebunden hatte. Alles leer.

Leer?

Ohne auf seinen Weg zu achten, stürzte Artjom los. Der Lichtpunkt seiner Lampe sprang hektisch hin und her und löste eine exakt gleiche Reihe nach der anderen aus der Dunkelheit. Wo war Danila bloß geblieben? Dreißig Meter … Etwa dreißig Meter waren es gewesen, also musste er hier sein. Niemand. Wohin konnte er nur gegangen sein, ohne Artjom Bescheid zu sagen? War er überfallen worden? Warum hatte er sich dann nicht widersetzt? Was war passiert?

Nein, er war zu weit zurückgegangen – Danila hätte viel näher sein müssen. Aber er war nirgends! Artjom fiel das Denken schwer, langsam wurde er panisch. Schließlich blieb er einfach an der Stelle stehen, wo er Danila zurückgelassen hatte, und lehnte sich erschöpft mit dem Rücken gegen die Stirnseite des Regals. Da hörte er plötzlich von hinten eine leise, nicht menschliche Stimme, die in einen furchtbaren, raubvogelartigen Schrei überging: »Artjom …«

Artjom schnappte vor Angst nach Luft. Hektisch drehte er sich nach der Stimme um. Obwohl er durch das beschlagene Sichtfenster der Gasmaske kaum noch etwas sah, versuchte er den Korridor im zitternden Visier seiner Kalaschnikow zu halten. Er ging auf die Stimme zu.

»Artjom …«

Jetzt war sie schon ganz nah. Plötzlich fiel etwa auf Höhe des Bodens ein dünner Fächer aus Licht durch einige lose nebeneinander stehende Bücher. Der Lichtstrahl bewegte sich vor und zurück, als winke jemand mit einer Taschenlampe links-rechts, links-rechts … Dann hörte Artjom ein metallisches Scheppern.

»Artjom …« Diesmal war es ein gewöhnliches, wenn auch kaum hörbares Flüstern, und die Stimme gehörte zweifellos Danila.

Freudig machte Artjom einen großen Schritt vorwärts, doch da ertönte erneut jener unheilvolle, kehlige Schrei, den er vorhin bereits gehört hatte.

»Artjom …« Noch immer irrte der Strahl der Taschenlampe sinnlos auf dem Boden hin und her.

Artjom machte einen weiteren Schritt, blickte nach rechts und spürte, wie sich ihm im selben Augenblick die Haare sträubten.

In einer Nische zwischen zwei Bücherregalen saß Danila auf dem Boden – in einer Blutlache. Helm und Gasmaske lagen neben ihm auf dem Boden. Obwohl sein Gesicht leichenblass war, blickten seine Augen wach, und die Lippen versuchten Worte zu formen. Hinter ihm, halb in der Dunkelheit verborgen, hockte eine graue, bucklige Gestalt. Eine lange, mit rauem, silbrigem Fell bewachsene, knochige Hand – nein, keine Pfote, sondern eine Hand mit großen, gebogenen Klauen – rollte nachdenklich Danilas Taschenlampe auf dem Boden hin und her. Die andere steckte tief in dem aufgeschlitzten Bauch des Brahmanen.

»Du bist da …«, flüsterte Danila.

»Du bist da …«, krächzte es hinter seinem Rücken mit exakt der gleichen Intonation.

»Ein Bibliothekar«, sagte Danila mit bittender, schwächer werdender Stimme. »Ich bin sowieso erledigt … Töte ihn.«

»Töte ihn«, wiederholte der Schatten.

Wieder rollte die Taschenlampe langsam nach links, dann wieder zurück, und immer so weiter. Artjom glaubte den Verstand zu verlieren. In seinem Kopf kreisten Melniks Worte, dass Schüsse weitere furchtbare Kreaturen anlocken konnten.

»Geh fort«, bat er den Bibliothekar, ohne jedoch zu hoffen, dass der ihn verstand.

»Geh fort«, erklang die schon fast zärtliche Antwort. Die knochige Hand fuhrwerkte in Danilas Bauch herum, sodass dieser leise aufstöhnte und ihm ein Strahl Blut aus dem Mundwinkel aufs Kinn schoss.

Mit letzter Kraft sagte der Brahmane, diesmal etwas lauter: »Schieß endlich!«

»Schieß endlich!«, forderte der Bibliothekar von hinten.

Sollte Artjom seinen neuen Freund töten und damit andere Ungeheuer anlocken? Oder sollte er Danila einfach liegen lassen und fortlaufen, solange es noch nicht zu spät war? Ihn retten zu wollen war aussichtslos, denn mit geplatztem Bauch und herausfallendem Gedärm blieb dem Brahmanen nicht mal eine Stunde.

Hinter Danilas zurückgelehntem Kopf zeigte sich nun ein spitzes, graues Ohr, dann folgte ein riesiges grünes Auge, das im Lampenschein glänzte. Langsam, fast schüchtern blickte der Bibliothekar hinter dem sterbenden Brahmanen hervor, und seine Augen suchten die von Artjom … Nicht abwenden. Hinsehen, ihn ansehen, direkt in die Pupillen. Sie waren tierisch, vertikal. Und wie seltsam war es, in diesen unheimlichen, unmöglichen Augen den schwachen Widerschein der Vernunft zu erkennen!

Aus nächster Nähe ähnelte der Bibliothekar keineswegs einem Gorilla, ja nicht einmal einem Affen. Seine Raubtierschnauze war mit Fell bewachsen, das Maul mit den langen Reißzähnen ging fast bis zu den Ohren, und die Augen waren von einer Größe, dass er keinem der Tiere ähnelte, die Artjom jemals gesehen hatte, sei es lebend oder auf Bildern.

Der Augenblick schien eine Ewigkeit zu dauern. Der Blick des Monsters hielt ihn gefangen. Erst als Danila erneut lange und dumpf aufstöhnte, kam Artjom zu sich und richtete den roten Punkt seiner Zielvorrichtung auf die niedrige, fellbewachsene Stirn des Bibliothekars. Er stellte den Schalthebel auf Einzelfeuer.

Als die Kreatur das metallische Klicken vernahm, zischte sie böse und verbarg sich erneut hinter Danilas Rücken. »Geh fort …«, kreischte sie plötzlich, exakt im gleichen Tonfall wie zuvor Artjom.

Artjom erstarrte verblüfft. Der Bibliothekar hatte sich seine Worte gemerkt und ihren Sinn verstanden. Wie war das möglich?

»Artjom … Solange ich noch sprechen kann«, stieß Danila mühsam hervor und versuchte ihn mit seinen trüben Augen zu fixieren. »In meiner Brusttasche ist ein Umschlag … Ich sollte ihn dir geben, wenn du das Buch findest …«

Artjom schüttelte den Kopf. »Ich habe nichts gefunden.«

»Egal … Ich weiß ja jetzt, warum du dich darauf eingelassen hast, du tust es nicht für dich … Vielleicht kann dir das helfen … Für mich spielt es keine Rolle, ob der Auftrag ausgeführt ist oder nicht … Aber denk daran: Du darfst nicht zur Polis zurückkehren … Wenn sie herausbekommen, dass du nichts gefunden hast … Und wenn die Offiziere es erfahren … Nimm einen anderen Weg … Schieß jetzt, es tut so weh … Ich kann nicht mehr …«

»Kann nicht mehr … weh«, sprach ihm der Bibliothekar mit pfeifender Stimme nach. Plötzlich machte die Hand in Danilas Bauch eine heftige Bewegung, sodass der Brahmane krampfhaft zusammenzuckte und laut aufschrie.

Artjom ertrug den Anblick nicht mehr. Ohne nachzudenken, stellte er den Hebel auf Dauerfeuer, kniff die Augen zusammen und drückte ab. Das überraschend laute Rattern zerriss die Stille der Bibliothek, gefolgt von markerschütterndem Kreischen. Dann rissen alle Geräusche mit einem Mal ab. Die staubigen Bücher hatten ihr Echo wie ein Schwamm aufgesogen. Als Artjom die Augen wieder öffnete, war bereits alles vorbei.

Artjom machte einen Schritt auf den Bibliothekar zu. Die breiige Masse seines Kopfes war auf die Schulter seines Opfers gesunken, selbst im Tod verbarg er sich noch hinter dessen Rücken. Artjom beleuchtete dieses grässliche Bild und spürte, wie in seinen Adern das Blut gefror und seine Hände vor Anspannung zu schwitzen begannen. Er stieß den Bibliothekar vorsichtig mit der Spitze seines Stiefels an, worauf dieser schwer nach hinten sackte. Er war tot, daran bestand kein Zweifel.

Hastig begann Artjom Danilas Schutzanzug zu öffnen, wobei er versuchte, nicht in dessen blutiges, unförmiges Gesicht zu blicken. Die Kleidung des Brahmanen war bereits mit schwarzem Blut getränkt, das in der kühlen Luft des Magazins dampfte.

Artjom musste würgen. Die Brusttasche … Unbeholfen versuchte er mit den dicken Schutzhandschuhen den Knopf zu öffnen. Hatten diese Handschuhe Danila um jene Minute länger aufgehalten, die ihn am Ende das Leben gekostet hatte?

Von Ferne hörte Artjom deutlich, wie etwas raschelte und nackte Füße einen Gang entlangtappten. Hektisch drehte er sich um, ließ den Lichtstrahl durch die Gänge gleiten. Als er sich überzeugt hatte, dass noch niemand in der Nähe war, kämpfte er weiter mit dem Knopf. Endlich gab dieser nach, und mit klammen Fingern fischte Artjom einen dünnen Umschlag aus grauem Papier aus der Tasche, eingehüllt in eine Plastiktüte, die von einer der Kugeln durchschossen worden war.

Außerdem fand er dort ein blutverschmiertes, rechteckiges Stück Karton, offenbar jenes, das Danila in der Eingangshalle aus der Kartei herausgezogen hatte. Darauf stand in Schreibmaschinenschrift geschrieben: »Schnurkow, N. E.: Bewässerung und Perspektiven des Ackerbaus in der Tadschikischen SSR. Duschanbe, 1965.«

Das Tappen der Füße und ein undeutliches Murmeln waren jetzt ganz nah zu hören. Es blieb keine Zeit mehr. Artjom nahm Danilas Gewehr sowie dessen Taschenlampe, sprang auf und rannte zurück, ohne auf den Weg zu achten, vorbei an unendlichen Reihen von Bücherregalen, so schnell er nur konnte. Er wusste nicht genau, ob er verfolgt wurde. Das Trampeln der eigenen Stiefel und das Pochen des Bluts in seinen Ohren überdeckten alle Geräusche hinter ihm.

Erst als er im Treppenhaus ankam und die Betonstufen hinunterstolperte, fiel ihm ein, dass er nicht einmal wusste, in welchem Stockwerk sich der Ausgang des Magazins befand. Vielleicht konnte er ja, wenn er es bis zum Erdgeschoss schaffte, das Fenster auf dem Treppenabsatz einschlagen und in den Hof hinausspringen. Artjom hielt einen Augenblick inne und blickte nach draußen.

Mitten im Hof standen unbeweglich gleich mehrere dieser grauen Bestien. Sie hatten die Schnauzen erhoben und sahen zu den Fenstern auf – wie Artjom schien, genau zu ihm.

Artjom drückte sich an die Seitenwand und stieg vorsichtig weiter hinab. Nun, da seine Stiefel kein Geräusch mehr machten, hörte er wieder, wie oben über den Beton nackte Füße liefen, immer näher und näher. Panisch hastete er weiter nach unten.

In jedem neuen Stockwerk rannte er aus dem Treppenhaus, versuchte krampfhaft die vertraute Tür zu entdecken, fand sie nicht, stürzte weiter. Immer wenn er irgendwelche Schritte zu hören glaubte, hielt er inne und drückte sich in dunkle Ecken, blickte sich verzweifelt in den fensterlosen, niedrigen Durchgängen um, sprang schließlich wieder auf die Treppe zurück, um ins nächsttiefere Geschoss zu laufen. Dabei war er sich ständig bewusst, dass der teuflische Lärm, den er bei seiner verzweifelten Suche nach dem Ausgang aus dem Labyrinth erzeugte, sämtliche Ungeheuer anlocken musste, die diese Bibliothek bevölkerten. Doch er irrte weiter aufgeregt hin und her, vergeblich und sinnlos, bis er plötzlich, auf einen Treppenabsatz zurückgekehrt, vor einem der eingeschlagenen Fenster eine halb gekrümmte Silhouette erblickte.

Artjom wich zurück, tauchte in den erstbesten Durchgang ein und lehnte sich gegen die Wand. Er richtete das Gewehr auf die Türöffnung, in der der Bibliothekar jeden Moment erscheinen musste, und hielt den Atem an.

Stille.

Entweder wagte es die Bestie nicht, Artjom allein zu verfolgen, oder sie wartete ab, bis er den Fehler beging, sein Versteck zu verlassen. Der Gang führte weiter nach hinten. Artjom dachte eine Sekunde lang nach, dann begann er sich von der Tür zurückzuziehen, ohne sie jedoch aus den Augen zu lassen.

Der Korridor bog um die Ecke. An dieser Stelle gähnte ein schwarzes Loch in der Wand, daneben lag ein Haufen zertrümmerter Ziegelsteine, und der Boden war mit einer dünnen Kalkschicht bedeckt. Einem plötzlichen Impuls folgend, trat Artjom hindurch und fand sich in einem Raum mit völlig demolierter Einrichtung wieder. Der Boden war übersät mit zerfetzten Fotonegativen und Filmbändern. Weiter vorne befand sich eine halb offene Tür, durch die wie schmaler Keil blassen Mondlichts hereinfiel. Vorsichtig ging er über das verräterisch knarzende Parkett darauf zu und blickte hindurch.

Den angrenzenden Raum nicht wiederzuerkennen war unmöglich, obwohl sich Artjom jetzt genau auf der gegenüberliegenden Seite befand. Die eindrucksvolle Skulptur, die unglaublich hohe Decke, die riesigen Fenster, der enge Gang, der zu dem bizarren hölzernen Portal führte, und die demolierten Tischreihen zu beiden Seiten – er befand sich wieder im großen Lesesaal. Er stand auf der schmalen Galerie, die in einer Höhe von etwa vier Metern um den Saal herum verlief. Von hier oben hatten sich die Bibliothekare angeschlichen. Wie er hier hatte herauskommen können, war ihm völlig schleierhaft. Doch zum Nachdenken blieb keine Zeit. Die Bibliothekare waren ihm sicher noch auf den Fersen.

Er lief die nächstgelegene Treppe hinab, die neben dem Podest der Skulptur endete, und hastete zur Tür. Nicht weit von dem mit Schnitzereien verzierten Portal des Ausgangs entfernt lagen die Leichen einiger Bibliothekare. Schnell ging Artjom an der Stätte des Kampfes vorbei, wobei er fast in einer Lache aus geronnenem Blut ausgerutscht wäre.

Mühsam öffnete er die schwere Tür – und ein greller weißer Lichtstrahl traf ihn genau in die Augen. Artjom dachte an Melniks Anweisung. Er hob die Taschenlampe und zeichnete dreimal einen Kreis in die Luft. Das blendende Licht fuhr sofort zur Seite. Artjom hängte sich als Zeichen seiner friedlichen Absicht das Gewehr über die Schulter und ging langsam vorwärts, auf das runde Zimmer mit den Säulen und dem Sofa zu, ohne recht zu wissen, wen er dort antreffen würde.

Das Maschinengewehr stand mit ausgeklapptem Zweibein auf dem Boden. Melnik stand über seinen Partner gebeugt. Nummer zehn lag mit geschlossenen Augen halb auf dem Sofa und stöhnte immer wieder kurz auf. Sein rechtes Bein war unnatürlich verrenkt, und als Artjom näher hinsah, begriff er, dass es gebrochen und verbogen war – nicht nach hinten, sondern nach vorne. Wie hatte das passieren können? Und welche Kraft musste derjenige gehabt haben, der dem bulligen Stalker so etwas zugefügt hatte?

Melnik blickte auf und fragte: »Wo ist dein Freund?«

»Die Bibliothekare …«, versuchte Artjom zu erklären. »Im Magazin … Sie haben ihn überfallen.« Aus irgendeinem Grund brachte er es nicht fertig zu sagen, dass er selbst Danila umgebracht hatte – wenn auch aus Mitleid.

»Hast du das Buch gefunden?«

Artjom schüttelte den Kopf. »Nein, ich habe nichts gespürt.«

»Hilf mir, ihn aufzuheben … Nein, warte, nimm seinen Rucksack, und meinen auch. Du siehst ja, was mit seinem Bein los ist … Sie hätten es ihm beinahe abgerissen. Ich werde ihn Huckepack nehmen müssen.«

Artjom trug die gesamte Ausrüstung: drei Rucksäcke, zwei Kalaschnikows und das Maschinengewehr, insgesamt mindestens dreißig Kilogramm. Schon das Aufheben fiel ihm nicht leicht. Melnik hatte es jedoch noch schwerer: Mit Mühe hievte er sich den schlaffen Körper seines Partners auf die Schultern. Selbst für den kurzen Weg die Treppe hinunter bis zum Ausgang brauchten sie einige lange Minuten.

Bis zum Ausgang begegnete ihnen niemand, doch als Artjom die große Holztür öffnete, um Melnik durchzulassen, ertönte aus den Tiefen des Gebäudes ein kreischendes Heulen, voller Hass und Schwermut. Artjom spürte, wie es ihm wieder kalt den Rücken hinunterlief, und schlug die Tür hastig zu. Nun kam es vor allem darauf an, so schnell wie möglich zur Metro zurückzugelangen.

Kaum waren sie draußen, als Melnik befahl: »Augen runter! Der Stern ist jetzt direkt vor dir. Hüte dich, über die Dächer zu sehen!«

Artjom blickte gehorsam zu Boden, setzte mechanisch ein Bein vor das andere. Mit jedem Meter wurden seine Schritte schwerer und steifer, und alles, woran er nun dachte, war, die unvorstellbar langen zweihundert Meter von der Bibliothek zum Eingang der *Borowizkaja* so schnell wie möglich hinter sich zu bringen.

Doch als sie schließlich an der Metro angekommen waren, stellte sich Melnik ihm in den Weg. Langsam ließ er seinen Partner zu Boden gleiten und sagte schwer atmend: »Die Polis ist für dich jetzt verbotenes Territorium. Du hast das Buch nicht gefunden und dazu noch deinen Begleiter verloren. Den Brahmanen wird das kaum gefallen. Es bedeutet, dass du kein Auserwählter bist. Sie haben ihre Geheimnisse dem falschen Mann preisgegeben. Wenn du jetzt in die Polis zurückkehrst, wirst du spurlos verschwinden. Die haben da ihre Spezialisten, nicht umsonst sind es Intelligenzler. Auch ich werde dich nicht vor ihnen schützen können. Geh jetzt fort. Am besten zur *Smolenskaja*. Auf dem Weg dorthin gibt es wenige Häuser, und du musst in keine engen Gassen einbiegen. Vielleicht kommst du ja bis dorthin. Wenn du es noch rechtzeitig schaffst.«

»Rechtzeitig?«, fragte Artjom verwirrt. Die Nachricht, dass er sich allein an der Oberfläche bis zur nächsten Metrostation würde durchschlagen müssen – der Karte nach zu urteilen, eine Strecke von etwa zwei Kilometern –, traf ihn wie ein Schlag.

»Vor Sonnenaufgang. Wir Menschen sind Nachttiere. Tagsüber sollten wir uns an der Oberfläche nicht blicken lassen. Was da aus den Ruinen herausgekrochen kommt, um sich an der Sonne zu wärmen – du würdest deine dumme Neugier hundertmal bereuen. Vom Licht ganz zu schweigen: Nicht mal eine Sonnenbrille würde dir helfen, du würdest augenblicklich erblinden.«

»Aber wie soll ich das allein schaffen?« Artjom traute noch immer seinen Ohren nicht.

»Nur keine Angst. Erst geht es immer geradeaus, den Kalinin-Prospekt entlang, du brauchst nirgendwo abzubiegen. Lass dich nicht mitten auf der Straße blicken, aber zu nah an die Häuser solltest du auch nicht heranrücken, die sind nämlich alle bewohnt … Geh bis zur zweiten großen Kreuzung, das ist dann der Gartenring. Dort nach links, und dann weiter bis zu einem quadratischen Gebäude mit einer Fassade aus weißem Stein. Das war mal das Haus der Mode. Du findest es sofort, denn genau gegenüber, auf der anderen Seite des Rings, steht ein ziemlich hohes, halb zerstörtes Gebäude – ein Einkaufszentrum. Hinter dem Haus der Mode befindet sich ein gelber Bogen, auf dem steht ›Metrostation Smolenskaja‹. Dort biegst du ein und kommst in eine Art Innenhof, und dort siehst du dann auch schon die Station selber. Wenn alles ruhig ist, versuche runterzugehen. Einen der Eingänge haben sie offen gelassen. Er ist bewacht, sie halten ihn für ihre Stalker frei. Du musst an das Tor klopfen, und zwar so: dreimal kurz, dreimal lang, dreimal kurz. Dann müssten sie eigentlich öffnen. Nenn ihnen meinen Namen und warte dort auf mich. Sobald ich Nummer zehn ins Lazarett gebracht habe, komme ich nach. Ich werde vor Mittag da sein. Ich finde dich schon. Die Gewehre kannst du behalten, wer weiß, was alles passiert.«

»Aber auf der Karte gibt es doch noch eine andere Station, die näher liegt …« Artjom musste überlegen. »Die *Arbatskaja*.«

»Stimmt, es gibt eine solche Station. Aber du solltest ihr nicht zu nahe kommen. Wenn du sie passierst, halte dich auf der anderen Straßenseite, bewege dich schnell, aber ohne zu laufen.« Melnik schob Artjom in Richtung Straße. »Und jetzt verlier keine Zeit!«

Artjom fügte sich in sein Schicksal. Er schulterte eines der Gewehre, nahm das zweite in die Hand und machte sich schleunigst auf den Weg zurück zum Denkmal vor der Bibliothek. Die rechte Hand hielt er über seine Augen, damit er nicht zufällig das lockende Gleißen der Kremlsterne erhaschte.

# 14
# Dort, oben

Kurz bevor er den steinernen Alten erreichte, bog Artjom nach links ab und lief quer über die Stufen der Bibliothek. Im Vorbeigehen warf er noch mal einen Blick auf den mächtigen Bau. Ein Schauder packte ihn, als er an dessen unheimliche Bewohner dachte. Nun war die Bibliothek wieder in düsteres Schweigen gehüllt – wahrscheinlich hatten sich die Hüter der Stille in ihre dunklen Ecken zurückgezogen, leckten ihre Wunden und bereiteten sich darauf vor, es den nächsten Abenteurern mit doppelter Münze heimzuzahlen.

Erneut sah er Danilas bleiches Gesicht vor sich. Der Brahmane hatte allen Grund gehabt, sich vor diesen Kreaturen zu fürchten. Hatte er geahnt, welches Schicksal ihm bereitet war? Hatte er den eigenen Tod in seinen Albträumen gesehen? Seine Leiche lag nun für immer im Magazin der Bibliothek, eng umschlungen von seinem Mörder. Und wenn diese Bestien nicht einmal Aas verschmähten? Artjom schüttelte sich. Ob er jemals den Tod dieses Menschen, der nach zwei Tagen schon fast sein Freund geworden war, vergessen würde? Nein, Danila würde ihm noch lange im Traum erscheinen – wie er da lag und versuchte, mit seinen blutigen Lippen Worte zu formen.

Als Artjom den breiten Prospekt betrat, ging er noch einmal Melniks Anweisungen durch: Immer geradeaus, nicht abbiegen, bis zum Gartenring. Hoffentlich würde er den Gartenring erkennen. Außerdem: Die Straßenmitte meiden, aber sich auch nicht zu nah an die Häuserwände drücken. Schließlich – und das war die Hauptsache: Vor Sonnenaufgang bis zur *Smolenskaja* kommen.

Die berühmten Hochhäuser des Kalinin-Prospekts, der oft auch Neuer Arbat genannt wurde, kannte Artjom von vergilbten Ansichtskarten. Nun lagen sie in einer Entfernung von etwa einem halben Kilometer vor ihm. Noch war die Straße von einer langen Reihe niedrigerer Stadtvillen gesäumt. Am Ende machte sie einen leichten Knick nach links und mündete in den Neuen Arbat. Aus der Nähe waren die Umrisse der Gebäude gut zu erkennen, doch sobald sich Artjom von ihnen entfernte, verschwammen sie im Zwielicht. Der Mond war hinter niedrig hängenden Wolken verborgen, sein schwaches, milchiges Licht drang gedämpft durch den nebligen Vorhang. Nur wenn dieser sich kurz auflöste, gewannen die geisterhaften Silhouetten der Häuser für kurze Zeit ihre Gestalt zurück.

Trotz der schwachen Beleuchtung konnte Artjom, wenn er in die Querstraßen linker Hand schaute, die gewaltigen Umrisse der alten Kathedrale erkennen. Über dem Kuppelkreuz in der Ferne kreiste erneut ein riesiger geflügelter Schatten.

Vielleicht war die Tatsache, dass Artjom stehen blieb, um nach dem fliegenden Ungeheuer zu sehen, der Grund dafür, dass er noch etwas anderes bemerkte. Im Halbdunkel war er sich zuerst nicht sicher. Bildete er sich diese seltsame Gestalt nur ein, die da unbeweglich, halb mit den zerstörten Häuserwänden verschwimmend, in einer der Seitenstraßen stand? Erst als er genauer hinsah, kam es ihm so vor, als ob sich dieser dunkle Fleck bewegte und einen eigenen Willen besaß. Auf die Entfernung ließen sich Form und Größe des Wesens nur schwer abschätzen. In jedem Fall stand es auf zwei Beinen, also beschloss Artjom so vorzugehen, wie es ihm der Stalker beigebracht hatte: Er schaltete die Taschenlampe ein, richtete den Lichtkegel in die Straße und machte dreimal eine Kreisbewegung.

Keine Antwort. Eine Minute lang wartete Artjom, dann begriff er, dass es gefährlich war, länger hierzubleiben. Bevor er weiterging, leuchtete er die reglose Gestalt noch einmal an.

Was er erblickte, ließ ihn die Lampe sofort wieder ausschalten und das Weite suchen.

Dies war eindeutig kein Mensch – die Gestalt war mit Sicherheit mindestens zweieinhalb Meter groß. Hals und Schultern fehlten fast völlig, der große runde Kopf ging fast direkt in den mächtigen Rumpf über. Noch immer verharrte das Wesen reglos, doch trotz dieser scheinbaren Unentschlossenheit spürte Artjom, dass von ihm Gefahr ausging.

Die etwa hundertfünfzig Meter bis zur nächsten Querstraße legte er in weniger als einer Minute zurück. Als er jedoch näher hinsah, bemerkte er, dass es sich nicht um eine Querstaße, sondern um eine riesige Bresche handelte, die gewaltsam in die Wohnhäuser geschlagen worden war. Entweder waren sie zerbombt worden, oder man hatte sie mit schwerer Wehrtechnik eingerissen. Als Artjoms Blick die halb zerstörten Häuser streifte, blieb er erneut an einem undeutlichen, reglosen Schatten hängen. Es genügte, ihn eine Sekunde lang anzuleuchten, um alle Zweifel zu verscheuchen: Es war dieselbe Kreatur, oder aber eine ihrer Artgenossen. Jetzt stand sie mitten in der Bresche, nicht mehr als einen Häuserblock entfernt, und versuchte nicht einmal sich zu verbergen.

Wenn es dasselbe Tier war, so musste es eine Parallelstraße entlanggelaufen sein. Offenbar bewegte es sich schneller als Artjom, denn an der nächsten Kreuzung wartete es wieder auf ihn. Schlimmer noch war jedoch etwas anderes: In der gegenüberliegenden, rechten Seitenstraße erblickte Artjom jetzt ebenfalls eine Gestalt. Wie die erste stand sie völlig unbeweglich da, fast wie eine Statue. Einen Augenblick lang bildete sich Artjom ein, es seien gar keine lebenden Tiere, sondern nur eine Art von Zeichen, die man hier zur Abschreckung oder zur Warnung aufgestellt hatte.

Die nächste Kreuzung erreichte er im Laufschritt. Erst beim letzten Haus blieb er stehen und blickte vorsichtig um die Ecke – seine unheimlichen Verfolger hatten ihn schon wieder überholt. Nun waren es mehrere dieser riesigen Gestalten, und sie waren jetzt besser zu erkennen, denn die Wolkendecke war etwas dünner geworden.

Wie zuvor standen sie reglos da und schienen darauf zu warten, dass er in der Furt zwischen den Häusern erschien. War es wirklich keine Täuschung? Vielleicht waren es ja doch irgendwelche Stein- oder Betonbrocken, die er für lebende Wesen hielt… Unten in der Metro halfen ihm seine scharfen Sinne weiter, hier oben dagegen bewegte er sich in einer unbekannten, trügerischen Welt, hier war alles anders, das Leben funktionierte nach anderen Regeln. Sich auf seine fünf Sinne und seine Intuition zu verlassen war riskant.

Artjom versuchte so schnell und unbemerkt wie möglich die nächste Straße zu überqueren. Auf der anderen Seite angekommen, drückte er sich gegen die Mauer eines Hauses, wartete eine Sekunde und blickte wieder um die Ecke. Ihm stockte der Atem. Die Gestalten bewegten sich, und zwar auf erstaunliche Weise: Eines der Tiere streckte den Kopf und wiegte ihn hin und her, wie wenn es eine Witterung aufnahm, dann ließ es sich plötzlich auf alle viere herab und verschwand mit einem riesigen Satz hinter der nächsten Straßenecke. Sekunden später folgten die anderen. Artjom zog den Kopf zurück, setzte sich auf den Boden und schnappte nach Luft.

Es bestand kein Zweifel mehr: Sie verfolgten ihn. Mehr noch, sie schienen ihn zu führen, indem sie sich auf beiden Seiten des Prospekts parallel zu ihm bewegten. Sie warteten ab, bis er den nächsten Häuserblock passiert hatte, tauchten in der Querstraße auf, um sich zu überzeugen, dass er nicht vom Weg abgekommen war, und setzten die stumme Jagd fort. Aber warum verbargen sie sich in diesen dunklen Seitengassen? Artjom erinnerte sich, dass Melnik ihm verboten hatte, auch nur eine davon zu betreten. War dies der Grund?

Um sich zu beruhigen, wechselte Artjom das Magazin seines Gewehrs, entsicherte und schaltete die Laserzielvorrichtung ein und wieder aus. Er war gut bewaffnet, und anders als in der Bibliothek durfte er hier gefahrlos schießen. Es war also ganz einfach, sich vor diesen Tieren zu schützen. Er atmete tief durch und erhob sich. Was auch immer geschah, der Stalker hatte ihm verboten, stehen zu bleiben oder lange zu zögern. Er musste sich beeilen. Das musste man hier, an der Oberfläche, immer!

Am Ende des nächsten Häuserblocks verlangsamte Artjom seinen Schritt und blickte sich um. Die Straße verbreiterte sich und ging in eine Art Platz über. Ein Teil davon war durch einen Zaun abgetrennt und sah aus wie ein Park. Auf mächtigen, knorrigen Stämmen prangten ausladende Kronen, die bis an den vierten Stock des nächstgelegenen Gebäudes heranreichten – vermutlich waren es diese Parks, aus denen die Stalker das Holz mitbrachten, mit dem große Teile der Metro beheizt und beleuchtet wurden. In den Lücken zwischen den Baumstämmen zeigten sich flüchtig seltsame Schatten, und weiter hinten flackerte ein schwaches Licht, das Artjom für die Flamme eines Lagerfeuers gehalten hätte, hätte es nicht so seltsam grünlich geleuchtet. Das Gebäude selbst machte einen unheilvollen Eindruck. Es schien bereits mehrfach Schauplatz heftiger und blutiger Kämpfe gewesen zu sein. Die oberen Etagen waren eingestürzt, an vielen Stellen gab es schwarze Einschusslöcher, und von einigen Räumen standen nur noch zwei Wände, sodass man durch die leeren Fenster in den trüben Nachthimmel sehen konnte.

Auf der anderen Seite des Platzes traten die Gebäude weit auseinander. Ein breiter Boulevard kreuzte die Straße. Dahinter erhoben sich aus der Dunkelheit wie Wachttürme die ersten Hochhäuser des Neuen Arbat. Der Eingang zur Metrostation *Arbatskaja* musste sich ganz in der Nähe auf der linken Seite befinden. Artjoms Blick streifte nochmals den düsteren Park. Melnik hatte recht gehabt: In diesem Dickicht den Zugang zur Metro zu suchen war keine gute Idee. Je länger er das schwarze Gestrüpp betrachtete, desto deutlicher schien er zwischen den Wurzeln der gigantischen Bäume die gleichen unheimlichen Gestalten auszumachen, die ihm zuvor gefolgt waren.

Ein Windstoß erfasste die Baumkronen, und die mächtigen Äste begannen schwerfällig zu knarren. Von Ferne ertönte ein lang gezogenes Heulen. Der Wald schwieg, aber nicht etwa, weil er tot war. Diese Stille entsprach der Lautlosigkeit von Artjoms geheimnisvollen Verfolgern – auch der Wald schien auf etwas zu warten.

Artjom hatte das Gefühl, wenn er noch weiter so schamlos die Untiefen dieses Parks betrachtete, werde die Strafe nicht ausbleiben. Also nahm er das Gewehr bequemer, blickte sich um, ob ihm die Kreaturen nicht zu nah gekommen waren, und eilte weiter.

Doch schon nach wenigen Sekunden blieb er erneut stehen, gebannt von dem Anblick, der sich ihm nun bot. Er befand sich im Schnittpunkt einiger breiter Straßen. Es war eine ungewöhnliche Kreuzung, denn die Querstraße tauchte zum Teil in einen Tunnel ab und kam auf der anderen Seite wieder an die Oberfläche. Rechter Hand erstreckte sich ein breiter Boulevard, was

Artjom an dem schwarzen Dickicht riesiger, wuchernder Bäume erkannte. Links befand sich ein großer, asphaltierter Platz – ein komplexes Geflecht aus mehrspurigen Fahrbahnen – und dahinter erneut dichtes Gestrüpp. Artjom konnte nun schon recht weit sehen, und er fragte sich, ob das damit zusammenhing, dass die mörderische Sonne bald aufgehen würde.

Die Straßen waren übersät mit verbeulten und ausgebrannten Wracks, die Artjom als Automobile identifizierte. Nichts davon war in brauchbarem Zustand. In zwei Jahrzehnten hatten die Stalker alles mitgehen lassen, was nicht niet- und nagelfest war. Das Benzin aus den Tanks, die Akkus und Generatoren, Scheinwerfer und Blinklichter, die Sitze – all das gab es nun an der *WDNCh* wie auf jedem anderen größeren Markt der Metro.

Der Asphalt war an mehreren Stellen von Kratern unterschiedlicher Größe aufgebrochen. Überall gab es Risse, durch die Gräser und andere Pflanzen wuchsen, deren Stängel sich unter dem Gewicht dicker, kugelförmiger Früchte bogen. Direkt vor sich sah Artjom die düstere Schlucht des Neuen Arbats beginnen. Die berühmten Häuser, die wie riesige aufgeklappte Bücher aussahen … Auf der einen Seite waren die mindestens 20-stöckigen Gebäude wie durch ein Wunder fast unversehrt geblieben, während sie auf der anderen halb eingefallen waren. Und hinter ihm lag die Straße zur Bibliothek und zum Kreml.

Er stand mitten auf diesem majestätischen Friedhof der Zivilisation und fühlte sich wie ein Archäologe bei der Ausgrabung einer antiken Stadt, deren einstige Größe und Schönheit noch viele Jahrhunderte später beim Betrachter ehrfürchtiges Schaudern hervorriefen. Artjom versuchte sich vorzustellen, dass einst Menschen diese zyklopischen Bauten bewohnt hatten. Mit solchen Fahrzeugen hatten sie sich fortbewegt. Diese hatten damals sicher noch in allen möglichen Farben gefunkelt und waren sanft rauschend über die glatte Fahrbahn gerollt, sodass der harte Asphalt von ihren Gummireifen warm wurde. Die Metro hatten sie nur benutzt, um schneller von einem Ende dieser grenzenlosen Stadt zum anderen zu gelangen. Unvorstellbar. Woran hatten sie jeden Tag gedacht? Was waren ihre Sorgen gewesen? Welche Sorgen konnte man überhaupt haben als Mensch, der nicht jede Sekunde um sein Leben fürchten muss, der nicht ständig darum kämpft, es wenigstens noch um einen Tag zu verlängern?

In diesem Augenblick traten die Wolken auseinander, und die nicht ganz vollständige Scheibe des Mondes – als hätte jemand ein Stück abgebissen – kam zum Vorschein. Artjom bemerkte erstaunt, dass dieser nicht gleichmäßig weiß war, sondern von seltsamen Linien durchzogen wurde. Sein helles Licht erfüllte die tote Stadt und verstärkte hundertfach ihre düstere Erhabenheit. Häuser und Bäume, bisher für Artjom nur flache und körperlose Umrisse, lebten auf und gewannen an Form. Details, die zuvor unsichtbar gewesen waren, kamen mit einem Mal zum Vorschein.

Unfähig sich zu rühren, sah sich Artjom wie verzaubert nach allen Seiten um und unterdrückte ein inneres Beben, das ihn plötzlich erfasst hatte. Erst jetzt begriff er, warum die Stimmen der Alten so sehnsüchtig geklungen hatten. Erst jetzt wurde ihm bewusst, wie weit sich der Mensch von seinen einstigen Errungenschaften entfernt hatte. Er glich einem herrlichen Vogel, der einst stolz am Himmel gekreist und nun – tödlich verwundet – auf der Erde gelandet war, um sich in einen geschützten Winkel zurückzuziehen und dort leise zu sterben. Artjom musste an das Gespräch zwischen Hunter und seinem Stiefvater denken. Würde der Mensch überleben? Und selbst wenn, wäre er dann noch der gleiche Mensch, der einst die Welt unterworfen und beherrscht hatte? Nun, da Artjom selbst einen Eindruck davon bekam, aus welcher Höhe die Menschheit in den Abgrund gestürzt war, verlor er endgültig seinen Glauben an eine wunderbare Zukunft.

Der Kalinin-Prospekt erstreckte sich breit und schnurgerade vor ihm, verengte sich in der Ferne, bis er sich im Dunkeln auflöste. Artjom stand allein da, umgeben von den Schatten der Vergangenheit. Er versuchte sich vorzustellen, wie viele Menschen früher Tag und Nacht auf diesen Bürgersteigen unterwegs gewesen, wie viele Autos mit unglaublicher Geschwindigkeit hier vorbeigefahren waren, wie freundlich und einladend diese Fenster einst geleuchtet hatten. Wohin war das alles verschwunden? Die Welt schien leer und verlassen, doch Artjom wusste: Es war eine Illusion. Die Welt war weder verlassen noch tot – nur waren es jetzt andere, die hier herrschten. Während er noch darüber nachdachte, drehte er sich um und blickte zurück in Richtung Bibliothek.

Da waren sie, gut hundert Meter entfernt, regungslos, mitten auf der Straße. Es waren mindestens fünf Kreaturen. Sie hatten aufgehört, sich zu verstecken, aber auch nicht versucht, seine Aufmerksamkeit zu wecken. Wie sie sich so schnell und lautlos hatten nähern können, war ihm ein Rätsel. Im Mondlicht konnte er ihre mächtigen Gestalten nun deutlich erkennen: Ihre Hinterbeine waren besonders ausgeprägt, ja vielleicht waren sie sogar noch größer, als er zu Beginn geglaubt hatte. Obwohl Artjom ihre Augen auf die Entfernung nicht sehen konnte, wusste er genau, dass sie ihn noch immer abwartend ansahen und durch die feuchte Luft seine Witterung aufnahmen. Wahrscheinlich war darin ein ihnen bereits bekannter Beigeschmack von Schießpulver enthalten, weshalb die Tiere zögerten ihn anzugreifen. Noch beobachteten sie Artjom und suchten in seinem Verhalten nach Anzeichen von Unsicherheit und Schwäche. Vielleicht aber begleiteten sie ihn auch nur bis zur Grenze ihres Territoriums und hatten gar nicht vor, ihm etwas Böses zu tun. Woher sollte er wissen, wie sich Geschöpfe verhielten, die plötzlich, allen Gesetzen der Evolution zum Trotz, auf der Erde aufgetaucht waren?

Krampfhaft versuchte Artjom, die Selbstbeherrschung zu bewahren. Mit gespielter Ruhe drehte er sich um und ging weiter, sah jedoch zur Sicherheit alle paar Schritte über die Schulter. Zuerst schienen die Kreaturen an Ort und Stelle zu verharren, doch dann erfüllten sich seine schlimmsten Befürchtungen: Sie ließen sich auf alle viere herab und folgten ihm langsam. Dabei hielten sie den ursprünglichen Abstand von etwa hundert Metern weiter ein. Zwar begann Artjom sich an diese seltsame Eskorte zu gewöhnen, doch ließ er sie nicht aus den Augen und hielt seine Kalaschnikow bereit. So gingen sie gemeinsam den leeren, mondbeschienenen Prospekt entlang: Vorneweg ein Mensch, vorsichtig und angespannt, jede halbe Minute innehaltend, um sich umzudrehen. Dahinter fünf oder sechs seltsame Wesen, die sich ihm ohne Hast näherten und dann auf den Hinterbeinen niederließen, um ihm wieder den ursprünglichen Vorsprung zu gewähren.

Bald allerdings hatte Artjom den Eindruck, dass sich der Abstand verkürzte. Außerdem begannen die Tiere sich nun fächerartig zu verteilen, als wollten sie versuchen, von der Seite an ihn heranzukommen. Obwohl er noch nie mit jagenden Raubtieren zu tun gehabt hatte, war er sicher, dass sich seine Verfolger zum Angriff rüsteten. Es war höchste Zeit zu handeln. Mit einer heftigen Bewegung wandte er sich um, hob das Gewehr und zielte auf eine der dunklen Gestalten.

Diesmal warteten sie nicht mehr darauf, dass er sich wieder entfernte, sondern näherten sich ihm und bildeten allmählich einen Halbkreis um ihn. Er musste versuchen sie abzuschrecken, bevor sie den Abstand so weit verkürzten, dass sie zum Angriff übergehen konnten.

Artjom hob den Lauf und schoss in die Luft. Das Donnern hallte von den Wänden der Hochhäuser wider und ertönte als fernes Echo am anderen Ende des Prospekts. Klingelnd fiel die Patronenhülse auf den Asphalt. Ein dumpfes, wütendes Brüllen ertönte, dann stürzten die Kreaturen los. Innerhalb weniger Sekunden würden sie die kurze Distanz bis zu ihm überwunden haben – doch darauf hatte er sich eingestellt. Er nahm die Bestie, die am nächsten war, ins Visier, gab eine kurze Salve ab und rannte los, auf die Häuser zu.

Dem wilden Schreien nach zu urteilen, hatte er getroffen. Ob dies die anderen Tiere zurückhielt oder sie nur noch rasender machte, blieb unklar.

Plötzlich ertönte ein neuer Schrei – nicht das drohende Brüllen der Bestien, sondern ein lang gezogenes, gellendes Kreischen, das einem das Blut in den Adern gefrieren ließ. Es flog von oben heran, und Artjom begriff, dass ein neuer Mitspieler auf den Plan getreten war. Offenbar hatten die Schüsse eines dieser geflügelten Monster angelockt, ähnlich dem, das sein Nest auf der Kuppel der Kathedrale gebaut hatte.

Ein riesiger Schatten flog pfeilschnell über ihn hinweg. Artjom warf einen Blick zurück und sah, wie die Kreaturen auseinanderstoben. Nur eines der Tiere, offenbar jenes, das er verletzt hatte, befand sich noch auf der Straße. Noch immer brüllend vor Schmerz, schwankte es auf die Häuser zu, um sich ebenfalls dort zu verstecken. Doch es hatte keine Chance. Das riesige Monster kreiste ein weiteres Mal in einer Höhe von dreißig, vierzig Metern, dann legte es die enormen Flügel an und stürzte auf sein Opfer herab. Der geflügelte Gigant packte das Tier, das ein letztes Mal verzweifelt kreischte, schwang sich ohne erkennbare Mühe mit der Beute in die Luft und trug sie auf das Dach eines der Hochhäuser.

Noch wagten sich die Verfolger nicht aus ihren Verstecken,

offenbar befürchteten sie, das geflügelte Monster könne wieder zurückkommen. Artjom hingegen hatte nichts zu verlieren. Gegen die Häuserwände gedrückt, rannte er weiter, dorthin, wo sich seiner Berechnung nach der Gartenring befinden musste. Fast einen halben Kilometer legte er so zurück, bevor er Atem holen musste und sich umdrehte, um zu kontrollieren, ob sich die Jäger wieder hervorgetraut hatten. Der Prospekt war leer. Nach einigen weiteren Metern jedoch traf Artjom auf eine Seitenstraße, er sah um die Ecke – und erblickte dieselben unbeweglichen Schatten. Jetzt begriff er, warum diese Kreaturen nur ungern auf offener Straße Beute machten: Sie fürchteten, selbst Opfer noch größerer Räuber zu werden.

Wieder begann Artjom, sich beim Laufen ständig umzusehen. Das Ende des Prospekts war bereits in Sicht, als sie erneut die Verfolgung aufnahmen und ihn einzukreisen begannen. Artjom schoss ein weiteres Mal in die Luft, in der Hoffnung, so das geflügelte Ungeheuer erneut anzulocken und die Bestien abzuschrecken. Diese blieben tatsächlich kurz auf ihren Hinterbeinen stehen und reckten die Hälse. Doch der Himmel blieb leer – das Monster war offenbar noch nicht mit der ersten Portion fertig. Artjom begriff dies früher als seine Verfolger. Er rannte nach rechts, lief um eines der Häuser herum und stürzte in den nächstbesten Eingang. Obwohl Melnik ihn gewarnt hatte, dass die Häuser bewohnt waren, wäre es reiner Wahnsinn gewesen, einem so starken und beweglichen Gegner auf offenem Felde entgegenzutreten. Die Bestien würden Artjom in Stücke reißen, noch bevor er sein Gewehr entsichern konnte.

Im Treppenhaus war es dunkel, sodass Artjom die Taschenlampe einschalten musste. Der runde Lichtfleck ließ eine schäbige Wand erkennen, die jemand vor Jahrzehnten mit Unflätigkeiten vollgeschmiert hatte, eine völlig verdreckte Treppe sowie eingeschlagene Türen, hinter denen demolierte und ausgebrannte Wohnungen zum Vorschein kamen. Einige Ratten liefen ohne jegliche Scheu umher.

Den Eingang hatte er gut gewählt. Die Fenster des Treppenhauses gingen auf den Prospekt hinaus, und aus einem der oberen Stockwerke konnte er sehen, dass die Kreaturen zögerten, ihm zu folgen. Sie hatten sich zwar der Tür genähert, doch anstatt hineinzugehen, umringten sie den Eingang, richteten sich auf ihren Hinterpfoten auf und erstarrten wieder zu steinernen Statuen. Artjom war überzeugt: Sie würden sich nicht einfach so zurückziehen und ihre Beute entkommen lassen, früher oder später würden sie den Versuch machen, ihn herauszuholen. Wenn sich in diesem Treppenhaus nicht ohnehin etwas verbarg, was Artjom zur Flucht zwingen würde …

Er stieg ein weiteres Stockwerk hinauf und entdeckte, dass eine der Wohnungstüren noch zu war. Er drückte mit der Schulter dagegen – abgesperrt. Ohne lange nachzudenken, hielt er die Mündung seiner Waffe gegen das Schloss, drückte ab und stieß dann die Tür mit dem Fuß auf. Es spielte keine große Rolle, in welcher Wohnung er der Belagerung standzuhalten versuchte, doch die Gelegenheit, die unberührte Behausung von Menschen einer vergangenen Epoche zu sehen, wollte er sich nicht entgehen lassen.

Er schlug die Tür hinter sich zu und schob einen im Flur stehenden Schrank davor. Ernsthaften Widerstand würde diese Barrikade zwar nicht bieten, aber er würde es zumindest merken, wenn jemand sie zu überwinden versuchte. Dann trat Artjom ans Fenster und blickte vorsichtig nach draußen. Er hatte eine fast perfekte Schussposition. Aus dem dritten Stock hatte er den Eingang und die etwa zehn Tiere, die nun im Halbkreis davor saßen, gut im Blick. Nun war er im Vorteil, und er zögerte nicht, dies auszunutzen. Er schaltete die Laserzielvorrichtung ein, richtete den roten Punkt auf den Kopf der größten Bestie, atmete aus und drückte ab. Eine kurze Salve knatterte los, und das Tier sackte lautlos zur Seite. Blitzartig rannten die anderen auseinander, und einen Augenblick später war die Straße leer. Artjom beschloss, eine Weile zu warten und später nachzusehen, ob der Tod ihres Artgenossen die anderen tatsächlich verjagt hatte.

In jedem Fall blieb ihm etwas Zeit, die Wohnung zu untersuchen.

Obwohl die Fenster wie im gesamten Haus schon seit Langem zerbrochen waren, waren die Möbel und überhaupt die gesamte Einrichtung erstaunlich gut erhalten. Auf dem Boden lagen kleine Klümpchen, die ihn an das Rattengift erinnerten, das an der *WDNCh* verwendet wurde. Womöglich war es das auch, denn Artjom entdeckte in den Zimmern nicht eine einzige Ratte. Je länger er durch die Wohnung ging, desto mehr gelangte er zu der Überzeugung, dass die Bewohner genügend Zeit gehabt hatten, sie geordnet zu verlassen. Sie hatten alles sorgsam konserviert, um vielleicht eines Tages wieder zurückzukehren. Die Zimmer waren in perfekter Ordnung, in der Küche hatte man keinerlei Lebensmittel zurückgelassen, die Nagetiere oder Insekten hätten anlocken können, und ein Großteil der Möbel war in Plastik eingehüllt.

Während er von einem Zimmer ins andere ging, versuchte Artjom sich den Alltag der Bewohner vorzustellen. Wie viele Menschen hatten hier gelebt? Um wie viel Uhr waren sie aufgestanden, von der Arbeit zurückgekommen, hatten zu Abend gegessen? Wer hatte am Kopfende des Tisches gesessen? Von vielen Ritualen und Gegenständen der damaligen Zeit hatte er nur in Büchern gelesen. Jetzt, da er zum ersten Mal eine echte Wohnung sah, musste er sich eingestehen, dass er sich ein völlig falsches Bild gemacht hatte.

Er hob die halb transparente Plastikfolie vor dem Bücherregal an. Neben einigen Kriminalromanen, die er von den Büchertischen in der Metro kannte, gab es dort auch bunte Kinderbücher. Eines davon fasste er am Rücken und zog es vorsichtig heraus. Als er die mit fröhlichen Tierbildern illustrierten Seiten durchblätterte, fiel aus dem Buch ein festes Stück Papier heraus. Artjom bückte sich und hob es auf: Es war ein verblasstes Foto einer lächelnden Frau, die einen kleinen Jungen auf dem Arm hatte.

Artjom erstarrte, und sein Herz, das eben noch gleichmäßig das Blut durch den Körper gepumpt hatte, schlug jetzt wie wild. Er verspürte das dringende Verlangen, die enge Gasmaske abzusetzen, um frische Luft zu schnappen. Vorsichtig – als fürchte er, dass das Bild zu Staub zerfallen könnte, wenn er es berührte – hielt er es näher an das Gesicht.

Die Frau war vielleicht dreißig Jahre alt, der Junge auf ihrem Arm höchstens zwei. Er hatte eine lustige Mütze auf, sodass Artjom sich nicht sicher war, ob es sich tatsächlich um einen Jungen oder vielleicht doch um ein Mädchen handelte. Das Kind blickte direkt in die Kamera. Dabei kam es ihm erstaunlich ernst und erwachsen vor. Als Artjom das Foto umdrehte, verschwamm ihm alles vor den Augen. Auf die Rückseite hatte jemand mit blauem Kugelschreiber geschrieben: »Artjomka, 2 Jahre und 5 Monate«.

Es war, als hätte man einen Stab aus ihm herausgezogen. Seine Knie wurden weich, er musste sich auf den Boden setzen.

Er hielt das Foto ins Mondlicht, das vom Fenster hereinfiel. Warum kam ihm das Lächeln der Frau so bekannt vor? Warum hatte ihm ihr Anblick sofort den Atem geraubt?

Bevor die Stadt ausgestorben war, hatten über zehn Millionen Menschen darin gelebt. Artjom war zwar kein besonders häufiger Name, aber in einer solchen Millionenstadt hatten sicher einige zehntausend Kinder dieses Namens gelebt. Das war die gesamte jetzige Bevölkerung der Metro. Die Chance war verschwindend gering. Aber warum machte das Lächeln der Frau einen so vertrauten Eindruck?

Er versuchte sich jene bruchstückhaften Kindheitserinnerungen ins Gedächtnis zu rufen, die manchmal für Sekunden vor seinem inneren Auge aufblitzten oder in seinen Träumen auftauchten. Ein heimeliges kleines Zimmer, sanftes Licht, eine Frau, die ein Buch las … eine breite Liege. Er sprang auf und wirbelte durch die Zimmer, auf der Suche nach der Einrichtung, die seinem Traum entsprach. Und tatsächlich: Einen Augenblick lang schien ihm, dass in einem der Zimmer die Möbel in vertrauter Weise angeordnet waren. Das Sofa sah etwas anders aus, und das Fenster war an einer anderen Stelle, aber was machte das schon, schließlich konnte sich dieses Bild im Bewusstsein eines dreijährigen Kindes auch verzerrt eingeprägt haben.

Eines dreijährigen? Auf dem Foto war ein anderes Alter angegeben, doch auch das hatte nichts zu bedeuten. Es stand ja kein Datum daneben. Das Bild konnte zu jedem Zeitpunkt entstanden sein, nicht unbedingt erst wenige Tage, bevor die Familie die Wohnung für immer hatte verlassen müssen. Vielleicht ein halbes oder sogar ein ganzes Jahr davor. Dann stimmte das Alter des Jungen auf dem Foto mit seinem überein. Und die Wahrscheinlichkeit, dass er selbst mit seiner Mutter auf dem Foto abgebildet war, wäre dann ungleich höher. Aber das Foto konnte auch drei oder fünf Jahre zuvor entstanden sein – ja, auch das war möglich …

Dann kam ihm ein anderer Gedanke. Er riss die Tür zum Badezimmer auf, blickte sich um und fand endlich das, was er gesucht hatte. Der Spiegel war mit einer so dicken Staubschicht bedeckt, dass nicht einmal das Licht der Taschenlampe darin zu sehen war. Mit einem Handtuch, das die Bewohner an einem

Haken zurückgelassen hatten, rieb er eine Stelle frei. Durch dieses Loch erblickte er im Schein der Taschenlampe sein Spiegelbild mit Gasmaske und Helm.

Das hagere, ausgemergelte Gesicht war hinter der Kunststoffmaske nicht zu sehen, doch kam es ihm so vor, als ähnelten seine dunklen, tief eingesunkenen Augen denen des Jungen. Artjom hielt sich das Foto vor das Gesicht, betrachtete aufmerksam die Züge des Jungen und blickte dann wieder in den Spiegel. Erneut leuchtete er den Abzug an und verglich ihn nochmals mit dem Gesicht hinter der Gasmaske. Er versuchte sich zu erinnern, wie es das letzte Mal ausgesehen hatte, als er vor dem Spiegel gestanden war. Wann war das gewesen? Kurz vor seinem Aufbruch an der *WDNCh*, doch wie viel Zeit war seither vergangen? Nach dem, was er von seinem Gesicht im Spiegel erkennen konnte, mussten es Jahre gewesen ein. Wenn er doch diese verdammte Maske abnehmen könnte! Natürlich veränderten sich Menschen oft bis zur Unkenntlichkeit, doch bewahrte jedes Gesicht zumindest etwas, was an die fernen Jahre der Kindheit erinnerte.

Es blieb nur eines: Zur *WDNCh* zurückzukehren und Suchoj zu fragen, ob die Frau auf diesem Stück Papier jener Person ähnelte, die ihm vor vielen Jahren – im Angesicht des Untergangs ihrer Station – das Leben ihres Kindes in die Hände gelegt hatte. Artjoms Mutter. Suchoj würde sie erkennen. Er hatte ein professionelles Gedächtnis. Er würde sagen können, ob sie die Frau auf dem Foto war oder nicht.

Noch einmal betrachtete Artjom das Bild, dann streichelte er mit einer Zärtlichkeit, die ihn selbst überraschte, das Gesicht der Frau, legte das Foto zurück in das Buch und steckte dieses in seinen Rucksack. Seltsam, dachte er, erst vor ein paar Stunden hatte er sich im größten Wissensspeicher des Kontinents befunden und hatte aus Millionen unterschiedlicher, zum Teil unglaublich kostbarer Bücher die freie Auswahl gehabt. Doch hatte er sie weiter auf den Regalen verstauben lassen, ja nicht einmal der Gedanke war ihm gekommen, sich an den Schätzen der Bibliothek zu bereichern. Stattdessen steckte er nun ein ganz einfaches Bilderbuch ein – und fühlte sich doch so, als hätte er den größten aller irdischen Schätze gefunden.

Er ging in den Flur zurück, um weitere Bücher aus dem Regal durchzublättern und vielleicht in den Schränken nach Fotoalben zu suchen. Doch als er zum Fenster blickte, bemerkte er dort eine Veränderung. Eine leichte Unruhe ergriff ihn. Etwas stimmte nicht. Er trat näher heran und begriff: Die Nacht hatte eine andere Farbe bekommen, ein gelbrosa Ton hatte sich in das Grau gemischt. Es wurde allmählich hell.

Die Tiere hatten sich wieder vor dem Eingang versammelt, wagten sich jedoch nicht hinein. Der Kadaver ihres Artgenossen war nirgends zu sehen. Vielleicht hatte ihn das geflügelte Monster fortgeschafft, oder sie hatten ihn selbst in Stücke gerissen. Artjom verstand nicht, was sie davon abhielt, die Wohnung zu erstürmen, auch wenn es ihm natürlich nur recht war.

Würde er es noch vor Sonnenaufgang bis zur *Smolenskaja* schaffen? Und würde er seine Verfolger abhängen können? Natürlich konnte er auch einfach in der verbarrikadierten Wohnung bleiben. Vor den Sonnenstrahlen würde er sich ins Badezimmer zurückziehen. Dort konnte er abwarten, bis die Helligkeit die Räuber vertrieben hatte, und mit Einbruch der Dunkelheit seinen Weg fortsetzen. Doch wie lange würde sein Schutzanzug halten? Wie lange reichte der Filter seiner Gasmaske? Und was würde Melnik unternehmen, wenn er ihn nicht zur rechten Zeit am vereinbarten Ort antraf?

Artjom trat an die Wohnungstür und horchte. Stille. Vorsichtig schob er den Schrank beiseite und öffnete langsam die Tür. Auf dem Treppenabsatz war niemand, doch als er mit der

Taschenlampe die Treppe absuchte, bemerkte er etwas, was vorher nicht da gewesen war. Oder hatte er einfach nicht darauf geachtet?

Eine dicke Schleimschicht bedeckte die Stufen. Es sah so aus, als wäre jemand soeben dort entlanggekrochen. Zum Glück lief die Spur an der Wohnungstür, hinter der sich Artjom die ganze Zeit befunden hatte, vorbei, doch das war nur ein geringer Trost.

Auch dieses Haus war also nicht so leer, wie er gedacht hatte. Schlagartig war Artjom die Lust vergangen, noch weiter in der Wohnung zu bleiben oder gar zu schlafen. Er hatte nur eine Möglichkeit: Er musste die hungrigen Bestien verjagen und versuchen, die *Smolenskaja* zu erreichen. Und das, bevor ihm die Sonne die Augen ausbrannte und jene Ungeheuer weckte, von denen Melnik gesprochen hatte.

Diesmal zielte er nicht sorgfältig, sondern versuchte einfach so viele Tiere wie möglich zu treffen. Zwei von ihnen brüllten auf und fielen zu Boden, die anderen verschwanden in den Gassen. Der Weg schien frei zu sein.

Artjom stürzte die Treppe hinunter und blickte vorsichtig aus der Tür, ob nicht jemand im Hinterhalt auf ihn lauerte. Dann rannte er, so schnell er nur konnte, auf den Gartenring zu. Was musste das erst für ein furchtbarer Dschungel sein, dachte er, wenn sich selbst die dünnen Baumstreifen an der *Arbatskaja* in ein derart düsteres Gestrüpp verwandelt hatten. Ganz zu schweigen vom Botanischen Garten und all den Dingen, die dort herangewachsen waren …

Während sich seine Verfolger wieder sammelten, hatte Artjom sich einen kleinen Vorsprung erarbeitet und war fast am Ende des Prospekts angelangt. Es wurde immer heller, doch diese Tiere waren gegen Sonnenstrahlen offenbar unempfindlich: In zwei Gruppen huschten sie an den Häusern entlang und verkürzten mit jeder Sekunde den Abstand. Hier, auf offenem Feld, waren sie im Vorteil, denn Artjom hätte stehen bleiben müssen, um richtig auf sie zu zielen. Außerdem bewegten sie sich auf vier Beinen vorwärts, sodass sie nur knapp einen Meter in die Höhe ragten, ja oft kaum zu erkennen waren. Und so schnell Artjom auch zu laufen versuchte – der Schutzanzug, der Rucksack, die zwei Gewehre und die Erschöpfung nach dieser scheinbar endlosen Nacht machten sich mit jedem Schritt deutlicher bemerkbar.

Schon bald würden ihn diese rasend schnellen Tiere einholen und ihr Vorhaben zu Ende bringen. Er musste an den flüchtigen Anblick der hässlichen, riesigen Kadaver denken, die in ihrem eigenen Blut vor dem Eingang gelegen hatten. Glänzendes, dunkelbraunes Fell, ein riesiger, runder Kopf und ein Maul, das mit Dutzenden kleiner, scharfer Zähne gespickt war, wie es schien, in mehreren Reihen – er kannte kein einziges Tier, das sich durch radioaktive Strahlung in derartige Kreaturen hätte verwandeln können.

Zum Glück gab es auf dem Gartenring – sofern er das war – keine Bäume. Dies hier war nur eine sehr breite Straße, die sich nach rechts und links erstreckte, so weit das Auge reichte. Bevor Artjom weiterrannte, feuerte er, ohne hinzusehen, eine weitere Ladung auf die Bestien ab. Sie waren nun schon auf fünfzig Meter herangekommen. Wieder hatten sie sich im Halbkreis um ihn verteilt, sodass zwei von ihnen fast gleichauf mit ihm liefen.

Auf dem Gartenring musste Artjom zwischen einigen fünf bis sechs Meter tiefen Kratern hindurchlaufen und an einer Stelle einen großen Umweg um einen tiefen Spalt in der Fahrbahn machen. Die Häuser hier sahen seltsam aus: nicht ausgebrannt, eher geschmolzen. Hier schien etwas Besonderes geschehen zu sein, und dieser Stadtteil war offenbar wesentlich stärker getroffen worden als der Kalinin-Prospekt. Als majestätische und zugleich düstere Kulisse dieser beunruhigenden Landschaft erhob sich in einiger Entfernung ein riesiges, mehrere hundert Meter hohes Gebäude. Es glich einem mittelalterlichen Schloss und hatte scheinbar unbeschadet alle Angriffe sowie den Zahn der Zeit überstanden. Als Artjom einen hastigen Blick hinaufwarf, entfuhr ihm ein Seufzer der Erleichterung: Über dem Schloss kreiste ein furchteinflößender Schatten. Das konnte die Rettung für ihn sein. Er musste nur Aufmerksamkeit erregen – und der Schatten würde seinen Verfolgern den Garaus machen. Mit einer Hand hob Artjom das Gewehr, richtete den Lauf auf das geflügelte Ungeheuer und drückte ab.

Nichts geschah.

Das Magazin war leer.

Das Reservegewehr im Laufen vom Rücken nach vorne zu bringen war ein Ding der Unmöglichkeit, also tauchte Artjom in eine der Seitenstraßen ein, lehnte sich gegen die Wand und wechselte die Waffe. Nun konnte er sich die Biester wenigstens vom Leib halten, bis das andere Magazin auch leer war.

Das erste Tier kam bereits um die Ecke, setzte sich mit der typischen Bewegung auf die Hinterbeine und richtete sich zu voller Größe auf. Dreist war es nun so nah herangekommen, dass Artjom in den kleinen, unter massiven Knochenbögen verborgenen Augen ein böses grünes Feuer lodern sah, eine Art Widerschein jener geheimnisvollen Flamme im Park.

Danilas Kalaschnikow hatte keine Laserzielvorrichtung, doch auf diese Entfernung würde Artjom wohl kaum danebenschießen. Ruhig nahm er die reglose Bestie ins Visier, hielt das Gewehr fest an die Schulter und drückte auf den Abzug.

Dieser hatte etwa die Hälfte des Weges zurückgelegt, als die Mechanik blockierte. Offenbar klemmte der Verschluss. Was war passiert? Hatte er etwa die Gewehre in der Eile verwechselt? Nein, seine Waffe hatte doch den Laser … Artjom versuchte neu durchzuladen. Vergeblich.

In seinem Kopf wirbelten die Gedanken umher: Danila. Die Bibliothekare. Deswegen hatten sie ihn so leicht überwältigt. Sein Gewehr hatte nicht funktioniert. Artjom sah vor sich, wie Danila krampfhaft an dem Verschlusshebel riss, während der Bibliothekar ihn nach hinten zwischen die Regale zog …

Neben der ersten Bestie waren nun völlig lautlos zwei weitere erschienen. Sie betrachteten Artjom aufmerksam, der noch immer verzweifelt an Danilas Waffe herumhantierte. Dann zogen sie ihre Schlüsse. Das erste Tier, offenbar der Anführer, machte einen großen Satz und landete fünf Meter von Artjom entfernt.

In diesem Augenblick flog ein riesiger Schatten über sie hinweg, worauf sich die Tiere duckten und nach oben sahen. Artjom nutzte diesen Moment der Verwirrung und stürzte durch den nächsten Torbogen. Er hegte keine Hoffnung mehr, lebend aus dieser Klemme herauszukommen, sondern es war reiner Instinkt, der ihn den Moment des Todes so weit wie möglich hinauszögern ließ. Hier, in diesen Hintergassen, hatte er nicht die geringste Chance, aber der Weg zurück auf den Gartenring war nun abgeschnitten.

Er fand sich in einem leeren, quadratischen Hof wieder. In den umgrenzenden Häuserwänden sah er weitere Bögen und Durchgänge, und hinter einem der Gebäude ragte jenes düstere Schloss auf, das ihn bereits auf der Ringstraße in seinen Bann gezogen hatte. Doch Artjom riss sich von diesem Anblick los – denn auf dem Gebäude gegenüber las er die Aufschrift: Moskauer W.-I.-Lenin-Untergrundbahn, und darunter: Station Smolenskaja. Die großen Eichentüren standen leicht offen.

Wie er diesmal davonkam, grenzte an ein Wunder: Es musste eine seltsame Mischung gewesen sein aus Intuition und dem Gefühl eines leichten Luftstroms, das dem Raubtier vorauslief, während es auf sein Opfer zustürzte. Die Bestie landete einen halben Meter neben ihm. Artjom glitt zur Seite und rannte mit letzter Kraft auf den Metroeingang zu. Dort war er zu Hause, dort unter der Erde war sein Reich, war er Herr der Lage …

Die Eingangshalle der *Smolenskaja* sah genauso aus, wie es sich Artjom vorgestellt hatte: dunkel, feucht und leer. Es war erkennbar, dass die Menschen von hier aus oft an die Oberfläche gingen: Die Kassenschalter und Diensträume standen offen und waren leer geräumt. Alles, was auch nur irgendeinen Wert hatte, war schon vor vielen Jahren unter die Erde gewandert. Von den Drehkreuzen und dem Häuschen der Dienstaufsicht waren nur noch die Betonfassungen übrig. Hinten war das halbrunde Gewölbe des Tunnels zu sehen, in dem die Rolltreppen in die Tiefe hinabtauchten. Der Strahl von Artjoms Lampe verlor sich irgendwo auf halbem Wege, und so konnte er nicht sicher feststellen, ob sich am Ende tatsächlich der Eingang zur Station befand. Doch die Biester waren ihm bereits in die Eingangshalle gefolgt, das erkannte er am Quietschen der Türen. In wenigen Augenblicken konnten sie bei den Treppen sein, und sein winziger Vorsprung wäre dahin.

Ungelenk begann er mit seinen dicken Stiefeln die wackeligen, geriffelten Stufen hinabzulaufen. Er versuchte, mehrere Stufen auf einmal zu nehmen, doch plötzlich kam sein Fuß etwas zu weit vorne auf der glatten Oberfläche auf, und er donnerte hinunter und schlug mit dem Genick auf die Kante. Erst nachdem er mit Helm und Hintern ein gutes Dutzend Stufen abgezählt hatte, kam er zum Stillstand. Mit der Taschenlampe leuchtete er nach oben – welch kurze Strecke er erst zurückgelegt hatte! – und erblickte, was er befürchtet hatte: Reglose, dunkle Gestalten sahen auf ihn herab. Wie gewohnt prüften sie vor dem Angriff die Lage oder berieten sich lautlos miteinander. Artjom rappelte sich auf und lief weiter. Wieder versuchte er zwei Stufen auf einmal zu nehmen, was ihm diesmal schon besser gelang. Er glitt mit der rechten Hand den Gummihandlauf entlang, hielt in der linken die Taschenlampe und lief so etwa zwanzig Sekunden lang hinab, bis er erneut stolperte.

Von hinten erklang ein schweres Poltern. Die Tiere hatten sich entschlossen.

Artjom hoffte inständig, die alten Stufen, die bereits unter seinem Gewicht kläglich quietschten, würden unter der Masse seiner Verfolger einfach einbrechen. Doch das lauter werdende Stampfen ließ nichts Gutes ahnen.

Im Schein der Taschenlampe erkannte er eine Ziegelmauer mit einer großen Tür in der Mitte. Mühsam erhob sich Artjom und legte das letzte Stück in fünfzehn Sekunden zurück, die sich wie eine Ewigkeit hinzogen.

Die Tür bestand aus Stahlblech und tönte wie eine Glocke unter seinen Faustschlägen. Artjom trommelte aus Leibeskräften dagegen, getrieben von den immer näher kommenden Schatten, die er in dem Halbdunkel undeutlich erkannte. Erst nach ein paar Sekunden begriff er, welchen Fehler er soeben begangen hatte, und das Blut gefror ihm in den Adern: Anstatt den vereinbarten Code zu übermitteln, hatte er die Wachen aufgeschreckt. Nun würden diese ihm unter keinen Umständen öffnen – man konnte ja nie wissen, wer von dort oben alles in die Metro eindringen wollte …

Wie ging das Signal noch mal? Dreimal kurz, dreimal lang, dreimal kurz? Nein, das war doch S.O.S. Es waren sicher drei am Anfang und drei am Ende gewesen, aber ob lang oder kurz, das wusste Artjom nicht mehr. Wenn er jetzt zu experimentieren begann, konnte er es gleich vergessen. Dann lieber S.O.S. … Zumindest begriff die Wache dann, dass sich auf der anderen Seite ein Mensch befand.

Artjom donnerte nochmals gegen die Stahltür, zog das andere Gewehr von der Schulter und steckte mit zitternden Fingern Danilas Magazin hinein. Dann hielt er die Taschenlampe gegen den Lauf der Waffe und leuchtete nervös das Gewölbe hinauf. Die langen Schatten der verbliebenen Lampenständer überlagerten sich im Schein des Lichtstrahls, und Artjom war sich nicht sicher, ob sich dahinter nicht irgendwo eine dunkle Gestalt verbarg.

Jenseits der Stahltür herrschte noch immer absolute Stille. Mein Gott, dachte Artjom, war dies etwa die falsche *Smolenskaja*? Vielleicht war dieser Eingang schon vor Jahrzehnten versiegelt worden, weil ihn niemand mehr benutzte – schließlich war er nicht Melniks Anweisungen gefolgt, sondern völlig zufällig hier angekommen. Womöglich hatte er sich geirrt …

In nächster Nähe, vielleicht fünfzehn Meter entfernt, knarzte eine Stufe. Artjom verlor die Beherrschung und feuerte blindlings in die Richtung, aus der das Geräusch gekommen war. Das Echo schmerzte ihm in den Ohren, dann wanderte es die Treppe hinauf zur Oberfläche. Doch nichts folgte, was dem Brüllen einer verwundeten Bestie ähnelte. Die Kugeln waren ins Leere gegangen.

Ohne den Blick abzuwenden, drückte sich Artjom gegen die Tür und hämmerte erneut mit der Faust dagegen: dreimal kurz, dreimal lang, dreimal kurz. Plötzlich vernahm er ein schweres metallisches Knirschen auf der anderen Seite. Und genau in diesem Moment flog aus der Dunkelheit die Gestalt eines der Raubtiere mit rasender Geschwindigkeit auf ihn zu.

Das Gewehr hielt Artjom in der rechten Hand, und den Abzug drückte er fast zufällig, als er instinktiv zurückzuckte. Der Impuls der Kugeln drehte den Körper der Kreatur in der Luft, und anstatt ihm an die Kehle zu springen, brach sie zwei Meter vor ihm zusammen. Doch im nächsten Moment erhob sie sich wieder, schwankte kurz, dann sprang sie erneut und rammte Artjom gegen die kalte Stahltür. Doch da hatte Artjom ihr schon seine letzte Kugel in den Kopf gejagt, und am Ende ihres

Sprungs war die Bestie bereits tot. Die Wucht allerdings, mit der sie gegen Artjom prallte, hätte ausgereicht, ihm den Schädel zu brechen, wäre da nicht sein Helm gewesen.

Die Tür öffnete sich, und helles Licht schlug heraus. Von den Rolltreppen aus ertönte ängstliches Brüllen. Dem Klang nach zu urteilen, befanden sich dort mindestens fünf dieser Tiere. Kräftige Hände packten Artjom am Kragen und zogen ihn hinter die Mauer, dann ertönte erneut ein metallisches Scheppern: Jemand schloss die Tür und schob den Riegel vor.

»Unverletzt?«, fragte eine Stimme neben ihm.

»Hast du gesehen, wen er da mitgebracht hat?«, fragte eine andere Stimme. »Letztes Mal sind wir sie gerade noch losgeworden und das nur mit Gas. Das hätte uns noch gefehlt, dass sie sich an der *Smolenskaja* einnisten. Die *Arbatskaja* reicht uns schon. Möglich wäre es. Sie mögen Menschenfleisch ...«

»Lasst ihn. Er gehört zu mir. Artjom! He, Artjom! Wach schon auf!« Die dritte Stimme kam Artjom bekannt vor – er öffnete mit Mühe die Augen.

Drei Männer beugten sich über ihn. Zwei davon, wahrscheinlich die Torwächter, trugen graue Jacken und Wollmützen und hatten kugelsichere Westen an. In dem dritten erkannte Artjom – zu seiner Erleichterung – Melnik.

»Ach, das ist er also?«, sagte einer der Wächter etwas enttäuscht. »Na, dann nehmen Sie ihn mit, aber vergessen Sie nicht: Er kommt erst mal in Quarantäne und muss dekontaminiert werden.«

»Danke für die Nachhilfestunde«, erwiderte der Stalker grinsend und reichte Artjom die Hand. »Steh auf, Artjom. Du warst ziemlich lang unterwegs.«

Artjom versuchte sich aufzurappeln, aber seine Beine versagten ihm den Dienst. Alles drehte sich, verschwamm vor seinen Augen, ihm wurde schlecht.

»Er muss ins Lazarett«, befahl Melnik.

Während ihn der Arzt untersuchte, besah sich Artjom die weißen Kacheln an den Wänden des Operationssaals. Der ganze Raum glänzte, ein scharfer Chlorgeruch erfüllte die Luft, von der Decke hingen gleich mehrere Tageslichtlampen herab. Auch Operationstische gab es mehrere, und neben jedem hing ein Kasten mit gebrauchsfertigen Instrumenten. Die Ausstattung dieses kleinen Krankenhauses war beeindruckend, doch Artjom begriff nicht, warum es sich ausgerechnet an der *Smolenskaja* befand, die doch, soweit er sich erinnerte, eine friedliche Station war.

»Zum Glück nichts gebrochen, nur ein paar Prellungen«, konstatierte der Arzt und trocknete sich die Hände an einem sauberen Handtuch ab. »Die Kratzer haben wir zur Sicherheit desinfiziert.«

»Würden Sie uns kurz allein lassen?«, bat Melnik. »Wir müssten etwas unter vier Augen besprechen.«

Der Arzt nickte verständnisvoll und ging hinaus. Darauf setzte sich der Stalker auf den Rand von Artjoms Liege und forderte ihn auf, alles genauestens zu erzählen. Melniks Berechnung nach hätte Artjom zwei Stunden früher an der *Smolenskaja* auftauchen sollen, und er war drauf und dran gewesen, nach oben zu gehen und nach ihm zu suchen. Die Geschichte mit Artjoms Verfolgern hörte er sich bis zum Ende an, jedoch ohne großes Interesse. Die fliegenden Ungeheuer bezeichnete er mit dem wissenschaftlich klingenden Wort »Pterodaktylus«. Wirklich beeindruckt zeigte er sich lediglich von der Episode im Treppenhaus. Als Artjom die Vermutung äußerte, etwas sei die Treppe entlanggekrochen, während er in der Wohnung ausharrte, runzelte der Stalker die Stirn und schüttelte den Kopf. »Bist du sicher, dass du in den Schleim auf der Treppe nicht hineingetreten bist? Gott bewahre, dass wir diesen Dreck hier auf der Station verteilen. Ich habe dir doch gesagt, dass du die Häuser meiden sollst! Du kannst von Glück reden, dass es dich nicht in deiner Wohnung besucht hat.« Melnik erhob sich, ging zu Artjoms Stiefeln, die neben dem Eingang standen, und besah sich jede Sohle genau. Offenbar konnte er nichts Verdächtiges entdecken und stellte sie wieder zurück.

»Wie ich schon sagte: In die Polis führt für dich kein Weg zurück. Den Brahmanen musste ich eine hübsche Geschichte auftischen. Sie glauben jetzt, dass ihr beide in der Bibliothek verschwunden seid und ich losgegangen bin, um euch zu suchen. Was ist eigentlich genau passiert?«

Artjom erzählte noch einmal die ganze Geschichte von Anfang bis Ende. Diesmal berichtete er ehrlich, wie Danila zu Tode gekommen war.

Erneut verfinsterte sich das Gesicht des Stalkers. »Dieses Ende behältst du besser für dich. Ehrlich gesagt, mir hat die erste Version wesentlich besser gefallen. Die zweite würde bei den Brahmanen zu viele Fragen aufwerfen. Du hast einen von ihnen umgebracht, das Buch nicht gefunden und die Belohnung trotzdem eingesteckt.« Er sah Artjom misstrauisch an. »Ach ja, was war das eigentlich?«

Artjom stützte sich auf den Ellenbogen und holte aus seiner Tasche die mit getrocknetem Blut befleckte Tüte. Er blickte Melnik aufmerksam an und öffnete dann den Umschlag.

# 15
# Der Plan

Ein doppelt gefaltetes Stück Papier, herausgerissen aus einem Schulheft, und ein Stück Karton, auf dem mit Bleistift einige Tunnel skizziert waren. Auf dem Weg zur *Smolenskaja* hatte Artjom keinen Gedanken daran verschwendet, was sich in Danilas Tüte befand. Worin die Lösung dieses doch offenbar unlösbaren Problems bestand. Wie man das Damoklesschwert jener unfassbaren, unerbittlichen Bedrohung von der *WDNCh* und der gesamten Metro abwenden konnte.

In der Mitte des Blattes mit den Erklärungen hatte sich ein rotbrauner Fleck ausgebreitet – das Blut des Brahmanen. Artjom musste es erst etwas anfeuchten, um es auseinanderfalten zu können, ohne die winzige Schrift zu beschädigen.

»Teil Nr. … Tunnel … D-6 … unversehrte Anlagen … bis zu 400.000 Quadratmeter … Smertsch … defekt … unvorhergesehene …«

Vor Aufregung hüpften die Worte vor Artjoms Augen hin und her, sodass er überhaupt nichts verstand. Schließlich gab er es auf, sie zu einem sinnvollen Text zusammenzufügen, und reichte den Brief Melnik.

Dieser nahm das Papier vorsichtig entgegen und heftete seinen Blick auf die Buchstaben. Eine Zeit lang sagte er gar nichts, doch dann wanderten seine Augenbrauen ungläubig nach oben. »Das ist unmöglich«, flüsterte er. »Eine glatte Lüge! Das wäre ihnen doch niemals entgangen …« Er drehte das Blatt um, betrachtete es von der anderen Seite. »Sie haben es für sich behalten … und den Offizieren kein Wort gesagt. Kein Wunder. Sonst hätten die wieder mit ihren alten Geschichten angefangen. Aber sollte es ihnen wirklich entgangen sein? Defekt … Na gut, das wäre schon möglich … Das heißt, sie haben es geglaubt!«

Artjom, der die ganze Zeit über auf eine Erklärung gewartet hatte, platzte mit der Frage heraus: »Kann uns das denn helfen?«

Der Stalker nickte. »Wenn das, was hier steht, wahr ist, so gibt es zumindest eine Chance.«

»Worum geht es? Ich verstehe nicht …«

Melnik antwortete nicht gleich. Wieder las er den Brief von vorn bis hinten durch, dachte einige Sekunden nach und begann schließlich zu erzählen. »Ich habe davon früher schon einmal gehört. Eine der Tausenden von Legenden in der Metro. Wie die über die Universität, den Kreml, die Polis – man weiß ja nie, was wahr ist und was sich einer am Lagerfeuer an der *Ploschtschad Iljitscha* ausgedacht hat. Genauso ist das mit dieser Geschichte … Jedenfalls hat man sich immer erzählt, dass es irgendwo in Moskau – oder in der Nähe von Moskau – noch eine unversehrte Raketenbasis gibt. Natürlich ist das eigentlich völlig unmöglich. Militärische Objekte sind immer das Hauptziel eines Angriffs. Aber angeblich haben sie diese Basis nicht mehr geschafft, sie übersehen oder auch einfach vergessen – jedenfalls ist sie komplett unberührt geblieben. Irgendjemand soll sogar mal dort gewesen sein und sie sich angesehen haben. Den Gerüchten zufolge stehen da komplette Startanlagen in großen Hallen, nagelneu und verpackt. In der Metro sind sie natürlich zu nichts zu gebrauchen, schließlich würde man in dieser Tiefe sowieso an keinen Feind rankommen.«

Artjom blickte den Stalker erstaunt an und ließ seine Beine von der Liege herabhängen. »Und was haben die Raketen mit unserem Problem zu tun?«

»Die Schwarzen greifen die *WDNCh* vom Botanischen Garten aus an. Hunter vermutete, dass sie dort irgendwo in die Metro eindringen. Also wäre es doch logisch, dass sie dort auch leben. Eigentlich gibt es nur zwei Möglichkeiten: Entweder befindet sich der Ort, wo sie alle herkommen – das Wespennest sozusagen –, nicht weit von einem Eingang der Metro entfernt. Oder es gibt dieses Nest nicht, und die Schwarzen kommen von weit draußen in die Stadt. Aber warum hat man sie dann nirgends sonst bemerkt? Unlogisch. Obwohl ... vielleicht ist es nur eine Frage der Zeit. Jedenfalls sieht die Situation so aus: Wenn sie von außerhalb der Stadt kommen, können wir gegen sie ohnehin nichts unternehmen. Angenommen, wir sprengen die Tunnel der *WDNCh* oder meinetwegen sogar hinter dem *Prospekt Mira*, so werden sie früher oder später neue Eingänge finden. Wir könnten uns dann nur noch in der Metro verbarrikadieren und alles dichtmachen. Dann müssten wir aber auch die Hoffnung aufgeben, jemals wieder nach oben zu kommen, und hätten nur noch unsere Schweine und Pilze. Als Stalker sage ich dir: Lange würden wir das nicht durchhalten. Aber: Wenn sie irgendwo eine große Brutstätte haben und diese sich in der Nähe befindet, wovon Hunter ausging ...«

Artjom dämmerte es. »Raketen?«

»*Zwölf Streubomben-Gefechtsköpfe mit Splitter- und Sprengmunition haben einen Wirkungsradius von bis zu 400.000 Quadratmetern*«, las Melnik vor und blickte Artjom an. »Nur wenige Raketensalven dieser Art würden genügen – und vom Botanischen Garten, oder wo auch immer sie leben, wäre nur noch Asche übrig.«

»Aber Sie sagen doch, dass das Legenden sind.«

Der Stalker winkte mit dem Blatt Papier. »Die Brahmanen behaupten das Gegenteil. Hier wird sogar beschrieben, wie man zu diesem Gefechtsstand kommt. Allerdings steht dort auch, dass die Anlagen teilweise defekt sind.«

»Und wie kommt man dorthin?«

»D-6. Hier wird D-6 erwähnt. Die Metro-2. Sie beschreiben die Lage eines der Eingänge und behaupten, dass der Tunnel von dort unter anderem auch zu dieser Basis führt. Allerdings schreiben sie auch, dass bei dem Versuch, in die Metro-2 zu gelangen, unvorhergesehene Hindernisse auftreten können.«

Artjom musste an ein Gespräch denken, das vor langer Zeit – jedenfalls schien es ihm sehr lange – stattgefunden hatte. »Die Unsichtbaren Beobachter?«

Melnik runzelte die Stirn. »Das mit den Beobachtern ist unsinniges Geschwätz.«

»Die Raketenbasis war doch auch nur eine Legende.«

»Das bleibt sie, bis ich sie selbst gesehen habe.«

»Und wo ist der Eingang zu dieser Metro-2?«

»Hier steht: an der *Majakowskaja*. Komisch, obwohl ich schon so oft an dieser Station war, habe ich noch nie etwas Derartiges gehört.«

»Und was tun wir jetzt?«

»Du isst jetzt erst mal was und ruhst dich aus, und ich denke einstweilen nach. Morgen reden wir weiter. Komm jetzt.«

Als Melnik vom Essen sprach, bemerkte Artjom, wie groß sein Hunger war. Er sprang auf den kalten Kachelboden und wollte schon zu seinen Stiefeln humpeln, doch der Stalker hielt ihn mit einer Handbewegung auf. »Lass deine Stiefel und deine Anziehsachen hier. Tu alles in diese Kiste. Die Sachen werden gereinigt und dekontaminiert. Auch dein Rucksack muss kontrolliert werden. Dort auf dem Stuhl hängen eine Hose und eine Jacke. Zieh die einstweilen an.«

Die *Smolenskaja* machte mit ihrer niedrigen Decke, den engen bogenförmigen Durchgängen und der ehemals weißen Marmorverkleidung auf den mächtigen Mauern einen düsteren Eindruck. Selbst die klassizistischen Blendsäulen zu beiden Seiten der Rundbögen und die recht gut erhaltenen Stuckverzierungen im oberen Teil der Wände verstärkten nur noch dieses Bild. Die Station kam Artjom vor wie eine seit Langem belagerte Zitadelle, und das spartanische Dekor, mit dem sie von ihren Verteidigern nach eigenem Gutdünken ausgestattet worden war, ließ sie nur noch finsterer aussehen. Die doppelte Betonwand mit den massiven Stahltüren zu beiden Seiten des hermetischen Tors, die mächtigen Gefechtsstände vor den Eingängen zu den Tunneln – all das machte deutlich, dass die Bewohner dieser Station offenbar allen Grund hatten, sich um ihre Sicherheit zu sorgen. Es gab kaum Frauen hier, und die Männer, die Artjom sah, waren alle bewaffnet. Als er Melnik danach fragte, bewegte dieser nur unbestimmt den Kopf und sagte, er könne hier nichts Ungewöhnliches erkennen.

Doch Artjom wurde die seltsame Anspannung einfach nicht los. Alle schienen hier auf etwas zu warten – und dieses Gefühl übertrug sich auf ihn.

Die Zelte standen in einer Reihe in der Mitte des Saals, und sämtliche Bögen blieben frei, als wollte man sie für den Fall einer schnellen Evakuierung nicht blockieren. Die Unterkünfte befanden sich ausnahmslos in dem Raum zwischen den Durchgängen, sodass man ungehindert vom einen Gleis zum anderen sehen konnte. Und in der Mitte jedes Bahnsteigs, dort, wo es zu den Gleisen hinunterging, saß eine ständige Wachmannschaft und ließ die Tunnel zu beiden Seiten nicht aus den Augen. Dieser Gesamteindruck wurde durch die auffällige Stille vervollständigt, die an dieser Station herrschte. Die Menschen sprachen hier leise, bisweilen sogar flüsternd miteinander, als ob sie fürchteten, ihre Stimmen könnten irgendwelche Geräusche aus den Tunneln übertönen.

Artjom versuchte sich zu erinnern, was er über die *Smolenskaja* wusste. Gab es hier gefährliche Nachbarn? Nein. Auf der einen Seite führten die Gleise zur hellen, blühenden Polis, dem Herzen der Metro, auf der anderen zur *Kiewskaja*, von der Artjom nur wusste, dass sie vor allem von jenen Kaukasiern bewohnt wurde, die er in *Kitai-gorod* und in den Gefängniszellen der Faschisten an der *Puschkinskaja* gesehen hatte. Doch eigentlich waren das ganz normale Menschen, die man nicht zu fürchten brauchte.

Die Kantine befand sich in dem Zelt ganz in der Mitte. Offenbar war die Mittagszeit schon vorüber, denn es saßen nur wenige Menschen an den groben, selbstgezimmerten Tischen. Melnik ließ Artjom an einem davon Platz nehmen und kam nach wenigen Minuten mit einer Schüssel zurück, in der ein unappetitlicher grauer Brei dampfte. Unter dem aufmunternden Blick des Stalkers überwand sich Artjom, einen Löffel zu probieren, und legte ihn erst wieder weg, als die Schüssel leer war. Wider Erwarten schmeckte ihm die hiesige Spezialität ganz ausgezeichnet, obwohl er nicht hätte sagen können, woraus sie eigentlich bestand. Eines war sicher: An Fleisch hatte der Koch nicht gespart.

Als er fertig gegessen hatte, schob Artjom den Napf beiseite und blickte sich zufrieden um. Am Nachbartisch saßen noch immer zwei Männer und unterhielten sich leise miteinander. Obwohl sie gewöhnliche gefütterte Jacken anhatten, stellte Artjom sie sich unwillkürlich in Schutzanzügen vor, mit tragbaren Maschinengewehren über der Schulter.

Er bemerkte den aufmerksamen Blick, den einer der beiden Melnik zuwarf, ohne dabei ein Wort mit ihm zu wechseln. Der Mann musterte auch Artjom kurz und wandte sich dann wieder in aller Ruhe seinem Gesprächspartner zu.

Einige Minuten lang herrschte Schweigen. Artjom versuchte mit Melnik ein Gespräch zu beginnen, doch bekam er von ihm nur zögernde und einsilbige Antworten.

Dann erhob sich der Mann mit der Jacke, trat an ihren Tisch und beugte sich zu Melnik herab. »Was sollen wir mit der *Kiewskaja* machen? Es wird langsam Zeit …«

»Na schön, Artjom, ruh dich jetzt aus«, sagte darauf der Stalker. »Das dritte Zelt von hier ist für Gäste bestimmt. Ein Bett für dich ist dort bereits bezogen, dafür habe ich gesorgt. Ich bleibe noch ein wenig hier sitzen. Es gibt etwas zu besprechen.«

Mit dem altbekannten Gefühl, dass man ihn fortschickte, damit er nicht die Gespräche der Erwachsenen mit anhörte, erhob sich Artjom und schlenderte zum Ausgang. Er tröstete sich damit, dass er nun selbst die Station erkunden konnte.

Und schon bald entdeckte er eine Reihe weiterer seltsamer Details. An der Station herrschte perfekte Ordnung. All das Gerümpel verschiedenster Art, das sich an den meisten Stationen unvermeidlich anhäufte, fehlte hier völlig. Überhaupt machte die *Smolenskaja* nicht den Eindruck einer bewohnten Station. Irgendwie musste Artjom an eine Illustration aus einem Geschichtslehrbuch denken, auf der ein Kriegslager römischer Legionäre abgebildet war. Ein rechteckiger, symmetrisch angelegter Raum, durch den man von allen Seiten hindurchblicken konnte. Nichts Überflüssiges war dort, überall Wachposten sowie befestigte Ein- und Ausgänge …

Sein Spaziergang dauerte nicht lange. Schon nach wenigen Minuten bemerkte er die misstrauischen Blicke der Bewohner. Also zog er sich in das Gästezelt zurück, wo tatsächlich eine bezogene Liege auf ihn wartete. In einer Ecke stand eine Plastiktüte, an der ein Zettel mit seinem Namen befestigt war. Artjom ließ sich auf der quietschenden Liege nieder und öffnete die Tüte. Es waren seine persönlichen Habseligkeiten aus dem

Rucksack. Er kramte einen Augenblick darin herum, dann zog er das Kinderbuch heraus. Ob sie seinen kleinen Schatz mit dem Geigerzähler kontrolliert hatten? Das Gerät hatte sicher nervös zu klicken begonnen. Artjom verdrängte den Gedanken. Er blätterte ein paar Seiten durch, betrachtete einige der ausgebleichten Bilder. Er zögerte, sich erneut das Foto anzusehen.

Das Foto …

Was immer jetzt auch geschah, mit ihm, der *WDNCh*, der gesamten Metro: Er musste zu seiner Station zurückkehren und Suchoj finden. Artjom drückte die Lippen gegen das Foto, legte es zurück und verstaute das Buch im Rucksack. Für einen Augenblick hatte er das Gefühl, als ob sich etwas in seinem Leben allmählich wieder zurechtrückte. Im nächsten Augenblick war er eingeschlafen.

Als Artjom die Augen öffnete, aufstand und das Zelt verließ, begriff er zuerst gar nicht, wo er war. Die Station sah völlig anders aus. Nur etwa zehn Zelte standen noch da, die anderen waren zerstört oder verbrannt. Die Wände waren schwarz vom Ruß und mit Einschlaglöchern übersät. Der Putz war in großen Brocken von der Decke gefallen. Über die Bahnsteigränder flossen schwarze Rinnsale, unheilvolle Vorboten einer bevorstehenden Überschwemmung. Der Saal war menschenleer, nur ein kleines Mädchen saß neben einem der Zelte auf dem Boden und beschäftigte sich mit seinen Spielsachen. Vom anderen Ende, wo eine Treppe nach oben führte, waren gedämpfte Schreie zu hören, und an den Wänden flackerte der Widerschein eines Feuers. Ansonsten hielten nur zwei unversehrt gebliebene Notbeleuchtungslampen die Dunkelheit zurück.

Das Gewehr, das Artjom am Kopfende seiner Liege zurückgelassen hatte, war verschwunden. Er durchsuchte das ganze Zelt. Schließlich fand er sich damit ab, dass er unbewaffnet weitergehen musste.

Was war passiert? Artjom wollte das Mädchen fragen, doch als es ihn erblickte, fing es verzweifelt an zu weinen, sodass er nichts in Erfahrung bringen konnte.

Artjom ließ das schluchzende Kind sitzen, ging vorsichtig durch einen der Bögen hindurch und trat auf den Bahnsteig hinaus. Dort blieb er wie gebannt stehen. An der marmorverkleideten Wand hing ein bronzener Schriftzug: *WDNCh*. Dort, wo das D hätte sein müssen, gähnte ein tiefer Riss im Mauerwerk.

Er musste nachsehen, was im Tunnel vor sich ging. Vielleicht hatte jemand die Station erobert. Bevor er Hilfe holte, musste er die Lage erkunden, damit er den Verbündeten im Süden genau schildern konnte, welche Gefahr drohte.

Kaum hatte er den Tunnel betreten, als sich die Dunkelheit schlagartig verdichtete. Von seinen Armen sah Artjom nur noch die Ellenbogen. Aus der Tiefe des Tunnels kamen merkwürdig schmatzende Laute. Es war völliger Wahnsinn, unbewaffnet dorthin zu gehen.

Dann verstummten die Geräusche für kurze Zeit, und Artjom hörte Wasser über den Boden rauschen. Es floss um seine Stiefel herum und strömte weiter bis zur *WDNCh*.

Seine Beine zitterten und gehorchten ihm nicht mehr. Eine Stimme in seinem Kopf warnte ihn davor weiterzugehen, das Risiko sei zu hoch und in dieser Düsternis könne er sowieso nichts erkennen. Doch ein anderer Teil seines Selbst zog ihn entgegen aller Vernunft tiefer in das Dunkel. Mechanisch machte er einen weiteren Schritt nach vorne.

Die Dunkelheit um ihn war nun absolut, er sah überhaupt nichts mehr und hatte ein seltsames Gefühl, als ob sein Körper verschwunden wäre. Er war ganz auf sein Gehör reduziert, sein Denken richtete sich danach aus. Eine Zeit lang bewegte er sich noch so weiter, doch die Geräusche von vorhin kamen nicht näher. Dafür waren andere zu hören: Schlurfende Schritte, exakt dieselben, die er schon einmal in einer ähnlichen Dunkelheit gehört hatte. Artjom überlegte angestrengt, doch er konnte sich einfach nicht daran erinnern, wo und unter welchen Umständen das gewesen war. Und je näher die Schritte aus der Tiefe des Tunnels kamen, desto mehr spürte Artjom, wie sein Herz von kaltem Grauen erfasst wurde. Schließlich hielt er es nicht mehr aus, drehte sich um und rannte Hals über Kopf los, zurück zur Station. Aber in der Dunkelheit stolperte er über eine Schwelle und stürzte. Noch im Fallen begriff er: Nun war es da, das unvermeidliche Ende …

Schweißgebadet wachte er auf. Es dauerte einige Momente, bis er begriff, dass er von der Liege heruntergefallen war. Sein Kopf fühlte sich ungewöhnlich schwer an, in den Schläfen pulsierte ein dumpfer Schmerz. Er blieb einige Minuten am Boden liegen, bis er schließlich ganz zu sich kam und in der Lage war, aufzustehen.

Kaum war sein Kopf etwas klarer, verflüchtigten sich schon die Bilder seines Albtraums, und er konnte sich nicht einmal mehr vage an dessen Inhalt erinnern. Er hob die Zeltplane an und trat hinaus. Außer einigen Wachen war niemand zu sehen. Offenbar war es Nacht. Mehrmals atmete er die vertraute feuchte Luft tief ein und aus, dann kehrte er ins Zelt zurück, streckte sich erneut auf der Liege aus und fiel in einen tiefen, diesmal traumlosen Schlaf.

Melnik weckte ihn. Der Stalker trug eine dunkle, gefütterte Jacke mit hohem Kragen und Militärhosen und schien jede Minute die Station verlassen zu wollen. Auf dem Kopf hatte er noch immer dieselbe schwarze Fliegermütze.

Neben der Liege standen jetzt zwei große Taschen, die Artjom bekannt vorkamen. Melnik schob eine davon mit dem Stiefel auf ihn zu und sagte: »Hier sind Schuhe, Kleidung, ein

Rucksack und eine Waffe. Zieh dich um. Den Schutzanzug kannst du einstweilen in der Tasche lassen, den brauchen wir erst später. In einer halben Stunde geht es los.«

Artjom blinzelte verschlafen mit den Augen und versuchte ein Gähnen zu unterdrücken. »Wohin gehen wir?«

»Zur *Kiewskaja*. Wenn dort alles in Ordnung ist, geht es weiter über den Ring bis zur *Belorusskaja*, und von dort zur *Majakowskaja*. Dann sehen wir weiter. Pack jetzt deine Sachen.«

Der Stalker setzte sich auf einen Hocker in der Ecke, holte aus einer Tasche ein Stück Zeitungspapier und drehte sich damit eine Zigarette. Unter Melniks aufmerksamem Blick fiel Artjom alles immer wieder aus der Hand, und das Packen dauerte doppelt so lange wie gewöhnlich.

Nach zwanzig Minuten war er so weit. Ohne ein Wort zu sagen, erhob sich Melnik, griff nach seiner Tasche und trat hinaus. Artjom sah sich noch einmal um und folgte ihm dann.

Vom Bahnsteig stiegen sie über eine Holzleiter auf die Gleise hinab. Melnik nickte einem der Wachleute zu und betrat den Tunnel. Erst jetzt bemerkte Artjom, dass die Tunneleingänge hier anders angelegt waren als sonst. Auf dem Gleis zur *Kiewskaja* war etwa die Hälfte des Tunnels von einem betonierten Gefechtsstand mit engen Schießscharten besetzt. Den verbliebenen Durchgang versperrte ein Stahlgitter, vor dem zwei Posten Wache hielten. Melnik wechselte ein paar Worte mit ihnen, worauf einer der beiden das Vorhängeschloss öffnete und das Gitter aufstieß.

An der inneren Tunnelwand zog sich ein mit schwarzem Isolierband umwickeltes Kabel entlang, von dem alle zehn bis fünfzehn Meter schwache Glühbirnen herabhingen. Selbst diese Beleuchtung kam Artjom wie wahrer Luxus vor. Nach etwa dreihundert Metern war das Kabel zu Ende, und hier erwartete sie ein weiterer Posten. Die Wachen der *Smolenskaja* trugen keine Uniform, sahen aber wesentlich gefährlicher aus als die Soldaten der Polis. Einer davon kannte Melnik offenbar, denn er nickte ihm zu und ließ sie durch. Am Ende des beleuchteten Abschnitts holte der Stalker eine Taschenlampe heraus und schaltete sie ein.

Sie waren bereits einige hundert Meter gegangen, als sie plötzlich Stimmen hörten und in der Ferne den Widerschein einiger Taschenlampen erblickten. Unmerklich glitt Melniks Kalaschnikow von seiner Schulter und landete in seinen Händen. Artjom folgte seinem Beispiel.

Dies war offenbar der äußerste Wachposten der *Smolenskaja*. Zwei kräftig gebaute, bewaffnete Männer in warmen Jacken mit Kunstpelzkragen und runden Wollmützen stritten sich mit drei Händlern. Beide hatten sie Nachtsichtgeräte um den Hals hängen. Obwohl zwei der Händler ebenfalls bewaffnet waren, erkannte Artjom sofort, dass sie Kaufleute waren: Die riesigen Ballen mit Altkleidern, die Tunnelkarte in der Hand, dieser besonders durchtriebene Blick – all das hatte er schon oft gesehen. Normalerweise ließ man Händler an allen Stationen ohne Zögern passieren, außer vielleicht an jenen, die zur Hanse gehörten. Doch an der *Smolenskaja* waren sie offensichtlich nicht willkommen.

»Jetzt mach mal einen Punkt, Mann«, redete einer von ihnen, ein hoch aufgeschossener schnauzbärtiger Mann mit kurzer Jacke, auf den Posten ein. »Die *Smolenskaja* interessiert uns doch gar nicht. Wir wollen nur vorbei.«

»Wir haben Klamotten dabei«, bekräftigte sein Kollege, ein stämmiger Bursche, dem die borstigen Haare bis über die Augen hingen. »Schauen Sie doch selbst. Wir wollen das in der Polis verkaufen.«

Dann fiel der Dritte ein: »Wir wollen keinen Streit, im Gegenteil. Schau mal, die Jeans hier sind so gut wie neu, deine Größe und Top-Qualität, die kriegst du von mir einfach so.«

Der Wachmann schüttelte schweigend den Kopf und versperrte den Durchgang. Einer der Händler schien dieses Schweigen jedoch als Zustimmung aufzufassen und machte einen Schritt auf ihn zu. Sofort entsicherten beide Posten ihre Gewehre. Melnik und Artjom standen vielleicht fünf Schritt dahinter, und obwohl der Stalker seine Waffe gesenkt hielt, bemerkte Artjom seine Anspannung.

»Stehen bleiben!«, sagte einer der Posten. »Ihr habt fünf Sekunden, um von hier zu verschwinden. An dieser Station gilt eine erhöhte Sicherheitsstufe. Niemand darf hier rein. Fünf, vier …«

»Und wie kommen wir jetzt weiter, etwa wieder zurück, und dann über den Ring?«, rief der Händler aufgebracht. Der andere schüttelte nur niedergeschlagen den Kopf und zog seinen Kollegen mit sich fort. Alle drei hoben sie ihre Säcke auf und entfernten sich wieder.

Melnik wartete eine Minute und gab Artjom ein Zeichen. Dann folgten sie den Händlern auf dem Weg zur *Kiewskaja*. Als sie die Wachmänner passierten, nickte einer der beiden Melnik schweigend zu und legte zwei Finger an die Schläfe.

»Eine erhöhte Sicherheitsstufe?«, fragte Artjom, nachdem sie den Posten hinter sich gelassen hatten. »Was heißt das?«

»Geh doch zurück und frag«, erwiderte dieser trocken, sodass Artjom es nicht wagte, ihn weiter damit zu belästigen.

Obwohl Artjom und Melnik versuchten, Abstand zu den Händlern zu halten, kamen ihre Stimmen immer näher. Dann brachen sie auf einmal ab. Kaum waren sie zwei Dutzend Schritte gegangen, als sie von einem Lichtstrahl geblendet wurden.

»Wer da? Was wollt ihr?«, schrie eine Stimme nervös.

»Nur die Ruhe«, sagte der Stalker leise, aber deutlich. »Lasst uns durch, wir tun euch nichts. Wir wollen zur *Kiewskaja*.«

Die Händler berieten sich, dann kam eine Stimme aus der Dunkelheit: »Na gut, aber geht vor. Wir mögen es nicht, wenn uns wer im Nacken sitzt.«

Melnik zuckte mit den Schultern und ging langsam weiter. Nach etwa dreißig Metern trafen sie tatsächlich auf die drei Händler. Diese hielten höflich ihre Waffen gesenkt, und als Artjom und Melnik näher kamen, traten sie zur Seite und ließen die beiden vor. Der Stalker ging weiter, als wäre nichts geschehen, doch Artjom bemerkte, dass sich seine Haltung verändert hatte: Er lief jetzt lautlos, damit ihm nichts von dem entging, was hinter ihnen geschah. Obwohl die Händler ihnen unmittelbar folgten, blickte sich Melnik kein einziges Mal um.

»He!«, erklang von hinten eine leicht angespannte Stimme. »Wartet mal!«

Der Stalker blieb stehen. Artjom begriff nicht, warum er so gehorsam die Forderungen von irgendwelchen kleinen Krämern erfüllte.

Es war der lange Kerl, der zu ihnen aufschloss. »Machen die wegen der *Kiewskaja* so ein Theater, oder weil sie die Polis bewachen?«, fragte er.

»Wegen der *Kiewskaja* natürlich«, erwiderte Melnik prompt, und Artjom verspürte den Stachel der Eifersucht – ihm hatte der Stalker nichts erzählen wollen.

»Na gut, das ist ja noch verständlich«, murmelte der Lange. Es war nicht klar, ob er mit dem Stalker oder nur zu sich selbst sprach. »Es wird ja auch langsam unerträglich. Jedenfalls wird euren tollen Wachleuten da hinten noch ganz schön heiß werden. Sobald die Hanse dichtmacht, kommen die von der *Kiewskaja* nämlich alle zu euch gelaufen. Ist doch klar, wer will schon an so einer Station leben? Dann schon lieber sich erschießen lassen …«

»Genau wie du vorhin, stimmt's?«, kommentierte sein Kollege von hinten. »Du bist mir auch so ein Held!«

»Na ja, noch hab ich's nicht nötig«, erwiderte der Lange.

»Was ist denn dort eigentlich los?«, platzte Artjom heraus.

Die beiden Händler sahen ihn an, als wüsste jedes Kind die Antwort auf diese dumme Frage. Melnik schwieg. Auch die Händler sagten nichts, sodass sie eine Zeit lang wortlos weitergingen. Dann, als Artjom die Hoffnung auf eine Antwort schon fast begraben hatte, sagte der Lange unwillig: »Weil es von da zum *Park Pobedy* geht.«

Der Name dieser Station ließ seine beiden Gefährten erschaudern. Ein plötzlicher Windstoß schien die feuchte Luft erfasst zu haben, und Artjom hatte den Eindruck, dass sich die Tunnelwände zusammenzogen. Sogar Melnik bewegte die Schultern, als ob er sich wärmen wollte. Artjom hatte eigentlich nie etwas Schlechtes über die Station *Park Pobedy* – den Park des Sieges – gehört. Nicht eine einzige Geschichte fiel ihm zu ihr ein.

Melniks Stimme klang besorgt, als er fragte: »Ist es schlimmer geworden?«

»Woher sollen wir das wissen?«, murmelte der Lange. »Wir kommen dort ja nur ab und zu vorbei. Länger zu bleiben wäre, Sie verstehen schon …«

Flüsternd ergänzte der stämmige Händler: »Dort verschwinden Leute. Viele haben Angst und fliehen. Und die Übrigen fürchten sich nur noch umso mehr.«

Der Lange spuckte aus. »Es liegt ein Fluch auf ihren Tunneln.«

»Die sind doch verschüttet«, wandte Melnik halb fragend ein.

»Das sind sie schon seit hundert Jahren. Und was hat das gebracht? Das müsstest du doch eigentlich wissen. Jeder weiß, dass die Angst aus dem Tunnel kommt, egal ob er dreimal gesprengt und verbarrikadiert wurde. Das spürst du sofort, wenn du nur deine Nase da reinsteckst.« Der Lange deutete auf seinen bärtigen Begleiter. »Sogar bei Sergejitsch war das so.«

»Genau«, bekräftigte dieser und bekreuzigte sich.

»Aber die Tunnel werden doch bewacht?«, hakte Melnik nach.

»Jeden Tag.«

»Und haben die jemals wen gefangen? Oder gesehen?«

»Woher sollen wir das wissen? Ich habe jedenfalls nichts gehört. Es gibt ja auch nichts zu fangen.«

»Und was sagen die Leute von dort dazu?«

Sergejitsch blickte sich um und flüsterte: »Die Stadt der Toten …« Dann bekreuzigte er sich erneut.

Eigentlich hätte sich Artjom einmal mehr darüber amüsieren können, wie viele Geschichten, Märchen und Legenden es über die Wohnorte der Toten in der Metro gab. Mal hausten ihre Seelen in den Rohren, andere wollten sich zum Tor der Hölle durchgraben, und nun gab es noch eine Stadt der Toten: am *Park Pobedy*. Doch ein gespenstischer Luftstrom erstickte das Lachen in Artjoms Hals, und trotz seiner warmen Kleidung fröstelte es ihn. Am schlimmsten war, dass Melnik nichts mehr sagte. Artjom hatte insgeheim gehofft, der Stalker werde spöttisch abwinken und die ganze Vorstellung für verrückt erklären.

Den Rest des Weges gingen sie schweigend, jeder in seine Gedanken vertieft. Bis zur *Kiewskaja* war der Tunnel ruhig, leer, trocken und sauber. Doch mit jedem Schritt verstärkte sich die düstere Vorahnung: Etwas Unheilvolles erwartete sie.

Dann, als sie die Station betraten, erfasste es sie sogleich, wie Grundwasser, das von oben durchbrach, unaufhaltsam, trüb und eisig. Hier herrschte die Angst allein, das sah man auf den ersten Blick. Sollte dies etwa die »sonnige« *Kiewskaja* sein, wie sie Artjoms kaukasischer Zellengenosse genannt hatte? Oder hatte dieser die Station gleichen Namens auf der benachbarten Filjowskaja-Linie gemeint?

Die *Kiewskaja* machte nicht direkt einen heruntergekommenen oder gar verlassenen Eindruck. Es schienen sogar relativ viele Menschen hier zu wohnen, doch hatte man den Eindruck, dass die Station nicht ihnen gehörte. Sie hausten dicht gedrängt, und sämtliche Zelte drückten sich an die Wände in der Mitte des Saals. Niemand hielt den vorgeschriebenen Mindestabstand ein – die Bewohner hatten offenbar schlimmere Sorgen als die Brandgefahr. Wenn Artjom die Passanten anblickte, so wandten diese scheu das Gesicht ab; sie machten den Fremden Platz und verkrochen sich wie Küchenschaben in irgendwelchen Winkeln.

Der Mittelsaal der Station war eingezwängt zwischen zwei Reihen niedriger Rundbögen. Ganz hinten führten Rolltreppen nach unten, und an einer Stelle gab es eine Treppe, über die man hinauf in den Übergang zur anderen *Kiewskaja*-Station gelangte. Hier und da sah Artjom glühende Kohlen, und der intensive Geruch von gebratenem Fleisch hing in der Luft. Irgendwo weinte ein Kind. Mochte die *Kiewskaja* auch der Vorhof zu einer fiktiven Totenstadt sein – sie selbst war jedenfalls durchaus am Leben.

Hastig verabschiedeten sich die Händler und verschwanden in dem Durchgang zur benachbarten Linie. Melnik blickte sich um und ging entschlossen auf einen der anderen Durchgänge zu. An dieser Station kannte er sich aus, das spürte Artjom. Warum hatte er dann die Händler so genau über die Station ausgefragt? Hatte er gehofft, ihre Märchengeschichten könnten ihm wichtige Hinweise auf die tatsächliche Lage geben? Oder waren es nur Fangfragen gewesen, um mögliche Spione zu entlarven?

Kurz darauf machten sie vor dem Eingang zu den Diensträumen halt. Die Tür war aus den Angeln gebrochen worden, doch vor dem Eingang stand ein Posten. Die Stationsleitung, begriff Artjom.

Ein glatt rasierter älterer Herr mit exakt gekämmten Haaren kam Melnik entgegen. Er trug die alte blaue Uniform eines Metro-Angestellten, die zwar abgenutzt und verblichen, dafür aber erstaunlich sauber war. Artjom bemerkte außerdem, in welch guter Form der Mann zu sein schien. Dieser salutierte vor Melnik, jedoch nicht so ernst wie die beiden Wachposten im Tunnel, sondern mit einem ironischen Lächeln. »Guten Tag, Herr Oberst«, sagte er mit einer angenehm tiefen Stimme, worauf der Stalker ihn ebenfalls lächelnd begrüßte.

Zehn Minuten später saßen sie in einem warmen Zimmer und tranken – wie sollte es anders sein – Pilztee. Diesmal hatte man Artjom nicht hinausgeschickt, und so war er zum ersten Mal bei der Erörterung wichtiger Angelegenheiten zugegen. Leider verstand er von dem Gespräch mit dem Stationsvorsteher, den Melnik Arkadi Semjonowitsch nannte, so gut wie gar nichts. Erst erkundigte sich Melnik nach einem gewissen Tretjak, dann fragte er, ob in den Tunneln irgendwelche Veränderungen zu beobachten gewesen seien. Der Vorsteher erwiderte, Tretjak sei in eigenen Angelegenheiten unterwegs, werde aber bald wieder zurück sein. Er schlug vor, auf ihn zu warten. Dann begannen beide detailliert über gewisse Abkommen zu diskutieren, sodass Artjom den Faden verlor. Er saß einfach da, nippte an dem heißen Tee, dessen Pilzduft ihn an seine Heimatstation erinnerte, und sah sich um. Die *Kiewskaja* hatte offenbar schon bessere Zeiten gesehen: Die Wände des Zimmers waren mit mottenzerfressenen Teppichen verhängt, deren Muster man gerade noch erkennen konnte. Darüber hatte man an einigen Stellen in breiten vergoldeten Rahmen Bleistiftskizzen von Tunnelgabelungen befestigt. Der Tisch, an dem sie saßen, war eine Antiquität. Schwer zu sagen, wie viele Stalker ihn aus irgendeiner verlassenen Wohnung hierhergeschleppt haben mussten und wie viel die Herren dieser Station dafür wohl gezahlt hatten. An einer Wand hing ein alter, mit schwarzer Patina überzogener Säbel, daneben ein prähistorisches Exemplar einer Pistole, die sicher nicht mehr als Waffe zu gebrauchen war. Am hinteren Ende des Zimmers leuchtete auf einer hohen Kommode ein riesiger weißer Schädel – Artjom hätte nicht sagen können, von welchem Wesen er stammte.

Arkadi Semjonowitsch schüttelte den Kopf. »Da ist nichts in diesen Tunneln, absolut nichts. Wir haben Wachen aufgestellt, damit die Leute ruhiger schlafen können. Du bist doch selbst dort gewesen und weißt, dass beide Strecken nach etwa dreihundert Metern komplett dicht sind. Da kann nichts durchkommen. Es ist nichts als Aberglaube.«

Melnik runzelte die Stirn. »Und doch verschwinden hier Menschen.«

»Richtig. Nur wissen wir nicht, wohin. Ich denke, es handelt sich dabei um Leute, die fliehen, weil sie Angst haben. Die Ausgänge zu den anderen Stationen sind nicht bewacht« – Arkadi Semjonowitsch deutete mit der Hand auf die Treppe –, »und dahinter beginnt eine ganze Stadt. Es gibt genügend Auswahl: Man kommt von hier entweder auf den Ring oder auf die Filjowskaja-Linie. Wie es heißt, ist die Hanse derzeit für Leute von unserer Station offen.«

»Wovor haben sie dann Angst?«

»Wovor wohl?« Arkadi Semjonowitsch breitete die Arme aus. »Davor, dass hier ständig jemand verschwindet. Und schon hast du einen wunderbaren Teufelskreis.«

»Seltsam … Weißt du was? Während wir auf Tretjak warten, gehen wir mal mit auf Wache. Einfach so, zum Kennenlernen. Die Smolensker machen sich nämlich allmählich Sorgen.«

Der Vorsteher nickte. »Verständlich. In Zelt Nummer drei wohnt Anton. Er ist Leiter der nächsten Schicht. Sag ihm, dass du von mir kommst.«

In dem Zelt mit der aufgemalten 3 war es laut. Auf dem Boden spielten zwei etwa zehnjährige Jungen mit leeren Patronenhülsen. Daneben saß ein kleines Mädchen und sah seinen Brüdern mit großen, neugierigen Augen zu, wagte es aber nicht, sich in das Spiel einzumischen. Eine gepflegt wirkende Frau mittleren Alters mit Schürze schnitt gerade etwas Essbares zurecht. Es herrschte eine behagliche Atmosphäre, die Luft erfüllte ein angenehmer, häuslicher Geruch.

Die Frau lächelte gleichmütig und sagte: »Anton ist nicht da. Nehmt Platz. Ihr könnt hier auf ihn warten.«

Die Jungen starrten die Neuankömmlinge zuerst misstrauisch an, doch dann kam einer der beiden auf Artjom zu und musterte ihn neugierig. »Hast du Hülsen?«, fragte er.

»Oleg, hör sofort auf zu betteln!«, sagte die Frau streng, ohne mit ihrer Beschäftigung aufzuhören.

Zu Artjoms Überraschung steckte Melnik die Hand in die Hosentasche, kramte dort herum und zog ein paar besonders lange Patronenhülsen heraus, die garantiert nicht zu seiner Kalaschnikow gehörten. Er klimperte damit wie mit einer Rassel, dann hielt er seinen Schatz dem Jungen hin. Dessen Augen leuchteten sogleich vor Begeisterung, doch wagte er es nicht, sie zu berühren.

»Nimm ruhig!« Der Stalker zwinkerte dem Jungen zu und ließ die Hülsen in dessen ausgestreckte Hand fallen.

»So, jetzt gewinne ich!«, rief der Frechdachs begeistert. »Schau mal, wie groß die sind. Das sind die Sondereinsatzkräfte!«

Artjom sah genauer hin. Die Jungen hatten ihre Hülsen in gleichmäßigen Reihen aufgebaut. Offenbar waren es ihre Soldaten. Er musste daran denken, dass er selbst auch einmal solche Spiele gespielt hatte, doch hatte er das Glück gehabt, echte Zinnsoldaten zu besitzen.

Während sich am Boden eine Schlacht ereignete, betrat der Vater der Jungen das Zelt: ein mittelgroßer, schlanker Mann mit spärlichem, hellbraunem Haar. Als er die Fremden erblickte, nickte er ihnen zu, ohne ein Wort zu sagen.

Sogleich zupfte ihn der zweite Junge an der Hose und fragte: »Papa, Papa, hast du uns noch Hülsen mitgebracht? Oleg hat jetzt mehr, und außerdem hat er die langen gekriegt!«

»Wir kommen von der Stationsleitung«, erklärte Melnik. »Wir gehen mit eurer Schicht in den Tunnel. Sozusagen als Verstärkung.«

»Wozu denn eine Verstärkung?«, murmelte der Mann, doch dann glätteten sich seine Züge. »Ich bin Anton. Lasst uns erst etwas essen, dann gehen wir.« Er deutete auf die gefüllten Säcke, die als Stühle dienten. »Setzt euch.«

Obwohl die Gäste zunächst dankend ablehnten, bekamen sie beide jeder eine dampfende Schüssel mit rätselhaften Knollen vorgesetzt, die Artjom noch nie gesehen hatte. Fragend blickte er Melnik an, doch der spießte ohne große Umschweife ein Stück auf seine Gabel, ließ es im Mund verschwinden und begann zu kauen. Auf seinem sonst versteinerten Gesicht spiegelte sich jetzt sogar so etwas wie Wohlbehagen, und das machte Artjom Mut. Die Knollen schmeckten süßlich und waren etwas fett, schon nach wenigen Minuten fühlte man sich satt. Artjom wollte zuerst fragen, was sie denn dort aßen, doch dann besann er sich eines Besseren. Es schmeckte, damit basta. Schließlich gab es ja in der Metro auch Orte, wo man Rattenhirne als Delikatesse betrachtete.

Der Junge, dem Melnik die Hülsen geschenkt hatte, hatte schon bald die Hälfte seiner Portion gegessen und den Rest in seiner Schüssel verschmiert. Nun fragte er seinen Vater: »Papa, darf ich heute mit dir auf Wache gehen?«

»Nein, Oleg, das weißt du doch«, erwiderte Anton stirnrunzelnd.

Die Frau nahm den Jungen an der Hand. »Oleschenka! Was fällt dir ein? Der Wachdienst ist für kleine Jungs verboten!«

»Mama, aber ich bin doch gar kein kleiner Junge mehr.« Oleg versuchte besonders tief zu sprechen. Er warf einen verlegenen Blick auf die Gäste.

Seine Mutter jedoch hob warnend ihre Stimme. »Denk nicht einmal dran! Willst du mich etwa in den Wahnsinn treiben?«

»Ist ja gut …«, murmelte der Junge. Doch kaum hatte sich seine Mutter ans andere Ende des Zelts entfernt, zupfte der Junge seinen Vater am Ärmel und flüsterte laut: »Aber letztes Mal hast du mich doch auch mitgenommen.«

»Kein Wort mehr!«, entgegnete Anton.

»Trotzdem …« Die letzten Worte brummte der Kleine vor sich hin, sodass Artjom nichts mehr verstand.

Als Anton fertig gegessen hatte, schloss er eine Eisenkiste auf, die am Boden stand, holte eine alte AK-47 hervor und sagte zu seiner Frau: »Heute habe ich eine kurze Schicht, in sechs Stunden bin ich wieder zurück.«

Auch Melnik und Artjom erhoben sich. Der kleine Oleg blickte seinen Vater verzweifelt an und druckste unruhig auf seinem Platz herum, doch wagte er nicht, etwas zu sagen.

Vor dem schwarzen Schlund des Tunnels saßen zwei Posten am Rand des Bahnsteigs und ließen die Beine baumeln, während ein dritter auf den Gleisen stand und in die Dunkelheit starrte. An der Wand hatte jemand den Schriftzug Arbat-Konföderation Herzlich willkommen! aufgemalt. Die Buchstaben waren jedoch schon halb verwischt, offenbar hatte man die Farbe lange nicht mehr erneuert. Die Wachleute unterhielten sich flüsternd, mitunter zischten sie einander sogar an, wenn einer wieder mal zu laut sprach.

Neben dem Stalker und Artjom begleiteten Anton noch zwei Männer von der Station. Beide waren mürrische, nicht sehr gesprächige Typen. Als sie sich begrüßten, hatte Artjom nicht einmal ihre Namen verstanden.

Nachdem sie einige Worte mit den Wachen gewechselt hatten, stiegen sie auf die Gleise herab und gingen langsam den Tunnel entlang. Das runde Gewölbe unterschied sich in nichts von den anderen, Boden und Wände sahen aus, als hätte ihnen die Zeit nichts anhaben können. Und doch erfasste Artjom schon mit den ersten Schritten jenes unangenehme Gefühl, von dem die Händler gesprochen hatten. Aus der Tiefe kroch ihnen eine dunkle, unerklärliche Angst entgegen. Auf der ganzen Strecke war es still, nur in der Ferne hörten sie vereinzelt Stimmen: Dort befand sich die zweite Wache.

Dies war einer der seltsamsten Posten, den Artjom je gesehen hatte. Einige Männer saßen auf Sandsäcken um einen einfachen, selbstgebauten Eisenofen herum. Ein wenig abseits stand ein Eimer mit Heizöl. Die Gesichter der Wachleute wurden vom Widerschein des Feuers, das durch die kleinen Ritzen im Ofen flackerte, sowie von der zitternden Flamme einer Öllampe an der Tunneldecke beleuchtet. Die Lampe schwankte ein wenig in der verbrauchten Tunnelluft, wodurch die Schatten der ruhig dasitzenden Menschen zu eigenem Leben erweckt wurden. Am meisten verblüffte Artjom jedoch, dass die Wächter seelenruhig mit dem Rücken zum Tunnel saßen. Sie schützten sich mit den Händen vor den blendenden Taschenlampen der anderen und machten sich fertig zum Aufbruch.

Anton schöpfte mit einer Kelle das Heizöl aus dem Eimer. »Und, wie war's?«, fragte er.

Der Schichtälteste grinste halbherzig. »Wie immer. Leer. Ruhig. Zu ruhig …« Er schniefte, zog die Schultern ein und machte sich auf in Richtung Station.

Während die anderen ihre Sandsäcke näher an den Ofen rückten und sich hinsetzten, wandte sich Melnik an Artjom. »Sollen wir mal nachsehen, wie es weiter hinten aussieht?«

»Da gibt es nichts zu sehen. Ein gewöhnlicher Einsturz, wie alle anderen auch.« Anton deutete über die Schulter in Richtung *Park Pobedy*. »Ich hab's mir schon hundert Mal angeschaut. Aber wenn du unbedingt willst, geh ruhig, es sind nur fünfzehn Meter von hier.«

Schon vor der eigentlichen Einsturzstelle war der Tunnel in desolatem Zustand. Der Boden war mit Brocken aus Stein und Erde übersät, die Decke hatte sich an einigen Stellen gesenkt, die Wände waren teils eingestürzt und hatten sich verengt. Rechter Hand gähnte eine schiefe Türöffnung, offenbar der Eingang zu einigen Diensträumen. Am Ende des Gangs verschwanden die rostigen Gleise in einem Haufen zerbrochener Betonblöcke, vermischt mit Pflastersteinen und Erde. Auch die stählernen Versorgungsrohre an der Wand tauchten direkt in diesen Erdwall ein.

Melnik beleuchtete den eingestürzten Tunnel mit der Taschenlampe. Da er hier keine Geheimgänge fand, zuckte er mit den Schultern und kehrte zu der schiefen Tür zurück. Er richtete den Lichtstrahl hinein, sah sich um, jedoch ohne über die Schwelle zu treten.

Als sie zum Ofen zurückkamen, fragte er Anton: »Auf der zweiten Strecke auch keine Veränderungen?«

»Alles noch so wie vor zehn Jahren.«

Sie schwiegen lange. Jetzt, da sie die Taschenlampen ausgemacht hatten, kam das Licht wieder nur aus dem halb verschlossenen Eisenofen sowie von der winzigen Flamme hinter dem verrußten Glas der Öllampe. Die Dunkelheit verdichtete sich so sehr, dass es schien, als wolle sie sämtliche Fremdkörper verdrängen. Wahrscheinlich rückten die Wachleute deswegen so nah um den Ofen, denn nur hier durchschnitten die gelblichen Lichtstrahlen die Dunkelheit und Kälte, und es atmete sich freier.

Artjom kämpfte lange mit sich, doch schließlich wurde sein Bedürfnis nach irgendeinem Geräusch so stark, dass er seine Schüchternheit über Bord warf, sich räusperte und Anton ansprach. »Ich bin neu hier. Was ich nicht verstehe: Warum haltet ihr hier Wache, wenn dort gar nichts ist? Ihr schaut ja nicht mal dorthin!«

»Anordnung von oben«, erklärte der Schichtführer. »Sie sagen, dass hier nur deswegen nichts los ist, weil wir Wache halten.«

»Und was ist hinter dem Wall?«

»Ein Tunnel, denk ich mal. Bis ganz zum …« Anton unterbrach sich und blickte kurz über die Schulter. »Bis zum *Park Pobedy*.«

»Lebt dort wer?«

Der Schichtführer schüttelte nur unbestimmt den Kopf. Er schwieg eine Weile, dann fragte er: »Weißt du denn wirklich nichts über den *Park Pobedy*?« Ohne Artjoms Antwort abzuwarten, fuhr er fort: »Gott weiß, was jetzt noch davon übrig geblieben ist, aber früher war das eine riesige Doppelstation, eine von denen, die ganz zuletzt gebaut wurden. Die Älteren von uns sind dort sogar manchmal gewesen … *vorher*. Jedenfalls erzählen sie, dass es eine großartige Station gewesen sein muss, und sie soll sehr tief gelegen sein, anders als die anderen neuen Stationen. Die Menschen dort sollen ein wunderbares

Leben gehabt haben. Allerdings nicht lange. Bis die Tunnel einstürzten.«

»Wie ist das passiert?«

Anton warf seinen Kollegen einen Blick zu. »Bei uns sagt man, dass es von selbst passiert ist. Fehler bei der Planung, oder beim Bau wurde was geklaut, oder was weiß ich was. Aber das ist so lange her, dass es keiner mehr genau weiß.«

Einer der Wachposten ergriff leise das Wort. »Mir hat man erzählt, dass beide Abschnitte auf Befehl unserer Obrigkeit in die Luft gejagt wurden. Weil der *Park Pobedy* ein gefährlicher Konkurrent war, oder aus anderen Gründen. Du weißt ja, wer bei uns an der *Kiewskaja* damals das Sagen hatte: Leute, die nie etwas anderes getan hatten, als auf dem Markt Obst zu handeln. Ein heißblütiger Menschenschlag, immer für einen Streit zu haben. Eine Kiste Dynamit in den Tunnel, eine zweite in den anderen, weit genug entfernt von unserer Station, und los geht's. Eine saubere Sache, kein Blutvergießen, und das Problem ist gelöst.«

»Und was ist dann aus denen dort geworden?«

»Woher sollen wir das wissen? Wir sind erst später hierhergekommen …«, murmelte Anton.

»Was soll schon aus ihnen geworden sein?«, erklärte der andere Wächter. »Sie sind alle gestorben. Ist doch klar: Wenn du einmal von der Metro abgeschnitten bist, machst du es nicht mehr lange. Die Filter sind wahrscheinlich irgendwann kaputtgegangen oder die Generatoren, oder es gab eine Überschwemmung. An die Oberfläche konnten sie ja schlecht gehen. Mir hat mal einer erzählt, dass die zuerst hier durchgraben wollten, aber irgendwann haben sie es wohl aufgegeben. Diejenigen, die damals hier Wache standen, sollen durch die Rohre Schreie gehört haben … Aber das hat dann bald aufgehört.« Er räusperte sich, streckte die Hände vor den Ofen, wärmte sie eine Weile, dann blickte er Artjom erneut an. »Das war nicht mal ein richtiger Krieg. Wer kämpft denn so? Da waren ja auch Frauen und Kinder. Alte Menschen, eine ganze Stadt. Und wofür? Weil sie ihr Geld nicht teilen wollten. Sie haben zwar niemanden direkt umgebracht, aber trotzdem. Du willst wissen, was dort auf der anderen Seite der Einsturzstelle ist? Dort ist der Tod.«

Anton schüttelte den Kopf, sagte aber nichts. Melnik beobachtete ihm aufmerksam, öffnete den Mund, als ob er etwas hinzufügen wollte, überlegte es sich aber offenbar anders. Artjom begann zu frieren, und auch er streckte sich den Feuerzungen entgegen, die durch die Ofenklappe stießen. Er stellte sich das Leben an einer Station vor, deren Bewohner glaubten, dass die Gleise von ihnen direkt ins Reich des Todes führten – und begriff, dass dieser seltsame Wachdienst in diesem kurzen Tunnel keine Notwendigkeit, sondern vielmehr ein Ritual darstellte. Wen wollten sie abschrecken? Wen hinderten sie daran, zu ihrer Station und somit in die gesamte Metro zu gelangen? Er fror immer mehr, und weder der Eisenofen noch die dicke Jacke, die er von Melnik bekommen hatte, halfen dagegen.

Plötzlich drehte sich der Stalker blitzschnell um, blickte in den Tunnel zur *Kiewskaja*, erhob sich und horchte. Nach wenigen Sekunden verstand auch Artjom den Grund von Melniks Beunruhigung: Von dort hörte man schnelle, leichte Schritte, und in einiger Ferne hüpfte das Licht einer schwachen Lampe hin und her, als ob jemand über die Schwellen sprang und aus Leibeskräften auf sie zurannte.

Der Stalker wich zur Seite, drückte sich an die Wand und zielte mit seinem Gewehr auf den Lichtpunkt. Auch Anton erhob sich und blickte in die Dunkelheit. An seiner entspannten Haltung konnte man erkennen, dass er aus dieser Richtung des Tunnels keine Gefahr befürchtete.

Melnik knipste seine Taschenlampe an, die Finsternis zog

sich unwillig zurück, und etwa dreißig Schritte von ihnen entfernt erstarrte eine zerbrechliche Gestalt. Sie stand mitten auf dem Gleis und hob die Hände. »Papa, Papa, ich bin's, nicht schießen!« Es war die Stimme eines Kindes.

Der Stalker nahm den Lichtkegel zur Seite, trat von der Wand zurück und klopfte sich den Ärmel ab. Nach einer Minute stand der Junge bereits vor dem Ofen und blickte verlegen auf seine Füße. Es war Antons Sohn, derselbe, der unbedingt mit zum Wachdienst wollte.

»Ist etwas passiert?«, fragte sein Vater besorgt.

»Nein … Ich wollte nur so gern mit dir gehen. Ich bin kein kleiner Junge mehr, der die ganze Zeit mit Mama im Zelt sitzen muss.«

»Wie bist du hierhergekommen? Da hinten sind doch Wachen!«

»Ich hab gelogen, dass Mama mich zu dir geschickt hat. Da hinten war Onkel Petja, der kennt mich. Er hat mir nur gesagt, dass ich mich beeilen und ja nicht in irgendwelche Seitengänge schauen soll. Und dann hat er mich durchgelassen.«

»Mit Onkel Petja werde ich noch ein Wörtchen reden«, verkündete Anton finster. »Und du kannst dir schon mal überlegen, wie du das deiner Mutter erklärst. Zurück lasse ich dich allein nämlich nicht mehr.«

»Ich darf also bei euch bleiben?« Der Junge konnte seine Begeisterung nicht mehr zurückhalten und begann herumzuhüpfen.

Anton rückte zur Seite und setzte seinen Sohn auf den angewärmten Sandsack. Dann zog er seine Jacke aus und wollte sie dem Kleinen eben über die Schulter hängen, doch dieser war bereits auf den Boden geglitten, hatte seine Schätze hervorgeholt und breitete sie nun auf einem Stück Stoff aus: eine Handvoll Patronenhülsen sowie einige andere Gegenstände. Artjom, der neben ihm saß, hatte genug Zeit, sich all diese Dinge zu betrachten. Am interessantesten fand er eine kleine Metallschachtel mit einer Kurbel daran. Wenn Oleg sie in einer Hand hielt und mit der anderen die Kurbel betätigte, begann die Schachtel mit metallisch klingenden Tönen eine einfache mechanische Melodie zu spielen. Amüsant war auch, dass er die Schachtel nur gegen einen anderen Gegenstand zu drücken brauchte, damit dieser mitschwang und die Melodie mehrfach verstärkte. Am besten funktionierte es mit dem Eisenofen, doch lange konnte Oleg sie nicht dagegen halten, da sie sich zu schnell erwärmte. Artjom gefiel das Gerät so sehr, dass er darum bat darum, es selbst einmal ausprobieren zu dürfen.

Der Junge überreichte ihm die heiße Schachtel und blies sich auf die verbrannten Finger. »Das ist noch gar nichts«, sagte er verschwörerisch. »Ich zeige dir nachher noch was ganz Tolles!«

Die nächste halbe Stunde zog sich zäh dahin. Melnik unterhielt sich flüsternd mit Anton. Der Junge spielte auf dem Boden mit seinen Hülsen. Und Artjom drehte ewig an der Kurbel und lauschte der Musik, ohne auf die missgelaunten Blicke der Wachleute zu achten. Die Melodie dieser winzigen Drehleier war etwas schwermütig, doch faszinierte sie ihn auf geheimnisvolle Weise, sodass er einfach nicht aufhören konnte.

»… Nein, das verstehe ich nicht«, sagte der Stalker und erhob sich. »Wenn beide Tunnel verschüttet sind und bewacht werden, wie kommt es dann, dass so viele Menschen einfach verschwinden?«

Anton sah zu ihm auf. »Wer sagt denn, dass es nur an diesen Tunneln liegt? Es gibt hier Übergänge zu zwei anderen Linien, und vergiss nicht den Tunnel zur *Smolenskaja*. Ich vermute ja, dass da jemand einfach unseren Aberglauben ausnutzt.«

»Was denn für einen Aberglauben?«, mischte sich der Posten von vorhin ein. »Verflucht ist unsere Station für das, was mit dem *Park Pobedy* passiert ist. Und wir alle sind verflucht, solange wir hier leben …«

»Hör auf mit der ewigen Schwarzmalerei!«, unterbrach ihn Anton verärgert. »Hier sitzen seriöse Leute, die was erfahren wollen, und da kommst du mit deinen Märchen!«

»Lass uns noch einen Rundgang machen«, schlug Melnik vor. »Ich habe unterwegs ein paar Türen gesehen und einen Seitengang, das würde ich mir gerne noch einmal ansehen. An der *Smolenskaja* sind die Leute auch schon ganz unruhig. Sogar Kolpakow selbst hat sich danach erkundigt.«

»Ach, jetzt interessiert es ihn auf einmal.« Anton lächelte traurig. »Es bringt ja doch nichts, sich etwas vorzumachen: Von unserer Konföderation ist nur noch der Name geblieben. Jeder kämpft für sich …«

»Ja, sogar in der Polis fragen sie sich bereits, was hier los ist.« Melnik zog eine zusammengefaltete Zeitungsseite hervor. »Hier, lies mal.«

Artjom hatte die Zeitungen in der Polis gesehen. In einem der Übergänge hatte es einen Laden gegeben, wo sie zu kaufen waren. Allerdings kostete eine zehn Patronen, und so viel hatte Artjom für ein Stück Einpackpapier mit schlecht gedruckten Gerüchten nicht zahlen wollen.

Unter dem stolzen Namen *Metro-Nachrichten* waren auf dem gelblichen Stück Papier einige kurze Artikel in enger Schrift abgedruckt. Einer davon wurde sogar von einer Schwarzweiß-Fotografie ergänzt. Die Überschrift lautete: Kiewskaja: Erneut Personen Vermisst.

Anton nahm das Zeitungsblatt vorsichtig entgegen und faltete es auseinander. »Unkraut vergeht nicht. Sie drucken noch immer … Na gut, gehen wir, ich zeige dir die Seitengänge. Lässt du mir das zum Lesen?«

Der Stalker nickte.

Anton erhob sich und sagte zu seinem Sohn: »Ich bin gleich wieder da. Dass du mir nichts anstellst, solange ich weg bin.« Er wandte sich Artjom zu. »Sei so gut und hab ein Auge auf ihn.«

Artjom blieb nichts anderes übrig, als zu nicken.

Kaum waren sein Vater und der Stalker außer Hörweite, da sprang Oleg auf, riss Artjom keck die Schachtel aus der Hand, rief »Fang mich!« und rannte los, auf die Einsturzstelle zu. Artjom begriff, dass er jetzt für Antons Sohn verantwortlich war. Er warf den Wachen einen schuldbewussten Blick zu, schaltete seine Taschenlampe an und ging dem Jungen nach.

Dieser hatte sich zum Glück nicht in das halb zerstörte Dienstzimmer gewagt, wie Artjom bereits befürchtet hatte, sondern wartete direkt vor dem Erdwall auf ihn.

»Schau, was ich dir jetzt zeige!« Oleg kletterte auf einige Steine, bis er sich auf einer Höhe mit den Metallrohren befand, die im Geröll verschwanden. Dann holte er sein Schächtelchen heraus und legte es auf eines der Rohre. »Hör zu!«, sagte er begeistert und drehte die Kurbel.

Das Rohr schwang mit und ertönte, füllte sich gleichsam mit jener traurigen Melodie aus der Schatulle. Der Junge hielt sein Ohr an das Rohr und fuhr wie verzaubert fort, die Kurbel zu drehen und der metallischen Schachtel Töne zu entlocken. Dann hielt er eine Sekunde lang inne, lauschte weiter, lächelte freudig, sprang von dem Steinhaufen herunter und hielt Artjom die Schachtel hin. »Da, probier mal!«

Artjom konnte sich schon vorstellen, wie sich der Klang der Melodie verändern würde, wenn er durch das Metall eines hohlen Rohrs geleitet wurde. Doch brannten die Augen des Jungen so sehr vor Begeisterung, dass er kein Spielverderber sein wollte. Er stieg nach oben, stellte die kleine Schachtel auf das Rohr, drückte sein Ohr gegen das kalte Eisen und begann den Hebel zu drehen. Die Musik erklang plötzlich so laut, dass Artjom den

Kopf beinahe wieder zurückgezogen hätte. So gut kannte er die Gesetze der Akustik nicht – wie ein Stück Eisen diese harmlos klingelnde Melodie um ein Vielfaches verstärken, ihr Volumen verleihen konnte, war für ihn ein unbegreifliches Wunder. Er drehte die Kurbel weiter und spielte das kurze Motiv noch dreimal durch. Dann nickte er Oleg zu. »Super!«

Oleg lachte. »Und jetzt hör noch mal. Ohne zu spielen, nur hören!«

Artjom zuckte mit den Schultern, drehte sich zu dem Posten um – ob Melnik und Anton schon zurück waren? – und legte sein Ohr erneut an das Rohr. Was war dort wohl jetzt zu hören? Der Wind? Ein Widerhall jener seltsamen Geräusche, die er vom Tunnel zwischen der *Alexejewskaja* und dem *Prospekt Mira* her kannte?

Aus unvorstellbarer Ferne drangen gedämpfte Geräusche mühsam durch den dicken Erdwall heran. Sie kamen vom *Park Pobedy*, das stand außer Zweifel. Artjom erstarrte, lauschte weiter, und dann wurde ihm mit Eiseskälte bewusst, dass er etwas völlig Unmögliches hörte: Musik.

Jemand oder etwas wiederholte in einigen Kilometern Entfernung die sehnsüchtige Melodie aus der Musikschatulle – Note für Note. Und es war kein Echo. An einigen Stellen machte der unbekannte Interpret nämlich Fehler, hielt die eine oder andere Note etwas länger, doch das Motiv als solches blieb nach wie vor erkennbar. Was aber noch viel verblüffender war: Die Melodie wurde offenbar nicht von den kleinen metallischen Zungen der Schatulle hervorgebracht, sondern ihr Klang erinnerte eher an ein Summen … Oder ein Singen? Ein unverständlicher Chor aus vielen Stimmen? Nein, es war doch ein Summen …

»Und, spielt es?«, fragte Oleg mit zufriedenem Gesicht. »Lass mich auch noch mal hören!«

Artjoms Lippen klebten aneinander. »Was ist das?«, murmelte er heiser.

»Musik! Das Rohr spielt selber!«

Das beklemmende Gefühl, das dieses furchtbare Singen bei Artjom auslöste, berührte den Jungen offenbar gar nicht. Für ihn war das alles nur ein lustiges Spiel. Er fragte sich nicht, wer oder was dort auf die Melodie antworten konnte, an einer Station, die seit einem Jahrzehnt keinen Kontakt mehr zur übrigen Welt hatte und wo jegliches Leben längst erloschen war.

Oleg kletterte wieder auf die Steine, um sein Maschinchen noch einmal anzuwerfen, doch Artjom hatte plötzlich eine furchtbare Angst um den Jungen ergriffen. Er packte Oleg am Arm und zog ihn trotz dessen Protesten hinter sich her, zurück zum Ofen.

»Feigling! Feigling!«, rief Oleg. »Nur kleine Kinder glauben an diese Märchen!«

Artjom blieb stehen und sah ihm in die Augen. »Welche Märchen?«

»Dass sie die Kinder klauen, wenn die im Tunnel den Rohren zuhören wollen.«

Artjom zog ihn weiter zum Ofen. »Wer ist das: ›sie‹?«

»Die Toten!«

Das Gespräch brach ab. Der Posten, der vorhin vom Fluch der Station gesprochen hatte, zuckte zusammen und starrte sie mit einem derart aufmerksamen Blick an, dass Artjom die Worte im Hals stecken blieben. Gerade noch rechtzeitig hatten sie ihr kleines Abenteuer beendet, denn Anton und der Stalker kehrten soeben zurück. Und sie hatten noch einen dritten Mann dabei. Artjom setzte den Jungen schnell auf seinen Platz.

Der Schichtführer ließ sich neben Artjom auf einen Sandsack nieder. »Entschuldige, es hat etwas gedauert. Hat er sich benommen?«

Artjom nickte und hoffte, dass der Junge klug genug war, sich nicht mit ihrem Ausflug zu brüsten. Doch dieser stellte mit konzentriertem Gesicht seine Hülsen neu auf, ganz als sei nichts gewesen.

Der dritte Mann war ein hagerer Typ mit schütterem Haar, eingefallenen Wangen und Ringen unter den Augen. Er trat an den Ofen heran, um die Wachleute zu grüßen. Dann musterte er Artjom scharf, ohne etwas zu sagen.

»Das ist Tretjak«, sagte Melnik. »Er geht mit uns weiter. Er ist Spezialist für Raketentechnik.«

# 16
# Die Lieder der Toten

»Es gibt da keine Geheimgänge, und es hat auch nie welche gegeben. Das weißt du selbst!«

Tretjaks Stimme war vor Erregung so laut geworden, dass Artjom ihn verstehen konnte. Sie waren auf dem Weg zurück zur Station. Melnik und Tretjak hatten sich ein wenig zurückfallen lassen und diskutierten heftig. Als Artjom ebenfalls zurückblieb, um sich an ihrem Gespräch zu beteiligen, dämpften die beiden ihre Stimme, sodass ihm nichts anderes übrig blieb, als sich wieder dem Rest der Gruppe anzuschließen, wo der kleine Oleg trippelnd versuchte mit den Erwachsenen Schritt zu halten. Er hatte es abgelehnt, sich von seinem Vater auf den Schultern tragen zu lassen. Stattdessen ergriff er gut gelaunt Artjoms Hand und verkündete: »Ich bin auch ein Raketenexperte!«

Artjom sah ihn verwundert an. Der Junge war daneben gestanden, als Melnik ihm Tretjak vorgestellt hatte. Ob er begriff, was damit gemeint war?

»Aber sag es niemandem«, fügte Oleg eilig hinzu. »Die anderen dürfen es nicht wissen. Es ist ein Geheimnis. Der Onkel da ist wahrscheinlich dein Freund, wenn er dir das von sich erzählt hat.«

»Na gut, ich schweige«, spielte Artjom das Spiel mit.

»Dafür muss man sich nicht schämen«, erklärte der Junge

darauf. »Man kann sogar stolz darauf sein! Aber wenn es die anderen erfahren, können sie schlechte Sachen über dich sagen.«

Anton ging etwa zehn Schritte voraus und beleuchtete den Weg. Der Junge deutete mit dem Kopf auf die schmächtige Gestalt seines Vaters und flüsterte: »Papa hat gesagt, ich soll es niemandem erzählen. Aber du sagst es ja nicht weiter. Schau mal!« Er zog etwas aus seiner Innentasche.

Im Schein seiner Lampe sah Artjom ein Abzeichen, kreisrund, aus dichtem, gummiertem Stoff, vielleicht sieben Zentimeter im Durchmesser. Die eine Seite war schwarz, auf der anderen waren auf dunklem Grund drei gekreuzte, seltsam längliche Gegenstände dargestellt, so ähnlich wie der sechsstrahlige Papierstern, den sie an der *WDNCh* als Neujahrsschmuck verwendeten. Das senkrecht stehende Ding erkannte Artjom bei genauerem Hinsehen als Patrone – wohl von einer MG oder einem Präzisionsgewehr –, an deren hinterem Ende jedoch aus irgendeinem Grund kleine Flügel montiert waren. Die anderen, ebenfalls gelben Gegenstände wiesen an beiden Enden eine Verdickung auf, doch hatte Artjom keine Ahnung, was sie darstellen sollten. Dieser seltsame Stern wurde eingerahmt von einem Kranz, wie auf den alten Kokarden, und rund um den Rand verlief eine kleine Schrift. Die Farbe war jedoch schon so abgewetzt, dass Artjom nur entruppen und Ar sowie das Wort ussland entziffern konnte. Hätte er etwas mehr Zeit gehabt, wäre er vielleicht darauf gekommen, was ihm der Junge da zeigte – doch in diesem Moment rief Anton seinem Sohn zu: »He, Oleschek! Komm her, wir haben was zu besprechen!«

»Was ist das?«, fragte Artjom den Jungen, aber der riss ihm das Abzeichen aus der Hand und versteckte es wieder in seiner Tasche.

»Er, Te, A«, sprach Oleg laut und deutlich und strahlte dabei vor Stolz. Dann zwinkerte er Artjom zu und lief zu seinem Vater.

An der Station angekommen, erklommen die Wachleute den Bahnsteig und gingen ihrer Wege. Am Eingang zum Tunnel wartete Antons Frau. Mit Tränen in den Augen lief sie Oleg entgegen, ergriff seine Hand und ging auf ihren Gatten los: »Willst du mich um den Verstand bringen? Begreifst du nicht, was für Sorgen ich mir mache, wenn das Kind so lange aus dem Haus ist? Hättest du ihn nicht zurückbringen können?«

»Lena, nicht vor den Leuten …«, murmelte Anton und blickte sich verlegen um. »Ich konnte doch nicht weg. Denk doch mal nach: Als Kommandeur der Wache kann ich nicht einfach den Posten verlassen …«

»Als Kommandeur – dass ich nicht lache! Dann benimm dich gefälligst auch wie einer! Als wüsstest du nicht, was hier vor sich geht. Seit einer Woche ist der Jüngste von unseren Nachbarn verschwunden …«

Melnik und Tretjak suchten schnell das Weite. Artjom eilte ihnen hinterher, aber noch lange hörten sie Lena weinen und schimpfen, auch wenn sie die einzelnen Worte nicht verstanden.

Zu dritt machten sie sich zum Hauptquartier des Stationsvorstehers auf. Kurz darauf saßen sie in dem teppichbehängten Zimmer, und Arkadi Semjonowitsch ließ sie auf Melniks Bitten allein.

Melnik wandte sich an Artjom. »Deinen Pass hast du nicht mehr, richtig?« Es war eher eine Feststellung als eine Frage.

Artjom nickte. Ohne das von den Faschisten beschlagnahmte Dokument war er ein Ausgestoßener – ohne Zugang zu fast allen mehr oder weniger zivilisierten Stationen. Solange der Stalker in seiner Nähe war, stellte man ihm keine überflüssigen Fragen, doch sobald sie getrennt würden, müsste er zwischen verlassenen Haltepunkten und halb verwilderten Stationen wie der *Kiewskaja* umherirren. Seinen Traum, zur *WDNCh* zurückzukehren, könnte er dann vergessen.

Wie zur Bestätigung dessen, was Artjom soeben durch den Kopf gegangen war, fuhr Melnik fort: »Durch die Hanse bekomme ich dich ohne Pass nicht hindurch. Aber der schnellste Weg zur *Majakowskaja* führt nun mal über den Ring. Wir können einen neuen ausstellen lassen, doch das kostet Zeit. Was sollen wir tun?«

Artjom zuckte mit den Schultern. Er spürte, worauf der Stalker hinauswollte. Selbst unter Umgehung der Hanse würde er nicht bis zur *Majakowskaja* kommen. Der Tunnel, der von der anderen Seite dorthin führte, kam direkt von der *Twerskaja*. Und in die Höhle der Faschisten zurückzukehren wäre Wahnsinn gewesen. Es war eine ausweglose Situation.

»Am besten ist es, wenn Tretjak und ich erst einmal zu zweit zur *Majakowskaja* gehen«, sagte Melnik. »Dort suchen wir den Eingang zu D-6. Wenn wir ihn finden, holen wir dich nach. Vielleicht gelingt es ja bis dahin, dir einen Pass zu beschaffen – ich werde jemanden bitten, uns eine Vorlage zu besorgen. Wenn wir den Eingang nicht finden, werden wir bald zurück sein. Zu zweit kommen wir schnell über den Ring, innerhalb eines Tages dürften wir es schaffen. Du wartest auf uns?« Er sah Artjom prüfend an.

Erneut hob Artjom die Schultern. Zu nicken oder seine Zustimmung zu äußern war ihm unmöglich. Er wurde einfach das Gefühl nicht los, dass sie mit ihm umgingen wie mit bereits verbrauchtem Material. Nun, da er seine Hauptaufgabe – die Nachricht von der Gefahr zu überbringen – erfüllt hatte, nahmen die »Erwachsenen« das Heft wieder in die Hand. Ihn schoben sie dabei zur Seite, damit er ihnen nicht zwischen den Füßen herumlief.

»Gut«, schloss der Stalker. »Wir marschieren sofort los, um keine Zeit zu verlieren. Morgen früh sind wir wieder da. Deine Verpflegung und Unterkunft regeln wir mit Arkadi Semjonowitsch. Mach dir keine Sorgen, er ist ein guter Gastgeber. Das wäre alles … Halt, noch etwas.« Er zog das blutbefleckte Stück Papier mit dem Plan sowie die Legende dazu hervor. »Da hast du es zurück, ich habe es mir abgezeichnet – wer weiß, wie sich die Dinge entwickeln. Aber du darfst es niemandem zeigen.«

Kaum eine Stunde später waren Melnik und Tretjak fort. Zuvor hatten sie mit dem Stationsvorsteher die wichtigsten Dinge abgesprochen. Arkadi Semjonowitsch begleitete Artjom höflich zu seinem Zelt, lud ihn zu einem gemeinsamen Abendessen ein und ließ ihn dann allein, damit er sich ausruhen konnte.

Das Gästezelt stand etwas abseits, und obwohl es in hervorragendem Zustand war, fühlte sich Artjom darin von Anfang an unwohl. Er blickte nach draußen und konnte erneut deutlich erkennen, dass sich die anderen Behausungen so weit von den Tunneleingängen entfernt aneinanderdrängten wie nur irgend möglich. Nun, da der Stalker fort und Artjom an dieser fremden Station allein war, kehrte jenes beklemmende Gefühl zurück: An der *Kiewskaja* war ihm alles unheimlich, einfach nur unheimlich, ohne dass es einen sichtbaren Grund dafür gab. Es war bereits spät, die Stimmen der Kinder waren verstummt, und die Erwachsenen kamen immer seltener aus ihren Zelten. Über den Bahnsteig zu spazieren reizte Artjom überhaupt nicht. Nachdem er Danilas Botschaft dreimal durchgelesen hatte, hielt er es nicht mehr aus – er erschien eine halbe Stunde zu früh bei Arkadi Semjonowitsch zum Abendessen.

Das Vorzimmer des Dienstraums hatte sich in eine Küche verwandelt, in der sich eine sympathische junge Frau, etwas älter als Artjom, zu schaffen machte. In einer großen Pfanne dünstete sie Fleisch mit irgendwelchen Wurzeln, daneben kochten wieder jene weißen Knollen, die sie schon bei Antons Frau bekommen hatten. Der Stationsvorsteher saß daneben auf einem Hocker und blätterte ein zerfledertes Büchlein durch, auf dessen Umschlag ein Revolver sowie Frauenbeine in schwarzen Strümpfen abgebildet waren. Als er Artjom erblickte, legte er das Buch verlegen beiseite. »Es ist Ihnen wohl langweilig hier«, sagte er und lächelte verständnisvoll. »Gehen wir zu mir ins Büro. Katerina wird uns dort den Tisch decken.« Er zwinkerte Artjom zu. »Einstweilen genehmigen wir uns ein Gläschen.«

Auch das Teppichzimmer mit dem Totenschädel sah nun ganz anders aus: Eine Tischlampe mit grünem Stoffschirm verbreitete behagliches Licht. Sofort verflog die Anspannung, die Artjom draußen verfolgt hatte. Arkadi Semjonowitsch holte aus dem Schrank eine kleine Flasche hervor und schenkte daraus eine bräunliche Flüssigkeit mit betäubendem Aroma in ein ungewöhnlich bauchiges Glas ein. Ganz wenig, vielleicht ein Fingerbreit. Diese Flasche allein kostete wahrscheinlich mehr als eine ganze Kiste von dem Wein, den er in *Kitai-gorod* getrunken hatte, vermutete Artjom.

»Kognak.« Arkadi Semjonowitsch hatte Artjoms neugierigen Blick erkannt. »Zwar ein armenischer, dafür fast dreißig Jahre gereift. Von oben.« Er blickte sehnsüchtig an die Decke. »Keine Angst, der ist nicht verseucht. Ich habe selbst nachgemessen.«

Das unbekannte Getränk war stark alkoholisch, doch sein angenehmer Geschmack und das herbe Aroma milderten die Wirkung. Dem Beispiel seines Gastgebers folgend, behielt Artjom jeden Schluck lange im Mund. Sogleich begann ein Feuer langsam durch seinen Körper zu wandern und eine angenehme Wärme zu hinterlassen. Das Zimmer wurde noch behaglicher und Arkadi Semjonowitsch noch sympathischer.

»Erstaunlich.« Artjom schloss genießerisch die Augen.

»Exzellent, nicht war? Vor etwa eineinhalb Jahren haben die

Stalker an der *Krasnopresnenskaja* doch tatsächlich einen völlig unberührten Lebensmittelladen aufgetan. In einem Kellerraum, wie es sie früher oft gab. Das Ladenschild war heruntergefallen, deswegen hatte ihn niemand bemerkt. Aber einer der Stalker erinnerte sich, dass er früher – also *vorher* – manchmal dort vorbeigeschaut hatte. Und er beschloss nachzusehen. In all den Jahren ist dieser Kognak natürlich nur noch besser geworden. Über Beziehungen habe ich für hundert Kugeln zwei Flaschen bekommen – in *Kitai-gorod* zahlst du für eine zweihundert.« Arkadi Semjonowitsch nippte erneut an seinem Glas und hielt es dann nachdenklich gegen das Licht. »Wassja hieß er, der Stalker. Ein großartiger Kerl. Keiner von diesen kleinen Fischen, die nur Holz von oben holen, sondern einer von denen, die wirklich wertvolle Dinge auftreiben. Jedes Mal, wenn er wieder oben gewesen war, kam er als Erstes zu mir.« Der Vorsteher lächelte schwach. »›Semjonytsch‹, sagte er immer, ›es gibt eine neue Lieferung‹.«

»Ist ihm was passiert?«

»Nun, die *Krasnopresnenskaja* hat er besonders geliebt. Er meinte immer, das sei ein echtes Eldorado. Alles sei dort noch wie neu, schon allein das Stalin-Hochhaus sei Gold wert. Natürlich hatte da niemand etwas angerührt, der Tierpark liegt doch gleich auf der anderen Straßenseite. Wer wagt sich schon dorthin, zur *Krasnopresnenskaja*? Der reinste Horror! Aber Wassja war ein Draufgänger, er liebte das Risiko. Dafür hat er auch entsprechend verdient. Eines Tages hat es ihn aber doch erwischt: Irgendwas hat ihn gepackt und in den Tierpark mitgeschleift. Sein Partner ist damals gerade noch davongekommen.« Arkadi Semjonowitsch seufzte schwer und schenkte sich und Artjom nach. »Trinken wir auf ihn.«

Artjom musste an den schier unfassbaren Preis des Kognaks denken und wollte schon protestieren, doch der Vorsteher drückte ihm entschieden den bauchigen Kelch in die Hand und erklärte, eine Weigerung verletze das Andenken an den furchtlosen Stalker, der ihm das göttliche Getränk beschafft habe.

Inzwischen hatte die Frau den Tisch gedeckt, und Artjom und Arkadi Semjonowitsch waren zu gewöhnlichem, aber sehr hochprozentigem Selbstgebrannten übergegangen. Das Fleisch war hervorragend zubereitet, und dazu trank sich die klare Flüssigkeit erstaunlich leicht.

Nach etwa eineinhalb Stunden war Artjom redselig geworden. »Mir gefällt es nicht in eurer Station. Irgendwas ist unheimlich hier, etwas drückt auf die Stimmung …«

»Gewöhnungssache.« Arkadi Semjonowitsch schüttelte unbestimmt den Kopf. »Auch hier leben Menschen. Und nicht schlechter als an manch anderer Station.«

»Nein, bitte verstehen Sie mich richtig«, beeilte sich Artjom zu beschwichtigen. »Sie tun ja wahrscheinlich, was Sie können. Aber so ist das eben. Alle sprechen davon, dass hier ständig Menschen verschwinden.«

»Alles Quatsch«, erwiderte Arkadi Semjonowitsch heftig. Doch dann, nach dem nächsten Glas, sagte er: »Nicht alle verschwinden. Nur die Kinder.«

Artjom schauderte. »Die Toten holen sie?«

»Wer weiß, wer die holt. Ich glaube nicht an die Version mit den Toten. Von denen hab ich in meinem Leben schon genug gesehen. Wie sollten die jemanden fortschaffen? Die liegen doch nur rum. Aber dort, jenseits der Einsturzstelle« – Arkadi Semjonowitsch deutete mit der Hand in Richtung *Park Pobedy*, wobei er fast vom Stuhl fiel –, »da ist was. Das ist sicher. Doch da dürfen wir nicht hin.«

»Warum?« Artjom versuchte sich auf sein Glas zu konzentrieren, aber es verschwamm vor seinen Augen und schien ständig irgendwohin zu gleiten.

»Warte mal, ich zeig dir was.« Der Stationsvorsteher schob lärmend seinen Stuhl zurück, erhob sich schwerfällig und wankte auf den Schrank zu. Eine Zeit lang kramte er darin herum, dann brachte er vorsichtig eine lange Metallnadel ans Licht, an deren stumpfem Ende einige Federn angebracht waren.

Artjom runzelte die Stirn. »Was ist das?«

»Das wüsste ich auch gern.«

»Woher haben Sie es?«

»Aus dem Hals eines unserer Posten, der den rechten Tunnel bewachte. Geblutet hat er nicht, aber blau war er angelaufen, und Schaum hatte er vorm Mund.«

»Jemand vom *Park Pobedy*?«

»Weiß der Teufel.« Arkadi Semjonowitsch stürzte den Rest aus seinem Glas hinunter, dann legte er die Nadel zurück in den Schrank. »Aber gib acht! Dass du mir niemandem was sagst.«

»Warum wollen Sie es nicht verraten? Man würde Ihnen helfen, und die Leute kämen endlich zur Ruhe.«

»Niemand käme zur Ruhe, im Gegenteil, fortlaufen würden sie alle, wie die Ratten! Das tun sie ja jetzt schon. Aber glaubst du, wenn ich ihnen diese Nadel zeige, das würde was ändern? Dass ich nicht lache! Alle würden sie abhauen, und ich bliebe allein zurück! Was bin ich denn für ein Stationsvorsteher, wenn niemand mehr da ist? Ein Kapitän ohne Schiff!« Arkadi Semjonowitsch hatte sich in Rage geredet, doch nun versagte seine Stimme, und er verstummte.

»Arkascha, Arkascha, nicht doch, ist ja gut …«, sagte die junge Frau, die sich besorgt neben ihn gesetzt hatte, und streichelte ihm sanft über den Kopf. Obwohl sein Verstand bereits leicht benebelt war, begriff Artjom mit gewissem Bedauern, dass sie durchaus nicht des Vorstehers Tochter war.

Dieser kam wieder auf Touren. »Die Ratten verlassen das sinkende Schiff! Nur ich werde am Ende noch übrig bleiben. Aber ich gebe nicht auf!«

Artjom erhob sich mühsam und ging unsicher zum Ausgang. Vor der Tür schnippte sich der Wächter mit dem Zeigefinger an den Hals und blickte fragend in Richtung Arkadi Semjonowitschs Büro.

»Ja, er hat ne Menge intus«, lallte Artjom. »Lasst ihn bis morgen mal lieber in Ruhe.« Dann wankte er weiter in Richtung seines Zelts.

Er hatte Mühe, den Weg zu finden. Ein paar Mal landete er versehentlich in fremden Zelten, und erst wenn jemand grob zu fluchen oder hysterisch zu kreischen begann, begriff er, dass er falsch lag. Der Selbstgebrannte war heimtückischer als der billige Wein, denn er begann erst jetzt so richtig zu wirken. Bögen und Säulen verschwammen vor Artjoms Augen, und ihm wurde schlecht. Zu einer normalen Zeit hätte jemand ihn vielleicht zum Gästezelt begleitet, doch nun war die Station völlig leer – selbst die Stellungen an den Tunnelausgängen machten einen verlassenen Eindruck.

An der gesamten Station hingen nur drei oder vier trübe Lampen von der Decke, und mit Ausnahme ihrer bescheidenen Lichtkegel war der Saal in Dunkelheit getaucht. Plötzlich blieb Artjom stehen. Ihm schien, dass sich im Zwielicht etwas verbarg, das sich leicht bewegte. Da er seinen Augen nicht mehr trauen konnte, ging er mit dem Mut eines Betrunkenen auf die verdächtige Stelle zu: Unweit des Übergangs zur Filjowskaja-Linie, neben einem der Rundbögen, bewegte sich einer dieser dunklen Flecken nicht gleichmäßig hin und her wie sonst, sondern heftig und gleichsam bewusst.

Artjom näherte sich auf vielleicht fünfzehn Schritte und rief: »He! Wer ist dort?«

Niemand antwortete, doch in dem unförmigen dunklen

Fleck schien sich ein länglicher Schatten abzuzeichnen. Dieser Schatten war von der Finsternis fast nicht zu unterscheiden, aber Artjom war zunehmend davon überzeugt, dass ihn aus der Dunkelheit jemand anstarrte. Er wankte, hielt sich jedoch auf den Beinen und machte noch einen Schritt.

Mit einem Mal schrumpfte der Schatten, schien sich zu einem Knäuel zusammenzuballen und glitt vorwärts. Ein heftiger, ekelerregender Gestank stieg in Artjoms Nase, und er schrak zurück. Wonach roch das? Er sah jenes Bild vor sich, das ihm bereits im Tunnel vor dem Vierten Reich erschienen war: aufeinander gehäufte Leichen, die Arme hinter dem Rücken gefesselt. Verwesungsgeruch?

Im selben Augenblick stürzte der Schatten mit teuflischer Geschwindigkeit, wie ein Pfeil aus einer Armbrust, auf ihn zu. Eine Sekunde lang tauchte ein Gesicht vor ihm auf, blass, mit tief liegenden Augen und seltsamen Flecken.

»Ein Toter!«, krächzte Artjom. Dann zersprang sein Kopf in tausend Stücke, die Decke begann zu tanzen, drehte sich, und alles erlosch. Aus der dumpfen Stille erklangen Stimmen, verstummten wieder, blitzten Bilder auf, verschwanden wieder.

»… Mama erlaubt es mir nicht, sie wird sich Sorgen machen«, sprach ein Junge nicht weit entfernt. »Heute geht es sicher nicht, sie hat den ganzen Abend geweint. Nein, ich habe keine Angst, du bist nicht schlimm, und du singst so schön. Ich will nur nicht, dass Mama wieder weint. Sei nicht böse! Höchstens ganz kurz … Sind wir bis zum Morgen zurück?«

»… keine Zeit, keine Zeit«, murmelte eine tiefe männliche Stimme. »Die Zeit ist knapp. Sie sind schon nah. Steh auf, bleib nicht liegen, steh auf! Wenn du jetzt die Hoffnung verlierst, wenn du schwankst oder aufgibst, werden andere deinen Platz einnehmen. Ich werde weiter dafür kämpfen. Und das musst du auch. Steh doch auf! Du verstehst doch …«

Dann eine weitere Stimme: »… und wer ist das? Zum Chef? Ach so, ins Gästezelt. Jaja, natürlich trag ich den alleine! Jetzt pack schon mit an, nimm wenigstens seine Beine. Schwer ist der … Was da wohl in seinen Taschen klingelt? Ist schon gut, ich mach ja nur Spaß. Da wären wir. Nein, nein, ich werd doch nicht. Ich geh ja schon …«

Mit einer heftigen Bewegung wurde der Zelteingang geöffnet, und der Strahl einer Taschenlampe schlug Artjom ins Gesicht.

»Bist du Artjom?« Das Gesicht des Fragenden war nicht zu erkennen, aber die Stimme klang jung.

Artjom sprang von der Liege auf – und sofort drehte sich alles in seinem Kopf. Im Nacken pulsierte ein dumpfer Schmerz, und jede Berührung brannte. Einige Haare waren verklebt, offenbar von getrocknetem Blut. Was war mit ihm passiert?

»Darf ich reinkommen?«, fragte der Ankömmling, trat ohne auf Antwort zu warten ein und zog den Zeltflügel zu. Dann drückte er Artjom einen winzigen metallischen Gegenstand in die Hand.

Als Artjom endlich seine Taschenlampe angeknipst hatte, traute er seinen Augen nicht: Es war die Patronenhülse eines Automatikgewehrs, umfunktioniert zu einer verschraubbaren Kapsel – genau wie die von Hunter. Artjom versuchte den Verschluss zu öffnen, doch seine vor Aufregung schweißnassen Hände glitten immer wieder ab. Endlich fiel ein winziges Stück Papier heraus.

*Unvorhergesehene Schwierigkeiten. Ausgang D-6 blockiert, Tretjak ermordet. Warte auf mich. Brauche Zeit für Organisation. Komme sobald möglich. Melnik.*

Artjom las die Nachricht ein zweites Mal und versuchte sich einen Reim darauf zu machen. Tretjak ermordet? Der Zugang zur Metro-2 blockiert? Das bedeutete, dass all ihre Pläne und Hoffnungen zunichte waren! Ungläubig blickte er den Boten an.

»Melnik hat angeordnet, dass du hierbleiben und auf ihn warten sollst«, sagte dieser. »Tretjak ist tot. Ermordet. Melnik sagt, dass er mit einer Nadel vergiftet wurde, von wem, ist unbekannt. Er organisiert jetzt einen Stoßtrupp. Ich muss los. Soll ich eine Antwort mitnehmen?«

Artjom überlegte, was er dem Stalker antworten sollte. Was sollte er tun? Worauf konnte er hoffen? Sollte er alles einfach stehen und liegen lassen und zur *WDNCh* zurückkehren, um wenigstens in den letzten Minuten bei seinen Freunden zu sein? Er schüttelte den Kopf. Der Bote drehte sich schweigend um und verließ das Zelt.

Artjom setzte sich auf seine Liege und dachte nach. Er konnte nirgendwo hin. Ohne Pass und Begleitperson kam er weder auf den Ring noch zurück zur *Smolenskaja*. Also musste er darauf hoffen, dass Arkadi Semjonowitsch auch in den nächsten Tagen noch so gastfreundlich sein würde wie gestern.

An der *Kiewskaja* war jetzt »Tag«. Die Lampen brannten doppelt so hell, und neben den Diensträumen, wo sich die Wohnung des Stationsvorstehers befand, verströmte sogar eine Quecksilberlampe ihr gleißendes Licht. Artjom kam dort mit schiefem Gesicht an, so sehr schmerzte ihn sein Kopf. Der Wachmann am Eingang hielt ihn mit einer Geste auf. Von innen drangen erregte männliche Stimmen an Artjoms Ohr.

»Er ist beschäftigt«, sagte der Wächter. »Warte, wenn du willst.«

Nach ein paar Minuten kam Anton aus der Tür herausgeschossen. Dann folgte der Stationsvorsteher. Obwohl seine Haare wieder penibel gekämmt waren, hatte er Ringe unter den Augen, das Gesicht war merklich angeschwollen und bedeckt von silbrig-grauen Bartstoppeln. Artjom rieb sich die Wangen und dachte, dass er wahrscheinlich nicht viel besser aussah.

»Was soll ich denn tun? Was?«, rief der Stationsvorsteher

Anton hinterher, dann spuckte er aus und schlug sich mit der Hand auf die Stirn. Als er Artjom bemerkte, setzte er ein schiefes Lächeln auf: »Ah … schon wach?«

»Ich werde noch ein wenig hierbleiben müssen, bis Melnik zurückkehrt.«

»Ich weiß, ich weiß. Gehen wir rein. Man hat mich gebeten, etwas für dich zu tun.« Der Stationsvorsteher machte eine einladende Geste. »Wir sollen ein Foto von dir machen, für einen Pass. Ich besitze hier noch die Technik aus der Zeit, als die *Kiewskaja* eine normale Station war. Wenn Melnik noch das passende Blankoformular beschafft, machen wir dir einen neuen Ausweis.«

Arkadi Semjonowitsch setzte Artjom auf einen Hocker und richtete das Objektiv einer kleinen Plastikkamera auf ihn. Es blitzte – und die nächsten fünf Minuten saß Artjom in völliger Dunkelheit da. Hilflos blinzelte er um sich.

»Entschuldige, ich hätte dich warnen sollen … Jedenfalls, solltest du Hunger haben, komm einfach vorbei, Katja macht dir was zu essen. Heute habe ich leider keine Zeit für dich. Die Situation hat sich verschärft. Antons Ältester ist heute Nacht verschwunden. Das wird jetzt die ganze Station aufscheuchen. Was für ein Leben … Ach so, und dich sollen sie heute Morgen auf dem Bahnsteig gefunden haben, mit blutigem Kopf. Ist was passiert?«

Artjom räusperte sich. »Ich erinnere mich nicht … Wahrscheinlich bin ich im Suff hingefallen.«

Der Vorsteher grinste. »Ja, wir haben ganz schön gebechert gestern … Na gut, Artjom, ich hab jetzt zu tun. Komm später noch mal vorbei.«

Artjom stand auf. Er sah Olegs Gesicht vor sich. War das Antons ältester Sohn? Er musste an die kleine Schachtel denken, daran, wie Oleg sie an das Rohr gehalten und was er danach gesagt hatte ... Vor Entsetzen wurden ihm die Knie weich. Sollte es die Wahrheit gewesen sein? War er schuld an allem? Hilflos wandte er sich noch einmal zu Arkadi Semjonowitsch um und öffnete den Mund – doch dann verließ er ohne ein Wort zu sagen den Raum.

In sein Zelt zurückgekehrt, setzte er sich auf den Boden und starrte einige Zeit ins Leere. Wer immer es gewesen war, der ihn für diese Mission ausgewählt hatte – er hatte ihn zugleich verflucht! Fast alle, die ihn ein Stück auf seinem Weg begleitet hatten, waren umgekommen: Bourbon, Michail Porfirjewitsch, dessen Enkel, Danila. Khan war spurlos verschwunden, und auch die Kämpfer der revolutionären Brigade hatten vielleicht schon ihr Leben gelassen. Jetzt Tretjak. Und der kleine Oleg? Brachte Artjom seinen Begleitern den Tod?

Ohne genau zu begreifen, was er tat, sprang Artjom auf, warf sich Rucksack und Gewehr über die Schultern, nahm die Taschenlampe und trat auf den Bahnsteig hinaus. Die Beine trugen ihn von selbst an jene Stelle, wo er in der letzten Nacht überfallen worden war. Als er näher kam, erstarrte er. Wie durch einen trüben Schleier blickten ihn tote, tief in den Augenhöhlen liegende Pupillen an. Er erinnerte sich an alles. Es war kein Traum gewesen ...

Er musste Oleg finden! Um jeden Preis musste er dem Kommandeur der Wache helfen, seinen Sohn wiederzubekommen. Es war seine Schuld, Artjoms Schuld, er hatte nicht auf den Jungen aufgepasst, hatte mit ihm dieses seltsame Spiel mit den Rohren gespielt, und nun war er hier, völlig unversehrt, und der Junge war verschwunden. Artjom war sich sicher, dass der Junge nicht von selbst weggelaufen war. Letzte Nacht war etwas Böses, etwas Unerklärliches passiert, und Artjom trug doppelt Schuld, denn er hätte es verhindern können, wäre er in einem anderen Zustand gewesen.

Er besah sich die Stelle, wo sich gestern der unheimliche Besucher im Schatten versteckt hatte. Ein Haufen Müll lag dort herum, und als er darin herumwühlte, schreckte Artjom nur eine streunende Katze auf. Vergebens suchte er den Bahnsteig ab, sprang schließlich auf die Gleise. Die Wachen am Eingang zum Tunnel musterten ihn träge und warnten ihn, dass die Strecke nur auf eigene Gefahr zu betreten sei.

Diesmal ging Artjom durch den zweiten Tunnel, parallel zu dem, den sie tags zuvor besichtigt hatten. Dieser war etwa auf gleicher Höhe verschüttet, und auch hier bewachten einige Männer das Ende. Eine Eisentonne diente als provisorischer Ofen, ringsum lagen mehrere Sandsäcke. Auf dem Gleis stand eine handbetriebene Draisine mit einigen Eimern voller Kohle darauf.

Die Wachleute unterhielten sich leise miteinander, und als Artjom näher kam, sprangen sie auf. Erst musterten sie ihn nervös, doch dann gab einer von ihnen Entwarnung, worauf sich die anderen ebenfalls beruhigten und wieder hinsetzten. Jetzt erkannte Artjom den Leiter des Postens: Es war Anton. Hastig murmelte er etwas Unzusammenhängendes, drehte sich um und ging zurück. Sein Gesicht brannte. Er konnte diesem Menschen, der durch seine Schuld den Sohn verloren hatte, unmöglich in die Augen sehen. Niedergeschlagen lief Artjom vor sich hin und flüsterte: »Ich habe damit nichts zu tun … Ich konnte doch nicht … Was hätte ich ausrichten können?« Der Lichtfleck der Taschenlampe hüpfte im Takt seiner Schritte vor ihm auf und ab.

Plötzlich bemerkte er einen kleinen Gegenstand, der verwaist im Schatten zwischen zwei Schwellen lag. Schon von Weitem kam er ihm bekannt vor, und sein Herz schlug heftiger. Er bückte sich und hob eine kleine Schachtel auf, aus der eine Kurbel herausragte. Als er daran drehte, erklang eine metallische, traurige Melodie. Olegs Spieluhr. Er musste sie hier fallen gelassen oder verloren haben.

Artjom ließ den Rucksack zu Boden gleiten und begann mit doppelter Aufmerksamkeit die Wände des Tunnels zu untersuchen. Nicht weit von hier befand sich eine Tür, doch dahinter entdeckte er nur eine komplett leer geräumte Toilette. Nach zwanzig weiteren Minuten hatte er noch immer nichts gefunden. Er kehrte zu seinem Rucksack zurück, sank auf den Boden, lehnte sich gegen die Wand und blickte entkräftet zur Decke …

Eine Sekunde später war er wieder auf den Beinen. Mit zitternden Fingern beleuchtete er einen schwarzen Spalt, der in der dunklen Betondecke gerade noch zu erkennen war. Es war der Spalt einer leicht geöffneten Luke, direkt über der Stelle, wo er Olegs Spieluhr gefunden hatte. Es war völlig ausgeschlossen, an die Luke heranzukommen: Die Decke war hier über drei Meter hoch.

Der Entschluss fiel augenblicklich. Artjom nahm die Schachtel in die Hand, ließ den Rucksack auf den Gleisen liegen und rannte zurück zu den Wachleuten. Nun fürchtete er sich nicht mehr davor, Anton in die Augen zu sehen.

Kurz bevor er das Tunnelende erreichte, verlangsamte er seinen Schritt, damit die Wachen nicht vor lauter Schreck auf ihn schossen. Er trat zu Anton und berichtete ihm flüsternd von seinem Fund. Kurz darauf bestiegen sie unter den fragenden Blicken der anderen die Draisine, legten sich auf die Hebel und fuhren los.

Sie hielten direkt unter der Luke an. Die Draisine war gerade hoch genug, dass Artjom von Antons Schultern aus die Klappe zurückschlagen und hineinklettern konnte. Dann half er dem anderen hinauf.

Der Gang war ziemlich eng und zu niedrig, um aufrecht zu

gehen. Er verlief parallel zum Tunnel. Artjom rätselte, aus welchem Grund er angelegt worden war. Als Abzug? Als Fluchtweg? Für die Ratten? Oder war er erst gegraben worden, nachdem man den Haupttunnel zum Einsturz gebracht hatte?

Obwohl der Gang in beide Richtungen verlief, nahm Anton gleich Kurs auf den *Park Pobedy*. Und schon nach wenigen Sekunden wurde klar, dass er sich nicht geirrt hatte: Auf dem Boden glänzte matt eine längliche Patronenhülse – eine von denen, die Melnik dem Jungen geschenkt hatte. Beflügelt von diesem Fund, ging Anton schneller.

Nach etwa zwanzig Metern endete der Gang abrupt, und im Boden wurde eine ebenfalls leicht geöffnete Luke sichtbar. Ohne zu zögern, ließ sich Anton hinab, und noch bevor Artjom irgendetwas einwenden konnte, war er schon verschwunden. Aus der Öffnung ertönte ein Poltern, dann ein Fluchen und schließlich eine gedämpfte Stimme: »Sei vorsichtig – das sind hier mindestens drei Meter. Warte, ich leuchte dir mit der Lampe.«

Artjom hielt sich mit den Händen am Rand fest und schaukelte mit den Beinen hin und her. Dann ließ er los – und kam zwischen den Schwellen auf. Er richtete sich auf, klopfte sich die Hände ab und fragte: »Und wie kommen wir wieder zurück?«

Anton winkte ab. »Wir denken uns schon was aus. Aber bist du sicher, dass du das gestern nicht geträumt hast?«

Artjom zuckte mit den Schultern. Auch wenn ihm das Genick noch immer schmerzte, erschien ihm der Gedanke, dass ihn an der *Kiewskaja* irgendein Untoter überfallen hatte, bei nüchternem Verstand völlig absurd.

»Wir gehen bis zum *Park Pobedy*«, beschloss Anton. »Wenn bei uns etwas Teuflisches im Gange ist, kann die Gefahr nur von dort kommen. Du müsstest es auch spüren – du kennst ja unsere Station.«

Artjom, der mit Anton Schritt zu halten versuchte, fragte: »Warum haben Sie gestern nichts davon gesagt?«

»Befehl von oben. Semjonowitsch will um jeden Preis eine Panik verhindern. Deswegen hat er uns verboten, Gerüchte zu verbreiten. Er fürchtet um sein Amt. Aber alles hat seine Grenzen. Ich rede ihm schon lange zu, dass er das nicht ewig geheim halten soll. Drei Kinder sind in den letzten zwei Monaten verschwunden, vier Familien von der Station geflohen. Dann hat einer von uns plötzlich diese Nadel im Hals. Aber Semjonowitsch sagt: Nein, wenn eine Panik ausbricht, verlieren wir die Kontrolle. Ein Feigling ist er!« Anton spuckte wütend aus.

»Und wer war das mit der Na…« Artjom blieb das Wort im Hals stecken. Abrupt stand er still, und auch Anton hielt an.

Verblüfft fragte der Wachmann: »Was ist das denn schon wieder? Hast du das schon mal gesehen?«

Artjom antwortete nicht. Er starrte auf den Boden und fuhr mit der Taschenlampe hin und her, um »das« näher zu betrachten.

Auf dem Boden prangte ein riesiges Bild, das jemand mit weißer Farbe grob über die Gleise, Schwellen und den Untergrund gemalt hatte: eine Wellenlinie, die an eine kriechende Schlange oder einen Wurm erinnerte, vielleicht vierzig Zentimeter breit und zwei Meter lang. Am einen Ende war eine Verdickung zu sehen, die wie ein Kopf wirkte und die Figur eher wie ein riesiges Reptil aussehen ließ.

»Eine Schlange«, sagte Artjom.

Anton versuchte ein Grinsen. »Oder vielleicht hat jemand nur Farbe verschüttet.«

»Nein. Dort ist der Kopf. Sie blickt in diese Richtung. Sie kriecht zum *Park Pobedy*.«

»Also haben wir dasselbe Ziel wie sie.«

Nach etwa hundert Metern bestätigte sich ihre Vermutung:

Mitten auf dem Gleisbett lagen drei weitere Patronenhülsen. Die Richtung stimmte also! Ermutigt gingen sie jetzt schneller voran.

»Was für ein Kerl, dieser Junge!«, bemerkte Anton stolz. »Dass er darauf gekommen ist, so eine Spur zu hinterlassen.«

Artjom nickte. Noch viel mehr beschäftigte ihn allerdings, wie es dem unbekannten Wesen gelungen war, den offenbar noch lebenden Jungen so lautlos mitzunehmen. War das, was er während seiner Ohnmacht gehört hatte, wirklich passiert? War Oleg freiwillig mit seinem geheimnisvollen Entführer mitgegangen? Warum und für wen hatte er dann seinen Weg markiert?

Artjom schwieg einige Minuten lang, und auch Anton sagte nichts. Nun, da sie einfach vorwärtsgingen, in der Dunkelheit die Schwellen abschritten, lösten sich alle Freude und Hoffnung nach und nach auf, und Artjom begann sich wieder unwohl zu fühlen. In dem Bemühen, seine Schuld vor dem Jungen und seinem Vater wiedergutzumachen, hatte er alle Warnungen, all die fürchterlichen, flüsternd erzählten Geschichten einfach in den Wind gestoßen. Auch die Anordnung des Stalkers, die *Kiewskaja* unter keinen Umständen zu verlassen, hatte er darüber vergessen. Und wenn Anton zum *Park Pobedy* drängte, weil er seinen Sohn suchte, so fragte sich Artjom, weshalb *er* eigentlich diese unheilvolle Station aufsuchen wollte? Wofür setzte er seine Sicherheit und sein wichtigstes Ziel aufs Spiel? Für einen Augenblick musste er an die seltsamen Alten von der *Poljanka* denken und daran, was sie über sein Schicksal gesagt hatten. Das half – ihm wurde wieder leichter ums Herz.

Seine heldenmutige Gesinnung jedoch hielt nur etwa zehn Minuten an. Bis zum nächsten Bild der Schlange.

Diese Zeichnung war doppelt so groß wie die erste, was offenbar bedeutete, dass sie noch immer in die richtige Richtung gingen und sich ihrem Ziel näherten. Aber Artjom war sich nicht sicher, ob er sich darüber freuen sollte.

Der Tunnel schien endlos lang zu sein. Artjom schätzte, dass sie seit mindestens zwei Stunden unterwegs waren. Obwohl er sich auch irren konnte: Anton wurde immer schweigsamer, und in der Dunkelheit und Stille schienen die Minuten doppelt so langsam dahinzukriechen wie sonst.

Die dritte Schlange, mindestens zehn Meter lang, markierte zugleich eine akustische Grenze. Anton verharrte reglos, ein Ohr in den Tunnel gewandt, und auch Artjom horchte. Von weit hinten drangen seltsame, stoßartige Laute heran. Erst erkannte er sie nicht, doch dann begriff er: Es war ein Singen, von dumpfen Trommelschlägen begleitet – ganz ähnlich jenem, das Artjom durch das Rohr vernommen hatte.

Anton nickte. »Es ist nicht mehr weit.«

Plötzlich jedoch verwandelte sich die Zeit, die ohnehin sehr langsam dahingeflossen war, in ein zähes Gelee und stockte fast. Als Artjom seinen Begleiter anblickte, wurde ihm mit erschreckender Deutlichkeit klar, dass dieser noch immer nickte – oder besser: sein Kopf zuckte krampfhaft. Und er stellte mit Verwunderung fest, dass Antons Kinn nicht mehr in die Ausgangsposition zurückkehrte. Dann, als Anton sanft wie eine komische Stoffpuppe zur Seite kippte, glaubte Artjom, er würde ihn auffangen können, doch ein leichter Stich in der Schulter hinderte ihn daran. Verblüfft musterte Artjom die schmerzende Stelle und sah, dass eine gefederte Nadel in seiner Jacke steckte. Sie wieder herauszuziehen – was er eigentlich vorgehabt hatte – ging nicht: Sein ganzer Körper war zu Stein erstarrt. Die Knie bogen sich unter der Schwere seines Rumpfs, und Artjom fiel unsanft zu Boden. Sein Bewusstsein blieb dabei nahezu ungetrübt, auch das Gehör und den Sehsinn hatte die Nadel verschont, nur das Atmen fiel ihm schwerer, aber das machte nichts, denn viel Luft brauchte er nicht mehr: Seine Gliedmaßen waren völlig unbeweglich.

Neben sich hörte er schnelle, leichte Schritte. Das Wesen, das sich da näherte, konnte kein Mensch sein, denn menschliche Schritte hatte Artjom auf dem Posten bei der *WDNCh* von anderen zu unterscheiden gelernt: Das waren paarweise, schwere Schritte, oft in Kombination mit der polternden Sohle von Ersatzlederstiefeln, dem am meisten verbreiteten Schuhwerk der Metro.

Noch immer sah er nur einen Teil der Schwellen und der zur *Kiewskaja* führenden Gleise. Ein scharfer, unangenehmer Geruch fuhr ihm in die Nase.

»Ein, zwei. Fremde, liegen da«, sagte jemand über ihm.

»Guter Schuss, weit. Hals, Schulter«, bemerkte ein anderer.

Es waren merkwürdige Stimmen, ohne Melodie und blass. Artjom erinnerten sie eher an das monotone Pfeifen des Windes in den Tunneln. Doch sie gehörten Menschen, daran bestand kein Zweifel.

Der Erste fuhr fort: »Ja, guter Schuss. So will Großer Wurm.«

»Ja. Ein du, zwei ich, tragen Fremde heim.«

Mit einem Schlag änderte sich das Bild vor Artjoms Augen – jemand hob ihn ruckartig auf. Einen Augenblick lang tauchte ein Gesicht vor ihm auf: schmal, mit dunklen, tief liegenden Augenhöhlen. Dann erloschen die beiden Taschenlampen, und es wurde stockfinster. Aus der Tatsache, dass ihm das Blut zu Kopf stieg, folgerte Artjom, dass man ihn wie einen Sack geschultert hatte und nun fortschleppte.

Das seltsame Gespräch lief unterdessen weiter, auch wenn die Sätze jetzt von angestrengtem Keuchen unterbrochen wurden.

»Taubnadel, nicht Giftnadel. Warum?«

»Chef befiehlt. Priester befiehlt. Großer Wurm will so. Fleisch hält besser.«

»Du klug. Du und Priester Freunde. Priester lehrt.«

»Ja.«

»Ein, zwei, Feinde kommen. Riecht nach Pulver, Feuer. Schlechter Feind. Wie ist gekommen?«

»Weiß nicht. Chef und Wartan machen Verhör. Ich, du fangen. Gut, Großer Wurm freut. Ich, du nehmen Belohnung.«

»Ist viel? Stiefel? Jacke?«

»Ist viel. Jacke, Stiefel nein.«

»Ich jung. Fange Feinde. Gut. Ist viel. Be-loh-nung … Ich froh.«

»Heute guter Tag. Wartan bringt neues Kleines. Ich, du fangen Feinde. Großer Wurm freut, Menschen singen. Feiern.«

»Feiern. Ich froh. Tanzen? Wodka? Ich tanze Natascha.«

»Natascha und Chef tanzen. Du nein.«

»Ich jung, stark. Chef viele Jahre. Natascha jung. Ich fange Feinde, mutig, gut. Natascha, ich tanzen.«

In der Nähe waren nun neue Stimmen zu hören, und der Streit brach ab. Artjom erriet, dass sie an der Station angekommen waren. Hier war es fast genauso dunkel wie in den Tunneln – auf der gesamten Station brannte nur ein kleines Feuer. Dort, unweit der Flammen, wurde er achtlos zu Boden geworfen. Stählerne Finger packten sein Kinn und drehten sein Gesicht nach oben.

Die Menschen, die um ihn herumstanden, sahen extrem merkwürdig aus: Sie waren fast völlig nackt, ihre Schädel waren kahl rasiert, und doch schienen sie überhaupt nicht zu frieren. Auf ihre Stirn hatten sie sich die gleiche Wellenlinie gemalt, die Anton und er im Tunnel gesehen hatten. Sie waren kleinwüchsig und machten keinen besonders gesunden Eindruck, doch trotz ihrer eingefallenen Wangen und der erdfarbenen Haut strahlten sie eine ungeheure Kraft aus. Artjom musste daran denken, mit welcher Mühe Melnik den verletzten Nummer zehn getragen hatte. Wie schnell hatten diese Wesen sie im Vergleich dazu zur Station gebracht!

Fast alle trugen ein langes, schmales Rohr bei sich. Als Artjom genauer hinsah, begriff er: Es waren Plastikrohre, wie man sie zur Verlegung und Isolation von elektrischen Kabelbäumen benutzte. Von den Gürteln der Leute hingen riesige Bajonette herab, wie Artjom sie von älteren Kalaschnikows kannte.

All diese merkwürdigen Gestalten waren etwa gleich alt, keiner von ihnen über dreißig.

Eine Zeit lang betrachteten sie die Gefangenen schweigend, dann sagte einer von ihnen, der Einzige, dessen Schlangenlinie rot war und der einen Bart trug: »Gut. Ich froh. Feinde von Großer Wurm. Maschinenmenschen. Böse Menschen, zartes Fleisch. Großer Wurm zufrieden. Scharap, Wowan mutig. Ich bringe Maschinenmenschen in Kerker, mache Verhör. Morgen Feier. Alle guten Menschen essen Feinde. Wowan, welche Nadel? Taubnadel?«

»Ja, Taubnadel«, bestätigte ein sehniger Mann mit einer blauen Linie auf der Stirn.

»Taubnadel gut«, lobte der Bärtige. »Fleisch geht nicht kaputt. Wowan, Scharap, nimm Feinde, bringt mit mir in Kerker.«

Wieder verwischte das Bild, und das Licht begann sich zu entfernen. Neue Stimmen waren zu hören, jemand äußerte mit unartikulierten Lauten seine Begeisterung, ein anderer heulte mitleiderregend, und dann ertönte wieder jenes Singen, tief, kaum wahrnehmbar, bedrohlich. Es klang tatsächlich wie der Gesang von Untoten, und Artjom musste an die Gerüchte denken, die sich um den *Park Pobedy* rankten … Dann legte man ihn wieder ab, neben ihm schlug Anton auf, und bald darauf verlor er das Bewusstsein.

Etwas stieß ihn an, redete auf ihn ein, endlich aufzustehen. Er streckte sich, schaltete die Taschenlampe an, deckte sie mit einer Hand ab, damit das Licht die verschlafenen Augen nicht blendete, blickte sich in dem Zelt um – wo war sein Gewehr? – und trat dann hinaus. Er hatte sich so sehr nach seinem Zuhause gesehnt, dass er sich jetzt, da er wieder an der *WDNCh* war, überhaupt nicht darüber freuen konnte.

Die Decke war völlig verrußt, die Zelte von Kugeln durchsiebt und verlassen, und schwerer Brandgeruch hing in der Luft. Hier war etwas Furchtbares geschehen – die Station unterschied sich auf erschreckende Weise von dem Bild, an das er sich erinnerte. In der Ferne, wahrscheinlich in dem Übergang am anderen Ende der Plattform, schrie jemand wie am Spieß.

Das spärliche Licht der beiden Notlampen drang nur mühsam durch die trägen Rauchschwaden. Es war niemand zu sehen außer einem kleinen Mädchen, das neben einem Zelt auf dem Boden spielte. Artjom wollte es fragen, was hier geschehen war, wohin die anderen verschwunden waren, doch als es ihn erblickte, begann es laut zu weinen, und so ließ er es in Ruhe.

Die Tunnel. Die Tunnel von der *WDNCh* zum Botanischen Garten. Wenn die Bewohner seiner Station irgendwohin gegangen waren, so nur dorthin, diesem verfluchten Ort entgegen. Andere wären ins Zentrum geflohen, zur Hanse, doch seine Leute hätten ihn und das kleine Mädchen niemals zurückgelassen.

Artjom sprang auf die Gleise und lief auf die schwarze Öffnung zu. Keine Waffe, ohne Waffe ist es gefährlich, dachte er. Doch er hatte nichts zu verlieren, und außerdem musste er die Lage erkunden. Vielleicht hatten die Schwarzen die Verteidigung durchbrochen. Dann lag alle Hoffnung auf ihm – er musste die Wahrheit in Erfahrung bringen und die südlichen Verbündeten informieren.

Die Dunkelheit brach schlagartig über ihn herein, und mit ihr die Angst. Artjom konnte überhaupt nichts sehen, doch dafür drang etwas an sein Ohr: ein widerliches Schmatzen. Erneut bedauerte Artjom, dass er unbewaffnet war, doch nun war es zu spät, zurückzuweichen.

Aus der Ferne näherten sich Schritte. Sie kamen ihm entgegen, wenn er vorwärts ging, und verharrten, wenn er stehen blieb. Das war ihm schon einmal passiert, wann, wusste er nicht mehr. Mit zunehmendem Entsetzen ging er diesem unsichtbaren und unbekannten Feind entgegen. War es denn ein Feind? Seine Knie zitterten derart, dass er nur langsam vorwärtskam. Die Zeit stand auf der Seite des Schreckens. Kalter Schweiß rann über seine Schläfen. Mit jeder Sekunde wurde ihm unheimlicher zumute.

Schließlich, als sich die Schritte bis auf vielleicht drei Meter genähert hatten, hielt er es nicht mehr aus. Stolpernd, fallend, sich wieder aufrappelnd, hetzte er zurück Richtung Station. Doch als er zum dritten Mal fiel, versagten ihm die geschwächten Beine den Dienst, und er begriff, dass der Tod unausweichlich war …

»… Alles auf dieser Welt ist vom Großen Wurm erschaffen. Einst war die Welt ganz aus Stein, und es gab darin nichts als Stein. Es gab keine Luft, kein Wasser, kein Licht und kein Feuer. Es gab keine Menschen und keine Tiere. Nur toten Stein. Doch dann ließ sich der Große Wurm darin nieder.«

»Aber woher Großer Wurm? Woher kommt? Wer ihn geboren?«

»Unterbrich nicht. Der Große Wurm war immer. Er ließ sich in der Mitte der Welt nieder und sagte: Diese Welt wird mein sein. Sie ist aus hartem Stein, aber ich werde meine Gänge durch sie hindurchnagen. Sie ist kalt, aber ich werde sie mit dem Feuer meines Körpers wärmen. Sie ist dunkel, aber ich werde sie mit dem Licht meiner Augen erhellen. Sie ist tot, aber ich werde sie mit all meinen Geschöpfen besiedeln.«

»Wer Geschöpfe? Was?«

»Die Geschöpfe sind die Tiere, die der Große Wurm aus seinem Leib hervorgebracht hat. Du und ich, wir alle sind seine Geschöpfe. Und dann sagte der Große Wurm: Alles wird so, wie ich gesagt habe, denn diese Welt ist von nun an mein. Und er begann, Gänge zu nagen durch den harten Stein, und der Stein wurde weich in seinem Schoß, Speichel und Saft des Großen Wurms tränkten ihn, und der Stein wurde lebend und begann Pilze hervorzubringen. Und der Große Wurm nagte durch den Stein und ließ ihn durch sich hindurch und tat so Tausende von Jahren, bis seine Gänge durch die ganze Erde gingen.«

»Tausend was? Ein, zwei, drei? Wie viel Tausend?«

»Du hast zehn Finger an den Händen. Und Scharap hat auch zehn – ach nein, er hat zwölf, das geht nicht. Dann eben Grom, er hat auch zehn. Wenn wir dich, Grom und noch so viele Menschen nehmen, dass ihr so viele seid, wie du Finger an den Händen hast, so ist das zehn mal zehn, also hundert. Und tausend, das ist zehn mal hundert.«

»Viel Finger. Kann nicht zählen.«

»Macht nichts. Jedenfalls, als auf der Erde die Gänge des Großen Wurms entstanden waren, war seine erste Arbeit getan. Da sagte er: Siehe, ich habe tausend mal tausend Gänge in den harten Stein genagt, und der Stein ist zu Krumen zerfallen. Und der Krumen ging durch meinen Leib, und er tränkte sich mit dem Saft meines Lebens und wurde selbst lebend. Früher war alles in der Welt aus Stein, doch nun ist leerer Raum entstanden. Nun gibt es Platz für meine Kinder, die ich gebäre. Und aus seinem Schoß kamen die ersten Geschöpfe, an deren Namen sich heute keiner mehr erinnert. Sie waren groß und stark, und sie glichen dem Großen Wurm. Und der Große Wurm liebte sie. Doch hatten sie nichts zu trinken, denn es gab kein Wasser in der Welt, und sie kamen um vor Durst. Und da trauerte der Große Wurm.

Bis dahin war ihm die Trauer unbekannt gewesen, denn es war niemand da gewesen, den er hätte lieben können, und auch die Einsamkeit hatte er noch nicht erfahren. Doch als er neues Leben geschaffen hatte, hatte er es lieben gelernt, und es fiel ihm schwer, sich davon zu trennen. Und da weinte der Große Wurm, und seine Tränen erfüllten die Welt. So entstand das Wasser. Und er sagte: Nun gibt es Platz, um darin zu leben, und Wasser, um es zu trinken. Und die Erde, getränkt mit dem Saft meines Leibes, lebt und wird Pilze hervorbringen. Nun werde ich meine Kinder gebären. Sie werden in den Gängen leben, die ich genagt habe, und meine Tränen trinken und die Pilze essen, die durch den Saft meines Schoßes gewachsen sind. Doch er fürchtete sich, wieder so riesige Geschöpfe zu gebären nach seinem Abbild, denn für sie wären nicht genug Platz und Wasser und Pilze da gewesen. So schuf er zuerst die Flöhe, dann die Ratten, dann die Katzen, dann die Hühner, dann die Hunde, dann die Schweine und schließlich den Menschen. Doch es kam nicht so, wie er geplant hatte: Die Flöhe tranken Blut, die Katzen fraßen die Ratten, die Hunde rissen die Katzen, und der Mensch tötete sie alle und aß sie. Und als der Mensch zum ersten Mal einen anderen Menschen tötete und aß, begriff der Große Wurm, dass seine Kinder seiner nicht würdig waren, und weinte. Und jedes Mal, wenn ein Mensch einen anderen Menschen isst, weint der Große Wurm, und seine Tränen fließen durch seine Gänge und überschwemmen sie.«

»Mensch gut. Fleisch schmeckt. Süß. Aber essen darf nur Feinde. Ich weiß.«

Artjom ballte die Finger zu einer Faust und streckte sie wieder. Seine Hände waren hinter dem Rücken mit einem Stück Draht gefesselt und stark angeschwollen, doch wenigstens gehorchten sie ihm wieder. Auch die Tatsache, dass sein ganzer Körper schmerzte, war ein gutes Zeichen – die Lähmung durch die giftige Nadel war offenbar nur vorübergehend gewesen. In seinem Kopf kreiste der absurde Gedanke, dass er im Gegensatz zu dem unbekannten Erzähler keine Ahnung hatte, woher die Hühner in die Metro gekommen waren. Wahrscheinlich hatten sie irgendwelche Händler von einem Markt mitgenommen. Dass die Schweine von der *WDNCh* kamen, wusste er, aber die Hühner …

Er versuchte sich umzusehen, doch ringsum herrschte absolute, tiefschwarze Düsternis. Aber es war jemand da, nicht weit von ihm. Schon vor einer halben Stunde war Artjom zu sich gekommen und hatte mit angehaltenem Atem der seltsamen Unterredung gelauscht. Allmählich dämmerte ihm, wo er sich befand.

»Bewegt sich, ich höre«, ertönte die heisere Stimme. »Hole Chef. Chef macht Verhör.«

Etwas schlurfte davon und war nicht mehr zu hören. Artjom versuchte die Beine zu bewegen. Auch sie waren mit Draht zusammengebunden. Dann wollte er sich auf die andere Seite rollen und stieß dabei gegen etwas Weiches. Ein langes, schmerzerfülltes Stöhnen folgte.

»Anton, bist du das?«, flüsterte Artjom.

Keine Antwort.

»Aha … Die Feinde des Großen Wurms sind erwacht …«, erklang eine spöttische Stimme aus der Dunkelheit. »Ihr werdet euch noch wünschen, dass ihr nicht wieder zu euch gekommen wärt.«

Es war diese brüchige, kluge Stimme, die in der letzten halben Stunde ohne Hast vom Großen Wurm und der Erschaffung des Lebens erzählt hatte. Ihr Besitzer unterschied sich merklich von den anderen Bewohnern dieser Station: Anstelle von primitiven, abgehackten Phrasen verwendete er gewöhnliche, manchmal etwas gewundene Sätze, und seine Stimme klang wie die eines gewöhnlichen Menschen, nicht so wie bei den anderen.

»Wer sind Sie? Lassen Sie uns frei!«, krächzte Artjom. Noch konnte er seine Zunge nur mit Mühe bewegen.

»Ja, ja«, erwiderte die Stimme gleichgültig. »Das sagen sie alle. Nun, leider ist eure Reise hier zu Ende. Sie werden euch foltern und braten. Was soll man da machen? Es sind Wilde.«

»Sind Sie auch Gefangener?«

»Wir alle sind Gefangene. Und euch werden sie heute befreien.« Der Unsichtbare kicherte.

Anton stöhnte wieder, begann sich auf dem Boden hin und her zu wälzen, lallte irgendetwas, kam jedoch nicht zu Bewusstsein.

»Warum sitzen wir eigentlich im Dunkeln? Wie die Höhlenmenschen!«, sagte die Stimme.

Ein Feuerzeug zischte auf, und eine kleine Flamme beleuchtete das Gesicht des Sprechers: einen langen grauen Bart, schmutzige, wirre Haare, graue, spöttische Augen in einem Gewirr von Falten. Der Mann war mindestens sechzig Jahre alt. Er saß auf einem Stuhl auf der anderen Seite eines Eisengitters, das den Raum in zwei Hälften teilte. An der *WDNCh* gab es auch so einen Raum, der als Gefängniszelle diente – sie hatten ihm den Namen »Affenkäfig« gegeben, obwohl Artjom Affen nur von Biologielehrbüchern und Kinderbüchern her kannte.

»Ich kann mich einfach nicht an diese teuflische Finsternis gewöhnen«, beschwerte sich der Alte und bedeckte die Augen. »Deshalb muss ich jedes Mal diesen Mist hier verwenden … Also, warum habt ihr euch hier reingeschlichen? Ist auf der anderen Seite etwa kein Platz mehr?«

»Hören Sie«, sagte Artjom. »Sie sind doch frei … Lassen Sie uns raus. Solange diese Menschenfresser noch nicht zurück sind! Sie sind doch ein normaler Mensch.«

»Natürlich kann ich das«, erwiderte der Mann. »Und natürlich werde ich es nicht tun. Mit den Feinden des Großen Wurms machen wir keine Geschäfte.«

»Was denn für ein Großer Wurm? Wovon sprechen Sie überhaupt? Ich höre zum ersten Mal davon – wie soll ich da sein Feind sein?«

»Es spielt keine Rolle, ob ihr von ihm gehört habt oder nicht. Ihr seid von der anderen Seite gekommen, von dort, wo seine Feinde leben. Das heißt, ihr könnt nur Kundschafter sein.« Die spöttische Intonation des Alten war stählerner Härte gewichen. »Ihr habt Feuerwaffen und Taschenlampen! Teuflische mechanische Spielzeuge! Maschinen zum Töten! Welchen Beweis braucht es noch, um zu begreifen, dass ihr auf dem falschen Weg seid, dass ihr die Feinde des Lebens seid, die Feinde des Großen Wurms?« Er sprang von seinem Stuhl auf und trat an das Gitter. »Ihr und euresgleichen seid an allem schuld!« Er löschte das überhitzte Feuerzeug, und in der Dunkelheit hörte man, wie er auf seine verbrannten Finger blies.

Dann ertönten neue, zischende und furchterregende Stimmen. Artjom wurde mulmig. Er musste an Tretjak denken, der von einer vergifteten Nadel getötet worden war. »Bitte«, flüsterte er inständig. »Solange es noch nicht zu spät ist! Was bringt Ihnen denn das?«

Der Alte antwortete nicht.

Nach einer Minute füllte sich der Raum mit Geräuschen: Nackte Füße tappten über den Beton, jemand atmete heiser, ein anderer sog pfeifend Luft durch die Nase ein. Obwohl Artjom nichts sehen konnte, spürte er, dass es mehrere waren und dass sie ihn alle aufmerksam betrachteten, ihn musterten, beschnüffelten, belauschten.

»Feuermenschen«, zischte eine Stimme. »Riecht Pulver, riecht Angst. Ein riecht wie Station von anderer Seite. Zwei fremd. Ein, zwei Feinde.«

»Soll Wartan machen«, ordnete eine andere Stimme an.

»Mach Feuer«, verlangte jemand.

Erneut flammte das Feuerzeug auf.

In dem Raum standen außer dem Alten, in dessen Hand die Flamme loderte, drei kahl rasierte Wilde. Sie hielten sich die Hände vor die Augen. Einen von ihnen, den sehnigen Mann mit Bart, erkannte Artjom wieder. Auch der zweite kam ihm merkwürdig bekannt vor. Er blickte Artjom direkt in die Augen, machte einen Schritt nach vorne und stand nun ganz nah am Gitter. Er roch anders als die anderen: Ein kaum wahrnehmbarer Verwesungsgeruch ging von ihm aus. Seine Augen hielten Artjom gefangen – wie zwei tosende Strudel ließen sie die ganze Welt kreisen, sogen sie in sich hinein. Artjom zuckte zusammen. Jetzt wusste er, wann er dieses Gesicht gesehen hatte. Es war jene Kreatur gewesen, die ihn in der Nacht an der *Kiewskaja* überfallen hatte.

Wieder fühlte er sich seltsam gelähmt, doch diesmal war nicht sein Körper, sondern sein Verstand außer Gefecht gesetzt. Seine Gedanken bewegten sich nicht mehr, und er erstarrte. Er hatte jenem Wesen, das nur äußerlich einem Menschen ähnelte und ihn mit seinen Augen verschlang, bereitwillig den Zugang zu seinem Bewusstsein ermöglicht.

»Durch die Luke …«, antwortete Artjom gehorsam auf die Fragen, die in seinem Kopf auftauchten. »Die Luke war offen … Wir wollten den Jungen holen. Antons Sohn. Den sie nachts entführt hatten. Ich bin an allem schuld, ich habe ihm erlaubt, eurer Musik zuzuhören, durch das Rohr … Ich bin von einer Draisine aus hineingeklettert … Wir haben es niemandem sonst gesagt … Wir waren zu zweit … Wir haben sie nicht zugemacht …«

Sich zu widersetzen oder etwas vor dieser lautlosen Stimme, die seinen Bericht einforderte, zu verbergen war völlig unmöglich. Nach einer Minute hatte die Kreatur alles von Artjom erfahren, was sie interessierte. Sie nickte und trat zurück. Das Feuer erlosch. So wie das Gefühl allmählich wieder in seine geschwollenen Hände zurückgekehrt war, spürte Artjom, wie er langsam wieder die Kontrolle über sich selbst erlangte.

»Wowan, Kulak zurück in Tunnel. Schließt Tür«, befahl eine der Stimmen, vermutlich die des bärtigen Kommandeurs. »Feinde bleiben hier. Dron bewacht Feinde. Morgen Feier, Menschen essen Feinde, beten zu Großer Wurm.«

»Was habt ihr mit Oleg gemacht? Was ist mit dem Kind?«, krächzte Artjom ihnen hinterher.

Es gab einen lauten Knall. Die Tür war zugeschlagen.

# 17
# Die Kinder des Wurms

Einige Minuten vergingen in völliger Stille. Artjom vermutete, dass man sie allein gelassen hatte, und begann sich erneut zu bewegen, um sich wenigstens aufzusetzen. Beine und Arme waren so fest zusammengebunden, dass sie angeschwollen waren und schmerzten … Sein Stiefvater hatte ihm einmal erklärt, wenn man einen Druckverband oder einen Schlauch zu lange anlegte, begänne das Gewebe abzusterben. Doch was machte das jetzt noch für einen Unterschied?

»Feind, lieg still!«, hörte er plötzlich eine Stimme. »Dron spuckt Taubnadel!«

Artjom erstarrte. »Nein, bitte nicht!« Eine Hoffnung keimte in ihm auf. Vielleicht konnte er ein Gespräch mit seinem Bewacher beginnen und ihn dazu bringen, ihnen hier rauszuhelfen. Doch worüber konnte er mit einem Wilden sprechen, der vermutlich kaum die Hälfte seiner Worte verstand? Artjom fragte das Erstbeste, was ihm in den Kopf kam. »Wer ist das, der Große Wurm?«

»Großer Wurm macht Erde. Macht Welt, macht Menschen. Großer Wurm ist alles. Ist Leben. Feinde von Großer Wurm, Maschinenmenschen sind Tod.«

»Ich habe noch nie von ihm gehört«, sagte Artjom vorsichtig. »Wo lebt er?«

»Großer Wurm lebt hier. Nebendran. Um uns. Gräbt alle Gänge. Mensch sagt später, dass er gräbt. Nein. Großer Wurm. Gibt Leben, nimmt Leben. Gräbt neue Gänge, Menschen leben drin. Gute Menschen beten zu Großer Wurm. Feinde wollen Großer Wurm töten. Priester sagen.«

»Wer sind die Priester?«

»Alte Menschen, mit Haaren auf Kopf. Nur sie können. Sie wissen, hören Wünsche von Großer Wurm, sagen Menschen. Gute Menschen machen so. Schlechte Menschen gehorchen nicht. Schlechte Menschen Feinde, gute Menschen sie essen.«

Artjom dachte an das Gespräch, das er vorhin mitgehört hatte, und begann zu begreifen: Offenbar war der alte Mann, der die Legende vom Großen Wurm erzählt hatte, einer dieser Priester. Er versuchte, so zu formulieren, das ihn der andere verstand. »Priester sagt: Man darf Menschen nicht essen. Er sagt, Großer Wurm weint, wenn ein Mensch den anderen isst. Menschen zu essen ist gegen den Willen des Großen Wurms. Wenn wir hierbleiben, werden wir gegessen. Der Große Wurm wird trauern und weinen.«

»Natürlich wird der Große Wurm weinen«, erklang eine spöttische Stimme aus der Dunkelheit. »Aber mit Gefühlen lässt sich der nötige Eiweißanteil in der Nahrung eben nicht ersetzen.«

Der da sprach, war der Alte von vorhin. Artjom hatte die Stimme sofort wiedererkannt. Hatte sich jener schon die ganze Zeit im Raum befunden, oder war er eben erst unbemerkt wieder hereingeschlichen? Wie auch immer: Auf eine Flucht konnte Artjom nun nicht mehr hoffen.

Und dann kam ihm ein Gedanke, der ihn frösteln ließ. Zum Glück war Anton noch nicht aufgewacht … Dieser Gedanke war so grauenvoll, dass Artjom mit weit aufgerissenen Augen in die Dunkelheit starrte und tonlos fragte: »Und das Kind? Die Kinder, die ihr stehlt? Esst ihr sie auch? Den Jungen? Oleg?«

»Kleine essen wir nicht«, erwiderte der Wilde. »Kleine können nicht böse sein. Können nicht Feinde sein. Kleine wir holen und erklären, wie sollen leben. Erzählen von Großer Wurm. Lehren, wie Großer Wurm anbeten.«

»Sehr gut, Dron«, lobte der Priester und erklärte: »Mein Lieblingsschüler.«

»Was ist mit dem Jungen passiert, den ihr letzte Nacht entführt habt? Wo ist er? Es war dieses Monster, das ihn fortgeschafft hat, das weiß ich.«

»Monster?«, explodierte der Alte. »Wer hat diese Monster denn hervorgebracht? Wer hat all diese stummen, dreiäugigen, armlosen, sechsfingrigen, totgeborenen und fortpflanzungsunfähigen Wesen überhaupt erst erzeugt? Wer hat sie verunstaltet, ihnen das Paradies versprochen und sie dann in den Blinddarm dieser verfluchten Stadt verdammt, damit sie darin verrecken? Wer ist an alldem schuld, und wer ist nach alldem das wahre Monster?«

Artjom schwieg. Auch der Alte sagte nichts mehr. Schwer atmend, versuchte er sich zu beruhigen.

In diesem Augenblick kam Anton endlich wieder zu sich. »Wo ist er?«, flüsterte er heiser, dann steigerte er sich langsam zu lautem Schreien. »Wo ist mein Sohn? Wo ist mein Sohn? Gebt mir meinen Sohn!« Er versuchte sich zu befreien, begann auf dem Boden hin und her zu rollen. Dabei stieß er mal gegen die Gitterstäbe, mal gegen die Betonwand.

»Ein Tobsuchtsanfall«, kommentierte der Alte, jetzt wieder auf die bekannte spöttische Weise. »Dron, stell ihn ruhig.«

Ein seltsames Geräusch war zu hören, wie wenn jemand hustete oder kräftig ausspuckte. Etwas pfiff kurz durch die Luft, und nach wenigen Sekunden war Anton wieder still.

»Sehr aufschlussreich«, sagte der Priester. »Ich werde den Jungen herbringen, er soll seinen Vater noch einmal sehen und sich von ihm verabschieden. Übrigens ein ordentlicher Kerl, der Bengel, da kann sein Vater stolz sein. Wie der sich gegen die Hypnose wehrt …« Er entfernte sich mit schlurfenden Schritten, dann öffnete sich quietschend die Tür.

»Keine Angst«, sagte ihr Bewacher kurz darauf überraschend sanft. »Gute Menschen töten nicht, essen nicht Kinder von Feinde. Kleine nicht sündig. Kann man beibringen gut zu leben. Großer Wurm verzeiht kleine Feinde.«

»Um Himmels willen, was denn für ein Großer Wurm? Das ist doch völlig absurd! Schlimmer als Sektierer und Satanisten zusammen! Wie könnt ihr daran nur glauben? Hat ihn jemand von euch vielleicht gesehen, den Großen Wurm? Hast du ihn etwa gesehen?« Artjom versuchte, diese Tirade möglichst sarkastisch klingen zu lassen, doch mit gefesselten Händen und am Boden liegend gelang ihm das nicht besonders überzeugend. Und wie damals, als er bei den Faschisten auf seine Hinrichtung gewartet hatte, wurde ihm sein Schicksal immer gleichgültiger. Er legte den Kopf auf den kalten Boden und schloss die Augen. Eine Antwort erwartete er nicht.

»Großer Wurm darf nicht anschauen. Verbot!«, sagte der Wilde heftig.

»Das ist doch unmöglich. Es gibt keinen Wurm! Die Tunnel wurden von Menschen gemacht. Sie sind alle auf Karten verzeichnet. Es gibt sogar einen kreisrunden, dort wo die Hanse ist, das können nur Menschen bauen. Aber du weißt ja wahrscheinlich gar nicht, was eine Karte ist …«

»Ich weiß. Ich lerne von Priester, er zeigt. Auf Karte viele Gänge nicht. Großer Wurm hat neue Gänge gemacht, auf Karte nicht. Sogar hier, bei uns gibt neue Gänge, heilige Gänge, auf Karte nicht. Maschinenmenschen machen Karten, denken, selber Gänge graben. Dumm, stolz. Wissen nichts. Dafür bestraft Großer Wurm.«

»Wofür?«

»Für Ho...« – der Wilde namens Dron suchte nach dem Wort – »... Hochmut.«

»Für ihren Hochmut«, bekräftigte die Stimme des Priesters. »Der Große Wurm hat den Menschen als Letzten erschaffen, und der Mensch war sein Lieblingskind. Denn den anderen Geschöpfen hatte er keinen Verstand gegeben, dem Menschen dagegen schon. Er wusste, dass der Verstand ein gefährliches Spielzeug war, und deshalb befahl er dem Menschen: Lebe im Frieden mit dir selbst, im Frieden mit der Erde, im Frieden mit allen Geschöpfen, und bete mich an. Sodann zog sich der Große Wurm tief ins Innere der Erde zurück, doch zuvor sagte er: Es wird der Tag kommen, an dem ich zurückkehre, tu so, als wäre ich neben dir. Und die Menschen gehorchten ihrem Schöpfer und lebten in Frieden mit der Erde, die er geschaffen hatte, und in Frieden miteinander und in Frieden mit den anderen Geschöpfen, und sie beteten den Großen Wurm an. Und sie gebaren Kinder, und ihre Kinder gebaren Kinder, und von Vater zu Sohn, von Mutter zu Tochter gaben sie die Worte des Großen Wurms weiter. Doch es starben jene, die mit eigenen Ohren seinen Auftrag gehört hatten, und ihre Kinder starben, es zogen viele Generationen vorüber, und der Große Wurm kam nicht zurück. Da begannen die Menschen einer nach dem anderen die Gebote des Großen Wurms zu missachten und taten, wie sie wollten. Und es erschienen jene, die sagten: Der Große Wurm war niemals und ist auch jetzt nicht. Und die anderen warteten darauf, dass der Große Wurm zurückkehrt und sie bestraft. Dass er sie mit dem Licht seiner Augen versengt, ihre Körper auffrisst und die Gänge, in denen sie leben, zum Einsturz bringt. Doch der große Wurm kehrte nicht zurück, sondern weinte nur über die Menschen. Und seine Tränen stiegen aus der Tiefe auf und überschwemmten die unteren Gänge. Doch da sprachen jene, die sich von ihrem Schöpfer losgesagt hatten: Uns hat niemand erschaffen, wir waren schon immer da, wunderschön und mächtig ist der Mensch, er kann unmöglich von einem Erdwurm erschaffen worden sein. Und sie sprachen: Die ganze Erde ist unser, sie war unser und wird unser sein, und die Gänge darin hat nicht der Große Wurm gemacht, sondern wir und unsere Vorfahren. Und sie entzündeten das Feuer und begannen die Geschöpfe zu töten, die der Große Wurm erschaffen hatte, und sprachen: Das ganze Leben ringsum ist unser, und alles hier dient nur dazu, unseren Hunger zu stillen. Und sie schufen Maschinen, um schneller töten zu können, um den Tod zu säen, um das Leben, das der Große Wurm erschaffen hatte, zu zerstören und die Welt sich untertan zu machen. Doch noch immer erhob er sich nicht aus den Tiefen, in die er sich zurückgezogen hatte. Und sie lachten und brachen weiter seine Gebote. Um ihn zu erniedrigen, beschlossen sie, solche Maschinen zu bauen, die sein Angesicht widerspiegeln sollten. Und sie schufen solche Maschinen und betraten ihr Inneres und sagten lachend: Nun können wir den Großen Wurm selbst lenken, und nicht nur einen, sondern Dutzende. Es schlägt Licht aus den Augen dieser großen Würmer, und der Donner hallt, wenn sie kriechen, und Menschen kommen aus ihrem Leib. Wir haben den Wurm erschaffen, nicht der Wurm uns. Aber selbst dies genügte ihnen nicht. In ihren Herzen wuchs der Hass. Und so beschlossen sie die Erde, auf der sie lebten, zu zerstören. Und sie schufen Tausende verschiedener Maschinen, die Flammen hervorstießen, Eisen spien und die Erde in Stücke zerrissen. Und sie begannen die Erde und alles Lebende, was darauf war, zu vernichten. Und da ertrug es der Große Wurm nicht mehr und verfluchte sie. Und er nahm ihnen seine wertvollste Gabe: den Verstand. Und es überkam sie der Wahnsinn, und sie richteten ihre Maschinen aufeinander und begannen einander zu töten. Sie erinnerten sich nicht, warum sie es taten, doch innehalten konnten sie nicht mehr. So bestrafte der Große Wurm die Menschen für ihren Hochmut.«

»Aber nicht alle?«, fragte eine kindliche Stimme.

»Nein. Es gab jene, die den Großen Wurm stets in Ehren gehalten hatten und ihn noch immer anbeteten. Sie sagten sich los von den Maschinen und vom Licht und lebten im Frieden mit der Erde. Sie retteten sich, und der Große Wurm vergaß ihre Treue nicht und ließ ihnen den Verstand und versprach, ihnen die ganze Welt zu geben, sobald seine Feinde fielen. Und so wird es sein.«

»Und so wird es sein«, erwiderte Dron und die kindliche Stimme im Chor.

Die Stimme kam Artjom bekannt vor. »Oleg?«, rief er.

Keine Antwort.

»Bis zum heutigen Tag leben die Feinde des Großen Wurms in seinen Gängen, denn sie wissen nicht, wo sie sich sonst verbergen können. Aber noch immer vergöttern sie nicht ihn, sondern ihre Maschinen. Die Geduld des Großen Wurms ist enorm, und sie hat viele Jahrhunderte menschlicher Untaten ertragen. Doch sie ist nicht unendlich. Es ist geweissagt, wenn er zu seinem letzten Schlag gegen das dunkle Herz des feindlichen Landes ausholen wird, wird ihr Wille gebrochen, und die Welt wird den guten Menschen gehören. Es ist geweissagt, dass die Stunde kommt, da der Große Wurm die Flüsse zu Hilfe rufen wird und die Erde und die Luft. Und die Erdmassen werden sich senken, schäumende Ströme werden hervorbrechen, und das dunkle Herz des Feindes wird hinabstürzen ins Nichts. Und dann triumphiert endlich der Gerechte, und der Rechtschaffene wird ein glückliches Leben ohne Krankheit haben und sich an Pilzen satt essen und Vieh im Überfluss haben.«

Eine Flamme leuchtete auf. Artjom war es gelungen, sich

einigermaßen mit dem Rücken an der Wand abzustützen; so musste er sich nicht mehr krampfhaft verbiegen, um die Menschen jenseits des Gitters sehen zu können.

Auf dem Boden saß mit dem Rücken zu ihm ein kleiner Junge. Er hatte die Beine im Schneidersitz verschränkt. Über dem Jungen ragte die vertrocknete Gestalt des Priesters auf, beleuchtet vom Schein des Feuerzeugs in dessen Hand. Der Wilde lehnte am Türstock daneben und hielt sein Blasrohr in der Hand. Alle Augen waren auf den Alten gerichtet, der soeben seine Erzählung beendet hatte.

Artjom drehte mühsam den Kopf und blickte zu Anton hinüber, der in jener verkrampften Haltung erstarrt war, in der ihn die lähmende Nadel getroffen hatte. Er starrte an die Decke, konnte seinen Sohn nicht sehen, doch vermutlich hörte er alles.

»Steh auf, mein Sohn, und sieh dir diese Menschen an«, sagte der Priester.

Sogleich sprang der Junge auf und drehte sich zu Artjom um. Es war Oleg.

»Geh näher hin. Erkennst du jemanden von diesen beiden?«

»Ja.« Der Junge nickte. »Das da ist mein Papa, und mit diesem Onkel haben wir gemeinsam eure Lieder angehört. Im Tunnel.«

»Dein Papa und sein Freund sind schlechte Menschen. Sie haben Maschinen gebaut, um den Großen Wurm zu erniedrigen. Weißt du noch, was du mir und Onkel Wartan über den Beruf deines Papas erzählt hast?«

»Ja.«

Der Alte nahm das Feuerzeug in die andere Hand. »Erzähl es uns noch einmal.«

»Mein Papa hat bei den Raketentruppen gearbeitet. Er ist ein Raketenexperte. Ich wollte auch so werden wie er, wenn ich groß bin.«

Artjoms Kehle schnürte sich zusammen. Warum hatte er es

nicht gleich erraten? Daher hatte der Junge also das Abzeichen bekommen. Und deswegen hatte er so selbstbewusst getönt, dass auch er ein Raketenexperte sei. Ein geradezu unmöglicher Zufall: In der ganzen Metro gab es nur noch einige wenige Menschen, die bei den Raketenstreitkräften gedient hatten – und nun waren zwei davon zur gleichen Zeit an der *Kiewskaja* aufgetaucht. Oder war es vielleicht gar kein Zufall?

»Ein Raketenexperte … Diese Menschen haben der Welt mehr Schaden zugefügt als alle anderen zusammen. Sie haben jene Maschinen losgeschickt, die die Erde und fast das ganze Leben darauf verbrannt und vernichtet haben. Der Große Wurm vergibt vielen, die in die Irre geraten sind. Doch diejenigen, die den Befehl gaben, die Welt zu zerstören und darin den Tod zu säen, und jene, die diesen Befehl ausgeführt haben, können von ihm keine Gnade erwarten.« Wieder klang die Stimme des Alten metallisch und unerbittlich. »Dein Vater hat dem Großen Wurm unerträglichen Schmerz zugefügt. Dein Vater hat mit seinen eigenen Händen unsere Welt zerstört. Weißt du, was er dafür verdient?«

»Den Tod?«, fragte der Junge unsicher. Sein Blick irrte zwischen dem Priester und seinem Vater, der noch immer zusammengekrümmt auf dem Boden des Käfigs lag, hin und her.

»Den Tod«, bekräftigte der Priester. »Er muss sterben. Je früher die bösen Menschen sterben, die dem Großen Wurm Schmerzen zugefügt haben, desto eher wird seine Verheißung in Erfüllung gehen, und die Welt wird auferstehen und den guten Menschen gehören.«

»Dann muss Papa sterben!«

»Bravo!« Der Alte strich dem Jungen zärtlich über den Kopf. »Und jetzt lauf und spiel weiter mit Onkel Wartan und den anderen Kindern. Aber sei vorsichtig in der Dunkelheit, fall nicht hin! Dron, begleite ihn, ich bleibe hier noch etwas sitzen.

Komm in einer halben Stunde mit den anderen zurück, und bringt die Säcke mit, wir werden sie zubereiten.«

Das Licht erlosch. Bald darauf verklangen die schlurfenden Schritte des Wilden und das leichte Tappen der Kinderfüße in der Ferne. Dann räusperte sich der Priester und sagte: »Ich will mich mit dir ein wenig unterhalten, wenn du nichts dagegen hast. Normalerweise machen wir keine Gefangenen, nur die Kinder, denn unsere eigenen sind schon von Geburt an schwach und krank. Die Erwachsenen schaffen sie meistens betäubt heran. Ich würde gerne noch mit ihnen sprechen, und sie selbst hätten wohl auch nichts dagegen, aber leider werden sie oft zu früh gegessen.«

»Aber Sie bringen ihnen doch bei, dass es schlecht ist, andere Menschen zu essen«, sagte Artjom. »Dass der Wurm dann weint und so weiter.«

»Nun, wie soll ich sagen ... Das ist für die Zukunft. Ihr beide werdet diesen Moment natürlich nicht mehr erleben, und auch ich nicht. Aber wir legen jetzt die Grundlage für die Zivilisation der Zukunft, die im Frieden mit der Natur leben wird. Für sie ist der Kannibalismus ein notwendiges Übel. Verstehst du, ohne tierisches Eiweiß kommen wir nicht weit. Aber die Überlieferung bleibt bestehen, und sobald sie ihresgleichen nicht mehr unbedingt töten und auffressen müssen, werden sie damit aufhören. Und dann wird der Große Wurm sich in Erinnerung bringen. Schade nur, dass ich diese herrliche Zeit nicht mehr erleben werde ...« Der Alte lachte wieder sein unangenehmes Lachen.

»Wissen Sie, ich habe schon ziemlich viel in der Metro erlebt. An einer Station graben sie nach dem Höllentor, an einer anderen sagen sie, dass die letzte Schlacht zwischen Gut und Böse bereits geschlagen ist und die Überlebenden ins Reich Gottes kommen werden. Nach all dem klingt die Geschichte mit dem

Wurm nicht gerade überzeugend. Glauben Sie denn überhaupt selbst daran?«

Der Alte verzog den Mund. »Was macht es für einen Unterschied, ob ich oder die anderen Priester daran glauben? Du hast ohnehin nur noch ein paar Stunden zu leben. Ich erzähle dir jetzt mal was. Man ist ja zu niemandem so offen wie zu einem, der die Enthüllungen demnächst mit ins Grab nimmt … Woran ich glaube, hat keine Bedeutung. Wichtig ist, woran die Menschen glauben. Es ist nicht leicht, an einen Gott zu glauben, den du selbst erschaffen hast …« Der Priester dachte kurz nach, dann fuhr er fort: »Wie soll ich dir das erklären? Ich habe seinerzeit Philosophie und Psychologie studiert, obwohl dir das kaum etwas sagen wird. Einer meiner Professoren unterrichtete kognitive Psychologie. Ein äußerst kluger Mann. Er konnte den gesamten Denkprozess bis ins Detail analysieren – eine höchst interessante Vorlesung. Wie wohl jeder in diesem Alter stellte ich mir damals die Frage, ob es Gott gibt. Ich las verschiedene Bücher, saß bis in die Morgenstunden in der Küche, diskutierte darüber … na ja, wie das eben so ist. Ich war eher der Meinung, dass es ihn nicht gibt. Und irgendwie war ich überzeugt, dass mir nur jener Professor – ein großer Kenner der menschlichen Seele – auf diese Frage eine genaue Antwort geben konnte. Also ging ich zu ihm ins Büro, um ein Referat zu besprechen, und fragte ihn anschließend ganz nebenbei: Was meinen Sie, Iwan Michalytsch, gibt es ihn, Gott? Er hat mich damals sehr überrascht. ›Mir‹, sagte er, ›stellt sich diese Frage gar nicht. Ich komme aus einer gläubigen Familie und habe mich an den Gedanken gewöhnt, dass er existiert. Aus psychologischer Sicht will ich den Glauben erst gar nicht analysieren. Und überhaupt ist das für mich weniger eine Frage grundsätzlichen Wissens, sondern alltäglichen Handelns. Mein Glaube besteht nicht darin, dass ich aufrichtig überzeugt bin von der Existenz einer höheren Macht, sondern darin, dass ich die Gebote einhalte, vor dem Schlafengehen bete und in die Kirche gehe. Ich fühle mich dann besser und werde ruhiger.‹ So ist das.« Der Alte verstummte.

Nach einer Minute platzte Artjom heraus: »Und?«

»Nichts und. Ob ich an den Großen Wurm glaube oder nicht, ist nicht so wichtig. Doch Gebote, die von göttlichen Lippen verkündet werden, überdauern Jahrhunderte. Es braucht gar nicht viel. Man muss nur einen Gott schaffen und ihm beibringen, die richtigen Worte zu sprechen. Und glaube mir, der Große Wurm ist nicht schlechter als andere Götter und wird viele davon überleben.«

Artjom schloss die Augen. Weder Dron noch der Führer dieses wunderlichen Stammes, ja nicht einmal solch seltsame Geschöpfe wie Wartan hatten offenbar jemals an der Existenz des Großen Wurms gezweifelt. Für sie war er gegeben, war er die einzige Erklärung dessen, was sie um sich sahen, die einzige Handlungsanweisung, das einzige Maß für Gut und Böse. Woran konnte ein Mensch denn sonst glauben, der in seinem Leben nichts anderes als die Metro gesehen hatte?

Doch an dem Mythos vom Großen Wurm war noch etwas, was Artjom nicht verstand. »Warum hetzen Sie sie gegen die Maschinen? Strom, Licht, Feuerwaffen – wie soll ihr Volk ohne all das überleben?«

»Was an Maschinen schlecht ist?« Die Stimme des Alten klang auf einmal gar nicht mehr so gespielt liebenswürdig und geduldig wie eben. »Willst du mir in der letzten Stunde deines Lebens etwa noch vom Nutzen der Maschinen predigen? Sieh dich doch um! Nur ein Blinder erkennt nicht, dass die Menschheit ihren Untergang einer Tatsache zu verdanken hat: Sie hat sich zu sehr auf die Maschinen verlassen. Wie kannst du es wagen, hier, an meiner Station, über die Bedeutung der Technik zu schwadronieren? Abschaum!«

Artjom hätte nicht gedacht, dass diese verhältnismäßig harmlose Frage bei dem Alten so eine Reaktion auslösen würde. Da er nichts zu erwidern wusste, schwieg er.

In der Dunkelheit atmete der Priester schwer, stieß unverständliche Flüche aus und versuchte sich zu beruhigen. Erst nach einigen Minuten hatte er sich wieder in der Gewalt und sagte: »Ich bin es einfach nicht mehr gewohnt, mit Ungläubigen zu sprechen. Richtig verplaudert hab ich mich mit dir. Wo bleibt das Jungvolk denn so lange? Die müssten eigentlich längst die Säcke gebracht haben …«

»Was für Säcke?«

»Sie werden euch jetzt zubereiten. Als ich vorhin von Folter sprach, habe ich mich nämlich nicht korrekt ausgedrückt. Dem Großen Wurm ist jegliche sinnlose Grausamkeit zuwider. Wozu foltern, wenn einer von sich aus bereits alle Fragen beantwortet hat? Ich meinte etwas anderes. Als ich und meine Kollegen begriffen, dass sich das Phänomen Kannibalismus hier bereits etabliert hatte und nichts mehr dagegen zu unternehmen war, beschlossen wir, uns wenigstens um die kulinarische Seite der Angelegenheit zu kümmern. Und da erinnerte sich einer von uns daran, wie in Korea Hunde zubereitet werden: Man steckt sie lebend in einen Sack und schlägt sie mit Prügeln tot. Das Fleisch gewinnt dadurch an Qualität. Es wird weich und zart. Was für den einen multiple Hämatome sind, ist für den anderen sozusagen ein geklopftes Schnitzel. Also nehmt es uns bitte nicht übel. Ich könnte mir ja durchaus vorstellen, zuerst den Exitus herbeizuführen und dann prügeln zu lassen, aber leider sind innere Blutungen ein absolutes Muss. Rezept ist Rezept.« Der Alte entzündete das Feuerzeug, um zu sehen, welchen Effekt seine Worte erzielt hatten. Dann wandte er den Kopf nach hinten. »Das dauert aber lange. Hoffentlich ist nichts …«

Ein markerschütterndes Kreischen unterbrach ihn mitten im Satz. Artjom hörte Schreie, Laufen, weinende Kinder und ein unheilvolles Zischen. Draußen war etwas passiert. Der Priester horchte nervös, dann löschte er die Flamme und verhielt sich still.

Einige Minuten später stampften schwere Stiefel auf der Schwelle, und eine tiefe Stimme donnerte: »Ist da wer?«

»Ja! Wir sind hier! Artjom und Anton!«, schrie Artjom aus Leibeskräften. Hoffentlich trug der Alte nicht irgendwo ein Blasrohr mit Giftpfeilen herum.

»Hier sind sie!«, rief jemand. »Gib mir und dem Jungen Deckung!«

Gleißendes Licht fiel durch die Tür herein. Der Priester rannte zum Ausgang, doch eine Gestalt blockierte ihm den Weg und brachte ihn mit einem Schlag gegen den Hals zu Fall. Der Alte krächzte kurz auf und blieb auf dem Boden liegen.

»Die Tür, sichere die Tür!«

Etwas krachte, Kalk rieselte von der Decke, und Artjom kniff die Augen zusammen.

Als er sie wieder öffnete, standen zwei Männer im Raum. Sie sahen sehr ungewöhnlich aus – so einen Aufzug hatte er noch nie gesehen.

Beide trugen lange, schwere Schutzwesten über ihren eng anliegenden schwarzen Uniformen und waren mit ungewöhnlich kurzen Automatikgewehren mit Laserzielvorrichtung und Schalldämpfer bewaffnet. Der fremdartige Eindruck wurde noch verstärkt durch massive Titanhelme mit Visier wie bei den Sondereinsatzkräften der Hanse sowie große Metallschilde mit Sichtschlitzen, deren Funktion Artjom nicht verstand. Einer der Männer hatte sich zudem einen tragbaren Flammenwerfer auf den Rücken geschnallt.

Zuerst suchten sie den Raum mit langen, leistungsstarken

Taschenlampen ab, die von ferne eher wie Schlagstöcke aussahen, dann fragte der eine: »Die da?«

»Ja«, bestätigte der andere.

Der Erste besah sich kurz das Schloss an der Tür des Käfigs, trat zurück, machte ein paar Schritte und trat mit seinem Stiefel gegen das Gitter. Die rostigen Scharniere gaben nach, und die Tür krachte einen halben Schritt von Artjom entfernt auf den Boden. Einer der beiden Männer kniete sich neben ihn und hob das Visier. Nun war alles klar: Es war Melnik, der ihn prüfend anblickte. Mit einem breiten, gezackten Messer durchtrennte der Stalker die Drähte um Artjoms Arme und Beine. Dann befreite er Anton auf die gleiche Weise von seinen Fesseln. »Du lebst also noch«, stellte er zufrieden fest. »Kannst du gehen?«

Artjom nickte – doch er kam nicht hoch. Seine tauben Glieder wollten ihm noch nicht gehorchen.

Weitere Männer kamen in den Raum gelaufen. Zwei davon gingen sogleich an der Tür in Stellung. Insgesamt bestand der Trupp aus acht Kämpfern. Sie waren fast genauso gekleidet und ausgestattet wie Melnik, einige von ihnen trugen noch zusätzlich lange Ledermäntel, ähnlich wie Hunter. Einer hatte ein Kind unter dem Arm, das er mit seinem Schild schützte. Nun ließ er den Jungen auf den Boden herab.

Dieser kam sofort in die Zelle gelaufen und beugte sich über Anton. »Papa! Papa! Ich hab sie absichtlich angelogen und so getan, als ob ich für sie bin, ehrlich! Ich hab dem Onkel gezeigt, wo du bist! Verzeih mir, Papa! Papa, sag doch was!« Oleg war den Tränen nahe.

Anton starrte gleichgültig und mit gläsernen Augen an die Decke. Artjom fürchtete schon, die zweite Betäubungsnadel innerhalb eines Tages könnte für den Kommandeur der Wache die letzte gewesen sein, doch Melnik legte die Zeigefinger an dessen Hals und konstatierte nach wenigen Sekunden: »Alles in Ordnung. Er lebt. Her mit der Trage!«

Während Artjom ihm von der Wirkung der Nadeln erzählte, klappten zwei der Kämpfer auf dem Boden eine Stofftrage aus und legten Anton darauf.

Nun begann sich auch der Alte wieder zu regen und etwas vor sich hin zu murmeln.

»Wer ist denn das?«, fragte Melnik. Als er Artjoms Antwort vernommen hatte, beschloss er: »Wir nehmen ihn mit als lebenden Schild. Wie ist die Lage?«

»Alles ruhig«, meldete einer der Kämpfer an der Tür.

»Rückzug durch den Tunnel, aus dem wir gekommen sind«, verkündete der Stalker. »Wir müssen mit dem Verletzten zur Basis zurück und die Geisel dort verhören. Da, nimm!« Er warf Artjom eine Kalaschnikow zu. »Wenn alles normal verläuft, wirst du das nicht brauchen. Du hast keine Schutzkleidung an, also bleibst du hinter unserer Deckung. Achte auf den Kleinen!«

Artjom nickte und nahm Oleg an der Hand. Nur mit Mühe konnte er ihn von der Trage losreißen, auf der sein Vater lag.

»Wir bilden eine Schildkröte«, lautete Melniks Befehl.

Im nächsten Augenblick hatten die Kämpfer mit nach außen gestellten Schilden ein Oval gebildet, über dem nur noch ihre Helme zu sehen waren. Vier von ihnen ergriffen mit den freien Händen die Trage. Artjom und der Junge befanden sich innerhalb dieser Formation, geschützt durch die Schilde. Der gefangene Alte wurde geknebelt, seine Hände auf dem Rücken gefesselt. Dann stellten sie ihn vorne an die Spitze der Einheit. Zuerst versuchte er sich zu befreien, doch nach ein paar kräftigen Stößen hielt er still und blickte verdrießlich zu Boden.

Als Augen der »Schildkröte« fungierten die beiden vorderen Kämpfer. Sie hatten besondere, direkt auf ihren Helmen montierte Nachtsichtgeräte, sodass die Hände frei blieben.

Auf ein Kommando duckten sich alle zusammen, bis ihre Schilde die Beine bedeckten, dann begannen sie sich schnell vorwärts zu bewegen.

Eingeklemmt zwischen den Kämpfern zog Artjom Oleg mit sich, der kaum Schritt halten konnte. Er selbst sah überhaupt nichts. Was da draußen vor sich ging, erriet er nur anhand der abgehackten Sätze, die zwischen den Männern hin und her flogen.

»Drei rechts … Frauen, ein Kind.«

»Links! Im Bogen, im Bogen! Achtung, Beschuss!« Mehrere Nadeln prallten gegen eines der Metallschilder.

»Eliminieren!« Als Antwort ertönte die trockene Salve eines Sturmgewehrs.

»Einer … zwei … Weiter, weiter!«

»Hinten! Lomow!« Wieder Schüsse.

»He, wohin wollt ihr denn? Da geht's nicht durch!«

»Vorwärts, hab ich gesagt! Halt die Geisel fest!«

»Verdammt, knapp am Auge vorbei …«

»Halt! Stehen bleiben!«

»Was ist?«

»Alles blockiert. Es sind vielleicht vierzig Mann. Und Barrikaden.«

»Weit weg?«

»Zwanzig Meter. Kein Beschuss.«

»Achtung, sie kommen von der Seite!«

»Wie haben sie bloß die Barrikaden so schnell aufgebaut?«

Auf einmal prasselte ein wahrer Regen von Nadeln auf sie herab. Auf ein Signal gingen alle in die Knie, sodass sie nun vollkommen hinter ihrem Panzer verschwanden. Artjom beugte sich schützend über den Jungen. Die vier Kämpfer stellten die Trage mit Anton auf dem Boden ab. Nun hatten sie doppelt so viele Schützen.

»Nicht reagieren! Nicht reagieren! Wir warten …«

»Meinen Stiefel hat's erwischt.«

»Licht bereithalten … Auf drei – Lampen und Feuer. Wer Nachtsichtgeräte hat, wählt sein Ziel jetzt … Eins …«

»Die halten ganz schön drauf …«

»Zwei … Drei!«

Zeitgleich flammten mehrere starke Taschenlampen auf, und die Gewehre ratterten los. Irgendwo vorne hörte man Schreie und das Stöhnen tödlich Getroffener. Dann brach das Feuer plötzlich ab. Artjom horchte.

»Da, da, mit der weißen Fahne …Geben die etwa auf?«

»Feuer einstellen! Wir verhandeln. Stellt die Geisel raus!«

»He, du Halunke, was soll das? … Ich hab ihn schon, keine Sorge. Ganz schön schnell für sein Alter.«

»Wir haben euren Priester! Lasst uns gehen!«, rief Melnik. »Lasst uns in den Tunnel zurückkehren! Ich wiederhole, lasst uns gehen!«

»Also, was ist? Was ist?«

»Keine Reaktion.«

»Verstehen die uns überhaupt?«

»Leuchtet den da mal ein bisschen besser an.«

»Lasst mal sehen …«

Dann brachen die Gespräche ab. Die Kämpfer schienen in nachdenkliches Schweigen vertieft – zunächst verstummten jene, die vorne standen, dann auch die Nachhut. Es folgte eine angespannte, unheilvolle Stille.

»Was ist?«, fragte Artjom beunruhigt.

Niemand antwortete ihm. Die Männer rührten sich nicht mehr. Plötzlich bemerkte Artjom, dass der Junge mit vor Aufregung schweißnassen Fingern seine Hand drückte. Er zitterte. »Ich spüre es …«, flüsterte er. »Er schaut sie an.«

Und auf einmal hörte Artjom Melnik sagen: »Die Geisel freilassen.«

»Die Geisel freilassen«, wiederholte ein zweiter Kämpfer.

Jetzt hielt es Artjom nicht mehr aus. Er reckte sich und blickte über die Schilde und Helme hinweg nach vorn. Dort, zehn Schritte von ihnen entfernt, stand im Schnittpunkt dreier blendender Lichtkegel, die Augen weit geöffnet, ein hochgewachsener, gebeugter Mann mit einem weißen Tuch in der ausgestreckten, knotigen Hand. Aus dieser Entfernung war er gut zu erkennen. Zu gut. Es war eines dieser Wesen – wie jener Wartan, der ihn vor ein paar Stunden verhört hatte. Artjom duckte sich wieder hinter die Schildmauer und entsicherte sein Gewehr.

Noch immer sah er die Szene vor sich. Unheimlich und faszinierend zugleich, erinnerte sie ihn an das Buch *Die Mythen des antiken Griechenlands*. Eine der Legenden hatte von einem Ungeheuer in Menschengestalt erzählt, dessen Blick viele mutige Krieger zu Stein verwandelt hatte …

Artjom holte tief Luft, konzentrierte sich auf einen Punkt, verbot sich, dem Hypnotiseur ins Gesicht zu sehen, stand plötzlich wie ein Springteufelchen wieder über dem Schildwall und drückte ab. Nach dem seltsam lautlosen Kampf, den die Widersacher mit schallgedämpften Schusswaffen und Blasrohren geführt hatten, schien der Feuerstoß seiner Kalaschnikow das Gewölbe der Station zu erschüttern.

Obwohl er überzeugt war, dass er aus dieser Entfernung sein Ziel nicht verfehlen konnte, geschah das, was er am meisten gefürchtet hatte: Auf unfassliche Weise hatte das Wesen seine Bewegung vorausgeahnt, und als Artjoms Kopf über den Schilden auftauchte, geriet sein Blick in die Falle jener toten Augen. Es gelang ihm zwar, den Abzug zu betätigen, doch eine unsichtbare Hand drückte den Lauf zur Seite. Fast die gesamte Garbe verfehlte ihr Ziel, nur eine Kugel grub sich dem Wesen in die Schulter. Es gab einen hässlichen, kehligen Laut von sich und verschwand mit einer unmerklichen Bewegung in der Dunkelheit.

Das gibt uns ein paar Sekunden, dachte Artjom. Nur ein paar Sekunden. Als Melniks Einheit die Station überfallen hatte, war der Überraschungseffekt auf ihrer Seite gewesen. Doch nun, da die Wilden ihre Verteidigung organisiert und ihre Geisterwesen vorgeschickt hatten, war die Chance, die Barriere dort vorn zu überwinden, gleich null. Es blieb nur eines: Einen anderen Fluchtweg zu suchen. Artjom musste an die Worte seines Bewachers denken, denen zufolge von dieser Station Tunnel in eine unbekannte Richtung führten, die auf keiner Karte verzeichnet waren.

»Gibt es hier andere Tunnel?«, fragte er Oleg.

»Dort, hinter dem Übergang, gibt es noch eine Station, die sieht genauso aus, fast wie im Spiegel.« Der Junge deutete in die Richtung. »Wir haben da gespielt. Dort gibt es auch Tunnel, aber sie haben uns verboten, da hineinzugehen.«

»Rückzug! Zum Übergang!«, brüllte Artjom und versuchte seine Stimme so tief klingen zu lassen wie Melniks Bass.

»Was zum Teufel?«, fauchte der Stalker plötzlich. Offenbar kam er wieder zu sich.

Artjom packte ihn an der Schulter. »Schnell, sie haben dort einen Hypnotiseur. Wir können die Barriere nicht durchbrechen. Aber es gibt einen anderen Ausgang, auf der anderen Seite!«

»Stimmt, es gibt diese Station ja doppelt ...« Melnik wandte sich seinen Männern zu. »Wir ziehen uns zurück! Die Barrikade kontrollieren! Alle zurück! Marsch, marsch!«

Nun setzten sich auch die anderen langsam, fast unwillig in Bewegung. Melnik feuerte sie immer wieder mit seinen Befehlen an, bis sie sich umformiert hatten, und der Rückzug begann, ehe neue Nadeln aus der Dunkelheit herangeflogen kamen. Sie befanden sich bereits auf den Stufen, die zum Übergang hinaufführten, als plötzlich der Kämpfer, der als Letzter ging, aufschrie und sich an die Wade griff. Ein paar Sekunden lang sah Artjom im Schein der Taschenlampe, wie der Verletzte mit immer steifer werdenden Beinen auf der Stelle trat, dann packte ihn ein furchtbarer Krampf, er verdrehte sich wie ein ausgewrungener Lappen und fiel polternd zu Boden. Die Männer blieben stehen. Unter dem Schutz ihrer Schilde rannten zwei zurück, um ihren Kameraden aufzuheben. Doch es war zu spät: Sein Körper war blau angelaufen, und Schaum stand vor seinem Mund. Artjom wusste, was das bedeutete, und Melnik offenbar auch.

»Nimm seinen Schild, Helm und die Waffe«, befahl er Artjom. Den anderen rief er zu: »Weiter, weiter!«

Der Titanhelm war mit dem widerlichen Schaum völlig verschmiert, und Artjom brachte es nicht fertig, ihn vom Kopf des Toten zu ziehen. Also begnügte er sich mit dem Sturmgewehr und dem Schild. Er feuerte einmal im Halbkreis nach hinten, in der Hoffnung, damit die in der Dunkelheit verborgenen Mörder abzuschrecken, nahm den Platz des Kämpfers am Ende der Formation ein, schirmte sich mit dem Schild ab und folgte den anderen.

Nun liefen sie fast. Einer der Kämpfer warf eine Rauchbombe, und in dem entstandenen Nebel stiegen sie auf die Gleise hinab. Ein weiterer Mann schrie dabei überrascht auf und fiel zu Boden. Artjom wagte es nicht, hinter seinem Schild hervorzublicken. Er feuerte ein paar Mal auf gut Glück irgendwohin. Dann trat plötzlich eine merkwürdige Stille ein. Es flogen keine Nadeln mehr, obwohl die vielen Schritte und das Stimmengewirr ringsum nur bedeuten konnten, dass die Wilden ihnen noch immer auf den Fersen waren. Artjom nahm all seinen Mut zusammen und lugte hervor.

Melniks Männer standen etwa zehn Meter vom Tunneleingang entfernt. Die ersten Kämpfer gingen bereits hinein, während zwei sich umgedreht hatten, mit ihren Taschenlampen die Umgebung ableuchteten und den übrigen Deckung gaben. Doch dies war nicht mehr nötig: Die Wilden schienen ihnen nicht in den Tunnel folgen zu wollen. Sie drängten sich im Halbkreis um sie herum, hatten ihre Blasrohre gesenkt, schützten sich mit den Händen vor den blendenden Strahlen der Taschenlampen und warteten auf etwas.

»Feinde von Großer Wurm, hört!« Aus der Menge trat der bärtige Anführer hervor, der während des Verhörs die Anweisungen gegeben hatte. »Feinde gehen in heilige Gänge von Großer Wurm. Gute Menschen folgen nicht. Heute dort gehen verboten. Große Gefahr. Tod. Verdammnis. Feinde lassen alten Priester frei und gehen!«

»Nicht freilassen. Hört nicht auf ihn«, ordnete Melnik sofort an. »Rückzug fortsetzen.«

Vorsichtig gingen sie weiter. Artjom und die anderen beiden Kämpfer am Ende der Formation gingen dabei rückwärts und ließen die Station nicht aus den Augen. Zuerst folgte ihnen niemand. Aber von der Station drangen Stimmen an ihr Ohr. Jemand stritt sich mit den anderen, zuerst leise, doch dann hörten sie, wie er schrie: »Dron kann nicht! Dron muss gehen! Mit Meister!«

»Verbot zu gehen! Bleib!«

Plötzlich stürzte eine schwarze Gestalt mit solcher Geschwindigkeit aus der Dunkelheit in das Licht ihrer Taschenlampen, dass sie sie kaum richtig ins Visier nehmen konnten. Dahinter zeigten sich bereits einige andere.

Einer der Kämpfer versuchte vergebens, den Wilden zu erfassen, und schleuderte schließlich eine Warnung heraus. »Hinlegen! Granate!«

Artjom warf sich auf die Schwellen, bedeckte mit den Armen

den Kopf und öffnete den Mund, wie es ihm sein Stiefvater beigebracht hatte. Ein unvorstellbares Donnern schlug gegen seine Ohren, und eine Stoßwelle von betäubender Kraft drückte ihn auf den Boden. So lag er einige Minuten benommen da. In seinem Kopf dröhnte es, bunte Flecken schwammen vor seinen Augen. Die ersten Laute, die er bewusst hörte, waren unbeholfene, sich ewig wiederholende Worte: »Nein, nein, nicht schieß, nicht schieß, nicht schieß, Dron ohne Waffe, nicht schieß!«

Artjom hob den Kopf und sah sich um. Im Schein der Taschenlampen stand dort mit erhobenen Armen jener Wilde, der sie bewacht hatte, als sie im Käfig gelegen hatten. Zwei Kämpfer hielten ihn in Schach und warteten auf weitere Befehle. Die anderen erhoben sich und klopften sich ab. In der Luft hing schwerer Steinstaub, und aus der Richtung, in der die Station lag, kam ätzender Rauch.

Jemand fragte: »Was, komplett eingestürzt?«

»Von einer einzigen Granate … Ich sag dir, die Metro wird nur von Fliegendreck zusammengehalten.«

»Na, wenigstens sind wir die jetzt los. Bis sie die ganzen Steine weggeräumt haben …«

»Fesselt den Wilden, und nehmt ihn mit«, ordnete Melnik an, der hinzugetreten war. »Wir gehen weiter, die Zeit drängt. Wer weiß, wann sie wieder zu sich kommen.«

Erst nach einer Stunde machten sie Rast. In der Zwischenzeit teilte sich der Tunnel mehrmals, und der Stalker, der vorausging, bestimmte, welche Abzweigung zu nehmen war. An einer Stelle sahen sie in der Wand enorme Eisenscharniere, die einst mächtige Türflügel getragen hatten. Daneben lagen die Trümmer eines hermetischen Tors. Ansonsten trafen sie nichts Interessantes an. Der Tunnel war schwarz, leer und ohne Leben.

Sie kamen nur langsam voran, denn der gefangene Alte hielt

sich kaum noch auf den Beinen. Einige Male stolperte er und fiel hin. Auch Dron bewegte sich zögerlich vorwärts und murmelte die ganze Zeit etwas von Verboten und Flüchen, sodass sie ihm schließlich einen Knebel anlegten.

Als Melnik endlich gestattete, eine Pause einzulegen, und je einen Posten mit Nachtsichtgerät fünfzig Meter in beide Richtungen schickte, sank der Priester erschöpft zu Boden. Der geknebelte Wilde gab so inständige Laute von sich, dass seine Bewacher ihn schließlich zu dem Alten brachten. Er ließ sich vor dem Priester auf die Knie nieder und begann mit gefesselten Händen seinen Kopf zu streicheln.

Der kleine Oleg lief zu der Trage, auf der sein Vater lag, und begann zu weinen. Antons Lähmung hatte nachgelassen, doch war er noch immer ohnmächtig, wie nach der ersten Nadel.

Melnik hatte unterdessen Artjom zur Seite gewunken, und dieser platzte fast vor Neugier. »Wie habt ihr uns gefunden? Ich dachte schon, das war's, jetzt fressen sie uns auf.«

»Wir mussten gar nicht lange suchen, ihr hattet die Draisine ja direkt unter der Luke zurückgelassen. Die Wachen hatten sie schon nach einer halben Stunde entdeckt, als Anton zum Tee nicht wieder da war. Sie wagten sich nur selbst nicht hinein, daher ließen sie einen Posten zurück und informierten den Stationschef. Ich bin an der Station angekommen, kurz nachdem du verschwunden bist. Ich musste erst noch Verstärkung von unserer Basis an der *Smolenskaja* holen. Wir haben uns beeilt, aber alles braucht eben seine Zeit, und bis wir unsere Ausrüstung zusammenhatten … Jedenfalls habe ich erst an der *Majakowskaja* begriffen, was los war. Auch dort gibt es einen verschütteten Seitentunnel. Wir trennten uns, Tretjak und ich, auf der Suche nach dem Eingang zu D-6. Wir waren jeder höchstens drei Minuten allein unterwegs, als ich ihm etwas zurufe. Doch keine Antwort. Die Entfernung zwischen uns kann nicht mehr als fünfzig Meter betragen haben. Ich laufe zurück, da liegt er schon ganz blau und angeschwollen, und die Lippen sind voll von diesem Dreck. Jetzt war natürlich nichts mehr mit Suchen. Ich habe ihn an den Beinen genommen und zur Station zurückgezogen. Währenddessen habe ich mich an Arkadi Semjonowitschs Geschichte von dem vergifteten Posten erinnert. Ich hab Tretjak angeleuchtet – und tatsächlich, da steckte eine Nadel in seinem Bein. So kam eins zum anderen. Ich habe dir dann schnell einen Boten geschickt, damit du auf mich wartest. Doch als ich zurückkehrte, warst du schon weg.«

»Sind diese Wilden etwa auch an der *Majakowskaja?*«, fragte Artjom verwundert. »Wie kommen sie denn vom *Park Pobedy* da hin?«

»Genau das wollte ich dir erklären.« Der Stalker nahm seinen Helm ab und stellte ihn auf den Boden. »Nimm's mir nicht übel, aber wir sind nicht nur wegen dir zurückgekommen, sondern auch zu Aufklärungszwecken. Ich denke nämlich, dass es von hier auch einen Zugang zur Metro-2 gibt, durch den deine Menschenfresser bis zur *Majakowskaja* gekommen sind. Dort haben wir übrigens die gleiche Situation: Kinder verschwinden nachts von der Station. Weiß der Teufel, wo diese Typen noch überall herumhängen, wovon wir noch keinen blassen Schimmer haben.«

»Das heißt … Sie wollen sagen …« Allein der Gedanke erschien Artjom so unglaublich, dass er ihn nicht gleich laut auszusprechen wagte. »Sie glauben, dass der Eingang zur Metro-2 irgendwo hier ist?« Sollte das Tor zu D-6, dem geheimnisvollen Schatten der Metro, tatsächlich ganz in ihrer Nähe liegen? Artjom musste an all die Gerüchte, Märchen, Legenden und Theorien über die Metro-2 denken. Schon allein die Geschichte mit den Unsichtbaren Beobachtern, von denen ihm die zwei seltsamen Käuze an der *Poljanka* erzählt hatten … Unwillkürlich sah er sich nach allen Seiten um, als erwartete er das Unsichtbare zu erblicken.

»Ich sage dir noch etwas.« Der Stalker zwinkerte ihm zu. »Ich denke, wir sind bereits drin.«

Das war doch völlig unmöglich! Artjom lieh sich von einem Kämpfer eine Taschenlampe aus und begann die Wände des Tunnels zu untersuchen. Er merkte, dass ihm die anderen dabei verwundert zusahen, und begriff, welch außerordentlich blöden Eindruck er machen musste, doch er konnte einfach nicht anders. Dabei wusste er selbst nicht genau, was er zu sehen erhoffte. Gleise aus Gold? Menschen, die so lebten wie früher, in märchenhaftem Überfluss, ohne Kenntnis von den Schrecken des heutigen Lebens? Götter? Er schritt den ganzen Abschnitt zwischen den beiden Außenposten ab, konnte aber nichts Außergewöhnliches entdecken und kehrte zu Melnik zurück, der gerade mit dem Mann sprach, der die beiden Gefangenen bewachte. Dieser erkundigte sich prosaisch: »Was ist mit den Geiseln? Abschreiben?«

»Erst unterhalten wir uns«, erwiderte der Stalker. Er bückte sich und nahm erst dem Alten, dann dem zweiten Gefangenen den Knebel aus dem Mund.

»Meister! Meister!«, begann der Wilde sogleich zu jammern. »Dron geht mit dir! Dron bricht Verbot. Durch heilige Gänge gehen. Bereit sterben durch Feinde von Großer Wurm, wenn nur geht mit dir, zum Ende!«

»Was soll denn das? Was für ein Wurm? Und was für heilige Gänge?«, fragte Melnik.

Der Alte schwieg. Dron jedoch blickte ängstlich auf seine Bewacher und sagte hastig: »Heilige Gänge von Großer Wurm Verbot für gute Menschen. Kann Großer Wurm sich zeigen. Mensch kann sehen. Verbot sehen! Nur Priester dürfen! Dron hat Angst, aber geht. Dron geht mit Meister.«

Der Stalker runzelte die Stirn. »Was denn für ein Wurm?«

»Großer Wurm ist Schöpfer des Lebens. Weiter heilige Gänge. Nicht jeden Tag kann gehen. Gibt verbotene Tage. Heute verbotener Tag. Wenn du Großer Wurm siehst, wirst Asche. Wenn hörst, wirst verflucht, stirbst bald. Alle wissen. Älteste sagen.«

Melnik sah Artjom an. »Sind die da alle so?«

»Nein. Reden Sie mit dem Priester.«

»Euer Hochwohlgeboren«, sprach Melnik den Alten spöttisch an. »Sie müssen mir verzeihen, ich bin nur ein alter Soldat und, wie soll ich sagen, der hohen Sprache nicht mächtig. Aber es gibt in Ihrem Reich einen gewissen Ort, den wir suchen. Konkret gesagt, dort verbergen sich … Feuerpfeile … Früchte des Zorns …« Melnik blickte forschend in das Gesicht des Alten, ob dieser auf eine seiner Metaphern reagierte, doch der Priester schwieg beharrlich. Verwundert sahen Artjom und die anderen Männer zu, wie der Stalker nach immer neuen Formulierungen suchte: »Heiße Göttertränen … Blitze des Zeus …«

»Lassen Sie das Theater«, unterbrach ihn der Alte schließlich mit verächtlicher Stimme. »Es ist unerträglich, wie Sie das Metaphysische mit Ihren dreckigen Soldatenstiefeln beschmutzen.«

Sofort ging Melnik zum Geschäftlichen über. »Raketen. Die Raketenbasis in der näheren Moskauer Umgebung. Der Ausgang aus einem der Tunnel der *Majakowskaja*. Sie wissen, wovon ich spreche. Wir müssen dringend dorthin, und ich rate Ihnen, uns dabei zu helfen.«

»Raketen …« Der Priester sprach das Wort langsam aus, als müsse er sich erst wieder an seinen Geschmack gewöhnen. »Raketen … Sie sind wohl um die fünfzig? Dann erinnern Sie sich noch daran. Die SS-18. Im Westen nannte man sie ›Satan‹. Dieser Name war der einzige lichte Moment der ansonsten blindgeborenen menschlichen Zivilisation. Habt ihr noch immer nicht genug? Die ganze Welt liegt in Trümmern, und ihr habt noch immer nicht genug?«

»Hören Sie, Hochwürden«, unterbrach ihn Melnik, »wir haben dafür jetzt keine Zeit. Ich gebe Ihnen fünf Minuten.« Er rieb sich die Hände und ließ die Gelenke knacken.

Der Alte verzog das Gesicht. Weder der Kampfanzug des Stalkers noch dessen kaum verhohlene Drohung schienen ihn sonderlich zu beeindrucken. »Was wollen Sie mir denn tun? Mich foltern? Töten? Bitte, tun Sie mir den Gefallen, ich bin ohnehin alt, und unserem Glauben fehlt es an Märtyrern. Tötet mich, so wie ihr Hunderte Millionen anderer Menschen getötet habt! Wie ihr meine ganze Welt vernichtet habt! *Unsere* ganze Welt! Kommen Sie, drücken Sie auf den Abzug Ihres Höllenmaschinchens, so wie ihr auf die Knöpfe Zehntausender todbringender Aggregate gedrückt habt!« Die schwache und heisere Stimme des Alten bekam allmählich wieder ihren stählernen Klang. Trotz seiner wirren grauen Haare, seiner gefesselten Hände und seiner geringen Körpergröße sah er nicht mehr erbärmlich aus: Eine seltsame Kraft ging von ihm aus, und jedes neue Wort klang überzeugender und drohender als das vorherige. »Ihr braucht mich nicht mit euren Händen zu erwürgen, nicht einmal meinen Todeskampf müsst ihr mit ansehen. Seid verflucht mit all euren Maschinen! Ihr habt das Leben und den Tod wertlos gemacht. Ihr haltet mich für einen Wahnsinnigen? Dabei seid ihr die Verrückten, ihr, eure Väter und eure Kinder! Oder ist es etwa nicht reiner Wahnsinn, sich die ganze Erde untertan machen zu wollen, sich die Natur vor den Karren zu spannen, sie zu schinden, bis sie sich in Krämpfen windet und ihr Schaum vor dem Mund steht? Um sodann, aus Hass auf sich selbst und seinesgleichen, mit ihr endgültig abzurechnen? Wo wart ihr, als die Welt zusammenbrach? Habt ihr denn überhaupt gesehen, wie es war? Habt ihr gesehen, was ich gesehen habe? Wie der

Himmel zuerst schmolz und dann von steinernen Wolken überzogen wurde? Wie die Flüsse und Meere zu kochen begannen, wie sie verbrannte Kreaturen ans Ufer spien und sich dann in frostiges Gelee verwandelten? Wie die Sonne für viele Jahre vom Horizont verschwand? Wie Häuser in Sekundenbruchteilen zu Staub und die darin wohnenden Menschen zu Asche wurden? Habt ihr ihre Hilferufe gehört? Wie sie an Epidemien starben und von der Strahlung verkrüppelt wurden? Habt ihr gehört, wie sie euch verfluchten? Schaut ihn euch an!« Er deutete auf Dron. »Schaut euch diese Wesen an, ohne Arme, ohne Augen oder mit sechs Fingern! Selbst jene, die dadurch neue Fähigkeiten erworben haben, klagen euch an!«

Der Wilde war auf die Knie gesunken und lauschte ehrfürchtig den Worten seines Priesters. Auch Artjom spürte in sich ein ähnliches Gefühl aufsteigen. Sogar die Bewacher waren einen Schritt zurückgetreten, nur Melnik blickte, die Stirn in Falten gelegt, dem Alten weiter in die Augen.

»Habt ihr den Tod eurer Welt gesehen?«, fuhr der Priester fort. »Begreift ihr, wer daran schuld ist? Wer kennt die Namen derer, die mit einem Knopfdruck Hunderttausende Menschenleben auslöschten? Unendliche grüne Wälder in ausgebrannte Wüsten verwandelten? Was habt ihr mit dieser Welt gemacht? Mit meiner Welt? Wie konntet ihr euch anmaßen, die Verantwortung für ihre Vernichtung zu übernehmen? Die Erde hat nie ein größeres Übel erfahren als eure verfluchte Zivilisation der Maschinen, eine Zivilisation, die der Natur leblose Mechanismen entgegensetzte! Diese Zivilisation hat alles versucht, um die Natur ein für alle Mal zu unterdrücken, aufzufressen und zu verdauen, doch dabei hat sie sich überhoben und am Ende sich selbst ausgemerzt. Eure Zivilisation ist ein Krebsgeschwür, eine riesige Amöbe, die alles in sich aufsaugt, was es an Nützlichem und Nahrhaftem in der Nähe gibt, und dabei nur stinkende, giftige Abfälle hinterlässt. Und nun wollt ihr wieder Raketen haben! Wieder wollt ihr die schlimmsten Waffen haben, die sich die Zivilisation ausgedacht hat! Wozu? Um zu Ende zu führen, was ihr begonnen habt? Um noch die letzten Überlebenden zu erpressen? Um die Macht an euch zu reißen? Mörder! Ich hasse euch, ich hasse euch alle!« Das rasende Geschrei des Alten endete in einem fürchterlichen Hustenanfall. Niemand sagte ein Wort, bis er wieder Luft bekam und weiterkrächzte: »Aber eure Zeit geht zu Ende … Und auch wenn ich es selbst nicht mehr erleben werde, so werden doch andere nach euch kommen, jene, die die verhängnisvollen Gefahren der Technik begreifen und ohne sie auskommen werden. Ihr seid degeneriert, euch bleibt nicht mehr lange. Jammerschade, dass ich euren Todeskampf nicht miterleben werde. Aber unsere Söhne, die wir heranziehen, werden es sehen! Der Mensch wird bereuen, dass er in seinem Hochmut alles vernichtet hat, was ihm lieb und teuer war. Nach Jahrhunderten des Betrugs und der Illusionen wird der Mensch endlich Gut und Böse, Wahrheit und Lüge zu unterscheiden lernen! Wir erziehen jene, die die Erde nach euch bevölkern werden. Und damit eure Agonie nicht zu lange dauert, werden wir euch schon bald den Dolch der Barmherzigkeit mitten ins Herz stoßen. In das schlaffe Herz eurer verfaulenden Zivilisation … Der Tag ist nah!« Er spuckte Melnik vor die Füße.

Der Stalker ließ sich Zeit mit einer Antwort. Er musterte den vor Wut zitternden Priester. Dann verschränkte er die Arme vor der Brust und fragte erstaunt: »Und dafür haben Sie sich irgendeinen Wurm ausgedacht und ein paar Märchen dazu erfunden? Nur um Ihren Menschenfressern beizubringen, dass sie die Technik und den Fortschritt hassen sollen?«

»Schweigen Sie! Was wisst ihr schon von meinem Hass auf eure verfluchte, teuflische Technik! Was versteht ihr von den

Menschen, von ihren Hoffnungen, Zielen, Bedürfnissen? Die Menschheit hat schon lange einen solchen Gott gebraucht … einen, wie wir ihn erschaffen haben! Wenn die alten Gottheiten es dem Menschen erlaubt haben, in den Abgrund zu stürzen, und dabei selbst zugrunde gegangen sind, so hat es keinen Sinn, sie wieder zum Leben zu erwecken. In euren Worten höre ich diese teuflische Überheblichkeit, diese Verachtung, diesen Hochmut, die den Menschen erst an den Rand des Abgrunds gebracht haben. Ja, mag sein, dass es den Großen Wurm nicht gibt. Mag sein, dass wir ihn erfunden haben. Doch ihr werdet euch schon bald davon überzeugen können, dass dieser erfundene unterirdische Gott um einiges mächtiger ist als euer Himmelsvolk, diese Götzen, die von ihren Thronen herabgestürzt und in tausend Stücke zerschellt sind! Ihr lacht über den Großen Wurm? Nur zu! Doch am Ende werdet ihr nicht die Lachenden sein!«

»Das reicht. Knebel!«, befahl Melnik. »Und lasst ihn einstweilen in Ruhe, wir können ihn noch brauchen.«

Obwohl sich der Alte widersetzte und wilde Verwünschungen ausstieß, stopften sie ihm den Lappen wieder in den Mund. Und diesmal zeigte der Wilde, den zwei der Kämpfer zur Sicherheit festhielten, kein Mitleid mit seinem Meister. Er stand schweigend da, seine Schultern hingen schwach herab, sein erloschener Blick ruhte auf dem Priester. »Meister …«, brachte er schließlich mühsam hervor. »Was heißt: Großer Wurm gibt nicht?«

Der Alte würdigte ihn keines Blickes.

»Was heißt: Meister hat Großer Wurm erfunden?«, brabbelte Dron dumpf vor sich hin und schüttelte den Kopf.

Der Priester antwortete nicht. Artjom hatte den Eindruck, dass der Alte während seines Monologs all seine Lebensenergie und Willenskraft verbraucht hatte. Nun, da er das Gift seines

Hasses restlos verspritzt hatte, befand er sich im Zustand völliger Erschöpfung.

»Meister … Meister … Großer Wurm gibt … Du betrügst! Wozu? Du sagst Unwahrheit … Feinde verwirren … Es gibt … Gibt!« Auf einmal begann Dron dumpf und grauenvoll zu heulen.

So viel Verzweiflung lag in diesem halb heulenden, halb weinenden Laut, dass Artjom plötzlich den Wunsch verspürte, zu ihm hinzugehen und ihn zu trösten. Der Alte hingegen hatte sich offenbar schon vom Leben verabschiedet und jegliches Interesse an seinem Schüler verloren.

»Es gibt! Es gibt! Wir seine Kinder! Wir alle seine Kinder! Es gibt, gab immer, wird immer! Wenn Großer Wurm nicht … dann … wir ganz allein …« Mit dem Wilden, der nun sich selbst überlassen war, geschah etwas Furchtbares. Er fiel in Trance, wackelte mit dem Kopf hin und her, als ob er das soeben Gehörte wieder vergessen wollte, und seine Tränen vermischten sich mit dem Speichel, der in Strömen aus seinem Mund floss. Er krallte die Finger in seinen kahlen Schädel. Die Bewacher ließen von ihm ab, und er sank zu Boden, hielt sich die Ohren zu, schlug sich gegen den Kopf, geriet immer mehr in Fahrt, bis sein Körper völlig unkontrolliert hin und her zu rollen begann und sein Kreischen im gesamten Tunnel widerhallte. Einige der Männer versuchten ihn ruhigzustellen, doch selbst leichte Tritte und Schläge konnten sein Schreien nur für wenige Sekunden unterbrechen, bevor es wieder aus ihm hervorbrach.

Melnik warf einen missbilligenden Blick auf den tobsüchtigen Kannibalen, zog seine Stetschkin aus dem Hüfthalfter, richtete sie auf Dron und drückte ab.

Ein leises Plopp – und der verkrümmt auf dem Boden liegende Wilde wurde augenblicklich schlaff. Der unartikulierte Schrei, den er die ganze Zeit von sich gegeben hatte, brach ab, doch das

Echo gab die allerletzten Laute noch einige Sekunden wieder, als wollte es Drons Leben etwas verlängern: »Eiiiih …«

Und erst jetzt begriff Artjom, was der Wilde kurz vor seinem Tod gerufen hatte: »Allein!«

Der Stalker steckte die Pistole wieder ein. Artjom brachte es nicht fertig, ihm in die Augen zu sehen. Stattdessen blickte er auf Dron, der nun reglos auf dem Boden lag, und den nicht weit davon sitzenden Priester. Dieser reagierte überhaupt nicht auf den Tod seines Schülers. Als Melnik geschossen hatte, war der Alte leicht zusammengezuckt, dann hatte er sich nach der Leiche des Wilden umgesehen und sich gleichgültig wieder abgewandt.

»Wir gehen weiter«, ordnete Melnik an. »Bei dem Lärm haben wir gleich die halbe Metro auf dem Hals.«

Im nächsten Augenblick hatte sich die Einheit wieder formiert. Artjom wurde der Nachhut als Schlussmann zugeteilt und bekam eine starke Taschenlampe sowie die Schutzweste eines der Kämpfer, die Anton trugen. Nach einer Minute brachen sie auf und drangen weiter in den Tunnel vor.

Allerdings war Artjom jetzt für die Aufgabe des Schlussmanns denkbar schlecht geeignet. Er bewegte nur mit Mühe seine Beine, stieß weiter gegen Schwellen, blickte hilflos auf die vor ihm gehenden Kämpfer. Noch immer hallte in ihm Drons letzte Klage nach. Seine Verzweiflung, seine Enttäuschung, seine Unfähigkeit zu glauben, dass der Mensch in dieser furchtbaren, düsteren Welt ganz allein war, gingen auf Artjom über. So merkwürdig es war – erst durch das Schreien dieses Wilden, erfüllt von hoffnungsloser Sehnsucht nach einer hässlichen, erfundenen Gottheit, begann er jenes kosmische Gefühl der Einsamkeit zu begreifen, das den menschlichen Glauben nährte.

Während er durch den leeren, leblosen Tunnel schritt, empfand er selbst etwas ganz Ähnliches. Wenn der Stalker recht hatte und sie sich seit über einer Stunde im Inneren der Metro-2 befanden, so entpuppte sich dieses geheimnisvolle Bauwerk als simpler Versorgungsschacht, den seine früheren Besitzer aufgegeben hatten und den nun minderbemittelte Kannibalen und fanatische Priester bevölkerten.

Die Männer begannen untereinander zu flüstern. Sie waren an einer leeren Station angekommen, die höchst ungewöhnlich aussah. Ein kurzer Bahnsteig, eine niedrige Decke, dicke Pfeiler aus Stahlbeton und gekachelte Wände zeugten davon, dass sie nicht dazu konzipiert worden war, dem Auge zu schmeicheln, sondern dass ihr einziger Sinn darin bestanden hatte, jene, die von ihr Gebrauch machten, so gut wie möglich zu schützen.

Dunkle bronzene Buchstaben an der Wand bildeten das unverständliche Wort Sowmin. An einer anderen Stelle stand Haus der Regierung der RF. Artjom wusste genau, dass es in der gewöhnlichen Metro keine Station gab, die diese Namen trug, und das konnte nur bedeuten, dass sie sich außerhalb ihrer Grenzen befanden.

Melnik schien sich hier nicht lange aufhalten zu wollen. Eilig sah er sich um, beriet sich leise mit einem seiner Kämpfer, und die Einheit marschierte weiter.

Artjom hatte ein seltsames, kaum zu beschreibendes Gefühl erfasst. Als hätte ihm sein Stiefvater zum Geburtstag ein buntes Paket geschenkt, in dem jedoch nichts als Zeitungspapier steckte. Die Unsichtbaren Beobachter starben vor seinen Augen, verwandelten sich von einer bedrohlichen, weisen und unfassbaren Kraft zu fantasmagorischen Skulpturen, die alte Mythen darstellten und wegen der Feuchtigkeit und dem ständigen Luftzug in den Tunneln allmählich zerbröselten. Wie Seifenblasen platzten auch alle anderen Aberglauben, mit denen er auf seiner Reise konfrontiert worden war … Vor ihm öffnete sich eines der größten Geheimnisse der Metro: Er befand sich in D-6, dem

»Goldenen Mythos« der Untergrundbahn, wie es jemand ausgedrückt hatte. Doch statt freudiger Aufregung verspürte er nur seltsame Bitterkeit. Es dämmerte ihm, dass gewisse Geheimnisse gerade deshalb so wunderbar waren, weil keiner sie zu entschlüsseln vermochte, und dass es Fragen gab, deren Antwort besser niemand wissen sollte.

Er spürte etwas Kaltes auf seiner Wange, dort, wo der Atem des Tunnels über die Spur einer herablaufenden Träne strich. Er schüttelte den Kopf, genauso wie es der tote Wilde getan hatte. Dann begann er zu frösteln, sei es wegen der eisigen Zugluft, die den Geruch von Feuchte und Ödnis mit sich trug, sei es, weil Einsamkeit und Leere in sein Innerstes vorgedrungen waren. Für eine Moment glaubte er, alles auf der Welt habe seinen Sinn verloren – seine Mission, die Versuche des Menschen, in einer veränderten Welt zu überleben, und überhaupt das Leben in all seinen Erscheinungsformen. Es war nichts darin – nur der leere, dunkle Tunnel der Zeit, die jedem zustand. Durch diesen Tunnel musste jeder Mensch blind irren, von der Station *Geburt* bis zur Station *Tod*. Wer den Glauben suchte, war auf der Suche nach Seitenabzweigungen dieses Tunnels. Doch es gab nur diese beiden Stationen, und der Tunnel war nur gebaut worden, um diese beiden zu verbinden …

Als Artjom wieder zu sich kam, bemerkte er, dass sich die anderen bereits einige Dutzend Schritte von ihm entfernt hatten. Was genau ihn zur Besinnung gebracht hatte, begriff er nicht gleich. Während er sich nach allen Seiten umsah, nahm er ein seltsam anschwellendes Geräusch wahr, das aus einer leicht geöffneten Tür in der Tunnelwand kam – ein dumpfes Brausen. Als die anderen die Tür passiert hatten, war es vermutlich noch nicht zu hören gewesen. Doch nun war es nahezu unmöglich, das Geräusch zu überhören.

Die Truppe war sicher schon gut hundert Meter voraus. Artjom unterdrückte das Verlangen, ihnen hinterherzulaufen, hielt den Atem an, trat an die Tür, stieß sie auf und leuchtete mit der Taschenlampe hinein. Dahinter öffnete sich ein ziemlich langer und breiter Korridor, den das schwarze Quadrat eines weiteren Ausgangs abschloss. Genau von dort flog dieses Brausen heran, das zunehmend wie das Brüllen eines riesigen Tieres klang.

Artjom wagte es nicht, den Korridor zu betreten. Wie in Trance stand er da, starrte in die schwarze Leere am anderen Ende und horchte – bis sich das Brüllen um ein Vielfaches verstärkte und im Licht der Taschenlampe etwas unvorstellbar Riesiges erschien, das an dem offenen Durchgang am Ende des Korridors vorbeischoss.

Artjom zuckte zurück, warf die Tür zu und stürzte den anderen hinterher.

# 18
# Die Macht

Sie hatten bereits bemerkt, dass er fehlte, und waren stehen geblieben. Ein weißer Strahl flackerte unruhig im Tunnel hin und her, und als Artjom von dem Lichtkegel erfasst wurde, hob er zur Sicherheit die Hände und rief: »Ich bin es! Nicht schießen!«

Das Licht erlosch. Artjom eilte weiter, innerlich bereit für eine saftige Standpauke. Doch als er die anderen erreichte, fragte Melnik nur kurz: »Hast du eben was gehört?«

Artjom nickte, erzählte jedoch nichts von seinem Erlebnis. Vielleicht hatte er es ja nur geträumt. In letzter Zeit hatte er sich an den Gedanken gewöhnt, dass man in der Metro nicht immer seinen Sinnen trauen durfte.

Was war das gewesen? Ein vorbeifahrender Zug? Völlig ausgeschlossen! In der Metro gab es schon seit Jahrzehnten nicht mehr genug Strom, um einen ganzen Zug in Bewegung zu setzen. Doch die zweite Möglichkeit war noch unglaublicher: Die Wilden hatten sie ja vor den heiligen Gängen des Großen Wurms gewarnt. Heute, hatten sie gesagt, war ein verbotener Tag … Weiter kam ihm nichts in den Sinn. Zur Sicherheit fragte er den Stalker: »Die Züge fahren doch nicht mehr, oder?«

Der blickte ihn verärgert an. »Was denn für Züge? Seit sie damals stehen geblieben sind, ist keiner mehr gefahren. Inzwischen hat man sie ja längst in ihre Einzelteile zerlegt und über die ganze Metro verteilt. Meinst du diese Geräusche? Ich denke, das ist unterirdisches Wasser. Hier ist ja der Fluss ganz in der Nähe, wir sind unter ihm durchgegangen. Egal, zum Teufel damit, wir haben jetzt andere Probleme. Erst mal müssen wir hier herausfinden.«

Artjom hakte nicht weiter nach, er wollte vor dem Stalker nicht wie ein Wahnsinniger dastehen – schließlich hätte seine zweite Hypothese ja noch verrückter geklungen.

Offenbar befand sich der Fluss tatsächlich nicht weit von ihnen entfernt. Durch die finstere Stille des Tunnels drang jetzt nämlich das unangenehme Geräusch fallender Wassertropfen und glucksender schwarzer Rinnsale neben den Gleisen. Die Wände und Decken glänzten feucht, weißer Schimmel bedeckte sie. An einigen Stellen mussten sie durch Pfützen waten. Artjom wusste, dass man sich vor Wasser in Tunneln fürchten musste, denn Feuchtigkeit trat stets an solchen Stellen auf, die der Mensch verlassen und vergessen hatte. Wenn man die Tunnel nicht ständig instand hielt und das Grundwasser bekämpfte, schlugen sie irgendwann leck. Suchoj hatte ihm sogar von gänzlich überschwemmten Tunneln und Stationen berichtet. Zumeist lagen diese jedoch ziemlich tief und eher am Rand der Metro, sodass das Problem nicht unbedingt die gesamte Linie betraf. Die kleinen Tropfen an den Wänden erschienen Artjom jetzt jedenfalls wie Schweißperlen auf der Stirn eines einsamen, sterbenden Menschen.

Je weiter sie allerdings vorankamen, desto trockener wurde es wieder. Die Bäche versiegten, der Schimmel trat zurück, das Atmen fiel wieder leichter. Der Tunnel führte nach unten und blieb weiterhin völlig leer. Wieder musste Artjom an Bourbons Worte denken: Ein leerer Tunnel bedeutete größte Gefahr. Auch die anderen schienen dies zu ahnen. Immer häufiger blickten sie sich um und wandten sich schnell wieder ab, um Artjom, der als Letzter ging, nicht in die Augen zu sehen.

Sie gingen die ganze Zeit geradeaus und beachteten weder die Abzweigungen mit ihren Metallgittern noch die dicken, eisernen Seitentüren mit den massiven Handrädern. Erst jetzt wurde sich Artjom bewusst, welch unvorstellbares Ausmaß das Labyrinth hatte, das über mehrere Generationen hinweg unter dieser Stadt ausgehoben worden war. Die Metro war offensichtlich nur ein Teil eines gigantischen unterirdischen Spinnennetzes, das aus unzähligen Gängen und Korridoren bestand.

Einige der Türen, an denen sie vorbeikamen, standen offen. Der Schein ihrer Taschenlampen verlieh den verlassenen Räumen und rostigen Doppelbetten für Sekunden ein gespenstisches Leben und verlor sich dann in verwinkelten Korridoren. Überall herrschte fürchterliche Ödnis – vergebens hielt Artjom nach den unscheinbarsten menschlichen Spuren Ausschau. Das ganze grandiose Bauwerk lag seit Langem tot und verlassen da; selbst wenn sie irgendwo jemandes sterbliche Überreste gefunden hätten, hätte sich Artjom weniger gefürchtet als jetzt.

Ihr Gewaltmarsch schien ewig zu dauern. Der Alte ging immer langsamer, seine Kräfte schwanden zusehends, und weder Stöße noch Flüche brachten ihn dazu, seinen Schritt zu beschleunigen. Die Gruppe machte nun keine richtigen Pausen mehr, der längste Halt dauerte eine halbe Minute – gerade so lange, wie die Männer an der Trage brauchten, um die Seiten zu tauschen. Antons Sohn hielt sich erstaunlich tapfer. Auch er war sichtlich müde, doch beklagte er sich kein einziges Mal, sondern lief keuchend, aber unverdrossen mit den Männern mit.

Plötzlich begannen die vordersten Kämpfer sich lebhaft miteinander zu unterhalten. Artjom blickte zwischen ihren breiten Rücken hindurch und begriff, was los war. Sie waren an einer neuen Station angekommen.

Diese sah fast genauso aus wie die vorige: Niedrige Decken ruhten auf Pfeilern, so dick wie Elefantenbeine. Die Betonwände waren mit Ölfarbe bemalt und wiesen keinerlei Dekor auf. Der Bahnsteig war diesmal jedoch so ungewöhnlich breit, dass kaum zu sehen war, was sich auf der anderen Seite befand. Auf den ersten Blick hätten hier mindestens zweitausend Menschen gleichzeitig auf einen Zug warten können. Doch auch hier war keine Menschenseele, die Gleise waren schwarz vom Rost, und auf den verfaulten Schwellen wuchs Moos. Der Stationsname aus gegossenen Bronzebuchstaben ließ Artjom zusammenzucken. Da war es wieder, dieses rätselhafte Wort: Generalstab. Sofort fielen ihm die Offiziere an der Polis ein, und er musste an die unheilvollen, wandernden Feuer auf dem kleinen Platz vor dem zerbombten Gebäude des Verteidigungsministeriums denken.

Melnik hob eine Hand. Im nächsten Augenblick verharrte die Einheit reglos. »Ulman, mit mir.« Mit dieser knappen Anweisung schwang sich der Stalker auf den Bahnsteig.

Ein Kämpfer mit der Statur eines Bären, der bisher neben ihm gegangen war, erklomm ebenfalls die Plattform und folgte ihm. Ihre weichen, schleichenden Schritte verloren sich bald in der Stille der Station. Die übrigen Mitglieder der Gruppe gingen wie auf Befehl in Gefechtsstellung und nahmen den Tunnel zu beiden Richtungen ins Visier. Unter dem Schutz der Kameraden besah sich Artjom die Station genauer.

Da zog ihn der Junge am Ärmel. »Muss Papa jetzt sterben?«

Artjom schlug die Augen nieder. Oleg blickte ihn flehend an, und Artjom begriff, dass er den Tränen nahe war. Er schüttelte beruhigend den Kopf und strich dem Jungen über den Scheitel.

Oleg schluchzte. »Bin ich schuld, weil ich erzählt habe, wo Papa arbeitet? Haben sie ihn deswegen verletzt? Papa hat mir immer gesagt, dass ich es niemandem sagen soll. Er hat gesagt, dass die Menschen die Raketentruppen nicht mögen. Papa hat gesagt, dass man sich nicht schämen muss, dass es nichts Schlechtes ist, dass die Raketentruppen nur die Heimat verteidigen wollten. Und dass die anderen einfach neidisch sind.«

Artjom sah sich vorsichtig nach dem Priester um. Der saß erschöpft auf dem Boden, starrte leer vor sich hin und achtete nicht auf ihr Gespräch.

Nach einigen Minuten kamen die beiden Aufklärer zurück. Die Einheit gruppierte sich um den Stalker, und dieser berichtete kurz den Stand der Dinge. »Die Station ist leer, wird jedoch genutzt. An einigen Stellen gibt es Darstellungen dieses Wurms. Und dann gibt es noch einen Plan, von Hand an die Wand gemalt. Wenn man ihm glaubt, führt diese Linie zum Kreml. Dort befindet sich die zentrale Station mit Verbindungen zu anderen Linien. Eine davon weist zur *Majakowskaja*. Dort müssen wir hin. Der Weg müsste frei sein. Die Seitengänge lassen wir links liegen. Fragen?«

Die Männer tauschten Blicke, doch niemand sagte etwas. Der Alte jedoch, kaum dass er das Wort »Kreml« vernommen hatte, schrak aus seiner Apathie hoch, begann wild den Kopf zu schütteln und zu stöhnen. Melnik bückte sich und nahm ihm den Knebel aus dem Mund.

»Nicht dorthin, nein!«, murmelte der Priester. »Ich gehe nicht zum Kreml! Lasst mich hier!«

»Was ist das Problem?«, fragte der Stalker verärgert.

Der Alte begann zu zittern und wiederholte entsetzt: »Nicht zum Kreml! Wir gehen nie dorthin! Ich komme nicht mit!«

»Na umso besser. Wenn ihr dort nie hingeht, haben wir ein Problem weniger. Der Tunnel ist leer und sauber. Die Seitengänge interessieren mich nicht. Ich denke, es ist am besten, wenn wir den Weg durch den Kreml nehmen.«

Die Kämpfer begannen zu flüstern. Artjom musste an das

böse Leuchten der Kremltürme denken und begriff, warum offenbar nicht nur der Priester sich vor diesem Ort fürchtete.

»Schluss jetzt!«, unterbrach Melnik das Murmeln. »Es geht weiter, wir haben keine Zeit. Heute ist für die da ein verbotener Tag, deshalb ist niemand im Tunnel. Aber wer weiß, wie lange noch. Hebt ihn auf!«

»Nein! Nicht dorthin! Ich will nicht!«, schrie der Alte völlig außer sich. Als sich ihm einer der Bewacher näherte, wand sich der Priester mit einer unmerklichen Schlangenbewegung aus dessen Fingern. Dann blieb er mit gespielter Folgsamkeit stehen, als die Männer ihre Gewehre auf ihn richteten. Plötzlich zuckten seine auf dem Rücken gefesselten Hände, und er kreischte: »Fahrt doch zur Hölle!« Sein triumphales Lachen verwandelte sich nach wenigen Sekunden in ein gurgelndes Krächzen, sein Körper krampfte sich zusammen, und aus seinem Mund trat plötzlich dicker Schaum. Der Krampf verzog seine Gesichtsmuskeln zu einer hässlichen Maske, die umso furchterregender war, da die Mundwinkel nach oben zeigten. Es war das schrecklichste Lächeln, das Artjom je gesehen hatte.

»Der hat sich verabschiedet«, teilte Melnik mit. Er ging zu der Leiche des Alten und drehte sie mit der Spitze seines Stiefels um. Der starre, gleichsam versteinerte Körper gab langsam nach und rollte nach vorne aufs Gesicht.

Zuerst dachte Artjom, der Stalker habe einfach nur das Gesicht des Toten verbergen wollen, doch dann begriff er den wahren Grund: Melnik beleuchtete mit seiner Taschenlampe die gefesselten Handgelenke des Alten. In der rechten Faust hielt dieser eine Nadel umklammert, die in seinem linken Unterarm stak. Wie der Priester das fertiggebracht hatte, wo er den giftigen Stachel die ganze Zeit versteckt und warum er ihn nicht früher verwendet hatte, konnte sich Artjom nicht erklären. Er wandte sich von der Leiche ab und hielt Oleg die Augen zu.

Die Männer rührten sich nicht. Obwohl der Befehl zum Aufbruch bereits gegeben war, standen sie wie angewurzelt da. Der Stalker warf einen prüfenden Blick in die Runde. Es war klar, was in ihren Köpfen vor sich ging: Was mochte sie im Kreml erwarten, wenn die Geisel es vorzog, sich umzubringen, um nicht dorthin gehen zu müssen?

Für Diskussionen war jedoch keine Zeit. Melnik ging zu der Trage mit Anton, der leicht stöhnte, bückte sich und packte einen der Griffe. »Ulman!«, rief er.

Der breitschultrige Aufklärer zögerte kurz, dann nahm er seinen Platz neben Melnik ein. Einem plötzlichen Impuls folgend, trat Artjom von hinten an die Trage heran. Schließlich kam noch ein Vierter hinzu. Ohne ein Wort zu verlieren, richtete sich der Stalker auf, und sie marschierten los. Die anderen folgten ihnen, und die Einheit formierte sich von Neuem.

»Es ist nicht mehr weit«, sagte Melnik leise. »Vielleicht zweihundert Meter. Hauptsache, wir finden den Übergang zur anderen Linie. Dann bis zur *Majakowskaja,* und dann sehen wir weiter. Tretjak ist tot, wir werden uns also etwas ausdenken müssen. Es gibt jetzt nur einen Weg für uns.«

Bei diesen Worten regte sich etwas in Artjom – er musste an seinen eigenen Weg denken. Daher wurde ihm nicht gleich bewusst, was Melnik zuvor gesagt hatte. Doch dann zuckte er plötzlich zusammen und flüsterte: »Anton … der Verletzte … Er war doch auch bei den Raketenstreitkräften. Er müsste sich also auskennen! Dann ist es also doch noch möglich?«

Melnik blickte ungläubig über die Schulter auf den Kommandeur der Wache, der ausgestreckt auf der Trage lag und dem es offensichtlich immer schlechter ging. Seine Lähmung war schon lange abgeklungen, doch jetzt fieberte er. Sein Stöhnen wurde immer wieder von Satzfetzen unterbrochen, dann wieder von undeutlichen, aber wütenden Befehlen, verzweifeltem Flehen,

Schluchzen und Murmeln. Je näher sie dem Kreml kamen, desto lauter wurden seine Rufe, desto heftiger wand er sich auf der Trage hin und her. »Ich sagte! Keine Diskussionen!«, rief er im Traum seinen Kameraden zu. »Sie kommen … Hinlegen! Feiglinge … Aber was … was ist mit den anderen? Keiner kann das, keiner!«

Antons Stirn war feucht, und Oleg, der neben der Trage hergelaufen war, nutzte jede kleine Pause – während die Männer ihre Positionen wechselten –, um ihn mit einem Stück Stoff abzutrocknen. Melnik leuchtete ihn an: Man konnte sehen, wie Anton die Zähne zusammenbiss, wie die Augäpfel hinter den Lidern unruhig hin und her jagten. Er presste die Fäuste zusammen, und sein Körper drehte sich mal zur einen, mal zur anderen Seite. Riemen aus Segeltuch bewahrten ihn davor, herunterzufallen, doch wurde es immer schwerer, ihn zu transportieren.

Nach weiteren fünfzig Metern hob Melnik die Hand, und die Gruppe blieb stehen. Auf dem Boden leuchtete wieder ein grob gemaltes Zeichen: Die bereits bekannte Schlangenlinie stieß hier mit dem Kopf gegen einen dicken, roten Strich. Ulman pfiff leise, und von hinten scherzte einer nervös: »Ist das rote Licht zu sehen, sollst du nicht mehr weitergehen.«

»Das hier gilt für Würmer, nicht für uns«, bemerkte Melnik knapp. »Vorwärts!«

Nun bewegten sie sich noch langsamer voran. Der Stalker hatte sich ein Nachtsichtgerät aufgesetzt und ging vorneweg. Doch es war nicht nur Vorsicht, die sie dazu bewog, das Tempo zu drosseln. Seit der Station *Generalstab* war der Tunnel immer steiler hinabgetaucht, und obwohl er noch immer absolut leer war, kroch ihnen vom Kreml der unsichtbare, aber doch spürbare Hauch einer seltsamen Präsenz entgegen. Er umhüllte die Männer – und schließlich waren diese überzeugt, dass sich dort, in der schwarzen, undurchdringlichen Tiefe, etwas Unerklärliches, Riesiges, Böses verbarg.

Dieses Gefühl war nicht zu vergleichen mit jenen, die Artjom kannte: weder mit dem dunklen Wirbel, der ihn im Tunnel bei der *Sucharewskaja* verfolgt hatte, noch mit den Stimmen aus den Rohren noch mit der abergläubischen Furcht vor den Tunneln zum *Park Pobedy*. Immer stärker spürte er, dass sich diesmal hinter seiner Unruhe wirklich etwas verbarg – etwas Unbeseeltes und doch Lebendiges.

Er sah zu dem bulligen Kämpfer hinüber, der auf der anderen Seite der Trage ging und den der Stalker Ulman genannt hatte. Er verspürte das dringende Bedürfnis, mit jemandem zu sprechen, egal, worüber. Hauptsache, er hörte wieder eine menschliche Stimme. Plötzlich fiel ihm eine Frage ein, die ihn schon einmal beschäftigt hatte. »Warum leuchten die Sterne auf dem Kreml?«

»Wer hat dir gesagt, dass sie leuchten?«, erwiderte Ulman verwundert. »Das stimmt doch gar nicht. Mit dem Kreml ist es so: Jeder sieht nur das, was er will. Einige behaupten sogar, dass er selbst schon längst nicht mehr existiert und dass sich die Leute einfach nur einbilden, dass sie ihn sehen. Weil sie hoffen, dass ihr Allerheiligstes unversehrt geblieben ist.«

»Was ist denn eigentlich damit passiert?«

»Das weiß keiner, außer vielleicht deinen Kannibalen. Ich bin noch zu jung, ich war damals vielleicht zehn. Aber die, die damals im Krieg waren, sagen, dass man den Kreml nicht zerstören wollte und deswegen irgendeine geheime Entwicklung darauf abgeworfen wurde. Eine biologische Waffe. Gleich zu Beginn des Kriegs. Sie wurde nicht gleich entdeckt, nicht mal Alarm wurde geschlagen, und als man herausfand, was los war, war es schon zu spät, denn das, was sich da entwickelt hatte, fraß alles auf und zog sogar noch aus der Umgebung Menschen an. Bis heute lebt es hinter den Kremlmauern, und es gedeiht prächtig.«

Artjom sah wieder die Sterne auf den Kremltürmen vor sich, wie sie in außerirdischem Licht leuchteten. »Und wie … zieht es die Menschen an?«

»Weißt du, es gab früher mal so ein Insekt, das hieß Ameisenlöwe. Es grub im Sand kleine Trichter, setzte sich auf den Boden der Löcher und machte das Maul auf. Wenn eine Ameise vorüberkam und zufällig auf den Rand der Grube trat, war es vorbei. Endstation. Der Ameisenlöwe wackelte ein bisschen, der Sand rutschte ab, und mit ihm die Ameise, direkt in seinen Schlund. Mit dem Kreml ist das genauso. Man muss nur auf den Rand des Trichters treten – schon zieht er dich rein.« Ulman grinste.

»Und warum gehen die Menschen von selbst hinein?«

»Woher soll ich das wissen? Hypnose wahrscheinlich … Schau dir doch mal deine menschenfressenden Zauberkünstler an. Wie die uns die Schädel lahmgelegt haben. Bevor du es selbst erlebst, glaubst du es nicht. Wir wären dort ja beinahe nicht mehr rausgekommen.«

»Und warum gehen wir dann jetzt direkt in die Höhle des Löwen?«

»Die Frage stellst du mal lieber dem Chef. Aber wenn ich das richtig verstehe, muss man oben auf die Türme schauen, damit es einen packt. Wir sind ja eigentlich schon drin. Und hier ist nichts, wo man hingucken könnte …«

Melnik drehte sich um und zischte sie wütend an. Ulman verstummte sofort. Und nun hörten sie, was seine Stimme bisher überdeckt hatte: ein leises, unheilvolles … Gluckern? Knurren? Von dem Augenblick an, da sie dieses eigentlich harmlose, aber irgendwie aufdringliche und unangenehme Geräusch wahrgenommen hatten, verschwand es nicht mehr aus ihren Köpfen.

Dann passierten sie drei mächtige, direkt hintereinander gestaffelte hermetische Tore. Sie waren alle weit geöffnet, und ein schwerer eiserner Vorhang war zur Decke angehoben worden.

Die Türen, dachte Artjom. Wir sind an der Schwelle.

Die Wände traten auseinander, und sie kamen in einen marmornen Saal, so groß, dass selbst die stärksten Taschenlampen kaum bis zur gegenüberliegenden Wand reichten. Die Decke war hier hoch – im Gegensatz zu den anderen Geheimstationen – und ruhte auf mächtigen, reich verzierten Pfeilern. Von oben hingen massive, einst vergoldete, inzwischen mit schwarzer Patina überzogene Lüster herab, die jedoch auf den Schein der Taschenlampen noch immer mit kokettem Glitzern reagierten.

Mehrere riesige Mosaike zierten die Wände, auf denen ein schon etwas älterer Herr mit Jackett, Spitzbart und Glatze dargestellt war sowie Menschen in Arbeiteruniform, junge Frauen in bescheidenen Kleidern und leichten weißen Kopftüchern, Soldaten in altmodischen Schirmmützen, und alle lächelten ihm zu. Daneben sah man Bomberverbände, die über den Himmel flogen, Panzerformationen und schließlich den Kreml selbst.

Der Name dieser wundersamen Station war nirgends zu sehen, doch machte gerade dieser Umstand besonders deutlich, wo sie sich befanden.

Die Säulen und Wände waren mit einer fast zentimeterdicken grauen Staubschicht bedeckt. Offenbar hatte seit Jahrzehnten niemand mehr einen Fuß hierher gesetzt. Der Gedanke, dass sogar die furchtlosen Wilden diesen Ort mieden, war beunruhigend.

Weiter hinten auf dem Gleis stand ein ungewöhnlicher Zug. Er bestand nur aus zwei Waggons, dafür waren diese schwer gepanzert und mit einer dunkelgrünen Schutzfarbe angestrichen. Anstelle der Fenster hatte er schmale, schießschartenähnliche Schlitze mit abgedunkelten Glasscheiben. Die Türen, jeweils eine pro Waggon, waren verschlossen. Sollten die Herren des Kremls ihren geheimen Fluchtweg am Ende gar nicht genutzt haben?

Sie erklommen den Bahnsteig und hielten inne.

»So ist es also hier …« Der Stalker legte den Kopf nach hinten, soweit es ihm sein Helm erlaubte. »So oft ist mir schon davon erzählt worden … Und nichts davon stimmt.«

»Wohin jetzt?«, fragte Ulman.

»Keine Ahnung«, gestand Melnik. »Sehen wir uns erst einmal um.«

Dieses Mal blieb er bei der Einheit, und die Männer bewegten sich gemeinsam vorwärts. Vom Aufbau her erinnerte die Station an die übrigen: Zu beiden Seiten des Bahnsteigs waren die Gleise, die den Raum links und rechts begrenzten. An den Längsseiten befanden sich Rolltreppen unter mächtigen Rundbögen. Die nähere führte hinauf, während die andere in die Tiefe hinabtauchte. Irgendwo hier war vermutlich auch ein Aufzug, denn kaum einer der ehemaligen Bewohner des Kremls hätte sich wie ein Normalsterblicher die Zeit genommen, um in aller Ruhe mit der Rolltreppe auf den Bahnsteig zu fahren.

Die Verzauberung, die Melnik empfand, übertrug sich auch auf die anderen. Sie leuchteten mit ihren Lampen zu den hohen Gewölben hinauf, betrachteten die Bronzeskulpturen in der Mitte des Saals, die herrlichen Wandbilder, registrierten verblüfft die Pracht dieser Station, eines wahren unterirdischen Palasts, und sprachen nur flüsternd miteinander, wie um die heilige Ruhe nicht zu stören. Auch Artjom blickte sich begeistert um und hatte sämtliche Gefahren, den Selbstmord des Priesters und das hypnotische Leuchten der Kremlsterne völlig vergessen. Nur ein einziger Gedanke beschäftigte ihn: Wie wunderbar musste diese Station im hellen Glanz der Lüster aussehen!

Langsam näherten sie sich dem gegenüberliegenden Ende

des Saals, wo die nach unten führende Rolltreppe begann. Artjom versuchte sich vorzustellen, was sich dort unten verbarg. Noch eine zusätzliche Station, deren Züge direkt zu den Geheimbunkern im Ural fuhren? Oder führten dort weitere Gleise zu den zahllosen Korridoren unterirdischer Gewölbe und Verliese, die hier in unvorstellbaren Zeiten gegraben worden waren? Eine unterirdische Festung? Strategische Vorräte an Waffen, Medikamenten und Lebensmitteln? Oder einfach ein unendliches Band aus Stufen, das hinabführte, so weit das Auge reichte? War nicht irgendwo hier der tiefste Punkt der Metro, von dem Khan gesprochen hatte?

Mit diesen unwahrscheinlichen Bildern regte Artjom seine Fantasie bewusst an, zögerte den Moment hinaus, da er, am Rand der Treppe angekommen, endlich zu Gesicht bekommen würde, was sich tatsächlich dort unten befand. Aus diesem Grund war nicht er als Erster dort, sondern der Kämpfer, der ihm von dem Ameisenlöwen erzählt hatte. Doch der schrie plötzlich auf und sprang zurück. Einen Augenblick später begriff Artjom, was passiert war.

Langsam, wie Märchenwesen, die Hunderte von Jahren vor sich hin geträumt hatten, nun zum Leben erweckt worden waren und ihre steif gewordenen Glieder streckten, setzten sich beide Treppen in Bewegung. Mit angestrengtem, altersmüdem Krächzen krochen die Stufen nach unten, und dieses Bild allein hatte etwas unaussprechlich Furchtbares an sich. Etwas stimmte hier nicht, entsprach nicht dem, was Artjom von Rolltreppen wusste, woran er sich erinnerte. Er spürte es, doch des Rätsels Lösung bekam er einfach nicht zu fassen.

Es war Ulman, der ihm auf die Sprünge half. »Hörst du, wie leise? Da ist kein Motor, der sie antreibt … Die Maschine steht jedenfalls still.«

Natürlich, genau das war es! Das Quietschen der Stufen und

das Knirschen der ungeschmierten Zahnräder waren die einzigen Geräusche, die die Anlage von sich gab. Die einzigen? Jetzt hörte Artjom es wieder: jenes widerliche Gluckern und Schmatzen, das ihnen bereits im Tunnel aufgefallen war. Die Geräusche kamen von unten, von dort, wo die Treppen hinführten. Er nahm all seinen Mut zusammen, trat an den Rand und leuchtete in den schrägen Tunnel, durch den das schwarzbraune Band der Stufen immer schneller hinabkroch.

Für einen Augenblick glaubte er, dass sich ihm das Geheimnis des Kremls offenbarte. Er sah, wie durch die Spalten zwischen den Stufen etwas dreckig Braunes, Öliges, Fließendes und eindeutig Lebendiges hervortrat. Mit leichtem Plätschern floss es heraus und hob und senkte sich synchron auf der ganzen Länge der Treppe, so weit sie Artjom überblicken konnte. Doch war das nicht einfach ein sinnloses Pulsieren. Dieses Wogen war zweifelsohne Teil eines gigantischen Ganzen, das mit großer Kraft die Stufen bewegte. Irgendwo ganz unten, in Dutzenden Metern Tiefe, verteilte sich dieses schmutzig-ölige Etwas über den Boden, schäumte und blies sich auf, floss und zuckte hin und her, wodurch die seltsamen, widerlichen Geräusche entstanden. Der Rundbogen erschien Artjom nun wie das Maul eines Ungeheuers, das Gewölbe des Treppentunnels wie der Rachen und die Stufen wie die gierige Zunge einer furchterregenden, uralten Gottheit, die sie, die Neuankömmlinge, aus Versehen geweckt hatten.

Und dann war es, als ob eine Hand sanft sein Bewusstsein berührte. Sein Kopf wurde mit einem Schlag so leer wie der Tunnel, durch den sie gerade gegangen waren. Und er wollte nur noch eines: die Stufen betreten und ohne Hast hinunterfahren, wo er endlich Frieden und die Antwort auf all seine Fragen finden würde. Wieder flammten vor ihm die Sterne des Kremls auf.

Ein Handschuh peitschte über seine Wange, dass die Haut brannte. »Artjom! Lauf!«

Er fuhr auf und erstarrte vor Schreck: Die braune Brühe kam tatsächlich den Tunnel hochgekrochen. Mit jedem Moment schwoll sie an, wuchs und schäumte wie überkochende Schweinemilch. Artjoms Beine gehorchten ihm nicht. Für einen kurzen Augenblick hatten die unsichtbaren Fühler seinen Verstand freigelassen – doch nun packten sie ihn erneut und zogen ihn zurück in die Düsternis.

»Zieh ihn mit!«

»Zuerst den Jungen. Hör schon auf zu weinen …«

»Mann, ist der schwer. Und da ist noch der Verletzte …«

»Lass die Trage! Was willst du mit der Trage?«

»Warte, ich komm rauf, zu zweit geht's leichter.«

»Die Hand, gib mir die Hand! Jetzt mach schon!«

»Heilige Mutter Gottes … Es ist schon draußen …«

»Zieh fest … Schau nicht, schau nicht dorthin! Hörst du?«

»Scheuer ihm eine! So!«

»Zu mir! Das ist ein Befehl! Oder ich schieße!«

Seltsame Bilder zogen an Artjom vorbei: die grüne, mit Nieten übersäte Seitenwand eines Waggons, die auf dem Kopf stehende Saaldecke, dann der verdreckte Boden … Dunkelheit … Wieder die grüne Panzerhaut … Dann hörte die Welt zu schwanken auf, beruhigte sich und erstarrte. Artjom richtete sich auf und sah sich um. Sie saßen im Kreis auf dem Dach des gepanzerten Zuges. Alle Taschenlampen waren ausgeschaltet, nur eine ganz kleine lag in der Mitte und leuchtete. Ihr Licht reichte nicht aus, um zu erkennen, was im Saal vor sich ging, doch Artjom hörte, wie es von allen Seiten gluckste, blubberte und rauschte.

Und wieder streckte jemand vorsichtig, gleichsam tastend, seine Fühler nach seinem Bewusstsein aus, aber diesmal schüttelte er den Kopf, und die Illusion verschwand.

Er blickte sich um, zählte mechanisch die Männer, die auf dem Dach kauerten. Es waren fünf, nicht gezählt Anton, der noch immer nicht zu sich gekommen war, und dessen Sohn. Dumpf stellte Artjom fest, dass einer der Kämpfer fehlte, dann erstarrten seine Gedanken wieder. Doch sobald es in seinem Kopf leer wurde, begann sein Verstand aufs Neue in den trüben Strudel hinabzugleiten. Es war schwer, alleine dagegen anzukämpfen. Als er sich einen Moment lang dessen bewusst wurde, ergriff er diesen Gedanken und versuchte ihn nicht wieder loszulassen. Wichtig war es, an irgendetwas zu denken – damit der Verstand beschäftigt blieb. Den anderen schien es genauso zu gehen.

»Das ist also durch all die Strahlung entstanden«, sagte Melnik. »Und es stimmt, dass es eine biologische Waffe war! Aber mit diesem kumulativen Effekt haben sie sicher nicht gerechnet. Ein Glück, dass es sich hinter einer Mauer befindet und nicht in der Stadt ausbreitet.«

Niemand antwortete ihm. Die Kämpfer schwiegen und lauschten.

»Redet mit mir! Schweigt nicht! Diese Schweinerei hier packt euch sonst am Kleinhirn. He, Oganessjan! Oganessjan! Woran denkst du?« Der Stalker schüttelte einen aus seiner Mannschaft. »Ulman, verdammt! Wohin schaust du? Schau mich an! Und hört auf zu schweigen!«

Ulman klapperte mit den Augenlidern und sagte: »Sie ruft … so sanft …«

»Wie bitte, sanft? Hast du denn nicht gesehen, was mit Deljagin passiert ist?« Melnik gab dem Mann eine schallende Ohrfeige, sodass dessen stierer Blick wieder klar wurde.

»Nehmt euch an den Händen! An den Händen!«, schrie Melnik. »Schweigt nicht! Artjom! Sergej! Schaut her, schaut mich an!«

Derweil gurgelte und kochte einen Meter unter ihnen die furchtbare Masse. Sie musste bereits den gesamten Bahnsteig überflutet haben. Immer stärker drängte sie heran, und es war kaum noch möglich, ihrem Sog zu widerstehen.

Melnik jedoch ließ nicht nach, schüttelte seine Soldaten, schlug ihnen ins Gesicht oder brachte sie mit fast zärtlicher Berührung wieder zu sich. »Jungs! Leute! Gebt nicht auf! Los jetzt … im Chor! Singen wir!« Und mit krächzender, falscher Stimme begann er: »Steh auf, du großes, weites Land … Steh auf zum letzten Kampf! … Kämpf ge-gen die Faschistenbrut … Die dunk-le Macht greift an …«

»Soll un-sere gerechte Wut …«, fiel Ulman ein. »Uns bringen bald den Sieg …«

Die gurgelnde Masse rund um den Zug schien nun mit doppelter Kraft anzuwachsen. Artjom sang nicht mit, da er die Worte nicht kannte. Doch er war sich sicher, dass die Männer nicht von ungefähr von einer dunklen Macht sangen.

Die erste Strophe und den Refrain kannten alle seine Kämpfer, doch weiter musste Melnik alleine singen. Dabei blitzte er drohend mit den Augen und achtete darauf, dass niemand sich ablenken ließ:

*Wie zwei verschied'ne Po-o-le,*
*Sind wir in allem feind!*
*Für Licht und Frieden kämpfen wir,*
*Sie für die Dunkelheit …*

Diesmal sangen fast alle den Refrain mit, sogar der kleine Oleg versuchte es. Es war ein jämmerlicher Chor grober, verrauchter Männerstimmen, die in dem endlosen, düsteren Saal widerhallten. Ihr Gesang flog durch das hohe, mosaikdekorierte Gewölbe, stieß sich dort ab, fiel und tauchte unten in die brausende, lebendige Masse ein. Und obwohl in jeder anderen Situation dieses Bild – sieben erwachsene Männer und ein Junge auf dem Dach eines Metrozugs, händehaltend und sinnlose Lieder singend – Artjom absurd und komisch vorgekommen wäre, so empfand er es hier eher wie eine Szene aus einem nächtlichen Albtraum. Und er wünschte sich nichts sehnlicher, als endlich aufzuwachen.

*Soll un-sere gerechte Wut*
*Uns brin-gen bald den Si-i-ieg …*
*Wir kämpfen für das ganze Volk,*
*Es ist ein heil'ger Krieg!*

Obwohl Artjom selbst nicht mitsang, bewegte er doch eifrig die Lippen und schaukelte zum Takt der Melodie. Da er die Worte der ersten Strophe nicht ganz verstanden hatte, dachte er zunächst, es sei ein Lied entweder über das Überleben der Menschen in der Metro oder über den Kampf gegen die Schwarzen, unter deren Ansturm seine Heimatstation bald fallen würde. Doch dann fiel in einer der Strophen noch einmal das Wort »Faschisten«, und Artjom begriff, dass es offenbar um den Kampf der Roten Brigade gegen die Bewohner der *Puschkinskaja* ging.

Als er wieder aus seinen Gedanken auftauchte, bemerkte er, dass der Chor verstummt war. Vielleicht kannte selbst Melnik keine weiteren Strophen mehr, oder die anderen hatten einfach aufgehört mitzusingen.

»Kommt schon, Jungs! Dann wenigstens ›Kombat‹«, versuchte der Stalker seine Leute zu überreden und begann: *»Kombat, he alter Kombat, hast nie dich versteckt, dein Herz hat Format …«* Doch schon nach wenigen Worten verstummte er selbst.

Die Gruppe erstarrte. Die Männer lösten ihre Hände, der

Kreis zerfiel. Alle schwiegen, sogar Anton, der bis zuletzt im Fieberwahn gemurmelt hatte.

Artjom spürte, wie sich die Leere in seinem Kopf mit einer warmen, trüben Brühe aus Gleichgültigkeit und Müdigkeit füllte. Hastig begann er sie wieder hinauszuschieben, dachte an seine Mission, sprach sich all seine Kindergedichte vor, an die er sich erinnerte, und schließlich wiederholte er nur noch: »Ich denke, ich denke, ich denke, zu mir kommst du nicht rein …«

Plötzlich erhob sich der Kämpfer, den der Stalker Oganessjan genannt hatte, von seinem Platz und richtete sich zu voller Größe auf. Artjom hob teilnahmslos seine Augen.

»So, ich muss jetzt. Bis dann«, sagte Oganessjan.

Die anderen sahen ihren Kameraden unbeteiligt an und antworteten nichts, nur der Stalker nickte ihm zu. Oganessjan trat an den Rand und machte ohne zu zögern einen Schritt vorwärts. Kein Schrei entfuhr ihm, aber das Geräusch von unten war widerlich, eine Mischung aus Gluckern und hungrigem Knurren.

»Sie ruft … sie ru-uft …«, sang Ulman und begann ebenfalls aufzustehen.

In Artjoms Kopf blieb die Beschwörungsformel »Ich denke, ich denke, ich denke …« bei dem Wort »ich« stecken, und nun wiederholte er einfach mit lauter Stimme, ohne es selbst zu merken: »Ich, ich, ich, ich, ich«. Und auf einmal hatte er den starken, ja unwiderstehlichen Wunsch nachzusehen, ob die brodelnde Masse dort unten noch immer so abstoßend war wie zu Anfang. Vielleicht hatte er sich ja geirrt. Wieder musste er an die Sterne auf den Kremltürmen denken, so fern und doch so verlockend …

Da sprang der kleine Oleg auf, nahm kurz Anlauf und stürzte sich mit fröhlichem Lachen hinab. Der lebendige Morast schmatzte leise auf, als er den Körper des Jungen empfing. Artjom merkte, dass er Oleg beneidete, und schickte sich an, ihm zu folgen. Doch nur wenige Sekunden nachdem sich die Masse über Olegs Kopf wieder geschlossen hatte – vielleicht in genau jenem Moment, als sie ihm das Leben nahm –, schrie sein Vater auf und erwachte.

Schwer atmend und gehetzt nach allen Seiten starrend, erhob sich Anton und begann die anderen wachzurütteln. Dabei fragte er: »Wo ist er? Was ist mit ihm? Wo ist mein Sohn? Wo ist Oleg? Oleg! Oleschek!«

Stück für Stück nahmen die Gesichter der Kämpfer wieder einen verständigen Ausdruck an. Auch Artjom kam allmählich wieder zu sich. Schon wusste er nicht mehr genau, ob er Oleg tatsächlich hatte springen sehen. Deshalb antwortete er nicht, versuchte aber Anton zu beruhigen, der offenbar auf unerklärliche Weise spürte, dass etwas Verhängnisvolles geschehen war, und immer mehr außer sich geriet. Seine Panik führte dazu, dass Artjom, Melnik und die anderen Männer endgültig aus ihrer Erstarrung erwachten. Seine Erregung, seine wütende Verzweiflung übertrugen sich auf sie, und die unsichtbare Hand, die ihr Bewusstsein machtvoll ergriffen hatte, zuckte zurück, als hätte sie sich an dem Hass, der nun in ihnen loderte, verbrannt. Nun hatten Artjom und die anderen endlich ihre Fähigkeit klar zu denken wiedererlangt, die ihnen – wie sie jetzt begriffen – schon am Eingang zur Station abhandengekommen war.

Der Stalker gab einige Schüsse auf die brodelnde Masse ab, jedoch ohne Ergebnis. Da befahl er dem Mann mit dem Flammenwerfer, den Kanister mit dem Brennstoff abzuschnallen. Dann stellte er zwei Kämpfer mit starken Taschenlampen bereit und ging in Schussposition. Auf Melniks Zeichen drehte sich der erste Kämpfer einmal um sich selbst und schleuderte den Kanister in die Mitte der Station. Beinahe wäre er dabei selbst hinterhergeflogen, erst im letzten Moment gelang es ihm, sich am Rand des Zugdachs festzuhalten.

Der Kanister flog schwer durch die Luft und fiel etwa fünfzehn Meter von ihnen entfernt herunter. Während die beiden anderen Kämpfer die Stelle beleuchteten, wo er die ölig schimmernde Oberfläche berührte, rief Melnik: »Hinlegen!«, zielte und drückte ab.

Artjom warf sich der Länge nach auf das Zugdach. Als er das trockene Plopp aus Melniks Stetschkin vernahm, verbarg er sein Gesicht in der Ellenbeuge und drückte sich mit aller Kraft gegen die kalte Panzerhaut. Die Explosion war gewaltig, beinahe wäre Artjom vom Dach gefegt worden. Der Zug schwankte. Durch seine zusammengekniffenen Augenlider drang ein schmutzig-oranges Leuchten, als sich das Flammöl über der wogenden Masse verteilte und verbrannte.

Eine Minute lang geschah nichts. Das Glucksen und Schmatzen des Sumpfs ließ nicht nach, und Artjom rechnete damit, dass sich die Masse von dieser unangenehmen Überraschung bald erholen und erneut beginnen würde, seinen Verstand einzuhüllen.

Doch dann begann sich das Geräusch allmählich zu entfernen.

»Schaut! Es zieht sich zurück!«, brüllte Ulman.

Artjom hob den Kopf. Im Schein der Taschenlampen war deutlich zu sehen, wie sich die Masse, die vor Kurzem noch fast den ganzen riesigen Saal ausgefüllt hatte, zusammenzog und zu den Rolltreppen zurückwich.

Melnik sprang auf die Beine. »Schnell! Sobald es nach unten abtaucht, alle mir nach, in den Tunnel da drüben!«

Artjom wunderte sich, woher sich Melnik auf einmal so sicher war, doch er fragte nicht nach und schob Melniks Unentschlossenheit von vorhin auf die allgemeine geistige Verwirrung. Der Stalker hatte sich zurückverwandelt: Er war wieder der nüchterne, zielstrebige Kommandeur der Einheit.

Aber Artjom hatte weder Zeit noch Lust, lange darüber nachzudenken. Das Wichtigste war jetzt, so schnell wie möglich die verfluchte Station zu verlassen, um nicht von diesem seltsamen Wesen aus dem Keller des Kremls aufgefressen zu werden. Die Station kam ihm nun überhaupt nicht mehr erstaunlich und wunderbar vor, sondern nur noch feindlich und abstoßend. Selbst die Arbeiter und Bäuerinnen blickten jetzt wütend von den Wandbildern herab, und dort, wo sie lächelten, taten sie es süßlich und falsch.

Hals über Kopf sprangen sie auf den Bahnsteig hinab und stürzten zum gegenüberliegenden Ende der Station. Anton war inzwischen wieder ganz zu sich gekommen und lief neben ihnen her, sodass nichts sie aufhielt.

Dann, nach zwanzig Minuten Hetzjagd durch den schwarzen Tunnel, war Artjom völlig außer Atem, und auch die anderen begannen müde zu werden. Endlich gestattete ihnen der Stalker, in schnellen Schritt überzugehen.

Artjom schloss zu Melnik auf und fragte: »Wohin gehen wir?«

»Ich denke, wir sind jetzt unter der Twerskaja-Straße. Bald sollten wir zur *Majakowskaja* kommen. Dort sehen wir weiter.«

»Woher wussten Sie, in welchen Tunnel wir müssen?«

»Es stand auf dem Plan, den wir beim Generalstab gesehen hatten. Aber erst im letzten Moment ist es mir wieder eingefallen. Ob du's glaubst oder nicht – kaum waren wir im Kreml, war mein Kopf komplett leer.«

Artjom dachte nach. War seine Begeisterung angesichts der Kremlstation, ihrer Bilder und Skulpturen, ihrer Größe und Großartigkeit also gar nicht seine eigene Begeisterung gewesen? War es nur eine Täuschung gewesen, herbeigeführt von diesem seltsamen Wesen?

Dann erinnerte er sich an den Widerwillen und die Furcht,

die ihm die Station eingeflößt hatte, als die Illusion vorbeigewesen war. Und er begann zu zweifeln, dass auch diese Gefühle seine eigenen waren. Vielleicht hatte ja der »Ameisenlöwe« in ihnen den Wunsch nach panischer Flucht ausgelöst, nachdem sie ihm Schmerzen zugefügt hatten.

Welche Gefühle gehörten Artjom überhaupt selbst, welche entstanden in seinem eigenen Kopf? Hatte das Ungeheuer seinen Verstand denn schon losgelassen, oder diktierte es ihm noch immer seine Gedanken und Emotionen? In welchem Augenblick war Artjom unter seinen hypnotischen Einfluss geraten? War er überhaupt jemals frei in seinen Entscheidungen gewesen? Wieder dachte Artjom an das Gespräch mit den beiden seltsamen Bewohnern der *Poljanka* …

Er sah sich um. Zwei Schritte von ihm entfernt ging Anton. Er fragte nicht mehr danach, was mit seinem Sohn passiert war – offenbar hatte es ihm jemand inzwischen gesagt. Sein Gesicht war totenstarr, sein Blick nach innen gewandt. Begriff er, dass sie seinen Jungen fast gerettet hätten? Dass sein Tod ein unglücklicher Zufall war, der aber allen anderen das Leben gerettet hatte? Oder war es gar kein Zufall gewesen, sondern ein Opfer? »Wissen Sie, Oleg hat uns alle gerettet. Nur dank ihm sind wir … aufgewacht«, wandte sich Artjom an Anton.

»Ja«, erwiderte der andere gleichgültig.

»Er hat uns erzählt, dass Sie bei den Raketenstreitkräften waren. Den strategischen.«

»Den taktischen. Totschka und Iskander.«

Der Stalker hatte ihr Gespräch mit angehört und sich etwas zurückfallen lassen. Nun schaltete er sich ein. »Und Raketenwerfer? Smertsch, Uragan?«

»Kenn ich auch. Ich war Längerdienender, da bekamen wir auch das beigebracht. Außerdem hat mich das schon immer interessiert. Ich wollte alles ausprobieren. Bis ich sah, wozu das führte.« Antons Stimme klang völlig teilnahmslos. Er schien nicht im Mindesten beunruhigt zu sein, dass sein wohlgehütetes Geheimnis nun bekannt geworden war. Er antwortete einsilbig, ja fast mechanisch.

Melnik nickte und schloss wieder zu der vorderen Gruppe auf.

Artjom sah erneut Anton an. »Wir brauchen dringend Ihre Hilfe. An der *WDNCh* passieren furchtbare Dinge …« Sogleich verstummte er. Nach all dem, was er in den letzten vierundzwanzig Stunden erlebt hatte, war das, was an der *WDNCh* vor sich ging, gar nicht mehr so bedrohlich, erschien gar nicht mehr wie eine Ausnahmesituation, die die gesamte Metro und zuletzt den Menschen als biologische Art gefährdete. Doch auch mit diesem Gedanken wurde Artjom fertig, denn er dachte daran, dass dies nicht sein eigener, sondern ein von außen aufgezwungener Gedanke sein konnte. Also riss er sich zusammen und fuhr fort: »Es kommen Kreaturen von der Oberfläche zu uns …«

Anton unterbrach ihn mit einer Geste. »Sag einfach nur, was zu tun ist, ich tu's«, sagte er tonlos. »Ich habe jetzt Zeit genug. Wie kann ich mich jemals ohne meinen Sohn zu Hause blicken lassen?«

Artjom nickte beflissen und ließ den Wachmann mit sich allein. Er fühlte sich elend: einem Menschen Hilfe abzunötigen, der soeben sein eigenes Kind verloren hatte. Und dass auch noch durch seine Schuld.

Er holte den Stalker wieder ein. Dieser war jetzt sichtlich guter Laune – er ging allein voraus, summte leise vor sich hin, und als er Artjom erblickte, lächelte er ihm zu.

Nach einer Weile erkannte Artjom die Melodie: Es war jenes Lied vom heiligen Krieg, das sie auf dem Zugdach gesungen hatten. »Wissen Sie, ich dachte erst, dass es darin um unseren Krieg gegen die Schwarzen geht. Aber dann habe ich begriffen, dass die Faschisten gemeint sind. Haben die von der Roten Linie es geschrieben?«

Melnik schüttelte den Kopf. »Dieses Lied ist vielleicht hundert wenn nicht hundertfünfzig Jahre alt. Zuerst wurde es für einen Krieg verfasst, dann für einen anderen umgeschrieben. Das ist ja das Gute daran – dass es zu jedem Krieg passt. Solange der Mensch lebt, wird er immer denken, dass er die Macht des Lichts ist und seine Feinde die der Finsternis.«

Und das auf beiden Seiten der Front, dachte Artjom. Bedeutete das etwa … Seine Gedanken wanderten wieder zu den Schwarzen. Konnte das nicht auch bedeuten, dass in den Augen der Schwarzen die Menschen, die Bewohner der *WDNCh*, das Böse und die Finsternis verkörperten? Doch Artjom verbot sich, die Schwarzen als gewöhnliche Gegner einzustufen. Wenn man ihnen einmal die Tür des Mitleids öffnete, waren sie durch nichts aufzuhalten.

Nach einer Weile sagte Melnik: »Weißt du, in diesem Land, in dem wir leben, sind eigentlich alle Zeiten gleich. So sind die Menschen hier – du änderst sie nicht. Allesamt Dickschädel. Da möchte man meinen, das Ende der Welt ist angebrochen, ohne Schutzanzug kommst du nicht mal mehr auf die Straße, und dann kriegst du's noch mit allen möglichen Viechern zu tun, die du früher höchstens im Kino gesehen hast … Aber nein: Der Effekt ist gleich null! Sie sind immer noch dieselben. Manchmal habe ich den Eindruck, als hätte sich nichts geändert. Schau, heute war ich zum Beispiel im Kreml« – der Stalker grinste schief – »aber irgendwie kann ich nichts Neues daran entdecken. Da läuft noch immer die gleiche Nummer ab wie früher. Ich bin mir nicht mal mehr sicher, wann sie diese Pest auf uns abgeworfen haben: vor dreißig Jahren oder vor dreihundert.«

»Gab es denn vor dreihundert Jahren schon so eine Waffe?«, fragte Artjom zweifelnd, doch Melnik antwortete ihm nicht.

Noch zwei oder drei Mal trafen sie auf das Bild des Großen Wurms, aber weder die Wilden selbst waren zu sehen noch irgendwelche frischen Spuren ihrer Anwesenheit. Und verhielten sich die Kämpfer nach dem ersten Zeichen noch vorsichtig, so blieben bei dem dritten alle ziemlich gelassen, und Ulman stellte erleichtert fest: »Sie haben nicht gelogen. Heute ist für sie ein heiliger Tag, sie sitzen an den Stationen und meiden die Tunnel.«

Melnik beschäftigte unterdessen etwas anderes. Nach seinen Berechnungen mussten der Ausgang zur Metro sowie der Tunnel zur Raketenbasis nun ganz nah sein. Jede Minute blickte er auf den Plan, den er sich abgezeichnet hatte, und sprach zerstreut vor sich hin: »Irgendwo hier … Nicht das? Nein, falscher Winkel, und wo ist das hermetische Tor? Wir müssten doch bald da sein …«

Schließlich blieben sie an einer Gabelung stehen: links eine durch ein Gitter versperrte Sackgasse, an deren Ende die Überreste eines hermetischen Tors zu sehen waren, rechts ein gerader Tunnel, in dem sich das Licht der Taschenlampen verlor.

»Das ist es«, stellte Melnik fest. »Wir sind da. Es stimmt mit der Karte überein. Hinter dem Gitter ist eine Einsturzstelle wie am *Park Pobedy*. Und das muss der Gang sein, wo sie Tretjak erwischt haben. Also …« Er beleuchtete seinen Plan. »Von dieser Gabelung geht der Tunnel direkt zu dieser Division, und der hier zum Kreml, von wo wir gekommen sind. Stimmt.«

Melnik und Ulman kletterten über das Gitter und suchten etwa zehn Minuten lang die Wände und Decke des kurzen Ganges ab. Wieder zurückgekehrt, vermeldete der Stalker: »Alles in Ordnung! Dort gibt es einen Durchgang, diesmal im Boden, ein runder Deckel, wie bei der Kanalisation. Das heißt, wir sind richtig. Aber erst mal Pause.«

Kaum hatten alle ihre Rucksäcke abgeworfen und sich auf

den Boden gesetzt, als mit Artjom etwas Seltsames vor sich ging: Obwohl er unbequem saß, fiel er sofort in tiefen Schlaf. Vielleicht war es die Erschöpfung des vergangenen Tages, vielleicht aber auch das Gift der Betäubungsnadel, das noch Nachwirkungen zeitigte.

Wieder träumte er davon, dass er in einem Zelt an der *WDNCh* erwachte. Und wie in den vorangegangenen Träumen war die Station düster und menschenleer. Obwohl er sich nicht ganz bewusst war, dass er nur träumte, wusste Artjom doch im Voraus, was nun mit ihm geschehen würde. Wie gewohnt grüßte er das spielende Mädchen, doch fragte er es diesmal nicht, sondern ging gleich weiter zu den Gleisen. Die Schreie und das Flehen in der Ferne jagten ihm schon keine Angst mehr ein. Er wusste, nicht das war der Grund, warum er diesen aufdringlichen Traum nun schon zum x-ten Mal träumte. Der Grund dafür verbarg sich im Tunnel. Er musste die Natur dieser Gefahr herausfinden, die Lage erkunden und die Verbündeten im Süden darüber informieren. Aber kaum hatte ihn die Finsternis des Tunnels umhüllt, da verflog all seine Gewissheit.

Er fürchtete sich, wie damals, als er zum ersten Mal allein die Grenzen seiner Station verlassen hatte. Und genauso wie damals fürchtete er sich nicht vor der Dunkelheit selbst, nicht vor den Geräuschen des Tunnels, sondern vor der Ungewissheit, der Unmöglichkeit vorauszuahnen, welche Gefahr auf den nächsten hundert Metern auf ihn lauerte.

Dunkel, wie an Ereignisse aus einem anderen Leben, erinnerte er sich daran, was er in den vorherigen Träumen getan hatte, und beschloss, sich dieses Mal nicht von der Angst überwältigen zu lassen und vorwärts zu gehen, bis er Auge in Auge stand mit dem, der sich dort im Finsteren verbarg und auf ihn wartete.

Jemand ging ihm entgegen – ohne Hast, mit der gleichen Geschwindigkeit, mit der sich Artjom bewegte, doch nicht feige dahinschleichend, sondern mit schweren, selbstbewussten Schritten. Artjom stand still und hielt den Atem an. Auch jener, der andere, war stehen geblieben. Artjom schwor sich: Diesmal würde er nicht fortlaufen, was immer auch geschah. Als er von seinem im Dunklen verborgenen Doppelgänger, dem Geräusch nach zu urteilen, nur noch etwa drei Meter entfernt war, zitterten seine Knie nicht nur, sondern wackelten heftig hin und her. Dennoch fand er die Kraft, noch einen Schritt zu tun. Als er jedoch auf seinem Gesicht diesen leisen Luftzug verspürte, der ihm sagte, dass der andere nun ganz dicht an ihn herangetreten war, hielt er es nicht mehr aus. Er holte aus, stieß das unsichtbare Wesen von sich und rannte los. Diesmal stolperte er nicht und lief unerträglich lange, eine Stunde oder zwei, doch die Station kam noch immer nicht in Sicht, es gab überhaupt keine Stationen mehr, nur den endlosen, dunklen, furchtbaren Tunnel.

»He, hör auf zu schnarchen, du verpennst noch die Lagebesprechung.« Ulman rüttelte ihn an der Schulter und fügte neidisch hinzu: »Wie schaffst du das nur?«

Artjom rieb sich die Augen und sah schuldbewusst zu den anderen hinüber. Offenbar hatte er nur wenige Minuten geschlafen. Die Männer saßen im Kreis. In der Mitte deutete Melnik auf den Plan und erklärte: »Bis zum Bestimmungsort sind es etwa zwanzig Kilometer. Das ist nichts. In schnellem Marschtempo und ohne unvorhergesehene Hindernisse innerhalb eines halben Tages zu schaffen. Die Militärbasis befindet sich an der Oberfläche, aber darunter gibt es einen Bunker, und der Tunnel führt dorthin. Egal, wir haben jetzt sowieso keine Zeit, darüber nachzudenken. Wir teilen uns auf.« Er wandte sich Artjom zu. »Gut geschlafen? Du gehst zurück zur Metro. Ulman wird dich begleiten. Wir anderen gehen weiter zur Raketendivision.«

Artjom wollte schon protestieren, doch der Stalker hielt ihn mit einer ungeduldigen Geste zurück, bückte sich und begann die Rucksäcke zu verteilen, die am Boden auf einem Haufen lagen.

»Ihr nehmt zwei Schutzanzüge, dann bleiben uns vier. Wer weiß, was uns dort erwartet. Plus je ein Funkgerät für euch und für uns. Jetzt die Instruktionen: Ihr geht bis zum *Prospekt Mira*. Dort werdet ihr erwartet. Ich habe Boten vorausgeschickt.« Melnik blickte auf seine Armbanduhr. »In genau zwölf Stunden geht ihr an die Oberfläche und stellt euch auf unser Signal ein. Wenn alles in Ordnung ist und wir Verbindung haben, beginnt Phase zwei. Eure Aufgabe ist es, so nahe wie möglich an den Botanischen Garten heranzukommen und so hoch wie möglich hinaufzuklettern, damit wir die Ausrichtung der Werfersysteme einstellen und korrigieren können. Der Smertsch deckt nur eine geringe Fläche ab, und wir wissen nicht, wie viele Raketen noch übrig sind. Der Park ist nämlich nicht gerade klein.« Er sah Artjom an. »Keine Angst, das wird alles Ulman machen. Du gehst nur so mit. Natürlich kannst du uns auch nützlich sein, immerhin weißt du, wie die Schwarzen aussehen.« Dann wandte er sich wieder den Männern zu. »Ich denke, der Ostankino-Fernsehturm ist als Richtpunkt ideal. Er hat so eine Kugel in der Mitte, da war früher mal ein Restaurant drin. Ich weiß noch, dass man da Kaviarschnittchen zu völlig jenseitigen Preisen bekam. Aber die Leute gingen ja nicht wegen des Essens hin, sondern wegen der Aussicht auf Moskau. Jedenfalls, der Botanische Garten liegt dort direkt vor eurer Nase. Versucht, ob ihr auf den Turm kommt. Wenn nicht, stehen nebenan noch ein paar Hochhäuser, weiß, in Form eines Hufeisens. Berichten zufolge sollen sie so gut wie unbewohnt sein … Hier ist ein Stadtplan für euch, und einer für uns. Dort ist alles schön in Quadrate eingeteilt. Ihr müsst einfach nur draufschauen und die Daten an uns durchgeben. Den Rest erledigen wir. Ein Klacks. Noch Fragen?«

»Was, wenn dort gar nicht ihre Brutstätte ist?«, fragte Artjom.

»Ein Nein erspart viel Pein«, erwiderte der Stalker und schlug mit der Hand auf den Plan. »Ach, übrigens, ich habe noch eine Überraschung für dich.« Er zwinkerte Artjom zu, griff in seinen Rucksack und zog eine weiße Plastiktüte mit einer bunten, abgewetzten Illustration darauf hervor.

Artjom fand darin einen Pass auf seinen Namen und jenes Kinderbuch mit dem Foto darin, das er in der verlassenen Wohnung am Kalinin-Prospekt entdeckt hatte. Artjom hatte es so eilig gehabt, Oleg wiederzufinden, dass er all seine Habe an der *Kiewskaja* zurückgelassen hatte. Melnik hingegen war sich nicht zu schade gewesen, sie mitzunehmen, und hatte sie die ganze Zeit über dabeigehabt. Ulman, der neben Artjom saß, blickte zuerst ihn, dann den Stalker ratlos an.

»Persönliche Dinge«, erklärte Melnik lächelnd und breitete die Arme aus.

Artjom wollte ihm etwas Freundliches sagen, doch hatte sich der Stalker bereits erhoben. Er gab seinen Leuten die letzten Anweisungen.

Also ging Artjom zu Anton hinüber, der in Gedanken versunken dastand, und reichte ihm die Hand. »Viel Glück!«

Anton nickte schweigend und zog sich den Rucksack über die Schultern. Seine Augen waren vollkommen leer.

»So, das war's!«, rief Melnik. »Wir verabschieden uns nicht. Und achtet auf die Zeit!« Er drehte sich um und ging ohne ein Wort zu sagen fort.

# 19
# Der letzte Kampf

Kaum hatten sie sich von den anderen getrennt, als sich Ulman veränderte. Er wurde einsilbig und sprach nur noch, um Artjom Anweisungen zu geben oder ihn vor etwas zu warnen.

Zu zweit hievten sie die schwere Eisenscheibe des Einstiegs beiseite. Dann forderte Ulman Artjom auf, seine Taschenlampe auszuschalten, setzte sich das Nachtsichtgerät auf und tauchte als Erster hinab.

Der enge, senkrechte Schacht bestand aus aufeinandergesteckten Betonringen, aus denen jeweils ein Metallbügel hervorstak; praktisch blind hielt sich Artjom daran fest und stieg Ulman nach. Er wunderte sich über all die Vorsichtsmaßnahmen, denn seit dem Kreml waren sie keinerlei Gefahren begegnet. Schließlich zog er den Schluss, dass der Stalker Ulman entsprechende Anweisungen gegeben haben musste. Oder dieser genoss es einfach, die Rolle des Anführers einmal selbst spielen zu dürfen.

Der Kämpfer klopfte Artjom auf den Fuß. Folgsam blieb er stehen und wartete auf weitere Anweisungen. Doch stattdessen hörte er einen weichen Schlag – Ulman war auf den Boden gesprungen –, und einige Sekunden später ertönte das leise Ploppen gedämpfter Schüsse.

»Die Luft ist rein«, flüsterte Ulman. Unten ging ein Licht an.

Als die Bügel aufhörten, ließ Artjom die Hände los, fiel etwa zwei Meter nach unten und landete auf Beton. Er erhob sich, klopfte die Hände ab, sah sich um. Sie befanden sich in einem kurzen, vielleicht fünfzehn Schritt langen Korridor. Am einen Ende kam der Geheimschacht, durch den sie gestiegen waren, aus der Decke, am anderen war eine weitere Luke zu sehen, die ebenfalls mit einem geriffelten Eisendeckel verschlossen war. Daneben lag in einer Blutlache ein toter Wilder, das Gesicht nach unten. Noch im Tod klammerte er sich an sein Blasrohr.

»Der sollte wohl den Gang bewachen«, erwiderte Ulman auf Artjoms fragenden Blick. »Dabei ist er anscheinend eingeschlafen. Hat wohl nicht gedacht, dass jemand von dieser Seite kommt.«

»Hast du ihn … im Schlaf?«

»Na und? Oder ist das für dich nicht die feine Art?« Ulman schnaubte. »Kommt eben davon, wenn man im Dienst einpennt. Und überhaupt war er ein schlechter Mensch, wenn er die heilige Regel nicht befolgt hat. Schließlich sind heute alle Tunnel tabu.« Er schob die Leiche mit dem Fuß beiseite, öffnete die Luke und schaltete seine Taschenlampe wieder aus.

Diesmal war der Schacht sehr kurz und mündete in einen Dienstraum, der eher einem Schrottlager glich. Der Ausstieg war komplett verborgen hinter einem Berg aus Blechen, Schrauben, Federn und vernickelten Geländern – genug, um einen ganzen Waggon daraus zusammenzubauen. Die Teile waren chaotisch bis an die Decke aufeinandergestapelt worden, und es grenzte an ein Wunder, dass sie nicht einstürzten. Zwischen diesem Haufen und der Wand verlief ein schmaler Gang, durch den sie sich mühsam hindurchzwängten, ständig in der Gefahr, den Eisenberg zum Einsturz zu bringen.

Eine halbhoch mit Erde verschüttete Tür führte in einen ungewöhnlichen, quadratisch geschnittenen Tunnel. Links brach dieser ab, entweder weil dort die Decke eingestürzt war oder weil man einfach aufgehört hatte weiterzugraben. Rechts schloss sich ein Standardtunnel an, rund und breit. Artjom spürte sofort: Sie hatten die Grenze zwischen den beiden miteinander verwobenen unterirdischen Welten überschritten. Hier, in der Metro, atmete es sich anders: Auch wenn die Luft ebenso feucht war, so war sie doch nicht so leblos und abgestanden wie in den Geheimgängen der D-6.

Die Frage war, in welche Richtung sie gehen sollten. Auf gut Glück eine davon zu wählen war riskant: Möglicherweise befand sich in diesem Tunnel ein Grenzkontrollpunkt des Vierten Reichs, zwischen der *Majakowskaja* und der *Tschechowskaja* lagen nämlich nur zwanzig Minuten Fußmarsch. Also kramte Artjom aus der Tüte Danilas blutverschmierten Plan hervor, sodass er die richtige Richtung bestimmen konnte.

Nach nur fünf Minuten kamen sie an der *Majakowskaja* an. Erleichtert nahm Ulman auf einer Bank Platz, zog sich den schweren Helm vom Kopf, wischte sich mit dem Ärmel über das rot angelaufene, nassgeschwitzte Gesicht und fuhr mit den Fingern durch sein dunkelblondes kurzes Haar. Obwohl er kräftig gebaut war und den Gang eines erfahrenen Tunnelwolfs hatte, war er nur einige Jahre älter als Artjom.

Zuerst suchten sie nach einer Möglichkeit, sich etwas zu essen zu kaufen. Artjom wusste gar nicht mehr, wann er zum letzten Mal etwas zwischen die Zähne bekommen hatte, und sein Magen machte sich jetzt deutlich bemerkbar.

Was die Lage und die Stimmung an der *Majakowskaja* anbetraf, so war sie der *Kiewskaja* nicht unähnlich. Die einst elegante und leichte Station war nur noch ein Schatten ihrer selbst. Sie war zur Hälfte verwüstet, und die Menschen drängten sich in verschlissenen Zelten oder direkt auf dem Bahnsteig. Wände und Decken waren feucht, an einigen Stellen drang Wasser ein.

Ein einziges kleines Feuer brannte an der gesamten Station – offenbar fehlte es an Brennholz –, und die Bewohner unterhielten sich nur leise miteinander, wie Trauernde am Bett eines Toten.

Doch auch an dieser allmählich verendenden Station fand sich ein Laden: ein mehrfach geflicktes Dreimannzelt mit einem Klapptisch am Eingang. Das Sortiment war spärlich: gehäutete und ausgeweidete Ratten, vertrocknete, runzlige Pilze – wer weiß woher – sowie quadratisch geschnittenes Moos. Alle Produkte waren stolz mit Preisschildern ausgezeichnet, zumeist ein Stück Zeitungspapier, mit einer Patronenhülse beschwert, auf dem in kalligrafischer Schrift Zahlen standen.

Außer ihnen gab es so gut wie keine Käufer, nur eine hagere, gebückte Frau stand dort, die einen kleinen Jungen an der Hand hielt. Das Kind zog die Frau zu dem Rattenrumpf auf der Auslage, doch seine Mutter herrschte es an: »Lass das! Wir haben diese Woche schon Fleisch gegessen!«

Der Junge gehorchte, aber lange hielt er es nicht aus. Kaum hatte sich die Mutter abgewandt, da machte er sich erneut an das tote Tier heran.

»Kolja! Was hab ich dir gesagt?«, schimpfte die Mutter und zog ihn im letzten Moment von der Auslage fort. »Wenn du dich nicht benimmst, holen dich noch die Teufel aus dem Tunnel. Saschka hat seiner Mama auch nicht gehorchen wollen, und gleich haben sie ihn mitgenommen.«

Artjom und Ulman zögerten. Artjom schien es plötzlich, als könne er es durchaus noch bis zum *Prospekt Mira* aushalten, wo wenigstens die Pilze etwas frischer waren.

»Vielleicht ein Rättchen?«, bot ihnen der glatzköpfige Ladenbesitzer würdevoll an. »Wir bereiten sie in Ihrer Anwesenheit zu. Mit Qualitätszertifikat!«

»Danke, ich habe schon gegessen«, erwiderte Ulman hastig.

»Artjom, was wolltest du? Das Moos solltest du lieber lassen, sonst bricht in deinem Bauch der Vierte Weltkrieg los.«

Die Frau schielte verächtlich zu ihnen herüber. Sie hatte zwei Patronen in der Hand, gerade noch genug für etwas Moos. Als sie merkte, dass Artjom ihr bescheidenes Kapital betrachtete, verbarg sie ihre Faust hinter dem Rücken und fauchte böse: »Was schaust du? Wenn du selber nichts kaufen willst, dann zieh Leine! Nicht jeder ist ein Millionär.«

Eigentlich war Artjom zuerst ihr Sohn aufgefallen. Er sah Oleg sehr ähnlich: die gleichen farblosen, spröden Haare, die roten Augen, die Stupsnase. Der Junge steckte seinen Daumen in den Mund und lächelte Artjom scheu und etwas misstrauisch an.

Dieser merkte, dass er ebenfalls unwillkürlich zu lächeln begonnen hatte und seine Augen sich mit Tränen füllten.

Doch als die Frau seinen Blick bemerkte, fuhr sie wütend auf und kreischte mit blitzenden Augen: »Perverses Schwein! Komm, Kolja, wir gehen nach Hause.« Sie zog den Jungen hinter sich her.

»Warten Sie!« Artjom holte aus dem Ersatzmagazin seines Gewehrs ein paar Patronen heraus, lief zu der Frau und drückte sie ihr in die Hand. »Das ist für Sie. Für Ihren Kolja.«

Die Frau blickte ihn misstrauisch an, dann verzog sie ihren Mund zu einer verächtlichen Grimasse. »Glaubst du etwa, ich tu's für fünf Patronen? Mein eigenes Kind?«

Zuerst begriff Artjom gar nicht, was sie meinte. Doch dann dämmerte es ihm. Er öffnete den Mund, um sich zu rechtfertigen, aber brachte er kein Wort hervor und blinzelte nur mit den Augen.

Die Frau, zufrieden mit dem erzielten Effekt, schlug nun einen gnädigen Ton an. »Na gut! Zwanzig Patronen für ne halbe Stunde.«

Wie betäubt schüttelte Artjom den Kopf, drehte sich um und entfernte sich beinahe im Laufschritt.

»Geizhals!«, schrie ihm die Frau hinterher. »Na schön, dann wenigstens fünfzehn!«

Ulman stand noch immer an derselben Stelle und unterhielt sich mit dem Verkäufer. Als dieser Artjom erblickte, erkundigte er sich höflich: »Nun, wie wär's mit einer Ratte, haben Sie sich's überlegt?«

Ich muss mich gleich übergeben, dachte Artjom. Er zog Ulman hinter sich her, verließ mit ihm hastig diese gottverlassene Station.

»Warum auf einmal so eilig?«, fragte Ulman, als sie bereits in Richtung *Belorusskaja* marschierten.

Artjom kämpfte noch immer gegen den Kloß, der ihm im Hals aufstieg. Er schilderte Ulman den Vorfall, doch der zeigte sich nicht sonderlich beeindruckt. »Na und? Irgendwie müssen die ja auch leben.«

Artjom schüttelte sich. »Wer braucht denn bitte so ein Leben?«

Ulman zuckte mit den Schultern. »Hast du ne Alternative?«

»Wo ist denn der Sinn eines solchen Lebens? Sich ewig daran festklammern, all diesen Dreck erdulden, die Erniedrigungen, die eigenen Kinder verkaufen, Moos fressen – wofür?« Artjom verstummte. Er musste an Hunter denken. Wie dieser vom Selbsterhaltungstrieb gesprochen hatte, davon, dass er mit aller Kraft, wie ein Tier, für sein Leben und für das Überleben der anderen kämpfen werde. Damals, ganz zu Beginn, hatten seine Worte Artjom Hoffnung gemacht und ihm Kampfesmut eingeflößt, wie bei jenem Frosch, der mit seinen Füßen die Milch im Krug zu Butter geschlagen hatte. Doch nun schienen ihm eher die Worte seines Stiefvaters der Wahrheit zu entsprechen.

»Wofür?«, äffte ihn Ulman nach. »Hast du denn was, wofür du lebst, Mann?«

Artjom bedauerte, sich auf diese Diskussion überhaupt eingelassen zu haben. Ulman mochte ein hervorragender Kämpfer sein, ohne Frage, aber als Gesprächspartner taugte er nicht viel. Mit ihm über den Sinn des Lebens zu diskutieren erschien völlig sinnlos. Dennoch gab Artjom mürrisch Antwort: »Ja, ich schon.«

Ulman lachte auf. »Und, wofür? Um die Menschheit zu retten? Das ist doch alles Quatsch. Wenn du sie nicht rettest, tut es jemand anders. Ich zum Beispiel.« Er leuchtete sich sein Gesicht an, damit Artjom es sehen konnte, und schnitt eine heldenhafte Grimasse.

Artjom blickte ihn neidisch an, sagte aber nichts.

»Und außerdem«, fuhr der Kämpfer fort, »können ja nicht alle nur für dieses eine Ziel leben.«

»Und wie gefällt dir dein Leben ohne Sinn?«

»Wie, ohne Sinn? Mein Leben hat sehr wohl einen Sinn, den gleichen wie für alle anderen. Diese ganze Sinnsuche haben die meisten Leute doch mit der Pubertät überwunden. Bei dir scheint das offenbar etwas länger zu dauern ... Ich erinnere mich noch gut an die Zeit, als ich siebzehn war. Da wollte ich auch alles wissen, wie, wozu, und was für einen Sinn hat das? Das vergeht. Der Sinn unseres Lebens, Bruder, ist nur einer: Kinder zu machen und sie großzuziehen. Und dann sollen die sich mit dem Problem rumschlagen. Und eine Antwort finden, so gut sie eben können. Das ist es, was die Welt im Innersten zusammenhält. Nur so eine Theorie.« Ulman lachte erneut.

Nach einer Weile fragte Artjom: »Und warum gehst du dann mit mir mit? Und riskierst dein Leben? Wenn du nicht an die Rettung der Menschheit glaubst, was ist es dann?«

»Erstens: Befehl ist Befehl, da wird nicht lang diskutiert. Zweitens: Wie du dich vielleicht erinnerst, genügt es nicht, Kinder nur zu machen, man muss sie auch großziehen. Und wie soll ich das bitte tun, wenn dieses Geschmeiß von der *WDNCh* sie auffrisst?«

Ulman war sich seiner selbst, seiner Kraft und seiner Worte so sicher, und sein Weltbild war so verlockend einfach und harmonisch, dass Artjom keinen Streit mit ihm anfangen wollte. Im Gegenteil – er spürte auf einmal, dass der Kämpfer auch ihm eine Sicherheit verlieh, die ihm bisher gefehlt hatte.

Wie Melnik gesagt hatte, war der Tunnel zwischen der *Majakowskaja* und der *Belorusskaja* völlig ruhig. Zwar machte sich in den Belüftungsschächten irgendetwas heulend bemerkbar, doch huschten auch einige ganz normale Ratten an ihnen vorbei, was Artjom beruhigte. Die Strecke war erstaunlich kurz. Sie waren mit ihrer Diskussion noch nicht am Ende, als in der Ferne bereits die Feuer der Station zu erkennen waren.

Dass die *Belorusskaja* von ihrer Nachbarschaft zur Hanse profitierte, sah man schon daran, dass sie im Vergleich zur *Kiewskaja* und zur *Majakowskaja* recht gut bewacht wurde. Zehn Meter vor dem Eingang gab es einen Kontrollpunkt, bestehend aus einem auf Sandsäcken aufgebockten Maschinengewehr und einer fünfköpfigen Wachmannschaft.

Als ihre Dokumente überprüft waren – wie gut, dass Artjom nun einen Pass besaß! –, erkundigte sich einer der Wachleute höflich, ob sie vielleicht aus dem Reich kämen. Gleichzeitig versicherte er ihnen, hier habe niemand etwas gegen das Reich, dies sei eine Handelsstation, und bei Konflikten zwischen den Mächten – so nannte der Wachleiter die Hanse, das Reich und die Rote Linie – wahre man absolute Neutralität.

Bevor sie ihre Wanderung über den Ring fortsetzten, beschlossen Artjom und Ulman, sich nun doch auszuruhen und etwas zu essen. Sie nahmen in einer reich ausgestatteten und sogar mit gewissem Geschmack eingerichteten Imbissbude Platz, wo Artjom nicht nur ein köstliches, gar nicht teueres

Kotelett verspeiste, sondern auch gleich noch umfassende Informationen über die *Belorusskaja* erhielt. Am Tisch gegenüber saß nämlich ein blonder, rundgesichtiger Mann, der sich als Leonid Petrowitsch vorstellte und gerade eine riesige Portion Ei mit Speck vertilgte. Als er den Mund wieder frei hatte, begann er bereitwillig von seiner Station zu erzählen.

Wie sich herausstellte, lebte die *Belorusskaja* von Schweine- und Hühnerfleischlieferungen. Jenseits des Rings – in Richtung *Sokol* und sogar bis zur *Woikowskaja,* obwohl diese bereits gefährlich nah an der Oberfläche war –, befanden sich riesige, erfolgreiche Wirtschaftsbetriebe. Über mehrere Kilometer waren Tunnel und technische Abschnitte in endlose Tierfarmen umgewandelt worden. Diese ernährten die gesamte Hanse und belieferten das Vierte Reich genauso wie die ewig hungernde Rote Linie. Außerdem hatten die Bewohner der Station *Dinamo* von ihren Vorfahren eine Begabung für das Schneiderhandwerk vererbt bekommen; von dort stammten also jene Schweinslederjacken, die Artjom am *Prospekt Mira* gesehen hatte.

Von diesem Ende der Samoskworezkaja-Linie drohte keine Gefahr, und in all den Jahren des Lebens in der Metro waren weder *Sokol* noch *Aeroport,* noch *Dinamo* jemals angegriffen worden. Die Hanse erhob keine Ansprüche, begnügte sich mit einer Zollgebühr und gewährte ihnen zugleich Schutz vor den Faschisten und den Roten.

Die Bewohner der *Belorusskaja* waren fast ausnahmslos im Handel tätig. Weder die Viehzüchter von *Sokol* noch die Schneider von *Dinamo* hielten sich hier lange auf, um ihre Waren selbst an den Mann zu bringen, denn mit dem Großhandel machten sie einen hervorragenden Schnitt. Die »Leute von der anderen Seite«, wie sie hier genannt wurden, transportierten ihre Schweinehälften oder lebenden Hühner auf handbetriebenen Draisinen und Loren heran, entluden sie – wozu auf den Bahnsteigen sogar eigene Hebekräne errichtet worden waren –, rechneten ab und kehrten sogleich wieder nach Hause zurück.

Das Leben an der Station tobte. Flinke Händler – an der *Belorusskaja* hießen sie aus irgendeinem Grund Manager – liefen zwischen dem sogenannten Terminal – dem Abladeplatz – und den Lagerräumen hin und her, klimperten mit ihren Patronensäckchen herum und gaben den kräftigen Packern Anweisungen. Karren mit Kisten und Bündeln rollten lautlos auf gut geölten Rädern zu einer Reihe von Verkaufsständen an der Grenze zur Ringlinie – wo die Waren von den Kaufleuten der Hanse entgegengenommen wurden – oder ans andere Ende des Bahnsteigs – wo die Emissäre des Reichs auf ihre Bestellungen warteten.

Es waren nicht gerade wenige Faschisten unterwegs – zumeist Offiziere, keine einfachen Soldaten. Doch benahmen sie sich hier ganz anders: zwar durchaus mit einer gewissen Dreistigkeit, aber stets im Rahmen des Zumutbaren. Die dunkleren Typen, derer es einige unter den Händlern und Verladearbeitern gab, betrachteten sie mit Missfallen, sie unternahmen jedoch keine Versuche, hier ihre eigene Ordnung durchzusetzen.

»Wir haben ja auch Banken«, verriet ihnen ihr Gegenüber. »Viele von denen – aus dem Reich – kommen zu uns, um angeblich irgendwelche Waren abzuholen, aber eigentlich wollen sie hier ihr Erspartes anlegen. Deshalb ist es unwahrscheinlich, dass sie uns etwas tun werden. Wir sind für sie so etwas wie früher die Schweiz.«

»Gut habt ihr es hier«, bemerkte Artjom.

Sogleich erkundigte sich Leonid Petrowitsch höflich: »Aber warum reden wir die ganze Zeit nur von uns? Woher kommt ihr denn eigentlich?«

Ulman tat so, als sei er mit seinem Fleisch beschäftigt und

habe die Frage überhört. Artjom sah ihn an und erwiderte dann: »Ich bin von der *WDNCh*.«

»Was Sie nicht sagen! Wie furchtbar!« Leonid Petrowitsch legte Gabel und Messer beiseite. »Dort soll es ja ganz schlimm sein. Ich habe gehört, dass die Leute da mit letzter Kraft die Stellung halten. Die halbe Station soll schon umgekommen sein. Stimmt das?«

Artjom blieb das Fleisch im Hals stecken. Was immer auch geschah, er musste zur *WDNCh* zurück, um seine Leute noch einmal zu sehen. Wie konnte er da kostbare Zeit mit Essen vergeuden? Er schob den Teller weg, zahlte und zog den protestierenden Ulman mit sich – vorbei an den Verkaufsständen mit Fleisch und Kleidung, an aufgehäuften Waren, an Händlern, umherwuselnden Packern, stolzierenden faschistischen Offizieren – bis zur eisernen Absperrung vor dem Übergang zur Ringlinie. Über dem Zugang hing ein weißes Stück Stoff mit einem braunen Ring in der Mitte, und zwei bewaffnete Männer in der bekannten grauen Tarnuniform kontrollierten dort die Papiere und durchsuchten das Gepäck.

Der Übergang zur Hanse vollzog sich absolut reibungslos. Ulman, der noch immer an seinem Fleisch kaute, wühlte in seiner Jackentasche, zog einen unscheinbaren Brief hervor und hielt ihn den Grenzern hin. Diese schoben ohne weitere Diskussion eine der Absperrungen beiseite und ließen sie passieren.

»Was ist das denn für ein Schrieb?«, erkundigte sich Artjom.

»Ach, nur so«, scherzte Ulman. »Die Urkunde zur Medaille ›Für die Verdienste um das Vaterland‹. Es gibt eben so gut wie keinen hier, der unserem Oberst nicht was schuldet.«

Die Grenzanlage der Ringlinie war eine seltsame Mischung aus Festung und Handelslager. Der zweite Grenzposten begann hinter der kleinen Brücke, die über die Gleise führte. Dort gab es einen richtigen Gefechtsstand mit Maschinengewehren und sogar einem Flammenwerfer. Weiter hinten, neben einer Gruppe von Skulpturen – einem bärtigen, klug dreinblickenden Mann mit Sturmgewehr, einem jungen Mädchen sowie einem träumerischen Jungen, beide ebenfalls bewaffnet (wahrscheinlich die Gründer der *Belorusskaja* oder Helden im Kampf gegen die Mutanten, dachte Artjom) – befand sich eine ganze Garnison von mindestens zwanzig Soldaten.

»Das ist wegen dem Reich«, erklärte Ulman. »Mit den Faschisten ist das so eine Sache: Vertrauen ist gut, Kontrolle besser. Die Schweiz haben sie in Ruhe gelassen, sich aber dafür Frankreich eingeheimst.«

»Ich habe ein paar Lücken in Geschichte«, gab Artjom verlegen zu. »Mein Stiefvater hat nie ein Lehrbuch für die zehnte Klasse aufgetrieben. Dafür hab ich aber ein bisschen was über das alte Griechenland gelesen.«

An den Soldaten vorbei schleppte sich eine endlose Kette ameisengleicher Lastenträger. Fast die gesamte Produktion von *Sokol*, *Dinamo* und *Aeroport* wurde von der Hanse gierig aufgesogen. Der Verkehr war genau geregelt: Über eine Rolltreppe kamen die Träger mit den Lasten herunter, während sie sich auf der anderen nach oben bewegten. Die dritte Treppe in der Mitte war für die übrigen Passanten reserviert.

Unten saß in einer verglasten Kabine ein weiterer bewaffneter Soldat und beobachtete die Treppen. Er überprüfte nochmals Artjoms und Ulmans Papiere und händigte ihnen je ein Blatt mit dem Stempel Transit sowie dem aktuellen Datum darauf aus. Nun war der Weg frei.

Auch diese Station hieß *Belorusskaja*, doch der Unterschied zu ihrem Doppelgänger auf der Radiallinie war frappierend: Wie bei zwei Zwillingen, die man nach der Geburt getrennt hatte und von denen einer in eine königliche Familie geraten war, während den anderen ein armer Schlucker großgezogen hatte. All der Wohlstand und die Prosperität der ersten *Belorusskaja* verblasste im Vergleich zu dieser: Die weißen Wände glänzten, verspielte Stuckarbeiten schlugen den Blick in Bann, und Neonröhren verströmten blendendes Licht von der Decke – auch wenn es insgesamt nur drei waren, so reichte deren Helligkeit völlig aus.

Auf dem Bahnsteig teilte sich der Reigen der Träger: Die einen traten durch die Rundbögen nach links durch, die anderen stapelten ihre Ballen auf der rechten Seite. Sofort eilten sie im Laufschritt zurück, um neue Waren zu holen.

An jedem Gleis gab es zwei Haltestellen: An der einen wurden die Waren mit Hilfe eines kleinen Krans verladen, während an der anderen Passagiere zusteigen konnten, weshalb dort auch eine kleine Kasse stand. Alle fünfzehn bis zwanzig Minuten kam eine Frachtdraisine an, deren Ladefläche aus Brettern zusammengenagelt worden war. Neben den drei bis vier Männern, die die Hebel betätigten, fuhr jeweils noch ein Wachmann mit. Passagierdraisinen kamen seltener vorbei – Artjom und Ulman mussten über vierzig Minuten warten. Wie ihnen der Mann an der Kasse erklärte, warteten diese Sammeltaxis immer, bis genügend Leute beisammen waren, um nicht unnötig Arbeitskraft zu vergeuden. Doch schon allein der Umstand, dass man in der Metro noch immer Fahrkarten kaufen konnte – für eine Patrone pro Tunnel –, um wie einst von Station zu Station zu fahren, begeisterte Artjom. Für eine kurze Zeit vergaß er all seine Nöte und Zweifel, stand nur da und sah zu, wie die Waren verladen wurden. Dabei musste er daran denken, wie herrlich das Leben in der Metro früher gewesen sein musste – als nicht handbetriebene Draisinen, sondern funkelnde Züge auf den Gleisen fuhren.

»Da kommt euer Taxi!«, verkündete der Kassier und läutete eine Glocke.

Eine große Draisine kam hereingerollt, die einen Waggon mit Holzbänken zog. Artjom und Ulman zeigten ihre Fahrkarten und setzten sich auf die freien Plätze. Nach einigen Minuten hatten sich genügend Passagiere eingefunden, und die Draisine setzte sich wieder in Bewegung.

Die eine Hälfte der Bänke blickte in Fahrtrichtung, die andere nach hinten. Artjom bekam einen dieser Plätze, während Ulman mit dem Rücken zu ihm saß.

»Warum sind die Sitze so seltsam angeordnet?«, fragte Artjom seine Nachbarin, eine kräftig gebaute Frau von vielleicht sechzig Jahren in einem löchrigen Wollkleid. »Das ist doch unangenehm.«

Die Frau schlug die Hände zusammen. »Ja, was denkst du denn? Willst du etwa den Tunnel unbeobachtet lassen? Immer diese leichtsinnige Jugend! Hast du nicht gehört, was vorgestern passiert ist? So eine Ratte« – nun breitete sie die Arme aus – »soll da plötzlich aus einem Verbindungsgang herausgeschossen sein und einen Passagier fortgeschleift haben.«

»Das war doch keine Ratte!«, mischte sich ein kleiner Mann, der eine Wattejacke trug, von hinten ein. »Ein Mutan war das! An der *Kurskaja,* da tauchen ständig diese Mutane auf.«

»Und ich sag, es war eine Ratte!«, erwiderte die Frau entrüstet. »Ich hab's von Nina Prokofjewna, meiner Nachbarin. Die muss es ja wissen!«

Sie stritten noch lange, doch Artjom hörte ihnen nicht weiter zu. Wieder kehrten seine Gedanken zur *WDNCh* zurück. Er war fest entschlossen: Bevor er an die Oberfläche ging, um mit Ulman den Ostankino-Turm zu besteigen, würde er versuchen, zu seiner Heimatstation durchzukommen. Noch wusste er nicht, wie er seinen Partner von dieser Notwendigkeit überzeugen würde, doch hatte er das ungute Gefühl, dass er nur noch diese eine Chance hatte, sein Zuhause und diejenigen, die er liebte, noch einmal zu sehen, bevor er nach oben ging. Und diese Chance durfte er nicht ungenutzt lassen – wer wusste, was danach kam? Auch wenn Melnik behauptet hatte, dass ihre Aufgabe leicht zu bewältigen war, glaubte Artjom nicht, dass er ihn jemals wiedersehen würde. Vor seinem vielleicht letzten Aufstieg musste er unbedingt wenigstens für kurze Zeit zurück zur *WDNCh*.

*We-De-En-Cha* … Das klang so melodisch, fast zärtlich. Ich könnte mir das ewig anhören, dachte Artjom. Sollte der zufällige Bekannte von der *Belorusskaja* tatsächlich recht gehabt haben und ihre Station kurz vor dem Untergang stehen? War wirklich bereits die Hälfte der Verteidiger umgekommen? Wie lange war er fort gewesen? Zwei Wochen? Drei? Er schloss die Augen und versuchte sich sein geliebtes Gewölbe, die eleganten, aber unaufdringlichen Bogenlinien, die schmiedeeisernen Gitter der Belüftungsschächte und die Zeltreihen im Saal vorzustellen. Dort war Schenjas Zelt, und hier, etwas näher, sein eigenes …

Die Draisine schaukelte sanft zum Takt der schlagenden Räder, und schließlich übermannte Artjom, ohne dass er es merkte, der Schlaf.

Wieder träumte er, er sei an der *WDNCh*. Diesmal wunderte er sich jedoch über nichts mehr, horchte nicht und versuchte nicht zu begreifen. Das Ziel seines Traums befand sich nicht an der Station, sondern im Tunnel, daran erinnerte er sich genau. Er verließ das Zelt und ging sofort zu den Gleisen, sprang hinab und lief nach Norden, in Richtung Botanischer Garten. Nicht die absolute Finsternis machte ihm Angst, sondern die bevorstehende Begegnung im Tunnel. Was erwartete ihn dort? Worin lag der Sinn dieses Ereignisses? Warum fehlte ihm jedes Mal der Mut, bis zum Ende durchzuhalten?

Endlich tauchte sein Doppelgänger in der Ferne auf. Die weichen, selbstsicheren Schritte kamen näher, wie bei den letzten

Malen, und Artjoms ganze Entschlossenheit war plötzlich dahin. Doch diesmal hielt er sich besser: Anfangs zitterten ihm zwar wieder die Knie, doch dann bekam Artjom sie in die Gewalt und hielt bis zu jenem Augenblick stand, als er sich direkt vor dem unsichtbaren Geschöpf befand. Kalter, klebriger Schweiß brach ihm aus, aber er blieb stehen, lief nicht weg, während ihm ein kaum spürbarer Lufthauch verriet, dass das geheimnisvolle Wesen nur wenige Zentimeter von seinem Gesicht entfernt war.

»Lauf nicht weg … Sieh deinem Schicksal in die Augen«, flüsterte ihm eine trockene, raschelnde Stimme ins Ohr.

Und da erinnerte sich Artjom plötzlich – wie hatte er das in den vergangenen Träumen bloß vergessen können –, dass er ein Feuerzeug dabeihatte. Er ertastete den kleinen Plastikgegenstand, betätigte den Mechanismus und machte sich bereit, demjenigen, der zu ihm gesprochen hatte, ins Gesicht zu sehen.

Er erstarrte. Seine Beine schienen am Boden zu kleben.

Vor ihm stand, reglos, ein Schwarzer. Die weit geöffneten, dunklen, pupillenlosen Augen suchten seinen Blick.

Artjom schrie auf, so laut er konnte …

»Jesus Maria!« Die Alte fasste sich ans Herz und atmete schwer. »Hast du mich jetzt erschreckt, Junge!«

Ulman drehte sich um und sagte entschuldigend: »Verzeihen Sie. Er ist … etwas nervös.«

»Was hast du denn geträumt, dass du so schreien musst?« Die Alte warf ihm unter ihren angeschwollenen, halb geschlossenen Lidern einen neugierigen Blick zu.

»Es war ein Albtraum«, erwiderte Artjom. »Entschuldigen Sie bitte.«

»Ein Albtraum? Ihr jungen Leute seid vielleicht empfindlich.« Und wieder begann sie zu stöhnen und zu schimpfen.

Artjom hatte erstaunlich lange geschlafen. Nicht einmal den

Halt an der *Nowoslobodskaja* hatte er mitbekommen. So gelang es ihm nicht, sich an die eine wichtige Sache zu erinnern, die er am Ende des Traums begriffen hatte, denn schon fuhr das Taxi am *Prospekt Mira* ein.

Die Lage hier unterschied sich merklich von der satten Zufriedenheit der *Belorusskaja.* Von geschäftigem Warenverkehr konnte am *Prospekt Mira* nicht die Rede sein. Dafür fiel die hohe Anzahl an Soldaten auf, vor allem Sondereinheiten und Offiziere mit dem Abzeichen der Pioniertruppen. Am anderen Ende des Bahnsteigs standen einige bewachte Motordraisinen auf den Gleisen, die mit rätselhaften Kisten beladen und mit Zeltplanen bedeckt waren. In der Mitte des Saals saßen etwa fünfzig mehr schlecht als recht bekleidete Menschen auf dem Boden. Sie hatten riesige Säcke mit ihrem Hab und Gut bei sich und blickten sich verloren um.

»Was ist hier los?«, fragte Artjom Ulman.

»Nicht hier ist was los, sondern bei euch, an der *WDNCh*«, erwiderte dieser. »Sieht aus, als wollten sie die Tunnel sprengen. Wenn die Schwarzen vom *Prospekt Mira* herkommen, geht's der Hanse an den Kragen. Wahrscheinlich bereiten sie deshalb einen Präventivschlag vor.«

Als sie zur Kaluschsko-Rischskaja-Linie hinübergingen, erkannte Artjom, dass Ulman mit seiner Hypothese recht hatte. Die Sondereinheiten der Hanse operierten sogar auf der Radialstation, wo sie eigentlich nichts zu suchen hatten. Die beiden nördlichen Tunneleingänge, in Richtung *WDNCh* und Botanischer Garten, waren blockiert; dort hatte die Hanse in aller Eile eigene Kontrollposten eingerichtet. Der Markt war kaum besucht, und die Hälfte der Läden stand leer. Die Menschen flüsterten aufgeregt durcheinander, als drohe der Station großes Unheil. In einer Ecke drängten sich einige Dutzend Menschen, ganze Familien mit Säcken und Taschen. Um einen kleinen

Tisch mit der Aufschrift »Registrierung von Flüchtlingen« wand sich eine lange Schlange.

»Warte auf mich hier, ich suche unseren Mann«, sagte Ulman. Er ließ Artjom bei den Handelsreihen zurück und verschwand in der Menge.

Artjom jedoch hatte andere Pläne. Er sprang auf das Gleis hinab, ging zu einem der Kontrollpunkte und sprach einen mürrisch dreinblickenden Grenzsoldaten an. »Kommt man zur *WDNCh* noch durch?«

»Noch ja, aber ich würde dir eher davon abraten«, erwiderte dieser. »Hast du nicht gehört, was dort los ist? Irgendwelche Menschenfresser kommen da angekrochen. Fast die ganze Station ist schon hinüber. Da muss richtig die Post abgehen, wenn schon die Geizhälse von unserer Führung ihnen kostenlos Munition zur Verfügung stellen, damit sie wenigstens noch bis morgen aushalten …«

»Was ist denn morgen?«

»Morgen jagen wir alles zum Teufel. Dreihundert Meter vom *Prospekt* entfernt legen wir Dynamit in beide Tunnel, und dann tschüss.«

»Aber warum helft ihr ihnen nicht? Hat die Hanse nicht genug Kräfte?«

»Ich sag doch, es sind Menschenfresser. Da wimmelt es nur so von denen, da ist jede Hilfe aussichtslos.«

»Und was ist mit den Leuten von der *Rischskaja*? Und der *WDNCh*?«

»Wir haben sie schon vor ein paar Tagen gewarnt. Und so langsam tröpfeln sie hier ein. Die Hanse nimmt alle auf, wir sind ja keine Unmenschen. Aber sie sollten sich besser beeilen. Wenn die Zeit um ist, heißt es nämlich Abschied nehmen. Also sieh zu, dass du bald zurückkommst … Was willst du da überhaupt? Geschäfte? Familie?«

»Beides«, sagte Artjom – und der Grenzer nickte verständnisvoll.

Ulman stand unter einem Rundbogen und verhandelte leise mit einem hochgewachsenen jungen Mann sowie einem strengen älteren Herrn, der einen Zugführerkittel trug und offenbar der Stationsvorsteher war.

»Der Wagen ist oben, der Tank ist voll«, sagte der junge Mann gerade und deutete auf zwei große schwarze Taschen. »Hier habt ihr für alle Fälle noch Funkgeräte und Schutzanzüge sowie ein Petscheneg und eine Dragunow. Ihr könnt jeden Moment hoch. Wann müsst ihr los?«

»Das Signal müssen wir in acht Stunden abpassen«, erwiderte Ulman. »Bis dahin müssen wir vor Ort sein.« Er wandte sich an den Stationsvorsteher. »Ist das hermetische Tor funktionsfähig?«

»Voll und ganz«, bestätigte dieser. »Wann immer Sie es sagen. Nur die Leute müssen wir vorher wegscheuchen, sonst bekommen sie es noch mit der Angst zu tun.«

»Gut, das wär's von meiner Seite. Jetzt ruhen wir uns fünf Stunden aus, und dann geht's los. Was hältst du davon?«

Artjom zog seinen Partner beiseite. »Ich kann nicht. Ich muss unbedingt zuerst zur *WDNCh*. Abschied nehmen, und überhaupt sehen, wie die Lage ist. Du hattest recht: Sie wollen alle Tunnel vom *Prospekt Mira* ab sprengen. Selbst wenn wir lebend von oben wiederkommen, werde ich meine Station nie wiedersehen. Ich muss da einfach hin.«

»Hör mal, wenn du nur Angst hast, nach oben zu gehen, weil da die Schwarzen sind …«, begann Ulman, doch als er Artjoms Blick sah, hielt er inne. »War nur ein Witz. Entschuldige.«

»Wirklich, es muss sein.« Artjom hätte dieses Gefühl nicht erklären können, doch wusste er genau, dass er zur *WDNCh* gehen würde – um jeden Preis.

»Na schön, was sein muss, muss sein«, murmelte der Kämpfer verwirrt. »Zurück schaffst du es aber nicht mehr, vor allem, wenn du dich noch verabschieden willst. Dann machen wir es so: Ich und Paschka – das ist der mit den Taschen – wollten direkt zum Turm fahren, aber wir können einen Umweg machen und beim alten Eingang der *WDNCh* vorbeifahren. Von dem neuen sind ja nur noch Trümmer übrig, das wissen die bei euch sicher. Dort warten wir auf dich. In fünf Stunden und fünfzig Minuten. Wer zu spät kommt, hat Pech gehabt. Den Anzug hast du dabei? Und hast du eine Uhr? Hier, nimm meine« – er löste sein Metallarmband – »ich nehm einstweilen die von Paschka.«

»In fünf Stunden und fünfzig Minuten.« Artjom nickte, drückte Ulman die Hand und rannte zum Kontrollposten.

Als ihn der Grenzer erneut erblickte, schüttelte er den Kopf. Da erinnerte sich Artjom an etwas. »Passieren in diesem Tunnel immer noch so seltsame Dinge?«, fragte er.

»Meinst du das mit den Rohren? Die haben sie geflickt. Jetzt dreht sich einem nur ein bisschen der Kopf, wenn man vorbeigeht, sagen sie, aber wenigstens stirbt niemand mehr unterwegs.«

Artjom dankte mit einem Nicken, schaltete die Taschenlampe ein und betrat den Tunnel.

In den ersten zehn Minuten dachte er an alle möglichen Dinge auf einmal: an die Gefahren, die vor ihm im Tunnel lauerten, an das wohlorganisierte, vernünftige Leben an der *Belorusskaja*, an die Sammeltaxis und die echten Züge. Doch nach und nach sog die Dunkelheit des Tunnels diese überflüssigen, eilig aufblitzenden Bilder auf. Zuerst traten Ruhe und Leere ein, und dann musste er an etwas ganz anderes denken …

Seine Reise kam an ein Ende. Artjom hätte nicht sagen können, wie lange er fort gewesen war. Vielleicht waren zwei Wochen vergangen, vielleicht auch mehr als ein Monat.

Wie einfach, wie kurz war ihm der Weg erschienen, als er, an der *Alexejewskaja* sitzend, im Licht der Taschenlampe seinen alten Metroplan betrachtet und versucht hatte, den Weg zur Polis einzuzeichnen. Damals war vor ihm eine Welt gelegen, von der er absolut nichts wusste, und deshalb hatte er einfach die kürzeste Route gewählt, ohne groß darüber nachzudenken. Das Leben aber hatte ihn auf eine ganz andere Bahn geschickt, eine verschlungene, schwere, lebensgefährliche Bahn, die jenen Menschen, die für kurze Zeit seine zufälligen Begleiter gewesen waren, oft das Leben gekostet hatte.

Er musste an Oleg denken. Jeder hat seine Bestimmung, hatte Sergej Andrejewitsch an der *Poljanka* zu ihm gesagt. War es möglich, dass die Bestimmung dieses kurzen Kinderlebens ein furchtbarer Tod zur Rettung anderer Menschen gewesen war? Damit diese ihre Sache fortsetzen konnten?

Artjom fühlte sich kalt und elend. Wenn er diese Annahme akzeptierte, so nahm er auch dieses Opfer an. Dann musste er daran glauben, dass er auserwählt war, dass es ihm erlaubt war, seinen Weg weiterzugehen, auch wenn andere dabei ihr Leben ließen oder leiden mussten. Aber bedeutete das, dass er das Schicksal anderer mit Füßen treten, ja zerstören durfte – nur um die eigene Bestimmung zu erfüllen?

Oleg war noch viel zu klein gewesen, um sich die Frage zu stellen, warum er auf der Welt war. Doch wenn er darüber hätte nachdenken müssen, hätte er einem solchen Schicksal wohl kaum zugestimmt. Sicher hätte der Junge lieber eine bewusste und bedeutendere Rolle in dieser Welt gespielt. Und wenn er schon sein eigenes Leben hätte opfern müssen, um fremde Leben zu retten, so hätte er dieses Kreuz eben nur bewusst und freiwillig auf sich genommen.

Artjom sah Michail Porfirjewitsch, Danila und Tretjak vor sich. Wofür waren sie gestorben? Warum hatte er überlebt? Wer hatte ihm die Möglichkeit, das Recht dazu gegeben? Er bedauerte, dass Ulman jetzt nicht an seiner Seite war: Mit einer spöttischen Bemerkung hätte er alle Zweifel zerstreut. Der Unterschied zwischen ihnen beiden bestand darin, dass Artjom aufgrund der Erfahrungen seiner Reise die Welt wie durch ein Kaleidoskop betrachtete, während Ulmans hartes Leben ihn gelehrt hatte, die Dinge ganz einfach zu sehen – nämlich durch die Zielvorrichtung eines Präzisionsgewehrs. Wer von ihnen im Recht war, wusste Artjom nicht, aber er konnte nicht mehr daran glauben, dass es auf jede Frage nur eine einzige, die wahre Antwort gab.

Überhaupt war alles im Leben und vor allem in der Metro unklar, veränderte sich, war relativ. Als Erster hatte ihm das Khan am Beispiel der Stationsuhren erklärt. Doch wenn schon die Zeit, eine der Grundlagen für die Wahrnehmung dieser Welt, nur fiktiv und von anderen Faktoren abhängig war, was sollte man dann erst von den anderen scheinbar unverrückbaren Vorstellungen vom Leben sagen?

Für alles – von den Stimmen in den Rohren dieses Tunnels über das Leuchten der Kremlsterne bis hin zu den ewigen Geheimnissen der menschlichen Seele – gab es stets mehrere Erklärungen. Und besonders viele Antworten gab es auf die Frage: Wozu? Alle Menschen, die Artjom begegnet waren – seien es die Kannibalen am *Park Pobedy* oder die Kämpfer der Che-Guevara-Brigade – hatten ihre eigenen Antworten darauf, Sektanten wie Satanisten, Faschisten genauso wie bewaffnete Philosophen vom Schlage eines Khan. Und gerade das machte es für Artjom so schwierig, die einzige für ihn selbst richtige Antwort herauszufinden. Weil ihm jeden Tag eine neue Variante vorgelegt wurde, konnte Artjom nicht mehr daran glauben, dass gerade die eine die richtige war – denn schon morgen konnte er auf eine neue stoßen, die nicht weniger exakt und umfassend war.

Wem sollte er glauben? Woran? An den Großen Wurm, einen menschenfressenden Gott, der einen Elektrozug zum Vorbild hatte und angeblich der Schöpfer des Lebens auf dieser verbrannten, unfruchtbaren Erde war? An einen zornigen, eifersüchtigen Jehova? An seinen hoffärtigen Gegenspieler Satan? An den Sieg des Kommunismus in der gesamten Metro? An die Überlegenheit der hakennasigen Blonden vor den dunklen, kraushaarigen Typen? Etwas flüsterte Artjom zu, dass es zwischen all dem keinen Unterschied gab – jeglicher Glaube diente dem Menschen nur als eine Art Wanderstab, auf den er sich stützen konnte, der ihm half, seinen Weg zu finden, und mit dem er sich wieder aufrichtete, wenn er doch einmal hingefallen war. Als kleiner Junge hatte sich Artjom über eine Geschichte seines Stiefvaters amüsiert, in der ein Affe einen Stock in die Hand nahm und zum Menschen wurde. Seither, so dachte er jetzt, hatte der schlaue Makak diesen Stock nicht wieder losgelassen – und ging doch noch immer nicht ganz aufrecht.

Er begriff, wozu der Mensch diese Stütze brauchte. Ohne sie war das Leben leer wie ein verlassener Tunnel. Artjom hörte noch immer das verzweifelte Schreien des Wilden, als dieser erfahren hatte, dass der Große Wurm nur eine Erfindung seiner Priester war. Etwas Ähnliches hatte er selbst empfunden, als man ihm gesagt hatte, dass die Unsichtbaren Beobachter nicht existierten. Allerdings war es ihm verhältnismäßig leichtgefallen, sich von den Beobachtern, dem Wurm und all den anderen Göttern wieder zu verabschieden.

Was bedeutete das alles? War er anders, stärker als die Übrigen? Artjom wurde bewusst, dass er sich selbst belog. Auch er hatte einen Stock in der Hand, und es kostete ihn all seinen Mut, sich dies einzugestehen.

Seine Stütze war das Bewusstsein, dass er eine Aufgabe von ungeheuerer Wichtigkeit erfüllte, dass das Überleben der gesamten Metro auf dem Spiel stand und dass diese Mission ihm nicht zufällig auferlegt worden war. Ob bewusst oder nicht – Artjom hatte immer nach Beweisen dafür gesucht, dass er auserwählt war zur Erfüllung dieser Aufgabe, jedoch nicht von Hunter, sondern von einer höheren Macht. Die Schwarzen zu vernichten, seine Station und seine Freunde von ihnen zu befreien, sie davon abzuhalten, die ganze Metro zu zerstören – dies konnte sehr gut als zentrale Lebensaufgabe herhalten. Und alles, was Artjom auf seinen Wanderungen widerfahren war, deutete nur auf eines hin: Er war nicht so wie alle; ihm war ein besonderes Schicksal bestimmt; er war es, der dieses Gesocks auslöschen, es vernichten musste, sonst würde es sich noch den Rest der Menschheit vorknöpfen. Solange er sich auf seinem Weg befand und die ihm gesandten Zeichen richtig interpretierte, beherrschte sein unbedingter Erfolgswille die Wirklichkeit, spielte mit statistischen Wahrscheinlichkeiten, lenkte Kugeln ab, blendete Monster und Feinde und ließ Verbündete stets zur rechten Zeit und am rechten Ort auftauchen. Wie sonst war es zu verstehen, dass Danila ihm den Lageplan der Raketenbasis gegeben hatte und diese vor Jahrzehnten wie durch ein Wunder nicht zerstört worden war? Wie sonst war zu erklären, dass ausgerechnet ihm einer der wenigen, wenn nicht der letzte überlebende Raketenexperte der Metro begegnet war? War es Artjoms persönliche Vorsehung gewesen, die ihm in Gestalt dieses Menschen eine mächtige Waffe in die Hand gegeben hatte, um jener unerklärlichen, gnadenlosen Macht den Todesstoß zu versetzen? Wie sonst war es zu erklären, dass er immer wieder auf wundersame Weise aus verzweifelten Situationen gerettet worden war? Nein, solange er an seine Bestimmung glaubte, war er unverletzlich – auch wenn die Menschen, die an seiner Seite gingen, einer nach dem anderen starben.

Seine Gedanken glitten weiter zu dem, was Sergej Andrejewitsch ihm an der *Poljanka* über das Schicksal und die Handlung seines Lebens erzählt hatte. Damals hatten diese Worte dem jungen Mann einen neuen Impuls gegeben – wie eine neue, geschmierte Feder dem abgenutzten und verrosteten Antrieb einer Aufziehpuppe. Doch zugleich waren sie ihm auch unangenehm gewesen. Vielleicht weil diese Theorie Artjom den freien Willen absprach. Wenn er Entscheidungen traf, so tat er das demzufolge nicht aus einer persönlichen Laune, sondern weil er sich in die Handlungslinie seines Schicksals einfügte. Aber wie konnte er andererseits nach all dem, was geschehen war, die Existenz dieser Linie leugnen? Es war unmöglich, jetzt noch zu glauben, dass sein ganzes Leben nur eine Verkettung von Zufällen war. Und da er nun schon so weit gegangen war, musste er einfach weitergehen – das war die unerbittliche Logik des Weges, den er gewählt hatte. Es war zu spät, daran zu zweifeln. Er musste weitergehen, selbst wenn dies bedeutete, dass er nicht nur für sein eigenes Leben, sondern auch für das Leben anderer Verantwortung trug. All die Opfer waren nicht umsonst, er musste sie akzeptieren, seinen Weg bis zum Ende gehen und vollenden, wozu er in dieser Welt war. Das war sein Schicksal.

Warum nur waren seine Gedanken nicht schon früher so klar gewesen? Immer hatte er an seiner Auserwähltheit gezweifelt, hatte sich von Dummheiten ablenken lassen, hatte geschwankt, dabei war die Antwort stets zum Greifen nah gewesen. Ulman hatte recht gehabt: Wozu sich das Leben verkomplizieren?

Nun ging Artjom mit neuem Schwung vorwärts. Aus den Rohren war kein Laut zu hören gewesen, und bis zur *WDNCh* traf er auf keinerlei Gefahren. Allerdings kamen ihm auf dem ganzen Weg Menschen entgegen, die zum *Prospekt Mira* unterwegs waren. Es war ein Strom unglücklicher, gehetzter Geschöpfe, die auf ihrer Flucht alles stehen und liegen gelassen hatten. Sie sahen ihn an wie einen Verrückten: Er war der Einzige, der sich an den Ort des Schreckens wagte, während alle anderen versuchten, die verfluchte Stätte zu verlassen. Weder an der *Rischskaja* noch an der *Alexejewskaja* gab es irgendwelche Kontrollen. Es waren schon mindestens eineinhalb Stunden, aber Artjom war zu vertieft in seine Gedanken, um zu bemerken, dass er fast bei der *WDNCh* angekommen war.

Als er die Station schließlich betrat und sich umsah, zuckte er zusammen: Diese *WDNCh* sah genauso aus wie die Station, die er in seinen Albträumen gesehen hatte. Die Hälfte der Lampen funktionierte nicht, es roch nach Schießpulver, irgendwo in der Ferne war Stöhnen zu hören, eine Frau weinte.

Artjom nahm sein Gewehr in die Hand und ging weiter. Offenbar war es den Schwarzen zumindest einmal gelungen, die Absperrungen zu durchbrechen und bis zur Station selbst zu gelangen. Ein Teil der Zelte war zerfetzt, an einigen Stellen waren auf dem Boden vertrocknete Blutspuren zu sehen. In ein paar Zelten jedoch lebten noch Menschen, hie und da leuchtete sogar eine Taschenlampe durch die Plane.

Aus dem Nordtunnel drangen entfernte Feuerstöße heran. Der Zugang war durch mannshoch aufgeschichtete Erdsäcke verbarrikadiert, und gegen diese Brustwehr drückten sich drei Männer, beobachteten den Tunnel, die Gewehre im Anschlag, durch die Schießscharten.

»Artjom? Artjom! Wo kommst du denn auf einmal her?«, hörte er plötzlich eine vertraute Stimme.

Artjom drehte sich um und sah Kirill, der sich damals, ganz am Anfang, ebenfalls für die Karawane gemeldet hatte. Er trug einen Arm in einer Schlinge, und seine Haare schienen noch struppiger zu sein als sonst.

»Jetzt bin ich jedenfalls wieder da«, erwiderte Artjom unbestimmt. »Wie haltet ihr euch hier? Wo ist Onkel Sascha, wo ist Schenja?«

»Schenja …« Kirills Gesicht verdüsterte sich. »Er hat was abgekriegt … Sie haben ihn umgebracht, schon vor einer Woche.«

Artjom stockte das Herz. »Und mein Stiefvater?«

»Suchoj ist gesund und munter und erteilt seine Befehle. Er ist jetzt im Lazarett.« Kirill deutete zur Treppe, die zum neuen Ausgang der Station führte.

»Danke!« Artjom rannte los.

»Und wo hast du gesteckt?«, rief ihm Kirill noch hinterher, doch er erhielt keine Antwort.

Das »Lazarett« machte einen unheilvollen Eindruck. Nur wenige Männer – vielleicht fünf – waren wirklich verletzt. Die meisten waren Patienten anderer Art. Eingewickelt wie Säuglinge lagen sie in Schlafsäcken in einer Reihe. Ihre Augen waren weit aufgerissen, und mit ihren leicht geöffneten Mündern lallten sie irgendetwas Zusammenhangloses dahin. Gepflegt wurden sie nicht von einer Krankenschwester, sondern von einem Gewehrschützen, der eine Flasche mit Chloroform in der Hand hielt. Wenn einer der Gewickelten auf dem Boden zu zucken und zu heulen begann und seine Erregung die anderen anzustecken drohte, drückte ihm der Wächter schnell ein mit dem Betäubungsmittel getränktes Stück Gaze ins Gesicht. Der Mann schlief dann zwar nicht ein – seine Augen blieben weiterhin offen –, aber wenigstens hielt er für eine gewisse Zeit still.

Artjom konnte Suchoj nicht gleich finden. Er hatte in einem abgetrennten Dienstraum etwas mit dem Stationsarzt besprochen, doch dann, als er heraustrat, lief er quasi in Artjom hinein. »Artjomka! Du lebst … Gott sei Dank …«, murmelte er und berührte Artjom an der Schulter, als wolle er sich überzeugen, dass dieser wirklich vor ihm stand.

Artjom umarmte ihn fest. Wie ein kleiner Junge hatte er sich gefürchtet, dass ihn sein Stiefvater ausschimpfen würde: Wo er denn gesteckt habe, welche Verantwortungslosigkeit, warum er sich noch immer nicht benehmen könne wie ein Erwachsener ... Stattdessen drückte ihn Suchoj einfach nur an sich und hielt ihn lange. Als sie sich schließlich wieder losließen, bemerkte Artjom verlegen, dass die Augen seines Stiefvaters glänzten.

Ohne sich lange bei all seinen Abenteuern aufzuhalten, berichtete er diesem kurz, wo er gewesen war und was er erreicht hatte. Dann erklärte er, warum er zurückgekommen war.

Suchoj schüttelte den Kopf und begann über Hunter herzuziehen, doch dann hielt er inne und sagte, über die Toten dürfe man nur Gutes oder aber gar nichts sagen. Was jedoch genau mit dem Jäger passiert war, wusste auch er nicht. »Siehst du, was bei uns los ist?« Suchojs Stimme wurde wieder hart. »Jede Nacht kommen sie jetzt in Scharen, unsere Patronen reichen da gar nicht aus. Neulich ist wieder eine Draisine mit Munition vom *Prospekt Mira* gekommen, aber das war nur ein Tropfen auf den heißen Stein.«

»Sie wollen den Tunnel beim *Prospekt* sprengen, um die *WDNCh* und die anderen Stationen abzuriegeln.«

»Ich weiß ... Sie haben Angst vor dem Grundwasser, deswegen trauen sie sich nicht näher an die *WDNCh* heran. Aber das wird nicht lange helfen – die Schwarzen werden andere Eingänge finden.«

»Wann gehst du von hier weg? Es ist nicht mehr viel Zeit. Nicht mal vierundzwanzig Stunden, und du musst noch deine Sachen packen ...«

Suchoj sah Artjom lange mit prüfendem Blick an. »Nein, Artjom, es gibt für mich nur noch einen Weg von hier – und der führt nicht zum *Prospekt Mira*. Wir haben dreißig Verletzte, sollen wir die etwa allein lassen? Und dann: Wer wird hier die Stellung halten, während ich meine Haut rette? Wie soll ich das bitte jemandem erklären, nach dem Motto, du bleibst jetzt da, um sie aufzuhalten und zu sterben, und ich geh dann mal? Nein …« Er seufzte. »Von mir aus können sie sprengen. Wir werden uns hier halten, solange wir eben können. Ich jedenfalls will als anständiger Mensch sterben.«

»Dann bleibe ich bei euch. Sie werden mit den Raketen auch ohne mich zurechtkommen. So kann ich euch wenigstens helfen.«

»Nein, nein, du musst unbedingt gehen! Unser Tor ist voll funktionsfähig, und auch die Treppe ist noch ganz, da kommst du schnell zum Ausgang. Du musst mit ihnen gehen – die wissen doch gar nicht, mit wem sie es zu tun haben!«

Artjom kam der Verdacht, dass ihn sein Stiefvater fortschickte, um ihm das Leben zu retten. Er versuchte zu widersprechen, doch Suchoj wollte nichts mehr hören. »In deiner Gruppe weißt nur du allein, wozu die Schwarzen fähig sind.« Sein Stiefvater deutete auf die Versehrten am Boden.

»Was ist mit ihnen?«

»Sie waren im Tunnel und sind durchgedreht. Die hier konnten wir zum Glück noch mitschleifen. Aber wie viele haben die Schwarzen bei lebendigem Leib in Stücke gerissen. Unglaubliche Kraft haben die. Und wenn sie kommen und zu heulen beginnen, dann hält das kaum einer aus, du weißt es ja selber. Einige unserer Freiwilligen haben sich mit Handschellen festgekettet, um nicht fortzulaufen. Die, die wir noch rechtzeitig losgemacht haben, liegen jetzt hier. Viele Verletzte gibt es nicht, denn wenn die Schwarzen einen mal erwischen, entkommt er ihnen so leicht nicht mehr.«

Artjom schluckte. »Schenja … Sie haben ihn erwischt?«

Suchoj nickte, und Artjom beschloss, nicht nach Einzelheiten zu fragen.

In die verlegene Stille hinein sagte sein Stiefvater: »Komm, reden wir ein wenig, solange es noch ruhig ist. Ich habe sogar noch Tee übrig. Willst du etwas essen?« Er legte seinen Arm um Artjom und führte ihn zum Büro der Stationsleitung.

Artjom sah sich erschüttert um. Er konnte einfach nicht glauben, dass sich die *WDNCh* in den drei Wochen seiner Abwesenheit so sehr verändert hatte. An dieser früher so behaglichen, belebten Station herrschten jetzt Beklemmung und Verzweiflung. Instinktiv hatte er das Verlangen, von hier fortzulaufen.

In der Ferne ratterte ein MG los. Artjom griff nach seiner Waffe, doch Suchoj hielt ihn auf. »Das machen sie zur Abschreckung. Das Schlimmste geht erst in ein paar Stunden los, ich spüre es schon. Die Schwarzen kommen in Wellen. Erst vor Kurzem haben wir eine zurückgeschlagen. Hab keine Angst – wenn etwas Ernsthaftes passiert, werfen sie die Sirenen an und schlagen Alarm.«

Artjom dachte nach. Dieser Traum mit dem Tunnel … Aber das war doch völlig unmöglich, eine tatsächliche Begegnung würde wohl kaum so harmlos enden. Ganz zu schweigen davon, dass Suchoj ihm niemals erlauben würde, den Tunnel allein zu betreten. Von diesem wahnsinnigen Gedanken musste er sich also verabschieden. Er hatte Wichtigeres zu tun.

Dann, als sie im Zimmer saßen und Tee tranken, sagte Suchoj: »Ich wusste übrigens, dass du noch einmal kommst und wir uns sehen werden. Vor einer Woche war einer hier, der dich suchte.«

»Wer?«, fragte Artjom vorsichtig.

»Er sagte, dass du ihn kennst. Ein großer Mann, hager, mit Bart. Einen seltsamen Namen hatte der …«

»Khan?«

»Genau. Er sagte mir, du würdest zurückkommen, und er war sich so sicher dabei, dass ich mich erst mal beruhigt habe. Er hat mir etwas für dich gegeben.« Suchoj zog eine Brieftasche hervor, in der er nur ihm allein verständliche Notizen und Gegenstände aufbewahrte, und holte daraus ein doppelt gefaltetes Blatt Papier.

Artjom faltete es auseinander und hielt es sich vor das Gesicht. Es war eine kurze Notiz, geschrieben mit nachlässiger, gleichsam fliegender Handschrift:

*Wer kühn und beharrlich genug ist, ein Leben lang in die Finsternis zu blicken, der wird darin als Erster einen Silberstreif erkennen.*

»Mehr hat er nicht hinterlassen?«, fragte Artjom.

»Nein. Ich dachte, das ist vielleicht eine verschlüsselte Nachricht. Schließlich ist der Mann nur deswegen hierhergekommen.«

Artjom zuckte mit den Schultern. Die Hälfte der Dinge, die Khan gesagt und getan hatte, war ihm völlig absurd vorgekommen – die andere Hälfte jedoch hatte ihm die Welt in anderem Licht offenbart. Woher sollte er wissen, wozu diese Nachricht gehörte?

Noch lange tranken sie Tee und sprachen miteinander. Artjom wurde den Gedanken nicht los, dass er seinen Stiefvater zum letzten Mal sah. Es war, als wollte er nun so viel mit ihm reden, dass es für sein ganzes Leben ausreichte.

Dann wurde es Zeit zu gehen.

Suchoj zog an dem Hebel neben der Rolltreppe, und der schwere Vorhang hob sich quietschend um einen Meter. Angestautes Regenwasser schwallte von draußen herein. Nun stand Artjom bis zu den Knöcheln im Sumpf und lächelte Suchoj an, obwohl ihm Tränen in den Augen standen. Schon wollte er sich verabschieden, als ihm im letzten Augenblick das Allerwichtigste einfiel. Er holte das Kinderbuch aus dem Rucksack, blätterte darin, bis er das Foto gefunden hatte, und zeigte es dann seinem Stiefvater. Sein Herz klopfte nervös.

»Wer ist das?«, fragte Suchoj.

»Kennst du sie? Schau genau hin. Ist das nicht meine Mutter? Du hast sie doch gesehen, als sie dich um Hilfe bat.«

Suchoj lächelte traurig. »Artjom … Ich habe ihr Gesicht doch kaum erkennen können. Es war sehr dunkel dort, und ich habe nur auf die Ratten geschaut. Ich erinnere mich überhaupt nicht mehr an sie. An dich schon – wie du damals meine Hand genommen und überhaupt nicht geweint hast –, aber an sie nicht. Verzeih mir!«

»Danke. Leb wohl!« Beinahe hätte Artjom »Vater« zu Suchoj gesagt, doch ein dicker Kloß im Hals hinderte ihn daran. »Vielleicht sehen wir uns noch …« Er zog sich die Gasmaske über, bückte sich, schlüpfte unter dem eisernen Vorhang durch und lief, das zerknitterte Foto gegen die Brust gedrückt, die wackeligen Stufen der Rolltreppe hinauf.

# 20
# Zum Kriechen geboren

Die Treppe schien unendlich lang zu sein. Artjom stieg langsam und mit großer Vorsicht nach oben, denn die Stufen knarzten und klopften unter seinen Füßen, und an einer Stelle gaben sie plötzlich nach, sodass Artjom gerade noch sein Bein zurückziehen konnte. Überall lagen abgebrochene, moosbewachsene Äste und sogar kleine Bäume im Weg – vielleicht hatte sie damals die Druckwelle hier hineingeschleudert. Die Wände waren mit Schlingpflanzen und Moos bedeckt, und immer wieder gaben Lücken in der Kunststoffabdeckung den Blick auf das verrostete Getriebe frei.

Er blickte kein einziges Mal zurück.

Oben war alles schwarz. Das verhieß nichts Gutes: Vielleicht war die Eingangshalle eingestürzt, und er kam gar nicht mehr nach oben? War die mondlose Nacht der Grund? Wenn ja, war auch das ein böses Omen: Die Raketen bei schlechter Sicht an die richtige Stelle zu lenken würde nicht einfach sein.

Doch je weiter Artjom hinaufkam, desto heller wurden die Lichtflecken an den Wänden und die feinen Strahlen, die durch die Ritzen hereinfielen. Der Zugang zur Eingangshalle war tatsächlich versperrt, jedoch nicht durch Steine, sondern durch umgestürzte Bäume. Nach einigen Minuten aber fand Artjom ein enges Schlupfloch, durch das er sich mit Mühe hindurchzwängte.

In der Decke der Eingangshalle gähnte ein riesiges Loch, durch das schwaches Mondlicht hereinfiel. Auf dem Boden lagen abgebrochene Äste. Es sah aus, als wären sie plattgedrückt worden, wie eine Art Belag. An einer Wand bemerkte Artjom einige seltsame, halb im Gestrüpp versenkte Objekte: fast mannshohe, lederne, dunkelgraue Kugeln. Sie machten einen abstoßenden Eindruck, und Artjom wagte es nicht, sich ihnen zu nähern. Zur Sicherheit schaltete er seine Lampe aus und ging auf die Straße hinaus.

Vor der Eingangshalle standen eine Reihe von Pavillons und Kiosken. Einst mochten sie ansprechend ausgesehen haben, doch jetzt waren sie bis auf das Gestell aufgerissen. Weiter hinten war ein riesiges, seltsam bogenförmiges Gebäude zu sehen, dessen einer Flügel zur Hälfte eingestürzt war. Artjom blickte sich um: Ulman und sein Kamerad waren nicht zu sehen, offenbar waren sie unterwegs aufgehalten worden. Ihm blieb also etwas Zeit, um die Umgebung zu erkunden.

Für ein paar Sekunden hielt er den Atem an und horchte, ob das markerschütternde Heulen der Schwarzen in der Ferne zu hören war. Der Botanische Garten befand sich gar nicht weit von hier. Warum griffen diese Kreaturen ihre Station eigentlich nicht von der Oberfläche aus an?

Es war alles still, nur irgendwo weit entfernt ertönte das traurige, fast wehmütige Heulen wilder Hunde. Auf eine Begegnung mit ihnen war Artjom keineswegs besonders scharf; wenn sie nämlich all diese Jahre an der Oberfläche überlebt hatten, waren sie mit den Hunden, die sich die Bewohner der Metro hielten, sicher nicht zu vergleichen.

Etwas weiter draußen entdeckte er noch etwas Seltsames. Den Eingang zur Station umgab ein nicht sehr tiefer, ungleichmäßiger Graben, in dem – wie in einem kleinen Burggraben – eine dunkle Flüssigkeit stand. Artjom sprang darüber hinweg, ging zu einem der Kioske und blickte hinein.

Er war völlig leer. Auf dem Boden lag zerbrochenes Flaschenglas herum, sonst war alles herausgerissen worden. Artjom untersuchte noch einige weitere Stände, bis er plötzlich vor einer großen Box stand. Die Hütte sah aus wie eine Miniaturfestung: ein Würfel, aus dickem Blech zusammengeschweißt, mit einem winzigen Fenster aus Spiegelglas. Die Aufschrift lautete: »Devisenumtausch«.

Die Tür hatte ein ungewöhnliches Schloss, das nicht mit einem Schlüssel, sondern mit einer Zahlenkombination funktionierte. Artjom ging zum Fenster und versuchte es zu öffnen – vergebens. Dafür bemerkte er auf dem Fensterbrett eine fast verblichene Aufschrift.

Der verschlossene Kiosk hatte ihn neugierig gemacht, also vergaß Artjom alle Vorsicht und schaltete seine Lampe ein. Mit Mühe konnte er die wackeligen Buchstaben entziffern: »Begrabt mich anständig. Code 767«. Kaum hatte er sich einen Reim darauf gemacht, als von weit oben ein erbostes Kreischen ertönte. Artjom erkannte es sofort: Genauso hatten die fliegenden Monster am Kalinin-Prospekt geschrien.

Hastig löschte er das Licht, doch zu spät: Wieder ertönte der Schrei, diesmal direkt über seinem Kopf. Panisch blickte er sich um, auf der Suche nach einem Versteck. Er hatte nur eine Chance, falls seine Vermutung stimmte: Er drückte in der beschriebenen Reihenfolge auf die Tasten an der Tür und zog am Griff. Das Schloss gab ein dumpfes Klicken von sich, und die Tür schwang mühsam und unter lautem Quietschen ihrer verrosteten Angeln auf. Artjom schlüpfte hinein, schloss die Tür und schaltete die Lampe wieder ein.

In einer Ecke, gegen die Wand gelehnt, saß die vertrocknete

Mumie einer Frau. In der einen Hand hielt sie einen dicken Filzstift, in der anderen eine Plastikflasche. Die mit Linoleum beklebten Wände waren von oben bis unten mit einer ordentlichen weiblichen Handschrift beschrieben. Auf dem Boden lagen eine leere Packung Tabletten, bunte Schokoladenpapiere und Mineralwasserdosen. In einer anderen Ecke stand ein geöffneter Safe. Artjom war die Leiche nicht unheimlich, im Gegenteil, er spürte, wie ihn Mitleid mit der unbekannten jungen Frau überkam. Aus irgendeinem Grund war er überzeugt davon, dass es sich um eine junge Frau handelte.

Wieder hörte er den Schrei der fliegenden Bestie, und ein gewaltiger Schlag krachte gegen das Dach, dass der ganze Kiosk wackelte. Artjom legte sich flach auf den Boden und wartete ab. Als kein zweiter Angriff erfolgte und sich das Kreischen des verärgerten Tiers allmählich entfernte, erhob er sich wieder. Die Box war ein ideales Versteck – hier konnte er ausharren, solange er wollte. Die Leiche war schließlich auch unversehrt geblieben, obwohl es sicherlich genug Jäger in der Nähe gab, die sich gern an ihr gütlich getan hätten. Natürlich konnte er versuchen, das Monster zu töten oder zumindest zu verletzen, doch dazu hätte er die Box verlassen müssen. Und wenn er dann danebenschoss oder die Bestie gepanzert war? Auf offenem Feld würde sie ihm sicherlich keine zweite Chance lassen. Vernünftiger war es, auf Ulman zu warten. Wenn dieser noch lebte.

Um sich abzulenken, begann Artjom den Text an der Wand zu lesen.

*»Ich schreibe, weil ich mich einsam fühle, und damit ich nicht verrückt werde. Schon drei Tage sitze ich in dieser Bude und habe Angst, auf die Straße zu gehen. Da draußen haben es zehn Menschen nicht bis zur Metro geschafft. Sie sind tot und liegen noch immer auf der Straße herum. Zum Glück habe ich in der Zeitung gelesen, wie man mit Klebeband die Fugen abdichtet. Jetzt warte ich, bis der*

*Wind die Wolke wegweht. Sie haben gesagt, dass nach einem Tag keine Gefahr mehr besteht.*

*9. Juli. Ich habe versucht, in die Metro zu kommen. Hinter der Rolltreppe ist eine Eisenwand, die ich nicht anheben konnte. So viel ich auch geklopft habe, niemand hat mir aufgemacht. Nach zehn Minuten ist mir schlecht geworden, also bin ich hierher zurückgekehrt. Überall Leichen. Sie sehen schlimm aus, so aufgebläht, und sie stinken. Ich habe die Scheibe eines Lebensmittelgeschäfts eingeschlagen und mir Mineralwasser und Schokolade geholt. So verhungere ich wenigstens nicht. Ich fühle mich furchtbar schwach. Ein Safe voller Dollars und Rubel – und ich kann nichts damit anfangen. Seltsam. Nichts als Papier.*

*10. Juli. Heute sind wieder Bomben gefallen. Auf der rechten Seite, vom Prospekt Mira her, habe ich den ganzen Tag furchtbares Donnern gehört. Ich dachte, es ist niemand mehr übrig, aber gestern ist ein Panzer ganz schnell hier vorbeigefahren. Ich wollte rauslaufen und ihnen winken, doch es war zu spät. Ich sehne mich so nach Mama und Ljowa. Musste mich den ganzen Tag übergeben. Dann bin ich eingeschlafen.*

*11. Juli. Vorhin ist ein furchtbar verbrannter Mann hier vorbeigegangen. Ich weiß nicht, wo er sich die ganze Zeit versteckt hat. Er hat andauernd geschrien und geröchelt, es war furchtbar. Er ist zur Metro gelaufen, und dann habe ich lautes Hämmern gehört. Wahrscheinlich hat er dort angeklopft. Dann war alles still. Morgen gehe ich hin und schaue nach, ob sie ihm aufgemacht haben.«*

Wieder erschütterte ein Schlag den Kiosk – das Ungeheuer ließ von seiner Beute nicht ab. Artjom schwankte und wäre beinahe auf die Leiche der Frau gefallen, doch im letzten Moment hielt er sich an dem kleinen Tischchen unter dem Fenster fest. Er duckte sich und wartete eine Minute ab, dann las er weiter.

»*12. Juli. Ich kann nicht raus. Ich zittere, weiß nicht, ob ich schlafe oder wache. Habe eine Stunde mit Ljowa gesprochen, er hat gesagt, dass er mich bald heiratet. Dann kam Mama. Die Augen waren ihr ausgelaufen. Dann war ich wieder allein. Ich bin so einsam. Wann hört das alles auf, wann retten sie uns? Hunde sind da, sie fressen die Leichen. Endlich, danke. Habe mich wieder übergeben.*

*13. Juli. Es gibt noch Konserven, Schokolade und Wasser, aber ich will nicht mehr. Bis das Leben wieder normal wird, dauert es noch mindestens ein Jahr. Der Vaterländische Krieg hat fünf Jahre gedauert, länger geht es nicht. Alles wird gut. Sie werden mich finden.*

*14. Juli. Ich will nicht mehr. Ich will nicht mehr. Begrabt mich anständig, ich will nicht in diesem verfluchten Eisenkasten … Es ist eng. Danke, Phenazepam. Gute Nacht.«*

Die Schrift ging noch weiter, doch waren die Sätze immer häufiger zusammenhanglos oder abgerissen. Und Zeichnungen: kleine Teufelchen, Mädchen in großen Hüten oder mit Schleifen im Haar, menschliche Gesichter.

Sie hatte tatsächlich gehofft, dass der Albtraum ein Ende nehmen würde. Ein Jahr, vielleicht zwei, und alles würde wieder gut, so wie früher. Das Leben würde weitergehen, alle würden vergessen, was passiert war. Wie viele Jahre waren seither vergangen? In dieser Zeit hatte sich die Menschheit nur noch weiter von ihrem Ziel entfernt, an die Oberfläche zurückzukehren. Ob die junge Frau jemals daran gedacht hatte, dass nur diejenigen überleben würden, die es in die Metro geschafft hatten, und dann noch die wenigen Glückspilze, denen man in den darauffolgenden Tagen, allen Instruktionen zum Trotz, die Türen geöffnet hatte?

Auch Artjom wollte daran glauben, dass die Menschen eines Tages aus der Metro herauskommen würden, um wieder so zu leben wie früher. Um die herrlichen Gebäude, die ihre Vorfahren errichtet hatten, wieder aufzubauen. Um darin zu wohnen. Um die aufgehende Sonne betrachten zu können, ohne die Augen zusammenzukneifen. Um nicht durch irgendwelche Filter eine geschmacklose Mischung aus Sauerstoff und Stickstoff einzuatmen, sondern die reine Luft zu genießen, gesättigt mit dem Duft von Pflanzen … Er wusste gar nicht, wie die früher gerochen hatten, aber es musste herrlich gewesen sein, besonders die Blumen, die seine Mutter gemocht hatte.

Doch während er die ausgetrocknete Leiche der jungen Frau betrachtete, fragte er sich, ob er selbst überhaupt so lange durchhalten würde. Worin unterschied sich seine Hoffnung von der Gewissheit dieser Frau? In all den Jahren seiner Existenz in der Metro war der Mensch mitnichten so weit erstarkt, um im Triumph wieder nach oben zurückzukehren, auf dem Weg zu neuem Ruhm und neuer Herrlichkeit. Im Gegenteil: Er war nur noch kleiner geworden und hatte sich an Dunkelheit und Enge gewöhnt. Die Mehrheit hatte die einst absolute Macht des Menschen über die Welt bereits vergessen – was nützte sie ihnen noch? –, während andere sich danach sehnten und Dritte sie verfluchten. Wem von ihnen gehörte die Zukunft?

Plötzlich hörte Artjom draußen ein Hupen. Er stürzte ans Fenster. Auf der kleinen Fläche vor den Kiosken hielt ein äußerst ungewöhnliches Fahrzeug. Artjom hatte schon früher Autos gesehen: zuerst in der fernen Kindheit, dann auf Bildern und Fotos in Büchern und schließlich bei seinem letzten Aufenthalt an der Oberfläche. Doch keines davon hatte so ausgesehen.

Es war ein riesiger, sechsachsiger Lastwagen in roter Farbe mit weißem Streifen an der Seite. Die große Fahrerkabine hatte zwei Sitzreihen, und dahinter befand sich ein metallischer Kasten als Laderaum. Über das Dach ragten seltsame Rohre heraus, und daneben drehten sich links und rechts zwei blaue Lampen und blinkten.

Artjom verließ den Kiosk nicht, sondern leuchtete zuerst mit der Taschenlampe durch die Fensterscheibe und wartete auf das Antwortsignal. Die Scheinwerfer des Wagens leuchteten mehrmals auf und erloschen wieder. Artjom wollte schon hinausgehen, doch da stürzten von oben zwei riesige schwarze Schatten herab. Der erste packte mit seinen Krallen das Dach des Fahrzeugs und versuchte es anzuheben, doch war ihm diese Last offenbar zu schwer. Als das Tier den Wagen etwa einen halben Meter in die Luft gehievt hatte, brachen die beiden Rohre vorne am Dach ab. Es schrie verärgert auf und schleuderte sie fort. Die zweite Kreatur schlug kreischend von der Seite gegen den Wagen, versuchte offenbar, ihn umzukippen.

Eine Tür öffnete sich, und ein Mann sprang heraus. Er trug einen Schutzanzug und hielt ein riesiges Maschinengewehr in den Händen. Er richtete den Lauf nach oben, wartete ein paar Sekunden ab, bis die Monster näher kamen, und feuerte los. Von oben ertönte beleidigtes Kreischen.

In diesem Moment öffnete Artjom hastig das Schloss und rannte nach draußen. Er konnte sehen, dass eines der geflügelten Monster etwa dreißig Meter über ihnen kreiste und sich bereits auf einen neuen Angriff vorbereitete. Das andere war verschwunden.

»Schnell, ins Auto!«, schrie der Mann mit dem Maschinengewehr.

Artjom stürzte auf ihn zu, kletterte in die Fahrerkabine und setzte sich auf die Bank. Der Schütze gab noch einmal eine gezielte Salve ab, dann sprang er auf das Trittbrett, schwang sich hinein und knallte die Tür zu. Der Motor brüllte auf, und mit einem Ruck setzte sich der Wagen in Bewegung.

»Du wolltest wohl gerade die Täubchen füttern?« Ulmans Stimme klang hohl, während er Artjom durch die Sichtscheiben seiner Gasmaske anblickte.

Artjom dachte, die Monster würden sie weiter verfolgen,

doch sie flogen nur noch ein paar Mal über den Wagen hinweg und kehrten nach etwa hundert Metern zur *WDNCh* zurück.

»Sie verteidigen ihr Nest«, sagte der Kämpfer. »Einfach so würden sie den Wagen nie angreifen – ist nicht ihre Schuhgröße. Wo haben sie es wohl?«

Plötzlich begriff Artjom, wo die Ungeheuer ihr Nest gebaut hatten und warum sich bei dem Eingang zur *WDNCh* kein einziges lebendes Wesen – einschließlich der Schwarzen – blicken ließ. »Es ist in der Eingangshalle unserer Station, über den Rolltreppen«, sagte er.

»Tatsächlich? Seltsam, meistens nisten sie höher, auf irgendwelchen Häusern. Vielleicht eine andere Art … Ach ja, entschuldige die Verspätung.«

Mit all den Schutzanzügen und riesigen Waffen war es im Fahrerhäuschen doch etwas eng. Auf der Rückbank lagen Rucksäcke und längliche Tragetaschen. Ulman saß rechts außen, Artjom in der Mitte und links von ihm, am Steuer, Pawel, Ulmans Kamerad vom *Prospekt Mira*.

Dieser sagte: »Was heißt hier Entschuldigung? Wir können doch nichts dafür. Der Oberst hat uns ja auch nicht gesagt, was aus dem Prospekt Mira – ich meine jetzt die Straße von der *Rischskaja* hierher –, also was daraus geworden ist. Wie wenn eine Dampfwalze darübergerollt wäre. Warum die Brücke nicht ganz eingestürzt ist, versteh ich nicht. Nicht einmal verstecken konnte man sich da noch. Wir sind den Hunden gerade mal so entkommen.«

»Hunde hast du keine gesehen?«, fragte Ulman Artjom.

»Nur gehört.«

»Wir durften einen Blick auf sie werfen«, bemerkte Pawel, während sie um eine Kurve fuhren.

»Und?«

»Nichts Gutes. Die Stoßstange haben sie uns abgerissen und

hätten beinahe noch im Fahren ein Rad zerfetzt.« Pawel deutete zu Ulman hinüber. »Petro musste erst ihren Anführer mit der Dragunow kaltmachen, damit sie uns in Ruhe lassen.«

Die Fahrt war nicht einfach. Überall trafen sie auf Gräben und Löcher im Boden, der Asphalt war zerborsten, sodass sie ihre Route sorgfältig wählen mussten. An einer Stelle bremsten sie und versuchten fünf Minuten lang einen Haufen von Betontrümmern zu überqueren – offenbar war hier eine Hochstraße eingebrochen. Artjom blickte aus dem Fenster, das Gewehr fest in der Hand.

»Fährt sich prima«, lobte Pawel den Wagen. »Und dabei hieß es anfangs, dass ihm irgendwann der Sprit ausgehen würde. Aber da haben unsere Chemiker schon ganz andere Sachen hingekriegt. Die Polis verteidigen wir ja nicht umsonst. Für so was können wir die Brillenschlangen dort nämlich gut brauchen.«

»Wo habt ihr ihn gefunden?«, fragte Artjom.

»Er stand in einem Depot, Motorschaden. Sie hatten ihn nicht mehr rechtzeitig hinbekommen, um mit ihm zum Löscheinsatz zu fahren, als ganz Moskau brannte. Jetzt verwenden wir ihn ab und zu, nicht ganz zweckgemäß natürlich, aber er tut's.«

»Aha.« Artjom sah wieder zum Fenster hinaus.

Pawel war offenbar in gesprächiger Stimmung. »Wir haben Glück mit dem Wetter. Keine Wolke am Himmel. Das ist gut, dann habt ihr eine gute Sicht vom Turm aus – wenn ihr denn raufkommt.«

»Ich geh lieber da rauf als in die Häuser«, ließ sich Ulman vernehmen. »Der Oberst meinte zwar, dass fast niemand drin wohnt, aber dieses ›fast‹ gefällt mir gar nicht.«

Der Wagen bog links ein und rollte über eine breite, gerade Straße, die von einem Rasenstück in zwei Teile geteilt wurde. Links befand sich eine Reihe fast unversehrter Ziegelhäuser, während auf der rechten Seite ein düsterer Wald bis ganz an die Straße heranreichte. An einigen Stellen hatten gewaltige Wurzeln die Fahrbahn aufgerissen, die sie umfahren mussten.

»Da ist es, das Prachtstück!«, rief Pawel plötzlich begeistert aus.

Direkt vor ihnen ragte der Ostankino-Turm auf. Wie ein Stützpfeiler des Himmels oder eine gigantische Nadel stach er Hunderte von Metern in die Höhe und drohte längst besiegten Feinden. Es war ein ganz und gar irreales Bauwerk. Noch nie hatte Artjom etwas Ähnliches in Büchern oder Zeitschriften gesehen. Natürlich hatte ihm sein Stiefvater von der zyklopischen Konstruktion erzählt, die sich nur zwei Kilometer von ihrer Station entfernt befand, doch selbst nach diesen Beschreibungen hätte sich Artjom nie vorstellen können, wie sehr ihn dieser Turm erschüttern würde.

Die gesamte restliche Fahrt über saß er regungslos da und betrachtete dieses Meisterwerk menschlicher Schöpferkraft mit einer seltsamen Mischung aus Begeisterung und Bitterkeit – denn er begriff nun umso mehr, dass es den Menschen nie mehr möglich sein würde, etwas Ähnliches zu erschaffen.

Artjom versuchte seine Gefühle in Worte zu fassen: »Er war die ganze Zeit so nah, und ich habe es nicht gewusst …«

»Solange man da nicht oben war, hat man so manches im Leben noch nicht begriffen«, sagte Pawel. »Weißt du denn eigentlich, warum eure Station so heißt? *WDNCh*, das heißt ›Große Errungenschaften unserer Wirtschaft‹. Dort war nämlich mal so ein riesiger Park mit allen möglichen Tieren und Pflanzen. Und jetzt sag ich dir was: Ihr habt ne Menge Schwein gehabt, dass die Vögelchen ihr Nest genau über eurem Eingang gebaut haben. Denn einige dieser ›Errungenschaften‹ haben sich unter den Röntgenstrahlen so toll entwickelt, dass ihnen heute nicht mal mehr ein Treffer aus einer Panzerbüchse was ausmacht.«

»Aber vor euren gefiederten Freunden haben sie Respekt«, fügte Ulman hinzu. »Die decken euch sozusagen ab.«

Beide lachten. Artjom unterließ es, Pawel über den richtigen Namen seiner Station zu unterrichten, und wandte sich wieder dem Turm zu. Als er näher hinsah, bemerkte er, dass sich die riesige Konstruktion etwas neigte, doch war sie offenbar noch immer im Gleichgewicht und stand stabil. Wie hatte sie bloß die Hölle von damals überstehen können? Die benachbarten Häuser waren teilweise oder sogar ganz hinweggefegt worden, aber der Turm ragte inmitten all der Zerstörung noch immer stolz in die Höhe. Als hätte man ihn durch einen Zauber gegen feindliche Bomben und Raketen unempfindlich gemacht.

»Wie er das wohl ausgehalten hat?«, murmelte er.

»Wahrscheinlich wollten sie ihn gar nicht bombardieren«, vermutete Pawel. »Ist ja immerhin ein wichtiges Stück Infrastruktur. Früher war er nämlich noch um ein Viertel höher, und oben war eine Spitze drauf. Jetzt dagegen, siehst du, hört er fast gleich nach der Aussichtsplattform auf.«

»Wozu sollten sie ihn denn verschont haben?«, fragte Ulman. »Denen war doch sowieso schon alles egal. Hoffentlich steckt da nicht so was dahinter wie beim Kreml ...«

Sie passierten einen hohen Stahlzaun und kamen schließlich direkt am Fuß des Fernsehturms an. Ulman nahm ein Nachtsichtgerät und ein Gewehr und sprang hinaus. Nach einer Minute gab er Entwarnung. Auch Pawel kletterte nun aus dem Wagen, öffnete die hintere Tür und zog die Rucksäcke mit ihrer Ausrüstung hervor. »Das Signal soll in zwanzig Minuten kommen«, sagte er.

»Wir werden versuchen, es hier einzufangen.« Ulman hatte den Tornister mit dem Empfänger gefunden und begann aus mehreren Einzelteilen eine lange Feldantenne zusammenzuschrauben.

Bald darauf schwankte ein sechs Meter langer Fühler träge über ihnen im sanften Nachtwind. Ulman setzte sich vor den Empfänger, schob sich einen Kopfhörer mit Mikrofon über die Ohren und lauschte in den Äther.

Sie warteten.

Für einen Augenblick flog der Schatten eines Pterodaktylus über ihnen, doch nachdem er ein paar Mal über ihren Köpfen gekreist hatte, verschwand das Monster wieder hinter den Häusern.

»Wie sehen die eigentlich aus, diese Schwarzen?«, fragte Pawel Artjom. »Du bist ja sozusagen unser Experte in diesen Fragen.«

»Furchtbar sehen sie aus. Wie … umgekehrte Menschen.« Artjom suchte nach den passenden Worten. »Das absolute Gegenteil eines Menschen. Na ja, und wie der Name schon sagt: Sie sind tatsächlich schwarz.«

»Hm … Und woher kommen sie auf einmal? Von denen hat vorher niemand was gehört. Was sagen die Leute bei euch denn?«

»Aber das ist doch nicht das Einzige, wovon man noch nie gehört hat. Oder wusstet ihr was von den Kannibalen am *Park Pobedy*?«

»Stimmt. Man hat Menschen mit Nadeln im Hals gefunden, aber wer das gemacht hatte, konnte keiner sagen. Nun ja, was soll man machen? Das ist eben die Metro. Und der Große Wurm – so ein Quatsch! Aber woher eure Schwarzen …«

»Ich hab ihn gesehen.«

»Den Wurm?«

»Nun, zumindest etwas Ähnliches. Vielleicht war es auch ein Zug. Es war riesig und brüllte so laut, dass man Druck auf die Ohren bekam. Ich konnte es gar nicht richtig erkennen, so schnell ist es vorbeigerast.«

»Nein, ein Zug konnte das nicht sein … Womit hätte der den fahren sollen? Mit Pilzen? Züge fahren mit Strom. Weißt du, woran mich das erinnert? An eine Tunnelbohrmaschine.«

»Warum?«

»Sag bloß Ulman nichts davon und dem Oberst auch nicht. Sonst halten die mich noch für verrückt. Es ist nämlich so: Ich hab früher in der Polis Informationen gesammelt, alle möglichen Spione ausgehorcht, kurz: Ich hatte mit Saboteuren zu tun, innere Gefahr und so. Und einmal hatte ich mit einem alten Kerl zu tun, der behauptete, dass in einer kleinen Ecke, im Tunnel neben der *Borowizkaja*, die ganze Zeit so ein Lärm zu hören ist, als wäre hinter der Wand eine Bohrmaschine zugange. Normalerweise hätte ich ihn natürlich gleich als durchgeknallt abgeschrieben, aber der hatte früher auf dem Bau gearbeitet und kannte sich mit solchen Sachen aus.«

»Aber wem könnte es was bringen, da rumzugraben?«

»Keine Ahnung. Der Alte faselte was davon, dass irgendwelche Schurken einen Tunnel bis zum Fluss graben wollen, damit es die ganze Polis mit einem Mal wegspült, und dass er ihre Pläne angeblich belauscht hätte. Ich hab dann gleich alle zuständigen Leute informiert, aber keiner hat mir geglaubt. Dann wollte ich den Alten suchen, um ihn als Zeugen vorzuführen, aber er war plötzlich wie vom Erdboden verschluckt. Vielleicht war er auch ein Provokateur. Aber vielleicht« – Pawel blickte vorsichtig zu Ulman hinüber und senkte seine Stimme – »vielleicht hat er ja wirklich gehört, wie die Offiziere einen Geheimgang ausheben lassen. Und ihn haben sie dann gleich mit vergraben, damit er seine Ohren nicht so weit aufsperrt. Na, und seither hab ich eben diese Idee von der Bohrmaschine, und sie halten mich deswegen für übergeschnappt. Ich brauch nur mal was zu sagen, schon machen sie wieder Witze über mich wegen der Maschine.« Er sah Artjom prüfend an. Wie hatte dieser seine Geschichte aufgenommen?

Artjom zuckte unbestimmt mit den Schultern, als wollte er sagen: Warum nicht?

Ulman kam zu ihnen. »Nichts zu hören, alles tot. Dieser Schrotthaufen kriegt das Signal von hier unten nicht zu fassen. Wahrscheinlich ist Melnik zu weit weg. Wir müssen höher rauf.«

Artjom und Pawel fingen sofort an, ihre Sachen zu packen. Andere Erklärungen, warum die Gruppe des Stalkers nicht Verbindung zu ihnen aufnahm, wollte sich keiner von ihnen ausmalen. Ulman schraubte die Antenne auseinander, packte das Funkgerät in den Rucksack, hievte sich das Maschinengewehr auf den Rücken und ging voran zu der verglasten Vorhalle, die sich hinter einer der mächtigen Stützen des Turms verbarg. Pawel gab Artjom eine große Tasche, nahm selbst einen Rucksack und das Präzisionsgewehr und schlug die Tür des Wagens zu. Dann folgten sie Ulman.

Der Innenraum war ein einziges Chaos. Offenbar waren die Menschen von hier einst in heller Panik geflohen und später nie wiedergekommen. Der Mond blickte durch die zersplitterte, staubige Glaskonstruktion auf umgestürzte Bänke, einen zertrümmerten Kassenschalter, die Milizionärskabine mit einer in der Eile vergessenen Schirmmütze und die zerbrochenen Drehkreuze am Eingang. Auch auf die mit Schablonenschrift gemalten Anweisungen und Warnungen für die Besucher des Fernsehturms fiel sein blasses Licht.

Sie schalteten die Taschenlampen ein und fanden nach einigem Suchen den Zugang zur Treppe. Die Aufzüge, mit denen man früher in weniger als einer Minute nach oben gerauscht war, standen nun nutzlos, mit weit geöffneten Türen im Erdgeschoss. Sie erinnerten an die Kiefer eines Paralytikers.

Ulman verkündete, dass sie über dreihundert Höhenmeter

zu bewältigen hatten. Die ersten zweihundert Stufen fielen Artjom leicht – immerhin hatten sich seine Beine in den letzten Wochen an Belastungen gewöhnt. Ab der zweihundertfünfzigsten ging ihm jedoch das Gefühl verloren, dass sie sich vorwärts bewegten. Die Treppe drehte sich unermüdlich weiter, und zwischen den Stockwerken war kein Unterschied zu spüren. Der Turm war feucht und kalt, der Blick glitt an den nackten Betonwänden ab, die seltenen Türen standen weit offen und gaben den Blick auf verlassene Senderäume frei.

Nach fünfhundert Stufen legte Ulman eine erste Pause ein, und erst jetzt merkte Artjom, wie müde seine Beine waren. Doch schon nach fünf Minuten brachen sie wieder auf, denn Ulman fürchtete den Moment zu verpassen, wenn der Stalker versuchen würde, mit ihnen Verbindung aufzunehmen.

Bei Stufe achthundert kam Artjom mit dem Zählen durcheinander. Seine Beine waren bleischwer, jedes wog ungefähr dreimal so viel wie zu Beginn des Aufstiegs. Am härtesten war es, die Fußsohlen vom Boden zu lösen – sie klebten daran wie an einem Magneten fest. Schweiß floss Artjom in die Augen, die grauen Wände verschwammen, und ständig blieben seine Stiefel an den Stufen hängen. Stehen bleiben und ausruhen war unmöglich, denn hinter sich hörte er Pawels angestrengtes Keuchen, der ein ungefähr doppelt so schweres Gewicht trug wie Artjom.

Nach weiteren fünfzehn Minuten ließ Ulman sie wieder zu sich kommen. Auch er selbst sah erschöpft aus, seine Brust hob und senkte sich schwer unter dem unförmigen Schutzanzug, und seine Hand suchte an der Wand nach einer Stütze. Aus seinem Rucksack holte er eine Feldflasche mit Wasser und reichte sie Artjom.

In der Gasmaske war ein spezielles Ventil vorgesehen, durch das man trinken konnte. Obwohl sich Artjom bewusst war, wie viel Durst auch die beiden anderen haben mussten, konnte er sich doch von dem Gummischlauch nicht losreißen, bis er die Hälfte der Flasche geleert hatte. Dann sank er auf den Boden und schloss die Augen.

»Komm, es ist nicht mehr weit!«, rief ihm Ulman zu. Er stellte Artjom mit einem Ruck wieder auf die Beine, nahm dessen Tasche, warf sie sich über die Schulter und ging weiter.

Wie lange der letzte Teil des Aufstiegs dauerte, wusste Artjom nicht. Stufen und Wände verschwammen vor seinen Augen, die Lichtflecken, die durch die verschmierten Aussichtsscheiben hereinfielen, erschienen ihm wie glänzende Wolken, und eine Zeit lang lenkte er sich ab, indem er ihr fröhliches Spiel betrachtete. Das Blut pochte in seinen Schläfen, die kalte Luft brannte in den Lungen, und die Treppe wollte kein Ende nehmen. Mehrmals sank er zu Boden, doch jedes Mal halfen die beiden anderen ihm auf und trieben ihn weiter.

Warum tat er das alles?

Damit das Leben in der Metro weiterging?

Ja.

Damit sie an der *WDNCh* weiter Pilze und Schweine züchten konnten, damit sein Stiefvater und Schenjas Familie dort in Frieden leben konnten, damit sich die Menschen wieder an der *Alexejewskaja* und der *Rischskaja* ansiedelten, damit der Handel an der *Belorusskaja* nicht versiegte. Damit die Brahmanen in ihren Gewändern durch die Polis wandeln und mit Buchseiten rascheln konnten, damit sie altes Wissen erforschten und an die nächsten Generationen weitergaben. Damit die Faschisten ihr Reich bauten, ihre Feinde einfingen und sie zu Tode folterten. Damit die Menschen des Wurms weiter fremde Kinder entführten und Erwachsene auffraßen. Damit die Frau an der *Majakowskaja* weiter ihren kleinen Sohn verkaufen konnte, um sie beide damit durchzubringen. Damit die Rattenrennen an der

*Pawelezkaja* nicht aufhörten und die Kämpfer der Brigade ihre Überfälle auf die Faschisten und ihre dialektischen Diskussionen fortsetzen konnten. Damit Tausende von Menschen in der ganzen Metro atmeten, aßen, einander liebten, ihren Kindern Leben gaben, sich entleerten, schliefen, träumten, kämpften, töteten, sich begeisterten, einander betrogen, philosophierten, hassten, damit jeder an sein eigenes Paradies und an seine eigene Hölle glaubte … Damit das Leben in der Metro, dieses sinnlose, nutzlose Leben, erhaben und licht, schmutzig und brodelnd, unendlich vielfältig und gerade deshalb so magisch und wunderbar – damit dieses menschliche Leben weiterging.

Während er dies dachte, schien jemand in seinem Rücken an einem riesigen Aufziehschlüssel zu drehen, sodass er immer noch einen weiteren Schritt machte, und dann noch einen und noch einen. So bewegte er sich – allen Umständen zum Trotz – immer weiter fort.

Und dann war es plötzlich vorbei. Sie fielen in einen langen, ringförmigen Korridor, dessen Innenwand mit Marmor verkleidet war, sodass Artjom sich gleich wie zu Hause fühlte. Die Außenwand dagegen …

Hinter der völlig durchsichtigen Außenwand begann der Himmel, und irgendwo weit, weit unten lagen winzige Häuschen verstreut, Straßen schnitten die Stadt in Bezirke, Parks und riesige Bombentrichter erschienen wie schwarze Flecken, und auch die Quader unversehrt gebliebener Hochhäuser waren zu erkennen.

Von hier überblickte man die gesamte Stadt, deren graue Masse bis an den dunklen Horizont reichte. Artjom sank zu Boden, lehnte sich an die Wand und betrachtete lange, ganz lange Moskau und den sich rosa färbenden Himmel.

»Artjom!« Ulman schüttelte ihn an der Schulter. »Steh auf. Hilf mir lieber mal.«

Der Kämpfer reichte ihm eine große Drahtrolle. Artjom blickte ihn verständnislos an, worauf Ulman auf die Sechs-Meter-Antenne deutete, die inzwischen bereits gekrümmt auf dem Boden lag, und sagte: »Das Scheißding fängt nichts ein. Wir versuchen es jetzt mit einem Rahmen. Da drüben ist die Tür zum technischen Balkon. Der ist ein Stockwerk tiefer. Der Ausgang ist genau auf der Seite vom Botanischen Garten. Ich bleibe hier beim Funkgerät. Ihr beide geht raus, Paschka wickelt die Antenne aus, und du sicherst ihn ab. Beeilt euch, es wird bald hell.«

Artjom nickte. Jetzt wusste er wieder, warum er hier war, und das gab ihm Auftrieb. Erneut drehte sich der unsichtbare Schlüssel in seinem Rücken – und die Feder war gespannt. Sie hatten ihr Ziel fast erreicht. Er nahm die Drahtrolle und ging zur Balkontür.

Diese ließ sich nicht öffnen – Ulman musste erst ein paar Schuss darauf abgeben, bis das durchlöcherte Glas zersprang. Sogleich erfasste sie eine mächtige Bö und hätte sie beinahe umgerissen. Dann trat Artjom auf den Balkon, der von einem mannshohen Gitter umgeben war.

Pawel gab ihm einen Feldstecher und deutete nach unten. »Da, schau sie dir an.«

Das Fernglas vor Augen, fuhr Artjom lange mit seinem Blick über die Stadt, bis ihn Pawel an die richtige Stelle lenkte.

Der Botanische Garten und die *WDNCh* waren zu einem dunklen, undurchdringlichen Dickicht zusammengewachsen, aus dem die abgeblätterten, ehemals weißen Kuppeln und Dächer der Ausstellungshallen hervorragten. Zwei Lichtungen gab es in diesem Urwald: einen engen Pfad zwischen den größten Pavillons des Ausstellungsgeländes – »die Hauptallee«, flüsterte Pawel ehrfürchtig – und dann noch etwas anderes …

Mitten im Park des Botanischen Gartens hatte sich eine riesige Kahlfläche gebildet, als wären die Bäume angewidert einem ungeheueren Geschwür gewichen. Es war ein seltsamer und zugleich abstoßender Anblick: eine riesige Stadt, aber auch ein gigantisches, Leben spendendes Organ, das pulsierte und zuckte und sich über einige Quadratkilometer hin ausbreitete.

Der Himmel hatte nun schon eine morgendliche Färbung angenommen, sodass diese unheimliche Geschwulst immer besser sichtbar wurde: eine mit feinen Äderchen überzogene, lebendige Haut, aus deren kloakenartigen Ausgängen winzige schwarze Gestalten hervorkrochen und sogleich geschäftig umherliefen wie Ameisen … Ja, wie Ameisen, denn dieses Zwitterding aus Stadt und Uterus erinnerte Artjom an einen riesigen Ameisenhaufen. Eine der Ameisenstraßen – er konnte das jetzt gut sehen – führte zu einem abseits stehenden weißen, runden Gebäude, das exakt so aussah wie der Eingang zur Station *WDNCh*. Die schwarzen Gestalten liefen bis zu den Türen, dann verschwanden sie. Den weiteren Weg kannte Artjom nur allzu gut.

Sie befanden sich also tatsächlich in nächster Nähe, waren nicht von weit her gekommen. Das bedeutete, dass sie sie wirklich vernichten konnten … einfach vernichten! Artjom seufzte erleichtert. Zwar kam ihm der schwarze Tunnel aus seinen Träumen wieder in den Sinn, doch er schüttelte den Kopf und begann den Draht auszurollen.

Der Balkon führte einmal um den Turm herum, aber das vierzig Meter lange Kabel war zu kurz, um es zu einem Kreis zu verbinden. Also banden sie das Ende an den Gitterstäben fest und kehrten zurück.

»Ich habe das Signal!«, brüllte Ulman ihnen entgegen. »Die Verbindung steht! Der Oberst fragt, wo wir gesteckt haben.« Er drückte den Kopfhörer gegen die Ohren, horchte und fuhr fort: »Er sagt, die Situation ist sogar besser als erhofft, sie haben vier

Anlagen gefunden, alle in bestem Zustand, geölt und mit Zeltplane abgedeckt… Er sagt, dass Anton ein Genie ist, er kennt sich richtig aus. Bald sind sie so weit. Wir sollen die Koordinaten durchgeben. Er lässt dich grüßen, Artjom!«

Pawel faltete eine große Umgebungskarte auf, die in mehrere Quadrate unterteilt war. Dann blickte er durch den Feldstecher und begann die Koordinaten zu diktieren, die Ulman gleich weitergab.

»Zur Sicherheit machen wir die Station selbst auch noch platt.« Pawel verglich deren Position mit der Karte und ratterte weitere Zahlen herunter.

»So, die Koordinaten sind durch, jetzt bringen sie sie auf Kurs.« Ulman nahm den Kopfhörer ab und rieb sich die Stirn. »Es wird noch etwas dauern, dein Raketenfuzzi muss das schließlich alles allein machen. Dann warten wir eben…«

Artjom nahm den Feldstecher und betrat erneut den Balkon. Etwas zog ihn hin zu diesem widerlichen Ameisenhaufen, ein unverständliches, bedrückendes Gefühl, eine kaum fassbare Beklemmung, als läge etwas Schweres auf seiner Brust und hindere ihn daran, tief einzuatmen. Wieder sah er den schwarzen Tunnel vor sich – und plötzlich so klar, so deutlich, wie Artjom ihn in seinen ständigen Albträumen noch nie gesehen hatte. Doch nun musste er sich nicht mehr fürchten: Diese Menschenfresser würden seine Träume nicht mehr lange heimsuchen…

Ulman brüllte: »Sie sind gestartet! Mit Liebesgrüßen vom Oberst! Jetzt machen wir den Scheißkerlen die Hölle heiß!«

In diesem Moment verschwand auf einmal die Stadt unter Artjoms Füßen, der Himmel stürzte in einen schwarzen Abgrund, die freudigen Schreie hinter ihm verstummten – und es blieb nur der leere, schwarze Tunnel, durch den er so viele Male jemandem entgegengegangen war.

Und nun geriet die Zeit ins Stocken – und erstarrte.

Artjom holte das Plastikfeuerzeug aus seiner Tasche und knipste es an. Eine kleine, lustige Flamme sprang hervor, begann auf dem Ventil zu tanzen, beleuchtete die Umgebung.

Er wusste, was er sehen würde, und begriff, dass er nun keine Angst mehr davor haben musste. Er hob den Kopf und blickte in riesige schwarze Augen ohne Pupillen, ohne jedes Weiß. Und er hörte jemanden sagen: »Du bist auserwählt!«

Die Welt kehrte sich um. Innerhalb von Sekundenbruchteilen erblickte er in diesen abgrundtiefen Augen die Antwort auf alles, was ihm zuvor unverständlich und unerklärlich erschienen war. Die Antwort auf all sein Zweifeln, sein Zögern, seine Suche.

Und diese Antwort war ganz anders, als er immer gedacht hatte.

Er war in den Blick des Schwarzen hineingestürzt und begann nun die Welt mit seinen Augen zu sehen.

Neu entstehendes Leben, eine Bruderschaft und Einheit Hunderter, ja Tausender verschiedener Geister, die die Grenzen zwischen ihnen nicht verschwimmen ließ, sondern die Gedanken aller beteiligten Wesen zu einem großen Ganzen verband. Dehnbare, schwarze Haut, die zerstörerische Strahlen abstieß und es möglich machte, sowohl die sengende Sonne als auch den Frost des Januars zu ertragen. Feine, biegsame telepathische Fühler, die ein geliebtes Wesen zärtlich streicheln, aber auch einen Feind schmerzhaft treffen konnten. Absolute Unempfindlichkeit gegenüber Schmerzen …

Die Schwarzen waren die Krone der zerstörten Schöpfung, ein Phönix, erstanden aus der Asche der Menschheit. Und sie waren begabt mit Vernunft, einer wissbegierigen, lebendigen Vernunft, die jedoch so wenig der menschlichen ähnelte, dass sie bisher noch keinen Kontakt zu ihnen hatten aufnehmen können. Bis zu ihm – zu Artjom.

Mit den Augen der Schwarzen sah er dann die Menschen: erbitterte, schmutzige Bastarde, die sich unter der Erde versteckten, mit Feuer und Blei um sich spuckten und Parlamentäre der Schwarzen vernichteten, die diese zu ihnen sandten – doch die Menschen rissen ihnen die weiße Fahne aus der Hand und durchstießen mit dem Pflock ihre Kehle.

Dann erfuhr Artjom von der wachsenden Verzweiflung dieser Wesen angesichts der Unmöglichkeit, eine Verbindung herzustellen, gegenseitiges Verständnis zu erreichen, denn in der Tiefe, in den unteren Gängen saßen unvernünftige, wild gewordene Kreaturen, die ihre eigene Welt vernichtet hatten, sich noch immer gegenseitig bekämpften und aussterben würden, wenn man sie nicht auf den rechten Weg brachte. Erneut unternahmen die Schwarzen einen Versuch, den Menschen ihre helfende Hand zu reichen, doch wieder verbissen diese sich darin mit einem solchem Hass, dass die Schwarzen mit Besorgnis reagierten. Und so entstand ihr Verlangen, diese rasenden, aber zugleich teuflisch schlauen Geschöpfe loszuwerden – solange es ihnen in den unteren Gängen noch nicht zu eng geworden war und sie nicht zurück an die Oberfläche strömten.

Aber die ganze Zeit über suchten sie weiter verzweifelt nach einem von ihnen – einem, der als Dolmetscher, als Brücke zwischen den beiden Welten fungieren konnte, der beiden Seiten den Sinn des Handelns und die Wünsche der jeweils anderen übersetzte. Der den Menschen erklärte, dass sie sich nicht zu fürchten brauchten, und der den Schwarzen half, mit ihnen zu sprechen. Denn es gab nichts, was Menschen und Schwarze hätten teilen müssen. Sie waren keine konkurrierenden Arten, sondern gewissermaßen zwei Organismen, die von der Natur zur Symbiose bestimmt waren. Gemeinsam – mit dem Wissen der Menschen über die Technik und die Geschichte dieser verseuchten Welt und der Fähigkeit der Schwarzen, ihren Gefahren zu widerstehen – konnten sie die Menschheit einer neuen Entwicklungsstufe zuführen, und die festgefahrene Erde würde sich knarrend wieder um ihre Achse zu drehen beginnen. Denn auch die Schwarzen waren ein Teil der Menschheit, ein neuer Zweig davon, der hier, auf den Rudimenten dieser zerstörten Mega-City, gewachsen war.

Es war jener letzte Krieg, der die Schwarzen hervorgebracht hatte. Sie waren die Kinder dieser Welt, besser angepasst an die neuen Spielregeln. Und wie viele andere Wesen, die danach entstanden waren, hatten sie neben den bekannten Sinnesorganen zusätzlich noch so etwas wie Bewusstseinsfühler.

Artjom erinnerte sich an den seltsamen Lärm in den Rohren, an die Wilden mit ihrem hypnotischen Blick, an die ekelerregende, allen Verstand außer Gefecht setzende Masse im Herzen des Kremls – der Mensch kam gegen sie nicht an, doch die Schwarzen waren wie geschaffen dafür. Aber dafür brauchten sie einen Partner, einen Verbündeten, einen Freund. Jemanden, der ihnen half, die Verbindung zu den Menschen, ihren blind und taub gewordenen älteren Brüdern, herzustellen.

Und so begann die lange, geduldige Suche nach dem Vermittler. Endlich schien der Erfolg greifbar nahe zu sein, denn der Dolmetscher, der Auserwählte, war gefunden worden. Aber bevor sie mit ihm Kontakt aufnehmen konnten, verschwand er. Die Fühler des »Großen Ganzen« suchten ihn überall. Bisweilen bekamen sie ihn zu fassen, doch er reagierte ängstlich, riss sich los und floh. Sie mussten ihn unterstützen, ihn retten, ihm Einhalt gebieten, ihn vor Gefahren warnen, ihn erneut antreiben und wieder nach Hause bringen, dorthin, wo die Verbindung zu ihm besonders stark und deutlich war. Schließlich war der Kontakt stabil geworden: Jeden Tag, manchmal sogar mehrmals täglich, gelang es ihnen, sich dem Auserwählten zu nähern, jeden Tag machte er einen weiteren, scheuen Schritt auf dem Weg zur

Erkenntnis seiner Aufgabe. Seines Schicksals. Es war stets seine Bestimmung gewesen – schließlich hatte er ihnen den Weg in die Metro, zu den Menschen, als Erster ermöglicht.

Artjom wollte ihnen eine Frage stellen: Was war mit Hunter geschehen? Doch dieser Gedanke wurde von all den neuen, unbegreiflichen Eindrücken mitgerissen, entglitt ihm, so sehr er ihn auch festzuhalten versuchte, versank im brodelnden Strudel seiner Gefühle und verschwand spurlos. Einen Augenblick später hatte er bereits vergessen, was er in Erfahrung bringen wollte.

Nun lenkte ihn nichts mehr ab von der Hauptsache. Er öffnete sein Bewusstsein wieder …

… und stand kurz davor, etwas außerordentlich Wichtiges zu begreifen. Dieses Gefühl hatte er schon ganz am Anfang seiner Reise gehabt, als er am Lagerfeuer der *Alexejewskaja* gesessen war. Genau das war es: dieses deutliche Gefühl, dass er nach wochenlangem Herumirren durch kilometerlange Tunnel erneut vor einer geheimen Tür stand. Und wenn er diese öffnete, würde er alle Geheimnisse des Universums erfahren und sich über die armseligen Menschen erheben, die sich ihre kleine Welt in die widerspenstige, kalte Erde geschlagen, sich bis über den Kopf darin eingebuddelt hatten. Er hätte die Tür schon damals öffnen können, und all seine weiteren Wanderungen wären unnötig gewesen. Doch damals war er nur zufällig an diese Tür geraten, hatte durch das Schlüsselloch geguckt und war zurückgeschreckt, denn was er gesehen hatte, hatte ihm Angst eingejagt. Jetzt aber, nach seiner langen Reise, konnte er die Tür ohne Zögern aufreißen und dem Licht des absoluten Wissens, das von dort hervorbrechen würde, entgegentreten. Und auch wenn ihn das Licht blendete, so waren die Augen doch nur ein ungeschicktes und unnützes Instrument, lediglich für jene geeignet, die in ihrem Leben noch nichts gesehen hatten außer verrußten Tunnelgewölben und dem verdreckten Granit der Stationen.

Artjom brauchte nur die Hand zu ergreifen, die sie ihm entgegenstreckten. Eine Hand, die vielleicht hässlich war, ungewohnt, mit glänzender, schwarzer Haut umspannt, aber zweifellos eine freundlich gesinnte Hand. Dann würde sich die Tür öffnen. Und alles würde anders werden ... Vor ihm öffneten sich neue, unendlich weite Horizonte, herrlich und großartig. Sein Herz erfüllte Freude und Entschlossenheit, und es gab nur den einen Tropfen Reue darin – dass er all das nicht schon früher begriffen hatte, dass er seine Freunde und Brüder verjagt hatte, die sich nach ihm sehnten, die auf seine Hilfe hofften, seine Unterstützung, denn er war der Einzige auf der ganzen Welt, der sie ihnen gewähren konnte.

Er legte die Hand auf die Klinke der Tür und drückte sie nach unten.

Die Herzen von Tausenden von Schwarzen regten sich in freudiger und hoffnungsvoller Erwartung.

Die Dunkelheit vor seinen Augen zerstreute sich, und als er wieder durch den Feldstecher blickte, sah er, dass Hunderte schwarzer Gestalten weit unten auf der Erde erstarrten. Sie alle schienen ihn anzublicken, ungläubig, dass das lang ersehnte Wunder vollbracht, dem sinnlosen Bruderkrieg ein Ende gesetzt war.

In dieser Sekunde zog die erste Rakete wie ein Blitz über den Himmel, hinterließ eine Bahn aus Feuer und Rauch und schlug mitten in die Stadt der Schwarzen ein. Kurz darauf zerschnitten noch drei weitere Meteoriten den sich rötenden Horizont.

Artjom fuhr auf, in der Hoffnung, den Beschuss aufzuhalten, zu befehlen, zu erklären ... Doch dann sank er in sich zusammen, denn er begriff, dass alles vorbei war.

Eine orangene Flamme breitete sich über dem »Ameisenhaufen« aus, eine harzige Wolke erhob sich, Explosionen umringten ihn von allen Seiten. Er blähte sich auf, ein letztes, mattes Stöhnen drang aus seinem Innern, dann fiel er in sich zusammen. Der dicke Rauch brennenden Holzes und Fleisches verhüllte ihn. Und vom Himmel fielen und fielen immer neue Raketen – und jeder Tod war ein bitterer Schmerz in Artjoms Seele.

Verzweifelt versuchte er, in seinem Bewusstsein die Spur jener Präsenz zu ertasten, die ihn eben noch so angenehm erfüllt und gewärmt, ihm und der gesamten Menschheit Erlösung verheißen und seiner Existenz neuen Sinn verliehen hatte. Doch es war nichts mehr da. Sein Bewusstsein war wie ein verlassener Tunnel der Metro, dessen vollkommene Leere nur deshalb nicht zu sehen war, weil dort Dunkelheit herrschte, absolute Dunkelheit. Und Artjom wusste, ja, er spürte es in aller Schärfe: Nie mehr würde dort ein Licht aufflackern, das ihm den Weg durch das Leben wies.

»Tolle Grillparty, was? So läuft das eben, wenn einer Ärger macht!« Ulman rieb sich die Hände. »Stimmt's, Artjom? He, Artjom!«

Der ganze Botanische Garten und die *WDNCh* hatten sich in ein Feuermeer verwandelt. Riesige Schwaden fetten, schwarzen Rauchs stiegen träge in den Herbsthimmel auf, und der glutrote Feuerschein vermischte sich mit den sanften Strahlen der aufgehenden Sonne.

Artjom wurde es unerträglich eng, er glaubte zu ersticken. Er riss sich die Gasmaske vom Gesicht und sog tief die bittere, kalte Luft ein. Dann wischte er sich die Tränen ab und begann, ohne auf die Rufe der anderen zu achten, die Treppe hinabzulaufen.

Er kehrte zur Metro zurück.

Nach Hause.

# Metro 2034

# Prolog

Es ist das Jahr 2034. Die Welt liegt in Trümmern. Die Menschheit ist fast vollkommen vernichtet. Strahlung hat die zerstörten Städte unbewohnbar gemacht. Außerhalb ihrer Grenzen, so erzählt man sich, erstrecken sich endloses, ausgebranntes Ödland sowie zu undurchdringlichem Dickicht mutierte Wälder. Doch keiner weiß genau, was sich dort befindet. Die Zivilisation erlischt. Und die Erinnerungen an die ehemalige Größe des Menschen werden allmählich von Märchen und Legenden überwuchert.

Über zwanzig Jahre ist es her, seit das letzte Flugzeug gestartet ist. Verrostete Eisenbahnschienen führen ins Nichts. Und wenn die Funker zum millionsten Mal die Frequenzen abhören, auf denen früher New York, Paris, Tokio und Buenos Aires sendeten, so hören sie noch immer nichts als ein einsames Heulen.

Über zwanzig Jahre sind seit *damals* vergangen. Doch der Mensch hat die Herrschaft über die Erde bereits anderen Arten überlassen. Geschöpfe der Strahlung, die viel besser angepasst sind an das Leben in dieser neuen Welt.

Die Ära des Menschen ist vorbei.

Aber die Überlebenden wollen es nicht wahrhaben. Einige Zehntausende Menschen sind übrig geblieben, und sie wissen nicht, ob außer ihnen noch irgendwo Menschen leben – oder ob sie die letzten auf dieser Welt sind.

Sie bewohnen die Moskauer Metro, den größten Atombunker, der jemals von Menschenhand geschaffen wurde. Den letzten Zufluchtsort der Menschheit.

Fast alle Überlebenden befanden sich an *jenem* Tag in der Metro. Und das rettete ihnen das Leben. Die hermetischen Sicherheitstore der Stationen schützen sie vor der Strahlung und den furchtbaren Kreaturen an der Oberfläche. Alte Filter reinigen Luft und Wasser. Von findigen Tüftlern konstruierte Dynamomaschinen erzeugen Strom. In unterirdischen Farmen züchten die Menschen Champignons und Schweine. Die Ärmeren schrecken auch vor Rattenfleisch nicht zurück.

Eine zentrale Verwaltung gibt es schon lange nicht mehr. Die Stationen haben sich in Zwergstaaten verwandelt, wo Menschen sich um Ideologien, Religionen und Wasserfilter scharen. Oder sich einfach nur zusammenschließen, um feindliche Angriffe abzuwehren.

Es ist eine Welt ohne Morgen. Träume, Pläne, Hoffnungen – all das hat hier keinen Ort. Gefühle sind Instinkten gewichen, und der wichtigste davon ist der Wille zu überleben. Um jeden Preis …

# 1

# Die Verteidigung der Sewastopolskaja

Sie waren nicht zurückgekehrt, weder am Dienstag noch am Mittwoch, noch am Donnerstag – dem letzten vereinbarten Termin. Der Außenposten war rund um die Uhr besetzt, und hätten die Wachen auch nur das Echo eines Hilferufs gehört oder den schwachen Widerschein einer Lampe an den feuchten, dunklen Tunnelwänden gesehen, dort, wo es zum *Nachimowski prospekt* ging, so wäre unverzüglich ein Stoßtrupp losgeschickt worden.

Die Anspannung wuchs mit jeder Stunde. Die Wachen – hervorragend ausgerüstete und eigens für solche Einsätze trainierte Soldaten – schlossen nicht eine Sekunde lang die Augen. Der Stapel Spielkarten, mit dem sie sich sonst die Zeit zwischen den Alarmeinsätzen vertrieben, staubte schon seit zwei Tagen in der Schublade der Wachstube vor sich hin. Ihre zwanglosen Unterhaltungen waren erst kurzen, nervösen Absprachen gewichen, und jetzt herrschte nur noch unheilvolles Schweigen. Jeder hoffte, als Erster die hallenden Schritte der zurückkehrenden Karawane zu hören. Es hing einfach zu viel davon ab.

Alle Bewohner der *Sewastopolskaja*, ob fünfjähriger Knabe oder alter Greis, verstanden es, mit Waffen umzugehen. Sie hatten ihre Station in eine uneinnehmbare Bastion verwandelt.

Doch obwohl sie sich hinter MG-Nestern, Stacheldraht, ja sogar Panzersperren aus verschweißten Schienen eingeigelt hatte, drohte diese scheinbar unverwundbare Festung jeden Augenblick zu fallen. Ihre Achillesferse war der Mangel an Munition.

Wäre den Bewohnern anderer Stationen das widerfahren, was die *Sewastopolskaja* täglich auszuhalten hatte, sie hätten keinen Gedanken daran verschwendet, sich zu verteidigen, sondern wären geflohen wie die Ratten aus einem überfluteten Tunnel. Selbst die mächtige Hanse, der Zusammenschluss der Stationen auf der Ringlinie, hätte im Ernstfall wohl kaum zusätzliche Streitkräfte zum Schutz dieser einen Station abgeordnet – aus Kostengründen. Sicher, die strategische Bedeutung der *Sewastopolskaja* war enorm. Doch der Preis war zu hoch.

Hoch war auch der Preis für Elektrizität. So hoch, dass die Sewastopoler, die eines der größten Wasserkraftwerke der Metro errichtet hatten, sich für ihre Stromlieferungen von der Hanse mit Munition versorgen lassen und dabei sogar noch Gewinn machen konnten. Aber viele von ihnen bezahlten dies nicht nur mit Patronen, sondern mit einem verkrüppelten, kurzen Leben.

Das Grundwasser war zugleich Segen und Fluch der *Sewastopolskaja*. Wie die Fluten des Styx die morsche Barke des Charon umströmten, so war die Station von allen Seiten von Wasser umgeben. Das Grundwasser schenkte ihr und einem guten Drittel der Ringlinie Licht und Wärme, denn es setzte die Schaufeln Dutzender von Wassermühlen in Bewegung. Diese hatten geschickte Konstrukteure der Station nach eigenen Plänen in Tunneln, Grotten, unterirdischen Wasserläufen, kurz: an jedem Ort, der sich für diese Zwecke erschließen ließ, errichtet.

Zugleich jedoch nagte das Wasser unablässig an den Pfeilern, löste allmählich den Zement aus den Fugen, während es ganz nah, hinter den Wänden der Station vorbeigluckerte, wie um die Bewohner einzulullen. Das Grundwasser hinderte sie daran, überflüssige, nicht genutzte Streckenabschnitte zu sprengen. Und genau durch diese Tunnel bewegten sich Horden albtraumhafter Kreaturen auf die *Sewastopolskaja* zu, wie ein endloser giftiger Tausendfüßler, der in einen Fleischwolf kriecht.

Die Bewohner der Station kamen sich vor wie die Mannschaft eines Geisterschiffs auf dem Weg durch die Hölle. Ständig waren sie dazu verdammt, neue Löcher zu finden und zu flicken, denn ihre Fregatte war schon vor langer Zeit leckgeschlagen. Und ein Hafen, in dem sie Schutz und Ruhe finden könnten, war nicht in Sicht.

Gleichzeitig mussten sie eine Attacke nach der anderen abwehren, denn von der *Tschertanowskaja* im Süden und vom *Nachimowski prospekt* nördlich ihrer Station kamen Monster durch Lüftungsschächte gekrochen, tauchten aus der trüben Brühe der Abwasserleitungen auf oder stürmten aus den Tunneln heran. Die ganze Welt schien sich gegen die Sewastopoler verschworen zu haben und keine Mühen zu scheuen, um ihre Heimstatt von der Metrokarte zu tilgen. Doch sie verteidigten ihre Station mit Klauen und Zähnen, als wäre sie die letzte Zuflucht im gesamten Universum.

So geschickt allerdings ihre Ingenieure auch sein mochten, so hart und gnadenlos die Ausbildung ihrer Kämpfer auch war – ohne Patronen, ohne Glühbirnen für die Scheinwerfer, ohne Antibiotika und Verbandszeug würden sie die Station nicht halten können. Freilich, sie lieferten Strom, und die Hanse zahlte dafür einen guten Preis. Doch die Ringlinie hatte noch andere Lieferanten und eigene Quellen; die Sewastopoler dagegen würden ohne Versorgung von außen nicht einen Monat lang überleben. Und ihr Vorrat an Patronen neigte sich bedrohlich dem Ende.

Jede Woche wurden bewachte Karawanen zur *Serpuchowskaja* geschickt, um für den Kredit, den man bei den Kaufleuten der

Hanse eröffnet hatte, alles Notwendige zu beschaffen und sogleich wieder zurückzukehren. Solange sich die Erde drehte, solange die unterirdischen Ströme flossen und die von den Metrobauern errichteten Gewölbe hielten, würde sich daran nichts ändern.

Diesmal aber verzögerte sich die Rückkehr der Karawane. Und zwar so sehr, dass nur ein Schluss möglich war: Etwas Unvorhergesehenes musste geschehen sein, etwas Furchtbares, das weder die schwer bewaffneten, kampferprobten Begleitsoldaten noch die jahrelang gepflegten Beziehungen zur Führung der Hanse hatten verhindern können.

Die Sache wäre weniger beunruhigend gewesen, wenn man wenigstens hätte kommunizieren können. Doch mit der Telefonleitung zur Ringlinie war etwas nicht in Ordnung, die Verbindung war bereits am Montag abgebrochen, und der Trupp, den man auf die Suche nach der defekten Stelle geschickt hatte, war ohne Ergebnis zurückgekehrt.

Die Lampe mit dem breiten grünen Schirm hing tief über dem runden Tisch. Sie beleuchtete einige vergilbte Blätter, auf denen mit Bleistift Grafiken und Diagramme eingezeichnet waren. Es war eine schwache Birne, höchstens vierzig Watt, aber nicht weil man Strom sparen musste – das war an der *Sewastopolskaja* wirklich kein Problem –, sondern weil der Besitzer dieses Büros grelles Licht nicht mochte. Der Aschenbecher quoll über von ausgedrückten Kippen – alles Selbstgedrehte von schlechter Qualität. Ätzender, blaugrauer Rauch hing in trägen Schwaden unter der niedrigen Decke.

Der Stationsvorsteher Wladimir Iwanowitsch Istomin wischte sich über die Stirn, hob die Hand und blickte mit seinem einzigen Auge auf die Uhr – zum fünften Mal innerhalb der letzten halben Stunde. Dann knackste er mit den Fingern und erhob sich mühsam. »Eine Entscheidung muss her. Wir dürfen nicht länger zögern.«

Auf der anderen Seite des Tisches saß der ältere, aber kräftig gebaute Mann mit der wattierten Tarnjacke und dem abgewetzten blauen Barett. Er öffnete den Mund, um etwas zu sagen, bekam jedoch einen Hustenanfall. Mürrisch kniff er die Augen zusammen und verscheuchte den Rauch mit der Hand. Dann sagte er: »Na schön, Wladimir Iwanowitsch, ich sage es noch einmal: Aus dem Südtunnel können wir niemanden abziehen. Der Druck auf die Wachen dort ist gewaltig – sie können sich schon jetzt kaum halten. In der letzten Woche allein drei Verletzte, einer davon schwer, und das trotz der Befestigungen. Ich werde es nicht zulassen, dass du den Süden weiter schwächst. Zumal dort ständig zwei mal drei Aufklärer in den Schächten und im Verbindungstunnel patrouillieren müssen. Und im Norden müssen wir die eintreffenden Karawanen absichern, da können wir keinen einzigen Kämpfer entbehren. Tut mir leid, aber da musst du dich schon selber umschauen.«

»Du bist Kommandeur der Außenposten, also such du gefälligst!«, knurrte der Vorsteher. »Ich kümmere mich um meinen Kram. In einer Stunde muss eine Gruppe los. Wir beide denken einfach in unterschiedlichen Kategorien. Es geht doch nicht nur um unsere Probleme hier und jetzt! Was, wenn etwas Schlimmes passiert ist?«

»Und ich finde, Wladimir Iwanowitsch, du machst unnötigen Wirbel. Wir haben noch zwei ungeöffnete Kisten Kaliber 5.45 im Arsenal, die reichen noch anderthalb Wochen. Und dann hab ich noch was zu Hause unterm Kissen liegen.« Der Oberst grinste, sodass seine großen, gelben Zähne sichtbar wurden. »Eine Kiste bekomm ich da sicher noch zusammen. Nicht die Patronen sind unser Problem, sondern die Leute.«

»Und jetzt sag ich dir mal, was unser Problem ist. Wenn wir

keine Lieferungen mehr kriegen, werden wir in zwei Wochen die Tore nach Süden schließen müssen, denn ohne Munition können wir die Tunnel dort sowieso nicht halten. Das bedeutet, dass wir zwei Drittel unserer Mühlen nicht mehr instand halten können. Schon nach einer Woche werden die ersten kaputtgehen, und Ausfälle bei den Stromlieferungen hat die Hanse gar nicht gern. Wenn sie Glück haben, finden sie ruckzuck einfach einen anderen Versorger. Wenn nicht … Aber was interessiert mich der Strom! Seit fast fünf Tagen ist der Tunnel mausetot, und kein Schwein zu sehen. Was, wenn dort was eingestürzt ist? Oder durchgebrochen? Was, wenn wir jetzt abgeschnitten sind?«

»Halt die Luft an. Die Stromkabel sind in Ordnung. Die Zähler laufen, also scheint die Hanse ihren Strom zu bekommen. Einen Einsturz hätten wir doch sofort mitbekommen. Und wenn es Sabotage wäre, wären nicht das Telefon, sondern die Stromleitungen gekappt. Und was die Tunnel angeht – wovor fürchtest du dich denn? Selbst in den besten Zeiten hat sich doch niemand hierher verirrt. Allein schon der *Nachimowski prospekt*: Ohne Begleitung kommst du da nicht durch. Fremde Händler wagen sich doch längst nicht mehr zu uns. Und die Banditen wissen inzwischen auch Bescheid – schließlich haben wir jedes Mal einen von ihnen lebend gehen lassen. Also keine Panik.«

»Du hast gut reden«, brummte Wladimir Iwanowitsch, hob die Binde über der leeren Augenhöhle und wischte sich den Schweiß von der Stirn.

»Ich geb dir drei Mann«, sagte der Oberst, nun etwas milder. »Mehr geht beim besten Willen nicht. Und hör auf zu rauchen. Du weißt doch, dass ich das nicht einatmen darf, außerdem vergiftest du dich selber! Ein Tee wäre mir ehrlich gesagt lieber …«

»Aber bitte, immer gerne.« Der Vorsteher rieb sich die Hände, nahm den Telefonhörer ab und blaffte: »Istomin hier. Tee für mich und den Oberst.«

»Lass den diensthabenden Offizier kommen«, bat der Kommandeur der Außenposten und nahm sein Barett ab. »Dann regle ich das gleich mit dem Suchtrupp.«

Tee gab es bei Istomin immer einen besonderen, von der *WDNCh*, eine Auslese. Kaum jemand konnte sich so etwas noch leisten, denn auf dem Weg vom anderen Ende der Metro hierher schlug die Hanse auf den Lieblingstee des Stationsvorstehers ganze drei Mal ihre Zölle auf. Das machte ihn so teuer, dass Istomin sich diese Schwäche wohl nie erlaubt hätte, wären da nicht seine guten Verbindungen an der *Dobryninskaja* gewesen. Mit irgendwem war er dort gemeinsam im Krieg gewesen, und so hatten die Karawanenführer, wenn sie von der Hanse zurückkamen, jedes Mal ein schmuckes Paket dabei, das Istomin stets persönlich in Empfang nahm.

Vor einem Jahr allerdings hatte es erste Lieferausfälle gegeben, und alarmierende Gerüchte waren bis zur *Sewastopolskaja* gedrungen: Die *WDNCh* werde von einer neuen, furchtbaren Gefahr heimgesucht, die womöglich die gesamte orangene Linie bedrohte – anscheinend unbekannte Mutanten von der Oberfläche. Diese seien fast unsichtbar, praktisch unverwundbar und könnten Gedanken lesen. Es hieß, die Station sei gefallen, und die Hanse habe aus Angst vor einer Invasion die Tunnel jenseits des *Prospekt Mira* gesprengt. Die Teepreise schossen damals in die Höhe, eine Zeit lang war gar keiner mehr zu bekommen, und Istomin machte sich bereits ernsthaft Sorgen. Doch einige Wochen später hatten sich die Wogen geglättet, und die Karawanen brachten neben Patronen und Glühbirnen auch wieder den berühmten Tee zur *Sewastopolskaja*. War das nicht die Hauptsache?

Während Istomin dem Kommandeur Tee in eine Porzellantasse mit abgeblättertem Goldrand goss, genoss er für einen Moment mit geschlossenem Auge den aromatischen Dampf. Dann schenkte er sich selbst ein, sank schwer in seinen Stuhl und begann mit einem Silberlöffelchen klingelnd eine Saccharintablette umzurühren.

Die Männer schwiegen, und eine Minute lang war das melancholische Klingeln das einzige Geräusch in dem halbdunklen, mit Tabakrauch vernebelten Büro. Plötzlich wurde es von einem schrillen Glockenläuten übertönt, das – fast im gleichen Takt – aus dem Tunnel heranflog: »Alarm!«

Der Kommandeur der Außenposten sprang überraschend behende von seinem Platz auf und rannte aus dem Zimmer. In der Ferne knallte erst ein einsamer Gewehrschuss, dann setzten Kalaschnikows ein – eine, zwei, drei. Beschlagene Soldatenstiefel hämmerten über den Bahnsteig, und man hörte die kräftige Bassstimme des Obersts, wie sie – bereits aus einiger Entfernung – die ersten Befehle erteilte.

Istomin streckte die Hand nach der glänzenden Miliz-MP aus, die an seinem Schrank hing, doch dann griff er sich ans Kreuz, stöhnte, winkte ab, setzte sich wieder an den Tisch und nahm noch einen Schluck Tee. Ihm gegenüber dampfte einsam die Tasse des Obersts, und daneben lag dessen Barett – er hatte es in der Eile liegen gelassen. Der Stationsvorsteher zog eine Grimasse und begann erneut, diesmal halblaut, mit dem jetzt abwesenden Kommandeur zu streiten. Es ging noch immer um das gleiche Thema – doch nun brachte er neue Argumente vor, die ihm zuvor im Eifer des Gefechts nicht eingefallen waren.

An der *Sewastopolskaja* kursierte so manch düsterer Witz darüber, warum die benachbarte Station ausgerechnet *Tschertanowskaja* hieß; zu deutlich ließ sich aus ihrem Namen das Wort »Tschort« –

Teufel – herauslesen. Die Mühlen des Wasserkraftwerks erstreckten sich ziemlich weit in ihre Richtung, doch obwohl sie als verlassen galt, dachte niemand auch nur im Entferntesten daran, sie einfach zu besetzen und zu erschließen – wie sie es zuvor mit der *Kachowskaja* getan hatten. Die technischen Teams, die unter Begleitschutz die äußersten Generatoren montiert hatten und nun von Zeit zu Zeit warten mussten, sahen sich vor, der *Tschertanowskaja* höchstens auf hundert Meter nahe zu kommen. Fast jeder, dem eine solche Expedition bevorstand und der kein fanatischer Atheist war, bekreuzigte sich heimlich, und manche nahmen sogar für alle Fälle von ihren Familien Abschied.

Die *Tschertanowskaja* war eine üble Station, das spürte jeder, der sich ihr auch nur auf einen halben Kilometer näherte. In ihrer Naivität hatten die Sewastopoler in der Anfangszeit schwer bewaffnete Stoßtrupps losgeschickt, um ihren Einflussbereich zu erweitern. Zurück kamen diese, wenn überhaupt, schwer angeschlagen und mindestens um die Hälfte dezimiert. Dann saßen die gestandenen Haudegen am Feuer, stotternd und sabbernd, und obwohl man sie so nah hingesetzt hatte, dass ihre Kleidung zu schmoren begann, zitterten sie in einem fort. Nur mit Mühe erinnerten sie sich daran, was sie erlebt hatten – und nie glich ein Bericht dem anderen.

Es hieß, dass irgendwo jenseits der *Tschertanowskaja* Seitenzweige des Haupttunnels tief hinabtauchten und sich zu einem enormen Labyrinth natürlicher Höhlen vernetzten, in dem es angeblich von Ungeheuern nur so wimmelte. Dieser Ort wurde an der *Sewastopolskaja* »das Tor« genannt – ein willkürlicher Begriff, denn niemand der lebenden Bewohner hatte diesen Teil der Metro je betreten. Allerdings erzählte man sich eine Geschichte aus der Zeit, als die Linie noch nicht erschlossen war. Eine große Aufklärungseinheit war damals angeblich bis hinter die *Tschertanowskaja* gekommen und hatte das »Tor« entdeckt.

Über einen Sender – eine Art Kabeltelefon – hatte der Funker mitgeteilt, sie stünden am Eingang eines schmalen Korridors, der fast senkrecht hinabführte. Weiter kam er nicht. In den folgenden Minuten vernahmen die Chefs der *Sewastopolskaja* gellende Schreie voller Entsetzen und Schmerz. Seltsamerweise versuchten die Aufklärer nicht zu schießen – vielleicht begriffen sie, dass gewöhnliche Waffen sie nicht schützen würden. Als Letzter verstummte der Kommandeur der Gruppe, ein gewissenloser Söldner von der Station *Kitai-gorod*, der seinen Gegnern, nachdem er sie besiegt hatte, stets den kleinen Finger abschnitt. Er schien sich in einiger Entfernung von dem Mikrofon zu befinden, das dem Funker entglitten war, denn seine Worte waren schlecht zu verstehen. Doch bei genauerem Hinhören verstand der Stationsvorsteher, was der Mann im Todeskampf vor sich hinschluchzte: ein Gebet. Eines dieser einfachen, naiven Gebete, die kleine Kinder von ihren gläubigen Eltern lernen. Dann brach die Leitung ab.

Nach diesem Vorfall wurden alle weiteren Versuche, bis zur *Tschertanowskaja* vorzudringen, eingestellt. Ja, es hatte sogar Pläne gegeben, auch die *Sewastopolskaja* aufzugeben und sich bis zur Hanse zurückzuziehen. Doch die verfluchte Station schien jener Grenzposten zu sein, der das Ende der menschlichen Herrschaft in der Metro markierte. Die Kreaturen, die diese Grenze bedrängten, machten den Bewohnern der *Sewastopolskaja* eine Menge Ärger, aber sie waren nicht unverwundbar, und bei einer gut organisierten Verteidigung ließen sich diese Angriffe relativ leicht und fast ohne eigene Verluste zurückschlagen – solange die Munition ausreichte. Einige dieser Monster ließen sich zwar nur mit Explosivgeschossen oder Hochspannungsfallen aufhalten. Doch in den meisten Fällen hatten es die Wachen mit nicht ganz so furchteinflößenden – wenn auch extrem gefährlichen – Wesen zu tun.

»Da, noch einer! Oben, im dritten Rohr!«

Der obere Scheinwerfer war aus seiner Halterung gebrochen, baumelte zuckend wie ein Gehenkter an einem Kabel und verstreute sein hartes Licht über die Szenerie vor den Befestigungsanlagen: Mal griff er sich gebückte Gestalten anschleichender Mutanten heraus, mal verbarg er sie wieder in der Dunkelheit, mal blendete sein grelles Licht die Wachen. Verräterische Schatten rasten umher, zogen sich zusammen und dehnten sich wieder aus, verzerrten sich zu hässlichen Fratzen, sodass man nicht mehr zwischen Mensch und Bestie unterscheiden konnte.

Der Posten lag günstig, denn an dieser Stelle liefen zwei Tunnel zusammen. Kurz vor der Apokalypse hatte die Metrostroi hier mit Reparaturarbeiten begonnen, die jedoch nie vollendet wurden. Die Sewastopoler hatten an diesem Knotenpunkt eine Festung errichtet: zwei MG-Stellungen, eineinhalb Meter dicke Schutzwälle aus Sandsäcken, Panzersperren und Schranken auf den Gleisen, Hochspannungsfallen in näherer und weiterer Entfernung sowie ein sorgfältig durchdachtes Warnsystem. Doch wenn die Mutanten in Wellen kamen, wie an diesem Tag, schien selbst diese Verteidigungsanlage zu wanken.

Der MG-Schütze lallte monoton vor sich hin. Blutige Blasen schlugen aus seinen Nasenlöchern, und er betrachtete verwundert seine feuchten, glänzend roten Handflächen. Die Luft rund um seinen Petscheneg flimmerte vor Hitze, doch jetzt klemmte das verfluchte Ding. Der Schütze gab ein kurzes Grunzen von sich, lehnte sich gegen die Schulter seines Nachbarn, eines hünenhaften Kämpfers mit geschlossenem Titanhelm, und verstummte. In der nächsten Sekunde ertönte ein markerschütterndes Kreischen: Die Bestie griff an.

Der Mann im Helm schob den blutverschmierten MG-Schützen zur Seite, stand auf, riss seine Kalaschnikow hoch und gab einen kurzen Feuerstoß ab. Das widerliche, sehnige, von mattgrauer Haut umspannte Tier war bereits losgesprungen, hatte die knotigen Vorderklauen ausgebreitet und segelte auf seinen Flughäuten von oben herab. Der Bleihagel setzte dem Kreischen ein Ende, doch das tote Tier flog noch ein Stück weiter. Dann rammte der 150-Kilo-Rumpf gegen die Sandsäcke, sodass eine dichte Staubwolke hochwirbelte.

»Das war's wohl.«

Der scheinbar endlose Ansturm der Kreaturen, der vor ein paar Minuten aus den riesigen abgesägten Rohren an der Tunneldecke losgebrochen war, schien tatsächlich versiegt. Vorsichtig verließen die Wachleute ihre Deckung.

»Eine Trage hierher! Einen Arzt! Schnell, bringt ihn zur Station!«

Der Hüne, der das letzte Tier getötet hatte, befestigte ein Bajonett auf seinem Sturmgewehr und näherte sich ohne Hast all den toten und verletzten Kreaturen, die in der Kampfzone herumlagen. Er drückte mit dem Stiefel das zähnestarrende Maul des jeweiligen Tiers zu Boden und stieß mit dem Bajonett kurz und gezielt in dessen Auge. Schließlich lehnte er sich erschöpft gegen die Sandsäcke, blickte in den Tunnel, hob endlich das Visier seines Helms und nahm einen Schluck aus seiner Feldflasche.

Die Verstärkung von der Station traf ein, als alles bereits entschieden war. Auch der Kommandeur der Außenposten kam schließlich angehumpelt, schwer atmend und seine diversen Gebrechen verfluchend, die Tarnjacke aufgeknöpft. »Wo bekomme ich jetzt drei Mann her? Soll ich sie mir vielleicht aus dem Fleisch schneiden?«

»Was meinen Sie damit, Denis Michailowitsch?«, fragte einer der Wachleute.

»Istomin will, dass wir sofort einen Aufklärungstrupp zur *Serpuchowskaja* schicken. Er hat Schiss wegen der Karawane. Nur, wo krieg ich drei Leute her? Ausgerechnet jetzt …«

»Noch immer nichts Neues?«, fragte der Mann mit der Feldflasche, ohne sich umzudrehen.

»Nichts«, bestätigte der Alte. »Aber viel Zeit ist ja auch nicht vergangen. Was bitte ist gefährlicher? Wenn wir jetzt unsere Stellungen im Süden schwächen, ist in einer Woche vielleicht keiner mehr da, um die Karawane zu empfangen!«

Der andere schüttelte den Kopf und schwieg. Er rührte sich auch nicht, als der Kommandeur endlich aufhörte zu murren und die Wachleute fragte, ob jemand sich für einen Drei-Mann-Trupp melden wolle.

Freiwillige gab es genug. Die meisten Wachen hatten genug vom Herumsitzen an der Station und vermochten sich einfach nicht vorzustellen, dass etwas gefährlicher sein könnte als die Verteidigung des Südtunnels.

Von den sechs Leuten, die sich bereiterklärten, wählte der Oberst diejenigen aus, auf die er am besten glaubte, verzichten zu können. Ein vernünftiger Gedanke: Keiner der drei sollte jemals wieder zur Station zurückkehren.

Drei Tage waren vergangen, seit man die Troika losgeschickt hatte. Dem Kommandeur schien es, dass die Leute hinter seinem Rücken flüsterten und ihm misstrauische Blicke zuwarfen. Selbst die intensivsten Gespräche verstummten, wenn er sich näherte, und in dem angespannten Schweigen, das dann folgte, glaubte er eine unausgesprochene Forderung zu vernehmen: Erkläre es uns, rechtfertige dich.

Dabei tat er nur seine Arbeit – er sorgte für die Sicherheit der Außenposten an der *Sewastopolskaja*. Er war Taktiker, kein Stratege. Es gab ohnehin zu wenig Soldaten. Welches Recht hatte er, sie einfach so zu verheizen, indem er sie auf irgendwelche zweifelhaften, wenn nicht gar völlig sinnlosen Expeditionen schickte?

Vor drei Tagen war er davon noch absolut überzeugt gewesen. Doch jetzt, da jeder verängstigte, missbilligende, zweifelnde Blick seine Gewissheit aushöhlte, begann er zu schwanken. Ein Aufklärerteam mit leichter Bewaffnung benötigte für den ganzen Weg von der Hanse und zurück nicht einmal einen Tag – selbst wenn man mögliche Kampfhandlungen und Verzögerungen an den Grenzen der unabhängigen Stationen berücksichtigte.

Der Kommandeur befahl, niemanden einzulassen, schloss sich in seinem kleinen Büro ein, presste die heiße Stirn gegen die Wand und begann vor sich hin zu murmeln. Zum hundertsten Mal ging er alle Möglichkeiten durch. Was war mit den Händlern passiert? Was mit dem Spähtrupp?

Vor Menschen hatte man an der *Sewastopolskaja* keine Angst – höchstens vielleicht vor der Armee der Hanse. Der schlechte Ruf der Station, die übertriebenen Erzählungen der wenigen Augenzeugen darüber, welch hohen Preis die Stationsbewohner für das eigene Überleben zahlten – all das war von den Händlern aufgenommen und per Mundpropaganda in der Metro verbreitet worden. Und es hatte bald Wirkung gezeigt. Die Stationsleitung begriff schnell, welche Vorteile eine solche Reputation mit sich brachte, und nahm deren Festigung fortan selbst in die Hand. Informanten, Kaufleute, Reisende und Diplomaten durften von nun an mit offizieller Genehmigung die schrecklichsten Lügenmärchen über die *Sewastopolskaja* und den gesamten Abschnitt jenseits der *Serpuchowskaja* erzählen.

Nur wenige vermochten hinter diesem Vorhang aus Schall und Rauch die Attraktivität und wahre Bedeutung der Station zu erkennen. Vereinzelt hatten in den letzten Jahren ahnungslose Banden versucht, die Außenposten zu durchbrechen, doch die Kriegsmaschinerie der *Sewastopolskaja*, angeführt von ehemaligen Offizieren, zermalmte sie ohne weitere Probleme.

Die Aufklärungstroika hatte jedenfalls genaue Instruktionen erhalten: Wenn sie auf eine Bedrohung trafen, sollten sie jegliche Konfrontation vermeiden und schnellstmöglich wieder zurückkehren.

Natürlich gab es auf der Strecke noch die *Nagornaja* – kein so furchtbarer Ort wie die *Tschertanowskaja*, aber dennoch gefährlich und unheilvoll. Und den *Nachimowski prospekt*, dessen Tore zur Oberfläche klemmten, weshalb er vor Eindringlingen von oben nicht ganz gefeit war. Die Ausgänge zu sprengen kam für die *Sewastopolskaja* nicht infrage, da die Stalker den Ausstieg am *Nachimowski prospekt* für ihre Expeditionen nutzten. Alleine wagte niemand die Station zu passieren, doch bisher war noch jede Troika mit den Kreaturen, die dort gelegentlich lauerten, fertiggeworden.

Ein Einsturz? Das Grundwasser? Ein Sabotageakt? Ein plötzlicher Überfall der Hanse? Es war der Oberst, nicht der Stationsvorsteher Istomin, der den Frauen der vermissten Aufklärer jetzt eine Antwort geben musste, während diese ihm unruhig und fragend in die Augen blickten, in der Hoffnung, dort ein Versprechen, einen Trost zu finden. Er musste es den Soldaten der Garnison erklären. Zum Glück stellten die keine überflüssigen Fragen und waren ihm – noch – treu ergeben. Und schließlich musste er all die besorgten Leute beruhigen, die sich nach Feierabend an der Stationsuhr trafen, um nachzusehen, wie lange die Karawane schon unterwegs war.

Istomin hatte erzählt, er sei in den letzten Tagen mehrfach gefragt worden, warum das Licht an der Station heruntergedreht worden sei. Einige Male hätten sie ihn sogar aufgefordert, die Lampen wieder auf die alte Leistung zu bringen. Dabei hatte niemand auch nur daran gedacht, den Strom herunterzufahren: Die Beleuchtung lief auf vollen Touren. Nein, es war nicht die Station selbst, sondern es waren die Herzen der Menschen, in denen die Finsternis zunahm, und nicht einmal die hellsten Quecksilberlampen kamen dagegen an.

Die Telefonleitung zur *Serpuchowskaja* war noch immer tot. Was dem Oberst ein sehr wichtiges, weil für die Bewohner der Metro seltenes Gefühl nahm: das Gefühl der Nähe zu anderen Menschen. Solange die Kommunikation funktionierte, solange die Karawanen regelmäßig unterwegs waren und die Reise bis zur Hanse weniger als einen Tag dauerte, war jeder der Bewohner frei, zu gehen oder zu bleiben. Jeder wusste, dass nur fünf Tunnel weiter die eigentliche Metro begann, die Zivilisation – die Menschheit.

Ähnlich hatten sich früher wahrscheinlich die Polarforscher im arktischen Eis gefühlt, wenn sie sich – sei es aus wissenschaftlichem Interesse oder wegen der hohen Löhne – auf einen monatelangen Kampf gegen Kälte und Einsamkeit einließen. Sie waren Tausende von Kilometern vom Festland entfernt, und doch blieb es immer in ihrer Nähe, denn das Radio funktionierte, und einmal im Monat hörten sie das Dröhnen des Flugzeugs, wenn es wieder einige Kisten mit Dosenfleisch über ihnen abwarf.

Die Eisscholle jedoch, auf der sich die *Sewastopolskaja* befand, war losgebrochen, und mit jeder Stunde trieb sie weiter fort – in einen Eissturm, einen schwarzen Ozean, in Leere und Ungewissheit.

Das Warten zog sich hin, und die vage Sorge des Obersts wurde allmählich zu einer düsteren Gewissheit: Die drei Aufklärer, die er zur *Serpuchowskaja* geschickt hatte, würde er nicht wiedersehen. Nun noch drei weitere Kämpfer von den Außenposten abzuziehen, um sie ebenfalls dieser unbekannten Gefahr auszusetzen, war völlig ausgeschlossen. Ihren sicheren Tod, der doch keinen Ausweg aus der Lage bot, konnte er sich einfach nicht leisten. Dennoch schien es ihm verfrüht, die hermetischen Tore herabzulassen, die Südtunnel zu schließen und einen großen Stoßtrupp zu bilden. Warum musste ausgerechnet er diese Entscheidung treffen? Eine Entscheidung, die in jedem Fall die falsche war.

Der Kommandeur der Außenposten seufzte, öffnete die Tür leicht, sah sich hastig um und rief den Posten zu sich. »Hast du eine Zigarette für mich? Das ist aber die allerletzte, das nächste Mal gib mir keine mehr, egal, wie sehr ich dich darum bitte. Und sag es niemandem.«

Als Nadja, ein stämmiges, gesprächiges Tantchen mit löchrigem Daunenschal und verschmierter Schürze, den Topf mit Fleisch und Gemüse brachte, lebten die Wachleute auf. Kartoffeln, Gurken und Tomaten galten als absolute Delikatessen, und außer an der *Sewastopolskaja* boten höchstens noch einige Kabaks an der Ringlinie oder in der Polis Derartiges an. Das lag nicht nur an den komplexen Hydrokulturen, die zum Anbau der eingelagerten Samen notwendig waren, sondern auch daran, dass es sich kaum jemand in der Metro leisten konnte, kilowattweise Strom zu verpulvern, nur um die Speisekarte der Soldaten etwas aufzulockern.

Selbst die Stationsleitung bekam lediglich an Feiertagen Gemüse auf den Tisch, denn es wurde vor allem für die Kinder gezüchtet. Istomin hatte erst heftig mit den Köchen streiten müssen, um sie davon zu überzeugen, dass sie zu dem Schweinefleisch, das es an ungeraden Tagen immer gab, noch je hundert Gramm gekochte Kartoffeln und eine Tomate dazulegten – um die Moral zu heben.

Und tatsächlich: Als Nadja ihr Sturmgewehr etwas ungeschickt ablegte und den Topfdeckel anhob, glätteten sich die Falten auf den Gesichtern der Wachleute augenblicklich. Keiner von ihnen hätte jetzt noch über die vermisste Karawane oder die verschollene Aufklärertruppe reden wollen – es hätte ihnen nur den Appetit verdorben.

Ein etwas älterer Mann in einer Wattejacke mit schmalen Metro-Abzeichen rührte lächelnd die Kartoffeln in seiner Schüssel um und sagte: »Heute muss ich den ganzen Tag schon an die *Komsomolskaja* denken. Die würde ich gern mal wiedersehen. Diese Mosaiken! Die schönste Station in ganz Moskau, finde ich.«

»Ach, hör auf, Homer«, entgegnete ein unrasierter Dicker mit Ohrenklappenmütze. »Du hast da eben gelebt, klar, dass du sie immer noch magst. Aber was ist mit den Glasmalereien an der *Nowoslobodskaja*? Und den herrlichen Säulen und Deckenfresken an der *Majakowskaja*?«

»Mir hat die *Ploschtschad Rewoljuzii* immer gefallen«, gestand schüchtern ein ernster, nicht mehr ganz junger Mann, der als Scharfschütze eingeteilt war. »Ich weiß, es ist blöd, aber all diese finsteren Matrosen und Piloten, die Grenzsoldaten mit ihren Hunden … das fand ich schon als Kind so toll.«

»Also ich finde das gar nicht blöd«, pflichtete ihm Nadja bei, während sie die Reste im Topf zusammenkratzte. »Besonders unter den männlichen Statuen gibt es ein paar sehr gut aussehende Typen. He, Brigadier! Halt dich ran, sonst gehst du noch leer aus!«

Der groß gewachsene, breitschultrige Kämpfer, der abseits gesessen war, näherte sich mit gemächlichen Schritten dem Lagerfeuer, nahm seine Portion und kehrte an seinen Platz zurück – möglichst nah am Tunnel, möglichst weit weg von den Menschen.

Der Dicke deutete mit dem Kopf auf den breiten Rücken des Mannes, der wieder ins Halbdunkel abgetaucht war, und fragte flüsternd: »Lässt der sich eigentlich auch mal an der Station blicken?«

»Nein, er sitzt schon über eine Woche hier«, antwortete der Scharfschütze ebenso leise. »Er übernachtet im Schlafsack. Wie er das bloß aushält … Vielleicht braucht er das ja. Vor drei Tagen, als die Bestien beinahe Rinat aufgefressen hätten, hat er danach jede einzelne kaltgemacht. Eigenhändig. Eine Viertelstunde lang. Als er zurückkam, waren seine Stiefel voller Blut, und sein Gewehr auch. Richtig zufrieden sah er aus.«

»Das ist kein Mensch, sondern eine Maschine«, bemerkte ein hagerer MG-Schütze. »Ich würde lieber nicht in seiner Nähe schlafen wollen. Hast du gesehen, was mit seinem Gesicht passiert ist?«

Der Alte, den sie Homer nannten, zuckte mit den Schultern und sagte: »Komisch, ich fühl mich nur mit ihm wirklich sicher. Was wollt ihr denn von ihm? Der Typ ist in Ordnung, hat eben was abgekriegt. Wozu brauchen wir hier Schönheit, das ist was für die Stationen. Und weil wir gerade dabei sind: Deine *Nowoslobodskaja* ist für mich der Gipfel der Geschmacklosigkeit. Diese Glasfenster kann ich mir nicht mal nüchtern anschauen … Glasfenster, dass ich nicht lache!«

»Und ein Kolchosen-Mosaik über die halbe Decke ist vielleicht keine Geschmacklosigkeit?«

»Wo bitte hast du so was denn an der *Komsomolskaja* gesehen?«

Jetzt geriet der Dicke in Fahrt. »Die ganze verdammte Sowjetkunst hat doch nur ein Thema: das Leben auf der Kolchose und unsere heldenhaften Piloten!«

»Serjoscha, lass die Piloten aus dem Spiel«, warnte ihn der Scharfschütze.

Plötzlich ertönte eine dumpfe, tiefe Stimme: »Die *Komsomolskaja* ist Scheiße, und die *Nowoslobodskaja* auch.«

Vor lauter Überraschung blieb dem Dicken seine Tirade im Hals stecken, und er starrte erschrocken ins Halbdunkel zu dem Brigadier hinüber. Auch die anderen verstummten. Der Fremde nahm so gut wie nie an ihren Gesprächen teil. Selbst wenn man ihn etwas fragte, antwortete er, wenn überhaupt, nur einsilbig.

Er saß noch immer mit dem Rücken zu ihnen, die Augen unentwegt in den Schlund des Tunnels gerichtet. »An der *Komsomolskaja* sind die Decken viel zu hoch und die Säulen zu dünn, da liegt der ganze Bahnsteig wie auf dem Präsentierteller. Außerdem lassen sich die Übergänge schlecht verbarrikadieren. Und an der *Nowoslobodskaja* sind die Wände voller Risse, egal wie oft die da was drüberschmieren. Mit einer Granate kannst du die komplette Station begraben. Und deine Glasfenster sind schon längst zersplittert. Viel zu spröde.«

Über diese Art von Kriterien hätte man trefflich streiten können, doch niemand wagte Einspruch zu erheben. Der Brigadier schwieg eine Weile, dann sagte er wie beiläufig: »Ich gehe zur Station. Homer kommt mit. Ablösung ist in einer Stunde. Artur übernimmt so lange das Kommando.«

Der Scharfschütze stand hastig auf und nickte, obwohl der Brigadier das gar nicht sehen konnte. Auch der Alte erhob sich und begann seine umherliegenden Habseligkeiten einzupacken, obgleich er noch gar nicht fertig gegessen hatte. Als der Kämpfer ans Feuer zurückkehrte, trug er bereits die komplette Montur, samt Helm und voluminösem Rucksack.

»Viel Glück!«, sagte der Scharfschütze.

Während sich die beiden ungleichen Gestalten – der hünenhafte Brigadier und der hagere Homer – in dem noch beleuchteten Teil des Tunnels allmählich entfernten, folgte ihnen der Scharfschütze mit dem Blick. Dann rieb er sich fröstelnd die Hände und schüttelte sich. »Irgendwie ist mir kalt. Legt noch ein paar Kohlen drauf.«

Unterwegs verlor der Brigadier kein einziges Wort. Er erkundigte sich nur, ob Homer tatsächlich einmal als Hilfszugführer und davor als einfacher Streckenwärter gearbeitet hatte. Der Alte blickte ihn erst misstrauisch an, doch dann nickte er. An der *Sewastopolskaja* hatte er stets behauptet, er habe es bis zum Zugführer gebracht, und seine Arbeit als Streckenwärter hatte er stets unterschlagen, da ihm das ein wenig peinlich war.

Der Brigadier entbot den Wachleuten einen kurzen militärischen Gruß. Diese machten ihm Platz, und er betrat das Büro des Stationsvorstehers, ohne anzuklopfen. Istomin und der Oberst erhoben sich überrascht von ihren Stühlen und gingen ihm entgegen. Beide sahen irgendwie zerzaust, müde und verloren aus.

Während Homer schüchtern am Eingang stehenblieb und von einem Bein aufs andere trat, zog der Brigadier den Helm vom Kopf, legte ihn mitten auf Istomins Papiere und fuhr sich mit der Hand über den glattrasierten Schädel. Im Licht der Lampe war erneut zu sehen, wie furchtbar entstellt sein Gesicht war: Die linke Wange war zusammengezogen wie nach einer Brandverletzung, das Auge darüber war nur noch ein enger Spalt, und eine riesige violette Narbe kroch in Windungen vom Mundwinkel bis zum Ohr. Obwohl Homer diesen Anblick schon zu kennen glaubte, lief es ihm erneut eiskalt über den Rücken, als sähe er es zum ersten Mal.

»Ich gehe selbst zum Ring«, stieß der Brigadier hervor. Er hatte nicht mal gegrüßt.

Es folgte tiefes Schweigen. Homer wusste bereits, dass dieser Mann ein außergewöhnlicher Kämpfer war und daher bei der Stationsleitung in besonderem Ansehen stand. Doch erst jetzt begann er zu begreifen, dass der Brigadier im Unterschied zu allen anderen Sewastopolern überhaupt keinem Befehl unterstand. Er erwartete offenbar keinerlei Genehmigung von den beiden alten und erschöpften Herren, im Gegenteil: Eher schien er ihnen einen Befehl erteilt zu haben, den sie auszuführen hatten. Und wieder – zum wievielten Mal? – fragte sich Homer: Wer war dieser Mann?

Der Kommandeur der Außenposten warf dem Stationsvorsteher einen Blick zu. Sein Gesicht verfinsterte sich, als wolle er Einspruch erheben, doch dann winkte er ab. »Wie du willst, Hunter«, sagte er. »Dir kann man sowieso nichts ausreden.«

# 2
# Rückkehr

Homer horchte auf. Hunter. Diesen Namen hatte er an der *Sewastopolskaja* noch nie gehört. Es klang wie ein Spitzname – wie sein eigener, denn natürlich hieß er nicht Homer, sondern Nikolai Iwanowitsch. Nach dem Schöpfer der griechischen Heldenepen hatte man ihn erst hier, an dieser Station benannt, denn er liebte Geschichten und Gerüchte aller Art.

»Euer neuer Brigadier«, hatte der Oberst den Wachleuten im Südtunnel zwei Monate zuvor erklärt. Sie musterten den breitschultrigen Mann mit dem Kevlaranzug und dem schweren Helm mit einem Gemisch aus Misstrauen und Neugier. Der wiederum wandte sich gleichgültig von ihnen ab; der Tunnel und die Befestigungsanlagen interessierten ihn offenbar weit mehr als die ihm anvertrauten Leute. Denjenigen, die zu ihm kamen, um sich vorzustellen, drückte er die Hand, jedoch ohne ein Wort zu sagen. Schweigend nickte er, prägte sich ihre Namen ein und paffte ihnen blauen Papirossa-Dunst ins Gesicht, als wolle er sie auf Abstand halten. Im Schatten seines hochgeklappten Visiers schimmerte trübe das von der tiefen Scharte entstellte, leblose Auge. Weder damals noch später wagten die Wachleute nach seinem Namen zu fragen, und so blieb er für sie einfach nur »der Brigadier«. Offenbar hatte die Station einen jener teuren Söldner angeheuert, die keinen eigenen Namen benötigten.

Hunter.

Während Homer unschlüssig am Eingang von Istomins Büro stand, formte er dieses seltsame Wort lautlos mit den Lippen. Es passte nicht zu einem Menschen – eher zu einem mittelasiatischen Schäferhund. Er konnte ein Lächeln nicht unterdrücken: Tatsächlich, früher hatte es einmal solche Hunde gegeben. Wie kam das alles bloß in seinen Kopf? Eine kämpferische Rasse, mit gestutztem Schwanz und direkt am Schädel kupierten Ohren – nichts Überflüssiges.

Doch je öfter er sich den Namen vorsagte, desto bekannter erschien er ihm. Wo hatte er ihn schon einmal gehört? Vermutlich war er irgendwann einmal in jenem unendlichen Strom aus Legenden und Geschwätz an ihm hängen geblieben und bis auf den Grund seines Gedächtnisses gesunken. In der Zwischenzeit hatte sich darüber eine dicke Schlammschicht aus Namen, Fakten, Gerüchten und Zahlen gebildet – all diese unnützen Daten über das Leben anderer Menschen, denen Homer so begierig lauschte und die er sich so gewissenhaft zu merken versuchte.

Hunter … Ein Schwerverbrecher, auf dessen Kopf die Hanse eine Belohnung ausgesetzt hatte? Homer warf einen Stein in den trüben Teich seines Gedächtnisses und lauschte. Nein. Ein Stalker? Passte nicht zu seinem Äußeren. Ein Feldkommandeur? Schon eher. Und, wie es schien, ein legendärer noch dazu …

Homer musterte noch einmal verstohlen das ausdruckslose, gleichsam gelähmte Gesicht des Brigadiers. Der Hundename passte erstaunlich gut zu ihm.

»Ich brauche noch zwei Mann. Homer kommt mit, er kennt die Tunnel hier.« Der Brigadier bat den Alten nicht um sein Einverständnis, ja er wandte sich ihm nicht einmal zu. »Den anderen könnt ihr auswählen. Einen Läufer, einen Kurier. Ich gehe noch heute los.«

Istomin nickte hastig, doch dann besann er sich und sah den Oberst fragend an. Dieser murmelte finster sein Einverständnis, obwohl er all diese Tage so verzweifelt mit dem Stationsvorsteher um jeden Mann gerungen hatte. Homers Meinung schien niemanden zu interessieren, aber er dachte auch nicht im Entferntesten daran zu protestieren. Trotz seines Alters hatte er sich noch nie geweigert, derartige Aufträge auszuführen. Er hatte seine Gründe.

Der Brigadier nahm seinen Helm vom Tisch und ging auf den Ausgang zu. Einen Augenblick lang hielt er in der Tür inne, dann sagte er in Homers Richtung: »Verabschiede dich von deiner Familie. Rüste dich für einen langen Marsch. Nimm keine Patronen mit, du bekommst sie von mir.« Dann verschwand er.

Homer lief ihm nach, um wenigstens ungefähr zu erfahren, was ihm bei dieser Expedition bevorstand. Doch als er auf den Bahnsteig kam, sah er, dass Hunter sich bereits mit riesigen Schritten entfernt hatte. Es war aussichtslos, ihn einzuholen. Kopfschüttelnd blickte Homer ihm nach.

Entgegen seiner Gewohnheit hatte der Brigadier seinen Helm nicht aufgesetzt. Vielleicht war er einfach in Gedanken versunken, oder er brauchte mehr Luft. Er kam an ein paar jungen Mädchen vorbei, die träge auf dem Bahnsteig herumsaßen. Es waren Schweinehüterinnen, die gerade Mittagspause hatten. Plötzlich flüsterte eine von ihnen ihm hinterher: »Schaut mal, Mädels, was für ein Zombie!«

»Wo hast du denn den ausgegraben?«, fragte Istomin. Erleichtert sank er auf seinem Stuhl zusammen und streckte seine dicken Finger nach einer Packung Papirossapapier aus.

Das Kraut, das an dieser Station mit Genuss geraucht wurde, hatten angeblich Stalker an der Oberfläche unweit des Bitzewski-Parks gefunden. Einmal hatte der Oberst zum Spaß einen Geigerzähler an ein Päckchen »Tabak« gehalten, und dieser hatte tatsächlich unheilvoll zu ticken begonnen. Er entschloss sich umgehend mit dem Rauchen aufzuhören, und der Husten, der ihn bis dahin immer nachts heimgesucht und mit der Vorstellung von Lungenkrebs gequält hatte, ließ etwas nach. Istomin dagegen weigerte sich, der Geschichte mit der Radioaktivität zu viel Bedeutung beizumessen. Und er hatte nicht ganz unrecht – in der Metro gab es so gut wie nichts, das nicht mehr oder weniger »strahlte«.

»Wir kennen uns schon ewig«, erwiderte der Oberst unwillig. Nach einer kurzen Pause fügte er hinzu: »Früher war er anders. Irgendetwas ist mit ihm passiert.«

»Seinem Gesicht nach zu urteilen, ist ganz sicher was mit ihm passiert.« Der Stationsvorsteher hüstelte und blickte nervös zum Eingang hinüber, als befürchte er, Hunter könne seine Worte hören.

Der Kommandeur der Außenposten wollte sich keineswegs darüber beschweren, dass der Brigadier so plötzlich aus dem Nebel der Vergangenheit aufgetaucht war; schließlich hatte sich dieser in kürzester Zeit zur wichtigsten Stütze des südlichen Außenpostens entwickelt. Doch konnte Denis Michailowitsch die Rückkehr seines alten Bekannten noch immer nicht ganz glauben.

Die Nachricht von Hunters furchtbarem und zugleich seltsamem Tod hatte sich ein Jahr zuvor wie ein Tunnelecho in der Metro verbreitet. Als er dann vor zwei Monaten plötzlich vor der Tür des Oberst erschien, hatte sich dieser hastig bekreuzigt. Die Leichtigkeit, mit der der Auferstandene die Wachposten passiert hatte – als wäre er durch die Kämpfer hindurchgegangen –, schürten bei Denis Michailowitsch Zweifel daran, ob alles mit rechten Dingen zuging.

Das Profil, das er durch den beschlagenen Türspion erblickte, kam ihm irgendwie bekannt vor: der Stiernacken, der glänzende Schädel, die leicht eingedrückte Nase. Doch der nächtliche Gast verharrte aus irgendeinem Grund halb abgewandt, hielt den Kopf gesenkt und machte keine Anstalten, die angespannte Stille aufzulösen. Der Oberst warf einen bedauernden Blick auf die geöffnete Flasche Süßwein auf seinem Tisch, seufzte tief und schob den Riegel am Türschloss beiseite. Der Kodex verpflichtete ihn, den eigenen Leuten zu helfen – ungeachtet, ob sie lebten oder nicht.

Hunter hob den Blick erst, als sich die Tür öffnete. Nun wurde klar, warum er die andere Seite seines Gesichts abgewandt hatte. Er hatte wohl befürchtet, der Oberst würde ihn sonst nicht erkennen. Zwar hatte Denis Michailowitsch schon so manches gesehen, und das Garnisonskommando an der *Sewastopolskaja* kam ihm – im Vergleich zu seinen wilden Jahren – wie eine Ehrenpension vor, doch nun verzog er schmerzvoll das Gesicht, als habe er sich verbrannt. Dann lachte er unsicher, wie um sich für sein undiszipliniertes Verhalten zu entschuldigen.

Der Gast zeigte nicht einmal die Andeutung eines Lächelns. In dieser Nacht lächelte er kein einziges Mal. Während der vergangenen Monate waren die furchterregenden Narben, die sein Gesicht entstellten, zwar etwas verheilt, doch hatte dieser Mensch kaum noch etwas mit jenem Hunter gemein, an den sich Denis Michailowitsch erinnerte.

Über seine wundersame Rettung und die lange Abwesenheit sprach er kein Wort, und die erstaunten Fragen des Oberst schien er gar nicht zu hören. Vielmehr bat er Denis Michailowitsch, niemandem von seiner Rückkehr zu berichten. Wäre der Oberst dem gesunden Menschenverstand gefolgt, er hätte unverzüglich die Ältesten informiert – aber es gab da eine alte Schuld, die er bei Hunter zu begleichen hatte, und so ließ er ihn in Ruhe.

Dennoch stellte Denis Michailowitsch insgeheim Nachforschungen an. Tatsächlich hielt man seinen Gast überall für tot. Er war weder in Straftaten verwickelt gewesen, noch wurde er gesucht. Man hatte Hunters Leiche zwar nie gefunden, doch – das galt als ganz sicher – hätte Hunter andernfalls sicher ein Lebenszeichen von sich gegeben. Jaja, nickte der Oberst.

Dafür tauchte Hunter, besser gesagt: sein verschwommenes und – wie in solchen Fällen üblich – geschöntes Abbild in einem guten Dutzend halbwahrer Mythen und Erzählungen auf. Offenbar war ihm diese Rolle durchaus recht, und er beließ seine Kameraden in dem Glauben, sodass diese ihn lebendig zu Grabe trugen.

Denis Michailowitsch dachte an seine alte Schuld und zog die einzig richtige Konsequenz: Er beruhigte sich und spielte das Spiel mit. Waren Dritte anwesend, sprach er Hunter nicht mit seinem Namen an. Nur Istomin weihte er ein, ohne jedoch allzu sehr ins Detail zu gehen.

Den kümmerte das nicht viel, denn der Brigadier hatte sich seine tägliche Portion Suppe bald mehr als verdient. Tag und Nacht hielt er am Außenposten im Südtunnel die Stellung; an der Station tauchte er höchstens einmal pro Woche auf – am Badetag. Und selbst wenn er hier, in dieser Hölle, nur untergetaucht war, um sich vor irgendwelchen Verfolgern zu verstecken, so störte dies Istomin keineswegs. Die Dienste von Legionären mit dunkler Biographie wusste er durchaus zu schätzen – kämpfen war das Einzige, was er von ihnen verlangte, und in dieser Hinsicht war an dem Mann wirklich nichts auszusetzen.

Die Wachleute, die sich zuerst über die herablassende Art ihres neuen Brigadiers beschwert hatten, verstummten nach dem ersten Kampf. Als sie sahen, wie methodisch und berechnend, in einer Art unmenschlichem, kaltem Rausch dieser alles vernichtete, was zu vernichten war, zog jeder von ihnen seine eigenen Schlüsse. Mit ihm Freundschaft zu schließen versuchte keiner, doch gehorchten sie ihm widerspruchslos, sodass er seine dumpfe, gebrochene Stimme niemals erheben musste. In dieser Stimme lag etwas von dem hypnotischen Zischen einer Schlange, und selbst der Stationsvorsteher nickte stets gehorsam, wenn Hunter zu ihm sprach – noch bevor dieser zu Ende gesprochen hatte, einfach so, für alle Fälle.

Zum ersten Mal seit Längerem war die Luft in Istomins Büro leichter geworden – als wäre darin soeben ein lautloses Gewitter niedergegangen, das die lang ersehnte Entspannung gebracht hatte. Es gab keinen Grund mehr zu streiten, denn einen besseren Kämpfer als Hunter gab es nicht. Allerdings: Wenn auch er im Tunnel umkam, blieb den Sewastopolern nur noch eines …

»Soll ich anordnen, dass die Operation vorbereitet wird?«, fragte Denis Michailowitsch.

»Du hast drei Tage. Das muss genügen.« Istomin schnalzte mit dem Feuerzeug und kniff die Augen zusammen. »Länger können wir nicht auf sie warten. Wie viele Leute benötigen wir?«

»Ein Stoßtrupp steht schon bereit. Ich kümmere mich um einen weiteren, das sind noch mal etwa zwanzig Mann. Wenn von denen übermorgen noch nichts zu hören ist« – der Oberst deutete mit dem Kopf zum Ausgang – »musst du die allgemeine Mobilmachung bekannt geben. Dann versuchen wir einen Durchbruch.«

Istomin hob die Augenbrauen, doch entgegnete er nichts, sondern zog nur lange an der leise knisternden Selbstgedrehten, während Denis Michailowitsch nach ein paar vollgekritzelten

Blättern auf dem Tisch griff und nach einem nur ihm verständlichen System Kreise um verschiedene Namen zu ziehen begann.

Einen Durchbruch? Der Stationsvorsteher blickte über den grauen Nacken des Oberst hinweg durch den schwimmenden Tabakdunst auf die Metrokarte, die an der Wand hing. Gelb, speckig und übersät mit kleinen Zeichen, war dieser Plan eine Art Chronik des vergangenen Jahrzehnts: Pfeile standen für Aufklärungsmärsche, Kreise für Belagerungen, Sterne für Wachposten und Ausrufezeichen für verbotene Zonen. Zehn Jahre waren darin dokumentiert, zehn Jahre, von denen kein Tag ohne Blutvergießen vergangen war.

Unterhalb der *Sewastopolskaja,* gleich hinter der Station *Juschnaja* hörten die Markierungen auf. Soweit sich Istomin erinnern konnte, war noch nie jemand von dort zurückgekehrt. Wie ein langer, verzweigter Wurzelstock kroch die Linie nach unten, jungfräulich rein wie die weißen Flecken auf den Karten der spanischen Eroberer, die zum ersten Mal an der Küste Westindiens anlegten. Doch eine Conquista der gesamten Linie war für die Sewastopoler eine Nummer zu groß – keine noch so große Anstrengung dieser von der Strahlenkrankheit geschwächten Menschen hätte dazu gereicht.

Und nun verhüllte der bleiche Nebel der Ungewissheit auch noch jenen Stumpf ihrer gottverlassenen Linie, der nach oben wies, zur Hanse, zu den Menschen. Wenn der Oberst seinen Leuten in Kürze befehlen würde, sich zum Kampf zu rüsten, würde sich niemand weigern. An der *Sewastopolskaja* war der Krieg um die Vernichtung des Menschen, der vor über zwei Jahrzehnten begonnen hatte, niemals auch nur für eine Minute abgebrochen, und wenn man jahrelang im Angesicht des Todes lebt, weicht die Angst einem gleichgültigen Fatalismus, Aberglauben, Talismänner und tierische Instinkte nehmen überhand. Aber wer wusste denn, was sie erwartete, dort zwischen dem *Nachimowski prospekt* und der *Serpuchowskaja*? Wer wusste, ob man dieses rätselhafte Hindernis überhaupt durchbrechen konnte und ob es dahinter noch etwas gab, was den Kampf lohnte?

Istomin dachte an seine letzte Fahrt zur *Serpuchowskaja*: Marktstände, Obdachlose auf Bänken, Wandschirme, hinter denen jene schliefen und sich liebten, die noch etwas besaßen. Diese Station produzierte nichts, es gab weder Gewächshäuser noch Viehställe. Nein, die Serpuchower waren diebisch und schlau. Sie lebten von der Spekulation, verkauften längst abgeschriebene Waren, die sie bei verspäteten Karawanen für einen Spottpreis erstanden, und erwiesen den Bürgern der Ringlinie Dienste, für die diese zu Hause vor Gericht gekommen wären. Diese Station war ein parasitärer Pilz, eine Wucherung am mächtigen Stamm der Hanse.

Letztere war ein Bündnis reicher Handelsstationen, passenderweise nach dem deutschem Vorbild benannt, ein Bollwerk der Zivilisation in der Metro, die sonst überall in einem Sumpf aus Barbarei und Armut versank. In der Hanse gab es eine echte Armee, elektrisches Licht sogar noch an den ärmlichsten Zwischenhalten sowie ein Stück Brot für jeden, der den ersehnten Bürgerschaftsstempel in seinem Pass hatte. Selbst auf dem Schwarzmarkt kosteten diese Pässe ein Vermögen, und wenn die Grenzposten jemanden als Besitzer eines gefälschten Dokuments überführten, so kostete ihn dies den Kopf.

Ihren Reichtum und ihre Stärke verdankte die Hanse ihrer außergewöhnlichen Lage: Die Ringlinie verband alle anderen Linien des sternförmigen Komplexes zu einem Bündel und eröffnete so die Möglichkeit, von einer beliebigen Linie auf alle anderen zu wechseln. Ob fahrende Händler, die Tee von der *WDNCh* mitbrachten, oder Draisinen, die Patronen aus den

Waffenschmieden der *Baumanskaja* transportierten – alle luden sie ihre Fracht am liebsten bei der nächstgelegenen Zollstation der Hanse ab und kehrten dann wieder nach Hause zurück. Es war für sie allemal besser, ihre Waren etwas billiger abzugeben, als sich auf der Jagd nach höheren Profiten auf eine Wanderschaft durch die Metro zu begeben, die jederzeit fatal enden konnte.

Es kam mitunter vor, dass die Hanse benachbarte Stationen angliederte, doch häufiger blieben diese sich selbst überlassen – eine geduldete Grauzone, in der jene Geschäfte abgewickelt wurden, mit denen die Bonzen der Hanse offiziell nichts zu tun haben wollten. Natürlich wimmelte es an diesen sogenannten Radialstationen von Spionen der Hanse, und de facto waren sie längst von den Geschäftsleuten der Ringlinie aufgekauft worden, doch rein formal blieben sie unabhängig. So war es auch mit der *Serpuchowskaja*.

In einem der Tunnel zwischen ihr und der *Tulskaja* war an *jenem* Tag vor langer Zeit ein Zug stecken geblieben. Istomin hatte die Linie zwischen den beiden Stationen auf der Karte mit einem katholischen Kreuz markiert, denn die Waggons, die dort mitten im Tunnel standen, wurden von Sektierern bewohnt, die aus dem leblosen Zug eine Art einsames Gehöft inmitten einer schwarzen Wüste gemacht hatten. Istomin hatte nichts gegen die Sektierer. Zwar trieben sich ihre Missionare an den Nachbarstationen herum, um gefallene Seelen aufzulesen, doch bis zur *Sewastopolskaja* kamen diese Hirtenhunde Gottes nie, und auch die vorbeikommenden Wanderer behinderten sie nicht – außer vielleicht durch ihre missionarischen Reden. Der saubere und leere Tunnel zwischen der *Tulskaja* und der *Serpuchowskaja* wurde von den Karawanen der Gegend gerne genutzt.

Wieder einmal wanderte Istomin mit seinem einen Auge die Linie entlang. Die *Tulskaja*? Die Siedlung dort zeigte erste Anzeichen von Verwilderung. Ihre Bewohner lebten von dem, was die vorbeimarschierenden Konvois der *Sewastopolskaja* und die schlauen Händler der *Serpuchowskaja* zurückließen. Die einen reparierten allen möglichen mechanischen Schrott, andere wiederum suchten an der Grenze zur Hanse nach Gelegenheitsarbeiten; tagelang hockten sie da und warteten, bis irgendein Vorarbeiter mit dem Benehmen eines Sklavenhalters sie anwarb. Auch sie sind arm, dachte Istomin, aber wenigstens haben sie nicht diesen schmierigen Gaunerblick wie die Serpuchower, und an der Station herrscht Ordnung. Gefahr schweißt eben zusammen.

Die nächste Station war die *Nagatinskaja*. Auf Istomins Plan war sie mit einem kurzen Strich als unbewohnt markiert, was aber nur die halbe Wahrheit war: Zwar hielt sich dort niemand lange auf, doch trieb sich bisweilen verschiedenstes Gesindel herum und führte ein zwielichtiges, halb animalisches Dasein. In der absoluten Dunkelheit, die dort herrschte, verbargen sich ineinander verschlungene Pärchen vor fremden Blicken. Nur selten flammte zwischen den Säulen ein schwaches Feuer auf und beleuchtete die Schatten finsterer Spießgesellen, die dort ein geheimes Treffen abhielten.

Über Nacht blieben hier jedoch nur Ahnungslose oder äußerst verwegene Individuen, denn nicht alle Besucher dieser Station waren Menschen. In der flüsternden, gallertartigen Finsternis, die die *Nagatinskaja* erfüllte, waren, wenn man genau hinsah, bisweilen wahrhaft grauenvolle Silhouetten zu erkennen. Und manchmal zerriss ein gellender Schrei die Luft und jagte den anderen Obdachlosen – zumindest vorübergehend – grauenvolle Angst ein, während irgendein Wesen einen armen Kerl in seine Höhle fortschleppte, um ihn dort ohne Hast zu verspeisen.

Weiter als bis zur *Nagatinskaja* wagten sich die Landstreicher nicht vor, sodass sich die Linie bis zu den Verteidigungsanlagen der *Sewastopolskaja* in eine Art Niemandsland verwandelt hatte. Dieser Begriff traf allerdings nur bedingt zu, denn auch diese beiden Stationen wurden von gewissen Wesen beherrscht – doch selbst die Sewastopoler Aufklärungstrupps taten alles, um eine Begegnung mit ihnen zu vermeiden.

Aber nun war etwas Neues in den Tunneln aufgetaucht. Etwas völlig Unbekanntes. Etwas, das jeden verschlang, der versuchte, auf dieser scheinbar seit Langem erforschten Route voranzukommen. Woher sollte Istomin wissen, ob seine Station, selbst wenn man alle wehrfähigen Bewohner zu den Waffen rief, eine genügend große Streitmacht aufbringen würde, um es *damit* aufzunehmen? Er erhob sich schwer von seinem Stuhl, schlurfte zur Karte hinüber und markierte mit einem Kopierstift den Abschnitt zwischen der *Serpuchowskaja* und dem *Nachimowski prospekt*. Daneben setzte er ein dickes Fragezeichen. Eigentlich sollte es genau neben dem Wort »Prospekt« zu stehen kommen, doch irgendwie landete es bei der *Sewastopolskaja*.

Auf den ersten Blick konnte man glauben, die *Sewastopolskaja* sei unbewohnt. Keine Spur von irgendwelchen Armeezelten auf dem Bahnsteig, die den Menschen an den meisten Stationen als Wohnstätten dienten. Stattdessen gab es Befestigungen aus Sandsäcken, die, kaum beleuchtet von wenigen trüben Lampen, wie dunkle Ameisenhaufen aussahen. Diese Feuerstellungen waren jedoch nicht besetzt, und die kargen, quadratisch geschnittenen Säulen waren mit einer dicken Staubschicht überzogen. Alles war so angelegt, dass ein Unbefugter, der hier vorbeikam, denken musste, die Station sei vor Langem verlassen worden.

Kam es jedoch dem ungebetenen Gast in den Sinn, auch nur

kurz zu verweilen, so riskierte er für immer hierzubleiben. Dann besetzten MG-Mannschaften und Scharfschützen, die rund um die Uhr an der benachbarten *Kachowskaja* ihren Dienst taten, in Sekundenschnelle die Gefechtsstände, und anstelle der schwachen Lampen an der Decke flammten Quecksilberscheinwerfer auf und versengten die Netzhaut der Eindringlinge, ob Mensch oder Monster, die kein helles Licht gewohnt waren.

Der Bahnsteig war die letzte, aufs Sorgfältigste geplante Verteidigungslinie der Sewastopoler. Ihre Wohnungen befanden sich im Bauch dieser trügerischen Station – unter dem Bahnsteig. Unter den gewaltigen Granitplatten war, unsichtbar für fremde Augen, ein weiteres Geschoss, nicht weniger breit als die Station darüber, jedoch aufgeteilt in eine Vielzahl einzelner Zellen. Dort befanden sich gut beleuchtete, trockene und warme Wohnräume, gleichmäßig summende Luftfilter und Wasseraufbereitungsanlagen, hydroponische Gewächshäuser … Offenbar fühlten sich die Bewohner der Station nur dann sicher und wohl, wenn sie sich noch tiefer in die Erde zurückzogen.

Homer war sich bewusst, dass die entscheidende Schlacht nicht im Tunnel auf ihn wartete, sondern zu Hause. Während er sich seinen Weg durch den engen Gang, vorbei an den halb geöffneten Türen der ehemaligen Diensträume, bahnte, in denen jetzt die Familien der Sewastopoler untergebracht waren, verlangsamte sich sein Schritt immer mehr. Eigentlich hätte er noch einmal seine Taktik überdenken, seine Antworten durchgehen müssen – doch die Zeit lief ihm davon.

»Was soll ich denn tun? Befehl ist Befehl. Du weißt doch selbst, wie die Lage ist. Sie haben mich nicht mal gefragt. Stell dich nicht so an – das ist doch lächerlich! Nein, ich hab mich nicht aufgedrängt. Verweigern? Ausgeschlossen. Das wäre Fahnenflucht, begreifst du das?« So murmelte er vor sich hin, mal empört und entschlossen, mal sanft und bittend.

An der Schwelle zu seinem Wohnraum angekommen, ging er das Ganze noch einmal durch. Eine Szene war wohl unvermeidlich, aber er würde nicht einknicken. Er setzte einen düsteren Blick auf und drückte kampfbereit die Türklinke.

Von den neuneinhalb Quadratmetern – einem großen Luxus, auf den er vier ganze Jahre in irgendwelchen Zelten gewartet hatte – waren zwei von einer doppelstöckigen Militärpritsche besetzt, einer von einem hübsch gedeckten Esstisch und drei weitere von einem riesigen, bis an die Decke reichenden Stapel Zeitungen. Wäre er ein alter Junggeselle gewesen, so hätte ihn dieser Berg längst unter sich begraben. Doch vor fünfzehn Jahren hatte er Jelena kennengelernt, die nicht nur all das staubige Altpapier in ihrer winzigen Unterkunft duldete, sondern es sogar noch sorgfältig zurechtrückte und so verhinderte, dass ihr heimischer Herd zu einem papierenen Pompeji wurde.

Überhaupt ertrug sie so manches. Die endlosen alarmierenden Zeitungsausschnitte mit Titeln wie »Rüstungswettlauf spitzt sich zu«, »Amerikaner testen neue Raketenabwehr«, »Unser Nuklearschild wächst«, »ABMahnung für den Frieden« und »Geduldsfaden gerissen«, mit denen die Wände des Kämmerchens von oben bis unten wie mit einer Tapete beklebt waren; sein nächtliches Wachen über einem Haufen von Schulheften, einen zerkauten Kugelschreiber in der Hand, bei elektrischem Licht – von Kerzen konnte bei dieser Menge Papier im Haus keine Rede sein; seinen scherzhaft-närrischen Beinamen, den er selbst mit Stolz trug, den die anderen jedoch mit herablassendem Grinsen aussprachen.

So manches erduldete sie, aber nicht alles. Weder seinen jugendlichen Überschwang, der ihn jedes Mal mitten ins Epizentrum irgendeines Orkans trieb, nur um zu sehen, wie es dort aussah – und das mit fast sechzig Jahren! Noch den Leichtsinn, mit dem er jegliche Aufträge der Obrigkeit annahm, ohne daran zu denken, dass er nach einer der letzten Expeditionen beinahe nicht mehr aus dem Jenseits zurückgekommen wäre.

Nicht auszudenken, wenn sie ihn verlor und wieder allein leben musste.

Wenn Homer einmal pro Woche auf Wache ging, blieb sie nie zu Hause sitzen. Sie floh vor ihren sorgenvollen Gedanken zu den Nachbarn oder ging zur Arbeit, selbst wenn sie gar nicht eingeteilt war – gleich wohin, nur um sich abzulenken, um für kurze Zeit zu vergessen, dass ihr Mann womöglich schon in diesem Augenblick irgendwo auf den Schwellen lag, leblos und kalt. Seine typisch männliche Gleichmut gegenüber dem Tod erschien ihr dumm, egoistisch, ja kriminell.

Der Zufall wollte es, dass sie nach der Arbeit nach Hause gekommen war, um sich umzuziehen. Sie hatte ihre Arme gerade in ihre geflickte Wollstrickjacke gesteckt. Nun verharrte sie, wie sie war. Ihre dunklen Haare mit den grauen Strähnen – sie war noch keine fünfzig – waren zerzaust, in ihren blassbraunen Augen war Angst zu lesen. »Kolja … ist was passiert? Du hast doch Dienst bis spät?«

Augenblicklich verlor er den Mut, mit der Tür ins Haus zu fallen. Natürlich, diesmal waren andere für die Entscheidung verantwortlich, er konnte ruhigen Gewissens behaupten, man habe ihn dazu gezwungen. Doch nun zögerte er. Vielleicht sollte er sie doch lieber erst beruhigen und es ihr später – ganz beiläufig – während des Abendessens mitteilen?

»Nur eines bitte ich dich: Lüg mich nicht an«, sagte sie warnend, als sie seinen umherirrenden Blick bemerkte.

»Lena«, begann er. »Ich muss dir etwas sagen …«

»Es ist doch niemand …« Sie fragte gleich nach dem Wichtigsten, dem Furchtbarsten. Das Wort »umgekommen« wagte sie jedoch nicht auszusprechen, als befürchtete sie, ihre schlimmsten Ahnungen könnten dadurch wahr werden.

»Nein! Nein …« Homer schüttelte den Kopf und fügte wie nebenbei hinzu: »Ich bin von der Wache befreit. Zur *Serpuchowskaja* schicken sie mich. Wird schon schiefgehen.«

»Aber …« Jelena stockte der Atem. »Aber da ist doch … Sind sie denn schon wieder zurück, die …«

»Ach was, alles Quatsch«, unterbrach er sie hastig. »Gar nichts ist da.« Die Sache nahm eine ungünstige Wendung: Anstatt ihre Beschimpfungen anzuhören, den mutigen Helden abzugeben und einen günstigen Moment für die Versöhnung abzuwarten, erwartete ihn jetzt eine viel schwerere Prüfung.

Jelena wandte sich ab, trat an den Tisch, stellte das Salzfass von hier nach dort und strich eine Falte im Tischtuch glatt. »Ich hatte einen Traum …« Sie stockte heiser und räusperte sich.

»Das hast du doch immer.«

»Einen schlechten«, entgegnete sie störrisch. Dann schluchzte sie plötzlich auf.

»Was ist? Was soll ich denn … Das ist ein Befehl«, stotterte er und streichelte ihre Finger. Er begriff, dass all seine einstudierten Tiraden jetzt keinen Pfifferling mehr wert waren.

»Soll doch der Einäugige selbst gehen!«, rief sie mit wütender, tränenerstickter Stimme und zog die Hand weg. »Oder dieser Teufel mit dem Barett! Aber die können nur rumkommandieren … Was hätte er denn zu verlieren? Der ist doch sowieso mit seinem Gewehr verheiratet! Was weiß er schon?«

Eine Frau, die man zum Weinen gebracht hat, kann man nur trösten, indem man sich selbst überwindet. Homer schämte sich, und sie tat ihm aufrichtig leid. Aber es wäre zu einfach, jetzt nachzugeben, ihr zu versprechen, er werde den Befehl verweigern, sie zu beruhigen, ihre Tränen zu trocknen – um dann für alle Zeiten dieser verpassten Chance nachzutrauern. Der letzten Chance vielleicht, die er in seinem ohnehin schon viel zu langen Leben haben würde.

Also schwieg er.

Es war Zeit, die Offiziere zusammenzurufen und zu instruieren. Doch der Oberst saß immer noch in Istomins Büro. Den Zigarettenrauch, der ihn immer so gestört und gleichzeitig in Versuchung geführt hatte, nahm er gar nicht mehr wahr.

Während der Stationsvorsteher mit dem Finger über seinen betagten Metroplan fuhr und nachdenklich vor sich hin flüsterte, versuchte Denis Michailowitsch etwas zu begreifen: Was steckte hinter Hunters geheimnisvollem Auftauchen an der *Sewastopolskaja*? Wieso hatte er sich ausgerechnet hier niedergelassen, und warum trug er in der Öffentlichkeit fast immer seinen Helm? All das konnte nur bedeuten, dass Istomin recht hatte: Hunter war auf der Flucht, und er hatte sich den südlichen Außenposten als Versteck ausgesucht. Dort ersetzte er eine komplette Brigade und war selbst unersetzlich geworden. Wer auch immer nun seine Herausgabe forderte, welchen Preis man auf seinen Skalp auch ausgesetzt hatte, weder Istomin noch der Oberst hätten ihn jemals ausgeliefert.

Das Versteck war ideal. An der *Sewastopolskaja* gab es keine Fremden, und wenn die hiesigen Karawanenhändler sich auf den Weg in die »Große Metro« machten, so hielten sie, im Unterschied zu den geschwätzigen Kollegen anderer Stationen, ihre Zunge im Zaum. In dem kleinen Sparta, das sich verzweifelt an dieses Fleckchen Erde am Ende der Welt klammerte, kam es vor allem darauf an, dass man zuverlässig war und unerbittlich im Kampf. Hier galten Geheimnisse noch etwas.

Doch warum gab Hunter dies alles nun wieder auf? Warum zog er freiwillig zur Hanse und riskierte damit, erkannt zu werden? Er hatte sich selbst für dieses Kommando gemeldet – Istomin hätte es nie gewagt, ihn damit zu beauftragen. Bestimmt war es nicht das Schicksal der vermissten Aufklärer, das den Brigadier interessierte. Auch für die *Sewastopolskaja* kämpfte er nicht, weil er diese Station so sehr liebte, sondern sicher aus anderen Gründen, die nur ihm bekannt waren.

Vielleicht hatte er einen Auftrag zu erfüllen? Das würde vieles erklären: sein plötzliches Erscheinen, seine Geheimnistuerei, die Ausdauer, mit der er im Tunnel Stellung hielt, schließlich seine Entscheidung, unverzüglich zur *Serpuchowskaja* aufzubrechen. Doch warum hatte er sich dann verbeten, *die anderen* zu informieren? Wer außer ihnen konnte ihn geschickt haben? Wer?

Nein, es war unmöglich. Hunter, der eine Stütze des *Ordens* war? Ein Mensch, dem Dutzende, wenn nicht Hunderte von Menschen ihr Leben verdankten – darunter Denis Michailowitsch selbst? Nein, dieser Mensch wäre zu Verrat nicht in der Lage …

Aber war dieser aus dem Nichts zurückgekehrte Hunter denn noch derselbe? Und wenn er im Auftrag von jemandem handelte, hatte er dann eine Art Signal erhalten? Bedeutete dies, dass das Verschwinden der bewaffneten Karawanen und Aufklärungstroikas kein Zufall war, sondern eine sorgfältig geplante Operation? Und was für eine Rolle spielte dann der Brigadier selbst?

Der Oberst schüttelte heftig den Kopf, als wolle er all diese Vermutungen fortschleudern, die wie Blutegel an ihm hingen und immer stärker anschwollen. Wie konnte er so von einem Menschen denken, der ihm das Leben gerettet hatte? Außerdem hatte Hunter der Station bisher fehlerlos gedient und keinen Anlass für Zweifel geboten. Also verbot Denis Michailowitsch sich, den Brigadier auch nur in Gedanken als Spion oder Diversanten zu verdächtigen, und traf seine Entscheidung. »Noch eine Tasse Tee, dann gehe ich zu den Jungs«, sagte er übertrieben schwungvoll und knackte mit den Fingern.

Istomin riss sich von dem Metroplan los und lächelte müde. Er wollte schon die Wählscheibe seines alten Telefons betätigen, um den Adjutanten zu rufen, als der Apparat plötzlich selbst angestrengt zu rasseln begann. Beide zuckten zusammen und blickten sich an. Seit einer Woche hatten sie dieses Geräusch nicht mehr gehört. Wenn der Diensthabende etwas zu berichten hatte, klopfte er stets an der Tür, und sonst gab es niemanden an der Station, der den Vorsteher direkt anrufen konnte.

»Istomin hier«, meldete er sich vorsichtig.

»Wladimir Iwanowitsch! Die *Tulskaja* ist in der Leitung«, hörte er die hastig näselnde Stimme des Telefonisten. »Allerdings sehr schlecht zu hören … Wahrscheinlich unsere Leute … Aber die Verbindung …«

»Stell schon durch!«, brüllte der Vorsteher und schlug die Faust mit solcher Gewalt auf den Tisch, dass das Telefon gequält klingelte.

Der Telefonist verstummte sofort. Aus dem Lautsprecher drang ein Klicken, dann ein Rauschen, und dann war sie zu hören: eine unendlich ferne, bis zur Unkenntlichkeit verzerrte Stimme.

Jelena hatte das Gesicht zur Wand gedreht, um ihre Tränen zu verbergen. Was konnte sie noch tun, um ihn zurückzuhalten? Warum griff er so begierig nach der erstbesten Möglichkeit, sich aus dem Staub zu machen? Diese jämmerliche Geschichte mit dem Befehl »von oben« und der »Fahnenflucht« – das alles hörte sie zum hundertsten Mal. Was hatte sie ihm nicht alles gegeben, was nicht getan, in diesen fünfzehn Jahren, um ihm die Flausen auszutreiben! Doch wieder zog es ihn in den Tunnel, als ob er dort etwas anderes zu finden hoffte als Finsternis, Leere und Verderben. Was suchte er bloß?

Homer wusste genau, was ihr durch den Kopf ging, als würde sie es ihm direkt ins Gesicht sagen. Er fühlte sich schlecht, aber es war zu spät, einen Rückzieher zu machen. Er öffnete den Mund, um etwas Entschuldigendes, Warmes zu sagen, doch dann schwieg er, denn er wusste: Mit jedem dieser Worte würde er nur noch mehr Öl ins Feuer gießen.

Über Jelenas Kopf weinte Moskau. Sorgsam eingerahmt hing an der Wand eine Farbfotografie der Twerskaja uliza im durchsichtigen Sommerregen, ausgeschnitten aus einem alten Hochglanz-Almanach. Vor langer Zeit, als Homer noch durch die Metro streifte, bestand sein gesamtes Vermögen aus seiner Kleidung und dieser einen Aufnahme. Andere trugen in der Tasche zerknitterte Seiten mit hüllenlosen Schönheiten, die sie aus Männermagazinen herausgerissen hatten, doch für Homer war das kein würdiger Ersatz. Dieses Foto hingegen erinnerte ihn an etwas unendlich Wichtiges, unaussprechlich Schönes … und für immer Verlorenes.

Unbeholfen flüsterte er: »Verzeih«, trat auf den Gang hinaus, schloss vorsichtig die Tür hinter sich und ging entkräftet in die Hocke. Bei den Nachbarn stand die Tür offen, und auf der Schwelle spielten zwei kränklich blasse Kinder – ein Junge und ein Mädchen. Als sie Homer erblickten, hielten sie inne. Der geflickte, mit Lumpen ausgestopfte Teddybär, um den sie sich eben noch gestritten hatten, fiel zu Boden. Die Kinder stürzten auf Homer zu und riefen: »Onkel Kolja, Onkel Kolja! Erzähl uns was! Du hast versprochen, dass du uns was erzählst, wenn du zurückkommst!«

Homer konnte sich ein Lächeln nicht verkneifen. Augenblicklich vergaß er den Streit mit Jelena, strich dem Mädchen über die spärlichen blonden Haare und drückte dem Jungen mit ernstem Blick die kleine Hand. »Worüber denn?«

»Kopflose Mutanten!«, schrie der Bengel fröhlich.

»Nein! Ich will keine Mutanten!«, sagte das Mädchen erschrocken. »Die sind so furchtbar, ich hab Angst!«

Homer seufzte. »Was willst du für eine Geschichte, Tanjuscha?«

Aber der Junge kam ihr zuvor: »Dann über die Faschisten! Oder die Partisanen!«

»Nein. Ich will die Geschichte von der Smaragdenen Stadt«, sagte Tanja und verzog den Mund zu einem zahnlückigen Lächeln.

»Aber die habe ich euch doch schon gestern erzählt. Vielleicht doch lieber die vom Krieg der Hanse gegen die Roten?«

»Von der Smaragdenen Stadt, von der Smaragdenen Stadt!«, riefen beide.

»Na schön«, lenkte Homer ein. »Irgendwo weit, weit am Ende der Sokolnitscheskaja-Linie, hinter sieben verlassenen Stationen, drei eingestürzten Metrobrücken und tausend mal tausend Schwellen liegt eine geheimnisvolle, unterirdische Stadt. Sie ist verzaubert, und gewöhnliche Menschen können sie nicht betreten. Es leben Magier darin, und nur sie können die Stadt durch ihre Tore verlassen und auch wieder dorthin zurückkehren. Darüber, an der Oberfläche, erhebt sich ein riesiges Schloss mit Türmen, in dem die weisen Magier einst lebten. Dieses Schloss hieß …«

»Wirsität!«, rief der kleine Junge und blickte seine Schwester triumphierend an.

»Universität.« Homer nickte. »Als der große Krieg begann und Atomraketen auf die Erde fielen, zogen sich die Magier in ihre Stadt zurück und verzauberten den Eingang, damit die bösen Menschen, die den Krieg begonnen hatten, nicht zu ihnen gelangen konnten. Und sie leben …« Er räusperte sich und verstummte.

Jelena stand da, an den Türrahmen gelehnt. Sie hörte zu. Er hatte gar nicht bemerkt, wie sie im Gang erschienen war.

»Ich packe dir deine Sachen«, sagte sie heiser. Homer ging zu ihr und nahm ihre Hand. Ungeschickt umarmte sie ihn – es war ihr peinlich vor den Kindern – und fragte leise: »Kommst du bald zurück? Dir wird doch nichts passieren?«

Zum tausendsten Mal in seinem ganzen langen Leben stellte Homer verwundert fest, wie sehr sich die Frauen nach Versprechungen sehnten – egal, ob sie erfüllbar waren oder nicht. »Alles wird gut.«

»Ihr seid schon so alt und küsst euch noch, als hättet ihr gerade geheiratet«, sagte das Mädchen und schnitt eine Grimasse, und der Junge rief ihnen frech nach: »Papa sagt, das stimmt alles nicht. Es gibt gar keine Smaragdene Stadt.«

»Mag sein.« Homer zuckte mit den Schultern. »Es ist ein Märchen. Aber was würden wir ohne Märchen tun?«

Die Verbindung war tatsächlich schlecht. Durch ein furchtbares Knistern und Rauschen kämpfte sich eine Stimme, die Istomin entfernt bekannt vorkam: Es war offenbar einer der Aufklärer aus der Troika, die sie zur *Serpuchowskaja* geschickt hatten.

»An der *Tulskaja* … Wir können … *Tulskaja* …«, versuchte der Mann durchzugeben.

»Verstanden, ihr seid an der *Tulskaja*!«, schrie Istomin in den Hörer. »Was ist passiert? Warum kommt ihr nicht zurück?«

»… *Tulskaja* … Hier … dürft nicht … Alles, nur nicht …« Immer wieder wurden die Sätze von Sendestörungen unterbrochen.

»Was dürfen wir nicht? Wiederhole, was dürfen wir nicht?«

»Nicht stürmen! Auf keinen Fall stürmen!«, drang es auf einmal klar und deutlich aus dem Hörer.

»Warum?«, entgegnete der Stationsvorsteher. »Was zum Teufel ist bei euch los?«

Doch die Stimme war nicht mehr zu hören. Immer mächtiger schwoll das Rauschen an, dann war die Leitung tot. Istomin wollte es zuerst nicht glauben und hielt den Hörer weiter in der Hand. »Was geht da nur vor sich?«, murmelte er.

# 3
# Nach dem Leben

Diesen Blick des Wachmanns, der sich von ihnen am äußersten nördlichen Posten verabschiedete, würde Homer im Leben nicht vergessen. Es war ein Blick voller Bewunderung und Melancholie – wie für einen gefallenen Helden, während im Hintergrund die Salutschüsse der Ehrenkompanie ertönen. Wie ein Abschied für immer.

Lebenden galten solche Blicke nicht. Homer fühlte sich, als ob er auf einer wackeligen Leiter in die Kabine eines jener winzigen, landungsunfähigen Flugzeuge hochkletterte, die japanische Ingenieure einst zu Höllenmaschinen umgerüstet hatten. Die kaiserliche Flagge mit den roten Strahlen flatterte im salzigen Wind, auf dem sommerlichen Flugfeld huschten Mechaniker umher, Motoren heulten auf, und ein dicker General, in dessen wässrigen Augen der Neid des Samurais funkelte, hob die Hand zum militärischen Gruß …

»Was bist du so gut gelaunt?«, fragte Achmed den verträumten Alten grimmig. Anders als Homer brannte er keineswegs darauf, herauszufinden, was an der *Serpuchowskaja* los war. Auf dem Bahnsteig stand schweigend seine Frau, an der linken Hand den ältesten Sohn, auf dem rechten Arm ein quäkendes Bündel, das sie vorsichtig gegen die Brust drückte.

»Das ist wie ein plötzlicher Banzai-Angriff: Man steht auf

und läuft geradewegs auf das Maschinengewehr zu«, versuchte Homer zu erklären. »Der Mut der Verzweiflung. Vor uns liegt tödliches Feuer …«

»Kein Wunder, dass man das Selbstmord-Angriff nennt«, brummte Achmed und blickte zu dem winzigen hellen Fleck am Ende des Tunnels zurück. »Genau das Richtige für solche Irren wie dich. Ein normaler Mensch stürmt doch nicht auf ein MG zu. Solche Heldentaten bringen doch keinem was.«

Der Alte antwortete nicht gleich. »Na ja, das ist so eine Sache. Wenn du spürst, dass deine Zeit gekommen ist, beginnst du darüber nachzudenken: Was bleibt von mir? Habe ich etwas erreicht?«

»Hm. Was dich angeht, bin ich mir nicht sicher. Aber ich habe jedenfalls meine Kinder. Die werden mich sicher nicht vergessen.« Nach einer Pause fügte Achmed hinzu: »Zumindest der Ältere.«

Homer wollte schon eine gekränkte Antwort geben, doch Achmeds letzter Satz nahm ihm den Wind aus den Segeln. Natürlich fiel es ihm, einem alten und kinderlosen Mann, leicht, seinen mottenzerfressenen Pelz zu riskieren. Dieser junge Bursche hier hatte dagegen noch zu lange zu leben, um sich schon jetzt Gedanken über seine Unsterblichkeit zu machen.

Sie kamen an der letzten Lampe vorbei – einer Glasdose mit einer Glühbirne darin und einem Gitter aus Bewehrungsstahl voller verbrannter Fliegen und geflügelter Kakerlaken. Das Chitin-Gemenge rührte sich kaum merklich: Einige Insekten lebten noch, versuchten, herauszukrabbeln, wie angeschossene Todeskandidaten aus einem Massengrab.

Einen Augenblick lang blieb Homer in dem zitternden, ersterbenden, schwächlich-gelben Lichtfleck stehen, der mühsam aus dieser Friedhofslampe hervorquoll. Dann holte er tief Luft und tauchte, den anderen folgend, in die tiefschwarze Finsternis ein, die sich von den Grenzen der *Sewastopolskaja* bis fast zur *Tulskaja* ergoss – wenn diese Station überhaupt noch existierte.

Es schien, als seien die traurige Frau und ihre beiden kleinen Kinder mit den Granitplatten des Bodens verwachsen. Sie waren nicht allein auf dem Bahnsteig: Etwas abseits stand ein einäugiger Dicker mit den Schultern eines Ringers und blickte der sich allmählich entfernenden Gruppe nach. Hinter ihm sprach ein hagerer Alter in einer Soldatenjacke leise mit einem Adjutanten.

»Jetzt können wir nur warten«, resümierte Istomin, während er zerstreut die erloschene Kippe aus einem Mundwinkel in den anderen schob.

»Du kannst von mir aus warten«, entgegnete der Oberst gereizt. »Ich tue, was ich tun muss.«

»Es war Andrej. Der leitende Offizier der letzten Troika, die wir losgeschickt haben.« Wladimir Iwanowitsch hörte wieder die Stimme aus dem Telefonhörer – sie ging ihm einfach nicht aus dem Kopf.

»Na und?« Der Oberst hob eine Braue. »Vielleicht hat er unter Folter gesprochen. Es gibt da Spezialisten, die kennen die verschiedensten Methoden.«

»Unwahrscheinlich.« Der Stationsvorsteher schüttelte nachdenklich den Kopf. »Du hast seine Stimme doch gehört. Dort geht etwas anderes vor sich. Etwas Unerklärliches. Ein Überraschungsangriff nützt da gar nichts …«

»Ich kann dir die Erklärung liefern«, versicherte Denis Michailowitsch. »An der *Tulskaja* sitzen Banditen. Sie haben die Station besetzt, einen Teil unserer Leute umgebracht und die anderen als Geiseln genommen. Die Energieversorgung haben sie natürlich nicht gekappt, weil sie selber Strom brauchen und die Hanse nicht nervös machen wollen. Das Telefon haben sie wahrscheinlich einfach abgeschaltet. Wie sonst soll man sich das erklären: ein Telefon, das mal funktioniert und mal nicht?«

»Aber seine Stimme war so …«, murmelte Istomin, als habe er dem anderen gar nicht zugehört.

»Ja, wie denn?«, explodierte der Oberst. Der Adjutant ging vorsichtig einige Schritte zurück. »Steck dir mal Nadeln unter die Fingernägel, dann schreist du noch ganz anders! Und mit 'ner Kneifzange mach ich dir aus einem Bass einen Sopran auf Lebenszeit!« Ihm war bereits alles klar, er hatte seine Wahl getroffen. Nun, da er seine Zweifel überwunden hatte, war er wieder auf der Höhe, und seine Finger zuckten nach dem Säbel. Sollte Istomin doch meckern, so viel er wollte.

Dieser antwortete nicht gleich. Er wollte dem erhitzten Oberst etwas Zeit geben, Dampf abzulassen. »Wir warten«, sagte er schließlich. Es klang versöhnlich, aber unerbittlich.

Denis Michailowitsch verschränkte die Arme vor der Brust. »Zwei Tage.«

»Zwei Tage.« Istomin nickte.

Der Oberst machte auf der Stelle kehrt und stiefelte in die Kaserne. Er selbst hatte nicht die Absicht, wertvolle Stunden zu verlieren. Die Kommandeure der Stoßtrupps saßen schon seit einer geschlagenen Stunde zu beiden Seiten des langen Brettertischs im Stab und warteten. Nur zwei Stühle an den gegenüberliegenden Enden waren noch leer: seiner und der von Istomin. Doch diesmal würden sie ohne die Führung beginnen müssen.

Der Stationsvorsteher hatte Denis Michailowitschs Fortgang gar nicht bemerkt. »Seltsam, wie sich plötzlich unsere Rollen vertauscht haben, nicht wahr?«, sagte er nachdenklich.

Als keine Antwort folgte, drehte er sich um und traf auf den betretenen Blick des Adjutanten. Mit einer Handbewegung entließ er den Mann. Der Oberst ist nicht wiederzuerkennen, dachte er dann. Sonst hat er sich doch immer bis zuletzt geweigert, auch nur einen einzigen Kämpfer freizugeben. Er spürt etwas, der alte Wolf. Aber ob er diesmal seiner Nase trauen kann?

Istomins Instinkt riet ihm jedenfalls etwas völlig anderes: Ruhig halten. Warten. Der seltsame Anruf hatte seinen Verdacht nur noch verstärkt: Die schwere Infanterie der *Sewastopolskaja* würde an der *Tulskaja* auf einen geheimnisvollen, unbesiegbaren Gegner treffen.

Wladimir Iwanowitsch kramte in seinen Taschen, fand das Feuerzeug und entzündete es. Während über ihm zerfetzte Rauchringe aufstiegen, blickte er reglos in den dunklen Schlund des Tunnels. Gleichsam hypnotisiert starrte er hinein – wie ein Kaninchen in das verlockende Maul der Schlange.

Als er zu Ende geraucht hatte, schüttelte er erneut den Kopf und schlenderte zurück in sein Büro. Der Adjutant löste sich aus dem Schatten einer Säule und folgte in gebührender Entfernung.

Ein dumpfes Klicken – und ein Lichtstrahl erleuchtete das gerippte Tunnelgewölbe vor ihnen bis auf gute fünfzig Meter; Hunters Lampe war groß und leistungsstark wie ein Scheinwerfer. Homer atmete lautlos aus. In den letzten Minuten hatte er schon fast geglaubt, der Brigadier werde überhaupt kein Licht anmachen, weil seine Augen keines benötigten.

Kaum waren sie ganz in die Dunkelheit eingetaucht, da hatte jener nichts mehr von einem normalen Menschen – ja, einem Menschen überhaupt. Seine Bewegungen waren fließend und schnell wie die eines Tieres. Die Lampe schien er nur für seine Begleiter eingeschaltet zu haben – er selbst verließ sich mehr auf seine Sinne. Er hatte den Helm abgenommen und lauschte immer wieder in den Tunnel. Von Zeit zu Zeit hielt er inne und sog durch die Nase tief die rostige Luft ein – was Homers Verdacht noch bekräftigte.

Lautlos glitt Hunter einige Schritte vor den anderen dahin, ohne sich auch nur einmal nach ihnen umzusehen. Es war, als hätte er ihre Existenz vollkommen vergessen. Achmed, der nur selten im Südtunnel Wachdienst gehabt hatte und daher die seltsamen Angewohnheiten des Brigadiers nicht kannte, stieß den Alten verwundert in die Seite: Was war mit dem los? Homer breitete die Arme aus. Wie sollte er ihm das in zwei Worten erklären?

Warum brauchte er sie überhaupt? Hunter schien sich in den hiesigen Tunneln wesentlich sicherer zu fühlen als Homer. Dabei hatte er ihm doch die Rolle des einheimischen Führers zugedacht. Hätte er den Alten gefragt, so hätte der ihm eine Menge über diese Gegend erzählen können. Legenden, aber auch wahre Begebenheiten, die bisweilen furchtbarer und bizarrer waren als die unwahrscheinlichsten Geschichten, die sich die Wachleute am einsamen Lagerfeuer aus Langeweile erzählten.

Homer hatte seinen eigenen Metroplan im Kopf – Istomins Karte war nichts im Vergleich dazu. Dort, wo auf dem Plan des Stationsvorstehers weiße Flecken gähnten, hätte Homer die gesamte freie Fläche mit seinen Markierungen und Anmerkungen füllen können. Senkrechte Schächte, offene, zum Teil noch erhaltene Diensträume, Verbindungslinien wie feine Spinnweben. Auf seinem Plan gab es zum Beispiel zwischen der *Tschertanowskaja* und der *Juschnaja* – also eine Station weiter südlich – eine Abzweigung. Diese mündete irgendwann in den gigantischen Schlauch des Metrodepots *Warschawskoje,* das Dutzende von Abstellgleisen wie kleine Äderchen umwoben. Homer, der gegenüber Zügen eine heilige Ehrfurcht hatte, empfand dieses Depot als düsteren und zugleich mystischen Ort, wie eine Art

Elefantenfriedhof – stundenlang konnte er darüber reden, sofern sich Zuhörer fanden.

Den Abschnitt zwischen der *Sewastopolskaja* und dem *Nachimowski prospekt* hielt Homer für überaus schwierig. Die Sicherheitsvorschriften und ein gesunder Menschenverstand erforderten es hier, dass man zusammenblieb, sich langsam und vorsichtig vorwärtsbewegte und dabei die Wände und den Boden aufmerksam im Auge behielt. Auch den eigenen Rückraum durfte man in diesem Tunnel, in dem sämtliche Luken und Spalten von den Baubrigaden der *Sewastopolskaja* zugemauert und versiegelt worden waren, niemals außer Acht lassen.

Vom Licht der Lampe kurzzeitig aufgerissen, wuchs die Finsternis hinter ihnen sogleich wieder zusammen. Das Echo ihrer Schritte brach sich an den unzähligen Rippen der Tunnelsegmente, und irgendwo in der Ferne heulte einsam der Wind, eingefangen in einem Lüftungsschacht. Große, schwere Tropfen sammelten sich zäh in den Deckenfugen und fielen dann herab. Vielleicht bestanden sie ja nur aus Wasser, doch Homer wich ihnen lieber aus. Einfach so, vorsichtshalber.

In den alten Zeiten, als die aufgeblähte Monsterstadt an der Oberfläche noch ihr fieberhaftes Leben lebte und die Metro für die rastlosen Städter nichts anderes war als ein seelenloses Verkehrssystem, wanderte der noch ganz junge Homer, den alle einfach nur Kolja nannten, bereits mit Taschenlampe und eisernem Werkzeugkasten durch ihre Tunnel.

Normalsterblichen war der Weg dorthin verboten. Für sie waren nur die etwa hundertfünfzig auf Hochglanz polierten Marmorsäle sowie die mit bunter Reklame beklebten, engen Waggons vorgesehen. Obwohl sie täglich zwei bis drei Stunden in den schwankenden Zügen der Metro verbrachten, waren sich Millionen von Menschen nicht bewusst, dass sie damit nur den zehnten Teil eines unglaublich riesigen unterirdischen Reiches zu Gesicht bekamen. Und damit sie erst gar nicht über dessen wahres Ausmaß nachdachten oder darüber, wo all diese unscheinbaren Türen und Eisensperren, die dunklen Seitentunnel und die monatelang wegen Reparatur geschlossenen Übergänge hinführten, lenkte man sie mit auffälligen Plakaten ab, führte sie mit aufreizend dummen Slogans in die Irre und verfolgte sie sogar noch auf den Rolltreppen mit hölzernen Werbedurchsagen. So zumindest erschien es Kolja, nachdem er begonnen hatte, sich näher mit den Geheimnissen dieses Staats im Staate zu befassen.

Der bunte Metroplan, der in den Waggons aushing, sollte neugierige Gemüter davon überzeugen, dass sie es mit einem rein zivilen Objekt zu tun hatten. Doch in Wirklichkeit waren diese Linien mit den fröhlichen Farben von einem unsichtbaren Geäst geheimer Tunnel durchzogen, an denen überall wie schwere Trauben Militär- und Regierungsbunker hingen. Ja, manche Strecken standen sogar mit einem Gewirr aus Katakomben in Verbindung, das noch in heidnischer Zeit unter der Stadt angelegt worden war.

In Koljas früher Jugend, als sein Land noch zu arm war, um seine Kraft und seine Ambitionen mit anderen zu messen, verstaubten die Bunker und Luftschutzkeller, die man in Erwartung des Jüngsten Tages errichtet hatte. Doch mit dem Geld kehrte auch der alte Dünkel zurück, und mit ihm Menschen, die keine guten Absichten hegten. Knarrend öffneten sich die angerosteten tonnenschweren Türen, Lebensmittel- und Medikamentenvorräte wurden erneuert, Luft- und Wasserfilter instand gesetzt. Gerade noch rechtzeitig.

Die Anstellung bei der Metro war für Kolja, der aus einer anderen Stadt kam und nichts besaß, gleichbedeutend mit der Aufnahme in die Freimaurerloge. Einst ein arbeitsloser Außenseiter, war er nun Mitglied einer mächtigen Organisation geworden, die seine bescheidenen Dienste großzügig entlohnte und ihm die Teilhabe an den tiefsten Geheimnissen der Weltordnung verhieß. Außerdem erschien ihm der Verdienst, den die Stellenanzeige versprach, äußerst attraktiv, zumal an den künftigen Streckenwärter kaum Ansprüche gestellt wurden.

Es dauerte einige Zeit, bis er aus den zögerlichen Erklärungen seiner Kollegen zu begreifen begann, warum die Metro-Gesellschaft ihre Mitarbeiter mit hohen Gehältern und Gefahrenzulagen ködern musste. Nein, es lag weder an den engen Dienstplänen noch am freiwilligen Verzicht auf Tageslicht. Hier ging es um Gefahren ganz anderer Art.

Den unausrottbaren Gerüchten von düsterem Teufelswerk schenkte Kolja als durch und durch skeptischer Mensch keinen Glauben. Doch eines Tages kehrte ein Bekannter von der Begehung eines kurzen Blindtunnels nicht zurück. Seltsamerweise machte man sich gar nicht die Mühe, ihn zu suchen – der Schichtführer winkte nur deprimiert ab. Ebenso spurlos wie der Mann selbst verschwanden auch sämtliche Unterlagen, die belegten, dass er jemals in der Metro gearbeitet hatte.

Allein Kolja wollte sich, noch jung und naiv, einfach nicht mit dem Verschwinden seines Freundes abfinden. Bis ihn schließlich einer der älteren Angestellten beiseitenahm und ihm zuflüsterte, wobei er sich immer wieder hastig umblickte, sie hätten seinen Freund »mitgenommen«. Kolja erfuhr also nur allzu deutlich, dass im Moskauer Untergrund Unheilvolles geschah – und das lange bevor Armageddon über die riesige Stadt hereinbrach und mit sengendem Atem alles Leben in ihr zerstörte.

Der Verlust seines Freundes und die Initiation in das verbotene Wissen hätten Kolja Angst einjagen müssen. Er hätte fortgehen, die Arbeit aufgeben und eine andere finden können.

Doch hatte sich das, was ursprünglich einer Zweckheirat zwischen ihm und der Metro gleichgekommen war, inzwischen zu einer leidenschaftlichen Affäre entwickelt. Als er der endlosen Wanderungen durch die Tunnel allmählich überdrüssig wurde, ließ er sich zum Hilfszugführer ausbilden und erstritt sich so einen festen Platz in der komplexen Hierarchie der Metro-Gesellschaft.

Je näher er dieses verkannte Weltwunder kennenlernte, dieses nostalgisch nach der Antike ausgerichtete Labyrinth, diese herrenlose, zyklopische Stadt, ein auf den Kopf gestelltes Spiegelbild der Oberfläche in der dunklen Moskauer Erde, desto tiefer und rückhaltloser verliebte er sich darin. Dieser von Menschen geschaffene Tartaros wäre ohne Weiteres der Dichtkunst eines echten Homer würdig gewesen, zumindest aber der fliegenden Feder eines Swift, und es hätte ihn vielleicht noch stärker beeindruckt als die schwebende Insel Laputa … Doch es war nur Kolja, der die Metro insgeheim verehrte und auf ungeschickte Weise besang. Nikolai Iwanowitsch Nikolajew. Lächerlich.

Die Herrin des Kupferberges zu lieben ging ja noch an, doch den Kupferberg selbst?

Tatsächlich beruhte diese Liebe auf Gegenseitigkeit bis hin zur Eifersucht. Sie sollte Kolja seiner Familie berauben, ihm selbst dagegen das Leben retten.

Hunter blieb so plötzlich stehen, dass Homer aus dem weichen Federbett seiner Erinnerungen nicht rechtzeitig wieder auftauchte und dem Brigadier ungebremst in den Rücken lief. Wortlos stieß dieser den Alten zurück und erstarrte erneut, senkte den Kopf und hielt sein entstelltes Ohr in den Tunnel. Wie eine blinde Fledermaus sich ein Bild von dem sie umgebenden Raum zeichnet, schien er unhörbare Schallwellen wahrzunehmen.

Homer hingegen spürte etwas anderes: den Geruch des *Nachimowski prospekt*, einen Geruch, der nicht zu verwechseln war. Wie schnell sie durch den Tunnel gekommen waren … Hoffentlich mussten sie nicht noch dafür bezahlen, dass man sie so leicht bis hier durchgelassen hatten … Als hätte er Homers Gedanken gehört, riss Achmed sein Sturmgewehr von der Schulter und entsicherte.

»Wer ist das dort?«, murmelte Hunter plötzlich zu Homer gewandt.

Homer grinste innerlich: Wer wusste schon, was ihnen der Teufel dort bescherte? Durch die weit offenen Tore des *Nachimowski prospekt* fielen von oben wie durch einen Trichter die unvorstellbarsten Kreaturen herein. Doch es gab an dieser Station auch ständige Bewohner. Obwohl sie als ungefährlich galten, empfand Homer ihnen gegenüber ein besonderes Gefühl: ein klebriges Gemisch aus Angst und Ekel.

»Klein … haarlos«, versuchte der Brigadier sie zu beschreiben.

Das genügte Homer: Das waren sie. »Leichenfresser«, sagte er leise.

Zwischen der *Sewastopolskaja* und der *Tulskaja*, vielleicht auch in anderen Regionen der Metro, hatte dieses abgeschmackte Schimpfwort in den letzten Jahren eine neue Bedeutung erhalten, nämlich die wörtliche.

»Sie ernähren sich von Fleisch?«, fragte Hunter.

»Eher von Aas …«, erwiderte der Alte unsicher.

Diese widerlichen Geschöpfe – wie spinnengleiche Primaten – griffen Menschen nicht an, sondern ernährten sich von totem Fleisch, das sie von der Oberfläche herunterschleppten. Und am *Nachimowski prospekt* hatte sich ein großes Rudel von ihnen eingenistet, weshalb die umliegenden Tunnel von dem ekelerregend-süßen Verwesungsgestank durchtränkt waren – an der Station selbst war er so schwer, dass sich einem der Kopf zu drehen begann. Manche setzten sich schon weit vorher ihre Gasmaske auf, um es wenigstens einigermaßen auszuhalten.

Homer, der diese Besonderheit des *Nachimowski* in bester Erinnerung hatte, holte hastig seine Atemschutzmaske aus der Tasche und zog sie sich über Mund und Nase. Achmed, der zum Packen kaum Zeit gehabt hatte, blickte ihn neidisch an und vergrub seine Nase in der Ellenbeuge. Die Miasmen, die sich von der Station aus verbreiteten, umhüllten sie, trieben sie an, jagten sie weiter.

Hunter jedoch schien nichts zu empfinden. »Ist es etwas Giftiges? Sporen?«, fragte er Homer.

»Gestank«, blökte dieser hinter seiner Maske hervor.

Der Brigadier blickte den Alten prüfend an, als wolle er sichergehen, dass dieser sich keinen Spaß erlaubte. Dann zuckte er mit seinen breiten Schultern. »Das Übliche also.« Er packte sein kurzes Sturmgewehr bequemer, bedeutete ihnen, ihm zu folgen, und ging mit weichen Schritten voraus.

Nach vielleicht fünfzig Metern kam zu dem ungeheuerlichen Gestank noch ein kaum wahrnehmbares, unverständliches Flüstern hinzu. Homer wischte sich schwere Schweißtropfen von der Stirn und versuchte sein galoppierendes Herz zu zügeln. Sie waren ganz nah.

Schließlich ertastete der Schein der Lampe etwas, wischte die Finsternis von zerschlagenen Scheinwerfern, die blind ins Nichts starrten, von einer staubigen, von netzartigen Rissen durchzogenen Frontscheibe, von einer blauen Außenhaut, die sich störrisch dem Rostfraß zu widersetzen schien … Vor ihnen stand der vorderste Waggon eines Zuges, der wie ein riesiger Korken den Hals des Tunnels verstopfte.

Der Zug lag schon seit Langem hoffnungslos tot da, doch jedes Mal, wenn er ihn erblickte, verspürte Homer den kindlichen

Wunsch, in die verwüstete Fahrerkabine zu steigen, über die Tasten des Armaturenbretts zu streichen und sich mit geschlossenen Augen vorzustellen, dass er in voller Fahrt durch den Tunnel raste, hinter sich eine Girlande hell erleuchteter Waggons, voll von Menschen, die lasen, dösten, auf die Werbeplakate starrten oder sich beim Heulen der Motoren zu unterhalten versuchten.

*»Wird das Alarmsignal ›Atom‹ gegeben, so ist die nächstgelegene Station aufzusuchen. Dort ist Stellung zu beziehen. Die Türen sind zu öffnen. Den Zivilschutzkräften ist Unterstützung bei der Evakuierung von Verletzten sowie bei der Hermetisierung der Metrostationen zu leisten …«*

Für den Jüngsten Tag hatten die Zugführer exakte und einfache Anweisungen erhalten. Überall, wo dies möglich war, wurden sie ausgeführt. Die meisten Züge waren an den Bahnsteigen liegen geblieben und dort in einen lethargischen Schlaf gefallen, und nach und nach hatten die Überlebenden in der Metro, die anstelle einiger Wochen – wie man ihnen versprochen hatte – nun für immer in diesem Unterschlupf ausharren mussten, die Züge komplett demontiert, um sich mit Inventar auszustatten und ihre Ersatzteilbestände aufzustocken.

An manchen Orten hatte man sie dagegen erhalten und nutzte sie als Wohnstätte, doch Homer, für den die Züge stets belebte Wesen gewesen waren, empfand dies als Leichenschändung – als hätte man seine Lieblingskatze ausgestopft. An nicht bewohnbaren Orten wie dem *Nachimowski prospekt* wiederum hatten zwar die Zeit sowie Vandalen ihre Spuren hinterlassen, die Züge jedoch waren dabei ganz geblieben.

Homer konnte den Blick einfach nicht losreißen. Das Rascheln und Zischen, das sich von der Station her näherte, trat in den Hintergrund, und er hörte wieder die gespenstische Alarmsirene heulen und dann das tiefe Signal des Zuges, das eine bis zu jenem Tag ungehörte Botschaft verbreitete, einmal lang, zweimal kurz: »Atom«! Bremsen quietschten, und aus den Lautsprechern kam die verwirrte Ansage: »Verehrte Passagiere, aus technischen Gründen kann unser Zug derzeit nicht weiterfahren …«

Weder der ins Mikrofon murmelnde Zugführer noch sein Assistent Homer waren sich bewusst, wie viel Ausweglosigkeit in diesem formelhaften Satz lag.

Das angestrengte Knarren der hermetischen Sperren … Sie trennten die Welt der Lebenden ein für alle Mal von der Welt der Toten. Laut Anweisung mussten die Tore spätestens sechs Minuten nach dem Alarmsignal endgültig geschlossen werden, gleich, wie viele Menschen sich noch auf der anderen Seite befanden. Diejenigen, die sich der Schließung widersetzten, waren zu erschießen.

Würde ein kleiner Milizionär, der normalerweise Obdachlose und Betrunkene von der Station verjagte, es überhaupt fertigbringen, einem Mann in den Bauch zu schießen, der sich dieser riesigen eisernen Maschine entgegenstemmte, damit seine Frau mit ihrem abgebrochenen Absatz noch hineinschlüpfen konnte? Würde die dreiste Drehkreuztante mit dem Uniformkäppi, die in ihren dreißig Berufsjahren in der Metro genau zwei Dinge zur Perfektion gebracht hatte, nämlich ihren Durchgang zu versperren und Rowdys zur Ordnung zu pfeifen, würde sie einen nach Luft schnappenden Greis mit bescheidener Ordensspange nicht passieren lassen? Die Instruktionen sahen genau sechs Minuten vor, um sich aus einem Menschen in eine Maschine zu verwandeln. Oder in ein Monster.

Das Kreischen der Frauen und die Schreie der Männer, das hemmungslose Heulen der Kinder, das Knallen der Pistolen und das Rattern der Maschinengewehrsalven … Aus jedem Lautsprecher ertönte metallisch und emotionslos der Aufruf,

Ruhe zu bewahren. Jemand Unwissendes verlas ihn, denn niemand, der Bescheid wusste, hätte derart beherrscht und gleichgültig zu wiederholen vermocht: »Bitte Ruhe bewahren!« Weinen, Flehen … Wieder Schüsse.

Und exakt sechs Minuten nach dem Alarm, eine Minute vor dem Armageddon – das dumpfe Friedhofsläuten der sich schließenden Torhälften. Das satte Klicken der Verriegelung.

Stille.

Wie in einer Gruft.

Um an dem Waggon vorbeizukommen, mussten sie an der Wand entlanggehen; der Zugführer hatte zu spät gebremst, vielleicht war er von irgendwelchen Vorfällen auf dem Bahnsteig abgelenkt gewesen. Über eine Eisenleiter stiegen sie nach oben und fanden sich wenige Augenblicke später in einem erstaunlich geräumigen Saal wieder. Keine Säulen, sondern ein einziges halbrundes Deckengewölbe mit eiförmigen Vertiefungen für die Lampen. Das Gewölbe war riesig, es umfasste sowohl den Bahnsteig als auch beide Gleise mit den darauf befindlichen Zügen. Eine unglaublich elegante, leichte Konstruktion – einfach und lakonisch.

Nur nicht nach unten schauen, nicht unter die Füße, nicht nach vorne.

Nicht sehen, was aus dieser Station geworden war.

Ein grotesker Totenacker, auf dem niemand seine Ruhe fand, eine furchtbare Fleischhalle, übersät mit abgenagten Skeletten, verwesenden Körpern, abgerissenen Leichenteilen. Abscheuliche Kreaturen hatten gierig alles hierhergeschleppt, was sie innerhalb ihres ausgedehnten Reiches erhaschen konnten, viel mehr, als sie auf einmal fressen konnten – auf Vorrat. Diese Vorräte verfaulten und zersetzten sich, und dennoch häuften sie immer noch mehr an.

Die Hügel aus totem Fleisch regten sich, allen Gesetzen zum Trotz, als ob sie atmeten, und von überallher drang ein widerliches, schabendes Geräusch. Der Lichtstrahl fing eine dieser seltsamen Gestalten ein: lange, knotige Extremitäten, eine schlaffe, in Falten herabhängende, haarlose graue Haut, ein verkrümmter Rücken. Die trüben Augen glotzten halb blind umher, und die riesigen Ohrmuscheln bewegten sich, als lebten sie ihr eigenes Leben …

Das Wesen gab einen heiseren Schrei von sich und zog sich langsam, auf allen vieren, zu den offenen Waggontüren zurück. Ebenso träge begannen die anderen Leichenfresser von ihren Leichenbergen herabzuklettern. Verärgert zischten und schluchzten sie, fletschten die Zähne und fauchten die Gefährten an.

Aufrecht hätten sie selbst dem nicht gerade großen Homer kaum bis an die Brust gereicht, und er wusste, dass die feigen Geschöpfe einen starken, gesunden Menschen nicht angreifen würden. Doch das irrationale Grauen, das er vor diesen Wesen verspürte, kam von seinen nächtlichen Albträumen: Geschwächt und verlassen lag er da an einer einsamen Station, und die Bestien kamen immer näher. Wie ein Hai einen Tropfen Blut im Ozean auf mehrere Kilometer riechen kann, so spürten diese Wesen den nahenden Tod eines Fremden und eilten herbei, um ihn in Augenschein zu nehmen.

Die Angst des Alters, sagte Homer verächtlich zu sich selbst. Seinerzeit hatte er viel in Lehrbüchern über angewandte Psychologie geschmökert. Wenn das nur helfen würde …

Die Leichenfresser hingegen fürchteten sich vor den Menschen nicht. Auf diese abstoßenden, aber harmlosen Aasvertilger auch nur eine Patrone zu verwenden, hätte man an der *Sewastopolskaja* für sträfliche Verschwendung gehalten. Die vorbeiziehenden Karawanen versuchten sie einfach nicht zu beachten, auch wenn sich die Kreaturen bisweilen provokant verhielten.

An dieser Station hatten sie sich stark vermehrt, und je weiter sich die Troika vorarbeitete – unter ihren Stiefeln zerbrachen mit widerlichem Knacken kleine Knochen –, desto mehr Leichenfresser rissen sich unwillig von ihrem Festmahl los und krochen zu ihren Behausungen. Die Nester befanden sich in den Kadavern der Züge. Und dafür hasste Homer diese Kreaturen noch viel mehr.

Die hermetischen Tore am *Nachimowski prospekt* standen offen. Es hieß, wenn man die Station schnell passierte, bekam man nur eine geringe, nicht gesundheitsgefährdende Strahlungsdosis ab, jedoch durfte man sich hier nicht lange aufhalten. So kam es, dass beide Züge relativ gut erhalten waren: Die Fensterscheiben waren noch ganz, durch die geöffneten Türen konnte man verdreckte, aber erhaltene Sitze erkennen, und die blaue Farbe saß noch fest auf der metallenen Außenhaut.

In der Mitte des Saals erhob sich ein wahrer Kurgan aus verdrehten Rümpfen irgendwelcher Lebewesen. Als Hunter ihn erreichte, blieb er plötzlich stehen. Achmed und Homer sahen sich beunruhigt an und versuchten zu erkennen, woher die Gefahr kam. Doch der Grund für die Verzögerung war ein anderer.

Am Fuße des Hügels nagten zwei kleinere Leichenfresser ein Hundeskelett ab – man konnte hören, wie es genüsslich knackte und knurrte. Sie hatten es nicht mehr geschafft sich zu verstecken. Vielleicht waren sie zu sehr mit ihrem Mahl beschäftigt und hatten die Signale ihrer Artgenossen nicht gehört, vielleicht hatte sie aber auch einfach die Gier übermannt.

Geblendet vom schneidenden Licht der Lampe, aber immer noch kauend, begannen sie langsam ihren Rückzug zum nächsten Waggon – doch dann kippten plötzlich beide vornüber und klatschten dumpf, wie zwei mit Innereien gefüllte Säcke, auf den Boden.

Homer sah verwundert zu, wie Hunter die schwere Armeepistole mit dem langen Schalldämpfer in sein Schulterhalfter zurücksteckte. Das Gesicht des Brigadiers war so undurchdringlich und leblos wie immer.

»Die hatten wohl 'ne Menge Hunger«, murmelte Achmed. Teils angewidert, teils neugierig, betrachtete er die dunklen Pfützen, die sich unter den breiigen Schädeln der getöteten Wesen ausbreiteten.

»Ich auch«, erwiderte Hunter mit undeutlicher Stimme, sodass Homer zusammenzuckte.

Ohne sich zu ihnen umzudrehen, ging der Brigadier weiter, und Homer kam es vor, als höre er wieder das soeben verstummte gierige Knurren. Mit welcher Anstrengung widerstand er doch jedes Mal der Versuchung, in eines dieser Tiere eine Kugel zu jagen! Er redete sich beruhigend zu, bis er sich wieder in der Gewalt hatte. Er musste sich selbst beweisen, dass er ein erwachsener Mann war, der sich beherrschen konnte und von den eigenen Albträumen nicht verrückt machen ließ. Hunter hingegen beabsichtigte offenbar gar nicht, sein Verlangen zu unterdrücken.

Doch wonach verlangte ihn eigentlich?

Das lautlose Ableben der beiden Leichenfresser brachte Bewegung in den Rest des Rudels: Der Geruch frischen Todes verjagte selbst die Kühnsten und Trägsten vom Bahnsteig. Leise krächzend und winselnd schlugen sie sich in die beiden Züge, drängten sich an den Fenstern oder rotteten sich bei den Türen zusammen und verharrten reglos.

Die Kreaturen schienen keine Wut zu empfinden, noch konnte man irgendwelche Absichten erkennen, diesen Übergriff zu rächen oder abzuwehren. Sobald die Gruppe die Station verlassen hätte, würden sie ihre getöteten Artgenossen ohne zu zögern verspeisen. Aggression ist eine Eigenschaft von Jägern, dachte Homer. Wer sich von Aas ernährt, benötigt sie nicht, denn er muss nicht töten. Alles Lebende stirbt ohnehin irgendwann und wird so von selbst zu ihrer Nahrung. Sie müssen nur abwarten …

Im Schein der Lampe waren durch die schmutzig-grünlichen Fensterscheiben ihre widerlichen Fratzen zu erkennen, ihre schief gebauten Körper und krallenbewehrten Hände, die dieses satanische Aquarium von innen betasteten. In absolutem Schweigen beobachteten Hunderte Paar trüber Augen unablässig den kleinen Trupp, und die Köpfe der Kreaturen drehten sich synchron, während sie die Vorbeiziehenden aufmerksam verfolgten. Vermutlich hätten die kleinen Missgeburten in ihren Formalingläsern die Besucher der Petersburger Kunstkammer genauso angeblickt, hätte man ihnen nicht vorsorglich die Lider zusammengenäht.

Obwohl für Homer die Stunde der Sühne für seine Gottlosigkeit immer näher rückte, konnte er sich doch nicht überwinden, an einen Gott oder den Teufel zu glauben. Wenn jedoch das Fegefeuer tatsächlich existierte, so hätte es für den Alten genauso ausgesehen. Sisyphus war verdammt dazu, gegen die Schwerkraft zu kämpfen, Tantalus verurteilt zur Folter durch unstillbaren Durst. Auf Homer jedoch wartete an der Station seines Todes eine zerknitterte Zugführeruniform sowie dieser ungeheuerliche, gespenstische Zug mit seinen ekligen Passagieren, die an mittelalterliche Wasserspeier erinnerten und der Spott und Hohn aller Rachegötter waren. Und sobald der Zug vom Bahnsteig losfuhr, würde sich der Tunnel, wie in einer der alten Metro-Legenden, zu einem Möbiusband krümmen, einem Drachen, der seinen eigenen Schwanz verschlingt.

Hunters Interesse an dieser Station und ihren Bewohnern war erloschen. Den Rest des Saals ließ die Gruppe schnellen Schritts hinter sich. Achmed und Homer mussten sich sputen, um dem plötzlich loseilenden Brigadier zu folgen.

Der Alte verspürte den Wunsch sich umzudrehen, loszuschreien und zu schießen, um diese dreisten Ausgeburten zu erschrecken und all seine schweren Gedanken zu verscheuchen. Doch stattdessen trippelte er mit gesenktem Kopf weiter und versuchte nicht auf irgendwelche verwesenden Leichenreste zu treten. Achmed tat es ihm gleich. Während sie den *Nachimowski prospekt* fluchtartig verließen, dachte keiner von ihnen mehr daran sich umzusehen.

Der Lichtfleck von Hunters Lampe flog von einer Seite zur anderen, als folge er einem unsichtbaren Akrobaten durch diese unheilvolle Zirkuskuppel, doch auch der Brigadier achtete nicht mehr darauf, was sein Lichtkegel erfasste.

In dem Schein flackerten für Sekundenbruchteile frische Knochen und ein halb abgenagter, eindeutig menschlicher Schädel auf – und verschwanden gleich wieder in der Finsternis. Daneben lagen wie sinnlose Schalen der Stahlhelm eines Soldaten sowie eine Panzerweste.

Auf dem Helm konnte man einen Aufdruck in weißer Farbe lesen: SEWASTOPOLSKAJA.

## 4
## Verflechtungen

»Papa… Papa! Ich bin es, Sascha!« Sie löste vorsichtig den Riemen von dem angeschwollenen Kinn ihres Vaters und nahm ihm den Helm ab. Dann griff sie in seine verschwitzten Haare, hob den Gummi an, zog die Gasmaske ab und warf sie fort wie einen verschrumpelten, tödlich-grauen Skalp.

Seine Brust hob sich schwer, die Finger kratzten über den Granit, und seine wässrigen Augen starrten sie an, ohne zu blinzeln. Er antwortete nicht.

Sascha legte ihm den Rucksack unter den Kopf und stürzte zum Tor. Mit ihrer schmalen Schulter stemmte sie sich gegen den enormen Türflügel, holte tief Luft und knirschte mit den Zähnen. Der tonnenschwere Fels aus Eisen gab widerstrebend nach, fuhr herum und fiel ächzend ins Schloss. Sascha schob knallend den Riegel vor und sank zu Boden. Eine Minute, nur eine Minute, um Atem zu holen… gleich würde sie zu ihm zurückkehren.

Jeder neue Streifzug kostete ihren Vater immer mehr Kraft – angesichts der mageren Ausbeute eigentlich eine reine Verschwendung. Diese Expeditionen verkürzten sein Leben nicht um Tage, sondern um Wochen, ja Monate. Doch es war die Not, die ihn dazu zwang: Wenn sie nichts mehr zu verkaufen hatten, blieb ihnen nur noch, Saschas zahme Ratte – die einzige an dieser lebensfeindlichen Station – zu verspeisen und sich dann zu erschießen.

Wenn er es zugelassen hätte, hätte Sascha ihrem Vater längst die Arbeit abgenommen. Wie oft hatte sie um seine Atemschutzmaske gebeten, damit sie selbst nach oben gehen konnte, doch er blieb unerbittlich. Vermutlich wusste er, dass dieses löchrige Stück Gummi mit den längst verstopften Filtern nicht viel mehr taugte als ein Talisman, aber das hätte er ihr gegenüber niemals zugegeben. Er log, er wisse, wie man die Filter reinigen könne, selbst nach einem mehrstündigen Streifzug tat er so, als fühle er sich bestens, und wenn er nicht wollte, dass sie ihn Blut erbrechen sah, schickte er sie weg, angeblich um einfach nur allein zu sein.

Es stand nicht in Saschas Macht, etwas zu verändern. Man hatte sie und ihren Vater in diesen verlassenen Winkel gedrängt, man hatte sie am Leben gelassen – nicht aus Mitleid, sondern eher aus sadistischer Neugier. Man hatte wohl geglaubt, sie würden ohnehin nicht länger als eine Woche überleben, doch der Wille und die Ausdauer ihres Vaters hatten dafür gesorgt, dass sie nun schon jahrelang durchhielten. Man hasste sie, verachtete sie, lieferte ihnen aber regelmäßig Nahrung – natürlich nicht umsonst.

In den Pausen zwischen seinen Streifzügen, jenen seltenen Minuten, in denen sie zu zweit an ihrem spärlich qualmenden Feuerchen saßen, erzählte ihr Vater gerne von früheren Zeiten. Schon vor Jahren hatte er begriffen, dass er sich nichts vorzumachen brauchte – aber wenn er schon keine Zukunft mehr hatte, so konnte ihm seine Vergangenheit doch niemand nehmen.

Früher hatten meine Augen die gleiche Farbe wie deine, sagte er zu ihr. Die Farbe des Himmels … Und Sascha glaubte sich an diese Tage zu erinnern – jene Tage, als sich sein Tumor noch nicht zu einem riesigen Kropf aufgebläht hatte und seine Augen noch nicht verblasst, sondern genauso strahlend waren wie ihre jetzt.

Wenn ihr Vater »Farbe des Himmels« sagte, so meinte er natürlich jenes Azurblau, das noch in seiner Erinnerung lebte, nicht die glutroten Staubwolken, unter denen er sich befand, wenn er an die Oberfläche stieg. Das Tageslicht hatte er seit über zwanzig Jahren nicht mehr gesehen, und Sascha kannte es überhaupt nicht. Nur in ihren Träumen hatte sie es zu Gesicht bekommen, aber konnte sie mit Gewissheit sagen, dass ihre Vorstellung der Wirklichkeit entsprach? Wie ergeht es Menschen, die von Geburt an blind sind: Träumen sie eine Welt, die der unseren ähnlich ist? *Sehen* sie überhaupt etwas im Traum?

Wenn kleine Kinder ihre Augen schließen, glauben sie, dass die ganze Welt in Dunkelheit getaucht ist; sie glauben, dass alle um sie herum in diesem Augenblick so blind sind wie sie. In den Tunneln ist der Mensch hilflos und naiv wie diese Kinder, dachte Homer. Er bildet sich ein, dass er Licht und Finsternis beherrscht, wenn er nur seine Taschenlampe an- und wieder ausknipst. Dabei kann selbst das undurchdringlichste Dunkel voller sehender Augen sein. Seit der Begegnung mit den Leichenfressern ließ ihn dieser Gedanke nicht mehr los. Ablenken. Er musste sich ablenken.

Seltsam, dass Hunter nicht wusste, was ihn am *Nachimowski prospekt* erwartete. Als der Brigadier vor zwei Monaten an der *Sewastopolskaja* aufgetaucht war, konnte sich keiner der Wächter erklären, wie ein Mann von einer so beeindruckenden Statur unbemerkt sämtliche nördlichen Posten hatte passieren können. Nur gut, dass der Kommandeur von den Diensthabenden keine Erklärung verlangt hatte …

Doch wenn nicht über den *Nachimowski prospekt,* wie war Hunter dann zur *Sewastopolskaja* gelangt? Die anderen Wege zur

Großen Metro waren längst abgeschnitten. Die verlassene Kachowskaja-Linie, in deren Tunneln aus bekannten Gründen schon seit Jahren kein lebendes Wesen mehr gesichtet worden war? Unmöglich. Die *Tschertanowskaja?* Lächerlich. Nicht einmal ein so geschickter und gnadenloser Kämpfer wie Hunter konnte sich allein durch diese verfluchte Station schlagen. Außerdem war es unmöglich, dorthin zu gelangen, ohne vorher an der *Sewastopolskaja* aufzutauchen.

Somit waren Norden, Süden und Osten ausgeschlossen. Nun blieb Homer nur noch eine Hypothese: Der geheimnisvolle Besucher war von oben gekommen. Natürlich waren alle bekannten Ein- und Ausgänge der Station sorgfältig verbarrikadiert und wurden ständig bewacht, doch ... er konnte einen der Lüftungsschächte geöffnet haben. Die Sewastopoler rechneten nicht damit, dass dort oben, in den ausgebrannten Plattenbau-Ruinen, noch jemand über genügend Intelligenz verfügte, um ihr Warnsystem außer Betrieb zu setzen. Das endlose Schachbrett aus mehrstöckigen Wohnkomplexen, durchpflügt von den Splittern der Sprengköpfe, war längst wüst und leer. Die letzten Spieler hatten bereits vor Jahrzehnten aufgegeben, und jene entstellten, Angst einflößenden Figuren, die nun darauf herumkrochen, spielten eine neue Partie nach ganz eigenen Regeln. Aus Sicht der Menschen war an eine Revanche nicht zu denken.

Kurze Expeditionen auf der Suche nach allem Nützlichen, das in über zwanzig Jahren noch nicht zerfallen war, hastige, ja fast verschämte Raubzüge durch die eigenen Häuser – das war das Einzige, wozu sie noch in der Lage waren. Im Harnisch ihrer Strahlenschutzanzüge stiegen die Stalker hinauf, um zum hundertsten Mal die Skelette der umliegenden Chruschtschowkas zu durchsuchen, doch keiner von ihnen wagte es, die jetzigen Einwohner entschlossen zu bekämpfen. Man gab höchstens mal eine MP-Salve ab, zog sich in die von Ratten verdreckten

Wohnungen zurück, und sobald die Gefahr vorüber war, stürzte man Hals über Kopf zurück zum rettenden Abstieg in den Untergrund.

Die alten Stadtpläne der Hauptstadt hatten jeglichen Bezug zur Wirklichkeit verloren. Wo sich früher auf breiten Ausfallstraßen kilometerlang die Autos stauten, taten sich nun womöglich Abgründe auf oder befand sich schwarzes, undurchdringliches Gestrüpp. Wo einst Wohnviertel gewesen waren, lagen jetzt Sümpfe oder einfach verbranntes, kahles Land. Nur die verwegensten Stalker wagten sich bei ihren Expeditionen bis auf einen Kilometer von ihren Heimatlöchern weg, die meisten gaben sich mit weitaus weniger zufrieden.

Die Stationen jenseits des *Nachimowski prospekt* – die *Nagornaja, Nagatinskaja* und *Tulskaja* – hatten keine offenen Ausgänge, und die Menschen, die an zwei dieser Stationen lebten, scheuten sich, nach oben zu gehen. Woher also aus dieser Ödnis ein lebender Mensch auftauchen sollte, war für Homer ein absolutes Rätsel. Und doch drängte sich ihm der Gedanke auf, dass Hunter ihre Station von der Oberfläche her betreten hatte.

Denn es gab nur noch eine letzte andere Möglichkeit, woher ihr Brigadier eingetroffen sein konnte. Diese Möglichkeit kam dem alten Atheisten wider Willen in den Sinn, während er versuchte, seine Atemnot zu bekämpfen und der dunklen Silhouette zu folgen, die vor ihnen dahinglitt, als ob sie den Boden gar nicht berührte.

Von unten …

»Ich hab ein schlechtes Gefühl«, sagte Achmed zögernd und so leise, dass Homer ihn gerade noch hören konnte. »Es ist nicht die richtige Zeit, um hier zu sein. Du kannst mir glauben, ich bin schon so oft mit 'ner Karawane unterwegs gewesen. An der *Nagornaja* braut sich was zusammen …«

Die kleinen Räuberbanden, die sich nach einem Überfall

möglichst weit von der Ringlinie zurückzogen, um an irgendeiner dunklen Station Rast zu machen, wagten es schon lange nicht mehr, sich den Karawanen der *Sewastopolskaja* zu nähern. Sobald sie das gleichmäßige Donnern der beschlagenen Stiefel hörten, das die Ankunft schwerer Infanterie ankündigte, suchten sie eilig das Weite.

Nein, nicht wegen der Räuberbanden und auch nicht wegen der Aasfresser vom *Nachimowski prospekt* waren diese Karawanen immer so gut geschützt. Ihre knochenharte Ausbildung, absolute Furchtlosigkeit, ihre Fähigkeit, sich in Sekundenschnelle zu einer stählernen Faust zusammenzuschließen und jegliche Gefahrenquelle mit einem Kugelhagel zu vernichten, all das hätte die Konvois der *Sewastopolskaja* zu den unangefochtenen Herren über sämtliche Tunnel bis hin zur *Serpuchowskaja* machen können – wenn da nicht die *Nagornaja* gewesen wäre.

Die Schrecken des *Nachimowski* lagen hinter ihnen, doch weder Homer noch Achmed verspürten auch nur einen Moment so etwas wie Erleichterung. Die unscheinbare, ja unansehnliche *Nagornaja* war schon für viele Reisende, die ihr nicht mit der nötigen Vorsicht begegnet waren, zur Endstation geworden. Jene armen Kerle, die zufällig zur benachbarten *Nagatinskaja* gelangten, hielten sich möglichst weit entfernt vom gierigen Schlund des südlichen, zur *Nagornaja* führenden Tunnels. Als ob sie das schützte. Als wäre das, was aus diesem Tunnel herauskroch, um Beute zu machen, zu träge, um noch ein wenig weiter zu kriechen und sich ein Opfer nach seinem Geschmack auszusuchen …

Sobald man die *Nagornaja* betrat, konnte man sich nur auf sein Glück verlassen, denn Gesetzmäßigkeiten kannte diese Station nicht. Mal ließ sie einen schweigend passieren, und die Reisenden betrachteten mit Schaudern die blutigen Abdrücke an den Wänden und gerieften Säulen, die die Vermutung nahelegten, dass jemand in letzter Verzweiflung versucht hatte, daran hochzuklettern. Doch nur wenige Minuten später konnte die Station der nächsten Gruppe einen solchen Empfang bereiten, dass der Verlust der halben Mannschaft den Überlebenden wie ein Sieg vorkam.

Sie war unersättlich. Sie begünstigte niemanden. Sie ließ sich nicht erforschen. Für die Bewohner der benachbarten Stationen verkörperte die *Nagornaja* die Willkür des Schicksals. Sie war die schwerste Hürde für alle, die sich auf den Weg vom Ring zur *Sewastopolskaja* machten und umgekehrt.

»So viele Vermisste ... Das kann nicht die *Nagornaja* allein gewesen sein.« Achmed war abergläubisch, wie viele Bewohner der *Sewastopolskaja*, und deshalb sprach er von der Station wie von einem Lebewesen.

Homer wusste, was Achmed meinte. Auch er hatte schon mehrfach darüber nachgedacht, ob es nicht die *Nagornaja* gewesen war, die die verschwundenen Karawanen sowie alle späteren Aufklärungstrupps verschlungen hatte. Er nickte, doch fügte er hinzu: »Wenn, ist sie hoffentlich daran erstickt ...«

»Was sagst du da?«, zischte Achmed ihn böse an. Seine Hand zuckte vor Ärger, als wolle er dem geschwätzigen Alten einen Stoß verpassen, doch er hielt sich zurück. »An dir wird sie sicher nicht ersticken!«

Homer nahm die Beleidigung schweigend hin. Er glaubte nicht daran, dass die *Nagornaja* ihn gleichsam hören könnte und nun verärgert war. Zumindest nicht auf diese Entfernung ...

Aberglauben, nichts als Aberglauben! Es war unmöglich, all die Götzen des Untergrunds zu zählen – irgendwem trat man immer auf den Schlips. Homer machte sich darüber längst keine Gedanken mehr, Achmed hingegen schien anderer Ansicht zu sein.

Er fischte eine Art Rosenkranz aus Makarow-Patronen aus seiner Jackentasche und begann die kleinen bleiernen Idole durch seine schmutzigen Finger gleiten zu lassen. Dazu bewegte er die Lippen in seiner Sprache – wahrscheinlich bat er die *Nagornaja* um Vergebung für Homers Sünden.

Hunter hatte mit seinem übernatürlichen Spürsinn etwas wahrgenommen. Er gab ihnen mit der Hand ein Zeichen, nahm das Tempo raus und ging elastisch in die Hocke.

»Dort ist Nebel«, murmelte er und sog mit der Nase die Luft ein. »Was ist das?«

Homer und Achmed tauschten Blicke. Beide wussten, was das bedeutete: Die Jagd war eröffnet. Jetzt würden sie enormes Glück brauchen, um die Nordgrenze der *Nagornaja* lebend zu erreichen.

»Wie soll ich dir das sagen?«, erwiderte Achmed unwillig. »Es ist ihr Atem …«

»Wessen Atem?«, erkundigte sich der Brigadier unbeeindruckt und setzte seinen Rucksack ab, um aus seinem Arsenal das passende Kaliber herauszusuchen.

Achmed flüsterte: »Der Atem der *Nagornaja*.«

»Das werden wir ja sehen«, sagte Hunter und schnitt eine verächtliche Grimasse. Homer kam es so vor, als sei das entstellte Gesicht des Brigadiers zum Leben erwacht; in Wahrheit war es reglos geblieben wie immer – nur das Licht war anders darauf gefallen.

Etwa hundert Meter weiter sahen es auch die beiden anderen: Ein schwerer, fahlweißer Dunst kroch ihnen am Boden entgegen, umspielte zunächst ihre Stiefel, wand sich dann um ihre Knie, füllte schließlich den Tunnel bis auf Gürtelhöhe … Es war, als stiegen sie allmählich hinab in ein geisterhaftes Meer, kalt und unfreundlich, als gingen sie mit jedem Schritt immer tiefer über einen schrägen Grund – bis sich das trübe Wasser irgendwann über ihren Köpfen schließen würde.

Man sah kaum noch etwas. Die Strahlen ihrer Lampen blieben in diesem seltsamen Nebel hängen wie Fliegen in einem Spinnennetz – hatten sie sich endlich ein paar Schritte vorausgekämpft, blieben sie schlaff in der Leere hängen, ermattet und ergeben. Geräusche drangen nur gedämpft zu den Männern, wie durch ein Daunenkissen, und jede Bewegung kostete ungeheuer viel Kraft, als ob sie nicht auf Schwellen gingen, sondern durch zähen Bodenschlamm wateten.

Auch das Atmen fiel ihnen immer schwerer – nicht wegen der Feuchtigkeit, sondern wegen des ungewohnt bitteren Beigeschmacks, den die Luft hier hatte. Es kostete sie Überwindung, diese Luft einzuatmen – sie wurden das Gefühl nicht los, dass sie in Wirklichkeit den Atem eines riesigen, fremden Wesens in sich aufnahmen, das der Luft allen Sauerstoff entzog und sie dafür mit seinen giftigen Ausdünstungen tränkte.

Homer zog sich für alle Fälle erneut die Atemmaske über. Hunter streifte ihn mit seinem Blick, fuhr mit einer Hand in seine leinene Schultertasche und setzte auf seine gewöhnliche Maske eine weitere, diesmal aus Gummi. Nur Achmed blieb weiter ohne Atemschutz.

Der Brigadier erstarrte und richtete sein zerfetztes Ohr zur *Nagornaja* hin, doch die dichte weiße Trübe hinderte ihn daran, die Geräuschfetzen von der Station zu entschlüsseln, ein einheitliches Bild daraus zu erstellen. Es klang, als wäre nicht weit entfernt etwas Schweres auf den Boden gefallen, gefolgt von einem langgezogenen Stöhnen – in einer Tonlage, die zu niedrig war für einen Menschen, ja überhaupt für irgendein Lebewesen. Dann hörte man, wie etwas Eisernes hysterisch zu kreischen begann, als würde eine gewaltige Hand eines der dicken Rohre, die an der Wand entlangliefen, zu einem Knoten verbiegen.

Hunter zuckte mit dem Kopf, als wolle er irgendwelchen Schmutz abschütteln, und an die Stelle seiner kurzen Maschinenpistole trat nun eine Armee-Kalaschnikow mit Doppelmagazin und einem unter den Lauf montierten Granatwerfer. »Na endlich«, murmelte er.

Sie begriffen nicht gleich, dass sie die Station bereits betreten hatten; der Nebel an der *Nagornaja* war jetzt so dick wie Schweinemilch. Während Homer sich die Station durch die angelaufenen Gläser seiner Gasmaske besah, kam er sich vor wie ein Taucher, der an Bord eines untergegangenen Ozeandampfers geraten war.

Dazu passten die Prägereliefs an den Wänden, die gelegentlich für Sekunden erkennbar waren, ehe sich neue Nebelfetzen davor verdichteten: Es waren Seemöwen, die mit groben sowjetischen Schablonen in Metall gepresst worden waren. Sie erinnerten an Fossilienabdrücke in aufgebrochenem Gestein. Versteinerung, dachte Homer plötzlich, das Schicksal des Menschen und seiner Schöpfung … Doch wer wird uns jemals ausgraben?

Der Dunst um sie herum lebte, floss in verschiedene Richtungen, zuckte. Bisweilen tauchten darin dunkle Gerinnsel auf, zuerst ein verbeulter Waggon und eine rostige Aufsichtskabine, dann ein schuppiger Körper oder der Kopf eines mythischen Ungeheuers. Homer erschauerte bei dem Gedanken, wer in all den Jahrzehnten, die seit dem Tag des Zusammenbruchs vergangen waren, diese Mannschaftsräume besetzt oder die Kajüten der ersten Klasse inspiziert haben konnte. Er hatte schon viel darüber gehört, was an der *Nagornaja* vor sich ging, doch war er nie von Angesicht zu Angesicht gestanden mit …

»Da ist es! Rechts!«, brüllte Achmed und riss den Alten am Ärmel. Aus seinem selbstgebauten Schalldämpfer ertönte ein dumpfer Schuss.

Homer wirbelte mit einer Schnelligkeit herum, die man seinem rheumatischen Körper nicht zugetraut hätte, doch sein unscharfer Lichtstrahl beleuchtete nur ein Stück einer gerippten, metallverkleideten Säule.

»Hinten! Da, hinten!« Achmed gab eine weitere Salve ab. Seine Kugeln zerstückelten jedoch nur die Reste jener Marmorplatten, die einst die Wände der Station geziert hatten. Was immer er in dem verschwommenen Dämmerlicht erblickt hatte, es hatte sich erneut darin aufgelöst, offenbar unversehrt.

Er hat zu viel von dem Zeug eingeatmet, dachte Homer. Doch da fing er im äußersten Augenwinkel etwas ein … etwas Gigantisches, das sich gebückt bewegte, denn die vier Meter hohe Stationsdecke war zu niedrig, und das trotz seiner riesenhaften Größe unvorstellbar wendig war. Nur kurz tauchte es an der Grenze zur Sichtbarkeit aus dem Nebel auf und verschwand wieder darin, noch bevor der Alte sein Sturmgewehr darauf richten konnte.

Homer blickte sich verzweifelt nach dem Brigadier um.

Dieser war nirgends zu sehen.

»Es … es geht schon. Hab keine Angst.« Immer wieder pausierend und Atem schöpfend, versuchte ihr Vater sie zu beruhigen. »Weißt du … es gibt Menschen in der Metro, die sind noch viel schlimmer dran …« Er versuchte zu lächeln, doch heraus kam eine fürchterliche Grimasse, als ob sein Unterkiefer vom Schädel abgefallen wäre.

Sascha lächelte zurück, aber über ihre spitze, rußverschmierte Wange kroch ein salziger Tautropfen. Wenigstens war Vater wieder zu sich gekommen, nach einigen langen Stunden – Zeit genug für sie, über alles nachzudenken.

»Diesmal habe ich gar nichts gefunden«, krächzte er. »Verzeih! Am Ende bin ich noch zu den Garagen gegangen. Es war weiter, als ich dachte. Aber eine unversehrte habe ich dort entdeckt. Das Schloss aus rostfreiem Stahl, sogar geölt. Aufbrechen ging nicht, also hab ich eine Sprengkapsel befestigt, die letzte. Ich dachte, vielleicht ist ein Auto drin, Ersatzteile und so. Ich ließ die Ladung hochgehen, ging rein: leer. Überhaupt nichts. Warum hatten sie es dann abgeschlossen, die Mistkerle? Der ganze Lärm – ich betete, dass mich niemand gehört hatte. Aber als ich aus der Garage rauskam, waren überall diese Köter. Ich dachte, das war's ... Das war's.« Er schloss die Lider und verstummte.

Beunruhigt nahm Sascha seine Hand, doch er schüttelte unmerklich den Kopf, ohne die Augen zu öffnen: Hab keine Angst, alles ist gut. Er hatte nicht einmal mehr die Kraft zu sprechen, dabei wollte er ihr alles berichten. Er musste ihr unbedingt erklären, warum er mit leeren Händen zurückgekommen war, warum sie nun eine Woche lang, bis er wieder auf den Beinen war, darben mussten. Doch noch ehe er dazu kam, war er in tiefen Schlaf gesunken.

Sascha überprüfte den Verband an seinem aufgerissenen Unterschenkel, nass von schwarzem Blut, und legte eine frische Kompresse darauf. Sie richtete sich auf, ging zu dem Rattenkäfig und öffnete die kleine Tür. Das Tier lugte misstrauisch heraus, schien sich zuerst verstecken zu wollen, doch dann tat es Sascha den Gefallen und sprang auf den Bahnsteig, um sich die Pfoten zu vertreten. Auf das Gespür einer Ratte konnte man sich verlassen: In den Tunneln lauerte keine Gefahr. Beruhigt kehrte die junge Frau zu der Liege zurück.

»Natürlich wirst du wieder gesund. Du wirst wieder gehen«, flüsterte sie ihrem Vater zu. »Und du wirst eine Garage finden, mit einem heilen Auto darin. Und wir werden uns gemeinsam hineinsetzen und weit weg von hier fahren. Zehn, vielleicht fünfzehn Stationen weit. Dorthin, wo man uns nicht kennt, wo wir fremd sind. Wo uns niemand hassen wird. Wenn es einen solchen Ort überhaupt gibt ...«

Nun war sie es, die ihm das Zaubermärchen erzählte, das sie so oft von ihm gehört hatte. Sie wiederholte es Wort für Wort, und jetzt, da sie dieses alte Mantra ihres Vaters selbst aussprach, glaubte sie noch hundertmal mehr daran. Sie würde ihn pflegen, ihn heilen. Irgendwo auf dieser Welt musste es doch einen Ort geben, an dem sie den anderen völlig egal waren.

Einen Ort, an dem sie glücklich sein konnten.

»Da ist es doch! Da! Es sieht mich an!«

Achmed kreischte, als hätte es ihn bereits gepackt. So hatte er noch nie geschrien. Wieder ging sein Sturmgewehr los, dann blieb es plötzlich stecken. Von Achmeds Gelassenheit war nichts mehr übrig: Zitternd versuchte er ein neues Magazin in die Nut zu stecken.

»Es hat es auf mich abgesehen … Auf mich …«

Plötzlich hörte man unweit das Rattern eines zweiten Automatikgewehrs. Dann schwieg es eine Sekunde lang und ging erneut los, diesmal kaum hörbar, mit abgehackten Salven zu je drei Schuss. Hunter lebte also noch, es gab noch Hoffnung. Das Knallen entfernte sich, dann kam es wieder näher, doch war es unmöglich zu sagen, ob die Kugeln ihr Ziel fanden. Homer erwartete das wütende Brüllen eines verletzten Monsters zu hören, doch die Station hüllte sich in unheimliches Schweigen; ihre rätselhaften Bewohner hatten entweder keine Körper oder waren unverletzlich.

Der Brigadier setzte jetzt seinen seltsamen Kampf am anderen Ende des Bahnsteigs fort – immer wieder flammte von dort die gepunktete Leuchtspur glühender Geschosse auf und erlosch sogleich wieder. Berauscht vom Nahkampf mit den Gespenstern hatte er seine Schützlinge im Stich gelassen.

Homer holte tief Luft und legte den Kopf zurück. Schon seit einigen langen Augenblicken empfand er dieses Verlangen, hatte er deutlich diesen kalten, schweren Blick gespürt – mit seiner Haut, seinem Scheitel, den Härchen in seinem Genick. Nun konnte er sich dieser Vorahnung nicht mehr widersetzen.

Direkt unter der Decke, weit über ihnen, schwebte in dem dicken Nebel ein Kopf, so riesig, dass Homer nicht gleich begriff, was er da vor sich sah. Der Rumpf des Riesen blieb im Dunkel der Station verborgen, und seine ungeheure Visage hing schwankend über den winzigen Menschlein, die sich mit ihren unnützen Waffen zu verteidigen versuchten. Er hatte es nicht eilig, sie anzugreifen – er wollte ihnen noch eine kurze Gnadenfrist gewähren.

Stumm vor Grauen sank Homer auf die Knie. Das Gewehr glitt ihm aus der Hand und fiel klappernd auf die Gleise. Achmed brüllte wie am Spieß. Ohne Hast begann sich die Kreatur vorwärtszubewegen, und den gesamten sichtbaren Raum vor ihnen füllte ein dunkler Körper, riesig wie ein Fels. Homer schloss die Augen, machte sich bereit, nahm Abschied. Nur eines ging ihm dabei durch den Kopf, nur ein bedauernder, bitterer Gedanke bohrte sich in sein Bewusstsein: Ich habe es nicht geschafft …

Doch da spie Hunters Granatwerfer eine Flamme aus, die Druckwelle betäubte ihre Ohren, hinterließ ein andauerndes dünnes Pfeifen, während Fetzen verbrannten Fleisches herabflogen. Achmed kam als Erster wieder zu sich, riss Homer am Kragen, stellte ihn auf die Füße und zerrte ihn hinter sich her.

Sie rannten, stolperten über Schwellen, rappelten sich wieder auf, ohne den Schmerz zu spüren. Sie hielten einander fest, denn in der weißlichen Suppe sah man nicht einmal die Hand vor Augen. Sie rannten, als drohe ihnen nicht nur der Tod, sondern etwas noch viel Schrecklicheres: die endgültige, unumkehrbare Entkörperung, die absolute, sowohl physische als auch seelische Vernichtung.

Unsichtbar und kaum hörbar, doch nur einen Schritt weit zurück, folgten ihnen die Dämonen, begleiteten sie, griffen sie jedoch nicht an. Sie schienen mit ihnen zu spielen, indem sie ihnen die Illusion einer Rettung gestatteten.

Dann erblickten die beiden Männer anstelle der zersplitterten Marmorwände plötzlich Tunnelsegmente. Sie hatten es aus der *Nagornaja* geschafft! Die Wächter der Station fielen zurück, als wären sie an Ketten festgemacht, die nun bis zum Äußersten gespannt waren. Doch es war zu früh, um stehen zu bleiben. Achmed lief voraus, tastete sich mit den Händen an den Wandrohren entlang und trieb den Alten an, der stolperte und sich immer wieder hinsetzen wollte.

»Was ist mit dem Brigadier?«, krächzte Homer, nachdem er sich im Gehen die stickige Gasmaske vom Gesicht gerissen hatte.

»Sobald der Nebel zu Ende ist, bleiben wir stehen und warten. Das muss schon sehr bald sein, vielleicht noch zweihundert Meter … Aus dem Nebel raus. Vor allem aus dem Nebel raus«, wiederholte Achmed beschwörend. »Ich zähle die Schritte …«

Doch weder nach zweihundert noch nach dreihundert Schritten schien sich der Dunst um sie herum aufzulösen. Was, dachte Homer, wenn er sich bis zur *Nagatinskaja* ausgebreitet hat? Was, wenn bereits die *Tulskaja* und der *Nachimowski* von ihm verschlungen worden sind?

»Das kann nicht sein … Es muss … Nur noch ganz wenig …«, murmelte Achmed zum hundertsten Mal und erstarrte plötzlich an Ort und Stelle.

Homer stieß von hinten gegen ihn, und beide landeten auf dem Boden.

»Die Wand ist zu Ende.« Achmed strich verdattert über die Schwellen, die Gleise, den feuchten Betonboden, als fürchtete er, die Erde würde gleich ebenso verräterisch unter seinen Füßen verschwinden.

»Da ist sie doch, was hast du denn?« Homer hatte die Schräge eines Tunnelsegments ertastet, hielt sich daran fest und stand vorsichtig auf.

»Entschuldige.« Achmed dachte schweigend nach. »Weißt du, an der Station dort … Ich dachte, ich würde sie nie mehr verlassen. So wie es mich angeblickt hat … Mich, verstehst du? Es hatte beschlossen, *mich* zu nehmen. Ich dachte, ich bleibe für immer dort. Und bekomme nie ein anständiges Begräbnis.« Er sprach langsam, offenbar schämte er sich seines Geheuls, das ihm weibisch vorkam, und versuchte es zu rechtfertigen, obwohl er wusste, dass es keiner Rechtfertigung bedurfte.

Homer schüttelte den Kopf. »Lass gut sein, ich hab mir selber in die Hosen gemacht. Was soll's? Gehen wir, jetzt kann es wirklich nicht mehr weit sein.«

Die Hetzjagd war vorbei, sie konnten Atem schöpfen – sie hätten auch nicht mehr laufen können. Also gingen sie langsam weiter, sich nach wie vor halb blind an der Wand entlangtastend, Schritt für Schritt auf die Erlösung zu. Das Schlimmste lag hinter ihnen, und obwohl sich der Nebel noch immer nicht auflöste, würde die gierige Zugluft des Tunnels früher oder später nach ihm greifen, ihn in Fetzen reißen und durch die Luftschächte fortschleppen. Bald würden sie zu anderen Menschen gelangen und dort auf ihren Offizier warten.

Es geschah sogar noch früher, als sie gehofft hatten. Ob sich Zeit und Raum in dem Nebel gekrümmt hatten? Eine Eisentreppe kroch die Wand entlang – dort ging es zum Bahnsteig hinauf –, der runde Querschnitt des Tunnels wurde zu einem rechteckigen, und neben dem Gleis war die Einbuchtung zu erkennen, die einst so manchem Passagier, der auf die Gleise gestürzt war, das Leben gerettet hatte.

»Sieh mal«, flüsterte Homer. »Das sieht doch aus wie eine Station? Eine Station!«

»He! Ist jemand hier?«, schrie Achmed aus Leibeskräften. »Brüder! Ist da wer?« Ein sinnloses, triumphierendes Lachen durchfuhr ihn.

Das vergilbte, erschöpfte Licht ihrer Lampen offenbarte in der trüben Dunkelheit Wandplatten aus Marmor, an denen die Zeit und die Menschen nicht spurlos vorübergegangen waren. Keines der farbigen Mosaiken, die der Stolz der *Nagatinskaja* gewesen waren, war erhalten geblieben. Und was war mit der Marmorverkleidung der Säulen passiert? Sollte etwa …

Obwohl Achmed keine Antwort erhielt, fuhr er unverdrossen fort zu rufen und zu lachen: Klar, sie hatten Angst vor dem Nebel gehabt und waren wie die Irren davongelaufen, aber das kümmerte ihn jetzt nicht mehr. Homer suchte dagegen unruhig nach etwas an der Wand, fuhr mit dem immer schwächer werdenden Lichtstrahl darüber. Sein Verdacht ließ ihn frösteln.

Endlich fand er sie: eiserne Buchstaben, in den geborstenen Marmor geschraubt.

NAGORNAJA.

Man kehrt nie zufällig an den gleichen Ort zurück.

Das hatte ihr Vater immer gesagt. Man kehrt zurück, um etwas zu ändern, etwas wiedergutzumachen. Manchmal packt uns der Herr selbst am Kragen und bringt uns zurück an jenen Ort, wo er uns zuletzt aus den Augen verloren hat. Das tut er entweder, um sein Urteil an uns zu vollstrecken – oder um uns eine zweite Chance zu geben.

Deshalb, hatte ihr Vater ihr erklärt, würde er niemals aus der Verbannung an ihre Heimatstation zurückkehren können. Er hatte keine Kraft mehr, um zu rächen, zu kämpfen, zu beweisen. Und es verlangte ihn schon längst nicht mehr nach Sühne. Es war eine alte Geschichte, die ihn sein damaliges, ja fast sein ganzes Leben gekostet hatte. Doch er war überzeugt, dass jeder bekommen hatte, was er verdiente.

Nun lebten sie im ewigen Exil, denn Saschas Vater hatte nichts wiedergutzumachen, und der Herr schaute an dieser Station nicht vorbei.

Der Plan zu ihrer Rettung, nämlich an der Oberfläche ein Auto zu finden, das in all den Jahrzehnten noch nicht verrottet war, es zu reparieren, aufzutanken und sich aus dem Teufelskreis zu befreien, den das Schicksal ihnen vorgezeichnet hatte, dieser Plan war schon lange zu einer Gutenachtgeschichte verkommen.

Für Sascha gab es jedoch noch einen anderen Weg zurück in die Große Metro. Wenn sie an bestimmten Tagen zur Brücke ging, um halbwegs reparierte Geräte, alte Schmuckstücke oder schimmelige Bücher gegen Nahrung und ein paar Patronen einzutauschen, kam es vor, dass die Händler ihr weit mehr anboten.

Sie beleuchteten dann ihre etwas kantige, jungenhafte Gestalt mit dem Scheinwerfer der Draisine, zwinkerten sich gegenseitig zu, schnalzten mit der Zunge, riefen sie zu sich und versprachen ihr alles Mögliche. Das Mädchen machte einen wilden Eindruck. Schweigend und misstrauisch blickte es sie an, angespannt, hinter dem Rücken eine Klinge verborgen. Der weite Männer-Overall konnte ihre Körperformen nicht verbergen. Schmutz und Maschinenöl in ihrem Gesicht ließen die blauen Augen noch heller leuchten, so hell, dass einige den Blick abwandten. Blonde Haare, ungeschickt geschnitten mit ebenjenem Messer, das sie in der rechten Hand hielt, bedeckten gerade noch die Ohren. Ihre wund gebissenen Lippen lächelten nie.

Die Männer auf der Draisine begriffen schnell, dass man diesen Wolf nicht mit Brosamen würde zähmen können, und so köderten sie sie mit der Freiheit. Sie antwortete ihnen nie. Deshalb hielt man sie für stumm – was die Sache sogar noch einfacher machte. Doch eines wusste Sascha genau: Worauf auch immer sie sich einließ, sie würde niemals zwei Plätze auf der Draisine kaufen können. Mit ihrem Vater hatten diese Leute zu viele Rechnungen offen, die sie nicht würde begleichen können.

Wie sie so vor ihr standen, gesichtslos und durch ihre schwarzen Armee-Gasmasken näselnd, waren sie mehr als nur Feinde für sie. Sie fand an ihnen nichts Menschliches, nichts, wovon sie hätte träumen können – nicht einmal nachts, im Schlaf.

Also legte sie einfach die Telefone, Bügeleisen und Teekocher auf die Schwellen, trat zehn Schritt zurück und wartete, bis die Händler die Waren eingesammelt hatten. Dann warfen diese ihr ein paar Pakete mit gedörrtem Schweinefleisch hin und verstreuten eine Handvoll Patronen auf den Gleisen – damit sie zusehen konnten, wie sie umherkroch, um sie aufzusammeln. Und dann legte die Draisine langsam ab und verschwand wieder in der echten Welt. Sascha drehte sich um und ging nach Hause, wo ein Berg aus kaputten Geräten, ein Schraubenzieher, eine Lötlampe und ein altes, zur Dynamomaschine umgebautes Fahrrad auf sie warteten. Sie schwang sich auf den Sattel, schloss die Augen und fuhr weit, weit weg. Beinahe vergaß sie, dass sie gar nicht vom Fleck kam. Und die Tatsache, dass sie die Begnadigung abgelehnt hatte, gab ihr nur noch mehr Kraft.

Was zum Teufel? Warum waren sie erneut hier gelandet? Homer versuchte fieberhaft eine Erklärung für das Geschehene zu finden.

Plötzlich verstummte Achmed; er hatte erblickt, wohin Homer mit seiner Lampe leuchtete. »Sie lässt mich nicht fort …«, murmelte er tonlos, fast unhörbar.

Der Dunst um sie herum verdichtete sich so sehr, dass sie einander kaum sahen. Ohne Menschen war die *Nagornaja* gleichsam in einen Dornröschenschlaf gefallen. Doch nun erwachte sie zu neuem Leben: Die schwere Luft reagierte auf ihre Worte mit unmerklichen Schwankungen, undeutliche Schatten regten sich in der Tiefe. Und keine Spur von Hunter … Ein Wesen aus Fleisch und Blut kann den Kampf gegen Phantome nicht gewinnen; sobald die Station genug gespielt hatte, umschlang sie es mit ihrem ätzenden Atem und verdaute es bei lebendigem Leibe.

»Geh«, presste Achmed hervor. »Sie will mich. Du kannst das nicht wissen. Du bist zu selten hier.«

»Hör auf mit dem Quatsch!«, bellte ihn Homer an, überrascht von der eigenen Lautstärke. »Wir haben uns nur im Nebel verirrt. Gehen wir zurück!«

»Wir können nicht weg. Du kannst laufen, so viel du willst, du wirst immer hierher zurückkehren, wenn du bei mir bleibst. Allein kommst du durch. Geh, ich bitte dich.«

»Schluss jetzt!« Homer packte Achmeds Hand und zog ihn hinter sich her zum Tunnel. »In einer Stunde wirst du mir auf Knien danken!«

»Richte meiner Frau aus …«

Eine unglaubliche, ungeheuerliche Kraft entriss Achmeds Hand Homers Griff – nach oben, in den Nebel, ins Nichts. Er schaffte es nicht einmal mehr zu schreien, sondern verschwand einfach, als wäre er von einem Augenblick zum anderen in einzelne Atome zerfallen, als hätte er nie existiert.

Dafür brüllte Homer los, drehte sich wie ein Irrer um die eigene Achse und vergeudete seine wertvollen Patronen Magazin für Magazin.

Und dann spürte er plötzlich einen heftigen Schlag im Genick, wie ihn nur einer dieser Dämonen austeilen konnte, und das Universum fiel in sich zusammen.

# 5
# Erinnerungen

Sascha lief zum Fenster und stieß die Läden auf. Frische Luft und sanftes Licht drangen herein. Die Fensterbank aus Holzbrettern hing direkt über einem Abgrund, aus dem ein sanfter Morgennebel aufstieg. Mit den ersten Sonnenstrahlen würde sich dieser auflösen, und dann würde sie aus ihrem Fenster nicht nur die Schlucht, sondern auch die kiefernbewachsenen Ausläufer in der Ferne und die grünen Wiesen dazwischen erblicken, die im Tal verstreuten, streichholzschachtelgroßen Häuser und die hülsenförmigen Glockentürme.

Der frühe Morgen war ihre Zeit. Sie spürte den nahenden Sonnenaufgang und stand eine halbe Stunde vorher auf, um noch rechtzeitig auf den Berg zu kommen. Hinter der kleinen, einfachen, aber blitzblank geputzten, warmen und wohnlichen Hütte wand sich ein felsiger Pfad den Hang hinauf, gesäumt von hellgelben Blumen. Das lockere Gestein bröckelte unter den Füßen, und es kam vor, dass Sascha in den wenigen Minuten bis zum Gipfel mehrmals ausrutschte und sich dabei die Knie aufschürfte.

Nachdenklich wischte Sascha mit dem Ärmel über die Fensterbank, die noch feucht war vom Atem der Nacht. Sie hatte von etwas Düsterem, Unheilvollem geträumt, das ihr jetziges, sorgloses Leben durchkreuzte, doch die Reste dieser unruhigen Visionen lösten sich sogleich auf, als der kühle Wind leicht über ihre Haut zu streichen begann. Jetzt hatte sie keine Lust mehr, darüber nachzudenken, was sie im Traum so sehr bedrückt hatte. Sie musste sich sputen, um rechtzeitig auf den Gipfel zu kommen, die Sonne zu begrüßen und dann, den Pfad hinunterrutschend, zurückzueilen, das Frühstück zu machen, ihren Vater zu wecken und ihm etwas Proviant einzupacken.

Dann würde Sascha den ganzen Tag, während er auf der Jagd war, sich selbst überlassen sein und bis zum Abendessen die schwerfälligen Libellen und fliegenden Kakerlaken zwischen den Wiesenblumen jagen, deren Blüten so gelb waren wie die Linkrusta-Tapeten in den Zügen.

Auf Zehenspitzen schlich sie über die knarzenden Dielen, öffnete die Tür ein wenig und lachte leise vor sich hin.

Es war einige Jahre her, seit Saschas Vater zuletzt ein so glückliches Lächeln auf dem Gesicht seiner Tochter gesehen hatte. Er wollte sie auf keinen Fall wecken. Sein Fuß war angeschwollen und taub, die Blutung wollte einfach nicht aufhören. Man sagte, dass der Biss eines streunenden Hundes nie heilt …

Sollte er sie rufen? Aber er war mehr als vierundzwanzig Stunden nicht zu Hause gewesen, denn bevor er zu den Garagen aufgebrochen war, hatte er einen Plattenbau – einen »Termitenhügel«, wie sie es nannten, zwei Blöcke von der Station entfernt – aufgesucht, war bis in den fünfzehnten Stock hinaufgeklettert und hatte dort für eine Weile das Bewusstsein verloren. Die ganze Zeit über hatte Sascha bestimmt kein Auge zugetan – seine Tochter schlief nie, wenn er auf einem Streifzug war … Soll sie sich ausruhen, dachte er. Die lügen doch alle. Mir passiert schon nichts.

Zu gerne hätte er gewusst, was sie gerade träumte. Er selbst konnte nicht einmal im Traum abschalten. Nur selten entließ ihn sein Unbewusstes für ein paar Stunden auf Freigang in die unbeschwerte Jugend; für gewöhnlich jedoch wanderte er selbst im Schlaf zwischen den bekannten toten Häusern mit ihrem ausgekratzten Inneren umher, und ein guter Traum war einer, in dem er eine unversehrte Wohnung fand, voller wundersam erhalten gebliebener Gerätschaften und Bücher.

Jedesmal, wenn er einschlief, hoffte er in die Vergangenheit zu gelangen. In jene Zeit, als er gerade Saschas Mutter kennengelernt hatte. Als er bereits mit zwanzig die Garnison der Station befehligte. Damals hielten die Bewohner die Metro für eine provisorische Bleibe und empfanden ihre Station noch nicht als kollektive Baracke für die Zwangsarbeit untertage, wo sie eine lebenslange Haftstrafe absaßen.

Stattdessen jedoch landete er in der jüngeren Vergangenheit. Und zwar mitten in jenen Ereignissen, die sich vor fünf Jahren zugetragen hatten. An einem Tag, der sein Schicksal und, was noch viel schlimmer war, das Schicksal seiner Tochter bestimmen sollte …

Er stand wieder da, an der Spitze seiner Kämpfer. Er hielt eine Kalaschnikow schussbereit – mit der Makarow, die ihm als Offizier zustand, hätte er sich jetzt nur noch eine Kugel in den Kopf jagen können. Außer den zwei Dutzend MP-Schützen hinter ihm gab es an der Station keinen einzigen Menschen mehr, der ihm treu war.

Die Menge tobte, schwoll an, rüttelte mit Dutzenden von Händen an der Absperrung. Das anfangs chaotische Stimmengewirr ging allmählich, wie von einem unsichtbaren Dirigierstab geleitet, in einen rhythmischen Chor über. Noch forderten sie nur seinen Rücktritt, doch es würde nicht mehr lange dauern, und sie würden seinen Kopf wollen.

Dies war keine spontane Demonstration. Hier waren Provokateure von außen am Werk. Er hätte versuchen können, sie zu identifizieren und einzeln zu liquidieren – doch jetzt war es bereits zu spät dafür. Wenn er den Aufstand noch verhindern und an der Macht bleiben wollte, blieb ihm nur eines: das Feuer auf die Menge zu eröffnen. Dafür war es noch nicht zu spät ...

Seine Finger klammerten sich um einen unsichtbaren Griff, die Pupillen unter den geschwollenen Lidern zuckten unruhig hin und her, die Lippen bewegten sich, formten unhörbare Befehle. Die schwarze Lache, in der er lag, wurde mit jeder Minute breiter. Und je mehr sie zunahm, desto mehr wich das Leben aus ihm.

»Wo sind sie?«

Etwas riss Homer aus dem dunklen See der Bewusstlosigkeit heraus. Er schüttelte sich wie ein Barsch am Angelhaken, keuchte krampfhaft, starrte den Brigadier mit irrem Blick an. Noch immer türmten sich diese düsteren, zyklopenartigen Kolosse über ihm – die Wächter der *Nagornaja* – und streckten ihre langen, vielgliedrigen Finger nach ihm aus; ohne Mühe würden sie ihm die Beine ausreißen oder die Rippen eindrücken. Sie umgaben Homer jedes Mal, wenn er die Augen schloss, und lösten sich nur langsam, ja unwillig wieder auf, wenn er sie öffnete.

Er versuchte aufzuspringen, doch die fremde Hand, die seine Schulter eben noch leicht gedrückt hatte, packte wieder zu wie jener stählerne Haken, der ihn aus dem Albtraum gezogen hatte. Allmählich atmete er ruhiger und konzentrierte sich auf das zerfurchte Gesicht, die dunklen, wie Maschinenöl glänzenden Augen ... Hunter! Lebte er? Homer drehte vorsichtig den Kopf nach links, dann nach rechts: Befanden sie sich etwa noch immer an der verhexten Station?

Nein, dies war ein leerer, sauberer Tunnel. Der Nebel, der die Zugänge zur *Nagornaja* verhüllt hatte, war hier kaum noch zu sehen. Hunter musste ihn mindestens einen halben Kilometer weit getragen haben. Beruhigt sank Homer in sich zusammen. Doch zur Sicherheit fragte er noch einmal: »Wo sind sie?«

»Hier ist niemand. Du bist in Sicherheit.«

»Diese Wesen … haben sie mich betäubt?« Homer runzelte die Stirn und rieb sich über die brennende Schwellung am Hinterkopf.

»Das war ich. Ich musste dich niederschlagen, anders hätte ich deine Panik nicht in den Griff bekommen. Du hättest mich verletzen können.«

Endlich löste Hunter seinen schraubstockartigen Griff, richtete sich steif auf und ließ die Hand über den breiten Offiziersgürtel gleiten, an der das Halfter mit der Stetschkin hing. Auf der gegenüberliegenden Seite befand sich ein Lederetui mit schwer definierbarer Funktion. Der Brigadier öffnete den Knopf und zog eine flache Messingflasche hervor. Er schüttelte sie, schraubte den Verschluss auf und nahm einen großen Schluck, ohne Homer etwas anzubieten. Wie er dabei kurz die Augen zusammenkniff, durchfuhr den Alten ein kalter Schauder: Das linke Auge des Brigadiers hatte sich nicht ganz geschlossen.

»Wo ist Achmed? Was ist mit ihm?« Homer musste an die Ereignisse denken, und wieder schauderte ihn.

»Er ist tot.« Die Antwort des Brigadiers klang gleichgültig.

»Tot«, echote der Alte mechanisch.

In jenem Moment, als das Monster ihm die Hand seines Kameraden entriss, hatte er begriffen: Aus diesen Klauen konnte sich kein lebendes Wesen befreien. Homer hatte einfach Glück gehabt, dass die *Nagornaja* nicht ihn ausgewählt hatte. Der Alte blickte sich noch einmal um. Er konnte es noch immer nicht glauben, dass Achmed für immer verschwunden war. Er starrte auf seine Hand – sie war zerkratzt und blutig. Er hatte ihn nicht festhalten können. Seine Kraft hatte nicht gereicht.

»Achmed wusste, dass er sterben würde«, sagte er leise. »Warum haben sie ausgerechnet ihn genommen, nicht mich?«

»Es war noch viel Leben in ihm«, erwiderte der Brigadier. »Sie ernähren sich von menschlichem Leben.«

Homer schüttelte den Kopf. »Das ist ungerecht. Er hat kleine Kinder. So viele Dinge, die ihn hier halten. Na ja, hielten … Ich dagegen bin doch ewig auf der Suche …«

»Würdest du Moos fressen wollen?«, unterbrach ihn Hunter und beendete das Gespräch, indem er Homer mit einem Schwung auf die Füße stellte. »Los, weiter. Wir sind spät dran.«

Während er Hunter hinterherlief, dessen Schritt allmählich in einen Trab überging, zerbrach sich Homer den Kopf, warum Achmed und er wieder bei der *Nagornaja* angelangt waren. Wie eine fleischfressende Orchidee hatte die Station mit ihren Miasmen ihre Sinne verwirrt und sie zu sich zurückgelockt. Aber sie waren doch kein einziges Mal umgekehrt, dessen war sich Homer absolut sicher. Schon begann er selbst an die Krümmung des Raumes zu glauben, von der er seinen leichtgläubigen Wachkameraden so gerne erzählte, dabei war die Lösung viel einfacher. Er blieb stehen und schlug sich an die Stirn: das Verbindungsgleis! Einige Hundert Meter hinter der *Nagornaja* gab es zwischen dem linken und dem rechten Tunnel eine eingleisige Abzweigung als Wendemöglichkeit für die Züge. Sie bog im spitzen Winkel ab, und deshalb waren sie, blind der Wand folgend, zuerst auf das Parallelgleis gelangt und dann, als die Wand plötzlich aufhörte, aus Versehen zurück zur Station gelaufen. Von wegen Zauberei!

Doch nun musste er noch etwas anderes klären. »Warte!«, rief er Hunter zu. Aber der marschierte wie taub voran, und der Alte musste schwer atmend einen Schritt zulegen. Als er den Brigadier eingeholt hatte, versuchte er ihm in die Augen zu sehen und stieß hervor: »Warum hast du uns im Stich gelassen?«

»Ich euch?«

Es lag ein spöttischer Unterton in Hunters emotionsloser, metallischer Stimme. Homer biss sich auf die Zunge. Stimmt, es waren ja Achmed und er gewesen, die von der Station geflüchtet waren und den Brigadier mit den Dämonen allein gelassen hatten …

Je mehr Homer darüber nachdachte, wie rasend und wie aussichtslos Hunter an der *Nagornaja* gekämpft hatte, desto mehr begriff er, dass die Bewohner dieser Station die Schlacht, die der Brigadier ihnen aufzwingen wollte, gar nicht angenommen hatten. Etwa aus Furcht? Oder hatten sie in ihm eine verwandte Seele erkannt?

Homer nahm seinen Mut zusammen – es blieb noch eine Frage, die schwerste von allen. »Dort an der *Nagornaja* … Warum haben sie dir nichts getan?«

Es vergingen einige Minuten; Homer wagte nicht nachzufragen. Dann gab Hunter, kaum hörbar, die kurze, mürrische Antwort: »Würdest du verdorbenes Fleisch essen?«

Die Schönheit wird die Welt erlösen, hatte ihr Vater immer im Scherz gesagt.

Sascha hatte jedes Mal hastig und mit rotem Gesicht das bemalte Teetütchen in die Brusttasche ihres Overalls gesteckt. Die kleine quadratische Plastikhülle, die noch immer den leisen Hauch eines Grüntee-Aromas verströmte, war ihr größter Schatz. Und eine Erinnerung daran, dass das Universum sich nicht auf den Torso ihrer Station mit seinen vier Tunnelstümpfen beschränkte, vergraben in einer Tiefe von zwanzig Metern in der Friedhofsstadt Moskau. Diese Verpackung war eine Art magisches Portal, das Sascha über Jahrzehnte und Tausende Kilometer hinweg zu versetzen vermochte. Und sie war noch etwas anderes, unermesslich Wichtiges.

In dem feuchten Klima, das hier herrschte, zerfiel Papier in kürzester Zeit. Doch Fäulnis und Schimmel zerfraßen nicht nur Bücher und Zeitschriften – sie vernichteten die gesamte Vergangenheit. Ohne Bilder und Chroniken fing das ohnehin schon hinkende menschliche Gedächtnis an zu stolpern und lief in die Irre wie ein Mensch ohne Krücken.

Die Hülle des Teebeutels war jedoch aus einem Kunststoff, dem weder Schimmelpilze noch die Zeit etwas hatten anhaben können. Saschas Vater hatte ihr einmal gesagt, es würden Jahrtausende vergehen, bevor dieses Material anfing zu zerfallen. Also würden ihre Nachkommen diesen Beutel irgendwann ihren eigenen Kindern weitervererben, dachte sie.

Es war – wenn auch in Miniatur – ein echtes Bild. Ein goldener Rahmen, so strahlend wie an jenem Tag, als das Tütchen vom Fließband geglitten war, umgab eine Aussicht, die Sascha den Atem verschlug. Steil abfallende Felswände, versunken in träumerischem Dunst, ausladende Kiefern, die sich an die fast senkrechten Hänge klammerten, tosende Wasserfälle, die aus höchster Höhe in den Abgrund stürzten, ein purpurroter Schein, der den Sonnenaufgang ankündigte … In ihrem ganzen Leben hatte Sascha noch nichts Schöneres gesehen.

Sie konnte lange so dasitzen, mit dem Tütchen in der Hand, und es betrachten. Jener frühmorgendliche Dunst, der die fernen Berge umhüllte, hielt ihren Blick magisch gefangen. Und obwohl sie alle Bücher, die ihr Vater von seinen Beutezügen mitbrachte, gierig verschlang, bevor sie sie verkaufte, reichten die dort gelesenen Worte nicht aus, um zu beschreiben, was sie empfand, wenn sie die zentimetergroßen Felswände anschaute und den Nadelgeruch der abgebildeten Kiefern einatmete. Es war die Realitätsferne dieser Welt, aus der ihre unwahrscheinliche Anziehungskraft erwuchs … Die süße Sehnsucht und ewige

Erwartung dessen, was die Sonne als Erstes sehen würde … Das endlose Hin- und Herüberlegen, was sich bloß hinter dem Schild mit der Teemarke versteckte: Ein ungewöhnlicher Baum? Ein Adlerhorst? Ein gegen den Abhang geschmiegtes Häuschen, in dem sie mit ihrem Vater leben würde?

Er war es gewesen, der ihr, seiner noch nicht einmal fünfjährigen Tochter, das Tütchen mitgebracht hatte. Damals noch mit Inhalt, was eine große Seltenheit war. Er hatte sie mit echtem Tee überraschen wollen – und sie musste allen Mut zusammennehmen und trank ihn wie eine Medizin. Die Plastikhülle jedoch hatte sie von Anfang an seltsam fasziniert. Damals musste ihr Vater ihr erklären, was diese nicht gerade kunstvolle Illustration darstellte: eine konventionelle Berglandschaft in einer chinesischen Provinz, gerade gut genug für den Abdruck auf einer Teepackung. Doch noch zehn Jahre später betrachtete Sascha sie mit der gleichen Verzauberung wie an jenem Tag, als sie das Geschenk bekommen hatte.

Ihr Vater fand dagegen, dass das Tütchen für Sascha nur ein schäbiger Ersatz für eine ganze Welt war. Und jedes Mal, wenn sie in diese selige Trance verfiel und diese mehr schlecht als recht hingepinselte Fantasie betrachtete, empfand er das als unausgesprochenen Vorwurf für ihr verstümmeltes, blutleeres Leben. Stets versuchte er sich zurückzuhalten, doch ohne großen Erfolg. Mit kaum verhohlenem Ärger fragte er sie dann zum hundertsten Mal, was sie bloß an dieser abgegriffenen Verpackung für ein Gramm Teekrümel so Großartiges finde.

Und zum hundertsten Mal ließ sie ihr kleines Meisterwerk hastig in der Tasche ihres Overalls verschwinden und antwortete verlegen: »Papa … Ich finde es so schön!«

Wäre Hunter nicht gewesen, der bis zur *Nagatinskaja* nicht eine

Sekunde stehenblieb, Homer hätte für den Weg dreimal so lange gebraucht. Niemals wäre er so selbstbewusst und sicher durch diese Tunnel gegangen.

Für den Transit durch die *Nagornaja* hatte die Gruppe einen grausamen Preis zahlen müssen, doch immerhin waren zwei von drei durchgekommen; und es hätten auch alle drei überleben können, wenn sie sich nicht im Nebel verirrt hätten. Der Tarif war allerdings nicht höher als gewöhnlich: Weder am *Nachimowski prospekt* noch an der *Nagornaja* waren ihnen Dinge zugestoßen, die dort noch nie vorgekommen waren.

Also lag es gar nicht an den Tunneln, die zur *Tulskaja* führten? Jetzt waren sie völlig ruhig, doch es war eine unheilvolle, angespannte Stille. Sicher: Hunter konnte die Gefahr auf Hunderte von Metern spüren, selbst an einer ihm unbekannten Station hatte er im Voraus eine Ahnung, was ihn erwartete. Aber war es nicht auch möglich, dass ihn seine Intuition gerade hier verließ – wie es schon mindestens einem Dutzend erfahrener Kämpfer ergangen war?

Vielleicht barg ja die *Nagatinskaja,* auf die sie sich nun zubewegten, die Lösung des Geheimnisses … Nur mit Mühe hielt Homer seine Gedanken beisammen – das Lauftempo war zu schnell. Dennoch versuchte er sich vorzustellen, was sie an dieser Station erwartete, die er früher so geliebt hatte. Der alte Mythensammler stellte sich vor, dass an der *Nagatinskaja* die legendäre »Satanische Gesandtschaft« entstanden war oder dass ihre Bewohner von Ratten aufgefressen worden waren, die auf ihrer Nahrungssuche durch eigene, für Menschen unzugängliche Tunnel durch das Metronetz migrierten.

Selbst wenn Homer allein unterwegs gewesen wäre – um nichts in der Welt wäre er umgekehrt. In all den Jahren an der *Sewastopolskaja* hatte er verlernt, den Tod zu fürchten. Und als er zu diesem Marsch aufgebrochen war, war ihm bewusst gewesen, dass es sein letztes Abenteuer werden konnte; er war bereit gewesen, die Zeit, die ihm noch blieb, dafür zu opfern.

Bereits eine halbe Stunde nach der Begegnung mit den Ungeheuern an der *Nagornaja* verblassten die Schrecken in seiner Erinnerung. Mehr noch, wie er nun in sich hineinhorchte, begann er auf dem Grund seiner Seele eine undeutliche, zaghafte Regung zu spüren: Irgendwo dort tief unten entstand – oder erwachte – das, worauf er so lange gewartet, wonach er sich so gesehnt hatte. Das, was er bei seinen gefährlichen Expeditionen gesucht hatte, da er es zu Hause nie hatte finden können …

Nun hatte er einen gewichtigen Grund, den Tod mit aller Kraft hinauszuzögern. Er konnte ihn sich erst erlauben, wenn er seine Arbeit erledigt hatte.

Der letzte Krieg war heftiger gewesen als alle vorherigen und hatte daher nur wenige Tage gedauert. Seit dem Zweiten Weltkrieg waren drei Generationen vergangen, die letzten Veteranen waren verstorben, und den Lebenden war die Angst vor dem Krieg unbekannt. Der kollektive Wahnsinn, der damals Millionen Menschen ihrer Menschlichkeit beraubt hatte, war wieder ein gewöhnliches politisches Instrument geworden.

Das fatale Spiel hatte sich mit jedem Tag mehr verselbstständigt, und am Ende blieb keine Zeit mehr, die richtigen Entscheidungen zu treffen. Das Verbot, Atomsprengköpfe einzusetzen, fiel im Eifer des Gefechts unter den Tisch: Im ersten Akt des Dramas hatte man das Gewehr an die Wand gehängt, und im vorletzten wurde nun tatsächlich daraus geschossen. Und dabei spielte es keine Rolle, wer den Abzug zuerst betätigt hatte.

Alle großen Städte der Erde versanken gleichzeitig in Schutt und Asche. Auch die wenigen, die einen Raketenschild hatten, gingen zugrunde; zwar blieben sie rein äußerlich fast unversehrt, aber Strahlung, chemische Kampfstoffe und biologische

Waffen hatten den Großteil der Bevölkerung augenblicklich vernichtet. Die brüchige Funkverbindung, die einige Überlebende unterhielten, riss nach wenigen Jahren endgültig ab. Von nun an endete die Welt für die Bewohner der Metro an den Grenzstationen der erschlossenen Linien.

War die Erde zuvor bis in den letzten Winkel erforscht und besiedelt gewesen, so hatte sie sich nun wieder in jenen grenzenlosen Ozean aus Chaos und Vergessen verwandelt, als den man sie in der Antike wahrgenommen hatte. Und die winzigen Inseln der Zivilisation versanken eine nach der anderen in seiner Tiefe, denn ohne Öl und Strom verwilderte die Menschheit zusehends.

Eine Zeit des Unheils brach an.

Jahrhundertelang hatten Wissenschaftler versucht, das Gewebe der Geschichte aus Fetzen uralter Papyri und Pergamentrollen, aus zerstückelten Kodizes und Folianten vorsichtig wiederherzustellen. Mit der Erfindung der Typografie, dem Erscheinen der ersten Zeitungen hatten die Druckereien an diesem Stoff weitergewebt. In den Chroniken der letzten zwei Jahrhunderte schließlich gab es kaum noch Lücken: So gut wie jede Geste, jeder Zwischenruf derer, die die Geschicke der Welt bestimmten, war sorgfältig dokumentiert worden.

Nun waren die Druckhäuser der ganzen Welt mit einem Schlag vernichtet worden – oder lagen verlassen da. Die Webstühle der Geschichte standen still. In einer Welt ohne Zukunft brauchte sie kaum noch jemand. Die Fetzen des Gewebes hielt nur noch ein dünner Faden zusammen …

In den ersten Jahren nach der Katastrophe war Nikolai Iwanowitsch verzweifelt durch die überfüllten Stationen gestreift, um seine Familie zu finden. Längst hatte er alle Hoffnung aufgegeben, doch verwaist und verloren wie er war, irrte er weiter durch die Finsternis des Untergrunds, denn in dieser Art von

Jenseits wusste er nichts mit sich anzufangen. Das Ariadneknäuel – der Sinn des Lebens –, das ihm den richtigen Weg durch das unendliche Labyrinth der Tunnel hätte zeigen können, war ihm aus der Hand gefallen.

In seiner Sehnsucht nach der alten Zeit begann er Zeitschriften zu sammeln, um sich erinnern, um träumen zu können. Und er durchforschte die Nachrichtenseiten und Zeitungskommentare, um herauszufinden, ob man die Apokalypse hätte verhindern können. Irgendwann begann er die Ereignisse an den Stationen, die er aufgesucht hatte, selbst in einer Art Nachrichtenstil aufzuschreiben.

Und so kam es, dass Nikolai Iwanowitsch anstelle des verlorenen Fadens einen neuen, *den* Faden aufnahm: Er beschloss, Chronist der Metro zu werden, Verfasser der jüngsten Geschichte, vom Ende der Welt bis zu seinem eigenen Ende. Sein ungeordnetes, zielloses Sammeln erhielt nun einen Sinn: das beschädigte Gewebe der Zeit in mühevoller Kleinarbeit zu restaurieren und von eigener Hand fortzuspinnen.

Die anderen hielten Nikolai Iwanowitschs Leidenschaft für harmlose Spinnerei. Bereitwillig opferte er seine Wegzehrung für alte Zeitungen und machte, wohin auch immer es ihn verschlug, aus seinem persönlichen Winkel ein wahres Archiv. Er meldete sich freiwillig zum Wachdienst, weil gerade dort, am Feuer bei Meter 300, wilde Kerle sich wie kleine Jungs wüste Geschichten erzählten, aus denen er jedes noch so kleine Körnchen glaubwürdiger Information über die anderen Regionen der Metro herausfischte. Aus Myriaden von Gerüchten filterte er so die wahren Tatsachen heraus und hielt diese akkurat in seinen Schulheften fest.

Auch wenn ihm diese Arbeit Ablenkung verschaffte, wusste er doch stets um die Vergeblichkeit seines Tuns. Nach seinem Tod würden all die Berichte, die er sorgfältig im Herbarium seiner Hefte ablegte, mangels angemessener Pflege zu Staub zerfallen. Ab jenem Tag, an dem er nicht mehr vom Dienst zurückkommen würde, waren seine Zeitungen und Chroniken nur noch zum Feuermachen gut, und nicht einmal dafür würden sie lange herhalten.

Von dem vergilbten Papier würden Rauch und Asche bleiben, die Atome würden neue Verbindungen eingehen, neue Formen annehmen, kurz: das Materielle ließ sich kaum zerstören. Doch das, was er eigentlich zu bewahren hoffte, all das Unfassbare, Ephemere, das sich auf diesen Seiten drängte, würde für immer, endgültig verloren gehen.

So funktionierte der Mensch eben: Was in den Schulbüchern stand, blieb ihm nur so lange im Gedächtnis, bis er die Abschlussprüfung bestanden hatte. Und wenn er dann all das Gelernte wieder vergaß, so tat er dies mit ehrlicher Erleichterung. Das Gedächtnis des Menschen ist wie Wüstensand, dachte Nikolai Iwanowitsch. Zahlen, Daten und Namen zweitrangiger Personen verwehen darin spurlos, als hätte man sie mit einem Holzstock in eine Wanderdüne geschrieben.

Nur dann kann sich etwas darin halten, wenn es die Fantasie des Menschen erobert, das Herz schneller schlagen lässt, den Menschen dazu bewegt, sich etwas hinzuzudenken, etwas zu empfinden. Eine ergreifende Geschichte eines großen Helden und seiner Liebe kann eine ganze Zivilisation überleben, indem sie sich im Gehirn der Menschen festsetzt und über Jahrhunderte von Generation zu Generation weitergegeben wird.

Nachdem er dies begriffen hatte, wandelte er sich vom Möchtegern-Wissenschaftler zum Alchemisten – und aus Nikolai Iwanowitsch wurde Homer. Von nun an verbrachte er seine Nächte nicht mehr damit, irgendwelche Chroniken zu erstellen, sondern nach der Formel für die Unsterblichkeit zu suchen. Nach einer Geschichte, die so langlebig war wie Gilgamesch, und einem Helden, der es an Zähigkeit mit Odysseus aufnehmen konnte. Auf den Faden dieser Geschichte würde Homer dann all das von ihm gesammelte Wissen auffädeln. Und in einer Welt, in der Papier in Wärme umgewandelt wurde, in der man die Vergangenheit leichtsinnig für einen Augenblick in der Gegenwart opferte, würde die Legende dieses Helden die Herzen der Menschen erobern und sie von ihrer kollektiven Amnesie erlösen.

Doch die ersehnte Formel ließ auf sich warten; der Held wollte einfach nicht auf der Bühne erscheinen. Das Abschreiben von Zeitungsartikeln hatte Homer nicht gelehrt, wie man Mythen erzeugt, einem Golem Leben einhaucht und eine erfundene Geschichte attraktiver macht als die Realität. Sein Arbeitstisch kam ihm vor wie Frankensteins Laboratorium: überall zerknüllte Seiten mit bruchstückhaften ersten Kapiteln einer Saga, deren Charaktere nicht überzeugend, nicht überlebensfähig waren. Das Einzige, was bei seinen nächtelangen Sitzungen herauskam, waren dunkle Ringe unter den Augen und wund gebissene Lippen.

Und doch gab Homer seine neue Bestimmung so leicht nicht auf. Er verscheuchte jeden Verdacht, dass er womöglich nicht dafür geeignet war, dass es zur Erschaffung von Welten einer Begabung bedurfte, die man ihm vorenthalten hatte.

Er müsse einfach noch auf die Eingebung warten, redete er sich ein … Und woher sollte die auch kommen in der stickigen Stationsluft, zwischen dem Teeritual zu Hause und seiner Schicht in der Landwirtschaft, ja selbst während der Wachdienste, zu denen man ihn aus Altersgründen immer seltener heranzog? Nein, er brauchte Aufregung, Abenteuer, den Sturm der Leidenschaft. Vielleicht brachen dann ja doch irgendwann die Dämme seines Bewusstseins, und er würde sein schöpferisches Werk beginnen können …

Selbst in den schwierigsten Zeiten war die *Nagatinskaja* nie ganz unbewohnt gewesen. Sie war freilich kein idealer Lebensort: Hier wuchs nichts, und die Ausgänge nach oben waren versperrt. Doch manch einem kam die Station zupass, um für eine gewisse Zeit unterzutauchen oder sich für ein intimes Stelldichein mit einer Geliebten zu treffen.

Jetzt aber war sie leer.

Hunter huschte mit lautlosen Schritten die Treppe hinauf zum Bahnsteig und blieb stehen. Homer folgte ihm keuchend und blickte sich nervös nach allen Seiten um. Die Station war dunkel, nur der in der Luft hängende Staub glitzerte im Schein ihrer Lampen. Die spärlichen Häufchen aus Fetzen und Pappe, auf denen sich die gelegentlichen Gäste der *Nagatinskaja* niederließen, lagen über den Boden verstreut da.

Homer lehnte sich mit dem Rücken gegen eine Säule und glitt langsam zu Boden. Einst war die *Nagatinskaja* mit ihren eleganten mehrfarbigen Marmormosaiken eine seiner Lieblingsstationen gewesen. Doch so dunkel und leblos, wie sie jetzt war, hatte sie mit ihrem früheren Äußeren kaum noch etwas gemein. Wie das gravierte Konterfei eines Toten auf seinem Grabstein, angefertigt anhand eines alten Passfotos aus einer Zeit, als jener noch nicht ahnen konnte, dass er nicht ins Objektiv, sondern in die Ewigkeit blickte.

»Keine Menschenseele«, sagte Homer zögerlich, verwirrt.

»Außer einer«, widersprach der Brigadier und nickte ihm zu.

»Ich meinte …«, begann der Alte, doch Hunter unterbrach ihn mit einer Handbewegung.

Am anderen Ende der Station, dort, wo die Säulenreihe endete und sogar der Scheinwerfer des Brigadiers sich verlor, kroch etwas langsam auf den Bahnsteig …

Homer fiel seitlich auf den Boden, stützte sich mit den Armen ab und erhob sich dann schwerfällig. Hunters Lampe war erloschen, der Brigadier selbst hatte sich in Luft aufgelöst. Schweißnass vor Angst tastete Homer nach dem Sicherungshebel und presste zitternd den Gewehrkolben gegen die Schulter. Aus der Ferne drangen zwei gedämpfte Schüsse an seine Ohren. Ermutigt blickte Homer hinter der Säule hervor und hastete dann weiter nach vorne.

In der Mitte des Bahnsteigs stand Hunter aufrecht da. Zu seinen Füßen krümmte sich eine schwer erkennbare, hagere und erbärmliche Gestalt. Sie schien ausschließlich aus Kisten und Fetzen zu bestehen und erinnerte nur entfernt an einen Menschen, war aber einer. Alter und Geschlecht waren nicht eindeutig auszumachen – in seinem verdreckten Gesicht waren nur die Augen zu erkennen. Er gab undeutliche, stöhnende Laute von sich und versuchte von dem über ihm aufragenden Brigadier fortzukriechen. Wie es aussah, hatte dieser ihm beide Beine durchschossen.

»Wo sind sie alle? Warum ist hier niemand?« Hunter trat mit seinem Stiefel auf die Schleppe aus stinkenden, zerrissenen Lumpen, die der Obdachlose hinter sich herzog.

»Sie sind alle weg … haben mich im Stich gelassen. Bin ganz allein zurückgeblieben«, krächzte dieser. Dabei wischte er mit den Händen über den glatten Granit, jedoch ohne vorwärtszukommen.

»Wo sind sie hingegangen?«

»Zur *Tulskaja* …«

Homer hatte die beiden erreicht und mischte sich sogleich ein: »Was geht dort vor sich?«

»Woher soll ich das wissen?« Der Obdachlose zog eine Grimasse. »Alle, die dorthin gegangen sind, sind dort verreckt. Frag die doch. Ich hab keine Kraft mehr, mich in den Tunneln rumzutreiben. Ich sterbe lieber hier.«

Der Brigadier ließ nicht locker: »Warum sind sie fortgegangen?«

»Sie hatten Angst, Chef. Die Station wurde immer leerer. Also beschlossen sie durchzubrechen. Keiner ist zurückgekehrt.«

»Gar niemand?« Hunter hob den Lauf seiner Pistole an.

»Niemand. Nur einer«, korrigierte sich der Mann. Als er bemerkte, dass die Mündung weiter auf ihn gerichtet war, krümmte er sich wie eine Ameise unter dem Brennglas. »Der ist zur *Nagornaja* gegangen. Ich hab geschlafen. Vielleicht hab ich es mir auch nur eingebildet.«

»Wann?«

Der Obdachlose schüttelte den Kopf. »Ich hab keine Uhr. Vielleicht gestern, vielleicht vor einer Woche.«

Es kamen keine Fragen mehr, doch der Pistolenlauf war immer noch auf die Stirn des Verhörten gerichtet. Hunter schwieg, als wäre seine Mechanik abgelaufen. Er atmete seltsam schwer; man hätte meinen können, die Unterredung mit dem Penner hätte ihn zu viel Kraft gekostet.

»Darf ich …«, hob der Obdachlose an.

»Da, friss!«, knurrte der Brigadier, und bevor Homer begriff, was vor sich ging, drückte er zweimal ab. Das schwarze Blut aus der durchlöcherten Stirn schoss über die weit aufgerissenen Augen des Unglücklichen. Er fiel zu Boden – und wieder war er nichts als ein Haufen Lumpen und Pappe. Ohne aufzublicken, lud Hunter vier neue Patronen in das Magazin seiner Stetschkin und sprang auf die Gleise. »Wir finden das bald selber raus«, rief er dem Alten zu.

Homer beugte sich widerwillig über die Leiche, nahm ein Stück Stoff und bedeckte damit den zerschmetterten Kopf des Obdachlosen. Seine Hände zitterten noch immer. »Warum hast du ihn getötet?«, sagte er schwach.

»Frag dich selbst«, gab Hunter dumpf zurück.

Selbst wenn er all seine Kraft zusammennahm, konnte er nur

noch die Augen öffnen und schließen. Seltsam, dass er überhaupt wieder aufgewacht war … Er war vielleicht eine Stunde lang ohne Bewusstsein dagelegen, und in dieser Zeit hatte die Taubheit seinen ganzen Körper wie eine Eisschicht bedeckt. Seine Zunge war am Gaumen festgetrocknet, und auf seiner Brust lastete ein zentnerschweres Gewicht. Nun konnte er nicht einmal mehr seiner Tochter Lebewohl sagen – dabei war es das Einzige, wofür es sich gelohnt hätte, noch einmal zu sich zu kommen und das Ende seines ewigen Lebenskampfes noch einmal hinauszuzögern.

Sascha lächelte nicht mehr. Offenbar träumte sie jetzt unruhig, lag zusammengerollt auf ihrer Liege, beide Arme um sich geschlungen, die Stirn gerunzelt. Schon als Kind hatte er sie stets geweckt, wenn sie von Albträumen gequält wurde, doch nun reichten seine Kräfte gerade noch, um langsam die Lider zu bewegen.

Schließlich fiel ihm auch das zu schwer.

Wenn er aushalten wollte, bis Sascha erwachte, musste er weiterkämpfen. Über zwanzig Jahre schon dauerte sein Kampf, jeden Tag, jede Minute – er war verdammt müde geworden davon. Müde sich zu schlagen, müde sich zu verstecken, müde zu jagen. Zu beweisen, zu hoffen, zu lügen.

Während sich sein Bewusstsein immer mehr verdunkelte, verspürte er nur noch zwei Wünsche: einmal noch Sascha in die Augen zu sehen und dann … endlich Ruhe zu finden. Doch es wollte ihm nicht gelingen. Wieder stiegen die Bilder der Vergangenheit vor seinem inneren Auge auf und mischten sich mit der Realität. Er musste eine Entscheidung treffen. Andere brechen oder selbst gebrochen werden. Strafen oder büßen …

Die Gardisten schlossen die Reihen. Jeder von ihnen war ihm persönlich ergeben. Bereit hier und jetzt zu sterben, sich von der Menge zerreißen zu lassen, auf Unbewaffnete zu schießen. Er war der Kommandant der letzten unbesiegten Station der

Metro, Präsident einer nicht mehr existenten Konföderation. Unter diesen Soldaten war seine Autorität unbestritten, er war unfehlbar, und jeder seiner Befehle würde unverzüglich, ohne nachzudenken ausgeführt werden. Er würde für alles die Verantwortung übernehmen, wie er es stets getan hatte.

Wenn er jetzt zurückwich, würde die Station zuerst in Anarchie versinken, und dann würde jenes brodelnde rote Imperium sie vereinnahmen, das über seine ursprünglichen Grenzen herausgetreten war und immer neue Territorien unter sich begrub. Ließ er dagegen das Feuer auf die Demonstranten eröffnen, so würde die Macht in seinen Händen bleiben – zumindest für eine gewisse Zeit. Und wenn er vor Massenexekutionen und Folter nicht zurückschreckte, vielleicht für immer.

Er legte sein Sturmgewehr an. Im nächsten Augenblick machte die Einheit hinter ihm dieselbe Bewegung.

Dort hinten tobten sie, nicht nur ein paar Hundert Protestierer, sondern eine riesige, gesichtslose Menschenmasse. Gebleckte Zähne, aufgerissene Augen, geballte Fäuste.

Er entsicherte. Die Einheit antwortete ihm mit demselben Klicken.

Es war Zeit, das Schicksal endlich am Kragen zu packen.

Er hob den Lauf und drückte ab. Von der Decke rieselte Kalk. Einen Augenblick lang verstummte die Menge. Er signalisierte den Kämpfern, die Waffen zu senken, und machte einen Schritt nach vorne. Er hatte sich entschieden.

Und endlich ließ ihn die Erinnerung frei.

Sascha schlief noch immer. Er machte einen letzten Atemzug, versuchte sie ein letztes Mal anzusehen, doch konnte er die Lider nicht mehr heben … Aber anstatt ewiger, undurchdringlicher Finsternis erblickte er vor sich einen undenkbar blauen Himmel – klar und hell, wie die Augen seiner Tochter.

»Stehen bleiben!«

Vor lauter Überraschung wäre Homer beinahe in die Luft gesprungen und hätte die Hände gehoben, doch er riss sich zusammen. Der näselnde Zuruf – offenbar per Megafon – aus der Tiefe des Tunnels hatte ihn überrascht. Der Brigadier dagegen war kein bisschen verwundert. Gespannt wie eine Kobra, bevor sie zupackt, zog er kaum merklich das schwere Automatikgewehr hinter seinem Rücken hervor.

Hunter hatte nicht nur die letzte Frage des Alten nicht beantwortet, sondern seither kein einziges Wort mit ihm gewechselt. Die eineinhalb Kilometer von der *Nagatinskaja* zur *Tulskaja* waren Homer endlos vorgekommen wie der Weg nach Golgatha. Er befürchtete, dass am Ende dieses Tunnels der Tod auf ihn wartete, und es fiel ihm immer schwerer, Hunters Tempo mitzuhalten.

Wenigstens hatte er nun Zeit, sich darauf vorzubereiten, und so begann er an alte Zeiten zu denken. Er dachte an Jelena, geißelte sich für seinen Egoismus, bat sie um Vergebung. In sanftem, traurigem Licht sah er erneut jenen magischen, leicht verregneten Sommertag auf der Twerskaja vor sich. Mit Bedauern stellte er fest, dass er vor dem Aufbruch nicht verfügt hatte, was mit seinen Zeitungen geschehen sollte.

Er war darauf vorbereitet gewesen zu sterben – von Monstern zerrissen, von riesigen Ratten aufgefressen, von irgendwelchen Gasen vergiftet zu werden … Welche Erklärungen gab es sonst dafür, dass sich die *Tulskaja* in ein schwarzes Loch verwandelt hatte, das alles von außen in sich hineinsog und nichts mehr hinausließ?

Doch als er nun beim Anmarsch auf die geheimnisvolle Station diese gewöhnliche menschliche Stimme vernahm, wusste er nicht mehr, was er denken sollte. War die *Tulskaja* etwa einfach nur besetzt worden? Aber wer war in der Lage, gleich mehrere Aufklärungstrupps der *Sewastopolskaja* niederzuwalzen, und wer hatte all die Landstreicher, die aus den Tunneln zu dieser Station zogen, systematisch vernichtet, ohne Frauen und Alte zu verschonen?

»Dreißig Schritte nach vorn!«, sagte die Stimme aus der Ferne.

Sie kam Homer überraschend bekannt vor, und hätte er Zeit zum Nachdenken gehabt, hätte er herausfinden können, wem sie gehörte. War das nicht jemand von den Sewastopolern?

Hunter legte die Kalaschnikow auf einen Arm und begann folgsam seine Schritte abzuzählen: für die dreißig des Brigadiers benötigte Homer ganze fünfzig. Vor ihnen war unscharf eine Barrikade zu erkennen, die willkürlich aus irgendwelchen Gegenständen aufgeschichtet zu sein schien. Seltsamerweise verwendeten die Verteidiger kein Licht …

»Lampen aus!«, kommandierte jemand hinter dem Haufen. »Einer von euch beiden kommt noch zwanzig Schritte näher.«

Hunter entsicherte und ging weiter. Homer blieb erneut allein zurück; er wagte es nicht, sich dem Befehl zu widersetzen. In der tiefen Dunkelheit, die nun herrschte, ließ er sich vorsichtig auf einer Schwelle nieder, ertastete die Wand und lehnte sich dagegen.

Die Schritte des Brigadiers verstummten in der gewünschten Entfernung. Jemand fragte ihn etwas Unverständliches, und er gab knurrend Antwort. Dann spitzte sich die Lage zu: Anstelle der anfangs zurückhaltenden, aber angespannten Stimmen waren jetzt Flüche und Drohungen zu hören. Offenbar forderte Hunter etwas von den unsichtbaren Wächtern, was diese ihm verweigerten.

Nun schrien sie sich beinahe an, und Homer glaubte schon fast einzelne Worte unterscheiden zu können … doch verstand er nur ein einziges – das letzte:

»Strafe!«

In diesem Augenblick beendete das Rattern einer Kalaschnikow das Gespräch, dann donnerte die schwere Salve eines Petscheneg-Maschinengewehrs dagegen. Homer warf sich zu Boden, riss den Sicherungshebel herum, wusste nicht, ob er schießen sollte oder nicht, und wenn, auf wen. Doch war alles bereits zu Ende, bevor er überhaupt anlegen konnte.

In den kurzen Pausen zwischen den abgehackten Morsesignalen des MGs gab der Bauch des Tunnels ein gedehntes Kreischen von sich, das Homer mit nichts in der Welt verwechselt hätte.

Das hermetische Tor schloss sich! Tonnen von Stahl rammten sich in eine Nut, sodass die Schreie und das Maschinengewehrfeuer auf einmal ganz dumpf erklangen.

Der einzige Zugang zur Großen Metro war verschlossen.

Nun gab es für die *Sewastopolskaja* keine Hoffnung mehr.

# 6
# Von der anderen Seite

Einen Augenblick später glaubte Homer fast, er habe sich alles nur eingebildet: die undeutlichen Umrisse der Barrikaden am Ende des Tunnels, die scheinbar bekannte, vom Megafon verzerrte Stimme … Als das Licht ausging, erloschen auch alle Geräusche, und er fühlte sich wie ein Verurteilter, dem man vor der Hinrichtung einen Sack über den Kopf gestülpt hatte. In der absoluten Dunkelheit und plötzlich hereinbrechenden Stille schien die ganze Welt auf einmal verschwunden zu sein. Homer berührte sein Gesicht, um sich davon zu überzeugen, dass zumindest er selbst sich in dieser kosmischen Schwärze nicht aufgelöst hatte.

Doch dann besann er sich, ertastete seine Lampe und hielt den zitternden Lichtstrahl vor sich hin – dorthin, wo vor wenigen Sekunden das unsichtbare Gefecht stattgefunden hatte. Etwa dreißig Meter von jener Stelle entfernt, wo er während des Kampfes in Deckung gegangen war, endete der Tunnel in einer Sackgasse. Den Durchgang durchschnitt auf seiner ganzen Höhe und Breite, wie die Klinge einer Guillotine, eine stählerne Tür.

Er hatte sich also nicht verhört: Jemand hatte tatsächlich die hermetische Sperre betätigt. Homer hatte von ihrer Existenz gewusst, jedoch nicht geglaubt, dass sie noch intakt war. Wie sich herausstellte, war sie durchaus noch zu verwenden.

Seine von der Papierarbeit geschwächten Augen entdeckten nicht gleich die menschliche Gestalt, die an der Eisenwand lehnte. Homer nahm das Gewehr nach vorn und machte einen Schritt zurück. Zuerst dachte er, einer der Männer von der anderen Seite sei in dem Durcheinander vor dem Tor geblieben, doch dann erkannte er – Hunter.

Der Brigadier bewegte sich nicht. Homer brach der Schweiß aus. Zögernd näherte er sich Hunter. Vermutlich würde er jeden Augenblick Blutspuren auf dem rostigen Metall entdecken … Doch nein. Obwohl man in einem leeren Tunnel und aus einem Maschinengewehr auf Hunter geschossen hatte, war er völlig unversehrt. Er drückte sein verstümmeltes Ohr an das Metall und lauschte nach Geräuschen, die offenbar nur er vernahm.

»Was ist passiert?«, fragte Homer vorsichtig, während er näher kam.

Der Brigadier beachtete ihn nicht. Er flüsterte etwas, jedoch zu sich selbst, schien die Worte zu wiederholen, die hinter dem geschlossenen Tor gesprochen wurden. Es vergingen einige Minuten, bis er sich von der Wand losriss und Homer zuwandte. »Wir gehen wieder zurück.«

»Was ist passiert?«

»Das sind Banditen. Wir brauchen Verstärkung.«

»Banditen?«, fragte der Alte verwirrt. »Die Stimme vorhin schien mir …«

»Die *Tulskaja* ist in Feindeshand. Wir müssen sie stürmen. Dazu brauchen wir Verstärkung mit Flammenwerfern.«

»Wozu das?« Homer stand völlig neben sich.

»Zur Sicherheit. Wir gehen zurück.« Hunter drehte sich um und begann sich zu entfernen.

Bevor Homer ihm folgte, betrachtete er aufmerksam das Tor, ja lehnte sich gegen das kühle Metall in der Hoffnung, ebenfalls einen Gesprächsfetzen zu erhaschen. Doch er vernahm nichts als Stille.

Und plötzlich begriff Homer, dass er dem Brigadier nicht glaubte. Wer auch immer jener Feind war, der die Station erobert hatte, er verhielt sich jedenfalls völlig unverständlich. Wozu hatten sie die hermetische Sperre betätigt? Um sich vor zwei Menschen zu schützen? Was waren das für Banditen, die mit irgendwelchen Bewaffneten in Verhandlungen traten, anstatt sie niederzumähen, bevor sie ihnen zu nahe kamen?

Und schließlich: Was bedeutete das unheilvolle Wort »Strafe«, das die geheimnisvollen Wächter erwähnt hatten?

Nichts ist wertvoller als das menschliche Leben, hatte Saschas Vater immer gesagt.

Für ihn waren das keine leeren Worte gewesen, keine Binsenweisheit. Es hatte eine Zeit gegeben, als er noch ganz anders dachte – nicht umsonst war er der jüngste Militärkommandeur der gesamten Linie gewesen.

Mit zwanzig denkt man über Mord und Tod noch nicht viel nach. Das ganze Leben erscheint einem wie ein Spiel, das man im schlimmsten Fall wieder von vorne beginnen kann. Es war ja kein Zufall, dass die Armeen der Welt sich aus jungen Männern rekrutierten, die eben noch Schüler gewesen waren. Und über diese Jungs, die doch nur Krieg spielten, verfügte ein Einzelner, für den Tausende kämpfender und sterbender Menschen nur blaue und rote Pfeile auf irgendwelchen Karten waren. Einer, der nicht an abgerissene Beine, hervorquellende Därme und aufgeplatzte Schädel dachte, wenn er beschloss, eine Kompanie oder ein Regiment zu opfern.

Es hatte eine Zeit gegeben, da hatte ihr Vater seine Feinde genauso verachtet wie sich selbst. Damals hatte er Aufgaben, bei denen er seinen eigenen Kopf riskierte, mit befremdlicher Leichtigkeit angenommen. Dabei war er keineswegs unbesonnen, sondern stets streng berechnend vorgegangen. Klug, strebsam, dabei dem Leben gegenüber gleichgültig, vermochte er dessen Realität nicht zu spüren, verschwendete keinen Gedanken an die Folgen, empfand keinerlei Gewissensnöte. Nein, auf Frauen und Kinder hatte er nie geschossen, aber Deserteure hatte er eigenhändig exekutiert, und er war stets als Erster gegen die Feuerstellungen der Gegner vorausmarschiert. Schmerz konnte ihm kaum etwas anhaben. Meist war ihm sowieso alles egal.

Bis er Saschas Mutter traf.

Sie schlug ihn, der Siege gewohnt war, mit ihrer Gleichgültigkeit in Bann. Seine einzige Schwäche, der Ehrgeiz, der ihn zuvor gegen die Maschinengewehre getrieben hatte, führte ihn nun in einen neuen, verzweifelten Sturmangriff, der sich unversehens zu einer langfristigen Belagerung auswuchs.

Lange genug hatte er sich in Liebesangelegenheiten nicht besonders anstrengen müssen: Die Frauen hatten ihm stets von selbst ihr Banner zu Füßen gelegt. Von ihrer Nachgiebigkeit korrumpiert, konnte er mit jeder neuen Freundin stets seine Begierde befriedigen, noch ehe er sich in sie verliebte, sodass er meist schon nach der ersten Nacht jegliches Interesse an der Verführten verlor. Sein stürmisches Wesen sowie sein Ruhm vernebelten den Mädchen die Augen, und kaum eine machte je auch nur den Versuch, die gute alte Strategie des Abwartens anzuwenden – den Mann warten zu lassen, um ihn erst einmal besser kennenzulernen.

Saschas Mutter jedoch hatte erst einmal nichts für ihn übrig. Sie ließ sich von seinen Auszeichnungen, seinem Rang, seinen Triumphen auf dem Schlachtfeld und in der Liebe nicht beeindrucken. Auf seine Blicke reagierte sie nicht, seine Witze riefen bei ihr nur ein Kopfschütteln hervor. Diese junge Frau zu erobern wurde für ihn zur echten Herausforderung. Einer Herausforderung, die ernster war als die Unterwerfung benachbarter Stationen.

Eigentlich hätte sie nur eine weitere Kerbe auf seinem Gewehrkolben sein sollen. Doch schon bald begriff er: Je weiter die Vereinigung mit ihr in die Ferne rückte, desto wichtiger wurde sie ihm. Sie verhielt sich so, dass er jede Gelegenheit, mit ihr auch nur eine Stunde am Tag zu verbringen, als Triumph empfand. Dabei ließ sie sich scheinbar nur darauf ein, um ihn ein wenig zu quälen. Sie bezweifelte seine Verdienste, verhöhnte seine Prinzipien. Beschimpfte ihn wegen seiner Hartherzigkeit, erschütterte seine Gewissheit, bis er an seinen Kräften und Zielen zweifelte.

Er erduldete das alles. Nein, es gefiel ihm sogar. Mit ihr begann er nachzudenken. Zu schwanken. Und schließlich zu fühlen: Hilflosigkeit, denn er wusste nicht, wie er sich dieser Frau nähern sollte; Bedauern angesichts all jener Minuten, die er nicht mit ihr verbrachte; ja sogar Angst, sie zu verlieren, ohne sie je gewonnen zu haben. Liebe. Und da belohnte sie ihn mit einem Zeichen: einem silbernen Ring.

Erst als er nicht mehr wusste, wie er ohne sie auskommen würde, gab sie nach.

Ein Jahr später kam Sascha zur Welt.

Diese zwei Leben konnte er nicht im Stich lassen, also durfte auch er selbst nicht mehr einfach so sterben.

Wenn du im Alter von fünfundzwanzig Jahren die stärkste Armee im dir bekannten Teil der Welt befehligst, trennst du dich nur schwer von der Vorstellung, dass die Erde auf deinen Befehl hin aufhören würde, sich zu drehen. Doch um einem Menschen das Leben zu nehmen, braucht man in Wirklichkeit nicht viel Macht; es aber den Verstorbenen zurückzugeben steht in niemandes Macht.

Davon durfte er sich selbst überzeugen: Die Tuberkulose raffte seine Frau dahin, und er war nicht imstande sie zu retten. Das war der Moment, als etwas in ihm zerbrach.

Sascha war gerade vier geworden, doch erinnerte sie sich gut an ihre Mutter. Auch die furchtbare Leere des Tunnels, nachdem sie gestorben war, hatte Sascha noch deutlich in Erinnerung. Die Nähe des Todes tat sich in ihrer kleinen Welt wie ein bodenloser Abgrund auf, und sie blickte oft hinab. Die Ränder des Abgrunds wuchsen nur sehr langsam zusammen – zwei oder drei Jahre vergingen, bis sie aufhörte im Schlaf nach ihrer Mutter zu rufen.

Ihr Vater tat das bis zum heutigen Tag.

Vielleicht ging Homer die Sache nicht richtig an? Wenn der Held seines Epos ihm schon nicht selbst erscheinen wollte, warum nicht mit seiner künftigen Geliebten beginnen? Vielleicht konnte er ihn ja mit ihrer Schönheit und Jugend hervorlocken?

Wenn Homer zunächst ganz vorsichtig ihre Linien zeichnete – ob sein Held ihr dann irgendwann aus dem Nichts entgegentrat? Wenn ihre Liebe vollkommen sein sollte, mussten sich die beiden Figuren ideal ergänzen. Folglich musste der Held in Homers Poem als vollendeter, fertiger Charakter erscheinen.

In ihren Gedanken und Windungen würden sie einander ebenso gleichen wie die Scherben der zersplitterten Glasmalereien an der *Nowoslobodskaja*. Denn auch sie waren früher einmal ein Ganzes gewesen, bestimmt dazu, sich wieder zu vereinen … Homer fand nichts Schlechtes daran, diesen gelungenen Plot bei den alten Klassikern zu klauen.

Leichter gesagt als getan. Aus Tinte und Papier eine junge Frau zu formen, dieser Aufgabe sah sich Homer einfach nicht gewachsen. Auch zweifelte er daran, dass er Gefühle überzeugend würde beschreiben können.

Sein Verhältnis zu Jelena war von einer sanften Zärtlichkeit geprägt gewesen, aber sie hatten sich einfach zu spät kennengelernt, um sich rückhaltlos zu lieben. In ihrem Alter war es nicht mehr darum gegangen, ihre Leidenschaft zu stillen; sie waren zusammengekommen, um die Schatten der Vergangenheit hinter sich zu lassen und ihre Einsamkeit zu lindern.

Die wahre und einzige Liebe Nikolai Iwanowitschs war dort oben zurückgeblieben. Doch ihr Facettenreichtum war in den vergangenen Jahrzehnten so sehr verblasst, dass er für seinen Roman kein wirkliches Vorbild mehr hatte. Zumal die Beziehung zu seiner Frau ohnehin nichts Heroisches an sich gehabt hatte.

Gerade an dem Tag, als das atomare Gewitter über Moskau hereinbrach, hatte man Nikolai angeboten, die Stelle des erst kürzlich pensionierten Zugführers Serow zu übernehmen, was für ihn eine Verdopplung des Gehalts bedeutete. Bevor er jedoch seinen neuen Posten antrat, sollte er einige Tage frei machen. Er hatte seine Frau angerufen, die daraufhin ankündigte, sie werde eine Scharlottka backen, und dann das Haus verließ, um Sekt zu kaufen und mit den Kindern einen Spaziergang zu machen.

Er aber musste vor seinem Urlaub noch eine letzte Schicht hinter sich bringen.

Als Nikolai Iwanowitsch das Führerhaus des Zuges betrat, wusste er, dass er künftig dessen neuer Kapitän sein würde, glücklich verheiratet und am Beginn eines Tunnels, der in eine herrliche, lichte Zukunft führte. Schon eine halbe Stunde später war er um zwanzig Jahre älter geworden. Und als er an der Endstation ankam, war Nikolai ein gebrochener, armer, einsamer Mann. Vielleicht überkam ihn deshalb jedes Mal, wenn er auf einen wie durch ein Wunder erhaltenen Zug traf, dieses seltsame Verlangen: den für ihn bestimmten Platz des Zugführers einzunehmen, wie selbstverständlich über das Armaturenbrett zu streichen, durch die Frontscheibe in das Netz der Tunnelsegmente zu blicken. Sich vorzustellen, dass man das Fahrzeug doch noch instand setzen könne …

Um den Rückwärtsgang einzulegen.

Es war, als erzeugte der Brigadier um sich eine Art Feld, das sämtliche Gefahren von ihm ablenkte. Und er schien das zu wissen. Bis zur *Nagornaja* brauchten sie nicht einmal eine Stunde. Diesmal leistete die Linie keinerlei Widerstand.

Homer hatte es immer gespürt: Ob Aufklärer, Handelsreisende der *Sewastopolskaja* oder sonstige, gewöhnliche Menschen – sobald sie sich in die Tunnel wagten, wurden sie für die Metro zu fremdartigen Organismen. Mikroben, die in ihren Blutkreislauf geraten waren. Kaum hatten sie die Grenzen ihrer Stationen verlassen, entzündete sich die Luft um sie herum, die Wirklichkeit bekam Risse, und gleichsam aus dem Nichts tauchten plötzlich die unglaublichsten Geschöpfe auf, die die Metro den Menschen entgegenstellte.

Hunter dagegen war kein Fremdkörper auf diesen dunklen Strecken, er schien den Leviathan, durch dessen Gefäßsystem er sich bewegte, nicht zu stören. Ja, zuweilen löschte er seine Lampe aus, um sich selbst in einen Klumpen jener Finsternis zu verwandeln, die die Tunnel erfüllte. Dann schien es, als würde er von unsichtbaren Strömungen ergriffen, und er flog doppelt so schnell voran. Obwohl Homer ihm mit äußerster Anstrengung nacheilte, blieb er zurück und musste ihm hinterherrufen, damit jener sich besann und auf den Alten wartete.

Auf dem Rückweg passierten sie die *Nagornaja* ungestört. Der Nebel hatte sich aufgelöst, die Station schlief. Nun konnte man vom einen Ende zum anderen sehen. Wo sich jene geisterhaften Riesen versteckt hielten, war ein absolutes Rätsel. Es war ein gewöhnlicher, verlassener Haltepunkt: Salzablagerungen an der feuchten Decke; eine weiche Staubschicht auf dem Bahnsteig; hie und da hatte jemand mit Kohle etwas Unanständiges an die verrußten Wände geschmiert. Erst auf den zweiten Blick erkannte man die seltsamen Zeichnungen auf dem Boden – sie schienen von einer Art wildem Tanz herzurühren – und die vertrockneten braunen Flecken an den Säulen und Stuckdecken, die ihrerseits aufgeplatzt und abgebröckelt waren, als hätte sich jemand daran gerieben.

Doch auch die *Nagornaja* flackerte nur kurz auf und blieb zurück – sie flogen weiter. Solange Homer dem Brigadier folgte, schien auch ihn jener magische Kokon der Unverwundbarkeit zu umschließen. Der Alte wunderte sich über sich selbst: Woher nahm er bloß die Kraft für einen derartigen Gewaltmarsch?

Doch zum Sprechen reichte ihm der Atem nicht, und Hunter hätte ihm auch keine Antwort gegeben. Zum wiederholten Mal an diesem langen Tag fragte sich Homer, warum er sich überhaupt auf den schweigsamen und unbarmherzigen Brigadier eingelassen hatte, der ihn immer wieder zu vergessen drohte.

Der betäubende Gestank des *Nachimowski prospekt* kam immer näher. Diese Station hätte Homer am liebsten so schnell wie möglich hinter sich gelassen, doch der Brigadier verlangsamte das Tempo. Während es der Alte in seiner Gasmaske kaum aushielt, schnüffelte Hunter sogar darin herum, als könne er aus der schweren, stickigen Fäulnis einzelne Nuancen herausriechen.

Auch dieses Mal wichen die Leichenfresser respektvoll vor ihnen zurück, warfen ihre halb abgenagten Knochen fort, spien Fleischfetzen auf den Boden. Hunter bestieg den Hügel in der Stationsmitte, wobei er bis zum Knöchel in den Leichenteilen einsank, und blickte lange um sich. Offenbar fand er nicht, was er suchte, winkte unzufrieden ab und lief weiter.

Homer hingegen war fündig geworden. Er war ausgerutscht und auf den Boden gestürzt und hatte dadurch einen jungen Leichenfresser aufgeschreckt, der gerade eine feuchte Panzerweste ausweidete. Homers Blick fiel auf einen Helm der *Sewastopolskaja*, der zur Seite gerollt war. Im nächsten Moment beschlugen die Sichtgläser seiner Maske – ihm war kalter Schweiß ausgebrochen.

Verzweifelt versuchte er, den Brechreiz zu unterdrücken, kroch auf die Knochen zu und kramte darin nach der Erkennungsmarke herum. Stattdessen bemerkte er einen kleinen, dunkelrot verschmierten Notizblock. Als Erstes öffnete sich die letzte Seite, mit dem Eintrag: »*Auf keinen Fall stürmen*«.

Ihr Vater hatte ihr schon als Kind beigebracht, nicht zu weinen, doch nun hatte sie nichts mehr, was sie dem Schicksal entgegensetzen konnte. Die Tränen strömten wie von selbst über ihr Gesicht, und aus ihrer Brust brach ein dünnes, schmerzvolles Wimmern hervor. Sie hatte sofort begriffen, was passiert war, doch versuchte sie nun schon seit Stunden vergeblich, sich damit abzufinden.

Hatte er nach ihr gerufen, damit sie ihm half? Hatte er ihr vor seinem Tod noch etwas Wichtiges sagen wollen? Sie wusste nicht mehr, wann genau sie eingeschlafen war, und auch jetzt war sie sich nicht wirklich sicher, ob sie wach war. Vielleicht gab es ja eine Welt, in der ihr Vater noch lebte. In der sie ihn nicht umgebracht hatte mit ihrem Schlaf, ihrer Schwäche, ihrem Egoismus.

Sascha hielt die kühle, aber noch weiche Hand des Vaters, wie um ihn zu wärmen, und sprach zu ihm wie zu sich selbst: »Du wirst ein Auto finden. Wir werden nach oben gehen, uns hineinsetzen und wegfahren. Du wirst lachen wie an jenem Tag, als du den Recorder mit den Musik-CDs mitbrachtest …«

Ihr Vater hatte zuerst aufrecht gesessen, an eine Säule gelehnt, das Kinn auf die Brust gesenkt, sodass man ihn für einen Schlafenden hätte halten können. Doch dann war sein Oberkörper allmählich nach unten gerutscht, in die Lache aus geronnenem Blut, als wäre er es müde geworden, den Lebenden zu spielen, als wollte er Sascha nun nichts mehr vormachen.

Die Falten, die das Gesicht des Vaters immer durchzogen hatten, waren kaum noch zu sehen.

Sie ließ seine Hand los, half ihm sich bequemer hinzulegen und hüllte ihn von Kopf bis Fuß in eine zerrissene Decke. Es gab keine andere Möglichkeit, ihn zu bestatten. Natürlich hätte sie ihn an der Oberfläche zurücklassen können, damit er in den Himmel blickte, wenn dieser eines Tages doch wieder aufklarte. Doch lange bevor es so weit wäre, würde sein Leichnam dort oben den umherstreifenden Kreaturen zum Opfer fallen.

An ihrer Station dagegen würde ihn niemand anrühren. Aus den verlorenen südlichen Tunneln war keine Gefahr zu befürchten – das Einzige, was dort noch lebte, waren fliegende Kakerlaken. Im Norden brach der Tunnel ab und ging in eine verrostete, halb eingefallene Metrobrücke über. Jenseits der Brücke wohnten Menschen, doch würde es niemandem dort einfallen, die Brücke aus reiner Neugier zu überqueren. Es war allgemein bekannt, dass auf der anderen Seite nichts als verbrannte Ödnis lag. Und am Rande dieser Ödnis befand sich die Wachstation, an der zwei todgeweihte Verbannte hausten.

Ihr Vater hätte ihr nie gestattet, allein hierzubleiben, und nun war das ja auch völlig sinnlos. Außerdem wusste Sascha: Ganz gleich, wie weit sie lief, ganz gleich, wie verzweifelt sie aus diesem verwunschenen Verlies zu fliehen versuchte, jetzt würde sie sich nie mehr wirklich davon befreien können – jetzt nicht mehr.

»Papa … Verzeih mir, bitte«, schluchzte sie. Es gab nichts mehr, wodurch sie seine Vergebung hätte verdienen können.

Sie zog den Silberring von seinem Finger und ließ ihn in eine Tasche ihrer Latzhose fallen. Dann nahm sie den Käfig mit der Ratte – diese war noch immer ruhig – und ging langsam Richtung Norden, sodass auf dem staubigen Granit nur ein paar blutige Spuren zurückblieben.

Sie war bereits auf die Gleise herabgestiegen und hatte soeben den Tunnel betreten, als in der leeren Station, nun einem Totenschiff gleich, etwas Erstaunliches geschah. Aus der Mündung des gegenüberliegenden Tunnels brach urplötzlich eine lange Flammenzunge hervor und streckte sich nach dem Leichnam ihres Vaters aus. Doch erreichte sie ihn nicht und zog sich widerwillig in die dunkle Tiefe zurück – als ob sie sein Recht auf eine letzte Ruhe respektierte.

»Sie kommen zurück! Sie kommen zurück!«, tönte es aus dem Telefonhörer.

Istomin hielt den Hörer von seinem Ohr weg und blickte ihn ungläubig an.

»Wer ›sie‹?« Denis Michailowitsch sprang von seinem Stuhl auf und verschüttete dabei seinen Tee. Ein dunkler Fleck breitete sich über seine Hose aus. Er verfluchte den Tee und wiederholte die Frage.

»Wer ›sie‹?«, gab Istomin mechanisch weiter.

»Der Brigadier und Homer«, knisterte es aus dem Hörer. »Achmed ist tot.«

Wladimir Iwanowitsch tupfte sich mit einem Taschentuch die Koteletten ab und wischte sich unter dem schwarzen Gummi seiner Piratenklappe die Schläfen. Wenn einer der Kämpfer starb, war es seine Aufgabe, dessen Angehörige zu informieren.

Ohne sich neu verbinden zu lassen, steckte er den Kopf aus der Tür und rief dem Adjutanten zu: »Sofort beide zu mir! Und dass mir der Tisch gedeckt wird!«

Er ging durch sein Büro, rückte aus irgendeinem Grund die Fotos an der Wand zurecht, blieb vor dem Metroplan stehen, flüsterte etwas zu sich selbst und drehte sich zu Denis Michailowitsch um. Dieser hatte die Arme vor der Brust verschränkt und grinste breit.

»Wolodja, du benimmst dich wie ein Mädchen vor einem Rendezvous«, sagte der Oberst schmunzelnd.

»Ach, und du bist gar nicht nervös, was?«, schnappte der Stationsvorsteher zurück und deutete mit der Stirn auf die feuchte Offiziershose.

»Ich, wieso? Ich bin bereit. Die beiden Stoßtrupps stehen. Noch ein Tag, und wir machen mobil.« Denis Michailowitsch strich sanft über das blaue Barett, das vor ihm auf dem Tisch lag, stand auf und setzte es sich auf den Kopf. So sah er offizieller aus.

Aus dem Vorzimmer hörte man hastige Schritte, der Adjutant hielt mit fragendem Blick eine trübe Glasflasche mit etwas Alkoholischem darin durch den Türspalt. Istomin winkte ab: später, später! Dann endlich ertönte die bekannte dumpfe Stimme, die Tür flog auf, und eine breite Gestalt erschien in der Öffnung. Hinter dem Rücken des Brigadiers drückte sich der alte Märchenonkel herum, den jener aus irgendeinem Grund mitgeschleppt hatte.

»Seid gegrüßt!« Istomin setzte sich in seinen Sessel, erhob sich und setzte sich wieder.

»Nun, was ist?«, fragte der Oberst mit schneidender Stimme.

Der Brigadier ließ seinen schweren Blick vom einen zum anderen schweifen und wandte sich an den Stationschef: »Die *Tulskaja* ist von einer umherziehenden Bande besetzt. Sie haben alle ermordet.«

Denis Michailowitsch hob die buschigen Augenbrauen. »Unsere Leute auch?«

»Soweit ich weiß. Wir sind bis zum Stationstor gekommen. Dort kam es zum Kampf, und sie haben die Sperre verriegelt.«

»Das hermetische Tor?« Istomin krallte seine Finger in die Tischkante und erhob sich. »Was sollen wir jetzt tun?«

»Stürmen«, rasselten Brigadier und Oberst synchron.

»Nein, wir dürfen nicht stürmen!«

Es war Homer, der plötzlich aus dem Hintergrund seine Stimme erhoben hatte.

Sie musste nur die richtige Stunde abpassen. Wenn sie nicht die Tage durcheinandergebracht hatte, musste die Draisine schon bald im feuchten Nebel der Nacht erscheinen. Jede Minute, die sie noch länger an dieser Stelle zubrachte, an diesem Abhang, wo der Tunnel wie eine offene Vene aus dem Erdreich hervortrat, würde sie einen Tag ihres Lebens kosten. Doch ihr blieb nichts anderes übrig, als zu warten. Auf der anderen Seite dieser unendlich langen Brücke würde sie auf ein versiegeltes hermetisches Tor treffen, das sich nur von innen öffnen ließ – einmal pro Woche, am Markttag.

Heute hatte Sascha nichts anzubieten, dabei würde sie mehr einkaufen müssen als je zuvor. Doch es war ihr egal, was die Leute mit der Draisine von ihr als Gegenleistung für den Durchlass in die Welt der Lebenden verlangten – die Grabeskälte und leblose Gleichgültigkeit ihres Vaters waren auf sie selbst übergegangen.

Wie oft hatte Sascha früher davon geträumt, dass sie eines Tages an eine andere Station gelangen würden, wo sie von anderen Menschen umgeben war, mit jemandem Freundschaft schließen, jemand Besonderem begegnen konnte … Sie hatte ihren Vater nach seiner Jugend ausgefragt, nicht nur um sich wieder in jene hell erleuchtete Kindheit zurückzuversetzen, sondern weil sie sich selbst insgeheim anstelle ihrer Mutter sah und anstelle ihres Vater das verschwommene Bild eines schönen jungen Mannes und sich so ihre eigene, naive Vorstellung von der Liebe machte. Sie sorgte sich, dass sie, wenn sie eines Tages tatsächlich in die Große Metro zurückkehrten, verlernt haben könnte, mit anderen Menschen umzugehen. Worüber würden diese Leute mit ihr sprechen wollen?

Doch jetzt, wo bis zur Ankunft der Fähre nur noch wenige Stunden, ja vielleicht sogar Minuten blieben, jetzt waren ihr die anderen – Männer oder Frauen – egal. Allein der Gedanke an eine menschenwürdige Existenz kam ihr wie ein Verrat an ihrem Vater vor. Ohne auch nur eine Sekunde zu zögern, hätte sie jetzt eingewilligt, den Rest ihrer Tage an dieser Station zu verbringen, wenn sie ihn dadurch hätte retten können.

Als der Kerzenstummel in dem Einmachglas bereits im Todeskampf flackerte, setzte sie die Flamme auf einen neuen Docht um. Bei einer seiner Expeditionen hatte ihr Vater eine ganze Kiste voller Wachskerzen erbeutet, und einige davon trug sie stets in den weiten Taschen ihrer Latzhose bei sich. Sascha gefiel die Vorstellung, dass ihre Körper genau wie diese Kerzen waren und dass ein kleiner Teil ihres Vaters auf sie übergegangen war, als er erlosch.

Ob die Leute von der Draisine ihr Signal im Nebel erkennen würden?

Bisher hatte sie nur von Zeit zu Zeit hinausgeblickt, um sich so wenig wie möglich im Freien aufzuhalten. Ihr Vater hatte es ihr verboten, und sein angeschwollener Kropf war ihr Warnung genug gewesen. Auf dem Abhang fühlte sich Sascha immer unwohl, gleichsam wie ein gefangener Maulwurf, blickte sich unruhig um und wagte sich nur selten hinaus bis zum ersten Joch der Brücke, um von dort auf den schwarzen Fluss hinabzublicken, der unten vorbeifloss.

Doch jetzt hatte sie zu viel Zeit. Gebückt und im nasskalten

Wind zitternd, machte Sascha einige Schritte vorwärts. Zwischen knochigen Bäumen waren im Zwielicht die eingefallenen Kämme von Hochhäusern zu erkennen, in dem öligen, zähen Wasser des Flusses platschte etwas Riesiges herum, und in der Ferne stießen irgendwelche Ungeheuer ein beinahe menschliches Stöhnen hervor.

Plötzlich mischte sich in diese Geräusche ein gedehntes, jammerndes Quietschen.

Sascha sprang auf, hielt das Kerzenglas in die Höhe, und von der Brücke aus antwortete ihr ein verstohlener Lichtstrahl. Eine baufällige, alte Draisine bewegte sich auf sie zu, drang mit Mühe durch den watteartigen Nebel, trieb den schwachen Schein ihres Scheinwerfers wie einen winzigen Keil in die Nacht. Sascha wich zurück: Dies war eine andere Draisine als sonst. Sie bewegte sich schleppend, als bereite jede Umdrehung ihrer Räder den Leuten an den Hebeln enorme Mühe.

Endlich kam sie etwa zehn Schritt von Sascha entfernt zum Stehen. Ein dicker Hüne in einem primitiven Schutzanzug sprang von dem Rahmen herab und landete schwer auf dem Schotter. In den Sichtgläsern seiner Gasmaske spiegelte sich das diabolisch tanzende Feuer ihrer Kerze, sodass Sascha seine Augen nicht sehen konnte. In der Hand hielt der Mann eine alte Armee-Kalaschnikow mit Holzkolben.

»Ich will von hier fort«, erklärte Sascha und hob energisch den Kopf.

»Fo-ort«, echote die Vogelscheuche und zog dabei den Vokal erstaunt und höhnisch zugleich in die Länge. »Und was bietest du dafür?«

»Ich habe nichts mehr.« Sie hielt ihren Blick starr auf seine flackernden, von Eisen umrandeten Sichtgläser gerichtet.

»Bei jedem gibt es was zu holen. Besonders bei Frauen.« Der

Fährmann grunzte, dann hielt er inne. »Lässt du deinen Papa etwa allein zurück?«

»Ich habe nichts mehr«, wiederholte Sascha und blickte zu Boden.

»Ist er also doch verreckt«, kam es teils erleichtert, teils enttäuscht aus der Maske. »Besser so. Das hier würde ihm nämlich gar nicht gefallen.«

Der Gewehrlauf erfasste den Reißverschluss von Saschas Latzhose und begann ihn langsam nach unten zu ziehen.

»Lass das!«, schrie sie heiser und sprang zurück.

Das Glas mit der Kerze fiel aufs Gleis, Scherben sprühten umher, und augenblicklich leckte die Dunkelheit die Flamme auf.

»Von hier kehrt man nicht zurück, hast du das immer noch nicht kapiert?« Die Vogelscheuche blickte sie gleichgültig aus ihren erloschenen, toten Gläsern an. »Dein Körper reicht ja nicht mal, um mir die Fahrt zu bezahlen. Damit begleichst du vielleicht gerade die Schuld deines Vaters.« Das Sturmgewehr wirbelte in seinen Händen herum, sodass sich der Kolben nach vorne drehte.

Sascha spürte einen heftigen Schlag gegen die Schläfe. Ihr Bewusstsein erbarmte sich ihrer und erlosch.

Seit dem *Nachimowski prospekt* hatte Hunter Homer nicht aus den Augen gelassen, sodass dieser sich den Notizblock nicht genauer hatte ansehen können. Plötzlich war der Brigadier voller Rücksicht, ja, Mitgefühl gewesen, hatte sich bemüht, nicht nur den Alten nicht zu weit zurückfallen zu lassen, sondern sich sogar seinem Schritttempo angepasst, wozu er sich allerdings mächtig zügeln musste. Einige Male blieb er stehen und drehte sich um, scheinbar um zu kontrollieren, ob ihnen jemand folgte. Doch der grelle Strahl seines Scheinwerfers strich stets über

Homers Gesicht, sodass der Alte sich für einen Moment wie bei einem Verhör vorkam. Er fluchte, blinzelte, versuchte zu sich zu kommen und spürte förmlich, wie der durchdringende Blick des Brigadiers über seinen ganzen Körper glitt, ihn abtastete, auf der Suche nach dem, was er am *Nachimowski* gefunden hatte.

Unsinn! Natürlich hatte Hunter gar nichts sehen können, denn er war in jenem Augenblick zu weit entfernt gewesen. Er hatte wohl eher den Wandel in Homers Einstellung bemerkt und Verdacht geschöpft. Doch jedes Mal, wenn ihre Blicke sich trafen, brach dem Alten der Schweiß aus. Das wenige, was er hatte lesen können, genügte vollauf, um an den Absichten des Brigadiers zu zweifeln.

Es war ein Tagebuch.

Ein Teil der Seiten war von getrocknetem Blut verklebt. Diese ließ Homer unberührt – seine müden, steifen Finger hätten sie nur zerrissen. Die Aufzeichnungen auf den ersten Blättern waren verworren, nicht einmal die Buchstaben hatte der Autor im Zaum halten können, und seine Gedanken galoppierten so wild, dass man ihnen kaum folgen konnte.

*»Die Nagornaja ohne Verluste passiert«*, verriet der Notizblock und sprang sogleich weiter: *»An der Tulskaja herrscht Chaos. Kein Durchkommen zur Metro, die Hanse lässt niemanden durch. Zurück können wir auch nicht.«*

Homer blätterte weiter. Aus den Augenwinkeln bemerkte er, dass der Brigadier von dem Kurgan herabstieg und auf ihn zukam. Das Tagebuch durfte ihm auf keinen Fall in die Hände fallen. Bevor Homer den Block in seinem Rucksack verschwinden ließ, las er noch: *»Haben die Situation unter Kontrolle. Die Station ist abgeriegelt, ein Kommandant eingesetzt.«* Und gleich darauf: *»Wer krepiert als Nächster?«*

Und dann stand über dieser offenen Frage noch ein eingerahmtes Datum. Auch wenn einen die vergilbten Seiten des

Notizblocks glauben machten, dass die beschriebenen Ereignisse schon ein Jahrzehnt zurücklagen, war dieser Eintrag offenbar erst vor ein paar Tagen gemacht worden.

Das verkalkte Hirn des Alten setzte mit fast schon vergessener Schnelligkeit die einzelnen Teile des Mosaiks zusammen: den geheimnisvollen Wanderer, den der unselige Obdachlose an der *Nagatinskaja* gesehen haben wollte; die scheinbar bekannte Stimme der Torwache; den Satz: »*Zurück können wir auch nicht.*« Vor seinem inneren Auge begann sich ein Gesamtbild zusammenzufügen. Vielleicht waren es ja die Kritzeleien auf diesen verklebten Seiten, die all den seltsamen Ereignissen Sinn verliehen?

Zumindest war er sich jetzt absolut sicher, dass es gar keinen Überfall auf die *Tulskaja* gegeben hatte. Was sich dort zutrug, war weitaus komplexer und geheimnisvoller. Und Hunter, der die Wachleute am Stationstor eine Viertelstunde lang ausgefragt hatte, wusste das ebenso gut wie Homer.

Deshalb durfte er dem Brigadier den Notizblock nicht zeigen.

Und deshalb hatte er es gewagt, ihm in Istomins Büro offen zu widersprechen.

»Wir dürfen nicht stürmen«, wiederholte er.

Hunter drehte ihm langsam den Kopf zu, wie ein Schlachtschiff, das seine Hauptwaffe ausrichtet. Istomin schob den Sessel zurück und kam nun doch hinter dem Tisch hervor. Der Oberst verzog müde das Gesicht.

»Wir können das Tor nicht aufsprengen«, fuhr Homer fort, »denn da ist überall Grundwasser, und wir würden sofort die ganze Linie überschwemmen. Die *Tulskaja* hält sich gerade noch so, sie hoffen jeden Tag, dass das Wasser nicht einbricht. Der Paralleltunnel, das wisst ihr selbst, ist schon seit zehn Jahren …«

»Sollen wir vielleicht anklopfen und warten, bis sie uns aufmachen?«, unterbrach ihn Denis Michailowitsch.

»Wir können immer noch außenrum«, bemerkte Istomin.

Vor lauter Überraschung bekam der Oberst einen Hustenanfall. Dann begann er wütend mit dem Vorsteher zu diskutieren, beschuldigte ihn, seine besten Männer zu Krüppeln machen, ja ins Grab bringen zu wollen. Doch da feuerte der Brigadier dazwischen.

»Die *Tulskaja* muss gesäubert werden. Die Situation erfordert die totale Vernichtung aller, die sich dort befinden. Von euren Leuten ist niemand mehr dort. Sie sind alle tot. Wenn ihr weitere Verluste vermeiden wollt, ist das die einzige Möglichkeit. Ich weiß, wovon ich spreche. Ich habe alle nötigen Informationen.«

Die letzten Worte waren eindeutig an Homer gerichtet.

Der Alte kam sich vor wie ein freches Hündchen, das man im Nacken gepackt und geschüttelt hatte, um es zur Räson zu bringen.

Istomin rückte seine Uniformjacke zurecht. »Wenn der Tunnel von unserer Seite her blockiert ist, gibt es nur eine Möglichkeit, zur *Tulskaja* zu gelangen. Von der anderen Seite, über die Hanse. Das heißt aber auch, dass wir dort keine bewaffneten Männer hinbringen. Völlig ausgeschlossen.«

Hunter winkte ab. »Ich finde schon welche.«

Der Oberst zuckte zusammen.

»Aber wenn man außenrum zur Hanse gelangen will, muss man zwei Stationen über die Kachowskaja-Linie bis zur *Kaschirskaja* gehen«, sagte der Stationsvorsteher und ließ ein vielsagendes Schweigen folgen.

Der Brigadier verschränkte die Arme. »Und?«

»Im Bereich der *Kaschirskaja* ist erhöhte Strahlung im Tunnel«, erklärte der Oberst. »Das Fragment eines Sprengkopfs ist nicht weit von dort heruntergefallen. Es gab keine Detonation, aber die Strahlung ist gefährlich hoch. Jeder zweite, der dort eine Dosis abbekommt, stirbt innerhalb eines Monats. Noch immer.«

Eine Stille trat ein. Homer nutzte die Pause, um unbemerkt den – natürlich rein taktischen – Rückzug aus Istomins Büro anzutreten. Schließlich ergriff Wladimir Iwanowitsch das Wort. Offenbar befürchtete er, der unkontrollierbare Brigadier werde doch versuchen, die hermetische Sperre an der *Tulskaja* aufzubrechen, also lenkte er ein: »Wir haben Schutzanzüge. Insgesamt zwei. Du kannst einen unserer besten Kämpfer mitnehmen. Wir werden warten.« Er warf einen Blick auf Denis Michailowitsch. »Was bleibt uns sonst übrig?«

Der Oberst seufzte. »Gehen wir zu den Jungs. Wir reden drüber, und dann suchst du dir deinen Begleiter aus.«

»Nicht nötig.« Hunter schüttelte den Kopf. »Ich brauche Homer.«

# 7
# Grenzen

Die Draisine fuhr über einen breiten, grellgelben Streifen, der über den Boden und die Wände des Tunnels verlief. Der Mann am Steuer konnte nicht mehr so tun, als ob er das immer schnellere Knacken des Geigerzählers überhörte. Er griff nach dem Bremshebel und murmelte entschuldigend: »Herr Oberst … Ohne Schutz dürfen wir nicht weiter …«

»Nur noch hundert Meter«, bat Denis Michailowitsch. »Wegen der hohen Belastung bekommst du eine Woche frei. Für uns sind es nur zwei Minuten Fahrt, aber die beiden würden in ihren Anzügen eine halbe Stunde brauchen.«

»Das hier ist die äußerste Grenze, Herr Oberst«, murrte der Steuermann, wagte jedoch nicht die Fahrt zu verlangsamen.

»Halt an«, befahl Hunter. »Wir gehen zu Fuß weiter. Die Strahlung ist wirklich hoch.«

Die Bremsen quietschten, der am Fahrgestell aufgehängte Scheinwerfer begann hin und her zu schwanken, und die Draisine kam zum Stillstand. Der Brigadier und Homer, die mit herabhängenden Füßen am Rand gesessen hatten, sprangen auf die Gleise. In den schweren Schutzanzügen aus bleigetränktem Stoff sahen sie aus wie Kosmonauten.

Diese Anzüge waren unvorstellbar teuer und selten; in der ganzen Metro gab es vielleicht ein paar Dutzend davon. An der

*Sewastopolskaja* wurden sie so gut wie nie verwendet – man schonte sie für besondere Einsätze. Sie hielten selbst stärkster Strahlung stand, doch dafür war jede Bewegung darin eine beschwerliche Angelegenheit, zumindest für Homer.

Denis Michailowitsch ließ die Draisine hinter sich zurück und ging noch ein paar Minuten neben ihnen her. Er und Hunter wechselten einige Sätze – absichtlich bruchstückhaft und verdichtet, damit Homer sie nicht entschlüsseln konnte.

»Wo wirst du sie hernehmen?«, fragte der Oberst den Brigadier mürrisch.

»Sie werden mir schon welche geben. Es bleibt ihnen ja nichts anderes übrig«, erwiderte der andere dumpf und starrte vor sich hin.

»Niemand erwartet dich. Du bist für sie gestorben. Tot, verstehst du?«

Hunter blieb einen Augenblick stehen und sprach leise, weniger zu dem Offizier als zu sich selbst: »Wenn das alles so einfach wäre.«

»Aus dem Orden zu desertieren ist schlimmer als der Tod«, knurrte Denis Michailowitsch.

Der Brigadier machte eine unwirsche Handbewegung, wie um dem Oberst zu salutieren, aber zugleich ein unsichtbares Ankerseil zu durchtrennen. Denis Michailowitsch verstand die Geste und blieb am Kai zurück, während sich die beiden anderen langsam, gleichsam gegen die Strömung, vom Ufer entfernten und ihre große Fahrt über die Meere der Finsternis antraten.

Der Oberst nahm die Hand von der Schläfe und gab dem Steuermann auf der Draisine das Signal, den Motor zu starten. Er fühlte sich leer: Es gab niemanden mehr, dem er ein Ultimatum stellen, niemanden, gegen den er kämpfen konnte. Als Militärkommandant einer einsamen Insel im Meer konnte er nur noch darauf hoffen, dass der kleine Expeditionstrupp nicht unterging, sondern eines Tages zurückkehren würde, von der anderen Seite, gewissermaßen als Beweis dessen, dass die Erde rund war.

Der letzte Wachposten im Tunnel hatte sich gleich hinter der *Kachowskaja* befunden und war fast menschenleer gewesen. Solange Homer zurückdenken konnte, waren die Sewastopoler noch nie von Osten angegriffen worden.

Der gelbe Strich schien nicht nur diesen endlosen Betonschlauch in zwei willkürliche Abschnitte eingeteilt, sondern gleich einem kosmischen Aufzug zwei Planeten miteinander verbunden zu haben, die sich Hunderte von Lichtjahren voneinander entfernt befanden. Jenseits der Linie war der bewohnte Erdenraum beinahe unmerklich in eine tote Mondlandschaft übergegangen – die beiden waren sich auf trügerische Weise ähnlich. Während Homer sich darauf konzentrierte, in den kiloschweren Stiefeln nicht über seine eigenen Füße zu stolpern, und vernahm, wie sich sein Atem angestrengt durch ein komplexes System von Schläuchen und Filtern zwängte, stellte er sich vor, er sei ein Astronaut, den man auf dem Trabanten eines weit entfernten Sterns ausgesetzt hatte. Er verzieh sich diese kindische Fantasie, denn so war es leichter, sich mit dem schweren Anzug abzufinden – auf diesem Mond herrschte nämlich eine erhöhte Schwerkraft – sowie mit dem Gedanken, dass sie nun über viele Kilometer hinweg die einzigen Lebewesen sein würden.

Weder Wissenschaft noch Science-Fiction haben die Zukunft voraussehen können, dachte der Alte. Im Jahr 2034 würde der Mensch längst die Hälfte der Galaxis oder zumindest sein eigenes Sonnensystem erobert haben, hatte man Homer in seiner Kindheit versprochen. Doch waren sowohl die Autoren von Zukunftsromanen als auch die Wissenschaftler stets davon ausgegangen, dass die Menschheit rational und konsequent handeln würde. Als bestünde sie nicht aus ein paar Milliarden träger, leichtsinniger und genusssüchtiger Individuen, sondern wäre eine Art Bienenstock, begabt mit kollektiver Vernunft und gleichgerichteter Willenskraft; als hätte sie mit der Eroberung des Weltraums irgendwelche ernsthaften Absichten gehabt. Stattdessen waren sie des Spiels überdrüssig geworden und hatten das ganze Unternehmen auf halbem Wege hingeschmissen, um sich erst der Elektronik, dann der Biotechnologie zuzuwenden, ohne auch nur auf einem dieser Gebiete halbwegs beeindruckende Ergebnisse zu erzielen. Höchstens vielleicht in der Kernphysik.

Und nun war er hier, ein flügellahmer Astronaut, überlebensfähig allein dank dieses riesigen Weltraumanzugs, ein Fremder auf seinem eigenen Planeten, bereit, die Tunnel zwischen der *Kachowskaja* und der *Kaschirskaja* zu erobern. Alles andere konnten er und die anderen Überlebenden vergessen. Die Sterne bekamen sie sowieso nicht zu sehen.

Seltsam: Hier, jenseits der gelben Linie, stöhnte sein Körper unter eineinhalbfacher Schwerkraft, doch sein Herz war schwerelos. Tags zuvor, als Homer sich vor dem Marsch zur *Tulskaja* von Jelena verabschiedet hatte, hatte er damit gerechnet, dass er wieder zurückkehren würde. Doch als Hunter ihn zum zweiten Mal als Begleiter auswählte, begriff er: Diesmal war die Sache ernst. So oft hatte er um eine Prüfung, eine Erleuchtung gebeten – nun war er endlich erhört worden. Zu kneifen wäre dumm und unwürdig gewesen.

Er wusste, dass eine Lebensaufgabe sich nicht einfach als Nebenjob erledigen ließ. Das Schicksal ließ sich nicht hinhalten nach dem Motto: Das kommt schon noch, aber vielleicht etwas später, nächstes Mal … Ein nächstes Mal würde es wahrscheinlich nicht geben, und wenn er sich jetzt nicht entschied, wofür sollte er dann noch leben? Sollte er die Frist, die ihm bis zum Ende blieb, wirklich als der unbekannte Nikolai Iwanowitsch fristen, als Stationsnarr, als alter, sabbernder, erratisch grinsender Märchenonkel?

Doch um sich von einer Karikatur des Homer in dessen wahren Erben zu verwandeln, von einem Liebhaber der Mythen in deren Schöpfer, um sich aus der Asche als neuer Mensch zu erheben, musste er zuerst sein altes Ich verbrennen. Er glaubte, wenn er immer weiter an sich zweifelte, seiner Sehnsucht nach Heim und Frau nachgab, ständig in die Vergangenheit zurückblickte, würde er unweigerlich etwas äußerst Wichtiges, das ihm bevorstand, übersehen. Er musste einen Schnitt machen.

Von dieser neuen Expedition würde er, wenn überhaupt, kaum unversehrt zurückkehren. Natürlich tat es ihm leid um Jelena. Anfangs hatte sie gar nicht glauben wollen, dass Homer bereits nach einem Tag gesund zurückgekommen war. Und erfolglos hatte sie versucht, ihn von dieser Reise ins Nichts abzuhalten. Als sie ihn dann erneut unter Tränen verabschiedete, versprach er ihr nichts mehr. Er drückte sie an sich und blickte über ihre Schulter auf seine Uhr. Es war Zeit zu gehen. Dabei war ihm bewusst: Zehn Jahre seines Lebens ließen sich nicht so einfach amputieren; er würde ganz bestimmt Phantomschmerzen bekommen.

Er hatte geglaubt, er werde sich ständig umsehen wollen. Doch kaum hatte er den dicken gelben Strich überschritten, war es, als sei er tatsächlich gestorben und seine Seele habe sich aus den beiden schweren, unbeweglichen Hüllen befreit und sei aufgestiegen. Er war frei.

Hunter schien der Schutzanzug keine Mühe zu bereiten. Das weite Kleidungsstück hatte seine muskulöse, wolfsartige Gestalt zu einem formlosen Berg aufgebläht, seiner Beweglichkeit aber keinen Abbruch getan. Zwar ging er neben dem schwer atmenden Homer her, aber nur deshalb, weil er ihn seit dem *Nachimowksi prospekt* nicht aus den Augen ließ.

Nach all dem, was er an der *Nagatinskaja*, der *Nagornaja* und der *Tulskaja* gesehen hatte, war es Homer nicht leichtgefallen, sich auf eine weitere Reise mit Hunter einzulassen. Doch war da etwas, das ihn schließlich überzeugte: Die Anwesenheit des Brigadiers hatte in ihm jene Art von Metamorphose ausgelöst, die er schon so lange herbeisehnte und von der er sich eine Wiedergeburt versprach. Es war dem Alten egal, warum Hunter ihn noch einmal mit sich schleppte – sei es als Lotse oder als wandelnden Proviant. Die Hauptsache für Homer war, sich diesen Zustand nicht entgehen zu lassen, ihn zu nutzen, solange er noch andauerte, sich etwas einfallen zu lassen, etwas aufzuschreiben …

Und dann: Als Hunter ihn gerufen hatte, war es Homer so vorgekommen, dass jener auch etwas von ihm wollte. Und es ging nicht darum, dass er ihm in den Tunneln den Weg zeigte und ihn vor möglichen Gefahren warnte. Vielleicht nahm sich der Brigadier, indem er dem Alten gab, was er brauchte, ja selbst etwas von ihm, ohne danach zu fragen?

Doch was war es, das ihm fehlte?

Hunters äußerliche Gefühllosigkeit konnte Homer nicht mehr trügen. Hinter der Kruste seines gelähmten Gesichts kochte ein Magma, das bisweilen über die Krater seiner ewig offenen Augen hinaustrat. Er war unruhig. Auch er war auf der Suche.

Hunter schien perfekt geeignet zu sein für die Rolle des epischen Helden in Homers zukünftigem Buch. Anfangs hatte der Alte noch gezögert, doch nach ein paar Versuchen hatte er ihn angenommen. Auch wenn vieles am Charakter des Brigadiers – seine Leidenschaft für das Töten, seine kargen Worte und sparsamen Gesten – ihn vorsichtig machten. Hunter war wie jene

Mörder, die der Polizei verschlüsselte Hinweise zukommen lassen, damit sie überführt werden. Homer wusste nicht, ob der Brigadier in ihm einen Beichtvater, einen Biografen oder eine Art Spender von irgendetwas sah, doch er spürte, dass diese seltsame Abhängigkeit auf Gegenseitigkeit beruhte. Und dass sie bald stärker sein würde als seine Angst.

Tatsächlich wurde Homer das Gefühl nicht los, dass Hunter ein äußerst wichtiges Gespräch hinauszögerte. Immer wieder wandte sich der Brigadier ihm zu, als wollte er ihn etwas fragen, blieb jedoch stumm. Vielleicht hatte der Alte aber auch wieder einmal Wunsch und Wirklichkeit verwechselt, und er war nichts als ein unnötiger Zeuge, dem Hunter irgendwo im Tunnel den Hals umdrehen würde.

Immer häufiger fiel der Blick des Brigadiers auf den Rucksack des Alten, in dem das unheilvolle Tagebuch steckte. Er schien zu spüren, dass Homers Gedanken um einen gewissen Gegenstand darin kreisten, und näherte sich ihm langsam, aber stetig. Krampfhaft versuchte Homer, nicht an die Notizen zu denken – doch vergebens.

Er hatte kaum Zeit zum Packen gehabt und daher nur ein paar Minuten mit dem Tagebuch allein verbracht. Natürlich hatte das nicht gereicht, um all die blutverklebten Blätter zu befeuchten und voneinander zu trennen, aber einen Teil der Seiten hatte Homer doch überfliegen können. Sie waren kreuz und quer mit eiligen, bruchstückhaften Aufzeichnungen vollgeschrieben. Zudem stimmte die Reihenfolge nicht, als ob dem Autor seine Worte ständig entglitten wären und er sie nur mit großer Mühe an irgendeiner Stelle aufgeschrieben hätte. Damit sie jetzt einen Sinn bekamen, musste Homer sie in der richtigen Reihenfolge ordnen.

*»Kein Kontakt. Das Telefon schweigt. Wahrscheinlich Sabotage. Jemand von den Verbannten, aus Rache? Noch vor uns.«*

*»Lage ausweglos. Hilfe von nirgends zu erwarten. Die Sewastopolskaja anzufordern wäre das Ende für die unsrigen. Also bleibt nur ausharren … Wie lange noch?«*

*»Sie lassen uns nicht raus … Sie sind verrückt geworden. Wenn nicht ich, dann wer? Fliehen!«*

Und da war noch etwas. Gleich nach jenen letzten Worten, die dringend vor einer Erstürmung der *Tulskaja* warnten, stand eine Unterschrift – undeutlich, abgestempelt mit dem braunen Siegellack blutiger Finger. Diesen Namen hatte Homer schon früher gehört, ja er hatte ihn sogar selbst nicht selten ausgesprochen.

Dieses Tagebuch gehörte dem Funker, der vor einer Woche mit der Karawane zur *Tulskaja* geschickt worden war.

Sie kamen an der Abzweigung zu einem der Metro-Depots vorbei, das ohne Zweifel längst ausgeräumt worden wäre, hätte es nicht so viel Strahlung abbekommen. Der schwarze Tunnel, der dorthin führte, war offenbar in aller Eile mit zusammengeschweißtem Bewehrungsstahl verbarrikadiert worden. Auf einem Blechschild, das an einem Stück Draht von einem der Stäbe herabhing, grinste ihnen ein Totenschädel entgegen, und darunter sah man die Spuren einer Warnung in roter Farbe, die jedoch mit der Zeit abgeblättert oder absichtlich weggekratzt worden war.

Dieser vergitterte Schacht zog Homers Blick magisch an. Als er sich schließlich mit Mühe davon losriss, musste er unwillkürlich denken, dass die Linie wohl doch nicht so leblos war, wie man an der *Sewastopolskaja* glaubte.

Dann durchquerten sie die *Warschawskaja* – eine grauenvolle, verrostete und verschimmelte Station, die einen Eindruck machte wie eine Wasserleiche. Die gekachelten Wände schwitzten eine trübe Flüssigkeit aus, und durch die halb geöffneten hermetischen Tore drang ein kalter Wind von der Oberfläche herein, als ob ein riesiges Wesen versuchte, diese längst verweste Station von außen künstlich zu beatmen. Das hysterische Ticken der Geigerzähler ermahnte sie, diesen Ort schnellstmöglich wieder zu verlassen.

Sie näherten sich bereits der *Kaschirskaja*, als eines der Geräte den Geist aufgab, und der Zeiger des anderen am Ende der Skala klebenblieb. Homer spürte einen bitteren Geschmack auf der Zunge.

»Wo war der Einschlag?«, fragte Hunter.

Die Stimme des Brigadiers war schlecht zu hören, als hätte Homer den Kopf in eine volle Badewanne gesteckt. Er blieb stehen – endlich bot sich die Gelegenheit für eine zwar kurze, aber sehr willkommene Atempause – und deutete mit einem Handschuh nach Südosten. »Bei der *Kantemirowskaja*. Wir gehen davon aus, dass das Dach einer Eingangshalle oder aber ein Lüftungsschacht eingestürzt ist. Genau weiß es keiner.«

»Das heißt, die *Kantemirowskaja* ist verlassen?«

»Schon immer. Jenseits der *Kolomenskaja* gibt es keine Menschenseele.«

»Mir hat man gesagt …«, begann Hunter, doch dann verstummte er und machte Homer ein Zeichen, ebenfalls leise zu sein. Er schien irgendwelche kaum spürbaren Wellen zu empfangen. Endlich fragte er: »Weiß man, was an der *Kaschirskaja* passiert ist?«

»Woher denn?« Homer war nicht sicher, ob sein ironischer Unterton durch den Atemfilter nach außen drang.

»Dann sag ich's dir. Die Strahlung dort ist so hoch, dass wir beide nach einer Minute gebraten werden. Da hilft dir auch kein Schutzanzug. Wir kehren um.«

»Zurück? Zur *Sewastopolskaja*?«

»Ja. Ich werde dort nach oben gehen. Vielleicht komme ich so auch hin«, sagte Hunter nachdenklich. Es schien, als plante er bereits seine Route.

Homer stutzte. »Du willst alleine gehen?«

»Ich kann mich nicht ständig um dich kümmern. Ich muss zusehen, dass ich nicht selbst dabei draufgehe. Zu zweit kämen wir sowieso nicht durch. Es ist nicht mal sicher, dass ich es allein schaffe.«

»Begreifst du nicht? Ich muss mit dir mitgehen, ich will …« Homer suchte krampfhaft nach einem Grund, einem Vorwand.

»… noch was Sinnvolles tun, bevor du krepierst?«, sprach der Brigadier den Satz zu Ende. Sein Tonfall klang gleichgültig, dabei wusste Homer, dass die Filter ihrer Gasmasken jegliche Beimischungen heraussiebten, sodass nur geschmacklose, sterile Luft hineinströmte und mechanische, seelenlose Stimmen herauskamen.

Der Alte schloss die Augen und versuchte sich krampfhaft an all das zu erinnern, was er über den kurzen Stummel der Kachowskaja-Linie wusste, über das verstrahlte Ende der Samoskworezkaja-Linie, über den Weg von der *Sewastopolskaja* zur *Serpuchowskaja* … Alles, nur nicht umkehren, nicht zurückkehren zu jenem dürftigen Leben, das ihm nichts zu bieten hatte als falsche Hoffnungen auf große Romane und unsterbliche Legenden.

»Folge mir!«, krächzte er plötzlich und stakste mit einer Behendigkeit los, die ihn selbst erstaunte – nach Osten, zur *Kaschirskaja*, mitten in die Hölle.

Sie träumte, dass sie mit einer Feile an einem Eisenring rieb, mit dem sie an eine Wand gekettet war. Das Werkzeug kreischte und rutschte immer wieder ab, und immer wenn es einen halben Millimeter in den Stahl eingedrungen war, brauchte sie nur einen Moment innezuhalten, damit die hauchdünne, kaum sichtbare Riefe vor ihren Augen wieder zuwuchs.

Doch Sascha gab nicht auf: Wieder packte sie die Feile mit ihren blutig gescheuerten Händen und fuhr fort, das unnachgiebige Metall zu bearbeiten. Der Rhythmus ihrer Bewegungen war streng vorgeschrieben. Das Wichtigste war, dass sie ihn einhielt, dass sie keine Schwäche zeigte, die Arbeit niemals ruhen ließ.

Ihre angeketteten Fußknöchel waren angeschwollen und taub. Sascha wusste: Selbst wenn es ihr gelänge, das Eisen zu bezwingen, sie würde doch nicht fliehen können, denn ihre Beine würden ihr nicht gehorchen …

Sie erwachte und hob mühsam die Lider.

Die Fesseln waren kein Traum gewesen: Saschas Handgelenke steckten in Handschellen. Sie lag auf der schmutzigen Ladefläche der alten Bergwerksdraisine, die sich monoton winselnd und quälend langsam vorwärtsschleppte. In ihrem Mund steckte ein schmutziger Lappen, und ihre Schläfe schmerzte und blutete.

Er hat mich nicht getötet, dachte sie. Warum?

Von der Ladefläche aus sah sie nur einen Ausschnitt der Tunneldecke. In einem ungleichmäßigen Lichtstrahl flackerten die Nahtstellen der Tunnelringe auf. Plötzlich verschwand die Tunnelwölbung und abgeblätterte weiße Farbe wurde sichtbar. Was war das für eine Station?

Dies war ein unguter Ort: nicht nur ruhig, sondern totenstill, nicht nur menschenleer, sondern leblos, und dazu stockfinster. Dabei hatte sie immer gedacht, dass die Stationen dort, auf der anderen Seite der Brücke, voller Menschen wären und überall unglaublicher Lärm herrschte. Sollte sie sich geirrt haben?

Die Decke über Sascha bewegte sich nicht mehr. Ächzend und fluchend kletterte ihr Entführer auf den Bahnsteig, ging umher, wobei seine beschlagenen Absätze seltsam knirschten. Er schien die Umgebung zu erkunden. Offenbar hatte er die

Gasmaske bereits abgesetzt, denn auf einmal hörte sie ihn herablassend murmeln: »Da bist du also. Ist ja wirklich 'ne Weile her.« Er atmete erleichtert aus, dann schlug – nein trat – er gegen etwas Lebloses, Schweres: einen vollen Sack?

Die Erkenntnis traf Sascha wie ein Blitz. Sie verbiss sich in den stinkenden Lappen und begann dumpf zu stöhnen, ihr Körper verbog sich krampfhaft. Nun wusste sie, wohin sie der Dicke mit dem Schutzanzug gebracht hatte, und wem seine Worte galten.

Allein schon die Idee, Hunter zurückzulassen, war absurd. Mit einigen wenigen raubtierartigen Sprüngen hatte dieser Homer eingeholt, packte ihn an der Schulter und schüttelte ihn schmerzhaft. »Was ist los mit dir?«

»Noch ein Stück weiter …«, krächzte der Alte. »Mir ist da etwas eingefallen. Es gibt einen Gang direkt zur Samoskworezkaja-Linie, noch vor der *Kaschirskaja*. Wenn wir da durchgehen, kommen wir gleich in den Tunnel und müssen nicht durch die Station laufen. Wir umgehen sie und kommen direkt bei der *Kolomenskaja* raus. Es kann nicht weit sein. Bitte …«

Homer nutzte den Moment, da Hunter zögerte, um sich loszureißen, doch verfing er sich in den breiten Hosenbeinen seines Anzugs, fiel aufs Gleis, rappelte sich wieder auf und stapfte trotzig weiter. Hunter packte den Alten mit einer Leichtigkeit, als wäre dieser eine Ratte, und drehte ihn mit dem Gesicht zu sich, beugte sich zu ihm herab, bis die Sichtfenster ihrer Gasmasken auf gleicher Höhe waren. Einige Sekunden lang blickte er Homer an, dann lockerte er seinen Griff. »Na gut«, knurrte er.

Von jetzt an zog der Brigadier Homer hinter sich her, ohne auch nur einen Augenblick stehen zu bleiben. Das Pochen des Bluts in seinen Ohren übertönte das Knacken der Geigerzähler, die steifen Beine gehorchten ihm kaum noch, seine Lungen schienen vor Anstrengung zu bersten.

Fast hätten sie den pechschwarzen Fleck des engen Schlupflochs übersehen. Sie zwängten sich hinein und liefen noch einige lange Minuten, bis sie bei einem neuen Tunnel herauskamen. Der Brigadier blickte sich hastig um, tauchte zurück in den Gang und fuhr den Alten an: »Wohin hast du mich geführt? Bist du hier überhaupt schon mal gewesen?«

Etwa dreißig Meter weiter links, in der Richtung, die sie einschlagen mussten, war der Tunnel vom Boden bis zur Decke mit etwas versperrt, das entfernt an ein Spinnennetz erinnerte.

Homers Luft reichte nicht zum Sprechen, also schüttelte er nur den Kopf. Das war die reine Wahrheit – es hatte ihn noch nie zuvor hierher verschlagen. Das, was er von diesem Ort gehört hatte, würde er Hunter besser nicht erzählen.

Der Brigadier nahm das Sturmgewehr in die linke Hand, zog aus seinem Rucksack ein langes, rechteckiges Messer, eine Art selbstgemachte Machete, und hieb die klebrig-weiße Gaze durch. Die vertrockneten Panzer fliegender Kakerlaken, die in den Netzen hingen, fingen an zu zittern und zu klappern wie verrostete Schellen. Die Wunde begann sogleich wieder ihre Ränder zu schließen, als ob sie zuwüchse.

Der Brigadier schob ein halb transparentes Stück Spinnleinwand beiseite, steckte seinen Scheinwerfer hindurch und leuchtete in den Seitentunnel. Sie würden Stunden brauchen, um sich den Weg freizuschlagen: Die klebrigen Fäden durchzogen den Gang wie ein mehrschichtiges Geflecht, soweit der Lichtstrahl reichte.

Hunter blickte auf den Strahlungsmesser, gab einen seltsamen kehligen Laut von sich und begann wie rasend das zwischen den Wänden hängende Garn zu zerfetzen. Die Spinnweben gaben nur widerstrebend nach, kosteten mehr Zeit, als sie hatten. Nach zehn Minuten waren sie erst dreißig Meter vorangekommen, und das Netz wurde immer dichter – es schien den Durchgang wie ein Wattebausch zu verstopfen.

Als sie schließlich bei einem zugewachsenen Lüftungsschacht ankamen, unter dem ein hässliches doppelköpfiges Skelett auf den Schwellen lag, schleuderte der Brigadier sein Messer zu Boden.

Sie hingen in dem Spinngewebe fest wie diese Kakerlaken, und selbst wenn das Wesen, das die riesigen Netze gewoben hatte, schon längst tot war, würde die Strahlung dafür sorgen, dass sie innerhalb kürzester Zeit vor die Hunde gingen.

Während Hunter nach einem Ausweg suchte, fiel Homer plötzlich noch etwas ein, das er über diesen Ort gehört hatte. Er ließ sich auf ein Knie nieder, klopfte aus seinem Reservemagazin ein paar Patronen hervor, drehte mit seinem Federmesser die Kugeln heraus und schüttelte sich das Schießpulver in die Hand.

Hunter begriff sofort. Kurz darauf standen sie wieder am Anfang des Verbindungstunnels, schütteten auf einer Watteunterlage ein Häufchen aus grobem, grauem Pulver auf und hielten ein Feuerzeug daran.

Das Pulver zischte auf, begann zu rauchen – und plötzlich geschah das Unglaubliche: Die kleine Flamme begann sich gleichzeitig in alle Richtungen auszugießen, wanderte die Wände hinauf, erreichte die Decke und ergriff schließlich den gesamten Tunnelraum.

Gierig fraß sie das Spinnennetz auf und raste in die Tiefe. Wie ein dröhnender Flammenring bewegte sie sich unaufhaltsam vorwärts, beleuchtete die verrußten Tunnelsegmente und ließ nur hin und wieder verbrannte Fetzen an der Decke zurück. Auf seinem Weg zur *Kolomenskaja* verengte sich der Feuerreif zusehends und sog wie ein gigantischer Kolben die Luft mit sich. Dann machte der Tunnel eine Kurve, und die Flamme entschwand, eine purpurrot flackernde Schärpe hinter sich herziehend, ihren Blicken.

Erst in weiter Ferne glaubte Homer durch das gleichmäßige Dröhnen des Feuers hindurch ein unmenschliches, verzweifeltes Kreischen sowie ein heiseres Zischen zu vernehmen. Doch war der Alte von diesem Schauspiel noch immer so hypnotisiert, dass er seiner eigenen Wahrnehmung nicht recht traute.

Hunter steckte sein Messer zurück in den Rucksack und kramte stattdessen zwei neue, noch versiegelte Filterbüchsen für ihre Gasmasken hervor. »Die waren eigentlich für den Rückweg gedacht.« Er tauschte seinen Filter aus und gab die zweite Büchse Homer. »Durch den Brand ist die Strahlung jetzt so hoch wie damals.«

Der Alte nickte. Die Flamme hatte radioaktive Teilchen auf- und durcheinandergewirbelt, die sich über Jahre hinweg auf dem Spinnennetz abgesetzt hatten und in dessen Fäden eingedrungen waren. In dem schwarzen Vakuum des Tunnels schwirrten nun vermutlich Milliarden todbringender Moleküle umher. Unzählige winzige Unterwasserminen hingen in diesem leeren Raum und versperrten ihnen den Weg. Ein Ausweichmanöver war ausgeschlossen.

Es blieb nur der Weg mitten hindurch.

»Wenn dich jetzt dein Papilein sähe«, tadelte der Dicke sie mit höhnischem Tonfall.

Sascha saß der Leiche ihres Vaters genau gegenüber, die mit dem Gesicht nach unten in ihrem eigenen Blut lag.

Der Entführer hatte ihr bereits die Träger der Latzhose von den Schultern gezogen; darunter trug sie ein T-Shirt mit der verblichenen Abbildung eines fröhlich lachenden Tierchens. Jedesmal, wenn sie ihren Blick hob, blendete sie der Entführer mit seiner Lampe, damit sie sein Gesicht nicht erkannte. Den Knebel hatte er ihr aus dem Mund gezogen, doch Sascha hatte ohnehin nicht vor, ihn um etwas zu bitten.

»Deiner Mutter siehst du ja überhaupt nicht ähnlich. Schade, ich hatte schon gehofft …« Die Elefantenbeine in den hohen, dunkelrot beschmierten Gummistiefeln wanderten ein weiteres Mal um die Säule herum, an der Sascha lehnte. Jetzt kam seine Stimme von hinten. »Dein Papilein hat wahrscheinlich geglaubt, dass mit der Zeit schon Gras darüber wachsen wird. Aber es gibt auch Verbrechen, die nicht verjähren … Verleumdung zum Beispiel. Verrat.« Seine schwammigen Umrisse tauchten auf der anderen Seite aus dem Dunkel auf. Er blieb über der Leiche ihres Vaters stehen, trat mit dem Stiefel dagegen und spie dicken Schleim aus. »Schade, dass der Alte bereits den Löffel abgegeben hat, ohne dass ich nachhelfen konnte.« Der Dicke ließ den Lichtstrahl durch die trübe, gesichtslose Station schweifen, in der haufenweise nutzloser Plunder verstreut lag. Bei einem Fahrradrahmen ohne Räder hielt er inne. »Gemütlich habt ihr's hier. Ich denke mal, wärst du nicht gewesen, dein Papilein hätte sich längst aufgehängt.«

Während er in der Station herumleuchtete, versuchte Sascha fortzukriechen, doch nur eine Sekunde später fing sein Lichtstrahl sie wieder ein.

»Und das kann ich gut nachvollziehen.« Mit einem Satz landete der Entführer wieder neben ihr. »Ne hübsche Lady ist ihm da gelungen. Schade nur, wie gesagt, dass sie ihrer Mutter so gar nicht ähnlich sieht. Wahrscheinlich hat ihn das auch betrübt. Na, egal.« Er trat ihr mit der Stiefelspitze in die Seite, sodass sie umfiel. »Immerhin hab ich mich durch die ganze Metro hierher durchgeschlagen.«

Sascha zuckte zusammen und begann den Kopf zu schütteln.

»Siehst du, Petja, wie leicht sich alles voraussagen lässt.« Wieder hatte er sich Saschas Vater zugewandt. »Früher hast du deine

Nebenbuhler vors Tribunal gebracht. Und vielen Dank auch für die lebenslängliche Verbannung statt der Hinrichtung! Tja, das Leben ist wirklich lang, und die Umstände ändern sich. Und eben nicht immer zu deinen Gunsten. Ich bin zurück, auch wenn ich dafür zehn Jahre länger gebraucht habe als geplant.«

»Man kehrt niemals zufällig an einen Ort zurück«, flüsterte Sascha. Die Worte ihres Vaters.

»Wohl wahr«, entgegnete der Dicke spöttisch. »He, wer ist da?«

Am gegenüberliegenden Ende des Bahnsteigs ertönte ein Rascheln, dann fiel etwas Schweres zu Boden. Eine Art Zischen war zu hören sowie etwas, das wie die vorsichtigen Schritte eines großen Tiers klang. Die darauf folgende Stille war trügerisch und rissig, und Sascha spürte ebenso wie ihr Entführer, dass sich aus dem Tunnel etwas auf sie zubewegte.

Der Dicke entsicherte geräuschvoll, ließ sich neben dem Mädchen auf einem Knie nieder, legte den Kolben an die Schulter und schickte einen zitternden Lichtfleck über die umstehenden Säulen. Dass sich in dem seit Jahrzehnten leeren Südtunnel etwas bewegte war nicht weniger unheimlich, als wenn die Marmorstatuen an einer der zentralen Stationen plötzlich zum Leben erwacht wären.

In dem wandernden Lichtfleck tauchte kurz ein verschwommener Schatten auf – gewiss kein menschlicher, weder von den Umrissen her noch was seine Behendigkeit betraf. Doch als der Strahl an dieselbe Stelle zurückkehrte, war von dem rätselhaften Wesen keine Spur mehr zu sehen. Ein paar Sekunden später fing die panisch herumsuchende Lichtscheibe es wieder ein – nur noch etwa zwanzig Schritt von ihnen entfernt.

»Ein Bär?«, flüsterte der Dicke ungläubig und drückte ab.

Die Kugeln rasten auf die Säulen zu, pickten in die Wände, doch das Tier hatte sich gleichsam in Luft aufgelöst, und keiner der Schüsse erreichte sein Ziel. Dann stellte der Dicke plötzlich das sinnlose Geballer ein, ließ die Kalaschnikow zu Boden fallen und presste die Hände auf seinen Bauch. Die Lampe rollte zur Seite, sodass sich der Lichtkegel über den Boden ergoss und seine schwere, zusammengekrümmte Gestalt von unten anleuchtete.

Ohne Hast trat aus dem Zwielicht ein Mensch hervor – mit erstaunlich weichen, fast lautlosen Schritten, obwohl er schwere Stiefel trug. Der Schutzanzug war selbst für seine hünenhafte Gestalt zu weit, sodass man ihn tatsächlich von Weitem für einen Bären halten konnte.

Er trug keine Gasmaske. Der kahlrasierte, von Narben durchzogene Kopf erinnerte an eine ausgetrocknete Wüste. Ein Teil seines Gesichts hatte kühne, wenn auch etwas grobe und harte Züge; man hätte es durchaus als schön bezeichnen können, wäre es nicht so totenstarr gewesen, dass Sascha bei seinem Anblick unwillkürlich schauderte. Die andere Hälfte war jedoch schlicht ungeheuerlich zugerichtet: Ein komplexes Geflecht aus Narben machte daraus eine Maske von vollkommener Hässlichkeit. Dennoch hätte sein äußeres Erscheinungsbild wohl eher etwas Abstoßendes denn Furchterregendes gehabt, wären da nicht seine Augen gewesen. Ein ständig umherstreifender, halb wahnsinniger Blick war das Einzige, was diesem unbeweglichen Gesicht Leben verlieh. Ein Leben ohne Seele.

Der Dicke versuchte auf die Füße zu kommen, doch sackte er gleich wieder zu Boden und schrie vor Schmerz. Der Hüne ging neben ihm in die Hocke, richtete einen langen Pistolenlauf mit Schalldämpfer gegen sein Genick und drückte ab. Das Geheul brach augenblicklich ab, doch das Echo irrte noch einige Sekunden durch das Gewölbe der Station, gleich einem verlorenen Wesen, dem man seinen Körper weggenommen hatte.

Der Schuss hatte ihm das Kinn fortgerissen, und nun lag Saschas Entführer da und zeigte ihr sein Gesicht – einen schleimigen, roten Trichter. Sascha zog den Kopf ein und begann leise zu wimmern. Der furchtbare Mann richtete langsam, nachdenklich den Lauf der Pistole auf sie.

Dann sah er sich um und entschied sich anders. Die Pistole verschwand in einem Schulterhalfter, und er selbst trat zurück, als wolle er sich von seiner Tat distanzieren. Er öffnete eine flache Feldflasche und setzte sie an die Lippen.

Nun betrat ein weiterer Charakter die kleine Bühne, die von der allmählich schwächer werdenden Lampe des Dicken erleuchtet wurde: ein alter Mann. Er atmete schwer und presste eine Hand gegen die Rippen. Er trug den gleichen Schutzanzug wie der Killer, bewegte sich darin jedoch äußerst ungeschickt. Kaum hatte er seinen Begleiter eingeholt, sank der Alte sogleich erschöpft zu Boden. Er bemerkte nicht einmal, dass alles voller Blut war. Erst nachdem er sich etwas erholt hatte und die Augen öffnete, erblickte er die beiden entstellten Leichen. Und dazwischen das stumme, völlig verängstigte Mädchen.

Eben erst hatte sich sein Herz beruhigt – doch nun fing es wieder heftig zu schlagen an. Noch ehe Homer die Worte dafür fand, wusste er es: Er hatte sie gefunden. Nach all den vergeblichen Versuchen, die Heldin seines Romans des Nachts vor seinem geistigen Auge erstehen zu lassen, ihre Lippen und Hände, ihre Kleidung, ihren Geruch, ihre Bewegungen und Gedanken zu erfinden, stand er nun plötzlich vor einer Person aus Fleisch und Blut, die seinen Vorstellungen exakt entsprach.

Doch nein, eigentlich hatte er sie sich etwas anders vorgestellt – eleganter, ebenmäßiger ... und sicherlich erwachsener. Diese hier hatte zu viele Ecken und Kanten, und in ihren Augen erblickte Homer nicht etwa warmen, schmachtenden Flor, sondern zwei Splitter aus hartem Eis. Aber er wusste, dass er es war, der sich geirrt hatte, er hatte nicht vorausahnen können, wie sie sein würde.

Ihr gehetzter Blick, die ängstlichen Gesichtszüge, die gefesselten Hände – all das faszinierte ihn. Sicher, er wusste so manche Geschichte hervorragend nachzuerzählen, doch eine Tragödie zu schreiben wie jene, die dieser jungen Frau widerfahren war, das hätte seine Fähigkeiten bei weitem überstiegen. Ihre Hilflosigkeit, ihr Ausgeliefertsein, ihre wundersame Rettung und die Art und Weise, wie sich ihr Schicksal mit seiner und Hunters Geschichte verwob – all dies konnte nur eines bedeuten: Er war auf dem richtigen Weg.

Er glaubte ihr, noch bevor sie ein einziges Wort gesagt hatte. Denn neben allem anderen besaß dieses Mädchen mit ihren wirren blonden, ungeschickt zurechtgestutzten Haaren und spitzen Ohren, den rußverschmierten Wangen, den fragilen, entblößten, erstaunlich weißen Schultern und ihrer kindlich vollen, zerkauten Unterlippe eine ganz besondere Art von Schönheit, sodass sich zu seiner Neugier auch Mitleid und eine spontane, zärtliche Zuneigung gesellten.

Homer trat näher und ging vor ihr in die Hocke. Sie duckte sich, kniff die Augen zusammen. Eine Wilde, dachte er. Da ihm nichts einfiel, was er sagen konnte, tätschelte er ihr sanft die Schulter.

»Wir müssen weiter«, knurrte Hunter.

»Und was ist mit …« Homer deutete mit fragendem Blick auf das Mädchen.

»Nichts. Sie geht uns nichts an.«

»Wir können sie doch nicht allein zurücklassen!«

»Dann verpassen wir ihr eben eine Kugel«, entgegnete der Brigadier harsch.

»Ich will nicht mit euch gehen«, sagte das Mädchen mit überraschender Klarheit. »Nehmt mir nur die Handschellen ab. Die Schlüssel hat wahrscheinlich der da.« Sie deutete auf die gesichtslose Leiche am Boden.

Mit einigen wenigen Handgriffen durchsuchte Hunter die Leiche und fischte aus einer Innentasche einen Bund mit Blechschlüsseln heraus. Er warf ihn dem Mädchen hin, blickte Homer an und sagte: »Zufrieden?«

Der Alte spielte auf Zeit. »Was hat dir dieser Schweinehund angetan?«, fragte er die Kleine.

»Nichts«, erwiderte sie, während sie mühsam an dem Schloss herumfuhrwerkte. »Er ist nicht so weit gekommen. Er ist kein Ungeheuer. Ein gewöhnlicher Mensch. Grausam, dumm und nachtragend. Wie alle.«

»Nicht alle«, wandte der Alte ein, doch es klang nicht besonders überzeugt.

»Doch, alle«, wiederholte das Mädchen. Sie verzog das Gesicht, aber es gelang ihr, sich auf die angeschwollenen Füße zu stellen. »Was soll's. Es ist nicht immer einfach, Mensch zu bleiben.«

Wie schnell sie ihre Furcht abgelegt hatte! Nun schlug sie die Augen nicht mehr zu Boden, sondern blickte die beiden Männer streng und herausfordernd an. Sie bückte sich zu einer der Leichen herab, drehte sie vorsichtig auf den Rücken, legte die eingeknickten Arme zurecht und küsste die Stirn des Toten. Dann wandte sie sich Hunter zu, kniff die Augen zusammen, und einer ihrer Mundwinkel zuckte. »Danke.«

Sie nahm weder Waffen noch sonst irgendwelche Sachen mit. Sie kletterte auf das Gleis hinab und ging leicht hinkend auf den Tunnel zu.

Der Brigadier sah ihr mit finsterem Blick nach. Seine Hand glitt an seinem Gürtel hin und her, unentschlossen zwischen Messer und Feldflasche. Endlich traf er eine Entscheidung, richtete sich auf und rief ihr nach: »Warte!«

## 8
## Masken

Der Käfig lag noch dort, wo der Dicke Sascha niedergeschlagen hatte. Das Türchen stand offen, die Ratte war fort… Schon gut, dachte das Mädchen. Auch eine Ratte hat ein Recht auf Freiheit.

Es half nichts: Sascha musste die Gasmaske ihres Entführers aufsetzen. Sie glaubte noch einen Rest seines faulen Atems zu verspüren, doch konnte sie froh sein, dass der Dicke die Maske nicht getragen hatte, als er niedergeschossen wurde.

In der Mitte der Brücke stieg die Strahlung plötzlich wieder an.

Es glich einem Wunder, dass sie sich in dem riesigen Schutzanzug, in dem sie herumschlotterte wie eine Kakerlakenlarve in ihrem Kokon, überhaupt bewegen konnte. Die Gasmaske war zwar von der breiten Visage des Dicken gedehnt worden, haftete aber dennoch gut an ihrem Gesicht. Sascha versuchte so kräftig wie möglich auszuatmen, um die für den Toten gedachte Luft aus den Schläuchen und Filtern zu vertreiben, doch während sie durch die runden, beschlagenen Sichtgläser nach draußen blickte, wurde sie das Gefühl nicht los, dass sie in einen fremden Körper geschlüpft war. Noch vor einer Stunde steckte in diesem Anzug jener grausame Dämon, der sie heimgesucht hatte – und nun musste sie, um über diese Brücke zu kommen, sich gleichsam in ihn hineinversetzen, mit seinen Augen die Welt betrachten.

Mit seinen – und mit den Augen jener Menschen, die sie und ihren Vater an die *Kolomenskaja* verbannt hatten, die sie all diese Jahre nur deswegen hatten leben lassen, weil ihre Gier stärker war als ihr Hass. Würde Sascha, um sich in der Menschenmenge zu verlieren, weiter diese schwarze Gummimaske tragen müssen? Würde sie so tun müssen, als wäre sie jemand anders, jemand ohne Gesicht und Gefühle? Wenn es ihr wenigstens dabei helfen würde, sich auch innerlich zu verändern: all das, was sie durchgemacht hatte, zu vergessen und fest daran zu glauben, dass sie noch einmal von vorn beginnen konnte!

Sascha hätte sich gewünscht, dass diese beiden sie nicht zufällig aufgelesen hätten, sondern eigens wegen ihr hierher geschickt worden wären, aber sie wusste, dass das nicht stimmte. Sie begriff nicht, warum sie sie mitnahmen: ob zum Vergnügen, aus Mitleid oder um sich gegenseitig irgendetwas zu beweisen. In den wenigen Worten, die ihr der Alte hingeworfen hatte, schwang eine gewisse Anteilnahme mit, doch achtete er bei allem, was er tat, stets auf seinen Begleiter, blieb wortkarg und schien besorgt, nicht allzu menschlich zu erscheinen.

Der andere wiederum hatte sich, seit er dem Mädchen erlaubt hatte, bis zur nächsten bewohnten Station mit ihnen mitzugehen, kein einziges Mal nach ihr umgesehen. Sascha war absichtlich etwas zurückgeblieben, um ihn wenigstens von hinten ungehindert mustern zu können, doch offenbar hatte er ihren Blick gespürt, denn sofort verkrampfte er und zuckte mit dem Kopf, drehte sich allerdings nicht um – vielleicht aus Gefälligkeit gegenüber ihrer mädchenhaften Neugier, vielleicht aber auch, damit sie nicht glaubte, dass er sie beachtete.

Der mächtige Körperbau des Kahlen und seine animalische Verhaltensweise, deretwegen der Dicke ihn mit einem Bären verwechselt hatte, kennzeichneten ihn als einsamen Krieger. Aber dieses Bild hatte nicht nur etwas mit seiner physischen Stärke zu tun. Von ihm ging eine Kraft aus, die genauso spürbar gewesen wäre, wenn er dürr und kleinwüchsig gewesen wäre. Ein Mann wie dieser konnte so gut wie jeden dazu zwingen, ihm zu gehorchen; und wagte es doch jemand, sich seinem Befehl zu widersetzen, würde er ihn ohne zu zögern vernichten.

Und lange bevor Sascha ihre Furcht vor diesem Menschen unter Kontrolle bekam, lange bevor sie sich seiner und ihrer selbst klar wurde, sagte ihr eine noch unbekannte innere Stimme – die Stimme der Frau in ihr –, dass auch sie ihm folgen würde.

Die Draisine kam erstaunlich schnell voran. Homer spürte fast keinen Widerstand der Hebel, denn der Brigadier ihm gegenüber leistete ganze Arbeit. Der Alte hob und senkte aus Anstand ebenfalls die Arme, doch kostete es ihn praktisch keine Kraft.

Die gedrungene Metrobrücke watete mit vielen Pfeilern durch das dunkle, dickflüssige Wasser. Die Betonverkleidung war an einigen Stellen bereits von dem Eisenskelett abgefallen, und die Füße standen so schief, dass eine der beiden Spuren abgeknickt und eingestürzt war.

Es war eine rein funktionale Brücke gewesen, ein Standardmodell, kurzlebig wie die Neubauten der Umgebung und all die auf dem Reißbrett entworfenen Außenbezirke der Hauptstadt. An ihr war nichts, aber auch gar nichts Ästhetisches. Dennoch musste Homer, während er sich begeistert nach allen Seiten umsah, an die magischen Klappbrücken Petersburgs denken oder an die elegante Brückenkonstruktion von *Krymski most* mit ihren gusseisernen Ketten.

In den über zwanzig Jahren, die er jetzt in der Metro lebte, war Homer nur dreimal an die Oberfläche gegangen. Jedes Mal hatte er versucht, so viel zu erblicken, wie es ein kurzer Freigang eben zuließ. Die Erinnerung aufzufrischen, seine schwächer werdenden Augen wie Objektive auf die Stadt zu richten und auf den leicht rostigen Auslöser seines visuellen Gedächtnisses zu drücken, um möglichst viele Eindrücke für die Zukunft zu sammeln. Vielleicht hatte er ja nie wieder die Gelegenheit, an so wunderschönen Orten nach oben zu kommen wie der *Kolomenskaja*, dem *Retschnoi woksal* oder dem *Tjoply stan* – alle drei weit außerhalb gelegene Stationen, die er früher, wie so viele Moskauer, zu Unrecht mit einer gewissen Herablassung behandelt hatte.

Mit jedem Jahr alterte Moskau zusehends, zerfiel, verwitterte. Homer hatte das Bedürfnis, die sich allmählich auflösende Brücke zu berühren, so wie das Mädchen vor ihm an der *Kolomenskaja* den anderen Toten noch einmal gestreichelt hatte. Die Brücke, die grauen Vorsprünge der Fabrikgebäude, die verwaisten Bienenstöcke der Wohnhäuser. Ihren Anblick zu genießen. Sie zu berühren, um zu spüren, dass sie tatsächlich existierten, dass dies hier kein Traum war. Und um von ihnen Abschied zu nehmen – für alle Fälle.

Die Sicht war schlecht, das silberne Mondlicht drang nicht durch die dichte Wolkendecke, sodass der Alte die Umgebung mehr erahnte, als dass er sie wahrnahm. Aber das machte nichts: Er war es ohnehin gewohnt, die Wirklichkeit durch Imagination zu ersetzen.

Im Übrigen dachte Homer nur noch an das, was er jetzt sah. Vergessen waren die Legenden, die zu erschaffen er sich vorgenommen hatte, vergessen das geheimnisvolle Tagebuch, das seine Fantasie in den letzten Stunden andauernd beschäftigt hatte. Es ging ihm wie einem Kind bei einem Schulausflug: Er sog den Anblick, den die verschwommenen Silhouetten der Hochhäuser boten, in sich auf, drehte ständig den Kopf hin und her und sprach laut mit sich selbst.

Die anderen beiden genossen die Überfahrt weit weniger. Der Brigadier, der in Fahrtrichtung blickte, hielt nur von Zeit zu Zeit inne, um hinabzuspähen, wenn von unten ein Geräusch zu hören war. Ansonsten galt seine ganze Aufmerksamkeit jenem entfernten, für niemanden sonst sichtbaren Punkt, wo sich die Gleise wieder ins Erdreich gruben.

Das Mädchen saß hinter ihm und hielt die erbeutete Gasmaske mit beiden Händen umklammert. Es war ihr anzusehen, dass sie sich hier oben nicht wohlfühlte. Im Tunnel war sie Homer groß vorgekommen, doch kaum waren sie draußen, wurde sie klein, als hätte sie sich in ein unsichtbares Schneckenhaus zurückgezogen, und selbst der ausladende Schutzanzug, den sie der Leiche abgenommen hatten, machte sie nicht größer. Die faszinierenden Dinge, die man von der Brücke aus sehen konnte, schienen sie nicht zu interessieren – meist blickte sie nur direkt vor sich auf den Boden.

Sie passierten die Ruinen der Station *Technopark*. Diese war kurz vor dem Krieg in aller Eile fertiggestellt worden, und ihr beklagenswerter Zustand war weniger den Bombenangriffen geschuldet als vielmehr dem Zahn der Zeit. Dann näherten sie sich endlich dem Tunnel.

Im Gegensatz zur bleichen Dunkelheit der Nacht schien der Tunneleingang vor ihnen absolute Finsternis zu verströmen. Nun kam Homer sein Schutzanzug wie ein echter Panzer vor, und er selbst sich wie ein mittelalterlicher Ritter, der eine sagenumwobene Drachenhöhle betrat.

Die Geräusche der nächtlichen Stadt blieben an der Schwelle zurück, dort, wo Hunter sie von der Draisine absteigen ließ. Nun waren nur noch die vorsichtigen Schritte der drei Gefährten zu hören sowie ihre kargen Worte, die an den Tunnelsegmenten als Echo widerhallten. Dieser Tunnel klang seltsam. Homer vernahm deutlich die Geschlossenheit des Raumes, als wären sie durch den Hals einer Glasflasche in ihr Inneres geklettert.

»Dort ist zu.« Hunter schien seine Befürchtungen bekräftigen zu wollen. Der Strahl seiner Lampe stieß als Erster auf Widerstand: Vor ihnen ragte ein hermetisches Tor auf wie eine undurchdringliche Wand. An der Stelle, wo das Tor auf die Gleise traf, glänzten diese etwas, und aus den massiven Scharnieren ragten braune Fetzen Schmierfett hervor. Alte Bretter lagen auf einem Haufen, dazu trockenes Reisig und verkohlte Holzscheite, als hätte jemand vor Kurzem hier ein Lagerfeuer gemacht. Das Tor wurde eindeutig benutzt, doch offenbar nur als Ausgang – weder ein Klingelmechanismus noch andere Signaleinrichtungen waren auf dieser Seite zu sehen.

Der Brigadier wandte sich dem Mädchen zu: »Ist das hier immer so?«

»Manchmal kommt jemand raus und fährt zu uns ans andere Ufer. Um zu handeln. Ich dachte, heute ...« Sie schien sich rechtfertigen zu wollen. Hatte sie gewusst, dass es keinen Zugang gab, und es vor ihnen verheimlicht?

Hunter hämmerte mit dem Griff seiner Machete gegen das Tor, als wolle er einen riesigen Metallgong betätigen. Doch der Stahl war zu dick, und anstelle eines dumpf hallenden Tons kam nur ein hohles Scheppern zustande. Wohl kaum jemand konnte das auf der anderen Seite hören – sofern dort überhaupt jemand lebte.

Keine Antwort. Das Wunder war nicht geschehen.

Wider alle Vernunft hatte Sascha gehofft, diese beiden würden das Tor öffnen können. Sie hatte sie nicht gewarnt, dass der Zugang zur Großen Metro verschlossen war, aus Angst, sie könnten einen anderen Weg einschlagen und sie dort zurücklassen, wo sie sie gefunden hatten.

Doch in der Großen Metro erwartete sie niemand, und die Sperre aufzubrechen war unmöglich. Der Kahle suchte am Tor nach Schwachstellen oder verborgenen Schlössern, doch Sascha wusste bereits, dass es sich von dieser Seite nicht öffnen ließ. Diese Tür ging nur nach außen auf.

»Ihr bleibt hier«, wies er sie grimmig an. »Ich sehe mir die Sperre im zweiten Tunnel an und suche nach Lüftungsschächten.« Er schwieg kurz und fügte hinzu: »Ich komme wieder.« Dann verschwand er.

Der Alte sammelte ein paar Zweige und Bretter zusammen und entfachte ein kümmerliches Feuer. Dann setzte er sich auf die Schwellen und begann in seinem Rucksack herumzukramen. Sascha ließ sich neben ihm nieder und beobachtete ihn aus den Augenwinkeln. Er veranstaltete ein seltsames Spektakel, vielleicht für sie, vielleicht aber auch für sich selbst.

Nachdem er aus seinem Rucksack einen abgewetzten, fleckigen Notizblock befördert hatte, warf er einen misstrauischen Blick auf Sascha, rückte etwas von ihr ab und beugte sich über die Seiten. Gleich darauf sprang er mit erstaunlicher Behändigkeit auf und sah nach, ob der Kahle auch tatsächlich fort war. Langsam schlich er zehn Schritte in Richtung Tunnelausgang, und erst als er dort niemanden entdeckte, beließ er es bei diesen Vorsichtsmaßnahmen. Er lehnte sich an das Tor, stellte den Rucksack zwischen sich und Sascha und vertiefte sich in die Lektüre.

Er las unruhig, murmelte etwas Unverständliches vor sich hin, zog die Handschuhe aus, griff nach der Wasserflasche und spritzte einige Tropfen daraus auf das Büchlein. Dann las er weiter. Nach kurzer Zeit begann er sich plötzlich die Hände an den Hosenbeinen abzuwischen, stieß sich verärgert gegen die Stirn, berührte aus irgendeinem Grund seine Gasmaske und las hastig weiter. Angesteckt von seiner Aufregung ließ sich Sascha von ihren Gedanken ablenken und rückte näher; der Alte war zu beschäftigt, um sie zu beachten.

Noch durch die Sichtgläser der Gasmaske konnte man das fieberhafte Funkeln seiner blassgrünen Augen erkennen, in denen sich das Licht des Feuers spiegelte. Von Zeit zu Zeit tauchte er mit sichtlicher Anstrengung wieder auf, wie um Luft zu holen. Er riss sich von seiner Lektüre los, starrte ängstlich auf das runde Stückchen Nachthimmel am Ende des Tunnels, doch das blieb unverändert: Der rasierte Schädel war endgültig verschwunden. Und sogleich verschlang ihn der Notizblock wieder mit Haut und Haaren.

Jetzt begriff sie, warum er Wasser auf das Papier spritzte: Er versuchte die verklebten Seiten voneinander zu lösen. Offenbar gelang ihm das nur schlecht, einmal schrie er sogar auf, als hätte er sich geschnitten: Eine der Seiten war auseinandergerissen. Er fluchte, beschimpfte sich selbst – und erst dann bemerkte er, wie aufmerksam sie ihn beobachtete. Verlegen rückte er erneut seine Gasmaske zurecht, doch sprach er kein Wort zu ihr, bevor er nicht bis zu Ende gelesen hatte.

Dann lief er zum Feuer und schleuderte den Notizblock hinein. Er sah Sascha nicht an, und sie verstand: Es hatte keinen Sinn nachzufragen. Er würde sie doch nur anlügen oder gar nichts sagen. Auch gab es Dinge, die sie jetzt wesentlich mehr beschäftigten. Sie schätzte, dass der Kahle bereits eine ganze Stunde weg war. Hatte er sie zurückgelassen wie unnötigen Ballast? Sascha setzte sich zu dem Alten und sagte leise: »Der zweite Tunnel ist ebenfalls verschlossen. Und alle Schächte in der Umgebung sind vermauert. Es gibt nur diesen einen Eingang.«

Der Mann betrachtete sie zerstreut. Offenbar kostete es ihn Überwindung, sich auf das zu konzentrieren, was er eben gehört hatte. »Er findet einen Weg. Er spürt ihn.« Er schwieg eine

Minute lang, dann fragte er, wohl eher aus Höflichkeit: »Wie heißt du?«

»Alexandra«, antwortete sie ernst. »Und du?«

»Nikolai ...«, begann er und streckte ihr die Hand entgegen, doch dann zog er sie plötzlich krampfhaft zurück, bevor Sascha sie berühren konnte. Es schien, als habe er es sich anders überlegt. »Homer. Ich heiße Homer.«

»Homer. Seltsamer Spitzname«, entgegnete Sascha nachdenklich.

»So heiße ich eben«, behauptete Homer steif und fest.

Sollte sie ihm erklären, dass sie, solange sie bei ihnen war, vor geschlossenen Türen stehen würden? Wären die beiden Männer allein hierhergekommen, das Tor hätte auch weit offen sein können.

Die *Kolomenskaja* ließ Sascha einfach nicht fort. Sie bestrafte sie dafür, wie sie mit ihrem Vater umgegangen war. Sie hatte versucht zu fliehen, doch nun war die Kette gespannt, und sie konnte sie nicht zerreißen. Die Station hatte sie schon einmal zurückgeholt – sie würde es auch ein zweites Mal tun.

Sosehr sie diese Gedanken und Bilder auch zu verscheuchen versuchte wie blutsaugendes Ungeziefer, sie kamen stets wieder, umkreisten sie immerfort, krochen ihr in Ohren und Augen.

Der Alte hatte Sascha noch etwas gefragt, doch sie antwortete nicht. Ein Tränenschleier legte sich über ihre Augen, und wieder hörte sie die Stimme ihres Vaters sagen: Nichts ist wertvoller als das menschliche Leben.

Erst jetzt begriff sie wirklich, was er damit sagen wollte.

Das, was an der *Tulskaja* vor sich ging, war für Homer nun kein Rätsel mehr. Die Erklärung war einfacher und furchtbarer, als er gedacht hatte. Und jetzt, nachdem er die Einträge in dem Notizblock entziffert hatte, begann eine noch viel schlimmere Geschichte: Das Tagebuch entpuppte sich für Homer als Menetekel, es führte ihn auf eine Reise ohne Wiederkehr. Nun, da er es in der Hand gehabt hatte, würde er es nie wieder loswerden – er mochte es verbrennen, sooft er wollte.

Außerdem hatte es sein Misstrauen gegenüber Hunter durch weitere gewichtige, ja unwiderlegbare Indizien geschürt, auch wenn Homer nicht die geringste Ahnung hatte, was er damit anfangen sollte. Was er in dem Tagebuch gelesen hatte, widersprach völlig den Behauptungen des Brigadiers. Dieser hatte gelogen, und zwar ganz bewusst. Homer musste herausfinden, wozu diese Lüge diente, ja ob sie überhaupt einen Sinn gehabt hatte. Davon hing ab, ob er Hunter weiter folgen würde und ob sein Abenteuer als heroisches Epos endete oder als blindwütiges Gemetzel ohne überlebende Zeugen.

Die ersten Einträge in dem Notizblock datierten an dem Tag, als die Karawane problemlos die *Nagornaja* passiert und sich der *Tulskaja* genähert hatte, ohne auf irgendeinen Widerstand zu treffen.

*»Wir sind bald bei der Tulskaja. Die Tunnel sind ruhig und leer«*, berichtete der Funker. *»Wir kommen schnell voran, ein gutes Zeichen. Der Kommandeur rechnet damit, dass wir spätestens morgen wieder zurück sind.«* Einige Stunden später notierte er besorgt: *»Die Tulskaja ist nicht bewacht. Wir haben einen Aufklärer losgeschickt. Er ist verschwunden. Der Kommandeur hat entschieden, dass wir geschlossen die Station betreten. Wir treffen Vorbereitungen für einen Sturmangriff.«* Wieder etwas später: *»Schwer zu verstehen, was da los ist … Wir haben mit Ansässigen geredet. Es steht schlimm. Wohl irgendeine Krankheit.«* Bald darauf Klarheit: *»Einige Menschen an der Station sind von etwas befallen … Eine unbekannte Erkrankung …«* Offenbar hatten die Mitglieder der Karawane zunächst versucht, den Kranken zu helfen: *»Der Feldscher weiß*

*nicht, wie er es behandeln soll. Er sagt, es ist so was Ähnliches wie Tollwut … Ungeheuere Schmerzen, die Leute werden unzurechnungsfähig und greifen ihre Mitmenschen an.«* Und gleich danach: *»Einmal durch die Krankheit geschwächt, sind sie mehr oder weniger harmlos. Das Schlimme ist aber …«* Genau an dieser Stelle klebten die Seiten zusammen, und Homer musste sie mit Wasser bespritzen, um sie voneinander zu lösen. *»Lichtscheu. Übelkeit. Blut im Mund. Husten. Dann schwellen sie an und verwandeln sich in …«* Das Wort war sorgfältig übermalt worden. *»Wie es übertragen wird, ist unklar. Durch die Luft? Durch Kontakt?«* Diese Eintragung stammte bereits vom nächsten Tag. Die Rückkehr der Gruppe verzögerte sich.

Warum haben sie nicht Bericht erstattet, fragte sich Homer. Sogleich fiel ihm ein, dass er irgendwo bereits die Antwort gelesen hatte. Er blätterte zurück … *»Keine Verbindung. Das Telefon ist tot. Vielleicht Sabotage. Jemand von den Verbannten, aus Rache? Sie haben es schon vor unserer Ankunft festgestellt. Am Anfang haben sie die Kranken in die Tunnel gejagt. Vielleicht hat einer von denen das Kabel durchgeschnitten?«*

An dieser Stelle riss sich Homer von den Buchstaben los und starrte in den dunklen Raum, ohne etwas zu sehen. Angenommen, jemand hatte das Kabel durchtrennt – warum waren sie dann nicht zur *Sewastopolskaja* zurückgekehrt?

*»Noch schlimmer. Bis es ausbricht, vergeht eine Woche. Was, wenn noch mehr …? Bis der Tod eintritt, dauert es noch mal ein bis zwei Wochen. Niemand weiß, wer krank ist, wer gesund. Es gibt kein Gegenmittel. Die Krankheit ist absolut tödlich.«* Am folgenden Tag hatte der Funker einen weiteren Eintrag gemacht, den Homer bereits kannte: *»An der Tulskaja herrscht Chaos. Kein Durchkommen zur Metro, die Hanse lässt niemanden durch. Zurück können wir auch nicht.«* Zwei Seiten weiter fuhr er fort: *»Die Gesunden schießen auf die Kranken, vor allem auf die aggressiven. Sie haben*

*die Infizierten in einen Verschlag getrieben … Diese widersetzen sich, wollen raus.«* Und danach das Entsetzliche: »*Sie zerfleischen einander …«*

Auch dieser Funker hatte Angst gehabt, doch die eiserne Disziplin der Gruppe hatte verhindert, dass seine Angst sich in Panik verwandelte. Selbst inmitten einer tödlichen Fieberepidemie stand die Sewastopoler Brigade ihren Mann.

»*Haben die Situation unter Kontrolle. Die Station ist abgeriegelt und ein Kommandant eingesetzt*«, las Homer. »*Wir sind alle wohlauf, aber noch ist zu wenig Zeit vergangen.«*

Der Suchtrupp der *Sewastopolskaja* hatte die *Tulskaja* wohlbehalten erreicht, war jedoch natürlich dort ebenfalls hängengeblieben. »*Der Befehl lautet, dass wir hierbleiben, bis die Inkubationszeit vorbei ist, um keine Gefahr für … Oder für immer*«, notierte der Funker düster. »*Die Lage ist aussichtslos. Hilfe von nirgends zu erwarten. Wenn wir die Sewastopolskaja anfordern, führen wir unsere eigenen Leute ins Verderben. Es bleibt nichts, als das hier zu ertragen … Wie lange noch?«*

Also war die geheimnisvolle Wache am hermetischen Tor der *Tulskaja* von den Sewastopolern selbst aufgestellt worden. Deshalb waren ihre Stimmen Homer so bekannt vorgekommen: Es waren Leute gewesen, mit denen er einige Tage zuvor den Tunnel zur *Tschertanowskaja* von irgendwelchen Monstern befreit hatte! Indem sie freiwillig auf ihre Rückkehr verzichteten, hofften sie die eigene Station vor der Seuche zu bewahren …

»*Meist von Mensch zu Mensch, aber offenbar auch durch die Luft. Manche scheinen immun dagegen zu sein. Es hat schon vor ein paar Wochen begonnen, und dennoch sind viele nicht erkrankt … Aber es werden immer mehr. Wir leben in einem Totenhaus. Wer krepiert als Nächster?«* Die gehetzte Schrift wirkte an dieser Stelle wie ein hysterischer Aufschrei. Doch dann hatte sich der Funker offenbar wieder beruhigt und fuhr gleichmäßig fort: »*Wir müssen etwas unternehmen. Die anderen warnen. Ich werde mich freiwillig melden. Nicht zur Sewastopolskaja, sondern um die Stelle zu finden, wo das Kabel beschädigt ist. Wir müssen sie unbedingt erreichen.«*

Ein weiterer Tag verging, an dem der Autor offenbar mit dem Kommandeur der Karawane gerungen und sich mit den anderen Soldaten gestritten hatte, ein Tag, an dem seine Verzweiflung immer weiter gewachsen war. Was der Funker ihnen zu erklären versucht hatte, hielt er, nachdem er wieder zur Ruhe gekommen war, in seinem Tagebuch fest: »*Sie begreifen es einfach nicht! Bereits eine ganze Woche dauert die Blockade schon. Die Sewastopolskaja wird eine neue Troika schicken, und auch diese wird nicht zurückkehren. Dann werden sie mobil machen und einen großen Sturmangriff starten. Aber wer auch immer zur Tulskaja kommt, befindet sich automatisch in der Risikozone. Irgendjemand wird sich sicher anstecken und nach Hause laufen. Und das ist dann das Ende. Wir müssen verhindern, dass sie die Station stürmen! Warum verstehen sie das nicht …«*

Ein weiterer Versuch, die Leitung zu überzeugen, verlief fruchtlos wie alle vorherigen: »*Sie lassen mich nicht gehen. Sie sind verrückt geworden. Wenn nicht ich, wer dann? Ich muss fliehen.«*

»*Ich habe so getan, als sei ich jetzt doch damit einverstanden, dass wir weiter warten*«, schrieb er einen Tag später. »*Dann habe ich mich zur Wache am Tor einteilen lassen. Irgendwann sagte ich, dass ich die Stelle suchen will, wo das Kabel durchgebrochen ist, und bin einfach losgelaufen. Sie haben mir in den Rücken geschossen. Die Kugel steckt noch.*« Homer blätterte um. »*Nicht für mich. Für Natascha und Serjoschka. Ich dachte schon, dass ich da nicht rauskomme. Aber sie sollen leben. Damit Serjoschka …*« Hier entglitt die Feder den geschwächten Fingern des Autors. Vielleicht hatte er dies auch später hinzugefügt, weil woanders kein Platz mehr war oder weil es keine Rolle mehr spielte, wo er etwas hinschrieb. Dann stellte sich die Chronologie wieder ein: »*An der*

*Nagornaja haben sie mich durchgelassen, vielen Dank! Ich habe keine Kraft mehr. Ich gehe und gehe. Ohnmächtig geworden. Wie lange geschlafen? Weiß nicht. In der Lunge Blut? Von der Kugel, oder bin ich krank? Ich …«* Die Kurve des letzten Buchstabens streckte sich zu einer geraden Linie wie das Enzephalogramm eines Sterbenden. Doch dann war er offenbar noch einmal zu sich gekommen und hatte den Satz zu Ende führen können: *»… kann die kaputte Stelle nicht finden.«*

Was sich nun zusammen mit roten Gerinnseln aufs Papier ergoss, wurde immer unzusammenhängender. *»Der Nachimowski. Ich bin da. Ich weiß, wo das Telefon ist. Ich werde sie warnen … Bloß nicht! Retten … Fehlst mir … Bin durchgekommen. Ob sie's gehört haben? Bald geht's zu Ende. Komisch. Ich bin müde. Keine Patronen mehr. Ich will einschlafen, bevor diese … Da stehen sie und warten. Ich lebe noch … hau ab.«*

Das Ende des Tagebuchs hatte er offenbar bereits zuvor verfasst. Mit feierlicher, gerader Schrift wiederholte er dort die Warnung, die *Tulskaja* nicht zu stürmen, und fügte seinen Namen hinzu – den Namen dessen, der sein Leben geopfert hatte, um dies zu verhindern.

Doch Homer wusste: Das Letzte, was der Funker geschrieben hatte, bevor sein Signal für immer verstummte, war dieser Satz: *»Ich lebe noch … hau ab.«*

Eine schwere Stille umgab die beiden Menschen, die am Feuer kauerten. Homer bemühte sich nicht mehr, das Mädchen zum Sprechen zu bringen. Schweigend kratzte er mit einem Stock in der Asche des Feuers, wo das feuchte Notizbuch widerstrebend wie ein Ketzer verbrannte, und wartete darauf, dass der Sturm, der in ihm wütete, nachließ.

Das Schicksal verhöhnte ihn. Wie sehr hatte es ihn danach verlangt, das Geheimnis der *Tulskaja* zu lösen. Wie stolz war er gewesen, als er das Tagebuch entdeckt hatte, wie sehr hatte er darauf gehofft, die Fäden dieser Geschichte selbst entwirren zu können. Und? Nun, da er die Antwort auf alle Fragen besaß, verfluchte er sich für seine Neugier.

Sicher, als er das Tagebuch am *Nachimowski* einsteckte, hatte er eine Maske aufgehabt, und auch jetzt steckte er in einem ABC-Schutzanzug. Doch niemand wusste, wie die Krankheit übertragen wurde!

Was für ein Idiot war er gewesen, sich einzureden, dass er nicht mehr viel Zeit hatte. Natürlich, das hatte ihn angetrieben, ihm geholfen, Trägheit und Furcht zu überwinden. Doch der Tod hatte seinen eigenen Willen, er mochte es nicht gern, wenn man ihn herumkommandierte. Und nun hatte ihm das Tagebuch eine konkrete Frist genannt: Von der Infektion bis zum Tod waren es nur ein paar Wochen. Und selbst wenn es ein ganzer Monat war: Wie viel hatte er noch zu erledigen in diesen mickrigen dreißig Tagen!

Was sollte er tun? Seinen Begleitern gestehen, er sei krank, und an die *Kolomenskaja* zurückkehren, um dort zu sterben – wenn schon nicht an der Seuche, so vor Hunger oder an der Strahlung? Andererseits: Wenn er die furchtbare Krankheit bereits in sich trug, so waren Hunter und das Mädchen, die dieselbe Luft geteilt hatten, mit großer Wahrscheinlichkeit ebenfalls infiziert. Vor allem der Brigadier, schließlich hatte er an der *Tulskaja* mit den Wachleuten gesprochen, war also besonders nahe an sie herangekommen.

Oder sollte er darauf hoffen, dass die Krankheit ihn verschonte, sie verheimlichen und abwarten? Natürlich nicht einfach so, sondern um die Reise mit Hunter fortzusetzen. Damit der Wirbel der Ereignisse, der ihn ergriffen hatte, nicht nachließ und er weiterhin daraus seine Inspiration schöpfen konnte.

Denn wenn Nikolai Iwanowitsch, dieser betagte, nutzlose

Bewohner der *Sewastopolskaja*, dieser ehemalige Hilfszugführer, diese von der Schwerkraft an die Erde gefesselte Raupe, durch die Entdeckung des verfluchten Tagebuchs umkam, so würde Homer, der Chronist und Mythenschöpfer, dadurch umso herrlicher als – wenn auch kurzlebiger – Schmetterling ans Licht kommen. Vielleicht war ihm nun endlich jene Tragödie gesandt worden, die der Feder eines Großen würdig war, und es hing nur von ihm ab, ob er sie in den dreißig Tagen, die ihm dafür gegeben waren, auf dem Papier zum Leben erwecken konnte.

Hatte er das Recht, diese Chance ungenutzt zu lassen? Hatte er das Recht, sich in einen Eremiten zu verwandeln, seine Legende zu vergessen, freiwillig auf wahre Unsterblichkeit zu verzichten und damit auch all seine Mitmenschen ihrer zu berauben? Was wäre das größere Verbrechen, die größere Dummheit: die Pestfackel durch die halbe Metro zu tragen oder die Manuskripte mitsamt seiner selbst zu verbrennen?

Ruhmsüchtig und kleinmütig wie er war, hatte Homer bereits seine Wahl getroffen und suchte nur noch nach Argumenten dafür. Was brachte es, sich an der *Kolomenskaja* wie in einer Gruft neben zwei Leichen lebendig mumifizieren zu lassen? Für Heldentaten war er nicht geschaffen. Wenn die Kämpfer der *Sewastopolskaja* bereit waren, an der *Tulskaja* in den sicheren Tod zu gehen, so war das ihre eigene Entscheidung. Sie starben wenigstens nicht einsam.

Aber was für einen Sinn hatte es, wenn Homer sich opferte? Hunter würde er sowieso nicht aufhalten können. Der Alte hatte die Seuche mit sich herumgetragen, ohne zu wissen, was er tat – Hunter jedoch wusste seit der *Tulskaja* genau Bescheid. Kein Wunder, dass er auf der völligen Vernichtung aller Bewohner der Station bestanden hatte, einschließlich der Sewastopoler Karawane. Und kein Wunder, dass er unbedingt Flammenwerfer einsetzen wollte.

Wenn sie aber beide bereits infiziert waren, würde die Epidemie unausweichlich auch die *Sewastopolskaja* treffen. Und dort zunächst die Menschen, in deren Nähe sie sich aufgehalten hatten. Jelena. Den Stationsvorsteher. Den Kommandeur der Außenposten. Die Adjutanten. Somit würde die Station in drei Wochen keine Führung mehr haben, Chaos würde ausbrechen, und schließlich die Seuche alle anderen dahinraffen.

Aber warum war Hunter an die *Sewastopolskaja* zurückgekehrt, wenn er wusste, dass er sich vielleicht auch angesteckt hatte? Allmählich wurde Homer klar, dass der Brigadier nicht intuitiv gehandelt, sondern Schritt für Schritt einen bestimmten Plan verfolgt hatte. Doch dann hatte der Alte die Karten neu gemischt …

War also die *Sewastopolskaja* zum Untergang verdammt, und hatte ihre Expedition keinen Sinn mehr? Selbst wenn Homer nach Hause hätte zurückkehren wollen, um im Tod mit Jelena vereint zu sein, es war unmöglich. Allein der Weg von der *Kachowskaja* zur *Kaschirskaja* hatte ausgereicht, um ihre Atemschutzmasken unbrauchbar zu machen, und auch ihre Schutzanzüge, die Dutzende, vielleicht Hunderte Röntgen abbekommen hatten, mussten sie schleunigst loswerden. Was sollte er nun tun?

Das Mädchen hatte sich zusammengerollt und schlief. Das Lagerfeuer hatte endlich das verseuchte Tagebuch und die letzten Zweige verschlungen und war ausgegangen. Um die Batterien seiner Lampe zu schonen, beschloss Homer so lange wie möglich im Dunkeln zu warten.

Nein, er würde dem Brigadier weiter folgen! Um das Ansteckungsrisiko zu verringern, würde er den Kontakt mit anderen Personen vermeiden, den Rucksack mit seinen Habseligkeiten hier zurücklassen, die Kleidung zerstören, auf ein gnädiges Schicksal hoffen, den Countdown der dreißig Tage dabei aber doch im Auge behalten. Jeden Tag würde er jetzt an seinem Buch arbeiten. Irgendwie würde sich schon alles lösen, redete er sich ein. Hauptsache, er folgte Hunter.

Falls dieser wieder auftauchte.

Es war über eine Stunde vergangen, seit er in der trüben Öffnung am Ende des Tunnels verschwunden war. Homer hatte dem Mädchen zwar beruhigend zugeredet, doch war er selbst keineswegs überzeugt, dass der Brigadier wieder zu ihnen zurückkehren werde.

Je mehr Homer über ihn herausfand, desto weniger verstand er ihn. Es war genauso unmöglich, an dem Brigadier zu zweifeln, wie an ihn zu glauben. Er passte in kein Schema, zeigte nicht die üblichen menschlichen Regungen. Wer sich ihm anvertraute, setzte sich einer Naturgewalt aus. Aber für Homer war es zu spät: Er hatte es bereits getan. Zu bereuen war jetzt sinnlos.

In der Finsternis erschien ihm die Stille nun nicht mehr ganz so undurchdringlich. Wie durch eine dünne Schale war hin und wieder ein seltsames Flüstern zu hören, ein entferntes Heulen, ein Rascheln … Homer kam es vor wie der torkelnde Gang der Leichenfresser, dann wieder das Gleiten der riesenhaften Gespenster an der *Nagornaja* und schließlich die Schreie der Sterbenden. Nach nicht einmal zehn Minuten gab er auf.

Er schaltete die Lampe an und zuckte zusammen.

Zwei Schritte von ihm entfernt stand Hunter, die Arme vor der Brust verschränkt, den Blick auf das schlafende Mädchen gerichtet. Er schirmte mit einer Hand den blendenden Lichtstrahl von seinen Augen ab und sagte ruhig: »Sie machen gleich auf.«

Sascha träumte … Sie war wieder allein an der *Kolomenskaja* und wartete auf die Rückkehr ihres Vaters von einem seiner Streifzüge. Er war spät dran, doch sie musste unbedingt auf ihn warten, ihm aus dem Schutzanzug helfen und die Gasmaske abziehen, ihm zu essen geben. Der Tisch war längst gedeckt, sie wusste nicht, womit sie sich beschäftigen sollte. Schon wollte sie sich von dem Tor, das zur Oberfläche führte, entfernen, doch was, wenn er genau in dem Augenblick zurückkam, wenn sie nicht in der Nähe war? Wer würde ihm aufmachen? Und so saß sie auf dem kalten Boden am Ausgang, Stunden vergingen, Tage zogen vorüber, er kam und kam nicht, doch sie würde ihren Platz nicht verlassen, bis das Tor …

Das dumpfe Schlagen sich öffnender Riegel weckte sie – es war dasselbe wie an der *Kolomenskaja*. Sie erwachte lächelnd: Ihr Vater war zurückgekehrt. Dann sah sie sich um und erinnerte sich an alles.

Das einzig Reale an ihrem flüchtigen Traum war das Ächzen der schweren Schieber am Eisentor. Nur wenige Augenblicke später begann der gigantische Flügel zu vibrieren und fuhr dann langsam zur Seite. Ein Bündel aus Licht schlug durch den Spalt und verbreiterte sich, es roch nach verbranntem Diesel. Der Eingang zur Großen Metro …

Die Sperre war geräuschlos in ihre Aussparung geglitten und gab nun den Blick auf das Innere des Tunnels frei, der zur *Awtosawodskaja* führte und weiter zum Ring. Auf den Schienen stand eine große Draisine mit rauchendem Motor, einem Scheinwerfer vorne und mehreren Mann Besatzung. Durch das Fadenkreuz ihrer Maschinengewehre erblickten die Männer zwei blinzelnde Wanderer, die sich die Hände vor die Augen hielten.

»Ich will eure Hände sehen!«, ertönte der Befehl.

Dem Beispiel des Alten folgend, hob Sascha gehorsam beide Arme. Es war die gleiche Draisine, die an den Handelstagen zu ihnen über die Brücke gekommen war. Diese Leute wussten über Sascha bestens Bescheid – spätestens jetzt würde es der

Alte mit dem seltsamen Namen bedauern, dass er das gefesselte Mädchen mitgenommen hatte, ohne zu fragen, wie sie eigentlich an diese gottverlassene Station gekommen war.

»Gasmasken weg, Ausweise!«, kommandierte einer von der Draisine.

Während Sascha ihr Gesicht entblößte, verfluchte sie sich wegen ihrer Dummheit. Niemand konnte sie befreien. Das Urteil, das man über ihren Vater – und somit auch über sie – gefällt hatte, war noch immer in Kraft. Wie hatte sie so naiv sein können zu glauben, dass diese beiden sie in die Metro bringen würden? Dass man sie an der Grenze nicht bemerken würde?

Die Männer erkannten sie augenblicklich. »He, du darfst hier nicht rein! Du hast zehn Sekunden, um zu verschwinden. Und wer ist das? Ist das dein …«

»Was ist los?«, fragte der Alte verwirrt.

»Lasst ihn in Ruhe! Das ist er nicht!«, schrie Sascha.

»Verschwindet!« Die Stimme des Mannes mit dem Sturmgewehr war eiskalt. »Oder wir …«

»Auf das Mädchen?«, fragte eine zweite Stimme unsicher.

»He, hörst du schlecht?«

Sie vernahmen deutlich, wie die Gewehre entsichert wurden. Sascha wich zurück und presste die Augen zusammen. Zum dritten Mal innerhalb weniger Stunden stand sie dem Tod gegenüber. Dann hörte sie ein kurzes, leises Pfeifen. In der anschließenden Stille wartete sie vergeblich auf den letzten Befehl. Schließlich hielt sie es nicht mehr aus und öffnete ein Auge.

Der Motor rauchte noch immer. Blaugraue Wolken schwammen durch den weißen Strahl des Scheinwerfers, der aus irgendeinem Grund nach oben gekippt war. Nun, da der Lichtstrahl sie nicht mehr blendete, konnte Sascha die Leute erkennen, die sich auf der Draisine befanden.

Diese lagen wie zusammengeklappte Puppen auf dem Wagen oder auf den Gleisen daneben. Willenlos herabhängende Arme, unnatürlich verdrehte Hälse, eingeknickte Rümpfe.

Sascha wandte sich um. Hinter ihr stand der Kahle. Er hielt seine Pistole gesenkt und beobachtete aufmerksam die Draisine, die nun eher einem Fleischerbrett ähnelte. Dann riss er den Lauf erneut hoch und drückte noch einmal ab.

»Das war's«, sagte er dumpf, aber zufrieden. »Nehmt ihnen die Uniformen und die Gasmasken ab.«

»Warum?« Das Gesicht des Alten war verzerrt vor Schreck.

»Wir müssen uns umziehen. Wir nehmen ihre Draisine, um durch die *Awtosawodskaja* zu kommen.«

Sascha starrte den Killer an. In ihr wogten Angst und Begeisterung gegeneinander, Abscheu mischte sich mit Dankbarkeit. Er hatte soeben mit leichter Hand drei auf einen Streich erledigt und damit auch das wichtigste Gebot ihres Vaters verletzt. Aber er hatte es getan, um ihr – nun ja, und dem Alten – das Leben zu retten. War es ein Zufall, dass er dies nun schon zum zweiten Mal hintereinander tat? Konnte es sein, dass sie Grausamkeit und Strenge miteinander verwechselte?

Eines wusste sie genau: Die Furchtlosigkeit dieses Mannes ließ sie seine Hässlichkeit vergessen …

Der Kahle ging als Erster zur Draisine und begann den erlegten Feinden die Gummiskalps abzureißen. Plötzlich schrak er mit einem dumpfen Schrei zurück, als habe er den Teufel selbst erblickt, hielt beide Hände vor sich und wiederholte mehrmals: »Ein Schwarzer!«

# 9
# Luft

Angst und Entsetzen sind keineswegs ein und dasselbe. Angst treibt an, zwingt zum Handeln, macht erfinderisch; Entsetzen lähmt Körper und Gedanken, nimmt dem Menschen alles Menschliche. Homer hatte in seinem Leben schon genug gesehen, um den Unterschied zwischen beidem zu kennen.

Angst war dem Brigadier fremd, aber Entsetzen konnte sich seiner offenbar doch bemächtigen. Nicht das war es jedoch, was Homer verwunderte, sondern vielmehr, was in Hunter diese Empfindung ausgelöst hatte.

Die Leiche hinter der Gasmaske hatte tatsächlich ein ungewöhnliches Äußeres. Unter dem schwarzen Gummi war eine dunkle, schimmernde Haut zum Vorschein gekommen, wulstige Lippen, eine breite, etwas gestauchte Nase. Homer hatte, seit es das Fernsehen mit seinen Musikkanälen nicht mehr gab, also seit über zwanzig Jahren, keine Menschen mit dunkler Hautfarbe mehr gesehen. Doch dass der Tote ein Afroamerikaner war, erkannte er sofort. Eine Seltenheit, ganz sicher. Aber was war daran so furchterregend?

Der Brigadier hatte sich bereits wieder in der Gewalt – der seltsame Anfall hatte nicht einmal eine Minute gedauert. Er beleuchtete das flache Gesicht, knurrte etwas Unverständliches und begann die widerspenstige Leiche mit groben Bewegungen zu entkleiden. Homer hätte schwören können, dass er hörte, wie dabei einige Fingerknochen brachen.

»Die wollen mich wohl verhöhnen … Mit schönen Grüßen, was? … Und das hier, ist das etwa menschlich? … So eine Strafe …«, murmelte Hunter heiser.

Hatte er die Leiche mit jemandem verwechselt? Verstümmelte er den Toten aus Rache für die soeben erfahrene Erniedrigung, oder war da eine ältere und ernsthaftere Rechnung zu begleichen? Während Homer, seinen Ekel unterdrückend, der anderen Leiche – an der nichts Ungewöhnliches war – die Kleider abzog, blickte er immer wieder verstohlen zu dem Brigadier hinüber.

Das Mädchen beteiligte sich nicht an dieser Fledderung, und Hunter ließ sie in Ruhe. Sie saß in einiger Entfernung auf den Gleisen, das Gesicht in den Händen verborgen. Homer glaubte zu hören, dass sie weinte.

Schließlich warf Hunter die Leichen draußen vor dem Tor auf einen Haufen. In nicht einmal vierundzwanzig Stunden würde von ihnen nichts mehr übrig sein. Tagsüber wurde die Stadt von solch furchterregenden Kreaturen beherrscht, dass sich selbst die bedrohlichen Raubtiere der Nacht in ihre Höhlen zurückzogen und ohne Murren auf ihre Stunde warteten.

Das fremde, noch immer frische Blut war auf der dunklen Uniform zwar nicht zu sehen, doch klebte es kalt an Bauch und Brust, als ob es zurückwollte in einen lebendigen Organismus. Es erzeugte einen ekligen Reiz auf der Haut – und im Verstand.

Homer fragte sich, ob diese Maskerade unbedingt notwendig war. Er tröstete sich damit, dass sie dadurch wenigstens weitere Opfer an der *Awtosawodskaja* vermeiden würden. Wenn Hunters Rechnung aufging, würde man sie ungehindert durchlassen, sie für Einheimische halten … Doch was, wenn nicht? Hatte er überhaupt die Absicht, so wenig überflüssige Opfer zu hinterlassen wie möglich?

Der Blutdurst des Brigadiers widerte Homer an, faszinierte ihn allerdings auch. Nicht einmal ein Drittel seiner Morde ließ sich mit Selbstverteidigung rechtfertigen, und doch steckte dahinter mehr als der übliche Sadismus. Vor allem aber quälte den Alten eine Frage: Hatte sich Hunter am Ende nur deshalb zur *Tulskaja* aufgemacht, um seinen Blutdurst zu befriedigen?

Die Unglücklichen, die an jener Station in eine Falle geraten waren, hatten vielleicht kein Mittel gegen das geheimnisvolle Fieber gefunden. Doch das bedeutete nicht, dass es keines gab! Hier im Untergrund existierten noch immer Orte, an denen das wissenschaftliche Denken weiter schwelte, an denen geforscht, neue Medikamente entwickelt, Seren zubereitet wurden. Zum Beispiel die Polis, das Herz der Metro, an dem vier Arterien zusammenliefen; die Polis war die letzte Andeutung einer Stadt, die sich über das Labyrinth der Gänge zwischen den Stationen *Arbatskaja*, *Borowizkaja*, *Alexandrowski sad* und *Biblioteka imeni Lenina* erstreckte, und dort hatten sich vor allem Ärzte und Wissenschaftler niedergelassen. Oder der riesige Bunker in der Nähe der *Taganskaja*, die geheime Wissenschaftsstadt der Hanse.

Außerdem war die *Tulskaja* vielleicht gar nicht die erste Station, an der die Epidemie ausgebrochen war. Womöglich hatte man sie woanders erfolgreich bekämpft? Wie konnte man so leicht die Hoffnung auf Rettung aufgeben? Natürlich hatte Homer, nun, da er die Zeitbombe der Krankheit in sich trug, seine eigenen, selbstsüchtigen Interessen. Sein Verstand hatte sich schon fast mit dem bevorstehenden Tod abgefunden, doch seine Instinkte lehnten sich dagegen auf und forderten, er müsse einen Ausweg suchen. Wenn er eine Möglichkeit fand, die *Tulskaja* zu retten, konnte er auch seine eigene Station vor dem Untergang bewahren und kam vielleicht sogar selbst davon …

Hunter dagegen weigerte sich offenbar, daran zu glauben, dass es für diese Krankheit ein Heilmittel gab. Ihm genügten die wenigen Worte, die er mit der Wache an der *Tulskaja* gewechselt hatte, um all ihre Bewohner zum Tode zu verurteilen und sich auch noch selbst zum Vollstrecker seines eigenen Richterspruchs zu machen. Zuerst hatte er die Kommandantur der *Sewastopolskaja* mit seinem Märchen von den marodierenden Banditen in die Irre geführt, dann ihnen seinen Entschluss aufgedrängt und nun machte er sich an dessen unerbittliche Umsetzung: Die *Tulskaja* würde im Feuer untergehen.

Aber vielleicht wusste er ja etwas über die Ereignisse an der Station, das erneut alles auf den Kopf stellte? Etwas, das niemand wusste – weder Homer noch der Mann, der sein Tagebuch am *Nachimowski prospekt* zurückgelassen hatte …

Nachdem er mit den Leichen fertig war, riss der Brigadier seine Feldflasche vom Riemen und sog die letzten Reste ihres Inhalts heraus. Was war darin gewesen? Alkohol? War dieser Trank für ihn eine Zutat, oder wollte er damit einen Nachgeschmack vertreiben? Genoss er den Augenblick, suchte er das Vergessen, oder hoffte er vielleicht, mit dem Alkohol etwas in sich abzutöten?

Die alte, qualmende Draisine war für Sascha so etwas wie die Zeitmaschine in jenem Märchen, das ihr Vater ihr manchmal erzählt hatte. Sie brachte sie nicht nur einfach von der *Kolomenskaja* zur *Awtosawodskaja*, sondern transportierte sie aus der Gegenwart zurück in die Vergangenheit. Auch wenn ihr Leben in diesem steinernen Sack, diesem Wurmfortsatz jenseits von Raum und Zeit, kaum die Bezeichnung »Gegenwart« verdient hatte.

Sie erinnerte sich noch genau an die Fahrt dorthin: Ihr Vater hatte damals gefesselt neben ihr gesessen, eine Strickmütze über den Augen und einen Knebel im Mund. Sie war noch ein kleines Mädchen gewesen und hatte die ganze Zeit über geweint, und einer der Soldaten des Erschießungskommandos hatte für sie mit seinen Fingern verschiedene Tiere geformt –

deren Schatten hatten auf der kleinen gelben Bühne getanzt, die an der Tunneldecke mit der Draisine um die Wette lief.

Auf der anderen Seite angekommen, hatte man ihrem Vater das Urteil verkündet: Das Revolutionstribunal hatte ihn begnadigt, die Todesstrafe war durch lebenslange Verbannung ersetzt worden. Sie hatten ihn auf die Gleise gestoßen, ihm ein Messer, ein Sturmgewehr mit einem Ersatzmagazin und eine alte Gasmaske hinterhergeworfen und Sascha daneben abgesetzt. Der Soldat, der ihr ein Pferd und einen Hund gezeigt hatte, hatte ihr noch zugewunken. Ob er wohl einer von denen war, die Hunter erschossen hatte?

Als sie sich die schwarze Gasmaske eines der Toten überzog, verstärkte sich ihr Gefühl, dass sie die Luft eines Fremden einatmete. Jeden noch so kleinen Abschnitt ihres Weges bezahlte jemand mit dem Leben. Vermutlich hätte der Kahle diese Leute ohnehin erschossen, doch nun war Sascha allein durch ihre Anwesenheit zur Komplizin geworden.

Dass ihr Vater nicht mehr nach Hause hatte zurückkehren wollen, hatte nicht nur daran gelegen, dass er des Kämpfens müde geworden war. Er hatte einmal gesagt, all seine Erniedrigungen und Entbehrungen wögen nicht mehr als auch nur ein fremdes Leben, und so hatte er lieber selbst gelitten, um anderen nicht wieder Leid zuzufügen. Sascha hatte immer gewusst, dass die Waagschale mit jenen Leben, die ihr Vater auf dem Gewissen hatte, schwer gefüllt war und dass er einfach versuchte, das Gleichgewicht wiederherzustellen.

Der Kahle hätte sich früher einmischen können, hätte die Leute auf der Draisine allein schon durch sein Erscheinen einschüchtern, sie ohne einen einzigen Schuss entwaffnen können, davon war Sascha überzeugt. Keiner der Getöteten wäre ein ebenbürtiger Gegner gewesen.

Warum tat er das alles?

Die Station ihrer Kindheit lag näher, als sie gedacht hatte. Es vergingen nicht einmal zehn Minuten, bis vor ihnen Lichter aufflackerten. Die Zufahrt zur *Awtosawodskaja* war unbewacht, offenbar verließen sich die Bewohner auf die hermetischen Tore. Etwa fünfzig Meter vom Bahnsteig entfernt, drosselte der Kahle den Motor, befahl dem Alten, das Steuer zu übernehmen, und stellte sich selbst in die Nähe des Maschinengewehrs.

Die Draisine rollte fast lautlos und sehr langsam in die Station ein. Oder war es die Zeit selbst, die sich eigens für Sascha dehnte, damit sie in wenigen Augenblicken alles überblickte und sich erinnerte?

An jenem Tag hatte ihr Vater seinem Adjutanten befohlen, sie zu verstecken, bis alles vorüber sei. Der Mann hatte sie in einen der Diensträume tief im Bauch der Station geführt, aber selbst von dort war zu hören gewesen, wie Hunderte von Kehlen gleichzeitig losbrüllten, und ihr Begleiter war sofort zurückgestürzt, um seinem Kommandeur beizustehen. Sascha war ihm durch die leeren Gänge hinterhergehetzt, hinaus in den Hauptsaal der Station …

Während sie nun den Bahnsteig entlangglitten, erblickte Sascha die geräumigen Familienzelte und die zu Büros umfunktionierten Waggons, Kinder, die Fangen spielten, Greise, die die Köpfe zusammensteckten, mürrische Frauen, die Waffen reinigten … Und sie sah ihren Vater sowie hinter ihm eine kleine Schar teils grimmiger, teils verängstigter Männer, wie sie versuchten eine unermessliche, brodelnde Menschenmenge in Schach zu halten. Sie lief zu ihm hin, drückte sich gegen seinen Rücken. Verblüfft wandte er sich um, schüttelte sie ab und schlug dem hinzugekommenen Adjutanten wütend ins Gesicht. Doch etwas war in ihm vorgegangen. Die Formation, die bereits mit angelegten Gewehren auf den Feuerbefehl wartete, erhielt Entwarnung. Der einzige Schuss ging in die Luft – ihr Vater erklärte sich bereit, über die friedliche Übergabe der Station an die Revolutionäre zu verhandeln.

Ihr Vater hatte immer fest daran geglaubt, dass der Mensch Zeichen erhielt.

Man musste sie nur erkennen und richtig deuten.

Doch die Zeit hatte sich nicht nur verlangsamt, damit Sascha noch einmal den letzten Tag ihrer Kindheit erleben konnte. Vor allen anderen hatte sie nämlich die bewaffneten Männer bemerkt, die sich erhoben, um die Draisine aufzuhalten. Sie sah, wie der Kahle plötzlich mit einer fließenden Bewegung hinter dem MG auftauchte und den schweren, brünierten Lauf auf die überraschten Wachleute zu richten begann.

Wie ein Peitschenknall drang der Befehl an ihr Ohr, die Draisine anzuhalten. Und sie begriff: In nur wenigen Sekunden würden hier so viele Menschen sterben, dass jenes Gefühl, fremde Luft zu atmen, sie bis ans Ende ihrer Tage verfolgen würde.

Noch konnte Sascha das Blutbad verhindern, noch konnte sie diese Leute, sich selbst und noch einen Menschen vor etwas unaussprechlich Schrecklichem bewahren.

Schon entsicherten die Wachmänner ihre Sturmgewehre, doch brauchten sie dafür zu lange – der Kahle war ihnen einige Sekunden voraus …

Sie tat das Erste, was ihr in den Sinn kam. Sie sprang auf und drückte sich an seinen knorrigen, eisenharten Rücken, umarmte ihn von hinten und schloss ihre Hände vor seiner unbeweglichen Brust, die nicht einmal zu atmen schien. Der Kahle zuckte zusammen, als hätte ihn jemand geschlagen, und zögerte. Auch die schussbereiten Soldaten auf der anderen Seite erstarrten.

Der Alte begriff sofort.

Die Draisine stieß bittere schwarze Wolken aus, raste los – und die Station *Awtosawodskaja* blieb zurück.

In der Vergangenheit.

Während der Fahrt zur *Pawelezkaja* sprach niemand ein Wort. Hunter hatte sich aus der überraschenden Umarmung des Mädchens befreit, indem er ihre Arme auseinanderbog wie einen zu engen Stahlreif.

An dem einzigen Wachposten rasten sie in voller Fahrt vorüber. Die Fächersalve, die man ihnen hinterherschickte, blieb in der Decke über ihren Köpfen stecken. Der Brigadier schaffte es noch, seine Pistole zu ziehen und als Antwort drei lautlose Kugeln abzufeuern. Einen Wachmann streckte er offenbar nieder, die anderen drückten sich in die flachen Vorsprünge der Tunnelsegmente und kamen davon.

Ich fasse es nicht, dachte Homer und sah immer wieder zu dem am Boden kauernden Mädchen hinüber. Er hatte gehofft, dass sich nach dem Auftritt der weiblichen Hauptperson eine Liebesgeschichte entspinnen würde, aber diese Entwicklung ging ihm dann doch zu rasant. Er kam gar nicht dazu, das alles zu begreifen, geschweige denn es aufzuzeichnen.

Erst als sie in die *Pawelezkaja* einfuhren, drosselten sie ihre Geschwindigkeit.

Der Alte kannte diese Station bereits: Sie schien einem Schauerroman zu entstammen. Während die Gewölbe der neueren Stationen in den Außenbezirken der Moskauer Metro auf einfachen Säulen ruhten, stützte sich die *Pawelezkaja* auf eine Reihe luftiger Rundbögen, die jedes menschliche Maß überschritten. Und wie in Schauerromanen üblich, lag auf der *Pawelezkaja* ein ungewöhnlicher Fluch: Um genau acht Uhr abends verwandelte sich die Station, an der eben noch reges Treiben geherrscht hatte, in einen gespenstisch leeren Ort. Von all ihren geschäftigen, ja durchtriebenen Bewohnern blieben nur einige wenige Draufgänger auf dem Bahnsteig. Alle anderen verschwanden samt Kindern, Hausrat, Taschen voller Handelsgüter, nicht einmal Bänke und Liegen ließen sie zurück.

Sie verkrochen sich in ihren Bunker, den fast einen Kilometer langen Übergang zur Ringlinie, und zitterten dort die ganze Nacht, während an der Oberfläche, wo sich der Pawelezer Bahnhof befand, ungeheuerliche Wesen erwachten und ihr Unwesen trieben. Angeblich standen der Bahnhof und die ganze Umgebung unter ihrer ungeteilten Herrschaft, und selbst wenn diese Kreaturen schliefen, wagten sich dort keine anderen Geschöpfe hin. Die Bewohner der *Pawelezkaja* waren ihnen schutzlos ausgeliefert, denn die Sperren, die an anderen Stationen die Rolltreppen abschotteten, fehlten hier völlig, sodass der Zugang zur Oberfläche ständig offen war.

Homers Meinung nach gab es kaum einen weniger geeigneten Platz, um zu rasten und zu übernachten, doch Hunter dachte anders darüber: Er brachte die Draisine am hinteren Ende der Station zum Stillstand, nahm die Gasmaske ab und deutete auf den Bahnsteig. »Bis zum Morgen bleiben wir hier. Sucht euch ein Nachtlager.«

Dann verließ er sie. Das Mädchen blickte ihm nach, dann rollte sie sich auf dem harten Boden der Draisine zusammen. Auch Homer machte es sich so bequem wie möglich, schloss die Augen und versuchte einzuschlafen. Vergeblich: Wieder beschäftigte ihn der Gedanke an die Seuche, die er durch all die gesunden Stationen tragen würde. Das Mädchen lag ebenfalls noch immer wach.

»Danke«, sagte sie plötzlich. »Ich dachte zuerst, du bist genauso wie er.«

»Ich glaube nicht, dass es überhaupt noch jemanden wie ihn gibt«, erwiderte Homer.

»Seid ihr Freunde?«

»Wie ein Hai und sein Lotsenfisch.« Er lächelte traurig und dachte, wie sehr dieses Bild doch stimmte: Natürlich war es

Hunter, der all diese Menschen vernichtete, doch einige blutige Fetzen gingen auch auf sein Konto.

Sie stützte sich auf. »Was meinst du damit?«

»Wohin er geht, gehe auch ich hin. Ich glaube, ich komme ohne ihn nicht aus, und er … Nun, vielleicht denkt er ja, dass ich ihn irgendwie reinige. Aber eigentlich weiß niemand so recht, was er denkt.«

Das Mädchen setzte sich näher zu dem Alten hin. »Und was willst du von ihm?«

»Ich habe das Gefühl, solange ich bei ihm bin … bleibt mir die Inspiration erhalten.«

»Was heißt Inspiration?«

»Eingebung. Eigentlich bedeutet es Einatmen.«

»Warum willst du so etwas einatmen? Was bringt dir das?«

Homer zuckte mit den Schultern. »Es ist nicht, was wir einatmen. Es ist, was man uns einhaucht.«

Das Mädchen zeichnete mit dem Finger etwas auf den schmutzigen Boden der Draisine. »Solange du den Tod atmest, wird niemand deine Lippen berühren wollen. Jeder wird vor dem Leichengeruch zurückschrecken.«

»Wenn man den Tod sieht, denkt man über so manches nach«, sagte Homer knapp.

»Deswegen hast du noch lange kein Recht, immer wenn du nachdenken musst, den Tod hervorzurufen«, wandte sie ein.

»Das tue ich nicht«, rechtfertigte sich der Alte. »Ich stehe nur daneben. Aber mir geht es nicht um den Tod – nicht nur darum. Ich wollte, dass sich in meinem Leben etwas ereignet, dass eine neue Spirale beginnt, dass sich alles ändert. Dass ich wachgerüttelt werde, den Kopf klar bekomme.«

»Hast du ein schlechtes Leben gehabt?«, erkundigte sich das Mädchen teilnahmsvoll.

»Ein langweiliges. Wenn ein Tag wie der andere ist, fliegen sie so schnell vorüber, dass der letzte sich in rasendem Tempo zu nähern scheint«, versuchte Homer zu erklären. »Du fürchtest, die Dinge nicht mehr erledigen zu können. Und jeder dieser Tage ist mit Tausenden kleinen Dingen angefüllt. Hast du das eine erledigt, holst du kurz Atem und machst dich an das nächste. Am Ende hast du weder die Kraft noch die Zeit, etwas wirklich Wichtiges zu tun. Du denkst dir: Na gut, dann fange ich eben morgen damit an. Aber dieses Morgen kommt nie, es ist immer nur ein endloses Heute.«

»Hast du schon viele Stationen gesehen?« Offenbar hatte sie ihm gar nicht richtig zugehört.

»Ich weiß nicht«, erwiderte Homer überrascht. »Wahrscheinlich alle.«

»Ich nur zwei.« Das Mädchen seufzte. »Anfangs haben mein Vater und ich an der *Awtosawodskaja* gelebt, dann haben sie uns verjagt – zur *Kolomenskaja*. Ich habe mir immer gewünscht, zumindest noch eine andere zu sehen. Aber die hier ist so seltsam.« Sie glitt mit dem Blick die Bogenreihe entlang. »Wie tausend Eingänge, und keine Wände dazwischen. Jetzt stehen sie mir alle offen, aber ich möchte gar nicht mehr dorthin. Ich habe Angst.«

»Der zweite … war das dein Vater?« Homer zögerte. »Ist er umgebracht worden?«

Das Mädchen zog sich wieder in ihr Schneckenhaus zurück und schwieg lange, bevor sie antwortete. »Ja.«

Homer holte tief Luft. »Bleib bei uns. Ich werde mit Hunter sprechen, er wird nichts dagegen haben. Ich sage ihm, dass ich dich brauche, um …« Er breitete die Arme aus – er wusste nicht, wie er dem Mädchen erklären sollte, dass sie ab jetzt seine Muse sein würde.

»Sag ihm, dass *er* mich braucht.« Sie sprang auf den Bahnsteig und entfernte sich von der Draisine. Dabei betrachtete sie jede einzelne Säule, an der sie vorbeikam.

Sie war kein bisschen kokett, und sie spielte nicht. So wenig wie sie sich für Feuerwaffen interessierte, so gleichgültig, ja fremd schien ihr auch das übliche weibliche Arsenal ergreifender Blicke und liebreizender Gebärden zu sein. Sie wusste nichts davon, dass ein einziger Augenaufschlag einen Orkan auslösen konnte und dass manche Menschen in der Lage waren, um eines angedeuteten Lächelns willen sich selbst zu opfern oder jemand anders zu töten. Oder war sie einfach nur noch nicht fähig, das alles richtig einzusetzen?

Wie auch immer, sie benötigte dieses Arsenal nicht. Mit ihrem stechenden, direkten Blick hatte sie Hunter gezwungen, seine Entscheidung zu revidieren, mit einer Bewegung hatte sie ihr Netz über ihn geworfen und ihn von einem Mord abgehalten. Hatte sie etwa seinen Panzer durchbrochen? War sie auf seinen weichen Kern gestoßen? Oder brauchte er sie tatsächlich für etwas? Wohl eher Letzteres: Allein schon die Vorstellung, dass der Brigadier Schwachstellen haben könnte, die ihn wenn nicht verletzlich, so doch empfindlich machten, fand Homer abwegig.

Er konnte einfach nicht schlafen. Obwohl er die stickige Gasmaske gegen einen leichten Atemschutz ausgetauscht hatte, fiel ihm das Atmen noch immer schwer, und noch immer war es, als würde ein Schraubstock seinen Kopf zusammenpressen.

All seine alten Habseligkeiten hatte Homer im Tunnel zurückgelassen. Mit einem Stück grauer Seife hatte er sich die Hände gescheuert, den Schmutz mit veralgtem Wasser aus einem Kanister abgewaschen und beschlossen, von nun an stets eine Atemmaske zu tragen. Was hätte er noch tun können, um die Menschen in seiner Nähe zu schützen?

Nichts. Wirklich nichts mehr. Nicht einmal fortzugehen, sich in die Tunnel zu schlagen und selbst zu einem Haufen vergammelter, zurückgelassener Fetzen zu werden hätte geholfen. Doch dass er nun dem Tod so nahe stand, versetzte ihn unvermittelt um mehr als zwanzig Jahre zurück, in jene Zeit, als er gerade erst alle Menschen verloren hatte, die er liebte. Und dies verlieh seinen Plänen neuen, wahrhaftigen Sinn.

Wäre es in Homers Macht gestanden, er hätte ihnen ein echtes Denkmal gesetzt. Doch wenigstens einen gewöhnlichen Grabstein hatten sie verdient. Geboren waren sie Jahrzehnte auseinander, gestorben an ein und demselben Tag: seine Frau, seine Kinder und seine Eltern.

Und dann seine Klassenkameraden und die Freunde aus der Berufsschule. Die Schauspieler und Musiker, die er so verehrt hatte. Einfach all jene, die an jenem Tag noch in der Arbeit oder bereits zu Hause angekommen oder auf halbem Wege in einen Stau geraten waren.

Jene, die gleich umkamen, und jene, die noch lange Tage in der verseuchten, halb zerstörten Hauptstadt zu überleben versuchten und schwach an den verriegelten Sicherheitstoren der Metro kratzten. Jene, die augenblicklich in kleinste Atome pulverisiert wurden, und jene, die aufquollen und bei lebendigem Leibe auseinanderfielen, zerfressen von der Strahlenkrankheit.

Die Aufklärer, die damals als Erste an die Oberfläche gingen, litten noch mehrere Tage nach ihrer Rückkehr unter Schlafstörungen. Homer hatte einige von ihnen am Lagerfeuer einer Umsteigestation getroffen. In ihren Augen erblickte er den unauslöschlichen Eindruck, den die Stadt hinterlassen hatte; ihre Augen glichen erstarrten Flüssen, die vor toten Fischen überquollen. Tausende abgewürgter Autos mit leblosen Passagieren, die die Prospekte und Ausfallstraßen Moskaus verstopften. Überall Leichen. Niemand war da, um sie fortzuschaffen – bis schließlich neue Wesen die Herrschaft über die Stadt ergriffen.

Um sich zu schonen, mieden die Aufklärer Schulen und Kindergärten. Doch um den Verstand zu verlieren, genügte es bereits, wenn einer von ihnen zufällig durch das staubige Fenster eines Familienautos einen stieren Blick vom Rücksitz erhaschte.

Milliarden von Leben waren mit einem Mal abgerissen. Milliarden Worte waren ungesagt geblieben, Milliarden Träume unverwirklicht, Milliarden Kränkungen unverziehen. Nikolais jüngster Sohn hatte ihn schon die ganze Zeit um eine große Packung Farbfilzstifte angebettelt, seine Tochter fürchtete sich vor dem Eiskunstlauf-Training, und seine Frau hatte ihm vor dem Schlafengehen noch geschildert, wie sie ihren kurzen Urlaub zu zweit am Meer verbringen würden …

Als er begriff, dass diese kleinen Wünsche und Leidenschaften ihre letzten gewesen waren, erschienen sie ihm auf einmal von außerordentlicher Wichtigkeit.

Am liebsten hätte Homer für jeden von ihnen eine Gedenktafel graviert, doch eine Inschrift auf dem gigantischen Massengrab der Menschheit war sicher auch ein würdiges Unterfangen. Und nun, da ihm selbst kaum noch Zeit blieb, glaubte er, dafür die richtigen Worte finden zu können.

Er wusste noch nicht, in welcher Reihenfolge er sie anbringen, womit er sie befestigen, wie er sie verzieren würde, doch spürte er: In der Geschichte, die sich vor seinen Augen abspielte, würde sich auch ein Platz finden für all die rastlosen Seelen, all die Gefühle, all die kleinen Wissenskörner, die er so akribisch gesammelt hatte, und am Ende auch für ihn selbst. Dieser Plot war dafür geeignet wie kaum ein anderer.

Sobald es oben hell wurde und sich unten die Händler wieder in die Station trauten, würde er versuchen ein sauberes Notizbuch und einen Kugelschreiber aufzutreiben. Er musste sich beeilen: Wenn er die Konturen seines künftigen Romans, die wie eine Fata Morgana in der Ferne schwebten, jetzt nicht zu Papier brachte, konnten sie sich jederzeit wieder in Luft auflösen, und wer wusste, wie lang er dann noch auf der Düne sitzen und zum Horizont starren musste, in der Hoffnung, dass aus winzigen Sandkörnern und flirrender Luft erneut sein persönlicher Elfenbeinturm entstand?

Dazu hatte er vielleicht keine Zeit mehr.

Ein ironisches Lächeln auf den Lippen, dachte Homer: Ganz gleich, was das Mädchen auch redete, es war der Blick in die leeren Augenhöhlen der Ewigkeit, der ihn zum Handeln zwang. Dann musste er an ihre geschwungenen Augenbrauen denken, zwei helle Strahlen in ihrem dunklen, verschmierten Gesicht, an ihre zerkauten Lippen, ihre struppigen, strohblonden Haare – und er lächelte erneut.

Morgen auf dem Markt würde er noch etwas anderes suchen müssen, dachte Homer, während er einschlief.

An der *Pawelezkaja* war die Nacht immer unruhig. Der Schein stinkender Fackeln zuckte über die verrußten Marmorwände, die Tunnel atmeten unruhig, nur am Fuß der Rolltreppe saßen ein paar Gestalten und unterhielten sich kaum hörbar. Die Station stellte sich tot. Jedermann hoffte, dass es die wilden Kreaturen von oben nicht nach Aas gelüstete.

Doch manchmal entdeckten die neugierigsten dieser Tiere den tief hinab führenden Einstieg und rochen frischen Schweiß, hörten das gleichmäßige Schlagen menschlicher Herzen, spürten, dass warmes Blut durch ihre Gefäße strömte. Und manchmal kamen sie auch herunter.

Homer war endlich in Halbschlaf gesunken, und die erregten Stimmen von der anderen Seite des Bahnsteigs drangen nur mühsam und verzerrt in sein Bewusstsein. Doch dann riss ihn das Rattern eines Maschinengewehrs mit einem Mal aus seinem Dämmerzustand. Der Alte sprang auf und tastete auf dem Boden der Draisine nach seiner Waffe.

Zu den ohrenbetäubenden MG-Salven gesellten sich sogleich Schüsse aus mehreren Sturmgewehren. Das Rufen der Wachleute klang jetzt nicht mehr nur nervös, sondern entsetzt. Was immer es war, worauf sie aus allen Kalibern schossen, sie schienen ihm dadurch nicht den geringsten Schaden zuzufügen. Von organisierter Abwehr eines beweglichen Ziels konnte keine Rede sein – hier feuerten Leute wild durcheinander und dachten nur noch daran, ihre eigene Haut zu retten.

Endlich hatte Homer seine Kalaschnikow gefunden, doch wagte er es nicht, den Bahnsteig zu betreten. Gerade noch widerstand er der Versuchung, den Motor anzuwerfen und sich aus dem Staub zu machen – egal wohin. Er blieb auf der Draisine und reckte den Hals, um durch die Säulenreihe hindurch den Ort des Kampfes zu beobachten.

Plötzlich unterbrach ein durchdringendes Kreischen aus überraschend geringer Entfernung das Brüllen und Fluchen der Wachleute. Das Maschinengewehr stockte, jemand schrie furchtbar auf und verstummte dann sofort, als habe man ihm den Kopf abgerissen. Wieder knatterten Sturmgewehre los, doch diesmal nur ganz vereinzelt und für kurze Zeit. Erneut ertönte das Kreischen – wie es schien, jetzt etwas weiter entfernt … Und plötzlich antwortete dem Wesen, das diesen Laut von sich gegeben hatte, ein Echo – und zwar in unmittelbarer Nähe der Draisine.

Homer zählte bis zehn und ließ mit zitternden Händen den Motor an. Jeden Moment würden seine Gefährten zurückkommen, und dann würden sie losfahren – er tat das jetzt für sie, nicht für sich selbst … Die Draisine vibrierte, begann zu rauchen, der Motor lief sich warm, da blitzte zwischen den Säulen etwas unfassbar schnell auf. So blitzartig verschwand es wieder aus dem Blickfeld, dass in Homers Kopf erst gar kein Bild davon entstand.

Der Alte klammerte sich an das Geländer, stellte einen Fuß aufs Gaspedal und holte tief Luft. Wenn sie in zehn Sekunden nicht auftauchten, würde er alles zurücklassen und … Ohne zu begreifen warum, machte er einen Schritt auf den Bahnsteig und hielt sein nutzloses Sturmgewehr vor sich hin. Er wollte einfach nur sichergehen, dass er seinen Leuten nicht mehr helfen konnte.

Er drückte sich gegen eine Säule und warf einen Blick in den Mittelgang …

Er wollte schreien, doch ihm fehlte die Luft dazu.

Sascha hatte immer gewusst, dass die Welt sich nicht nur auf die beiden Stationen beschränkte, an denen sie bisher gelebt hatte. Doch nie hätte sie gedacht, dass diese Welt so wunderschön sein könnte. Selbst die langweilige, ja trostlose *Kolomenskaja* war ihr wie ein behagliches Zuhause vorgekommen, bis in den kleinsten Winkel vertraut. Die *Awtosawodskaja* – weiträumig, aber kalt – hatte sich hochmütig von ihrem Vater und ihr abgewandt, sie verstoßen, und das konnte sie ihr nicht vergessen.

Ihre Beziehung zur *Pawelezkaja* dagegen war unbelastet, und mit jeder Minute fühlte Sascha immer mehr, dass sie sich in diese Station verliebte. In die leichten, weit ausgreifenden Säulen, die großen, einladenden Bögen, den edlen Marmor, dessen feine Adern die Wände wie die zarte Haut eines Menschen erscheinen ließen … War die *Kolomenskaja* armselig gewesen und die *Awtosawodskaja* finster, so gebärdete sich diese Station wie eine Frau: In ihrer sorglosen und verspielten Art erinnerte die *Pawelezkaja* noch nach Jahrzehnten an ihre einstige Schönheit.

Die Menschen hier können nicht grausam oder böse sein, dachte Sascha. Sie und ihr Vater hätten also tatsächlich nur eine feindliche Station überwinden müssen, um an diesen magischen Ort zu gelangen … Er hätte tatsächlich nur einen Tag länger leben müssen, um aus der Verbannung zu fliehen und erneut die Freiheit zu erlangen … Sie hätte den Kahlen sicher dazu gebracht, sie beide mitzunehmen …

In der Ferne flackerte ein Lagerfeuer, um das sich Wachleute drängten. Der Lichtstrahl eines Scheinwerfers tastete sich an der hohen Decke entlang, doch Sascha zog es nicht dorthin. Wie viele Jahre hatte sie geglaubt, sie müsse nur von der *Kolomenskaja* entkommen und andere Menschen treffen, um glücklich zu werden! Aber nun verlangte es sie nur nach einem einzigen Menschen – um ihre Begeisterung zu teilen, ihr Staunen darüber, dass die Erde tatsächlich noch um ein ganzes Drittel größer war, und ihre Hoffnung darauf, alles wiedergutmachen zu können. Aber wer sollte sie, Sascha, brauchen? Kein Mensch würde sie brauchen, ganz gleich, was sie sich und dem Alten auch einredete.

Und so schlenderte das Mädchen in entgegengesetzter Richtung weiter, dorthin, wo ein halb verfallener Zug mit eingeschlagenen Fensterscheiben und offenen Türen bis zur Hälfte im rechten Tunnel verschwand. Sie trat ein, sprang von einem Waggon zum anderen, inspizierte den ersten, den zweiten, dann den dritten. Im letzten entdeckte sie ein auf wundersame Weise unversehrt gebliebenes Sofa und legte sich darauf. Sie blickte sich um und versuchte sich vorzustellen, dass der Zug jeden Moment losfahren würde, um sie zu neuen Stationen zu bringen, die hell und voll lärmender menschlicher Stimmen waren. Doch fehlten ihr sowohl der Glaube als auch die Fantasie, um all diese Tonnen Stahlschrott von der Stelle zu bewegen. Mit ihrem Fahrrad war ihr das wesentlich leichter gefallen.

Dann plötzlich war das Versteckspiel zu Ende: Kampfgeräusche sprangen von Waggon zu Waggon auf Sascha zu und erreichten sie schließlich.

Schon wieder?

Sie sprang auf die Beine und stürzte hinaus auf den Bahnsteig – den einzigen Ort, wo sie wenigstens noch imstande war, etwas auszurichten.

Die zerfetzten Leichen der Wachleute lagen neben der gläsernen Kabine mit dem reglosen Scheinwerfer, über dem erloschenen Feuer sowie in der Mitte der Halle. Weitere Kämpfer hatten offenbar frühzeitig allen Widerstand aufgegeben und waren losgerannt, um im Durchgang Zuflucht zu suchen, doch der Tod hatte sie auf halbem Wege eingeholt.

Über einem der Körper stand gebückt eine unheilvolle, unnatürliche Gestalt. Obwohl sie aus dieser Entfernung schlecht zu sehen war, erkannte Homer eine glatte weiße Haut, einen mächtigen, zuckenden Kamm sowie ungeduldig sich bewegende Beine mit mehreren stark eingeknickten Gelenken.

Die Schlacht war verloren.

Wo war Hunter? Homer lehnte sich noch einmal vor und erstarrte … Vielleicht zehn Schritte von ihm entfernt, genauso weit hinter der Säule hervor ragend wie Homer selbst, wie um ihn zu locken oder mit ihm zu spielen, starrte aus einer Höhe von über zwei Metern eine furchtbare Fratze auf ihn herab. Von der Unterlippe tropfte es rot, und der schwere Kiefer kaute mit unablässiger Bewegung auf einem furchtbaren Brocken herum. Unter der flachen Stirn war nichts, doch dass die Kreatur keine Augen hatte, hinderte sie offenbar in keinster Weise daran, andere Wesen wahrzunehmen, sich zu bewegen und anzugreifen.

Homer fuhr herum und drückte auf den Abzug, doch sein Gewehr blieb stumm. Die Chimäre stieß einen langen, ohrenbetäubenden Schrei aus und sprang in die Mitte des Saals. Panisch fummelte Homer an dem Verschluss herum, obwohl er wusste, dass es keinen Zweck mehr hatte …

Doch plötzlich schien das Ungeheuer das Interesse an ihm verloren zu haben – es wandte seine Aufmerksamkeit dem Bahnsteigrand zu. Mit einer heftigen Bewegung folgte Homer dem blinden Blick der Kreatur, und sein Herz hörte für einen Augenblick auf zu schlagen.

Dort stand, ängstlich um sich blickend, das Mädchen.

»Lauf!«, brüllte Homer, und seine Stimme erstickte in einem schmerzhaften Krächzen.

Die weiße Chimäre machte einen Satz über mehrere Meter nach vorne und stand nun direkt vor der jungen Frau. Diese zog ein Messer, das höchstens zum Kochen zu gebrauchen war, und machte eine drohende Ausfallbewegung.

Als Antwort schwang die Kreatur eine seiner Vorderpfoten, das Mädchen stürzte zu Boden, und die Klinge flog in hohem Bogen zur Seite.

Homer stand bereits auf der Draisine, doch dachte er nicht an Flucht. Keuchend schwenkte er das Maschinengewehr und versuchte, die tänzelnde weiße Silhouette ins Visier zu nehmen. Erfolglos: Das Ungeheuer war zu nahe an das Mädchen herangerückt. Die Wachen, die ihm noch einigermaßen hätten gefährlich werden können, hatte es innerhalb weniger Minuten zerfetzt, und nun, da es diese beiden hilflosen Geschöpfe in eine Ecke gedrängt hatte, schien es mit ihnen spielen zu wollen, bevor es sie tötete.

Es stand über Sascha gebeugt, sodass der Alte sie nicht sehen konnte. Weidete es sein Opfer bereits aus?

Aber dann zuckte es zusammen, fuhr zurück, kratzte mit seinen Klauen über einen sich vergrößernden Fleck auf seinem Rücken und drehte sich brüllend um, bereit, den Angreifer zu verschlingen.

Mit schwankenden Schritten näherte sich Hunter der Kreatur. In der einen Hand hielt er ein Automatikgewehr, die andere hing schlaff herab, und man konnte sehen, wie sehr ihn jede Bewegung schmerzte.

Der Brigadier gab eine weitere Salve auf das Monster ab, doch das erwies sich als verblüffend zäh; es schwankte nur kurz, erlangte sogleich sein Gleichgewicht wieder und stürzte vorwärts. Hunters Patronen versiegten, doch gelang es ihm durch eine erstaunliche Drehbewegung, den enormen Rumpf des Ungeheuers auf die Klinge seiner Machete zu spießen. Die Chimäre stürzte direkt auf ihn, begrub ihn unter sich, erstickte ihn mit ihrem Gewicht.

Wie um alle verbliebene Hoffnung zu beseitigen, sprang nun eine zweite Kreatur hinzu. Sie erstarrte über dem zuckenden Körper ihres Artgenossen, stieß eine Klaue in die weiße Haut, als wolle sie ihn aufwecken, und wandte dann langsam seine augenlose Fratze Homer zu …

Diese Chance ließ er sich nicht entgehen. Das große Kaliber zerfetzte den Torso der Chimäre, spaltete ihren Schädel, und als das Tier bereits gefallen war, zerplatzten noch einige Marmorplatten dahinter zu Splittern und Staub. Homer brauchte einige Zeit, bis sich sein Herz beruhigt und er die verkrampften Finger gelöst hatte.

Dann schloss er die Augen, riss sich die Maske herunter und atmete tief die frostige Luft ein, die gesättigt war vom Geruch frischen Blutes.

Sämtliche Helden waren gefallen, auf dem Schlachtfeld war nur er allein zurückgeblieben.

Sein Buch war zu Ende, noch bevor es begonnen hatte.

# 10
# Nach dem Tod

*Was bleibt von den Toten? Was bleibt von jedem von uns? Grabsteine sinken ein, Moos bedeckt sie, und schon nach wenigen Jahrzehnten sind ihre Aufschriften nicht mehr zu lesen.*

*Auch in früheren Zeiten wurde ein Grab, um das sich niemand mehr kümmerte, einem neuen Toten zugeteilt. Meist besuchten nur die Kinder oder Eltern den Toten, die Enkel schon seltener, die Urenkel fast nie.*

*Was sich ewige Ruhe nannte, dauerte in den Großstädten nur ein halbes Jahrhundert, dann wurden die Gebeine gestört – um die Gräberdichte zu erhöhen oder weil man den Gottesacker umgraben wollte, um darauf Wohnviertel zu errichten. Die Erde war zu eng geworden, sowohl für die Lebenden als auch für die Toten.*

*Ein halbes Jahrhundert, das war ein Luxus, den sich nur jene leisten konnten, die vor dem Weltuntergang starben. Doch wen kümmert noch eine einzelne Leiche, wenn ein ganzer Planet im Sterben liegt? Keiner der Bewohner der Metro hat je die Ehre einer Beerdigung genossen, keiner konnte hoffen, dass die Ratten seinen Leichnam verschonten.*

*Früher hatten die Überreste eines Menschen so lange eine Daseinsberechtigung, wie sich die Lebenden an ihn erinnerten. Ein Mensch erinnert sich an seine Verwandten, seine Freunde, seine Mit-*

*arbeiter. Doch sein Gedächtnis reicht nur drei Generationen zurück. Gerade mal etwas mehr als fünfzig Jahre.*

*Mit der gleichen Leichtigkeit, mit der wir das Bild unseres Großvaters oder Schulfreunds aus unserem Gedächtnis entlassen, wird auch uns selbst einst jemand ins absolute Nichts entlassen. Die Erinnerung an einen Menschen kann seine Gebeine überdauern, doch sobald der Letzte fortgeht, der sich an uns erinnert, lösen auch wir uns mit ihm in der Zeit auf.*

*Fotografien – wer macht die heute noch? Und wie viele bewahrte man damals auf, als noch jeder fotografierte? Früher gab es am Ende eines jeden dicken Familienalbums ein wenig Platz für alte, braun gewordene Abzüge, doch kaum jemand von denen, die darin blätterten, konnte mit Sicherheit sagen, welcher seiner Vorfahren auf den verblichenen Fotos abgebildet war. Zumal die Fotografien Verstorbener ohnehin nur als eine Art Totenmaske zu interpretieren sind, keinesfalls jedoch als Abdruck ihrer Seele zu Lebzeiten.*

*Und dann zerfallen fotografische Abzüge nur wenig langsamer als die Körper, die auf ihnen abgebildet sind.*

*Was also bleibt?*

*Kinder?«*

Homer berührte mit dem Finger die Flamme der Kerze. Die Antwort fiel ihm leicht, denn Achmeds Worte schmerzten ihn immer noch. Er selbst war zur Kinderlosigkeit verdammt, unfähig, sein Geschlecht fortzusetzen, also konnte er nicht anders, als diesen Weg zur Unsterblichkeit auszuschließen.

Er griff erneut nach seinem Stift.

*»Sie können uns ähnlich sein. In ihren Zügen spiegeln sich unsere eigenen, auf wundersame Weise vereint mit jenen derer, die wir geliebt haben. In ihren Gesten, ihrer Mimik erkennen wir mit Entzücken und manchmal auch mit Sorge uns selbst. Freunde bestätigen, dass unsere Söhne und Töchter uns wie aus dem Gesicht geschnitten*

*sind. All dies verheißt uns eine gewisse Verlängerung unserer selbst, wenn wir einst nicht mehr sind.*

*Auch wir selbst sind ja nicht das Urbild, nach dem alle folgenden Kopien erstellt werden, sondern nur eine Chimäre, jeweils zur Hälfte bestehend aus inneren und äußeren Merkmalen unserer Väter und Mütter, genauso wie jene ihrerseits aus den Hälften ihrer Eltern bestehen. Gibt es somit in uns gar nichts Einzigartiges, sondern nur eine endlose Mischung winziger Mosaiksteinchen, die unabhängig von uns existieren und sich zu Milliarden zufälliger Bilder zusammensetzen, welche ihrerseits keinen eigenen Wert besitzen und sofort wieder zerfallen?*

*Lohnt es sich also überhaupt, darauf stolz zu sein, wenn wir bei unseren Kindern einen kleinen Hügel oder eine Kuhle entdecken, die wir als unsere eigene betrachten, die jedoch tatsächlich schon eine halbe Million Jahre durch Tausende von Körpern gereist ist?*

*Was bleibt von mir?«*

Homer hatte es schwerer gehabt als die anderen. Er hatte stets jene beneidet, denen der Glaube ein Leben im Jenseits in Aussicht stellte. Wann immer das Gespräch auf das Lebensende gekommen war, hatte er sich in Gedanken sogleich an den *Nachimowski prospekt* mit seinen widerwärtigen, aasfressenden Kreaturen versetzt gefühlt. Aber vielleicht bestand er ja doch nicht nur aus Fleisch und Blut, das früher oder später von den Leichenfressern zerkaut und verdaut wurde. Nur: Selbst wenn es in ihm noch etwas gab, so existierte es sicher nicht unabhängig von seinem Körper.

*»Was ist von den ägyptischen Königen geblieben? Was von Griechenlands Helden? Von den Künstlern der Renaissance? Ist etwas von ihnen geblieben – und existieren sie noch in dem, was sie hinterließen?*

*Welche Art von Unsterblichkeit bleibt dem Menschen dann?«*

Homer las das, was er geschrieben hatte, noch einmal durch, dachte kurz nach, dann riss er die Blätter vorsichtig aus dem Heft, zerknüllte sie, legte sie auf einen Eisenteller und zündete sie an. Nach einer Minute war von der Arbeit, mit der er die letzten drei Stunden zugebracht hatte, nur noch eine Handvoll Asche übrig.

Sie war gestorben.

So hatte sich Sascha den Tod immer vorgestellt: Der letzte Lichtstrahl erloschen, alle Geräusche verstummt, der Körper gefühllos, nichts als ewige Schwärze. Schwärze und Stille, aus der die Menschen gekommen waren und in die sie unausweichlich zurückkehrten. Sascha kannte all die Märchen von Paradies und Hölle, aber die Unterwelt war ihr harmlos vorgekommen. Eine Ewigkeit in absoluter Blindheit, Taubheit und völliger Tatenlosigkeit zuzubringen war ihr hundertmal furchtbarer erschienen als irgendwelche Kessel mit siedendem Öl.

Doch dann flackerte vor ihr eine winzige Flamme auf. Sascha streckte sich nach ihr aus, aber bekam sie nicht zu fassen: Der tanzende, zitternde Lichtfleck lief von ihr fort, kam wieder näher, lockte sie, trieb sogleich wieder davon, spielend und ködernd. Sie wusste sofort, was es war: ein Tunnellicht.

Wenn ein Mensch in der Metro stirbt, so hatte ihr Vater erzählt, irrt seine Seele verloren durch ein finsteres Labyrinth von Tunneln, die nirgendwohin führen. Sie begreift nicht, dass sie nicht mehr an einen Körper gebunden, ihr irdisches Leben zu Ende ist, und muss so lange umherirren, bis sie irgendwo in der Ferne den Schein eines geisterhaften Feuers erblickt. Sodann muss sie ihm hinterhereilen, denn dieses Feuer ist gesandt, die Seele dorthin zu führen, wo sie Ruhe findet. Es kommt jedoch auch vor, dass sich das Feuer dieser Seele erbarmt und sie in ihren verlorenen Körper zurückbringt. Von diesen Menschen sagt man, dass sie aus dem Jenseits zurückgekehrt sind. Richtiger wäre es jedoch zu sagen, dass die Dunkelheit sie noch einmal freigelassen hat.

Das Tunnellicht lockte Sascha, immer wieder, und schließlich gab sie nach und ließ sich darauf ein. Sie spürte ihre Beine nicht, aber das war auch nicht nötig: Um dem davongleitenden Lichtfleck zu folgen, durfte sie ihn nur nicht aus den Augen verlieren, musste ihn fixieren, als wollte sie ihn überreden, ihn zähmen.

Sascha hatte das Licht mit ihrem Blick eingefangen, und nun zog es sie durch die undurchdringliche Finsternis, durch das Tunnellabyrinth, aus dem sie allein niemals hinausgefunden hätte, bis zur letzten Station ihrer Lebenslinie. Und dann sah sie etwas vor sich: Ihr Führer schien die Konturen eines entfernten Zimmers zu skizzieren, in dem man sie erwartete.

»Sascha!«, rief eine Stimme nach ihr. Erstaunt registrierte sie, dass sie die Stimme kannte, doch wusste sie nicht mehr, wem sie gehörte. In ihr schwangen vertraute, zärtliche Töne mit.

»Papa?«, fragte sie ungläubig.

Sie waren angekommen. Das gespenstische Tunnelfeuer blieb stehen, verwandelte sich in eine gewöhnliche Flamme, sprang auf den Docht einer zusammengeschmolzenen Kerze und machte es sich dort bequem wie eine Katze, die von einem Streifzug zurückkehrt …

Eine kühle, schwielige Hand lag auf der ihren. Zögerlich löste Sascha den Blick von der Flamme – sie fürchtete, sie könne jeden Augenblick wieder zu Boden sinken. Kaum war sie erwacht, spürte sie einen stechenden Schmerz im Unterarm, ihre Schläfe begann zu pochen. Aus der Dunkelheit tauchten schwankend einige einfache Möbelstücke auf: ein Paar Stühle, ein Nachttisch … Sie selbst lag auf einer Liege, so weich, dass sie ihren Rücken gar nicht spürte. Als bekäme sie ihren Körper erst allmählich, in Etappen zurück.

»Sascha?«, wiederholte die Stimme.

Sie richtete ihren Blick auf den, der da sprach, und zog hastig ihre Hand zurück. An ihrem Bett saß der Alte, mit dem sie auf der Draisine gefahren war. Seine Berührung war ohne jeglichen Anspruch gewesen, weder harsch noch unanständig. Scham und Enttäuschung hatten sie zurückfahren lassen: Wie hatte sie die Stimme eines Fremden mit der ihres Vaters verwechseln können? Warum hatte das Tunnellicht sie ausgerechnet hierher geführt?

Der Alte lächelte sanft. Er schien schon zufrieden zu sein, dass sie wieder erwacht war. Erst jetzt bemerkte Sascha in seinen Augen ein warmes Glänzen, wie sie es bisher nur von einem einzigen Menschen gekannt hatte. Deshalb also hatte sie sich getäuscht … Nun schämte sie sich vor dem alten Mann.

»Verzeih mir«, sagte sie. Im nächsten Augenblick fielen ihr wieder die letzten Minuten an der *Pawelezkaja* ein. Mit einer heftigen Bewegung richtete sie sich auf. »Was ist mit deinem Freund?«

Sie schien weder weinen noch lachen zu können. Vielleicht fehlte ihr aber auch einfach die Kraft dazu.

Glücklicherweise hatten die messerscharfen Krallen der Chimäre das Mädchen verfehlt, die Pranke hatte sie flach getroffen. Doch auch so war sie einen ganzen Tag bewusstlos gewesen. Nun sei ihr Leben außer Gefahr, versicherte der Arzt Homer. Seine eigenen Probleme hatte der Alte ihm verschwiegen.

Sascha – während ihrer Bewusstlosigkeit hatte sich Homer angewöhnt, sie so zu nennen – sank in sich zusammen und lehnte sich zurück in ihr Kissen. Der Alte kehrte an den Tisch zurück, wo ein geöffnetes Notizbuch mit ganzen sechsundneunzig Seiten auf ihn wartete. Er drehte den Stift in seiner

Hand und fuhr an der Stelle fort, wo er zuvor unterbrochen hatte, um dem stöhnenden und fiebernden Mädchen beizustehen.

»*... Doch diesmal verzögerte sich die Rückkehr der Karawane. Und zwar so lange, dass nur ein Schluss möglich war: Etwas Unvorhergesehenes musste geschehen sein, etwas Furchtbares, das weder die schwer bewaffneten, kampferprobten Begleitsoldaten noch die jahrelang gepflegten Beziehungen zur Führung der Hanse hatten verhindern können.*

*Die Sache wäre weniger beunruhigend gewesen, wenn man wenigstens hätte kommunizieren können. Doch mit der Telefonleitung zur Ringlinie war etwas nicht in Ordnung, die Verbindung war bereits am Montag abgebrochen, und der Trupp, den man auf die Suche nach der Bruchstelle geschickt hatte, war ohne Ergebnis zurückgekehrt.*«

Homer hob die Augen und zuckte zusammen – das Mädchen stand hinter ihm und blickte über seine Schulter auf sein Gekritzel. Die Neugier schien das Einzige zu sein, was sie auf den Beinen hielt.

Verschämt drehte der Alte das Notizbuch mit dem Umschlag nach oben.

»Wartest du auf eine Eingebung?«, fragte sie ihn.

»Ich bin erst ganz am Anfang«, murmelte Homer.

»Und was ist mit der Karawane geschehen?«

»Ich weiß es nicht.« Er begann sorgfältig einen Rahmen um den Titel zu zeichnen. »Die Geschichte ist noch lange nicht zu Ende. Leg dich jetzt wieder hin, du musst dich ausruhen.«

»Aber es hängt doch von dir ab, wie das Buch ausgeht«, entgegnete sie, ohne sich vom Fleck zu rühren.

»In diesem Buch hängt gar nichts von mir ab.« Homer legte den Stift auf den Tisch. »Ich denke es mir nicht aus. Ich schreibe einfach alles auf, was passiert.«

»Dann hängt es ja noch viel mehr von dir ab«, sagte das Mädchen nachdenklich. »Komme ich auch darin vor?«

Homer lächelte. »Gerade wollte ich dich um Erlaubnis bitten.«

»Ich werde darüber nachdenken«, erwiderte sie ernsthaft. »Wozu schreibst du das Buch?«

Homer stand auf, um mit ihr auf Augenhöhe zu sprechen. Bereits nach dem letzten Gespräch mit Sascha war ihm klar geworden, dass ihre Jugend und mangelnde Erfahrung ein falsches Bild erzeugten. An der seltsamen Station, an der sie sie aufgegabelt hatten, schien ein Jahr für zwei zu zählen. So antwortete sie weniger auf die Fragen, die er laut aussprach, als vielmehr auf all das, was unausgesprochen blieb. Und sie stellte nur solche Fragen, auf die er selbst keine Antwort wusste.

Außerdem schien ihm: Wenn er auf ihre Aufrichtigkeit zählte – und wie könnte sie sonst seine Heldin werden? –, musste er selbst auch ehrlich zu ihr sein, sie nicht wie ein Kind behandeln, sich nicht in Schweigen hüllen. Er durfte ihr nicht weniger sagen, als er sich selbst eingestand.

Er räusperte sich und sagte: »Ich will, dass die Menschen sich an mich erinnern. An mich und an diejenigen, die mir nahestanden. Dass sie wissen, wie die Welt war, die ich liebte. Dass sie das Wichtigste von dem hören, was ich erfahren und begriffen habe. Dass mein Leben nicht umsonst war. Dass etwas von mir zurückbleibt.«

»Du legst also deine Seele hinein?« Sie legte den Kopf schief. »Aber das ist doch nur ein Notizbuch. Es kann verbrennen oder verloren gehen.«

»Ein unsicherer Aufbewahrungsort für die Seele, nicht wahr?« Homer seufzte. »Nein, dieses Heft brauche ich nur, um alles in der nötigen Reihenfolge zu ordnen. Und damit ich nichts Wichtiges vergesse, solange die Geschichte noch nicht zu Ende ist.

Wenn sie erst mal fertig ist, muss man sie nur einigen Leuten weitererzählen. Wie ich mir das vorstelle, braucht man dann hoffentlich weder Papier noch einen Körper zu ihrer Verbreitung.«

»Sicher hast du viel gesehen, was nicht vergessen werden sollte.« Das Mädchen zuckte mit den Schultern. »Ich habe nichts, was wert wäre, aufgeschrieben zu werden. Lass mich aus dem Buch raus. Verschwende für mich kein Papier.«

»Aber du hast doch noch alles vor dir ...«, begann Homer und musste daran denken, dass er das nicht mehr miterleben würde.

Das Mädchen reagierte nicht, und Homer befürchtete schon, dass sie sich ihm ganz verschließen würde. Er suchte nach den richtigen Worten, um all das wieder zurückzunehmen, doch verstrickte er sich dabei immer mehr in seinen Zweifeln.

»Was ist das Schönste, woran du dich erinnerst?«, fragte sie plötzlich. »Das Allerschönste?«

Homer zögerte. Es war eine seltsame Vorstellung, einer Person sein Innerstes mitzuteilen, die er erst seit zwei Tagen kannte. Nicht einmal Jelena hatte er diese Dinge anvertraut – sie war immer davon ausgegangen, dass an der Wand ihres Kämmerchens eine gewöhnliche Stadtlandschaft hing. Würde ein Mädchen, das sein ganzes Leben im Untergrund zugebracht hatte, überhaupt verstehen können, was er ihr erzählte?

Er entschloss sich, es darauf ankommen zu lassen. »Sommerregen«, sagte er.

Sascha runzelte die Stirn, was komisch aussah. »Was ist daran so schön?«

»Hast du jemals Regen gesehen?«

»Nein.« Das Mädchen schüttelte den Kopf. »Vater wollte mich nicht nach draußen lassen. Ich bin trotzdem zwei- oder dreimal rausgeklettert, aber mir gefiel es dort überhaupt nicht.

Es ist schrecklich, wenn um dich herum keine Wände sind.« Dann erklärte sie, für alle Fälle: »Regen, das ist, wenn Wasser von oben kommt.«

Homer hörte ihr nicht mehr zu. Wieder stieg vor ihm jener Tag aus der fernen Vergangenheit auf. Wie ein Medium stellte sich sein Körper einem herbeigerufenen Geist zur Verfügung, richtete er seinen Blick in die Leere und hörte nicht auf zu sprechen …

»Den ganzen Monat war es trocken und heiß gewesen. Meine Frau war schwanger, sie hatte sowieso immer Atemprobleme gehabt, und dann auch noch die Hitze … In der Entbindungsklinik gab es auf der gesamten Station einen einzigen Ventilator, und sie beklagte sich, wie schwül es war. Auch ich konnte kaum atmen, so sehr tat sie mir leid. Es war schlimm: Jahrelang hatten wir ohne Erfolg versucht, Kinder zu bekommen, und die Ärzte machten uns Angst, es könnte eine Totgeburt werden. Nun lag sie unter Beobachtung, dabei wäre sie besser zu Hause geblieben. Der Geburtstermin war bereits verstrichen, aber von Wehen keine Spur. Man kann sich ja schließlich nicht jeden Tag freinehmen. Irgendwer hatte mir gesagt, wenn man ein Kind zu lange austrägt, steigt das Risiko einer Totgeburt. Ich wusste nicht mehr aus noch ein. Kaum war ich mit der Arbeit fertig, rannte ich zur Klinik und hielt unter ihrem Fenster Wache. In den Tunneln gab es keinen Empfang, also kontrollierte ich an jeder Station, ob ich irgendwelche Anrufe verpasst hatte. Und da, plötzlich die Nachricht vom Arzt: ›Bitte umgehend zurückrufen.‹ Bis ich einen einigermaßen ruhigen Ort gefunden hatte, hatte ich meine Frau und meinen Sohn schon in Gedanken begraben, ich alter, ängstlicher Dummkopf. Ich wählte also …«

Homer verstummte und lauschte dem Signal, wartete, ob jemand abhob. Das Mädchen unterbrach ihn nicht. Sie hob sich ihre Fragen für später auf.

»Dann sagte mir eine fremde Stimme: Glückwunsch, es ist ein Junge. Das klingt so einfach: Es ist ein Junge. Von den Toten haben sie mir damals meine Frau zurückgebracht, und dann noch dieses Wunder … Ich lief nach oben – und es regnete. Ein kühler Regen. Die Luft war so leicht geworden, so durchsichtig. Als wäre die Stadt unter einer staubigen Plastikfolie gelegen, und plötzlich hätte jemand sie abgenommen. Die Blätter glänzten, der Himmel bewegte sich endlich wieder, und die Häuser sahen auf einmal so frisch aus. Ich lief die Twerskaja entlang, zu dem Blumenstand, und ich weinte vor Glück. Ich hatte einen Schirm dabei, aber ich machte ihn nicht auf, ich wollte nass werden, wollte ihn spüren, diesen Regen. Ich kann das gar nicht wiedergeben … Als wäre ich selbst neu geboren worden und sähe die Welt zum ersten Mal. Und auch die Welt war frisch und neu, als hätte man ihr eben erst die Nabelschnur durchtrennt und sie zum ersten Mal gebadet. Als wäre alles neu geworden, und man könnte all das Schlechte, all das, was schiefgegangen war, wiedergutmachen. Ich hatte jetzt ja zwei Leben: Was ich nicht erreichen würde, würde mein Sohn für mich schaffen. Alles lag noch vor uns. Vor uns allen …«

Wieder schwieg Homer. Er sah, wie die zehnstöckigen Stalinhäuser allmählich im rosafarbenen Abendnebel verschwammen, tauchte ein in das geschäftige Lärmen der Twerskaja, atmete die süßliche, abgashaltige Luft, schloss die Augen und hielt sein Gesicht in den sommerlichen Platzregen. Als er wieder zu sich kam, glänzten auf seinen Wangen und in den Augenwinkeln noch immer kleine Regentropfen.

Hastig wischte er sie mit dem Ärmel fort.

»Weißt du«, sagte das Mädchen, nicht weniger verlegen, »vielleicht ist Regen ja doch was Schönes. Ich habe solche Erinnerungen nicht. Gibst du mir etwas davon ab? Wenn du willst« – sie lächelte ihn an –, »kannst du mich in dein Buch aufnehmen.

Irgendwer muss ja doch verantwortlich dafür sein, wie das Ganze ausgeht.«

»Es ist noch zu früh«, widersprach der Arzt streng.

Sascha wusste nicht, wie sie diesem Bürokraten die Wichtigkeit dessen, um was sie ihn gebeten hatte, erklären sollte. Sie holte noch einmal Luft für eine weitere Attacke, beließ es dann aber bei einer unwirschen Bewegung mit ihrer gesunden Hand und wandte sich ab.

»Sie werden sich gedulden müssen. Aber da Sie schon einmal auf den Beinen sind und sich offenbar gut fühlen, könnten Sie ja ein wenig spazieren gehen.« Der Arzt packte seine Instrumente in eine alte Plastiktüte und gab Homer die Hand. »Ich komme in ein paar Stunden wieder. Die Stationsleitung hat in Ihrem Fall eine besonders sorgfältige Behandlung angeordnet. Immerhin stehen wir in Ihrer Schuld.«

Homer warf Sascha eine fleckige Soldatenjacke über. Sie trat hinaus, folgte dem Arzt, vorbei an den anderen Abteilungen des Lazaretts, an einer Reihe von Zimmern und Kammern voller Tische und Liegen, dann zwei Treppenabsätze hinauf, durch eine unscheinbare, niedrige Tür – in einen riesigen, lang gezogenen Saal. Sascha erstarrte auf der Schwelle, unfähig, weiterzugehen. Noch nie hatte sie so etwas gesehen. Es überstieg all ihre Vorstellung, dass es so viele lebende Menschen an einem einzigen Ort gab.

Tausende von Gesichtern, ohne Masken! Und so verschieden: Da gab es Menschen jeden Alters, vom gebrechlichen Alten bis zum Säugling. Unzählige Männer: bärtige, rasierte, hochgewachsene und zwergenwüchsige, erschöpfte und quicklebendige, ausgemergelte und muskulöse. Solche, die im Kampf verstümmelt worden waren, andere mit Geburtsfehlern, strahlende Schönheiten und solche, die, obwohl äußerlich unattraktiv, eine geheimnisvolle Anziehungskraft verströmten. Und nicht weniger Frauen: solche mit breiten Hintern, rotgesichtige Marktweiber in Kopftüchern und wattierten Jacken, aber auch feingliedrige, blasse Mädchen mit unglaublich bunten Kleidern und verschlungenen Halsketten.

Würde ihnen auffallen, dass Sascha anders war? Würde sie in dieser Menge untertauchen können, so tun können, als wäre sie eine von ihnen, oder würden sie sich auf sie stürzen und sie zerfleischen, wie eine Horde Ratten einen fremden Albino? Zuerst schien es ihr, dass alle Augen auf sie gerichtet waren, und bei jedem Blick, den sie bemerkte, durchfuhr es sie siedend heiß. Doch nach einer Viertelstunde hatte sie sich daran gewöhnt: Manche sahen sie feindselig an, andere neugierig, wieder andere sogar allzu aufdringlich, aber die allermeisten interessierten sich nicht für sie. Sie streiften Sascha nur gleichgültig mit den Augen und drängten sogleich weiter, ohne sie zu beachten.

Es kam ihr vor, als wären diese zerstreuten, unscharfen Blicke das Maschinenöl, das die Zahnräder dieses hektischen Mechanismus schmierte. Würden sich diese Menschen füreinander interessieren, so wäre die Reibung zu groß, und das ganze Treiben käme innerhalb kürzester Zeit zum Stillstand.

Um in dieser Menge unterzugehen, bedurfte es keiner Verkleidung oder neuen Frisur. Es genügte, wenn man nicht allzu tief in die Augen der anderen eindrang, sondern seinen Blick nach kurzem Eintauchen – gleichsam fröstelnd – wieder zurückzog. Wenn Sascha sich ebenfalls mit dieser aufgesetzten Gleichgültigkeit einschmierte, würde sie leicht an den sich ständig bewegenden, ineinandergreifenden Stationsbewohnern vorbeigleiten, ohne an einer Stelle festzuhängen.

In den ersten Minuten hatte das brodelnde Gebräu menschlicher Gerüche auch ihre Nase betäubt, doch schon bald gewöhnte sich ihr Geruchssinn daran, lernte die wichtigen Bestandteile herauszufiltern und alles andere zu ignorieren. Durch den sauren Gestank unreiner Körper vernahm sie zudem verlockende, jugendliche Aromen, ja, bisweilen rollte ein angenehmer Duft wie eine Welle über die Menge hin – eine parfümierte Frau war an ihr vorbeigegangen. Hinzu mischten sich der Dunst von Grillfleisch und die Miasmen der Müllgruben. Mit einem Wort: Für Sascha roch dieser Übergang zwischen den beiden *Pawelezkajas* nach Leben, und je länger sie den betäubenden Geruch in sich aufnahm, desto süßer kam er ihr vor.

Um diesen endlos langen Korridor zu erforschen, hätte sie wahrscheinlich einen ganzen Monat gebraucht. Alles hier war so überwältigend …

Da gab es Stände mit Schmuckstücken, die aus Dutzenden gelber, geprägter Metallscheibchen bestanden, die sie stundenlang hätte betrachten können, und riesige Bücherauslagen, die mehr geheimes Wissen bargen, als sie jemals erlangen würde.

Ein Marktschreier lockte die Passanten zu einem Stand mit der Aufschrift Blumen; er bot eine riesige Auswahl von Glückwunschkarten feil, auf denen unterschiedliche Blumensträuße abgebildet waren. Als Kind hatte Sascha einmal so eine Karte geschenkt bekommen, doch wie viele davon gab es hier!

Sie erblickte Säuglinge an den Brüsten ihrer Mütter und ältere Kinder, die mit richtigen Katzen spielten. Pärchen, die einander mit den Augen berührten, und andere, die dasselbe mit ihren Händen taten.

Männer versuchten sie anzufassen. Sie hätte ihre Aufmerksamkeit und ihr Interesse auch als Gastfreundschaft auffassen können oder als den Wunsch, ihr etwas zu verkaufen, doch ein gewisser Tonfall in ihren Worten war ihr unangenehm, ja ekelte sie. Was wollten sie von ihr? Gab es hier nicht genug Frauen?

Wahre Schönheiten befanden sich darunter; eingehüllt in farbige Kleider, sahen sie wie die geöffneten Knospen auf jenen Glückwunschkarten aus. Sascha vermutete, dass die Männer sich nur über sie lustig machten.

War sie denn überhaupt in der Lage, die Neugier eines Mannes zu wecken? Plötzlich begann ein bisher unbekannter Zweifel an ihr zu nagen. Vielleicht verstand sie das alles falsch … Aber warum sollte es anders sein? Etwas in ihr begann sich schmerzhaft zu regen, dort, unterhalb des Rippenbogens, in jener sanften Mulde ihres Körpers … nur tiefer. An ebenjener Stelle, deren Existenz sie erst vierundzwanzig Stunden zuvor für sich entdeckt hatte.

Um ihre Unruhe zu vertreiben, schlenderte sie erneut die Verkaufsstände entlang, auf denen alle möglichen Waren auslagen – Panzerwesten und Nippes, Kleidung und Geräte –, doch interessierte sie sich kaum noch dafür. Ihre innere Stimme hatte die lärmende Menge in den Hintergrund gedrängt, und die Bilder, die ihre Erinnerung malte, waren plastischer als all die lebenden Menschen um sie herum.

War sie sein Leben wert? Würde sie ihn noch verurteilen können nach dem, was geschehen war? Und vor allem: Welchen Sinn hatten ihre dummen Gedanken jetzt noch? Jetzt, da sie nichts mehr für ihn tun konnte …

Plötzlich, noch bevor Sascha begriff, warum, schwanden alle Zweifel, und ihr Herz beruhigte sich. Sie horchte in sich hinein und vernahm … das Echo einer fernen Melodie, die von außen kam und neben dem vielstimmigen Chor der Menge dahinströmte, ohne sich damit zu vermischen.

Musik, das bedeutete für Sascha, wie für jeden Menschen, zunächst die Wiegenlieder ihrer Mutter. Doch damit hatte sie sich jahrelang begnügen müssen: Ihr Vater war nicht musikalisch gewesen und hatte nur ungern gesungen; auch Wandermusikanten und andere Gaukler waren ihm an der *Awtosawodskaja* nicht willkommen gewesen. Und wenn die Wachleute am Lagerfeuer ihre schwermütigen oder feurigen Soldatenlieder krächzten, hatten sie dabei weder ihre verstimmten Sperrholzgitarren noch Saschas innerlich gespannte Saiten wirklich zum Klingen gebracht.

Aber was sie nun hörte, war kein langweiliges Geklampfe. Am meisten ähnelte es der perlenden, sanften Stimme einer jungen Frau, ja, eines Mädchens, jedoch unerreichbar hoch für jede menschliche Kehle und zugleich ungewöhnlich kräftig. Doch womit war dieses Wunder sonst zu vergleichen?

Der Gesang des unbekannten Instruments verzauberte die Umstehenden, hob sie in die Höhe und trug sie fort in eine unendliche Ferne, in Welten, die allen, die in der Metro geboren waren, unbekannt waren und deren Möglichkeiten sie nicht einmal erahnten. Diese Musik ließ die Leute träumen und machte sie glauben, dass alle Träume Wirklichkeit werden konnten. Sie weckte in ihnen eine unbegreifliche Sehnsucht und versprach zugleich, diese zu stillen. Und sie gab Sascha das Gefühl, als hätte sie auf einer verlassenen Station, auf der sie lange umhergeirrt war, plötzlich eine Lampe gefunden und im Schein dieser Lampe sogleich den Ausgang entdeckt.

Sie stand vor dem Zelt eines Waffenschmieds. Direkt vor ihr ragte ein Sperrholzbrett auf, an dem verschiedene Messer festgeschraubt waren – von kleinen Taschenmessern bis hin zu mörderischen handlangen Dolchen. Sascha betrachtete reglos, wie verzaubert all diese Klingen.

In ihr tobte ein wilder Kampf. Ein einfacher und verlockender Gedanke drängte sich ihr auf. Der Alte hatte ihr eine Handvoll Patronen mitgegeben, gerade genug für dieses schwarze Messer mit der gezackten Klinge – ein breites, scharfes Exemplar, das sich wie kaum ein anderes für ihren Plan eignete.

Nach einer Minute hatte Sascha ihren Entschluss gefasst und sich überwunden. Ihren Kauf verbarg sie in der Brusttasche ihrer Latzhose – möglichst nah an jener Stelle, deren Schmerz sie bekämpfen wollte. Als sie ins Lazarett zurückkehrte, spürte sie weder die Schwere ihrer Soldatenjacke noch das Ziehen in den Schläfen.

Die Menge überragte das Mädchen, und der Musiker, der in der Ferne diese wunderlichen Töne erzeugte, blieb für sie unsichtbar. Die Melodie jedoch schien sie einholen, sie zur Umkehr bewegen, es ihr ausreden zu wollen.

Vergebens.

Wieder klopfte es an der Tür.

Homer erhob sich ächzend von den Knien, wischte sich die Lippen am Ärmel ab und zog an der Kette der Spülung. Auf dem schmutzig grünen Stoff seiner Jacke war ein brauner Streifen zurückgeblieben. Er erbrach sich schon zum fünften Mal innerhalb eines Tages, obwohl er eigentlich nichts gegessen hatte.

Diese Symptome konnten unterschiedliche Gründe haben, redete er sich ein. Warum musste es unbedingt ein beschleunigter Krankheitsverlauf sein? Vielleicht lag es ja auch an …

»Sind Sie bald fertig?«, keifte eine ungeduldige Frauenstimme.

Herrje! Hatte er in der Eile die Buchstaben an der Tür verwechselt? Homer fuhr mit dem schmutzigen Ärmel über das verschwitzte Gesicht, setzte eine unerschütterliche Miene auf und schob den Riegel beiseite.

»Typisch Schnapsbruder!« Ein aufgetakeltes Weibsstück stieß ihn beiseite und schlug die Tür zu.

Soso, dachte Homer. Sollten sie ihn ruhig für einen Säufer halten. Er trat vor den Spiegel über dem Waschbecken und lehnte die Stirn dagegen. Allmählich kam er wieder zu Atem, sah zu, wie das Spiegelglas anlief, und zuckte zusammen: Sein Mundschutz war herabgerutscht und hing unter seinem Kinn. Hastig schob er ihn wieder vors Gesicht und schloss die Augen. Nein, er durfte nicht ständig daran denken, dass er allen Menschen, denen er begegnete, den Tod brachte. Eine Umkehr war ausgeschlossen: Wenn er infiziert war – sofern er die Symptome nicht verwechselte –, war die gesamte Station so oder so dem Tod geweiht. Angefangen bei dieser Frau, deren Schuld nur darin bestand, dass sie zur falschen Zeit »für kleine Mädchen« gemusst hatte. Was würde sie tun, wenn er ihr jetzt sagte, dass sie höchstens noch einen Monat zu leben hatte?

Wie albern, dachte Homer. Albern und töricht. Er hatte sie verewigen wollen, alle, die er auf seinem Lebensweg traf. Nun war sein Schicksal das eines Todesengels, und zwar von der tölpelhaften, glatzköpfigen, kraftlosen Sorte. Er fühlte sich, als hätte man ihm die Flügel gestutzt und ihn beringt: Eine Frist von dreißig Tagen hatte man ihm eingraviert – so lange hatte er Zeit zu handeln.

War dies die Strafe für Selbstüberschätzung und Stolz?

Nein, er durfte jetzt nicht mehr schweigen. Und es gab nur einen Menschen, dem er sich offenbaren konnte. Ihn würde Homer ohnehin nicht lange täuschen können, und es war sicher für beide einfacher, wenn sie mit offenen Karten spielten.

Mit unsicheren Schritten machte er sich auf den Weg zur Krankenstation.

Das Zimmer befand sich am hintersten Ende des Ganges, und für gewöhnlich saß eine Krankenschwester davor, doch jetzt war der Platz leer. Durch den Türspalt drang ein gebrochenes Stöhnen. Einzelne Worte waren zu verstehen, aber obwohl Homer lange reglos horchte, konnte er sie nicht zu sinnvollen Sätzen zusammenfügen.

»Stärker … Kämpfen … muss … noch Sinn … Widerstand … erinnern … geht noch … Fehler … verurteilen …«

Die Worte waren in ein Knurren übergegangen, als wäre der Schmerz unerträglich geworden und hindere den Sprecher daran, die hin und her jagenden Gedanken einzufangen. Homer betrat das Zimmer.

Hunter lag bewusstlos hingestreckt auf zerwühlten, feuchten Laken. Der Verband, der den Schädel des Brigadiers zusammenpresste, war ihm über die Augen gerutscht, die ausgehöhlten Wangen bedeckten Schweißperlen, der borstige Unterkiefer hing schlaff herab. Seine breite Brust hob und senkte sich angestrengt wie der Blasebalg eines Schmieds, der nur mit Mühe das Feuer in dem zu großen Körper am Laufen hielt.

Am Kopfende des Betts stand mit dem Rücken zu Homer das Mädchen, die schmalen Hände hinter dem Rücken verschränkt. Nicht gleich, erst bei näherem Hinsehen bemerkte Homer schemenhaft vor dem dunklen Stoff ihrer Latzhose das schwarze Messer, dessen Griff sie krampfhaft festhielt.

Das Klingeln.

Wieder. Und wieder.

Tausendzweihundertfünfunddreißig. Tausendzweihundertsechsunddreißig. Tausendzweihundertsiebenunddreißig.

Artjom zählte die Töne nicht etwa mit, weil er sich vor dem Kommandeur rechtfertigen wollte. Er tat es, um eine Art Bewegung zu spüren. Wenn er sich von dem Punkt entfernte, an dem er zu zählen begonnen hatte, so bedeutete dies, dass er sich mit jedem Läuten einem Punkt näherte, an dem dieser Wahnsinn endlich ein Ende nahm.

Selbstbetrug? Ja, wahrscheinlich. Doch diesem Klingeln zuzuhören und zu wissen, dass es niemals aufhören würde, war unerträglich. Obwohl es ihm anfangs, bei seinem allerersten

Einsatz, sogar gefallen hatte: Wie ein Metronom hatte dieses monotone Läuten Ordnung in die Kakophonie seiner Gedanken gebracht, seinen Kopf leergeräumt, den galoppierenden Puls beruhigt.

Die Minuten jedoch, die dieses Klingeln scheibchenweise herunterschnitt, glichen einander so sehr, dass Artjom sich fühlte wie in einer Zeitfalle, aus der er nicht herauskommen würde, bis es aufhörte. Im Mittelalter hatte es so eine Folter gegeben: Man hatte den Verbrecher nackt ausgezogen und ihn unter ein Fass gesetzt, aus dem unablässig Wasser auf seinen Kopf tropfte. Die Folge war, dass der arme Kerl allmählich den Verstand verlor. Wo die Streckbank versagte, lieferte einfaches Wasser hervorragende Resultate …

An die Telefonleitung gebunden, wagte es Artjom nicht, sich auch nur eine Sekunde zu entfernen. Die ganze Schicht über versuchte er nicht zu trinken, damit ihn nicht ein dringendes Bedürfnis von dem Apparat weglockte. Tags zuvor hatte er es nicht ausgehalten, war aus dem Zimmer geschlüpft, hastig zum Abtritt gelaufen und danach sofort wieder zurückgeeilt. Noch auf der Schwelle hatte er hingehorcht – und es war ihm eiskalt den Rücken hinabgelaufen: Die Frequenz stimmte nicht, das Signal kam jetzt schneller, nicht so langsam wie vorher. Das konnte nur eines bedeuten: Der Augenblick, auf den er so lange gewartet hatte, war eingetreten, als er fort gewesen war. Ängstlich blickte er zur Tür, ob jemand vielleicht zusah, wählte eilig neu und drückte das Ohr gegen den Hörer.

Aus dem Apparat drang ein Klicken, und das Läuten begann erneut von vorne, im gewohnten Rhythmus. Seither war das Besetztzeichen nicht wieder aufgetreten, und abgehoben hatte auch niemand. Doch den Hörer hinzulegen wagte Artjom nie wieder, nur ab und zu führte er ihn von dem einen, schon ganz heißen Ohr an das andere, krampfhaft bemüht, sich nicht zu verzählen.

Die Obrigkeit hatte er von dem Vorfall nicht unterrichtet, auch war er sich selbst gar nicht mehr sicher, ob er damals wirklich etwas anderes gehört hatte als den ewig gleichen Rhythmus. Sein Befehl lautete: Anrufen, und schon seit einer Woche lebte er nur für diese Aufgabe. Jeglicher Verstoß würde ihn vors Tribunal bringen, und dort machte man keinen Unterschied zwischen einem Fehler und Sabotage.

Das Telefon half ihm zudem, sich zu orientieren, wie lange er noch zu sitzen hatte. Artjom hatte keine eigene Uhr, doch als ihn der Kommandeur einwies, hatte er auf dessen Uhr erkennen können, dass sich das Signal alle fünf Sekunden wiederholte. Zwölf Töne waren also eine Minute, 720 eine Stunde, 13 680 eine Schicht. Wie kleine Sandkörner schienen sie aus einem riesigen Glaskolben in ein zweites, bodenloses Gefäß zu rieseln. Und in dem engen Hals dazwischen steckte Artjom und lauschte der Zeit.

Den Hörer legte er nur deshalb nicht hin, weil der Kommandeur jeden Augenblick vorbeikommen konnte, um zu kontrollieren. Andernfalls ... Was er da tat, war absolut sinnlos. Am anderen Ende der Leitung war offenbar niemand mehr am Leben. Wenn Artjom die Augen schloss, sah er wieder das gleiche Bild ...

Er sah das von innen verbarrikadierte Büro des Stationsvorstehers und diesen, das Gesicht auf die Tischplatte gedrückt, die Makarow noch in der Hand. Mit seinen durchschossenen Ohren konnte er das Signal des Telefons nicht mehr hören. Die da draußen hatten die Tür nicht einbrechen können, doch durch die Schlüssellöcher und Türspalten drang das verzweifelte Rasseln des alten Apparats nach außen, kroch über den Bahnsteig, auf dem all die aufgeblähten Leichen lagen ... Eine Zeit lang hatte man das Telefon gar nicht hören können, so undurchdringlich war der Lärm der Menge, das Schlurfen der Schritte, das Weinen der Kinder, doch jetzt störte kein anderes Geräusch die Ruhe der Toten. Nur die allmählich ersterbenden Notstromaggregate verbreiteten noch ihr rotes Blinklicht.

Das Läuten.

Wieder.

Tausendfünfhundertdreiundsechzig. Tausendfünfhundertvierundsechzig.

Keine Reaktion.

## 11
## Geschenke

»Dein Bericht!« Man konnte sagen, was man wollte: Für eine Überraschung war der Kommandeur immer gut. In der Garnison erzählte man sich Legenden über ihn. Einst Söldner, war er bekannt für seinen geschickten Umgang mit Hieb- und Stichwaffen sowie berüchtigt dafür, dass er sich jederzeit in nichts auflösen konnte. Damals, noch bevor er sich an der *Sewastopolskaja* niederließ, hatte er die Außenposten feindlicher Stationen im Alleingang niedergemetzelt, indem er kleinste Unaufmerksamkeiten der Wachleute ausnutzte.

Artjom sprang auf, klemmte den Hörer mit der Schulter gegen sein Ohr, salutierte und unterbrach – nicht ohne ein gewisses Bedauern – seine Zählung. Der Kommandeur trat an den Dienstplan heran, blickte auf seine Uhr, trug neben dem Datum – 3. November – die Ziffern »9 : 22« ein, unterschrieb und wandte sich Artjom zu.

»Melde gehorsamst: Nichts. Ich meine, es geht niemand ran.«

»Schweigen?« Der Kommandeur mahlte mit den Kiefern und lockerte knackend seine Halsmuskeln. »Ich kann es einfach nicht glauben.«

»Was?«, fragte Artjom beunruhigt.

»Dass es die *Dobryninskaja* schon erwischt haben soll. Könnte die Seuche schon die Hanse erreicht haben? Kapierst du, was los ist, wenn es die Ringlinie erwischt?«

»Aber wir wissen doch gar nichts Genaues«, erwiderte Artjom unsicher. »Vielleicht hat es ja tatsächlich schon begonnen. Wir haben keinen Kontakt.«

»Und was, wenn die Leitung beschädigt ist?« Der Kommandeur bückte sich und begann mit den Fingern auf den Tisch zu klopfen.

»Aber dann wäre es doch so wie mit der Leitung zur Basis.« Artjom nickte in Richtung des Tunnels, der zur *Sewastopolskaja* führte. »Die ist komplett tot. Hier kommen wenigstens noch die Klingeltöne. Das heißt, die Technik funktioniert.«

»Nur dass die Basis uns anscheinend nicht mehr braucht«, sagte der Kommandeur ruhig. »Von dort lässt sich niemand mehr vor dem Tor blicken. Vielleicht gibt es ja gar keine Basis mehr. Und auch keine *Dobryninskaja*. Hör zu, Popow, wenn dort niemand mehr lebt, krepieren auch wir bald, und zwar alle. Niemand wird uns zu Hilfe kommen. Wozu dann noch die Quarantäne? Vielleicht sollten wir drauf pfeifen, was meinst du?« Wieder bewegten sich seine Kiefer.

Artjom erschrak. Was für ketzerische Worte! Unwillkürlich musste er an die Angewohnheit des Kommandeurs denken, Deserteuren zuerst in den Bauch zu schießen, bevor er ihnen ihr Urteil verlas. »Nein, Herr Kommandeur, die Quarantäne ist notwendig.«

»Soso ... Heute sind wieder drei krank geworden. Zwei von hier und einer von uns. Und Akopow ist tot.«

»Akopow?« Artjom schluckte und schloss die Augen. Sein Mund fühlte sich trocken an.

»Hat sich den Kopf am Gleis eingeschlagen«, fuhr der Kommandeur mit der gleichen ruhigen Stimme fort. »Er meinte, er hält den Schmerz nicht mehr aus. Nicht der erste Fall. Muss schon teuflisch wehtun, wenn man 'ne halbe Stunde lang auf den Knien versucht, sich den Schädel zu zertrümmern, was?«

»Jawohl.« Artjom drehte sich der Kopf.

»Und bei dir? Übelkeit? Schwächegefühl?«, fragte der Kommandeur besorgt und leuchtete ihm mit einer kleinen Taschenlampe ins Gesicht. »Mach mal den Mund auf. Sag ›Aaah‹. Fein. Hör mal, Popow, sorg dafür, dass da endlich einer abnimmt. Da muss endlich einer abnehmen, Popow, an der *Dobryninskaja*, und die sollen dir sagen, dass sie an der Hanse einen Impfstoff haben und dass ihre Sanitätsbrigaden bald hier sein werden. Und dass sie die Gesunden hier rausholen werden. Und die Kranken heilen. Und dass wir nicht ewig in dieser Hölle bleiben werden. Dass wir wieder nach Hause kommen, zu unseren Frauen. Du zu deiner Galja, und ich zu Aljona und Vera. Kapiert?«

»Jawohl.« Artjom nickte verkrampft.

»Rühren.«

Sein langes Messer hatte das Gewicht des herabstürzenden Biests nicht ausgehalten und war direkt über dem Griff abgebrochen. Die Klinge war so tief in den Rumpf der Kreatur eingedrungen, dass man erst gar nicht versucht hatte, sie dort wieder herauszuziehen. Der Kahle selbst, dessen ganzer Körper von den Krallen der Bestie durchfurcht war, war schon fast drei Tage bewusstlos.

Sascha konnte ihm nicht helfen, aber sie musste ihn trotzdem sehen. Wenigstens um ihm zu danken, selbst wenn er sie nicht hören konnte. Doch die Ärzte ließen sie nicht zu ihm. Sie sagten, der Verwundete brauche jetzt vor allem Ruhe.

Sie wusste nicht genau, warum der Kahle die Leute auf der Draisine umgebracht hatte. Aber wenn er geschossen hatte, um

Sascha zu retten, so war das für sie Rechtfertigung genug. Sie versuchte, daran zu glauben, doch es gelang ihr nicht. Wahrscheinlicher war eine andere Erklärung: Anstatt zu bitten, tötete er lieber.

An der *Pawelezkaja* jedoch war alles ganz anders gewesen: Er war Sascha gefolgt und sogar bereit gewesen für sie zu sterben. Also hatte sie sich doch nicht geirrt. Gab es tatsächlich eine Verbindung zwischen ihnen?

Als er ihr damals, an der *Kolomenskaja*, nachgerufen hatte, hatte sie eine Kugel erwartet, nicht die Aufforderung, mit ihnen zu kommen. Doch als sie sich folgsam umgedreht hatte, hatte sie gleich eine Veränderung an ihm bemerkt, obwohl sein furchterregendes Gesicht wie immer keine Regung gezeigt hatte. Es waren seine Augen gewesen: Plötzlich hatte durch diese unbeweglichen schwarzen Pupillen jemand anders auf sie geblickt. Jemand, der sich für sie interessierte.

Jemand, dem sie jetzt ihr Leben verdankte.

Sollte sie ihm ihren Silberring geben, mit derselben Andeutung wie damals ihre Mutter? Was, wenn der Kahle das Zeichen nicht verstand? Aber wie sollte sie ihm sonst danken?

Ihm ein Messer zu schenken, als Ersatz für jenes, das er um ihretwillen verloren hatte, war zumindest etwas. Als sie, ganz erleuchtet von diesem einfachen Gedanken, vor dem Laden des Waffenschmieds stand und sich vorstellte, wie sie ihm die Klinge überreichte, wie er sie dabei ansehen, was er sagen würde, vergaß sie völlig, dass sie damit einem Mörder ein neues Werkzeug kaufte, mit dem er Kehlen durchschneiden und Bäuche aufschlitzen würde.

Nein, in diesem Augenblick war er für sie kein Bandit, sondern ein Held, kein Killer, sondern ein Krieger, vor allem aber – ein Mann. Und dann hatte sich noch ein weiterer undeutlicher, mehr erahnter Gedanke in ihrem Kopf gedreht: Seit seine Klinge zerbrochen war, wollte er einfach nicht zu sich kommen. Vielleicht, wenn er wieder ein ganzes Messer hatte … wie ein Amulett … Also hatte sie es gekauft.

Und nun, wie sie so vor seinem Bett stand und das Geschenk hinter ihrem Rücken verbarg, hoffte Sascha, dass er auf sie reagierte oder zumindest die Nähe der Schneide verspürte. Der Kahle zuckte hin und her, machte krächzende Geräusche, begann einzelne Worte zu stöhnen, erwachte jedoch nicht. Die Finsternis hatte ihn fest im Griff.

Bis jetzt hatte Sascha seinen Namen kein einziges Mal ausgesprochen, weder laut noch zu sich selbst. Nun flüsterte sie ihn, wie zur Probe, und dann sagte sie: »Hunter.«

Der Kahle wurde still, er schien zu horchen, als befände sie sich unvorstellbar weit weg und ihre Stimme dränge als kaum wahrnehmbares Echo an sein Ohr, doch er antwortete nicht. Sascha wiederholte es noch einmal, lauter, nachdrücklicher. Sie würde nicht nachgeben, bis er die Augen öffnete. Sie wollte sein Tunnellicht sein.

Vom Gang aus ertönte ein überraschter Aufschrei, Stiefel begannen auf dem Boden zu scharren. Schnell ging Sascha in die Hocke und legte das Messer auf den kleinen Tisch am Kopfende der Liege. »Das ist für dich«, sagte sie.

Plötzlich umschlossen stählerne Finger ihre Hand mit einem Griff, der in der Lage war, ihr sämtliche Knochen zu brechen. Die Augen des Verletzten waren geöffnet, doch sein Blick irrte sinnlos umher. »Danke«, murmelte er.

Das Mädchen machte keine Anstalten, sich aus der Falle zu befreien.

»Was machst du da?« Ein schlaksiger Bursche in einem speckigen weißen Kittel rammte dem Kahlen eine Spritze in den Arm, sodass dieser augenblicklich schlaff wurde. Dann riss der Krankenpfleger Sascha in die Höhe und zischte mit zusammengepressten Zähnen: »Begreifst du nicht? Sein Zustand … Der Arzt hat verboten …«

»Du bist es, der nichts kapiert! Er braucht etwas, woran er sich festhalten kann. Von euren Spritzen werden ihm nur die Hände schwach …«

Der Krankenpfleger stieß Sascha zum Ausgang, doch diese lief einige Schritte voraus, wandte sich um und blitzte ihn mit zornigen Augen an.

»Dass ich dich hier nie wieder sehe! Und was ist das hier?« Er hatte das Messer bemerkt.

»Das … gehört ihm«, stammelte Sascha. »Ich habe es ihm gebracht. Wenn er nicht gewesen wäre … hätten mich diese Tiere in Stücke gerissen.«

»Und mich reißt der Doktor in Stücke, wenn er das erfährt«, knurrte der Pfleger. »Los, zieh Leine!«

Sascha zögerte einen Augenblick, wandte sich erneut Hunter zu, der jetzt tief betäubt schlief, und beendete, was sie hatte sagen wollen: »Danke. Du hast mich gerettet.«

Dann, als sie das Zimmer verließ, hörte sie plötzlich seine heisere Stimme: »Ich wollte es nur töten … das Ungeheuer …«

Die Tür schlug ihr ins Gesicht, und der Schlüssel klirrte im Schloss.

Das Messer war für etwas anderes bestimmt. Das begriff Homer sofort, als er hörte, wie sie den fiebernden Brigadier rief: fordernd, sanft und klagend zugleich. Zuerst hatte er sich einmischen wollen, doch dann besann er sich und zog sich zurück – hier gab es niemanden, den er beschützen musste. Alles was er tun konnte, war, sich so schnell wie möglich zu verziehen, um Sascha nicht zu verscheuchen.

Vielleicht hatte sie ja recht. An der *Nagatinskaja* hatte Hunter seine Gefährten einfach vergessen, sie den geisterhaften Zyklopen zum Fraß vorgeworfen. Doch in diesem Kampf … Womöglich bedeutete ihm das Mädchen tatsächlich etwas?

Nachdenklich schlenderte Homer den Gang entlang zu seinem Krankenzimmer. Ein Pfleger kam ihm entgegen und rempelte ihn an, doch der Alte bemerkte es nicht einmal.

Es war Zeit, Sascha den Gegenstand zu geben, den er für sie gekauft hatte. Wie es aussah, würde sie ihn bald brauchen können.

Aus der Tischschublade holte er ein Päckchen und drehte es in den Händen. Nach ein paar Minuten stürzte das Mädchen herein, nervös, verwirrt und wütend. Sie setzte sich auf ihr Bett, zog die Beine hoch und starrte in die Ecke. Homer wartete, ob das Gewitter ausbrechen oder vorbeiziehen würde. Sascha schwieg und begann ihre Fingernägel zu kauen. Es war Zeit zu handeln.

»Ich habe ein Geschenk für dich.« Der Alte kam hinter dem Tisch hervor und legte das Bündel neben dem Mädchen auf die Bettdecke.

»Wozu?«, schnappte sie, ohne ihr Schneckenhaus zu verlassen.

»Wozu machen sich Menschen Geschenke?«

»Um für Gutes zu bezahlen«, erwiderte Sascha überzeugt. »Das man bekommen hat oder das man braucht.«

»Dann sagen wir eben, dass ich dich für das Gute bezahle, das du mir bereits gegeben hast.« Homer lächelte. »Um mehr bitte ich dich nicht.«

»Ich habe dir gar nichts gegeben«, entgegnete das Mädchen.

»Und was ist mit meinem Buch?« Er setzte eine scherzhaft beleidigte Miene auf. »Ich habe dich schon darin aufgenommen. Also müssen wir jetzt abrechnen. Ich bin ungern etwas schuldig. Nun komm schon, pack es aus.«

»Ich schulde auch nicht gerne was«, sagte Sascha und riss die Verpackung auf. »Was ist das? Oh!«

In ihrer Hand hielt sie eine rote Plastikscheibe, ein flaches Kästchen, dessen beide Hälften sich aufklappen ließen. Früher einmal war es eine billige Reisepuderdose gewesen, doch die beiden Fächer – für den Puder und das Rouge – waren längst leer. Dafür war der Spiegel auf der Innenseite des Deckels bestens erhalten.

»Hier sieht man sich besser als in einer Pfütze.« Sascha musterte mit großen Augen ihr Spiegelbild. Es sah seltsam aus. »Wozu hast du es mir gegeben?«

»Manchmal bringt es etwas, sich von der Seite zu betrachten.« Homer schmunzelte. »Man versteht viel von sich selbst.«

»Was soll ich denn von mir verstehen?« Saschas Stimme war wieder vorsichtig geworden.

»Es gibt Menschen, die in ihrem Leben noch nie ihr eigenes Spiegelbild gesehen haben und sich deshalb für jemand ganz anderes halten. Von innen sieht man das manchmal schlecht, und es ist keiner da, der einen darauf hinweisen kann. Diese Menschen leben so lange mit ihrem Irrtum, bis sie zufällig auf einen Spiegel stoßen. Und wenn sie dann vor ihrem Spiegelbild stehen, können sie oft gar nicht glauben, dass sie sich selbst sehen.«

»Und wen sehe ich?«

»Sag du's mir.« Er verschränkte die Arme vor der Brust.

»Mich selbst. Na ja … ein Mädchen.« Um sich zu vergewissern, drehte sie dem Spiegel erst die eine Wange zu, dann die andere.

»Eine junge Frau«, verbesserte Homer. »Und zwar eine ziemlich ungepflegte.«

Sie drehte sich noch ein paarmal hin und her, dann blitzte sie Homer an, schien etwas fragen zu wollen, überlegte es sich anders, schwieg kurz, nahm ihren Mut zusammen und platzte heraus: »Bin ich hässlich?«

Der Alte räusperte sich. Nur mit Mühe hielt er seine Mundwinkel im Zaum. »Schwer zu sagen. Unter all dem Schmutz ist das schlecht zu erkennen.«

Sascha hob die Augenbrauen. »Was ist das Problem? Haben Männer etwa kein Gefühl dafür, ob eine Frau schön ist oder nicht? Muss man euch immer alles zeigen und erklären?«

»Scheint so. Und genau das nutzen die Frauen oft aus, um uns zu betrügen.« Homer musste lachen. »Ein Make-up kann bei einem weiblichen Gesicht Wunder bewirken. Aber in deinem Fall geht es nicht darum, das Porträt zu restaurieren, sondern vielmehr darum, es freizulegen. Wenn von einer antiken Statue nur die Ferse aus der Erde ragt, lässt sich wenig über ihr Aussehen sagen.« Dann fügte er versöhnlich hinzu: »Obwohl sie mit großer Wahrscheinlichkeit wunderschön ist.«

»Was heißt ›antik‹?«, fragte Sascha misstrauisch.

»Alt.« Homer amüsierte sich noch immer.

»Ich bin erst siebzehn!«

»Das lässt sich erst später feststellen. Nach der Ausgrabung.«

Der Alte setzte sich mit unbewegtem Gesicht zurück an seinen Tisch, öffnete das Notizbuch auf der letzten beschriebenen Seite und begann seine Aufzeichnungen noch einmal durchzulesen. Allmählich verfinsterte sich seine Miene.

Wenn man sie jemals ausgrub … Das Mädchen, ihn selbst und alle anderen. Früher hatte er oft darüber nachgedacht: Was, wenn nach Tausenden von Jahren Archäologen die Ruinen des alten Moskau erforschten, von dem man nicht einmal mehr den Namen kannte, und einen der Zugänge zu den unterirdischen Labyrinthen entdeckten? Wahrscheinlich würden sie vermuten, auf ein gigantisches Massengrab gestoßen zu sein. Kaum jemand würde glauben, dass in diesen dunklen Katakomben Menschen gelebt hatten. Sie würden zu dem Schluss kommen, dass diese einst hochentwickelte Kultur gegen Ende ihrer Existenz stark degradiert war, wenn sie ihre Anführer in einer Gruft mit allem Hausrat, Waffen, Bediensteten und Konkubinen bestattete.

Sein Buch hatte noch etwas mehr als achtzig freie Seiten. Ob das reichen würde, um beide Welten dort unterzubringen: jene, die an der Oberfläche lag, und jene, die sich in der Metro befand?

»Hörst du mich nicht?« Das Mädchen schüttelte ihn am Arm.

»Was? Entschuldige, ich war in Gedanken.« Er wischte sich die Stirn.

»Sind antike Statuen wirklich schön? Ich meine, was die Menschen früher schön fanden, ist es das auch heute noch?«

Der Alte zuckte mit den Schultern. »Ja.«

»Und morgen auch?«

»Gut möglich. Wenn dann noch jemand da ist, um das zu beurteilen.«

Sascha verstummte und dachte nach. Homer trieb das Gespräch nicht voran, sondern tauchte wieder ab in seine eigenen Überlegungen.

Schließlich fragte sie erstaunt: »Das heißt, ohne den Menschen gibt es gar keine Schönheit?«

»Wahrscheinlich nicht«, erwiderte er zerstreut. »Wenn keiner sie sehen kann … Tiere sind ja nicht in der Lage …«

»Aber wenn sich die Tiere vom Menschen dadurch unterscheiden, dass sie keinen Unterschied machen zwischen dem Schönen und dem Hässlichen, kann der Mensch dann ohne Schönheit überhaupt existieren?«

Der Alte schüttelte den Kopf. »Doch, durchaus. Es gibt viele, die sie nicht brauchen.«

Jetzt holte das Mädchen einen seltsamen Gegenstand aus ihrer Tasche: ein kleines quadratisches Stück Plastik mit einer Zeichnung darauf. Schüchtern und stolz zugleich, als zeige sie ihm einen großen Schatz, hielt sie es Homer hin.

»Was ist das?«

»Sag du's mir.« Ein schlaues Lächeln huschte über ihr Gesicht.

»Na ja« – er nahm das Plastikquadrat vorsichtig entgegen, las die Aufschrift und gab es dem Mädchen zurück – »das ist die Verpackung eines Teebeutels. Mit einem Bildchen drauf.«

»Einem Bild«, korrigierte sie ihn und fügte hinzu: »Einem schönen Bild. Wenn es nicht gewesen wäre, ich wäre … zum Tier geworden.«

Homer sah sie an. Er spürte, wie sich seine Augen mit Tränen füllten und ihm das Atmen schwerer fiel. Sentimentaler Idiot!, geißelte er sich. Er räusperte sich laut und seufzte. »Bist du noch nie an der Oberfläche gewesen, in der Stadt? Ich meine, außer diesem einen Mal?«

»Na und?« Sascha steckte das Päckchen wieder zurück. »Willst du mir sagen, dass es dort gar nicht so ist wie auf dem Bild? Dass es so was gar nicht gibt? Das weiß ich selber. Ich weiß, wie die Stadt aussieht – die Häuser, die Brücke, der Fluss. Wüst und leer.«

»Ganz und gar nicht«, entgegnete Homer. »Ich habe nie etwas Schöneres gesehen. Du tust so, als wolltest du die ganze Metro anhand einer einzigen Bahnschwelle beurteilen. Wie soll ich es dir beschreiben? Gebäude, höher als jeder Felsen. Große Straßen, auf denen es brodelt wie in einem Bergbach. Ein niemals erlöschender Himmel, leuchtende Nebel … Eine ehrgeizige, kurzlebige Stadt, genauso wie jeder Einzelne von ihren Millionen Einwohnern. Verrückt, chaotisch. Geprägt von dem Versuch, das Unvereinbare zu vereinigen, erbaut ohne jeglichen Plan. Nicht ewig, denn Ewigkeit ist kalt und unbeweglich. Aber dafür so lebendig!« Er ballte die Fäuste, dann winkte er ab. »Du kannst das nicht verstehen. Mit eigenen Augen müsstest du es sehen …« In diesem Moment war er überzeugt, dass Sascha nur an die Oberfläche gehen musste, damit ihr all das erschien, was er soeben beschrieben hatte. Es kam ihm gar nicht in den Sinn, dass sie die Stadt nie in ihrem damaligen, lebendigen Zustand gesehen hatte.

Homer hatte mit jemandem gesprochen, und man hatte sie – unter Bewachung, wie zur Hinrichtung – durch die Absperrungen der Hanse und die gesamte dortige Station bis zu den Diensträumen geführt, wo sich die Badezimmer befanden.

Das Einzige, was die beiden *Pawelezkajas* gemeinsam hatten, war der Name. Sie waren wie zwei Schwestern, die man nach der Geburt getrennt hatte, und die eine war in einer reichen Familie aufgewachsen, die andere hingegen an einem verarmten Zwischenhalt oder überhaupt im Tunnel. Die Radialstation war zwar schmutzig und heruntergekommen, dafür aber leicht und geräumig. Die Ringstation machte einen eher geduckten, kantigen Eindruck, war jedoch anständig beleuchtet und auf Hochglanz poliert, was auf ein geschäftsmäßiges, ja penibles Naturell rückschließen ließ. Zu dieser Stunde war dort nicht viel los; wer nicht arbeitete, schien den Rummel der Radialstation der gesitteten Strenge des Rings vorzuziehen.

Im Umkleideraum war Sascha allein. An den Wänden sah sie gelbe Kacheln und auf dem Boden sechseckige, teils zersplitterte Fliesen, außerdem gab es hier lackierte Eisenschränke für Schuhe und Kleidung, eine Glühbirne an einem struppigen Kabel, zwei Bänke, bezogen mit zerschnittenem Kunstleder … Sie konnte sich gar nicht daran sattsehen.

Eine hagere Bademeisterin reichte ihr ein unglaublich weißes Handtuch sowie ein schweres, quaderförmiges Stück grauer Seife. Und sie erlaubte ihr sogar, die Dusche von innen zu verriegeln.

Die kleinen Quadrate des Handtuchs, der leicht eklige Seifengeruch – all das gehörte einer ganz, ganz fernen Vergangenheit an, als Sascha noch die geliebte und behütete Tochter des Kommandanten gewesen war. Sie hatte bereits vergessen, dass all diese Dinge noch immer irgendwo existierten.

Sie schlüpfte hastig aus ihrer vor Schmutz starrenden Latzhose, zog ihr T-Shirt über den Kopf, ließ die Unterhose fallen und hüpfte zu dem rostigen Rohr mit dem Ausguss Marke Eigenbau hinüber. Mit einiger Kraft drehte sie das Ventil auf, wobei sie sich beinahe die Finger verbrannt hätte – das Wasser war kochend! Sie drückte sich an die Wand, um den heißen Spritzern auszuweichen, und drehte an dem anderen Hahn. Endlich hatte sie die richtige Mischung beisammen, hörte auf herumzutanzen … und löste sich im Wasser auf.

Mit dem schaumigen Wasser flossen Staub, Asche, Maschinenöl und Blut – sowohl Saschas als auch das anderer Menschen –, Müdigkeit und Verzweiflung, Schuld und Sorge durch das Abflussgitter. Es dauerte eine Weile, bis das Rinnsal allmählich heller wurde.

Genügte das, damit der Alte sie nicht mehr verspottete? Sascha blickte auf ihre rosigen, aufgeweichten Füße, als wären es nicht ihre eigenen, dann betrachtete sie ihre ungewöhnlich weißen Hände. Genügte das, damit die Männer ihre Schönheit erblickten?

Vielleicht hatte Homer ja recht gehabt, und es war töricht gewesen, den Verletzten zu besuchen, ohne sich vorher einigermaßen zurechtzumachen. Wahrscheinlich musste sie diese Dinge noch lernen.

Ob er bemerken würde, dass Sascha sich verändert hatte? Sie drehte die Wasserhähne zu, ging in den Umkleideraum zurück, klappte ihren neuen Spiegel auf … Nein, es war unmöglich, dies nicht zu bemerken!

Das heiße Wasser hatte sie entspannt und all ihre Zweifel

beseitigt. Was der Kahle über das Ungeheuer gesagt hatte, war nicht für sie bestimmt gewesen, sondern war Teil einer heftigen Auseinandersetzung gewesen, die er im Traum austrug. Er hatte sie nicht verstoßen. Sie würde nur abwarten müssen, bis er wieder zu sich kam. Wenn sie in diesem Augenblick bei ihm war, würde er sogleich verstehen. Und was dann? Warum sollte sie jetzt daran denken? Er war erfahren genug, dass sie sich ihm in allem anvertrauen konnte.

Sie dachte daran, wie der Kahle sich im Fieber gewälzt hatte. Sie wusste, ohne es erklären zu können, dass Hunter sie suchte. Sie konnte ihn zur Ruhe bringen, ihm Erleichterung verschaffen, ihm helfen, sein Gleichgewicht zu finden. Sie spürte eine Wärme in sich aufsteigen, je mehr sie an ihn dachte.

Die speckige Latzhose hatte man ihr abgenommen und versprochen, sie zu waschen. Stattdessen bekam sie eine abgewetzte hellblaue Jeans und einen löchrigen Rollkragenpulli überreicht. Die neue Kleidung war ihr zu eng, und während man sie durch die Grenzposten zurück ins Lazarett führte, blieben die Blicke aller Männer an ihr haften, sodass Sascha, als sie bei ihrem Bett ankam, sich fühlte, als müsste sie gleich noch einmal unter die Dusche gehen.

Der Alte war nicht im Zimmer, doch sie blieb nicht lange allein. Nach wenigen Minuten öffnete sich die Tür, und der Arzt sah herein.

»Sie können ihn jetzt besuchen«, sagte er. »Er ist aufgewacht.«

»Was für ein Datum ist heute?«

Der Brigadier stützte sich mit dem Ellenbogen auf, bewegte schwer den Kopf hin und her und starrte Homer an. Dieser fasste sich unwillkürlich ans Handgelenk, obwohl er längst keine Uhr mehr trug, und breitete die Arme aus.

Der Krankenpfleger sprang ein. »Der Zweite. November.«

»Drei Tage.« Hunter fiel aufs Kissen zurück. »Drei Tage bin ich herumgelegen. Wir müssen los, sonst kommen wir zu spät.«

»Du kommst nicht weit«, sagte der Pfleger. »Du hattest kaum noch Blut in dir.«

»Wir müssen los«, wiederholte der Brigadier. »Die Zeit wird knapp … Die Banditen …« Plötzlich stutzte er. »Wozu brauchst du den Atemschutz?«

Homer war auf die Frage gefasst. Ganze drei Tage hatte er gehabt, um seine Verteidigungslinien aufzubauen und den Gegenangriff zu organisieren. Hunters Bewusstlosigkeit hatte ihn vor unnötigen Bekenntnissen bewahrt – nun hatte er eine wohldurchdachte Lüge parat.

Er beugte sich über das Bett des Verwundeten und flüsterte: »Es gibt keine Banditen. Während du im Fieber lagst … hast du die ganze Zeit geredet. Ich weiß alles.«

»Was weißt du?« Hunter packte ihn am Kragen und zog ihn zu sich.

»Von der Epidemie an der *Tulskaja* … Es ist schon in Ordnung.« Homer winkte dem Pfleger zu, der ihm zu Hilfe eilen wollte. »Ich schaffe das schon. Ich muss mit ihm reden. Wären Sie so freundlich …«

Widerstrebend gab der Pfleger nach, setzte die Kappe wieder auf die Kanüle und ließ sie allein.

»Von der *Tulskaja* …« Hunter fixierte Homer noch immer mit seinen irren, entzündeten Augen, aber sein eiserner Griff lockerte sich allmählich. »Sonst nichts?«

»Nur dass an der Station eine unbekannte Infektion ausgebrochen ist. Dass sie durch die Luft übertragen wird. Und dass unsere Leute eine Quarantäne verhängt haben und auf Hilfe warten.«

»Soso. Na gut …« Der Brigadier ließ ihn los. »Ja, es ist eine Epidemie. Und du fürchtest also, dich anzustecken?«

»Sei auf der Hut, dann hilft dir Gott«, erwiderte Homer vorsichtig.

»Jaja. Ist schon gut … Ich war nicht nah dran, und der Luftzug ging in ihre Richtung … Es dürfte nichts passiert sein.«

Homer fasste Mut. »Wozu diese ganze Geschichte mit den Banditen? Was hast du vor?«

»Erst zur *Dobryninskaja*, verhandeln. Dann die *Tulskaja* säubern. Wir brauchen Flammenwerfer. Anders geht es nicht …«

»Die ganze Station ausräuchern? Und was ist mit unseren Leuten?« Homer hoffte, dass diese Worte nur ein weiteres Ablenkungsmanöver das Brigadiers waren, wie all das, was er der Führung der *Sewastopolskaja* aufgetischt hatte.

»Die sind sowieso lebende Leichen. Es gibt keinen Ausweg. Alle Kontaktpersonen sind infiziert. Die ganze Luft. Ich habe von dieser Krankheit gehört …« Hunter schloss die Augen und fuhr sich mit der Zunge über die aufgeplatzten Lippen. »Es gibt kein Gegenmittel. Vor ein paar Jahren gab es schon mal einen Ausbruch. Zweitausend Tote.«

»Aber dann hörte die Krankheit doch wieder auf?«

»Es gab eine Belagerung. Flammenwerfer.« Der Brigadier wandte Homer sein verunstaltetes Gesicht zu. »Es gibt kein anderes Mittel. Wenn sie ausbricht und nur ein einziger Mensch durchkommt … dann sind wir alle am Ende. Ja, das mit den Banditen war gelogen. Anders hätte ich Istomin niemals die Genehmigung abringen können, sie alle zu töten. Er ist zu weich. Ich werde Leute holen, die keine Fragen stellen.«

»Aber vielleicht gibt es ja doch Menschen, die dagegen immun sind? Was ist, wenn dort noch Gesunde sind? Ich … Du hast gesagt … Vielleicht können wir dort noch jemanden retten …«

»Es gibt keine Immunität«, unterbrach der Brigadier heftig. »Alle Kontaktpersonen stecken sich an. Es gibt dort keine Gesunden mehr, nur solche, die es länger aushalten. Und für die wird es nur noch schlimmer. Sie werden sich länger quälen müssen. Glaub mir, es ist besser für sie, wenn ich ... wenn sie umgebracht werden.«

»Und was bringt dir das?« Homer rückte von Hunters Liege ab. Der Brigadier senkte müde die Lider – und wieder fiel Homer auf, dass sich das Auge auf der entstellten Gesichtshälfte nicht ganz schloss. Hunter wartete so lange mit seiner Antwort, dass der Alte schon fast wieder den Arzt holen wollte.

Doch dann sprach der Brigadier langsam, gedehnt, mit zusammengepressten Zähnen, als hätte ihn ein Hypnotiseur auf die Suche nach verlorenen Erinnerungen in eine unendlich ferne Vergangenheit geschickt: »Ich muss. Die Menschen schützen. Jede Gefahr beseitigen. Ich bin nur dazu da.«

Hatte er das Messer gefunden? Hatte er verstanden, dass es von ihr war? Was, wenn er das nicht erriet oder darin kein Versprechen sah? Sie flog den Gang entlang und verscheuchte diese ärgerlichen Gedanken. Sie hatte keine Ahnung, was sie zu ihm sagen würde ... Wie schade, dass sie nicht an seinem Bett gestanden hatte, als er zu sich gekommen war ...

Sascha hatte fast das ganze Gespräch mitbekommen. Still hatte sie an der Schwelle gelauscht und war zusammengezuckt, als er von den Tötungen gesprochen hatte. Natürlich verstand sie nicht alles, aber das brauchte sie auch nicht. Das Wichtigste hatte sie gehört. Es gab keinen Grund, noch länger zu warten, also klopfte sie laut an die Tür.

Als sich der Alte nach ihr umdrehte, stand Verzweiflung in seinem Gesicht. Er bewegte sich kaum, als hätte man diesmal ihm eine Beruhigungsspritze verpasst, die die Flamme in seinen Augen gelöscht hatte. Er nickte Sascha willenlos zu – es sah aus, wie wenn bei einem Todeskandidaten der Kopf vom Strick nach oben gerissen wird.

Das Mädchen setzte sich auf den Rand des Hockers, biss sich auf die Lippe und hielt den Atem an, bevor sie diesen neuen, unerforschten Tunnel betrat. »Gefällt dir mein Messer?«

»Was für ein Messer?« Der Kahle sah sich um und erblickte die schwarze Klinge. Er rührte sie nicht an, sondern beäugte Sascha misstrauisch. »Was soll das?«

Es war, als hätte ihr jemand ins Gesicht geschlagen. »Das ist für dich. Deins ist kaputtgegangen. Als du … Danke …«

Einige Augenblicke lang hing ein unangenehmes Schweigen im Raum. Dann sagte der Kahle: »Seltsames Geschenk. Würde ich von niemandem annehmen.«

Aus seinen Worten glaubte sie eine Art Anspielung zu hören, etwas Mehrdeutiges, Unausgesprochenes. Sie nahm das Spiel an, ohne die Regeln genau zu kennen, und begann nach passenden Worten zu tasten. Was dabei herauskam, war ungeschickt, nicht stimmig, doch war Saschas Zunge es einfach nicht gewohnt, zu beschreiben, was in ihr vorging. »Spürst du auch, dass ich ein Stück von dir in mir trage? Das Stück, das sie dir herausgerissen haben … das du gesucht hast … das ich dir zurückgeben kann …«

»Was redest du da?«

Als hätte er sie mit eiskaltem Wasser übergossen. Sascha fröstelte, doch sie hielt stand. »Doch, du spürst es. Dass du mit mir wieder ganz wirst. Dass ich bei dir sein kann und muss. Warum hättest du mich sonst mitgenommen?«

»Ich hab meinem Partner einen Gefallen getan.« Seine Stimme war farblos und leer.

»Warum hast du mich vor den Leuten auf der Draisine beschützt?«

»Ich hätte sie sowieso getötet.«

»Und warum hast du mich dann vor dem Tier gerettet?«

»Ich musste sie alle vernichten.«

»Es hätte mich besser auffressen sollen!«

»Du freust dich gar nicht, dass du am Leben geblieben bist?«, fragte er erstaunt. »Dann brauchst du nur die Rolltreppe hochgehen. Da sind noch viele von denen.«

»Ich … Du willst, dass ich …«

»Ich will gar nichts von dir.«

»Ich werde dir helfen, damit aufzuhören!«

»Du klammerst dich an mich.«

»Aber fühlst du denn nicht, dass …«

»Ich fühle gar nichts.« Seine Worte schmeckten wie rostiges Wasser.

Selbst die furchtbare Klaue des bleichen Monsters hätte sie nicht so tief treffen können. Verwundet sprang Sascha auf und rannte hinaus.

Zum Glück war ihr Zimmer leer. Sie warf sich in eine Ecke und rollte sich zusammen, kramte in ihrer Tasche nach dem Spiegel, um ihn fortzuwerfen, doch fand ihn nicht; offenbar war er im Zimmer des Kahlen herausgefallen.

Als ihre Tränen getrocknet waren, wusste sie, was sie tun musste. Zum Packen brauchte sie nicht lange. Der Alte würde es ihr verzeihen, wenn sie seine Kalaschnikow mitnahm – er würde ihr alles verzeihen. In einem Nebenraum fand sie, von einem Haken hängend, ihren Schutzanzug, der gereinigt und dekontaminiert auf sie wartete. Als hätte ein Magier den toten Fettwanst ausgeweidet und dazu verflucht, Sascha auf ewig zu folgen und ihren Willen zu erfüllen.

Sie schlüpfte hinein, stampfte hinaus in den Korridor, durch den Übergang, hinauf auf den Bahnsteig. Irgendwo unterwegs streifte sie wieder ein flüchtiger Hauch jener magischen Musik, deren Quelle sie damals nicht hatte finden können. Auch jetzt hatte sie keine Zeit, sich auf die Suche zu machen. Nur einen Augenblick verharrte sie … doch dann überwand sie die Versuchung und ging weiter auf ihr Ziel zu.

Tagsüber gab es bei der Rolltreppe nur einen Posten. Solange es hell war, ließen die Kreaturen von der Oberfläche die Station in Ruhe.

Sascha brauchte nicht einmal fünf Minuten, um die Lage zu klären: Der Weg nach oben war immer offen. Unmöglich war es dagegen, über die Rolltreppe nach unten zu gelangen. Sie überließ dem gutmütigen Wachmann ein halbvolles MP-Magazin und stellte ihren Fuß auf die erste der Stufen, die direkt in den Himmel führten.

Dann raffte sie die viel zu weiten Hosenbeine und begann mit dem Aufstieg.

# 12
# Zeichen

Zu Hause, an der *Kolomenskaja*, war es bis zur Oberfläche gar nicht weit gewesen: exakt 56 flache Stufen. Die *Pawelezkaja* lag jedoch wesentlich tiefer unter der Erde. Während Sascha die knarzende, von Maschinengewehrsalven durchlöcherte Rolltreppe hinaufkletterte, konnte sie das Ende des Aufstiegs nicht erkennen – ihre Lampe war gerade stark genug, um die zersplitterten Lichtsäulen und die verrosteten, schief hängenden Tafeln mit den verdunkelten Gesichtern und den großen, sinnlosen Buchstaben darauf der Dunkelheit zu entreißen.

Wozu wollte sie dort hinauf? Wozu sterben?

Doch wer brauchte sie noch da unten? Wer brauchte sie wirklich, sie als Menschen, nicht als handelnde Person eines ungeschriebenen Buches?

Wozu sich weiter etwas vormachen …

Als Sascha den Leichnam ihres Vaters an der verwaisten *Kolomenskaja* zurückgelassen hatte, hatte sie geglaubt, sie würde den Fluchtplan erfüllen, den beide so lange gehegt hatten. Indem sie einen kleinen Teil von ihm mit sich trug, so dachte sie, würde sie auch ihm zur Freiheit verhelfen. Doch seither war er ihr kein einziges Mal im Traum erschienen, und wenn sie versuchte, sein Bild in ihrer Fantasie heraufzubeschwören, um mit ihm zu teilen, was sie gesehen und erlebt hatte, so war er ihr undeutlich und wortlos erschienen.

Ihr Vater konnte ihr also nicht verzeihen und wollte nicht, dass sie ihn auf diese Weise rettete.

Unter den Büchern, die er von Zeit zu Zeit mitbrachte und die sie wenn möglich las oder wenigstens durchblätterte, bevor sie sie für Nahrungsmittel und Patronen eintauschte, hatte es ihr ein altes botanisches Bestimmungsbuch besonders angetan. Die Illustrationen darin waren nicht gerade kunstvoll, nur vergilbte Schwarz-Weiß-Fotos und Bleistiftzeichnungen, aber in den anderen Büchern, die sie in die Finger bekam, hatte es überhaupt keine Bilder gegeben. Von allen Pflanzen waren ihr die Winden am liebsten. Oder besser: Sie fühlte sich ihnen nahe, empfand eine Art Seelenverwandtschaft zu ihnen. Genauso wie diese Blumen brauchte auch sie etwas, worauf sie sich stützen konnte. Um nach oben zu wachsen. Um ans Licht zu kommen.

Gerade jetzt hätte sie einen mächtigen Stamm gebraucht, an den sie sich lehnen, den sie umarmen konnte. Nicht, um von dem Saft eines fremden Körpers zu leben oder um ihm Licht und Wärme zu rauben, nein. Sie war einfach ohne ihn zu weich, zu biegsam – sie hatte zu wenig Rückgrat, um selbst gerade zu stehen. Allein auf sich gestellt, würde sie auf dem Boden kriechen müssen.

Ihr Vater hatte immer gesagt, sie dürfe sich von niemandem abhängig machen und niemandem vertrauen. Außer ihm hatte es an jenem gottverlassenen Ort niemanden gegeben, und er hatte gewusst, dass er nicht ewig leben würde. Er hätte es am liebsten gesehen, wenn sie nicht wie ein Efeu, sondern wie eine Schiffskiefer aufgewachsen wäre. Doch hatte er dabei vergessen, dass dies der weiblichen Natur widersprach.

Sascha hätte ohne ihn überlebt. Auch ohne Hunter. Aber die Vereinigung mit einem anderen Menschen war für sie der einzige Grund gewesen, an die Zukunft zu denken. Als sie den Brigadier auf der rasenden Draisine umschlungen hatte, hatte ihr Leben neuen Halt gewonnen. Sie erinnerte sich, dass es gefährlich war, sich anderen anzuvertrauen, und unwürdig, von ihnen abzuhängen. Umso mehr Überwindung hatte es sie gekostet, sich Hunter zu erklären.

Sascha hatte sich nur an ihn lehnen wollen, doch er hatte geglaubt, dass sie sich an seine Stiefel klammerte. Nun, da niemand sie stützte, und sie zudem noch in den Schmutz getreten worden war, erschien es ihr unter ihrer Würde, noch weiter zu suchen. Er hatte sie fortgejagt, gesagt, sie solle nach oben gehen – nun gut, dann sollte es eben so sein. Wenn ihr dort etwas geschah, so war es seine Schuld; es stand allein in seiner Macht, dies zu verhindern.

Endlich waren die Stufen zu Ende. Sascha stand am Rand eines großen Marmorsaals, dessen geriefte Metalldecke an einigen Stellen eingestürzt war. Durch die Löcher schlugen in einiger Entfernung grelle Strahlen herein. Sie waren von erstaunlicher, grauweißer Farbe, und ihre Spritzer flogen sogar bis in jene Ecke, in der Sascha stand. Sie löschte ihre Lampe, hielt den Atem an und ging leise weiter.

Spuren von Einschüssen und Splittereinschlägen an den Wänden am Ausgang der Rolltreppe deuteten darauf hin, dass hier Menschen gewesen waren. Doch schon wenige Schritte weiter herrschten andere Wesen. Aus den getrockneten Kothaufen und den überall verstreuten, abgenagten Knochen und Hautfetzen schloss Sascha, dass sie sich mitten in einer Höhle befand, die von wilden Tieren bewohnt wurde.

Sie verdeckte die Augen vor dem sengenden Licht und ging auf den Ausgang zu. Je näher sie der Lichtquelle kam, desto tiefer wurde die Finsternis in den entfernten Winkeln der riesigen Halle, die sie durchschritt. Sie gewöhnte sich also allmählich an das Licht, verlor dadurch jedoch ihr Gespür für die Dunkelheit.

Umgestürzte Kioske, Haufen aus unvorstellbarem Müll und alte, ausgeweidete technische Geräte füllten die anschließenden Säle. Offenbar hatten die Menschen diese Räume der *Pawelezkaja* als Umschlagplatz genutzt, um alles noch Brauchbare aus der Umgebung zu lagern – bis eines Tages stärkere Kreaturen sie von hier verdrängt hatten.

Zuweilen glaubte Sascha in den dunklen Ecken eine kaum wahrnehmbare Regung zu vernehmen, doch schob sie das auf ihre zunehmende Blindheit. Die dort nistende Finsternis war bereits zu dicht, als dass sie in den Müllbergen die Silhouetten schlafender Ungeheuer hätte entdecken können.

Ein gleichförmig wimmernder Luftzug übertönte das schwere Atmen, und Sascha bemerkte es erst, als sie nur wenige Meter an einem leicht schwankenden Haufen vorbeiging. Sie blieb reglos stehen, horchte angestrengt und starrte auf die Konturen eines umgestürzten Kiosks. Dort, zwischen dessen Bruchstücken, entdeckte sie einen seltsamen Buckel – und erstarrte.

Der Hügel, in dem das Häuschen begraben war, atmete. Auch fast alle anderen Haufen um sie herum schwankten gleichmäßig. Um sicherzugehen, knipste Sascha ihre Lampe wieder an und richtete sie auf einen der Haufen. Der fahle Lichtstrahl traf auf eine faltige, weiße Haut, lief über einen gigantischen Rumpf und zerfiel, ohne an den Rand desselben zu gelangen. Es war ein Artgenosse jener Chimäre, die Sascha beinahe umgebracht hätte – nur um einiges größer.

Die Kreaturen befanden sich in einer eigenartigen Starre und schienen sie nicht zu bemerken. Plötzlich grunzte eines der Tiere auf, atmete geräuschvoll durch die schrägen Schlitze seiner Nüstern wieder ein, begann sich zu regen … Hastig steckte Sascha die Lampe weg und eilte davon. Jeder Schritt durch dieses unheimliche Lager kostete sie äußerste Überwindung: Je weiter sie sich vom Eingang zur Metro entfernte, desto dichter lagen die Chimären beieinander und desto schwieriger wurde es, einen Weg an ihren Körpern vorbei zu finden.

Doch es war zu spät umzukehren. Und im Augenblick interessierte Sascha auch nicht mehr, wie sie je wieder zur Metro zurückkam – für sie zählte nur noch, sich unbemerkt an diesen Wesen vorbeizuschleichen, hinauszukommen, sich umzusehen, zu spüren ... Wenn sie nur nicht erwachten, wenn sie sie nur hinausließen ... Einen Rückweg benötigte sie nicht.

Sie wagte es kaum zu atmen, ja sie versuchte nicht zu denken – vielleicht hörten sie das – und näherte sich langsam dem Ausgang. Eine zerborstene Bodenfliese knarzte verräterisch unter ihren Stiefeln. Noch ein falscher Schritt, ein zufälliges Rascheln, und sie würden erwachen und sie augenblicklich in Stücke reißen.

Sascha wurde den Gedanken nicht los, dass sie erst kürzlich, vielleicht gestern oder sogar heute, genauso zwischen schlafenden Ungeheuern umhergeirrt war – zumindest kam ihr dieses Gefühl aus irgendeinem Grund bekannt vor. Plötzlich hielt sie inne.

Sascha wusste: Manchmal kann man einen fremden Blick im Nacken spüren. Und obwohl diese Kreaturen gar keine Augen hatten, war das, womit sie den Raum um sich herum abtasteten, noch viel deutlicher zu spüren als jedes noch so aufdringliche Starren.

Sie hätte sich nicht umdrehen müssen, um zu begreifen, dass eines der Tiere hinter ihr erwacht war und nun seinen schweren Kopf auf sie gerichtet hatte.

Doch sie tat es – sie drehte sich um.

Das Mädchen war verschwunden, aber Homer war die Lust vergangen, sie zu suchen. Überhaupt war ihm nun alles egal.

Hatte das Tagebuch des Funkers wenigstens noch einen Funken Hoffnung gelassen, dass die Krankheit den Alten verschonen würde, so hatte Hunter diesen Funken gnadenlos ausgetreten. Homer hatte mit dem Brigadier ein sorgfältig vorbereitetes Gespräch begonnen, eine Art Berufung gegen sein Todesurteil. Doch jener hatte ihn nicht begnadigen wollen – und hätte es auch gar nicht gekonnt. Homer allein war schuld an seinem unausweichlichen Schicksal.

Nur noch ein paar Wochen, vielleicht sogar noch weniger. Nur noch zehn Seiten in seinem Büchlein mit dem Plastikumschlag.

Dabei gab es doch noch so viel zu sagen. Für Homer war dies nicht nur ein Wunsch, sondern eine Pflicht, zumal ihre unfreiwillige Rast allmählich dem Ende entgegenzugehen schien.

Er strich das Papier glatt, um seine Erzählung an dem Punkt wiederaufzunehmen, wo ihn zuletzt der Arzt unterbrochen hatte. Doch wieder schrieb seine Hand: *»Was bleibt von mir?«*

Und was blieb von all den unglücklichen Gefangenen an der *Tulskaja*? Vielleicht hatten sie bereits jegliche Hoffnung verloren, vielleicht warteten sie aber noch auf Hilfe – in jedem Fall stand ihnen ein grausames Ende bevor. Die Erinnerung? Es gab so wenige Menschen, an die sich überhaupt jemand erinnerte.

Zumal Erinnerungen kein besonders standhaftes Mausoleum waren. Wenn Homer in nicht allzu ferner Zukunft das Zeitliche segnete, würden mit ihm all jene vergehen, die er einst gekannt hatte. Und auch sein ganz persönliches Moskau würde sich in nichts auflösen.

Wo befand er sich? An der *Pawelezkaja*? Der Gartenring war jetzt kahl und leblos; in jenen letzten Stunden hatte man ihn noch mit schwerem militärischem Gerät freigeräumt, damit die Rettungsdienste und Polizei-Eskorten freie Bahn hatten. In den Seitenstraßen starrten die zerstörten Stadtvillen in die Gegend wie faule, halb ausgefallene Zähne … Homer konnte sich die Landschaft über ihnen leicht vorstellen, auch wenn er von hier aus noch nie an die Oberfläche gestiegen war.

Vor dem Krieg war er oft dort oben gewesen. Hatte sich mit seiner Verlobten zum Rendezvous in einem Café neben der Metro verabredet und war mit ihr anschließend in die Abendvorstellung im Kino gegangen. Er erinnerte sich, dass er sich hier in der Nähe einer kostenpflichtigen und fahrlässig schlampigen medizinischen Untersuchung zur Führerscheinprüfung unterzogen hatte. Außerdem war er von diesem Bahnhof aus oft mit seinen Kollegen zum Grillen in die Wälder gefahren …

Auf dem karierten Papier seines Notizbuchs erschien ihm plötzlich der Bahnhofsvorplatz im Herbstnebel sowie zwei im Dunst versinkende Türme: ein prätentiöses neues Bürogebäude am Ring, in dem einer seiner Freunde gearbeitet hatte, und die gewundene Turmspitze eines teuren Hotels, angebaut an einen ebenso teuren Konzertsaal. Einmal hatte er sich nach den Preisen für die Eintrittskarten erkundigt: Sie kosteten etwas mehr, als Nikolai damals in zwei Wochen verdiente.

Er sah und hörte sogar die klingelnden, eckigen, weißblauen Straßenbahnen, überfüllt mit unzufriedenen Fahrgästen, deren Ärger in diesem harmlosen Gedränge geradezu rührend anmutete; den Gartenring, festlich erleuchtet von Tausenden von Scheinwerfern und Blinkern wie eine einzige riesige Girlande; zaghafte, irgendwie unpassende Schneeflocken, die wegtauten, bevor sie den schwarzen Asphalt überhaupt berührten; und die Menschenmenge: Myriaden elektrisierter Partikel, aufgeladen, zusammenstoßend, gleichsam chaotisch hin und her rasend – doch jedes in Wirklichkeit auf einer ganz bestimmten, wohldurchdachten Bahn.

Er sah die Schneise zwischen den Stalinschen Monolithen, durch die sich träge der große Fluss des Gartenrings auf den

Platz ergoss. Aberhunderte von Fenstern leuchteten wie winzige Aquarien zu beiden Seiten der breiten Straße auf. Dazu das Neonfeuer der Schilder sowie die gigantischen Reklametafeln, die eine große Wunde verdeckten, in die demnächst eine neue mehrstöckige Prothese eingesetzt werden sollte … die jedoch niemand mehr fertig stellen würde.

Das alles sah er und begriff, dass er dieses herrliche Bild mit Worten ohnehin nicht beschreiben konnte. Blieben also am Ende wirklich nur die bemoosten, umgestürzten Gräber des Business-Zentrums und des schicken Hotels übrig?

Sie ließ sich nicht blicken, weder nach einer noch nach drei Stunden. Beunruhigt suchte Homer sie auf der gesamten Station, fragte die Händler und Musikanten aus, fragte die Wachposten am Übergang zur Hanse.

Nichts. Als wäre sie vom Erdboden verschluckt.

Der Alte wusste nicht aus noch ein. Wieder drückte er sich gegen die Tür des Zimmers, in dem der Brigadier lag. Dieser war eigentlich der Letzte, mit dem er über das vermisste Mädchen hätte sprechen können, doch was blieb Homer anderes übrig? Er räusperte sich und trat ein.

Hunter lag schwer atmend da, den Blick starr zur Decke gerichtet. Sein rechter Arm ruhte auf der Bettdecke, die zusammengeballte Faust zeigte frische Aufschürfungen. Aus kleinen Kratzern tropfte Blut auf die Decke, doch der Brigadier schien es nicht zu bemerken.

»Wann kannst du aufbrechen?«, fragte er Homer, ohne sich nach ihm umzudrehen.

»Von mir aus sofort.« Der Alte zögerte. »Es ist nur … Ich kann das Mädchen nicht finden. Und wie willst du in deinem Zustand gehen? Du bist doch noch ganz …«

»Ich werd's überleben«, entgegnete der Brigadier. »Außerdem

ist der Tod nicht das Schlimmste. Pack deine Sachen. Ich bin in eineinhalb Stunden wieder auf den Beinen. Wir gehen zur *Dobryninskaja*.«

»Mir reicht eine Stunde«, sagte Homer hastig. »Aber erst muss ich sie finden. Ich will, dass sie mit uns kommt … Ich brauche sie unbedingt, verstehst du …«

»In einer Stunde gehe ich«, unterbrach ihn Hunter. »Mit dir oder ohne dich – und ohne sie.«

»Ich verstehe das einfach nicht. Wohin kann sie nur verschwunden sein?« Homer seufzte enttäuscht. »Wenn ich nur wüsste …«

»Ich weiß es«, sagte der Brigadier unbewegt. »Aber von dort kannst du sie nicht zurückholen. Geh packen.«

Homer wich zurück und blinzelte. Er war es gewohnt, sich auf das übermenschliche Gespür seines Gefährten zu verlassen, doch jetzt weigerte er sich, daran zu glauben. Was, wenn Hunter wieder log – diesmal, um eine überflüssige Last loszuwerden?

»Sie hat mir gesagt, dass du sie brauchst …«

»Ich brauche dich.« Hunter neigte den Kopf in seine Richtung. »Und du mich.«

»Wozu?«, flüsterte Homer.

Der Brigadier hörte es. »Von dir hängt viel ab.« Er schloss langsam die Augen und öffnete sie wieder. Homer kam es vor, als wollte der herzlose Brigadier ihm zuzwinkern, und ihm trat kalter Schweiß auf die Stirn.

Das Bett quietschte, als Hunter sich mit zusammengebissenen Zähnen aufsetzte. »Geh jetzt. Pack deine Sachen, damit du rechtzeitig da bist.«

Bevor er das Zimmer verließ, verharrte Homer noch einen Augenblick und hob das rote Puderdöschen auf, das einsam in einer Ecke herumlag. Der Deckel hatte einen Sprung, die Scharniere waren verbogen und lose.

Der Spiegel war zersplittert.

Homer wandte sich erregt um und sagte zu Hunter: »Ich kann ohne sie nicht gehen.«

Die Chimäre war fast doppelt so groß wie Sascha. Ihr Kopf stieß gegen die Decke. Die krallenbewehrten Pfoten hingen bis auf den Boden herab.

Sascha wusste, wie blitzartig sich diese Tiere fortbewegten, mit welch unbegreiflicher Geschwindigkeit sie angriffen. Um sie zu erreichen, sie mit einer Bewegung zu erlegen, musste die Kreatur nur eine ihrer Extremitäten nach vorn schleudern. Doch aus irgendeinem Grund zögerte das Tier.

Es war sinnlos zu schießen, und Sascha hätte es auch gar nicht geschafft, ihr Gewehr zu heben. Sie machte einen unentschlossenen Schritt nach hinten, auf den Durchgang zu. Die Chimäre gab einen ächzenden Laut von sich, wankte auf das Mädchen zu … Doch es geschah nichts weiter. Das Monster blieb dort stehen und starrte sie weiter mit seinem blinden Blick an.

Sascha wagte noch einen Schritt. Und noch einen. Ohne sich von dem Tier abzuwenden, ohne ihm seine Angst zu zeigen, näherte sie sich langsam dem Ausgang. Die Kreatur folgte ihr wie gebannt, nur wenige Meter von ihr entfernt, als wollte sie sie zur Tür begleiten.

Erst als Sascha nur noch etwa zehn Meter von der unerträglich gleißenden Öffnung entfernt war, hielt sie es nicht mehr aus und begann zu laufen. Das Tier brüllte auf und stürzte vorwärts.

Sascha flog geradezu hinaus und rannte weiter mit zusammengekniffenen Augen, bis sie stolperte, sich überschlug und über einen rauen, harten Boden schlitterte.

Sie erwartete, dass die Chimäre sie jeden Augenblick erreichen und in Stücke reißen würde, doch ihre Verfolgerin hatte aus irgendeinem Grund von ihr abgelassen. Eine lange Minute verstrich, dann noch eine ... Um sie war nichts als Stille.

Sascha hielt die Augen geschlossen, während sie in ihrer Tasche nach der selbstgemachten Brille kramte, die sie dem Wachposten abgekauft hatte. Diese bestand aus zwei Flaschenböden aus dunklem grünem Glas, einem Gestell aus zwei Blechringen und einem Gummiriemen. Die Brille ließ sich über die Gasmaske ziehen, sodass die runden Gläser genau auf den Sichtfenstern der Gummimaske auflagen.

Nun durfte sie die Augen öffnen. Langsam hob sie ihre Lider. Zuerst misstrauisch, mit gesenktem Kopf, doch dann immer mutiger sah sich Sascha an diesem seltsamen Ort um, an dem sie gelandet war.

Über ihrem Kopf war Himmel. Echter Himmel, strahlend, unermesslich. Hier gab es mehr Licht, als ein Scheinwerfer je produzieren konnte. Alles war in gleichmäßiges Grün getaucht. An einigen Stellen hingen niedrige Wolken, doch dazwischen öffnete sich ein wahrer Abgrund.

Die Sonne! Durch ein dünnes Wolkengeflecht hatte sie sie erblickt: ein Kreis von der Größe eines Zündhütchens, weiß gescheuert, so grell, dass sie jeden Augenblick ein Loch in Saschas Brille brennen konnte. Ängstlich wandte sie sich ab, wartete kurz und wagte doch wieder einen verstohlenen Blick. Ein wenig enttäuschend war es schon: Eigentlich handelte es sich nur um ein gleißendes Loch am Himmel – was sollte die ganze Vergötterung? Doch nein: Es ging ein Zauber von ihr aus, eine Anziehungskraft, etwas Bewegendes. Als Sascha aus der Dunkelheit jener Höhle gekommen war, in der die Tiere hausten, hatte der Ausgang fast ebenso stark geleuchtet. Was, dachte sie plötzlich, wenn die Sonne auch so ein Ausgang war, durch den man an einen Ort fliehen konnte, an dem es niemals dunkel wurde? Sodass man der Erde entkam, genauso wie sie soeben dem Untergrund entstiegen war? Sie merkte, dass von der Sonne eine schwache, kaum spürbare Wärme ausging – wie von einem lebendigen Wesen.

Sascha stand inmitten einer Steinwüste, rund um sie herum halb eingefallene alte Häuser. Die schwarzen Fensteröffnungen türmten sich fast zehn Reihen hoch, so riesig waren diese Gebäude. Und es gab unendlich viele davon, sie verdeckten einander, drängelten sich vor, wie um Sascha besser betrachten zu können. Hinter den hohen Gebäuden blickten noch höhere hervor, und dahinter wiederum waren die Umrisse absoluter Giganten zu erkennen.

Unglaublich, aber Sascha konnte sie alle sehen! Sie waren zwar in dieses dumme Grün getaucht, wie die Erde unter ihren Füßen, die Luft und dieser wahnsinnige, gleißende, bodenlose Himmel, aber dennoch eröffneten sich ihr unvorstellbare Weiten.

Auch wenn sie ihre Augen längst an die Dunkelheit gewöhnt hatte, so waren sie doch nie dafür gemacht gewesen. In ihren nächtlichen Stunden am Abgrund der Metrobrücke hatte sie nur die hässlichen Bauten im Umkreis von etwa hundert Metern jenseits des hermetischen Tors gesehen; dahinter war die Dunkelheit stets zu dicht gewesen, und selbst Sascha, die unter der Erde geboren war, konnte diese Schichten nicht durchdringen.

Sie hatte sich zuvor nie ernsthaft gefragt, wie groß die Welt war, in der sie lebte. Für sie hatte es immer nur diesen kleinen, dämmerigen Kokon gegeben, ein paar Hundert Meter in jede Richtung – dahinter hatte der letzte Abgrund begonnen, der Rand des Universums, die absolute Finsternis. Und obwohl sie wusste, dass die Erde in Wirklichkeit noch viel größer war, hatte sie sich nie ein Bild von ihr machen können.

Nun begriff sie, dass das völlig aussichtslos gewesen wäre.

Seltsamerweise verspürte sie überhaupt keine Angst, so allein inmitten dieser unermesslichen Ödnis. Als sie früher aus dem Tunnel heraus bis an den Abgrund gekrochen war, hatte sie sich immer gefühlt, als hätte man sie aus ihrem Panzer gezogen – nun kam er ihr wie eine Schale vor, aus der sie endlich geschlüpft war. Bei Tageslicht war jede Gefahr von Weitem zu sehen, und Sascha hatte mehr als genug Zeit, sich zu verstecken und zu verteidigen. Und auf einmal regte sich in ihr zaghaft ein bislang unbekanntes Gefühl: zu Hause angekommen zu sein.

Der Wind trieb runde Knäuel aus stachligen Zweigen über den Platz, heulte monoton durch die zerklüfteten Häuserreihen, wehte Sascha in den Rücken, sprach ihr Mut zu, ermunterte sie, diese neue Welt zu erkunden.

Sie hatte ohnehin keine andere Wahl: Um in die Metro zurückzukehren, hätte sie erneut jenes Gebäude betreten müssen, in dem sich all die grausigen Wesen befanden – und nun schliefen sie sicher nicht mehr. Bisweilen tauchten in den Eingängen kurz ihre blassen Körper auf und verschwanden sogleich wieder. Tageslicht war ihnen offenbar unangenehm. Doch was würde geschehen, wenn die Nacht anbrach? Wenn Sascha vor ihrem Tod noch etwas von dem erblickten wollte, was der Alte ihr beschrieben hatte, so musste sie sich so weit wie möglich von hier entfernen.

Also lief sie los.

Noch nie hatte sie sich so klein gefühlt. Es schien ihr unglaublich, dass diese gigantischen Gebäude von Menschen ihrer Größe errichtet worden waren. Wozu hatte man die gebraucht? Waren die Menschen *davor* etwa schon degeneriert und geschrumpft, hatte die Natur sie auf das harte Leben in der Enge der Tunnel und Stationen vorbereitet? Diese Gebäude dagegen mussten von den stolzen Vorfahren der heutigen, kleinwüchsigen Menschen errichtet worden sein – kraftvollen, großen, imposanten Geschöpfen, gleich den Häusern, in denen sie gelebt hatten.

Nun traten die Gebäude auseinander, und die Erde war bedeckt von einer steinartigen, grauen, an einigen Stellen aufgeplatzten Kruste. Mit einem Mal war die Welt noch riesiger geworden: Von hier aus öffnete sich der Blick in eine Ferne, dass Saschas Herz stockte und ihr Kopf sich zu drehen begann.

Sie hockte sich gegen die von Schimmel und Moos überzogene Wand eines Palasts, dessen stumpfer Uhrturm die Wolken zu stützen schien, und versuchte sich vorzustellen, wie diese Stadt ausgesehen hatte, als sie noch lebte …

Über die Straße – und dies war ohne Zweifel eine Straße – schritten hochgewachsene, schöne Menschen in farbenprächtigen Kleidern, neben denen die bunteste Tracht der *Pawelezkaja* ärmlich und lächerlich erschien.

Durch die schillernde Menge jagten Automobile, die den Waggons der Metrozüge glichen, doch waren sie so klein, dass nur vier Fahrgäste hineinpassten.

Die Häuser sahen weniger düster aus. In den Fensteröffnungen gähnten keine schwarzen Löcher, sondern glänzte blitzsauberes Glas. Sascha sah vor sich kleine, leichte Brücken, die hie und dort zwischen den Häusern auf unterschiedlichster Höhe angebracht waren.

Auch der Himmel war nicht so leer: Flugzeuge von unbeschreiblicher Größe schwammen darin und berührten mit ihren Bäuchen fast die Dächer. Ihr Vater hatte ihr einmal erklärt, dass sie beim Fliegen nicht mit den Flügeln flatterten, doch vor Saschas innerem Auge sahen sie aus wie träge Riesenlibellen, deren Flügel nahezu unsichtbar flirrten und nur schwach die grünen Sonnenstrahlen reflektierten.

Und es regnete.

Eigentlich war es ja nur Wasser, das vom Himmel fiel, doch das Gefühl war absolut überwältigend. Dieses Himmelswasser wusch nicht nur den Schmutz und die Müdigkeit ab – das hatten auch die heißen Strahlen aus der Gießkannendusche getan. Nein, dieses Wasser reinigte sie von innen, gewährte ihr Vergebung für all ihre Fehler. Es war eine magische Waschung, die alle Bitterkeit aus ihrem Herzen verbannte, sie erneuerte und verjüngte und ihr sowohl den Wunsch zu leben als auch die Kraft dazu verlieh. Gerade so, wie es der Alte gesagt hatte …

Sascha glaubte so sehr an diese Welt, wünschte sie sich so sehr herbei, dass sie sie schließlich zu sehen begann. Schon hörte sie das leichte Sirren der durchsichtigen Flügel in der Höhe, das fröhliche Zwitschern der Menge, das gleichmäßige Schlagen der metallischen Räder und das Rauschen des warmen Regens. Und plötzlich fiel ihr auch jene Melodie wieder ein, die sie am Vortag gehört hatte und die sich nun in dieses Konzert hineinmischte …

Ein schmerzhaftes Stechen durchfuhr ihre Brust. Sie sprang auf und lief mitten auf die Straße hinaus, dem Menschenstrom entgegen, umkurvte die winzigen Waggons, die in dem Gedränge steckten, und hielt ihr Gesicht den schweren Tropfen entgegen. Der Alte hatte recht gehabt: Hier war es herrlich, geradezu märchenhaft schön. Man musste nur die Patina und den Schimmel der Zeit wegscheuern, schon begann die Vergangenheit zu glänzen – wie die bunten Mosaike und Bronzereliefs an verlassenen Stationen.

Am Ufer eines grünen Flusses blieb sie stehen. Die Brücke, die einst darüber geführt hatte, war gleich vorne am Brückenkopf eingestürzt; das andere Ufer war außer Reichweite …

Die Magie verschwand.

Das Bild, das noch vor ein paar Augenblicken so echt, so farbig erschienen war, verblasste und erlosch. Die vertrockneten, leeren Häuser, die aufgesprungene Haut der Straßen, das zwei Meter hohe Steppengras an ihren Rändern, der wilde, undurchdringliche Hain, der die Reste der Uferstraße beherrschte, soweit das Auge reichte – das war alles, was von ihrer wunderschönen Phantomwelt übrig blieb.

Sascha fühlte sich im tiefsten Inneren verletzt, dass sie diese Welt nie mit eigenen Augen würde sehen können. Sie hatte nur noch die Wahl zwischen dem Tod und der Rückkehr in die Metro. Nirgends auf der Welt gab es auch nur einen einzigen dieser hochgewachsenen Menschen in bunten Kleidern. Außer ihr befand sich keine Menschenseele auf dieser breiten Straße, die in einem weit entfernten Punkt endete, dort, wo der Himmel und die verlassene Stadt zusammenstießen.

Das Wetter war herrlich. Keine Niederschläge.

Sascha konnte nicht einmal mehr weinen. Jetzt wollte sie einfach nur sterben.

Als hätte er ihren Wunsch erhört, öffnete weit über ihr ein riesiger schwarzer Schatten seine Flügel.

Was sollte er tun? Den Brigadier gehen lassen, sein Buch aufgeben und an der Station zurückbleiben, bis er das Mädchen gefunden hatte? Oder sie für immer aus seinem Roman streichen, Hunter folgen und wie eine Spinne darauf lauern, dass ihm eine neue Heldin ins Netz ging?

Die Vernunft verbot es Homer, sich von dem Brigadier zu trennen. Wofür hatte er sonst die ganze Wanderung auf sich genommen, wofür sich selbst und die gesamte Metro einer tödlichen Gefahr ausgesetzt? Er hatte einfach kein Recht, sein Werk aufs Spiel zu setzen – das Einzige, was all diese Opfer, sowohl die schon erbrachten als auch alle künftigen, rechtfertigte.

Doch als er den zerschlagenen Spiegel vom Boden aufhob, wurde ihm mit einem Mal klar: Wenn er die *Pawelezkaja* verließ, ohne das Schicksal des Mädchens in Erfahrung gebracht zu haben, beging er einen Verrat. Einen Verrat, der sich früher oder später an ihm selbst und seinem Buch rächen würde. Aus seinem Gedächtnis würde er Sascha nie mehr verbannen können.

Was immer Hunter sagte, Homer musste alles tun, um das Mädchen zu finden, oder sich zumindest davon überzeugen, dass sie nicht mehr lebte. Also machte sich der Alte mit doppelter Kraft auf die Suche.

Die Ringlinie? Ausgeschlossen – ohne Dokumente würde sie niemals zur Hanse durchkommen. Die Zimmerflucht unter dem Durchgang? Homer durchsuchte sie von Anfang bis Ende, fragte jeden, der ihm entgegenkam, ob ihnen das Mädchen nicht aufgefallen sei. Schließlich erzählte ihm jemand, er habe sie vermutlich gesehen, sie habe einen Schutzanzug getragen. Homer traute seinen Ohren nicht. Endlich hatte er Saschas Weg bis zum Wachposten am Fuße der Rolltreppe nachvollzogen.

»Was geht mich das an?«, entgegnete der Wachmann in der Kabine träge. »Soll sie doch gehen, wenn sie will. Ich hab ihr immerhin noch eine gute Brille zugesteckt … Du kommst hier aber nicht durch, ich hab ohnehin schon eins auf die Mütze bekommen. Da oben haben unsere nächtlichen Besucher ihr Nest. Da geht keiner hin. Als sie mich darum bat, hätte ich beinahe losgelacht.« Seine Pupillen waren groß wie Pistolenläufe und starrten in die Ferne, ohne auf Homer zu treffen. »Geh mal schön zurück, Opa. Es wird bald dunkel.«

Hunter hatte es gewusst! Aber was hatte er gemeint, als er sagte, dass Homer das Mädchen nicht zurückholen konnte? War sie etwa noch am Leben?

Vor Aufregung stolpernd, hetzte er zurück zur Krankenstation. Er tauchte unter dem niedrigen Gang hindurch, kletterte die enge Treppe hinunter, riss ohne anzuklopfen die Tür auf …

Das Zimmer war leer: Weder Hunter selbst noch seine Waffen waren zu sehen. Nur die Binden seines Verbands, braun von getrocknetem Blut, lagen noch auf dem Boden herum. Daneben der leere Flachmann. Der halbwegs gereinigte Schutzanzug war aus dem Nebenzimmer verschwunden.

Der Brigadier hatte Homer einfach zurückgelassen, wie einen lästigen Köter.

Der Mensch erhielt Zeichen. Das war immer die Überzeugung ihres Vaters gewesen. Man musste sie nur bemerken und entziffern können.

Sascha blickte nach oben und erstarrte. Wenn ihr jemand einen Hinweis geben wollte, so hätte er sich schwerlich etwas Eindeutigeres ausdenken können.

Unweit der eingestürzten Brücke trat aus dem dunklen Dickicht ein alter, runder Turm mit einer seltsam verzierten Kuppel hervor – das höchste Gebäude in der gesamten Umgebung. Die Jahre waren ihm anzusehen: Die Wände waren von tiefen Rissen durchzogen, und der Turm selbst neigte sich gefährlich. Er wäre längst eingestürzt, wenn nicht ein Wunder ihn aufrecht gehalten hätte … Wie hatte sie das nur übersehen können?

Um das Gebäude wand sich eine gigantische Kletterpflanze. Ihr Stamm war natürlich um einiges dünner als der Turm selbst, doch reichte seine Kraft offenbar aus, um das allmählich zerfallende Bauwerk zu stützen. Dieses erstaunliche Gewächs schlang sich spiralförmig um den Turm, wobei von seinem Hauptstrang dünnere Äste und davon wieder dünne Zweige abgingen, was zusammen eine Art Netz ergab, welches das Gebäude zusammenhielt.

Sicher war diese Pflanze einmal so schwach und biegsam gewesen wie ihre zartesten und jüngsten Triebe. Einst hatte sie sich an den vermeintlich ewigen und unzerstörbaren Vorsprüngen und Balkonen des Turms festgeklammert. Wäre der Turm nicht so hoch gewesen, sie wäre nie zu solcher Größe herangewachsen.

Verblüfft, ja, verzaubert betrachtete Sascha die Pflanze und das von ihr gerettete Gebäude. Alles bekam nun wieder einen Sinn für sie, und ihr Kampfeswille kehrte zurück. Eigentlich seltsam, denn für sie selbst hatte sich überhaupt nichts verändert. Und doch war wider Erwarten durch die graue Kruste der Verzweiflung ein winziger grüner Spross der Hoffnung gestoßen.

Sicher gab es Dinge, die sie nie mehr wiedergutmachen konnte. Taten, die nun einmal geschehen waren, Worte, die sie nicht mehr zurücknehmen konnte. Und doch gab es in dieser Geschichte noch viel, was sie ändern konnte, auch wenn sie noch nicht wusste wie. Das Wichtigste war, dass sie wieder neue Kraft in sich spürte.

Nun glaubte Sascha auch den Grund zu erahnen, warum die gefräßige Chimäre sie unversehrt hatte gehen lassen: Jemand hatte das Ungeheuer an einer unsichtbaren Kette zurückgehalten, damit sie noch eine Chance bekam.

Voller Dankbarkeit, war sie nun bereit zu verzeihen, bereit, neu zu diskutieren und zu kämpfen. Von Hunter brauchte sie dafür nur einen winzigen Hinweis. Nur noch ein Zeichen.

Plötzlich erlosch die untergehende Sonne und flammte wieder auf. Sascha hob den Kopf und erhaschte aus dem Augenwinkel einen schwarzen, rasend schnellen Schatten, der über ihrem Kopf aufgetaucht war. Für eine Sekunde hatte er das Himmelsgestirn verdunkelt.

Ein Pfeifen durchschnitt die Luft, dann ein ohrenbetäubendes Kreischen – und wie ein Fels stürzte ein Ungetüm vom Himmel auf Sascha herab. Instinktiv warf sie sich im letzten Moment zu Boden, und nur das rettete sie – der Schatten verfehlte sie um Haaresbreite. Ein riesiges Ungeheuer glitt mit ausgebreiteten Hautflügeln über den Boden, schwang sich mit einem mächtigen Schlag wieder in die Luft und begann einen Halbkreis zu fliegen, um erneut zum Angriff überzugehen.

Sascha griff nach ihrem Gewehr, ließ jedoch sogleich die Arme wieder sinken. Selbst eine frontale Salve würde dieses Monstrum nicht aufhalten, geschweige denn zur Strecke bringen. Außerdem musste sie es überhaupt erst einmal treffen! Sie stürzte zurück zu dem freien Platz, von dem aus sie sich auf ihre kurze Wanderung gemacht hatte. Sie verschwendete keinen Gedanken daran, wie sie wieder in die Metro zurückkehren würde.

Das fliegende Ungeheuer stieß einen Jagdschrei aus und stürzte erneut auf sie zu. Sascha verfing sich in den breiten Hosenbeinen ihres Anzugs und fiel bäuchlings auf den Boden, doch schaffte sie es, sich auf den Rücken zu drehen und eine kurze Salve abzugeben. Die Kugeln schreckten die Kreatur für einige Augenblicke ab, ohne sie ernsthaft zu verletzen. Die wenigen so gewonnenen Sekunden nutzte Sascha jedoch, um sich aufzurappeln und auf die nächsten Häuser zuzulaufen. Endlich wusste sie, wie sie sich vor dem Angreifer schützen konnte.

Nun kreisten bereits zwei Schatten am Himmel. Sie hielten sich durch schweres Schlagen ihrer breiten, ledrigen Flügel in der Luft. Saschas Plan war einfach: Wenn sie sich dicht bei den Häuserwänden hielt, würden diese großen und unbeweglichen Monster sie nicht zu fassen bekommen. Wie sie von dort weiterkam … Nun, sie hatte sowieso keine Alternative.

Geschafft! Sie drückte sich gegen eine Mauer und hoffte, dass die furchtbaren Kreaturen von ihr ablassen würden. Aber nein: Offenbar hatten sie schon geschicktere Beute gejagt. Sie landeten – zuerst eines, dann das zweite – etwa zwanzig Meter von ihr entfernt und kamen, die zusammengefalteten Flügel hinter sich herziehend, langsam auf sie zu.

Eine weitere Gewehrsalve schreckte sie nicht, sondern reizte sie nur noch mehr; die Kugeln schienen in ihrem dicken Fell stecken zu bleiben. Das Tier, das Sascha am nächsten gekommen war, fletschte sein Gebiss: Unter einem wulstigen Rüssel und einer hochgezogenen schwarzen Lippe kamen schiefe, haarnadelscharfe Zähne zum Vorschein.

»Hinlegen!«

Sascha warf sich zu Boden, ohne darüber nachzudenken, woher diese Stimme kam. Plötzlich explodierte etwas in allernächster Nähe, und eine brennend heiße Druckwelle erfasste sie. Sogleich folgte eine zweite, dann ertönte wildes, tierisches Kreischen sowie sich entfernendes Flügelschlagen.

Zögerlich hob sie den Kopf, hustete Staub aus ihren Lungen, blickte sich um. Nicht weit von ihr entfernt war die Straße von einem frischen Trichter durchbohrt und mit dunklem, öligem Blut getränkt. Daneben lagen ein herausgerissener, versengter Hautflügel sowie einige weitere verkohlte und formlose Fleischstücke.

Über die steinige Brache kam mit gleichmäßigen, aufrechten Schritten ein kräftig gebauter Mann in schwerem Schutzanzug auf sie zu.

Hunter!

## 13
## Eine Geschichte

Er nahm ihre Hand, half ihr auf und zog sie hinter sich her. Dann, als hätte er sich plötzlich anders entschieden, ließ er sie wieder los. Das Visier seines Helms war aus getöntem Glas, sodass Sascha seine Augen nicht sehen konnte.

»Bleib dicht hinter mir!«, tönte es dumpf durch die Filter seiner Maske. »Es wird bald dunkel, wir müssen weg hier.«

Ohne sie noch eines Blickes zu würdigen, lief er los.

»Hunter!«, rief ihm das Mädchen nach. Durch die beschlagenen Gläser ihrer Gasmaske versuchte sie ihren Retter zu erkennen.

Dieser tat, als ob er sie nicht hörte, und Sascha blieb nichts übrig, als ihm mit aller Kraft hinterherzulaufen. Natürlich war er wütend auf sie: Zum dritten Mal schon musste er diesem dummen Mädchen aus der Patsche helfen. Aber trotzdem war er gekommen, war nur wegen Sascha nach oben gegangen, wie konnte sie da noch zweifeln …

Das Nest, durch das Sascha herausgekommen war, ließ der Brigadier links liegen. Er kannte andere Pfade. Er bog von der Hauptstraße nach rechts ab, tauchte unter einem Bogen durch, lief an einigen flachen, durchgerosteten Eisenkästen vorbei, feuerte auf einen undeutlichen Schatten in einer Ecke und blieb schließlich vor einem unscheinbaren Schuppen mit Ziegelmauern und vergitterten Fenstern stehen. Mit einem Schlüssel öffnete er ein massives Vorhängeschloss. Ein Unterschlupf? Nein, der Schuppen war ein getarnter Eingang: Hinter der Tür führte eine Betontreppe im Zickzack in die Tiefe.

Hunter hängte das Schloss von innen wieder ein und sperrte ab, schaltete seine Taschenlampe an und begann hinabzusteigen. Die weiß und grün getünchten Wände, von denen die Farbe stark abblätterte, waren über und über beschrieben: *Eingang – Ausgang, Eingang – Ausgang*... Auch Saschas Retter fügte an einer Stelle ein paar unleserliche Kritzeleien hinzu. Offenbar musste man, wenn man diesen geheimen Aufgang nutzte, eintragen, wann man losgegangen und wann man zurückgekehrt war. Bei einigen Namen fehlten allerdings die Angaben zur Rückkehr.

Der Abstieg war schneller zu Ende, als Sascha erwartet hatte: Obwohl die Stufen weiter nach unten führten, blieb Hunter bei einer unauffälligen Eisentür stehen, schlug mit der Faust dagegen, und schon nach wenigen Sekunden hörte man von der anderen Seite den Riegel zurückschnappen. Ein zerzauster Mann mit spärlichem Bart öffnete ihnen. Er trug eine blaue Hose mit ausgebeulten Knien.

»Wer ist das?«, fragte er verblüfft.

»Hab ich am Ring aufgegabelt«, tönte Hunter. »Die Vögel hätten ihn beinahe geschnappt, wenn ich nicht mit dem Granatwerfer... He, Mann, wie hat's dich überhaupt dorthin verschlagen?« Er schlug die Kapuze zurück, zog die Gasmaske ab ...

Vor Sascha stand ein unbekannter Mann mit dunkelblondem Bürstenschnitt, blassgrauen Augen und einer plattgedrückten Nase, die aussah, als sei sie schon einmal gebrochen worden. Sie hatte es geahnt, denn er hatte sich für einen Verletzten zu schnell bewegt, seine Körperhaltung war anders gewesen, nicht so animalisch, und auch der Schutzanzug hatte nicht gestimmt – doch bis zuletzt hatte sie es nicht glauben wollen und sich alles Mögliche eingeredet.

Ihr wurde unerträglich heiß, und sie riss sich die Maske vom Gesicht.

Eine Viertelstunde später war Sascha bereits auf der anderen Seite der Hanse-Grenze.

»Entschuldige, aber ohne Dokumente kannst du hier nicht bleiben.« In der Stimme ihres Retters lag ehrliches Bedauern. »Vielleicht heute Abend, na ja … Also, im Durchgang?«

Sie nickte schweigend und lächelte.

Wohin jetzt?

Zu ihm? Das hatte keine Eile. Sascha konnte ihre Enttäuschung nicht unterdrücken, dass es diesmal nicht Hunter gewesen war, der sie gerettet hatte. Außerdem hatte sie noch etwas anderes zu erledigen, das jetzt keinen Aufschub mehr duldete.

Sanft und lockend fanden die Klänge der wunderbaren Musik durch den Lärm der Menge, das Schlurfen der Schuhe und die Schreie der Händler zu ihr. Es war die gleiche Melodie, die sie tags zuvor in Bann geschlagen hatte. Während sie ihr nachging, hatte Sascha das Gefühl, als ob sie wieder durch eine Tür trat, die einen überirdischen Glanz verströmte. Wohin führte sie diesmal?

Um den Musiker standen Dutzende von Zuhörern in einem engen Kreis. Um ihn zu sehen, musste Sascha sich nach vorne drängen. Schließlich stand sie direkt vor ihm. Seine Melodie zog die Menschen zwar magisch an, hielt sie aber auch auf Abstand. Sie war wie ein Licht, auf das sie alle zuflogen, doch auch eines, das sie zu verbrennen drohte.

Aber Sascha hatte keine Angst.

Er war jung, hochgewachsen und sah erstaunlich gut aus. Trotz seines etwas zerbrechlichen Eindrucks war sein gepflegtes

Gesicht nicht weich, und in seinen grünen Augen lag keine Naivität. Die dunklen, langen Haare fielen gleichmäßig herab. Auch durch seine Kleidung unterschied er sich von der Masse der Menschen an der *Pawelezkaja*, denn sie war unauffällig, aber außerordentlich sauber.

Sein Instrument ähnelte diesen Kinderpfeifen, die man aus Kunststoffrohren bastelte, nur war es größer, schwarz und hatte Klappen aus Kupfer. Die Flöte hatte etwas Feierliches und sie war sicher sehr teuer. Die Töne, die der Flötist ihr entlockte, schienen einer anderen Welt und einer anderen Zeit zu entstammen. Wie auch das Instrument selbst – und dessen Besitzer.

Er hatte Saschas Blick sofort erhascht, diesen kurz losgelassen und sogleich wieder erfasst. Das machte sie verlegen. Seine Aufmerksamkeit war ihr zwar nicht unangenehm, aber eigentlich war sie doch wegen der Musik hierhergekommen.

»Da bist du ja! Gott sei Dank!«

Es war Homer, der sich keuchend und schwitzend zu ihr durchdrängte.

»Wie geht es ihm?«, fragte Sascha sofort.

»Ist er denn …«, begann der Alte, fing sich jedoch und sagte dann: »Er ist verschwunden.«

»Was? Wohin?« Sascha fühlte, wie eine Faust ihr Herz zusammenpresste.

»Er ist weggegangen. Hat alle seine Sachen mitgenommen. Ich vermute, zur *Dobryninskaja*.«

»Hat er nichts zurückgelassen?«, erkundigte sie sich vorsichtig, gespannt, welche Antwort Homer ihr geben werde.

Der Alte schüttelte den Kopf. »Nein, nichts.«

Jemand aus der Menge zischte wütend. Homer verstummte, hörte der Melodie zu und blickte misstrauisch zwischen dem

Musiker und dem Mädchen hin und her. Doch Sascha war in Gedanken versunken.

Zwar hatte Hunter sie fortgejagt und war dann selbst davongelaufen, aber allmählich fing Sascha an zu begreifen, nach welchen seltsamen Regeln er handelte. Wenn der Kahle all sein Hab und Gut mitgenommen hatte, wirklich alles ... dann wollte er, dass sie nicht aufgab, nicht von ihrem Weg abkam, ihn suchte. Und das würde sie tun, trotz allem. Wenn nur ... »Das Messer?«, flüsterte sie. »Hat er mein Messer mitgenommen? Das schwarze?«

Homer zuckte mit den Schultern. »In seinem Zimmer ist es nicht.«

»Also hat er es mitgenommen!«

Dieses karge Zeichen war alles, was sie brauchte.

Der Flötist hatte zweifelsohne Talent und beherrschte sein Instrument perfekt, als hätte er gestern noch im Konservatorium gespielt. In dem Flötenetui, das geöffnet vor ihm lag, hatten sich so viele Patronen angesammelt, dass er damit eine kleine Station hätte ernähren oder auch ausradieren können. Da war sie, die Anerkennung, dachte Homer und lächelte traurig.

Die Melodie kam dem Alten bekannt vor, doch obwohl er lange überlegte, wo er sie schon einmal gehört hatte – in einem alten Kinofilm, einem Konzert oder im Radio –, es gelang ihm nicht, sich zu erinnern. Das Besondere an ihr war: Hatte sie einen einmal gepackt, kam man nicht mehr von ihr los; man musste ihr unbedingt bis zum Ende zuhören, um sodann dem Musiker zu applaudieren, bis dieser wieder zu spielen begann.

Prokofjew? Schostakowitsch? Homers musikalisches Wissen war zu gering, um den Komponisten zu erraten. Doch wer auch immer diese Noten geschrieben hatte: Der Flötist spielte sie nicht nur, sondern verlieh ihnen einen eigenen Klang und eine eigene Bedeutung, ja er ließ sie lebendig werden. Eine Begabung, für die Homer dem jungen Mann sogar die verführerischen Blicke verzieh, die er Sascha immer wieder zuwarf, wie ein Kätzchen einer Papierschleife.

Doch jetzt war es Zeit, ihm das Mädchen zu entführen.

Homer wartete, bis die Musik erstarb und der Flötist den Beifall des Publikums entgegennahm. Dann fasste er Sascha an dem feuchten, noch nach Chlor riechenden Kleid und zog sie aus dem Kreis heraus.

»Meine Sachen sind gepackt. Ich gehe ihm nach«, sagte er, während sie sich von dem Musiker entfernten.

»Ich auch«, erwiderte das Mädchen schnell.

»Begreifst du, worauf du dich da einlässt?«, fragte Homer mit gedämpfter Stimme.

»Ich weiß alles. Ich habe euch zugehört.« Sie blickte ihn herausfordernd an. »Eine Epidemie, stimmt's? Er will alle verbrennen. Die Toten und die Lebenden. Die gesamte Station.«

Er beäugte sie mit aufrichtigem Interesse. »Was willst du von ihm?«

Sascha antwortete nicht, und eine Zeit lang gingen sie schweigend nebeneinander her, bis sie an einem völlig menschenleeren Winkel der Station anlangten. Schließlich sagte sie langsam, nach Worten suchend: »Mein Vater ist gestorben. Wegen mir, ich bin schuld. Ich kann nichts tun, um ihn zum Leben zu erwecken. Aber dort sind Menschen, die noch leben. Die man noch retten kann. Also muss ich es versuchen. Das bin ich ihm schuldig.«

»Retten? Vor wem? Wovor?«, entgegnete der Alte bitter. »Die Krankheit ist unheilbar, du hast es ja gehört.«

»Vor deinem Freund. Er ist furchtbarer als jede Krankheit. Tödlicher.« Das Mädchen seufzte. »Bei einer Krankheit bleibt dir wenigstens noch die Hoffnung. Irgendjemand wird immer gesund. Einer von Tausend.«

Homer blickte sie mit ernster Miene an. »Warum glaubst du, dass gerade du das kannst?«

»Ich habe es schon einmal geschafft«, erwiderte sie unsicher.

Überschätzte das Mädchen nicht ihre Fähigkeiten? Betrog sie sich nicht selbst, wenn sie glaubte, dass der harte und gnadenlose Brigadier auch etwas für sie empfand? Homer wollte Sascha nicht entmutigen, doch hielt er es für besser, sie schon jetzt zu warnen.

»Weißt du, was ich in seinem Zimmer gefunden habe?« Der Alte zog die verbeulte Puderdose aus seiner Tasche und reichte sie Sascha. »Hast du sie so …«

Sascha schüttelte den Kopf.

»Also war es Hunter.«

Das Mädchen öffnete den Deckel und betrachtete ihr Spiegelbild in einem der Glassplitter. Sie dachte an ihr letztes Gespräch mit dem Kahlen und die Worte, die er im Halbschlaf gesprochen hatte, als sie gekommen war, um ihm das Messer zu schenken. Sie dachte an Hunters Gesicht, als er mit schweren Schritten, blutüberströmt, auf die krallenbewehrte Chimäre zugegangen war, damit sie von Sascha abließ und ihn selbst tötete … »Er hat es nicht wegen mir getan«, sagte sie bestimmt. »Sondern wegen dem Spiegel.«

Homer hob die Augenbrauen. »Was hat das damit zu tun?«

»Du hast es selbst gesagt.« Sascha ließ den Deckel zuklappen und ahmte den mentorhaften Tonfall des Alten nach: »Manchmal ist es nützlich, sich von der Seite zu betrachten. So versteht man viel von sich selbst.«

Homer schnaubte abfällig. »Du glaubst, dass Hunter nicht weiß, wer er ist? Oder dass er noch immer an seinem Anblick leidet? Dass er deswegen den Spiegel kaputt gemacht hat?«

Das Mädchen lehnte sich gegen eine Säule. »Es geht nicht um sein Äußeres.«

»Hunter weiß genau, wer er ist. Offenbar hat er es nicht gern, wenn ihn jemand daran erinnert.«

»Vielleicht hat er es vergessen. Ich habe manchmal das Gefühl, dass er versucht, sich an etwas zu erinnern. Oder dass er mit einer Kette an eine schwere Lore gekettet ist, die einen Abhang hinunter in die Finsternis rollt, und keiner hilft ihm, sie aufzuhalten. Ich kann das nicht erklären. Ich spüre das einfach, wenn ich ihn sehe.« Sascha runzelte die Stirn. »Niemand sonst sieht das, nur ich. Deshalb habe ich gesagt, dass er mich braucht.«

»Genau, und deshalb hat er dich auch verlassen.«

»*Ich* habe ihn verlassen. Und nun muss ich ihn einholen, solange es noch nicht zu spät ist. Noch sind alle am Leben. Noch können wir sie retten. Und ihn auch.«

Homer hob den Kopf. »Vor wem willst du ihn retten?«

Sie blickte ihn prüfend an. Hatte der Alte wirklich nichts begriffen, obwohl sie sich so bemüht hatte? Dann antwortete sie ihm mit unfassbarem Ernst: »Vor dem Menschen im Spiegel.«

»Ist hier besetzt?«

Sascha, die zerstreut mit ihrer Gabel in dem gebratenen Fleisch mit Pilzen herumstocherte, zuckte zusammen. Neben ihr stand, ein Tablett in der Hand, der grünäugige Musiker. Der Alte war irgendwohin gegangen, sein Platz war leer.

»Ja.«

»Es gibt kein Problem, das sich nicht lösen ließe!« Er stellte sein Tablett hin, nahm mit Schwung einen freien Hocker vom Nachbartisch und setzte sich links neben Sascha, bevor diese protestieren konnte.

»Wenn was passiert – ich habe dich nicht eingeladen«, warnte sie ihn.

»Bekommst du von deinem Großvater geschimpft?« Er zwinkerte ihr kumpelhaft zu. »Darf ich mich vorstellen: Leonid.«

Sascha merkte, wie ihr das Blut in die Wangen schoss. »Er ist nicht mein Großvater.«

»Ach, so ist das.« Leonid schaufelte sich eine Portion in den Mund und lüpfte eine Augenbraue.

»Du bist ziemlich dreist«, bemerkte sie.

Er hob belehrend die Gabel. »Hartnäckig.«

Sascha musste lächeln. »Ein bisschen zu viel Selbstvertrauen für meinen Geschmack.«

»Ich habe Vertrauen in die Menschheit«, murmelte er kauend, »aber mir selbst traue ich am allermeisten.«

Der Alte kehrte zurück, stellte sich hinter den Aufschneider, verzog unzufrieden das Gesicht, setzte sich dann aber doch auf seinen Hocker. »Sascha, ist es dir nicht zu eng hier?«, erkundigte er sich streitsüchtig und blickte an dem Musiker vorbei.

»Sascha!«, wiederholte dieser triumphierend und blickte von seiner Schüssel auf. »Sehr erfreut. Ich heiße, wie gesagt, Leonid.«

»Nikolai Iwanowitsch«, erwiderte Homer mürrisch und schielte zu ihm hin. »Was war das für eine Melodie, die Sie da vorhin gespielt haben? Sie kam mir irgendwie bekannt vor.«

»Kein Wunder, ich spiele sie schon den dritten Tag hintereinander«, entgegnete Leonid mit der Betonung auf dem letzten Wort. »Es ist eine Eigenkomposition.«

»Von dir?« Sascha legte das Besteck zur Seite. »Wie heißt das Stück?«

Leonid zuckte mit den Schultern. »Es hat keinen Namen. Darüber habe ich nie nachgedacht. Und außerdem, wie soll man so etwas in Worten ausdrücken? Und wozu?«

»Es ist sehr schön«, bekannte das Mädchen. »Außergewöhnlich schön.«

»Ich könnte es nach dir benennen«, sagte der Musiker ohne zu zögern. »Du verdienst es.«

»Nein danke.« Sie schüttelte den Kopf. »Diese Melodie soll ohne Namen bleiben. Das passt besser.«

»Sie dir zu widmen wäre durchaus auch passend.« Leonid fing an zu lachen, verschluckte sich aber und begann zu husten.

»Bist du so weit?« Homer nahm Saschas Tablett und erhob sich. »Wir müssen los. Entschuldigen Sie uns, junger Mann.«

»Keine Ursache! Ich bin schon fertig. Dürfte ich die junge Dame ein wenig begleiten?«

»Wir sind im Begriff aufzubrechen«, entgegnete Homer scharf.

»Wunderbar! Ich auch. Ich muss zur *Dobryninskaja*.« Der Musiker setzte eine unschuldige Miene auf. »Das ist nicht zufällig Ihre Richtung?«

»Zufällig doch«, antwortete Sascha zu ihrer eigenen Überraschung. Während sie versuchte, nicht in Homers Richtung zu sehen, sprang ihr Blick immer wieder zu Leonid hinüber.

Er hatte eine gewisse Leichtigkeit, etwas Spöttisches, das jedoch nicht böse gemeint war. Wie ein kleiner Junge, der mit einem Zweig focht, fügte er einem kleine, harmlose Schläge zu, auf die man nicht wirklich böse sein konnte, selbst der Alte nicht. Seine Anspielungen machte er so beiläufig und spaßhaft, dass Sascha gar nicht daran dachte, sie ernst zu nehmen. Und was war schlecht daran, dass sie ihm gefiel?

Außerdem hatte sie sich, lange bevor sie ihn kennengelernt hatte, in seine Musik verliebt. Und die Versuchung, diese Zauberei mit auf den Weg zu nehmen, war einfach zu groß.

Es lag an der Musik, natürlich.

Dieser junge Teufelskerl lockte wie der Rattenfänger von Hameln mit seiner glänzenden Flöte unschuldige Seelen an und missbrauchte sein Talent, um jedes junge Mädchen zu verderben, das er kriegen konnte. Jetzt versuchte er sogar, Alexandra in seine Fänge zu bekommen, und Homer wusste nicht einmal, wie er sich verhalten sollte!

Anfangs schluckte der Alte die frechen Späße noch widerwillig, doch bald schon spürte er, wie der Zorn in ihm wuchs. Auch ärgerte er sich darüber, wie schnell Leonid erreichte, dass die für ihre Strenge berüchtigten Wachen der Hanse sie alle drei auf der Ringlinie bis zur *Dobryninskaja* passieren ließen – und das ohne Dokumente! Die Gemächer des Stationsvorstehers, eines glatzköpfigen älteren Stutzers, dessen Schnauzbart an die Fühler einer Küchenschabe erinnerte, betrat der Musiker mit seinem Flötenkasten voller Patronen und kam lächelnd und leichten Schrittes wieder heraus.

Homer musste allerdings gestehen, dass ihnen die diplomatischen Künste des jungen Mannes sehr gelegen kamen: Die Motordraisine, die sie zur *Pawelezkaja* gebracht hatte, war mit Hunter aus dem Depot verschwunden, und ein Umweg würde sie eine ganze Woche kosten.

Doch beunruhigte den Alten die Sorglosigkeit, mit der dieser Taschenspieler die für ihn so einträgliche Station verließ und sich von all seinen Ersparnissen verabschiedete, nur um Sascha in den Tunnel zu folgen. Gewöhnlich ließ das auf eine gewisse Verliebtheit schließen, doch war Homer überzeugt: Dieser Junge meinte es nicht ernst. Er war es gewohnt, leichte Siege zu erringen.

Homer kam sich immer mehr wie eine missmutige Anstandsdame vor. Aber es gab einen guten Grund für seine Wachsamkeit und Eifersucht: Das hätte ihm gerade noch gefehlt, dass seine auf so wundersame Weise erschienene Muse mit einem Wandermusikanten durchbrannte! Einer, mit Verlaub, völlig überflüssigen Figur.

In Homers Roman war keine Rolle für ihn vorgesehen, doch hatte er sich einfach einen Hocker geschnappt und sich unverschämterweise mit ins Spiel gebracht.

»Gibt es auf der ganzen Welt wirklich niemanden mehr?«

Die drei wanderten bereits in Richtung *Dobryninskaja*, begleitet von drei Wachleuten. Wenn man seine Patronen richtig verteilte, gingen selbst die kühnsten Träume in Erfüllung.

Sascha hatte gerade in aller Kürze von ihren Erlebnissen an der Oberfläche berichtet, dann war sie ins Stocken geraten, und ihre Miene hatte sich verfinstert. Homer und der Musiker blickten sich an: Wer sollte als Erster versuchen sie zu trösten?

Der Alte räusperte sich. »Gibt es ein Leben jenseits des MKAD? Das fragt sich also auch die junge Generation?«

»Natürlich gibt es das«, erklärte Leonid im Brustton der Überzeugung. »Dass niemand überlebt hat, stimmt nicht. Es gibt nur keine Verbindung zu diesen Leuten.«

»Nun, ich habe zum Beispiel gehört«, sagte Homer, »dass es irgendwo hinter der *Taganskaja* einen Geheimgang geben soll, der zu einem sehr interessanten Tunnel führt. Dieser sieht aus wie ein ganz gewöhnlicher Tunnel, sechs Meter Durchmesser, aber ohne Gleise. Er liegt tief, vielleicht vierzig oder sogar fünfzig Meter unter der Oberfläche. Und er führt weit nach Osten …«

»Sie meinen den Tunnel, der zu den Bunkern im Ural führt?«, unterbrach ihn Leonid. »Mit der Geschichte von dem Mann, der einmal zufällig darauf traf, sich dann einen Rucksack voll Proviant besorgte und den Marsch durch diesen Tunnel aufnahm …«

»… eine Woche lang ununterbrochen ging, nur mit ganz kurzen Pausen, bis ihm die Verpflegung knapp wurde und er umkehren musste. Ein Ende des Tunnels war da noch nicht in

Sicht. Ja, Gerüchten zufolge soll das der Tunnel zu den Uralbunkern sein. Und dort ist ja vielleicht noch jemand am Leben.«

»Eher unwahrscheinlich«, gähnte der Musiker.

Homer ignorierte ihn und wandte sich Sascha zu. »Von einem Bekannten in der Polis weiß ich, dass einer von ihren Funkern einmal mit der Besatzung eines Panzers Kontakt hatte. Die hatten offenbar noch rechtzeitig die Schotten dicht gemacht und ihr Gefährt in eine solche Einöde gesteuert, wo niemand auch nur im Entferntesten daran dachte, sie zu bombardieren …«

Leonid nickte. »Auch eine bekannte Geschichte. Als ihnen der Diesel ausging, haben sie den Panzer auf einem Hügel eingegraben und außen herum eine richtige kleine Siedlung errichtet. Und ein paar Jahre lang haben sie jeden Abend die Polis angefunkt …«

»… bis der Empfänger kaputtging«, schloss Homer ab, sichtlich gereizt.

»Und das mit dem U-Boot?« Sein Rivale streckte sich. »Eines unserer Atom-U-Boote war nämlich damals auf Fernfahrt, und als der Schlagabtausch anfing, hatte es seine Gefechtsposition noch nicht erreicht. Als es dann endlich auftauchte, war alles längst vorbei. Damals hat die Besatzung das Boot unweit von Wladiwostok angedockt …«

»… und mit seinem Reaktor wird bis heute der ganze Ort versorgt«, fiel Homer ein. »Vor einem halben Jahr habe ich einen Mann getroffen, der behauptete, er sei Erster Offizier dieses Boots gewesen. Er sagte, er habe das ganze Land mit dem Fahrrad durchquert und sei endlich in Moskau angekommen. Er sei drei Jahre unterwegs gewesen.«

»Und Sie haben persönlich mit ihm gesprochen?«, erkundigte sich Leonid höflich, aber erstaunt.

»Natürlich«, schnappte Homer zurück. Legenden waren

schon immer sein Steckenpferd gewesen, und er konnte es einfach nicht zulassen, dass dieser Grünschnabel ihn übertrumpfte. Noch hatte er eine Geschichte in Reserve, die ihm besonders viel bedeutete. Eigentlich hätte er sie lieber aus einem anderen Anlass erzählt, anstatt sie für einen derart nichtigen Wettstreit zu vergeuden. Doch als er bemerkte, dass Sascha über jeden Witz dieses Halunken lachte, rückte er doch damit heraus. »Und das mit Poljarnyje Sori, kennen Sie das?«

»Poljarnyje was?«, fragte der Musiker und wandte sich ihm zu.

»Ich bitte Sie.« Homer lächelte milde. »Im hohen Norden, auf der Kola-Halbinsel, gibt es eine Stadt, die heißt Poljarnyje Sori. Ein gottverlassenes Nest. Bis Moskau sind es eineinhalbtausend Kilometer, bis Petersburg mindestens tausend. Am nächsten gelegen ist Murmansk mit seinen Marinestützpunkten, aber selbst bis dorthin ist es ein ordentlicher Weg.«

»Mit einem Wort: ein Kaff«, kommentierte Leonid schief grinsend.

»Jedenfalls liegt es weit entfernt von irgendwelchen großen Städten, geheimen Fabriken und Militärbasen. Den wichtigsten Zielen. Alle Städte, die unsere Raketenabwehr nicht schützen konnte, zerfielen in Schutt und Asche. Und die anderen, über denen es einen Abwehrschirm gab und wo die Abfangraketen funktionierten …« Homer blickte nach oben. »Nun, das wissen wir ja alle. Aber daneben gab es auch Orte, auf die niemand zielte. Weil sie keinerlei Gefahr darstellten. Wie zum Beispiel Poljarnyje Sori.«

»Die interessieren uns doch jetzt auch nicht mehr«, sagte der Musiker.

»Sollten sie aber«, entgegnete Homer barsch. »Denn unweit von Poljarnyje Sori befindet sich das Atomkraftwerk Kola. Eines der leistungsstärksten im ganzen Land. Es hat seinerzeit praktisch den ganzen Norden Russlands mit Strom versorgt. Millionen von Menschen. Hunderte von Fabriken. Ich komme selbst aus Archangelsk, also weiß ich, wovon ich spreche. Als Schüler habe ich sogar mal eine Exkursion dorthin gemacht. Es ist eine richtige Festung, ein Staat im Staate. Sie hatten eine eigene kleine Armee dort, eigene Landwirtschaftsflächen und Verarbeitungsbetriebe. Völlig autark waren die. Warum sollte sich ihr Leben nach einem Atomkrieg geändert haben?« Er lächelte traurig.

»Sie wollen damit sagen …«

»Petersburg existiert nicht mehr, Murmansk und Archangelsk ebenso. Millionen von Menschen sind vernichtet worden, Fabriken und Städte zu Staub und Asche verbrannt. Poljarnyje Sori aber hat überlebt. Und auch das AKW ist unversehrt geblieben. Rings herum ist kilometerweit nichts als Schnee. Schnee und Eisfelder, Wölfe und Eisbären. Es gibt keinerlei Verbindung zum Zentrum. Und sie haben genug Brennstoff, um eine große Stadt einige Zeit am Leben zu erhalten. Das heißt, für sich und vielleicht noch für das nächste Umland haben die auf hundert Jahre hinaus ausgesorgt. Die überwintern leicht.«

»Eine Arche«, flüsterte Leonid. »Und als die Sintflut vorüber war und das Wasser zurückging, kam vom Berg Ararat …«

»Genau.« Der Alte nickte ihm zu.

»Woher wissen Sie das alles?« Die Stimme des Musikers klang auf einmal weder ironisch noch gelangweilt.

»Ich habe mal als Funker gearbeitet«, erwiderte Homer ausweichend. »Und ich wollte unbedingt Überlebende in meiner Heimatregion ausfindig machen.«

»Werden die dort wirklich aushalten, so hoch im Norden?«

»Da bin ich mir sicher. Allerdings hatte ich das letzte Mal vor zwei Jahren Kontakt. Aber denken Sie nur, was das bedeutet: Strom und Wärme für ein ganzes Jahrhundert. Mit medizinischen Geräten, mit Computern, mit elektronischen Bibliotheken auf CD-ROMs. Woher sollten Sie das auch wissen? In der gesamten Metro gibt es ja nur zwei PCs, und auch die sind nur noch Spielzeug. Dabei ist das hier die Hauptstadt.« Homer lächelte bitter. »Sollten sonst noch irgendwo Menschen überlebt haben – nicht vereinzelt, sondern in ganzen Siedlungen –, so herrscht dort doch längst wieder das 17. Jahrhundert, wenn nicht gar die Steinzeit. Kienspäne, Viehzucht, Schamanentum. Jeder Dritte stirbt bei der Geburt. Abakus und Schrifttum auf Birkenrinden. Es gibt nichts außer dem eigenen Gehöft und ein, zwei benachbarten Weilern. Eine menschenleere Ödnis. Wölfe, Bären, Mutanten. Schließlich beruht die gesamte moderne Zivilisation auf elektrischer Energie.« Er räusperte sich und sah sich um. »Wenn der Strom ausfällt, gehen die Stationen hier unten zugrunde, und das war's. Milliarden von Menschen haben in Jahrhunderten unsere Zivilisation aufgebaut, und plötzlich ist alles dahin. Homo sapiens darf wieder von vorne anfangen. Nur, wer weiß, ob wir es diesmal schaffen? Und jetzt stellen Sie sich vor: In einer solchen Situation bekommt eine Handvoll Leute auf einmal eine Gnadenfrist von einem ganzen Jahrhundert! Sie haben recht: Es ist eine Arche Noah. Ein fast unbegrenzter Vorrat an Energie. Öl muss ja erst gefördert und verarbeitet werden, nach Gas muss man bohren und es Tausende Kilometer weit pumpen. Also zurück zur Dampfmaschine? Oder noch weiter?« Er nahm Saschas Hand. »Ich sage dir, den Menschen droht keine Gefahr. Sie sind zählebig wie die Küchenschaben. Aber die Zivilisation … die muss man bewahren.«

»Gibt es denn dort eine Zivilisation?«

»Seien Sie unbesorgt. Die Atomingenieure sind unsere technische Intelligenz. Die Bedingungen sind dort sicher besser als bei uns. In den zwei Jahrzehnten ist Poljarnyje Sori ziemlich gewachsen. Sie haben einen Dauerfunkspruch abgegeben: ›An alle Überlebenden …‹ Mit ihren Koordinaten. Es heißt, dass dort immer noch Leute ankommen.«

»Warum habe ich nie davon gehört?«, murmelte der Musiker.

»Nur wenige wissen davon. Von hier aus ist ihre Wellenlänge schwer reinzukriegen. Aber versuchen Sie es ruhig einmal, wenn Sie ein paar freie Jahre erübrigen können.« Homer grinste. »Codewort ›Letzter Hafen‹.«

Leonid schüttelte den Kopf. »Ich müsste es eigentlich wissen. Ich sammle solche Fälle. Ist denn dort wirklich alles friedlich abgelaufen?«

»Wie soll ich sagen … Rund rum ist nichts als Schnee und Eis, und wenn es in der Nähe noch Dörfer und Kleinstädte gab, so sind diese schnell verwildert. Es ist schon vorgekommen, dass irgendwelche Barbaren angegriffen haben. Und natürlich auch wilde Tiere, wenn man diese so nennen kann. Aber sie hatten immer ausreichend Waffen. Rund um die Uhr Verteidigungsbereitschaft und überall Außenposten. Elektrisch geladener Stacheldraht, Wachtürme. Wie gesagt, eine Festung. Im ersten Jahrzehnt, mit noch frischem Schwung, haben sie einen Palisadenzaun hochgezogen. Außerdem haben sie die Umgebung erforscht. Sie kamen bis Murmansk, immerhin zweihundert Kilometer weit. Anstelle der Stadt gibt es dort nur noch einen riesigen verkohlten Trichter. Sie wollten auch eine Expedition nach Süden machen, Richtung Moskau, ich habe ihnen aber davon abgeraten. Wozu das Risiko? Sobald die Strahlung zurückgeht, können sie neue Landstriche erobern. Aber einstweilen ist bei uns nichts zu holen. Ein Friedhof, nichts weiter.« Homer seufzte.

»Es wäre schon sehr merkwürdig«, sagte Leonid, »wenn die Menschheit, nachdem sie sich erst durch das Atom vernichtet hat, sich eben dadurch rettet.«

»Sehr merkwürdig.« Der Alte blickte ihn finster an.

»Es ist wie bei Prometheus, als er das Feuer stahl. Die Götter hatten ihm verboten, den Menschen das Feuer zu bringen. Aber er wollte die Menschen aus dem Schmutz herausholen, aus Dunkelheit und Kälte …«

»Ich hab's gelesen«, unterbrach Homer giftig. »›Die Mythen und Legenden des Alten Griechenlands‹.«

»Ein prophetischer Mythos. Nicht umsonst waren die Götter dagegen. Sie wussten, wie alles enden würde.«

»Aber es war das Feuer, das den Menschen zum Menschen machte.«

»Sie wollen damit sagen, dass er ohne Strom wieder zum Tier wird?«

»Ich will damit sagen, dass wir ohne Strom um zweihundert Jahre zurückgeworfen werden. Und wenn man bedenkt, dass nur einer von tausend überlebt hat und dass alles wieder aufgebaut, erschlossen und erforscht werden muss, wahrscheinlich eher um fünfhundert Jahre. Vielleicht holen wir das auch nie mehr auf. Oder sind Sie da anderer Meinung?«

»Nein, nein«, erwiderte Leonid. »Aber geht es denn wirklich nur um den Strom?«

»Worum denn sonst?« Vor Erregung warf Homer die Arme in die Luft.

Der Musiker musterte ihn mit einem langen, seltsamen Blick und zuckte mit den Schultern.

Das Schweigen zog sich in die Länge. Homer hatte das Ende ihres Gesprächs als Sieg empfunden: Endlich hatte das Mädchen aufgehört, den dreisten Kerl mit den Augen zu verschlingen, und war in Gedanken versunken. Es war nicht mehr weit bis zur Station, als Leonid auf einmal sagte: »Na schön. Dann erzähle ich euch auch mal eine Geschichte.«

Homer setzte eine erschöpfte Miene auf, nickte aber gnädig.

»Auf der anderen Seite der *Sportiwnaja*, noch vor der zerstörten Sokolnitscheski-Brücke, zweigt angeblich eine Spur vom Haupttunnel ab und endet in einer Sackgasse. Es gibt ein Gitter dort und dahinter ein verschlossenes Sicherheitstor. Mehrfach hat man versucht, das Tor zu öffnen, aber immer ohne Erfolg. Praktisch kein Abenteurer, der sich dorthin aufmachte, kam zurück. Ihre Leichen hat man später an ganz anderen Orten der Metro gefunden.«

Homer verzog das Gesicht. »Die Smaragdene Stadt?«

»Es ist ja bekannt«, fuhr Leonid unbeirrt fort, »dass die Sokolnitscheski-Metrobrücke schon am ersten Tag eingestürzt ist. Das heißt, dass alle Stationen dahinter von der Metro abgeschnitten sind. Allgemein geht man davon aus, dass auf der anderen Seite niemand überlebt hat, obwohl es dafür keinerlei Beweise gibt.«

Homer winkte ungeduldig ab. »Die Smaragdene Stadt.«

»Ebenfalls bekannt ist, dass die Moskauer Universität auf weichem Grund gebaut wurde. Das riesige Gebäude war nur stabil, weil gewaltige Kältemaschinen im Keller den sumpfigen Boden in gefrorenem Zustand hielten. Ansonsten wäre es längst in den Fluss hinabgerutscht.«

»Ein abgedroschenes Argument«, warf der Alte ein. Er begriff, worauf Leonid hinauswollte.

»Über zwanzig Jahre sind vergangen, aber das verlassene Gebäude steht noch immer an Ort und Stelle.«

»Weil das alles ein Märchen ist, deshalb!«

»Gerüchten zufolge befindet sich unter der Universität nicht nur irgendein Keller, sondern ein großer strategischer Luftschutzbunker, zehn Stockwerke tief. Dort stehen die Kältemaschinen und – was noch wichtiger ist – auch ein eigener Atomreaktor, Wohnräume und Verbindungsgänge zu den nächstgelegenen Metrostationen und sogar zur Metro-2.« Leonid sah Sascha mit großen, furchterregenden Augen an, sodass diese lachen musste.

»Alles kalter Kaffee«, kommentierte Homer abschätzig.

»Angeblich soll sich dort eine ganze unterirdische Stadt befinden«, setzte der Musiker mit verträumter Stimme fort. »Eine Stadt, deren Bewohner keineswegs gestorben sind, sondern es sich zur Aufgabe gemacht haben, in mühevoller Kleinarbeit das verlorengegangene Wissen wieder einzusammeln und dem Schönen zu dienen. Sie scheuen keine Mittel, um Expeditionen in noch erhaltene Galerien, Museen und Bibliotheken an der Oberfläche zu unternehmen. Bei der Erziehung ihrer Kinder legen sie größten Wert darauf, dass diese ein klares Gefühl für Schönheit entwickeln. Friede und Harmonie herrschen dort, ihre einzige Ideologie ist die Aufklärung, die einzige Religion die Kunst. Dort sind die Wände nicht nur mit zwei hässlichen Ölfarben gestrichen, sondern mit wunderbaren Fresken bemalt. Aus den Lautsprechern tönen nicht Befehle und Alarmsirenen, sondern Berlioz, Haydn und Tschaikowsky. Stellt euch nur vor: Jeder der Bewohner kann aus dem Kopf Dante zitieren. Nur deshalb sind die Menschen dort so geblieben wie früher. Oder nein, nicht wie im 21. Jahrhundert, sondern eher wie in der Antike. Na ja, Sie haben ja die ›Mythen und Legenden‹ gelesen.« Leonid lächelte den Alten an, als halte er ihn für leicht begriffsstutzig. »Frei, mutig, schön und weise. Gerecht und edel.«

»Hab ich noch nie gehört!« Homer hoffte nur, dass der schlaue Teufel ihm damit nicht das Mädchen einfing.

»In der Metro heißt dieser Ort ›Smaragdene Stadt‹. Seine Bewohner jedoch bevorzugen angeblich eine andere Bezeichnung.«

»Die da wäre?«, schnappte Homer.

»Arche.«

»Blödsinn! Völliger Blödsinn!« Der Alte schnaubte und wandte sich ab.

»Natürlich«, sagte der Musiker. »Es ist ja nur eine Geschichte.«

An der *Dobryninskaja* herrschte Chaos.

Homer blickte sich nach allen Seiten um, verblüfft und ängstlich zugleich: War es eine Täuschung? Konnte sich so etwas an einer Ringstation abspielen? Es sah aus, als hätte jemand kurz zuvor der Hanse den Krieg erklärt.

Aus dem Tunnel neben ihnen ragte eine Transportdraisine hervor, darauf ein paar Leichen, willkürlich übereinandergeschichtet. Militärsanitäter mit Schürzen hievten sie herunter und legten sie auf einem Stück Zeltbahn ab. Einer fehlte der Kopf, andere hatten entstellte Gesichter, wieder anderen quollen die Gedärme hervor …

Homer hielt Sascha die Augen zu. Leonid atmete schwer und wandte sich ab.

»Was ist passiert?«, fragte einer der Männer aus ihrem Begleitschutz einen Sanitäter.

»Unsere Wachleute beim Großen Verteiler hat's erwischt. Alle bis zum letzten tot. Keine Überlebenden. Und niemand weiß, wer's war.« Der Sanitäter wischte sich die Hände an seiner Schürze ab. »Hast du mal was zum Rauchen? Meine Hände zittern so.«

Der Große Verteiler, auch Haupt-Zubringer genannt, war ein spinnenartiges Gleissystem, das hinter der *Pawelezkaja*-Radialstation abzweigte und gleich vier Linien miteinander verband: den Ring, die graue, die orangene und die grüne Linie.

Homer hatte geahnt, dass Hunter diesen Weg wählen würde. Es war der kürzeste. Allerdings wurde er stets von starken Einheiten der Hanse bewacht.

Wozu dieses Blutvergießen? Hatten sie als Erste das Feuer auf ihn eröffnet? Oder ihn in der Dunkelheit gar nicht kommen sehen? Wo war er jetzt? Oh Gott, da lag noch ein Kopf … Warum hatte er das getan?

Homer dachte an den zersprungenen Spiegel und an Saschas

Worte. Sollte sie recht gehabt haben? Vielleicht kämpfte der Brigadier gegen sich selbst, vielleicht wollte er ja eigentlich unnötige Morde vermeiden, hatte sich aber nicht in der Gewalt … Hatte er den Spiegel zerschlagen, um den hässlichen, furchtbaren Menschen zu vernichten, in den er sich allmählich verwandelte?

Nein. Hunter hatte in dem Spiegel keinen Menschen, sondern ein Ungeheuer erblickt. Er hatte es zu erledigen versucht, doch dabei nur das Glas zersplittert, sodass aus der einen Spiegelung ein ganzes Dutzend geworden war.

Aber was, wenn … Homer blickte den Sanitätern nach, wie sie die letzte von acht Leichen von der Draisine auf den Bahnsteig trugen … Was, wenn ihm aus dem Spiegel ein verzweifelter Mensch entgegengeblickt hatte? Der alte Hunter?

Was, wenn jener – der andere, der monströse – bereits herausgekommen war und die Führung übernommen hatte?

## 14
## Was noch?

*Was macht den Menschen eigentlich zum Menschen? Mehr als eine Million Jahre zieht er durch diese Welt. Die magische Transformation, die dieses intelligente Herdentier zu etwas völlig Neuem werden ließ, hat sich jedoch erst vor etwa zehntausend Jahren vollzogen. Man denke nur: 99 Prozent seiner Geschichte hat er sich in Höhlen gedrängt und rohes Fleisch gekaut, außerstande, sich zu wärmen, Werkzeug oder gar Waffen zu entwickeln, nicht einmal richtig sprechen konnte er. Auch in seinen Empfindungen unterschied er sich kaum von Affen oder Wölfen: Hunger, Angst, Bindung, Fürsorge, Befriedigung …*

*Wie hat er nur in wenigen Jahrhunderten gelernt zu bauen, zu denken und seine Gedanken aufzuschreiben? Die ihn umgebende Materie zu verändern, zu erfinden? Warum begann er auf einmal zu zeichnen, wie entdeckte er die Musik? Wie konnte er sich die Erde unterwerfen und sie nach seinen Bedürfnissen umgestalten? Was war es, das dieses Tier vor zehntausend Jahren hinzubekam?*

*Das Feuer? Es verlieh dem Menschen die Fähigkeit, Licht und Wärme zu zähmen und beides in unbewohnbare, kalte Gegenden zu tragen. Endlich konnte er seine Beute magenfreundlich zubereiten. Aber was änderte das? Gut, es gestattete ihm, seine Ländereien auszudehnen. Doch die Ratten haben auch ohne Feuer den ganzen Planeten besiedelt.*

*Nein, es war nicht das Feuer, jedenfalls nicht allein, da hatte der Musikant recht. Also musste es noch etwas geben … Aber was?*

*Die Sprache? Das ist zweifellos ein Unterschied zu den anderen Tieren. Wenn rohe Gedanken zu Wortbrillanten geschliffen werden und schließlich zu einer allgemeinen, überall im Umlauf befindlichen Währung werden. Dabei geht es nicht einmal so sehr darum, das auszudrücken, was sich in deinem Kopf abspielt, sondern vielmehr um die Fähigkeit, es zu ordnen, instabile, wie geschmolzenes Metall fließende Bilder in eine feste Form zu gießen. Die Klarheit und Nüchternheit des Geistes zu wahren, Anweisungen und Wissen exakt und eindeutig weiterzugeben. Daher auch die Fähigkeit, sich zu organisieren, zu unterwerfen, Armeen zusammenzustellen und Staaten zu bilden.*

*Doch Ameisen kommen ganz ohne Worte aus. Auf einer für den Menschen kaum wahrnehmbaren Ebene erschaffen sie riesige Konglomerate, leben in den komplexesten Hierarchien, teilen einander mit größter Exaktheit Informationen und Befehle mit, stellen mit eiserner Disziplin tausendköpfige, furchtlose Legionen, die sie in unhörbaren, aber gnadenlosen Kriegen aufeinanderhetzen.*

*Oder sind es die Buchstaben? Ohne die wir nicht in der Lage wären, unser Wissen zu speichern? Diese Ziegelsteine, aus denen sich der himmelstürmende babylonische Turm der menschlichen Zivilisation zusammensetzt? Ohne die alle Weisheit, die die Menschheit je erringt, wie ungebrannter Lehm zerfließen und zerspringen, unter dem eigenen Gewicht zusammensinken und zu Staub zerfallen würde? Ohne Buchstaben würde jede Generation den großen Turm von Neuem zu bauen beginnen, würde sie sich ihr ganzes Leben lang an den Ruinen derselben Lehmhütte abrackern und schließlich krepieren, ohne auch nur ein einziges neues Stockwerk errichtet zu haben.*

*Erst die Buchstaben – die Schrift – ermöglichten es dem Menschen, das angehäufte Wissen aus seinem engen Schädel hinauszubefördern und unverfälscht für die Nachkommen aufzubewahren. So wurde er endlich von dem Schicksal erlöst, längst Entdecktes immer wieder von Neuem entdecken zu müssen, und war in der Lage, auf einem festen, von seinen Vorfahren überlieferten Fundament etwas Eigenes zu errichten.*

*Doch war das alles?*

*Könnten die Wölfe schreiben, wäre ihre Zivilisation so ähnlich wie die des Menschen? Hätten sie denn überhaupt eine Zivilisation?*

*Ein satter Wolf verfällt in eine wohlige Trägheit, er liebkost seine Artgenossen und spielt mit ihnen, bis ihn sein knurrender Magen weitertreibt. Einen satten Menschen überkommt dagegen ein völlig anders geartetes Gefühl: Er wird melancholisch. Es ist eine unfassbare, unerklärliche Regung, die ihn dazu bringt, stundenlang die Sterne zu betrachten, die Wände seiner Höhle mit Ocker zu bepinseln, den Bug seines Kampfbootes mit geschnitzten Figuren zu dekorieren, in jahrhundertelanger Schwerstarbeit steinerne Kolosse zu errichten, anstatt die Festungsmauern zu verstärken, und sein Leben lang an der Verfeinerung seiner poetischen Meisterschaft zu arbeiten, anstatt sich in der Kunst der Schwertführung zu üben.*

*Es ist diese Regung, die einen ehemaligen Hilfszugführer dazu bringt, die wenigen ihm verbliebenen Jahre der Lektüre und der Suche zu widmen, der Suche und dem Versuch, etwas niederzuschreiben … Etwas Besonderes … Um diese Sehnsucht zu befriedigen, lauscht das einfache, arme Volk den fahrenden Geigern, halten sich Könige eigene Troubadoure oder Hofmaler, betrachtet ein im Unterirdischen geborenes Mädchen lange ein bemaltes Teepäckchen. Es ist ein undeutliches, aber machtvolles Rufen, das sogar die Stimme des Hungers zu übertönen vermag – und das nur der Mensch vernimmt.*

*Ist es nicht gerade dieses Rufen, das über das Spektrum der tierischen Empfindungen hinausgeht und dem Menschen erst die Fähigkeit gibt zu träumen, die Kühnheit zu hoffen und den Mut zu verzeihen? Liebe und Mitleid, also jene Gefühle, die der Mensch so oft für seine besonderen Eigenschaften hält, hat nicht er entdeckt. Auch ein*

*Hund ist fähig, zu lieben und mitfühlend zu sein: Ist sein Herrchen krank, so weicht er nicht von seiner Seite und winselt. Sogar Sehnsucht legt er an den Tag und ist in der Lage, den Sinn seines Lebens in einem anderen Wesen zu sehen: So mancher Hund ist beim Tode seines Herrchens selbst bereit zu sterben, nur um bei ihm zu bleiben. Aber träumen kann der Hund nicht.*

*Dann ist es also die Sehnsucht nach dem Schönen und die Fähigkeit, es zu schätzen? Diese erstaunliche Fähigkeit, sich an einer Farbkomposition zu erfreuen, an Klangreihen, gebrochenen Linien und elegant gebauten Sätzen? Ihnen ein süßes und zugleich schmerzliches Klingen der Seele zu entlocken, das jedes Herz erfasst – selbst ein verfettetes, von Schwielen überzogenes, völlig vernarbtes – und es von seinen Geschwüren befreit?*

*Vielleicht. Doch nicht nur das.*

*Um die Gewehrschüsse und verzweifelten Schreie gefesselter nackter Menschen zu übertönen, haben gewisse Menschen großartige Wagneropern mit voller Lautstärke abspielen lassen. Und das war kein Widerspruch: Das eine unterstrich nur das andere.*

*Was also noch?*

*Selbst wenn der Mensch in dieser Hölle als biologische Art überlebt, wird er diesen zerbrechlichen, kaum wahrnehmbaren, aber zweifellos realen Bestandteil seiner Natur bewahren? Wird er diesen besonderen Funken erhalten können, der vor zehntausend Jahren das halb verhungerte Tier mit dem trüben Blick zu einem Wesen einer anderen Ordnung machte? Zu einem Wesen, das der seelische Hunger noch viel mehr quält als der körperliche. Einem schwankenden Wesen, ewig hin und her gerissen zwischen geistiger Größe und Niedrigkeit, zwischen unerklärlicher, für ein Raubtier eigentlich ausgeschlossener Gnade – und unverzeihlicher Grausamkeit, wie sie nicht einmal in der seelenlosen Welt der Insekten ihresgleichen kennt. Einem Wesen, das herrliche Schlösser errichtet und unglaubliche Gemälde erschafft, das sich in der Fähigkeit, Schönes zu synthetisieren, mit dem Schöpfer selbst misst – und auf der anderen Seite Gaskammern und Wasserstoffbomben erfindet, um das Erschaffene wieder zu annihilieren und seinesgleichen möglichst ökonomisch zu vernichten. Einem Wesen, das am Strand eifrig Sandburgen baut, um sie sodann aus einer Laune heraus zu zerstören. Einem Wesen, das keinerlei Grenzen kennt, das ängstlich ist und zugleich überschäumend, außerstande, seinen prekären Hunger zu stillen, und doch sein ganzes Leben nichts anderes versucht. Einem Menschen …*

*Wird dieser Funke in ihm, von ihm bleiben?*

*Oder wird er in der Vergangenheit verschwinden als ein kurzer Ausschlag im Diagramm der Geschichte? Wird der Mensch nach dieser seltsamen – auf die Dauer seiner Existenz gerechnet – einprozentigen Abweichung also wieder zurückgeworfen in ewige Abstumpfung, in eine zeitlose Routine, in der ungezählte Generationen, die Augen zu Boden gerichtet, wiederkäuend, aufeinander folgen und zehn-, hundert-, fünfhunderttausend Jahre gleichermaßen unbemerkt vergehen?*

*Was noch?«*

»Ist das wahr?«

»Was denn?« Leonid lächelte sie an.

»Das mit der Smaragdenen Stadt? Mit der Arche? Dass es so einen Ort in der Metro gibt?« Saschas Stimme klang nachdenklich; sie hatte den Blick auf ihre Füße gerichtet.

»Es gibt solche Gerüchte.«

»Ich würde das gerne mal sehen … Weißt du, als ich dort oben herumging, tat es mir um die Menschen leid. Wegen eines einzigen Fehlers wird es nie wieder so sein wie früher. Dabei war es so schön … glaube ich zumindest.«

»Wegen eines einzigen Fehlers? Nein, wegen eines Kapitalverbrechens. Die ganze Welt zu zerstören, sechs Milliarden Menschen umzubringen – lässt sich das noch als Fehler bezeichnen?«

»Trotzdem. Haben du und ich etwa nicht verdient, dass man uns verzeiht? Jeder verdient das. Jeder hat das Recht auf eine Chance, sich und alles zu ändern, es von Neuem zu versuchen, noch einmal, und wenn es das letzte Mal ist.« Sascha schwieg eine Weile, dann sagte sie: »Ich würde so gerne sehen, wie dort alles in Wirklichkeit aussieht. Früher hat es mich nicht interessiert. Früher hatte ich einfach Angst, und mir kam dort alles so hässlich vor. Aber anscheinend bin ich einfach immer nur an der falschen Stelle nach oben gegangen. Wie dumm … Die Stadt dort oben ist wie mein früheres Leben. Sie hat keine Zukunft. Nur Erinnerungen, und selbst die sind fremd. Nur Gespenster. Ich habe etwas sehr Wichtiges begriffen, als ich dort oben war, weißt du …« Sie suchte nach Worten. »Die Hoffnung ist wie das Blut in deinen Adern. Solange es fließt, lebst du. Ich will weiter hoffen.«

»Und was willst du in der Smaragdenen Stadt?«, fragte Leonid.

»Ich will sehen, fühlen, wie das Leben früher war. Du hast es doch selbst gesagt. Dort sind die Menschen wahrscheinlich wirklich ganz anders. Sie haben das Gestern noch nicht vergessen, und sie werden ganz sicher ein Morgen haben. Also müssen sie ganz, ganz anders sein …«

Sie gingen ohne Hast die *Dobryninskaja* entlang. Noch immer ließen die Wachleute sie nicht aus den Augen. Homer hatte sie schweren Herzens verlassen, um beim Stationsvorsteher vorzusprechen; er war schon seit geraumer Zeit fort. Von Hunter fehlte nach wie vor jede Spur.

Dann, in dem marmornen Mittelgang der *Dobryninskaja,* hatte Sascha eine seltsame Erkenntnis: Die großen, innen ausgekleideten Bögen, durch die man zu den Gleisen gelangte, wechselten sich hier mit kleinen, dekorativen Reliefbögen ab. Immer ein großer, dann ein kleiner Bogen, wieder ein großer und wieder ein kleiner. Wie Mann und Frau, die sich an den Händen hielten, Mann und Frau, Mann und Frau … Und auf einmal spürte sie das Verlangen nach der breiten und starken Hand eines Mannes, in die sie ihre eigene legen konnte. Um sich darin nur ein wenig zu verbergen.

»Auch hier kann man ein neues Leben beginnen«, sagte Leonid und zwinkerte ihr zu. »Man muss nicht unbedingt woanders hingehen auf der Suche nach etwas … Manchmal genügt es, sich einfach umzusehen.«

»Und was sehe ich da?«

»Mich.« Er senkte den Blick mit gespielter Bescheidenheit.

»Ich habe dich schon gesehen. Und gehört.« Nun endlich lächelte Sascha zurück. »Deine Musik gefällt mir sehr, wie allen. Brauchst du denn gar keine Patronen? Du hast so viele davon hergegeben, um uns durchzuschleusen …«

»Ich brauche nur so viele, dass es fürs Essen reicht. Ich habe immer genug. Für Geld zu spielen ist Blödsinn.«

»Warum spielst du dann?«

»Wegen der Musik.« Er lachte. »Wegen der Menschen. Nein, nicht ganz. Wegen dem, was die Musik mit den Menschen macht.«

»Was macht sie denn mit ihnen?«

»Alles, was du willst«, erwiderte Leonid, diesmal wieder ernst. »Ich habe eine, die Liebe entfacht, und eine, die zu Tränen rührt.«

Sascha blickte ihn misstrauisch an. »Und die, die du letztes Mal gespielt hast? Die, die keinen Namen hat. Was ruft sie hervor?«

»Die?« Er pfiff die Einleitung. »Gar nichts. Sie nimmt nur den Schmerz.«

»He, Alter!«

Homer schloss sein Buch und rutschte auf der unbequemen

Holzbank hin und her. Der Diensthabende thronte hinter einem kleinen Schreibpult, das fast vollständig von drei alten schwarzen Telefonen ohne Tasten oder Wählscheiben besetzt war. Auf einem der Apparate blinkte ein rotes Lämpchen.

»Andrej Andrejewitsch lässt bitten. Du hast zwei Minuten, also rede nicht lang rum, sondern komm gleich zur Sache.«

Homer stöhnte. »Zwei Minuten reichen nicht.«

Der Diensthabende zuckte mit den Schultern. »Ich habe dich gewarnt.«

Selbst fünf Minuten würden nicht ausreichen – Homer wusste weder, wo er anfangen und aufhören sollte, noch, wonach er fragen oder worum er bitten wollte. Außer dem Chef der *Dobryninskaja* gab es jedoch niemanden, an den er sich jetzt wenden konnte.

Andrej Andrejewitsch, ein vor Bosheit triefender Fettwanst in einem offenen Uniformmantel, hörte dem Alten nicht lange zu.

»Bist du von Sinnen? Ich habe hier einen Ausnahmezustand, acht meiner Männer sind hin, und da kommst du mir mit irgendwelchen Epidemien! Es gibt hier nichts dergleichen! Schluss jetzt, du hast mir schon genug Zeit gestohlen! Entweder, du ziehst sofort Leine …«

Wie ein Pottwal, der aus dem Wasser springt, riss der Stationsvorsteher seinen Wanst in die Höhe, dass der Tisch, an dem er saß, beinahe umgefallen wäre. Der Diensthabende blickte fragend durch die Tür herein.

Homer erhob sich ebenfalls verwirrt von dem harten, niedrigen Besucherstuhl. »Ich gehe schon. Aber warum haben Sie Streitkräfte an die *Serpuchowskaja* geschickt?«

»Was geht dich das an?«

»An der Station heißt es …«

»Was, was? Es reicht. Dass du mir hier keine Panik schürst … Pavel, ab mit ihm in den Affenkäfig!«

Einen Augenblick später wurde Homer ins Vorzimmer gezerrt. Von dort schleppte der Wachmann den widerspenstigen Alten in einen engen Korridor, wobei er ihm abwechselnd gut zuredete – und ihm eine aufs Maul gab.

Bei einer Ohrfeige flog Homer die Atemmaske vom Gesicht. Er versuchte die Luft anzuhalten, doch dann bekam er einen Schlag in den Magen und begann krampfhaft zu husten.

Der Pottwal tauchte auf der Schwelle seines Büros auf. Er füllte die gesamte Türöffnung aus. »Da soll er erst mal sitzen. Wir sehen dann später weiter …« Dann knurrte er den nächsten Besucher an. »Und wer bist du? Bist du angemeldet?«

Homer blickte sich nach dem Fremden um. Drei Schritte von ihm entfernt stand Hunter, reglos und mit gekreuzten Armen. Er trug eine enge, fremde Uniform, sein Gesicht war im Schatten des geöffneten Visiers nicht zu sehen. Er schien den Alten nicht zu erkennen und sich nicht einmischen zu wollen. Homer hatte erwartet, dass er wie ein Fleischer von oben bis unten vor Blut triefte, doch der einzige dunkelrote Fleck auf der Kleidung des Brigadiers stammte von dessen eigener Wunde.

Hunters steinerner Blick glitt zum Stationsvorsteher hinüber – und plötzlich bewegte er sich langsam auf ihn zu, als wollte er durch ihn hindurch in dessen Büro gehen.

Dieser reagierte zuerst wie vor den Kopf geschlagen, dann begann er vor sich hin zu murmeln, wich zurück und machte den Weg frei. Der Wachmann, der Homer immer noch am Kragen hatte, hielt unschlüssig inne.

Hunter folgte dem Fettsack ins Innere und brachte ihn mit einem raubtierartigen Fauchen zum Schweigen. Dann flüsterte er ihm etwas ins Ohr, das wie ein Befehl klang.

Der Diensthabende hatte den Alten stehen gelassen und war über die Türschwelle getreten. Einen Augenblick später prallte er durch die Türöffnung zurück, gefolgt von einem Schwall schmutziger Flüche – die Stimme des Stationsvorstehers kreischte fast. »Und lass diesen Provokateur in Ruhe!«, schrie er, als stünde er unter Hypnose.

Rot vor Scham zog der Diensthabende die Tür hinter sich zu, schleppte sich zu seinem Platz am Eingang und vergrub das Gesicht in einem auf Einwickelpapier gedruckten Nachrichtenblatt. Als Homer entschlossen an seinem Tisch vorbei auf das Büro des Vorstehers zuging, verbarg sich der Mann nur noch tiefer hinter seiner Zeitung – als ob ihn das alles überhaupt nichts mehr anginge.

Erst jetzt, als er dem fassungslosen Wachhund noch mal einen triumphierenden Blick zuwarf, fasste Homer dessen Telefonapparate etwas genauer ins Auge. Auf dem einen, der so unablässig vor sich hin blinkte, klebte ein Stück schmutzig-weißes Heftpflaster, auf das jemand mit blauem Kugelschreiber ein einziges Wort gekritzelt hatte: Tulskaja.

»Wir stehen im Kontakt mit dem Orden.« Der verschwitzte Vorsteher der *Dobryninskaja* knackste mit seinen Fäusten und ließ dabei den Brigadier keinen Moment aus den Augen. »Über diese Operation hat uns niemand informiert. Allein kann ich eine solche Entscheidung nicht treffen.«

»Dann rufen Sie in der Zentrale an«, erwiderte der andere. »Noch haben Sie Zeit, sich mit ihnen abzustimmen. Aber nicht mehr lange.«

»Sie werden mir keine Erlaubnis erteilen. Eine solche Operation gefährdet die Stabilität der Hanse. Sie wissen doch, dass das wichtiger als alles andere ist. Außerdem haben wir die Situation unter Kontrolle.«

»Was für eine Stabilität, zum Teufel? Wenn wir keine Maßnahmen treffen …«

Andrej Andrejewitsch schüttelte störrisch den schweren

Kopf. »Die Situation ist stabil. Ich verstehe nicht, was Sie wollen. Alle Ausgänge sind ständig bewacht. Da kommt nicht mal eine Maus durch. Warten wir doch ab, bis sich alles von selbst regelt.«

»Nichts regelt sich von selbst!«, herrschte ihn Hunter an. »Damit erreichen Sie nur, dass die dort versuchen werden, über die Oberfläche zu entkommen, und irgendwann findet einer einen Weg zu uns zurück. Die Station muss ordnungsgemäß gesäubert werden. Ich begreife nicht, warum Sie das nicht schon längst erledigt haben.«

»Aber es könnten doch noch gesunde Menschen dort sein. Wie stellen Sie sich das vor? Dass ich meinen Jungs einfach befehle, die *Tulskaja* komplett abzufackeln? Samt dem Zug mit den Sektierern? Vielleicht auch noch die *Serpuchowskaja* gleich dazu? Die Hälfte von denen haben dort doch ihre Huren und uneheliche Kinder! Nein, wissen Sie was? Wir sind hier keine Faschisten. Krieg ist Krieg, aber das hier … Kranke abzuschlachten … Selbst als an der *Belorusskaja* die Maul- und Klauenseuche ausgebrochen ist, haben sie die Schweine in verschiedene Ecken gebracht, damit die kranken getötet werden konnten und die gesunden weiterleben durften – man hat sie nicht einfach nur gekeult.«

»Das waren Schweine. Hier geht es um Menschen«, sagte der Brigadier tonlos.

»Nein und nochmals nein.« Der Vorsteher schüttelte erneut den Kopf, dass der Schweiß spritzte. »Ich kann das nicht. Das ist unmenschlich. Wozu soll ich mein Gewissen damit belasten? Damit ich später Albträume kriege?«

»Sie müssen überhaupt nichts tun. Dafür gibt es Leute, die keine Albträume haben. Lassen Sie uns nur Ihre Stationen passieren. Mehr nicht.«

»Ich habe Kuriere zur Polis geschickt. Die sollen sich nach

einem Impfstoff erkundigen.« Andrej Andrejewitsch wischte sich mit dem Ärmel die Stirn. »Wir haben die Hoffnung, dass …«

»Es gibt keinen Impfstoff. Und keine Hoffnung. Hören Sie endlich auf, den Kopf in den Sand zu stecken. Warum sehe ich hier keine Sanitätstruppen aus der Zentrale? Warum weigern Sie sich, dort anzurufen und grünes Licht für die Kohorte des Ordens anzufordern?«

Der Stationsvorsteher schwieg. Er versuchte die Knöpfe seines Mantels zu schließen, fummelte mit seinen feuchten Fingern daran herum und gab schließlich auf. Dann trat er an einen abgewetzten Geschirrschrank, schenkte sich einen stark riechenden Likör in ein kleines Glas und trank es mit einem Mal aus.

Hunter begriff. »Sie haben es ihnen gar nicht gesagt … Dort ist man völlig ahnungslos! An einer Station in Ihrer Nachbarschaft ist eine Epidemie ausgebrochen, und die Zentrale weiß nichts davon …«

»Es geht um meinen Kopf«, erwiderte der andere heiser. »Eine Seuche an einer angrenzenden Station, das bedeutet das Aus für mich. Weil ich es zugelassen habe … Weil ich nichts getan habe, um das zu verhindern … Weil ich die Stabilität der Hanse gefährdet habe.«

»An einer angrenzenden Station? Etwa an der *Serpuchowskaja*?«

»Bislang ist dort noch alles ruhig, aber ich habe zu spät reagiert. Woher sollen wir wissen …«

»Und wie haben Sie den Leuten Ihre Aktionen erklärt? Dass Sie Militäreinheiten an eine unabhängige Station schicken? Und den Tunnel abriegeln?«

»Banditen … Aufständische … Das kommt überall vor. Nichts Besonderes.«

Der Brigadier nickte. »Und jetzt ist es zu spät, alles zuzugeben.«

»Jetzt geht es nicht mehr nur um meine Entlassung.« Andrej Andrejewitsch schenkte sich ein zweites Glas ein und stürzte es sogleich herunter. »Darauf steht die Höchststrafe.«

»Und was jetzt?«

»Ich warte.« Der Vorsteher lehnte sich gegen den Tisch. »Vielleicht passiert ja doch noch etwas ...«

»Warum antworten Sie nicht auf die Anrufe?«, sagte Homer plötzlich. »Ihr Telefon klingelt ständig, das sind die von der *Tulskaja*. Wer weiß, wie es um sie steht.«

»Nein, es klingelt nicht mehr«, entgegnete der Vorsteher mit erloschener Stimme. »Ich habe den Ton abstellen lassen. Nur das Lämpchen leuchtet noch. Solange es das tut, sind dort Leute am Leben.«

»Aber warum gehen Sie nicht ran?«, wiederholte Homer wütend.

»Was soll ich den Leuten dort denn sagen?«, kläffte der Vorsteher zurück. »Dass sie sich gedulden sollen? Dass ich ihnen gute Besserung wünsche? Dass Hilfe unterwegs ist? Dass sie sich alle eine Kugel in den Kopf jagen sollen? Mir hat schon das Gespräch mit den Flüchtlingen gereicht!«

»Halt endlich den Mund«, befahl Hunter leise. »Hör mir lieber zu. In vierundzwanzig Stunden bin ich mit einer Truppe zurück. Ich will, dass man mich an allen Posten ungehindert passieren lässt. Die *Serpuchowskaja* hältst du geschlossen. Wir gehen bis zur *Tulskaja* und erledigen unsere Arbeit. Falls nötig, werden wir das auch an der *Serpuchowskaja* tun. Wir veranstalten einen kleinen Krieg. Die Zentrale brauchst du nicht zu informieren. Du brauchst überhaupt nichts zu tun. Ich sorge schon selbst dafür ... dass die Stabilität wiederhergestellt wird.«

Der Vorsteher nickte schwach. Entkräftet sank er in sich zusammen wie ein löchriger Fahrradschlauch. Er goss sich noch einen Schnaps ein, roch daran, und bevor er das Glas leerte, fragte er leise: »Du wirst bis zum Ellenbogen im Blut wühlen. Schreckt dich das nicht?«

»Blut lässt sich mit Wasser abwaschen«, erwiderte der Brigadier.

Als sie das Büro verließen, holte der Stationsvorsteher tief Luft und rief mit donnernder Stimme den Diensthabenden zu sich. Der stürzte hinein, und die Tür schloss sich krachend hinter ihm.

Homer hatte auf Hunter gewartet. Nun ließ er ihn einige Schritte vorausgehen, dann beugte er sich über das Schreibpult des Wachhabenden, riss den Hörer von dem blinkenden Apparat und hielt ihn gegen sein Ohr. »Hallo! Hallo! Ich höre!«, flüsterte er in die Sprechmuschel.

Stille… Aber die Stille war nicht dumpf, wie bei einem durchgeschnittenen Kabel, sondern eher hohl, als ob jemand den Hörer auf der anderen Seite abgehoben hätte, doch jetzt nicht zugegen war, um Homer zu antworten. Als ob dieser jemand am anderen Ende sehr lange auf eine Reaktion gewartet und dann die Geduld verloren hatte. Als ob der Alte mit seiner gebrochenen Stimme in das Ohr eines Toten sprach.

Hunter hatte sich auf der Schwelle umgedreht und warf einen missbilligenden Blick auf Homer. Dieser legte den Hörer vorsichtig wieder zurück und folgte dem Brigadier gehorsam.

»Popow! Popow! Aufstehen! Schnell!«

Die starke Lampe des Kommandeurs strahlte durch die Lider und setzte das Hirn über seinen Pupillen in Brand. Eine kräftige Hand schüttelte ihn an der Schulter, dann fuhr sie mit heftigem Schwung über Artjoms unrasiertes Gesicht. Dieser öffnete mühsam die Augen, rieb sich die brennende Wange, sprang von seiner Liege, stellte sich stramm und salutierte.

»Wo ist deine Waffe? Schnapp sie dir und dann mir nach!«

Schon seit Tagen schliefen sie alle in Uniform. Artjom wickelte seine Kalaschnikow aus, die ihm, mit einem Stofffetzen umhüllt, als Kissen gedient hatte, und trottete müde hinter dem Kommandeur her. Wie lange hatte er geschlafen? Eine Stunde? Zwei? Sein Kopf dröhnte, die Kehle fühlte sich trocken an.

»Es geht los«, rief ihm der Kommandeur über die Schulter zu. Artjom roch seine Fahne.

»Was geht los?«, fragte er ängstlich.

»Das wirst du gleich sehen. Da hast du ein Ersatzmagazin. Du wirst es brauchen.«

Die geräumige, säulenlose *Tulskaja*, die aussah wie der obere Teil eines riesigen Tunnels, lag fast ganz im Dunkeln. Nur an ein paar Stellen zuckten schwache Lichtstrahlen auf; sie bewegten sich völlig plan- und sinnlos hin und her, als ob Kinder oder Affen die Lampen hielten. Doch woher sollten auf einmal Affen hier auftauchen?

Mit einem Mal war Artjom hellwach. Er begriff sofort, was los war, und begann fieberhaft sein Sturmgewehr zu kontrollieren. Sie hatten nicht standgehalten! Oder war es noch nicht zu spät?

Aus der Wachstube kamen, schlaftrunken und heiser, zwei weitere Kämpfer herausgelaufen und schlossen sich ihnen an. Der Kommandeur trommelte also unterwegs die letzten Reserven zusammen, jeden, der sich noch auf den Beinen hielt und eine Waffe tragen konnte. Einige von ihnen husteten bereits.

Durch die schwere, verbrauchte Luft drang ein seltsames, unheilvolles Geräusch an ihre Ohren. Kein Schrei, kein Heulen, kein Befehl – ein Stöhnen aus Hunderten von Kehlen, gequält, voller Verzweiflung und Grauen. Ein Stöhnen, eingerahmt von einem kargen, metallischen Klappern und Knirschen, das gleichzeitig aus zwei, drei, zehn verschiedenen Richtungen kam.

Auf dem Bahnsteig war eine riesige Barrikade aus zerrissenen und eingefallenen Zelten, umgestürzten Blechkabinen, Waggonteilen, Sperrholzplatten und irgendwelchem Hausrat errichtet. Der Kommandeur bahnte sich seinen Weg durch die Schrotthaufen wie ein Eisbrecher. In seinem Kielwasser folgten unsicheren Schrittes Artjom und die anderen.

Auf dem rechten Gleis zeichnete sich in der Dunkelheit ein nicht mehr ganz vollständiger Metrozug ab. Das Licht in beiden Waggons war gelöscht, die geöffneten Türen hastig mit Teilen von Absperrgittern vernagelt worden. Im Inneren jedoch brodelte und kochte eine furchtbare Menschenmenge hinter den dunklen Fensterscheiben. Dutzende von Händen hatten die glatten Gitterstäbe gepackt, rissen daran, schaukelten und lärmten. An jeder der Eingangstüren waren Scharfschützen in Gasmasken postiert, die von Zeit zu Zeit auf die schwarzen, weit aufgerissenen Mäuler zusprangen und die Gewehrkolben hoben, ohne jedoch zuzuschlagen, geschweige denn zu schießen. An einer anderen Stelle versuchten die Wachleute die wogende Masse zu beschwichtigen.

Begriffen die Menschen in den Waggons denn überhaupt, was die Soldaten ihnen sagten? Man hatte sie in den Zug gesperrt, weil einige von ihnen versucht hatten, aus den Isolationsräumen im Tunnel zu fliehen. Sie waren einfach zu viele geworden – mehr als die Gesunden.

Der Kommandeur lief am ersten, dann am zweiten Waggon vorbei, und da begriff Artjom endlich, warum er es so eilig hatte: An der letzten Tür war die Eiterbeule geplatzt, und seltsame Geschöpfe flossen aus dem Waggon heraus. Sie hielten sich kaum noch auf den Beinen, ihre Gesichter waren von Geschwulsten bis zur Unkenntlichkeit entstellt, ihre Arme und Beine aufgebläht und krankhaft verdickt. Noch war niemand entkommen: Sämtliche noch verfügbaren Gewehrschützen waren vor dieser Tür zusammengezogen worden.

Der Kommandeur durchbrach die Umzingelung und ging nach vorne durch. »An alle Patienten! Kehren Sie unverzüglich an Ihre Plätze zurück! Das ist ein Befehl!« Mit einer heftigen Bewegung zog er seine Stetschkin aus dem Gürtelhalfter.

Der Kranke, der am weitesten vorn stand, brauchte mehrere Versuche, bis er seinen angeschwollenen, kiloschweren Kopf gehoben hatte. Dann fuhr er sich mit der Zunge über die aufgesprungenen Lippen und sagte: »Warum behandelt ihr uns so?«

»Wie Sie wissen, sind Sie von einem unbekannten Virus befallen worden. Wir suchen derzeit nach einem Gegenmittel … Sie müssen Geduld haben.«

»Ihr sucht nach einem Gegenmittel«, blaffte der Kranke. »Dass ich nicht lache.«

»Kehren Sie unverzüglich in den Waggon zurück.« Der Kommandeur entsicherte geräuschvoll. »Ich zähle bis zehn, dann eröffnen wir das Feuer. Eins …«

»Ihr macht uns doch nur Hoffnung, damit ihr nicht die Kontrolle verliert. Bis wir von selbst verrecken …«

»Zwei.«

»Wir haben schon seit vierundzwanzig Stunden kein Wasser mehr bekommen. Warum soll man Todeskandidaten auch zu trinken geben …«

»Die Wachleute haben Angst, sich den Gittern zu nähern. Zwei haben sich bereits angesteckt … Drei.«

»Die Waggons sind voller Leichen. Wir treten auf menschliche Gesichter. Weißt du, wie es klingt, wenn eine Nase zerbricht? Wenn es ein Kind ist, dann …«

»Wir haben keinen Platz dafür! Wir können sie nicht verbrennen … Vier.«

»Und in dem anderen Abteil ist es so eng, dass die Toten neben den Lebenden stehen bleiben. Schulter an Schulter.«

»Fünf.«

»Verdammt, so schießt schon! Ich weiß doch, dass es kein Gegenmittel gibt. Dann sterbe ich wenigstens schnell. So ist es, als würde jemand meine Innereien mit einer groben Feile aufreiben, dann mit Alkohol übergießen ...«

»Sechs.«

»... und am Ende anzünden. Als wäre mein Kopf voller Würmer, die allmählich nicht nur mein Hirn, sondern auch meine Seele auffressen ... Njam, njam, kracks, kracks, kracks ...«

»Sieben ...«

»Idiot! Gib uns endlich frei! Lass uns wie Menschen sterben! Woher nimmst du das Recht, uns so zu quälen? Du weißt doch genau, dass auch du wahrscheinlich schon ...«

»Acht ... Die Maßnahmen dienen der Sicherheit. Damit die anderen überleben. Ich bin bereit zu krepieren, aber von euch Pestbeulen kommt hier keiner raus. Anlegen!«

Artjom hob sein Sturmgewehr und nahm einen der Kranken ins Visier, der in der Nähe stand. Herrgott, war das eine Frau? Unter dem T-Shirt, das nur noch einer bräunlichen Kruste glich, wölbten sich ihre aufgeblähten Brüste. Er blinzelte mit den Augen und richtete den Lauf auf einen schwankenden Greis. Die Menge von Missgeburten wich zuerst murrend zurück, versuchte sich durch den Eingang ins Innere zu drücken, doch vergeblich – aus dem Waggon drängten wie frischer Eiter immer neue Kranke heraus, stöhnend und weinend.

»Du Sadist, weißt du, was du da tust? Vor dir stehen lebende Menschen. Wir sind doch keine Zombies!«

»Neun.« Die Stimme des Kommandeurs war brüchig geworden. Es klang fast wie ein Flüstern.

»Lass uns einfach frei!«, brüllte der Kranke aus Leibeskräften und streckte die Arme nach dem Kommandeur aus. Als wäre er ein Dirigent, regte sich die Masse und begann der Bewegung seiner Hände zu folgen.

»Feuer!«

Kaum hatte Leonid sein Instrument an die Lippen gelegt, da begannen die Menschen sich um ihn zu scharen. Schon bei den ersten zögerlichen, noch unsauberen Klängen lächelten die Leute zufrieden, klatschten aufmunternd, und als die Stimme der Flöte kräftiger wurde, begannen sich ihre Gesichter zu verwandeln. Es war, als würde aller Schmutz von ihnen abfallen.

Diesmal hatte Sascha einen besonderen Platz: direkt neben dem Musiker. Dutzende Augenpaare waren nun nicht nur auf Leonid gerichtet, sondern einige begeisterte Blicke galten auch ihr. Erst war es Sascha unangenehm – sie verdiente diese Aufmerksamkeit und Dankbarkeit ja gar nicht –, doch dann hob die Melodie sie vom Granitboden auf und trug sie mit sich fort, so wie ein gutes Buch oder die Erzählung eines Menschen einen mitreißt und alles vergessen lässt.

Es war ebenjene Melodie – Leonids eigene, namenlose –, die durch den Raum wogte. Er begann und beendete damit jeden seiner Auftritte. Mit ihr glättete er die Falten in den Gesichtern der Zuhörer, wischte den Staub aus ihren glasigen Augen und entzündete dahinter kleine Lichter. Auch wenn Sascha das Stück bereits kannte, gelang es Leonid doch, durch kleine Modulationen stets neue Geheimtüren zu öffen, sodass die Musik immer wieder anders klang. Ihr kam es so vor, als hätte sie ganz, ganz lange den Himmel betrachtet, und dann, auf einmal, öffnete sich zwischen den weißen Wolken nur einen Augenblick lang eine endlose, sanftgrüne Weite.

Plötzlich spürte sie einen Stich. Sie zuckte zusammen, fand sich sogleich wieder unter der Erde und blickte sich furchtsam um. Da war es: Einen Kopf größer als die übrigen Zuschauer, stand, etwas weiter hinten, mit erhobenem Kinn – Hunter.

Er hatte seinen harten, schartigen Blick in sie gestoßen, und wenn er für kurze Zeit von ihr abließ, so nur um einen Hieb gegen den Musiker zu führen. Dieser beachtete den Kahlen nicht. Selbst wenn ihn etwas beim Spiel störte, ließ er es sich nicht anmerken.

Seltsamerweise ging Hunter nicht fort und machte auch keine Anstalten, sie mitzunehmen oder das Konzert zu unterbrechen. Erst als die letzten Töne verklungen waren, wich er zurück und verschwand. Sofort ließ Sascha Leonid stehen und bahnte sich ihren Weg durch die Menge, um den Kahlen einzuholen.

Dieser war nicht weit entfernt stehengeblieben, vor einer Bank, auf der Homer saß, den Kopf gesenkt.

»Du hast alles gehört«, sagte der Brigadier heiser. »Ich gehe weiter. Kommst du mit?«

»Wohin?« Der Alte lächelte dem Mädchen müde zu. »Sie weiß Bescheid.«

Hunter musterte Sascha noch einmal mit seinem stechenden Blick, dann nickte er wortlos und wandte sich wieder dem Alten zu. »Es ist nicht weit von hier.« Er machte eine Bewegung mit dem Kopf. »Aber ich … ich will nicht allein gehen.«

»Nimm mich mit«, rief Sascha entschlossen.

Der Kahle seufzte laut, ballte seine Finger zur Faust und löste sie wieder. »Danke für das Messer«, sagte er schließlich. »Ich habe es gut brauchen können.«

Das Mädchen fuhr zurück, verwundet. Doch im nächsten Augenblick hatte sie sich wieder in der Gewalt und entgegnete: »Du entscheidest, was du mit dem Messer tust.«

»Ich hatte keine andere Wahl.«

Sie kaute ihre Unterlippe und runzelte die Stirn. »Jetzt hast du sie.«

»Nein, auch jetzt nicht. Wenn du Bescheid weißt, musst du das verstehen. Wenn du wirklich ...«

»Was verstehen?«

»Wie wichtig es ist, dass ich zur *Tulskaja* durchkomme. Wichtig für mich. So schnell wie möglich ...«

Sascha bemerkte, dass seine Finger leicht zitterten und dass der dunkle Fleck an seiner Schulter wieder größer geworden war. Sie fürchtete sich vor diesem Menschen, doch noch mehr fürchtete sie *um* ihn. »Du musst damit aufhören«, bat sie ihn sanft.

»Ausgeschlossen«, erwiderte er barsch. »Es ist egal, wer es tut. Warum nicht ich?«

»Weil du dich zugrunde richtest.« Sascha kam näher, berührte vorsichtig seine Hand.

Er zuckte zurück, als hätte sie ihn gebissen. »Ich muss es tun. Die Leute, die hier das Sagen haben, sind allesamt Feiglinge. Wenn ich noch länger zögere, richte ich die ganze Metro zugrunde.«

»Aber was, wenn es eine andere Möglichkeit gäbe? Ein Gegenmittel? Wenn du ... das nicht mehr tun müsstest?«

»Wie oft soll ich es noch sagen: Es gibt kein Mittel gegen dieses Fieber! Würde ich sonst ... würde ich ...«

»Was würdest du wählen?« Sascha hielt ihn noch immer fest.

»Ich habe keine Wahl!« Der Brigadier schob ihre Hand fort. »Gehen wir!«, fuhr er Homer an.

»Warum willst du mich nicht mitnehmen?«, rief Sascha.

Leise, fast flüsternd, damit es außer ihr niemand hörte, sagte er: »Ich habe Angst.«

Er drehte sich um und ging. Im Vorbeigehen murmelte er Homer zu, er habe zehn Minuten bis zum Aufbruch.

»Liegt jemand im Fieber?«, ertönte es plötzlich von hinten.

»Was?« Sascha wirbelte herum und stieß mit Leonid zusammen.

Der Musiker lächelte unschuldig. »Wenn ich mich nicht täusche, sprach eben jemand von einem Fieber.«

»Du hast dich verhört.« Sie hatte keine Lust, mit ihm zu diskutieren.

»Und ich dachte schon, an den Gerüchten sei etwas Wahres dran«, sagte Leonid nachdenklich, gleichsam zu sich selbst.

Sascha runzelte die Stirn. »Was für Gerüchte?«

»Von der Quarantäne an der *Serpuchowskaja*. Von dieser angeblich unheilbaren Krankheit. Einer Epidemie …« Leonid sah sie aufmerksam an, beobachtete jede Bewegung ihrer Lippen, ihrer Augenbrauen.

Sie errötete. »Wie lange hast du uns belauscht?«

Er breitete die Arme aus. »Ich tue es nie absichtlich. Ich habe einfach ein musikalisches Gehör.«

»Das ist mein Freund«, erklärte sie ihm und deutete mit dem Kopf in Hunters Richtung.

»Großartig«, erwiderte Leonid unbestimmt.

»Warum hast du ›angeblich unheilbar‹ gesagt?«

»Sascha!« Homer hatte sich erhoben und starrte Leonid misstrauisch an. »Kann ich dich mal sprechen? Wir müssen entscheiden, was wir jetzt …«

»Gestatten Sie noch eine Sekunde?« Der junge Mann ließ den Alten mit einem höflichen Lächeln stehen, ging schnell ein paar Schritte zur Seite und winkte das Mädchen zu sich.

Sascha folgte ihm unsicher. Sie spürte, dass ihr Ringen mit dem Kahlen noch immer nicht verloren war – wenn sie jetzt durchhielt, würde Hunter es nicht mehr wagen, sie noch einmal fortzujagen. Dann würde sie ihm endlich helfen können, auch wenn sie keine Ahnung hatte, wie sie das anstellen sollte.

Leonid senkte den Kopf und flüsterte ihr zu: »Es könnte doch sein, dass ich von der Epidemie schon viel früher gehört habe als du, oder? Vielleicht ist diese Krankheit ja gar nicht zum ersten Mal ausgebrochen. Und vielleicht gibt es ja doch irgendwelche magischen Tabletten dagegen.« Er blickte ihr in die Augen.

»Aber er sagt, dass es kein Gegenmittel gibt«, stammelte Sascha. »Dass er alle …«

»… vernichten muss? *Er* – das ist dein großartiger Freund? Das wundert mich nicht. Er hat sicher Medizin studiert.«

»Willst du damit sagen …«

»Ich will damit sagen« – der Musiker legte eine Hand auf Saschas Schulter, beugte sich zu ihr und hauchte ihr leicht ins Ohr – »dass die Krankheit heilbar ist. Es gibt ein Gegenmittel.«

# 15
# Zu zweit

Der Alte räusperte sich verärgert und machte einen Schritt auf das Mädchen zu. »Sascha! Ich muss mit dir sprechen!«

Leonid zwinkerte Sascha zu, trat von ihr zurück, übergab sie mit gespielter Demut an Homer und entfernte sich. Doch Sascha konnte nun an nichts anderes mehr denken. Während der Alte sie zu überzeugen versuchte, sie könne Hunter noch brechen, ihr irgendetwas vorschlug und beschwörend auf sie einredete, sah das Mädchen über seine Schulter hinweg den Musiker an. Der erwiderte ihren Blick nicht, doch ein flüchtiges Lächeln, das über seine Lippen huschte, sagte Sascha, dass er alles wahrnahm. Sie nickte und bedeutete Homer, dass sie zu allem bereit wäre, wenn er sie nur noch eine Minute mit Leonid allein ließ. Sie musste herausfinden, was er wusste; sie musste selbst daran glauben, dass es ein Heilmittel gab.

»Ich komme gleich wieder«, unterbrach sie den Alten mitten im Wort, glitt an ihm vorbei und lief zu Leonid hinüber.

»Dich interessiert also die Fortsetzung?«, rief der ihr entgegen.

»Du musst es mir sagen!« Sie hatte keine Lust mehr zu spielen. »Wie?«

»Das ist der kompliziertere Teil der Frage. Ich weiß, dass die

Krankheit heilbar ist. Ich kenne Menschen, die sie besiegt haben. Und ich kann dich zu ihnen bringen.«

»Aber du hast doch gesagt, dass du sie bekämpfen kannst …«

Er zuckte mit den Schultern. »Du hast mich falsch verstanden. Wie sollte ich auch? Ich bin doch nur ein Flötist. Ein Wandermusikant.«

»Was sind das für Leute?«

»Wenn es dich interessiert, stelle ich sie dir vor. Allerdings müssen wir dazu einen kleinen Spaziergang machen.«

»An welcher Station sind sie?«

»Nicht sehr weit von hier. Du wirst es schon erfahren. Wenn du willst.«

»Ich glaube dir nicht.«

»Aber du würdest es gerne. Und weil ich dir auch noch nicht ganz glaube, kann ich dir nicht alles erzählen.«

Saschas Blick verfinsterte sich. »Warum willst du, dass ich mit dir komme?«

»Ich?« Leonid schüttelte den Kopf. »Mir ist das egal. Du willst es doch. Ich muss niemanden retten – ich könnte es gar nicht. Zumindest nicht so.«

Sie zögerte, dann fragte sie: »Versprichst du mir, dass du mich zu diesen Leuten bringst? Versprichst du, dass sie helfen können?«

»Ich bringe dich hin«, erwiderte Leonid mit fester Stimme.

Wieder mischte sich der aufgebrachte Homer ein: »Was hast du vor, Sascha?«

»Ich komme nicht mit.« Sie zupfte an dem Träger ihrer Latzhose, dann drehte sie sich zu dem Musiker um. »Er sagt, dass es ein Gegenmittel gibt.«

»Er lügt«, sagte Homer unsicher.

»Sie scheinen sich in der Virologie weitaus besser auszukennen als ich.« Leonid bemühte sich um einen respektvollen

Ton. »Haben Sie in dem Bereich geforscht? Oder selbst Erfahrungen gemacht? Sie glauben also auch, dass eine Massenkeulung die beste Vorgehensweise wäre, um der Infektion beizukommen?«

»Woher weißt du das?«, fragte der Alte verblüfft und blickte Sascha an. »Hast du ihm etwa …«

»Und da kommt auch schon euer Oberarzt.« Der Musiker hatte bemerkt, dass sich Hunter näherte, und trat zur Sicherheit einen Schritt zurück. »Dann ist ja das komplette Erste-Hilfe-Team beisammen, und ich kann mich verabschieden.«

»Warte«, bat das Mädchen.

»Er lügt!«, flüsterte ihr Homer zu. »Er will einfach mit dir … Selbst wenn er die Wahrheit sagt, werdet ihr es nicht rechtzeitig schaffen. Hunter wird in spätestens vierundzwanzig Stunden mit einer Verstärkungstruppe zurück sein. Wenn du bei uns bleibst, kannst du ihn vielleicht noch umstimmen. Und der da …«

»Gar nichts kann ich«, entgegnete Sascha düster. »Nichts kann ihn jetzt noch aufhalten, das spüre ich. Ich habe nur eine Möglichkeit: Ich muss ihn vor eine Wahl stellen. Ich muss ihn spalten …«

»Spalten?« Homer hob verwundert die Augenbrauen.

»Ich werde keine vierundzwanzig Stunden brauchen«, sagte sie und verschwand.

Warum hatte er sie gehen lassen?

Warum hatte er Schwäche gezeigt und zugelassen, dass ein verrückter Landstreicher seine Heldin, seine Muse, seine Tochter entführte? Je mehr der Alte über Leonid nachdachte, desto weniger gefiel er ihm. Aus den großen grünen Augen des Musikers blitzten gierige Blicke, und wenn er sich unbeobachtet glaubte, glitten dunkle Schatten über sein Engelsgesicht …

Was wollte er von ihr? Im besten Fall spießte dieser Verehrer der Schönheit nur Saschas Unschuld auf eine Nadel, um sie für sein Poesiealbum zu trocknen. Der flüchtige Charme ihrer Jugend – etwas, das man sich nicht einprägen, geschweige denn fotografieren konnte –, würde dabei von ihr herabrieseln wie Blütenstaub. Das Mädchen selbst, betrogen und ausgenutzt, würde sich schütteln und von ihm fortfliegen, doch würde sie lange brauchen, um wieder mit sich ins Reine zu kommen und den Betrug dieses Satansbratens zu vergessen.

Warum hatte er sie dann gehen lassen?

Aus Feigheit. Weil Homer es nicht nur vermieden hatte, mit Hunter zu streiten, sondern ihm auch nicht einmal die Fragen hatte stellen können, die ihn wirklich beunruhigten. Sascha war verliebt, also waren ihr Wagemut und ihre Unbesonnenheit verzeihlich. Ob der Brigadier mit ihm genauso nachsichtig umgegangen wäre?

Homer nannte ihn weiterhin »Brigadier«, aus Gewohnheit, aber auch, um sich selbst zu beruhigen: Diese Bezeichnung nahm dem Mann das Furchtbare und Außergewöhnliche, schließlich war er nur der Kommandeur des nördlichen Außenpostens an der *Sewastopolskaja* … Doch nein! Der da Seite an Seite mit Homer durch den Tunnel schritt, war nicht mehr der gleiche menschenscheue Glücksritter. Der Alte begann zu begreifen, dass sein Gefährte dabei war, sich zu verwandeln. Etwas Schreckliches ging mit ihm vor – es war töricht, das nicht sehen zu wollen, und sinnlos, sich selbst etwas einzureden.

Hunter nahm ihn wieder mit – etwa um ihm das blutige Ende des ganzen Dramas zu zeigen? Nun würde er nicht mehr nur die *Tulskaja* vernichten, sondern noch dazu die Sektierer, die in den Tunneln hockten, sowie die *Serpuchowskaja* samt allen Bewohnern und den dort stationierten Soldaten der Hanse.

Und all das nur, weil ein paar von ihnen sich möglicherweise angesteckt hatten.

Und der *Sewastopolskaja* stand vielleicht dasselbe Schicksal bevor.

Der Brigadier brauchte keine Gründe mehr, um zu töten. Er suchte nur nach einem Anlass.

Homer war zu nichts mehr imstande, als hinter Hunter herzulaufen und wie in einem Albtraum all dessen Verbrechen zu beobachten und zu dokumentieren. Dabei rechtfertigte er sich damit, dass diese im Namen der Rettung geschahen, redete sich ein, sie seien das geringere Übel. Der unbarmherzige Brigadier aber erschien ihm wie ein Moloch, und Homer war zu verzagt, um gegen das Schicksal anzukämpfen.

Das Mädchen jedoch schien sich nicht fügen zu wollen. Während Homer sich schon damit abgefunden hatte, dass die *Tulskaja* und *Serpuchowskaja* in Sodom und Gomorrha verwandelt wurden, ergriff Sascha noch den geringsten Strohhalm. Homer gelang es nicht mehr, sich einzureden, dass vielleicht doch Pillen oder ein Impfstoff, ein Serum gefunden werden konnten, bevor Hunter die Epidemie mit Feuer und Schwert beenden würde – Sascha dagegen würde bis zuletzt nach einem Heilmittel suchen.

Homer war weder Krieger noch Arzt, und vor allem war er zu alt, um noch an Wunder zu glauben. Ein Teil seines Herzens jedoch träumte leidenschaftlich von der Rettung, und genau diesen Teil hatte er nun herausgerissen und fortgehen lassen – mit Sascha.

Alles, was er sich selbst nicht zu tun getraute, hatte er einfach auf das Mädchen abgewälzt. Und in der Ergebenheit seine Ruhe gefunden.

In vierundzwanzig Stunden würde alles vorbei sein. Danach würde Homer desertieren, eine einsame Zelle für sich finden und sein Buch zu Ende schreiben. Nun wusste er, wovon es handeln würde.

Davon, wie ein vernunftbegabtes Tier einen magischen Stern, der vom Himmel herabgefallen war, einen Himmelsfunken, verschlang und zum Menschen wurde. Wie der Mensch den Göttern das Feuer stahl, es jedoch nicht bezähmen konnte und die Welt bis auf den Grund niederbrannte. Wie man ihm zur Strafe exakt einhundert Jahrhunderte später diesen Funken des Menschlichen wieder wegnahm.

Und wie er darob nicht wieder zum Tier wurde, sondern sich in etwas viel Furchtbareres verwandelte, etwas, wofür es nicht einmal einen Namen gab.

Der Wachleiter ließ die Handvoll Patronen in seiner Tasche verschwinden und drückte dem Musiker zur Besiegelung des Geschäfts kräftig die Hand. »Für eine symbolische Zuzahlung könnte ich euch sogar eine Mitfahrgelegenheit organisieren«, erklärte er.

»Ich bevorzuge romantische Spaziergänge«, erwiderte Leonid.

Der Wachleiter ließ nicht locker und flüsterte dem Musiker zu: »Sieh doch mal, zu zweit kann ich euch nicht einfach ohne Eskorte durch unsere Tunnel laufen lassen. Ihr bekommt in jedem Fall 'nen Konvoi, denn deine Lady hat ja keine Dokumente. Aber so würde ich euch zack-zack an einen Ort befördern, wo ihr eure Zweisamkeit genießen könntet.«

»Das brauchen wir gar nicht!«, fuhr Sascha entschlossen dazwischen.

Der Musiker verneigte sich vor ihr. »Wir tun so, als seien die Wachen unser Ehrengeleit. Der Prinz und die Prinzessin von Monaco bei der Promenade.«

»Welche Prinzessin?«, platzte Sascha heraus.

»Von Monaco. Es gab mal so ein Fürstentum. An der Côte d'Azur …«

»Hör mal«, unterbrach ihn der Wachleiter. »Wenn du unbedingt zu Fuß gehen willst, macht euch mal auf die Socken. Dein Magazin in allen Ehren, aber die Jungs müssen bis zum Abend zur Basis zurück. He, Krücke!«, rief er einen Soldaten zu sich. »Begleitet die beiden bis zur *Kiewskaja*. Der Patrouille sagt ihr, es ist 'ne Deportation. Bringt sie dort auf die Radiallinie, und dann ab nach Hause.« Er wandte sich Leonid zu. »Stimmt's?«

»Jawoll«, erwiderte der und salutierte scherzhaft.

Der Wachleiter zwinkerte ihm zu. »Gerne wieder.«

Wie sich doch das Gebiet der Hanse vom Rest der Metro unterschied! Auf der gesamten Strecke von der *Pawelezkaja* zur *Oktjabrskaja* gab es keine einzige Stelle, an der es völlig dunkel gewesen wäre. Alle fünfzig Schritt hing an dem Kabel, das an der Wand entlangkroch, eine elektrische Lampe, deren Licht gerade bis zur nächsten reichte. Ja, selbst die Flucht- und Geheimtunnel, die bisweilen von hier abzweigten, waren so gut beleuchtet, dass sie ihren Schrecken verloren.

Wäre es nach Sascha gegangen, sie wäre losgestürzt, um wertvolle Minuten zu sparen, doch Leonid überzeugte sie, dass es keinen Grund zur Eile gab. Auch weigerte er sich standhaft zu erklären, wo sie von der *Kiewskaja* aus hingehen würden. Er marschierte ohne Hast und sichtlich gelangweilt vor sich hin – offenbar war er in den für Normalsterbliche unzugänglichen Tunneln der Ringlinie kein seltener Gast.

»Ich bin froh, dass dein Freund stets so handelt, wie er es für richtig hält«, sagte er nach einer Weile.

Sascha runzelte die Stirn. »Wovon sprichst du?«

»Läge ihm die Zivilbevölkerung so sehr am Herzen wie dir, hätten wir ihn mitnehmen müssen. So aber haben wir uns in

Pärchen aufgeteilt, und jeder tut das, wonach ihm der Sinn steht. Er töten, du heilen …«

»Er will niemanden töten!«, sagte sie scharf und ein wenig zu laut.

»Schon klar. Es ist ja sein Job.« Er seufzte. »Wer bin ich, ihn zu verurteilen?«

»Was wirst du denn machen, wenn du groß bist?«, fragte sie ihn mit unverhohlenem Spott. »Spielen?«

Leonid lächelte. »Ich werde einfach bei dir sein. Was braucht es noch zum Glück?«

Sie schüttelte den Kopf. »Das sagst du nur so. Du kennst mich doch gar nicht. Wie sollte ich dich glücklich machen?«

»Ich wüsste schon wie. Mir genügt es bereits, ein schönes Mädchen anzusehen, und schon bin ich guter Laune. Und was …«

»Du behauptest also, dass du dich in Sachen Schönheit auskennst?« Sie schielte zu ihm hinüber.

Er nickte. »Das ist das Einzige, worin ich mich auskenne.«

Plötzlich glätteten sich ihre Falten. »Was ist denn an mir so besonders?«

»Du leuchtest!«

Diesmal hatte seine Stimme ernst geklungen. Doch schon im nächsten Augenblick blieb der Musiker einen Schritt zurück und ließ seinen Blick über sie gleiten. »Schade nur, dass du so grobe Sachen anziehst.«

»Was stört dich denn daran?« Auch sie verlangsamte ihren Schritt. Es irritierte sie, dass er ihr auf den Rücken starrte.

»Deine Kleidung lässt kein Licht durch. Und ich bin wie eine Motte.« Er flatterte mit den Händen und machte ein blödsinniges Gesicht. »Ich fliege immer auf das Feuer zu.«

Ein leichtes Lächeln huschte über ihr Gesicht. Sie ließ sich auf sein Spiel ein. »Hast du Angst vor der Dunkelheit?«

»Vor der Einsamkeit!« Leonid setzte eine traurige Miene auf und faltete die Hände vor der Brust.

Das hätte er nicht sagen sollen. Während er die Saiten stimmte, hatte er deren Widerstand falsch eingeschätzt, und nun war die dünnste und zarteste von ihnen, die jeden Moment hätte erklingen können, mit einem hässlichen Laut gerissen.

Die leichte Zugluft des Tunnels, die alle ernsten Gedanken fortgeweht und Sascha dazu gebracht hatte, mit den Anspielungen des Musikers zu jonglieren, flaute sofort ab. Mit einem Schlag war die etwas aufgehellte Stimmung, die Leonids spielerische Andeutungen bei ihr erzeugt hatten, wie weggeblasen. Nun war sie wieder nüchtern und machte sich Vorwürfe, dass sie ihm nachgegeben hatte. War sie deswegen mit ihm mitgezogen und hatte Hunter und den Alten verlassen?

»Als ob du wüsstest, was das ist«, murmelte sie und wandte sich ab.

Die *Serpuchowskaja*, blassgrau vor Angst, war ganz in Dunkelheit getaucht.

Soldaten mit Armee-Gasmasken blockierten den Zugang zu den Tunneln sowie den Übergang zur Ringlinie. Die Station sirrte, in Vorahnung der Katastrophe, wie ein aufgeregter Bienenstock. Hunter und Homer wurden wie hohe Führungspersonen mit Begleitschutz durch den Saal geführt, und die Bewohner der *Serpuchowskaja* versuchten in ihren Augen zu lesen, ob sie wussten, was hier vor sich ging und wie es um ihr Schicksal bestellt war. Homer blickte zu Boden – diese Gesichter wollte er sich nicht einprägen.

Der Brigadier hatte ihn nicht eingeweiht, wohin er ging, doch der Alte ahnte es von selbst. Zur Polis. Vier Metro-Stationen, miteinander verbunden durch Übergänge, eine Stadt mit Tausenden von Bewohnern. Die geheime Hauptstadt dieses unterirdischen Reiches, das sich längst in Dutzende verfeindeter Feudalstaaten aufgesplittert hatte. Ein Bollwerk der Wissenschaft und Zufluchtsort der Kultur. Ein Allerheiligstes, das niemand anzugreifen wagte.

Niemand außer dem alten Homer, diesem halb wahnsinnigen Pestreiter?

In den letzten vierundzwanzig Stunden war es ihm jedoch zusehends besser gegangen. Die Übelkeit hatte nachgelassen, und das schwindsüchtige Husten, das ihn immer wieder gezwungen hatte, seine blutige Atemmaske zu reinigen, war abgeflaut. Vielleicht wurde sein Organismus ja doch selbst mit der Krankheit fertig? Oder er hatte sich gar nicht infiziert? Vielleicht hatte er sich einfach zu viel eingebildet. Er hatte das schon immer von sich gewusst, und doch hatte er sich so ins Bockshorn jagen lassen …

Der Tunnel hinter der *Serpuchowskaja*, dunkel und still, hatte einen schlechten Ruf. Homer wusste: Bis zur Polis würden sie keine Menschenseele antreffen; der Halt zwischen den beiden bewohnten Stationen *Serpuchowskaja* und *Borowizkaja* jedoch hielt mitunter Überraschungen bereit. Über die *Poljanka*, die einzige Station auf dieser Strecke, kursierten in der Metro nicht wenige Legenden. Wer dort vorbeikam, musste in der Regel nicht um sein Leben fürchten – seinem Verstand jedoch konnte dieser Bahnhof durchaus ernsthaften Schaden zufügen.

Homer war bereits mehrfach hier gewesen, allerdings nie auf etwas Besonderes gestoßen. Auch dafür hatten die Legenden, die er natürlich alle kannte, eine Erklärung. Also hoffte er inständig, dass die Station auch dieses Mal tot und verlassen daliegen würde wie zu besseren Zeiten.

Doch etwa hundert Meter vor der *Poljanka* bemerkte der Alte einen fernen Widerschein elektrischen Lichts, erste Geräusche hallten ihm entgegen, und ihn ergriff eine ungute Vorahnung. Er konnte deutlich menschliche Stimmen ausmachen – was eigentlich völlig unmöglich war. Schlimmer noch: Hunter, der sonst jegliche Anwesenheit von Lebewesen auf viele Hundert Schritt im Voraus spürte, schien absolut nichts zu hören und zeigte keinerlei Reaktion.

Auch Homers beunruhigte Blicke beachtete er nicht. Er war völlig in sich gekehrt, und es schien, als sähe er gar nicht, was sich vor ihnen abspielte. Die Station war bewohnt! Seit wann? Homer hatte sich nicht selten gefragt, warum die Bewohner der Polis trotz ständigen Platzmangels nie versucht hatten, die *Poljanka* zu erschließen und zu annektieren. Es war der Aberglauben, der sie bisher daran gehindert hatte! Er war Grund genug gewesen, diesen merkwürdigen Zwischenhalt in Ruhe zu lassen.

Doch offenbar hatte jemand die Angst überwunden und hier eine Zeltstadt aufgebaut sowie die notwendige Beleuchtung installiert. Und wie verschwenderisch sie mit Strom umgingen! Noch im Tunnel hielt sich Homer eine Hand vor die Augen, um sie vor den grellen Quecksilberlampen zu schützen, die von der Decke herabhingen.

Erstaunlich! Selbst die Polis hatte nie so sauber und gepflegt ausgesehen. An den Wänden war nichts mehr von all dem Staub und Ruß vergangener Jahre zu sehen, die Marmorplatten glänzten, und die Decke schien erst gestern frisch geweißelt worden zu sein. Homer sah durch die Bogenöffnungen ins Stationsinnere, konnte aber kein einziges Zelt erblicken. War man noch nicht dazu gekommen, sie aufzustellen? Oder wollte man hier vielleicht ein Museum einrichten? Den komischen Käuzen, die die Polis regierten, war das durchaus zuzutrauen.

Allmählich füllte sich der Bahnsteig mit Menschen. Sie interessierten sich weder für den bis an die Zähne bewaffneten

Söldner mit dem Titanhelm noch für den neben ihm her trottenden schmutzigen Alten. Und doch: Als Homer sie ansah, wusste er, dass er keinen Schritt weiterkommen würde – seine Beine waren wie gelähmt.

Jeder dieser Menschen, die sich allmählich am Bahnsteigrand sammelten, war gekleidet, als würde an der *Poljanka* ein Film über die ersten Jahre nach der zweiten Jahrtausendwende gedreht. Feinste Mäntel und Umhänge, bunte, bauschige Jacken, dunkelblaue Jeans … Solche Kleider hatten die Menschen vor der großen Katastrophe getragen. Wo waren die wattierten Anoraks, das grobe Schweinsleder, wo das allgegenwärtige Braun der Metro, das Grab aller Farben, hingekommen? Woher rührte all dieser Reichtum?

Und die Gesichter: Das waren keine Gesichter von Menschen, die auf einen Schlag ihre ganze Familie verloren hatten. Diese Menschen schienen erst vor Kurzem die Sonne gesehen zu haben, sie machten den Eindruck, als hätten sie den Tag ganz selbstverständlich mit einer heißen Dusche begonnen – das hätte Homer beschwören können. Und dann … er hatte das Gefühl, dass er viele dieser Menschen von irgendwoher kannte.

Immer mehr dieser wundersamen Personen versammelten sich, drängten sich am Rand des Bahnsteigs, ohne jedoch auf die Gleise herabzusteigen. Bald erfüllte die bunte Menge die ganze Station von einem Tunnel zum anderen. Es schien, als seien sie alle irgendwelchen Fotos entstiegen, die ein Vierteljahrhundert zuvor gemacht worden waren.

Nach wie vor sah keiner von ihnen Homer direkt an. Überallhin blickten sie, an die Wand, in Zeitungen, beäugten einander heimlich, sei es schmeichelhaft oder neugierig, verächtlich oder teilnahmsvoll – nur den Alten übersahen sie, als wäre dieser ein Geist.

Warum hatten sie sich hier versammelt? Worauf warteten sie?

Es dauerte eine Weile, bis Homer sich wieder fing. Wo war der Brigadier? Welche Erklärung hatte er für das Unerklärliche? Warum hatte er noch nichts gesagt?

Hunter war etwas weiter hinten stehen geblieben. Die Station mit den vielen Menschen interessierte ihn überhaupt nicht. Mit schwerem Blick starrte er in den Raum vor sich, als ob er auf eine Art Hindernis gestoßen sei. Wenige Schritte vor ihm schien etwas auf der Höhe seiner Augen in der Luft zu hängen. Homer näherte sich dem Brigadier, blickte vorsichtig unter dessen Visier … und plötzlich schlug Hunter zu.

Die geballte Faust durchpflügte die Luft, beschrieb eine merkwürdige Bahn von links nach rechts, als ob der Brigadier mit einer imaginären Klinge auf eine unsichtbare Gestalt einstechen wollte. Fast hätte er Homer dabei getroffen, doch der sprang zur Seite, und Hunter setzte seinen Kampf fort. Er schlug zu, wich zurück, verteidigte sich, schien jemanden mit stählernen Fingern festhalten zu wollen, ächzte im nächsten Augenblick selbst in einer Art Würgegriff, befreite sich und ging wieder zum Angriff über. Allmählich ließen seine Kräfte nach, und der unsichtbare Gegner schien die Oberhand zu gewinnen. Immer schwerer rappelte sich der Brigadier nach jedem dieser unhörbaren, aber vernichtenden Schläge auf, immer langsamer und unsicherer wurden seine Bewegungen.

Der Alte hatte das Gefühl, dass er etwas Ähnliches bereits gesehen hatte, und zwar erst vor Kurzem. Wo und wann? Und was, zum Teufel, war mit dem Brigadier los? Homer rief seinen Namen, doch er schien wie besessen zu sein und reagierte nicht einmal auf lautes Schreien.

Die Leute auf dem Bahnsteig beachteten Hunter nicht; er existierte für sie genauso wenig wie sie für ihn. Dafür sorgten sie sich umso mehr um etwas anderes: Immer unruhiger blickten sie auf ihre Armbanduhren, blähten die Backen auf, unterhielten sich mit ihren Nachbarn und verglichen die Zeit mit den roten Ziffern der elektronischen Uhr über dem Tunneleingang.

Homer kniff die Augen zusammen und folgte dem Blick der Leute … Die Stationsuhr zeigte die Zeit an, seit der letzte Zug abgefahren war. Doch die Anzeige war merkwürdig verlängert – sie war zehnstellig: acht Ziffern vor dem blinkenden Doppelpunkt und dann noch zwei für die Sekunden. Außen herum zählten kleine rote Punkte im Kreis die Sekunden ab, und nur die letzte Ziffer dieser unglaublich langen Zahl – es waren über zwölf Millionen – veränderte sich …

Ein Schrei ertönte – ein Schluchzen.

Homer wandte sich von der rätselhaften Uhr ab. Hunter lag reglos mit dem Gesicht nach unten auf den Gleisen. Homer lief zu ihm hin und drehte den schweren, leblosen Körper auf den Rücken. Nein, der Brigadier atmete, wenn auch unregelmäßig. Verletzungen waren keine zu sehen, obwohl seine Augen verdreht waren wie die eines Toten. Seine rechte Hand war noch immer geballt, und erst jetzt bemerkte Homer, dass Hunter in diesem merkwürdigen Duell nicht unbewaffnet gewesen war. Aus seiner Faust ragte der Griff eines schwarzen Messers.

Homer versetzte dem Brigadier ein paar Ohrfeigen, worauf dieser wie ein Betrunkener zu stöhnen begann, mit den Augen blinzelte, sich mit dem Ellenbogen aufstützte und den Alten mit trübem Blick musterte. Dann sprang er mit einem Satz auf die Beine und klopfte sich ab.

Das Traumbild hatte sich verflüchtigt: Die Menschen in den Mänteln und farbigen Jacken waren spurlos verschwunden, das gleißende Licht erloschen, und der Staub der Jahrzehnte hing wieder an den Wänden. Die Station war schwarz, leer und leblos – so, wie sie Homer von seinen früheren Expeditionen kannte.

Bis zur *Oktjabrskaja* sprach keiner der beiden ein Wort. Zu hören war nur, wie ihre Bewacher miteinander flüsterten und scharf einatmeten, wenn sie mit ihren Ersatzlederstiefeln über die Schwellen stolperten. Sascha war wütend – nicht so sehr auf den Musiker, sondern auf sich selbst. Dieser … ja was? Er hatte sich nur so verhalten, wie es von ihm zu erwarten gewesen war. Inzwischen war ihr eher das eigene Benehmen etwas peinlich – war sie nicht zu hart mit ihm umgegangen?

An der *Oktjabrskaja* änderte sich der Wind plötzlich wie von selbst, und als Sascha die Station erblickte, vergaß sie alles andere. In den letzten Tagen war sie bereits an Orten gewesen, deren Existenz sie nie für möglich gehalten hätte. Doch die *Oktjabrskaja* mit ihrer Pracht stellte alles Bisherige in den Schatten. Auf dem Granitboden lagen Teppiche, deren ursprüngliche Muster trotz ihres Alters noch immer zu erkennen waren. Fackelförmige, auf Hochglanz polierte Leuchter erfüllten den Saal mit gleichmäßigem, milchigem Licht. Hier und dort waren Tische aufgestellt, an denen Menschen mit glänzenden Gesichtern saßen, sich träge miteinander unterhielten und Papiere austauschten. Sascha verrenkte sich den Hals, um möglichst viel davon aufzunehmen. Dann sagte sie verschüchtert: »Das hier ist alles so … luxuriös.«

»Die Ringstationen sind für mich wie Schweinefleisch am Spieß«, flüsterte ihr Leonid zu. »Sie tropfen nur so vor Fett … Übrigens, wie wär's mit einem Imbiss?«

»Keine Zeit.« Sie schüttelte den Kopf und hoffte, er würde das erwartungsvolle Knurren ihres Magens nicht hören.

»Komm schon.« Der Musiker zog sie an der Hand. »Hier gibt es ein Plätzchen – alles, was du bisher gegessen hast, ist kein Vergleich dazu … Jungs, ihr habt doch sicher nichts gegen eine Mahlzeit?«, rief er den Bewachern zu. »Sei unbesorgt, Sascha, in zwei Stunden sind wir da. Das mit dem Schweinespieß war nicht nur so dahingesagt. Hier machen sie nämlich …«

Er schwärmte ihr in höchsten Tönen von dem Fleisch vor, bis Sascha schließlich einlenkte. Wenn es nur noch zwei Stunden bis zum Ziel waren, war eine halbstündige Mahlzeit vertretbar. Immerhin hatten sie fast einen ganzen Tag Zeit, und wer wusste schon, wann sie das nächste Mal etwas zu essen bekamen?

Der Schaschlik hatte das Lob wirklich verdient. Doch als sei das nicht genug, bestellte Leonid noch eine Flasche Süßwein. Sascha trank aus Neugier ein kleines Glas, den Rest teilte sich der Musiker mit den Wachleuten. Plötzlich fuhr sie auf, erhob sich mit schwankenden Knien und befahl Leonid ebenfalls aufzustehen.

Die Härte in ihrer Stimme rührte von dem plötzlichen Ärger über sich selbst. Ärger darüber, dass sie, erschöpft vom Essen und dem heißen Alkohol, ein wenig zu spät seine Hand von ihrem Knie fortgeschoben hatte. Seine Finger waren leicht und sinnlich gewesen. Unverschämt. Leonid hob sogleich die Hände, als wollte er sagen: »Ich gebe auf!«, doch auf ihrer Haut spürte sie noch immer seine Berührung. Warum habe ich ihn so schnell weggestoßen?, fragte sie sich verwirrt und kniff sich zur Strafe.

Sie spürte das Verlangen, diese klebrig-süße Szene so schnell wie möglich aus ihrem Gedächtnis zu tilgen, sie mit irgendeinem sinnlosen Geschwätz zu übertünchen, mit Worten einzupudern. »Die Menschen hier sind so seltsam«, sagte sie zu Leonid.

»Warum?« Er leerte sein Glas mit einem Zug und kam langsam hinter dem Tisch hervor.

»Es fehlt etwas in ihren Augen …«

»Hunger.«

»Nein, nicht nur … Sie scheinen gar nichts zu brauchen.«

»Das kommt daher, dass sie nichts brauchen.« Leonid schmunzelte. »Sie sind satt. Königin Hanse ernährt sie. Und die Augen? Ganz normale, trübe Augen sind das …«

Sascha wurde ernst. »Was wir heute übrig gelassen haben, hätte mir und meinem Vater für drei Tage gereicht. Hätten wir es nicht mitnehmen sollen, um es jemandem zu geben?«

»Nein«, erwiderte der Musiker, »sie geben es ihren Hunden. Arme Leute gibt es hier nicht.«

»Aber man könnte es doch an irgendwelchen Nachbarstationen verteilen! Dort, wo Menschen hungern …«

»Die Hanse ist doch kein Wohlfahrtsverein«, schaltete sich der Wachmann, den sie Krücke nannten, ein. »Die anderen sollen selber schauen, wo sie bleiben. Das fehlte noch, dass wir die Taugenichtse durchfüttern!«

»Bist du denn von hier?«, erkundigte sich Leonid.

»Ich hab schon immer hier gelebt. So lange ich zurückdenken kann.«

»Du wirst es nicht glauben: Auch wer nicht am Ring geboren ist, braucht manchmal was zum Beißen.«

»Sollen sie sich doch gegenseitig fressen!«, entgegnete der Soldat erregt. »Oder sollen wir zulassen, dass sie uns am Ende alles abnehmen und aufteilen, wie die Roten es wollen?«

»Na ja, wenn das alles so weitergeht wie bisher …«, begann Leonid.

»Dann was? Sei bloß still, du Grünschnabel! Was du hier so zusammenredest, reicht locker für 'ne Abschiebung.«

»Die Abschiebung hab ich mir schon längst verdient«, erwiderte der Musiker phlegmatisch. »Ich arbeite dran.«

»Ich könnte dich auch woandershin abliefern«, polterte der Wachmann. »Wegen Spionage für die Roten!«

»Und ich dich wegen Trunkenheit im Dienst …«

»Ach du … Du hast uns doch selbst … Na warte …«

»Nein! Entschuldigen Sie bitte. Das ist ein Missverständnis«, mischte sich Sascha ein, packte den Musiker am Ärmel und zog ihn fort von Krücke, der schwer atmete.

Fast gewaltsam zog sie Leonid zu den Gleisen, blickte auf die Stationsuhr und stöhnte auf. Über dem Essen und der Streiterei waren fast zwei Stunden vergangen – Hunter dagegen war sicherlich nicht eine Sekunde stehengeblieben.

Der Musiker hinter ihr lachte betrunken los.

Den ganzen Weg bis zum *Park kultury* über murrten die beiden Wachleute vernehmlich. Leonid hätte am liebsten dagegengehalten, doch Sascha wies ihn immer wieder zurecht und redete beschwörend auf ihn ein. Sein Rausch hielt noch an und beflügelte seinen Übermut und seine Frechheit; das Mädchen wand sich, um seinen zudringlichen Händen zu entkommen.

»Gefalle ich dir denn gar nicht?«, sagte er gekränkt. »Ich bin nicht dein Typ, ja? Solche wie mich magst du nicht, du brauchst Muskeln und Na-a-arben … Warum bist du dann überhaupt mitgekommen?«

»Weil du mir was versprochen hast!« Sie stieß ihn weg. »Nicht deswegen …«

»Das alte Lied: ›Ich bin nicht *so* eine!‹« Er seufzte. »Wenn ich gewusst hätte, dass du so eine Mimose bist …«

»Wie kannst du nur? Dort sind noch immer Menschen am Leben. Sie werden alle sterben, wenn wir es nicht schaffen!«

»Was soll ich denn tun? Ich krieg kaum meine Füße hoch. Weißt du, wie schwer die sind? Da, fühl mal …« Leonid versuchte im Gehen, die Füße über das Knie zu heben, was reichlich absurd aussah. »Und die Menschen dort sterben sowieso. Morgen oder in zehn Jahren. Genauso wie du und ich. Was soll's?«

»Also hast du mich angelogen? Ja, du hast gelogen! Homer

hat es mir gleich gesagt … Er hat mich gewarnt … Wo gehen wir hin?«

»Nein, ich habe nicht gelogen! Soll ich schwören? Du wirst schon sehen! Entschuldigen wirst du dich bei mir! Peinlich wird es dir sein, und du wirst sagen: ›Leonid! Ich habe so ein schlechtes Ge-wis-sen‹ …« Er rümpfte die Nase.

»Wohin gehen wir?«

»Wir gehen, bis wir platt … in die Smaragdenstadt … La-la-la, taram-tam-tam … Es ist kein leichter Weg«, sang Leonid und dirigierte dazu mit dem Zeigefinger. Plötzlich fiel ihm sein Flötenkasten herunter, er fluchte, bückte sich und wäre dabei fast selbst hingefallen.

»He, du Säufer! Schafft ihr es überhaupt bis zur *Kiewskaja*?«, rief ihnen einer der Bewacher zu.

»Wenn ihr für uns betet!« Der Musiker verbeugte sich vor ihm. »Und Elli kommt zurück«, fuhr er fort zu singen. »Und Elli kommt zurück … Mit Totoschka … Wau! Wau! Nach Haus …«

Homer hatte nie an die Legende der *Poljanka* geglaubt, doch nun hatte sie ihm eine Lehre erteilt.

Es gab Menschen, die sie »Schicksalsstation« nannten und sie verehrten wie ein Orakel. Manche glaubten, dass eine Pilgerreise hierher in einer Umbruchphase ihres Lebens den Schleier von ihrer Zukunft heben, ihnen einen Hinweis, einen Schlüssel geben, ihnen den Rest des Weges voraussagen und vorherbestimmen konnte.

Manche … Doch jeder, der bei gesundem Menschenverstand war, wusste, dass an der Station bisweilen toxische Gase aus der Erde aufstiegen, die die Fantasie entzündeten und Halluzinationen hervorriefen.

Aber zum Teufel mit den Skeptikern!

Was konnte diese Vision bedeuten? Homer schien es, als sei er nur einen Schritt von der Auflösung entfernt, doch jedes Mal stockten seine Gedanken und verwirrten sich. Und vor seinen Augen erstand erneut Hunter, wie er mit der schwarzen Klinge durch die Luft hieb. Homer hätte viel dafür gegeben, zu erfahren, welche Erscheinung der Brigadier gesehen, mit wem er gekämpft, welches Duell mit seiner Niederlage, ja seinem Tod geendet hatte.

»Woran denkst du?«

Homers Eingeweide verkrampften sich. Noch nie hatte Hunter ihn ohne gewichtigen Grund angesprochen. Ein gebellter Befehl, unwillig geknurrte, karge Antworten … Wie sollte man ein Gespräch über die Seele von einem erwarten, der keine Seele hatte?

»Nur so … Nichts Besonderes«, stotterte Homer.

»Nein, ich höre es«, sagte Hunter ruhig. »Du denkst über mich nach. Hast du Angst?«

»Jetzt nicht«, log der Alte.

»Du brauchst keine Angst zu haben. Ich werde dich in Ruhe lassen. Du erinnerst mich …«

Eine halbe Minute später fragte Homer vorsichtig: »An wen?«

»An einen Teil meiner selbst. Ich hatte vergessen, dass so etwas in mir ist. Du erinnerst mich daran.« Während er mühevoll diese schweren Worte hervorbrachte, blickte Hunter unentwegt nach vorn, in die Schwärze.

»Deswegen hast du mich mitgenommen?« Homer war zugleich enttäuscht und verblüfft. Er hatte erwartet, dass …

Der Brigadier erwiderte: »Für mich ist es wichtig, das im Kopf zu behalten. Sehr wichtig. Und auch für die anderen ist es wichtig, dass ich … Sonst könnte es werden … wie es schon einmal war.«

»Ist etwas mit deinem Gedächtnis?« Homer hatte das Gefühl, als kröche er über ein Minenfeld. »Ist dir was passiert?«

»Ich erinnere mich an alles!«, gab Hunter scharf zurück. »Nur mich selbst vergesse ich manchmal. Und ich habe Angst davor, mich ganz zu vergessen. Du wirst mich daran erinnern, ja?«

»Gut.« Homer nickte, obwohl Hunter ihn gar nicht anblickte.

»Früher hatte alles einen Sinn«, sagte der Brigadier dann schleppend. »Alles, was ich tat. Ich schützte die Metro. Die Menschen. Die Aufgabe war klar: Jegliche Gefahr beseitigen. Vernichten. Das hatte einen Sinn, ja, das hatte es!«

»Aber jetzt doch auch …«

»Jetzt? Ich weiß nicht, was jetzt ist. Ich will, dass alles wieder so klar ist wie früher. Ich tue das alles nicht einfach so. Ich bin kein Bandit, kein Mörder! Ich tue es für die Menschen. Ich habe versucht, ohne die Menschen zu leben, um sie davor zu bewahren. Aber es war schrecklich. Ich begann mich so schnell zu vergessen. Ich musste zu den Menschen zurück. Sie schützen. Helfen. Mich erinnern. Und da war die *Sewastopolskaja*. Dort nahmen sie mich auf, dort kam ich unter. Die Station muss gerettet werden, sie braucht Hilfe. Um jeden Preis. Mir scheint, wenn ich das tue … wenn ich die Bedrohung beseitige … Das ist eine große Sache, etwas Wichtiges. Vielleicht erinnere ich mich dann. Ich muss mich einfach daran erinnern. Deshalb muss ich so schnell wie möglich … Es dreht sich jetzt immer schneller und schneller. Innerhalb von vierundzwanzig Stunden muss ich es unbedingt schaffen. Ich muss es schaffen: die Polis erreichen, die Truppe zusammenstellen, und wieder zurück … Erinnere mich solange daran, in Ordnung?«

Homer nickte verkrampft. Allein die Vorstellung, was passieren würde, wenn der Brigadier sich endgültig vergaß, versetzte ihn in Angst und Schrecken. Wer würde in diesem Körper zurückbleiben, wenn der frühere Hunter für immer einschlief? Doch nicht der … gegen den er heute jenen illusionären Kampf verloren hatte?

Die *Poljanka* lag nun weit hinter ihnen. Hunter stürmte zur Polis wie ein Wolfshund, den man von der Kette gelassen und der die Fährte seiner Beute aufgenommen hatte. Oder wie ein Wolf auf der Flucht vor den Jägern?

Am Ende des Tunnels wurde es hell.

Endlich erreichten sie den *Park kultury*. Leonid versuchte sich mit ihren Bewachern zu versöhnen, indem er sie in »ein ganz wunderbares Restaurant« einlud, doch diesmal waren die beiden Männer auf der Hut. Selbst auf die Toilette entließen sie ihn erst nach längerer Diskussion; einer der beiden ging mit, der andere verschwand, nachdem er mit seinem Kollegen ein paar Worte geflüstert hatte.

Während der Wachmann an der Tür wartete, fragte er den Musiker unverblümt: »Hast du noch Geld übrig?«

»Nicht mehr viel.« Leonid kam heraus und hielt ihm fünf Patronen hin.

»Gib her! Krücke will Lösegeld für euch. Er glaubt, dass du ein Provokateur der Roten bist. Wenn er recht hat – hier ist der Übergang zu eurer Linie, du weißt ja sicher Bescheid. Wenn nicht, kannst du hier warten, bis die Spionageabwehr dich abholen kommt. Mit denen musst du dann aber selber verhandeln.«

Leonid versuchte einen Schluckauf zu unterdrücken.

»Habt ihr mich also entlarvt, ja? Na gut, von mir aus … Wir sehen uns wieder. Besten Dank auch!« Er hob die Hand zu einem fremdartigen Gruß. »Hör mal … Zum Teufel mit dem Übergang! Bring uns lieber zum Tunnel, hm?« Der Musiker nahm Sascha an der Hand und trottete erstaunlich flink, wenn auch stolpernd los. »Der ist gut«, murmelte er dabei. »›Hier ist der Übergang zu eurer Linie‹ … Vielleicht willst du ja selber nach oben? Vierzig Meter Tiefe. Als ob er nicht wüsste, dass da schon längst alles verplombt ist …«

Sascha begriff nichts. »Wohin gehen wir?«

»Wohin wohl«, brummte Leonid. »Zur Roten Linie! Du hast doch selbst gehört: Ich bin ein Provokateur, und sie haben mich geschnappt, mich enttarnt …«

»Du bist einer von den Roten?«

»Mein liebes Mädchen! Frag mich jetzt nichts! Ich kann nicht zugleich denken und laufen. Und Laufen ist jetzt wichtiger. Gleich schlägt unser Freund nämlich Alarm. Und knallt uns noch während der Festnahme ab. Geld allein genügt uns nämlich nicht, wir wollen auch eine Medaille!«

Sie tauchten in den Tunnel ein und ließen den Wachmann zurück. Gegen die Wand geduckt liefen sie weiter in Richtung *Kiewskaja*. Sascha begriff, dass sie es bis zur Station ohnehin nicht schaffen würden. Wenn der Musiker recht behielt und der zweite Wachmann den Verfolgern die Richtung zeigte …

Da bog Leonid plötzlich nach links in einen hellen Seitentunnel ein – so selbstverständlich, als ginge er zu sich nach Hause. Nach wenigen Minuten waren in der Ferne Flaggen, Gitter und auf Sandsäcken aufgebaute MG-Nester zu erkennen, und sie hörten Hundegebell. Ein Grenzposten? War man bereits über ihre Flucht informiert? Wie wollte er hier wieder rauskommen? Und wessen Territorium begann jenseits der Barrikaden?

»Ich komme von Albert Michailowitsch.« Leonid hielt dem herbeigeeilten Posten ein merkwürdig aussehendes Dokument unter die Nase. »Ich müsste mal ans andere Ufer.«

Der Posten warf einen Blick in den Umschlag und brummte: »Der übliche Tarif. Wo sind die Papiere für die Dame?«

»Ich zahle den doppelten.« Leonid krempelte seine Taschen nach außen und kratzte seine letzten Patronen zusammen. »Und die Dame haben Sie nicht gesehen, einverstanden?«

»Nix da ›einverstanden‹«, erwiderte der Grenzer harsch. »Das hier ist kein Basar, sondern ein Rechtsstaat.«

»Ach je!« Der Musiker tat erschrocken. »Ich dachte nur, wir haben doch jetzt Marktwirtschaft, also könnten wir auch ein wenig handeln. Ich wusste gar nicht, dass es da einen Unterschied gibt …«

Fünf Minuten später flogen Sascha und Leonid in hohem Bogen in ein winziges Zimmer mit gekachelten Wänden. Der Musiker war zerzaust, seine Kleidung zerknittert, er hatte eine Schramme auf einer Wange und blutete aus der Nase.

Die Eisentür knallte zu.

Es wurde dunkel.

## 16
## In der Zelle

Wenn man vor lauter Dunkelheit überhaupt nichts mehr sieht, schärfen sich die anderen Sinne. Gerüche werden intensiver, Geräusche lauter. Im Kerker war zu hören, dass etwas über den Boden kratzte, und es stank unerträglich nach Urin.

Leonid war offenbar noch immer betrunken und schien keine Schmerzen zu spüren. Für kurze Zeit murmelte er noch etwas vor sich hin, dann verstummte er und begann tief zu atmen. Es kümmerte ihn nicht, dass ihre Verfolger sie jetzt mit Sicherheit einholen würden, es war ihm egal, was jetzt aus Sascha wurde – immerhin hatte sie ohne Dokumente und Rechtfertigung versucht, die Grenze der Hanse zu überqueren. Ganz zu schweigen von dem Schicksal der *Tulskaja,* das ihm offenbar auch völlig gleichgültig war.

»Ich hasse dich«, sagte Sascha leise.

Keine Reaktion.

Wenig später entdeckte sie in der Dunkelheit der Zelle ein Loch: ein gläsernes Guckloch in der Tür. Alles andere blieb unsichtbar, doch dieser kleine Punkt genügte Sascha, um sich vorsichtig durch die Schwärze zu tasten und langsam an die Tür zu kriechen. Dann begann sie mit ihren kleinen Fäusten dagegenzutrommeln. Die Tür antwortete mit einem lauten Donnern, doch sobald Sascha damit aufhörte, herrschte wieder absolute

Stille. Die Wachen reagierten weder auf den Lärm noch auf Saschas Rufen.

Die Zeit floss zäh dahin. Wie lange würde man sie noch in Gefangenschaft halten? Vielleicht hatte Leonid sie ja absichtlich hierhergeführt. Um sie von dem Alten und von Hunter zu trennen. Um sie aus diesem Bund herauszulösen, sie in eine Falle zu locken. Und das nur, um …

Sascha begann zu weinen. Der Ärmel ihrer Jacke sog ihre Tränen und ihr Schluchzen auf.

»Hast du schon mal die Sterne gesehen?«, hörte sie plötzlich seine noch immer nicht ganz nüchterne Stimme.

Sie antwortete nicht.

»Ich auch nur auf Fotos«, fuhr er fort. »Nicht mal die Sonne dringt immer durch all den Staub und die Wolken – wie sollten es dann die Sterne schaffen. Aber als ich eben von deinem Weinen aufgewacht bin, habe ich, glaube ich, einen richtigen Stern gesehen.«

Sie schluckte ihre Tränen herunter, bevor sie antwortete. »Das ist ein Guckloch.«

»Ich weiß. Aber was mich daran interessiert …« Leonid räusperte sich. »Wer war das, der uns früher aus Tausenden von Augen vom Himmel aus zugesehen hat? Und warum hat er sich abgewandt?«

Sascha schüttelte den Kopf. »Da war nie jemand.«

»Ich wollte das aber immer glauben«, sagte der Musiker nachdenklich.

»In dieser Zelle interessiert sich niemand für uns!« Die Augen quollen ihr wieder über. »Das hast du so ausgeheckt, oder? Damit wir keine Chance mehr haben, es zu schaffen?« Erneut hämmerte sie gegen die Tür.

»Wenn du glaubst, dass dort niemand ist, warum klopfst du dann?«, fragte Leonid.

»Dir ist es doch scheißegal, ob die Kranken sterben!«

Er seufzte. »Das ist also deine Meinung von mir, ja? Das finde ich nicht fair. Dir geht es doch in Wirklichkeit auch nicht um die Kranken. Du hast doch nur Angst, dass dein Geliebter, wenn er sie alle abschlachtet, sich selbst ansteckt, und wenn du dann kein Gegenmittel hast …«

»Das ist nicht wahr!« Sascha war kurz davor, auf ihn einzuschlagen.

»Das ist wohl wahr!«, blaffte Leonid. »Was ist denn so toll an ihm?«

Eigentlich hatte sie nicht die geringste Lust, ihm das zu erklären. Am liebsten hätte sie kein Wort mehr mit ihm gesprochen. Doch es brach wie von selbst aus ihr heraus: »Er braucht mich! Er braucht mich wirklich. Ohne mich geht er zugrunde. Du brauchst mich nicht … Du hast bloß keinen, der mit dir spielt!«

»Na schön, nehmen wir an, er braucht dich. ›Brauchen‹ scheint mir zwar reichlich hoch gegriffen, aber belassen wir es erst mal dabei … Und wozu brauchst *du* ihn, diesen Kammerjäger? Stehst du auf finstere Typen? Oder musst du unbedingt eine gefallene Seele retten?«

Sascha schwieg. Es traf sie, mit welcher Leichtigkeit Leonid ihre Gefühle erriet. Waren sie vielleicht gar nicht so besonders? Oder hatte das damit zu tun, dass sie sie nicht verheimlichen konnte? All das Zarte, Flüchtige, das sie selbst nicht in Worte fassen konnte, klang aus seinem Mund alltäglich, ja sogar banal.

»Ich hasse dich«, sagte sie schließlich.

»Macht nichts. Ich finde mich auch nicht so toll.«

Sascha setzte sich auf den Boden. Wieder liefen ihr die Tränen übers Gesicht – zuerst vor Wut, dann aus einem Gefühl der Ohnmacht. Solange von ihr noch etwas abhing, wollte sie nicht aufgeben. Doch nun saß sie hier, in diesem dunklen Kerker, neben diesem gefühllosen Menschen. Es gab nicht die geringste Chance, dass jemand sie hörte. Schreien war sinnlos. Klopfen war sinnlos. Es war niemand da, den sie hätte überzeugen können. Alles war sinnlos.

Und dann sah sie einen Augenblick lang das Bild vor sich: hohe Häuser, einen grünen Himmel, fliegende Wolken, lachende Menschen. Und die heißen Tropfen auf ihren Wangen erschienen ihr wie die Tropfen jenes Sommerregens, von dem ihr der Alte erzählt hatte. Nach einer Sekunde war das Trugbild verflogen – nur eine leichte, wundersame Stimmung hing noch in der Luft.

Sascha biss sich auf die Lippe und sagte störrisch zu sich selbst: »Ich will ein Wunder.«

Im nächsten Augenblick klickte ein Schalter im Gang vor der Tür, und unerträglich grelles Licht flutete in die Zelle.

Bereits weit vor dem Eingang zur heiligen Hauptstadt der Metro, dem marmornen Hort der Zivilisation, verbreitete das weiße Leuchten der Quecksilberlampen eine selige Aura der Ruhe und des Wohlstands.

In der Polis sparte man nicht mit Licht, denn man glaubte an seine magische Wirkung. Der Überfluss an Licht erinnerte die Menschen an ihr früheres Leben, jene fernen Zeiten, als der Mensch noch kein nächtliches Wesen, kein Raubtier gewesen war. Sogar die Barbaren, die von der Peripherie auf das Gebiet der Polis gelangten, beherrschten sich hier.

Der Grenzposten war kaum befestigt und erinnerte eher an ein Vorzimmer in einem sowjetischen Ministerium: ein Tisch, ein Stuhl, zwei Offiziere in sauberer Stabsuniform und mit Schirmmützen. Ausweiskontrolle, Durchsicht der persönlichen Habe. Homer kramte seinen Pass aus der Tasche. Visa gab es nicht mehr, also waren keine Probleme zu erwarten. Er hielt dem Offizier das grüne Büchlein hin und schielte zu dem Brigadier hinüber.

Der stand in sich versunken da und schien die Aufforderung des Grenzers gar nicht gehört zu haben. Hatte er etwa keinen Pass? Was hatte er sich dabei gedacht? Wo er es doch so eilig gehabt hatte, hierherzukommen?

»Ich wiederhole zum letzten Mal …« Die Hand des Offiziers wanderte langsam auf sein glänzendes Pistolenhalfter zu. »Zeigen Sie mir Ihren Ausweis, oder verlassen Sie unverzüglich das Territorium der Polis!«

Homer war sich sicher: Der Brigadier hatte gar nicht begriffen, was man von ihm wollte. Er reagierte allein darauf, wohin sich die Finger des Offiziers bewegten. Augenblicklich erwachte er aus seiner seltsamen Starre, schleuderte blitzartig seine geöffnete Hand nach vorn und stieß sie dem Wachmann in die Kehle. Der lief blau an, krächzte und fiel mit dem Stuhl rücklings zu Boden. Der zweite ergriff die Flucht, doch Homer wusste bereits, dass er es nicht schaffen würde. Wie ein Falschspieler aus seinem Ärmel ein As hervorzaubert, hielt Hunter plötzlich seine brünierte Henkerspistole in der Hand und …

»Warte!«

Der Brigadier hielt eine Sekunde lang inne. Dem flüchtenden Soldaten genügte das, um den Bahnsteig zu erklimmen, zur Seite zu rollen und zu verschwinden.

»Lass sie! Wir müssen zur *Tulskaja*! Du … du wolltest, dass ich dich erinnere.« Homer schnappte nach Luft. Er wusste nicht, was er sagen sollte.

»Zur *Tulskaja* …«, wiederholte Hunter dumpf. »Ja. Besser warten bis zur *Tulskaja*. Du hast recht.« Er lehnte sich müde gegen den Tisch, legte die schwere Pistole neben sich und ließ den Kopf hängen.

Homer nutzte den Augenblick, hob die Arme und lief voraus, den anderen Wachleuten entgegen, die jetzt hinter den Säulen hervorsprangen.

»Nicht schießen! Er ergibt sich! Nicht schießen! Um Himmels willen …«

Sie fesselten ihm die Arme, wobei ihm die Atemmaske vom Gesicht gerissen wurde. Erst dann ließen sie ihn zu Wort kommen. Der Brigadier stand die ganze Zeit reglos da. Er war wieder in seine seltsame Starre versunken, ließ sich ohne Gegenwehr entwaffnen und in die Untersuchungszelle bringen.

Obwohl Homer sogleich wieder freigelassen wurde, begleitete er den Brigadier bis vor die Zelle. Der trat hinein, setzte sich auf die Pritsche, hob den Kopf und flüsterte: »Du musst jemanden für mich suchen. Er heißt Melnik. Bring ihn zu mir. Ich werde hier warten …«

Der Alte nickte und machte eilig kehrt. Schon wollte er sich den Weg durch die am Eingang stehenden Wachleute und Gaffer bahnen, als plötzlich hinter ihm ein Ruf ertönte: »Homer!«

Der Alte erstarrte verblüfft – noch nie hatte ihn Hunter bei seinem Namen genannt. Er kehrte um, trat an die schwächliche Gittertür und sah den Brigadier fragend an.

Dieser hielt sich mit seinen riesigen Armen selbst umschlungen, als hätte er Schüttelfrost, und murmelte ihm mit schwacher, tonloser Stimme zu: »Beeil dich!«

Die Tür öffnete sich, und ein Soldat warf einen zögerlichen Blick herein; es war derselbe, der zuvor den Musiker geschlagen hatte. Ein Fußtritt beförderte ihn in die Zelle, sodass er beinahe auf dem Boden gelandet wäre. Als er wieder aufrecht stand, blickte er sich unsicher um.

In der Tür stand ein sehniger Offizier mit Brille. Auf den

Schulterklappen seines Feldrocks prangten ein paar Sterne. Das spärliche dunkelblonde Haar war glatt nach hinten gekämmt. »Los, du Schwachkopf«, knurrte er.

»Ich … Mir …«, stammelte der Grenzer mit weinerlicher Stimme.

»Nur zu!«

»Ich entschuldige mich für das, was ich getan habe. Und du … Sie … Ich kann nicht.«

»Noch mal zehn Tage.«

»Schlag mich«, sagte der Soldat zu Leonid und wich seinem Blick aus.

»Ah, Albert Michailowitsch!«, rief der Musiker blinzelnd und lächelte den Offizier an. »Ich dachte schon, Sie kommen gar nicht mehr.«

Der Angesprochene zuckte leicht mit den Mundwinkeln. »Guten Abend. Ich bin hier, um die Gerechtigkeit wiederherzustellen. Bitte, verschaffen Sie sich Genugtuung.«

Leonid erhob sich und streckte sein Kreuz. »Ich muss meine Hände schonen. Ich denke, Sie werden die Bestrafung schon selbst vornehmen.«

»Mit aller gebotenen Härte«, nickte Albert Michailowitsch. »Einen Monat Arrest. Und natürlich schließe ich mich der Entschuldigung dieses Trottels an.«

»Es war ja nicht böse gemeint.« Leonid rieb sich die schmerzende Wange.

»Ich hoffe, es bleibt unter uns?« Die metallische Stimme des Offiziers knarzte verschwörerisch.

»Wie Sie sehen, bin ich gerade dabei, jemanden durchzuschleusen.« Der Musiker nickte in Saschas Richtung. »Ob Sie uns da wohl entgegenkommen könnten?«

»Wird erledigt«, sagte Albert Michailowitsch.

Sie ließen den schuldigen Grenzer in der Zelle stehen. Der

Offizier schob den Riegel vor und führte sie einen engen Korridor entlang.

»Mit dir gehe ich nirgendwo mehr hin«, sagte Sascha laut.

Leonid zögerte und erwiderte kaum hörbar: »Und wenn ich dir sage, dass wir tatsächlich zur Smaragdenen Stadt unterwegs sind? Was, wenn ich ganz zufällig mehr darüber weiß als dein Opa? Wenn ich sie selbst gesehen habe, ja selbst dort war, und nicht nur das …«

»Du lügst.«

»Was, wenn der da« – der Musiker deutete mit dem Kopf auf den Offizier vor ihnen – »nur deshalb so vor mir katzbuckelt, weil er weiß, woher ich komme? Und wenn wir in der Smaragdenen Stadt mit Sicherheit dein Gegenmittel finden werden? Und wir nur noch drei Stationen davon entfernt sind.«

»Du lügst!«

»Weißt du was?«, platzte Leonid wütend heraus. »Wenn du schon unbedingt ein Wunder willst, solltest du auch bereit sein, daran zu glauben. Sonst verpasst du es am Ende noch.«

»Man muss zwischen echten Wundern und faulem Zauber unterscheiden können«, schnappte Sascha zurück. »Das habe ich von dir gelernt.«

»Ich wusste von Anfang an, dass man uns freilassen würde. Ich wollte einfach … den Ereignissen nicht vorgreifen.«

»Du hast auf Zeit gespielt!«

»Aber ich habe dich nicht angelogen! Es gibt wirklich ein Gegenmittel!«

Sie waren bei einem Grenzposten angekommen. Der Offizier, der sich einige Male neugierig nach ihnen umgedreht hatte, händigte dem Musiker dessen Habseligkeiten aus und gab ihm Patronen und Dokumente wieder. Dann salutierte er. »Nun, wie steht's, Leonid Nikolajewitsch? Nehmen wir das Schleuserobjekt mit, oder lassen wir es beim Zoll?«

Sascha schauderte. »Wir nehmen es mit.«

»Tja, dann wünsche ich ein Leben in Liebe und Eintracht«, sagte Albert Michailowitsch väterlich, führte sie durch drei hintereinander gestaffelte Gefechtsstände hindurch – deren Besatzung strammstand, während sie passierten – vorbei an Gittern und aus Gleisstücken zusammengeschweißten Panzersperren. »Ich nehme an, dass Sie mit der Einfuhr keine Probleme haben werden?«

Leonid grinste. »Wir schlagen uns schon durch. Ihnen brauche ich das nicht zu sagen, aber ehrliche Beamte gibt es nirgends. Je strenger das Regime, desto geringer der Preis. Man muss nur wissen, bei wem man vorbeischaut.«

Der Offizier räusperte sich. »Ihnen dürfte wohl das gewisse Zauberwort genügen.«

»Leider wirkt es nicht bei allen.« Leonid tastete erneut seine Wange ab. »Wie heißt es so schön: ›Ich bin kein Zauberer, ich lerne noch.‹«

»Es wäre mir eine Ehre, mit Ihnen zu tun zu haben, wenn Ihre Ausbildungszeit vorbei ist.« Albert Michailowitsch neigte das Haupt, wandte sich um und ging zurück.

Der letzte Soldat öffnete ihnen ein Tor in einem dicken Eisengitter, das den Tunnel von oben bis unten durchtrennte. Dahinter begann ein leerer, aber komplett ausgeleuchteter Abschnitt, dessen Wände an einigen Stellen verrußt, an anderen schartig waren wie von langen Schusswechseln. Ganz am anderen Ende waren neue Befestigungen zu sehen sowie riesige Banner, die von der Decke bis zum Boden herabhingen.

Allein dieser Anblick ließ Saschas Herz schneller schlagen. Sie blieb stehen und fragte Leonid: »Wessen Grenze ist das da?«

»Wie bitte?« Er blickte sie erstaunt an. »Natürlich die von der Roten Linie.«

Wie lange hatte Homer davon geträumt, noch einmal hierherzukommen! Wie lange war er nicht mehr an diesen wunderbaren Stationen gewesen!

An der gebildeten *Borowizkaja,* die so süßlich nach Kreosot roch, mit diesen kleinen, gemütlichen Wohnungen direkt unter den Bögen, dem Lesesaal für die brahmanischen Mönche in der Mitte des Raumes, den langen, mit Büchern überhäuften Brettertischen und den niedrig herabhängenden, stoffbespannten Lampen. Verblüffend, wie deutlich man hier den Geist der philosophischen Küchengespräche aus den Krisen- und Vorkriegsjahren spürte.

An der würdevollen *Arbatskaja,* ganz in Weiß und Bronze gehalten, beinahe wie die Kremlpaläste, mit ihrer strengen Ordnung und den umtriebigen Militärs, die noch immer so selbstbewusst taten, als hätten sie mit der Apokalypse überhaupt nichts zu tun gehabt.

An der altehrwürdigen *Biblioteka imeni Lenina,* über der an der Oberfläche die Leninbibliothek thronte, die man vergessen hatte umzubenennen, als es noch einen Sinn gehabt hätte, die schon so alt gewesen war wie die Welt, als der junge Kolja erstmals die Metro betrat. Sie hatte diesen ganz eigenen Übergang, der sich wie eine romantische Kommandobrücke in der Mitte des Bahnsteigs erhob. Selbst die umlaufenden Stuckverzierungen an der Decke waren – wenn auch nicht sehr gekonnt – restauriert worden.

Und am *Alexandrowski sad,* jenem ewig im Halbdunkel liegenden, irgendwie hageren, eckigen Halt, wie ein erblindender, gichtgeplagter Rentner, der seiner Komsomol-Jugend gedachte.

Homer hatte schon immer die Frage fasziniert, inwieweit diese Stationen ihren Erbauern ähnelten. Waren sie gewissermaßen Selbstporträts jener Architekten, die sie entworfen hatten? Hatten sie vielleicht kleine Teilchen ihrer Schöpfer in sich aufgenommen? Eines aber wusste der Alte gewiss: Für die Bewohner waren diese Stationen prägend, der jeweilige Charakter übertrug sich auf die Menschen, sie waren infiziert mit der besonderen Stimmung und den spezifischen Malaisen.

Seinem ganzen Wesen nach gehörte Homer mit seiner ewigen Grübelei und seiner unheilbaren Nostalgie eigentlich gar nicht an die strenge *Sewastopolskaja*, sondern viel eher hierher, an die Polis, die im Lichte der Vergangenheit erstrahlte.

Das Schicksal hatte jedoch anders entschieden.

Und nicht einmal jetzt, da er endlich wieder hierhergekommen war, hatte er die Muße, diese hallenden Säle zu durchschreiten, die Stuck- und Gussarbeiten zu bewundern, zu fantasieren, sondern musste gehetzt weiterziehen.

Hunter war es unter größter Anstrengung gelungen, jenes furchtbare Geschöpf in sich selbst, das er von Zeit zu Zeit mit Menschenfleisch füttern musste, zu fesseln und einzusperren. Doch dieses Ungeheuer in ihm brauchte nur die Stäbe seiner inneren Zelle auseinanderzubiegen – und im nächsten Augenblick wäre nichts mehr von dem fadenscheinigen Gitter übrig, hinter dem der Brigadier jetzt saß. Homer musste sich beeilen.

Hunter hatte ihn gebeten, einen gewissen Melnik zu finden. War das ein Deckname? Eine Parole? Als er die Wachen nach diesem Namen gefragt hatte, hatten sie sich augenblicklich verwandelt: Keine Rede mehr von einem Tribunal, das dem gefangenen Brigadier drohe, und auch die Handschellen, die sich schon fast um Homers Handgelenke geschlossen hatten, waren gleich wieder in der Schublade verschwunden. Und es war der beleibte Wachleiter persönlich, der den Alten begleitete.

Sie stiegen eine Treppe hinauf, gingen einen Korridor entlang, kamen zur *Arbatskaja*. Dort blieben sie vor einer Tür stehen, die von zwei Männern in Zivil bewacht wurde – Berufskillern, wie man unzweifelhaft an den Gesichtern erkannte.

Hinter ihren breiten Rücken erstreckte sich ein enger Gang mit winzigen Diensträumen zu beiden Seiten. Der Dicke bat Homer zu warten und stapfte den Gang hinunter. Nach kaum drei Minuten kam er wieder zurück, musterte den Alten verwundert und bat ihn mitzukommen.

Am Ende des Ganges befand sich ein überraschend geräumiges Zimmer, dessen Wände mit Karten und Plänen bedeckt waren, dazwischen hingen Notizen, verschlüsselte Funksprüche, Fotos und Zeichnungen. Hinter einem breiten Eichentisch saß ein hagerer Mann mittleren Alters mit ungewöhnlich breiten Schultern. Homer dachte zuerst, er trüge eine kaukasische Burka; aus dem übergeworfenen Uniformmantel ragte nur der linke Arm heraus, und bei näherem Hinsehen erkannte Homer, dass der rechte fast komplett amputiert worden war. Der Mann war von hünenhaftem Wuchs – seine Augen befanden sich fast auf derselben Höhe wie die Homers, der vor ihm stand.

»Danke«, sagte der Mann und entließ den Dicken, der mit merklichem Bedauern die Tür hinter sich schloss. Dann wandte er sich Homer zu. »Wer sind Sie?«

»Nikolajew, Nikolai Iwanowitsch«, erwiderte der Alte verwirrt.

»Lassen Sie die Dummheiten! Wenn Sie zu mir kommen und behaupten, dass Sie meinen teuersten Kameraden begleiten, den ich schon vor einem Jahr beerdigt habe, so müssen Sie einen gewichtigen Grund haben. Wer sind Sie?«

»Niemand. Es geht nicht um mich. Er lebt, glauben Sie mir. Sie müssen mit mir kommen, so schnell es geht.«

»Nun habe ich wirklich das Gefühl, dass dies entweder eine Falle ist. Oder ein idiotisches Spiel. Oder einfach ein Irrtum.« Melnik steckte sich eine Papirossa an und blies Homer Rauch ins Gesicht. »Gut, Sie kennen seinen Namen. Aber angenommen, er wäre mit Ihnen hier, so müssten Sie auch seine Geschichte kennen. Sie müssten wissen, dass wir ihn über ein Jahr lang jeden Tag gesucht haben. Dass wir bei dieser Suche einige Männer verloren haben. Sie müssten verdammt noch mal wissen, wie viel er uns bedeutete. Vielleicht sogar, dass er meine rechte Hand war.« Ein bitteres Lächeln huschte über sein Gesicht.

»Nein, ich weiß nichts dergleichen. Er hat nie etwas von sich erzählt.« Homer hatte den Kopf eingezogen. »Bitte, kommen Sie doch einfach mit zur *Borowizkaja*. Wir haben keine Zeit ...«

»Ich gehe nirgendwohin. Dafür gibt es einen bestimmten Grund.« Melnik griff mit seiner Hand unter den Tisch, machte eine Bewegung und fuhr auf merkwürdige Weise zurück, ohne aufzustehen; erst nach einigen Sekunden begriff Homer, dass er in einem Rollstuhl saß. »Also reden wir erst mal in Ruhe darüber. Ich will wissen, warum Sie hier aufgetaucht sind.«

»Mein Gott!« Homer wusste nicht mehr, was er diesem Sturkopf noch sagen sollte. »Glauben Sie mir doch. Er lebt. Er sitzt im Affenkäfig an der *Borowizkaja*. Jedenfalls hoffe ich, dass er da noch ist ...«

»Ich würde Ihnen ja gerne glauben.« Melnik machte eine Pause, zog lange an seiner Zigarette, sodass Homer hören konnte, wie das Filterpapier knisternd verbrannte. »Aber es gibt keine Wunder. Sie reißen damit nur alte Wunden wieder auf. Na schön. Ich habe meine eigene Theorie, wer hinter diesem Spiel steht. Aber um das herauszufinden, haben wir Leute, die eigens dafür ausgebildet sind.« Er griff nach dem Telefonhörer.

»Warum hat er solche Angst vor Schwarzen?«, sagte Homer plötzlich zu sich selbst, ohne recht zu wissen, warum.

Melnik hielt inne. Dann legte er den Hörer vorsichtig wieder auf. Er inhalierte den Rest seiner Papirossa, spie den kurzen Stummel in seinen Aschenbecher und sagte: »Teufel auch, dann roll ich eben zur *Borowizkaja*.«

»Ich geh da nicht hin! Lass mich! Lieber bleibe ich hier ...«

Sascha war überhaupt nicht zu Scherzen aufgelegt, und sie kokettierte auch nicht. Kaum jemanden hatte ihr Vater mehr gehasst als die Roten. Sie hatten ihn entmachtet, ihn gebrochen, aber anstatt ihm einfach das Leben zu nehmen, hatten sie ihn – aus Mitleid oder weil sie sich zu schade waren – zu vielen Jahren Erniedrigung und Qualen verdammt. Ihr Vater hatte den Leuten, die sich gegen ihn aufgelehnt hatten, nie verziehen; genauso wenig wie jenen, die die Verräter inspiriert und angestachelt sowie mit Waffen und Flugblättern versorgt hatten. Schon allein rote Farbe konnte bei ihm Tobsuchtsanfälle auslösen. Und wenngleich er gegen Ende seines Lebens behauptet hatte, er zürne niemandem mehr und wünsche keine Rache, so hatte Sascha den Eindruck gehabt, dass er damit nur seine eigene Ohnmacht rechtfertigen wollte.

»Es ist der einzige Weg«, entgegnete Leonid verwirrt.

»Wir wollten doch zur *Kiewskaja*! Du hast mich in die Irre geführt!«

»Die Hanse liegt seit Jahrzehnten im Krieg mit der Roten Linie, da konnte ich doch nicht gleich dem Erstbesten sagen, dass wir zu den Kommunisten unterwegs sind. Ich musste mir was einfallen lassen.«

»Ohne Lügen geht bei dir wohl gar nichts?«

»Das Tor befindet sich hinter der *Sportiwnaja*, das habe ich immer gesagt. Die *Sportiwnaja* ist die letzte Station der Roten Linie vor der eingestürzten Metrobrücke. Das kann ich nun mal nicht ändern.«

»Und wie sollen wir da bitte hinkommen? Ich habe keine Papiere!« Sie ließ Leonid nicht eine Sekunde aus den Augen.

Er lächelte. »Vertrau mir. Man muss nur mit den Menschen reden. Es lebe die Korruption!« Ohne weiter auf ihre Einwände zu hören, packte er Sascha am Handgelenk und zog sie hinter sich her.

Schon von Weitem leuchteten ihnen im Scheinwerferlicht der zweiten Verteidigungslinie die riesigen Banner aus rotem Kattun entgegen, die von der Decke hingen. Der stete Luftzug im Tunnel bewegte sie, sodass Sascha vor sich zwei wogende rote Wasserfälle zu sehen glaubte. Sollte das ein Zeichen sein …

Wenn es stimmte, was sie über die Linie gehört hatte, so würde man sie beide mit Kugeln durchlöchern, sobald sie in Schussweite waren. Doch Leonid ging ruhig voraus, sein selbstbewusstes Lächeln unentwegt auf den Lippen. Etwa dreißig Meter vor dem Grenzposten stieß ihm der grelle Strahl eines Scheinwerfers gegen die Brust. Der Musiker stellte seinen Instrumentenkasten auf den Boden und hob beide Arme. Sascha folgte seinem Beispiel.

Zwei Kontrollbeamte näherten sich ihnen, verschlafen und erstaunt. Es sah nicht danach aus, als wäre ihnen von dieser Seite der Grenze schon einmal jemand entgegengekommen.

Diesmal zog Leonid den Ranghöheren der beiden zur Seite, bevor der Mann Sascha nach irgendwelchen Dokumenten fragen konnte. Er flüsterte ihm etwas ins Ohr, klimperte kaum hörbar mit Messing, worauf der Mann besänftigt zurückkehrte. Der Schichtleiter persönlich begleitete sie an allen Posten vorbei, setzte sie sogar auf eine wartende Draisine und befahl den Soldaten, sie zur *Frunsenskaja* zu fahren.

Diese legten sich auf die Hebel und setzten keuchend die Draisine in Bewegung. Sascha musterte mit finsterer Miene die Kleider und Gesichter dieser Menschen, die ihr Vater ihr stets als Feinde geschildert hatte. Nichts Besonderes: Wattejacken, verblichene gefleckte Kappen mit aufgesteckten Sternen, eingefallene, knochige Wangen … Sie hatten keine glänzenden Gesichter wie die Wachleute an der Hanse, dafür glitzerte in ihren

Augen eine jugendliche Neugier, die die Bewohner der Ringlinie nicht zu kennen schienen. Außerdem: Diese zwei wussten sicher nichts davon, was vor fast zehn Jahren an der *Awtosawodskaja* passiert war. Waren sie also Saschas Feinde? Konnte man unbekannte Menschen denn überhaupt aus tiefstem Herzen hassen?

Die Soldaten wagten es nicht, die Passagiere anzusprechen. Nur ein gleichmäßiges Ächzen war zu hören, während sie die Hebel betätigten.

»Wie hast du das gemacht?«, fragte Sascha Leonid.

»Hypnose.« Er zwinkerte ihr zu.

»Und was sind das für Dokumente, die du da hast?« Sie blickte ihn misstrauisch an. »Wie kann es sein, dass man dich überall durchlässt?«

»Es gibt verschiedene Pässe für verschiedene Situationen«, erwiderte er vage.

Damit niemand sie hörte, musste sich Sascha ganz dicht an Leonid heransetzen. »Wer bist du?«

»Ein Beobachter«, flüsterte er.

Hätte Sascha sich nicht den Mund zugehalten, die Fragen wären nur so aus ihr herausgesprudelt. Aber nun lauschten ihnen die Soldaten doch zu auffällig – selbst die Hebel quietschten jetzt leiser.

Sie musste also bis zur *Frunsenskaja* warten, einer vertrockneten und verblichenen Station, deren blasses Antlitz mit roten Fahnen geschminkt war. Das Mosaik auf dem Boden war bereits lückenhaft, die breiten Säulen angenagt vom Zahn der Zeit, die Gewölbe darüber wie dunkle Teiche. Knapp über den Köpfen der Bewohner hingen schwache Lampen an Kabeln, die zwischen den Säulen gespannt waren – nicht auch nur ein Strahl wertvollen Lichts durfte vergeudet werden. Und erstaunlich sauber war es hier: Gleich mehrere nervöse Putzfrauen huschten auf dem Bahnsteig hin und her.

Die Station war voller Menschen, doch wenn Sascha sie anblickte, zuckten sie zusammen und taten geschäftig, nur um sich hinter ihrem Rücken wieder zu entspannen und mit gedämpften Stimmen zu tuscheln. Wenn sie sich dann nach ihnen umdrehte, erstarb das Flüstern, und die Menschen wandten sich erneut ihren Geschäften zu. Niemand schien ihr in die Augen sehen zu wollen, als wäre dies etwas Unanständiges.

Sascha blickte Leonid an. »Fremde kommen wohl nicht oft hierher?«

Der Musiker zuckte mit den Schultern. »Ich bin selbst fremd hier.«

»Wo bist du denn zu Hause?«

»Dort, wo die Menschen nicht so todernst sind.« Er grinste. »Wo man begreift, dass der Mensch nicht nur vom Essen lebt. Wo man das Gestern nicht vergisst, auch wenn die Erinnerung wehtut.«

»Erzähl mir von der Smaragdenen Stadt«, bat Sascha leise. »Warum verstecken sie … Warum versteckt ihr euch?«

»Die Herrscher der Stadt misstrauen den Bewohnern der Metro …« Leonid musste kurz unterbrechen, um mit den Wächtern am Tunneleingang zu verhandeln. Dann tauchten er und Sascha in die tiefe Dunkelheit ein. Mit einem Eisenfeuerzeug entfachte er den Docht einer Öllampe und fuhr fort: »Sie misstrauen ihnen, weil die Menschen in der Metro allmählich ihr menschliches Antlitz verlieren. Außerdem gibt es hier noch immer Leute, die diesen furchtbaren Krieg begonnen haben. Auch wenn das natürlich niemand zugeben würde, nicht einmal seinen besten Freunden gegenüber. Die Menschen in der Metro sind eben unverbesserlich. Man kann sie nur fürchten, sich von ihnen fernhalten, sie beobachten. Würden sie von der Smaragdenen Stadt erfahren, so würden sie sie auffressen und wieder auskotzen, so wie sie es mit allem machen, was sie in die Finger bekommen. Die Gemälde der großen Meister würden verbrennen. Papier würde verbrennen und alles, was darauf ist. Das ausgezehrte Gebäude der Universität würde einstürzen. Die einzige Gesellschaft, die Gerechtigkeit und Harmonie erreicht hat, würde vernichtet werden. Die große Arche würde untergehen. Und nichts würde mehr bleiben.«

Sascha fühlte sich gekränkt. »Warum glaubt ihr, dass wir uns nicht ändern können?«

»Nicht alle glauben das.« Leonid sah sie mit schrägem Blick an. »Einige versuchen etwas zu tun.«

»Sie scheinen sich aber nicht sehr zu bemühen.« Sascha seufzte. »Nicht mal der Alte wusste etwas von ihnen.«

»Dafür hat so mancher sie selbst gehört«, sagte er geheimnisvoll.

»Du meinst … die Musik?«, riet Sascha. »Bist du einer von denen, die uns verändern wollen? Aber wie?«

»Durch Nötigung zum Schönen«, scherzte der Musiker.

Ein Adjutant schob den Rollstuhl, während Homer nebenherhetzte. Er konnte kaum Schritt halten und blickte sich von Zeit zu Zeit nach seinem hünenhaften Bewacher um.

»Wenn Sie die Geschichte tatsächlich nicht kennen«, sagte Melnik, »erzähle ich sie Ihnen. Sollte ich an der *Borowizkaja* nicht den richtigen Mann zu Gesicht bekommen, können Sie damit wenigstens Ihre Zellengenossen unterhalten … Hunter war einer der besten Kämpfer des Ordens, ein Jäger wie er im Buche steht. Sein Spürsinn war der eines Tiers, und er selbst war unserer Sache vollkommen ergeben. Er war es, der diese Schwarzen vor eineinhalb Jahren aufspürte. An der *WDNCh*. Schon mal davon gehört?«

»An der *WDNCh?*«, wiederholte Homer nachdenklich. »Ja, unverletzliche Mutanten waren das, die Gedanken lesen und unsichtbar werden konnten, nicht wahr? Ich dachte, die hießen ›Dunkle‹?«

»Wie auch immer … Er ging jedenfalls als Erster den Gerüchten nach und schlug Alarm, doch wir hatten damals weder genügend Mann noch genügend Zeit. Also verweigerte ich ihm die Unterstützung. Ich war mit anderen Dingen beschäftigt.« Melnik bewegte seinen Armstumpf. »Hunter machte sich allein auf den Weg. Bei unserem letzten Kontakt teilte er mir mit, dass diese Kreaturen den Willen anderer beherrschen konnten und alles um sich herum in Angst und Schrecken versetzten. Er war ein unglaublicher, ja ein geborener Krieger. Er allein war so viel wert wie eine ganze Einheit.«

»Ich weiß«, murmelte Homer.

»Und er kannte keine Angst. Er hat damals einen jungen Kerl zu uns geschickt mit einer Nachricht, dass er nach oben gehen würde, um mit den Schwarzen abzurechnen. Wenn er nicht mehr auftauchen würde, sollten wir daraus schließen, dass die Gefahr größer war als ursprünglich angenommen. Er verschwand. Wir gingen davon aus, dass er umgekommen war. Wir haben ein eigenes Nachrichtensystem: Wer lebt, ist verpflichtet, einmal wöchentlich darüber Mitteilung zu machen. Verpflichtet! Er aber schweigt schon seit über einem Jahr.«

»Und was ist aus den Schwarzen geworden?«

Melnik verzog das Gesicht zu einem schiefen Lächeln. »Wir haben die ganze Gegend mit Smertsch-Raketen glattgebügelt. Seither haben wir von den Schwarzen nichts mehr gehört. Kein Briefchen, kein Anruf. Die Ausgänge an der *WDNCh* sind verschlossen, das Leben geht wieder seinen normalen Gang. Der Junge hat das damals mental nicht verkraftet, aber soweit ich weiß, hat man ihn wieder hingekriegt. Er lebt jetzt ein ganz normales Leben, hat sogar geheiratet. Hunter dagegen … den hab ich auf dem Gewissen.« Er rollte über eine Stahlrampe die

Treppe hinab, sehr zum Schrecken der dort unten versammelten Bibliothekare, wartete auf den keuchenden Alten und fügte hinzu: »Letzteres solltest du deinen Zellengenossen besser nicht erzählen.«

Eine Minute später war die ganze Prozession bei der Zelle angekommen. Melnik ordnete an, die Zellentür nicht zu öffnen; er stützte sich auf seinen Adjutanten, biss die Zähne zusammen, erhob sich und blickte durch das Guckloch. Ihm genügte ein Bruchteil einer Sekunde.

Dann, erschöpft, als hätte er den ganzen Weg von der *Arbatskaja* zu Fuß zurückgelegt, fiel Melnik zurück in den Sessel, ließ seinen erloschenen Blick über Homer gleiten und verkündete das Urteil: »Das ist er nicht.«

»Ich glaube nicht, dass meine Musik mir gehört«, sagte Leonid auf einmal ernst. »Ich weiß gar nicht, wie sie in meinen Kopf kommt. Ich komme mir manchmal vor wie eine Art Flussbett. Ich bin nur das Instrument. Wenn ich spielen will, setze ich die Flöte an die Lippen. Aber es ist, als würde jemand anders *mich* an seine Lippen setzen – und es entsteht eine Melodie …«

»Das ist die Inspiration«, flüsterte Sascha.

Er breitete die Arme aus. »Wie auch immer, es gehört nicht mir, es kommt von außen. Und ich habe kein Recht, es in mir zurückzuhalten. Es wandert durch die Menschen. Ich beginne zu spielen und sehe, wie sich alle um mich scharen: Reiche und Arme, die, die von Schorf überzogen sind, und andere, die vor Fett glänzen, Verrückte, Krüppel, bedeutsame Menschen – einfach alle. Irgendetwas bewegt meine Musik in ihnen, sodass sich alle auf eine Tonart einstimmen. Ich bin sozusagen die Stimmgabel. Ich kann sie in Harmonie bringen, wenn auch nur für kurze Zeit. Sie klingen dann so rein. Sie singen … Wie soll ich das erklären?«

»Du erklärst es sehr gut«, sagte Sascha nachdenklich. »Ich habe es selbst gemerkt.«

»Ich muss versuchen, es ihnen … einzupflanzen. In dem einen mag es verkümmern, aber in einem anderen geht die Saat vielleicht auf. Ich rette jedoch niemanden – das kann ich nicht.«

»Aber warum wollen die anderen Bewohner der Smaragdenen Stadt uns nicht helfen? Und du, warum willst du nicht zugeben, dass du genau das tust?«

Leonid schwieg, bis sie endlich an der *Sportiwnaja* ankamen. Die Station war genauso kränklich und blass, übertrieben feierlich und trostlos wie die anderen. Und diese hier war dazu noch niedrig, eng und beschwerlich wie ein Kopfverband. Es roch nach Rauch, Armut und Stolz. Ein Beschatter heftete sich sogleich an ihre Fersen. Wo immer sie auch hingingen, er folgte ihnen in exakt zehn Schritten Entfernung.

Das Mädchen drängte weiter, doch der Musiker hielt sie zurück. »Jetzt nicht. Wir müssen warten.« Er fand einen Platz auf einer steinernen Bank und klappte die Schlösser seines Flötenkastens auf.

»Warum?«

»Das Tor lässt sich nur zu einer bestimmten Zeit öffnen.«

»Wann?« Saschas Blick fiel auf das Zifferblatt der Stationsuhr. Wenn die stimmte, hatte sie nur noch zwölf Stunden.

»Ich sag's dir rechtzeitig.«

»Du zögerst schon wieder alles hinaus!« Sie starrte ihn an und entfernte sich von ihm. »Mal versprichst du, dass du mir hilfst, und dann versuchst du mich wieder aufzuhalten!«

»Ja.« Er holte tief Luft und blickte ihr in die Augen. »Ich will dich aufhalten.«

»Warum? Weshalb?«

»Ich spiele nicht mit dir. Glaub mir, zum Spielen hätte ich

schon jemanden gefunden, ich bekomme nicht so schnell einen Korb. Ich glaube, ich bin verliebt. Mein Gott, wie banal das klingt …«

»Das glaubst du doch nie im Leben! Du sagst es nur, das ist alles.«

Seine Stimme war immer noch todernst. »Es gibt eine Methode, wie man Liebe von Spiel unterscheiden kann.«

»Wenn du betrügst, um jemanden zu kriegen, dann ist das Liebe?«

»Ein Spiel lässt sich immer neu an die Umstände anpassen. Liebe aber macht dein ganzes bisheriges Leben kaputt. Wahrer Liebe sind die Umstände völlig gleichgültig.«

»Damit hab ich kein Problem. Ich habe nie ein Leben gehabt. Führ mich jetzt zum Tor.«

Leonid sah das Mädchen aus schweren Augen an, lehnte sich gegen die Säule und verschränkte die Arme vor der Brust. Mehrmals holte er Luft, als wollte er Sascha eine Abfuhr erteilen, doch dann atmete er immer wieder aus, ohne ein Wort zu sagen. Schließlich sank er in sich zusammen und gestand düster: »Ich kann nicht mit dir gehen. Sie lassen mich nicht zurück.«

»Was heißt das?«

»Ich kann nicht in die Arche zurückkehren. Man hat mich von dort verbannt.«

»Verbannt? Weswegen?«

»Wegen einer bestimmten Sache.« Er wandte sich ab und sprach nun ganz leise, und obwohl Sascha nur einen Schritt von ihm entfernt stand, verstand sie nicht alles. »Es … war eine persönliche Geschichte. Mit einem Bibliotheksaufseher. Er erniedrigte mich vor Zeugen … In derselben Nacht betrank ich mich und zündete die Bibliothek an. Der Aufseher verbrannte mit seiner ganzen Familie. Leider haben sie bei uns die Todesstrafe abgeschafft – ich hätte sie nämlich verdient gehabt. Stattdessen haben sie mich verbannt. Lebenslänglich. Es gibt für mich kein Zurück.«

Sascha ballte die Fäuste. »Warum hast du mich dann hierhergeführt? Warum musstest du auch noch meine Zeit verbrennen?«

»Du könntest versuchen, bei ihnen zu läuten«, murmelte Leonid. »In einem Seitentunnel, zwanzig Meter vom Tor entfernt, gibt es eine Markierung mit weißer Farbe. Genau darunter, auf der Höhe des Bodens, befindet sich ein Gummideckel, und darunter ein Klingelknopf. Du musst dreimal kurz, dreimal lang und dreimal kurz klingeln – das ist das Erkennungssignal für zurückkehrende Beobachter …«

Leonid half Sascha, die drei Wachposten zu passieren, dann ging er wieder zur Station zurück. Zum Abschied versuchte er ihr ein altes Sturmgewehr in die Hand zu drücken, das er irgendwo aufgetrieben hatte, doch Sascha wollte es nicht. Dreimal kurz, dreimal lang, dreimal kurz – das war alles, was sie jetzt brauchte. Und eine Lampe.

Der Tunnel hinter der *Sportiwnaja* machte zu Beginn einen düsteren, stillen Eindruck. Sie galt als die letzte bewohnte Station der Linie, und so erinnerte jeder Posten, an dem sie Leonid vorbeiführte, immer mehr an eine kleine Festung. Sascha hatte jedoch nicht die geringste Angst. Sie dachte jetzt nur noch an eines: Schon bald würde sie an der Schwelle zur Smaragdenen Stadt stehen.

Und wenn die Stadt gar nicht existierte, brauchte sie erst recht keine Angst mehr zu haben.

Der Seitentunnel lag genau dort, wo Leonid gesagt hatte. Ein beschädigtes Gitter trennte ihn ab, in dem Sascha mühelos einen ausreichend breiten Durchschlupf fand. Nach einigen

Hundert Schritt stieß sie auf die Stahlwand eines Sicherheitstors, das auf sie einen ewigen, unerschütterlichen Eindruck machte.

Sascha zählte weitere vierzig Schritt ab, und tatsächlich: Sie erblickte in der Dunkelheit eine weiße Markierung an der feuchten, gleichsam schwitzenden Wand. Auch den Gummideckel fand sie sofort. Sie bog ihn nach hinten, ertastete den Knopf und warf nochmals einen Blick auf die Uhr, die ihr Leonid mitgegeben hatte. Sie hatte es geschafft! Sie war rechtzeitig angekommen! Noch ein paar lange Minuten musste sie ausharren, dann schloss sie die Augen …

Dreimal kurz.

Dreimal lang.

Dreimal kurz.

## 17
## Wer spricht?

Artjom senkte den glühenden Lauf. Schweiß und Tränen brannten ihm in den Augen, doch sein Handrücken stieß gegen die Gasmaske. Sollte er sie einfach abreißen? Was machte es jetzt noch für einen Unterschied …

Das Schreien der Infizierten war offenbar lauter als die Gewehrsalven. Wie sonst war es zu erklären, dass immer mehr von ihnen aus dem Waggon geströmt waren und sich in den Bleihagel gestürzt hatten? Hatten sie das Donnern nicht gehört, nicht begriffen, dass sie aus nächster Nähe exekutiert wurden? Worauf hatten sie gehofft? War ihnen ohnehin alles gleich gewesen?

Vor dem Ausgang war der Bahnsteig auf mehreren Metern mit aufgeblähten Leichen übersät. Einige zuckten noch, ja irgendwo in diesem schaurigen Grabhügel stöhnte noch jemand. Die Pestbeule war ausgelaufen. Jene, die sich noch im Waggon befanden, waren ängstlich zusammengerückt, versteckten sich vor den Kugeln.

Artjom warf einen Blick auf die anderen Schützen. Zitterten nur ihm die Hände und Knie? Keiner sprach ein Wort, sogar der Kommandeur schwieg. Man hörte nur das Röcheln der Menschen in dem noch immer überfüllten Zug, wie sie krampfhaft den blutigen Husten unterdrückten. Aus der Tiefe des Leichenhaufens spie indes der letzte Sterbende seine Flüche hervor: »Ihr Ungeheuer … Schweine … Ich lebe noch … Ich halte das nicht aus …«

Der Kommandeur sah sich nach dem Unglücklichen um, und als er ihn entdeckte, ging er in die Knie und feuerte den Rest seines Magazins auf den Mann ab, bis nur noch ein leeres Klicken zu hören war, und selbst dann drückte er noch ein paarmal ab.

Dann erhob er sich wieder, blickte auf seine Pistole und wischte sie merkwürdigerweise an seiner Hose ab. »Der Rest von euch: Bewahrt Ruhe!«, schrie er heiser. »Jedem, der das Lazarett ohne Erlaubnis zu verlassen versucht, droht die gleiche Strafe.«

»Was sollen wir mit den Leichen tun?«, fragte einer.

»Zurück in den Zug. Iwanenko, Aksjonow, ihr erledigt das!«

Die Ordnung war wiederhergestellt. Artjom konnte wieder an seinen Platz zurückkehren und versuchen weiterzuschlafen: Bis zum Weckruf blieben noch ein paar Stunden. Wenigstens noch eine Stunde schlafen, damit er morgen im Dienst durchhielt …

Doch es kam anders.

Iwanenko machte einen Schritt zurück, schüttelte den Kopf und sagte, er weigere sich, diese eitrigen, halb zerfallenen Leichen anzufassen. Ohne zu zögern richtete der Kommandeur seine Pistole auf ihn – er hatte offenbar vergessen, dass er keine Patronen mehr hatte –, zischte hasserfüllt und drückte ab. Es klickte nur. Iwanenko kreischte auf und rannte davon.

Plötzlich riss einer der Soldaten hustend sein Sturmgewehr in die Höhe und rammte dem Kommandeur mit einer ungeschickten, schrägen Bewegung das Bajonett in den Rücken. Der Kommandeur fiel jedoch nicht, sondern drehte seinen Kopf langsam über die Schulter nach hinten und blickte den Angreifer an.

»Was tust du, verdammter Hurensohn?«, fragte er leise und verwundert.

Der andere schrie ihn an: »Bald wirst du uns genauso entsorgen! Hier gibt es doch gar keine Gesunden mehr! Heute machen wir sie kalt, morgen treibst du uns zu ihnen in die Waggons!« Der Mann bewegte die Waffe hin und her, um sie aus dem Kommandeur herauszuziehen, drückte jedoch nicht ab.

Niemand wagte es, sich einzumischen. Selbst Artjom, der zuerst einen Schritt in ihre Richtung gemacht hatte, war wie gebannt stehen geblieben. Endlich kam das Bajonett aus dem Rücken heraus. Der Kommandeur versuchte vergeblich die Wunde zu berühren, dann sank er in die Knie, stützte sich mit den Händen auf dem verschmierten Boden ab und schüttelte den Kopf. Es sah aus, als kämpfte er gegen eine Müdigkeit an.

Niemand traute sich, dem Kommandeur den Gnadenschuss zu verpassen. Sogar der Aufrührer, der ihn niedergestochen hatte, trat ängstlich zurück. Doch dann riss er sich die Gasmaske vom Gesicht und schrie über die ganze Station hinweg: »Brüder! Hört auf mit der Quälerei! Lasst sie frei! Sie werden sowieso verrecken! Und wir auch! Sind wir etwa keine Menschen?«

»Wagt es bloß nicht …«, zischte der Kommandeur, noch immer auf den Knien.

Die Gewehrschützen begannen laut zu diskutieren. An einer Stelle rissen sie bereits die Gitter von den Waggontüren, dann an einer anderen … Plötzlich feuerte einer der Soldaten dem Anstifter mitten ins Gesicht, sodass dieser sich rückwärts überschlug und reglos neben den anderen Leichen liegen blieb. Doch es war zu spät: Mit Triumphgeheul strömten die Kranken aus dem Zug heraus, liefen ungelenk auf ihren dicken Beinen fort, rissen den unschlüssigen Wachleuten die Gewehre aus den Händen und verschwanden in die verschiedensten Richtungen. Auch ihre Bewacher begannen sich nun zu bewegen: Ein paar von ihnen gaben vereinzelt Schüsse auf die Kranken ab, andere dagegen mischten sich bereits unter sie und liefen mit ihnen auf die Tunnel zu – die einen nach Norden, Richtung *Serpuchowskaja*, die anderen nach Süden, Richtung *Nagatinskaja*.

Artjom stand noch immer stocksteif da und starrte den Kommandeur verständnislos an. Der wollte einfach nicht sterben. Zuerst kroch er auf allen vieren vorwärts, dann stand er auf und lief stolpernd los. Offenbar hatte er ein ganz bestimmtes Ziel.

»Ihr werdet euch noch wundern«, murmelte er. »So einfach überrumpelt ihr mich nicht …«

Sein fahriger Blick blieb an Artjom hängen. Erst sah er ihn an, als ob er ihn nicht wiedererkennen würde, dann blaffte er ihn im gewohnten Befehlston an: »Popow! Bring mich in den Funkraum! Am nördlichen Posten müssen die Wachleute unbedingt das Tor schließen …«

Der Kommandeur stützte sich auf Artjoms Schulter, und so humpelten sie schwerfällig an dem jetzt leeren Zug vorbei, vorbei an kämpfenden Menschen und an Bergen von Müll, bis sie endlich im Funkraum ankamen, wo das Telefon stand. Die Wunde des Kommandeurs schien nicht lebensgefährlich zu sein, doch hatte er viel Blut verloren. So verließen ihn nun die Kräfte, und er sank ohnmächtig zusammen.

Artjom schob den Tisch vor die Tür, nahm das Mikrofon der internen Leitung und wählte die Nummer der nördlichen Wache. Der Apparat klickte, dann kam ein rasselnder Laut, wie wenn jemand angestrengt atmete, und schließlich – entsetzliches Schweigen.

Es war also zu spät. Diesen Weg würde er nicht mehr abschneiden können. Aber die *Dobryninskaja*, die musste er doch wenigstens warnen! Er stürzte zum Telefon, drückte auf einen der beiden Knöpfe, wartete ein paar Sekunden … Gott sei Dank, der Apparat funktionierte noch! Zuerst hörte er im Hörer nur das Echo flüstern, dann eine Art Zirpen, dann endlich kamen die Ruftöne.

Eins … zwei … drei … vier … fünf … sechs …

Herrgott, bitte lass sie antworten! Wenn sie noch leben, wenn sie noch nicht infiziert sind, lass sie antworten, damit sie eine Chance bekommen. Lass jemanden abheben, bevor die Kranken die Stationsgrenze dort erreichen … Artjom hätte seine Seele dafür verkauft, wenn am anderen Ende des Kabels nur jemand den Hörer abhob …

Da geschah das Unmögliche. Der siebte Rufton brach in der Mitte ab, ein Krächzen war zu hören, im Hintergrund erregte Wortfetzen, und dann durchschnitt eine atemlose, gebrochene Stimme das Rauschen.

»*Dobryninskaja* hier!«

Die Zelle war in Halbdunkel getaucht, doch Homer genügte selbst das wenige Licht, um zu erkennen: Die Silhouette dieses Häftlings war zu schwächlich und leblos, um die des Brigadiers zu sein. Es schien, als säße hinter dem Gitter eine Strohpuppe, willenlos, in sich zusammengesackt. Wahrscheinlich war es einer der Wachleute – tot. Doch wo war Hunter …

»Ich dachte schon, ihr kommt nicht mehr«, ertönte eine hohle, dumpfe Stimme hinter ihnen. »Da drin war es mir zu … eng.«

Melnik wirbelte in seinem Rollstuhl so schnell herum, dass Homer gar nicht hinterherkam. Mitten im Durchgang zur Station stand der Brigadier. Seine Arme waren eng verschränkt, als ob der eine dem anderen misstraute und sich fürchtete, ihn freizugeben. Er zeigte ihnen seine entstellte Gesichtshälfte.

Melniks Wange zuckte. »Bist du das?«

»Noch.« Hunter räusperte sich seltsam. Hätte Homer nicht gewusst, dass das unmöglich war, er hätte dieses Geräusch als eine Art Lachen interpretiert.

»Was ist mit dir? Mit deinem Gesicht?« Sicher wollte Melnik ihn eigentlich etwas ganz anderes fragen. Mit einer Handbewegung hieß er die Sicherheitsleute, sich zu entfernen. Homer durfte bleiben.

»Du bist auch nicht gerade in Bestform.« Der Brigadier räusperte sich erneut.

»Nichts Besonderes.« Melnik verzog das Gesicht. »Schade nur, dass ich dich nicht umarmen kann. Hol's der Teufel … Wie lange wir dich gesucht haben!«

»Ich weiß. Ich musste … eine Zeit lang allein sein«, sagte Hunter in seiner typischen, stakkatohaften Art. »Ich … wollte nicht zu den Menschen zurück. Wollte für immer verschwinden. Aber dann bekam ich Angst …«

»Was ist damals passiert, mit den Schwarzen? Hast du das von ihnen?« Melnik deutete mit dem Kopf auf die violetten Narben in Hunters Gesicht.

»Nichts ist passiert. Es ist mir nicht gelungen, sie zu vernichten.« Der Brigadier berührte die Schramme. »Ich konnte es nicht. Sie … haben mich gebrochen.«

»Du hast damals recht gehabt«, sagte Melnik auf einmal mit unerwarteter Heftigkeit. »Verzeih mir! Zu Anfang habe ich es nicht für wichtig gehalten und dir nicht geglaubt. Wir hatten damals … Nun, du weißt selbst. Aber wir haben sie gefunden und komplett ausgeräuchert. Wir dachten, du lebst nicht mehr. Und dass sie dich … Deswegen habe ich sie … für dich … Alle bis zum letzten!«

»Ich weiß«, erwiderte Hunter heiser. Es fiel ihm sichtlich schwer, darüber zu reden. »Sie wussten, dass es dazu kommen würde – wegen mir. Sie wussten alles. Sie konnten die Menschen sehen, das Schicksal jedes einzelnen. Wenn du wüsstest, gegen wen wir damals die Hand erhoben haben! Damals hat er uns noch ein letztes Mal zugelächelt … Er hatte sie geschickt, um uns noch eine Chance zu geben. Und wir … Ich habe sie verurteilt, und ihr habt es vollstreckt. Denn so sind wir. Die wahren Ungeheuer …«

»Was redest du da?«

»Als ich zu ihnen kam … haben sie mir mich selbst gezeigt. Ich blickte damals wie in einen Spiegel und sah alles, wie es ist. Ich begriff alles über mich. Über die Menschen. Warum uns das alles passiert ist …«

»Wovon sprichst du?« Melnik starrte seinen Kameraden besorgt an und blickte dann hastig zur Tür. Bereute er, dass er die Wachleute weggeschickt hatte?

»Ich sag es dir – ich habe mich selbst mit ihren Augen gesehen, wie in einem Spiegel. Nicht von außen, sondern mein Innerstes, das, was sich hinter dem Schutzschirm verbirgt … Sie haben es hervorgelockt, in den Spiegel, um es mir zu zeigen. Das Monster. Den Menschenfresser. Einen Menschen habe ich da jedenfalls nicht gesehen. Und ich habe mich vor mir selbst gefürchtet. Ich hatte mich selbst belogen … Mir gesagt, dass ich da bin, um die Menschen zu beschützen, sie zu retten … Alles gelogen! Wie ein hungriges Tier bin ich allen an die Kehle gegangen. Noch schlimmer. Der Spiegel verschwand, aber es … das da … blieb zurück. Es war erwacht und kam nicht mehr zur Ruhe. Sie dachten, ich würde mich danach umbringen. Und ja: Wozu sollte ich noch leben? Doch ich tat es nicht. Ich musste kämpfen. Zuerst allein, damit es niemand sieht. Weit weg von den Menschen. Ich dachte, ich kann mich selbst bestrafen, damit sie es nicht tun. Ich dachte, ich verjage es durch Schmerzen …« Der Brigadier berührte seine Narben. »Aber dann begriff ich, dass ich es allein nicht besiegen würde. Immer wieder vergaß ich mich … Also kehrte ich zurück.«

»Gehirnwäsche«, sagte Melnik. »Das ist es, was sie mit dir gemacht haben.«

»Egal! Es ist schon wieder vorbei.« Hunter nahm die Hand von seinem Gesicht, und seine Stimme veränderte sich: Nun klang sie wieder dumpf und leblos. »Zumindest fast. Die Geschichte ist lange her. Was geschehen ist, ist geschehen. Wir sind jetzt allein. Wir müssen uns durchkämpfen … Aber deswegen bin ich nicht hier. An der *Tulskaja* ist eine Epidemie ausgebrochen. Sie könnte auf die *Sewastopolskaja* und auf den Ring übergreifen. Das Luftfieber. Dasselbe wie damals. Tödlich.«

Melnik blickte ihn misstrauisch an. »Niemand hat mir etwas davon berichtet.«

»Niemand hat niemandem etwas berichtet. Sie sind zu feige. Deshalb lügen sie. Und verheimlichen es. Sie begreifen nicht, was sie damit anrichten.«

Melnik rollte näher an den Brigadier heran. »Was willst du von mir?«

»Das weißt du selbst. Die Gefahr muss beseitigt werden. Gib mir eine Marke. Gib mir Männer. Flammenwerfer. Wir müssen die *Tulskaja* sperren und säubern. Falls nötig, auch die *Serpuchowskaja* und die *Sewastopolskaja*. Ich hoffe, dass es noch nicht weiter gekommen ist.«

»Drei Stationen einfach so herausschneiden – für alle Fälle?«

»Um die anderen zu retten.«

»Nach so einem Gemetzel werden sie den Orden hassen.«

»Niemand wird etwas erfahren. Denn es wird niemand übrig bleiben, der sich anstecken könnte … oder etwas gesehen haben könnte.«

»Für einen so hohen Preis?«

»Begreifst du nicht? Wenn wir noch weiter zögern, werden wir niemanden mehr retten können. Wir haben zu spät von der Seuche erfahren. Es gibt keine andere Möglichkeit, sie aufzuhalten. In zwei Wochen ist die ganze Metro eine einzige Pestbaracke, und in einem Monat – ein Friedhof.«

»Ich muss mich erst selbst davon überzeugen …«

»Du glaubst mir nicht, was? Du denkst, ich bin wahnsinnig geworden? Nun, glaub, was du willst, es ist mir egal. Ich gehe allein. Wie immer. Aber ich habe wenigstens ein reines Gewissen.«

Hunter wandte sich um, ohne den versteinerten Homer auch nur eines Blickes zu würdigen, und bewegte sich zum Ausgang. Seine letzten Worte hatten Melnik wie eine Harpune getroffen, die ihn nun hinter dem Brigadier herzog.

»Warte! Nimm die Marke!« Hastig kramte Melnik in seiner Uniformjacke herum und reichte Hunter eine schmucklose Scheibe. »Ich … genehmige es.«

Der Brigadier nahm die Marke aus der knochigen Hand, steckte sie in die Tasche, nickte schweigend und warf einen langen, lidlosen Blick auf Melnik.

»Komm wieder zurück. Ich bin müde«, murmelte dieser.

Hunter räusperte sich noch einmal auf diese merkwürdige Weise und sagte: »Ich dagegen war nie in besserer Form.«

Dann verschwand er.

Lange traute sich Sascha nicht, noch einmal zu läuten, um die Wächter der Smaragdenen Stadt nicht zu verärgern. Sie hatten sie sicher gehört, aber vielleicht brauchten sie noch Zeit, um sie eingehend zu studieren. Wenn sie die Tür, die in die Erde eingewachsen schien, noch immer nicht geöffnet hatten, so konnte das nur bedeuten, dass sie sich berieten, ob sie eine Fremde einlassen sollten, die offenbar zufällig ihren geheimen Code erraten hatte.

Was sollte sie sagen, wenn sich das Tor öffnete?

Sollte sie ihnen von der Epidemie an der *Tulskaja* erzählen? Würden sie es riskieren, sich in diese Geschichte einzumischen? Was, wenn sie sie gleich durchschauten, so wie Leonid es getan hatte? Sollte sie ihnen vielleicht von dem Fieber erzählen, das sie selbst erfasst hatte? Sollte sie anderen gestehen, was sie sich noch nicht einmal selbst eingestand?

Würde Sascha denn überhaupt ihre Herzen rühren können? Wenn sie diese furchtbare Krankheit längst besiegt hatten, warum hatten sie dann nicht eingegriffen, warum keinen Kurier mit dem Medikament zur *Tulskaja* geschickt? Nur weil sie die gewöhnlichen Menschen fürchteten? Oder hofften sie, dass die Krankheit alle dahinraffte? Am Ende hatten sie dieses Fieber selbst in die Metro gebracht …

Nein! Wie konnte sie nur so denken! Leonid hatte gesagt, dass die Bewohner der Smaragdenen Stadt gerecht und menschenfreundlich waren. Dass sie keine Todesstrafe kannten und einander nicht einmal einsperrten. Und dass inmitten all der unendlichen Schönheit, mit der sie sich umgaben, niemand auch nur an ein Verbrechen zu denken wagte.

Aber warum retteten sie dann nicht die Todgeweihten? Und warum öffneten sie nicht die Tür?

Sascha läutete noch einmal. Und noch einmal.

Hinter der Stahlwand war es so still, als wäre diese nur eine Attrappe, die Tausende Tonnen steinerne Erde verdeckte.

»Sie werden dir nicht aufmachen.«

Sascha fuhr herum. Etwa zehn Schritte von ihr entfernt stand Leonid – geduckt, mit wirrem Haar und bedrückter Miene.

Sascha starrte ihn verständnislos an. »Dann versuch du es! Vielleicht haben sie dir ja verziehen? Das ist es doch, weswegen du gekommen bist, oder?«

»Es gibt nichts zu verzeihen. Dort ist nichts.«

»Aber du hast doch gesagt …«

»Ich habe gelogen. Das ist nicht der Eingang zur Smaragdenen Stadt.«

»Wo ist er dann?«

»Ich weiß es nicht.« Er hob die Arme. »Keiner weiß es.«

»Aber warum haben sie dich dann überall durchgelassen? Bist du denn kein Beobachter? Du bist doch … am Ring und bei den Roten … Du machst mir schon wieder etwas vor, ja? Du hast das mit der Stadt ausgeplaudert, und jetzt tut es dir leid!« Sie versuchte flehentlich seinen Blick zu erhaschen, suchte nach einer Bestätigung für ihre Vermutungen.

Leonid blickte störrisch zu Boden. »Ich habe selbst immer davon geträumt, dorthin zu kommen. Viele Jahre habe ich sie gesucht. Habe Gerüchte gesammelt, alte Bücher gelesen. Allein an dieser Stelle hier bin ich an die hundertmal gewesen. Dann fand ich diesen Klingelknopf … und ließ es tagelang läuten. Vergebens.«

»Warum hast du mich belogen?« Sie ging auf ihn zu, und ihre rechte Hand griff wie von selbst nach ihrem Messer. »Was habe ich dir getan? Warum tust du das?«

»Ich wollte dich ihnen wegnehmen.« Der Anblick des Messers brachte den Musiker völlig durcheinander, doch anstatt fortzulaufen, setzte er sich auf die Gleise. »Ich dachte, wenn ich mit dir allein bin …«

»Und warum bist du jetzt hier?«

»Schwer zu sagen.« Ergeben blickte er sie von unten an. »Wahrscheinlich habe ich kapiert, dass ich zu weit gegangen bin. Nachdem ich dich hierhergeschickt hatte … bin ich ins Grübeln geraten. Die Seele wird ja nicht schwarz geboren. Anfangs ist sie klar und durchscheinend, und erst allmählich dunkelt sie nach, Flecken für Flecken, jedes Mal, wenn du dir etwas Böses verzeihst, eine Rechtfertigung dafür findest, dir sagst, dass es doch nur ein Spiel ist. Irgendwann nimmt die Schwärze dann überhand. Selten bemerkt man diesen Augenblick selbst, denn von innen ist er schwer zu erkennen. Aber mir wurde plötzlich klar, dass ich genau hier und jetzt eine Grenze überschreite und von da ab ein anderer Mensch sein werde. Für immer. Und deshalb bin ich hier, um alles zuzugeben. Weil du es nicht verdient hast.«

»Warum haben alle so eine Angst vor dir? Warum knicken sie alle ein?«

»Nicht vor mir«, seufzte Leonid. »Vor meinem Vater.«

»Was?«

»Sagt dir der Name ›Moskwin‹ nichts?«

Sascha schüttelte den Kopf. »Nein.«

Der Musiker lächelte betrübt. »Da bist du wahrscheinlich die Einzige in der ganzen Metro. Jedenfalls ist mein Vater ein großer Boss. Der Boss der Roten Linie. Er hat mir einen Diplomatenpass ausstellen lassen, also lassen sie mich durch. Der Name kommt nicht so häufig vor, da will keiner Probleme bekommen. Höchstens mal, wenn einer nicht Bescheid weiß …«

Sascha war wieder zurückgetreten und sah ihn abschätzig an. »Und was beobachtest du so? Hat man dich deswegen losgeschickt?«

»Rausgeschmissen haben sie mich. Als Papa kapierte, dass aus mir kein richtiger Mann wird, verlor er die Lust an mir. Und so mache ich jetzt ab und zu seinem Namen Schande.« Leonid zog eine Grimasse.

»Hast du dich mit ihm gestritten?«

»Wie kann man mit dem Genossen Moskwin streiten? Er ist doch ein Denkmal! Sie haben mich verbannt und verflucht. Weißt du, ich war schon als Kind ein Narr in Christo. Ich mochte nur schöne Bilder, Klavierspiel, Bücher. Daran ist meine Mutter schuld – sie wollte eigentlich ein Mädchen. Als mein Vater dahinterkam, hat er versucht mich für Feuerwaffen und Parteiintrigen zu begeistern, aber es war schon zu spät. Mutter brachte mir das Flötespielen bei, und Vater trieb es mir mit dem Riemen wieder aus. Den Professor, der mich unterrichtete, schickte er in die Verbannung und stellte mir einen Politruk zur Seite. Alles vergebens. Ich war schon durch und durch verdorben. Ich hasste die Rote Linie, sie war mir immer zu … grau. Ich wollte ein farbenfrohes Leben, wollte Musik machen, Bilder malen. Also ließ mich mein Vater einmal ein Mosaik zertrümmern, zu pädagogischen Zwecken. Damit ich lernte, dass alles Schöne vergänglich war. Und ich zerschlug es, damit ich keine Prügel bekam. Doch während ich das tat, merkte ich mir jedes Detail genau, selbst jetzt noch könnte ich es wieder zusammensetzen … Seither hasse ich meinen Vater.«

»Das darfst du nicht sagen!«, rief Sascha entsetzt.

»Ich schon.« Leonid lächelte. »Andere werden dafür erschossen. Das mit der Smaragdenen Stadt … hat mir einmal mein Professor erzählt. Im Flüsterton, als ich noch ganz klein war. Also beschloss ich, dass ich den Eingang unbedingt finden würde, wenn ich groß bin. Es muss doch irgendwo auf dieser Erde einen Ort geben, wo das, wofür ich lebe, einen Sinn hat. Wo alle dafür leben. Wo ich nicht ein kleiner, hässlicher Nichtsnutz bin, kein weißhändiger Prinz, kein Erb-Dracula, sondern ein Gleicher unter Gleichen.«

»Und du hast ihn nicht gefunden, diesen Ort.« Sascha steckte das Messer weg. Sie hatte den Kern all dieser Worte gefunden. »Denn es gibt ihn nicht.«

Leonid zuckte mit den Schultern. Er erhob sich, ging zu dem Klingelknopf hinüber und drückte darauf. »Wahrscheinlich spielt es keine Rolle, ob mich da drüben jemand hört oder nicht. Wahrscheinlich spielt es keine Rolle, ob es diesen Ort auf der Erde überhaupt gibt. Hauptsache, ich *glaube*, dass er irgendwo existiert. Dass mich jemand hört. Und ich es einfach noch nicht verdient habe, dass mir jemand öffnet.«

»Und das genügt dir?«

Wieder zuckte der Musiker mit den Schultern. »Es hat der ganzen Welt immer genügt – also genügt es auch mir.«

Homer lief auf den Bahnsteig und blickte sich verwirrt um – Hunter war nirgends zu sehen. Hinter ihm rollte Melnik aus dem Untersuchungsgefängnis heraus, grau und niedergeschlagen, als hätte er dem Brigadier gleichzeitig mit der rätselhaften Marke seine Seele vermacht.

Warum war Hunter fortgelaufen und wohin? Warum hatte er Homer zurückgelassen? Melnik würde er nicht danach fragen; vielmehr musste er zusehen, dass er ihm aus dem Weg ging, bevor dieser sich an ihn erinnerte. Also tat Homer so, als wollte er den Brigadier einholen und schritt eilig davon, jeden Moment auf einen Zuruf von hinten gefasst. Doch Melnik schien sich nicht mehr für ihn zu interessieren.

Hunter hatte Homer gesagt, er brauche ihn, damit er sein früheres Ich nicht vergaß. Hatte er gelogen? Vielleicht hatte er nur vermeiden wollen, dass er in seiner Raserei einen Kampf an der Polis vom Zaun brach, den er durchaus verlieren konnte – und das hätte ihm den Weg zur *Tulskaja* versperrt. Sein Gespür und sein Killerinstinkt waren übernatürlich, doch nicht einmal er konnte es wagen, allein eine ganze Station zu stürmen. Wenn das stimmte, dann hatte Homer seine Rolle gespielt, indem er Hunter bis zur Polis begleitet hatte, und war nun unsanft von der Bühne gestoßen worden.

Somit war auch er am Ausgang der Geschichte beteiligt; er hatte seinen Teil dazu beigetragen, dass das Finale genauso wurde, wie es sich der Brigadier – oder derjenige, der seine Rolle spielte – ausgedacht hatte.

Was war das für eine Marke? Ein Passierschein? Ein Insignium der Macht? Ein schwarzes Mal? Ein Ablass im Voraus – für all die Sünden, die Hunter so unbedingt auf seine Seele laden wollte?

Wie auch immer: Der Brigadier hatte Melnik die Marke und sein Einverständnis entrissen. Endlich hatte er freie Hand. Und er hatte sicher nicht vor, irgendwem zu beichten – das, was da in ihm die Oberhand gewonnen hatte, das Ungeheuer, das ihm bisweilen im Spiegel erschien, konnte nicht einmal richtig sprechen.

Was würde an der *Tulskaja* geschehen, wenn Hunter bis dorthin durchkam? Würde er seinen Durst stillen können, indem er eine ganze Station in Blut tränkte, ja vielleicht sogar zwei oder drei? Oder würde das, was er da in sich austrug, dadurch erst ins Unermessliche wachsen?

Welchen der beiden Hunters hatte Homer eigentlich bis hierher begleitet? Denjenigen, der die Menschen verschlang, oder den, der das Monster bekämpfte? Welcher der beiden war in dem Phantom-Zweikampf an der *Poljanka* zu Boden gegangen? Und wer hatte danach Homer um Hilfe gebeten?

Ja, vielleicht hatte Homer eine ganz andere Bestimmung: ihn zu töten. Waren es womöglich jene kläglichen Überreste des alten Brigadiers, die in ihrer Verzweiflung den Alten als Begleiter angefordert hatten, damit dieser alles mit eigenen Augen sah und Hunter vor Entsetzen oder aus Mitleid irgendwo in einem dunklen Tunnel mit einem Genickschuss kaltmachte? Selbst konnte sich der Brigadier das Leben nicht nehmen, also hatte er sich einen Henker gesucht. Einen Henker, den man um nichts bitten musste, der über genügend Intuition verfügte, um alles von selbst zu begreifen, und geschickt genug war, den anderen Hunter zu betrügen – den zweiten, der mit jedem Tag immer monströser wurde und nicht sterben wollte.

Doch selbst wenn Homer den Mut hatte, den richtigen Moment abpasste und Hunter hinterrücks ermordete, was würde das bringen? Die Seuche würde er allein nicht aufhalten können. Blieb ihm dann also trotz aller Dringlichkeit nichts anderes, als weiter zu beobachten und aufzuschreiben?

Homer ahnte, wohin sich der Brigadier begeben hatte. Dieser schon fast mythische Orden, dem offenbar sowohl Melnik als auch Hunter angehörten, hatte laut Gerüchten seine Basis an der *Smolenskaja*, dem Unterbauch der Polis. Seine Legionäre schützten die Metro und ihre Bewohner vor jenen Gefahren, mit denen ganze Armeen gewöhnlicher Stationen nicht fertig wurden. Mehr wusste man über diese geheimnisvolle Organisation nicht.

Der Alte durfte nicht einmal daran denken, die *Smolenskaja* zu betreten – sie war unzugänglich wie die Festung Alamut. Doch wozu auch: Um den Brigadier wiederzusehen, musste Homer einfach nur an die *Dobryninskaja* zurückkehren. Und warten, bis Hunters Bestimmung ihn unweigerlich dorthin brachte, an den Ort seines zukünftigen Verbrechens, die Endstation dieser merkwürdigen Geschichte.

Sollte er ihm erlauben, mit den Verseuchten abzurechnen und die *Tulskaja* zu desinfizieren, und erst danach seinen unausgesprochenen Willen vollstrecken? Homer hatte immer eine ganz andere Rolle für sich gesehen: nicht zu schießen, sondern zu erfinden; nicht Leben zu nehmen, sondern Unsterblichkeit zu verleihen; nicht zu urteilen, sich nicht einzumischen, den Helden seines Buchs die Möglichkeit zu geben, selbst zu handeln. Doch wenn du bis zum Knie im Blut stehst, ist es schier unmöglich, dich nicht schmutzig zu machen. Jetzt war es ein Glück, dass er das Mädchen mit diesem durchtriebenen Kerl hatte gehen lassen – so hatte er wenigstens Sascha davor bewahrt, dieses furchtbare Gemetzel mit anzusehen, das sie ohnehin nicht würde verhindern können.

Er blickte auf die Stationsuhr: Wenn der Brigadier seinen Zeitplan einhielt, blieben Homer noch ein paar Stunden. Ein wenig Zeit also, um mit sich allein zu sein. Und um die Polis um einen letzten Tango zu bitten.

»Und wie willst du dir das Recht verdienen, eingelassen zu werden?«, fragte Sascha.

»Na ja …« Leonid zögerte. »Es ist dumm, ich weiß, aber … mit meiner Flöte. Ich dachte, vielleicht kann ich damit etwas wiedergutmachen. Verstehst du, Musik ist von allen Künsten die flüchtigste. Sie existiert nur so lange, wie das Instrument klingt, und im nächsten Augenblick ist sie spurlos verschwunden. Doch nichts reißt die Menschen so sehr mit wie Musik, nichts verletzt sie so tief und heilt so langsam. Wenn dich einmal eine Melodie berührt, bleibt sie ein Leben lang bei dir. Sie ist ein Extrakt der Schönheit. Ich dachte, vielleicht kann ich damit die Missbildungen der Seele heilen.«

»Du bist sonderbar.«

»Aber jetzt habe ich begriffen, dass ein Aussätziger keine Aussätzigen heilen kann. Wenn ich dir nicht alles sage, werden sie mir nie aufmachen.«

Sascha blickte ihn scharf an. »Glaubst du etwa, dass ich dir verzeihe? Deine Lügen, deine Grausamkeit?«

»Gibst du mir noch eine letzte Chance?« Leonid lächelte ihr zu. »Du sagst doch selbst, dass wir alle eine verdienen.«

Sascha schwieg. Sie war vorsichtig geworden. Diesmal würde sie sich nicht in seine merkwürdigen Spielchen hineinziehen lassen. Gerade erst hatte sie ihm geglaubt, hatte seine Reue für wahr gehalten, und jetzt – schon wieder?

»Von all dem, was ich dir erzählt habe, ist eines wahr«, sagte er. »Es gibt ein Mittel gegen die Krankheit.«

»Ein Medikament?« Sascha fuhr auf, erneut bereit, sich betrügen zu lassen.

»Nein, kein Medikament. Keine Tabletten, kein Serum. Vor ein paar Jahren ist bei uns an der *Preobraschenskaja* eine ähnliche Krankheit ausgebrochen.«

»Warum weiß Hunter nichts davon?«

»Es gab keine Epidemie. Die Krankheit ist von selbst wieder zurückgegangen. Diese Erreger sind empfindlich gegen radioaktive Strahlung. Irgendwas passiert mit ihnen, ich glaube, sie hören auf sich zu teilen … Jedenfalls lässt sich die Krankheit so stoppen, sogar schon mit ziemlich niedrigen Dosen. Man ist damals durch Zufall darauf gekommen. Mehr braucht es nicht. Die Lösung des Problems liegt sozusagen an der Oberfläche.«

Zitternd griff sie nach seiner Hand. »Wirklich?«

»Wirklich.« Er legte seine andere Hand auf die ihre. »Wir müssen nichts weiter tun, als uns mit ihnen in Verbindung setzen und es ihnen erklären.«

Sie löste sich von ihm, und ihre Augen blitzten auf. »Warum hast du mir das nicht früher gesagt? Das ist doch so einfach! Wie viele Menschen sind inzwischen gestorben!«

»Innerhalb eines Tages? Wohl kaum … Ich wollte nicht, dass du bei diesem Killer bleibst. Ich wollte dir von Anfang an alles sagen, aber ich wollte dieses Geheimnis eintauschen – gegen dich.«

»Gegen fremde Leben hast du mich eingetauscht!«, zischte Sascha. »Dabei bin ich … nicht eines davon wert!«

Der Musiker hob eine Augenbraue. »Ich würde meines eintauschen.«

»Das hast du nicht zu entscheiden! Steh auf! Wir müssen schnell zurück. Solange er noch nicht an der *Tulskaja* angekommen ist …« Sascha tippte mit ihrem Finger auf die Uhr, flüsterte etwas und stöhnte. »Nur noch drei Stunden!«

»Wieso? Wir können die Telefonleitung nutzen. Ich werde veranlassen, dass man bei der Hanse anruft und alles erklärt. Dann müssen wir nicht selbst hinlaufen, zumal wir es vermutlich sowieso nicht schaffen …«

»Nein!« Sascha schüttelte den Kopf. »Nein! Er wird es nicht

glauben. Nicht glauben wollen. Ich muss es ihm selbst sagen. Ihm erklären …«

»Und was kommt dann?«, fragte Leonid eifersüchtig. »Dann gibst du dich ihm aus lauter Freude hin?«

»Was geht dich das an?«, schnappte sie zurück. Doch dann begriff sie instinktiv, wie sich ein verliebter Mann am besten kontrollieren ließ, und fügte sanfter hinzu: »Ich will nichts von ihm. Aber ohne dich habe ich keine Chance durchzukommen.«

»Das Lügen hast du jedenfalls schnell von mir gelernt«, entgegnete Leonid mit säuerlichem Grinsen. Dann seufzte er ergeben. »Na gut. Gehen wir.«

Die *Sportiwnaja* erreichten sie erst nach einer halben Stunde: Die Posten hatten gewechselt, und Leonid musste ihnen erneut erklären, wie ein Mädchen ohne Pass die Grenze zur Roten Linie hatte überqueren können. Sascha blickte nervös auf ihre Uhr, und Leonid auf sie; ihm war deutlich anzumerken, dass er schwankte, mit sich selbst rang.

Auf dem Bahnsteig schichteten schmächtige Rekruten gerade einige Ballen mit irgendwelchen Gütern auf eine alte, stinkende Draisine; betrunkene Handwerker taten so, als würden sie geplatzte Rohrleitungen stopfen; einige Hosenmätze in Uniform übten ein Kinderlied. Innerhalb von fünf Minuten wurden Sascha und Leonid zweimal zur Ausweiskontrolle angehalten, und ausgerechnet die letzte Kontrolle, als sie schon fast den Tunnel zur *Frunsenskaja* betreten hatten, zog sich quälend lange hin.

Die Zeit lief ihnen davon. Sascha wusste nicht einmal, ob ihnen diese Gnadenfrist von gut zwei Stunden überhaupt noch zur Verfügung stand. Hunter konnte keiner aufhalten, und möglicherweise hatte er längst mit seiner Operation begonnen.

Die Soldaten hatten die Draisine inzwischen fertig beladen; das Gefährt nahm schnaufend Fahrt auf und kam näher. Da fasste Leonid einen Entschluss.

»Ich will dich nicht gehen lassen«, sagte er. »Aber ich kann dich auch nicht halten. Ich dachte, ich sorge dafür, dass wir zu spät kommen, damit du dort nichts mehr zu suchen hast. Aber ich habe verstanden, dass ich dich dadurch nicht für mich gewinnen kann. An sich ist Ehrlichkeit die schlechteste Methode, um eine Frau zu verführen, doch ich will nicht mehr lügen. Ich will mich nicht mehr ständig vor dir schämen müssen. Wähle selbst, bei wem du bleiben willst.« Unvermittelt riss der Musiker dem betulichen Streifenposten seinen Wunderpass aus der Hand und schlug ihn erstaunlich flink mit einem Kinnhaken zu Boden. Dann packte er Sascha an der Hand und zog sie mit einem Sprung auf die Draisine, die in diesem Moment an ihnen vorbeifuhr. Als sich der Fahrer zu ihnen umwandte, blickte er verblüfft in einen Revolverlauf.

Leonid lachte laut auf. »Papa wäre jetzt stolz auf mich! Wie oft musste ich mir von ihm anhören, dass ich nur meine Zeit vergeude und dass mit meiner weibischen Pfeife niemals was aus mir wird! Und ausgerechnet jetzt, wo ich mich endlich wie ein echter Mann benehme, ist er nicht hier! Was für eine Tragik!« Dann befahl er dem Draisinenführer: »Spring!«, worauf der sich trotz der Geschwindigkeit gehorsam auf die Gleise fallen ließ, sich schreiend überschlug und in der Dunkelheit verschwand.

Leonid begann die Ladung abzuwerfen; mit jedem Ballen, der auf die Gleise fiel, röhrte der Motor lauter. Der altersschwache Scheinwerfer am Bug der Draisine warf unsicher und flackernd sein Licht voraus; es reichte gerade für die nächsten paar Meter. Kreischend, wie wenn jemand über Glas kratzt, jagte eine Rattenbrut vor den Rädern davon, ein erschrockener Streckenwärter sprang im letzten Augenblick zur Seite, und in der Ferne begann eine Alarmsirene hysterisch zu heulen. Die Tunnelrippen flackerten immer schneller an ihnen vorbei – Leonid holte aus der Maschine das Letzte heraus.

Sie flogen an der *Frunsenskaja* vorüber. Die ahnungslosen Wachposten stürzten davon, wie zuvor die Ratten, und erst als die Draisine die Station weit hinter sich gelassen hatte, heulte dort ärgerlich und im Gleichklang mit der *Sportiwnaja* der Alarm auf.

»Jetzt geht es los!«, schrie Leonid. »Wir müssen es bis zur Abzweigung zum Ring schaffen! Dort haben sie eine große Stellung und werden versuchen uns abzufangen. Wir fahren weiter die Linie entlang, bis ins Zentrum!«

Er wusste, was sie zu befürchten hatten: Aus ebenjenem Seitenarm, der sie zuvor zur Roten Linie geführt hatte, schlug ihnen in diesem Augenblick das Scheinwerferlicht einer Diesellok entgegen. Die Abzweigung lag nur noch wenige Schritte entfernt, zum Anhalten war es zu spät. Leonid trat das blank gescheuerte Pedal bis zum Anschlag in den Boden, und Sascha kniff die Augen zusammen ... Es blieb nur zu hoffen, dass die Weiche richtig gestellt war – sonst würden sie frontal mit dem anderen Gefährt zusammenstoßen.

Ein Maschinengewehr donnerte los, die Kugeln sausten wenige Zentimeter an ihren Ohren vorbei. Brandgeruch und heiße Luft hüllten sie ein, ein fremder Motor brüllte auf und verstummte wieder – die beiden Gefährte hatten einander wie durch ein Wunder verfehlt. Kaum hatte ihre Draisine die Weiche passiert, schoss die Diesellok auch schon auf ihre Spur hinaus. Während sie schwankend in Richtung *Park kultury* rollten, fuhr die Lok in die Gegenrichtung.

Noch hatten sie also einen kleinen Vorsprung. Bis zur nächsten Station würde es reichen, doch was dann? Die Draisine wurde langsamer, denn der Tunnel stieg allmählich an.

Leonid drehte sich zu Sascha um. »Die nächste Station ist *Park kultury,* sie liegt fast direkt unter der Oberfläche. Die *Frunsenskaja* dagegen fünfzig Meter tiefer. Wir müssen nur diese Steigung überwinden, dann legen wir wieder einen Zahn zu!«

Und tatsächlich: Als sie am *Park kultury* ankamen, hatten sie bereits wieder an Fahrt gewonnen. Die Station war alt und stolz, mit einer hohen Decke, doch irgendwie leblos, dunkel und kaum bewohnt. Krächzend erhob auch hier eine Sirene ihre heisere Stimme. Hinter Ziegelbewehrungen waren Köpfe zu sehen. Sturmgewehre bellten wütend los, jedoch zu spät – sie konnten nichts ausrichten.

»Vielleicht bleiben wir sogar am Leben!« Leonid lachte. »Mit etwas Glück …«

Da sahen sie vom Heck der Draisine aus zuerst einen Funken in der Dunkelheit, kurz darauf flammte etwas blendend auf und kam näher. Der Scheinwerfer der Diesellok! Den Lichtstrahl wie eine Lanze vor sich gestreckt, als wollte sie die klapprige Draisine damit aufspießen, verschlang sie die Entfernung zwischen ihnen. Wieder knatterte das MG los, wieder jaulten Kugeln an ihnen vorbei.

»Nicht mehr weit! Da ist schon die *Kropotkinskaja*!«

Die *Kropotkinskaja* – in Quadrate eingeteilt, voller Zelte, heruntergekommen, ungepflegt. Undeutliche Porträts an den Wänden, gemalt vor langer Zeit und bereits verwischt. Fahnen und nochmals Fahnen, so viele, dass sie zu einem einzigen flammend roten Band verschwammen, wie ein erstarrter Blutstrahl aus einer steinernen Vene.

Diesmal war es ein Granatwerfer, der ihnen seine Ladung nachschleuderte. Ein Regen aus Marmorsplittern ergoss sich über die Draisine, von denen einer Saschas Bein traf, jedoch keine tiefe Wunde hinterließ. Vor ihnen hatten die Soldaten einen Schlagbaum herabgelassen, aber die Draisine durchschlug ihn glatt, wobei sie fast entgleist wäre.

Die Diesellok kam unerbittlich näher: Ihr Motor war viel

leistungsfähiger und bewegte das stahlverkleidete Monstrum mühelos vorwärts. Sascha und Leonid legten sich flach hin, um hinter der niedrigen Metallbrüstung vor dem stetigen Kugelhagel in Deckung zu gehen.

In wenigen Augenblicken würden die Karosserien der beiden Fahrzeuge aneinanderstoßen, und dann würden sie die Draisine entern … Sascha sah verzweifelt zu Leonid – der den Verstand verloren zu haben schien, denn er begann sich plötzlich auszuziehen.

Vor ihnen kam eine Feuerstellung in Sicht, Bewehrungen aus Sandsäcken, Panzersperren aus Stahl: das Ziel ihrer Flucht. Nun würden sie zwei Scheinwerfer in die Mangel nehmen, und zwei Maschinengewehre – wie Hammer und Amboss.

Noch eine Minute, dann war alles vorbei.

# 18
# Erlösung

Der Zug war einige Dutzend Meter lang. Es waren die besten Kämpfer der *Sewastopolskaja;* Denis Michailowitsch hatte jeden einzelnen selbst ausgewählt. Ihre kleinen Helmlampen blinkten in der Finsternis des Tunnels, und plötzlich kam dem Obersten die ganze Formation wie ein Schwarm von Glühwürmchen vor, die in die Nacht hinausflogen. Eine warme und duftende Sommernacht auf der Krim, über Zypressen hinweg und weiter bis zum sanft rauschenden Meer. Jener Ort, an den der Oberst nach seinem Tod zu gelangen hoffte …

Ein angenehmer Schauder überkam ihn, doch sogleich schüttelte er sich, setzte eine finstere Miene auf und tadelte sich selbst. Ja, auch er begann allmählich zu schwächeln. Das Alter! Er ließ den letzten Soldaten an sich vorbei, holte aus seinem stählernen Zigarettenetui die letzte Selbstgedrehte heraus, roch daran und schnalzte mit dem Feuerzeug.

Dies war ein guter Tag. Das Glück war dem Oberst hold, alles lief wie geplant. Die *Nagornaja* hatten sie ohne Verluste passiert, ein einziger Soldat war kurz verschwunden, doch schon bald wieder zur Kolonne gestoßen. Alle waren bester Laune: In den Kampf zu ziehen fiel ihnen leichter als das ewige Warten und die Ungewissheit. Außerdem hatte Denis Michailowitsch ihnen vor dem Feldzug erlaubt, sich noch einmal richtig auszuschlafen. Nur er selbst hatte kein Auge zugetan.

Das Schicksal war für ihn immer nur eine Kette von Zufälligkeiten gewesen; daher war es für den alten Haudegen unbegreiflich, wie man sich ihm einfach anvertrauen konnte. Seit die kleine Expedition in Richtung *Kachowskaja* aufgebrochen war, hatte es keine Nachrichten von ihr gegeben. Alles war denkbar – auch ein Hunter war nicht unsterblich. Was hatte den Oberst nur dazu gebracht, sich auf einen kriegsversehrten, halb wahnsinnigen Brigadier und einen alten Märchenonkel zu verlassen?

Er konnte nicht mehr länger warten.

Der Plan war, den Hauptteil der Streitkräfte durch die Stationen *Nachimowski prospekt, Nagornaja* und *Nagatinskaja* bis zum südlichen hermetischen Tor der *Tulskaja* zu führen und gleichzeitig ein Vorauskommando über die Oberfläche in die Station einzuschleusen. Dessen Aufgabe war es, über diverse Lüftungsschächte in den Tunnel einzudringen, die Wachen zu eliminieren, sofern dort noch welche waren, und der Truppe das Tor von innen zu öffnen. Alles Weitere war eine Frage der Militärtechnik, egal wer die Station besetzt hielt.

Drei Tage hatten sie gebraucht, um die Schächte zu lokalisieren und freizulegen. Jetzt waren einige Stalker mit den Diversanten unterwegs dorthin, um sie hineinzulassen. Es würde nur noch ein paar Stunden dauern.

Ein paar Stunden – dann würde sich alles entscheiden, und Denis Michailowitschs Gedanken wären wieder frei, er würde wieder schlafen und essen können.

Der Plan war einfach, sorgfältig austariert, lückenlos. Dennoch verspürte der Oberst ein seltsames Ziehen im Bauch, und sein Herz raste wie damals, als er mit achtzehn Jahren in seinen ersten Kampf in jenes Bergdorf gezogen war … Die heiße Glut der Papirossa besänftigte seine innere Unruhe ein wenig.

Schließlich warf er die Kippe fort, zog sich die Maske wieder über und trieb die Brigade mit eiligen Schritten an.

Bald darauf standen sie vor der stählernen Sicherheitstür. Nun konnten sie eine Verschnaufpause einlegen. Denis Michailowitsch würde die Zeit bis zum Sturm nutzen, um mit seinen Kommandeuren noch einmal die Strategien durchzugehen.

In einem hatte Homer recht gehabt, dachte der Oberst und grinste vor sich hin: Wozu sollten sie gegen die Festung anrennen, wenn sie sich von innen öffnen ließ? Das war wie bei der Geschichte mit dem trojanischen Pferd – von wem stammte die noch mal?

Denis Michailowitsch warf einen Blick auf seinen Geigerzähler – die Strahlung war gering – und setzte die Gasmaske ab. Sogleich folgten die Offiziere seinem Beispiel, dann die restlichen Kämpfer.

Sollten sie ruhig noch einmal Luft holen!

Gaffer hatte es in der Polis schon immer gegeben. Meist waren es arme Schlucker, die sich mit Müh und Not von ihren dunklen Stationen an der Peripherie hierher durchgeschlagen hatten und nun mit aufgerissenen Augen und hängendem Unterkiefer durch die Galerien und Säle wanderten. Und so schenkte auch kaum jemand Homer Beachtung, während er an der *Borowizkaja* seine Runden drehte, sanft über die schlanken Säulen des *Alexandrowski sad* strich und hingerissen, ja geradezu verliebt die Lüster der *Arbatskaja* betrachtete.

Eine Vorahnung hatte sein Herz ergriffen und ließ es nicht mehr los: Dies war sein letzter Aufenthalt in der Polis. Was ihn in wenigen Stunden an der *Tulskaja* erwartete, würde sein ganzes bisheriges Leben durchstreichen. Ja, vielleicht bedeutete es sogar sein Ende. Aber er war entschlossen: Er würde tun, was er tun musste. Er würde Hunter erlauben, die Station niederzumetzeln und auszuräuchern … doch dann würde er versuchen ihn zu töten. Er wusste, wenn der Brigadier Verdacht schöpfte, würde er Homer sogleich den Hals umdrehen. Aber vielleicht erwischte es den Alten ja schon beim Sturm der *Tulskaja*, dann war sowieso alles vorbei. Wenn jedoch alles wie geplant lief, würde sich Homer danach in irgendein einsames Nest zurückziehen, um die letzten weißen Blätter seines Buches – von der bereits geknüpften Intrige bis hin zum finalen Höhepunkt – zu füllen. Letzteren würde er selbst setzen, indem er Hunter einen Genickschuss verpasste …

War er dazu imstande? Würde er den Mut aufbringen? Schon allein bei dem Gedanken zitterten Homer die Hände. Ruhig, ruhig. Alles würde sich von selbst entscheiden, jetzt war nicht der richtige Augenblick für solche Gedanken …Aber das machte ihn nur noch nervöser.

Ein Glück, dass das Mädchen verschwunden war! Im Nachhinein war es Homer unbegreiflich, dass er sie überhaupt in sein Abenteuer hineingezogen hatte. Wie hatte er es nur fertiggebracht, sie in diesen Löwenkäfig zu treiben? Schuld daran war allein sein überzogener schriftstellerischer Ehrgeiz; er hatte offenbar einfach verdrängt, dass sie gar kein Geschöpf seiner Fantasie war.

Homers Roman war ganz anders geworden, als er es sich ursprünglich vorgestellt hatte. Er hatte sich einfach viel zu viel vorgenommen. Wie um Himmels willen wollte er in einem Buch all diese Menschen unterbringen? Allein die Menschenmenge, die der Alte jetzt passierte, hatte auf den wenigen Seiten doch gar keinen Platz. Außerdem sollte sein Roman kein Massengrab werden, wo einem ellenlange Namenslisten vor den Augen flimmerten und die bronzenen Buchstaben nichts über Gesicht und Charakter des Toten verrieten.

Nein, das war ausgeschlossen! Sein ohnehin löchriges Gedächtnis würde all diese Menschen nicht mit an Bord nehmen können. Das pockennarbige Gesicht dieses Süßwarenhändlers oder das blasse, spitz zulaufende Antlitz des Mädchens, das ihm gerade eine Patrone hinhielt. Das Lächeln ihrer Mutter, leuchtend wie das einer Madonna, oder das lüsterne, klebrige Grinsen eines Soldaten, der gerade vorbeiging. Die tiefen Furchen in den Gesichtern der greisen Bettler dort oder die Lachfältchen dieser dreißigjährigen Frau … Wer von ihnen war ein Gewalttäter, wer ein Raffzahn, ein Dieb, ein Verräter, ein Lebemann, ein Prophet, ein Gerechter, wem war alles gleich, und wer hatte sich noch nicht entschieden?

All das wusste Homer nicht. Er wusste nicht, was dieser Süßwarenhändler tatsächlich dachte, während er das kleine Mädchen ansah; was das Lächeln der Mutter zu bedeuten hatte, das von dem Blick des Soldaten entfacht worden war; und welches Gewerbe der arme Mann dort betrieben hatte, bevor ihm die Beine den Dienst versagten. Es war Homer nicht gegeben zu entscheiden, wer von ihnen das Recht auf Ewigkeit verdiente und wer nicht.

Sechs Milliarden waren vernichtet worden, sechs Milliarden! War es etwa ein Zufall, dass sich nur einige Zigtausend hatten retten können?

Zugführer Serow, dessen Stelle Nikolai hätte übernehmen sollen, hatte das Leben immer wie ein Fußballspiel betrachtet. Die Menschheit hat verloren, pflegte er zu Nikolai zu sagen, aber wir beide laufen noch immer herum. Was glaubst du, weshalb? Weil es in unserem Leben noch unentschieden steht, deshalb! Der Schiedsrichter hat uns eine Nachspielzeit gegeben. Bis zum Abpfiff müssen wir herausfinden, warum wir hier sind, die letzten Dinge regeln, alles geraderücken, und dann bekommen wir den letzten Pass und fliegen auf das leuchtende Tor zu … Er war ein Mystiker gewesen, dieser Serow. Homer hatte den begeisterten Fußballfan nie gefragt, ob er sein Tor bereits geschossen hatte. Doch war er durch Serow zu der Überzeugung gekommen, dass er, Nikolaj Iwanowitsch Nikolajew, seine persönliche Rechnung noch zu begleichen hatte. Und von Serow hatte er auch die Gewissheit, dass es in der Metro keine zufälligen Menschen gab.

Aber es war doch völlig unmöglich, über sie alle zu schreiben! War es den Versuch überhaupt wert?

In diesem Moment erblickte Homer unter Tausenden unbekannter Gesichter eines, das er hier am wenigsten erwartet hätte.

Leonid warf die Jacke ab, zerrte sich den Pullover über den Kopf und dann noch sein ziemlich weißes T-Shirt. Dieses riss er wie eine Fahne in die Luft und begann es hin und her zu schwenken, ohne auf die Kugeln zu achten, die um ihn herum durch die Luft zischten. Und etwas Seltsames geschah: Die Diesellok begann zurückzufallen, und von der Festung, die vor ihnen aufragte, eröffnete man wider Erwarten nicht das Feuer.

»Mein Vater würde mich jetzt umbringen!«, sagte Leonid, nachdem er die Draisine mit quietschenden Bremsen gerade noch vor den Panzersperren zum Stillstand gebracht hatte.

»Was machst du? Was machen wir?«, fragte Sascha, noch immer atemlos. Sie begriff nicht, wie sie dieses Rennen heil hatten überstehen können.

»Wir ergeben uns!« Er lachte auf. »Dies ist die Zufahrt zur *Biblioteka imeni Lenina*, da drüben ist der Grenzposten der Polis. Wir beide sind jetzt Überläufer.«

Wachleute kamen hinzugelaufen und befahlen ihnen, von der Draisine herunterzukommen. Dann, als sie Leonids Pass öffneten, tauschten sie Blicke, steckten die Handschellen wieder ein und führten die beiden zur Station. Dort brachte man sie in einen Wachraum. Die Soldaten flüsterten miteinander und warfen ihnen respektvolle Blicke zu, ehe sie den Raum verließen, um die Stationsleitung zu informieren.

Leonid hatte es sich erst mit wichtiger Miene in einem abgewetzten Sessel bequem gemacht. Nun sprang er auf, blickte durch die angelehnte Tür hinaus und winkte Sascha zu sich. »Die sind hier ja noch schlampiger als auf der Roten Linie«, prustete er. »Niemand bewacht uns.«

Sie schlüpften aus dem Wachraum, gingen zunächst zögerlich, dann immer schneller den Korridor entlang, und schließlich rannten sie los, Hand in Hand, damit sie sich nicht in der Menge verloren. Wenig später erklangen bereits Trillerpfeifen in ihrem Rücken, doch an dieser riesigen Station war es ein Leichtes unterzutauchen – hier waren sicher zehnmal so viele Menschen unterwegs wie an der *Pawelezkaja*. Nicht einmal in jener Vision, die Sascha an der Oberfläche gehabt hatte, hatte sie sich ein solches Gedränge vorstellen können!

Und hell war es hier, fast genauso wie dort oben. Sascha verdeckte ihre Augen mit der Hand, blickte nur durch einen schmalen Spalt zwischen ihren Fingern.

Wo immer sie hinsah, entdeckte sie wunderliche Dinge – Gesichter, Steine, Säulen –, und wäre Leonid nicht gewesen, hätten sie nicht ihre Finger ineinander verschränkt, sie wäre sicher gestolpert und verlorengegangen. Irgendwann würde sie hierher zurückkehren, versprach sie sich. Irgendwann …

»Sascha?«

Sie wandte sich um und sah Homer, der sie mit einer Mischung aus Angst, Wut und Verwunderung anstarrte. Sie lächelte: Ja, sie hatte den Alten vermisst!

»Was tust du hier?« Eine dümmere Frage hätte er den beiden flüchtenden jungen Leuten nicht stellen können.

»Wir wollen zur *Dobryninskaja*!«, erwiderte sie atemlos. Sie liefen jetzt etwas langsamer, damit der Alte mit ihnen Schritt hielt.

»Aber das ist Wahnsinn! Das darfst du nicht … Ich verbiete es dir!«

Doch keines der Argumente, die Homer keuchend hervorpresste, konnte sie überzeugen.

Als sie die Stellung am Eingang zur *Borowizkaja* erreichten, hatte man die Grenzsoldaten offenbar noch nicht über ihre Flucht informiert.

»Ich bin im Auftrag von Melnik hier. Lassen Sie mich sofort durch«, sagte Homer knapp zu dem diensthabenden Offizier. Der wollte schon den Mund öffnen, doch fand er keine Worte, salutierte vor dem Alten und machte den Weg frei.

Als der Posten hinter ihnen in der Dunkelheit versunken war, erkundigte sich Leonid höflich: »Sie haben doch gelogen, oder?«

»Und?«, knurrte Homer.

»Entscheidend ist, dass man es mit Überzeugung tut«, sagte Leonid anerkennend. »Dann merken es nur Profis.«

»Bleib mir vom Hals mit deinen Belehrungen!« Homer runzelte die Stirn und schaltete mehrmals seine schwächer werdende Lampe ein und aus. »Wir gehen jetzt bis zur *Serpuchowskaja*, aber weiter lasse ich euch nicht!«

»Du weißt gar nicht das Wichtigste«, sagte Sascha. »Es gibt ein Gegenmittel!«

»Was?« Homer kam aus dem Tritt, musste husten und blickte Sascha fast furchtsam an. »Wirklich?«

»Ja! Die Strahlung!«

»Die Bakterien lassen sich durch radioaktive Strahlung neutralisieren«, ergänzte Leonid.

»Aber Mikroben und Viren sind doch hundert-, nein tausendmal widerstandsfähiger gegen Strahlung als der Mensch. Und die Immunabwehr sinkt noch dazu.« Homer verlor die Beherrschung und fuhr Leonid an: »Was hast du ihr eingeredet? Warum schleppst du sie dorthin? Begreifst du nicht, was dort los sein wird! Niemand, weder ich noch ihr, kann das jetzt aufhalten! Nimm sie mit, und versteck sie an einem sicheren Ort! Und du ...« Er wandte sich Sascha zu. »Wie konntest du ihm nur glauben ... Diesem Profi!« Die letzten Worte spie er voller Verachtung aus.

»Hab keine Angst um mich«, erwiderte das Mädchen leise. »Ich weiß, dass ich Hunter aufhalten kann. Er hat zwei Seiten ... und ich habe beide erlebt. Die eine will Blut sehen, die andere die Menschheit retten.«

Homer warf die Arme in die Höhe. »Was redest du da? Da gibt es längst keine Seiten mehr, sondern nur noch ein einziges Ungeheuer in menschlicher Gestalt. Vor einem Jahr ...«

Hastig berichtete der Alte von dem Gespräch zwischen Melnik und Hunter, doch Sascha ließ sich nicht umstimmen. Je länger sie Homer zuhörte, desto mehr wuchs ihre Gewissheit, dass sie recht hatte. Sie suchte nach Worten, um es ihm zu erklären: »Es ist so: Der Killer in ihm betrügt den anderen. Er redet ihm ein, dass er keine andere Wahl hat. Den einen zerfrisst der Hunger, den anderen die Sehnsucht ... Deshalb will Hunter unbedingt zur *Tulskaja* – weil ihn beide Hälften dorthin ziehen! Und ich muss sie voneinander trennen. Sobald er die Wahl hat, zu retten, ohne zu töten ...«

»Mein Gott! Er wird dir doch gar nicht zuhören! Was ist es, das dich dorthin treibt?«

»Dein Buch.« Sascha lächelte ihm zu. »Ich weiß, dass sich noch alles darin ändern lässt. Das Ende ist noch nicht geschrieben.«

»Hast du den Verstand verloren? Was für ein albernes Zeug«,

murmelte Homer verzweifelt. »Warum habe ich dir nur davon erzählt?« Er packte Leonid am Arm. »Junger Mann, wenigstens Sie … Ich bitte Sie, ich weiß, Sie sind kein schlechter Mensch, und Sie haben nicht aus böser Absicht gelogen. Nehmen Sie sie mit. Das wollten Sie doch, oder? Sie sind beide jung und schön. Sie sollen leben! Sie darf dort nicht hin, verstehen Sie? Und Sie auch nicht. Dort … dort wird es ein furchtbares Gemetzel geben. Und Sie werden mit Ihrer kleinen Lüge niemanden daran hindern …«

»Das war keine Lüge«, entgegnete der Musiker höflich. »Soll ich Ihnen mein Ehrenwort geben?«

Homer winkte ab. »Na gut. Ich will Ihnen ja gerne glauben. Aber Hunter … Sie haben ihn doch nur einmal kurz gesehen?«

Leonid räusperte sich. »Dafür oft genug von ihm gehört.«

»Aber wie wollen Sie ihn aufhalten? Etwa mit Ihrer Flöte? Oder glauben Sie vielleicht, dass er auf das Mädchen hören wird? Etwas beherrscht ihn … etwas, das überhaupt nichts mehr wahrnimmt.«

Leonid beugte sich zu Homer hinunter und sagte: »Eigentlich bin ich vollkommen Ihrer Meinung. Aber sie hat mich darum gebeten. Und als Gentleman …« Er zwinkerte Sascha zu.

»Versteht ihr denn nicht? Das ist kein Spiel!« Homer blickte flehend mal das Mädchen, mal Leonid an.

»Ich weiß«, erwiderte Sascha entschlossen.

Und der Musiker fügte seelenruhig hinzu: »Alles ist ein Spiel.«

Wenn Leonid tatsächlich Moskwins Sprössling war, war es durchaus möglich, dass er etwas über die Epidemie wusste, das nicht einmal Hunter gehört hatte – oder nicht hatte preisgeben wollen. Homer hielt Leonid für einen Aufschneider, aber was, wenn sich das Fieber tatsächlich mit radioaktiven Strahlen bekämpfen ließ? Wider seinen eigenen Willen, wider allen gesunden Menschenverstand suchte der Alte nach Beweisen für diese Theorie. Hatte er sich in den letzten Tagen nicht genau das gewünscht? Waren der Husten, das Blut im Mund, die Übelkeit am Ende nur Symptome der Strahlenkrankheit? Die Dosis, die er bei ihrem Marsch über die Kachowskaja-Linie abbekommen hatte, war mit Sicherheit hoch genug gewesen, um jegliche Infektion zu beseitigen.

Wie leicht er sich doch verführen ließ!

Angenommen, es stimmte, was bedeutete das für die *Tulskaja*? Was für Hunter? Sascha hoffte, dass sie ihn von seinem Vorhaben abbringen konnte. Und tatsächlich schien sie eine unerklärliche Macht auf den Brigadier auszuüben. Doch es gab zwei Antagonisten in ihm: Dem einen mochte die Fessel, die ihm das Mädchen anzulegen gedachte, weich wie Seide vorkommen, den anderen jedoch verbrannte sie wie glühendes Eisen. Welcher der beiden würde im entscheidenden Augenblick das Kommando haben?

Diesmal hielt die *Poljanka* keine Bilder für sie bereit, weder für ihn noch für Sascha oder Leonid. Die Station erschien ihnen leer, wie ausgestorben. War das ein gutes oder schlechtes Omen? Vielleicht hatte ja nur der Luftzug, der jetzt durch den Tunnel wehte und auf starke Winde an der Oberfläche schließen ließ, sämtliche halluzinogenen Ausdünstungen fortgeweht. Vielleicht hatte Homer aber auch einen schweren Fehler begangen, und nun gab es für ihn keine Zukunft mehr, die ihm die *Poljanka* hätte weissagen können.

»Was heißt ›smaragden‹?«, fragte Sascha plötzlich.

»Ein Smaragd ist ein grün schimmernder Edelstein«, erklärte Homer zerstreut. »›Smaragden‹ bedeutet einfach nur ›grün‹.«

»Komisch«, sagte das Mädchen nachdenklich. »Das heißt, es gibt sie doch …«

Leonid fuhr auf. »Wovon redest du?«

»Ach, nur so … Weißt du« – sie blickte den Musiker an – »ich werde sie jetzt auch suchen, deine Stadt. Und irgendwann werde ich sie finden.«

Homer schüttelte nur den Kopf; er nahm Leonid seine Reue nicht ab.

Sascha war die ganze Zeit über in Gedanken versunken. Immer wieder flüsterte sie vor sich hin, und ein paarmal seufzte sie tief. Dann blickte sie Homer forschend an: »Hast du alles aufgeschrieben, was mit mir passiert ist?«

»Ich … bin dabei.«

Sie nickte. »Gut.«

An der *Dobryninskaja* braute sich etwas zusammen. Die Wachen der Hanse waren verdoppelt worden, und die düsteren und wortkargen Soldaten am Eingang zur Station weigerten sich standhaft, Homer und die anderen durchzulassen. Weder die vielen Patronen des Musikers noch all seine Ausweise konnten sie beeindrucken. Schließlich hatte Homer den rettenden Einfall: Er forderte, man möge ihn mit Andrej Andrejewitsch verbinden.

Nach einer langen halben Stunde kam endlich ein Funker angeschlurft, der ein dickes Kabel hinter sich ausrollte. Homer sprach mit drohendem Unterton in den Apparat, sie seien die Vorhut einer Kohorte des Ordens. Diese Halbwahrheit genügte, dass man sie umgehend durch die Station führte.

Im Mittelgang war es stickig, als hätte man die Luft aus der Station gepumpt, und trotz der nachtschlafenden Zeit waren alle auf den Beinen. Endlich standen sie im Empfangszimmer des Vorstehers der *Dobryninskaja*.

Dieser empfing sie, verschwitzt und ungepflegt, mit eingefallenen Augen und stinkender Fahne, auf der Schwelle seines Büros. Der Adjutant war nirgends zu sehen. Andrej Andrejewitsch sah sich nervös um, und als er Hunter nicht entdeckte, grunzte er: »Wann kommen die denn endlich?«

»Bald«, versprach Homer.

»An der *Serpuchowskaja* droht ein Aufstand.« Der Vorsteher wischte sich über das Gesicht und ging im Empfangszimmer auf und ab. »Irgendjemand hat die Geschichte mit der Epidemie ausgeplaudert. Keiner weiß, wovor man sich fürchten soll, und jetzt erzählen sie auch noch irgendwelche Märchen, dass angeblich Gasmasken nicht helfen.«

»Das sind keine Märchen«, warf Leonid ein.

»In einem der Südtunnel, die zur *Tulskaja* führen, hat eine komplette Wachmannschaft ihre Stellung verlassen. Feige Schweine! In dem zweiten Tunnel, wo sich der Zug der Sektierer befindet, stehen sie noch, obwohl diese Fanatiker sie bereits belagern und irgendwas vom Jüngsten Tag schreien. Und an meiner eigenen Station kann auch jederzeit die Hölle losbrechen. Wo bleiben sie nur? Sie sind unsere einzige Rettung!«

Plötzlich hörte man lautes Fluchen von der Station her. Jemand schrie auf, dann ertönten die bellenden Rufe der Wachen. Als niemand Andrej Andrejewitsch antwortete, zwängte er sich zurück in sein Büro; wenig später hörten sie, wie ein Flaschenhals leise gegen ein Trinkglas stieß. Als hätte es darauf gewartet, dass der Vorsteher das Zimmer verließ, begann auf dem Schreibtisch des Adjutanten plötzlich das rote Lämpchen eines Telefons zu blinken. Es war der Apparat mit der Aufschrift *Tulskaja* auf dem Leukoplast-Streifen.

Homer zögerte ein, zwei Sekunden lang, dann trat er an den Tisch, leckte sich über die trockenen Lippen und holte tief Luft.

»*Dobryninskaja* hier!«

»Was soll ich sagen?« Artjom blickte verdattert zum Kommandeur hinüber.

Der war noch immer bewusstlos. Die trüben Augen, wie hinter einem zugezogenen Vorhang, wanderten ziellos umher und rollten immer wieder nach oben. Bisweilen durchfuhr ein Hustenanfall krampfhaft seinen Körper. Lungendurchstich, dachte Artjom.

»Seid ihr noch am Leben?«, rief er in den Hörer. »Die Infizierten sind ausgebrochen!«

In diesem Moment wurde ihm klar, dass man dort ja gar nicht wusste, was an der *Tulskaja* vor sich ging. Er musste also alles von vorne erzählen und erklären.

Vom Bahnsteig her hörte er das Kreischen einer Frau, dann Maschinengewehrfeuer. Diese Geräusche schlüpften durch den Türspalt herein, man entkam ihnen nicht. Am anderen Ende der Leitung antwortete ihm jemand, fragte etwas, doch es war nur schlecht zu verstehen.

»Ihr müsst den Ausgang versperren!«, sagte Artjom hastig. »Schießt sie nieder. Und bleibt auf Abstand!«

Aber die wussten ja gar nicht, wie die Kranken aussahen. Wie sollte er sie beschreiben: als angeschwollene, aufgeplatzte, stinkende Wesen? Dabei sahen doch diejenigen, die sich erst vor Kurzem angesteckt hatten, ganz normal aus.

»Erschießt sie alle«, sagte er mechanisch.

Nur: was, wenn er selbst versuchte, die Station zu verlassen? Würde man ihn dann auch erschießen? Hatte er soeben sein eigenes Todesurteil gesprochen? Nein, er würde nicht mehr davonkommen. Hier gab es keine Gesunden mehr. Artjom fühlte sich plötzlich unendlich einsam.

»Bitte legen Sie nicht auf«, bat er.

Artjom wusste nicht, worüber er mit dem Unbekannten am anderen Ende der Leitung sprechen sollte – also begann er ihm von seinen vielen vergeblichen Versuchen, Kontakt aufzunehmen, zu erzählen und von seiner Angst, dass in der ganzen

Metro keine einzige Station mehr am Leben war. Vielleicht, fiel ihm plötzlich ein, hatte er ja mit der Zukunft telefoniert, in der keiner überlebt hatte. Auch das sagte er dem Fremden jetzt. Er brauchte keine Angst haben, sich zu blamieren. Er brauchte überhaupt keine Angst mehr haben. Hauptsache, es war jemand da, mit dem er reden konnte.

»Popow!«, erklang plötzlich die heisere Stimme des Kommandeurs von hinten. »Hast du die nördliche Stellung erreicht? Ist das ... Tor zu?«

Artjom wandte sich um und schüttelte den Kopf.

»Idiot!« Der Kommandeur spuckte Blut. »Zu nichts zu gebrauchen ... Hör mir genau zu: Die Station ist vermint. Ich habe Rohre entdeckt – über uns. Da fließt Grundwasser durch. Dort hab ich was deponiert ... Wenn wir das hochgehen lassen, läuft die ganze Scheißstation voll. Die Schalter sind hier, im Funkraum. Aber du musst erst das nördliche Tor schließen – und kontrollieren, ob das südliche noch steht. Die Station muss absolut dicht sein, kapierst du? Damit nicht die gesamte Metro absäuft. Wenn alles so weit ist, sagst du mir Bescheid ... Die Verbindung zur Wache funktioniert doch noch?«

»Jawohl.« Artjom nickte.

»Und sorg dafür, dass du noch rechtzeitig rauskommst.« Der Kommandeur versuchte ein gequältes Lächeln, dann überkam ihn ein erneuter Hustenanfall. »Das wäre sonst nicht fair ...«

»Aber was ist mit Ihnen? Sie sind doch noch hier?«

Der Kommandeur runzelte die Stirn. »Reiß dich zusammen, Popow! Jeder von uns ist für einen bestimmten Zweck geboren. Meiner ist es, diese Schweine zu ersäufen. Deiner, die Luken dichtzumachen und als rechtschaffener Mensch zu sterben. Kapiert?«

»Jawohl!«

»Dann mach schnell.«

Der Hörer schwieg wieder.

Den Telefongöttern war es zu danken, dass Homer die meisten Worte des Soldaten von der *Tulskaja* ziemlich gut verstanden hatte. Die letzten Sätze jedoch waren nicht mehr deutlich zu hören gewesen – und schließlich war die Verbindung ganz abgebrochen.

Der Alte hob den Blick. Über ihm ragte Andrej Andrejewitschs Wanst auf. Unter den Achseln hatte die blaue Uniform des Vorstehers dunkle Flecken, die dicken Hände zitterten. »Was ist dort los?«, fragte er tonlos.

»Die Situation ist außer Kontrolle geraten.« Homer schluckte schwer. »Schicken Sie jeden freien Mann zur *Serpuchowskaja*.«

»Das geht nicht.« Andrej Andrejewitsch zog eine Makarow aus seiner Hosentasche. »Hier herrscht Panik. Die wenigen verlässlichen Leute habe ich alle bei den Tunneleingängen am Ring postiert, damit zumindest von hier keiner abhaut.«

»Aber wir können sie doch beruhigen. Wir haben … Das Fieber lässt sich heilen. Durch Strahlung. Sagen Sie ihnen das …«

»Strahlung?« Der Vorsteher schnitt eine Grimasse. »Und Sie glauben daran? Na dann, nur zu, meinen Segen haben Sie!« Er salutierte spöttisch vor dem Alten, schlug die Tür hinter sich zu und schloss sich in seinem Büro ein.

Was tun? Jetzt konnten Homer, Leonid und Sascha nicht einmal mehr von hier flüchten. Wo waren die beiden überhaupt? Hatten sich offenbar davongemacht!

Homer lief in den Korridor hinaus, die Hand auf sein rasendes Herz gepresst, rannte zum Bahnsteig und rief ihren Namen. Sie waren verschwunden.

An der *Dobryninskaja* herrschte Chaos. Frauen mit Kindern und Männer mit dicken Säcken belagerten die spärliche Umzingelung. Zwischen umgeworfenen Zelten huschte marodierendes Gesindel umher, doch niemand beachtete es. Homer hatte so etwas schon früher gesehen: Es würde damit anfangen, dass die Soldaten auf alle eintraten, die ihnen vor die Füße stolperten – und am Ende würden sie dann sogar auf Unbewaffnete schießen.

Plötzlich ging ein Stöhnen durch den Tunnel.

Der Lärm und das Geschrei verstummten, stattdessen hörte man erstauntes Rufen. Wieder ertönte dieses ungewohnte, machtvolle Geräusch, wie aus Hunderten von Feldposaunen einer römischen Legion, die sich im Jahrtausend geirrt hatte und nun auf die *Dobryninskaja* zumarschierte …

Hastig schoben die Soldaten die Absperrungen beiseite – und aus dem Schlund des Tunnels trat etwas Riesiges hervor: ein gepanzerter Zug. Vor den schweren Schädel der Fahrerkabine hatte man Stahlplatten genietet, sodass nur noch schmale Schießscharten offen blieben. Darüber waren zwei großkalibrige Maschinengewehre aufgepflanzt, dann folgte ein hagerer, lang gestreckter Rumpf und schließlich der zweite gehörnte Kopf, der in die andere Richtung blickte. Ein solches Monster hatte selbst Homer noch nie gesehen.

Gesichtslose Götzen saßen auf diesem Panzer, schwarz wie Raben. Sie glichen einer dem anderen, trugen Vollschutzanzüge und Kevlarwesten, Gasmasken unbekannter Bauart und spezielle Militärrucksäcke. Sie schienen weder in diese Zeit noch in diese Welt zu gehören.

Der Zug hielt an. Die schwerbewaffneten Ankömmlinge sprangen, ohne auf die versammelte Menschenmenge zu achten, auf den Bahnsteig herab und stellten sich in drei Reihen nebeneinander auf. Dann machten sie kehrt und marschierten wie ein Mann – wie eine Maschine – im donnernden Gleichschritt auf den Übergang zur *Serpuchowskaja* zu. Ihr mächtiges Stampfen übertönte sowohl das ehrfürchtige Getuschel der Erwachsenen als auch das Geschrei der Kinder. Homer lief ihnen hinterher und versuchte unter Dutzenden von Kämpfern Hunter zu identifizieren. Doch sie waren alle fast gleich hoch gewachsen, und die undurchdringlichen Overalls saßen wie angegossen auf ihren breiten Schultern.

Jeder von ihnen hatte die gleiche, furchterregende Bewaffnung: Flammenwerfer und Wintores-Gewehre mit Schalldämpfer. Keine Kokarden, keine Wappen, keine Abzeichen.

Vielleicht einer der drei in der ersten Reihe?

Homer überholte die Kolonne, winkte mit der Hand, sah in die Sichtgläser der Gasmasken. Doch begegnete ihm dort immer nur der gleiche starre, gleichgültige Blick. Keiner der Ankömmlinge reagierte, keiner erkannte Homer. War Hunter überhaupt unter ihnen? Er musste es sein. Er musste doch hier auftauchen!

Weder Sascha noch Leonid hatte Homer auf dem Weg durch den Übergang entdecken können. Sollte doch die Vernunft gesiegt und der Musiker das Mädchen an einem sicheren Ort versteckt haben? Ja, hoffentlich saßen sie dieses Blutbad irgendwo aus. Später würde Homer mit Andrej Andrejewitsch schon eine Lösung aushandeln – sofern dieser sich bis dahin keine Kugel in den Kopf gejagt hatte.

Wie ein Wurfhammer bahnte sich die Formation den Weg durch die Menge und marschierte in rasendem Tempo weiter. Niemand wagte es, sich ihnen in den Weg zu stellen, sogar die Grenzer der Hanse traten schweigend auseinander. Homer beschloss, der Kolonne zu folgen; er musste sichergehen, dass Sascha nichts unternahm.

Keiner der Soldaten jagte ihn fort. Er war für sie wie ein Kläffer, der einer Draisine hinterherlief.

Als sie den Tunnel betraten, flammten in der vordersten Reihe drei Scheinwerfer auf, so hell wie Tausende von Kerzen, und verbrannten die Dunkelheit vor ihnen. Keiner der Kämpfer sprach, die Stille war erdrückend, unnatürlich. Sicher, das war eine Sache des Trainings. Homer konnte sich jedoch nicht des Gefühls erwehren, dass die Körper dieser Menschen zwar gestählt, ihre Seelen jedoch abgestorben waren. Er hatte eine perfekte Tötungsmaschinerie vor sich, deren Einzelteile vollkommen willenlos waren. Nur einer, äußerlich von den anderen nicht zu unterscheiden, trug in sich das Programm: Wenn er das Kommando »Feuer« gab, würden die anderen ohne nachzudenken die *Tulskaja* und jede andere Station mit allem, was darin lebte, niederbrennen.

Zum Glück gingen sie nicht durch den Tunnel, in dem der Zug mit den Sektierern steckte. Diese Unglücklichen durften also noch etwas warten, bis das Fegefeuer sie ereilte. Erst musste die *Tulskaja* abgefertigt werden, dann waren sie dran …

Plötzlich, wie auf ein unsichtbares Signal, reduzierte die Kolonne das Schritttempo. Eine Minute später begriff Homer, warum: Sie befanden sich kurz vor der Station.

Durch die durchsichtige, fast glasartige Stille hörte man Schreie.

Und dann kam den Ankömmlingen etwas entgegen, so leise und unverhofft, dass der Alte an seinem Verstand zu zweifeln begann: eine wundersame Musik.

Homer lauschte wie gebannt. Er nahm nichts wahr außer der Stimme, die näselnd aus dem Hörer drang – und plötzlich begriff Sascha, dass jetzt der Augenblick gekommen war, sich davonzumachen.

Sie schlüpfte aus dem Empfangszimmer, wartete draußen auf Leonid und zog ihn mit sich – zunächst in den Übergang zur *Serpuchowskaja*, dann in den Tunnel, der dorthin führte, wo man ihre Hilfe brauchte. Wo sie Leben retten konnte.

Außerdem führte dieser Tunnel sie zu ihm – zu Hunter.

»Hast du keine Angst?«, fragte sie Leonid.

Er lächelte. »Doch. Aber dafür habe ich den leisen Verdacht, dass ich endlich etwas Sinnvolles tue.«

»Du musst nicht mitkommen. Es kann sein, dass dort der Tod auf uns wartet. Wir könnten auch einfach hierbleiben und nirgendwohin gehen.«

»Niemand weiß, was die Zukunft bringt«, erwiderte Leonid mit erhobenem Zeigefinger und blies gelehrt die Backen auf.

»Und ich dachte, du entscheidest selbst darüber?«

»Hör schon auf.« Leonid grinste ironisch. »Wir sind doch alle nur Ratten in einem Labyrinth. Da gibt es so Schiebetürchen, die diejenigen, die uns erforschen, mal hochheben, mal runterlassen. Wenn die Tür an der *Sportiwnaja* gerade zu ist, kannst du daran kratzen so viel du willst, sie wird sich um nichts in der Welt öffnen. Und wenn hinter der nächsten Tür eine Falle lauert, wirst du trotzdem hineinfallen, selbst wenn du es schon vorher ahnst – es gibt nämlich keinen anderen Weg. Du hast nur eine Wahl: Entweder du läufst weiter – oder du gibst aus Protest den Löffel ab.«

Sascha runzelte die Stirn. »Ärgert es dich denn gar nicht, dass du so leben musst?«

»Nein, mich ärgert eher der Aufbau meines Rückgrats. Ich kann den Kopf nämlich nicht so weit zurücklegen, um demjenigen ins Gesicht zu sehen, der das ganze Experiment hier veranstaltet.«

»Es gibt kein Experiment. Wenn es nötig ist, können Ratten sich sogar durch Zement durchbeißen.«

Leonid lachte auf. »Du bist eben eine Rebellin. Ich dagegen ein Opportunist.«

Sascha schüttelte den Kopf. »Das stimmt nicht. Du glaubst doch auch, dass man die Menschen verändern kann.«

»Ich würde gern daran glauben.«

Sascha passierten eine Stellung, die offenbar in aller Eile verlassen worden war: In dem noch rauchenden Lagerfeuer glommen einige Holzscheite, daneben lag eine speckige, zerlesene Zeitschrift mit Fotos von nackten Frauen. An der Wand hing eine verwaiste, halb zerfetzte Feldstandarte.

Etwa zehn Minuten später stießen sie auf die erste Leiche.

Sie war nur noch schwer als Mensch zu erkennen. Arme und Beine waren weit auseinandergespreizt und so stark angeschwollen, dass die Kleidung darüber aufgeplatzt war. Und das Gesicht war monströser als alles, was Sascha je an Ungeheuern gesehen hatte.

»Vorsicht!« Leonid zog sie von der Leiche weg. »Der ist ansteckend.«

»Na und? Es gibt doch ein Gegenmittel. Dort, wo wir hingehen, sind alle ansteckend.«

Plötzlich ertönten vor ihnen Schüsse, und sie hörten entfernte Schreie.

»Wir kommen zur rechten Zeit«, sagte Leonid. »Sieht aus, als wollten sie nicht mehr auf deinen Freund warten …«

Sascha blickte ihn erschrocken an, doch dann erwiderte sie trotzig: »Egal! Wir müssen es ihnen nur sagen. Sie glauben, dass sie alle zum Tode verurteilt sind. Wir müssen ihnen wieder Hoffnung geben!«

Das Sicherheitstor der Station stand weit offen. Ein weiterer Toter lag dort mit dem Gesicht nach unten, doch war er wenigstens noch als Mensch zu erkennen. Daneben knisterte und zischte verzweifelt der Metallkasten eines Fernsprechapparats – es war, als versuchte jemand, den Wachposten wieder aufzuwecken.

Ganz am Ende des Tunnels hatten sich einige Männer hinter hastig aufeinandergestapelten Sandsäcken verschanzt. Ein MG-Schütze und ein paar Soldaten mit Sturmgewehren – das war die ganze Sperrmauer.

Dahinter, dort, wo die engen Tunnelwände aufhörten und der Bahnsteig der *Tulskaja* begann, brodelte eine furchterregende Menge und bedrängte die Belagerten. Es waren Infizierte und Gesunde; grässliche Monster und menschenähnliche Gestalten; einige hielten Taschenlampen vor sich hin, andere benötigten kein Licht mehr.

Die Soldaten, die vor ihnen lagen, verteidigten den Tunnel. Ihre Patronen gingen offensichtlich zur Neige, denn ihre Schüsse ertönten immer seltener, und der Mob kam näher und näher.

Einer der Soldaten drehte sich zu Sascha um. »Seid ihr die Verstärkung? Jungs, sie haben die *Dobryninskaja* erreicht! Die Verstärkung ist da!«

Auch das vielköpfige Ungeheuer reagierte beunruhigt und drängte weiter vorwärts.

»Leute!«, schrie Sascha. »Es gibt ein Heilmittel! Wir haben es gefunden! Ihr werdet nicht sterben! Geduld! Bitte habt noch etwas Geduld!«

Doch die Menge verschluckte ihre Worte, stieß unzufrieden auf und wälzte sich weiter voran. Der MG-Schütze peitschte mit einer grimmigen Salve auf sie ein, sodass einige stöhnend auf die Erde sanken, während andere mit vereinzelten Gewehrschüssen antworteten. Unaufhaltsam bewegte sich die brodelnde Masse vorwärts, bereit, alles niederzutrampeln und zu zerreißen – die Verteidiger ebenso wie Sascha und Leonid.

Da geschah etwas.

Erst zögernd, dann immer selbstbewusster und lauter stieg der Gesang einer Flöte auf. Nichts erschien in diesem Augenblick unpassender, ja dümmer zu sein als dies. Die Verteidiger starrten den Flötisten verblüfft an, die Menge dagegen knurrte erst überrascht, dann rückte sie höhnisch lachend weiter vorwärts.

Doch Leonid kümmerte sich nicht darum. Wahrscheinlich

spielte er gar nicht für sie, sondern für sich selbst. Dieselbe wundersame Melodie, die Sascha so verzaubert und immer Dutzende von Zuhörern angelockt hatte.

Es war sicher die denkbar ungeeignetste Methode, dem Aufstand Einhalt zu gebieten und die Infizierten zu besänftigen. Aber vielleicht war es gerade die rührende Naivität dieses verzweifelten Schritts – und nicht etwa die Zauberkraft der Flöte –, die den Ansturm der Menge schließlich verlangsamte. Oder war es dem Musikanten doch gelungen, jene, die ihn umzingelten, die bereit waren, alles zu zermalmen, an etwas zu erinnern. Etwas, das ...

Die Schüsse verstummten, und Leonid trat nach vorne, ohne die Flöte abzusetzen. Er verhielt sich, als stünde er vor einem ganz gewöhnlichen Publikum, das ihm im nächsten Augenblick applaudieren und Patronen zuwerfen würde.

Und für den Bruchteil einer Sekunde glaubte Sascha unter den Zuhörern ihren Vater zu erkennen, wie er sanft lächelte. Hier also hatte er auf sie gewartet ... Sie dachte daran, was Leonid gesagt hatte: Diese Melodie war in der Lage, Schmerzen zu lindern.

Hinter dem hermetischen Tor begann es plötzlich zu rumoren. Eigentlich zu früh.

Waren die Aufklärer etwa schneller durchgekommen als geplant? Dann war die Situation an der *Tulskaja* also gar nicht so kompliziert? Ja, vielleicht hatten die Besetzer die Station längst verlassen, ohne das Tor zu öffnen?

Die Truppe schwärmte aus, und die Soldaten verschanzten sich hinter den Vorsprüngen der Tunnelsegmente. Nur vier Mann blieben neben Denis Michailowitsch stehen, direkt vor dem Tor, die Gewehre im Anschlag.

Das war es also. Gleich würde das Tor zur Seite fahren, und

nur wenige Minuten später würden vierzig schwerbewaffnete Sewastopoler in die *Tulskaja* eindringen, jeglichen Widerstand niederschlagen und die Station im Handumdrehen besetzen. Es war alles viel einfacher, als der Oberst befürchtet hatte.

Denis Michailowitsch holte Luft, um seinen Leuten zu befehlen, die Gasmasken aufzusetzen.

Weiter kam er nicht.

Die Kolonne formierte sich neu, floss auseinander, sodass nun sechs Mann in einer Reihe standen und die gesamte Breite des Tunnels ausfüllten. Die vorderste Riege hielt die Flammenwerfer vor sich, die zweite hatte ihre Schnellfeuergewehre gezückt. Wie schwarze Lava krochen sie voran, bedächtig und zugleich unaufhaltsam.

Homer lugte hinter den breiten Rücken der Männer hervor. In den weißen Strahlen ihrer Scheinwerfer konnte er die gesamte Szenerie überblicken: das Häuflein Soldaten, das noch immer die Stellung hielt, zwei schmale Gestalten – Sascha und Leonid – sowie eine Horde furchterregender Kreaturen, die sie bedrängte. Er erstarrte vor Entsetzen.

Leonid spielte noch immer. Herrlich. Unglaublich. Beflügelt wie noch nie. Die grässliche Horde sog die Musik gierig in sich auf, und auch die Verteidiger des Tunnels hatten sich erhoben, um ihn besser zu sehen. Seine Melodie trennte die feindlichen Parteien wie eine durchsichtige Wand voneinander; nur sie hinderte sie daran, sich aufeinander zu stürzen zum letzten, tödlichen Kampf.

»Bereit!«

Den Befehl hatte einer aus der schwarzen Gruppe gegeben. Bloß: welcher? Die erste Riege ging sogleich in die Knie, die zweite legte an.

»Sascha!«, schrie Homer.

Das Mädchen wandte sich um, kniff die Augen zusammen, streckte eine Hand vor sich und kämpfte sich langsam durch die ihr entgegenschlagende Lichtflut.

Die Menge knurrte und stöhnte unter den sengenden Strahlen. Sie rückten näher zusammen.

Die Kämpfer verharrten reglos.

Sascha stand nun unmittelbar vor der schwarzen Formation. »Wo bist du?«, rief sie. »Ich muss mit dir sprechen. Bitte!«

Niemand antwortete.

»Wir haben ein Gegenmittel gefunden! Die Krankheit lässt sich heilen! Du musst niemanden töten!«

Die düstere Phalanx schwieg noch immer.

»Ich bitte dich! Ich weiß, du willst das nicht. Du versuchst nur, sie zu retten … und dich selbst …«

Plötzlich ertönte aus den Reihen der Kämpfer, ohne dass man sie jemand Einzelnem hätte zuordnen können, eine dumpfe Stimme: »Geh fort. Ich will dich nicht töten.«

»Du musst niemanden töten! Es gibt ein Heilmittel!«, wiederholte Sascha verzweifelt und ging vor den völlig gleich aussehenden, maskierten Menschen auf und ab – auf der Suche nach dem einen.

»Es gibt kein Gegenmittel.«

»Die Strahlung! Die Strahlung hilft!«

»Das glaube ich nicht.«

»Bitte!«

»Die Station muss gesäubert werden.«

»Willst du denn nicht, dass sich etwas ändert? Warum wiederholst du, was du schon einmal getan hast? Damals, mit den Schwarzen! Warum suchst du nicht nach Vergebung?«

Die Kämpfer schwiegen. Und die brodelnde Menge kam wieder näher.

»Sascha!«, rief Homer flehend; doch sie hörte ihn nicht.

Endlich fielen die Worte: »Es wird sich niemals etwas ändern. Es gibt niemanden, der mir vergeben könnte. Ich habe die Hand erhoben gegen … gegen … Und ich bin gestraft.«

»Es ist alles in dir!« Sascha gab nicht auf. »Du kannst dich selbst befreien! Du kannst es beweisen! Siehst du es denn nicht? Es ist ein Spiegel! Eine Spiegelung dessen, was du damals getan hast, vor einem Jahr! Aber jetzt kannst du alles anders machen … Du kannst zuhören. Eine Chance geben … Und dir selbst eine Chance verdienen!«

»Ich muss das Ungeheuer vernichten«, sprach die Formation.

»Das kannst du nicht!«, rief Sascha. »Niemand kann das! Es ist auch in mir, es schläft in uns allen! Es ist ein Teil des Körpers, ein Teil der Seele. Und wenn es erwacht … Man kann es nicht töten, nicht herausschneiden! Man kann es nur zur Ruhe bringen … in den Schlaf singen …«

In diesem Moment schob sich ein schmutziger junger Soldat durch die entstellte Menschenmenge, zwängte sich an den reglosen schwarzen Reihen vorbei, rannte auf das hermetische Tor zu, packte das Mikrofon des Funkgeräts, das an einer Eisenkonstruktion hing, und rief etwas hinein. Gleich darauf schnalzte ein Schalldämpfer, und der Soldat sank in sich zusammen. Die Menge roch das Blut, blähte sich auf und brüllte wütend los.

Wieder setzte der Flötist sein Instrument an und begann zu spielen, doch im nächsten Augenblick brach die Magie zusammen. Jemand gab einen Schuss auf ihn ab, die Flöte fiel ihm aus den Händen, und er griff sich an den Bauch.

In den Mündungen der Flammenwerfer züngelten erste Feuer. Die Phalanx bestand nur noch aus unzähligen Gewehrläufen. Sie machte einen Schritt nach vorn.

Sascha stürzte zu Leonid, ohne auf die Menge zu achten, die den Musiker bereits erreicht hatte.

»Nein!«, rief sie außer sich. Sie stand allein gegen Hunderte abscheulicher Missgeburten … gegen eine Legion von Killern … gegen die ganze Welt. »Ich will ein Wunder!«

Plötzlich ertönte ein ferner Donner. Das Gewölbe erzitterte, die Menge schauderte und wich zurück, und auch die Formation der Kämpfer machte einen Schritt nach hinten. Dünne Rinnsale begannen über den Boden zu fließen, von der Decke fielen erste Tropfen, und immer lauter rauschte ein dunkler Strom heran …

»Ein Durchbruch!«, schrie jemand.

Die Kämpfer zogen sich eilig aus der Station zurück, hin zum hermetischen Tor. Homer lief mit ihnen mit, doch drehte er sich immer wieder nach Sascha um – die sich nicht von der Stelle rührte.

Sie hielt ihre Hände und das Gesicht in das Wasser, das auf sie herabstürzte, und … lachte. »Das ist der Regen!«, rief sie. »Er wird alles reinwaschen! Wir können wieder neu beginnen!«

Die schwarze Truppe stand bereits außerhalb der Sperre, und auch Homer hatte es rechtzeitig dorthin geschafft. Einige der Kämpfer stemmten sich gegen das Tor, um die *Tulskaja* zu schließen und das Wasser zurückzuhalten.

Der Torflügel gab nach und begann sich schwerfällig zu bewegen. Als Homer dies bemerkte, rannte er los, um Sascha zu holen, die noch immer mitten in der Station stand, doch jemand hielt ihn zurück und schleuderte ihn zu Boden.

Dann sprang einer der Kämpfer zum Tor, streckte seine Hand durch den immer enger werdenden Spalt und rief dem Mädchen zu: »Hierher! Ich brauche dich!«

Das Wasser stand bereits hüfthoch. Plötzlich tauchte Saschas blonder Schopf unter – und verschwand.

Der Kämpfer riss die Hand zurück, und das Tor fiel zu.

Das Tor öffnete sich nicht. Ein Zittern durchfuhr den Tunnel, und auf der anderen Seite der Sperre schlug das Echo einer Explosion gegen die Stahlplatte. Dann entfernte es sich wieder.

Denis Michailowitsch legte ein Ohr an das Tor und horchte eine Weile lang. Dann wischte er sich die Feuchtigkeit von der Wange und blickte verwundert an die beschlagene Decke.

»Wir kehren um!«, befahl er. »Hier ist alles vorbei.«

# Epilog

Homer seufzte und blätterte um. Es war nur noch wenig Platz in seinem Buch – nur ein paar Seiten. Was sollte er hineinschreiben, was würde er opfern müssen? Er hielt die Hand ans Feuer, um die kalten Finger zu wärmen und zu beruhigen.

Der Alte hatte selbst um seine Versetzung zur Südwache gebeten. Hier, den Blick in den Tunnel gerichtet, konnte er besser arbeiten als zu Hause an der *Sewastopolskaja*, zwischen all den Haufen toter Zeitungen, auch wenn Jelena sich bemühte, ihm seine Ruhe zu lassen.

Homer sah auf. Der Brigadier saß abseits von den anderen Wachen, an der äußersten Grenze zwischen Licht und Finsternis. Warum hatte er ausgerechnet die *Sewastopolskaja* gewählt? Irgendwas an dieser Station musste wohl doch besonders sein …

Hunter hatte dem Alten nie erzählt, wer ihm damals an der *Poljanka* erschienen war. Doch Homer wusste jetzt: Es war keine Prophezeiung gewesen, sondern eine Warnung.

Nach einer Woche war das Wasser an der *Tulskaja* allmählich wieder zurückgegangen. Die letzten Reste wurden mit den riesigen Pumpen der Ringlinie abgesaugt, und Homer hatte sich sofort freiwillig gemeldet, um mit den ersten Aufklärern die Station zu betreten.

Fast dreihundert Opfer hatte die Katastrophe gefordert. Während Homer all die Leichen umdrehte, spürte er keinen Ekel, ja er empfand überhaupt nichts. Er suchte nur sie, suchte immer weiter ...

Danach war er noch lange an der Stelle gesessen, wo er Sascha zum letzten Mal gesehen hatte. Als er gezögert hatte, anstatt darum zu kämpfen, dass er zu ihr laufen konnte. Um sie zu retten. Oder mit ihr unterzugehen.

Ein endloser Zug aus Kranken und Gesunden wanderte an ihm vorbei – in Richtung *Sewastopolskaja*, zu den heilsamen Tunneln der Kachowskaja-Linie. Der Musiker hatte nicht gelogen: Die Strahlung hielt die Krankheit tatsächlich auf.

Und wer weiß: Vielleicht hatte er ja überhaupt nicht gelogen. Vielleicht gab es auch die Smaragdene Stadt tatsächlich irgendwo, und man musste nur das Tor dazu finden. Vielleicht hatte er aber auch oft genug vor dem richtigen Tor gestanden und es bloß noch nicht verdient, dass es sich vor ihm öffnete.

Nun würde er es nicht mehr erleben, wenn »das Wasser zurückging«.

Doch nicht die Smaragdene Stadt war die Arche; die wahre Arche war die Metro selbst. Die letzte Zuflucht, die sowohl Noah als auch Sem und Ham vor den dunklen, stürmischen Wassern verbarg, den Gerechten ebenso wie den Gleichgültigen und den Schurken. Von jedem Tier ein Paar. Von jedem, der noch eine Rechnung offen hatte – ob Gläubiger oder Schuldner.

Es waren zu viele, das stand fest – nicht alle würden in diesem Roman unterkommen können. Das Notizbuch des Alten hatte fast keine freien Seiten mehr. Es war keine Arche, sondern ein Papierschiffchen, es würde nicht alle Menschen mit an Bord nehmen können. Und dennoch hatte Homer das Gefühl, dass es ihm fast gelungen war, mit vorsichtigem Strich etwas sehr Wichtiges auf diese Seiten zu bringen. Nicht über diese Menschen. Über *den* Menschen.

Die Erinnerung an jene, die von uns gegangen sind, vergeht

nicht, dachte er. Denn unsere Welt ist gewoben aus den Taten und Gedanken anderer Menschen, so wie jeder von uns aus unzähligen Mosaiksteinchen besteht, die er von Tausenden von Vorfahren geerbt hat. Sie haben eine Spur hinterlassen, einen kleinen Teil ihrer Seele für die Nachkommen. Man muss nur genau hinsehen.

Auch Homers Schiffchen, gefaltet aus Papier, aus Gedanken und Erinnerungen, würde unendlich lang über den Ozean der Zeit schwimmen, bis jemand anders es aufhob, es betrachtete und begriff, dass der Mensch sich niemals geändert hatte, ja dass er sich sogar nach dem Ende der Welt treu geblieben war. Das Himmelsfeuer, das einmal in ihn gelegt worden war, kämpfte im Wind, doch es war nicht erloschen.

Homers Rechnung war beglichen.

Er schloss die Augen und fand sich an einer funkelnden, von gleißendem Licht durchfluteten Station wieder. Auf dem Bahnsteig hatten sich Tausende Menschen versammelt. Sie trugen elegante Kleider aus jener Zeit, als er noch jung gewesen war, als noch niemand daran gedacht hatte, ihn Homer zu nennen. Doch diesmal waren auch Menschen darunter, die in der Metro gelebt hatten. Keiner wunderte sich, dass die anderen anwesend waren. Etwas verband sie alle …

Sie warteten, blickten unruhig in das dunkle Gewölbe des Tunnels. Und auf einmal erkannte Homer die Gesichter. Es waren seine Frau und seine Kinder, die Arbeitskollegen, die Klassenkameraden, die Nachbarn, seine beiden besten Freunde, Achmed und seine Lieblingsschauspieler. Es waren alle, an die er sich erinnerte.

Und plötzlich leuchtete der Tunnel auf, und lautlos glitt ein Metrozug in die Station – mit hell gleißenden Fenstern, polierten Flanken, geschmierten Rädern. Das Führerhaus allerdings war leer – nur eine gebügelte Uniform und ein weißes Hemd hingen darin.

Das ist meine Uniform, dachte Homer. Und mein Platz.

Er betrat das Führerhaus, öffnete die Waggontüren und ließ das Signal ertönen. Die Menge wogte hinein und verteilte sich auf den Sitzbänken. Alle Fahrgäste fanden Platz und lächelten beruhigt. Und auch Homer lächelte.

Er wusste: Wenn er in seinem Buch den letzten Punkt setzte, würde dieser schimmernde Zug voller glücklicher Menschen die *Sewastopolskaja* verlassen, direkt in Richtung Ewigkeit.

Unvermittelt riss ihn etwas aus seinem magischen Traum. Ganz in der Nähe hörte er ein dumpfes, fast unnatürliches Ächzen. Er zuckte zusammen und packte sein Gewehr …

Es war der Brigadier, der diesen Laut von sich gab. Homer erhob sich und wollte schon zu Hunter hinübergehen, doch da ächzte dieser erneut … etwas höher … und dann noch einmal … diesmal etwas niedriger …

Homer lauschte, und plötzlich begann er zu zittern. Er traute seinen Ohren nicht.

Heiser und unbeholfen schien der Brigadier nach einer Melodie zu suchen. Er kam ins Stocken, kehrte wieder an den Anfang zurück und wiederholte sie geduldig, bis sie endlich stimmte. Er sang ganz leise, es klang wie eine Art Wiegenlied.

Es war Leonids namenloses Lied.

Saschas Leiche hatte Homer an der *Tulskaja* nicht gefunden.

Was noch?

# Anmerkungen

*Seite 16:* Filjowskaja-Linie
Die Linie 4 der Moskauer Metro zwischen den Stationen *Krylatskoje* und *Alexandrowski sad*.

*Seite 23:* WDNCh
Gesprochen: »We-De-En-Cha«. Die »Wystawka dostischenij narodnogo chosjajstwa SSSR« (»Ausstellung der Errungenschaften der Volkswirtschaft der UdSSR«) war eine gigantische Leistungsschau in Moskau, die von 1959–91 ohne Unterbrechung lief. In über achtzig zum Teil prunkvoll ausgestatteten Pavillons präsentierten sämtliche Wirtschaftsbranchen, darunter auch die Viehzucht, auf einer Fläche von ca. 200 000 m$^2$ ihre Produkte. Die Metrostation trägt denselben Namen.

*Seite 26:* Berdangewehr
Ein bei der russischen Armee früher häufig eingesetzter Hinterlader. Ursprünglich entwickelt von dem nordamerikanischen General Hiram Berdan.

*Seite 28:* Prospekt
Mit dem Wort »Prospekt« wird im Russischen eine wichtige Hauptstraße bezeichnet. Bekannt sind unter

anderem der Newski-Prospekt in St. Petersburg oder der Leningradski-Prospekt in Moskau, eine Ausfallstraße zu den Internationalen Flughäfen Scheremetjewo-1 und -2.

*Seite 29:* Serpuchowsko-Timirjasewskaja-Linie
Die Linie 9 der Moskauer Metro zwischen den Stationen *Altufjewo* und *Bulwar Dmitrija Donskogo*.

*Seite 29:* Lenin-Bibliothek
Die Russische Staatsbibliothek, bis 1992 »Staatliche Lenin-Bibliothek der UdSSR«, ist mit über 42 Millionen Medien die größte Bibliothek Europas und nach der Library of Congress die zweitgrößte der Welt. Vor dem Haupteingang der Bibliothek befindet sich eine Skulptur des Schriftstellers Fjodor Dostojewski. Sie hat eine eigene Metrostation, die *Biblioteka imeni Lenina*.

*Seite 32:* Metrostationen
Viele Namen der Moskauer Metrostationen sind – bisweilen sogar mehrfach – umbenannt worden. Besonders stark war die Umbenennungswelle nach dem Ende der Sowjetunion, als die sowjetischen Bezeichnungen durch solche ersetzt wurden, die aus vorsowjetischer Zeit stammen, was oft mit der Rückbenennung von Straßen, Plätzen und Orten einherging. So zum Beispiel:
*Dserschinskaja* → *Ljubjanka*: Felix Dserschinski war der Leiter der gefürchteten Geheimpolizei Tscheka (einem Vorläufer des KGB). Über der Metrostation befindet sich die berühmte Ljubjanka, das Haupt-

quartier des Geheimdienstes. Nachdem 1990 der Dserschinski-Platz wieder seinen historischen Namen Ljubjanka-Platz bekam, wurde auch die Metrostation entsprechend umbenannt.

*Kirowskaja → Tschistyje Prudy*: Sergej Kirow war ein Protegé Stalins und ZK-Mitglied. Später fiel er Stalins Säuberungen zum Opfer. 1990 wurde die Station nach einem dort gelegenen Teich umbenannt. Es war kein anderer als Alexander Menschikow, der Günstling Peters des Großen, der den Teich, ursprünglich eine stinkende Kloake, hatte reinigen lassen und ihm daraufhin den Namen »Tschistyje Prudy« (»Saubere Teiche«) gab.

*Prospekt Marksa → Ochotny Rjad*: Die Straße, nach der diese Station zuerst benannt wurde, trägt den Namen von Karl Marx. Nach dem Ende der Sowjetunion besann man sich wieder auf den historischen Ort. Der Name *Ochotny Rjad* (deutsch: »Jagdreihe«) erinnert daran, dass sich ungefähr an dieser Stelle im 17. Jahrhundert eine Marktreihe für Wild und Geflügel befand.

*Seite 31:* »KOMMUNISMUS – DAS IST SOWJETMACHT PLUS ELEKTRIFIZIERUNG DES GANZEN LANDES«

Zitat von Wladimir Iljitsch Lenin und zugleich die Devise der bolschewistischen Politik der 20er-Jahre, mit der versucht wurde, das wirtschaftlich rückständige Russland zu modernisieren.

*Seite 33:* LENIN-MAUSOLEUM

Gebäude auf dem Roten Platz, in dem Lenin in einem beleuchteten Glassarg aufgebahrt ist. Ein Team von hochqualifizierten Wissenschaftlern ist rund um die Uhr mit der Konservierung des Leichnams befasst.

*Seite 33:* ALEXANDER MATROSSOW

Sowjetischer Held des Zweiten Weltkriegs. Während eines Angriffs auf deutsche Stellungen warf er sich vor die Schießscharte eines deutschen Bunkers und ermöglichte so dessen Eroberung. Bei dieser Aktion wurde er selbst tödlich getroffen.

*Seite 34:* ARBAT

Eine der ältesten Straßen im Zentrum Moskaus mit historischen Gebäuden, Cafés und Boutiquen. Einst bekannt für seine intellektuelle Szene, verkam der Arbat nach dem Zerfall der Sowjetunion zur reinen Touristenattraktion.

*Seite 35:* »AUFBAU DES KOMMUNISMUS AUF EINER LINIE«

Abwandlung eines Stalin-Zitats. Der sowjetische Diktator hatte begriffen, dass die Russische Revolution keine Weltrevolution auslösen würde. Daher propagierte er nach Lenins Tod die These vom »Aufbau des Sozialismus in einem Lande«, mit der er sich gegen den linken Flügel der Partei, namentlich Trotzki, durchsetzen konnte.

*Seite 49:* MYTISCHTSCHI

Mittelgroße Industriestadt am nordöstlichen Stadtrand von Moskau. Dort befindet sich die Fabrik von Metrowagonmasch, dem Hersteller der Moskauer U-Bahn-Züge.

*Seite 58:* STETSCHKIN

Die Stetschkin APB, eine schallgedämpfte Reihenfeuerpistole mit hoher Präzision und geringem Rückstoß, gehörte zur Ausrüstung der Spezialeinheiten des russischen Innenministeriums.

*Seite 62:* »DIE SONN' ERHEBT SICH ÜBERM WALD ...«

Strophe aus dem sowjetischen Zeichentrick-Musical *Bremenskije Musykanty*, einer relativ freien Adaption der *Bremer Stadtmusikanten*. Diesen Vers singt dort ein verliebter Troubadour, als er sich nach seiner fernen Prinzessin sehnt.

*Seite 62:* »DER WAHRE MENSCH«

Berühmte Erzählung von Boris Polewoi von 1946 über den sowjetischen Piloten Meressjew, der im Winter 1942 abgeschossen wird und sich unter unglaublichen Qualen zurück in die Heimat rettet. Die Geschichte beruht auf dem tatsächlichen Erfahrungsbericht eines Kampfpiloten.

*Seite 80:* KALUSCHSKO-RISCHSKAJA-LINIE

Die Linie 6 der Moskauer Metro zwischen den Stationen *Mytischtschi* und *Bitzewski park*.

*Seite 81:* DUR

Das russische Wort »dur« bedeutet »Spinnerei, Idiotie, Dummheit« und bezeichnet wohl ungefähr den Zustand, den der Konsum dieses Rauschgifts hervorruft.

*Seite 87:* KACHOWSKAJA-LINIE

Die Linie 11 der Moskauer Metro zwischen den Stationen *Kachowskaja* und *Kaschirskaja*.

*Seite 105:* TWERSKAJA

In der Sowjetzeit kannten die Moskauer diese Station nur unter dem Namen *Gorkowskaja*, da die darüber liegende Straße, eine der zentralen Geschäftsstraßen Moskaus, ebenso hieß (zu Ehren des proletarischen Schriftstellers Maxim Gorki). 1990 wurde diese jedoch wieder in Twerskaja uliza – nach der russischen Stadt Twer – umbenannt, und so erhielt auch die Metrostation diesen Namen.

*Seite 109:* KGB

»Komitet gossudarstwennoj besopasnosti« (»Komitee für Staatssicherheit«), nach 1991 umbenannt in FSB (»Federalnaja sluschba besopasnosti« – »Föderaler Sicherheitsdienst«).

*Seite 110:* ALEXANDROWSKI SAD

Benannt nach der gleichnamigen Parkanlage (dem »Alexandergarten«) an der Kremlmauer. Der Park wurde im 19. Jahrhundert unter Zar Alexander I. angelegt. In der Sowjetzeit hieß diese Station lange *Kalininskaja*.

*Seite 110:* BOROWIZKAJA

Diese Station und der darüber befindliche Platz sind nach einem der Kremltürme benannt.

*Seite 113:* ARBATSKO-POKROWSKAJA-LINIE

Die Linie 3 der Moskauer Metro zwischen den Stationen *Park Pobedy* und *Schtscholkowskaja*.

*Seite 142:* GRAUE TARNUNG

Die graue Tarnuniform ist in Russland den OMON-Sondereinheiten vorbehalten und daher sehr viel seltener anzutreffen als die grüne.

*Seite 152:* SAAL

Das russische Wort »sal« (»Saal«) bezeichnet einfach einen größeren funktionalen Raum. Seine Verwendung zur Beschreibung der Moskauer Metrostationen soll verdeutlichen, wie prachtvoll diese »Paläste für das Volk« gestaltet waren.

*Seite 160:* UNTERIRDISCHER FLUSS

Gemeint ist der Fluss Neglinnaja, ein Nebenfluss der Moskwa unweit des Kremls, der bereits 1819 wegen Überschwemmungsgefahr teilweise durch einen Tunnel geführt wurde und seit den 1970er-Jahren vollständig unterirdisch verläuft.

*Seite 173:* KITAI-GOROD

Eines der zentralen Geschäftsviertel Moskaus, das unmittelbar an den Roten Platz angrenzt. Bereits im 12. Jahrhundert gab es dort erste Ansiedlungen, und schon im 16. Jahrhundert war seine Bedeutung für den Handel groß.

*Seite 174:* MAKAROW

Selbstladepistole, Nachfolgemodell der Tokarew als

Ordonanzwaffe der Roten, später der Russischen Armee.

*Seite 202:* »Wir sind begeistert. Die Queen ist begeistert«
Zitat aus dem berühmten Roman *Der Meister und Margarita* von Michail Bulgakow, das wohl seinerseits auf eine legendäre Äußerung Queen Victorias anspielt. Nach der Lektüre von Lewis Carrolls *Alice im Wunderland* soll sie weitere Bücher dieses Autors angefordert haben, worauf man ihr Carrolls mathematische Abhandlungen brachte.

*Seite 206:* Tokarew
Auch TT-33, eine Pistole der Roten Armee. In den 1950er-Jahren wurde sie von der Makarow als Ordonanzwaffe abgelöst.

*Seite 211:* Tagansko-Krasnopresnenskaja-Linie
Die Linie 7 der Moskauer Metro zwischen den Stationen *Planernaja* und *Wychino*.

*Seite 213:* Kischlak
Afghanische Bezeichnung für »Bergdorf«.

*Seite 213:* Wertuschka
So hieß die telefonische Sonderleitung, die den Kreml mit den Regionaladministrationen der Sowjetunion verband.

*Seite 217:* Abreken
Kaukasische Widerstandskämpfer.

*Seite 220:* »Kopf«-Denkmal in Kitai-gorod

Der überdimensionale »Kopf« ist das Nogin-Denkmal, einst ein beliebter Treffpunkt für Verabredungen in der Metro. Der Bolschewik Viktor Pawlowitsch Nogin führte 1917 die Revolutionstruppen in Moskau zum Sieg. In der Sowjetzeit hieß diese Metrostation daher auch *Ploschtschad Nogina*, also Nogin-Platz.

*Seite 221:* Recke

Russisch »Bogatyr«, eine mythische Figur aus dem russischen Märchen. Das Bild von dem berittenen Recken vor dem Schicksalsstein, das Artjom im Geiste vor sich sieht, stammt mit hoher Wahrscheinlichkeit von Wiktor Wasnezow oder Iwan Bilibin. Das Motiv findet sich in der russischen Mythologie mehrfach, so zum Beispiel in dem »Märchen von Iwan, dem Zarensohn, dem Feuervogel und dem Grauen Wolf«: »… Am Rand des Feldes stand ein Stein, auf dem er las: ›Wer geradeaus reitet, wird hungern und frieren. Wer nach rechts reitet, dessen Pferd wird sterben. Wer nach links reitet, kommt um, doch sein Pferd wird leben.‹ Iwan las und überlegte und nahm den Weg nach rechts …«

*Seite 229:* Hochhaus an der Barrikadnaja

Eine der berühmten »Sieben Schwestern«. So nannte man jene Stalin'schen Hochhäuser im Zuckerbäckerstil, die für das Moskauer Stadtbild prägend waren und an mehreren strategisch wichtigen Punkten der Stadt verteilt stehen.

*Seite 241:* LENINSKIJE GORY
Die »Leninberge« sind eine Anhöhe oberhalb des Moskwa-Flusses im Südwesten Moskaus. Nach dem Zerfall der Sowjetunion erhielten sie wieder ihren ursprünglichen Namen »Worobjowy gory« (»Sperlingsberge«).

*Seite 252:* ISWESTIJA
Das Verlagshaus dieser wohl bekanntesten russischen Zeitung befindet sich neben dem Puschkinplatz, also in unmittelbarer Nähe der Metro-Station *Puschkinskaja*.

*Seite 254:* IKONENECKE
Auch: »Schöne Ecke«. In der slawisch-orthodoxen Kultur zumeist ein bestimmter Platz in der Wohnung, an dem die Haus-Ikonen aufgestellt werden. Nicht selten brennt dort eine kleine Öllampe oder Kerze, und der Gläubige verrichtet dort seine Gebete.

*Seite 280:* DEGTJARJOW-MASCHINENGEWEHR
Wassili Alexejewitsch Degtjarjow (1880–1949) hat verschiedene Typen von Maschinengewehren entwickelt. Gemeint ist hier die tragbare, in den Ländern des Warschauer Pakts weit verbreitete Variante.

*Seite 281:* KARAZJUPA
Nikita Fjodorowitsch Karazjupa (geboren 1911, Todesdatum nicht bekannt) war Ausbilder für Wachhunde und einer der besten Grenzsoldaten der Sowjetunion. Er allein soll insgesamt 467 Grenzverletzer

verhaftet haben, wofür er 1965 zum Helden der Sowjetunion ernannt wurde.

*Seite 289:* SAMOSKWOREZKAJA-LINIE
Die Linie 2 der Moskauer Metro zwischen den Stationen *Retschnoi Woksal* und *Krasnogwardejskaja*.

*Seite 289:* TT-33
Auch Tokarew, eine Pistole der Roten Armee.

*Seite 302:* PAWELEZER BAHNHOF
Einer von acht Fernbahnhöfen Moskaus, benannt nach der russischen Stadt Pawelez.

*Seite 305:* LUNOCHOD-1
Der *Mondgänger-1* war ein sowjetisches unbemanntes Bodenfahrzeug, das 1970/71 die Mondoberfläche erforschte.

*Seite 307:* HOLZBLOCK AUF DEM ROTEN PLATZ
Gemeint ist hier das sogenannte »Lobnoje mesto« (wörtlich »Stirnstätte«), eine runde Tribüne aus dem 16. Jahrhundert, von wo aus die russischen Herrscher und Kirchenoberen Ansprachen an das Volk hielten. Später diente der Ort auch als Pranger und Hinrichtungsort.

*Seite 348:* RAMENKI
Ein Stadtteil im Westen Moskaus, zu dem auch das riesige Areal der Staatlichen Moskauer Lomonossow-Universität gehört. Besonders bekannt ist Ramenki aber auch für seine sagenumwobene unterirdische

Stadt, die im Falle einer Evakuierung Moskaus fünfzehn- bis zwanzigtausend Menschen Schutz bieten soll. Daher führt hier auch die Linie 1 der Metro-2 entlang, die den Kreml, die Lenin-Bibliothek und andere strategisch wichtige Objekte miteinander verbindet.

*Seite 349:* »WAS TUN?« – »WER IST SCHULD?«

Die beiden wichtigsten Fragen der russisch-sowjetischen Geschichte. Ursprünglich ist »Was tun?« der Titel eines Romans, den der russische Schriftsteller und Kritiker Nikolai Tschernyschewski 1863 im Gefängnis schrieb. Davon inspiriert, gab Wladimir Lenin 1902 seinem Hauptwerk denselben Titel. »Wer ist schuld?« ist ursprünglich der Titel eines 1847 erschienenen Romans des russischen Denkers und Schriftstellers Alexander Herzen.

*Seite 352:* TSCHEBUREKI

Russische, ursprünglich aus dem Kaukasus stammende Teigtaschen, gefüllt mit Hackfleisch und Gewürzen.

*Seite 352:* KALININ-PROSPEKT

Benannt nach Michail Kalinin, dem sowjetischen Staatschef. Die seit 1990 Neuer Arbat (Nowy Arbat) genannte Straße war eine der charakteristischsten Wohn- und Geschäftsstraßen Moskaus aus den 1960er-Jahren. Besonders bekannt sind die vier 26-stöckigen Hochhäuser auf einer Seite der Straße, die wie vier gigantische aufgeklappte Bücher in einer Reihe stehen.

*Seite 352:* Haus des Buches

Das 1967 eröffnete, zweistöckige »Haus des Buches« ist eines der bekanntesten Buchgeschäfte Moskaus. Es befindet sich am Neuen Arbat (auch: Kalinin-Prospekt), einer Paradestraße aus der Sowjetzeit.

*Seite 381:* Oktoberkinder

So hieß die unterste Stufe der sowjetischen Jugendorganisationen. »Oktoberkind« wurde man im Alter von sieben bis neun Jahren, mit zehn Jahren dann »Pionier«. Das Abzeichen der sowjetischen Pionierorganisation zeigte Lenins Porträt in einem roten Stern vor dem Hintergrund einer roten Flamme.

*Seite 400:* Metro St. Petersburg

Nachdem 1935 die Moskauer U-Bahn in Betrieb genommen wurde, begannen bald darauf die Arbeiten an dem Leningrader Liniennetz. Aufgrund der Kriegs- und Nachkriegsjahre verzögerte sich jedoch die Inbetriebnahme bis 1955. Die Petersburger Metro ist kleiner, aber nicht weniger prunkvoll als die Moskauer. Mit einer durchschnittlichen Tiefe von 50 bis 75 Metern ist sie die tiefste U-Bahn der Welt.

*Seite 406:* Christ-Erlöser-Kathedrale

Eine der größten orthodoxen Kirchen weltweit und das zentrale Gotteshaus der russisch-orthodoxen Kirche. 1883 erbaut, wurde sie 1931 unter Stalin gesprengt, und ihre Marmorplatten wurden für den Innenausbau einer Metrostation verwendet. Im Jahre 2000 wurde sie originalgetreu wieder aufgebaut.

*Seite 407:* MANEGE

Ein berühmtes Gebäude aus dem 19. Jahrhundert, zunächst Paradehalle für die kaiserliche Offiziersreitschule, später Ausstellungskomplex. Es befindet sich westlich des Kremls, unmittelbar an den Alexandergarten angrenzend.

*Seite 433:* GARTENRING

So heißt eine breite, viel befahrene Ringstraße um das historische Zentrum Moskaus. Ursprünglich entstand sie im frühen 19. Jahrhundert an der Stelle eines alten Befestigungswalls. Ihren Namen erhielt sie wegen der vielen Boulevards und Parks. Im südlichen Teil verläuft die Metro-Ringlinie genau unterhalb dieser Straße.

*Seite 436:* NEUER ARBAT

Anderer Name für den Kalinin-Prospekt.

*Seite 503:* HOCHHAUS AM GARTENRING

Hierbei handelt es sich um das Gebäude des russischen Außenministeriums, eine der »Sieben Schwestern«.

*Seite 503:* HOCHHAUS AN DER KRASNOPRESNENSKAJA

Das sogenante »Wohnhaus am Kudrinskaja-Platz« unweit der Metrostation *Krasnopresnenskaja* ist eine der berühmten »Sieben Schwestern«.

*Seite 505:* PARK POBEDY

Der »Park des Sieges« wurde 1995 zum 50. Jahrestag des Sieges über Nazi-Deutschland angelegt. Die dazugehörige, 2003 eröffnete Metrostation ist mit 84 Metern die tiefste in Moskau. Sie verfügt über zwei parallele Hallen, da hier ursprünglich eine Umsteigmöglichkeit zu einer geplanten neuen Metrolinie geschaffen werden sollte. Diese Linie wurde jedoch nie gebaut.

*Seite 506:* Sich an den Hals schnippen

Diese typisch russische Geste geht auf den Dachdecker Pjotr Teluschkin zurück, der 1830 den vom Wind beschädigten Engel auf der Spitze der St. Petersburger Peter-und-Paul-Kathedrale ohne Baugerüst reparierte. Die Legende besagt, dass ihm zur Belohnung gestattet wurde, lebenslang in allen Petersburger Kneipen kostenlos Wein zu trinken. Dazu brachte man ihm am Hals ein kaiserliches Brandzeichen an – er brauchte nur mit dem Finger darauf zu tippen, schon schenkte man ihm ein. Noch heute wird diese Geste von allen Russen als Hinweis auf starken Alkoholkonsum verstanden.

*Seite 563:* Sowmin

Abkürzung aus »Sowjet ministrow« (»Ministerrat«). Gemeint ist der Ministerrat der UdSSR, das höchste Exekutivorgan der Sowjetunion.

*Seite 582:* »Steh auf, du grosses, weites Land«

*Das* Lied im Krieg gegen Nazideutschland. 1941 als Gedicht in der *Iswestija* veröffentlicht, wurde es in kürzester Zeit vertont und zur Ermutigung der Soldaten per Feldtelefon an die Front übertragen.

*Seite 583:* Kombat

Ein Popsong über den Krieg, gesungen von der erfolgreichen russischen Band Ljube. Der Titel ist eine Abkürzung aus »komandir bataljona«, zu Deutsch: »Bataillonskommandeur«.

*Seite 588:* SMERTSCH
Russisch »Wirbelsturm«, Bezeichnung für ein russisches Raketenwerfersystem mit insgesamt zwölf Raketen.

*Seite 594:* OSTANKINO-FERNSEHTURM
Dieser gigantische, 1967 errichtete Turm war mit einer Höhe von 540 Metern lange Zeit das höchste Gebäude der Welt. Das berühmte Drehrestaurant »Siebter Himmel« auf einer Höhe von 328 bis 334 Metern ist ein beliebtes Ausflugsziel der Moskauer.

*Seite 607:* SKULPTUREN AN DER BELORUSSKAJA
Die Skulpturengruppe im Übergang von der Radial- auf die Ringstation stellt Belorussische Partisanen dar.

*Seite 614:* PETSCHENEG
Besonders leistungsfähiges 7,62-mm-Maschinengewehr.

*Seite 614:* DRAGUNOW
Ein in Osteuropa weit verbreitetes Scharfschützengewehr, entwickelt von dem sowjetischen Waffenkonstrukteur Jewgeni Fjodorowitsch Dragunow (1920–1991).

*Seite 629:* BOGENFÖRMIGES GEBÄUDE AN DER WDNCH
Hierbei handelt es sich um das berühmte, 25-stöckige Luxushotel Kosmos, erbaut 1979.

*Seite 633:* VATERLÄNDISCHER KRIEG
Gemeint ist der »Große Vaterländische Krieg«, eine in der Sowjetunion und später auch in Russland übliche Bezeichnung für den Zweiten Weltkrieg.

*Seite 633:* PHENAZEPAM
Ein in Russland weit verbreiteter Tranquilizer.

*Seite 665:* ORANGENE LINIE
Die Linie 6 der Moskauer Metro, auch genannt »Kaluschsko-Rischskaja-Linie« zwischen den Stationen *Mytischtschi* und *Bitzewski Park*.

*Seite 669:* METROSTROI
Kurzbezeichnung der Moskauer U-Bahn-Baugesellschaft.

*Seite 669:* PETSCHENEG
Besonders leistungsfähiges 7,62-mm-Maschinengewehr.

*Seite 671:* TROIKA
Russische Bezeichnung für eine Dreiergruppe.

*Seite 675:* KABAK
Russisch für »Schenke, Wirtsstube«.

*Seite 700:* TWERSKAJA ULIZA
Zentrale Pracht- und Einkaufsstraße Moskaus.

*Seite 701:* SOKOLNITSCHESKAJA-LINIE
Die Linie 1 der Moskauer Metro zwischen den Stationen *Uliza Podbelskogo* und *Jugo-Sapadnaja*.

*Seite 713:* HERRIN DES KUPFERBERGES
Figur aus mehreren Volksmärchen des russischen Autors Pawel Baschow. Eines der bekanntesten davon ist »Die Steinerne Blume«, das sowohl verfilmt als auch von Prokofjew als Ballett vertont wurde: die Geschichte eines jungen Mannes, der von der Herrin des Kupferberges festgehalten, am Ende jedoch von seiner Geliebten erlöst wird.

*Seite 720:* KURGAN
Russisch: »Grabhügel«.

*Seite 722:* KUNSTKAMMER
Ursprünglich die persönliche Kuriositätensammlung Peters des Großen, später das erste Museum Russlands in St. Petersburg. Bekannt sind insbesondere die Präparate von menschlichen und tierischen Föten mit anatomischen Anomalien.

*Seite 727:* KACHOWSKAJA-LINIE
Die Linie 11 der Moskauer Metro zwischen den Stationen *Kachowskaja* und *Kaschirskaja*.

*Seite 727:* CHRUSCHTSCHOWKAS
Bezeichnung für fünfstöckige Plattenbauten von schlechter Qualität, die zu Nikita Chruschtschows Zeiten massenhaft errichtet wurden.

*Seite 745:* LINKRUSTA-TAPETE

Eine Art fester Wandverkleidung aus speziellem Material. Ende des neunzehnten, Anfang des zwanzigsten Jahrhunderts wurde Linkrusta in vornehmen Häusern, aber auch bei der Innenausstattung von Eisenbahnwaggons häufig verwendet.

*Seite 748:* STETSCHKIN

Stetschkin APB, eine schallgedämpfte Reihenfeuerpistole mit hoher Präzision und geringem Rückstoß.

*Seite 773:* SCHARLOTTKA

Einfacher russischer Apfelkuchen.

*Seite 797:* SAMOSKWOREZKAJA-LINIE

Die Linie 2 der Moskauer Metro zwischen den Stationen *Retschnoi woksal* und *Krasnogwardejskaja*.

*Seite 811:* KRYMSKI MOST

»Krim-Brücke«, 671 Meter lange, einzige Hängebrücke Moskaus über den Fluss Moskwa.

*Seite 832:* BUNKER IN DER NÄHE DER TAGANSKAJA

1951 gab Stalin den Befehl zur Errichtung dieses Bunkers mit der Bezeichnung GO-42. Im Falle eines Atomkriegs sollte hier das Ministerium für Telekommunikation untergebracht werden. In sechzig Metern Tiefe befinden sich fast dreißig Räume auf einer Fläche von siebentausend Quadratmetern. Der Bunker war ausgelegt für maximal fünftausend Menschen.

*Seite 899:* STALINSCHE MONOLITHEN

Gemeint sind die sieben im sogenannten stalinistischen Zuckerbäckerstil erbauten Hochhäuser in Moskau, in denen Ministerien, Hotels, aber auch Privatwohnungen untergebracht waren. Sie entstanden im letzten Jahrzehnt von Stalins Herrschaft im Auftrag des Diktators und prägen seither das Antlitz der Stadt.

*Seite 925:* MKAD

»Moskowskaja kolzewaja awtomobilnaja doroga« (»Moskauer Autobahnring«), zehnspurige Ringautobahn rund um Moskau. Der Spruch »Gibt es ein Leben jenseits des MKAD?« spielt auf die weithin bekannte Arroganz der Moskauer an, die glauben, hinter der Stadtgrenze beginne bereits die tiefste Provinz.

*Seite 931:* »MYTHEN UND LEGENDEN«

»Mythen und Legenden des Alten Griechenlands«, russischer Sammelband mit den bekanntesten klassischen Sagen, frei nacherzählt von Nikolai Kun. Ein überaus populäres Buch, sozusagen der »Gustav Schwab« Russlands.

*Seite 977:* »WIR GEHEN, BIS WIR PLATT ... IN DIE SMARAGDENSTADT. ... UND ELLI KOMMT ZURÜCK ... MIT TOTOSCHKA ... WAU! WAU! NACH HAUS.«

Lied aus dem bekannten russischen Zeichentrickfilm *Der Zauberer der Smaragdenstadt* nach der gleichnamigen Erzählung von Alexander Wolkow, einer Nachdichtung des berühmten »Wizard of Oz«. Die Hauptheldin heißt hier nicht Dorothy, sondern Elli und wird von einem sprechenden Hund namens Totoschka begleitet.

*Seite 991:* »ICH BIN KEIN ZAUBERER, ICH LERNE NOCH.«
Ein in Russland sehr bekanntes Zitat aus dem sowjetischen Film *Soluschka* (*Aschenputtel*) von 1947.

*Seite 992:* KREOSOT
Ein Holzschutzmittel.

*Seite 994:* BURKA
Traditioneller kaukasischer Filzüberwurf mit besonders breit ausgestellten Schulterteilen.

*Seite 1001:* SMERTSCH
Russisch: »Wirbelsturm«, Bezeichnung für ein russisches Raketenwerfersystem mit insgesamt zwölf Raketen.

*Seite 1019:* POLITRUK
»**Polit**itscheski **ruk**owoditel« (Politischer Führer), ideologisch geschulte Amtsperson, die in der frühen Sowjetzeit in Unternehmen und Organisationen für die politische Ausbildung des Personals zuständig war.

*Seite 1022:* FESTUNG ALAMUT
Uneinnehmbare Zitadelle der Assassinen im Perserreich.

*Seite 1047:* WINTORES-GEWEHR
Ein schallgedämpftes russisches Scharfschützengewehr, Kaliber 9 × 39.

# Die Zukunft

## Eine Einführung

Seit es Menschen gibt, denken sie über die Zukunft nach.
Aber heißt über die Zukunft nachzudenken auch, diese Zukunft
zu »gestalten«? Was ist das eigentlich: die Zukunft? Ein Raum,
in dem wir die Ängste und Hoffnungen der Gegenwart deponieren?
Oder etwas, das wir verstehen, ja vielleicht sogar erfinden können?
Dieses Buch erzählt eine einzigartige Ideengeschichte der Zukunft.

978-3-453-31595-2

Leseprobe unter: **www.heyne.de**

# Wolfgang Jeschke

»Wolfgang Jeschke ist grandios! Er zieht alle Register des großen Abenteuerromans.«
*Frank Schätzing*

978-3-453-31476-4

»Wolfgang Jeschke schreibt die Kronjuwelen der deutschen Science Fiction!«
*Andreas Eschbach*

978-3-453-31491-7